蔡东藩中国历代通俗演义丛书

全批全评全绣像版

兩晉演義

蔡东藩 撰

华夏出版社
HUAXIA PUBLISHING HOUSE

总　序

杨天石

　　历史是既往的人类生活。人们渴望了解历史，了解本身所属国家、民族、社会的过去，总结成败经验，汲取智慧，于是，历史著作应运而生。历史著作以真实地记录历史过程、历史人物为目的，一般比较枯燥，趣味性差。为了克服这一毛病，于是，就有了创作历史文艺的需要。历史文艺虽以历史上发生过的某些情节为依据，但可以虚构、想象，作者有不同程度的自由挥洒的空间，自然，作品就远较历史著作生动、有趣。人们熟知《三国志》和《三国演义》的故事。前者至今仍是人们认识那段时期的权威著作，但它大抵只是少数历史学家的案头读物；后者深受老百姓的喜爱，长期流传不衰，但它并不是三国时期的真实历史。鲁迅曾说："我们讲到曹操，很容易就联想起《三国演义》，更而想起戏台上那一位花面的奸臣，但这不是观察曹操的真正方法。"近年来，影视界流行"戏说"，有几位皇帝、后妃及若干臣僚的形象在屏幕上活灵活现，收视率很高，说明老百姓爱看，但是，由于大异于历史记载，更大异于历史真相，不满者似乎也很不少。可见，真实性和趣味性历来是历史著作和历史文艺的两难问题。要严格忠实于历史，作品就很难生动；要提高生动性、趣味性，就必须虚构，从而在不同程度上损害历史的真实。蔡东藩先生的《中国历代通俗演义》总结前人经验，试图解决这一矛盾，努力使自己的著作既有真实性，又有趣味性，在中国丰富繁多的演义作品中，是很具特色的一部。

　　蔡东藩(1877—1945)，浙江萧山人。1890年(光绪十六年)考中秀才。1910年赴北京朝考得中，分发福建，以知县候补，因不满官场恶习，于1911年称病归里。其后长期以写作和在小学教书为生。抗日战争爆发，他不愿意在日寇的刺刀下生活，辗转避难，颠沛流离，逝世于抗战胜利前夕。

　　清朝末年，严复、夏曾佑等人看中小说的巨大社会教化作用，企图借小说宣传变法维新思想;戊戌政变后,梁启超流亡海外,创办《新小说》杂志,提倡"小说界革命"。自此,小说受到前所未有的重视,包括"历史演义"在内的各种小说风起云涌。民国时期,此风相沿,小说创作日趋繁荣。蔡东藩是个爱国者。他为武昌起义、共和初建兴奋过,欢呼过,但不久即遭逢袁世凯窃国。蔡东藩幽愤时事,立志"借说部体裁,演历史故事",以历史小说作为救国工具。自1916年至1926年的十年间,他夜以继日,笔耕不辍,陆续写成中国历代通俗演义11部,1040回,以小说形式再现了上起秦始皇,下讫民国的2166年间的中国历史,加上另撰的《西太后演义》和他增补改写的《二十四史通俗演义》,总计约七百余万字,成为中国有史以来最大的历史演义作家。出版以后,迅速风行,多次再版。

　　蔡东藩的作品用章回体,取其为中国老百姓所喜闻乐见;用白话,取其浅显易懂。这些,他和明清以来的"演义"作家并无区别。蔡东藩作品的最大特色在于他对历史真实的严格追求。蔡东藩自幼爱好历史,熟读传统的经、史、子集各类书籍,对中国历史作过深入的研究,甚至养成了"考据癖"。他写历史演义,"语皆有本",力求其主要情节均有历史记载作为根据;对于文献中的歧说和模糊不清之处,他常常博览群书,多方钩稽,力求找出客观真相;一时难以做出结论的,他就诸说并存;对他认定的史籍中的错误说法,就直接加以批驳。可以说,他是在用研究历史的精神和方法在写"演义"。对于前人所写同类作品,蔡东藩颇多批评,或认为荒诞不经,或认为乖离史实,子虚乌有。他自称所编历史演义,"以正史为经,务求确凿;以逸闻为纬,不尚虚诬"。自然,作为"演义",他也有虚构,特别是人物对话,史无记载,他不能不动用自己的想象力,但是,他很谨慎,力求符合特定历史环境和特定历史人物的性格,不敢任意编造。因此,他的书,可以当作历史读。倘若读者要大体,而不是精确地了解中国历朝历代的大事经纬与主要人物,蔡东藩的书是值得一读的。1937年1月,毛泽东为了解决延安干部学习中国历史的需要,曾致电李克农,要他购买"中国历史演义"两部。这里所说的"中国历史演义",就是蔡东藩所著《中国历代通俗演义》。毛泽东卧室床侧,就放有蔡氏此书。由此不难看出,毛泽东对蔡著的喜爱。

　　中国历史学家有史德、史识、史才之说。所谓史德,指的是忠于历史,忠于史实,能在任何状况下"秉笔直书";所谓史识,指的是对历史判断方面的真知灼见;所谓史才,指的是掌握、剪裁史料以及叙事、表达能力。在这三方面,蔡东藩都颇多可取之处。据记载,当他写《民国通俗演义》时,曾有军人以请他吃"红丸子"(子弹)相威胁,书局因此要他"隐恶扬善",他断然拒绝,声称:"孔子作《春秋》,为惩罚乱臣贼子。我写的都有材料根据,要我捏造,我干不来!"自此愤然辍笔,以致书局不得不另请许廑父,将该书的后四十回续完。蔡东藩不屈于强权,宁可不写,决不伪造历史,表现出历史家的可贵操守。他的书,努力寻求历代兴亡"关键",劝善惩恶,褒是斥非,洋溢着鲜明的历史正义感和爱国主义、民主主义精神。读蔡著,既可轻松愉快地获得历史知识,又可得到思想上的教育和启迪。当然,蔡著中也有一些陈腐观念,这是那个时代的烙印,在所难免。这一点,相信读者当能了解并鉴别。

2017年11月写于中国社会科学院

出版说明

一、本书以1935年上海会文堂新记书局的铅印本为底本,参考了其他版本做了比较细致的校订,改正了原书中明显的错谬。

二、本书保留了蔡东藩先生的全部夹批和回评,用楷体排印,以示区别。

三、本书收录了石印线装书中的全部人物绣像和插图。

自 序

《晋书》百三十卷，相传为唐臣房乔等所撰，盖采集晋朝十有八家之制作，及魏崔鸿所著之《十六国春秋》等书，会而通之，以成此书。独宣武二帝纪，与陆机王羲之传论，出自唐太宗手笔，故概以御撰称之，义在尊王，无足怪也。后书评论《晋书》之得失，不一而足，而《涑水通鉴》《紫阳纲目》叙述晋事，书法与《晋书》相出入者，亦不胜举焉。愚谓当今之时，以古为鉴，不必问其史笔之得失，但当察其史事之变迁。两晋之史事繁矣，即此内讧外侮之复杂，已更仆难详。宫闱之祸，启自武元，藩王之祸，肇自汝南，胡虏之祸，发自元海；卒致铜驼荆棘，蒿目苍凉，鳌坠三山，鲸吞九服，君主受青衣之辱，后妃遭赭寇之污，此西晋内讧外侮之大较也。王敦也，苏峻也，陈敏杜骏祖约也，孙恩卢循徐道复也，而桓玄则为篡逆之尤，此东晋内讧之最大者。二赵也，三秦也，四燕五凉也，成夏也，而拓跋魏则为强胡之首，此为东晋外侮之最甚者。盖观于东西两晋之一百五十六年中，除晋武开国二十余年外，无在非祸乱侵寻之日，不有内讧，即有外侮，甚矣哉！有史以来未有若两晋祸乱之烈也。夫内政失修，则内讧必起，内讧起则外侮即乘之而入，木朽虫生，墙罅蚁入，自古皆然，晋特其较著耳。鄙人愧非论史才，但据历代之事实，编为演义，自南北朝以迄民国，不下十数册，大旨在即古证今，惩恶劝善，而于《两晋演义》之着手，则于内讧外侮之所由始，尤三致意焉。盖今日之大患，不在外而在内，内讧迭起而未艾，吾恐五胡十六国之祸，不特两晋为然，而两晋即今日之前车也。天下宁有蚌鹬相争，而不授渔人之利乎？若夫辨忠奸，别贞淫，抉明昧，核是非，则为书中应有之余义，非敢谓上附作者之林，亦聊以寓劝戒之意云尔。惟书成仓猝，不免讹误，匡我未逮，是所望于阅者诸君。

中华民国十三年夏正季秋之月，古越蔡东藩自叙于临江寄庐。

两晋世系图

按晋武帝为司马懿孙,元帝则为司马懿曾孙,祖伷父觐,皆为琅琊王。相传觐妃夏后氏与小吏牛金通而生元帝,故有牛代马后之谣,特附录之。

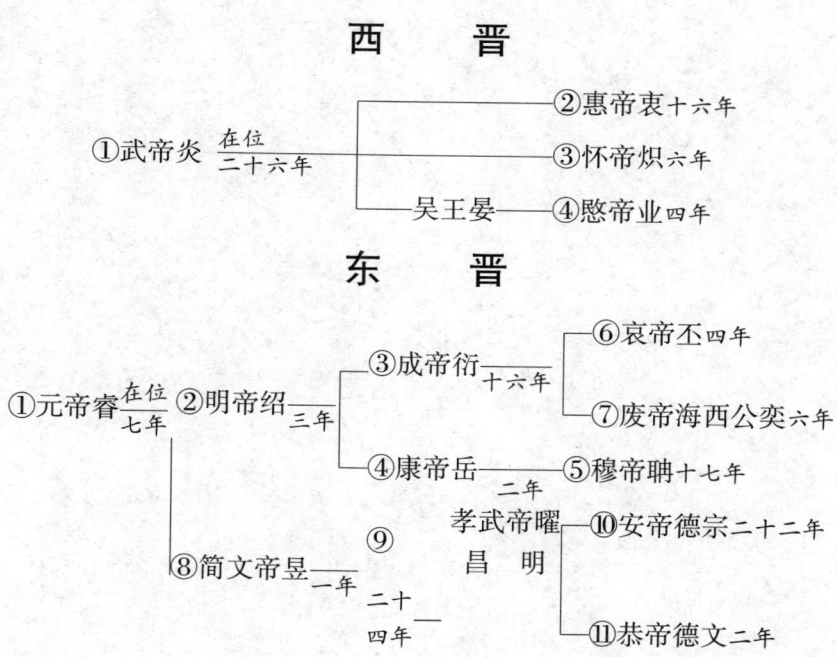

西晋传三世,凡四主,计五十二年。东晋传四世,凡十一主,计一百零四年,两共计一百五十六年。(《晋书》载西晋五十四年,东晋一百零二年,此为怀愍失国后之二年,晋廷无主,仍用怀愍年号,今读史家言,谓宜并入东晋,颇有至理,故从之。)

目 录

第 一 回	祀南郊司马开基	立东宫庸雏伏祸	/1
第 二 回	堕诡计储君纳妇	慰痴情少女偷香	/9
第 三 回	杨皇后枕膝留言	左贵嫔摅才上颂	/17
第 四 回	图东吴羊祜定谋	讨西虏马隆奏捷	/25
第 五 回	捣金陵数路并举	俘孙皓二将争功	/33
第 六 回	纳群娃羊车恣幸	继外孙螟子乱宗	/41
第 七 回	指御座讽谏无功	侍帝榻权豪擅政	/48
第 八 回	怙势招殃杨氏赤族	逞凶灭纪贾后废姑	/56
第 九 回	遭反噬楚王受戮	失后援周处捐躯	/63
第 十 回	讽大廷徙戎著论	诱小吏侍宴肆淫	/71
第 十一 回	草逆书醉酒逼储君	传伪敕称兵废悍后	/78
第 十二 回	坠名楼名姝殉难	夺御玺御驾被迁	/86
第 十三 回	迎惠帝反正除奸	杀王豹擅权拒谏	/94
第 十四 回	操同室戈齐王毕命	中诈降计李特败亡	/102
第 十五 回	讨逆蛮力平荆土	拒君命冤杀陆机	/109
第 十六 回	刘刺史抗忠尽节	皇太弟挟驾还都	/117
第 十七 回	刘渊拥众称汉王	张方恃强劫惠帝	/125
第 十八 回	作盟主东海起兵	诛恶贼河间失势	/132
第 十九 回	伪都督败回江左	呆皇帝暴毙宫中	/140
第 二十 回	战阳平苟晞破贼垒	佐琅琊王导集名流	/148
第二十一回	北宫纯力破群盗	太傅越擅杀诸臣	/155
第二十二回	乘内乱刘聪据国	借外援猗卢受封	/163
第二十三回	倾国出师权相毕命	覆巢同尽太尉知非	/171
第二十四回	执天子洛中遭巨劫	起义旅关右迓亲王	/178
第二十五回	贻书归母难化狼心	行酒为奴终遭鸩毒	/186
第二十六回	诏江东愍帝征兵	援灵武麹允破虏	/194
第二十七回	拘王浚羯胡吞蓟北	毙赵染晋相保关中	/202

第二十八回	汉刘后进表救忠臣	晋陶侃合军破乱贼	/210
第二十九回	小儿女突围求救	大皇帝衔璧投降	/218
第 三 十 回	牧守联盟奉笺劝进	君臣屈辱蒙难丧生	/226
第三十一回	晋王睿称尊嗣统	汉主聪见鬼亡身	/235
第三十二回	诛逆登基羊后专宠	乘衅独立石勒称王	/243
第三十三回	段匹䃅受擒失河朔	王处仲抗表叛江南	/251
第三十四回	镇湘中谯王举义	失石头元帝惊心	/259
第三十五回	逆贼横行廷臣受戮	皇灵失驭嗣子承宗	/267
第三十六回	扶钱凤即席用谋	遣王含出兵犯顺	/275
第三十七回	平大憝群臣进爵	立幼主太后临朝	/283
第三十八回	召外臣庾亮激变	入内廷苏峻纵凶	/290
第三十九回	温峤推诚迎陶侃	毛宝负剑救桓宣	/297
第 四 十 回	枭首逆戡乱成功	宥元舅顾亲屈法	/305
第四十一回	察铃音异僧献技	失军律醉汉遭擒	/313
第四十二回	并前赵石勒称尊	防中山徐遐泣谏	/320
第四十三回	背顾命鸦子毁室	凛梦兆狐首归邱	/328
第四十四回	尽愚孝适贻蜀乱	保遗孤终立代王	/336
第四十五回	杀妻孥赵主寡恩	协君臣燕都却敌	/343
第四十六回	议北伐蔡谟抗谏	篡西蜀李寿改元	/350
第四十七回	饯刘翔晋臣受责	逐高钊燕主逞威	/358
第四十八回	斩敌将进灭宇文部	违朝议徙镇襄阳城	/365
第四十九回	擢桓温移督荆梁	降李势荡平巴蜀	/372
第 五 十 回	选将得人凉州破敌	筑宫渔色石氏宣淫	/380
第五十一回	诛逆子纵火焚尸	责病主抗颜极谏	/387
第五十二回	乘羯乱进攻反失利	弑赵主易位又遭囚	/395
第五十三回	养子复宗冉闵复姓	屠主授首石氏垂亡	/403
第五十四回	却桓温晋相贻书	灭冉魏燕王僭号	/410
第五十五回	拒忠言殷浩丧师	射敌帅桓温得胜	/418
第五十六回	逞刑戮苻生纵虐	恣淫威张祚杀身	/426
第五十七回	具使才说下凉州	满恶贯变生秦阙	/434
第五十八回	围广固慕容恪善谋	战东阿诸葛攸败绩	/442

第五十九回	谢安石应征变节	张天锡乘乱弑君	/450
第 六 十 回	失洛阳沈劲死义	阻石门桓温退师	/458
第六十一回	慕容垂避祸奔秦	王景略统兵入洛	/466
第六十二回	略燕地连摧敌将	拔邺城追掳孱王	/474
第六十三回	海西公遭诬被废	昆仑婢产子承基	/482
第六十四回	谒崇陵桓温见鬼	重正朔王猛留言	/490
第六十五回	失姑臧凉主作降虏	守襄阳朱母筑斜城	/498
第六十六回	救孤城谢玄却秦军	违众议苻坚窥晋室	/505
第六十七回	山墅赌弈寇来不惊	淝水交锋兵多易败	/513
第六十八回	结丁零再兴燕祚	索邺城申表秦庭	/521
第六十九回	据渭北后秦独立	入阿房西燕称尊	/529
第 七 十 回	堕房谋晋将逾绝涧	应童谣秦主缢新城	/537
第七十一回	用僧言吕光还兵	依逆谋段随弑主	/544
第七十二回	谋刺未成秦后死节	失营被获毛氏捐躯	/551
第七十三回	拓跋珪创兴后魏	慕容垂讨灭丁零	/558
第七十四回	智姚苌旋师惊噩梦	勇翟瑶斩将扫孱宗	/565
第七十五回	失都城西燕被灭	压山寨北魏争雄	/573
第七十六回	子逼母燕太后自尽	弟陵兄晋道子专权	/580
第七十七回	殷仲堪倒柄授桓玄	张贵人逞凶弑孝武	/587
第七十八回	迫诛奸称戈犯北阙	僭称尊遣将伐西秦	/594
第七十九回	吕氏肆虐凉土分崩	燕祚浸衰魏兵深入	/601
第 八 十 回	拓跋珪转败为胜	慕容宝因怯出奔	/608
第八十一回	攻旧都逆子忘天理	陷中山娇女作人奴	/615
第八十二回	通叛党兰汗弑君	诛贼臣燕宗复国	/622
第八十三回	再发难王恭受戮	好惑人孙泰伏诛	/629
第八十四回	戕内史独全谢妇	杀太守复陷会稽	/636
第八十五回	失荆州参军殉主	弃苑川乾归逃生	/643
第八十六回	受逆报吕纂被戕	据偏隅李暠独立	/650
第八十七回	扫残孽南燕定都	立奸叔东宫失位	/657
第八十八回	吕隆累败降秦室	刘裕屡胜走孙恩	/664
第八十九回	覆全军元显受诛	夺大位桓玄行逆	/671

第九十回	贤孟妇助夫举义　勇刘军败贼入都	/678
第九十一回	截江洲冯迁诛逆首　陷成都谯纵害疆臣	/685
第九十二回	贪女色吞针欺僧侣　戕妇翁拥众号天王	/692
第九十三回	葬爱妻遇变丧身　立犹子临终传位	/699
第九十四回	得使才接眷还都　失兵机纵敌入险	/706
第九十五回	覆孤城慕容超亡国　诛逆贼冯文起开基	/713
第九十六回	何无忌战死豫章口　刘寄奴固守石头城	/720
第九十七回	窜南交卢循毙命　平西蜀谯纵伏辜	/728
第九十八回	南凉王愎谏致亡　西秦后败谋殉难	/735
第九十九回	入荆州驱除异党　夺长安翦灭后秦	/742
第一百回	招寇乱秦关再失　迫禅位晋祚永终	/750

第 一 回

祀南郊司马开基　立东宫庸雏伏祸

华夷混杂,宇宙腥膻,这是我国历史上,向称为可悲可痛的乱事。其实华人非特别名贵,夷人非特别鄙贱,如果元首清明,统御有方,再经文武将相,及州郡牧守,个个是贤能廉察,称职无惭,就是把世界万国联合拢来,凑成一个空前绝后的大邦,也不是一定难事,且好变做一大同盛治了。眼高于顶,笔大如椽。无如我国人一般心理,只守定上古九州的范围,不许外人羼入,又因圣帝明王,寥寥无几,护国乏良将相,殖民乏贤牧守,仅仅局守本部,还是治多乱少;所以旧儒学说,主张小康,专把华夷大防,牢记心中,一些儿不肯通融,好似此界一溃,中国是有乱无治,从此没有干净土了。看官!试搜览古史,何朝不注重边防,何代能尽除外患?日日攘外夷,那外夷反得步进步,闹得七乱八糟,不可收拾。究竟是备御不周呢,还是别有他故呢?古人说得好:"人必自侮,然后人侮;家必自毁,然后人毁;国必自伐,然后人伐。"又云:"木朽虫生,墙罅蚁入。"这却是千古不易的名言。历朝外患,往往从内乱引入,内乱越多,外患亦越深。照此看来,明明是咎由自取,应了前人的遗诫,怎得专咎外夷与防边未善呢?别具只眼。

小子尝欲将这种臆见,抒展出来,好待看官公决是非,但又虑事无左证,徒把五千年来的故事,笼笼统统的说了一番,看官或且诮我为空谈,甚至以汉奸相待,这岂不是多言招尤么?近日笔墨少闲,聊寻证据,可巧案左有一部《晋书》,乃是唐太宗汇集词臣,撰录成书,共得一百三十卷,当下顺手一翻,看了一篇《序言》,是总说五胡十六国的祸乱,因猛然触起心绪,想到外祸最烈,无过晋朝,晋自武帝奄有中原,仅阅一传,便已外患迭起,当时大臣防变未然,或说是罢兵为害,山涛。或说是徙戎宜早,郭钦江统。言谆谆,听藐藐,遂致后来外祸无穷,由后思前,无人不为叹惜。哪知牝鸡不鸣,群雄自息;八王不乱,五胡何来?并且貂蝉满座,麈尾挥尘,大都龌龌龊龊,庸庸碌碌,没一个文经武纬,没一个坐言起行。看官试想，这种败常乱俗的时局，难道尚能支持过去么？假使兵不罢，戎早徙，亦岂果能慎守边疆，严杜狡寇么？到了神州陆沉，铜驼荆棘，两主被虏，行酒狄庭，无非是内政不纲，所以致此。既而牛传马后，血统变迁，阳仍旧名，阴实易姓，王马共天下，依然是乱臣贼子，内讧不休，一波未平，一波又起，单剩得江表六州，扬荆江湘交广。尚且朝不保暮，还有什么余力，要想规复中原呢？幸亏有几个智士谋臣，力持危局，淝水一役，大破苻秦，半壁江山，侥幸保全；那大河南北，长江上游，仍被杂胡占据，虽是倏起倏衰，终属楚失楚得，就中非无一二华族，夺得片土，与夷人争衡西北，张实据凉州，李暠据酒泉，冯跋据中山。究竟势力甚微，无关大局；且仇视晋室，仍似敌国一般。东晋君臣，稍胜即骄，由骄生惰，毫无起色，于是篡夺相寻，祸乱踵起，不能安内，怎能对外？大好中原，反被拓跋氏逐渐并吞，成一强国，结果是枭雄柄政，窥窃神器，把东晋所有的区宇，也不费一兵，占夺了去。咳！东西两晋，看似与外患相终始，究竟自成鹬蚌，才有渔翁。西晋尚且如此，东晋更不必说了。有人谓司马篡魏，故后嗣亦为刘裕所篡，这是从因果上着想，应有此说；但添此一番议论，更见得晋室覆亡，并非全是外患所致。伦常乖舛，骨肉寻仇，是为亡国第一的祸胎；信义沦亡，豪权互阋，是为亡国的第二祸胎。外人不过乘间抵隙，可进则进，既见我中国危乱相寻，乐得趁此下手，分尝一脔，华民虽众，无拳无勇，怎能拦得住胡马，杀得过番兵。眼见得男为人奴，女为人妾，同做那夷虏的仆隶了。伤心人别有怀抱。自古到今，大抵皆然，不但两晋时代，遭此变乱，只是内外交迫，两晋也达到极点。为惩前毖后起见，正好将两晋史事，作为榜样，奈何后人不察，还要争权夺利，扰扰不休，恐怕四面列强，同时入室，比那五胡十六国，更闹得一塌糊涂，那时国也亡，家也亡，无论豪族平民，统去做外人的砧上鱼，刀上肉，无从幸免，乃徒怨及外人利害，试问外人肯受此恶名吗？论过去兼及未来，真是眼光四射。

　　话休絮烦，且把那两晋兴亡，逐节演述，作为未来的殷鉴。看官少安毋躁！待小子援笔写来：晋自司马懿起家河内，曾在汉丞相曹操麾下，充当掾吏，及曹丕篡汉，出握兵权，与吴蜀相持有年，迭著战绩。懿死后，长子师嗣，后任大将军录尚书事，都督中外各军，废魏主曹芳及芳后张氏，权焰逼人。未几师复病死，弟昭得承兄职，比乃兄还要跋扈，居

第一回　祀南郊司马开基　立东宫庸雏伏祸

然服衮冕，着赤舄。魏主曹髦，忍耐不住，尝谓司马昭之心，路人皆知。因即号召殿中宿尉及苍头官僮等，作为前驱，自己亦拔剑升辇，在后督领，亲往讨昭，才行至南阙下，正撞着一个中护军，面目狰狞，须眉似戟，手下有二三百人，竟来挡住乘舆。这人为谁，就是平阳人贾充。<small>特别提出，不肯放过贼臣，且为该女乱晋张本。</small>魏主髦喝令退去，充非但不从，反与卫士交锋起来，约莫有一两个时辰。充寡不敌众，将要败却，适太子舍人成济，也带兵趋入，问为何事相争？充厉声道："司马公豢养汝等，正为今日，何必多问！"成济乃抽戈直前，突犯车驾。魏主髦猝不及防，竟被他手起戈落，刺毙车中。兄废主，弟弑主，一个凶过一个。余众当然逃散。

司马昭闻变入殿，召群臣会议后事。尚书仆射陈泰，流涕语昭道："现在惟亟诛贾充，尚可少谢天下。"看官！你想贾充是司马氏功狗，怎肯加诛？当下想就了张冠李戴的狡计，嫁祸成济，把他推出斩首，还要夷他三族。<small>助力者其视诸！</small>一面令长子中抚军炎，迎入常道乡公曹璜，继承魏祚。璜改名为奂，年仅十五，一切国政，统归司马昭办理。昭复部署兵马，遣击蜀汉，骁将邓艾钟会，两路分进，蜀将望风溃败，好容易攻入成都，收降蜀汉主刘禅。昭引为己功，进位相国，加封晋公，受九锡殊礼。俄而进爵为王，又俄而授炎为副相国，立为晋世子。正拟安排篡魏，偏偏二竖为灾，缠绕昭身，不到数日，病入膏肓，一命呜呼。世子炎得袭父爵，才过两月，即由司马家臣，奉书劝进，胁魏受禅。魏主奂早若赘疣，至此只好推位让国，生死唯命。司马炎定期即位，设坛南郊。时已冬暮，雨雪盈涂，炎却遵吉称尊，服衮冕，备卤簿，安安稳稳的坐了法驾，由文武百官拥至郊外，燔柴告天。炎下车行礼，叩拜穹苍，当令读祝官朗声宣诵道：

皇帝臣司马炎，敢用玄牡，明告于皇皇后帝。魏帝稽协皇运，绍天明命以命炎。昔者唐尧熙隆大道，禅位虞舜，舜又禅禹。迈德垂训，多历年载。暨汉德既衰，太祖武皇帝，<small>指曹操。</small>拨乱济时，辅翼刘氏，又用受命于汉。粤在魏室，仍世多故，几于颠坠，实赖有晋匡拯之德，用获保厥肆祀，弘济于艰难，此则晋之有大造于魏也。诞惟四方，罔不祗顺。廓清梁岷，包怀扬越，八纮同轨，祥瑞屡臻，天人协应，无思不服。肆予宪章三后，用集大命于兹。炎维德不

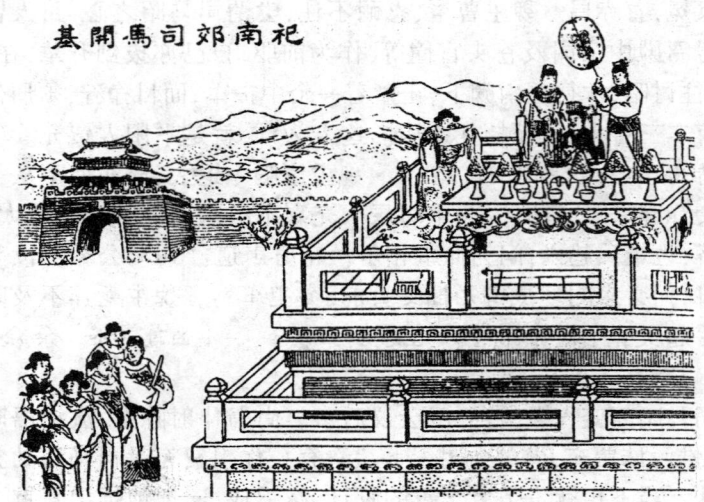

祀南郊司马开基

嗣，辞不获命，于是群公卿士，百辟庶僚，黎献陪隶，暨于百蛮君长，佥曰："皇天鉴下，求民之瘼，既有成命，固非克让所得距违。天序不可以无统，人神不可以旷主。"炎虔奉皇运，寅畏天威，敬简元辰，升坛受禅，告类上帝，永答众望。

　　祝文读毕，祭礼告终。司马炎还就洛阳宫，御太极前殿，受王公大臣谒贺。这班王公大臣，无非是曹魏勋旧，昨日臣魏，今日臣晋，一些儿不以为怪，反且欣然舞蹈，曲媚新朝。攀龙附凤，何代不然？随即颁发诏旨，大赦天下，国号晋，改元泰始。封魏主奂为陈留王，食邑万户，徙居邺宫。奂不敢逗留，没奈何上殿辞行，含泪而去。朝中也无人饯送，只太傅司马孚，拜别故主，唏嘘流涕道："臣已年老，不能有为，但他日身死，尚好算做大魏纯臣哩。"看官道孚为何人？乃是司马懿次弟，即新主司马炎的叔祖父，官至太傅，生平尝洁身远害，不预朝政，所以司马受禅，独孚未曾赞成。但年已八十有余，筋力就衰，不能自振，只好自尽臣礼，表明心迹，这也不愧为庸中佼佼了。

　　过了一日，诏遣太仆刘原往告太庙，追尊皇祖懿为宣皇帝，皇伯考师为景皇帝，皇考昭为文皇帝，祖母张氏为宣穆皇后，母王氏为皇太后。相传王太后幼即敏慧，过目成诵，及长，能孝事父母，深得亲心。既适司马氏，相夫有道，料事屡中。后来生了五子，长即司马炎，次名攸，又次名兆,又次名定国广德。兆与定国广德三人,均皆早夭,惟炎攸尚存。炎字安世,姿表过人,发长委地,手垂过膝,时人已知非常相。攸字大猷,早岁岐嶷,成童后饱阅经籍,雅善属文,才名籍籍,出乃兄右,司马昭格外钟爱。因兄师无后,令攸过继,且尝叹息道:"天下是我兄的天下,我不过因兄成事,百年以后,应归我兄继子,我心方安。"及议立世子,竟遂属攸,左长史山涛劝阻道:"废长立少,违礼不祥。"贾充已进爵列侯,亦劝昭不宜违礼。还有司徒何曾,尚书令裴秀,又同声附和,请立嫡长,因此炎得为世子。炎篡位时,正值壮年,春秋鼎盛,大有可为,初政却是清明,率下以俭,驭众以宽。有司奏称御牛丝鞦,已致朽敝,不堪再用,有诏令用麻代丝。高阳人许允,为司马昭所杀,允子奇颇有才思,仍诏为太常丞,寻且擢为祠部郎。海内苍生,讴歌盛德,哪一个不望升平?但天下事靡不有初,鲜克有终,晋主炎正坐此弊,所以典午家风,<small>午肖马,典者司也,故旧称司马为典午。</small>不久即坠呢。这事备详后文,看官顺次细阅,自见分晓。惟晋主炎的庙号,叫做武帝,小子沿着史例,便称他为晋武帝。

且说晋武帝已经篡魏,复力惩魏弊,壹意更新。他想魏氏摧残骨肉,因致孤立,到了禅位时候,竟无人出来抗衡,平白地让给江山,自己虽侥幸得国,若使子子孙孙,也像曹魏时孤立无援,岂不要仍循覆辙么?于是思患预防,大封宗室,授皇叔祖父孚为安平王,皇叔父干,<small>司马懿第三子,</small>为平原王。<small>亮懿第四子,</small>为扶风王。<small>伷懿第五子,</small>为东莞王,骏为汝阴王,<small>懿第六子京早卒,骏为第七子。</small>肜<small>懿第八子,</small>为梁王,伦<small>懿第九子,</small>为琅琊王。皇弟攸为齐王,鉴为乐安王,机为燕王。<small>鉴与机为晋武异母弟。</small>还有从伯叔父,及从父兄弟,亦俱封王爵,列作屏藩。<small>名称不详,因无关后来治乱,所以从略。上文如亮如伦,为八王之二,故例须并举。</small>进骠骑将军石苞为大司马,封乐陵公,车骑将军陈骞为高平公,卫将军贾充为鲁公,尚书令裴秀为钜鹿公,侍中荀勖为济北公,太保郑冲为太傅,兼寿光公,太尉王祥为太保,兼睢陵公,丞相何曾为太尉,兼朗陵公,御史大夫王沈为骠骑将军,兼博陵公,司空荀颢为临淮公,镇北大将军卫瓘为菑阳公。此外文武百僚,各加官进爵有差。

转瞬间已过残腊,便是泰始二年,元旦受朝,不消细说。有司请建立七庙,武帝恐劳民伤财,不忍徭役,但将魏庙神主,徙置别室,即就魏庙作为太庙,所有魏氏诸王,皆降封为侯。旋册立王妃杨氏为皇后,杨氏为弘农郡人,名艳,字琼芝,父名文宗,曾仕魏为通事郎,母赵氏产女身亡,女寄乳舅家,赖舅母抚育成人,生得姿容美丽,秀外慧中,相士尝说她后当大贵,司马昭乃纳为子妇,伉俪甚谐。昭纳杨女为媳,明明是有心篡国。及得立为后,追怀舅氏旧恩,请敕封舅氏赵俊夫妇,武帝自然依议。俊兄赵虞,也得授官。虞有一女,芳名是一粲字,颇有三分姿色,杨后召她入宫,镇日里留住左右,就是武帝退朝,与后叙谈,粲亦未尝回避,有时却与武帝调情,杨后玉成人美,遂劝武帝纳作嫔嫱,赐号夫人。武帝还道杨后大度,毫不妒忌,哪知杨后正要这中表姊妹,来做帮手,一切布置,仿佛与美人计相似,武帝为色所迷,怎能窥破杨后的私衷呢?这也是杨后特别作用,与普通妇人不同。

杨后初生一男,取名为轨,二岁即殇,嗣复生了二子,长名衷,次名东。衷顽钝如豕,年至七八岁,尚不能识之无,虽经师傅再三教导,也是旋记旋忘。武帝尝谓此儿不肖,未堪承嗣,偏杨后钟爱顽儿,屡把立嫡以长的古训,面语武帝,惹得武帝满腹狐疑,勉强延宕了一年。衷已年至九岁了,杨后常欲立衷为太子,随时絮聒,又经赵夫人从旁帮忙,只说"衷年尚幼冲,怪不得他童心未化,将来大器晚成,何至不能承统。今主上即位二年,尚未立储,似与国本关系,未免欠缺,应速立衷为嗣"云云。从来妇人私语,最易动听,况经一妻一妾,此倡彼和,就使铁石心肠,也被销熔。况晋武帝牵情帷茀,无从摆脱,怎能不为他所误,变易成心?泰始三年正月,竟立衷为皇太子。祸本成了。内外官僚,哪个来管司马家事?且衷为嫡长,名义甚正,更令人无从置喙,大众不过依例称贺,乐得做个好好先生,静观成败罢了。

是年特下征书,起蜀汉郎官李密为太子洗马,密父虔早殁,母何氏改醮,单靠祖母刘氏抚养,因得长成。是时刘氏年近百岁,起居服食,统由密一人侍奉。密乃上表陈情,愿乞终养。表文说得非常恳切,一经呈入,连武帝也为动情,且阅且叹道:"孝行如是,毕竟名不虚传呢。"陈情表传诵古今,不待录入,惟事可风世,因特笔表明。待至刘终服阕,仍复征为洗马,不久即出为守令,免官归田,考终原籍。随手了结,免致阅者疑问。

泰始四年,皇太后王氏崩,武帝居丧,一遵古礼,迨丧葬既毕,还是缞绖临朝。先是武帝遭父丧时,援照魏制,三日除服,但尚素冠蔬食,终

第一回　祀南郊司马开基　立东宫庸雏伏祸

守三年。至是改魏为晋,法由己出,因欲仿行古制,持三年服,偏百官固请释缞,乃姑允通融,朝服从吉,常服从凶,直到三年以后,才一律改除。不没晋武孝思,惟不能力持古礼,尚留遗憾。事有凑巧,晋室方遭大丧,那孝子王祥,亦老病告终。祥系琅琊人氏,早年失恃,继母朱氏,待祥颇虐,卧冰求鲤的故典,便是王祥一生的盛名。后仕魏至太尉,封睢陵侯,武帝即位,迁官太保,进爵为公。见上文。祥以年老乞

立东宫庸雏伏祸

休,一再不已,乃听以睢陵公就第,禄赐如前。已而病殁,赗赠甚优,予谥曰元。祥弟名览,为朱氏所出,屡次谏母护兄,孝友恭恪,与祥齐名,后来亦官至光禄大夫。门施五马,代毓名贤,这岂不是善有善报么?叙祥及览,连类并书。

且说晋武帝新遭母丧,无心外事,但将内政稍稍整顿,已是兆民乐业,四境蒙庥。过了年余,方欲东向图吴,特任中军将军羊祜为尚书左仆射,出督荆州军事。祜坐镇襄阳,日务屯垦,缮备军实,意者待时而动,不愿与吴急切启衅,故在军中常轻裘缓带,有儒雅风。武帝亦特加宠信,听他所为。不意雍凉交界,忽出了一个外寇,叫做秃发树机能。这树机能系出鲜卑,为秦汉时东胡遗裔,散居塞北鲜卑山,因即沿称为鲜卑种。鲜卑酋匹孤,集得部众千人,从塞北入居河西。妻相掖氏方孕,延至足月,陡欲分娩,不及起床坐蓐,竟在被中产出一儿,鲜卑人呼被为秃发,乃以秃发两字,为婴儿姓氏,取名寿阗。寿阗年长,嗣父遗

业,却也没甚奇异,不过部众日繁,约得数千人。寿阗子就是树机能,骁果多谋,集众数万,出没雍凉,当邓艾破蜀时,上表乞降,遂任他居住。偏偏养痈贻患,到了泰始六年,居然造起反来,是为胡人蠢动的第一声。提要钩元。小子有诗叹道:

  豺狼生性本猖狂,聚众咆哮敢肆殃。
  不信晋朝开国日,已闻叛贼树西方。

  欲知树机能造反后事,容待下回叙明。

  回评 本回开宗明义,揭出西晋外患,由内乱而起,确是探原之论,并足援古证今,为未来之龟鉴。可见作者别具苦心,特借史事以讽世,冀免沦胥之苦,非好为是浪费笔墨也。魏蜀之亡,应详见《后汉演义》中,故从简略,独提出贾充之助逆,作一伏案,盖佐晋开国者贾氏,误晋乱国者亦贾氏,所关甚大,不容忽视。及晋主炎篡位以后,封宗室,立杨后,俱属振领提纲之笔,至册皇子衷为太子,事出晋主之误信妇人,帷帝之言,十有九败,何辨之不早辨也?至若晋武之终丧,及李密王祥之尽孝,均随事叙入,惩恶而劝善,其犹有良史之遗风欤。

第 二 回

堕诡计储君纳妇　慰痴情少女偷香

却说树机能拥众造反,气焰甚盛,雍凉边境,多被劫掠,十室九空。晋武帝本恐杂胡作乱,尝从雍凉二州故土,析置秦州,并遣胡烈为秦州刺史,令他屯兵镇守,严防胡人。胡烈莅任,甫及一年,树机能便即蠢动。烈当然督兵往讨,与树机能对垒争锋。树机能确是乖巧,先用老弱残众,出来诱敌,略经交战,马上遁去。烈三战三胜,便藐视树机能。树机能乃自来挑战,待烈出营,即麾众倒退,烈追赶一程,树机能退走一程,至烈欲收军回来,他又拨转马头,作进逼状。好几次相持不舍,激得胡烈性起,向前直追,约行数十里,见前面都是乱山深箐,险恶得很,树机能部下,统向山谷中跑入,杳无人影。烈未免惶惑,且未知此处地名,只好勒兵不进,谁知山冈上一声胡哨,竟张起一面叛旗,旗下立着一个番酋,戟手南指,口中呶呶不休,大约是辱骂晋军。无非诱敌。烈又忍耐不住,策马当先,驰入山中。霎时间叛胡四起,把晋军截作数段,烈冲突不出,身受数创,创重身亡,部下军士,大半陷没,逃归的不过数人。看官听着!这地方叫作万斛堆,山上立着的番酋,就是秃发树机能。树机能既诱杀胡烈,势益猖獗,西陲大震。

扶风王司马亮,方都督雍凉军事,急遣将军刘旗往援。旗闻胡烈败没,不敢进击,但在中道逗留。那寇警日甚一日,连洛都中亦屡有急报,上下震惊。武帝乃传诏责亮,贬亮为车骑将军,并饬亮执送刘旗,处以死刑。亮复称节度无方,咎在臣亮,乞免刘旗死罪。武帝更下诏道:"若罪不在旗,当有他属。"因将亮免官召归,另简尚书石鉴为安西将军,都督秦州军事,出讨树机能。更命前河南尹杜预为秦州刺史,兼轻车将军。预与鉴素有宿嫌,鉴欲借此陷预,遂令预孤军出战,不得延期。预知鉴有意为难,复书辩驳,大致说是"胡马方肥,势又甚盛,不可轻敌。且官军远行乏粮,更难久持,宜并力运足刍米,待至来春大进,方可平荡"等语。鉴得书大怒,即劾预张皇寇势,挠阻士心。有诏遣御史至秦州，囚预入都，械付廷尉。亏得预为皇室懿亲，曾尚帝姑高陆公主，内线一通，便有人出来解免，想总不外杨后等人。爰照议亲减罪故例，准他图功自赎。预才得出狱，还归私宅。那石鉴一再发兵，统被树机能击退，日久无功。忮忌如是，怎能有成？到了泰始七年，树机能且与北地叛胡，互相连结，进围金城。凉州刺史牵弘，复为所杀。从前高平公陈骞，尝言："胡烈牵弘，有勇无谋，不堪重任。"武帝以为龃言，及二将先后阵亡，方悔不用骞议，但已是无及了。

于是趁着秋狝时候，再简将帅，特任鲁公兼车骑将军贾充，都督秦凉二州军事。这诏一下，累得贾充日夕彷徨，不知所措。他本来没甚韬略，徒靠着谄媚逢迎伎俩，得列元勋，看官阅过上文，应知他有两大功劳，第一着是与弑魏主，第二着是劝立冢子。嗣是邀殊宠，位上公，蟠踞朝堂，党同伐异。太尉临淮公荀颉，侍中荀勖，越骑校尉冯紞，皆与充友善，朋比为奸，独侍中任恺，中书令庾纯，刚直守正，不肯附充。充长女荃又为齐王攸妃，恺等恐他威焰日加，必为后患，可巧武帝择将西征，遂入内密陈，请命充都督秦凉。武帝竟允所请，骤然颁下诏书，迅雷不及掩耳，几令充莫名其妙。及仔细探听，方知由任恺等所荐举。外示推崇，实是排斥，不由得懊恨异常，但又无法推辞，只好托词募兵，迁延数月；到了寒信迭催，不便再挨，只好硬着头皮，上朝辞行。百僚往饯夕阳亭，盛筵相待，酒至半酣，充离座更衣，荀勖亦起身随入，两人得一处密谈。充皱眉道："我实不愿有此行，公可为我设策否？"勖答道："公为朝廷宰辅，乃受制一夫，煞是可恨。勖为公筹划已久，苦无良策，近得宫中消息，却有一隙可乘，若得成事，公自得免远行了。"充问有何事？勖又道："闻主上为太子议婚，公尚有二女待字，何不乘此营谋，倘蒙俞允，是遣嫁在迩，主上亦不使公行了。"充狞笑道："恐无此福。"勖凑机道："事在人为。"说至此，又与充附耳数语。充喜出望外，向勖再拜，恨不得跪下磕头。极力形容。勖慌忙答礼，握手并出，还座畅饮。待至日暮兴阑，彼此方才告别。充徐徐就道，每日不过行了数里，老天有意做人美，竟连宵降雪，变成一个粉妆玉琢的世界，千山皆白，飞鸟不通，何况这远行军士呢？充即遣使飞奏，说是雨雪载涂，难以行道，惟有待晴再往一法。果然皇恩浩荡，曲体军心，便令充折回都门，缓日起程。充喜如所期，匆匆还都。时来福凑，皇太子结婚问题，竟被充运动到手，得将

第二回　堕诡计储君纳妇　慰痴情少女偷香

三女许字青宫，这正是一大喜事，差不多似锦上添花。

原来太子衷年已十二，武帝欲为他择配，拟纳卫瓘女为太子妃。充妻郭槐，早思将己女许配太子，暗地里纳赂宫人，托她们向杨后处说合。妇人家耳朵最软，屡经左右提及贾女，说她如何有德，如何有才，不由得艳羡起来，便乘武帝入宫时，劝纳贾女为冢妇。武帝摇首道："不可，不可。"杨后惊问何因？武帝道："我意愿聘卫女，不愿聘贾女。卫氏种贤，并且多子，女貌秀美，身长面白，贾氏种妒，子息不蕃，女貌丑劣，身短面黑，两家相较，优劣不同，难道舍长取短么？"初意原是不差。杨后道："闻贾女颇有才德，陛下不应固执成见，坐失佳妇。"武帝仍然不答。杨后又固请武帝访问群臣，证明可否。武帝方略略点首。越宿召群臣入宴，与论太子婚事，荀勖正得列座，力言贾女贤淑，宜配储君。再加荀瓘冯𬘘，亦极口称赞贾女，说得天花乱坠，娓娓动听。武帝不觉移情，便问："贾充共有几女？"荀勖答道："充前妻生二女，已经出嫁，后妻生二女，尚未字人。"武帝又问："未字二女，年龄几何？"勖又答道："臣闻他季女最美，年方十一，正好入配青宫。"武帝道："十一岁未免太幼。"瓘即接口道："还是贾氏三女，已十有四龄，貌虽未及幼女，才德比幼女为优，女子尚德不尚色，还请圣裁！"好一个有德女子，请看将来。武帝道："既如此说，不如叫贾氏三女，入配吾儿。"勖等闻言，便离席拜贺。媒人做成了，我且当为媒人贺喜。武帝也有喜色，再令勖等入席，续饮数巡，方撤席而散。是日充正还都，荀勖等一出殿门，便欢天喜地，跑往贾府称贺去了。

小子走笔至此，更不得不将贾充二妻，详叙一番。充本娶魏中书令李丰女为妇，颇有才行，生下二女，长名荃，便是齐王攸妃，次名浚，亦得适名门。李丰前为司马师所杀，充妻李氏，亦坐父罪被戍，与充诀别，自往戍所。充不耐鳏居，更娶城阳太守郭配女，叫做郭槐。槐性妒悍，为充所惮，晋武践阼，颁诏大赦，李氏蒙恩释归，留居母家。武帝方感贾充旧惠，即对司马昭固请立长之功。特别隆宠，命得置左右夫人。充母柳氏，亦嘱充迎还故妇，郭槐攘袂忿争道："佐命荣封，惟我得受，李氏乃一罪奴，怎得与我并等？"充素畏阃威，未便逆命，只好委曲答诏，托言臣无大功，不敢当两夫人盛礼。武帝还道他谦卑自牧。哪知是河东狮吼，从中作梗哩。俗称惧内多富，充之富贵，想即出此。已而长女荃得为齐王攸

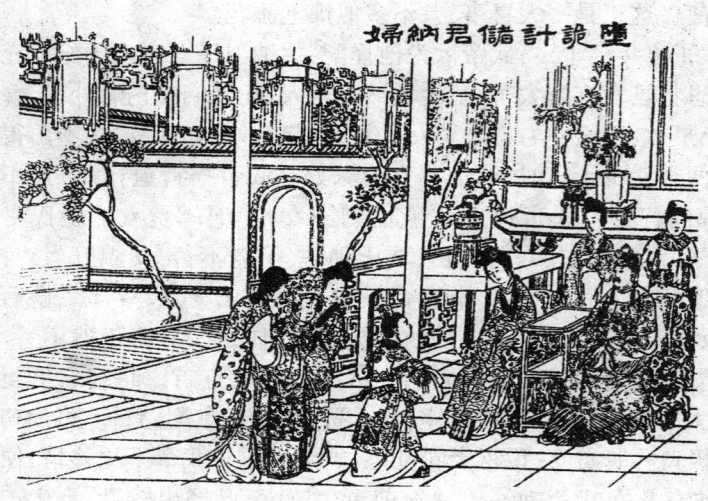

堕计诡储君纳妇

妃，复欲替母设法，令得迎还。充终畏郭槐，但筑室居李，未尝往来。荃至充前，吁请一往，充仍不许。及充奉命西行，荃复与妹浚同往劝充，求充会母，甚至叩头流血，尚不见允。郭槐却妒上加妒，定欲将己女入配东宫，与荃比势。她有二女，长名南风，幼名午，南风矮胖不文，午虽短小，尚有姣容。此次与太子为配，正是矮而且胖的贾南风。贾充闻武帝俯允婚事，自然笑逐颜开，对着荀勖等人，称谢不置。还有屏后探信的郭槐，得着这个好消息，真个是喜从天降，愉快莫名。自是备办奁具，无日不忙。充亦几无暇晷，把西征事搁在脑后，就是武帝也并不问及。至年暮下诏，仍令充复居原职，两老二小，团圞过年，快意更可知了。

泰始八年二月，为太子衷纳妃佳期。坤宅是相府豪门，纷华靡丽，不消细说，只忙煞了一班官僚，既要两边贺喜，又要双方襄礼，结果是蠢儿丑女，联合成双，也好算是无独有偶，天赐良缘了。调侃得妙。武帝见新妇面目，果如所料，心中不免懊悔，好在两口儿很是亲热，并无忤言，也乐得假痴假聋，随他过去罢了。惟郭槐因女入东宫，非常贵显，因欲往省李氏，自逞威风。充从旁劝阻道："夫人何必自苦，彼有才气，足敌夫人，不如勿往。"郭槐不信，令左右备了全副仪仗，自坐凤舆，呼拥而去。行至李氏新室，李氏不慌不忙，便服出迎。槐见她举止端详，容仪秀雅，不由得竦然起敬，竟至屈膝下拜。李氏亦从容答礼，引入正厅，谈吐间不亢不卑，转令郭槐自惭形秽，局促不

第二回 堕诡计储君纳妇 慰痴情少女偷香

堪,多去献丑。勉强坐了片刻,便即告辞。李氏亦不愿挽留,由她自归。她默思李氏多才,果如充言,倘充或一往,必被李氏羁住,因此防闲益密,每遇充出,必使亲人随着,隐为监督。傍晚必迫充使归,充无不如命,比王言还要敬奉,堂堂宰相,受制一妇,乃真是可愧可恨哩。回应荀勖语,悚人心骨。充母柳氏,素尚节义,前闻成济弑主,尚未知充为主使,因屡骂成济不忠,家人俱为窃笑。充益讳莫如深,不敢使母闻知。会柳母老病不起,临危时由充入问:"有无遗嘱?"柳母长叹道:"我教汝迎李新妇,汝尚未肯听,还要问什么后事哩?"遂瞑目长逝。充料理母丧,仍不许李氏送葬,且终身不复见李氏。长女荃抑郁成疾,也即病终。不忠不孝不义不慈,充兼而有之。还有一件贾府的丑史,小子也连类叙下,免得断断续续,迷眩人目。自贾女得为太子妃,充位兼勋戚,复进官司空尚书令,领兵如故。当时有一南阳人韩寿,为魏司徒韩暨曾孙,系出华胄,年少风流,才如曹子建,貌似郑子都,乘时干进,投谒相门。贾充召令入见,果然是翩翩公子,丰采过人,及考察才学,更觉得应对如流,言皆称意。充大加叹赏,便令他为司空掾,所有相府文牍,多出寿手,果然文成倚马,技擅雕龙。相国重才,格外信任,每宴宾僚,必令寿与席,充作招待员。寿初入幕,尚有三分拘束,后来已得主欢,逐渐放胆,往往借酒鸣才,高谈雄辩,座中佳客,无不倾情。好容易物换星移,大小宴不下数十次,为了他议论风生,遂引出一位绣阁娇娃,前来窃听。一日宾朋满座,寿仍列席,酒酣兴至,又把这饱学少年,倾吐了许多积愫,偏那屏后的锦帷,无风屡动,隐约逗露娇容,好似芍药笼烟,半明半灭。韩寿目光如炬,也觉帷中有人偷视,大约总是相府婢妾,不屑留神。谁知求凰无意,引凤有心,帷间的娇女儿,看这韩寿丰采丽都,几把那一片芳魂,被他勾摄了去。等到酒阑席散,尚是呆呆的站着一旁,经侍婢呼令入室,方才怏怏退回。既入房中,暗想世上有这般美男子,正是目未曾睹,若得与他结为鸳侣,庶不至辜负一生。当下问及侍婢,谓席间少年,姓甚名谁?侍婢答称韩寿姓名,并说是府中掾吏。那娇女儿既是一喜,又是一忧,喜的是萧郎未远,相见非难,忧的是绣闼重扃,欲飞无翼。再加那脉脉春情,不堪外吐,就使高堂宠爱,究竟未便告达,因此长吁短叹,抑郁无聊,镇日里偃息在床,不思饮食,竟害成一种单思病了。倒还是个娇羞女子。

看官道此女为谁？就是上文说过的少女贾午。午自胞姊出嫁，闺中少了一个伴侣，已觉得无限寂寥，蹉跎蹉跎，过了一两年，已符乃姊出阁年龄，都下的公子王孙，哪个不来求婚，怎奈贾充不察，偏以为只此娇儿，须要多留几年，靠她娱老。俗语说得好："女大不中留。"贾午年虽尚稚，情窦已开，听得老父拒婚，已有一半儿不肯赞成，此次复瞧见韩寿，不由的惹动情魔，恹恹成病。贾充夫妇，怎能知晓？总道她感冒风寒，日日延医调治，医官几番诊视，未始不察出病根，但又不便在贾充面前，唐突出言，只好模模糊糊的拟下药方，使她煎饮。接连饮了数十剂，毫不见效，反觉得娇躯越怯，症候越深。治相思无药饵。充当然忧急，郭槐更焦灼万分，往往迁怒婢女，责她们服侍不周，致成此疾。其实婢女等多已窥透贾午病源，不过似哑子吃黄连，无从诉苦，就中有个侍婢，为贾午心腹，便是前日与午问答、代为报名的女奴。她见午为此生病，早想替午设法，好做一个撮合山，但一恐贾午胆怯，未敢遽从，二恐贾充得闻，必加严谴，所以逐日延挨，竟逾旬月。及见午病势日增，精神亦愈觉恍惚，甚至梦中呓语，常唤韩郎，心病必须心药治，不得已冒险一行，潜至幕府中往见韩寿。寿生性聪明，蓦闻有内婢求见，已料她来意蹊跷，当下引入密室，探问情由。来婢即据实相告，寿尚未有室，至此也惊喜交并，忽转念道："此事如何使得？"便向来婢答复，表明爱莫能助的意思。来婢愀然道："君如不肯往就，恐要害死我娇姝了。"寿又觉心动，更问及贾女容色，来婢舌上生莲，说得人间无二，世上少双，寿正当好色，怎能再顾利害，便嘱来婢返报，曲通殷勤。婢当即回语贾午，午也与韩寿情意相同，惊喜参半。婢更为午设谋，想出往来门径，令得两下私会。午为情所迷，一一依议，乃嘱婢暗通音好，厚相赠结，即以是夜为约会佳期。彼此已经订定，午始起床晚妆，匀粉脸，刷黛眉，打扮得齐齐整整，静候韩郎。该婢且整理衾褥，熏香添枕，待至安排妥当，已是更鼓相催，便悄悄的趱至后垣，屏息待着。到了柝声二下，尚无足音，禁不住心焦意乱，只眼巴巴的望着墙上，忽听得一声异响，即有一条黑影，自墙而下，仔细一瞧，不是别物，正是日间相约的韩幕宾。婢转忧为喜。私问他如何进来？韩寿低语道："这般短墙，一跃可入，我若无此伎俩，也不敢前来赴约了。"毕竟男儿好手。婢即与握手引入，曲折至贾午房中。午

第二回　堕诡计储君纳妇　慰痴情少女偷香

正望眼将穿,隐几欲寐,待至绣户半开,昂头外望,先入的是知心慧婢,后入的便是可意郎君,此时身不由主,几不知如何对付,才觉相宜。至韩寿已趋近面前,方慢慢的立起身来,与他施礼。敛衽甫毕,四目相窥,统是情投意合,那婢女已出户自去,单剩得男女二人,你推我挽,并入欢帏。这一宵的恩爱缠绵,描摹不尽。最奇怪的是被底幽香,非兰非麝,另有一种沁人雅味。寿问明贾午,方知是由西域进贡的奇香,由武帝特赐贾充,午从乃父处乞来,藏至是夕,才取出试用。寿大为称赏,贾午道:"这也不难,君若明夕早来,我当赠君若干。"寿即应诺,待晓乃去。俟至黄昏,又从原路入室,再续鸾交。贾午果不食言,已向乃父处窃得奇香,作为赠品。这一段便是贾女偷香的故事,小子有诗咏道:

　　逾墙钻穴太风流,处子贪欢甘被搂。
　　莫道偷香原韵事,须知淫贱总包羞。

究竟两人欢会情状,后来被人知晓否,容至下回续详。

回评　阅坊间旧小说,言情者不可胜计,多半是说豪府佳人,倾情才子,即如前清时代之袁简斋,亦有"美人毕竟大家多"之句,是皆悬空揣拟,不足取信。试观贾充二女,即可略见一斑,充固权相也,二女为相府娇娃,应该饶有美色,乃南风短而黑,午虽较乃姊为优,史册中究未尝称美,度亦不过一寻常女子耳。所可信者权奸之门,往往无佳子女,如南风之配储君,而其后淫乱不道,卒以乱国,如午之私谐韩寿,而其后嗣子不良,亦致赤族。女子之足以祸人,固不必其尽为尤物也。本回专叙贾充二女,实为后文亡国败家之伏笔,且举其奸丑情状,首先揭出,俾阅者知始谋不正,后患无穷,骗婚不足取,偷香亦岂可效尤乎?

第 三 回

杨皇后枕膝留言　左贵嫔摅才上颂

却说韩寿得了奇香，怀藏回寓，当然不使人知，暗地收贮。偏此香一着人身，经月不散。寿在相府当差，免不得与人晋接，大众与寿相遇，各觉得异香扑鼻，诧为奇事。当下从旁盘诘，寿满口抵赖，嗣经同僚留心侦察，亦未见有什么香囊，悬挂身上，于是彼此动疑，有几个多嘴多舌的人，互相议论，竟致传入贾充耳中。充私下忖度，莫非就是西域奇香，但此香除六宫外，唯自己得邀宠赉，略略分给妻女，视若奇珍，为什么得入寿手？且近日少女疾病，忽然痊愈，面目上饶有春色，比从前无病时候，且不相同，难道女儿竟生斗胆，与寿私通，所以把奇香相赠么？惟门闱森严，女儿又未尝出外，如何得与寿往来？左思右想，疑窦百出，遂就夜半时候，诈言有盗入室，传集家僮，四处搜查，僮仆等执烛四觅，并无盗踪，只东北墙上，留有足迹，仿佛狐狸行处，因即报达贾充。充愈觉动疑，只外面不便张皇，仍令僮役返寝，自己想了半夜，这东北墙正与内室相近，好通女儿卧房，想韩寿色胆如天，定必从此入彀。是夕未知韩寿曾否续欢，若溜入女寝，想亦一夜不得安眠。俄而晨鸡报晓，天色渐明，充即披衣出室，宣召女儿侍婢，秘密查问，一吓二骗，果得实供，慌忙与郭槐商议。槐似信非信，复去探问己女，午知无可讳，和盘说出，且言除寿以外，宁死不嫁。槐视女如掌中珠，不忍加责，且劝充将错便错，索性把女儿嫁与韩寿，身名还得两全。充亦觉此外无法，不如依了妻言，当下约束婢女，不准将丑事外传，一面使门下食客，出来作伐，造化了这个韩幕宾，乘龙相府，一番露水姻缘，变做长久夫妻，诹吉入赘，正式行礼，洞房花烛，喜气融融，从此花好月圆，免得夜来明去，尤妙在翁婿情深，竟蒙充特上荐牍，授官散骑常侍，妻荣夫贵，岂不是旷古奇逢吗？若使断章取义，真是天大幸事。话分两头。

且说安平王司马孚，位尊望重，进拜太宰，武帝又格外宠遇，不以臣礼相待，每当元日会朝，令孚得乘车上殿；由武帝迎入阼阶，赐他旁坐。

待朝会既毕,复邀孚入内殿,行家人礼。武帝亲捧觞上寿,拜手致敬。孚下跪答拜,各尽义文。武帝又特给云母辇,青盖车,但孚却自安淡泊,不以为荣;平居反常有忧色,至九十三岁,疾终私第,遗命诸子道:"有魏贞士河内司马孚,字叔达,不伊不周,不夷不惠,立身行道,终始若一,当衣以时服,殓用素棺。"诸子颇依孚遗嘱,不敢从奢。凡武帝所给厚赐,概置不用。武帝一再临丧,吊奠尽哀,予谥曰宪,配飨太庙。孚虽未尝忘魏,然不能远引,仍在朝柄政,自称有魏贞士,毋乃不伦。孚长子邕袭爵为王,余子亦授官有差,外如博陵公王沈,钜鹿公裴秀,乐陵公石苞,寿光公郑冲,临淮公荀颉等,俱相次告终。又有武帝庶子城阳王宪,东海王祗,亦皆夭逝。武帝屡次哀悼,常有戚容,不意福无双至,祸不单行,那杨皇后做了八九年的国母,已享尽人间富贵,竟致一病不起,也要归天。后与武帝情好甚笃,六宫政令,委后独裁,武帝从未过问。就是后庭妾御,为数无多,也往往敝服损容,不敢当夕。自从武帝即位,至泰始八年,除旧有宫妾外,只选了一个左家女,拜为修仪。左女名芬,乃是秘书郎左思女弟。左思字太冲,临淄人氏,家世儒学,夙擅文名,尝作《齐都赋》,一年乃成,妃白俪黄,备极工妙。嗣又续撰《三都赋》,魏吴蜀三都。构思穷年,自苦所见未博,因移家京师,搜采各书,朝夕浏览,每得一句,即便录出,留作词料。蓟阳公卫瓘及著作郎张载,中书郎刘逵等,闻思好学能文,皆引与交游,且荐为秘书郎。思得了此官,所有天府藏书,任他取阅,左宜右有,始得将《三都赋》制成。屈指年华,正满十稔,后人称他为炼都十年。三赋脱稿,都下争抄,洛阳为之纸贵,就是左太冲三字的价值,也冠绝一时。随笔带入左思炼都,意在重才。左芬得兄教授,刻意讲求,仗着她慧质灵心,形诸歌咏,居然能下笔千言,作一个扫眉才子。武帝慕才下聘,左思只好应命,遣芬入宫,更衣承宠,特沐隆恩。可惜她姿貌平常,容不称才,武帝虽然召幸,终嫌未足,因此得陇望蜀,复欲广选绝色女子,充入后庭。

会海内久安,四方无事,遂诏选名门淑质,使公卿以下子女,一律应选,如有隐匿不报,以不敬论。那时豪门贵族,不敢违慢,只好将亲生女儿,盛饰艳妆,送将进去。武帝挈了杨后,临轩亲选,但见得粉白黛绿,齐集殿门,杨后阴怀妒忌,表面上虽无愠色,心计中早已安排,待各选女应名趋入,遇有艳丽夺目,即斥为妖冶不经,未堪中选,惟身材长大,面

第三回　杨皇后枕膝留言　左贵嫔摅才上颂

貌洁白,饶有端庄气象,才称合格。娶媳时何不操定此见?武帝也无可奈何,只好由她拣择。俄有一卞家女冉冉进来,生得一貌如花,格外娇艳,武帝格外神移,掩扇语后道:"此女大佳。"后应声道:"卞氏为魏室姻亲,三世后族,今若选得此女,怎得屈以卑位?不如割爱为是。"好辩才。武帝窥透后意,只好舍去。卞女退出,复来了一个胡女,却也艳丽过人,惟乃父奋为镇军大将军,女秉有遗传性质,婀娜中有刚直气,后乃不复多说,便许武帝选定。当时中选女子,概用绛纱系臂,胡女笼纱下殿,自思不得还见父母,未免含哀,甚至号泣有声。左右忙摇手示禁道:"休哭!休哭!恐被陛下闻知。"胡女反朗声道:"死且不怕,怕什么陛下?"倒是一个英雌。武帝颇有所闻,暗暗称奇。嗣复选得司徒李胤女,廷尉诸葛冲女,太仆臧权女,侍中冯荪女等,共数十人,乃退入后宫,是夕不传别人,独宣入胡家女郎,问她闺名,系一芳字。当下叫她侍寝,胡女到了此时,也只好唯命是从。一夜春风,恩周四体,翌晨即有旨传出,着洛阳令司马肇奉册入宫,拜胡芳为贵嫔。复因左芬先入,恐她抱怨,也把贵嫔禄秩,赏给了她。后来复召幸诸女,只有诸葛女最惬心怀,小名叫一婉字,颇足相副,因亦封为夫人,但尚未及胡贵嫔的宠遇,一切服饰,仅亚杨后一等,后宫莫敢与争。独后由妒生悔,由悔生愁,竟致染成一病,要与世长辞了。插入此段,包含无数笔墨。

武帝每日入视,且迭征名医诊治,始终无效,反逐渐加添起来。时已为泰始十年初秋,凉风一霎,吹入中宫,杨后病势加剧,已是临危,武帝亲至榻前,垂涕慰问,后勉强抬头,请武帝坐在榻上,乃垂头枕膝道:"妾侍奉无状,死不足悲,但有一语欲达圣聪,陛下如不忘妾,请俯允妾言!"武帝含泪道:"卿且说来,朕无不依从。"杨后道:"叔父骏有一女,小字男胤,德容兼备,愿陛下选入六宫,补妾遗恨,妾死亦瞑目了。"言讫,呜咽不止。武帝也忍不住泪,挥洒了好几行,并与后握手为誓,决不负约。杨后见武帝已允,才安然闭目。竟在武帝膝上,奄然长逝,享年三十七岁。看官!你道杨后何故有此遗言?她恐胡贵嫔入继后位,太子必不得安,所以欲令从妹为继,既好压制胡氏,复得保全储君,这也是一举两得的良策。谁知后来反害死叔父,害死从妹。武帝也瞧破隐情,但因多年伉俪,不忍相违,所以与后为誓,勉从所请。当下举哀发丧,务从隆备,且令有司卜吉安葬,待至窆穸有期,又命史臣代作哀策,叙述悲怀,

杨皇后枕膝留言

随即予谥曰元,奉葬峻阳陵。左贵嫔芬,独献上一篇长诔,追溯后德,诔文不下数千言,由小子节录如下。何必多出风头,难道想做继后不成?

维泰始十年秋七月丙寅晋元皇后杨氏崩。呜呼哀哉!昔有莘适殷,姜姒归周,宣德中闱,徽音永流。樊卫二姬,匡齐翼楚,马邓两妃,亦毗汉主。元后光嫔晋宇,伉俪圣皇,比踪往古。遭命不永,背阳即阴,六宫号咷,四海恸心。嗟予鄙妾,衔恩特深。这是乏色的好处。追慕三良,甘心自沉。何用存思?不忘德音。何用纪述?托词翰林。乃作诔曰:赫赫元后,出自有杨,奕世朱轮,耀彼华阳。维岳降神,显兹祯祥。笃生英媛,休有烈光。含灵握文,异于庶姜。率由四教,匪怠匪荒。行周六亲,徽音显扬。显扬伊何?京室是臧。乃娉乃纳,聿嫔圣皇。正位闺阃,维德是将。鸣珮有节,发言有章。思媚皇姑,虔恭朝夕,允厘中馈,执事有恪。于礼斯劳,于敬斯勤。虽曰齐圣,迈德日新。亦既青阳,鸣鸠告时。躬执桑曲,率导媵姬。修成蚕簇,分茧理丝。女工是察,祭服是治。祇奉宗庙,永言孝思。于彼六行,靡不蹈之。皇英佐舜,涂山翼禹,惟卫惟樊,二霸是辅。明明我后,异世同轨,内毗阴教,外毗阳化。绸缪庶正,密勿夙夜。恩从风翔,泽随雨播,迍迓咏歌,中外褆福。天祚贞吉,克昌克繁,则百斯庆,育圣育贤。教逾妊姒,训迈姜嫄,堂堂太子,惟国之元。济济南阳,后子东封南阳王。为屏为藩。本支奄蔼,

第三回　杨皇后枕膝留言　左贵嫔摅才上颂

四海荫焉。积善之堂，五福所并，宜享高年，匪陨匪倾。如彭之齿，如聃之龄，云胡不造？于兹祸殃。寝疾弥留，寤寐不康，巫咸骋术，扁鹊奏方。祈祷无应，尝药无良。形神既离，载昏载荒。奄忽崩殂，湮精灭光。哀哀太子，南阳繁昌。攀援不逮，擗踊摧伤。呜呼哀哉！阉官号俊，宇内震惊。奔者填衢，赴者塞庭。哀恸雷骇，流涕雨零，唏嘘不已，若丧所生。惟帝与后，契阔在昔。比翼白屋，双飞紫阁。悼后伤后，早即窀穸。言斯既及，涕泗陨落。追维我后，实聪实哲。通于性命，达于俭节。送终之礼，比素上世。褪无珍宝，唅无明月。恐怕未必。潜辉梓宫，永背昭晰。臣妾哀号，同此断绝。庭宇遏密，幽室增阴。空设帷帐，虚置衣衾。人亦有言，神道难寻。悠悠精爽，岂浮岂沉？丰奠日陈，冀魂之临。孰云元后，不闻其音。乃议景行，景行已溢。乃考龟筮，龟筮袭吉。爰定宅兆，克成玄室。魂之往兮，于以今日。仲秋之晨，启明始出。星陈凤驾，灵舆结驷。其舆伊何？金根玉箱。其驷伊何？二骆双黄。习习容车，朱服丹章。隐隐辀轩，弁绖缌裳。华毂曜野，素盖被原。方相仡仡，旌旗翻翻，挽童引歌，白骥鸣辕。观者夹涂，士女涕涟。千乘万骑，迄彼峻山。峻山峨峨，层阜重阿。弘高显敞，据洛背河。左瞻皇姑，右睎帝家，惟有揆亡，明神所嘉。诸姑姊妹，娣姒媵御，追送尘轨，号咷衢路。王侯卿士，云会星布。群官庶僚，缟盖无数。中外俱临，同哀并慕。有始有终，天地之经。自非三光，谁能不零？存播令德，没图丹青。先哲之志，以此为荣。温温元后，实宣慈焉。抚育群生，恩惠滋焉。遗爱不已，永见思焉。悬名日月，垂万春焉。呜呼庶妾，感四时焉。言思言慕，涕涟洒焉。

这篇诔文，经武帝览着，看她说得悲切，也出了许多眼泪，并重芬词藻，屡加恩赐。但芬体素弱，多愁多病，终不能特别邀宠，镇日里闷坐深宫，除笔墨消遣外，毫无乐趣。从来造物忌才，左家女有才无色，也是天意特留缺陷，使她无从得志哩。幸亏有此，才得令终。

越年正月朔日，颁诏大赦，改元咸宁，追尊宣帝为高祖，景帝为世宗，文帝为太祖，并录叙开国功臣，已死得配享庙食，未死得铭功天府。帝德如春，盈庭称颂。武帝自杨后殁后，虽然不免悲感，但也有一桩好处，妃嫔媵嫱，尽可随意召幸，不生他虑。无如人主好色，往往喜新厌故,宫中虽有数百个娇娥,几次入御,便觉味同嚼蜡,因此复下诏采选,暂禁天下嫁娶,令中官分驰州郡,专觅娇娃。可怜良家女子,一经中官合意,无论如何势力,不能乞免,只好拜别爹娘,哭哭啼啼,随着中使,趋入宫中,统共计算,差不多有五千人。武帝朝朝挹艳,夜夜采芳,把全副龙马精神,都向虚牝中掷去,究竟娥眉伐性,力不胜欲,徒落得形容憔悴,筋骨衰颓。咸宁二年元日,竟不能视朝,托词疾疫,病倒龙床,接连有数日未起。朝野汹汹,俱言主上不讳,太子不堪嗣立,不如拥戴皇弟齐王攸,河南尹夏侯和,且私语贾充道:"公二婿亲疏相等,充长女适齐王,次女适太子,均见前回。立人当立德,不可误机。"和岂不知充有悍妇吗?充默然不答。既而武帝得了良医,病幸渐瘳,仍复出理朝政。荀勖冯统,阿谀取容,素为齐王攸所嫉,积不相容。勖乃乘间行谮,使统进说武帝道:"陛下洪福如天,病得痊愈。今日为陛下贺,他日尚为陛下忧。"武帝道:"何事可忧?"统嗫嚅道:"陛下前立太子,无非为传统起见,但恐将来或有他变,所以可忧。"武帝复问为何因?统又道:"前日陛下不豫,百僚内外,统已归心齐王,陛下试想万岁千秋后,太子尚能嗣立么?"是谓肤受之愬。武帝不觉沉吟。统见武帝心动,更献计道:"臣为陛下画策,莫若使齐王归藩,免滋后虑。"武帝也不多言,唯点首至再。及统既趋出,复遣左右随处探访,得知夏侯和前日所言,仍徙和为光禄勋,并迁贾充为太尉,罢免兵权。惟见攸守礼如恒,无瑕可指,因暂令任职司空,再作计较。外如何曾得进位太傅,陈骞得迁官大司马,不过挨次升位,并没有什么关系。独汝阴王骏,受职征西大将军,都督雍凉等州军事,专讨树机能,都督荆州军事羊祜,加官征南大将军,专御孙吴。

转瞬间为杨后二周年,遣官往祭峻阳陵,并忆及杨后遗言,拟册杨骏女为继后,先令内使往验女容,果然修短得中,纤秾合度,乃援照古制,具行六礼,择吉初冬,续行册后典仪。届期这一日,龙章丽采,凤辇承恩,当然有一番热闹。礼成以后,下诏大赦,颁赐王公以下及鳏夫寡妇有差。新皇后入宫正位,妃嫔等无不趋贺。左贵嫔也即与列,当由武帝特旨赐宴,并命左贵嫔作颂。左贵嫔略略构思,便令侍女取过纸笔,信手疾书,但见纸上写着:

峨峨华岳,峻极泰清。巨灵导流,河渎是经。惟渎之神,惟渎之灵。钟于杨族,载育盛明。穆穆我后,应期挺生。含聪履哲,岐巍凤成。如兰之茂,如玉之莹。越在幼冲,休有令名。飞声八极,翕习紫庭。超任逾姒,比德皇英。京室是嘉,备礼致聘,令月吉辰,百僚奉迎。周生归韩,诗人是咏。我后戾止,车服辉映,登位太微,明德日盛。群黎欣戴,函夏同庆。翼翼圣皇,睿哲孔纯。愍兹狂戾,阐惠播仁。蠲秽涤秽,与时惟新。沛然洪赦,恩诏遐震。后之践祚,囹圄虚陈。万国齐欢,六合同欣。坤神忻舞,天人载悦,兴顺降祥,表精日月。和气氤氲,三光朗烈。既获嘉时,寻播甘雪。玄云晻蔼,灵液霏霏。既储既积,待旸而晞。瞻眄沾濡,柔润中畿。长享丰年,福禄永绥。

属稿既成,另用彩纸誊真,约有一二个时辰,已将颂词缮就,妃嫔等同声赞美,推为隽才。可巧武帝在外庭毕宴,慢慢的踱入中宫,新皇后以下,一律迎驾。左贵嫔即将颂词呈上,由武帝览阅一周,便称赏道:"写作俱佳,足为中宫生色了。"说着,亲举玉卮,赐饮三觞。左贵嫔受饮拜谢,时已昏黄,便各谢宴散去。小子有诗赞左贵嫔道:

　　曹氏大家常续史,左家小妹复能文。
　　从知大造无偏毓,巾帼多才也轶群。

宫中已经散席,帝后两人共入龙床,同去做高唐好梦了。欲知后事,请看下回。

回评 祸晋者贾氏,而成贾氏之祸者,实惟杨皇后。立蠢儿为太子,一误也;纳悍女为子妇,二误也;至临危枕膝,尚以从妹入继为请,死且徇私,可叹可恨。盖妇人心性,往往只知有己,不知有家,家且不知,国乎何有?晋武为开国主,何其沾沾私爱,甘心铸错?甚至误信佞臣,疑忌介弟,试思有子如衷,有媳如南风,尚堪付畀大业乎?左贵嫔一诔一颂,类多粉饰之词,不足取信,但以一巾帼妇人,多才若此,足令须眉汗下。本回两录原文,为女界贡一词采,非漫誉两杨后也。

第 四 回

图东吴羊祜定谋　讨西虏马隆奏捷

却说武帝继后杨氏，名芷，字李兰，小名叫做男胤，年方二九，饶有姿容，并且德性婉顺，能尽妇道。详叙后德，影射下文贾后之悍。自从入继中宫，与武帝情好甚欢，大略与前后相似。后父骏曾为镇军将军，至是进任车骑将军，封临晋侯。骏有弟珧，任职卫将军，独上表陈情道："从古以来，一门二后，每不能保全宗族，况臣家功微德薄，怎堪受此隆恩？乞将臣表留藏宗庙，庶几后日相证，尚可曲邀天赦，免罹祸殃。"似有先见，然看到后文，实是要挟语。武帝准如所请，乃将珧表留藏。惟骏自恃国戚，怙宠生骄，尚书郭奕等，表称骏器量狭小，不宜重任，武帝为后推爱，竟不少省。又是一误。镇军将军胡奋，见骏骄侈，竟直言相规道："公靠着贵女，乃更增豪侈么？历观前朝豪族，与天家结婚，辄至灭门，不过略分迟早呢。"骏瞿然道："君女亦纳入天家，何必责我？"见前回。奋微笑道："我女虽然入宫，只配与公女作婢，怎得相比？我家却无关损益，不如公门显赫，令人侧目，此后还请公三思！"可谓诤友。骏终不以为意，且还疑奋有妒意，怏怏别去。

既而卫将军杨珧等，上言"古时封建诸侯，实为屏藩王室起见，今诸王公皆在京师，实与古意未合，应一律遣使出镇，俾就外藩。且异姓诸将，散屯边疆，非皆可恃，亦宜参用亲戚，隐为监制"云云。武帝乃核定国制，就户邑多少为差，分为三等。大国置三军，共五千人，次国二军，共三千人，小国一军，共一千五百人。凡诸王兼督军事，各令出镇，于是徙扶风王亮为汝南王，出为镇南大将军，都督豫州诸军事。琅琊王伦为赵王，兼领邺城守事。渤海王辅司马孚三子。为太原王，监并州诸军事。东莞王伷已莅徐州，徙封琅琊王。汝阴王骏已赴关中，徙封扶风王。又徙太原王颙司马孚孙，为后来八王之一。为河间王，河间王威为武王。威亦孚孙。尚有疏戚诸王公，悉令就国。大家恋恋都中，不愿远行，奈因王命难违，不得已涕泣辞去。寻又立皇子玮为始平王，允为濮阳王,该为新都王,遐为清河王,数子年尚幼弱,皆留居京师。

征南大将军羊祜,久镇襄阳,垦田得八百余顷,足食足兵。襄阳与吴境接壤,吴主孙皓,系吴主孙权长孙,粗暴骄盈,好酒渔色。祜本欲乘隙图吴,因吴左丞相陆凯,公忠体国,制治有方,所以虚与周旋,未敢东犯。及凯已病殁,乃潜请伐吴,适益州兵变,又致迁延。祜有参军王浚,奉调为广汉太守,发兵讨益州乱卒,幸即荡平。浚得任益州刺史,讲信立威,绥服蛮夷。武帝征浚为大司农,祜独密表留浚,谓欲灭东吴,必须凭借上流。浚才可专阃,不宜内用,武帝乃仍令留任,且加浚龙骧将军,监督梁益二州军事。当时吴中有童谣云:"阿童复阿童,衔刀浮渡江。不畏岸上兽,但畏水中龙。"浚籍隶弘农,小名正叫做阿童,小具大志,丰姿俊逸。燕人徐邈,有女慧美,及笄未嫁,邈甚是钟爱,令女自择偶,迄未当意。会邈出守河东,浚得选为从事,年少英奇,颇为邈所赏识。邈因大会佐吏,使女在幕内潜窥,女指浚告母,谓此子定非凡器。独具慧鉴。邈闻女言,即将女嫁浚为妻,琴瑟和谐,不消细说。事与贾午相似,但彼为苟合,此实光明。嗣投羊祜麾下,祜亦加优待,每事与商。祜兄子暨尝伺间语祜道:"浚好大言,恐滋他患,宜预加裁抑,休使胡行!"祜粲然道:"如汝怎能知人?浚有大才,一得逞志,必建奇功,愿勿轻视!"徐女尚垂青眼,何况羊叔子。及浚得监督梁益二州,祜欲借上流势力,顺道伐吴,并因浚名与童谣相符,即表闻晋廷,请饬浚密修舟楫,为东略计。武帝依言诏浚。浚即大作战舰,长百二十步,可容二千余人,舰上用木为城,架起楼橹,四面开门,上可驰马往来,又在各船头上,绘画鹢首怪兽,以惧江神。绘兽惊神,未免近愚。工作连日不休,免不得有木头竹屑,被水漂流,随江东下。吴建平太守吾彦,留心西顾,瞧见江心竹木,料知上流必造舟楫,当即捞取呈报,谓晋必密谋攻吴,宜亟加戍建平,堵塞要冲。吴主皓方盛筑昭明宫,大开苑囿,侈筑楼观,采取将吏子女,入宫纵乐,还有何心顾及外侮?得了吾彦的表章,简直是不遑细览,便即搁过一边。吾彦不得答诏,自命工人冶铁为锁,横断水路,作为江防。

适吴西陵督军步阐,惧罪降晋,吴大司马陆抗,凯从弟。自乐乡督兵讨阐,围攻西陵。祜奉诏往援,自赴江陵,别遣荆州刺史杨肇攻抗。抗分军抵御,击败杨肇。祜闻肇败还,正拟亲往督战,偏西陵已被抗攻入,步阐被诛,屠及三族。祜只好付诸一叹,率兵还镇。武帝罢杨肇官,

第四回　图东吴羊祜定谋　讨西房马隆奏捷

任祜如旧。祜乃敛威用德，专务怀柔，招徕吴人。有时军行吴境，刈谷为粮，必令给绢偿值，或出猎边境，留止晋地，遇有被伤禽兽，从吴境奔入，亦概令送还。就是吴人入掠，已为晋军所杀，尚且厚加殡殓，送尸还家。如得活擒回来，愿降者听，愿归者亦听，不戮一人。吴人翕然悦服。祜又尝通使陆抗，互有馈遗。抗送祜酒，祜对使取饮，毫不动疑。及抗有小疾，祜合药馈抗，抗亦即取服。部下或从旁谏阻，抗摇首道："羊叔子岂肯鸩人？"叔子即祜表字。抗又遍戒边吏道："彼专行德，我专行暴，是明明为丛驱雀了。今但宜各保分界，毋求细利。"羊祜对吴，无非笼络计策，即陆抗亦为所愚。吴主皓反以为疑，责抗私交羊祜。抗上疏辩驳，并陈守国时宜十二条，均不见行。皓且信术士刁元言，谓："黄旗紫盖，出现东南。荆扬君主，必有天下。"乃大发徒众，杖钺西行，凡后宫数千人，悉数相随。行次华里，正值春雪兼旬，凝寒不解，兵士不堪寒冻，互相私语道："今日遇敌，便当倒戈。"皓颇有所闻，始引兵还都。陆抗忧国情深，抑郁成疾，在镇五年，竟致溘逝。遗表以西陵建平，居国上游，不宜弛防为请。吴主皓因命抗三子分统部军，抗长子名元景，次名元机，又次名云，机云善属文，并负重名，独未谙将略。吴主却令他分将父兵，真所谓用违其长了。

术士尚广，为吴主卜筮，上问休咎。尚广希旨进言，说是岁次庚子，青盖当入洛阳。吴主大喜。已而临平湖忽开，朝臣多称为祯祥。临平湖自汉末湮塞，故老相传："湖塞天下乱，湖开天下平。"吴主皓以为青盖入洛，当在此时，因召问都尉陈顺。顺答说道："臣止能望气，不能知湖的开塞。"皓乃令退去。顺出语密友道："青盖入洛，恐是衔璧的预兆。今临平湖无故忽开，也岂得为佳征么？"嗣复由历阳长官奏报，历阳山石印封发，应兆太平。皓又遣使致祭，封山神为王，改元天纪。东吴方相继称庆，西晋已潜拟兴师，羊祜缮甲训卒，期在必发，因首先上表，力请伐吴，略云：

先帝顺天应时，西平巴蜀，南和吴会，海内得以休息，兆庶有乐安之心，而吴复背信，使边事更兴，夫期运虽天所授，而功业必由人而成。蜀平之时，天下皆谓吴当并亡，蹉跎至今，又越十三年，是谓一周。今不平吴，尚待何日？议者尝谓吴楚有道后服，无礼先强，此乃诸侯之时耳，今当一统，不得与古同论。夫适道之言，未足应权,是故谋之虽多,而决之欲独。凡以险阻得存者,谓所敌者同,力足自固,苟其轻重不齐,强弱异势,则智士不能谋,而险阻不可保也。蜀之为国,非不险也,高山寻云霓,深谷肆无影,束马悬车,然后得济,皆言一夫荷戟,千人莫当,及进兵之日,曾无藩篱之限,斩将搴旗,伏尸数万,乘胜席卷,径至成都,汉中诸城,皆鸟栖而不敢出,非皆无战心,力不足以相抗也。至刘禅降服,诸营堡者索然俱散,今江淮之隘,不过剑阁,山川之险,不如岷汉,孙皓之暴,侈于刘禅,吴人之困,甚于巴蜀,而大晋兵众,多于前世,资储器械,盛于往时,今不于此平吴,更阻兵相守,征夫苦役,日寻干戈,经历盛衰,不可长久,宜乘时平定以一四海,今若引梁益之兵,水陆俱下,荆楚之众,进临江陵,平南豫州,直指夏口,徐扬青兖,并会秣陵,鼓旆以疑之,多方以误之,以一隅之吴,当天下之众,势分形散,所备皆急,一处倾坏,上下震荡,虽有智者,不能为谋。况孙皓恣情任意,与下多忌,将疑于朝,士困于野,平常之日,独怀去就,兵临之际,必有应者,终不能齐力致死,已可知也。又其俗急速,不能持久,弓弩戟楯,不如中国,唯有水战,是其所长,但我兵入境,则长江非复彼有,还保城池,去长就短,我军悬进,人有致节之志,吴人战于其内,徒有凭城之心,如此则军不逾时,克可必矣。乞奋神断,毋误事机,臣不胜橐鞬待命之至。

这表呈上,武帝很为嘉纳,即召群臣会议进止。贾充荀勖冯纨,力言未可,廷臣多同声附和,且言秦凉未平,不应有事东南。武帝因饬祜且缓进兵。祜复申表固请,大略谓:"吴虏一平,胡寇自定,但当速济大功,不必迟疑。"武帝终为廷议所阻,未肯急进。祜长叹道:"天下不如意事,常十居八九,当断不断,天与不取,恐将来转无此机会了。"既而有诏封祜为南城郡侯,祜固辞不拜。平时嘉谟入告,必先焚草,所引士类,不令当局得闻,或谓祜慎密太过,祜慨然道:"美则归君,古有常训。至若荐贤引能,乃是人臣本务,拜爵公朝,谢恩私室,更为我所不取呢。"又尝与从弟 书道:"待边事既定,当角巾东路,言归故里,不愿以盛满见责。疏广见《汉史》。便是我师哩。"如此志行,颇足令后人取法。咸宁四年春季,祜患病颇剧,力疾求朝,既至都下,武帝命乘车入视,使卫士扶入殿门,免行拜跪礼,赐令侍坐。祜仍面请伐吴,且言:"臣死在朝夕,故特入觐天颜,冀偿初志。"武帝好言慰谕,决从祜谋。祜乃趋退,暂留洛都。武帝不忍多劳,常命中书令张华,衔命访祜。祜语华道:"主上自受禅后,功德未著,今吴主不道,正可吊民伐罪,混一六合,上媲唐虞,奈何舍此不图呢?若孙皓不幸早殁,吴人更立令主,虽有众百万,也未能轻越长江,后患反不浅哩。"华连声赞成。祜唏嘘道:"我恐不能见平吴盛事,将来得成我志,非汝莫属了。"华唯唯受教,复告武帝。武帝复令华代达己意,欲使祜卧护诸将。祜答道:"取吴不必臣行,但取吴以后,当劳圣虑,事若未了,臣当有所付授,但求皇上审择便了。"未几疾笃,乃举杜预自代。预已起任度支尚书,应第二回。至是因祜推荐,即拜预为镇南大将军,都督荆州诸军事。预尚未出都,祜已疾终私第,享年五十八。武帝素服临丧,恸哭甚哀。是时天适严寒,涕泪沾着须鬓,顷刻成冰,及御驾还宫,特赐祜东园秘器,并朝服一袭,钱三十万,布百匹,追赠太傅,予谥曰成。

祜本南城人,九世以清德著名。补述籍贯,以地表人,本书著名人物,概用此例。自祜出镇方面,起居服食,仍守俭素,

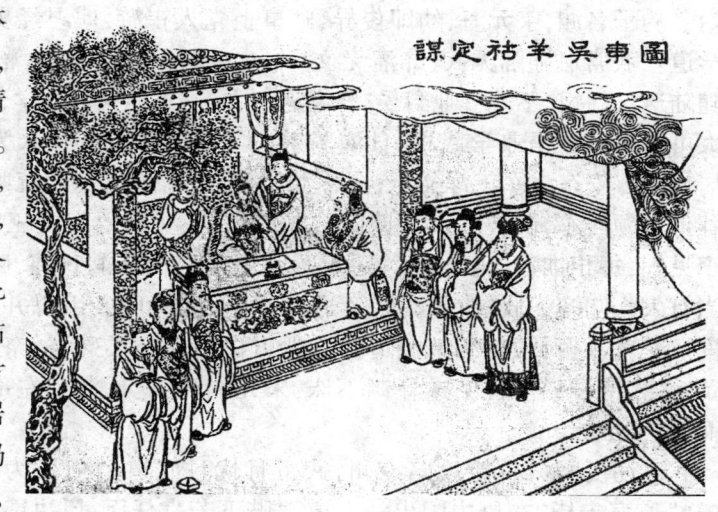

图东吴羊祜定谋

禄俸所入,皆分赡九族,或散赏军士,家无余财,遗命不得厚殓,并不得以南城侯印入柩。武帝高祜让节,许复本封。原来祜曾受封巨平侯,巨平系是邑名,与南城不同。襄阳百姓,闻祜去世,追忆遗惠,号哭罢市。祜生前在襄阳时,好游岘山,百姓因就山立祠,岁时享祭,祠外建碑,道途相望,相率流涕,后来杜预号此碑为堕泪碑。太傅何曾,同时逝世。

曾性颇孝谨,整肃闺门,自少至长,绝意声色,晚年与妻相见,尚各正衣冠,礼待如宾。惟阿附贾充,无所建白,自奉甚厚,一食万钱,尚谓无下箸处。博士秦秀,为曾议谥,慨语同僚道:"曾骄侈过度,名被九域,生极恣情,死又无贬,王公大臣,尚复何惮?谨按谥法,名与实异曰缪,恬乱肆行曰丑,可谥为缪丑公。"恰也爽快。武帝忆念勋旧,不欲加疵,仍策谥为孝。比羊叔子何如?正拟举兵伐吴,忽闻凉州兵败,刺史杨欣,又复战死,武帝又未免踌躇,仆射李憙,独举匈奴左部帅刘渊,使讨树机能,侍臣孔恂谏阻道:"非我族类,其心必异,刘渊岂可专征?若使他讨平树机能,恐西北边患,从此益深了。"武帝乃不从憙言。

看官听着!刘渊是西晋祸首,小子既经叙及,不得不详为表明。从前南匈奴与汉和亲,自称汉甥,冒姓刘氏。魏祖曹操,曾命南匈奴单于呼厨泉,入居并州境内,分匈奴部众为五部。左部帅刘豹,系呼厨泉兄子,部族最强。后司马师用邓艾计,分左部为二,另立右贤王,使居雁门。豹子名渊,字元海,幼即俊异,师事上党人崔游,博习经史,尝语同学道:"我常耻随陆无武,绛灌无文。随何陆贾绛侯周勃灌婴,皆汉初功臣。随陆遇汉高祖,不能立业封侯,绛灌遇汉文帝,不能兴教劝学,这岂非一大可惜么?"于是兼学武事,日演骑射,少长已膂力过人,入为侍子,留居洛阳。安东将军王浑父子,屡称渊文武兼长,可为东南统帅,李憙又荐他督领西军,俱被孔恂等谏阻。渊得知消息,密语好友王弥道:"王李见知,每相推荐,非徒无益,恐反为我患哩。"因纵酒长啸,唏嘘流涕。当有人告知齐王攸,攸入奏武帝道:"陛下不除刘渊,臣恐并州不能久安。"王浑在侧,独替渊解免道:"大晋方以信义怀柔殊俗,奈何无故加疑,杀人侍子呢?"晋主遂释渊不诛,未几豹死,竟授渊为左部帅,出都而去。纵虎归山。

已而复闻树机能攻陷凉州,武帝且忧且叹道:"何人为我讨平此虏?"道言未毕,左班内闪出一人道:"陛下若肯任臣,臣决能平虏。"武帝瞧将过去,乃是司马督马隆,便接口道:"卿能平贼,当然委任,但未知卿方略何如?"隆答道:"臣愿募勇士三千人,率领西行,陛下不必预问战略,由臣临敌制谋,定能报捷。"武帝大喜道:"卿能如是,朕复何忧?"当下命隆为讨虏将军,兼武威太守。廷臣多言隆本小将,妄谈难信,且现兵已多,何必再募勇士?武帝不听,一意委隆。隆设局募兵,悬

第四回　图东吴羊祜定谋　讨西虏马隆奏捷

标为的,须引弓四钧,挽弩九石,方得合选。隆亲自简试,得三千五百人,称为已足。又自至武库选仗,武库令但给敝械,与隆忿争。隆复入白武帝,陈明武库令阻难情形,武帝因传谕武库令,任隆自择。隆始得往取精械,分给勇士,一面入朝辞行。武帝面许给三年军资,隆拜命出都,向西进发。行过温水,树机能等拥众数万,据险拒守。隆见山路崎岖,不易轻进,乃令部下造起扁箱车,载兵徐进,遇着地方辽阔,联车为营,四面排设鹿角,相随并趋,一入狭径,另用木屋覆盖车上,得避弓弩。胡兵虽有埋伏,也觉技无所施,就使出来拦阻,亦被隆逐段杀退。_{始终不外持重。}隆且战且前,并令勇士挽弓四射,发无不中。胡兵多应弦倒地,有几个侥幸脱彀,均皆骇散。因此隆冒险进兵,如同平地,转战千里,未尝一挫,反杀伤胡虏数千人,得直抵武威镇所。自从隆领兵西进,音问杳然,好几月不见军报,朝廷颇以为

讨西虏马隆奏捷

忧。或谓隆已陷没,故无音耗,及隆使到达,始知他已安抵武威。武帝抚掌欢笑,自喜知人,诘朝召语群臣道:"朕若误信卿等,是已无秦凉了。"群臣怀惭退去。武帝即降诏奖隆,假节宣威将军,加赤幢曲盖鼓吹,未几,又得隆捷报,已擒降鲜卑部酋数人,得众万余,又未几更闻报大捷,十年以来的巨寇树机能,竟被隆乘胜奋斫,枭首凉州,秦凉各境,一律肃清。小子有诗咏道:

　　用兵最忌是拘牵,良将功成在任专。
　　十载胡氛从此扫,明良相遇自安全。

秦凉既平，武帝拟按功行赏，偏朝上一班奸臣，又复出来阻挠，毕竟隆众能否邀赏，且看下回再表。

回评 《商书》有言："取乱侮亡。"吴主孙皓，淫暴无道，已寓乱亡之兆，羊祜之决议伐吴，亦即取乱侮亡之古义耳。惟前时吴尚有人，内得陆凯之为相，外得陆抗之为将，故羊祜虚与周旋，未敢进逼。"将军欲以巧胜人，盘马弯弓故不发。"羊叔子庶几近之，或谓其刈谷偿绢，送还猎兽，第愚弄吴人之狡术，殊不足道，不知外交以才不以德，必拘拘然绳以仁义，几何而不蹈宋襄之覆辙也。况岘首筑祠，堕泪名碑，三代以下，亦不数觏。本回详为演述，褒扬之义，自在言中。彼如马隆之得平树机能，未始非晋初名将，观晋武之倚重两人，乃知开国之主，必有所长，不得以外此瑕疵，遽掩其知人之明也。

第 五 回

捣金陵数路并举　俘孙皓二将争功

却说马隆既讨平秦凉，朝议将加赏西征将士，偏有人出来阻挠，谓西征将士，已加显爵，不宜更授。独卫将军杨珧进驳道："前由隆募选骁勇，稍加爵命，不过为鼓励起见，今隆众已荡平西土，未得增赏，将来如何用人，反觉得朝廷失信了。"武帝也以为然，遂颁诏酬勋，赐爵加秩如例。先是西北未平，尚不暇顾及东南，吴主孙皓，还道是四境平安，乐得淫佚。每宴群臣，必令沉醉，又尝置黄门郎十余人，密为监察，群臣醉后忘情，未免失检，那黄门郎立即纠弹，皓即令将失仪诸臣，牵出加罪，或剥面，或凿眼，可怜他无辜遭谴，徒害得不死不活，成为废人。晋益州刺史王浚，察知东吴情事，遂奉表晋廷，略谓："孙皓荒淫凶逆，宜速征伐，臣造船七年，未得出发，反致朽败。且臣年七十，死亡无日，愿陛下无失时机，亟命东征！"武帝复召廷臣会议，贾充荀勖等仍执前说，力阻行军，唯张华忆羊祜言，赞同浚议。适将军王浑，调督扬州，镇守寿阳，与吴人屡有战争，遂上言："孙皓不道，意欲北上，应速筹战守为宜。"朝议以天已严寒，未便出师，决待来春大举，武帝亦乐得休暇。一日，正召入张华弈棋，忽由襄阳递入急奏，武帝不知何因，忙即展览，奏中署名，是荆州都督杜预，大略说是：

故太傅羊祜，与朝臣异见，不先博谋，独与陛下密议伐吴，故朝臣益致龃龉。凡事当以利害相较，今此举之利，十有八九，而其害止于无功耳。近闻朝廷事无大小，异议蜂起，虽人心不同，亦由恃恩不虑后难，故轻相同异也。昔汉宣帝议赵充国所上事，获效之后，召责前时异议诸臣，始皆叩头而谢，此正所以塞异端，杜众枉耳。今自秋以来，讨贼之形颇露，若又中止，孙皓怖而生计。或徙都武昌，更完修江南诸城，远其居民，城不可攻，野无所掠，则明年之计，亦得无及矣。时哉勿可失，惟陛下察之！

武帝览毕，顺手递视张华。华看了一周，便推枰敛手道："陛下圣明神武,国富兵强,号令如一。吴主荒淫骄虐,诛杀贤能,及今往讨,可不劳而定,幸勿再疑!"武帝毅然道:"朕意已决,明日发兵便了。"华乃趋出。翌晨由武帝临朝,面谕群臣,大举伐吴,即命张华为度支尚书,量计运漕,接济军饷。贾充闻命,忙上前谏阻,荀勖冯纨,亦附和随声。武帝不禁动怒,瞋目视充道:"卿乃国家勋戚,为何屡次挠我军谋?今已决计东征,成败不干卿事,休得多言!"充碰了一鼻子灰,又见武帝变色,且惊且骇,忙即免冠拜谢。荀冯二人,亦随着磕头。丑态毕露。武帝方才霁颜,命镇军将军琅琊王伷出涂中,安东将军王浑出江西,建威将军王戎出武昌,平南将军胡奋出夏口,镇南大将军杜预出江陵,龙骧将军王浚与广武将军唐彬,率巴蜀士卒,浮江东下,东西并进,共二十余万人;并授太尉贾充为大都督,行冠军将军杨济骏弟。为副,总统各军。分派既定,武帝才辍朝还宫。

　　吏部尚书山涛,素以公正著名,尝甄拔人物,各为题奏,时称为山公启事。他见武帝决意伐吴,不便多嘴,至退朝后,但私语同僚道:"自非圣人,外宁必有内忧。今若释吴以为外惧,未始非策,何必定要出兵呢?"山公语亦似是而非,彼时祸根已伏,即不伐吴,亦岂能免乱?及东征军陆续出发,西方捷报又至,武帝益锐意东略,督促进军。龙骧将军王浚,筹备已久,一经奉命,率舟东下,长驱至丹阳。丹阳监盛纪,出兵迎战,怎禁得浚军一股锐气,横冲直撞,无坚不破。纪不及奔还,立被浚军擒去。浚顺流直进,探得江碛要害,统有铁锁截住,江心又埋着铁锥,逆距战船,乃作大筏数十,方百余步,缚草为人,被甲持仗,令善泅诸水手,在水中牵筏先行,筏遇铁锥,辄被引去,再用火炬长十余丈,大数十围,灌渍麻油,爇着猛火,乘风烧毁铁锁,锁被火熔,当即断绝,于是船无所碍,鼓棹直前。时已为咸宁六年仲春,和风嘘拂,春水绿波,浚与广武将军唐彬,驱兵至西陵,西陵为吴要塞,吴遣镇南将军留宪,征南将军成璩及西陵监郑广,宜都太守虞忠,并力扼守。不防浚军甚是厉害,一鼓作势,四面攀登,吴兵统皆骄惰,毫无斗志,蓦见敌军乘城,顿时骇散,留宪成璩等,还想巷战,奈手下已皆遁去,单剩得主将数人,孤立无助,眼见得束手成擒了。浚又乘胜攻克荆门夷道二城,擒住吴监军陆晏,再下乐乡,擒住吴水军统领陆景,江东大震。吴平西将军施洪等望风投降。

　　晋安东将军王浑,出发横江,得破寻阳,击走吴将孔忠,俘得周兴等数人,收降吴厉武将军陈代,平虏将军朱明;又镇南大将军杜预,进向江陵,密遣牙将管定周旨等,泛舟夜渡,袭据巴山,张旗举火,作为疑兵。吴都督孙歆,望见大骇,不禁咋舌道:"北来诸军,怕不是飞渡长江么?"当下派兵出拒,被管定周旨等预先埋伏,突起交锋,杀得吴军大败奔还。歆尚未得知,安坐帐中,至敌军冲入,方惊起欲遁,不防前后左右,已是敌人环绕,就使力大如牛,也无从摆脱,被他活捉了去。管周二将,向预报功,预即亲抵江陵,督兵攻城。吴将伍延佯请出降,暗中却部署兵士,登陴抵御。预已先料着,趁他行列未整,即命部众缘梯登城。守兵措手不及,城即被陷,伍延战死,江陵既下,沅湘以南各州郡,望风归命,奉送印绶。预仗节称诏,一一抚慰,令各就原官,远近肃然。平南将军胡奋,亦得克江安,会奉晋廷诏命,令胡奋与王浚王戎,合攻夏口武昌,杜预但当静镇零桂,<small>零陵桂阳。</small>怀辑衡阳,且待江汉肃清,直指吴都未迟。预乃分兵益浚,奋与戎亦互助浚军,一战破夏口,再战平武昌,更泛舟东下,所向无前。

可巧春雨水涨,谣诼纷纭,贾充首先倡议,表请罢兵,略谓:"百年逋寇,未可悉定,况春夏交际,江淮卑湿,一旦疫疠交作,反为敌乘,宜急召还各军,置作后图。且此次行军,虽似顺手,所损实多,虽腰斩张华,未足以谢天下!"等语。<small>充屡次阻兵,究未知所操何见,想无非是妒功忌能耳。</small>幸武帝不为少动,把充表留中不报。杜预闻充议辍兵,急忙抗表固争,一面征集各军,会议进取,有人从旁梗议,大旨与贾充相似。预奋然道:"昔乐毅<small>战国时燕人。</small>借济西一战,几并强齐;今兵威已振,譬如破竹,数节以后,迎刃而解,还要费什么大力呢?"遂指授群帅,径进秣陵。

吴遣丞相张悌及督军沈莹诸葛靓等,率众三万,渡江逆战,行次牛渚,莹语悌道:"上流诸军,素无戒备,晋水师顺流前来,势必至此,不如整兵待着,以逸制劳。今若渡江与战,不幸失败,大势去了。"悌慨然道:"吴国将亡,贤愚共知,及今渡江,尚可决一死战,不幸丧败,同死社稷,可无遗恨。若坐待敌至,士众尽散,除君臣迎降以外,还有什么良策? 名为江东大国,却无一人死难,岂不可耻? 我已决计效死了。"到此已无良策,<small>如悌为国而死,还算是江东好汉。</small>言讫,遂麾众渡江。到了板桥,与晋扬州刺史周浚军相值。悌便即迎击,两下相交,晋军甚是骁悍,吴兵尽管退却。约阅一二小时,但见吴人弃甲抛戈,纷纷遁去。诸葛靓料

捣金陵飘路拉峰

难支持,劝悌逃生,悌洒泪道:"今日是我死日了。我忝居宰相,常恐不得死所,今以身死国,死也值得,尚复何言。"靓垂涕自去。悌尚执佩刀,左拦右阻,格杀晋军数名。既而晋军围裹过来,你一枪,我一槊,竟将悌刺死了事。沈莹见悌死节,也不顾性命,力战多时,至身受重创,倒地而亡。吴人视此军为孤注,一经覆没,当然心惊胆落,风鹤皆兵。晋将军王浚,闻板桥得胜,便自武昌拥舟东下,直指建业。即吴都。扬州别驾何恽,得悉王浚东来,进白刺史周浚道:"公已战胜吴军,乐得进捣吴都,首建奇功,难道还要让人么?"浚使恽走告王浑,浑摇首道:"受诏但屯江北,不使轻进,且令龙骧受我节度,彼若前来,我叫他同时并进便了。"恽答道:"龙骧自巴蜀东下,所向皆克,功在垂成,尚肯来受节度么?况明公身为上将,见可即进,何必事事受诏呢?"浑终未肯信,遣恽使还。

原来浚初下建平,奉诏受杜预节制,至直趋建业,又奉诏归王浑节制。浚至西陵,杜预遗浚书道:"足下既摧吴西藩,便当进取秣陵,平累世逋寇,救江左生灵,自江入淮,肃清泗汴,然后溯河而上,振旅还都,才好算得一时盛举呢!"浚得书大悦,表呈预书,随即顺流鼓棹,再达三山。吴游击将军张象,带领舟军万人,前来抵御,望见浚军甚盛,旌旗蔽空,舳舻盈江,不由得魂凄魄散,慌忙请降。浚收纳张象,即举帆直指建业。王浑飞使邀浚,召与议事,浚答说道:"风利不得泊,只好改日受教罢。"来使自去报浑。浚直赴建业。吴主孙皓,连接警报,吓得无法可

第五回　捣金陵数路并举　俘孙皓二将争功

施。将军陶濬，自武昌逃归，入语皓道："蜀船皆小，若得二万兵驾着大船，与敌军交锋，或尚足破敌呢。"皓已惶急得很，忙授濬节钺，令他募兵退敌。偏都人已相率溃散，只剩得一班游手，前来应募，吃了好几日饱饭。待陶濬驱令出发，又复溃去。陶濬也无可奈何，复报孙皓。皓越加焦灼，并闻晋王濬已逼都下，还有晋琅琊王司马伷，亦自涂中进兵，径压近郊，眼见得朝不保暮，无可图存。光禄勋薛莹，中书令胡冲，劝皓向晋军乞降。皓不得已令草降书，分投王濬王浑，并向司马伷处送交玺绶。王濬接了降书，仍驱舰大进，鼓噪入石头城。吴主孙皓，肉袒面缚，衔璧牵羊，并令军士舆榇及亲属数人，至王濬垒门，流涕乞降。濬亲解皓缚，受璧焚榇，延入营中，以礼相待。随即驰入吴都，收图籍，封府库，严止军士侵掠，丝毫不入私囊，一面露布告捷。

晋廷得着好音，群臣入贺，捧觞上寿。武帝执爵流涕道："这是羊太傅的功劳呢！"惟骠骑将军孙秀，系吴大帝孙权侄孙，前为吴镇守夏口，因孙皓见疑，惧罪奔晋，得列显官，他却未曾与贺，且南面垂涕道："先人创业，何等辛勤，今后主不道，一旦把江南轻弃，悠悠苍天，伤如之何？"前已甘心降敌，此时却来作此语，欺人乎？欺己乎？武帝以濬为首功，拟下诏褒赏，忽接到王浑表文，内称濬违诏擅命，不受自己节度，应照例论罪。武帝未以为然，举表出示群臣。群臣多趋炎附势，不直王濬，请用槛车征濬入朝。武帝不纳，但下书责濬，说他"不从浑命，有违诏旨，功虽可嘉，道终未尽"等语。看官！你想这平吴一役，全亏王濬顺流直下，得入吴都，偏王浑出来作梗，竟要把王濬加罪，可见天下事不论公理，但尚私争。武帝还算英明，究未免私徇众议，所以古今来功臣志士，终落得事后牢骚，无穷感慨呢。一声何满子，双泪落君前。原来王浑闻濬入吴都，方率兵渡江，自思功落人后，很是愧忿，意欲率兵攻濬。濬部下参军何攀，料浑必来争功，因劝濬送皓与浑。浑得皓后，虽勒兵罢攻，意终未惬，乃表濬罪状，濬既奉到朝廷责言，因上书自讼，略云：

　　臣前受诏书，谓："军人乘胜，猛气益壮，便当顺流长骛，直造秣陵。"奉命以后，即便东下。途次复被诏书谓："太尉贾充，总统诸方，自镇东大将军伷及浑濬彬等，皆受充节度。"无令臣别受浑节度之文。及臣至三山，见浑军在北岸，遗书与臣，但云暂来过议，亦不语"臣当受节度"之意。臣水军风发，乘势造贼，行有次第，不便于长流之中,回船过浑,令首尾断绝。既而伪主孙皓,遣使归命,臣即报浑书,并录皓降笺,具以示浑,使速会师石头。臣军以日中至秣陵,暮乃得浑所下当受节度之符,欲令臣还围石头,备皓越逸。臣以为皓已出降,无待空围,故驰入吴都,封库待命。今诏旨谓臣忽弃明制,专擅自由,伏读以下,不胜战栗。臣受国恩,任重事大,常恐托付不效,辜负圣明,用敢投身死地,转战万里,凭赖威灵,幸而能济。臣以十五日至秣陵,而诏书于十二日发洛阳,其间悬阔,不相赴接,则臣之罪责,宜蒙察恕。假令孙皓犹有螳螂举斧之势,而臣轻军单入,有所亏丧,罪之可也。臣所统八万余人,乘胜席卷,皓以众叛亲离,无复羽翼,匹夫独立,不能庇其妻子,雀鼠贪生,苟乞一活耳。而江北诸军,不知其虚实,不早缚取,自为小误。臣至便得,更见怨恚,并云守贼百日,而令他人得之,言语噂沓,不可听闻。案春秋之义,大夫出疆,有利专之,臣虽愚蠢,以为事君之道,唯当竭力尽忠,奋不顾身,苟利社稷,死生以之。若其顾护嫌疑,以避咎责,此是人臣不忠之利,实非明主社稷之福也。夫佞邪害国,自古已然,故无极破楚,宰嚭灭吴,及至石显倾乱汉朝,皆载在典籍,为世所戒。昔乐毅伐齐,下城七十,而卒被谗间,脱身出奔。乐羊战国时魏人。既返,谤书盈箧。况臣疏顽,安能免谗慝之口?所望全其首领者,实赖陛下圣哲钦明,使浸润之谮,不得行焉。然臣孤根独立,久弃遐外,交游断绝,而结恨强宗,取怨豪族,以累卵之身,处雷霆之冲,茧栗之质,当豺狼之路,易见吞噬,难抗唇齿。夫犯上干主,罪犹可救。乖忤贵臣,祸常不测。故朱云折槛,婴逆鳞之怒,望之周堪,违忤石显,虽阖朝嗟叹,而死不旋踵,俱见汉史。此臣之所大怖也。今王浑表奏陷臣,其支党姻族,又皆根据磐牙,并处世位,闻遣人在洛中,专共交构,盗言孔甘,疑惑亲听。臣无曾参之贤,而罹三至之谤,敢不悚栗。本年平吴,诚为大庆,于臣之身,独受咎累,恶直丑正,实繁有徒。欲构南箕,成此贝锦。但当陛下圣明之世,而令济济之朝,有谗邪之人,亏穆穆之风,损皇代之美,是实由臣疏顽,使至于此。拜表流汗,言不识次,伏乞陛下矜鉴!

武帝得书,也知浚为王浑所忌,不免有媒孽等情,因下诏各军,班师回朝,待亲讯功过,核定赏罚云云。王浑既得絷皓,乃与琅琊王伷会衔,

第五回　捣金陵数路并举　俘孙皓二将争功

送皓入洛，皓至都门，泥首面缚。由朝旨遣使释免，给皓衣服车乘，赐爵归命侯，拜孙氏子弟为郎。所有东吴旧望，量才擢叙。从前王浚东下，吴城戍将，望风归降；惟建平太守吾彦，婴城固守，及孙皓被俘，方才投诚。武帝调彦为金城太守。诸葛靓姊，为琅琊王妃，靓自板桥败后，即窜入姊家，武帝素与靓相识，亲往搜寻。靓为魏扬州都督诸葛诞子，诞在魏主髦四年，讨司马昭不克，被杀，故靓奔吴，事见《三国演义》。靓复避匿厕中，被武帝左右牵出，始跪拜流涕道："臣不能漆身毁面，使得复见圣颜，不胜惭愧。"武帝慰谕至再，面授靓为侍中。靓固辞不受，情愿放归乡里。武帝不得已依议，听他自去，终身起坐，不向晋廷，后幸善终。靓于晋有君父大仇，乃不能与张悌同死，徒为是小节欺人，亦何足道。

武帝复颁诏大赦，改元太康。会值诸将陆续还都，因临轩召集，并引见孙皓，赐令侍坐，且顾语皓道："朕设此座待卿，已好几年了。"皓指帝座道："臣在南方，亦设此座待陛下。"史家记载皓言，未及指帝座三字，遂启后人疑窦，经著书人添入，方合口吻。贾充已回朝复命，时亦在侧，向皓冷笑道："闻君在南方，凿人目，剥人面，此刑施于何人？"皓答说道："人臣有敢为弑逆，及奸邪不忠，方加此刑。"充听了此言，不由得面目发赪，掉头趋退。自取其辱，但皓只御人口给，不能自保宗社，究有何益？王浑王浚，相继入朝，彼此尚争功不已。武帝命廷尉刘颂，叙次战绩。颂不免袒

俘孙皓二将争功

浑，列浑为首功，浚为次功。武帝因颂考绩徇私，左迁京兆太守。怎奈王浑私党，充斥朝廷，浑子济又尚公主，气焰逼人，大家统为浑帮护，累得武帝不便专制，也只好委曲通融，乃增浑食邑八千户，进爵为公。授浚为辅国大将军，与杜预王戎等，并封县侯。以下诸将，赏赐有差。遣使祭告羊祜庙，封祜夫人夏侯氏为万岁乡君，食邑五千户。一番东征事迹，至此结局。王浚以功大赏轻，始终不服，免不得怨忿交并，小子有诗叹道：

> 楼船直下扫东吴，功业初成已被诬。
> 何若当时范少伯，一舸载美去游湖。

欲知王浚后来情事，且至下回叙明。

回评 蜀亡在晋武开国之先，故本编首回，略略叙及，并不加详。至大举灭吴，则晋武即位，已十有余年矣。此固当列诸晋史，不得以吴列三国，应属诸《三国演义》，可以删繁就简也。惟晋之伐吴，倡议为羊祜，立功为王浚，而从中怂恿者为张华，余子碌碌，皆因人成事而已。武帝非不明察，辛因朝臣右袒王浑，独封浑为公，而浚以下不过封侯，无怪浚之愤悒不平也。然功成者退，知足不辱，浚乃为小丈夫之悻悻，始终未释，其后来之得全首领者，尚其幸耳。韩彭菹醢，晁错受戮，非炎盛开国时耶？史家谓浑既害善，浚亦矜功，诚足为一时定评云。

第 六 回

纳群娃羊车恣幸　继外孙螟子乱宗

却说王浚因功高赏轻，时怀不平，每在朝右自陈战绩及诸多枉屈情形，武帝虽有所闻，亦如聋瞽一般，绝不与谈。浚不胜愤懑，往往不别而行。武帝念他有功，始终含忍过去。益州护军范通，为浚外亲，尝入语浚道："公有平吴大功，今乃不能居守，未免可惜。"浚惊问何因，通答道："公返旆后，何不急流勇退，角巾私第，口不言功，如有人问及，可答称圣主宏谟，群帅戮力，若老夫实无功可言。从前蔺相如屈服廉颇，便得此意。见战国时代。公能行此，也足令王浑自愧了。"浚瞿然道："我亦尝惩邓艾覆辙，邓艾事在前。自恐遭祸，不能无言。及今已隔多日，胸中尚不免介介，这原是我器量太小呢。"通即起贺道："公能自知小过，便足保全。"说毕乃退。浚自是稍稍敛抑，不欲争功。博士秦秀，太子洗马孟康等，却代为浚诉陈枉抑，武帝乃迁浚为镇军大将军，加散骑常侍，领后军将军。时都中竞尚奢侈，浚本俭约，至此恐功高遭嫌，乐得随风张帆，玉食锦衣，优游自适。后又受调为抚军大将军，开府仪同三司，延至太康六年病终。年已八十，得谥为武。浚得令终，幸有范通数语。看官听说，在晋武未曾受禅以前，本来是三国分峙，各据一方，自西蜀入魏，降王刘禅，受封为安乐公，三国中已少了一国。及魏变为晋，吴又并入晋室，晋得奄有中原，规复秦汉旧土，遂划全国为十九州，分置郡国百五十余。小子特将十九州的名目，析述如下：

　　司　兖　豫　冀　并　青　徐　荆　扬　凉　雍　秦　益
梁　宁　幽　平　交　广

　　小子还有数语交代，那安乐公刘禅的死期，是在晋泰始七年间，归命侯孙皓的死期，是在晋太康二年间，两降主俱病死洛阳，已无后患。就是废居邺城的魏曹奂，无拳无勇，好似鸟入笼中，受人豢养，得能饱暖终身，还算是新朝厚惠。他最后死，直到晋惠帝泰安元年，方病殁邺城。叙结三主生死，是揭晋武厚道处，即见晋武骄盈处。武帝既混一宇内，遂思偃

武修文,下诏罢州郡兵,诏云:

　　自汉末四海分崩,刺史内亲民事,外领兵马,今天下为一,当韬戢干戈,刺史分职,皆如汉时故事。悉去州郡兵,大郡但置武吏百人,小郡五十人,以示朕与民安乐,共享太平之意。

这诏颁下,交州牧陶璜,便即上书,略谓:"州兵不宜减损,自示空虚。"武帝不纳。右仆射山涛,因病告假,闻朝廷下诏罢兵,亦不以为然。会武帝亲至讲武场,搜阅士卒,涛力疾入朝,随驾讲武,当下乘间进言,谓不宜去州郡武备,语意甚是剀切。武帝也为动容,但自思天下已平,不必过虑,既已颁诏四方,也未便朝令暮改,因此将错便错,延误过去。俗语说得好:"饱暖思淫欲。"武帝不脱凡俗,一经安乐,便勾起那淫欲心肠。他闻得南朝金粉,格外鲜妍,乘此政躬清泰,正好选入若干充作妾婢,借娱晨夕。可巧吴宫伎妾,多半被将士掠归,洛阳都下,凑娶吴娃,但教一道命令,传下都门,将士怎敢违旨?便将所得吴女,一古脑儿送入宫中。武帝仔细点验,差不多有五千名,个个是雪肤花貌,玉骨冰肌,不由得龙心大喜,一齐收纳,分派至各宫居住。自是掖庭里面,新旧相间,约不下万余人。武帝每日退朝,即改乘羊车,游历宫苑,既没有一定去处,也没有一定栖止,但逢羊车停住,即有无数美人儿,前来谒驾。武帝约略端详,见有可意人物,当即下车径入,设宴赏花。前后左右,莫非丽姝,待至酒下欢肠,惹起淫兴,便随手牵了数名,同入罗帏。这班妖淫善媚的吴女,巴不得有此幸遇,挨次进贡,曲承雨露。武帝亦乐不忘疲,今朝到东,明朝到西,好似花间蝴蝶,任意徘徊。只是粉黛万余,惟望一宠,就使龙马精神,也不能处处顾及,有几个侥幸承恩,大多数向隅叹泣,于是狡黠的宫女,想出一法,各用竹叶插户,盐汁洒地,引逗羊车。羊性嗜竹叶,又喜食盐,见有二物,往往停足。宫女遂出迎御驾,好把武帝拥至居室,奉献一衾。武帝乐得随缘,就便临幸。待至户户插竹,处处洒盐,羊亦刁猾起来,随意行止,不为所诱。宫女因旧法无效,只好自悲命薄,静待机缘罢了。何必定要望幸?惟武帝逐日宣淫,免不得昏昏沉沉,无心国事。后父车骑将军杨骏及弟卫将军珧,太子太傅济,乘势擅权,势倾中外,时人号为三杨。所有佐命功臣,多被疏斥。仆射山涛,屡有规讽,武帝亦嘉他忠直,怎奈理不胜欲,一遇美人在前,立把忠言撇诸脑后,还管什么兴衰成败呢?一日,由侍臣捧入奏章,呈上

御览,武帝顺手披阅,乃是侍御史郭钦所奏,大略说是:

> 戎狄强扩,历古为患,魏初民少,西北诸郡,皆为戎居,内及京兆魏郡弘农,往往有之。今虽服从,若百年之后,有风尘之警,胡骑自平阳上党,飚忽南来,不三日可至孟津,恐北地西河太原冯翊安定上郡,尽为狄庭矣。宜及平吴之威,谋臣猛将之略,渐徙内郡杂胡于边地,峻四夷出入之防,明先王荒服之制,此万世之长策也。

武帝看了数行,嗤然笑道:"古云杞人忧天,大约如此。"遂置诸高阁,不复批答。仍乘着羊车,寻欢取乐去了。女色

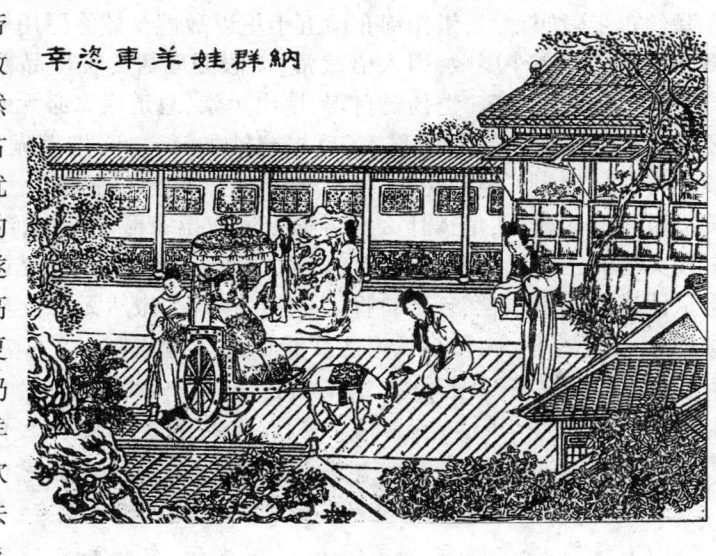
纳群娃羊车恣幸

蛊人,一至于此。后来得着昌黎军报,乃是鲜卑部酋慕容涉归,导众入寇。幸安北将军严询,守备颇严,把他击退。慕容氏始此,详见后文。武帝越加放心,更见得郭钦奏疏,不值一览。未几又有吴人作乱,亦由扬州刺史周浚,剿抚兼施,得归平靖。南北一乱即平,君臣上下,统说是幺么小丑,何损盛明?于是权臣贵戚,藻饰承平,你夸多,我斗靡,直把那一座洛阳城,铺设得似花花世界,荡荡乾坤。

当时除三杨外,尚有中护军羊琇,后将军王恺,统仗着椒房戚谊,备极骄奢。琇是晋景帝即司马师。见第一回。继室羊后从弟,恺是武帝亲舅,乃姊就是故太后王氏,亦见第一回中。两家是帝室懿亲,安富尊荣,还在人意料中,不意散骑常侍石崇,却比两家还要豪雄,羊琇自知不敌,倒也不敢与较,只王恺心中不服,时常与崇比富。崇字季伦,系前司徒

石苞幼子，颇有智谋，苞临终分财，派给诸子，独不及崇，谓崇将来自能致富，不劳分授，果然崇年逾冠，即得为修武令，嗣迁城阳太守，帮同伐吴，因功封安阳乡侯。旋复受调为荆州刺史，领南蛮校尉，加鹰扬将军。平居孳孳为利，在荆州时，暗属亲吏扮作盗状，往劫豪贾巨商，遂成暴富。入拜卫尉，筑室宏丽，后房百数，皆曳纨绣，珥珠翠，旦暮不绝丝竹，庖膳务极珍馐。王恺，家用粘糖也，与饴通。沃釜，崇独用蜡代薪；王恺作紫丝布步障四十里，崇作锦布障五十里以敌恺。恺涂屋用椒，崇用赤石脂相代。恺屡斗屡败，因入语武帝，欲假珊瑚树为赛珍品，武帝即赐与一株，高约二尺许。恺扬扬自得，取出示崇，总道崇家必无此珍奇，定要认输了事。哪知崇并不称美，反提起铁如意一柄，把珊瑚树击成数段。看官！你想王恺到此，怎得不怒气直冲，欲与石崇拼命？崇反从容笑语道："区区薄物，值得什么？"遂命家僮取出家藏珊瑚树，约数十株，最高大的约三四尺，次约二三尺，如恺所示的珊瑚树，要算是最次的，便指示恺道："君欲取偿，任君自择。"恺不禁咋舌，赧然无言，连击碎的珊瑚树，也不愿求偿，一溜烟的避去。崇因此名冠洛阳。多利厚亡，请看将来。车骑司马傅咸，目击奢风，有心矫正，特上书崇俭道：

　　臣以为谷帛虽生，而用之不节，无缘不匮，故先王之化天下，食肉衣帛，皆有其制。窃谓奢侈之费，甚于天灾。古者尧有茅茨，今之百姓，竞丰其屋；古者臣无玉食，今之贾竖，皆厌粱肉；古者后妃，乃有殊饰，今之婢妾，被服绫罗；古者大夫，乃不徒行，今之贱隶，乘轻驱肥；古者人稠地狭，而有储蓄，由于节也，今者土广人稀，而患不足，由于奢也。欲时之俭，当诘其奢，奢不见诘，转相夸尚，弊将胡底？昔毛玠为吏部尚书时，无敢好衣美食者，魏武帝叹曰："孤之法不如毛尚书，今使诸部用心，各如毛玠，则风俗之移，在所不难矣。"臣言虽鄙，所关实大，幸乞垂察！

　　书入不报。司隶校尉刘毅，鲠直敢言，尝劾羊琇纳赂违法，罪应处死，亦好几日不见复诏。毅令都官从事程衡，驰入琇营，收逮琇属吏拷问，事皆确凿，赃证显然，乃再上弹章，据实陈明。武帝不得已罢免琇官。暂过旬月，又使琇白衣领职。贪夫得志，正士灰心，一班蝇营狗苟的吏胥，当然暮夜辇金，贿托当道，苞苴夕进，朱紫晨颁，大家庆贺弹冠，管什么廉耻名节？到了太康三年的元旦，武帝亲至南郊祭天，百官相率

第六回 纳群娃羊车恣幸 继外孙螟子乱宗

扈从,祭礼已毕,还朝受谒。校尉刘毅,随班侍侧,武帝顾问道:"朕可比汉朝何帝?"毅应声道:"可比桓灵。"这语说出,满朝骇愕。毅却神色自若,武帝不禁失容道:"朕虽不德,何至以桓灵相比?"毅又答道:"桓灵卖官,钱入官库,陛下卖官,钱入私门,两相比较,恐陛下还不及桓灵呢!"再加数语,也可谓一身是胆。武帝忽然大笑道:"桓灵时不闻有此言,今朕得直臣,终究是高出桓灵了。"受责不怒,权谲可知。说毕,乃抽身入内,百官联翩趋出,尚互相惊叹。刘毅仍不慌不忙,从容自去。

尚书张华,甚得主宠,独贾充荀勖冯紞等,因伐吴时未与同谋,常相嫉忌。适武帝问及张华,何人可托后事?华朗声道:"明德至亲,莫如齐王。"武帝闻言,半晌不出一语。华也自知忤旨,不再渎陈。原来齐王攸为武帝所忌,前文中已略述端倪,见第三回。此次由张华突然推荐,更不觉触起旧情,且把那疑忌齐王的私心,移到张华身上,渐渐的冷淡下来。荀勖冯紞,乘间抵隙,遂将捕风捉影的蜚语,诬蔑张华。华竟被外调,出督幽州军事兼安北将军。他本足智多谋,一经莅任,专意怀柔,戎夏诸民,无不悦服。凡东夷各国,历代未附,至是也慕华威名,并遣使朝贡。武帝又器重华才,欲征使还朝,付以相位。议尚未定,已被冯紞窥透隐情,趁着入侍时间,与武帝论及魏晋故事。紞怃然道:"臣窃谓钟会构衅,实由太祖。"即司马昭,见第三回。武帝变色道:"卿说什么?"紞免冠叩谢道:"臣愚蠢妄言,罪该万死,但惩前毖后,不敢不直陈所见。钟会才智有限,太祖乃夸奖太过,纵使骄盈,自谓算无遗策,功高不赏,因致构逆。假使太祖录彼小能,节以大防,会自不敢生乱了。"说至此,见武帝徐徐点首,且说出一个"是"字,便又叩首道:"陛下既俯采臣言,当思履霜坚冰,由来有渐,无再使钟会复生。"武帝道:"当今岂尚有如会么?"紞又答道:"谈何容易!且臣不密即失身,臣亦何敢多渎?"武帝乃屏去左右,令他极言,紞乃说道:"近来为陛下谋议,著有大功,名闻海内,现在出踞方镇,统领戎马,最烦陛下圣虑,不可不防。"谗口可畏。武帝叹息道:"朕知道了。"于是不复召华,仍倚任荀冯等一班佞臣。

既而贾充病死,议立嗣子,又发生一种离奇的问题。先是充尝生一子,名叫黎民,年甫三龄,由乳母抱儿嬉戏,当阁立着,可巧充自朝退食,为儿所见,向充憨笑。充当然爱抚,摩弄儿顶,约有片时,不料充妻郭槐,从户内瞧着,疑充与乳母有私,竟乘充次日上朝,活活将乳母鞭死。

可怜三岁婴孩,恋念乳母,终日啼哭,变成了一个慢惊症,便即夭殇。未几复生一男,另外雇一乳母,才阅期年,乳母抱儿见父,充又摩抚如初,冤冤相凑,仍被郭槐窥见,取出老法儿处死乳母,儿亦随逝,此后竟致绝嗣。充为逆臣,应该有此妒妇。充死年已六十六,尚有弟混子数人,可以入继。偏郭槐想入非非,独欲将外孙韩谧,过继黎民,为贾氏后。看官!试想三岁的亡儿,如何得有继男?况韩谧为韩寿子,明明是贾充外孙,如何得冒充为孙?当时郎中令韩咸与中尉曹轸,俱面谏郭槐道:"古礼大宗无后,即以小宗支子入嗣,从没有异姓为后的故例,此举决不可行。"郭槐不听,竟上书陈请,托称贾充遗意,愿立韩谧为世孙。可笑武帝糊涂得很,随即下诏依议,诏云:

太宰鲁公贾充,崇德立勋,勤劳佐命,背世殂陨,每用悼心。又胤子早终,世嗣未立,古者列国无嗣,取始封支庶以绍统,而近代更除其国。至于周之公旦,汉之萧何,或豫建元子,或封爵元妃,盖尊显勋劳,不同常例。太宰素取外孙韩谧为世子黎民后,朕思外孙骨肉至近,推恩计情,合于人心,其以谧为鲁公世孙,以嗣其国,自非功如太宰,始封无后,不得援以为例。特此谕知!

看官阅过第二回,应知贾午偷香,是贾门中一场风流佳话。此次又将贾午所生的儿子,还继与贾充为孙,益觉得闻所未闻。风流佳话中,又添一种继承趣事了。那韩谧接奉诏旨,即改姓为贾,入主丧务,一切仪制,格外丰备。武帝厚加赗赐,自棺殓至丧葬费,钱约二千万缗,且有诏令礼官拟谥。博士秦秀道:"充悖礼违情,首乱大伦,从前春秋时代,鄫养外孙莒公子为后,麟经大书莒人灭鄫,今充亦如此,是绝祖父血食,开朝廷乱端,岂足为训?谥法昏乱纪度曰荒,请谥为荒公。"武帝怎肯依议,再经博士段畅,拟上一个武字,方才依从,这且待后再表。

且说齐王攸德望日隆,中外属望,独荀勖冯𬭚,日思排挤,并加了一个卫将军杨珧,也与攸未协,巴不得将他摔去。三人互加谗间,尚未见效,冯𬭚是逸夫中的好手,竟入内面请道:"陛下遣诸侯至国,成五等遗制,应该从懿亲为始。懿亲莫若齐王,奈何勿遣?"武帝乃命攸为大司马,都督青州军事。命令一下,朝议哗然。尚书左仆射王浑,首先谏阻,略言:"攸至亲盛德,宜赞朝政,不应出就外藩。"武帝不省。嗣由光禄大夫李憙,中护军羊琇,侍中王济甄德,皆上书切谏,又不见从。王济曾

第六回　纳群娃羊车恣幸　继外孙螟子乱宗　·47·

尚帝女常山公主,甄德且尚帝妹京兆长公主,两人因谏阻无效,不得已乞求帷帘,浼两公主联袂入宫,吁请留攸。两公主受夫嘱托力劝武帝,不意也碰了一鼻子灰。小子有诗叹道:

　　上书谏阻已无功,欲借蛾眉启主聪。
　　谁料妇言同不用,徒教杏靥并增红。

欲知两公主被斥情形,且至下回再详。

回评　山涛之谏阻罢兵,郭钦之疏请徙戎,未始非当时名论,但徒务外攘,未及内治,终非知本之言。武帝平吴,才及半年,即选吴伎妾五千人入宫,此何事也?乃不闻力谏,坐使若干粉黛,蛊惑君心,一褒姒妲己足亡天下,况多至五千人乎?不此之察,徒龂龂于兵之遽罢,戎之未徙,试思君荒臣奢,淫侈无度,即增兵徙戎,宁能不乱?后之论者,辄谓山涛之言不听,郭钦之疏不行,致有他日之祸乱,是所谓知二五不知一十者也。贾充妻郭槐,以韩谧为继孙,妇人之徇私蔑礼,尚不足怪,独怪武帝之竟从所请,清明之气,已被无数娇娃,斫丧殆尽。志已昏而死将随之矣,更何惑乎齐王攸之被遣哉!

第七回

指御座讽谏无功　侍帝榻权豪擅政

　　却说武帝决意遣攸,不愿从谏。蓦见两公主入宫,至御座前敛衽下拜,力请留攸。武帝道:"汝等妇女,怎知国事?不必来此纠缠!"两公主跪不肯起,甚至叩头涕泣,惹得武帝怒起,拂衣外出,趋往别殿。两公主见他自去,无从再求,没奈何起身归家。那武帝怒尚未息,至别殿间,正值侍中王戎值日,便顾语道:"兄弟至亲,今出齐王,乃是朕家事,甄德王济,横来干涉,今且遣妻入宫,向朕哭泣,朕不死,何劳彼哭?齐王亦未尝死,更何劳彼哭呢!"妇人两行珠泪,最能动人,不意此次却用不着。王戎听了,也不敢多言。武帝即令戎草诏,黜济为国子祭酒,德为大鸿胪。济与德因公主归来,复述武帝拒谏情形,更觉得自寻没趣,及左迁命下,越加扫兴,唯与公主相对涕洟罢了。独羊琇以杨珧排攸,运动最力,意欲与珧面论是非,怀刃寻衅。偏杨珧预先防备,托疾不出,暗嘱有司劾琇。琇降官太仆,恚愤而死。得死为幸。光禄大夫李憙,亦因年老辞职,罢死家中。是时已值年暮,齐王攸奉诏未行,暂留京都守岁。越年仲春,诏命太常议定典礼,崇锡齐王,促令就道。博士庾旉秦秀等,再上章挽留,仍不见报。祭酒曹志叹道:"亲如齐王,才如齐王,不令他树本助化,反欲远徙海隅,晋室恐不能久盛了。"乃复上书极谏,谓当从博士等言。武帝览书大怒道:"曹志尚不明朕心,何论他人!"遂黜免志官,并庾旉等七人除名。

　　原来中书监荀勖,曾在武帝前进谗,谓百僚已归心齐王,试诏令就国,必致朝议沸腾。武帝先入为主,且见群臣陆续留攸,果如勖言,免不得忮心愈甚,所以奏牍上陈,无一见信,反加严遣。齐王攸亦不愿莅镇,奏乞守先后陵,仍被驳斥。满腔孤愤,无处上伸,累得攸郁郁成疾,竟至呕血。这也何必。武帝遣御医诊视,御医希旨承颜,复称齐王无疾。武帝遂连番下诏,催促起程。攸素好容仪,犹力自整肃,入阙辞行。武帝见他举止如恒,益疑他居心多诈,哪知过了两日,即由攸子冏呈入讣音,

第七回　指御座讽谏无功　侍帝榻权豪擅政

称攸呕血不止，竟尔逝世。武帝以变生意外，不禁大恸，冯紞在旁劝解道："齐王名不副实，盗誉有年，今自殪逝，未始非社稷幸福，陛下何必过哀。"武帝乃收泪而止。诏为齐王发丧，礼仪如安平王孚故事，见第三回。并亲自往吊。攸子冏对帝悲号，诉称为御医所诬，武帝也觉不忍，令即收诛御医。但知希旨，不知有此一着。命冏承袭父爵，冏亦八王之一。谥攸为献。攸为晋室贤王，享年只三十有六。扶风王骏，闻武帝遣攸出镇，也曾上书力阻，嗣因武帝不从，忧愤成疾，与攸同时告终。骏遗爱及民，西人多树碑志德，悲泣盈途，晋廷追赠为大司马，予谥曰武。叙攸及骏，不没贤王。乃进汝南王亮为太尉，录尚书事，光禄大夫山涛为司徒，尚书令卫瓘为司空。

涛年垂八十，老病侵寻，因固辞不许，力疾入谢，途中又感冒风寒，归卧不起，旋即去世。武帝优加赗给，赐谥曰康。涛字巨源，河内人氏，早年丧父，食贫居贱，尝向妻韩氏道："勉耐饥寒，我将来当位至三公，但未知卿堪做夫人否？"及年已四十，始为郡曹，从祖姑为宣穆皇后生母，宣穆皇后见首回。瓜葛相连，得与武帝为中表亲，乃累迁至尚书仆射，兼领吏部铨衡。有知人鉴，平居贞顺节俭，家无妾媵，禄赐俸秩，分赡亲故，殁后只遗旧屋十间，子孙不敷居住。左长史范晷，为白朝廷，武帝乃令有司拨款，代为营室，总算是酬答勋亲的惠意；另简右仆射魏舒为司徒。

舒籍隶任城，幼即失怙，寄食外家宁氏。宁氏尝增筑居宅，有堪舆家相宅道："此宅应出贵甥。"舒闻言自负，欣然语人道："当为外家成此宅相。"已而与宁氏别居，身长八尺二寸，仪容秀伟，不修小节，专喜骑射，以渔猎为生涯，尝投宿野王逆旅，闻有车马声隐隐前来，约至门外，即有人互相问答。问语为是男是女？答语称是男子。接连又有人应声道："是男至十五岁，当死兵刃。"过了片刻，复问为何人借宿？答称为魏公舒。言迄遂去。舒卧至天明，起询寓主，始知主人妻夜产一男，乃记忆而行。蹉跎蹉跎，已过了十五年，贫困如故，往探野王主人，问及生男所在？主人黯然答述，谓："伐桑伤斧，创重身亡。"舒觉前闻已验，惟年登强仕，故我依然，又似前兆未符，转思平时不学，何从上达？不如发愤攻书，借博功名。由是月习一经，期月有成，出与郡试，得升上第，除渑池长，迁浚仪令，入为尚书郎，不数年位至尚书，晋职司徒。舒处事明决,持躬清俭,散财好施,与山涛相同,所以德望亦与涛相亚。舒亦晋初名臣,故随笔插叙。司空卫瓘,向与舒友善,至此更同心夹辅,整饬纪纲,故太康年间,虽经武帝荒淫,三杨用事,尚赖两老臣极力维持,幸得少安。

　　瓘世居安邑,父觊曾仕魏为尚书,中年去世,瓘得袭父荫,弱冠已仕尚书郎,后来佐晋立功,受封菑阳公。第四子宣,得尚帝女繁昌公主,瓘得邀宠眷,遇事摅忠,尝虑储贰非人,欲密请废立,屡次入见,且吐且茹,始终未敢直陈。会武帝幸凌云台,召集百僚,各赐盛宴。瓘饮至数觥,佯为醉状,起身至御座前,下跪道:"臣有言上陈,未知圣意肯容纳否?"武帝许令直陈。瓘欲言又止,如是三次,乃用手抚床道:"此座可惜。"武帝已悟瓘意,权词相答道:"公真大醉么?"瓘亦知武帝托词,叩头而退。及宴毕还宫,过了数日,武帝想出一法,特召东宫官属,悉数入殿,概令侍宴。暗中却封着尚书疑案,遣内侍赍付东宫,令太子判决,当即复命。太子衷呆笨得很,骤接来文,晓得什么裁答,慌忙召问僚属,急切不见一人,那时仓皇失措,只好入问床头夜叉,与她商议。贾妃南风虽然读过好几年诗书,略通文墨,但欲代为答

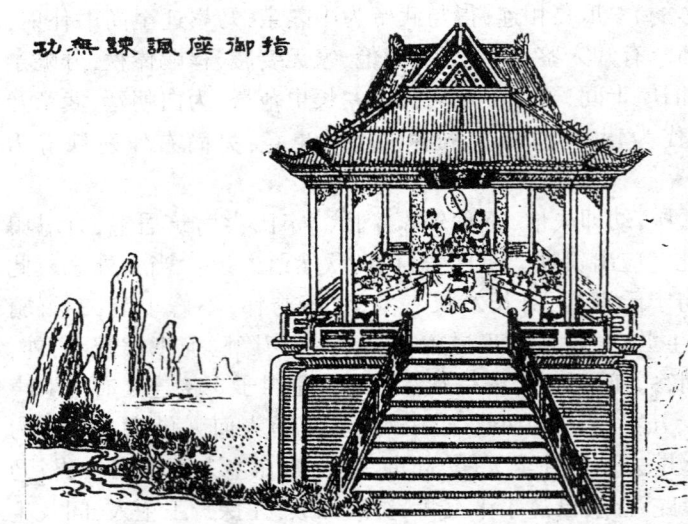

指御座讽谏无功

复,亦觉自愧未能,急来抱佛脚,忙遣侍婢趋问外臣,当有人代为拟草,引古证今,备具典博,侍婢持报贾妃,妃恐忙中有错,再召入给事张泓,使决可否。泓摇首道:"太子不学,为圣上所深知,今答诏多引古义,明明是请人代拟,一或查究,水落石出,属稿吏当然被谴,恐太子亦不能安

位了。"贾妃大惊道:"这却如何是好?"泓答道:"不如直率陈词,免得陛下动疑。"贾妃乃转惊为喜,温言与语道:"烦公为我善复,他日当与共富贵。"泓因为具草,令太子自写。太子衷勉强录成,再由泓复阅,方交内使持去。武帝接视复文,词句虽多鄙俚,意见却是明通,不由得放下忧怀,既欲考验太子,何妨召入面试,乃仍辗转迟回,堕入狡吏计中,何其不明若是?便又召入卫瓘,持示答草。瓘才阅数行,即逡巡谢过,左右始知瓘有毁言,齐称陛下圣明,不受谗间,说得瓘满面怀惭,容身无地,还是武帝替他调解,方使瓘徐徐引退,尚得盖愆。

是时贾充尚在,得此消息,使人语贾妃道:"卫瓘老奴,几破汝家。"妃因此恨瓘,尝思设计报复,只因武帝知瓘忠诚,宠遇日隆,一时无可下手,不得不容忍过去。及瓘为司空,遇有军国大事,武帝辄令商,瓘亦有所献替,补益颇多。会日蚀过半,瓘与太尉汝南王亮,司徒魏舒,联名上表,固请避位,有诏不许,至太康五年正月,龙现武库井中,武帝亲自往观,颇有喜色。百官将提议庆贺,瓘独无言。边有一人闪出道:"昔龙降夏庭,终为周祸,寻案旧典,并无贺龙故例,怎得创行?"瓘闻言急视,乃是尚书左仆射刘毅,是由司隶校尉新升,便随口接下道:"刘仆射所言甚当,何必贺龙。"百官才打消贺议。武帝亦命驾驰归。先是魏尚书陈群,因吏部不能相士,特命郡国各置中正,州置大中正,令取本地人士,甄别才德,列为九品,吏部得援格补授。相沿日久,奸弊丛生,往往中正非人,徇私去取。刘毅不忍缄默,因力请更张,期清宿敝,奏疏有云:

臣闻立政者以官才为本,官才有三难,而国家兴替之所由也。人物难知,一也;爱憎难防,二也;情伪难明,三也。今立中正,定九品,高下任意,荣辱在手,操人主之威福,夺天朝之权势,爱憎决于心,情伪由于己,公无考校之负,私无告讦之忌,用心百态,求者万端,廉让之风灭,苟且之俗成,窃为圣朝耻之。臣尝谓中正之设,未获一益,反得八损,高下逐强弱,是非随兴衰,一人之身,旬日异状,或以货赂自通,或以亲私登进,是以上品无寒门,下品无势族,慢主罔时,实为乱源,所损一也;重其任而轻其人,所立品格,徒凭一人之意见,未经众望之所归,卒使驳违之论,横于州里,嫌仇之隙,结于大臣,所损二也;推立格之意,以为才德有优劣,伦辈有首尾,序列高下,若贯鱼之成次,秩然不乱,乃法立而弊生,名是而实非,公以为格,坐成其私,徒使上欺明主,下乱人伦,优劣易地,首尾倒错,所损三也;国家赏罚,自王公以至庶人,无不如法,今置中正,委以重柄,无赏罚之防,遂至清平者寡,怨讼者众,听之则告讦无已,禁绝则侵枉无极,上明不下照,下情不上闻,所损四也;一国之士,多者千数,或流徙异地,或取给殊方,面犹不识,逮问才力,而中正无论知否,但采誉于台府,纳毁于流言,任己则有不识之蔽,听受则有彼此之偏,所损五也;职有大小,事有剧易,稽功叙绩,庶足鼓舞人才,今则反是,当官著效者,或附卑品,在官无绩者,转得高叙,抑功实而隆虚名,长浮华而废考绩,所损六也;官不同事,人不同能,得其能则成,失其能则败,今不状才能之所宜,而徒第为九品,以品取人,或非才能之所长,以状取人,则为本品之所限,即使鉴衡得实,犹虑品状相仿,况意为取舍,黑白混淆,所损七也;前时铨次九品,朝廷犹诏令善恶必书,以为褒贬,故当时犹有所忌,今之九品,所下不彰其恶,所上不列其善,废褒贬之义,任爱憎之断,清浊同流,惩劝不明,天下人焉得不骤行而骛名,所损八也。由此论之,职名中正,实为奸府,事名九品,实有八损。古今之失,无逾于此。臣以为宜罢中正,除九品,弃魏氏之弊法,立一代之美制,则铨政清而人才出矣。事关重要,恳切上闻!

这疏上后,武帝虽尝优答,仍然不见施行。司空卫瓘,更与太尉汝南王亮等,申请尽除中正,规复乡举里选的古制。乡举里选,可行于上古,不可行于后世。试看今日选举,便可知晓。武帝但务因循,终不能改。未几刘毅疾殁,魏舒又以老疾辞官,旋亦谢世。朝议征令镇南大将军杜预,还都辅政。预已六十三岁,自荆州奉诏启行,行次邓县,一病不起,告终驿馆。自武帝罢撤兵备,吏惰民嬉。独预镇襄阳,常言天下虽安,忘战必危,所以文武并重,内立泮宫,外严堡寨,又引滍淯渚水以溉原田,疏通扬夏诸水以达漕运,公私同利,兵民永赖,时人称为杜父,又号为杜武库。平日无事,辄流览经籍,自撰《春秋经传集解》,又参考众家谱弟,著成释例,再作盟会图春秋长历。再四斟酌,至老乃竣。当时侍中王济善相马,和峤善聚财,预谓济有马癖,峤有钱癖,惟自己有《左传》癖,迄今杜氏《集解》,流传不替。预殁后归葬京兆,追赠开府,得谥为

成。天不愍遗,老成雕谢,只剩了一个卫司空,孤立无援,内为贾妃所忌,外为杨氏所嫌,免不得表里相倾,不安

于位。卫宣曾尚帝女,见上文。复好作狭邪游,伉俪间不甚和协。杨骏等乘间设谋,谓宣若离婚,瓘必逊位,因嘱黄门侍郎等劾瓘父子,讽武帝夺宣公主。瓘当然惭惧,告老乞休。武帝准如所请,听令原爵休致,并命繁昌公主入宫居住,示与卫氏绝婚。有司又奏宣所为不法,应付廷尉治罪,武帝总算不问。后来知宣被诬,拟令公主仍归卫家,哪知缘分已断,不能再续,宣已病瘵亡身,徒使那金枝玉叶,坐守空帏,岂不可叹!

　　杨骏既排去卫瓘,复忌及汝南王亮,多方媒蘖,不由武帝不从,竟命亮为大司马,出督豫州诸军事,使镇许昌。又徙封皇子南阳王柬为秦王,使出督关中,始平王玮为楚王,使出督荆州,濮阳王允为淮南王,使出督扬江二州军事。柬玮允三王,已见前文。更立诸子乂为长沙王,颖为成都王,乂颖与玮,并列八王中。晏为吴王,炽为豫章王,演为代王,皇孙遹为广陵王,遹为太子冢嗣,但不由嫡出,乃是宫妾谢玖所生。谢玖本系武帝宫中的才人,才人系女官名。秀外慧中,颇邀睿赏,特给赐东宫,使充妾媵,才阅年余,便生一男,取名为遹。遹年五岁,颖悟绝伦。一夕,侍武帝侧,蓦闻宫外失火,左右惊惶,武帝欲登楼觇视,遹牵住武帝衣裾,不使上楼。武帝问为何意?遹答说道:"昏夜仓猝,宜备非常,不可使火光照见人主。"武帝不禁点首。至火已救熄,内外安静,益称遹为奇儿。小时了了,大未必佳。且谓遹酷肖宣帝,将来必能纂承大统,所以

太子不才，武帝未尝不晓，只因遹生性敏慧，有恃无恐，所以不愿废储，照旧过去。贾妃南风，甚是妒悍，不悦皇孙，自遹得生长，更恐他妾再复生男，严加防检。适有一妾怀妊，腹大便便，为妃所觉，便用戟掷刺孕妾，随刃仆地，且责宫女防闲不密，自持刀杀死数人。武帝闻报大怒，命修金墉城冷宫，将妃废锢，充华赵粲，见首回。为妃缓颊，从容入白道："贾妃年少，未能免妒，待至长成以后，自当知改，愿陛下三思！"就是杨后亦替她劝解，再加杨珧亦为进言，谓："贾充有功社稷，不应遽忘，毋致废及亲女。"此时力为悍妃帮忙，宁知后来反噬耶？武帝乃寝议不行。当断不断，反受其乱。

转瞬间已是太康十一年，改元太熙，进王浑为司徒，起卫瓘为太保，加光禄大夫石鉴为司空。三人虽同心秉政，权力终不敌三杨。更因武帝晚年，渔色成疾，常不视朝。杨后居中用事，屡召入乃父杨骏，商榷要政。至太熙元年孟夏，武帝病剧，索性将杨骏留侍禁中，一切诏令，俱出骏手，诸王大臣，无一与谋。骏得擅易公卿，私树心腹。武帝连日昏沉，不省人事，既而回光返照，偶觉清明，居然能起阅案牍，省视黜陟，适见骏所拟诏书，用人非才，因正色语骏道："怎得便尔？"骏惶恐谢罪。武帝又道："汝南王亮，已启程否？"骏答言尚未。武帝又道："快令中书草诏，留他立朝辅政。"骏不得已传命出去。武帝卧倒床上，又昏昏睡着。骏慌忙趋出，直至中书处索阅草诏，持还禁中，越宿尚未缴出。中书监华廙入叩宫门，向骏乞还原稿，骏不肯与。到了傍晚，复传入华廙及中书令何劭，由杨后口宣帝旨，令作遗诏，授骏为太尉，兼太子太傅，都督中外诸军，录尚书事。廙与劭不敢违慢，当即草就，呈与杨后。杨后却故意引入两人，使就帝榻前作证。两人跪请帝安，然后由杨后递过草诏，使武帝自视。但见武帝睁着两眼，看了许多时候，方才掷下，一些儿不加可否。及廙与劭叩辞出宫，武帝已经弥留，临危时忽问左右道："汝南王来否？"左右答言："未来。"武帝不能再言，长叹一声，呜呼崩逝。在位二十五年，享寿五十五岁。小子有诗叹道：

　　欲垂燕翼贵诒谋，悍媳蠢儿已兆忧。
　　况复托孤无硕彦，帷廧怎得免戈矛？

欲知武帝死后，宫中如何行动，待至下回叙明。

回评 齐王攸忧死而晋无贤王，山涛魏舒，相继谢世而晋无贤臣。司空卫瓘，似尚为庸中佼佼者流，然不能直言无隐，徒假此座可惜之言，为讽谏计，已觉胆小如鼷！至阅及太子答草，又未敢发奸摘伏，皇然谢过，以视刘毅诸人，尚有愧焉。武帝既知太子不聪，复恨贾妃之奇悍，废之锢之，何必多疑，乃被欺于狡吏而不之知，牵情于皇孙而不之断，受朦于宫帝而不之觉，卒至一误再误，身死而天下乱，名为开国，实是覆宗，王之不明，宁足福哉？阅此已为之一叹焉！

第 八 回

怙势招殃杨氏赤族　逞凶灭纪贾后废姑

　　却说杨骏见武帝已崩，即入居太极殿，主持国政，引太子衷即位柩前，颁诏大赦，骤改太熙元年为永熙元年，何其匆促乃尔？尊后杨氏为皇太后，立贾妃南风为皇后。会梓宫将殡，六宫出辞，骏并不下殿，反用虎贲百人，环卫殿门，一面促令汝南王亮即日赴镇。亮不敢临丧，但在大司马门外，北向举哀，又表求送葬山陵，然后启行。骏哪里肯依，并恐亮有别图，因即告知太后，诬亮谋变，且迫令嗣主手诏遣兵，声罪讨亮。还亏司空石鉴，从中劝阻，不致遽发。亮已微闻消息，商诸廷尉何勖。勖笑说道："今朝野皆惟公是望，公不能讨人，乃怕人讨乎？"亮素小，但知趋避，竟夤夜出都，驰赴许昌，方得免难。骏弟杨济及骏甥李斌，皆劝骏留亮，骏终不从。济语尚书左丞傅咸道："家兄若召还大司马，令主朝政，自己洁身退避，门户尚可保全。"济与珧非无一隙之明，乃不能自拔，相与沦胥，亦何足道？咸答道："但当召还大司马，秉公夹辅，便致太平，何必故意趋避呢？况宗室外戚，谊关唇齿，唇亡齿寒，恐非吉征。"济闻言益惧。又问诸侍中石崇，崇答如咸言。济乃托崇谏骏，骏方自幸得志，怎能改过不吝，从谏如流？而且前此一班老臣，多已雕谢，就是荀勖冯𬘩等，亦相继病终，荀冯二人之死，亦随笔带过。宫廷内外，没人敢与骏相抗。骏乐得作威作福，任意横行。越月即奉梓宫出葬峻阳陵，庙号世祖，尊谥武帝。

　　骏自知平时威望，未满人意，因欲大加封爵，笼络众心。左军将军傅祗，向骏贻书，谓："从古以来，未有帝王始崩，臣下得论功加封，请即辍议！"骏又不听从，竟劝嗣主下诏，凡中外群臣，皆增位一等，预丧各官，得增二等，二千石以上，统封关内侯，复租调一年。散骑侍郎何攀，又奏言："班赏行爵，超过开国功臣及平吴诸将帅，他日将何以善后？务请收回成命！"奏入不报。未几又有诏传下，授骏为太傅大都督，假黄钺，录朝政，百官总已以听。尚书左丞傅咸，入朝语骏道："谅暗本是古制,近世久不见行,今主上谦冲,委政明公,天下乃不以为是,试问公能当此重任么?周公大圣,尚致流言,况嗣主已非冲幼,公又地居贵戚,与周公不同,何不乘山陵事毕,慎图行止?可退即退,毋拂众情!"骏忿然作色,不答一词。咸乃告退。未几又复入谏,骏恨他多嘴,将出咸为郡守,骏甥李斌,谓斥逐正士,恐失人望,骏乃罢议。杨济密遗咸书,略云:"生子痴,了官事,今日官事恐未易了呢。虑君撄祸,故敢直告。"咸复称:"矫枉过正,卖直市名,或不免遭祸杀身。若控控愚忠,反致见怨,咸所未闻。"济得书付诸一叹,不复再白。咸亦不再谏骏,因得无恙。看官记着!这晋主衷嗣位以后,蠢顽如故,外事悉委杨骏,内政全出贾南风,自己同木偶一般,毫无守文气象。不过史家沿称庙号,叫作惠帝,所以小子也不得不援例相呼。_{特笔提明。}

杨骏虽得专政柄,也恐贾后阴险多谋,时加防备。特令甥段广为散骑常侍,执掌机密,私党张劭为中护军,督领禁兵,所有诏命,先示惠帝,继白杨太后,始付颁行,其实统由骏一人主裁,太后与帝,无非唯唯承诺,从未尝有一异言。中外臣僚,因骏独断独行,专擅严愎,啧有烦言。冯翊太守孙楚,直言规骏,终不见纳,弘训官名。少府蒯钦,为骏姑子,亦屡进箴规,不嫌烦渎。他人多为钦惧祸,钦慨然道:"杨文长系骏表字。虽暗,尚能知人无罪,不可妄杀,我言不见听,不过为彼所疏,我得疏乃可免患,否则将与彼俱族了。"骏不杀谏士,还是一些小善,钦借此解嘲,未免狡猾。既而骏选匈奴东部人王彰为司马,彰逃避不受,有彰友从旁怪问,彰答语道:"古来一姓二后,少有不败。况杨太傅昵近小人,疏远君子,专权自恣,终必败亡。我逾海出塞,远避千里,尚恐及祸,奈何应他辟召,自投罗网呢?且武帝不思择嗣,负荷大业,受遗又不得人,天下大乱,翘足可待,还想什么功名?我所以见机远行了。"友人方佩服彰言。

先是侍中和峤,尝启奏武帝,谓:"太子朴诚,颇有古风,但末世多伪,质朴如太子,恐不能了陛下家事。"武帝默然。嗣峤复与荀勖入侍,武帝顾语道:"太子近日,颇有进境,卿等可往觇虚实。"峤与勖奉旨往验,及复命时,勖满口贡谀,独峤直说道:"圣质如初。"武帝愀然变色,拂座竟入。峤当然返归。这语传入贾南风耳中,未免记在心里,隐含恨意。_{要你倒什么醋罐。}及惠帝嗣位,经过半年,立广陵王遹为太子,进中书监何劭为太子太师,吏部尚书王戎为太子太傅,卫将军杨济为太子太保，还有少师一职，任用了卫尉裴楷，少傅一职，因幽州都督张华入朝，留任太常卿，因即迁授。和峤得厕职少保，六大臣辅遹入宫，谒见贾后，后见峤在列，触起前憾，一张半青半黑的脸上，不由得露出嗔容。摹写得妙。峤神色夷然，佯若未见，俟太子谒毕，贾后入室，少顷见惠帝出来，顾问和峤道："卿常谓我不了家事，今果何如？"明明是受意贾后。峤从容答道："臣昔事先帝，曾有此言，如臣言无效，便是国家幸福了。"惠帝被峤一说，反弄得哑口无言。峤与众大臣徐徐引退，太子遹亦辞赴青宫，不消细表。

惟贾后生性阴鸷，素来是个不安本分的泼妇，此时统领六宫，内权在手，又想出预外政，偏上有太后，下有杨骏，每事受他牵掣，不能任所欲为，因此积怨成仇，恨不得速除二人。再加武帝在日，杨太后阴为调停，阳申劝诫，贾后未知太后暗护，反因太后责言，疑她播弄是非，所以处心积虑，徐图报复。自正位中宫后，日夕思逞，可巧殿中中郎孟观李肇，为骏所憎，屡遭诟斥，平时衔骏切骨，愿做中宫耳目，为后效劳，甚且构造蜚言，谓骏将危社稷，不可不防。从中牵合的叫做董猛，向为东宫给使，超列黄门，贾后倚为腹心，辄遣他通使观肇，密谋除骏，并废太后。又令肇往唆汝南王亮，使亮入清君侧，亮怯不敢承，肇因转告楚王玮。玮少年气锐，性又狠戾，便满口应允，表请入朝。杨骏本已忌玮，尝欲征召，只因玮勇悍难制，坐此迁延，及闻他自请入朝，喜如所愿，遂劝惠帝诏从所请。时已为永熙二年，诏复改元，号为永平，春光和煦，最便行人。玮与淮南王允，联袂入朝，贾后闻玮已入都，便即发难，嘱令孟观李肇，夜启惠帝，称骏谋反。惠帝晓得什么真假，遽付手书，降黜骏官，令以列侯就第。观与肇以为未足，便请发兵讨骏。惠帝复命东安公繇，履历详后。率殿中兵四百人，往围骏第。楚王玮亦带领随兵，驻扎司马门，且令淮南相刘颂为三公尚书，入卫殿中。

散骑常侍段广闻变，急驰入见帝，跪伏座前，且泣且语道："杨骏受恩先帝，竭忠辅政，且年老无子，岂有反理？愿陛下审慎后行！"惠帝不答。广知无可言，因即趋出，报知杨骏。骏已得内变音耗，忙召众官入商，主簿朱振献议道："今内变猝起，定由阉竖为贾后设谋，不利公家。公宜亟率家甲，往烧云龙门，索交乱首，一面引东宫及外营兵，拥皇太子入宫，迫取奸人，殿内震惧，当将首犯斩送出来，否则不能免祸了。"骏平居很是骄傲，至此反狐疑不决，且嗫嚅道："云龙门为魏明帝所造，工费甚大，怎好烧去？"侍中傅祗，见骏多疑，料知不能成事，便起座语骏道："祗愿入宫观察事势，就便转圜。"复掉头语群僚道："宫中亦不可无人。徒在此聚议，亦属无益。"大众听了，起身皆走。独尚书武茂，还是坐着，祗瞋目顾茂道："公非朝廷大臣么？今内外隔绝，不知天子所在，怎得安坐？"茂乃惊起，随众同出。傅祗劝众同行，无非是避祸起见，可见杨骏当日，已是众叛亲离。骏党左军将军刘豫，陈兵万春门，遇右军将军裴頠，问及太傅所在，頠随口设诳道："我曾在西掖门遇着太傅，见他乘着素车，带了二人，向西出走了。"豫惊诧道："我将何往？"頠答道："可至廷尉处自陈。"豫为頠所绐，匆匆径去。頠即接诏代豫，领左军将军，扼守万春门。

贾后恐太后救父，作为内应，即派心腹密往监守，果然得太后帛书，自宫中射出城外，上面写着"救太傅者有赏"六字。因扬言："太后与骏同反，大众不得妄从！"太后造反，自古罕闻。东安公繇，已率殿中兵围烧骏第，又令兵弩手等，分登阁上，环射骏门。骏与家属，俱不得出走。繇麾众掩入，四面搜寻，随手捕戮，约不下百余人，独不见有杨骏。再往马厩中缉捕，始觉有人蜷伏厩隅，群呼不应，各用戟攒刺进去，但听得几声惨号，已是溅血成红，死于非命。兵士拖尸出认，不是别人，正是前日赫声濯灵的杨太傅。争权夺利者其视诸。孟观李肇，又分收杨珧、杨济、张劭、李斌、段广、刘豫、武茂及散骑常侍杨邈、中书令蒋骏、东夷校尉文鸯等，俱至市曹斩首，各夷三族，共死数千人。杨珧临刑时，呼东安公繇，悖声与语道："表在石函，可问张华。"回应第四回。繇置诸不睬。贾氏族党，又促使行刑，珧尚号叫不止，蓦闻砉然一声，头破脑裂，方倒地而死。狡黠无益。

汲郡有高士孙登，营窟北山。夏时编草为裳，冬季用发自复，好读《易》抚琴，见人辄笑。杨骏在日，尝闻登名，遣使征召。登不肯就征，已而自至骏第，骏给以金帛，俱辞谢不受，又改赠布被，登携被出门外，随手乱劈，大呼道："斫斫剌剌。"及被皆扯碎，又奄卧道旁，作已死状。自骏以下，俱目登为疯人，听他僵毙，越宿出视，竟不知去向。既而温县又有一狂徒，自造四语，歌诸市上云："光光文长，大戟为墙，毒药虽行，戟还自伤。"当时俱莫名其妙。至骏居内府，用戟为卫，死时又被戟攒刺,始知狂徒也是高人。就是孙登举动,统有先觉,不过未曾道破,转令人索解无从呢。骏既诛死,遗骸委弃,无人敢收,惟太傅舍人阎纂,不忘故主,挺身独出,替他棺殓,却也未尝遭诛。是夕刑赏大权,统出自东安公繇。繇为琅琊王伷第三子,伷平吴后,恭俭自处,病殁青州。长子觐承袭父爵,又不永年。觐子睿嗣,就是将来的东晋元帝。预伏后文。繇得受封东安公,曾官散骑常侍,此次应诏除骏,威振内外,太子太傅王戎与语道:"大事已成,此后当谢权远势,毋蹈覆辙。"繇不能从。越宿乃奉诏大赦,复改永平元年为元康元年。贾后矫制,使后将军荀悝,徙杨太后至永宁宫。特全太后母庞氏生命,许与太后同居,暗中复唆使群臣,纠弹太后。群臣趋炎附势,不敢逆命,遂联衔上奏道:

　　皇太后阴渐奸谋,图危社稷,飞箭系书,要募将士,同恶相济,自绝于天。鲁侯绝文姜,《春秋》所许,盖以奉承祖宗,任至公于天下,陛下虽怀无已之情,臣下不敢奉诏,可宣敕王公于朝堂,会议进止。

怙势抱殃氏杨赤族

　　当下有诏答复,说是:"事关重大,当妥议后行。"有司又复申奏,大略说是:

　　逆臣杨骏,借外戚之资,居冢宰之任,陛下既居谅暗,委以重权,至乃阴图凶逆,布树私党。皇太后内为唇齿,协同逆谋,祸衅既

第八回　怙势招殃杨氏赤族　逞凶灭纪贾后废姑

彰，背捍诏命，阻兵负众，血刃宫省，而复流书募众，以奖凶党，上背祖宗之灵，下绝亿兆之望。昔文姜与乱，《春秋》所贬，吕宗畔戾，高后降配，宜废皇太后为峻阳庶人，以为大逆不道者戒！

牝鸡司晨，灭伦害理，盈廷僚佐，一大半党恶助虐，附和同声。只有太子少傅张华，新任中书监，还抱定一折衷主义，敷奏上去，略谓："太后非得罪先帝，不过与父同恶，有悖母仪，宜依汉废赵太后为孝成后故事，号为武帝皇后，徙居离宫，以全终始。"此说已是牵强，但于群言庞杂，尚有可取。偏偏张议甫上，又有一个下邳王晃，系司马孚第四子。串同左仆射荀恺等，定要贬太后尊号，废锢金墉城。晃等是否有母，奈何贪昧至此？再加各王公大臣，接连奏请，应从晃等所言。那时诏书随下，竟废杨太后为庶人，出锢金墉城中。谁知贾南风心如蛇蝎，已把皇太后废去，还想把太后母庞氏，结果性命。一不做，二不休，再唆动狐群狗党，狂吠朝堂，无非说是："杨骏造反，家属同坐，怎得曲赦庞氏？"有诏尚佯称不忍，难从所请。至奏牍迭呈，援引"大义灭亲"四字，作为铁证，可怜白发皤皤的庞太君，竟奉到诏旨，枭首宫门。肚子太不争气，何故生一皇后？废太后怎忍母死，抱持悲号，且截发稽颡，上表贾后，自称为妾，乞全母命。一死便罢，何必如此倒霉？看官，试想这都是穷凶极恶的贾南风，唆使出来，怎肯出尔反尔，放下屠刀？废太后拼命哀求，悍皇后反加催促，刀光闪闪，绝不留情，霎时间庞氏陨首，并将废太后杨氏，硬送入金墉城，幽禁了事。贾氏党羽，还是你一奏，我一疏，请尽诛杨骏官属，幸亏侍中傅祇，出为谏阻，方许赦免，不再滥刑。随即征汝南王亮为太宰，与太保卫瓘并录尚书事，进秦王柬为大将军，柬封秦王，见前回。东平王楙为抚军大将军，楙系司马孚庶孙。楚王玮为卫将军，下邳王晃为尚书令，东安公繇为尚书左仆射，晋爵为王，加封董猛为武安侯，孟观李肇等，皆拜爵有差。

汝南王亮入都辅政，又追论诛杨骏功，普加爵赏，封拜至千余人。傅咸已迁任御史中丞，一再致书谏亮，第一次是咎亮滥赏，第二次是劝亮让权，亮皆不愿听受，渐渐的自用自专。不知鉴及前车，真是愚愦。贾后族兄贾模，从舅郭彰，及贾充嗣孙贾谧，又俱得梯荣邀宠，蟠踞朝纲。楚王玮与东安公繇，也乘势干政。宗室外戚，双方分峙，又不免彼此生嫌。繇见贾后暴悍，恐不免害及己身，因与徒党密谋，拟设法废去悍后。既有今日,何必当初。计尚未定,偏遇那同胞兄弟,先加倾轧,暗肆谗言,竟把繇排挤出去。原来繇次兄澹,曾受封东武公,向与繇不相和协,屡次至太宰亮处进谗,说他专行诛赏,欲擅朝政。亮信为真言,奏免繇官。繇与东平王楙,常相往来,至是失官生怨,与楙谈及,有诋亮语,复为亮所闻知,遂遣楙赴镇,并谪繇至带方。繇既远去,又少一个著名的宗亲,贾谧郭彰,权焰益隆,眼见得宗室日弱,敌不过外戚威权。小子有诗讥汝南王亮道:

　　危厦何堪一木支,材庸器小更难持。
　　蟠根未固先戕叶,怎奈南风再折枝。
毕竟宗室外戚,有无冲突,容至下回再表。

逞凶灭纪贾后虐姑

　　回评　读此回,令人愤又令人叹,悍哉!贾南风,何凶恶至此?自来称悍后者,莫如吕武,然吕雉有相夫开国之才,故渐得预政;武曌有益主倾城之色,故渐得弄权。何物贾氏才不足以驭众,色不足以动人,乃一为皇后,便置杨骏于死地!骏虽有自取之咎,然其罪不过专擅而止,诬以大逆,戮及亲党,宁非罪轻罚重乎?杨太后深居宫中,本无罪恶,飞箭示赏,志在全父,焉有父女之亲,而坐视不救者?贾南风乃借此构陷,唆动群臣,妇可废姑,伦常扫地。骏妻庞氏,为太后生母,又复为悍后所戮。古人谓貌美者心毒,不意丑黑如南风,其毒亦若是其甚也!至若满廷王公,不能与丑妇相争,反从而助其虐,是更不值一唾也已!

第 九 回

遭反噬楚王受戮　失后援周处捐躯

却说贾氏私党，权焰日盛，太宰亮未曾加防，反因楚王玮刚愎好杀，拟撤他兵权，遣令归镇，另用临海侯裴楷代任。太保卫瓘，亦赞成亮议。玮自恃有功，怎肯俯首听命？裴楷亦不敢受职。玮长史公孙宏及舍人岐盛，素行无赖，为玮所昵，因替玮设法，劝他与贾后结欢。贾后本恐玮难制，密怀猜忌，只因他自来迁就，也乐得曲为周旋，留作心膂，遂命玮领太子少傅。亮与瓘所谋未遂，不免加忧，瓘又因岐盛，向附杨骏，后来反噬杨氏，居心反复，不可不除，因欲请诏诛盛。盛微有所闻，竟驰往积弩将军李肇宅中，诈称玮命，报告亮瓘有废立意。肇已为贾后功狗，深得后宠，便把盛言转达贾后。后前曾怨瓘，又因瓘与亮同掌朝政，自己仍不能专恣，索性乘势摔去，可以逞志横行，乃自草密书，胁令惠帝照写。书中略云："太宰太保，欲行伊霍故事，王宜宣诏调兵，分屯宫门，并免二公官爵。"惠帝惟后是从，匆匆写就，遂由贾后交付黄门，叫他乘夜授玮。

玮得惠帝手书，也不禁踌躇，谓当入内复奏。黄门驳说道："事宜急行，若辗转需时，一或漏泄，转非密诏本意。"玮亦知谋出贾后，为争权计，但自思亮瓘二人，与己有隙，此时正好借端报复，一快私忿；况二人得除，将来亦可进揽朝纲，自逞大欲。你会逞习，哪知别人比你更习。遂慨然应允，令黄门返报，一面部勒本军，再矫诏召入三十六军，手令晓谕道："太宰太保，密图不轨，我受密诏，都督中外诸军，汝等皆应听我节制，助顺讨逆！"诸军闻令，相率惊顾，但亦不敢不唯命是从。玮又矫诏传示亮瓘僚属，教他们预先散归，概不连坐；若不奉诏，便军法从事。于是遣李肇与公孙宏，领兵讨亮。侍中清河王遐，武帝子，见第四回。率吏收瓘。亮尚未得确音，由帐下督李龙踉跄入报，请即严拒外变。亮尚疑为讹传，不肯照行。俄而府第被围，外兵登墙哗噪，亮始出问道："我并无二心，何故得罪？"公孙宏答道："奉诏讨逆，不知有他。"亮又谓："既有诏书,何不见示？"呆极。宏全然不理,但麾众攻入。亮乃返身入内,适遇长史刘准,向他泣诉。准忿然道："这必是宫中奸谋,公府内俊义如林,尚可并力一战。"亮仍然不决。实是庸徒。未几,由李肇趋入,指麾兵士,把亮缚住。亮仰首长叹道："似我忠心,可披示天下,如何无道,枉杀不幸？"肇既执亮,使坐车下。时当六月,夜间犹热,人皆挥汗,亮被缚着,汗出如沈。有几个监守军人,悯他无罪,替他搧凉。肇从旁觑着,竟下令军中道："有人斩亮,赏布千匹！"乱兵闻利动心,一齐下手,或割鼻,或劈耳,或截手足,霎时间将亮送命,投尸北门。亮子矩亦为所杀,惟少子羕等,年尚幼稚,由婢仆等窃负逃出,避匿临海侯裴楷家。楷与亮有姻谊,密为保护,一夕八迁,始得免害。

　　那清河王遐趋至瓘第,宣诏逮瓘,瓘左右亦疑遐矫诏,劝瓘上表自讼,俟得报后,就戮未迟。瓘不欲抗旨,坦然趋出,接受诏书。正拟束手就缚,不防遐背后闪出一人,拔出利刃,手起刀落,把瓘挥作两段,并趁势闯入,捕得瓘三子恒岳裔及瓘孙六人,一并杀死。这人为谁？乃是被瓘所逐的帐下督荣晦。晦又屠戮瓘门,得报宿怨,复因瓘尚有二孙,未得搜获,还想率众严索,幸二孙璪玧,有病就诊,适寓医家,无从捕戮。清河王遐,已恨晦专杀,叱令返报。晦乃随遐白玮,公孙宏李肇等,亦皆至玮前缴令。岐盛又入语玮道："亮瓘虽诛,贾谧郭彰未除,宜一并翦灭,方可正王室,安天下。"计议甚是,但不容汝奈何？玮接口道："这……这事恐不可再行呢。"盛叹息而出。

　　时已天明,太子少傅张华,使董猛往说贾后说："楚王既诛二公,威权在手,试问帝后如何得安？何勿责玮擅杀大臣,摒除后患！"贾后喜道："我正虑此,卿等与我同见,幸速转告张公,事在速行。"悍妇好杀,过于暴男。猛驰白张华,华即入内启帝,立遣殿中将军王宫赍驺虞幡,出麾玮众道："楚王矫诏杀人,汝等如何盲从？"言甫毕,众皆骇走。玮左右不留一人,窘迫不知所为,亟驾着牛车,将赴秦王柬第。途遇卫士追来,立把玮拖落车下,押交廷尉,一道诏书,接连颁下,说玮擅杀二公父子,又欲诛灭朝臣,谋图不轨,罪大恶极,应速正大典,特遣尚书刘颂监刑,颂奉诏后,当命将玮推出市曹,玮从怀中取出青纸,就是前次惠帝手书,令诛亮瓘,当下递示刘颂,且泣语道："受诏行事,怎得为擅？自谓托体先帝,谋安社稷,乃反被见诬,幸为申奏！"迟了。颂亦唏嘘涕下,不能仰视。无如朝旨迫促,未便稽留,只得强作威容,喝令斩玮。玮既斩讫,复有诏命诛公孙宏岐盛,并夷三族,一股冤气,冲上九霄,顿时大风骤雨,卷入刑场,再加那电光似火,雷声如鼓,吓得刘颂以下,慌忙逃回。天非怜玮,实是恨后。惟玮既受诛,亮与瓘应该昭雪,偏偏过了数日,未见明文。瓘女向廷臣上书,为父讼冤,又有太保主簿刘繇等,亦各执黄幡,挝登闻鼓,请追申枉屈,兼惩余凶。大致说是:

遭反噬楚王受戮

前矫诏者至太保第,太保承诏当免,束敕出第,子身从命,如矫诏之文,唯免太保官,右军以下,即承诈伪。违基本文,辄戮宰辅,不复表上,横收太保子孙,辄皆行刑。贼害大臣父子九人,伏见诏书,为楚王所诳误,非本同谋者皆弛遣。如书之旨,第谓吏卒被驱,逼贲白杖者耳。律称受教杀人,不得免死,况乎手害功臣,贼杀忠良,虽云非谋,理所不赦。今元恶虽诛,凶竖犹存,臣惧有司未详事实,或有纰漏,不加详尽,使太保仇贼不灭,冤魂永恨,诉于穹苍,酷痛之臣,悲于明世。臣等身被创痍,殡殓始迄,谨陈瓘在司空时,帐下给使荣晦,有罪被黜,转投右军麾下,不自知过,反思修怨。此次变起,晦在门外,即扬声丑诋,及入门,宣毕论诏,即敢加刃,彼又素知太保家属,按次收捕,悉加斩斫,屠戮全门,实由于晦。劫盗府库,亦皆晦所为。考晦一人,众奸毕集,乞验尽情伪,加以族诛。庶已死者犹可瞑目，而未死者尚得逃生。雪冤情，戢凶焰，臣等不胜哀吁之至！」

自经繇等吁请，廷议乃归罪荣晦。执晦枭首，并诛晦族，且追复亮瓘爵位。谥亮曰文成，谥瓘曰成。嗣是贾后得志专政，委任亲党，用贾模为散骑常侍，兼加侍中。贾谧亦得任散骑常侍，并领后军将军。谧为后谋划，谓："张华系出庶姓，不致逼上，且儒雅有识，素孚众望，宜以朝政相委。"贾后转问裴頠，頠很是赞成，乃命华为侍中，兼中书监，頠为侍中，頠从叔楷_{即临海侯}。为中书令，加侍中，与左仆射王戎，并掌机要。华尽忠帝室，弥缝衮阙，朝野倚为柱石。后虽凶险，亦加敬礼。华常作女史箴，呈入宫中，明明为讽后起见，后虽不肯改，却也未尝恨华。贾模裴頠，并服华才略，遇有大议，皆推华主张，故元康年间，主德虽昏，犹得安然无事。郭彰亦稍自敛抑，未敢横行，独贾谧少年好事，恃宠增奢，室宇崇闳，器服珍丽，歌僮舞女，选极一时。惟好延宾客，往往开阁相迎，凡贵游豪戚及海内文士，陆续趋附，尝与谧饮酒论文，相得甚欢，当时号为二十四友。小子特将各友姓名，编次如下：

　　郭彰太原人，见前。石崇渤海人。欧阳建同上。潘岳荥阳人。陆机陆云吴人，见第四回。缪征兰陵人。杜斌京兆人。挚虞同上。诸葛诠琅琊人。王粹弘农人。杜育襄城人。邹捷南阳人。左思齐人，见第三回。崔基清河人。刘瑰沛人。和郁汝南人，即和峤弟。周恢籍贯同上。牵秀安平人。陈眕颍川人。许猛高阳人。刘讷彭城人。刘舆刘琨中山人。

这二十四友，不是豪家，就是名士。此外奔走谧门，伺候颜色，就使多方谄媚，谧只以泛交相待，未尝许为知己。谧本有文名，更得二十四人，竟为标榜，声誉益隆。贾后得谧为助，更觉似虎添翼，或需文字煽惑，皆令谧草，别人怀宝剑，我有笔如刀，可为贾后写照。贾后越无忌惮，任性妄行，故太后杨氏，出居金墉城，尚有侍女十余人，充当役使，嗣复为贾后所夺，甚至无人进膳，一代母后，竟至绝粒八日，奄奄饿死，年才三十有四。_{虽是武帝害她，但前此何必阴护贾氏，养虎自噬，夫复谁尤？}贾后贼胆心虚，尝怨冤魂未泯，棺殓时用物覆面，又用许多符书药物，作为镇压，才得放怀。这是元康二年间事。越年，弘农雨雹，深约三尺，又越年，淮南寿春大水，山崩地陷。上谷居庸上庸，亦遭水灾，伤及禾稼，人

第九回　遭反噬楚王受戮　失后援周处捐躯

民大饥。未始非阴气太盛所致。又越年，荆扬兖豫青徐六州，又复大水，接连是武库火灾，所有累代藏宝，如孔子履及汉高斩蛇剑等，悉数被焚。他如军械遭毁，不可胜计。宗亲如秦王柬，下邳王晃等，相继亡故，耆旧如石鉴傅咸等，亦病殁数人。中书监张华，得进位司空，陇西王泰，系宣帝司马懿弟，早膺封爵，至是入为尚书令。梁王肜已为卫将军，复加官太子太保，循资迁授，毋庸细表。

惟匈奴部落，出没朔方，渐有蠢动状态。悍目郝散，纠众万人，进攻上党，戕杀长官，当由邻近州郡，发兵往援，击退郝散。散兵败乞降，冯翊都尉，防他反复，诱散入语，把他处斩。散弟度元，率兄余部，逃出境外，好容易招兵买马，卷土重来，誓为乃兄复仇，且勾结马兰山中的羌人，卢水附近的胡骑，一同作乱，闯入北地。太守张损，督兵堵御，反杀得大败亏输，死于非命。冯翊太守欧阳建，前往协剿，也被他数路夹攻，丧失许多人马，狼狈奔回。徒能凑奉贾谧，焉足抵制郝度元？晋廷正授赵王伦见首回及第四回。为征西大将军，都督雍梁二州军事。此次逆虏犯境，应由伦运筹决胜，制服叛徒，怎奈伦未谙韬略，徒靠那皇家势力，得握兵权，并有一个嬖人孙秀，此孙秀系琅琊人，与五回之孙秀人异名同。从中揽柄，贻误戎机。所以羌胡蜂起，无术荡平。雍州刺史解系，献议伦前，愿分兵御寇，独当一面。孙秀谓系有异志，断不可从，且促系出讨羌胡。系督兵出战，果遭羌胡夹击，失利而还。伦因此劾系，系亦劾伦，彼此各执一词。司空张华，直系曲伦，请召伦还朝，另简军帅，乃改授梁王肜出镇雍梁，领征西将军。调还赵王伦，不加谴责，反授他为车骑将军。秦雍二州的氐羌，见晋廷赏罚不明，索性乘机抗命，聚众造反，推戴了一个氐帅，叫作齐万年，僭称帝号，围攻泾阳。梁王肜甫经莅镇，因氐羌猖獗，飞使奏闻，请即济师。晋廷特派安西将军夏侯骏为统帅，率同建威将军周处，振威将军卢播，往讨齐万年。中书令陈准入谏道："骏与梁王，俱系贵戚，司马师尝纳夏侯尚女为妃，武帝追尊为后。骏系尚后裔，故云贵戚。非将帅才，进不求名，退不畏罪。周处，吴人，忠勇果敢，有怨无援，必致丧身。宜诏积弩将军孟观，带领精兵万人，为处先驱，庶足殄寇，否则梁王必使处前行，迫陷绝地，寇不可灭，徒亡一国家良将，岂不可惜？"偏廷议说他过虑，不肯照行。

或劝处道："君有老母，何不以终养为名，辞去此任？"处慨然道：

"忠孝不能两全,既已辞亲事君,不能顾全私义。今日是处死日了。"遂率军西去。看官道周处何故誓死?就是陈准等人,又何故知处必死?说来又是话长,待小子将周处履历,从头叙来。处系义兴人氏,父名鲂,曾仕吴为鄱阳太守。处早年丧父,不修细行,弱冠时膂力过人,好勇斗狠,为乡里患。处自知不满人口,颇思改过。一日游里社间,见乡父老愁眉不展,各有忧色,便开口问道:"现今时和年丰,何为不乐?"父老答道:"三害未除,何乐可言?"处又问三害底细,父老道:"南山白额虎,长桥下蛟,还有一害,且不必说了。"处定要问明,父老始直言为汝。处笑答道:"这有何患?凭诸我手,一并除尽,可好么?"父老道:"汝若果能除尽,乃是一郡的大幸了。"处欣然辞出,即往家中取了弓箭,径赴南山,静候谷中。傍晚,果见猛虎奔来,由处连发二矢,俱中要害,虎竟倒毙。又复投水搏蛟,蛟或沉或浮,行数十里,处相随不舍,仗剑与争,约斗了三日三夜,方得斩蛟首,还里报命。里人因处往除蛟,三日不返,疑他已死,互相庆贺,蓦见处斩蛟归来,又不免喜中带忧。处窥透里人隐情,便慨语道:"二害已除,处亦从此改行。如再怙恶,定遭天殛。"里人见他语出真诚,才欢然道谢。叙周处改过事,不脱劝善宗旨。处乃入吴,往访陆机,机适他出,与机弟陆云相遇,具陈悔过情状,且唏嘘道:"本欲自修,恐年已蹉跎,学亦无及。"云答道:"古人贵朝闻夕改,况君方在壮年,但患志不立,何忧名不彰?"却是名言。处唯唯受教。嗣是励志好学,克己复礼。言必信,行必果。期年州府交辟,仕吴为东观左丞。吴亡入洛,迭任新平广汉太守,皆有政声,寻拜散骑常侍,复迁御史中丞,守正不阿,所有纠弹,不避宠戚。梁王肜尝犯法为非,廷臣因他位兼亲贵,无一敢言,独处执法相绳,登诸白简。肜坐是怨处,权贵也恨处鲠直,遂乘那氏帅僭逆,梁王西征,把处遣发出去,好使梁王借刀杀人,互泄私忿,所以处自知必死。与处交好的士大夫,也无一不为处担忧,就是氐帅齐万年,探得处奉命从军,亦顾语部众道:"周府君尝为新平太守,我知他才兼文武,不可轻敌,若专断而来,只有退避一法。今闻受他人节制,必遭牵掣,来此亦要成擒了。"乃率众七万人,分屯梁山,据险待着。

处与夏侯骏等,同见梁王,梁王肜果然挟嫌,佯称处忠勇过人,足为前驱,令领骁骑五千人,前攻梁山寇垒。处宣言道:"军无后继,必至覆败。处死不足惜,但为国取羞,岂非大误?"肜冷笑道:"将军平日毫不

第九回　遭反噬楚王受戮　失后援周处捐躯

畏人,今乃临敌生畏吗？"处尚欲自辩,夏侯骏在座,遽接入道:"将军放心前往,我当令卢将军解刺史等,同为后应便了。"骏设词诳处,比肜尤奸。处怏怏前进,行至六陌,距房营不过里许,乃整阵以待,守候卢播解系两军。才越一宵,那梁王肜的催战令,已到过两次。翌日黎明,军尚未食,又是一道催命符,立促进战。处待卢解二军,并未见到,料知梁王肜有意逗刁,自分必死,乃上马长吟道:"去去

周援後失捐躯

世事已,策马观西戎。藜藿甘粱黍,期之克令终。"吟毕,便麾军急进。齐万年亦驱众前来,两下交锋,各拼死决斗。自旦至暮,战到数百回合,番奴死伤甚多,但番众聚至七万,处兵只有五千,一方面逐渐加添,一方面逐渐减少,并且腹馁肠鸣,弦绝矢尽,回望后援,一些儿没有影响。处左右劝处速退,处按剑瞋目道:"这是我效节授命的时日,怎得言退？况诸军负约,令我独战,明明是置我死地,我死便罢！"说至此,拍马向前,力杀番众数十名。番奴重重环绕,竟把这位周将军,搠死阵中。小子有诗叹道:

　　知过非难改过难,一行作吏便肮欢。
　　如何正直招人忌,枉使沙场暴骨寒。

周处殉国,余军尽死,欲知晋廷如何处置,试看下回便知。

回评　史称元康元年,皇后杀太宰亮,太保瓘及楚王玮,不书诛而书杀,且冠以皇后二字,嫉贾后也。但亮与瓘非无致死之咎,而玮之致死,更不足惜。亮既远

谪东安公繇，复欲遣玮还镇，是明明自戕宗室，授贾氏以可乘之隙。瓘知惠帝之不足为君，何不预先告老，高蹈远祸，乃与亮同入漩涡，共为悍后所杀。嗜权利者必致丧身，亮与瓘其前鉴也。玮为后除骏，复为后杀亮瓘，甘心作伥，仍为虎噬，党恶之报，莫逾于此。若夫梁王肜之挟怨陷人，自坏长城，误处之罪尚小，误晋之罪实大，晋室诸王，除琅琊扶风及齐王攸外，类多失德，此所以相与沦胥也。

第 十 回

讽大廷徙戎著论　诱小吏侍宴肆淫

　　却说晋廷闻周处战死，明知为梁王所陷，所有权臣贵戚，反私相庆幸，没一人为处呼冤，就是张华陈准等人，亦不敢纠劾梁王，不过奏陈周处忠勇，应该优恤。有诏赠处为平西将军，赐钱百万，葬地一顷，又拨给王家近田，赡养处母，便算了事。转眼间又是一年，已至元康八年。梁王肜与夏侯骏等，逗留关中，毫无战绩。张华陈准，因复保荐积弩将军孟观，出讨齐万年。观奉命出发，所领宿卫兵士，类皆矫捷勇悍，一往无前。既至关中，梁王肜等知观为宫府宠臣，不敢与较，索性将关中士卒，尽付调遣。观得专戎事，不虑牵制，遂努力进讨，大小数十战，俱由观亲当矢石，无坚不摧。齐万年穷蹙失势，窜入中亭，观穷加搜剿，竟得把万年擒住，就地枭首，悬示番奴。氐羌遗众，望风奔角，不敢再贰。观乘胜转剿郝度元，度元遁去，窜死沙漠。于是马兰羌及卢水胡，相继乞降。秦雍梁三州，一律廓清。晋廷命观为东羌校尉，暂镇西陲，征梁王肜还朝，录尚书事，明明有罪，反畀以重权，可愤孰甚！独将雍州刺史解系免官，勒归私第。

　　原来赵王伦奉召还都，解系复上书劾伦，并请诛孙秀以谢氐羌。张华亦知孙秀不法，曾密托梁王肜令他收诛，偏被孙秀闻知，暗赂梁王参军傅仁，替他解免，方得随伦入京。秀见贾氏势盛，劝伦厚贿贾郭，为侥宠计，伦遂如秀议。果然钱可通神，非但贾郭与他交欢，就是恣肆中宫的悍后，亦渐加亲信。遇伦上奏，往往曲从，此番亦看了道儿，看下文便知。伦因得劾免解系，且复求录尚书事，后亦意动。偏张华裴頠固言不可，伦又求为尚书令，又被张裴二人阻挠，自是伦深恨二人，要与他势不两立了。伏笔。太子洗马江统，因羌胡初平，未足惩后，特著《徙戎论》以儆朝廷，论文不下数千言，由小子节录如下：

　　　　夫夷蛮戎狄，地在要荒，禹平水土，而西戎即叙。然其性气贪婪，凶悍不仁，四夷之中，未有甚于戎狄者。弱则畏服，强则侵叛。

当其强也,以汉之高祖,尚困于白登,及其弱也,以元成之微,而单于入朝。是以有道之君,待之有备,御之有常,虽稽颡执贽,而边城不弛固守,强暴为寇,而兵甲不加远征,期令境内获安,疆场不侵而已。汉建武中,光武帝时。马援领陇西太守,讨平叛羌,徙其余种于关中,居冯翊河东空地。数岁之后,族类蕃息,既恃其肥强,且苦汉人侵之。永初汉安帝年号。之元,群羌叛乱,覆没将守,屠破城邑,邓骘败北,侵及河内,十年之中,夷夏俱敝,任尚马贤,仅乃克之。自此之后,余烬不尽,小有际会,辄复侵叛。魏兴之初,与蜀分隔,疆场之戎,一彼一此。魏武帝徙武都氐于秦川,欲以弱寇强国,捍御蜀虏,此实权宜之计,非万世之利也。今者当之,已受其敝矣。夫关中土沃物饶,帝王所居,未闻戎狄宜在此土也。非我族类,其心必异,而因其衰敝,迁居畿服,士庶玩习,侮其轻弱,使其怨恨之气,冲入骨髓。至于蕃育众盛,则坐生其心,以贪悍之性,挟愤怒之情,候隙乘便,辄为横逆,此必然之势,已验之事也。当今之宜,须及兵威方盛,徙冯翊北地新平安定诸羌,使居先零罕开析支诸地,徙扶风始平京兆诸氐,出还陇右,仍居阴平武都之界,各附本种,反其旧土,使属国抚夷,就安集之,则华戎不杂,并得其所,纵有猾夏之心,而绝远中国,隔间山河,为害亦不广矣。至若并州之胡,昔为匈奴,桀恶之寇也。建安中汉献帝时。使右贤王古卑,诱质呼厨泉,听其部落,散居六郡,分为五部。咸熙魏主曹奂年号。之际,一部太强,分为三率,泰始见前。之初,又增为四。今五部之众,户达数万,人口之盛,过于西戎,其天性骁勇,弓马便利,倍于氐羌,若有不虞,风尘猝警,则并州之域,可为寒心,郝散之变,其近证也。魏正始中,魏主曹芳时。毌丘俭讨高句骊,徙其余种于荥阳,始徙之时,户落百数,子孙孳息,今以千计。数世之后,亦必殷炽,夫百姓失职,犹或叛亡,犬马肥充,且有噬啮,况于戎狄能不为变乎?自古为邦者忧不在寡而在不安,以四海之广,士民之富,岂须夷虏在内,然后取足哉?此等皆可申谕发遣,还其本域,慰彼羁旅怀土之思,释我华夏纤介之忧,惠此中国,以绥四方,德施永世,于计为长也。

晋廷终不能用,眼见得外族日盛,侵逼中原。时匈奴左部帅刘渊,已进任五部大都督,号建威将军,封汉光乡侯,威振朔方。回应第四回。

第十回 讽大廷徙戎著论 诱小吏侍宴肆淫

又有慕容涉归子廆,遣使降晋,亦受封为鲜卑都督。相传慕容氏世居塞外,号称东胡,后为匈奴所逐,走保鲜卑山,因以为名。魏初有莫护跋入居辽西,纠集部众,建牙棘城,见燕人多戴步摇冠,因亦敛发仿效,令部众尽冠步摇,番音讹称步摇为慕容,遂以为氏。或云慕二仪之德,继三光之容,因号慕容。究竟孰是孰非,无从考明。莫护跋生木延,木延生涉归,迁邑辽东,世附中国,得拜为鲜卑大单于。武帝时,涉归始入寇昌黎,为安北将军严询所败,遁归本帐。见第六回。已而涉归病死,弟删篡立,将杀涉归子廆,廆亡命避难,国人不服,群起杀删,迎廆入嗣。廆姿容秀伟,身长八尺,雄健有大度,从前张华为安北将军,得见廆貌,许为大器,赠给簪帻。及廆既嗣位,因与邻近宇文部,素有嫌隙,特向晋廷上表,请讨宇文氏。晋廷不许,廆怒寇辽西,不得逞志,乃复奉书乞降,受诏为鲜卑都督。廆以辽东僻远,复徙居大棘城,事大并小,渐见强盛。

此外尚有略阳氐杨茂搜,亦据住仇池,自号辅国将军右贤王。仇池在清水县中,约得百顷,旁绕平地,计二十余

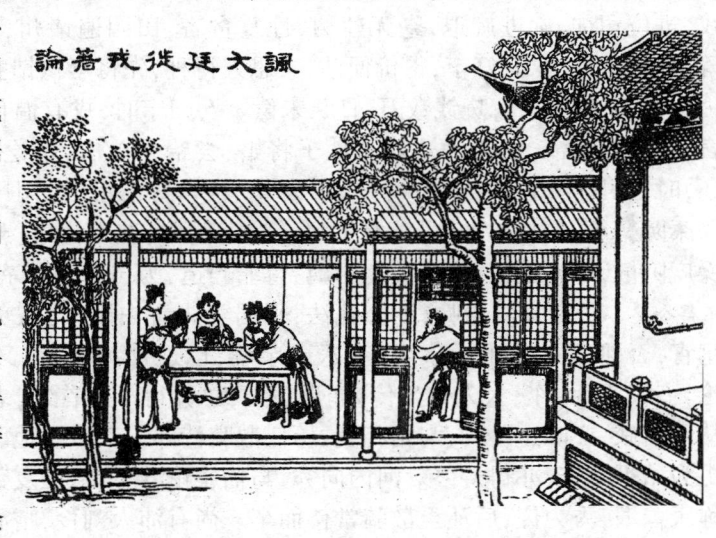

讽大廷徙戎论

里,四面斗绝,高凌九霄,中有羊肠蟠道,须经过三十六回,方登绝顶。氐人杨驹,始居此地,驹孙千万附魏,封百顷王,千万孙飞龙,徙居略阳,飞龙无嗣,以外孙令狐茂搜为子,茂搜遂昌姓杨氏。自齐万年扰乱关中,茂搜率部落四千家,由略阳退保仇池。关中人士,亦避乱往归,因此部众渐盛,也得称霸一方。杨氏以外,更有巴氏李氏,从前秦始皇并吞中国,在巴地设黔中郡,薄赋人口,令每岁出钱四千,巴人呼赋为賨,故

号为賨人。东汉季年，张鲁据汉中，賨人李氏，挈族依鲁，鲁为魏武所灭，徙李氏全族五百家，至略阳北上，名曰巴氏。李氏本巴西蛮种，强名为氏。后来出了兄弟三人，皆有勇略，长名特，次名庠，又次名流，至齐万年作乱，关中荐饥，略阳天水等六郡人民，迁移就食，流入汉川，多至数万家。沿路饥民累累，辄至病仆。特兄弟仗义疏财，倾囊赈救，因得众心。流民至汉中上书，乞寄食巴蜀，朝议不许，但遣侍御史李苾，持节往抚。苾受流民赂遗，表称流民十万余口，非汉中一郡所能赈赡，应从流民所请，听往巴蜀。朝廷乃许令就食蜀中，李特乘机入剑阁，遍览形势，不禁叹息道："刘禅有如此要险，乃面缚降人，岂非庸才么？"遂与二弟并居蜀地，渐思谋蜀。事见后文。匈奴鲜卑及氐并列五胡，故从详叙。

晋廷的王公大臣，但顾眼前富贵，不顾日后利害。就中如张华裴頠，稍称明达，但防御内讧，恐尚不及，如何能抵制外患？他若左仆射王戎，进位司徒，旋进旋退，毫无建树，性复贪吝，田园遍诸州，尚自执牙筹，昼夜会计，家有好李，得价便沽，又恐人得种，先将李核钻空，然后卖去。一女为裴頠妇，贷钱数万，日久未偿。女归宁时，戎有愠色，且多烦言，女立即偿清，始改为欢颜。从子将婚，尝给一单衣，婚讫仍向他索还，时人讥为膏盲宿疾。守财奴怎得为相？惟素好游散，自诩风流，尝与嵇康阮籍等，作竹林游，号竹林七贤。这七贤中，谯人嵇康，善弹琴，能操广陵散，声调绝伦，终因放荡不羁，得罪当道，为司马昭所杀，第一人先不得令终。阮籍嗜酒善啸，不循礼法，平居尝为青白眼，与人莫逆，方觉垂青，否即反白，自作《咏怀诗》八十余篇，以适性为本旨，又著《达庄论》专尚无为，作《大人先生传》痛诋正士，总算得幸全首领，老死陈留。从子名咸，亦旷达不拘，与籍相契，历任散骑侍郎。武帝说他耽酒蔑礼。出为始平太守，亦得寿终。河内向秀，与嵇康论养生诀，往复数万言，世称康善锻，秀为佐，后仕至散骑常侍而卒。尚有沛人刘伶，嗜酒如命，出入必以酒自随，伶妻捐酒毁器，涕泣劝戒，伶托言至神前宣誓，令具酒肉，及酒肉具陈，乃向天跪祝道："天生刘伶，以酒为名，一饮一斛，五斗解酲，妇女之言，慎不可听。"语足解颐。说毕即起，仍引酒食肉，颓然复醉。伶妻无法，只好付诸一叹。伶醉后或与人相忤，争论不休，粗暴之徒，奋拳相向，伶却徐徐道："鸡肋岂足当尊拳？"这语说出，令人自然气平，一笑而去。犯而不校，却可为负气者鉴。晋初开国，文士对策，昌言无

第十回　讽大廷徙戎著论　诱小吏侍宴肆淫

为盛治,皆得高第,独伶以无用被斥,未几遂殁,只有一篇《酒德颂》传诵后世。尚书仆射山涛,<small>涛籍贯,见第七回。</small>亦列入竹林七贤中,闻望最隆。涛以后要推王戎,通籍临沂,<small>属琅琊郡。</small>素称望族,独惜他与世浮沉,徒尚虚骛,有所赏拔,也统是名实未符。阮咸子瞻,尝投刺谒戎,戎传见后,顾问瞻道:"圣人贵名教,老庄明自然,有无异同?"瞻答了"将毋同"三字。戎叹为知言,遂辟为掾属,时人呼他为三语掾。

戎有从弟名衍,神情朗秀,风度安详。总角时往见山涛,涛也为叹赏,及衍别去,目送良久道:"何物老妪,生这宁馨儿?但误天下苍生,必属是人。"<small>不愧真鉴。</small>衍年十四,诣仆射羊祜第,申陈事状,侃侃敢言,左右目为奇童。杨骏欲以女妻衍,衍佯狂自免。武帝闻衍名,尝问戎道:"夷甫<small>衍表字。</small>当世何人可比?"戎答道:"世无衍匹,当从古人中搜求。"<small>无非标榜。</small>武帝乃加意录用,累迁至尚书郎,出补元城令,终日清谈,不理政务。寻复入为黄门侍郎,高谈如故。每当宾朋满座时,自执玉柄麈尾,与手同色,娓娓陈词,无非宗尚老庄,偏重虚无,遇有义理未足,即随口变更,无人敢驳,但赠他一个雅号,叫作信口雌黄。衍不以为愧,且自比子贡,到处鼓吹,风靡一时。娶妻郭氏,系贾后中表亲,<small>杨家女不可娶,郭家女乃可娶么?</small>郭氏恃势作威,贪鄙无厌,衍以妻为非,口不言钱。郭氏令婢用钱绕床,使不得行,至衍晨起见钱,召婢与语道:"快将阿堵物搬去。"终不道及钱字。幽州刺史李阳,与衍同乡,时称大侠,颇为郭氏所惮。衍尝语郭氏道:"如卿所为,非但我言不可,李阳亦尝谓不可。"郭氏方才稍敛,惟衍终得因妻取荣,超擢至尚书令。衍弟名澄,聪悟似衍,每有品评,衍不复置议,举世推为定论。

河南尹乐广,亦好清谈,与衍兄弟为莫逆交。更有僚吏阮修胡母辅之谢鲲王尼毕卓等,皆与澄友善,谑浪笑傲,穷欢极娱。辅之尝酣饮,子谦之大呼父字道:"彦国年老,怎复如是?"辅之毫不动怒,反笑呼谦之,引与共饮。<small>此亦与孺子牛相类。</small>毕卓亦素来好酒,闻邻有佳酿,很是垂涎。夜半悄起,往邻盗饮,醉卧瓮旁,黎明为邻人所缚,取烛审视,乃是毕吏部。<small>毕曾为吏部郎。</small>因释毕缚,毕尝谓右手持酒杯,左手持蟹螯,便足了过一生。乐广虽然放达,却与胡母辅之毕卓等,不甚赞成,尝笑语道:"名教中自有乐地,何必乃尔?"侍中裴頠,且作了一篇《崇有论》评驳时弊。无如敝俗已成,积重难返,徒靠着一二人正言指导,怎能挽救人心？眼见是礼教沦亡，祸不旋踵了。误尽苍生，古今同慨。贾谧郭彰等，却另是一派举止，穷奢极欲，骄恣无比。晋廷只是两派人物，一尚虚无，一尚奢侈。郭彰年老病死，贾谧恃才傲物，目空一切，尝与太子遹博弈争道，不肯少让，甚至谩语相侵。成都王颖，见第七回。方官散骑常侍，旁坐观博，不由得厉声呵斥道："皇太子为一国储君，贾谧怎得无礼？"谧闻颖言，辍局遽起，悻悻而出，往诉贾后，后当然袒谧，竟出颖为平北将军，镇守邺城。又因无故调颖，太露形迹，可巧梁王肜还朝，遂将河间王颙，同时简放，使镇关中。颙见第四回。

先是武帝遗制，藏诸石函，非至亲不得守关中。颙系疏族，因他轻才爱士，夙孚舆论，特故畀重镇，且与颖一同外调，免滋物议，这也是贾后的苦心。惠帝好同傀儡，事事受教宫闱，或行或止，惟后所命。会值年年水灾，四方饥馑，惠帝闻报，随口语道："何不食肉糜？"左右并皆失笑。又尝游华林园，得闻蛤蟆声，便问左右道："蛤蟆乱鸣，为官呢？为私呢？"左右又笑不可仰。有一人答道："在官地为官，在私地为私。"惠帝尚一再点头。昏骏如此，所以军国重权，全在贾后掌握，甚且龙床里面，亦有人替惠帝效劳。惠帝也全然未觉，任凭贾后择人侍寝，一些儿不加防闲。可谓慷慨。太医令程据，状貌顽晰，为后所爱，后借医病为名，一再召诊，竟要他值宿宫中，连宵侍奉。定然是神针法灸，难道是燕侣莺俦？据惮后淫威，不得已勉承后命，疗治相思。偏后得陇望蜀，多多益善，除程据外，又尝令心腹婢媪，在都下招寻美少年，入宫交欢，稍稍厌怍，便即处死，省得他溜出宫门，传播秽事。惟洛南有盗尉部小吏，面目韶秀，仿佛好女。失踪数日，又复出现，身上穿着袒衣，乃是宫锦制成，不同常服，偶为同人所见，问从何来？小吏不肯实对，同人遂疑为窃取，互相私议。适贾后有疏亲被盗，向尉求缉，遂致小吏为嫌疑犯，不得不当堂对簿。小吏始实供云："日前在途，遇一老妪。谓家中人有疾病，问诸师卜，宜得城南少年，入家厌禳，今欲相烦，必当重报。于是随主登车，车有重帷，帷内有箧箱，由老妪令居箧箱中，遂饬车夫御行。约十余里，跨过六七门限，方将箧箱开启，呼令下车。说也奇怪，下车四望，统是楼阙好屋，与宫殿无二。当下问为何地？老妪答称天上，即替我香汤沐浴，易以锦衣，饲以美食。到了傍晚，复随老妪入一复室，见一贵妇人上坐，年约三十五六，身短且胖，面色青黑，眉后有疵，她竟下座

第十回　讽大廷徙戎著论　诱小吏侍宴肆淫

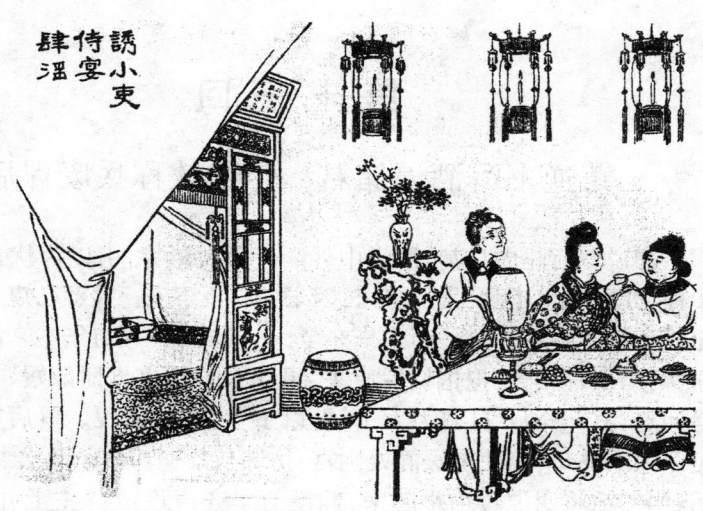

诱小吏侍宴肆淫

挽留，同席共饮，同床共寝。如是数日，方许告归，临别时赠此袍衣，并嘱言切勿外泄，如或转告外人，必遭天谴。

今被疑作贼，不能再默，只好直供"云云。说至此，那原告人不禁面赤，但言小吏既非盗犯，不必再问，因即辞去。尉亦解意，令此后毋得妄言，一笑退堂去了。看官，试想这小吏所遇的贵妇，不是贾后，还有何人？小吏为后所爱，乃得幸全，这也是命不该绝，方有此造化呢。俗语说得好："欲要不知，除非莫为。"为了贾后淫凶，有几个稍知忧国的大臣，秘密商议，欲将贾后废去。小子有诗叹道：

　　不是冶容也肆淫，刻兼怨毒入人深。
　　由来女宠多倾国，如此凶横绝古今。

究竟何人欲废贾后，下回再当叙明。

回评　读江统《徙戎论》，未始不叹为要言，但终非探本之策。古人谓天子有道，守在四夷，四夷尚为之守，何必沾沾过虑，坚请外徙耶？若暗主尸于上，牝后横于内，王公大臣，苟且偷安，恣肆如贾郭，空谈如戎衍，内乱已成，即无五胡之祸，亦宁能长治久安？况贾后凶暴未足，继以淫慝，中冓丑声，播闻中外，古今有如是之浊秽，而不至乱且亡者，未之闻也。小吏入宫一节，本诸《贾后列传》中，特录述之以为佐证，非第志宫闱之失德，且以作后世之炯戒云。

第十一回

草逆书醉酒逼储君　传伪敕称兵废悍后

却说贾后淫虐日甚，秽闻中外。侍中裴𬱟等，引以为忧，就是后党贾模，亦恐祸生不测，累及身家，因未免心下不安。裴𬱟已窥透模意，乃至模私第，商议秘密，可巧张华亦至，一同晤谈。𬱟与华本来莫逆，不必避嫌，因质直相告，拟把贾后废去，更立太子遹生母谢淑媛。谢淑媛就是谢玖，见第七回。自遹为太子，母以子贵，得封淑媛。贾后很是妒忌，不令太子见母，但使淑媛静处别宫，仿佛与禁锢相似。此次裴𬱟倡议废后，当然欲将谢淑媛抬举起来，偏模与华齐声说道："主上并无废后意见，我等乃欲擅行，倘主上不以为然，如何是好？且诸王方强，各分党派，一旦祸起，身死国危，非徒无益，反致有损了。"贾模不足道，张华号称多才，何以如此胆怯？𬱟半晌才道："公等所虑亦是，但中宫如此昏虐，乱可立待，我等岂果能置身事外么？"华便接口道："如公等两人，与中宫皆关亲戚，何勿进陈祸福，预为劝诫？言或见信，当可改过迁善，易危为安，天下不致大乱，我等方得优游卒岁了。"淫虐如贾南风，岂肯从谏？张华此言更是痴想。原来模为贾后族兄，𬱟母为贾充妻郭槐姊妹，两人与贾后互有关系，故华言如此。模𬱟赞同华议，𬱟亦不便拘执己见，姑依华言进行，当下趋诣贾第，入白姨母郭槐，托她戒谕贾后，勉盖前愆，并宜亲爱太子。模亦屡入中宫，为后指陈利害。看官！试想这凶残淫暴的贾南风，习与性成，岂尚肯采纳良言，去邪归正么？郭槐是贾后生母，向后进规，虽然不肯见从，尚无他恨，至模一再渎陈，反以为模有异心，敢加毁谤，索性嘱令宫竖，拒模入谒。模且忧且恨，竟生了一种绝症，便登鬼箓。不幸中之大幸。有诏进裴𬱟为尚书仆射，𬱟上表固辞，略谓："贾模新亡，将臣超擢，偏重外戚，未免示人不公，恳即收回成命。"复诏不许，或向𬱟进言道："公为中宫亲属，可言即当尽言，言不见听，不若托病辞官。若二说不行，虽有十表，恐终未能免祸了。"𬱟颇为感动。但初念欲见机而作，转念又且住为佳，因此日误一日，仍复在位。这是常人的通病，怎知祸足杀身！那贾郭二门的子弟，恃权借势，卖爵鬻官，贿赂公行，门庭如市，南阳人鲁褒，尝作《钱神论》讥讽时事，谓："钱字孔方，相亲如兄，无德反尊，无势偏热，排金门，入紫闼，危可使安，死可使活，贵可使贱，生可使杀，无论何事，非钱不行。洛中朱衣，当涂人士，爱我家兄，皆无已已"云云。时人俱为传诵，互相倾倒。平阳名士韦忠，为裴颜所器重，荐诸张华，华即遣属吏征聘，忠辞疾不至。有人问忠何不就征？忠慨然道："张茂先华字茂先。华而不实，裴逸民顾字逸民。欲而无厌，弃典礼，附贼后，这岂大丈夫所为？逸民每有心托我，我常恐他蹈溺深渊，余波及我，怎尚可褰裳往就呢？"关内侯索靖，亦知天下将乱，过洛阳宫门，指着铜驼，咨嗟太息道："铜驼铜驼，将见汝在荆棘中了。"国家兴亡，匹夫有责，徒付慨叹亦觉无谓。

太子遹储养东宫，少小时本来颖悟，偏到了成童以后，不务正业，但好狎游，就是左师右保，亦不加敬礼，唯与宦官宫妾，嬉嬲度日。无端变坏，想是司马氏家运。贾后素忌太子，正要他躁名败行，可以借端废立，因此密嘱黄门阉宦，导令为非，尝向太子前怂恿道："殿下正可及时行乐，何必常自拘束？"及见太子拂意时，怒诋役吏，又复从旁凑奉道："殿下太觉宽仁，若辈小竖，不加威刑，怎能使他畏服呢？"古人有言："一傅众咻。"又说是："习善则善，习恶则恶。"东宫中虽有三五师傅，怎禁得这班宵小，朝夕鼓煽？就是生性聪慧，也被他陷入恶途，成为习惯了。太子生母谢淑媛，幼时微贱，家世业屠。太子偏秉遗传，辄令宫中为市，使人屠酤，能手揣斤两，轻重不差。又令西园发卖葵菜篮子鸡面等类，估本牟利，倒是一个经济家。逐日收入，随手散给，却又毫不吝惜。东宫旧制，按月请钱五十万缗，作为费用，太子因月费不足，尝索取两月俸钱，供给嬖宠。平居雕题刻桷，役使不已，若要修墙缮壁，偏好听阴阳家言，动多顾忌。洗马江统，上陈五事，规谏太子，一是请随时朝省，二是请尊敬师保，三是请减省杂役，四是请撤销市酤，五是请破除迷信，太子无一依从。舍人杜锡，也常劝太子修德进善，毋招訾谤。太子反恨他多言，俟锡入见时，先使人至锡座毡中，插针数枚，锡怎能预料，一经坐下，被针刺臀，血满裤裆，真似哑子吃黄连，说不出的苦楚。散骑常侍贾谧，与太子年龄相仿，更为中表弟兄，免不得时往过从。太子喜怒无常，有时与谧相狎，有时与谧相谤，或令谧自坐，径往后庭嬉戏，不再顾谧，谧屡遭白眼,当然挟嫌。詹事裴权进谏道:"贾谧为中宫宠侄,一旦交构,大事去了,愿殿下屈尊相待,免滋他变。"太子勃然变色,连称可恨,说得权不敢再言,俯首辞去。其实,太子并非恨权,不过因权数语,触起旧忿,致有恨声。先是贾后母郭槐,欲令韩寿女为太子妃,太子亦欲结婚韩氏,自固地位。寿妻贾午,却不愿意。贾后更不乐赞成,另为太子聘王衍女。衍女有二,长女貌美,少女貌陋。太子既不得韩女,乃转思纳衍长女为妃。偏贾谧又来作梗,垂涎彼美,乞后作主。后方宠谧,便为谧娶衍长女,但使太子与衍少女为婚。太子得了丑妇,自然恨后及谧,彼时听着权言,怎能不感愤交并,流露言表?嗣被谧探知消息,也惹动前日弈棋的恶感,向贾后处进谗,弈棋事见前回。还亏后母郭槐,从中保持,不使贾后得害太子,故太子尚得无恙。此非郭槐好处,还是裴颜功劳。

未几,郭槐病重。由后过省,槐握住后手,嘱以二语:一语是保全太子,一语是赵粲贾午,必害汝家。这却可谓先见。贾后虽然应诺,心中总未以为然。至郭槐死后,谧虽守丧,仍然出入中宫,一夕,踉跄入白道:"太子蓄私财,结小人,无非欲害我贾氏,若宫车晏驾,彼得入立,不特臣等遭诛,恐皇后亦坐废金墉了。"贾后不禁骇愕,便与赵粲贾午,谋废太子。可巧午生一儿,遂嘱令送入宫中,佯称自己有娠,预备产具,一面嘱令内史,暴扬太子过恶,将为李代桃僵的诡计。宫廷内外,多已瞧透阴谋。中护军赵俊,密请太子举兵废后,太子不敢照行。左卫军刘卞私白张华,且替华设策道:"东宫俊义如林,卫兵不下万人,若得公命,请太子入录尚书事,废锢贾后,徙居金墉城,但教两黄门费力,便足办到此事。"华瞿然道:"今天子当阳,太子乃是人子。我又未得阿衡重任,乃胆敢与太子行此大事,是变做无父无君的贼子了,就使有成,尚难免罪。况权戚满朝,威柄不一,怎见得果能成事呢?"可与适道未可与权。卞太息而去。不意过了一宵,即有诏出,卞为雍州刺史。卞疑有人泄谋,因有此诏,遂服药自尽。胆小如此,如何为华设谋?

元康九年十二月,太子长男虨音彬。有疾,太子为儿祷祀求福,忽由内廷颁到密诏,乃是皇上不豫,令太子立即入朝。太子只好前往,趋入宫中,不意有内侍出来,引太子暂憩别室,静待后命。太子莫名其妙,但入别室休息,甫经坐定,即由宫婢陈舞,左手持枣一盘,右手执酒一壶,行至太子座前,传诏令饮。太子酒量素浅,饮了一半,已是醉意醺醺,便摇手道:"我不能再饮了。"陈舞瞋目道:"天赐殿下酒,乃不肯饮尽,难道酒中有恶物么?"太子无可奈何,把余酒一吸而尽,遂至大醉。既而又来宫婢承福,持给纸笔,并原稿二纸,逼令太子录写。太子辞不能书,复由承福矫诏逼迫。太子醉眼模糊,也不辨为何语,但看原稿中为何字,依次照录,字迹多歪歪斜斜,残缺不全,好容易录就二纸,交与承福持去。太子酒尚未醒,当由内侍拥掖出宫,扶上寝舆,使他自返。翌晨,由惠帝御式乾殿,召令王公大臣,使黄门令董猛,赍出二纸,遍示群僚,且对众宣谕道:"这是不肖子遹所书,如此悖逆,只好把他赐死罢。"百官听了,多半惊心,张华裴頠,更觉诧异,便接阅二纸,第一纸写着:

陛下宜自了,不自了,吾当入了之;中宫又宜速自了,不自了,吾当手了之。

大众看这数语,都为咋舌。还有一纸,文字越觉离奇,有云:

吾母宜刻期两发,勿疑犹豫致后患。茹毛饮血于三辰之下,皇天许当扫除患害,立道文为王,蒋氏为内主,愿成当以三牲祠北君,大赦天下。要疏如律令。

看这语意,似内达谢淑媛,与约同日发难。文中所叙的道文,便是太子长男虨表字,蒋氏乃是太子所宠的美人。大众瞧罢,彼此面面相觑,不发一言。都是饭桶。独张华忍耐不住,竟向座前启奏道:"这是国家的大不幸事,惟从古到今,往往因废黜正嫡,遂致丧乱,愿陛下核实乃行。"裴頠亦续奏道:"东宫果有此书,究由何人转入?且安知非他人伪造,诬陷太子?请验明真伪,方可立议。"惠帝接连闻奏,好似痴聋一般,嗫不复言。那殿后却趋出内侍,奉贾后命,取了太子平日手启十余笺,令群臣对核笔迹,张华裴頠等,即互相比视,笔迹大略相符,惟一是恭缮,笔画端正,一是急书,姿势潦草,一时也辨不出真假,无从指驳。原来贾后使太子录书,原稿系嘱黄门侍郎潘岳草成,及太子录就进呈,字画缺漏,仍由岳补添成字。岳善模仿笔迹,一经改写,与太子手书无殊,故足使人迷乱心目。潘岳何为者?惟裴頠定要查究传书的姓名,张华谓须召太子对质,此外一班大臣,依违两可,聚讼不决。贾后暗坐屏后,听着张裴两人的议论,大咈己意,那惠帝又一言不发,任令絮聒,恨不得走将出去,喝住众口,倒好独断独行,只是大庭广众,未便越礼,勉强容忍了半天。看看日影西斜,还是没有结果,不由得怒气上冲,便召董猛入内,嘱使传语道:"事宜速决。为何议了半日,尚未定夺?如群臣不肯传诏,应该军法从事。"猛奉命出宣,道言甫毕,张华即驳斥道:"国家大政,应由皇上主裁,汝系何人?妄传内旨,淆乱圣听。"裴頠亦喝道:"董猛休得多言,圣上明明御殿,难道我等未奉明诏,反依内旨不成?"猛且惭且愤,返报贾后。贾后恐事情中变,因即令侍臣草表,请免太子为庶人。这表传出,惠帝便即依议,拂袖退朝。于是使尚书和郁等,速诣东宫,废太子遹为庶人。遹方游玄圃,闻使节持至,改服受诏,步出承华门,乘粗牸车,往居金墉城,遹妃王氏,及三子虨臧尚,同时随徙。独虨母蒋氏,坐蛊惑太子罪名,生生杖毙,甚且归咎谢淑媛,一并赐死。王衍闻变,自恐株连及祸,急忙表请离婚,你有大女婿作靠,此时何必作忙?有诏准议。于是遹妃王氏,与遹永诀,恸哭一场,辞归母家。王女却是多情。

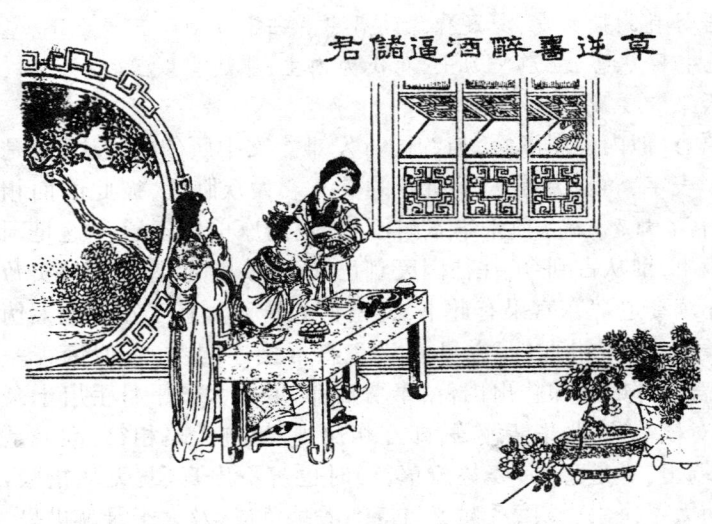

君储逼酒醉書逆草

越年,改元永康,西戎校尉司马阎缵,舆棺诣阙,上书切谏,略言:"汉戾太子称兵拒命,尚有人主从轻减,说是罪不过笞,今遹罪不如戾太子,理应重选师傅,先加严诲,若不悛改,废弃未迟。"这书呈入,当然不报。缵不见谴,还是皇恩广大。贾后因异议沸腾,终究未妥,不如下一辣手,致死太子,方绝后患,乃再行设计,嘱使黄门自首,诡言与遹谋逆。有诏将黄门自首表文,颁示公卿,遂命卫士押徙太子,往锢许昌宫,不许官僚送行。洗马江统潘滔,舍人王敦杜蕤

第十一回　草逆书醉酒逼储君　传伪敕称兵废悍后

鲁瑶等，冒禁往饯，至伊水旁涕泣拜辞，不意司隶校尉满奋，已奉诏驰至，把江统等一并拘去，分系河南洛阳两狱中。河南尹乐广，不待赦书，已悉数放归。洛阳令曹摅，未敢遽释罪囚，经都官从事孙琰，向贾谧处说情，方得一律释出。右卫督司马雅，系是晋室疏亲，平时常给事东宫，得遹宠爱，每思为遹效力，设法复位，乃与从督许超，殿中郎士猗等，日夕营谋，彼此互议，统说张华裴𫖮，贪恋禄位，未足与图大事，不如右军将军赵王伦，手握兵权，素性贪冒，尚可假彼行权。昌昧图逞，亦非良策。因往说孙秀道："中宫凶妒，与贾谧等诬废太子，无道已甚。今国无嫡嗣，社稷垂危，大臣将起行大事，公乃素奉中宫，与贾郭亲善，外人皆谓公实预内谋，一朝变起，祸必相及，何勿先事预防呢？"秀被他一说，也觉寒心，当即转告赵王伦，拟废去贾后，迎还太子。伦惟言是从，密结通事令史张林及省事张衡等，使为内应，待期举发。偏孙秀又变了一计，再与伦语道："太子聪明刚猛，若得还东宫，必图报复。明公素党贾后，道路共知，今虽为太子建立大功，太子且未必见德，一有衅隙，仍然加罪，不若迁延缓期，俟贾后害死太子，然后为太子报仇，入废贾后，名正言顺，更无他患，岂不是一举两得么？"这是卞庄刺二虎之计，我亦佩服。伦拍手赞成，连称好计。秀复散布谣言，谓殿中人欲废皇后，迎太子，一面往见贾谧，劝他早除太子，杜绝众望。谧立白贾后，后正得外间谣传，阴启杀心，一闻谧语，便召入太医令程据，使合毒药。据即用巴豆杏仁，研末为丸，交与贾后。后复令黄门孙虑，假传上命，赴许昌毒死太子。

太子至许昌后，常恐见鸩，所有饮食，必令宫人当面煮熟，方敢取尝。孙虑到了许昌，先与监守官刘振说明，振即徙太子至小坊中，绝不与食。宫人得太子厚恩，尚从墙上递给食物，俾得充饥。那孙虑急欲复命，径持入毒药，逼令太子吞下。太子不肯照服，托词如厕。虑袖出药杵，从太子背后，掷击过去，太子中杵倒地，再由虑拾起药杵，用力猛搥，太子大声哀呼，声彻户外，及要害受伤，一声惨号，气绝而逝。年才二十三岁。孙虑如此凶横，难道能长寿不成？虑回都复命，有司请用庶人礼葬遹，贾后即假托慈悲，上表帝前，略云：

> 遹不幸丧亡，伤其迷悖，又早短折，不能自已。妾常冀其刻肌刻骨，更思孝道，使得复正名号，此志不遂，重以酸恨。遹虽罪大，犹是王者子孙，便以匹庶送终，情实可悯，特乞天恩，赐以王礼。妾

诚暗浅，未识礼义，不胜至情，冒昧陈闻。录入此表，以见贾后之狡诈。

惠帝得贾后表，方命用广陵王礼，厚葬太子。会天象告警，尉氏雨血，妖星现西方，太白昼现，中台星坼，中外诧为怪象。张华少子名韪，劝华即速辞职，为避祸计。华踌躇多时，方答说道："天道幽远，未尽可凭，不如修德禳灾，静俟天命。"利令智昏。既而，孙秀使司马雅见华，屏人与语道："赵王欲与公共匡社稷，为天下除害，使雅以实情告公，请公勿疑！"华摇首不答。雅不禁怒起，掉头趋出，且行且语道："刃将加颈，尚作此态么？"当下诣赵王伦府第中，敦促起事。伦遂矫称诏敕，遍谕三部司马晋左右二卫，有前驱由基强弩三部司马。道："中宫与贾谧等杀我太子，为此命车骑将军兼领右军将军赵王伦，入废中宫，汝等皆当从命！事成当赐爵关内侯。如或不从，罪及三族。"三部司马，接了此敕，哪有不从之理？齐王冏见前文。方任翊军校尉，亦与伦通谋，遂与三部司马，突入宫中，排闼趋进。华林令骆休为内应，引冏至惠帝住室，迫帝出御东堂，一面召入贾谧。谧无从趋避，应召而至，及见甲杖如林，复走至西钟下面，大呼阿后救我！声尚未绝，已有人追至背后，拔刀砍去，首随刀落。贾后闻谧呼救声，慌忙出视。正与齐王冏相遇，便惊问道："卿来此做什么？"冏答道："有诏收后。"后复道："诏当从我发出，这是何处诏旨？"一面说，一面返身入内，趋上阁中，凭槛遥呼道："陛下有妇，乃使人废去，恐陛下亦将被废了。"冏复带兵入阁，胁后徙居。后复问起事为谁？冏答称梁赵二王。原来尚书令梁王肜，曾预闻伦事，也愿赞成，故冏有是言。贾后长叹道："系狗当系颈，今反系尾，怎得不尔？"乃出居建始殿中，由冏派兵监守。随即收捕赵粲贾午，驱入暴室，一顿杖责，把两个如花似玉、貌美心毒的妇人送归冥府，往销阎王簿据去了。就是韩寿兄弟子侄，也共同连坐，诛黜有差。偷香结果，一至于此，可见天道恶淫。伦复召入中书监侍中黄门侍郎等，夤夜入殿，趁势拿下司空张华，及仆射裴𬱟。华顾通事张林道："汝等欲害我忠臣么？"林矫诏诘责道："卿为宰相，不能保全太子，及太子废死，又复不能死节，怎得称忠？"华驳说道："式乾殿中的争议，臣尝力谏，尽可复按。"见上。林不待说毕，便接口道："力谏不从，何不去位？"中肯语。华听到此语，无言可驳，只好俯首就刑，遂与裴𬱟一同受戮，并至夷族。华是日昼寝，梦见屋坏，入夜即验。死时年六十九。著有《博物志》十篇及文章等并传后

第十一回　草逆书醉酒逼储君　传伪敕称兵废悍后

世。华长子散骑常侍祎及少子散骑侍郎韪，同时遇害。颋死时才三十四岁。二子嵩该，由梁王肜代为保护，谓："颋父裴秀，有功王室，不应殄绝后嗣。"因得免死，流徙带方。校尉阎缵，时尚在都，入抚张华尸首，且泣且语道："我曾劝君逊位，君乃不从，今果见戮，莫非是命中注定么？"小子有诗讥张华道：

　　蹉跎已届古稀年，何事名缰尚被牵？
　　老且受诛儿并戮，如斯结局也堪怜！

华颋既死，赵王伦未肯罢手，还要杀死数人。欲知何人被杀，待看下回报明。

回评　典午得国，始自贾充之弑曹髦，厥后贾女入宫，种种淫恣，即酿成八王之乱，而西晋因因是覆亡。天道好还，亶其然乎？张华裴颋位登台辅，不能拨乱反正，虽由二人之才识不足，亦天意之未许建功耳。况太子遹幼即聪明，一变而为淫僻昏顽之豚犬，置酒别室，醉草逆书，是何莫非大造之巧为播弄，假手悍后，有以斩其根而戕其本欤？及后恶贯满盈，不使张华裴颋之从权废立，而反令贪鄙阴狡之伦秀二人，乘隙图功，一祸才了，一祸复起，天之不欲安晋也明矣。此外已尽见细评，姑不赘述云。

第 十 二 回

坠名楼名姝殉难　夺御玺御驾被迁

却说赵王伦杀死裴张二人，本意是报复旧怨，不论罪状。事见前文。还有前雍州刺史解系，前时已为伦所谗，免官居京，伦余恨未泄，也将他拘至，并将系弟结一并下狱。梁王肜复出来救解，伦怫然道："我在水中见蟹，犹谓可恨，况解系兄弟，素来轻我，此而可忍，孰不可忍？"系为西征事招怨，亦见前文。肜苦争不得。系结皆为伦所杀，并戮及妻孥。结尝为御史中丞，有一女许字裴氏，择定嫁期，正在解家被祸的第二日，裴氏欲上书营救。女泣叹道："全家若此，我生何为？"遂亦坐死罪。后来晋廷怜女无辜，始改革旧制，女不从坐，惠帝全无主意，一任伦滥杀无辜。伦又恃孙秀为耳目，秀言可杀即杀，秀言不可杀即不杀。伦也是个傀儡。秀复为伦决计，废贾后为庶人，迁往金墉城。后党刘振、董猛、孙虑、程据等一体捕诛。刘振等死有余辜。司徒王戎，系裴頠妇翁，坐是罢职。此外文武百官，与贾郭张裴四家，素关亲戚，不是被诛，便是被黜，简直是不胜枚举了。

于是赵王伦托称诏制，大赦天下，自为都督中外诸军事兼相国侍中，一依宣文宣帝文帝。辅魏故事。置左右长史司马及从事中郎四人，参军十人，掾属二十人，府兵万人。使长子荂音敷。领冗从仆射，次子馥为前将军，封济阳王，三子虔为黄门郎，封汝阴王，幼子诩为散骑侍郎，封霸城侯，长子未曾封王，是欲为将来袭封起见。孙秀为中书令，受封大郡。司马雅张林等，并皆封侯，得握兵权。百官总己，听伦指挥。孙秀从中主政，威振朝廷。有诏追复故太子遹位号，使尚书和郁，率领东宫旧僚，赴许昌迎太子丧。太子长男虨，已经夭逝，亦得追封南阳王，虨弟臧为临淮王，臧弟尚为襄阳王。有司奏称尚书令王衍，备位大臣，当太子被诬时，志在苟免，不思营救，应禁锢终身，诏从所请。衍既免官还第，尚恐遇害，佯狂自免。任你如何刁滑，到头总难免横死。前平阳太守李重，素有令名，由伦辟为长史。重知伦有异志，托疾不就，偏经伦再三催

第十二回　坠名楼名姝殉难　夺御玺御驾被迁

逼，硬令人扶曳入府，胁令就官。重满腔忧愤，无处可伸，归家后果然成疾，不愿医治，未几遂亡。淮南王允，前曾随楚王玮入朝，见前第九回。玮被戮后，允仍然莅镇。至太子被废，朝议将立允为太弟，复密促还朝，留住都中。太弟议尚未定夺，赵王伦已经发难，允两不袒护，置身事外，至此乃受诏为骠骑将军，开府仪同三司，兼领中护军。允性沉毅，为宿卫将士所畏服，他见伦不怀好意，便豫养死士，密谋诛伦。伦毫无闻知，惟孙秀瞧料三分，劝伦防允。伦方才加防，且恐贾后与允勾结，或致死灰复燃，因与秀密商，想出两条计策：一是鸩死贾后，一是册立皇太孙。当下遣尚书刘弘，赍金屑酒至金墉城，赐贾后死。贾后无可奈何，只得一吸而尽，一代悍后，至此乃终。晋室江山，已被她一半收拾了。弘既复旨，即立临淮王臧为皇太孙，召还故太子妃王氏，令她抚养。所有太子旧僚，就作为太孙官属。赵王伦兼为太孙太傅，追谥故太子曰愍怀，改葬显平陵。

中书令孙秀，既得逞志，计无不遂，便逐渐骄淫，闻石崇家有美妾绿珠，妖冶善歌，兼长吹笛，遂使人向崇乞请，谓肯以绿珠见赠，当起复崇官。看官阅过前文，应知崇为贾谧好友，贾氏得祸，崇已坐谧党褫职，惟家产未遭籍没，崇仍得席丰履厚，护艳藏娇。且崇有别馆，在河阳金谷中，号为金谷园。自崇罢职后，常居园中休养，登高台，瞰清流，日与数十婢妾，饮酒赋诗，逍遥自在，反比那供职庙堂，更加快活。恐不能安享此福。及孙秀使至，崇含糊对付，遣使返报。秀竟再令人带着绣舆，往迓绿珠。崇尽出婢妾数十人，由来使自择。来使左盱右盼，个个是飘长裾，翳轻袖，绮罗斗艳，兰麝熏香，端的是金谷丽姝，不同凡艳。便问崇道："孙公命迓绿珠，未识孰是？"崇勃然道："绿珠是我爱妾，怎得相赠？"为一美妾而覆家，也不值得。来使道："公博古通今，察远照迩，愿加三思，免贻后悔。"崇仍然不允。来使既去复返，再为劝导。崇始终固执，叱退来使。秀得来使归报，当然大怒，便拟设计害崇。

崇亦自知惹祸，与甥欧阳建及旧友黄门郎潘岳，私下商酌，为除秀计。秀前为岳家小吏，岳恨他狡黠，辄加鞭挞，及秀为中书令，岳时与相值，尝问秀道："孙令公，尚记得前日周旋否？"秀引古语相答道："中心藏之，何日忘之。"见《诗经·小雅》。岳知他怀恨未忘，很加忧惧，与崇建等议及除秀，谓不如交结淮南王，劝令起事，摔去伦秀二人。淮南王允，正思讨灭伦秀,既得潘岳等相劝,筹备益急。伦与秀探察得实,遂迁允为太尉,阳示优礼,实夺兵权。允称疾不拜,秀遣御史刘机逼允,收允官属,并矫诏责允拒命,大逆不敬。允取诏审视,系秀手书,便怒叱道:"孙秀何人,敢传伪诏!"说至此,返身取剑,欲杀刘机。机狂奔出门,幸逃性命;允追机不及,便顾语左右道:"赵王欲破我家。"随即召集部兵七百人,出门大呼道:"赵王造反,我将讨逆,如肯从我,速即左袒!"兵吏常仇怨赵王,多左袒趋附。允率众赴宫,适尚书左丞王舆,闻变先入,闭住掖门。允不得趋入,乃转围相府。伦与秀仓猝调兵,与允相持,屡战屡败,死伤约千余人。太子左率陈徽,勒东宫兵,鼓噪宫内,作为内应。允列阵承华门前,令部众各持强弩,迭射伦兵。伦正督众死战,矢及身前,主书司马眭秘,挺出翼伦,可巧一箭射来,向胸穿入,立即倒毙。伦不禁着忙,旁顾门右,幸有大树数株,便挈领官属,趋至树后,借树为蔽。树上如猬集,伦幸得免。自辰至未,尚是喊杀连天,未曾罢斗。

中书令陈准,系陈徽胞兄,入值宫中,意欲助允,便请诸帝前,谓宜遣使持白虎幡,出解战事。乃使司马督护伏胤,率骑兵四百,持幡从宫中出来。胤藏着空板,古时诏书录板,板以桐木为之,长约尺许。诈称有诏,径至允阵前,取板遥示。允还道他是前来帮助,又见他持着诏书,定有他命,便令军士开阵纳胤,自己下马受诏。不防胤突至允前,拔出利刃,竟将允挥为两段。允众相顾错愕,胤复对众宣诏,略言"允擅自称兵,罪在不赦,除允家外,胁从罔治"等语。于是大众骇散。允子秦王郁汉王迪等,均被胤追捕,相继杀死。看官道是何因?原来白虎幡是借以麾军,并非解斗,陈准因惠帝昏愚,托言解斗,实欲麾动允军,威吓伦兵,使知允众攻伦,实出帝命,偏遣了一个贪利怀诈的伏胤,受命出宫,行过门下省,与伦子汝阴王虔相值。虔邀入与语,誓同富贵,嘱令变计图允。胤坐此生心,便去诳允。允见他持着白虎幡,又是赍奉诏敕,明明是得着内援,怎得不为胤所绐?哪知一场好事,竟成恶果,这也是晋朝的气数。无可归咎,又只好归之于天。

允既被害,赵王伦越加威风,复饬令严索允党,一体同罪。孙秀遂指称石崇欧阳建潘岳等,奉允为逆,应该伏诛。崇正在楼上高坐,与绿珠等欢宴,蓦闻缇骑到门,料知有变,便旁顾绿珠道:"我今为汝得罪了,奈何奈何?"绿珠涕泣道:"妾当效死公前,不令公独受罪。"遂叩头

第十二回 坠名楼名姝殉难 夺御玺御驾被迁

谢别,抢步临轩,一跃下楼。崇慌忙起座,欲揽衣裾,已是不及,但见下面倒着娇躯,已是头破血流,死于非命。绿珠本贻祸石家,幸有坠楼殉主,尚可自解。崇不禁垂泪道:"可惜!可惜!我罪亦不过流徙交广,卿何必至此!"你既钟爱绿珠,何不随同坠楼,且还想活命,真是痴人说梦。遂驾车诣狱。未到狱门,已有人传到敕书,令赴东市就刑。崇至东市,方长叹道:"奴辈利我家财。"旁有押吏应声道:"早知财足害身,何不散给乡里?"崇不能答,仰首就戮。崇甥欧阳建,亦同时被杀,绝命时尚口占诗章,词甚凄楚。崇母兄及妻子等十五人,骈戮无遗,家产籍没。有司按录簿籍,得水碓三十余区,苍头八百余人,田宅货财,不可胜数。多藏厚亡,视崇益信。黄门郎潘岳,并为所害。岳字安仁,少美丰

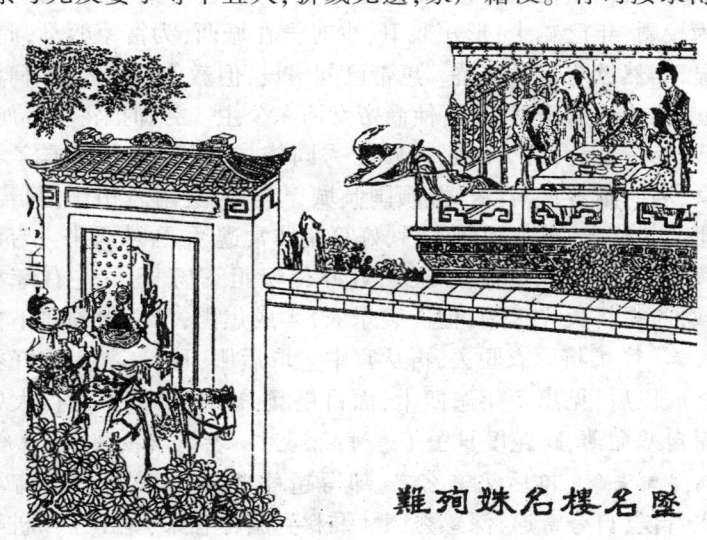

坠名楼名姝殉难

姿,尤工词藻。弱冠以前,尝挟弹出洛阳,妇女皆掷果相赠,满载以归。嗣为河阳令,遍植桃树,时人号为一县花。妻殁作悼亡词,哀艳绝伦,惟躁急干进,不安恬淡。岳母尝责岳道:"汝当知足,奈何奔竞不休?"岳不能从。及被收时,始入与母诀道:"负阿母!"出至东市,见崇亦在列,相顾唏嘘。崇呼岳道:"安仁亦遭此祸么?"岳泣答道:"可谓白首同所归。"这一语,乃是岳寄金谷园诗,不料竟成谶语。岳死,家属亦多毙刀下,惟兄子伯武,在逃得免。

赵王伦又收捕淮南王弟吴王晏,拟即加刑,经光禄大夫傅祗力争,始得贷死,贬为宾徒县王。齐王冏与伦相结,迁任游击将军,冏尚未满

意,颇有恨色。秀即白伦,将冏外调,令出为平东将军,使镇许昌,免得在内生变,伦趾高气扬,拟自加九锡殊礼。吏部尚书刘颂道:"从前汉锡魏武,魏锡晋宣,俱系一时异数,并非古礼。周勃霍光,立功甚大,并不闻有九锡的宠命呢。"权词讽谏,可算苦心。伦党张林,斥颂为张华余党,因有异议,将加颂死刑。还是孙秀进言道:"杀张裴已乖物望,不宜再杀刘颂。"伦乃罢议。秀为伦嘱使群僚,均至相府称道功德,应用九锡典命,伦佯为谦让,再由朝使持诏敦勉,方才拜受。进秀为侍中兼辅国将军,仍领相国司马,相府增兵至二万人,与禁中宿卫相同。秀子会为校尉,年已二十,形短貌丑,少时尝在城西,为富家贩马,此时骤得贵显,居然欲与帝子结婚。惠帝已同虚设,但教伦秀二人,如何裁决,便即允行,伦遂为秀子作伐,使尚帝女河东公主。秀即把将军孙旗外孙女羊氏,为帝说合,请为继后。旗与秀同族,旗婿为尚书郎羊玄之,生有一女,名叫献容,姿容秀媚,倾国倾城,与前时贾南风相比,判若天渊。永康元年仲冬,羊女得册为后,好算是非常遭际,喜从天来。吉期已届,盛妆启行,不料衣上忽然起火,几吓得魂胆飞扬,还亏左右侍女,急忙扑救,才得将火光灭熄,但一袭翚衣,半成焦黑,已觉得预兆不祥。_{为后文伏案。}慌忙将原衣脱去,再从宫中乞取后服,重复穿上,方好登舆入宫。礼成以后,见惠帝年逾四十,面目粗蠢,知识愚钝,不由得大失所望,只得自悲命薄,蹉跎度日罢了。_{河东公主下嫁蠢子,羊女献容上配愚君,彼此不偶,岂非天命!}惟后父羊玄之,却得超拜光禄大夫,特进散骑常侍,加封兴晋侯,自夸奇遇,深感秀德。谁料到腊尽春来,竟出了一桩篡国奇闻,好好一位新皇后,竟随了一个老皇帝,同徙金墉城,这真是祸福无常,福为祸倚了。

　　看官!不必细猜,便可知那篡国的贼臣,就是相国赵王伦。伦迷信神鬼,好听巫言。孙秀欲迫伦篡位,自为首功,乃密使牙门赵奉,诈为宣帝神语,命伦早入西宫。又言宣帝在北邙山,阴为伦助。伦乃在邙山立宣帝庙,私自祷祝,潜构逆谋,令太子詹事裴劭,左军将军卞粹等,充当相府从事中郎,作为帮手。更使义阳王威,_{司马孚曾孙。}与黄门郎骆休,闯入内廷,逼夺玺绶,伪作禅诏。诏既草就,即付尚书令满奋,及仆射崔随,令并玺绶送往相府,禅位与伦。伦又假作谦恭,固让不受,一班寡廉鲜耻的王大臣,早已由孙秀运动,一齐趋至,满口是功德巍巍,天与人归

第十二回　坠名楼名姝殉难　夺御玺御驾被迁

的套话，趋奉伦前，再三劝进。伦遂直任不辞，于是遣左卫将军王舆，前军将军司马雅等，率甲士入殿，晓谕三部司马，示

以威赏。三部莫敢抗议，唯唯听命。伦乃备卤簿，乘法驾，昂然入宫，登太极殿，受百官朝谒，大赦天下，改元建始。一面徙惠帝及羊后，出居金墉城，阳尊惠帝为太上皇，改称金墉城为永昌宫。废皇太孙臧为濮阳王，立长子荂为皇太子，封次子馥为京兆王，三子虔为广平王，幼子诩为霸城王，皆兼官侍中，分握兵权；又用梁王肜为宰衡，何劭为太宰，孙秀为侍中中书监，兼骠骑将军，仪同三司。义阳王威为中书令，张林为卫将军，余党皆为卿将，越次超迁；下至奴卒，亦加爵位。每遇朝会，貂蝉盈座，都下竞相传语道："貂不足，狗尾续。"真是一班摇尾狗。伦既据大位，亲祠太庙，还遇大风，吹折麾盖。伦也觉不安，因密使人害死濮阳王臧，省却后患。越要逞凶，越不久长。且恃孙秀为长城，每有号令，必先示秀。秀得意为窜改，或自书青纸，充作诏书。朝令夕更，百官常转易如流。孙旗子弼及弟子髦辅琰四人，因与秀同族，旬月三迁，皆得为将军，受封郡侯，并加旗为车骑将军，使得开府。旗正出镇襄阳，闻子侄辈受伦官爵，恐为家祸，因遣幼子回入都诮让，迫令辞职。弼等方致位通显，履坚策肥，怎肯勒马悬崖，幡然谢去？仍令回返报乃父，极称平安。旗不能遥制，惟有自悲自痛罢了。自己何不远引？

卫将军张林，与孙秀积有夙嫌，并怨不得开府，因私与荂笺，具言秀

专权擅政，未协众心，应速诛为是。荂持书白伦，伦又复示秀，气得秀咆哮不已，急请诛林，伦怎敢不从？当即往华林园，佯言会宴，召林入侍，立即拘住，赏他一刀，并夷三族。_{林原该死，但为伦所杀，怎得瞑目？}秀复虑齐王冏成都王颖河间王颙等，各据方面，拥强兵，无从控制，乃悉遣亲党，往为三王参佐，且加冏为镇东大将军，颖为征北大将军，皆开府仪同三司，隐示羁縻。偏齐王冏不受笼络，首先发难，传檄讨伦，一面遣使四出，联结诸王。成都王颖，接冏来使，便召邺令卢志入商，志答说道："赵王篡逆，神人同愤，殿下能助顺讨逆，何患不克？"颖乃命志为谘议参军兼左长史，即日调发兖州刺史王彦，冀州刺史李毅，督护赵骧石超等为前驱，自率部兵为后继。行抵朝歌，远近响应，得众二十万，声势大振。常山王乂，本来是受封长沙，因与楚王玮为同母兄弟，连坐被贬，徙封常山，既得冏书，即与太原内史刘暾，率众应冏。还有新野公歆，_{扶风王骏子。}闻冏起事，未知所从，嬖人王绥道："赵亲而强，齐疏而弱，公宜从赵。"参军孙洵在座，厉声叱道："赵王凶逆，人人得诛，有什么亲疏强弱呢？"_{洵与卢志，俱不失为义士。}歆乃与冏连兵，愿作声援。前安西将军夏侯奭，在始平纠合党羽，得数千人，与冏相应。并致书河间王颙，约同赴义。颙初用长史李含谋，遣振武将军张方，率兵诱奭，擒至长安市，把奭腰斩。及冏使驰至，复将他拘住，使张方押使入都，并为伦助。方至华阴，颙得二王兵盛消息，忙着人将方追还，更附二王。_{颙本心已不可靠。}

各种警报，次第传入洛阳。伦与秀始相顾惊惶，不能安枕，忙遣上军将军孙辅，折冲将军李严，率兵七千，出延寿关；征虏将军张泓，左军将军蔡璜，前军将军闾和，率兵九千，出堮阪关；镇军将军司马雅，扬威将军莫原，率兵八千，出成皋关；这三路兵马，统往拒齐王冏。再令孙秀子会，督率将军士猗许超，领宿卫兵三万名，出敌成都王颖。更召东平王楙_{见前文。}为卫将军，都督军事。再命次子京兆王馥，三子广平王虔，领兵八千，为三军继援。分拨已定，尚觉心绪不宁。伦秀两人，日夜祈祷宣帝庙，拜道士胡沃为太平将军，替他求福禳灾，并使巫祝选择战日。秀又潜令亲党往嵩山，身服羽衣，诈称仙人王乔，贻书与伦，说他福祚灵长。伦将伪书宣告大众，为欺人计。哪知此次变起，曲直昭然，一切欺饰手段，全然用不着了。小子有诗咏道：

　　情同鬼蜮太离奇，一举敢将帝座移。

待到楚歌传四面,欺人诡计究谁欺?

毕竟后来胜败如何,且看下回续叙。

回评 绿珠坠楼,古今传为美谈,良以绿珠身为妓妾,犹知报主,石家虽破,名节尚存,略迹原心,不能不为之称叹也!本回前半篇,本叙淮南王允事,绿珠坠楼,第连类及之,而标目偏以绿珠为主脑,亦非无因,石崇却孙秀之求,乃与潘岳欧阳建等密谋,怂恿淮南王起事,是淮南王之发难,未始不由于绿珠,故谓石崇之被覆于绿珠可也;谓淮南王之被覆于绿珠,亦无不可。何物娇娃?招此祸水,其所由舍瑕录瑜者,幸有此坠楼之殉节耳!若赵王伦实一庸徒耳,见欺孙秀,潜构异图;名除贾郭,实害裴张,甚且夺玺绶于深宫,受朝谒于前殿,此而欲逆取顺守,宁可得耶?三王联兵,二凶丧气,犹欲托诸神鬼,诳惑人民,可笑可恨,无逾于此。彼附伦为逆者,诚绿珠之不若矣。

第十三回

迎惠帝反正除奸　杀王豹擅权拒谏

却说齐王冏兵至颍阴,正与张泓军相遇,彼此交锋,冏军失利,死亡至数千人,辎重亦半为所夺。冏收集败卒,再图一战,乃分军渡颍,复为张泓所遏,不能前进。泓遂于颍上列阵,日夜防守。孙辅等亦陆续相会,与泓分地屯兵。冏乘夜掩击,泓军不动,独孙辅骇退,遁还洛阳,诣阙入报道:"齐王兵盛,势不可当,张泓等已战没了。"赵王伦不禁战栗,飞召三子虔及许超入卫。超匆匆驰归,虔亦继至,会接到张泓捷报,谓已击退冏军,乃复遣许超出赴军前。看官!试想出兵打仗,全靠纪律,忽而召还,忽而遣去,怎得不令人生疑,自挫锐气?伦之愚鄙,于此益见。不过齐王冏非将帅才,尚在颍上相持,一时未能攻入。张泓且麾军渡颍,直攻冏营,冏几乎被乘,幸部众猛力截杀,得破泓部将孙髦司马谭,泓始退去。孙髦司马谭部下败兵,散归洛阳。孙秀还诈称得胜,宣示都下,谓已破灭冏营,朝臣皆贺。已而孙会败报又至,瞒无可瞒,吓得伪皇帝瞠目结舌,不知所为。如此没用,也想为帝,一何可笑?原来孙会与士猗许超,出拒颍军,行抵黄桥,一鼓作气,得破颍前锋军士,俘斩至万余人。颍欲退保朝歌,参军卢志进谏道:"今我军失利,敌新得志,势必轻我,我若退缩,士气沮丧,不可复用。况胜负乃兵家常事,不若更选精兵,出奇制胜,方可得志。"颍乃汰弱留强,涕泣宣誓,激动众心,鼓勇再进。孙会等果然轻颍,不复设备,及颍军已到营前,方驱兵出战。这番接仗,与前次大不相同,颍军俱蓄怒前来,好似江上秋潮,一发莫御。会与士猗许超,见来军如此厉害,不由得胆战心惊,步步倒退。战了两三个时辰,但见头颅乱滚,血肉纷飞,部下士卒,除战死外,多半逃亡。会料知不妙,拨马先奔,士猗许超相继骇走,都一口气跑回洛阳。所有宿卫兵三万人,任他自生自灭,无暇再问下落了。

孙秀见会等奔还,也急得无法可施,只好集众会议:或谓应收集余众,背城一战;或谓且毁去宫室,诛锄异党,挟伦南就孙旗孟观,再图后

第十三回　迎惠帝反正除奸　杀王豹擅权拒谏

举。孙旂已见前文。孟观自擒灭齐万年后，由东羌校尉任内调入为右将军，赵王伦篡位，令观出监沔北诸军事，齐王冏檄观讨伦，观粗知天文，仰望紫宫帝座，并无他变，还道伦得应天象，不至速败，因仍为伦固守，不愿应冏。失之毫厘，谬以千里。孙秀恐旂观二人，未必可恃，所以迟疑不决，那外边的警报，杂沓传来，不是说颖军渡颖，就是说冏军逾河。都下将吏，汹汹思变。左卫将军王舆，与尚书广陵公灌琅琊王伷第四子。乘风转舵，号召营兵七百余人，自南掖门入宫，倡言反正。三部司马也乐得依声附和，联同一气。舆令三部兵分卫宫门，自率部曲至中书省，拿捉孙秀，秀忙将省门闭住，不使舆入。舆纵兵登墙，掷入火具，毁及房屋，霎时烟焰满室，不可向迩。秀与士猗许超冒烟出走，正遇左部将军麾下赵泉，舞刀过来，顺手劈去，巧巧剁落三个头颅。又搜杀秀子孙会与前将军谢惔，黄门令骆休，司马督王潜，尚书左丞孙弼。即孙旂长子。

舆还屯云龙门，使人入白赵王伦，速即迎还惠帝。伦不得已，宣令道："我为孙秀所误，激怒二王，今已诛秀，可迎太上皇复位，我当归老农亩，不问朝事。"也想做太上皇么？令既发出，复使亲校执驺虞幡，至宫门外麾示罢兵，一面挈领家属，出华林东门，退归私第。舆乃使甲士数千人，赴金墉城，迎还惠帝。帝与羊后并驾入宫，道旁百姓，咸称万岁，当下由惠帝亲自登殿，召集百官，群臣皆顿首谢罪。犹记得向伦劝进否？诏送伦父子至金墉城，派兵监守，改元永宁，大酺五日，且分遣使臣慰劳冏颖颙三王。梁王肜首先上表，请诛伦父子以谢天下。有诏令百官会议，百官皆如肜旨，共请诛伦。总算善变。乃使尚书袁敞持节责伦，赐饮金屑酒。请君亦尝此美味。伦取酒饮毕，用巾覆面，且泣且呼道："孙秀误我！孙秀误我！"未几即毒发而毙。做了一百日的皇帝，也算威风，不应徒怨孙秀。伦子荂馥虔诩，一并捕诛。此外如伦秀私党，并皆斥免，台省府卫，所存无几。成都王颖，驰入都中，使部将赵骧石超，往助齐王冏，讨张泓等。泓等闻都中复辟，伦已受戮，没奈何向冏乞降。自兵兴六十余日，两下战死，差不多有十万人。间和孙髦张衡伏胤等，自戍所还洛，均因情罪较重，斩首东市。蔡璜畏罪自杀。义阳王威，尝入宫夺玺，惠帝记在心中，至是语廷臣道："阿皮可恨！夺我玺绶，致捩我指，不可不杀。"阿皮为威小字，因即遭诛。东平王楙免官。河间王颙与齐王冏先后入都，冏部众约数十万，威震京师，复传檄襄沔，令诛孙旂孟观。襄阳太守宗岱,承檄斩旗,饶冶令空桐机,承檄斩观,皆传首洛阳,并夷三族。那时孙辅孙惔,为旗犹子,当然骈首市曹。不必细表。

奸除正反帝惠迎

惠帝封赏功臣,授齐王冏为大司马,加九锡殊礼,备物典策,如宣景文武并见前文。辅政故事。成都王颖为大将军,都督中外诸军事,并假黄钺,录尚书事,亦加九锡。河间王颙为侍中太尉,常山王乂为抚军大将军,兼领左军。进广陵公灌爵为王,领尚书,加侍中。新野公歆,亦进爵为王,都督荆州诸军事。授梁王肜为太宰,领司徒。起前司徒王戎为尚书令,王衍为河南尹,立襄阳王尚为皇太孙,复宾徒县王晏故封,仍为吴王。大司马齐王冏,表请呈复张华裴頠及解结兄弟原官,有诏令廷臣会议,积久未决。越年,始得如冏所请,为张裴二解昭雪,复还官阶,拨归原产,且遣使吊祭。

海内想望太平,总道是拨乱反正,除逆申冤,好从此重见天日了。哪知天不祚晋,内乱未已,东莱王蕤与左卫将军王舆,共谋害冏,骤欲生变。事前被发,始致败谋。蕤系齐王冏庶兄,素性强暴,使酒凌人,冏生平常为所侮,只因谊关手足,格外包容。及冏起兵讨伦,伦收蕤下狱,尚未加刑。惠帝反正,蕤得释出,闻冏至洛阳,往迎路旁。冏但颔以首,未尝下马与谈。蕤愤詈道:"我为尔几罹死罪,何太无友于情?"既而冏入辅政,蕤只得为散骑常侍,益觉怏怏,因向冏乞求开府。冏答说道:"武帝子吴王晏,尚未得开府,兄且少待。"蕤闻冏言,恨上加恨,遂密劾冏专权不道,将为管蔡。惠帝当然不报。左卫将军王舆,自谓有复辟大

第十三回　迎惠帝反正除奸　杀王豹擅权拒谏

功,未得厚赏,因与颙表示同情,拟伏兵阙下,俟颙入朝时,把他刺死。偏被颙得悉阴谋,立即奏闻,捕舆斩首,诛及三族,废颙为庶人,徙居上庸。上庸内史陈钟,私伺颙意,将颙谋毙,颙亦不复过问。颙虽寡情,颙却自取其死。为了兄弟相戕,遂致诸王疑议,又复生出无数乱端。新野王歆,将赴荆州,与颙同出谒陵,因密语颙道:"成都王系是至亲,同建大勋,当留与辅政,否则宜撤彼兵权,毋令生祸!"颙点首会意,不再答言。常山王乂,亦与成都王谒陵,乘间语颖道:"天下系先帝的天下,王宜好为维持,毋使齐王逞志!"颖与乂同系武帝庶子,故有是言。颖也以为然,还语参军卢志。志进言道:"齐王众号百万,与张泓等相持颖水,日久未决,大王直前渡河,首先入都,功无与比,朝野共知。今齐王欲与大王共辅朝政,志闻两雄不并立,何不因太妃微疾,求还定省,委重齐王,得收物望?这乃是今日的上策呢。"颖为武帝才人程氏所生,太妃即指程才人。颖素信志言,便即依议。越日入朝,由惠帝引至东堂,面加褒奖,颖拜谢道:"这都是大司马颙的功劳,臣怎能掠美呢?"言毕趋出,即上表称又颙功德,宜委以万机,自陈母疾,愿即归藩,为终养计。一面匆匆治装,不待复诏,便告辞太庙,径乘车出东阳门,西向归邺。相随只卢志等数人,不令营中与闻。就是齐王颙府第中,也只遣人贻书告别,外无他语。颙得书大惊,急驾马往追,驰至七里涧,方得见颖。颖停车叙别,涕泣滂沱,但言太妃疾苦,引为深忧,故无暇面辞。言毕,即驱车别去,毫不谈及时政。颙也即还都,尚自称为咄咄怪事。

颖既还邺,诏遣使臣再申前命,颖但受大将军职衔,辞九锡礼,且表称:"兴义功臣,应并封公侯。前时大司马屯兵颖上,日久民困,乞运河北米十五万斛,赈给饥民"云云。又自制棺木八千余口,即移成都国俸为衣服,殓祭黄桥死士,并各抚家属,比普通战死为优。又命温县瘗埋赵王伦部卒,得万四千余人。看官听着,成都王颖这种行为,统是卢志替他划策,教他笼络人心,收集时誉。果然,两河南北,交口称颂,就是都城内外,也没一个不号为贤王。若能长此过去,虽属矫情,亦必终誉。还有中书郎陆机,从前为赵王府中的参军,齐王颙入都后,得伦受禅诏书,疑是陆机所为,即欲加诛,亏得颖力为解救,方得免罪。颖爱机才,后表请为平原内史,机弟云为清河内史,晋廷自然允准,立遣二人赴任。机友人顾荣戴渊,为言中国多难,劝机还吴。机感颖厚惠,且谓颖有时望,可与立功,乃逗留不去。谁知兄弟二人后来皆死颖手。

颖方惠民礼士,刻意求名。同却植党营私,但务纵欲,所有立功将佐,如葛旟路秀卫毅刘真韩泰五人,皆封为县公,号曰五公。委以心膂,并就乃父齐王攸故第,增筑广厦,所有邻近庐舍,不问公私,统被拆毁,使大匠刻意经营,规制与西宫相等。又凿通千秋门墙,得达西阁,后房遍设钟悬,前庭屡舞八佾,沉湎酒色。常不入朝,长子冰得封乐安王,次子英得封济阳王,三子超得封淮南王。好容易过了一年,太孙尚又复夭逝,梁王肜相继去世,诏复封常山王乂为长沙王,领骠骑将军,起东平王楙为平东将军,都督徐州军事,使镇下邳。召还东安王繇给复官爵,繇被废徙带方事,见前文。且拜为宗正卿,再迁至尚书左仆射。齐王同欲久专国政,见皇孙俱已死亡,成都王颖为众望所归,倘立为皇太弟,于自己大有不利,因表请立清河王覃为太子。覃系惠帝弟遐长男,年才八岁,当即择日册立,入居东宫,使同为太子太师。是时,尚有东海王越,为八王之殿。为宣帝从子,父泰曾受封高密王。泰死后越得袭爵,改封东海。越少有令名,不慕富贵,恂恂如布衣。永康初,始入为中书令,同思联为臂助,进拜越为侍中,寻复授职司空,领中书监,越乃渐得预闻政事。侍中嵇绍,见惠帝昏庸如故,内权属齐王同,外望归成都王颖,将来必启争端,乃上疏防变,大略说是:

> 臣闻改前辙者车不倾,革往弊者政不爽,故存不忘亡,安不忘危,为大易之至训。今愿陛下无忘金墉,大司马无忘颖上,大将军无忘黄桥,则祸乱之萌,无由而兆矣。

绍既上疏,又致同书,援引唐虞茅茨,夏禹卑宫的美迹,作为规讽。同虽巽言答复,终不少改。那惠帝是个糊涂人物,不识好歹,就使嵇侍中上书万言,也似不见不闻,徒然置诸高阁罢了。同坐拜百官,符敕三台,选举不公,嬖佞用事。殿中御史桓豹,因事上奏,未曾先报同府,即被谴斥。南阳处士郑方,露书谏同,且陈五失,同亦不省。主簿王豹抗直敢言,向同上笺,请同谢政归藩。去了一豹,又来一豹,俱可称为豹变之君子,可惜遇着顽豚。辞云:

> 豹闻王臣蹇蹇,匪躬之故,将以安主定时,保存社稷者也。是以为人臣而欺其君者,刑罚不足以为诛,为人主而逆其谏者,灵厉不足以为谥。伏惟明公虚心下士,开怀纳善,而逆耳之言,未入于

第十三回　迎惠帝反正除奸　杀王豹擅权拒谏

听。豹思晋政渐阙,始自元康以来,宰相在位,皆不获善终。今公克平祸乱,安国定家,若复因前日倾败之法,寻中国覆车之轨,欲冀长存,非所敢闻。今河间树根于关右,成都盘桓于旧魏,新野大封于江汉,三面贵王,各以方刚强盛,并典戎马,处险害之地,明公兴义讨逆,功盖天下,以难赏之功,挟震主之威,独据京都,专执大权,进则亢龙有悔,退则蒺藜生庭,冀此求安,未知其福,敢以浅见陈写愚情。昔武王伐纣,封建诸侯为二伯:自陕以东,周公主之,自陕以西,召公主之。及至其末,四海强兵,不敢遽阙九鼎,所以然者,天下习于所奉故也。今诚能遵用周法,以成都为北州伯,统河北之王侯,明公为南州伯,摄南土之官长,各因本职,出居其方,树德于外,尽忠于内,岁终率所领而贡于朝,简良才,命贤隽,以为天子百官,则四海长宁,万国幸甚,明公之德,当与周召并美矣。惟明公实图利之!

这笺上后,王豹待了十余日,并无答语,因再上一笺云:

豹上笺以来,十有二日,而盛德高远,未垂采察,不赐一字之令,不敕可否之宜,豹窃疑之!伏思明公挟大功,抱大名,怀大德,执大权:此四大者,域中所不能容,贤圣所以战战兢兢,日昃不暇食,虽休勿休者也。昔周公以武王为兄,成王为君,伐纣有功,以亲辅政,执德弘深,圣思博远,至忠至仁,至孝至敬,而摄政之日,四国流言,离主出奔,居东三年,赖风雨之变,成王感悟,若不遭皇天之应,神人之察,恐公旦之祸,未知所限也。至于执政,犹与召公分陕为伯,今明公自视功德,孰如周公旦?元康以来,宰相之患,危机窃发,不及营思,密祸潜起,辄在呼吸,岂复宴然得全生计?前鉴不远,公所亲见也。君子不有远虑,必有近忧,忧至乃悟,悔无所及。今若从豹此策,皆遗王侯之国,北与成都分河为伯,成都在邺,明公都宛,宽方千里,以与圻内侯伯子男,小大相率,结好要盟,同奖王家,贡御之法,一如周典。若合尊旨,可先与成都共议,虽以小才,愿备行人。百里奚秦楚之商人也,一开其说,两国以宁。况豹虽陋,犹大州之纲纪,与明公起事险难之主簿也,身虽轻而言未必否,倚装以待,伫听明命!

冏连接二笺,方有明令批答道:"得前后白事,具见悃诚,当深思后

杀王豹擅权拒谏

行。"掾属孙惠,亦上笺谏冏,略言:"大名不可久荷,大功不可久任,大权不可久执,大威不可久居,宜思功成身退之义,崇亲推近,委重长沙成都二王,长揖归藩,方足保全身名"等语。冏不能用,惠辞疾竟去。_{却是见机。}冏问记室曹摅道:"或劝我委权还国,汝以为何如?"摅答道:"大王能居高思危,褰裳早去,原为上计。"冏始终不决。适长沙王乂过访冏第,见案上列着书牍,便顺手展阅,看到王豹二笺,不由得发怒道:"小子敢离间骨肉,何不拖他至铜驼下,打杀了事?"冏听着此言,也不禁愤急起来,再经乂添入数语,好似火上加油,愈不可遏,便奏请诛豹,略云:

> 臣忿奸凶肆逆,皇祚颠坠,与成都长沙新野三王,共兴义兵,安复社稷,唯欲戮力皇家,与懿亲宗室,腹心从事。不意主簿王豹,妄造异言,谓臣忝备宰相,必构危害,虑在旦夕,欲臣与成都分陕为伯,尽出蕃王,上诬圣朝鉴御之威,下启骨肉乖离之渐,讪上谤下,谗内间外,构恶导奸,莫此为甚。昔孔丘匡鲁,乃诛少正,子产相郑,先戮邓析,诚以交乱名实,若赵高诡怪之类也。豹为臣不忠不顺不义,应敕赴都街,正国法以明邪正,谨此奏闻!

奏入,便奉诏依议,当下将豹推出东市,用鞭挞死。豹将死时,顾监刑官道:"可将我头悬大司马门,使得见外兵攻齐哩。"小子有诗叹道:

> 逆耳忠言反受诛,臣心原可告无辜。

临刑尚订悬头约,犹是当年伍大夫。

豹既冤死,同僚多恐遭祸,随即告退。容至下回报明。

回评 齐同为名父之子,倡义勤王,足为功首。成都次之,长沙又次之,河间又次之。惠帝复辟,伦秀就戮,叙功论赏,固无出齐王右者。为齐王计,能与诸王同心戮力,夹辅惠帝,则如周公之弼咸王,诸葛孔明之相刘禅,谁曰不宜? 否则急流勇退,委政而去,亦不失为明哲士。乃逞心纵欲,居安忘危,有良言而不见纳,有嘉谟而不肯从,甚至冤戮王豹,杜塞众口,孔圣谓言莫予违,必致丧邦,况同为人臣乎? 本回于郑方孙惠诸谏牍,俱皆从略,而独录豹二笺,并及同奏,所以表豹之忠义,且嫉同之暴戾云。

第十四回

操同室戈齐王毕命　中诈降计李特败亡

却说王豹受戮，中外称冤，与豹同事的官僚，各有戒心。掾属张翰，见秋风徐来，忆及江南家景，有菰菜莼羹鲈鱼脍诸风味，便慨然自叹道："人生贵适意，何必恋情富贵呢？"遂上笺辞官，飘然引去。僚友顾荣，故意酣饮，不省府事。冏长史葛旟，说他嗜酒废职，被徙为中书侍郎。颍川处士庾衮，闻冏期年不朝，亦不禁唏嘘道："晋室将从此衰微了。看来祸乱不远，我不便在此久居。"乃挈妻子逃入林虑山中。冏溺志宴安，终不自悟，且因河间王颙，前曾依附赵王伦，很不满意，任令还镇，并加意设防。颙长史李含，尝被征为翊军校尉，与梁州刺史皇甫商有嫌，商得参冏军事。含以此不安，冏右司马赵骧，又与含有积怨，含益恐罹祸，竟匹马出都，奔还关中。颙见含回来，当然惊问。含诈称传达密诏，令颙诛冏，颙将信将疑，含遂说颙道："成都王为皇室至亲，且有大功，今委政归藩，甚得众心。齐王冏越亲专政，朝野侧目，为大王计，可檄长沙王讨齐，齐王必诛长沙王，我得借此兴师，归罪齐王，师出有名，不患不胜。若除去齐王，使成都王辅政，除逼建亲，永安社稷，岂不是一番大功劳么？"播弄是非，图害二王，如此刁滑，最堪痛恨。颙贪立大功，居然依议，便抗表陈请道：

　　王室多故，祸难罔已。大司马冏虽曾倡义，有兴复皇位之功，而安定都邑，克宁社稷，皆成都王之勋力也，而冏不能固守臣节，实乖众望。自京城大定，篡逆诛夷，乃率百万之众，来绕洛城，阻兵经年，不一朝觐，百官拜伏，晏然南面，坏乐官市署，用自增广，取武库秘仗，严列不解。故东莱王蕤，知其逆节，表陈事状，横遭诬陷，加罪黜徙。彼益树植私党，僭立官属，幸妻嬖妾，名号比之中宫，宠竖顽僮，官爵俨同勋戚，密署心腹，实为贷谋，斥罪忠良，窥窃神器，逆伦始谋，固犹是也。臣受重任，蕃卫方岳，见冏所行，实怀激愤。即日翊军校尉李含，乘驲密来，宣腾诏书，臣伏读感切，五情若灼，

第十四回　操同室戈齐王毕命　中诈降计李特败亡

《春秋》之义，君亲无将。冏拥强兵，置党羽，权宦要职，莫非私人，虽加重责之诛，恐不义服。今特勒精卒十万，与州郡并协忠义，共会洛阳。骠骑将军长沙王乂，同奋忠诚，废冏还第，成都王颖，明德茂亲，功高勋重，往岁去就，允合众望，宜为宰辅，代冏阿衡之任。臣志安社稷，未敢营私，为此拜表摅诚，急切上闻！

颙既上表，即令李含为都督，出次阴盘，张方为前锋，进逼新安，距洛阳百二十里，一面遣使邀结成都王颖，新野王歆，并范阳王虓。<small>音哮。</small>虓系宣帝从孙，父绥尝封范阳王。绥死由虓袭封，拜安南将军，都督豫州军事，就镇许昌。诸王接到颙使，尚各按兵不动，坐观成败。<small>也是中立政策。</small>那齐王冏得了颙表，事出意外，不免惊惶，忙召百官，会议府中。冏首先开口道："孤首倡义兵，扫除元恶，区区臣心，可质神明。今二王听信谗言，忽构大难，究应如何对待，方保万全？"尚书令王戎应声道："如公勋业，原足盖世，但赏不及劳，故人怀贰心。今二王相结，恐不可当，公何不委权崇让，洁身就第，使二王无从借口，自然得安。"司空东海王越，也如戎议。忽有一人趋入，怒目厉声道："赵庶人听任孙秀，移天易日，当时衮衮诸公，无一倡义，赖我王犯矢石，贯甲胄，攻围陷阵，事乃得济。今日计功行封，未遍三台，这是赏报稽迟，责不在府。今谗言肆逆，理应一致同心，共图诛讨，乃虚承伪书，令王就第，试想汉魏以来，王侯就第有能保全妻子否？谁主此议，实可斩首！"<small>你想讨灭二王，果可保全妻子么？</small>王戎闻言，大吃一惊，慌忙审视，乃是冏门下中郎将葛旟。再顾齐王冏面色，也觉有异，更惶恐的了不得。眉头一皱，计上心头，托言腹胀如厕，装出龙钟状态，才至厕所，跌了一交，弄得满身粪秽，臭不可闻，乃踉跄逃去。<small>亏他装做得出。</small>百官莫敢置议，也陆续溜了出来。

冏恐长沙王乂为内应，忙遣心腹将董艾，引兵袭乂。偏乂已走了先着，率左右百余人，驰入中宫，阖住诸门，挟了惠帝，号召卫士，出攻大司马府。董艾陈兵宫西，纵火焚千秋神武诸门，又亦遣部将宋洪，往烧冏第。两下里喊声大震，火光烛天。冏使黄门令王湖盗出驺虞幡，麾示大众，宣言长沙王矫诏为乱。又却拥惠帝至上东门，御楼传旨，说是大司马谋反。董艾不顾利害，望见天子麾盖，竟令部众仰射，矢集御前，侍驾诸臣，多被射伤，或即倒毙。都下各军，见董艾如此无礼，遂疑冏谋反是实，于是相率攻冏，接连战了三日三夜，冏众大败。大司马长史赵渊，执

命毕王斋戈室同操

冏请降，当由乂牵冏上殿，面见惠帝。冏自陈枉屈情形，伏地涕泣。惠帝不觉心动，意欲赦冏。乂亟叱左右推冏出外，一刀杀死，枭示六军。同党如董艾葛旟等，皆夷三族，戮至二千余人。冏子冰英超，一并褫爵，幽禁金墉城。冏弟北海王寔，连坐被废，乃复请惠帝登殿，下诏大赦，改元太安。进长沙王乂为太尉，都督中外诸军事。封废王蕤子炤为齐王，奉齐献王攸遗祀，且遥谕河间王颙等罢兵。颙乃召还李含张方，含怏怏退归。原来含为颙计，檄乂讨冏，本意是借乂为饵，总道乂非冏敌，必为所杀，待冏杀乂后，势必具敝，正好乘衅入都，除冏废帝，迎立成都王颖，由颙为相，自己好佐颙预政，偏偏不如所料，乂得一举杀冏，反把朝廷大权，平白地为乂取去，真是替人作嫁，毫无益处。含因此失望，又想设法挑衅，劝颙除乂。适值巴氏李特，倡乱成都，颙有西顾忧，遣督护衙博出屯梓潼，与特相持，不得不将内政问题，暂且搁起。小子也只好将李特乱事，随笔叙明。

自从李特兄弟，与流民西行入都，见前文。益州刺史赵廞，见特材武，引为己用。特弟庠流，当然同处。特恃势掠民，为蜀人患。成都内史耿滕，密奏晋廷，略言"流民剽悍，蜀民懦弱，喧宾夺主，必为乱阶。刺史赵廞，不能控驭，反假权宠，应如何防患未然，酌量调遣"云云。晋廷遂征还赵廞，用滕为益州刺史。廞本贾后姻亲，接到朝旨，愈觉悚惶，自思晋廷衰乱，不如抗命据蜀，独霸一方。乃大发仓廪，遍赈流民，更厚待李特兄弟，倚作爪牙。待耿滕入州，竟发兵出攻，把滕击死。又诱杀

第十四回　操同室戈齐王毕命　中诈降计李特败亡

西夷校尉陈总,自称大都督大将军益州牧,建置僚属,改易守令,分遣李特兄弟,屯守要害。庠招集各郡壮勇,得万余人,堵塞北道,受廞封为威寇将军。廞长史杜淑张粲,谓廞倒戈授人,恐为庠噬,廞从此忌庠。庠未曾闻知,反入劝廞速称尊号,语尚未毕,即被淑粲两人,左右突出,把庠拿下,责他大逆不道,推出斩首。特与流在外握兵,乃骤斩一庠,岂非冒昧?一面遣人慰抚特流,但言庠罪应死,兄弟不相连坐,尽可安心戍守。特与流哪里肯从?便引众趋归绵竹。廞恐二人报怨,拟遣将加防,适牙门将许弇,求为巴东监军,杜淑张粲,固执不许。弇怒杀淑粲,淑粲左右复杀弇。三人皆廞心腹,同时毙命,廞如失左右手,不得已遣长史费远,蜀郡太守李苾,督护常俊,率领万余人,往戍绵竹附近的石亭。李特欲为弟报仇,潜募徒众,得七千余人,夜袭费远等军营。远等骇走,奔还成都。特乘胜进攻,日夜不休。远苾与军祭酒张微,复斩关夜遁,文武尽散。廞孤立无助,只好带了妻孥,混出城门,驾着扁舟,走向广都。手下亲丁数名,见廞失势,顿时图变杀廞,函首送特。特已趋入成都,大掠三日。既得廞首,悬示城门,且遣使入都,表陈廞罪,伫待朝命。先是梁州刺史罗尚,闻廞逆命,曾上言廞非雄才,不久必毙,已而果如尚言。晋廷以尚为能,即授尚平西将军,领益州刺史。尚率牙门将王敦,广汉太守辛冉,及新任蜀郡太守徐俭等入蜀。特闻尚来,且忧且惧,使季弟骧绕道出迎,赂贻珍玩,统是五光六色,价值连城。尚不禁大喜,见利即喜,贪鄙可知,乌足济事?立命骧为骑督,特与弟流复率部众牵牛担酒,驰至绵竹,为尚接风。王敦辛冉语尚道:"特等统是盗贼,可乘他来会,拿住斩首,方免后患。"尚不肯依议。厚抚特流,偕入成都,更保举特为宣威将军,流为奋武将军。会秦雍二州,接奉朝旨,令召还入蜀流民。又由御史冯该,往蜀督遣,流民多不愿行。特尚有兄辅,留居略阳,此时赴蜀,语特谓中国方乱,不宜遣还流民。特乃再致赂罗尚,并及冯该,请展缓流民归期。两人得了货赂,许令宽限半年。

时方春季,转瞬间即到新秋,流民多为人佣工,无资可行,且因水潦方盛,五谷未登,更不便就道,复乞特再为缓颊。特因申禀罗尚,更请延期。尚颇欲允许,广汉太守辛冉,向尚力阻,坚持前约。就中还有一段隐情,乃是冉暗中舞敝,只手瞒天,当特流二人受官时,诏书迭下,令冉等调查流民,果与特等同讨赵廞,亦应按功加赏等语,冉昧下朝命,并未照办,且欲杀流民首领,劫取资财。流民相率怨冉,复相率感特。特欲收结众心,便在绵竹连置大营,安处流民,并移文至冉,请他法外施仁,毋使流民失所,冉阅特文,勃然大怒,索性悬赏通衢,募李特兄弟头颅。特闻冉悬赏购己,令人潜往揭榜,令弟骧添写数语,谓能斩送流民首级,每一头赏布百匹,于是流民大愤,奔投特营,旬日间至二万余人。冉复立栅冲要,谋掩流民,且遣广汉都尉曾元,牙门张显率步骑三万人,夜袭特营。罗尚亦遣督护田佐为助。特正分部众为二垒,自居东营,令弟流居西营,缮甲厉兵,设伏以待。曾元张显田佐等,到了特营,见营中灯火无光,寂无声响,总道特未曾防备,放胆直入。不料号炮一声,伏兵四出,特自营内杀出,流从营外杀入,一阵乱剿,把曾元张显田佐三人,一古脑儿了结性命,余众多死,逃脱的不过数千人。流民喜跃异常,共推特行镇北大将军,承制封拜。流行镇东大将军,兼号东督护。辅与骧亦俱为将军,进兵攻冉。冉督兵出战,屡为所败,遂溃围出走德阳。既不能战,又不能守,还想什么大富贵?特入据广汉,令李超为太守,再率众往攻成都。沿途晓示蜀民,与他约法三章,施舍赈贷,礼贤拔滞,军律肃然,秋毫无犯,蜀民大悦。是谓强盗发善心。罗尚出兵拒特,统被击退,不得已在城外筑垒,连营自固,一面贻书梁州,及南夷校尉等处,乞请援师。

河间王颙,得成都被困消息,乃遣衙博带领兵士,往援成都。晋廷亦授张微为广汉太守,进军德阳,罗尚又遣督护张龟,出次繁城。三路人马,遥相呼应,为夹攻计。特使次子荡引兵袭博,自统部众击破张龟,再至德阳堵御张微。博引兵至梓潼,列营阳沔,突闻李荡掩至,仓猝出战,被他杀败,退保葭萌。梓潼太守张演,弃城遁去。巴西丞毛植迎降荡军。荡再攻衙博,博又怯走,麾下兵悉数降荡。荡向特报捷,特遂自称大将军益州牧,都督梁益二州军事。改年建初,大发兵攻张微。微依高据险,与特相持,连日不决。待至特众惰弛,乃遣步兵循山而下,突入特营。特抵挡不住,且战且走。途中七高八低,险些儿为微所乘,几至全军覆没。忽见一少年将军,身穿重铠,手持长矛,大呼直前,让过李特,竟向微军中杀入,左挑右拨,无人敢当,接连刺死数十人,方将微军杀退。特瞧将过去,那少年不是别人,正是次子李荡,不由得喜出望外,复驱众返追微军。微见特追至,整阵再战,不料荡余勇可贾,仗着一杆蛇矛,摧锋陷阵,辟易千人。微军已胆弱气衰,不敢与斗,微只得逃回德

第十四回　操同室戈齐王毕命　中诈降计李特败亡

阳。特既得胜仗，便欲引还，荡进言道："微已战败，士卒伤残，智勇俱竭。我军正可乘他劳敝，一鼓擒微，若失此机会，待微休养疮痍，再得振奋，恐未易图谋了。"特乃令荡进围德阳。微溃围出走，由荡驱众追杀，竟得将微刺死，并生擒微子存，旋师报特。特召存入见，存跪伏乞命。特乐得施恩释存使归，发还微尸。<small>也知权诈。</small>遣部将骞硕为德阳太守，正拟再攻成都。

忽闻河间王颙，又遣梁州刺史许雄，率兵前来，乃留众守候。俟雄军一到，便杀将过去。雄军远来困乏，怎敌得李特的生力军？战不数合，便即败退。越宿又战，雄军复败，遁回梁州。特乃得移兵西进，复攻罗尚。尚自特东去后，曾在郫水岸上，增戍加防，且因李流李骧，未曾随特他去，仍然分驻毗桥，因此不敢远出，但遣兵出扰骧营。骧再战再胜，三战失利，奔入流营，与流并力回攻，又大破尚军。<small>尚军真不耐战。</small>尚急得没法，偏李特又潜军渡江，击退郫水戍卒，会集流骧两营，直逼城下，声震山谷，直使尚叫苦不迭，寝食难安。<small>尚尝谓庾无雄才，试问自己有雄才否？</small>成都尚有内外二城，内城叫做太城，外城叫做少城，蜀郡太守徐俭，见李特势盛，竟将少城降特，尚只孤守太城，越觉汹惧，不得已向特求和。特未肯遽许，入据少城。是时，蜀人危惧，皆结坞自保，特遣使安抚，众皆听命。惟特尝申行禁令，不准侵掠，部下流民，趋集如蚁，免不得人多粮少，乃分遣流民，自向诸坞就食。李流入告道："诸坞新附，人心未固，宜令大姓子弟，入城为质，方保无虞。"特怒答道："大事已定，但当安民，奈何迫令入质，使他离叛呢？"<small>徒知小惠，亦属不合。</small>既而晋廷遣荆州刺史宗岱，建平太守孙阜，带领水军三万人，西援成都。岱令阜为前锋，进逼德阳。特亟遣李荡等往御阜军，一战失利，入守德阳。益州从事任睿，向尚献议道："特散众就食，骄怠无备，朝廷援军大至，将入德阳，这正是天意诛逆的时候了。乘此密结诸坞，约期同发，内外夹击，定可破贼。"尚乃令睿夜缒出城，往告诸坞。诸坞人民，正得阜军入境消息，便即从命，愿如睿约。睿还城报尚，又自请往特诈降。尚悉依睿计，睿又出城诣特。特问及城中虚实，睿答道："粮储将尽，只有货帛，不久便可破灭了。鄙意不甘同尽，故来投降。"特信为真言，留诸麾下。睿在特营二日，备悉特军情状，乃求还省家，特仍不以为疑，听令自去。睿复入内城，部署兵马，如期出发，直薄特营。诸坞亦遵约四应，表

中诈降计李特败亡

里合击,杀得特众走投无路,东倒西歪。睿领着锐卒,冲至特前,特见睿到来,还疑他纠众来援,当拍马相迎,不防睿劈面一刀,立即送命,倒毙马下。李辅急上前相救,又被睿顺手杀死。惟李流李骧,及特少子李雄,挈领家属及所有残众,拼命杀出,遁往赤祖去了。罗尚出城安民,把李特李辅尸身,一并焚骨扬灰,惟先时将两首枭下,遣使传送洛阳。小子因有诗叹道:

挺身百战逞强梁,一败偏遭马上亡。
莫笑当年刘后主,兴衰得丧本无常。

特既败死,荡在德阳,闻报即还,欲知后来情形,待至下回再表。

回评 长沙王乂,随同起兵,未尝亲临一战,而因人成事,得复故封,此未始非一时之幸遇,为乂计,亦可以知足矣。乃与颖谒陵,即有乘间挑拨之言,小人得志,为鬼为蜮,诚哉其靡所底止也。李含之为颙设谋,比乂尤狡,乂欲借颖以除颙,含且借颙以除乂。假令当日者,同乂果得并除,合计得逞,安知含之不再除颖颙也?然木必朽而后虫生,堤必裂而后蚁入,同颖乂颙,能知同族之不宜相戕,推诚相与,虽有百合,何能为哉?彼李特兄弟与流民同入成都,得良吏以驾驭之,未始不可收为爪牙,乃前有赵廞,后有罗尚,贪欲无艺,反使李特等乘怨行私,挟众为乱,至特诛而乱似可止矣,然罗尚犹存,民怨未已,蜀岂能有宁日乎?此贪夫之所以终为国祸也。

第 十 五 回

讨逆蛮力平荆土　拒君命冤杀陆机

　　却说李流遁至赤祖，收集残众，尚不下数万人。李荡亦自德阳奔还，助流拒守。流与荡雄各为一营，流居北，荡雄居西。部众以军中无主，无所适从，因复推流为大将军，领益州牧，秣马厉兵，再图一战。是时，德阳已为孙阜所破，守将骞硕等被擒，阜退屯涪陵，罗尚却遣督护何冲常深等，分道攻流。还有涪陵民药绅，亦起兵相助。流与李骧拒深，使荡与雄拒绅，何冲却乘虚攻北营。流已外出，只留部将苻成隗伯等，居守营中，两将忽生变志，与冲为应，冲趁势杀入，不意营内出来一个女将军，擐甲执矛，麾动部众，拼命抵住。女将为谁，请看官掩卷一猜。冲不禁诧异，但令军士困住女将，与她厮杀。那女将毫不畏惧，反抖擞精神，当先冲突，好几次被她荡决，直使冲无可下手，目眙心惊。忽从刺斜里闪出一人，手执利刃，直奔女将，女将连忙闪避，那刀锋已到眉尖，伤及左目，顿时血泪交迸，点滴不休，冲总道这女将受伤，必致败遁，偏女将仍复酣战，反觉得裂眦扬眉，拼个你死我活。看官欲知女将来历，乃是特妻罗氏。刃伤罗氏左目，便是隗伯。罗氏已有死志，始终不肯退去，那营内却已被捣乱，眼见得危巢将覆，猛听得营门外面一声呼啸，有两大头目，率众杀到，一是李流，一是李荡。原来流往拒常深，得破深垒，深已遁去；荡往拒药绅，绅闻深败，不战自退，所以流与荡得收兵驰还，来救北营。何冲只一支孤军，怎禁得两路来攻。只好冲开一条血路，没命似的乱跑。苻成隗伯，也溃围突出，随冲同诣成都。流与荡尚不肯舍，在后力追。荡自恃勇力，持矛先驱，将到成都城下，不防苻成隗伯翻身猛斗，苻执矛，隗执刀，双战李荡。荡格过了矛，又要防刀，格过了刀，又要防矛，略略一个失手，被苻成刺中腰胁，坠落马下。是亦与养由基之死艺相类。苻成正要枭取荡首，适值李流驰到，部众甚盛，料知不遑下手，亟与隗伯掉头入城。何冲已在城闉守候，见二人得入，立将城门阖住，阻遏外兵。流抢得荡尸，涕泪并下，再拟鼓众攻城，忽有急足驰到，报称孙阜将至，没奈何长叹一声，载尸引还。既返北营，检点营中士卒，也被何冲一战，伤毙多人。自思兄侄俱亡，孙阜又至，不由得悲惧交并。姊夫李含，曾由特任为西夷校尉。此李含与颙长史同姓同名，但不同人，惟含与特同姓结婚，究不脱蛮俗。至是劝流乞降阜军。流无可奈何，因遣子世及含子胡，至阜军为质，壹意求和。李骧李雄，交谏不从，胡兄离为梓潼太守，闻信驰还，欲谏不及，退与雄谋袭阜军。雄很是赞成，但虑流不肯发兵。离答道："事若得济，何妨擅行。"雄大喜过望，便语部众道："我等前已残虐蜀民，今一旦束手，便为鱼肉，为今日计，惟有同心袭阜，尚可死中求生。"众皆踊跃从命。雄与离遂不复白流，率众径袭阜军。阜因流已求和，不复设备，竟被雄等捣入营垒，杀得一个落花流水。阜但率数骑遁去。宗岱驻军垫江，得病身亡，荆州军遂退。雄始向流报捷，流不禁愧服，嗣是一切军事，委雄主持。雄更出兵攻杀汶山太守陈图，夺踞郫城。相传雄为罗氏所生，与荡同出一母，罗氏尝梦见大蛇绕身，方致怀妊，阅十四月乃生。罗氏知非常人，告诸李特。特因取名为雄，表字仲俊。术士刘化，见雄有奇姿，尝语人道："关陇士人，皆当南移，李氏子中，惟仲俊有奇表，将来终为人主呢。"后果如刘化言，这且慢表。为下文李雄僭号张本。

且说晋廷闻蜀乱未平，再遣侍中刘沈，出统罗尚许雄等军，申讨李流。沈行过长安，河间王颙慕沈才学，留为军司，表请易人。颙已有无君之心，故得截留军师。诏授沈为雍州刺史，使得与颙相处。另由颙派出一人，叫作席薳，也是有名无实，不闻西行。廷议欲再简良帅，荐由新野王歆，递入急奏，乃是义阳蛮酋张昌，聚众为逆，锋不可当，请朝廷急速发兵，分道进援。又起一波。当时荆州东南，蛮民伏处，尚知归服王化，自歆出镇荆州，政尚严急，失蛮人心。义阳蛮张昌，聚众数千人，乘隙思乱，适晋廷征发荆州丁壮，往讨李流，大众俱不愿远行，诏书一再督促，并责令地方官随地查察，不准役夫逗留。郡县有司，依诏办理，不敢违慢。被役兵民，急不暇择，索性相聚为盗。还有饥民趋集，约数千口。于是张昌四处煽诱，即就安陆县石岩山中，作为巢穴，自己移名改姓，叫作李辰，诸戍役及众饥民，多往趋附，众至万余。江夏太守弓钦，遣兵往讨，反为所败。昌遂出巢攻江夏郡，钦督众迎战，又复失利，竟与部将朱伺奔往武昌。昌得入据江夏，又造出一种妖言，谓当有圣人出世，为万

第十五回　讨逆蛮力平荆土　拒君命冤杀陆机

民主。已而得山都县吏邱沈，使改姓名曰刘尼，诈称汉后，奉为天子，且向众诳言道："这便是圣人呢。"昌自为相国，指野鸟为凤凰，充作符瑞，居然拥着邱沈，郊天祭地，号为神凤元年，徽章服色，一依汉朝故事，如有人民不肯应募，便即族诛。并捏称"江淮以南，统已造反，官军大起，悉加诛戮，惟得真主保护，方可免难"等语。为此种种讹传，煽动远近，遂致乱徒四起，与昌相应，旬月间多至三万人，皆首著绛帽，用马尾作髯，几与戏子演剧，仿佛相同。天下事莫非幻戏，何怪张昌。

　　新野王歆，闻江夏失守，乃遣骑督靳满往剿。满至江夏，与昌交锋，不到半日，杀得大败亏输，慌忙奔还。歆因乞请济师，诏遣监军华宏往讨，又不是张昌的对手，败绩障山。廷议乃如歆所请，发兵三道：一是命屯骑校尉刘乔为豫州刺史，攻昌东面；一是命宁朔将军刘弘为荆州刺史，攻昌西面；一是诏河间王颙，使遣雍州刺史刘沈，率州兵万人，并征西府五千人，出蓝田关，攻昌北面。哪知颙不肯奉诏，止沈不遣。叛形已露。沈自领州兵至蓝田，又被颙遣使追还，北路兵完全无效。唯刘乔出屯汝南，刘弘及前将军赵骧，平南将军羊伊，出屯宛城。昌遣党羽黄林，率二万人向豫州，自统众攻樊城。新野王歆，因乱党逼近，不得已亲自出马，督兵往御。两下相值，彼此列阵，歆方麾兵接仗，不防部下一声哗噪，竟尔四散。那乱党竟摇旗呐喊，好似狂风猛雨，一齐扑来。歆心慌意乱，正思拍马逃奔，偏乱党已突至马前，把他围裹，你刀我槊，四面杀入，霎时间把一位晋室藩王，收拾性命，送往冥途。还算是为国而死，死尚值得。

　　败报传到洛阳，一道急诏，令刘弘代歆为镇南将军，都督荆州诸军事。弘，相州人，颇有才略，御下有律，宽严相济，昌党黄林，进薄弘营，被弘一鼓击退。及接廷诏敕，星夜就道，即向荆州进发。昌意图南扰，别遣悍党石冰，东寇扬州，击败刺史陈徽，诸郡尽被陷没。又攻破江州，连陷武陵、零陵、豫章、武昌、长沙诸州郡，沿江大震。临淮人封云，复起应石冰，骚扰徐州，遂致荆江扬豫徐五州境地，多为贼据。官吏或逃或降，由张昌另易牧守，专用部下一班盗贼。萑蒲小丑，何知抚字，一味的恃强行凶，到处掠夺，人民不堪暴虐，才思把盗贼驱除，蓄谋待变；再加刘弘御寇有方，一入荆州境内，便将司马歆的苛政，尽行蠲除，然后遣南蛮长史陶侃为大都护，牙门将皮初为都战帅，进据襄阳，扼守要害。昌屡攻不克,退处竟陵。侃留皮初居守,自率兵攻竟陵城,与昌前后数十战,尽得胜仗,斩贼首至数万级,昌弃城遁去。侃号令贼中,降者免死,贼党遂弃戈抛甲,悉数投诚。刘乔亦遣部将李杨等进取江夏,诛死刘尼,荆土遂平。

弘至荆州城下,望见城门四闭,城上遍列官军,似与弘相仇敌。弘很是诧异,便呼城上人答话,叫他开门。守卒答道:"我等奉范阳王令,到此守城。无论何人,概不放入。"弘答道:"我受诏前来,督辖此土,岂范阳王尚未闻知么?究竟由何将监守,请出来相会,说个明白。"言毕停辔相待,好一歇才见开城,一将带兵出门,跃马当先,势甚凶猛。弘料他不怀好意,扬起马鞭,向后一招,将士等已一齐向前,截住来将,来将无从突入,始自报姓名职衔,说是长水校尉张奕,由范阳王虓差遣到此。弘出诏相示,奕仍不服,舞刀欲斗,经弘一声喝令,将士即将奕围住,好似群虎攒羊,不到半时,已把奕斫死了事。奕真该死。弘乃得入城安众,并将奕首送入阙廷,说奕兴兵拒诏,所以枭首,且

讨逆蛮力平荆土

自请擅杀的处分。有诏慰抚刘弘,不复问罪。倒还明白。弘因再发陶侃等剿捕张昌,昌窜入下俊山,由侃军入山搜缉,连斗数次,昌众尽死,只剩昌一人一骑,逃往清水,嗣被侃军追及,眼见是不能脱逃,身首两分。侃军回城报命,弘起座迎侃,欢颜与语道:"我昔为羊公参军,蒙羊公器重,谓我他日必镇此地,今果得验。我看卿亦非凡器,他日亦必继老夫

第十五回　讨逆蛮力平荆土　拒君命冤杀陆机

了。"羊公指羊祜。录入弘语,为陶侃都督荆州伏案。侃当然逊谢,不消细叙。侃字士行,鄱阳人氏,少孤身贫,及长乃为县吏。鄱阳孝廉范逵,尝过访侃家,侃母湛氏,截发为双髢,假发。易钱市酒肴,款待范逵,畅饮尽欢。叙截发事,以表陶母。及逵别去,侃送逵至百里外,逵知侃微意,便语侃道:"君是否欲为郡曹?"侃答道:"正苦无人荐引,公能为我吹嘘否?"逵满口答应,方与侃握别。逵至庐江,见太守张夔,极称侃才,夔因召侃为督邮,领枞阳令,始有能名。夔又举侃为孝廉,侃乃得入为郎中,寻调吏部令史。弘受命出镇,辟侃为南蛮长史,令他从军,果然一战成功,更由弘叙劳上奏,封东乡侯,授江夏太守。又举皮初为襄阳太守,晋廷以襄阳名郡,恐皮初未能胜任,改令前东平太守夏侯涉补授。涉系弘婿,弘又表称涉系姻亲,例须避嫌,皮初有功,宜见酬报,诏乃从弘。弘复语人道:"为政须秉大公,若必用亲戚,试想荆州十郡,莫非有十女婿不成?"知此方可致治。当下劝课农桑,宽刑省赋,公私交济,万姓腾欢。

惟叛党石冰,与临淮乱徒封云相结,攻陷临淮,寇焰尚盛。议郎周玘等,起兵江东,推前吴兴太守顾秘,都督扬州军事,传檄州郡,仗义讨贼。周玘系故将军周处子,颇有闻望,一经起义,四处响应。前侍御史贺循,起自会稽,庐江内史华谭及丹阳人葛洪甘卓,均集众应玘。玘得连破石冰,斩首万级。冰自临淮退趋寿春,征东将军刘准,方戍广陵,闻冰将至,不禁惶骇,独度支陈敏,愿出击石冰,乃成军前往,与冰屡战屡胜。冰众十倍陈敏,统是乌合,故敏能用少胜多。冰奔往建康,敏再与周玘合师进击,冰复败走。冰党封云正留扰徐州,冰乃北窜就云,云部下张统,料二人不能成事,杀冰及云,献首军前,扬徐二州乃平。玘与贺循,散众还家,不求封赏,惟陈敏得为广陵相,敏自是恃勇生骄,渐渐的发生出异志来了。比诸周玘贺循,相去何如。是时,洛阳都中,已闹得一塌糊涂,不可收拾,庸愚无识的晋惠帝,任人播弄,忽东忽西,几至身家不保,颠危得很,说来不但可恨,也觉可怜。河间王颙,不服朝命,日夕思逞,再加长史李含,从旁挑拨,越觉跋扈不臣。应第十四回。还有成都王颖,恃功骄弛,差不多与颙相似。长沙王乂,在都专政,虽事事就颖函商,颖尚未餍所欲,因此与颙交通,共图除乂。适皇甫商复为乂参军,商兄重出任秦州刺史,李含怀有宿忿,闻商兄弟俱得邀宠,不得不设计驱除,亦回应十四回。乃向颙进言道:"商为乂所任重,重又出刺秦州,二人为乂爪牙，必为我患，今可表迁重为内职，诱令还过长安，顺便拘戮，也得除却一患了。"颙如言上表，晋廷亦准如所议。偏重已猜透含计，露檄上闻，竟发陇上兵讨含。乂因兵患方纾，决意和解，既征含为河南尹，又敕重罢兵息争。含喜得美缺，即日就征，重却不肯奉诏。颙遣金城太守游楷，陇西太守韩稚等，合兵攻重，复密遣人授意李含，使与侍中冯荪，中书令卞粹，共谋杀乂。偏又被皇甫商料着，向乂报闻，乂即捕杀李含，*害人适以自害，何苦为此鬼蜮。*便将冯荪卞粹，也即收戮。含党骠骑从事诸葛玫等，恐遭连坐，都逃赴长安，往报河间王颙。颙不闻犹可，既已闻知，哪得不怒气直冲？便飞使邺城，约颖会师讨乂。颖即欲如约，左司马卢志入谏道："公前有大功，乃委权谢宠，甘心就藩，所以物望同归，交口称美。今因辅政非人，欲加整顿，何必带兵入阙，但教文服入朝，从容论治，自足服人。志料长沙王必未敢反抗呢。"颖本来深信卢志，及骄心一起，前后判若两人，所以良言进规，拒绝勿纳。又有参军邵续，亦谓兄弟如左右手，不应自去一臂，颖亦不从，遂许从颙约，与颙联名上表。劾"乂论功不平，且与右仆射羊玄之，左将军皇甫商，共擅朝政，杀戮忠良，请诛玄之皇甫商，*遣乂还镇*"云云。不意朝廷下诏，亲出征颙，特命乂为太尉，都督中外诸军事。于是颙令张方为都督，统率精兵七万，自函谷东趋洛阳，颖亦出屯朝歌，令平原内史陆机，为前将军都督，统率北中郎将王粹，冠军将军牵秀，中护军石超等，领兵二十万，南向洛阳。

惠帝出都至十三里桥，由乂下令，遣皇甫商督兵万人，往拒张方。商至宜阳，被方掩击一阵，竟至败还。惠帝返驻芒山，转往缑氏，羊玄之忧惧成疾，数日告终。*还是死得便宜。*成都王颖进屯河南，使石超进逼缑氏，惠帝又走归洛阳。陆机等直薄都下，乂陈兵东阳门，击退机军。颖复遣将军马咸，为机臂助，机本文士，未娴军旅，且骤握重任，不能服人，王粹等多有异言，遂致全军生贰。*为颖逼君，乂亦未安。机名为读书，奈何不明此义。*又奉惠帝御建春门，麾兵再战。司马王瑚，率数千骑为前驱，马上各系大戟，冲突机军。机军前队，由马咸督领，骤为王瑚所乘，顿时溃乱，咸马扑被擒，当即枭斩。牵秀石超，率部曲先遁，王粹亦去，机军大败，各赴七里涧逃生，多半溺死，涧水为之不流。偏将贾崇等十六人，悉遭陷没。尚有小督孟超，同时败死。孟超兄叫做孟玖，系是成

第十五回　讨逆蛮力平荆土　拒君命冤杀陆机　·115·

都王宠奴，尝乞简乃父为邯郸令，为机所阻，遂与机有隙。超虽随机出行，不受节制，自领万人为一队，到处大

拒君命冤杀陆机

掠。机收逮超麾下将弁，超立率骑士百余名，入机帐中，竟把部将夺去，且悍然语机道："看你蛮奴能作督否？"机司马孙拯，劝机杀超，机不能决。便是没有将才。超且出语大众道："陆机将反。"又寄书与玖，诬机阴持两端。玖早欲进谗，会闻弟又败没，便诉诸颖前道："机已私通长沙王，不可不除。"牵秀素来媚玖，又恐败还见责，便将失败情由，统委诸陆机身上，证成机罪。颖当即大怒，使秀率兵收机，参军王彰谏道："今日战事，强弱异势，愚人犹知必胜，今乃反是，实因机为吴人，北土旧将，不肯服从，所以有此挫失呢。还乞殿下赦机！"颖不肯听，促秀使去。机闻秀至，释戎服，著白袷，与秀相见，并作笺辞颖，随即长叹道："华亭鹤唳，可再闻否？"谁叫你不听忠告。秀竟杀机。又收机弟清河内史云，平东祭酒耽及司马孙拯，一并下狱。记室江统蔡克等，先后营救，统被孟玖阻住，且催令速杀云耽，夷及三族。狱吏拷掠孙拯，甚至两髁露骨，仍言机冤。吏知拯义烈，乃语拯道："二陆沉冤，人已尽知，君奈何不自爱身呢？"拯仰天叹道："陆君兄弟，为当世奇才，我既蒙知遇，不能相救，难道还好忍心相诬么？"拯有门人费慈宰意，诣狱省拯。拯与语道："我不负二陆，死亦甘心，汝等何必来此？"二人答道："先生不负二陆，我等怎敢负先生？"遂为拯上书，谓拯无罪。孟玖已令狱吏诈为拯供，亦夷三族，并将费慈宰意二人，一律处斩。小子有诗叹道：

才高班马露英华，一跌丧身并覆家。

何若当年先引去，好随云鹤隐天涯。

究竟战事如何结局，待至下回叙明。

回评 新野王歆，亦一狡诈徒，前随齐王同起义，冒功受爵，谒陵时，即有离间成都之言，假使无张昌之乱，速死战场，则后此颙颖为逆，彼必不肯袖手，其与颙颖辈并受恶名，同归死绝，亦势所必至者耳。故歆之得死于张昌，议者咎歆之无能，吾谓歆固无能，死于寇，视死于逆者犹较胜也。刘弘代歆，选陶侃为大都督，便得平逆，得人之效，固如此其彰著哉。河间王颙，跋扈不臣，原不足道。颖颇负时望，乃亦一变至此，甚至信用嬖人，枉杀机云，宜其终遭人噬，死且不容也。夫陆机附逆逼君，死本自取，但不死于朝廷之大法，而独死于逆党之谮言，则不得不为之呼冤，实则亦非真冤也。良禽择木而栖，良臣择主而事，谁令彼甘心事逆，自蹈死地？冤乎否乎，读史者自能辨之。

第十六回

刘刺史抗忠尽节　皇太弟挟驾还都

却说长沙王乂，既击败颖军，复转攻颙军，惠帝仍亲出督战。颙军都督张方，率众近城，众见乘舆麾盖，不禁气沮，便即退走。方亦禁遏不住，只好却还。乂竟驱兵杀来，把方军前队的兵士，多半杀毙，共约五千余人。方退屯十三里桥，众心未定，尚拟夜遁。方下令道："胜败乃兵家常事，古来良将用兵，往往能因败为胜，今我更向前营垒，出其不意，也是一兵家奇策呢。"遂乘夜前进数里，筑垒数重，为持久计。乂得战胜方军，总道是方不足忧。到了翌晨，接得侦报，才悉方又复进逼，连忙引兵往攻，那方已倚垒为固，无隙可乘。乂军上前挑战，方按兵不发，及见乂军欲退，乃开垒出战，一盈一竭，眼见是方军得势，乂军失利了。

乂败回都城，未免心慌，因与群臣集议军情，大众多面面相觑，你推我诿，结果是想出一个调停法子，拟先与颖和，然后并力拒颙。乂与颖本是兄弟，总望他顾及本支，罢兵息怨，乃使中书令王衍，光禄勋石陋等，同往说颖，令与乂分陕而居，颖竟不从。越亲越勿亲。衍等归报，乂再致书与颖，为陈利害，劝使还镇。颖复书请斩皇甫商等，方可退兵，乂亦不纳。颖又进兵薄京师，两镇兵士，齐逼都下，皇命所行，仅及一城，米石万钱，公私俱困。骠骑主簿祖逖，为乂设策道："雍州刺史刘沈，忠勇果毅，足制河间，今宜奏请遣沈，使袭颙后，颙欲顾全根本，必召还张方，一路退去，颖亦无能为了。"非不善，奈肘腋间尚有一患，奈何？乂当然称善，便即奏闻。惠帝无不依从，颁诏去讫。乂又申请一敕，令皇甫商赍敕西行，饬金城太守游楷等罢兵，且使皇甫重进军讨颙。这又是一大失着，徒断送皇甫兄弟性命。商行至新平，与从甥相遇，述及密计，从甥与商有隙，驰往告颙。颙遣众往追，将商擒归，当即杀死，并遥令游楷等速攻秦州。幸皇甫重坚壁固守，部下亦愿为死战。好容易又过一年，长沙王乂，鼓众誓师，出与颖军决战，屡得胜仗，斩俘至六七万人，颖军大沮。张方见颖军失败，亦欲退还，惟探得都城乏食，或有内乱可乘，所以留兵待变。果然不到数日,左卫将军朱默,与东海王越通谋,竟勾通殿中将士,把乂拿下,入启惠帝,且免乂官,锢置金墉城中,一面大赦天下,改元永安,开城与颖颙二军议和。颖颙二军,无词可驳,勉强从命,独乂在金墉城上表道:

<blockquote>
陛下笃睦,委臣朝事,臣小心忠孝,神祇所鉴,诸王承谬,率众见责,朝臣无正,各虑私困,收臣别省,幽臣私官,臣不惜躯命。但念大晋衰微,枝党将尽,陛下孤危,若臣死国,宁亦家之利,但恐快凶人之心,无益于陛下耳。幸陛下察之!
</blockquote>

原来乂居围城,侍奉惠帝,未尝失礼。城中粮食日窘,乂与士卒同食粗粝,甘苦共尝,所以出御两军,胜多败少。偏出了一个东海王越,忌乂成功,潜下毒手。越罪更甚于乂,故语带抑扬。将士等初为所诳,因致盲从,及见外兵不盛,乂表可哀,乃隐起悔心,复欲迎乂拒越。越察得众情,不禁着忙,便召黄门侍郎潘滔入议道:"众心将变,看来只有杀乂一法,省得人心悬悬。"滔应声道:"不可,不可!杀乂终负恶名,何勿让与别人。"滔更凶狡。越已会意,乃使滔密告张方。方系杀人不眨眼的魔星,得滔通报,立即派兵至金墉城,取乂一营,锁诸柱上,剥去衣服,四围用炭火焙着,好像烧烤一般。可怜乂身被火炙,号声震地,到了乌焦巴弓,才见毕命。方营中大小将士,睹此惨状,俱为流涕。惟方狰狞上坐,反露笑容。毒愈虎狼。乂死时只二十八岁,遗尸由故掾刘佑收埋,步持丧车,悲恸行路。方却目为义士,不复过问。这却如何晓得?先时洛卜有谣言云:"草木萌芽杀长沙。"乂死时适当正月二十七日,谣言果验。

成都王颖,得入京师,使部将石超等,率兵五万,分屯十二城门。殿中宿卫,平时为颖所忌,概皆处死。颖自为丞相,增封二十郡,加东海王越为尚书令,乃出都返镇,表卢志为中书监,参署丞相府事。雍州刺史刘沈,尚未闻都中情事,自得密诏后,即纠合七郡兵旅,径向长安进发。河间王颙,尚屯兵关外,为方声援,蓦闻刘沈起兵到来,慌忙退守渭城,并遣人飞召张方。方大掠洛中,掳得官私奴婢万余人,向西驰去,未及入关,颙已与沈军交战,败还长安。沈使安定太守衙博,功曹皇甫澹领着精甲五千,掩入长安城门,直逼颙帐。不意旁面杀出一彪人马,锐厉无前,把衙博等军,冲作两段。博等专望沈军来援,偏偏沈军迟至,致博等孤军失继,相率战死。这一路援颙的兵马,乃是冯翊太守张辅带来,

第十六回　刘刺史抗忠尽节　皇太弟挟驾还都

他见博军无继，便来横击一阵，及刘沈驰至，前军已经覆没，只好收拾败卒，渐渐退去。适值张方西归，亟遣部将敦伟

夜袭沈营，沈军惊溃，沈与麾下南走，被伟追及，射沈落马，活捉回来。当下押沈见颙，颙责他负德，沈朗声道："知己恩轻，君臣义重，沈奉天子诏命，不敢苟免，明知强弱异形，乃投袂起兵，期在致死，虽遭菹醢，甘亦如荠。"声可裂地。颙顿时怒起，鞭沈至百，方令腰斩，一道忠魂，上升天界去了。

　　颖与颙既相连接，颙上书称颖有大功，宜为储副。又言羊玄之怙宠为非，该女不宜为后，颖亦表称玄之已殁，未降明罚，宜废后以暴父罪。惠帝虽然愚钝，但对着如花似玉的羊皇后，却也不忍相离，因将两王表文，出示廷臣，商决可否。朝右百官，个个是贪生怕死，哪里还敢冲撞二王？再加东海王越，是与二王表里为奸，当然赞同二议。惠帝没法，乃将羊后废为庶人，徙居金墉城。皇太子覃，仍黜为清河王，立颖为皇太弟，都督中外诸军事，兼职丞相。乘舆服御，皆迁往邺中，进颙为太宰大都督，领雍州牧，起前太傅刘寔为太尉，寔自称老疾，固辞不拜。高尚可风。看官阅过前文，如汝南王亮，如楚王玮，如赵王伦，如齐王冏，如长沙王乂，没一个不是争权夺利，丛怨亡身。偏颖颙越三王，不思借鉴前车，也想挟权求逞，结果是凶终隙末，同室操戈，终落得蚌鹬相持，渔人得利，这岂不是司马家儿的大病么？标明八王乱本，且为后世大声疾呼，苦衷如揭。

成都王颖,既得为皇太弟,越加骄恣,不知有君。嬖人孟玖等,倚势横行,大失众望。右卫将军陈眕,殿中中郎逯苞成辅及长沙王故将上官巳等,怂恿东海王越,谋共讨颖。越乐得转风,借着众怒为名,好夺朝柄,便与陈眕勒兵入云龙门,称制召三公百僚,相率戒严,收捕颖将石超。超突出都门,奔往邺城,随即迎还庶人羊氏,仍立为后,就是清河王覃,亦复入东宫,再为太子。越奉惠帝北征,自为大都督,召前侍中嵇绍,扈跸同行。侍中秦准语绍道:"今日随驾出征,安危难料,君可有佳马否?"绍正色道:"臣子扈卫乘舆,违计生死,要什么佳马呢?"准叹息而退。绍从惠帝出抵安阳,沿途由大都督越檄召兵士,陆续趋集,得十万余人。邺中震恐。颖召群僚问计,议论不一,东安王繇,新遭母丧,留居邺中,独入帐宣言道:"天子亲征,臣下宜释甲缟素,出迎请罪。"颖闻言动怒道:"莫非自去寻死么?"折冲将军乔智明,亦劝颖奉迎乘舆,颖复怒说道:"卿名为晓事,投身事孤,今主上为群小所逼,勉强北来,卿奈何亦为此说,使孤束手就刑哩?"遂叱退繇乔二人,立遣石超率兵五万,前往迎战。

　　越驻军荡阴,探得邺中人心不固,以为无患,竟不加严备,哪知石超驱兵杀来,势甚汹涌,立将越营攻破。越仓皇逃命,不暇顾及惠帝,一溜烟的走往东海。以惠帝作孤注,真好良心。惠帝猝不及避,被超军飞矢射来,颊中三箭,痛苦的了不得。百官侍御,有几个也遭射伤,纷纷窜去。独侍中嵇绍,朝服下马,登辇卫帝,超军一拥上前,将绍拖落,惠帝忙牵住绍裾,惶遽大呼道:"这是忠臣嵇侍中,杀不得!杀不得!"但听超军回答道:"奉太弟命,但不犯陛下一人。"两语才毕,已将绍一刀砍死,碧血狂喷,溅及帝衣,吓得惠帝浑身乱颤,兀坐不稳,一个倒栽葱,堕落车下,僵卧草中。随身所带的六玺,悉数抛脱,尽被超军拾去。还算超有些天良,见帝堕下,喝令部众不得侵犯,自己下马相救,叫醒惠帝,扶他上车,拥入本营,且问惠帝有无痛楚。惠帝道:"痛楚尚可忍耐,只腹已久馁了。"超乃亲自进水,令左右奉上秋桃。惠帝吃了数枚,聊充饥渴。超向颖报捷,并言奉帝留营。颖乃遣卢志迎驾,同入邺城。颖率群僚迎谒道左,惠帝下车慰劳,涕泣交并。及入城以后,复下诏大赦,改永安元年为建武元年。一年两纪元,有何益处?皇弟豫章王炽,司徒王戎,仆射荀藩,相继至邺,见惠帝衣上有血,请令洗浣。惠帝黯然道:"这是嵇侍

第十六回 刘刺史抗忠尽节 皇太弟挟驾还都

中血,何必浣去。"戎等亦皆叹息。惟颖却请帝召越,颁诏东海,越怎肯赴邺?却还诏使。前奋威将军孙惠,诣越上书,劝越邀结藩方,同奖王室。越遂令惠为记室参军,与参谋议。北军中侯苟晞,往投范阳王虓,虓令为兖州刺史。陈眕上官巳等,走还洛阳,奉太子清河王覃,保守都城,偏又来了一个魔贼张方,仗着一般蛮力,擅将都城占住。原来越出讨颖,颙曾遣张方救邺,及越已败走,惠帝被颖劫去,颙即令方折回中道,往踞洛阳。方至洛阳城下,上官巳与别将苗愿,出拒方军,为方所败,便即遁去,方遂入洛都。太子覃至广阳门,迎方下拜,方下马扶住,偕覃入阙,派兵分戍城门。才越两日,复把羊皇后太子覃废去,居然皇帝无二,自作威福,独断独行,这真叫作天下无道,政及陪臣呢。

先是安北将军王浚,即故尚书令王沈子。都督幽州。颖颙义三王,入讨赵王伦时,曾檄令起兵为助,浚不应命。颖常欲讨浚,迁延未果。嗣令右司马和演为幽州刺史,密使杀浚,演与乌桓单于审登连谋,邀浚同游蓟城南泉清,为刺浚计。会天雨骤下,兵器沾湿,苦不得行。审登胡人,最迷信鬼神,疑浚阴得天助,因将演谋告浚。浚即与审登连兵杀演,自领幽州营兵。颖既劫入惠帝,欲为和演报仇,乃传诏征浚入朝。浚料颖不怀好意,索性纠合外兵,驰檄讨颖。乌桓单于遣部酋大飘滑弟羯朱,引兵助浚,还有浚婿段务勿尘,系是鲜卑支部头目,也率众相从。浚既得两部番兵,势焰已盛,复约同并州刺史东嬴公腾,联兵攻邺。腾系东海王越亲弟,正接越书,令他联络幽州,攻颖后路。凑巧浚使亦到,自然答书如约。于是幽并二州的将士及乌桓鲜卑的胡骑,合得十万人,直向邺城杀来。纲目予浚讨颖,故本编亦写出声势。颖遣北中郎将王斌及石超等出兵往御,复因东安王繇,前有迎驾请罪的议论,恐他密应外兵,立即拿斩了事。繇兄子琅琊王睿,惧祸出奔,自邺还镇。颖先敕关津严行检察,毋得轻放贵人。睿奔至河阳,适被津吏阻住,可巧有从吏宋典,自后继至,用鞭拂睿,佯作笑语道:"舍长官,禁贵人,汝何故亦被拘住呢?"津吏与睿,不甚相识,蓦闻典言,疑是误拘,便向典问个明白。典又伪称睿是小吏,并非贵人,更兼睿微服出奔,容易混过,当由津吏放睿渡河。睿潜至洛阳,迎了太妃夏侯氏,匆匆归国去了。是为元帝中兴张本,故特叙明。

颖因外兵压境,也无心追问,但与僚属日议军事。王戎等谓胡骑势盛,不如与和。颖却欲挟帝还洛,暂避敌锋。忽有一相貌堂堂、威风凛凛的大元戎,趋入会议厅中,与大众行过了军礼,就座语颖道:"今二镇跋扈,有众十余万,恐非宿卫将士及近郡兵马,所能抵制呢!愚意却有一计,可为殿下解忧。"颖见是冠军将军刘渊,便问他有何妙策。渊答道:"渊曾奉诏为五部都督,今愿为殿下还说五部,同赴国难。"颖半晌才答道:"五部果可调发么?就使发遣前来,亦未必能御鲜卑乌桓。我欲奉乘舆还洛阳,再传檄天下,以顺制逆,未知将军意见如何?"渊驳说道:"殿下为武皇帝亲子,有功皇室,恩威远著,四海以内,何人不愿为殿下效死?况匈奴五部,受抚已久,一经调发,无患不来,王浚竖子,东嬴疏属,怎能与殿下争衡?若殿下一出邺城,向人示弱,恐洛阳亦不能到了。就使得到洛阳,威权亦被人夺去,未必再如今日。不如抚勉士众,静镇此城,待渊为殿下召入五部,驱除外寇,二部摧东嬴,三部枭王浚,二竖头颅,指日可致,有什么可虑呢?"刘渊此言,虽为归国自主起见,但劝颖镇邺,未始非策。颖听了渊言,不禁心喜,遂拜渊为北单于,参丞相军事,即令刻日就道。纵虎归巢。

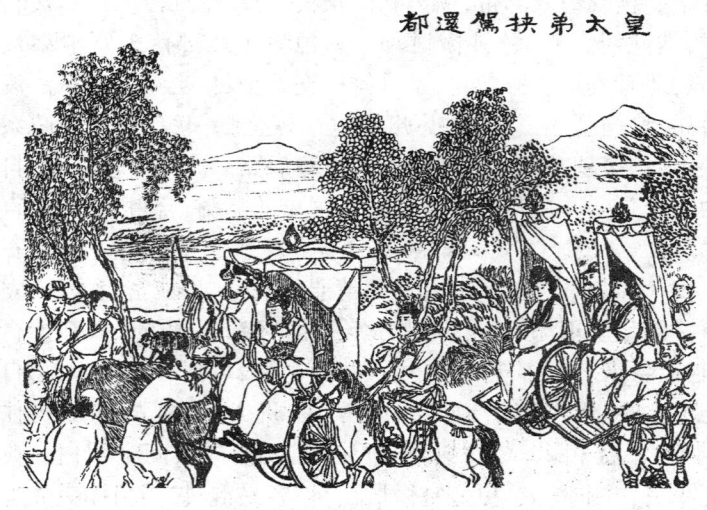

皇太弟挟驾还都

渊辞颖出发,行至左国城,匈奴右贤王刘宣等,早欲推渊为大单于,至是与部众联名,奉书致渊,愿上大单于位号。渊先让后受,旬日间得众五万,定都离石,封子聪为鹿蠡王。遣部将刘宏率铁骑五千,往援邺城。是时王浚与东嬴公腾,已击败颖将王斌,长驱直进。颖将石超,收兵堵御,平棘一战,又为浚先锋祁弘所败,

第十六回　刘刺史抗忠尽节　皇太弟挟驾还都

退还邺城,邺中大骇,百僚奔走,士卒离散。中书监卢志,劝颖速奉惠帝还洛阳,颖乃令志部署军士,翌日出发。军士尚有万五千人,均仓猝备装,忙乱一宵,越宿待命启行,守候半日,并无音响。大众当然动疑,及探悉情由,方知颖母程太妃,不愿离邺,因此延宕不决。俄而警报迭至,哗传外兵将到,大众由疑生贰,霎时溃散。颖惊愕失措,只得带同帐下数十骑,与卢志同奉惠帝,南走洛阳。惠帝乘一犊车,仓皇出城,途中不及赍粮,且无财物,只有中黄门被囊中,藏着私蓄三千文,当由惠帝面谕,暂时告贷,向道旁购买饭食,供给从人。夜间留宿旅舍,有宫人持升余糠米饭及煤蒜盐豉,进供御前。惠帝连忙唤食,才得一饱。庸主之苦,一至于此。睡时无被,即将中黄门被囊展开,席地而卧。越日又复登程,市上购得粗米饭,盛以瓦盆,惠帝唤得两盂,有老叟献上蒸鸡,由惠帝顺手取尝,比那御厨珍馐,鲜美十倍。自愧无物可酬,乃谕令免赋一年,作为酬赏。老叟拜谢而去。行至温县,过武帝陵,下车拜谒,右足已失去一履,幸有从吏脱履奉上,方得纳履趋谒。拜了数拜,不由得悲感交集,潸然泪下。儿女子态,不配为帝。左右亦相率唏嘘。及渡过了河,始由张方子罴,带着骑士三千,前来奉迎。罴乘的青盖车,让与惠帝,自己易马相从。至芒山下,张方自领万余骑迎帝,见了御驾,欲行拜跪礼仪。惠帝下车搀扶,方不复谦逊,便即上马,引帝还都。散众陆续踵至,百官粗备,乃升殿受朝,颁赏从臣,并下赦书。旋闻邺城探报,已被王浚各军,掳掠一空。乌桓部长羯朱,追颖不及,已与王浚等一同北归。惟鲜卑部掠得妇女,约八千人,因浚不许带归,均推入易水中,向河伯处当差去了。河伯何幸,得此众妇。小子有诗叹道:

　　无端军阀起纷争,祸国殃民罪不轻。
　　更恨狼心招外寇,八千妇女断残生。

　邺中已经残破,刘渊所遣部将王宏,驰援不及,也即引归,报达刘渊。究竟刘渊能否践约,且至下回再详。

回评　刘沈发兵讨颙,虽为义所遣,然所奉之诏敕,固明明皇言也。况颙固有可讨之罪乎?义为张方所杀,死状甚惨,纲目不称其死义,而独予沈以死节,诚以义受驱使,甘为乱首,当其杀齐王同时,侥幸得志,代握大权,彼方欣欣然感颙之惠,不知助己者颙,杀己者亦颙,方为颙将,方杀义,犹颙杀义也。我杀人,人亦杀我,互相杀而国愈乱,久死不得为枉,唯如刘沈之见危授命,不屑乞怜,乃真所谓气节士耳。本回以刘沈尽节为标目,良有以也。惠帝昏愚,听人播弄,忽西忽东,狼狈万状,愚夫不可与治家,遑言治国？读《晋书》者,所由不能无憾于武帝欤。

第 十 七 回

刘渊拥众称汉王　张方恃强劫惠帝

却说刘渊得王宏归报，慨然语道："颖不用我言，弃邺南奔，真是奴才，但我尝受他知遇，保荐为冠军将军，寓邺以来，他总算待我不薄，我既与约相援，不可不救。"颖保荐刘渊，从渊口中叙出，笔不渗漏。说毕，即命右于陆王刘景，左独鹿王刘延年，率步骑兵二万，将讨鲜卑。刘宣等入阻道："晋人不道，待我如奴隶，我正恨无力报复，今彼骨肉相残，自相鱼肉，乃是天厌晋德，授我重兴的机会。鲜卑乌桓，与我同类，可倚以为援，奈何反发兵攻击？况大单于威德方隆，名震远迩，诚使怀柔外部，控制中原，就是呼韩邪基业，也好从此恢复了。"渊笑答道："卿言亦颇有见识，但尚是器小，未足喻大。试想禹出西戎，文王生东夷，帝王有何常种？今我众已至十余万，人人矫健，若鼓行而南，与晋争锋，一可当十，势若摧枯，上为汉高，下亦不失为魏武，呼韩邪亦何足道哩？"确是枭雄。刘宣等皆叩首道："大单于英武过人，明见万里，原非庸众所能企及，请即乘势称尊，慰我众望。"渊徐徐答道："众志果已从同，我亦何必援颖，且迁居左国城，再作计较。"宣等遵令起身，各整行装，随渊徙至左国城。远近依次归附，又达数万人，正拟拥众称尊，雄长北方，不料西方巴蜀，已有人先他称王，遂令野心勃勃的刘元海，急不暇待，便树起大汉的旗帜来了。

小子按时叙事，不得不先将蜀事表明，再述刘渊开国情形。李雄称成都王，比刘渊略早，本回虽以渊为主，但称王实始于雄，且正可就此带叙，故随笔插入。自李雄得取成都，遂奉叔父李流，一同居住。应十五回。蜀民相率避乱，或南入宁州，或东下荆州，城邑皆空，野无烟火。惟涪陵人范长生，挈千余家依青城山，依险自固。流无从掠食，部众饥困。平西参军徐轝，求为汶山太守，特向益州刺史罗尚献谋，谓"流已乏食，正好进讨，且可邀范长生为犄角，并力合攻"云云。偏尚不肯依议，惹动轝怒，反出城附流，并为流往说长生，运粮济困，尚固失策，轝亦不忠。流军复振。既而流病将死,嘱部将等协力事雄,部将共愿遵嘱,俟流死后,即推雄为益州牧。雄使将校朴泰,通书罗尚,伪言愿为内应。尚遽令降氐隗伯攻郫城,陷伏被擒。雄赦免隗伯,使李骧带领降卒,夜至成都,诈称已得郫城,还兵报捷。守卒不知有诈,开门纳入。骧即杀死守吏,据住外城。惟内城还是关着,未曾失手。罗尚急登陴抵御,堵住外兵,骧留兵攻扑,自往截尚粮道,适值犍为太守袭恢,运粮前来,被骧麾兵掩击,将恢杀死,尽把粮车夺去。尚困守孤城,无粮可食,再经骧还军攻击,更由雄添兵相助,眼见得朝不保暮,危如累卵,三十六策,走为上策,乃留牙将张罗居守,自率左右开门夜遁。张罗以尚为镇将,还且弃城逃生,自己位居偏裨,何苦为国殉难,便即插起降旗,纳入骧军。骧迎雄入成都,兵不血刃,坐得了西蜀雄藩。梁州刺史许雄,坐视不救,由晋廷召还治罪。罗尚逃至江阳,遣使表闻,适晋廷大乱,无暇加谴,但令他权统巴东巴郡涪陵诸郡,收取军赋。尚又遣别驾李兴,赴荆州乞粮,镇南将军刘弘,拨给粮米三万斛,尚乃得自存,但苦兵力衰残,不能再复成都。

李雄占据成都数月,因范长生素有德望,见重蜀民,乃欲迎立为君,自愿臣事长生。长生不肯应命,雄乃自即成都王位,大赦境内,号为建兴元年。除晋弊制,约法七章,令叔父骧为太傅,兄始为太保,折冲将军李离为太尉,建威将军李云为司徒,翊军将军李璜为司空,材官李国为太宰,尊母罗氏为王太后,追号父特为景王,又遣使往迎范长生。长生自青城山登舆,布衣应征,及抵成都,甫入城闉,即见雄下马相迎,握手引进,延他上坐,称为范贤,详询政治。长生约略对答,甚惬雄心。雄即亲递板册,拜为丞相。长生也乐得受命,坐享安荣,嗣复劝雄称帝,便是这位范贤人了。句中有刺。看官!试想李雄是个流民子弟,还能据地称雄,何况五部大都督刘渊,才兼文武,识迈华夷,怎尚肯蜷伏一隅,不思自主呢?当下由刘宣等奉书劝进,请他筑坛即位,立国纪元。渊笑语道:"昔汉有天下,历世久长,恩结人心,所以昭烈帝仅据益州,尚能与吴魏抗衡,相持至数十年。我本汉甥,约为兄弟,兄亡弟继,有何不可?我就称为汉王便了。"乃命就南郊筑坛,也是告天祭地,仿行汉制。登坛这一日,五部胡人,统来谒贺。刘渊令竖起大汉旗帜,居然祖述汉朝,下令谕众道:

昔我太祖高皇帝,以神武应期,廓开大业,太宗孝文皇帝,重以

第十七回　刘渊拥众称汉王　张方恃强劫惠帝

刘渊拥众称汉王

明德,升平汉道,世宗孝武皇帝,拓土攘夷,威倾中外,中宗孝宣皇帝,搜扬俊乂,多士盈朝,是我祖宗道迈三王,功高五帝,故卜年倍于夏商,卜世过于姬氏。而元成多僻,哀平短祚,贼臣王莽,滔天篡逆。我世祖光武皇帝,诞资圣武,恢复鸿基,祀汉配天,不失旧物。显宗孝明皇帝,肃宗孝章皇帝,累叶重辉,炎光再阐。自和安以后,皇嗣渐颓,天步艰难,国统濒绝。黄巾海沸于九州,群阉毒流于四海,董卓因之,肆其猖獗,曹操父子,凶逆相寻,故孝愍委弃万国,昭烈播越岷蜀,冀否终有泰,旋轸旧京,何图天未悔祸,后帝窘辱?自社稷沦丧,宗庙之不血食,四十年于兹矣。今天诱其衷,悔祸星汉,使司马氏父子兄弟,迭相残灭,黎庶涂炭,靡所控告。孤今猥为群公所推,绍修三祖之业,顾兹厄暗,战惶靡厝。但以大耻未雪,社稷无主,衔胆栖冰,勉从群议,特此令知。录入此文,见得张冠李戴,可发一噱。

此令下后,即改易正朔,称为元熙元年。国仍号汉,立汉高祖以下三祖五宗神主,筑庙祭祀,汉祖汉宗,不意有此贤子孙。追尊安乐公刘禅为孝怀皇帝。禅若有知,更乐不思蜀了。一切开国制度,皆依两汉故例。立妻呼延氏为王后,长子和为世子,鹿蠡王聪守职如故。族子曜生有白眉,目炯炯有赤光,两手过膝,身长九尺三寸,少时失怙,由渊抚养,成人后既长骑射，尤工文字，渊尝称为千里驹，因亦授为建武将军。命刘宣为丞相，召上党人崔游为御史大夫，后部人陈元达为黄门侍郎，崔游为上党耆硕。渊曾从受业，至是固辞不受。不愧醇儒。陈元达亦尝躬耕读书，渊为左贤王时，曾招为僚属，元达不答，此次驿书往征，却欣然就道，愿为渊臣。见利忘义，怎得善终。他如刘宏刘景刘延年等，皆渊族人，并授要职，不消细说。渊僭号旬日，即率众往攻东嬴公腾。腾遣将军聂玄率兵出拒，行次大陵，与渊军相值。两下交锋，勇怯悬殊，才及数合，玄军大败，狼狈遁归。腾闻败大惧，亟领并州二万余户，避往山东，渊乃四处寇掠，入居蒲子。是为五胡乱华之首。复遣曜进寇太原。曜兵锋甚锐，连陷泫氏屯留长子诸县。别将乔晞，往攻介休。介休县令贾浑，登城死守，约历旬日，内无粮草，外无救兵，斗大孤城，怎能支持得住，便被乔晞陷入。浑尚率兵巷战，力竭被擒，晞勒令投降，浑正色道："我为大晋守令，不能保全城池，已失臣道，若再苟且求活，屈事贼虏，还有什么面目，得见人民？要杀便杀，断不降汝！"晞听着贼虏两字，当然发怒，即喝令推出斩首。裨将尹崧进谏道："将军何不舍浑，也好劝人尽忠。"晞怒答道："他为晋尽节，与我大汉何涉？"遂不从崧言，促使牵出。忽有一青年妇人，号哭来前，与浑诀别。晞闻声喝问道："何人敢来恸哭？快与我拿来！"左右奉令，便出帐拘住妇人，牵至晞前，且报明妇人来历，乃是贾浑妻宗氏。晞见她散发垂青，泪眦变赤，颦眉似锁，娇喘如丝，不由得怜惜起来，便易怒为喜道："汝何必多哭，我正少一佳人呢。"语犹未了，外面已将浑首呈入，宗氏瞧着，越觉狂号。晞尚狞笑道："休得如此，好好至帐后休息，我当替你压惊。"宗氏听了，反停住了哭，戟指骂晞道："胡狗！天下有害死人夫，还想污辱人妇么？我首可断，我身不可辱，快快杀我，不必妄想！"斩钉截铁之语，得诸巾帼，尤属可敬。晞尚不忍加害，再经宗氏詈骂不休，激动野性，竟自拔佩刀，起身下手。宗氏引颈就戮，渺渺贞魂，随夫俱逝，年才二十余岁。叙入此段，特为忠臣义妇写照。当有消息传报刘渊，渊不禁大怒道："乔晞敢杀忠臣，并害义妇，假使天道有知，他还望有遗种么？"遂命厚葬贾浑夫妇，且将乔晞追还镌秩四等。已而东嬴公腾，又遣部将司马瑜周良石鲜等，分统部曲，往攻离石，与渊将刘钦交锋，四战皆败，一并逃归。渊更得横行北方，无人敢撄。晋廷又内乱未休，还顾着什么边防？就是座洛阳城中，也弄得乱七八

第十七回　刘渊拥众称汉王　张方恃强劫惠帝

糟,迄无宁日。张方迎帝入都,专制朝政,不但公卿百僚,无权无势,连太弟颖亦削尽权力。都下人士,统惮方凶威,莫敢发言。惟豫州都督范阳王虓,徐州都督东平王楙,从外上表道:

　　自愍怀被害,皇储不建,委重前相,辄失臣节,是以前年太宰颙与臣永维社稷之贰,不可久虚,特共启成都王颖,以为国副。受重之后,弗克负荷,小人勿用而以为心腹,骨肉宜敦而猜嫌荐至,险诐宜远而谗说殄行,此皆臣等不聪不明,失所宗赖,遂令陛下谬于降授,虽戮臣等,不足以谢天下。今大驾还宫,文武空旷,制度荒废,靡有孑遗。臣等虽劣,足匡王室,而道路流言,谓张方与臣等不同,悠悠之口,非尽可凭。臣等以为太宰悙德元元,著于具瞻,每当义节,辄为社稷宗盟之先。张方受其指教,为国效劳,此即太宰之良将,陛下之忠臣;但以秉性强毅,未达变通,且虑事翻之后,为天下所罪,故不即西还耳。臣闻先代明主,未尝不全护功臣,令福流子孙。自中叶以来,陛下功臣,初无全者,非必人才皆劣,实由朝廷驾驭失宜,不相容恕,以一旦之忿,丧其积年之勋,既违周礼议亲之典,且使天下人臣,莫敢复为陛下致节者。臣等此言,岂独为一张方?实为社稷远计,欲令功臣身守富贵。臣愚以为宜委太宰以关右之任,自州郡以下,选举受任,一皆仰成,若朝之大事,废兴损益,每辄畴咨,此则二伯述职,周召分陕之义,陛下复行于今时。遣方还郡,令群后申志,时定王室,所加方官,请悉如旧,则忠臣义士有劝,功臣必全矣。司徒戎异姓之贤,司空越公族之望,并忠国爱主,小心翼翼,宜干机事,委以朝政。安北将军王浚,率身履道,远近所推,如今日之大举,实有定社稷之勋,此臣等所以叹息归功也。浚宜特崇重之以副众望,使抚幽朔,长为北藩。臣等竭力捍城,屏藩皇家,则陛下垂拱,而四海自正矣。乞垂三思,察臣所言。

　　未几,又再上一疏,略言:"成都王弗克负荷,实为奸邪所误,不足深责,可降封一邑,保全生命"云云,张方得见二表,不禁忿恚道:"我奉迎车驾,保全都城,明明是自守臣节,乃反讥我未识变通,促我西还。王戎庸驽,怎得称贤?东海专擅,怎能惬望?王浚称兵犯驾,还说他有功社稷,这等妄谈,不值一辩。我亦无意留此,就变通一着,免致小觑,看他如何对付呢?"原来方久留洛阳,部兵逐日剽掠,十室九空,群情扰扰,俱有归志。方正思拥帝西去,适为二表所激,乃决意一行,但恐帝及百官,未肯照从,只得借谒庙为名,诱帝出宫,才好劫驾登程,当下使人白帝,请出主庙祀,偏惠帝不肯亲出,答言须遣派诸王。惠帝未必有是聪明,当是有人教导。方顿时盛怒道:"他不出谒庙,难道我不能使他西迁么?"当下传令部兵,齐集殿门,自率亲卒数百人,跨马入宫,胁迫乘舆。惠帝闻变,慌忙趋避,驰匿后园的竹林中。方令士卒搜寻,当即觅着,硬将惠帝拥出。惠帝面色如土,托称乘舆未备,须备就乃行。士卒哗声道:"张将军已驾好坐车,来迎陛下,陛下不必多虑。"惠帝无奈,垂涕出殿,由士卒扶掖登车。又要蒙尘,何命苦至此?方在宫门前候着,见惠帝驾车出来,才在马上叩首道:"今寇贼纵横,宿卫单少,愿陛下亲幸臣垒,臣当竭尽死力,备御不虞。"何必要你这般费心?惠帝无词可答,四顾左右,也没有一个公卿,只中书监卢志在侧,

张方强恃叔惠帝

恐是张方党羽,欲言不言。志启奏道:"陛下今日,当概从张将军。"惠帝乃驰入方营,令方多具车辆,装载宫人宝物。方即令部卒入宫载运。部卒贪馋得很,遇着这个美差,正是意外飞来,当下拥入宫中,见有姿色的宫人,便任情调笑,逼令为妻,所有库中的宝藏,值钱的都藏入私囊,单剩那破败杂物,搬置车上,甚至你抢我夺,分配不匀,好好一顶流苏宝帐,被割至数十百块,取作马韂。经此一番劫掠,把魏晋以来百余年积蓄,荡涤无遗。

　　穷凶极恶的张方,还想将宗庙宫室,一概毁去,免得使人返顾。卢

第十七回　刘渊拥众称汉王　张方恃强劫惠帝

志亟向方谏阻道："董卓不道，焚烧洛阳，怨毒至今，尚未有已，将军奈何效此凶人？"方乃罢议。过了三日，方遂拥帝及太弟颖豫章王炽等，西往长安。时适仲冬，天降大雪，途次非常寒冷，行到新安，惠帝忍冻欲僵，手足麻木，突然间堕落车下，伤及右足。尚书高光，正在帝后，忙下马搀扶，仍令登辇。惠帝始知足痛，扪伤垂泪。光自裂衣襟，代为裹创。惠帝且泣且语道："朕实不聪，累卿至此。"不经此苦，何能自觉？光亦为泣下。好容易到了霸上，遥见有一簇人马，站住道旁。惠帝似惊弓之鸟，又吓得冷汗淋漓。张方下马启奏道："太宰来迎车驾了。"惠帝才稍稍放心。已而太宰颙趋至驾前，拱手拜谒。惠帝依着老例，下车止拜，遂由颙导入长安，就借征西府为行宫，休息数日，再议大政。那时仆射荀藩、司隶刘暾、太常郑球、河南尹周馥等，尚在洛阳，号为留台，承制行事，复称年号为永安。羊皇后为张方所废，仍居金墉城，未尝随驾。见前回。留台诸官，仍复迎她入宫，奉为皇后。于是关洛各设政府，时人号为东西台。太宰颙有意废颖，与张方商决可否，方不甚赞成，颙已立定主意，决计废颖立炽。惠帝有兄弟二十五人，相继死亡，惟颖炽及吴王晏尚存。晏材质庸下，炽却早年好学，故颙推立为皇太弟，且因四方分裂，祸难未已，并请下诏调停，期得少安。小子有诗叹道：

　　扰扰江山已半倾，如何翻欲作干城？
　　狂澜一决难重挽，大错由谁误铸成。

欲知诏命如何，且看下回录叙。

回评　刘渊为乱华之首，故本回叙述，特别加详。至插入李雄一段，因五胡十六国中，雄首先僭号，比刘渊尚早旬月。叙刘渊，不得不夹叙李雄，志祸始也。贾浑夫妇，忠烈绝伦，浑入《忠义传》，浑妻宗氏，入《列女传》，本回叙述无遗，意寓褒扬，为忠臣义妇作一榜样。典午之季，纲常坠地，得此二人以激励之，宁非一发千钧之所系耶？张方之恶，较诸王为尤甚，后可废，太子可黜，而车驾何不可西迁？独怪满朝文武，行尸走肉，毫无生气，一任恶人之肆行无忌，播弄朝纲。哀莫大于心死，而身死次之，晋臣固皆心死者也，何怪五胡之乘间乱华乎？而惠帝更不足责焉。

第十八回

作盟主东海起兵　诛恶贼河间失势

却说惠帝到了长安，政权为太宰颙所把持，颙议立豫章王炽为太弟，并及一切调停的法度，入白惠帝，当然依议颁诏。诏云：

天祸晋邦，冢嗣莫继，成都王颖，自在储贰，政绩亏损，四海失望，不可承重，其以王还第！豫章王炽，先帝爱子，令闻日新，四海注意，今以为皇太弟，以隆我晋邦。司空越可进任太傅，与太宰颙夹辅朕躬，司徒王戎，参录朝政，光禄大夫王衍为尚书左仆射，安南将军虓，即范阳王。平东将军楙，即东平王。平北将军腾，即东嬴公。各守本镇。高密王略为镇南将军，领司隶校尉，权镇洛阳。东中郎将模，为宁北将军，都督冀州，镇于邺。略模皆司空越弟。镇南大将军刘弘，领荆州以镇南土。其余百官，皆复旧职。齐王冏前应还第，长沙王乂轻陷重刑，可封其子绍为乐平县王，以奉其祀。自顷戎车屡征，劳费人力，供御之物，三分减二，户调田租，三分减一，蠲除苛政，爱人务本，清通之后，当还东京。此诏。

诏书既下，又大赦天下，改元永兴。命太宰颙都督中外诸军事，张方为中领军，录尚书事，领京兆太守，一切军国要政，颙为主，方为副。无论如何和解，要想辑睦宗室，慎固封疆，哪里有这般容易呢？东海王越，先表辞太傅职任，不愿入关，高密王略，拟奉诏赴洛，偏被东莱乱民，相聚攻略，连临淄都不能守，走保聊城。司徒王戎，当张方劫驾时，已潜奔郏县，避地安身，且年逾七十，怎肯再出冒险？当下称疾辞官，不到数月，果然病死。王衍素来狡猾，名为受职，未尝西行。只北中郎将模，往镇邺中，收拾余烬，募兵保守。

越年为永兴二年，张方又逼令惠帝，颁诏洛阳，仍饬废去羊皇后，幽居金墉城。不知彼与后何仇？留台各官，不得已依诏奉行。会秦州刺史皇甫重，累年被困，遣养子昌驰赴东海，向越乞援。越因东西遥隔，不愿出兵，昌径诣洛阳。诈传越命，迎还羊后入宫，即用后令，发兵讨张方，

第十八回　作盟主东海起兵　诛恶贼河间失势

奉迎大驾。事起仓猝，百官不暇考察，相率依议。俄而察悉诈谋，便即杀昌，传首关中。颙方主和平行事，不欲久劳兵戎，因请遣御史骓诏宣重，敕令入朝行在。重又不肯奉命。秦州自遭围以后，内外隔绝，音信不通，即如长沙王遇害，皇甫商被杀等情，亦全未闻知。重问诸御史骓人，谓我弟早欲来援，如何至今未到？骓人答道："汝弟早为河间王所杀，怎得再生？"重闻言失色，也将骓人杀死。城中守卒，始知外援已断，群起杀重，函首乞降。颙调冯翊太守张辅为秦州刺史。辅莅任后，与金城太守游楷，陇西太守韩稚等有隙，互起战争，终至败死。了结皇甫重，并了结张辅，无非找足前文。这且搁过不提。

且说东海王越，既不愿入关受职，当然与太宰颙有隙，中尉刘洽，劝越往讨张方，为迎驾计。越已补卒蒐乘，整

缮戎行，遂从刘洽言，传檄山东各州郡，谓当纠率义旅，西向讨罪，奉迎天子，还复旧都。东平王楙，先举徐州让越，自为兖州都督。范阳王虓与幽州都督王浚，亦与越相应，推为盟主，联兵勤王。越二弟腾模。并任方镇，均归乃兄节度。越托名承制，改选各州郡刺史，朝士多赴东海，乘便梯荣。如此乱世，何必定要做官？偏赵魏交界，又出了一个公师藩，独树一帜，往攻邺郡。师藩系成都王颖故将，闻颖被废，心甚不平，遂自称将军，声言为颖报怨，纠众至数万人，无论悍贼黠胡，并皆收用。当时有个羯人石勒，原名匄，音佩。先世为匈奴别部小帅，因号为羯。羯亦五胡之一。勒寄居上党，年方十四，随邑人行贩洛阳，倚啸上东门，适为王

衍所见，不禁诧异。嗣复顾语左右道："小小胡雏，便有这般长啸，将来必有异图，为天下患，不如早除为是。"乃遣人捕勒，勒已先机逃归，无从追获。过了数年，勒强壮绝伦，好骑善射，相士尝称他状貌奇异，不可限量。邑人嗤为妄言。

会并州大饥，刺史东嬴公腾，用建威将军阎粹计议，掠卖胡人，充作军费。勒亦为所掠，卖与茌平人师欢为奴。欢令他耕作，身旁尝有鼓角声，并耕诸人，屡有所闻，归告师欢。欢颇以为奇，别加优待，听令自由。牧师汲桑，与欢家毗邻，勒得往来过从，互相投契，且纠合壮士，作为朋侣，闻师藩起兵，竟与汲桑挈领牧人，并党与数百骑，投入师藩部下。桑始令他以石为姓，以勒为名。勒骁勇敢战，愿作前驱，连破阳平汲郡，杀害太守李志张延，转战至邺。邺中都督司马模，见上。亟遣将军赵骧出御，并向邻郡乞援。广平太守丁邵，引兵救模。范阳王虓，亦命兖州刺史苟晞往救。两路兵到了邺城，与赵骧合军御寇，师藩自然怯退，就是胆豪力大的石勒，也只得随众引归。石勒为晋后患，即十六国中之一寇，故详叙来历。

模为越弟，向越告捷。越因邺中无恙，使发兵西行，授刘洽为司马，尚书曹馥为军司，督军前进。留琅琊王睿屯守下邳，接济军需。睿请留东海参军王导为司马，越亦许诺。导字茂弘，系前光禄大夫王览孙，少有风鉴，识量清远，素与睿相亲善，故睿引入帷幄，使参军谋。导亦倾心推奉，知无不言。后来为中兴名相，此处乃是伏笔。越留此二人，放心西向，出次萧县，麾下约三万余人。范阳王虓，亦自许昌出屯荥阳，为越声援。越命虓领豫州刺史，调原任豫州刺史刘乔，移刺冀州，并使刘蕃为淮北护军，刘舆为颍川太守。虓亦令舆弟琨为司马，独刘乔不受越命，发兵拒虓，且上书行在，历陈刘舆兄弟罪恶，并说他胁虓为逆，应加讨伐等语。究竟刘舆兄弟，是何等人物？小子尚未曾叙及，应该就此说明。看官阅过前文，当知贾谧二十四友中，舆琨亦尝列入。舆字庆孙，琨字越石，乃父就是刘蕃，系汉朝中山静王胜后裔。世居中山，兄弟并有才名，京都曾相传云："洛中奕奕，庆孙越石。"两人相继为尚书郎，只因他党附贾谧，已受时讥。舆妹又适赵王伦世子荂，伦篡位时，舆为散骑侍郎，琨为从事中郎，父蕃为光禄大夫，一门皆受伪职，益致失名。及伦被诛，齐王冏辅政，器重二人，特从宥免，仍授舆为中书郎，琨为尚书左丞，转

第十八回　作盟主东海起兵　诛恶贼河间失势

司徒左长史。琨后来颇有奇节,叙及前行,隐为改过者劝。至此由越派遣,不足服乔。乔因归罪二人,借以动众。太宰河间王颙,正虑师藩为乱,越又起兵,中夜徬徨。筹出二策,一面起成都王颖为镇军大将军,都督河北军事,给兵千人,授卢志为魏郡太守,随颖镇邺,抚慰师藩。一面请惠帝下诏,令东海王越等,各皆还国,不得构兵。其实乃是弄巧成拙,毫无益处。颖为颙所废,未免怨颙,怎肯再为颙尽力?越既出兵,自然不从诏命,仍使颙无法可施。

会接到刘乔书,喜得一助,便令乔讨虓,分越兵势,且使镇南大将军刘弘、征东大将军刘准等,助乔进攻。又遣张方为大都督,率领建威将军吕郎,北地太守刁默,集兵十万,讨舆兄弟,同会许昌。还要成都王颖,邀同故将石超,出屯河桥,为乔继援。范阳王虓,得知消息,忙向越告急。越即移师灵璧,援虓拒乔。乔令长子祐率兵御越,自引轻骑进击许昌。最可怪的是东平王楙,据住兖州,不发一兵,专事括赋,累得州县奔命。兖州刺史苟晞,前由虓遣往援邺,此时引军还镇,又为楙所拒。虓使楙徙镇青州,楙不愿移节,索性变易初志,与虓为敌,负了越约,竟同刘乔联盟去了。一班反复小人,哪得不乱?独镇南大将军刘弘,志在息争,不欲偏袒,特分缮两书,一书寄乔,一书寄越,无非劝他们释怨罢兵,同扶王室。越与乔已势不两立,哪里还肯听从?弘因无法,乃驰表行在,申述意见,略云:

> 范阳王虓,欲代豫州刺史刘乔,乔举兵逐虓,司空东海王越,以乔不从命,讨之。臣以为乔忝受殊恩,显居州司,自欲立功于时,以殉国难,无他罪阙,而范阳代之,代之为非,然乔亦不得以虓之非,专威辄讨,诚应显戮,以惩不恪。自顷兵戈纷乱,猜祸锋生,疑隙构于群王,灾难延于宗子,今夕为忠,明日为逆,翻其反而,互为戎首,载籍以来,骨肉之祸,未有甚于今日者也,臣窃悲之。今边陲无预备之储,中华有杼轴之困,而股肱之臣,不维国体,职竟寻常,自相楚剥,为害转深。万一四夷乘虚为变,此亦猛兽交斗,自效于卞庄者矣。臣以为宜速发明诏,令越等两释猜疑,各保分局。自今以后,其有不被诏书,擅兴兵马者,天下共伐之。诗云:"谁能执热,逝不以濯。"若诚濯之,必无灼烂之患,永有泰山之固矣。谨陈鄙悃,伏乞采行!

颙得弘书，意亦少动，但自思山东连兵，方为己患，赖有刘乔为助，如何反加罪名？因此拒绝不纳。那刘乔已倍道前进，径至许昌城下，乘夜登城。虓不及备御，夺门出奔，渡河北去。司马刘琨，方往说汝南太守杜育，引兵还救，见许昌已为乔所夺，也与兄舆俱奔河北。惟琨父蕃为乔所执，琨思亲念重，恋主情深，由急生智，凭着那三寸妙舌，往说冀州刺史温羡，劝他让位与虓。羡却也慷慨得很，竟将刺史的印信，付琨带回，挂冠去职。乐得离开险路。虓得入冀州，再遣琨至幽州乞师，幽州都督王浚，见琨词气忠愤，涕泪交并，也慨然顾念同袍，特选突骑八百人，随琨返报。琨又招募冀州健卒，得数千人，鼓行南下，到了河上，见有数营扎住，便即攻入。营中守将，叫做王阐，是由石超遣来，防戍河滨。他在河上逍遥自在，并不防有战事，哪知琨引兵掩至，一时不及措手，立被琨突破营寨，欲逃无路，断命送终。虓闻琨得胜，也倾巢出来，为琨后应，相继渡河。

时成都王颖，因洛阳有变，乘隙进都，不在河桥，事见后文。只留石超把守。超见琨兵杀到，仓猝逆战，两下里杀了半日，未分胜负，不防虓又驱兵继至，以众临寡，顿时支持不住，奔往西南。虓与琨如何肯舍，策骑穷追，超众逃命要紧，沿途四散。单剩亲卒百余骑，保超飞奔。偏偏幽州突骑，赶得甚快，与风驰电掣相似，不多时被他追及，便将超围住，再加琨从后驰到，一声喊杀，千手并举，即将超砍死了事。砍得好。琨志在救父，不遑休息，复领健骑五千人，乘夜攻乔。乔正囚住琨父，进据考城，夜间阖城安睡。蕃被喊声惊醒，起视城上，已是火炬齐明，外兵猝上，乔料不可敌，慌忙遁去。琨父蕃囚住槛车，无人异取，幸得留下，琨一入城，当然将蕃释出，父子重逢，不胜欢忻。越宿，虓亦趋到，开宴相贺，酒后议及军情，琨进议道："刘乔败去，必往灵璧，与伊子合兵，我军正宜往迎东海，夹击刘乔父子。乔如可灭，便好乘胜入关了。"虓鼓掌称善。正拟拨兵迎越，忽有探卒入帐，报称东平王楙，已出屯廪邱，虓勃然道："楙乃反复小人，此来必接应刘乔，我当自去击他。"琨起身道："不劳大王亲往，琨愿当此任。"虓答道："卿去甚佳，再令田督护助卿，可好么？"琨应声如命。虓即令督护田徽，与琨同行，步骑兵各数千人，将到廪邱，已接侦骑走报，楙怯战东归，仍还兖州去了。贪夫怎禁一战。

琨乃遣使报虓，自与田徽径趋灵璧。一日，行至灵璧附近，又由侦

第十八回 作盟主东海起兵 诛恶贼河间失势

骑报明,刘乔父子,合兵杀败东海军,追往谯州。琨即顾语田徽道:"果不出我所料,我等快往救东海王。"说毕,麾兵急进。到了谯州,正值刘乔父子,耀武扬威,驱杀越军。琨大喝一声,当先杀去。乔子祐见有来兵,持刀返斗,琨仗剑相迎,约有数十回合,未见胜败。田徽挥众上前,突入乔军,那东海王越,听得后面有战斗声,回头一顾,见有刘字旗号,料知刘琨等来援,也即返兵来战。两路军夹攻刘乔,乔拦阻不住,正在着忙,祐恐乃父有失,舍了刘琨,回马保父,忽斜刺里戳入一槊,适中祐胁,祐负痛伏鞍,兜头又劈下一剑,削去脑袋,坠死马下。这一槊是被田徽从旁刺入,一剑是由刘琨顺手劈下,两人结果祐命,越觉精神焕发,同往杀乔。乔哪里还敢招架,夺路飞跑。部众或死或溃,单剩得五百骑兵,奔投平氏县中,才得幸免。不听弘言,枉送长子性命。

诛恶贼河间失势

刘琨田徽,与越相会,越慰劳备至,遂进屯阳武,直指关中。幽州都督王浚,复遣部将祁弘,率领鲜卑乌桓骑卒,前来助越,愿为先驱。于是兵威大盛,浩浩荡荡,杀奔长安。张方屯兵霸上,但遣吕郎往据荥阳,自己逗留不进。刘弘以张方残暴,料颙必败,因通书与越,愿归节制。刘准也按兵不动,眼见得关中大震,风鹤皆兵。颙闻刘乔败还,还想成都王颖,由洛拒越,阻他西行。颖既入洛都,当然不受颙命,究竟颖如何入洛,待小子表明原因。当时留洛诸官,尚与关中传达消息,所有诏旨,多半遵行。忽有玄节将军周权,诈称被诏,复立羊后,自称平西将军,意图讨颙。洛阳令何乔,探悉诈谋,引兵杀权,又将羊后废锢,报告行在。颙因羊后忽废忽立,终为后患,索性遣尚书田淑,持了一道伪敕,赐后自尽。留台校尉刘暾等,不肯照行,即使田淑奉还表章,力保羊后,大致说是:

> 奉被诏书,伏读惶悚,臣按古今书籍,亡国破家,毁丧宗祊,皆由犯众违人之所致也。自陛下迁幸,旧京廓然,众庶悠悠,罔所依倚。家有跋踬之心,人想銮舆之声,思望大德,释兵归农,而兵缠不解,处处互起,岂非善者不至,人情猜隔故耶?今宫阙摧颓,百姓喧骇,正宜镇之以静,而大使忽至,赫然执药,当诣金墉,内外震动,谓非圣意。羊庶人门户残破,废放空宫,门禁峻密,若绝天地,无缘得与奸人构乱。众无智愚,皆谓不然,刑书猥至,罪不值辜。人心一愤,易致兴动。夫杀一人而天下喜悦者,宗庙社稷之福也。今杀一枯穷之人,而令天下伤惨,臣虑凶竖乘间,妄生变故。臣忝司京辇,观察众心,实已忧深,宜当含忍。谨密奏闻,愿陛下更深与太宰参详,勿令远近疑惑,取谤天下,国家幸甚!臣民幸甚!

颙览表大怒,命吕郎自荥阳带兵,入洛收暾。暾自恐得祸,已先机遁往青州。成都王颖,适至河桥,趁着这个机会,径入洛阳,闭城拒郎。郎只好退去,羊后才得免死。不如死得干净,省得后来出丑。颙不能遏志,又因越军逼近,屡次传诏,促颖击越,颖终不报。颙急得没法,没奈何想出一策,欲与越议和。颙有妻舅缪胤,尝为太子右卫军,胤从兄播,又为中庶子,当东海起兵时,两人拟为颖调停,诣越进言令颙奉帝还洛,约与越分陕为伯。越素重二人才望,倒也屈志相从,使二人报颙立约。颙亦欲依议,偏张方硬加阻挠,厉声语颙道:"关中为形胜地,国富兵强,王挟天子以令诸侯,谁敢不从?奈何拱手让人,甘为人制呢?"颙因此中止。

颙有参军毕垣,常为方所侮,衔恨不休,屡思设法害方,至越军相迫,得乘间语颙道:"张方久屯霸上,盘桓不进,必有异谋。闻他帐下督郅辅,屡与密议,何不召入讯明,首先除患?"缪播缪胤,尚留关中,时亦在侧,也凑机插入道:"山东起兵,无非为了张方一人,王诚斩方首以谢山东,东军自然退去了。"颙不禁耳软,便令人往召郅辅。辅本长安富人,方微时尝得辅资助,故引为心腹,此次应召入帐,毕垣在帐外候着,即握住辅手,引至密室,附耳与语道:"张方欲反,有人谓君实知谋,所

第十八回　作盟主东海起兵　诛恶贼河间失势

以王特召问,君来见王,将如何对答?"辅愕然道:"我实不闻方有反谋,如何是好?"垣又佯惊道:"休得欺我!"辅指天誓日,自明无欺。垣说道:"平素知君真诚,故特相告,方谋反是实,君果不闻,倒也罢了,但王今问君,君但当应声称是,休得取祸。"辅点首入帐,向颙谒见。颙便启问道:"张方谋反,卿可知否?"辅答了一个"是"字。颙又说道:"即遣卿取方首级,卿可能行否?"辅又答了一个"是"字。颙乃付一手书,使辅送达张方,顺手取方首级。辅连答三个"是"字,退出见桓。桓复道:"君欲取大富贵,便在此举,莫再误事。"辅匆匆还入方营,时已黄昏,辅佩刀入帐,帐下守卒,因辅是张方心腹,毫不动疑。方见辅回来,问为何事?辅递过颙书,方在灯下启函,正要详阅,不图辅拔刀砍方,砉然一声,方首落地。辅拾起方首,抢步趋出,竟向颙复命去了。小子有诗咏道:

　　挟众横行已有年,刀光一闪首离肩。
　　从知天道无私枉,恶报到头不再延。

颙得方首,进辅为安定太守,并将方首传送越军,与越议和。毕竟越肯否允议,待至下回表明。

回评　本回事实,最为繁杂,要之不外乎颙越争权,张方煽乱,遂致生出许多纠缠。公师藩之起兵,名为助颖,实拒越,虓与模之起兵,助越而拒颙也,刘乔之起兵,助颙而拒越也,东平王楙,忽而助越拒颙,忽而助颙拒越,尤为离奇。刘弘本不助越,亦不助颙,厥后复转而助越拒颙者,非嫉颙,实嫉张方耳。凶恶如方,人人以为可杀,而颙独信之,故越之讨方,实为正理,与颙相较,固有彼善于此者在耳。及颙杀方求和,为时已晚,况又非出自本心乎?平心论之,颙之恶实不亚于方云。

第 十 九 回

伪都督败回江左　呆皇帝暴毙宫中

却说太宰河间王颙，把张方首送与越军，总道是越肯允和，兵可立解，偏越将方首收下，不允和议，叱还去使，即遣幽州将领祁弘为前锋，西迎车驾，一面令部将宋冑往徇洛阳，刘琨往取荥阳。琨持方首，径至荥阳城下，揭示守将吕朗，朗即开城迎降，胄行至中途，又遇邺中军将冯嵩，奉遣来助，遂偕往洛都。成都王颖，兵单势寡，料不能守，便由洛阳出奔，西赴长安。到了华阴，闻颙已与越议和，且前次不受颙命，恐颙挟嫌谋害，不敢西进。颙因越军未退，复悔杀张方，穷诘郅辅，才察出虚情，把辅斩首。不及二缪，究是妻舅。遂遣弘农太守彭随与刁默等，统兵拒越，更令他将马瞻郭伟为后应。随与默行至关外，正与祁弘相遇，弘麾下多鲜卑兵，纵横驰突，锐厉无前，一阵冲击，把随默所领的部众，裂作数段。随不能顾默，默不能顾随，便即骇散，被弘杀退数里，伤毙多人。弘进至霸水，又遇颖将马瞻郭伟，一边是转战直前，势如潮涌，一边是临敌先怯，隐兆土崩。战不多时，马郭两将，又逃得不知去向，只晦气了许多士卒，冤冤枉枉，做了胡马脚下的垫底泥。造语新颖。败报连达关中，吓得颙魂驰魄散，不知所为。俄又有人入报道："敌军已经入关，猖獗的了不得，大王须亟自为计。"颙至此也顾不得别人，忙自上马，扬鞭急走。侥幸逃出城外，旁顾并无随兵，只有坐骑还算亲昵，负他飞奔，自思孤身只影，不能远避，还是窜入山谷，免得露眼，遂向太白山中，策骑驰去。军阀失势，如此如此。

祁弘杀入长安，无人敢当，一任鲜卑兵淫杀掳掠，伤亡至二万余人。百官都奔往山间，无处觅食，亏得橡实盈山，大家采拾若干，充作口粮。惠帝尚在行宫，无人保护，只好生死由命。幸司空越随后踵至，禁住淫掠，入宫谒见，又召集百官，即日东归，命太弟太保梁柳为镇西将军，留戍关中，自率各军奉帝还都，仓猝中不及备辇，便用牛车载着惠帝，及左右宫人，趋还洛阳，何必这般急急。途中还算安稳。及入洛城，由惠帝登

第十九回　伪都督败回江左　呆皇帝暴毙宫中

御旧殿,朝见官僚,但觉得两阶积秽,四壁生尘,所有一切仪仗,统是七零八落,不由得悲感丛生,唏嘘下涕。愚夫亦解此苦楚。越率扈驾诸臣,草草拜谒,便算礼毕,转谒太庙,也是蟏蛸在户,庙貌不华,及返至宫中,虚若无人,不过有三五个老宫婢及六七个穷太监,充当服役。惠帝寂寞得很,忙草了一道诏书,使宫监持至金墉城,迎还故后羊氏。羊皇后又惊又喜,略略梳裹,便与来使乘车入宫,桃花无恙,人面重逢,惠帝好生喜欢,自然令她仍主中宫,颁诏内外。看官听着!这羊皇后也算命薄,一为继后,便遇着赵王伦的乱祸,后来五废五复,真是死里逃生;哪知磨蝎重重,还是未了,请看官续阅下去,便见分晓哩。

是年为永兴三年六月,复改为光熙元年,诏赏迎驾诸臣,进司空越为太傅,录尚书事,范阳王虓为司空,仍令镇邺,宁北将军模为镇东大将军,守平昌公封爵,模前时已封平昌公。仍镇许昌,幽州都督王浚为骠骑大将军,都督东夷河北诸军事兼领幽州刺史。此外如皇太弟以下,各仍旧职。惟颖与颙不复提叙,但下了一道赦书罢了。

说也奇怪,当惠帝在长安时,江东却出了一个假皇太弟,居然承制封官,占踞一方。这假皇太弟,究是何人?原来是丹阳人甘卓。卓本为吴王常侍,曾与陈敏等同讨石冰,冰被陈敏穷追,为下所杀,事见十五回。卓亦得叙功受封,列爵都亭侯。嗣由东海王越引为参军,出补离狐令,因见天下大乱,弃官东归。行抵历阳,巧与陈敏相遇,数年阔别,一旦相逢,当然有一番叙谈。但敏却有特别秘谋,急切不便明说。惟与卓格外欢昵,愿订婚姻。卓有一女,正与敏子景年貌相当,敏求卓女为子妇,卓亦便即允从,不消数旬,男婚女嫁,当即成礼。不料敏与卓密议,竟要他假充皇太弟,立帜江东。煞是奇闻。原来敏攻克石冰,自谓无敌,便想占据江左,敏父屡次呵阻,谓此子必灭我门,旋即忧死,敏丁艰去职。及东海起兵,越起敏为右将军前锋都督,乃易服从戎。灵璧一战,敏先败挫,得刘琨等助攻,方转败为胜。见前回。敏遂请东归,还次历阳,召集将士,意在图乱。适遇甘卓回来,想他作一帮手,于是先缔婚约,继与密谋。卓已中敏计,没奈何将错便错,就把皇太弟三字,作为头衔,拜敏为扬州刺史。敏因遣次弟恢及部将钱端等,南略江州,季弟斌东略诸郡,江州刺史应邈,扬州刺史刘机,丹阳太守王旷,俱闻风遁去。敏得据有江东,遍征名士,召顾荣为右将军,贺循为丹阳内史,周玘为安丰太守,顾荣见第四回,贺循、周玘见十五回。循佯狂自免。玘亦称疾,不肯赴郡。荣前为中书侍郎,避乱家居,恐不从敏召,反触彼怒,乃从容前往,单骑见敏。敏正恨江东名士,多半却聘,拟尽加捕戮,闻荣肯来应召,怒气却消了一半,当即迎入。寒暄已毕,便与荣谈及恨事。荣答说道:"中国丧乱,胡夷内侮,司马氏恐难复振,百姓不得安全,江南半壁,虽被石冰扰乱,人物尚称无恙,荣正虑无孙刘诸王,保抚人民,今得将军神武盖世,带甲数万,连下各州,先声已振,诚使委任君子,推诚相与,不记小忿,不听谗言。将见名流趋集,大事可图,上流各州郡,便传檄可定了。否则刑罚一加,人皆裹足,怎能济事?"幸有顾荣数语,方得保全江东名士。敏不禁心喜,起座谢教。遂使荣领丹阳内史,事辄与商。又复大会僚佐,嘱令大众推为楚公,都督江东诸军事,兼大司马,加九锡礼。伪言密授中诏,令自己溯江入汉,奉迎车驾。当下率兵出发,鼓棹前行。

　　镇南将军刘弘,亟遣江夏太守陶侃,与武陵太守苗亮,出堵夏口,又令南平太守应詹,调集水师,策应陶侃等军。是时,太宰颙尚在关中,亦命顺阳太守张光,带着步骑五千,至荆州协助刘弘,弘即使他前往夏口,与侃合兵,侃与陈敏同郡,又与敏同年举吏。随郡内史扈怀,恐侃与敏相结,为荆州患,乃密白刘弘道:"侃居大郡,握强兵,倘有异图,荆州便无东门了。"以小人腹,度君子心。弘笑答道:"忠勤如侃,必无他虑,尽可放心。"怀乃退去。当有人传入侃耳,侃即令子洪及兄子臻,往荆为质,自明无贰。弘引为参军,且给资遣臻归省,临行与语道:"贤叔出外御寇,君祖母年高,应该前去侍奉,匹夫交友,尚不负心,况身为大丈夫呢?"及臻归去,又加侃为督护,使他安心拒敏。驭将者固当如是。侃自然感激,整军待敌。适敏弟恢受乃兄伪命,挂了荆州刺史的头衔,充作前驱,进逼武昌。侃用运船为战舰,载兵击恢。或谓运船不便行军,侃怡然道:"用官船击官贼,有何不便?但教统兵得人,无可无不可呢。"遂与恢交锋,连战皆捷。敏遣钱端继进,侃邀同张光苗亮二军,共击钱端。端又败却,荆州兵威,震响江淮。敏只好收兵回去,不敢再窥江汉。

　　刘弘乃遣张光西归,且表叙诸将战功,列光为首。南阳太守卫展语弘道:"张光系太宰腹心,公既与东海连盟,何不把光斩首,自明向背?"弘摇首道:"宰辅得失,与光无涉,危人自安,岂是君子所为?"说着,竟遣光西去。及光入关,东海军亦至长安,弘遣参军刘盘为督护,往会越

第十九回　伪都督败回江左　呆皇帝暴毙宫中

兵。越奉驾东归，加弘车骑将军，余官如故。弘积劳成疾，年亦浸衰，方拟申请辞职，草表未上，病势遽剧，竟在任所告终。

伪都督败回江左

弘专督江汉，威行南服，事成尝归功他人，事败辄归咎自己，遇有兴废，致书守相，必叮咛款密，所以人皆感悦，无不效命。僚属私相语道："得刘公一纸书，远胜十部从事。"弘殁后统皆下泪。就是荆州士女，亦相率悲恸，若丧所亲，这可见刘公的惠泽及民了。朝议谥弘为元，追赠新城郡公。乱世有弘，可称一鹗。独弘司马郭劢，因弘已病殁，欲奉成都王颖入襄阳，奉为镇帅。弘子璠追述弘志，墨绖从戎，率府兵斩劢首，襄沔复安。太傅越手书致璠，甚加赞美，一面调高密王略代镇荆州。璠俟略莅任，奔丧还里。略行政未能如弘，寇盗又盛，有诏起璠为顺阳内史，使为略助。璠再出受职，江汉间翕然畏服，仍然安堵，父子济美，作述重光，却是晋史上的美谈。

还有南方的宁州，得了李氏兄妹二人，易危为安，也是出类拔萃的人才。宁州频年饥疫，边疆有一种五苓夷，逐渐强横，乘饥大掠，甚至围逼州城，刺史李毅，正患重病，又闻夷人进攻，急上加急，遽致气绝，州民大恐。忽有一位年甫及笄的女英雄，满身缟素，趋至府舍，号召兵民，涕泣宣誓，无非说是"父殁身存，当与全城共同生死，力拒夷虏"等语。大众瞧着，乃是刺史的爱女，芳名是一秀字，郑重出名，极写李女。不由得肃然起敬，齐声应命。李秀复说道："我是一女子身，恐难制虏，还仗诸位举一主帅，专司军政，方保万全。"大众见她气概不凡，声容并壮，料知不是个弱女子，竟同心一德，愿推李秀权领州事。秀又朗声道："诸位推我暂为州主，试想全城责任，何等重大？敢问大众肯听我号令么？"众又齐声道："愿听指挥！"秀乃部署兵士，分队守城，并手定赏罚数条，揭示城门。条文皆井井不乱，令人畏服。夷人围攻兼旬，昼夜不休。秀身穿银铠，足踏蛮靴，左持宝剑，右执令旗，镇日里登城巡阅，未尝少辍；每伺夷人懈弛，即出兵掩击，屡有斩获。夷人却也中馁，只一时不肯解围。既而城中粮尽，无米可炊，不得已熏鼠拔草，聊充口食。秀坚忍如故，士卒亦皆感奋，誓死不贰。可巧毅子钊自洛中驰至，手下却带有数百兵马，来救州城，秀亦从城中杀出，内外合攻，竟把夷虏杀退，得将州城保全。原来钊在洛阳就官，未曾随侍，此次毅得病身亡，当然由李秀报丧，并将夷人猖獗情形，一并告达，所以钊招募勇士，星夜南行，得与秀并力退敌。兄妹相见，如同隔世，秀即将州事让与乃兄，众亦愿奉钊为主。钊暂允维持，一面遣使入都，乞简刺史。晋廷选王逊为南夷校尉，兼刺宁州。逊既莅任，抚辑饥民，击平叛夷，那李钊兄妹，却早已扶榇回籍，居家守制去了。《晋书》不载此事，《列女传》亦不列李秀，惟《通鉴》于光熙元年三月，略叙其事，特表出之，以志女豪。

　　且说成都王颖，自洛阳奔至华阴，逗留数日，闻关中已破，车驾还洛，乃复折回南行，竟至新野。荆州司马郭劢，与颖勾通，为刘璠所杀，见上。颖知栖身无所，复渡河北向，欲走依公师藩。偏被顿邱太守冯嵩，要截途中，执颖送邺。范阳王虓，遂把颖拘禁起来，公师藩自白马渡河，前来寇邺。虓飞檄兖州刺史苟晞，统兵迎击，一战败师藩，再战斩师藩，独汲桑石勒等遁去，为后文伏线。晞仍还原镇，虓旋病死邺中。长史刘舆，恐邺人释颖图乱，因令人假充朝使，逼颖自尽，然后为发丧，上报朝廷。颖二子皆被杀死。旧有僚属，统已散尽，惟卢志自洛随奔，始终不离，并收殓颖尸，购棺暂厝。贵为皇太弟乃如此收场，争权利者其鉴诸！太傅越得知底细，嘉志信义，特召为军谘祭酒。又因刘舆防变未然，亦有殊劳，并征令入洛。越左右却先入白道："舆犹腻物，近即害人。"越即记入胸中，待舆到来，即淡漠相遇，不甚加礼。舆密视天下兵簿及仓库牛马器械等，一一详记，至会议时，他人不能猝答，舆独应对如流。越不禁倾倒，叹为奇才，立命为左长史，宠任无比，并与商及镇邺事宜。舆请调东嬴公腾镇邺中，所有并州刺史遗缺，荐了一个胞弟刘琨，谓可委镇

第十九回 伪都督败回江左 呆皇帝暴毙宫中

北方。荐人之弟,亦荐己之弟,可谓两面顾到。越无不依议,便表琨为并州刺史,且进东嬴公腾为东燕王,领车骑将军,移督邺城诸军事。双方交代,事见后文。

惟河间王颙,逃入太白山中,匿居多日,不敢出头。会故将马瞻等,收集散卒,混入长安,杀毙关中留守梁柳,更偕始平太守梁迈,至太白山迎颙入城。偏弘农太守裴廙,秦国内史贾龛,安定太守贾疋等,疋即古文雅字。复起兵击颙。马瞻梁迈,为颙效力,立即率兵三千,前往拦阻。终因寡不敌众,一同战死。颙惶急无措,还幸有平北将军牵秀,镇守冯翊,特来援颙,得将三镇兵击退。太傅越闻颙又入关,忙遣督护麋晃,引兵西讨,途次接得三军败耗,惮不敢进。怎料到颙复内变,长史杨腾,欲叛颙归越,诈传颙命,至秀军前,饬秀罢兵。秀出营相迎,兜头遇着一刀,竟尔毙命。这一刀不必细猜,便可知是杨腾下手了。秀本为颖将,随颖入关,乃为颙用,前时曾枉杀陆机,此次也遭人枉杀,天道好还,毕竟不紊。应十五回。腾既斩牵秀,又诳秀军,但说是奉令而行。兵士以秀无辜遭诛,益不服颙,相率散去。腾持秀首送入晃营,晃正拟进关,适都中传出急诏,乃是惠帝暴崩,太弟登基,循例大赦,眼见得是不必讨罪,乐得守候中途,静俟后命。

看官道惠帝何故暴亡?相传为被太傅越鸩死,惠帝并无疾病,一夕在显阳殿中,食饼数枚,才逾片刻,腹中忽然搅痛,不可名状,但卧倒床上,辗转呼号,当由内侍飞召御医。至御医入宫,见惠帝眼白口开,已不省人事,诊视六脉,已如散丝,便接连摇首道:"罢了!罢了!不可救药了!"宫人问他是何病症,他尚未敢说明,及穷诘底细,方轻轻说出"中毒"二字,一溜烟似的出宫去了。究竟毒为何人所置,也无从查考,不过太傅越身秉国政,眼睁睁的视主暴崩,一些儿不加追究,便遣侍中华混等,急召太弟炽嗣位,显见得无私有弊呢。尚有一层可疑的情由,皇后羊氏,恐太弟得立,自己只做了一个皇嫂,不得为太后,已密召清河王覃,入尚书阁,有推立意。偏太弟炽同时进来,又由太傅越从旁拥护,一时情见势绌,没奈何闭口无言,任炽即位。照此看来,内外早生暗斗,后欲立覃,越欲立炽,呆皇帝做了个磨心,平白地被人毒死,十有其九,是越进毒,羊后恐无此胆量呢。若使羊后进毒,应该先召清河王入宫了。统计惠帝在位十六年,改元七次,享年四十八岁。

中宫毙暴帝惠晋

太弟炽系武帝幼子,入承兄祚,大赦天下,是谓怀帝。尊谥先帝为孝惠皇帝,即号羊后为惠皇后,移居弘训宫,追尊所生太妃王氏为皇太后,立妃梁氏为皇后,命太傅越辅政。越请出诏书,征河间王颙为司徒。*明明有诈。*颙但困守长安一城,长安以外,统是附越,自知不能孤立,不如应诏赴洛,还可自解。*这叫做拚死吃河豚。*当下挈眷登车,出关东行,路过新安,忽来了一班赳赳武夫,手持利刃,拦住去路,且大声喝道:"快留下头颅,放你过去!"*头颅留下,怎能过去,这是作者调侃语,并非不通。*颙出一大惊,但至此已逃无可逃,不得不硬着头皮,颤声问道:"你等从何处差来,敢阻我车?"那来人反唇相诘,颙答道:"我是河间王,现奉诏入洛,受职司徒,你等是大晋臣民,应该拜谒,怎得无礼?"来人一齐哗笑道:"你死在眼前,还要称王说帝,岂不可笑?"说至此,便有数人跃登车上,把颙揪倒,扼住颙喉。颙有三子,都上前相救,怎禁得这班悍党,拳打足蹋,把三子陆续击死。颙被扼多时,气不能达,两手一抖,双足一伸,呜呼哀哉!小子有诗叹道:

　　豆釜相煎何太急?瓜台屡摘自然稀。
　　试看骨肉摧残尽,典午从兹慨式微。

究竟是何人杀颙,且至下回再表。

回评 帝室相残,内讧四起,即如江东陈敏,不度德,不量力,妄思占踞半壁,称雄南方,意者其亦张昌邱沈之流亚欤?父怒灭门,竟致忧死,不忠不孝,安能有

第十九回　伪都督败回江左　呆皇帝暴毙宫中

成？观其劫持甘卓，使充太弟，指鹿为马，掩耳盗铃，尤觉可笑。及溯江西上，有刘弘以坐镇之，有陶侃以出御之，两战皆败，奔还扬州，非不幸也，宜也。弘父子以保境成名，尚有李氏兄妹，亦力捍宁州，乱世未尝无人，在朝廷之用与不用耳。但李秀一女子身，竟能誓众御夷，食尽不变，七尺须眉，能无愧死，此本回之所以大书特书也。至若颍颢之死，皆由自取，而惠帝遇毒，戚亦自诒，以天下之大愚，致天下之大乱，其得在位十余年者，犹幸事耳，与东海何尤哉？然东海之敢行鸩主，罪固不可逭矣。

第二十回

战阳平苟晞破贼垒　佐琅琊王导集名流

却说新安杀颙的武夫，似盗非盗，实是由许昌将军梁臣，领着健卒数百名，扮做强盗模样，截路杀颙。许昌镇帅，是太傅越弟模，梁臣为许昌将，当然为模所遣。模杀颙后，就加封南阳王，可知主动力出越一人，自无疑义。前冀州刺史温羡，已起为中书监，得进官司徒，尚书仆射王衍，升授司空。羡与衍均见十八回。待惠帝安葬太阳陵，已是腊残春至，元日由怀帝御殿受朝，改元永嘉，颁诏大赦，除三族刑。族诛本是虐政，但怀帝诏令革除，亦特别施仁，乃是太傅越所陈请，就中也有一段原因。自从清河王覃，不得入嗣，仍然退居外邸，覃舅吏部郎周穆与妹夫御史中丞诸葛玫，尚欲立覃，共向越讲言道："今上得为太弟，全出张方私意，不洽众情。清河王本为太子，无端见废，先帝暴崩，多疑太弟，公何不效伊霍盛事，安宁社稷呢？"语尚未终，越不禁瞋目道："大位已定，汝等尚敢乱言？罪当斩首！"两人吓得魂不附体，还想哀词辩诉，偏越毫不容情，即命左右驱出两人，赏他两刀。穆与玫贸然进言，真是该死，但越未尝拷问，便即处斩，隐情亦可知了。穆为越姑子，本应援大逆不道的故例，罪及三族，越总算法外行仁，表称玫穆世家，身外不应连坐，且因此请除三族旧刑。于是怀帝得下此诏，名为仁政，仍然由太傅越暗中营私呢。

越又请迫复废太后杨氏尊号，依礼改葬，谥为武悼。怀帝年二十四，尚无子嗣，越因清河王未绝众望，不能无虑，乃倡议建立储君，即以清河王弟诠为太子。诠曾受封豫章王，尚在髫龄，越主张立诠，也是一番调停的苦心。怀帝践阼未久，不得不勉从越议，但因立储一事，免不得心下怏怏，乃援武帝旧制，听政东堂，每日朝见百官，辄留意庶政，勤谘不倦。黄门侍郎傅宣，叹为复见武帝盛事。怎晓得怀帝隐衷，是欲亲揽万机，免得军国大权，常落越手，越亦暗中窥透，自愿就藩。一再奉表，得邀俞允，许以原官出镇许昌，即调南阳王模为征西大将军，都督秦雍梁益四州军事，镇守长安。改封东燕王腾为新蔡王，都督司冀二州军

第二十回　战阳平苟晞破贼垒　佐琅琊王导集名流

事,乃居邺中。腾前镇并州,屡遇饥年,又尝为汉刘渊部众所掠,自刘琨出刺并州,移腾镇邺。腾喜出望外,不待琨至,便即东下。吏民万余人,统随腾就食冀州,号为乞活,所遗人口,不满二万家,寇贼纵横,道路梗塞。腾移镇邺中,琨出刺并州,均见前回。琨至上党,探得前途多阻,乃募兵得五百人,且斗且前,得至晋阳。晋阳境内,也是萧条不堪,经琨抚循劳徕,流民渐集,才得粗安。腾至邺城,总道是出险入夷,可以无恐,哪知汲桑石勒,复来相扰,好好一条性命,被两寇催索了去。人有旦夕祸福。

　　桑自公师藩败没,仍逃入牧马苑中,勒亦相随未散,回应前回。两人仍纠集亡命,劫掠郡县,桑自称大将军,署勒为讨虏将军,又声言为成都王报仇,转战至邺。腾仓猝闻警,亟调顿邱太守冯嵩,移守魏郡,堵御寇盗。嵩出兵迎击,禁不住寇势凶横,竟至败绩。石勒为桑前锋,长驱至邺,腾素来悭吝,更因邺中府库空虚,格外鄙啬,待遇军士,务从克扣,部下皆有怨言。至石勒兵至城下,不得已犒赐将士,促令守城。但每人不过给米数升,帛数尺,将士未惬所望,当然不愿尽力,一哄而散。死不放松,亦何愚蠢。腾支撑不住,轻骑出奔。桑将李丰,窥悉腾踪,从后追蹑,约至数十里外,与腾相及。腾无可逃生,只得拔出佩刀,拨马交战,才经数合,被李丰刺中要害,跌落马下。从吏或死或逃,一个不留。丰斩了腾首,返报汲桑。桑与石勒已入邺城,放火杀人,无恶不作。邺宫室尽被毁去,烟焰蔽霄,旬日不灭。复发出成都王颖棺木,载诸车上,呼啸而去。再从南津渡河,将击兖州。太傅越得知消息,飞调兖州刺史苟晞,及将军王赞等,往讨桑勒。两下里相遇阳平,却是旗鼓相当,大小三十余战,互有杀伤,历久未决。太傅越乃出屯官渡,为晞声援,晞颇善用兵,见桑与勒锐气未衰,连战不下,索性不与交锋,固垒自守,以逸待劳。流寇最怕此策,既不得进,又不得退,坐至粮尽卒疲,各有散志。晞连日坐守,任令挑战,不发一兵,及见寇垒懈弛,始督军杀出,连破桑营,毁去八垒,毙贼万余。桑与勒收拾余众,渡河北走,又被冀州刺史丁绍,邀击赤桥,杀死无数。桑奔还马牧,勒逃往乐平。桑与勒从此分途。太傅越连接捷报,方还屯许昌,加丁绍为宁北将军,监督冀州军事,仍檄苟晞还镇兖州,加官抚军将军,都督青兖军事。王赞亦从优加赏,不消细述。惟东平王楙,前经刘琨田徽等出兵,怯走还镇,不敢与苟晞相抗,又经越调还洛阳,在京就第,怀帝即位,改封为竟陵王,拜光禄大夫,也不过循例议叙，不假事机，所以睎久镇兖州，训练士卒，累战不疲，威名称盛。叙入东平王，找足十八回文字。汲桑逃回牧苑后，乞活人田甄田兰等，聚众同仇，为腾报怨，入攻马牧。桑不能拒，窜往乐陵，被甄兰等追上杀死，且将成都王颖遗棺，投入枯井中。枯骨尚遭此劫，生前何可不仁？嗣经颖旧日僚佐，再为收瘗及东莱王蕤子遵，奉怀帝诏，继承颖祀，乃得迁葬洛阳。东莱王蕤，系齐王攸子。

蝥贼破睎的平阳战

石勒自乐平还乡，正值胡部大张䐜督等，入据上党，胡人呼部长为部大，姓张名䐜督。遂趋往求见。䐜督本无智略，徒靠着一身蛮力，做了头目，勒能言善辩，见了䐜督，说出一番绝大的议论，顿使䐜督心服，惟命是从。原来勒欲往投刘渊，因恐孑身奔往，转为所轻，乃特向䐜督游说，劝令归汉。见面时先恭维数语，引起䐜督欢心，旋即迎机引入道："刘单于举兵击晋，所向无敌，独部大拒绝不从，如果得长久独立，原是最佳，但究竟有此能力否？"䐜督沉吟道："这却不能。"勒又道："部大自思，不能独立，何不早附刘单于？倘迟延不决，部下或受单于赏募，叛了部大，自往趋附，反恐不妙。"䐜督瞿然道："当如君言。"说着，即令部众守候上党，自与勒谒刘渊。渊正招致枭桀，当然延纳，授勒为辅汉军，封平晋王，命䐜督为亲汉王，使勒至上党召入胡人，即归勒统带，作为亲军。乌桓长伏利度，有众二千，出没乐平。渊尝遣人招徕，屡为所拒。勒却为渊设策，佯与渊忤，出奔伏利度。伏利度大喜，与勒结为弟兄，使勒率众回掠，勇敢绝伦，众皆畏服。勒复买动众心，益得众

第二十回　战阳平荀晞破贼垒　佐琅琊王导集名流

欢,遂返报伏利度。伏利度出帐迎勒,被勒握住两手,呼令部众将他缚住,且遍语众人道:"今欲起大事,我与伏利度,何人配做主帅?"大众愿推勒为主。勒即笑顾伏利度道:"众愿奉我,我尚不能自立,只好往从刘大单于,试问兄究有何恃,能反抗刘单于呢?"伏利度已被勒缚住,且思自己果不及勒,乃愿从勒教。勒遂亲为释缚,并为道歉,使伏利度死心塌地,始从勒归汉。勒弄伏利度如小儿,确是有些智术。刘渊大喜,复加勒都督山东征讨诸军事,并将伏利度旧有部众,统付勒节制调遣。勒遂得如虎生翼,不可复制了。

话分两头,且说伪楚公陈敏,占据江左,已历年余,刑政无章,民不堪命,又纵令子弟行凶,不加督责。顾荣等引以为忧,常欲图敏。适庐江内史华谭,遗荣等密书,且讽且嘲,略云:

　　陈敏盗据吴会,命危朝露,诸君或剖符名郡,或列为近臣,而更辱身奸人之朝,降节叛逆之党,不亦羞乎?吴武烈孙坚。父子,皆以英杰之才,继承大业,今以陈敏凶狡,七弟顽穴,欲蹑桓王孙策。之高踪,蹈大皇之绝轨,远度诸贤,犹当未许也。皇舆东返,俊彦盈朝,将举六师以清建业,即金陵。诸贤何颜复见中州之士耶?幸诸贤图之!

荣得书,且愧且奋,因即密遣使人,往约征东大将军刘准,使发兵临江,自为内应,剪发明信。准乃遣扬州刺史刘机,出向历阳,领兵讨敏。敏瞋召荣入议,荣答道:"公弟广武将军昶,历阳太守宏,均有智力,若使昶出屯乌江,宏出屯牛渚,据守要害,虽有强敌十万,也不敢入窥了。"敏即依荣议,分兵与二弟昶宏,令他去讫。尚有弟处在敏侧,待荣退出,便密语敏道:"弟恐荣不怀好意,欲遣开我等兄弟,使彼得居中行事,一或生变,患且不测,不如先杀荣等为是。"敏瞋目道:"荣系江东名士,相从年余,并未闻有异志,今遣我二弟,正恐别人未必可恃,故有此议,汝奈何叫我杀荣?荣一冤死,士皆离心,我兄弟尚得生活么?"杀荣原未必能生,不杀荣,愈觉速死。昶司马钱广与周玘同为安丰人氏,玘因递与密缄,劝令杀昶,协图反正。广复称如命,待昶至中途安营,熟睡帐中,即持刀突入,把昶刺死,即将昶首持示大众,谓已受密诏诛逆,如敢抗旨,夷及三族。众唯唯从命,遂由广勒兵回来,驻扎朱雀桥南,传檄讨敏。

敏闻广杀昶为变,惊惶得很,便遣甘卓拒广,所有坚甲精兵,尽付卓带去。顾荣恐敏动疑,忙驰入白敏道:"广为大逆,义当速讨,但恐城内或有广党,意外构变,所以荣特来卫公。"敏愕然道:"卿当四出镇卫,怎得就我?"荣乃辞出,竟往说甘卓道:"江东事如果有成,我等理应努力,但看今日情势,可得望成功否?敏本庸才,政令反复,计画不一,子弟又各极骄矜,不败何待?我等尚安然受他伪命,与彼同尽?使江西诸军,函首送洛,指为逆贼顾荣甘卓首级,这岂非万世奇辱么?请君三思后行!"卓踌躇道:"我本意原不愿出此,只因女为敏媳,堕入诡计,勉强相从,今若背敏,未始不是正理,只我女不免惨死了。"荣慨然道:"以一女害三族,智士不为,且今日何尝不可救女呢?"卓造膝问计,荣与附耳数信,卓乃转忧为喜,俟荣退去,即出至朱雀桥,与广对垒,诘旦伪称有疾,高卧不起,亟遣使报敏,令女出视。敏尚不知有诈,竟遣卓女往省。卓得见爱女,麾兵渡桥,将桥拆断,与广合兵,并把北岸船只,一古脑儿撑至南岸。于是顾荣周玘及丹阳太守纪瞻等,统与甘卓钱广,联合一气,同声讨敏。

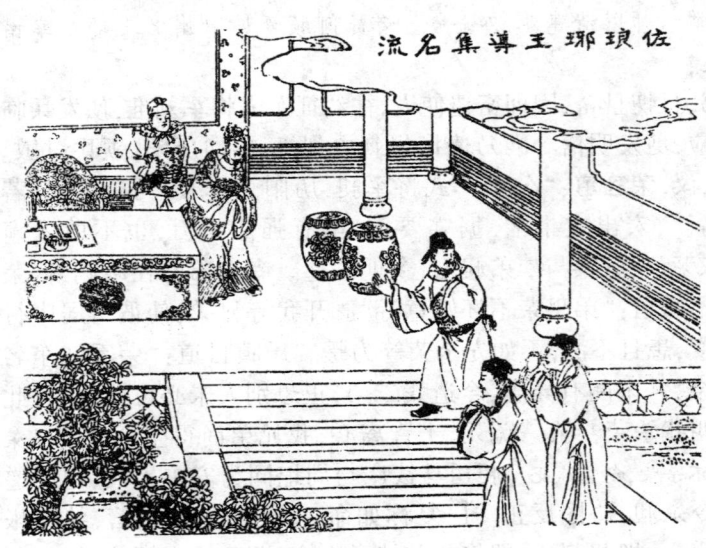

佐琅琊王导集名流

敏闻报大惧,没奈何召集亲兵,得万五千人,出城御卓。两军隔水列阵,卓遥语敏军道:"本欲与汝等同事陈公,奈顾丹阳周安丰等名士,已皆变志,我亦不能支持,汝等亦宜早思变计。"敏众闻言,尚是狐疑未决,俄见顾荣跃马而出,揽辔遥语道:"陈敏为逆,上干

第二十回　战阳平苟晞破贼垒　佐琅琊王导集名流

天怒,今新主当朝,派兵来讨,早晚将至,我等亦受密诏讨逆,汝等何尝不去,难道自甘灭族么?"说着,将手中所执的白羽扇,向敌一麾,敌众哗散,只剩下陈处一人,余皆溃去。一扇贤于十万军。敏亦只好回头北走,处随后同奔。顾荣复把白羽扇向后一招,部众即下舟渡江,登岸追敏。行不数里,便将敏兄弟擒住,解回建业。荣与甘卓等人,已尽入建业城,当即将敏兄弟处斩。敏长叹道:"诸人误我,致有今日!"还要怨人。又顾弟处道:"我负卿,卿不负我。"就使听了弟言,亦未必不致死。霎时间双首尽落,昆季归阴,所有敏弟及子,一并捕诛。只卓女不免守孀。

是时,征东大将军刘准,已经调任,继任为平东将军周馥。建业诸军,函着敏首,送交馥处,馥又传敏首至京师。有诏叙讨逆功,征顾荣为侍中,纪瞻为尚书郎太傅,太傅越辟周玘为参军。荣等奉命北行,到了徐州,闻北方未靖,仍复折回,朝廷特派琅琊王睿为安东将军,都督扬州诸军事,使镇建业。睿由下邳启行,仍用王导为司马,同至江东,每事必向导咨谋,非常亲信。导劝睿优礼名贤,收揽豪俊,睿当然依从。但睿尚无重望,为吴人所轻,所以睿虽加意旁求,总觉乏人应命。导为睿设策,从睿临江观禊,睿但乘肩舆,导与掾属,皆跨着骏马,安辔徐行。吴中人士,望见仪从雍容,始知睿真心爱士,相率称扬。可巧顾荣纪瞻等,亦在江乘修禊,得睹丰采,也觉倾心,不由得望尘下拜。睿下舆答礼,毫无骄容,益令荣等悦服。及睿已回城,导因语睿道:"吴中物望,莫如顾荣贺循,宜首先汲引,维系人心,二人肯来,外此无虑不至了。"睿乃使导往聘循荣。循荣各欢喜应命,随导见睿。睿起座相迎,殷勤款接,立授循为吴国内史,荣为军司,兼散骑常侍,所有军府政事,无不与谋。荣与循转相荐引,名流踵至。纪瞻入为军祭酒,周玘进为仓曹属,外如济阴人卞壸,为从事中郎,琅琊人刘超为舍人,吴人张闿及鲁人孔衍,并为参军,端的是英才济济,会聚一堂。吴中幕府,于斯为盛。为政在人,观此益信。睿颇好酒,或致废事。导婉言进规,睿即引觞覆地,不复再饮。导又尝语睿道:"谦以接士,俭以足用,清静为政,抚绥新旧,这便是创成大业的根本呢。"睿一一依议,见诸施行。果然吴会风靡,一体归诚。相传睿初生时,神光满室,户牖尽明,及年渐长成,日角上忽生长毫,皑白有光,隆准龙颜,目有精采,顾盼晔然。十五岁嗣父觐遗封,得为琅琊王,侍中嵇绍,见睿状貌,便语人道:"琅琊王毛骨非常,前途难量,当不至终身为臣,就是天子仪表,亦不过如是罢了。"既而太妃夏侯氏,病殁琅琊,睿表请奔丧,葬毕还镇,加封镇东大将军,开府仪同三司。

惟尚有一条异闻,载诸稗史,流传今古,当非尽诬。睿名为觐子,实为小吏牛金所生。觐妃夏侯氏,貌赛王嫱,性同夏姬,因小吏牛金入值,见是美貌少年,就与他眉挑目逗,竟成苟合,未几即身怀六甲,产下一男,觐颇有所疑,因爱妃貌美,生子又有异征,遂含忍不发,认为己子。从前司马懿执政时候,闻玄石图记中,有牛继马后的谶文,尝隐忌牛氏,把将校牛金鸩死。哪知后来复出一牛金与他孙妇勾引成奸,居然生下一睿,为司马氏后继,保住江东半壁,即位称帝,号为中兴,这大约是天数已定,人事难逃,凭你司马懿足智多谋,也不能顾及子孙,防闲终古呢。我说还是司马氏幸运,别人替他生子,多传了百余年。小子有诗咏道:

中冓遗闻不可详,但留一脉保残疆。

若非当日牛金力,怀愍沉沦晋已亡。

江东得睿镇守,差幸少安,惟江东以外,乱势方炽,不可收拾,欲知详情,试看下回接叙。

回评　东嬴公腾,借兄之力,晋受王封,且调镇邺中,得避胡寇,可谓踌躇满志、不意有汲桑石勒之乘其后,攻邺而追戕之。塞翁得马,安知非祸?腾亦犹是耳。苟晞用深沟固垒之谋,卒败桑勒,桑窜死而勒北走,奔降刘渊,天不祚晋,欲留一痈以为晋患,此勒之所以终得逃生也。彼陈敏之盗据江东,智不若勒,乃欲收揽名士,而卒为名士所倾,夫岂名士之无良?正以见名士之有识耳。况琅琊王睿,移镇建业,得王导之忠告,招名士而礼用之。卒以成中兴之业,名士之有益于国,岂浅鲜哉?本回于琅琊王事,特别从详,正为后来中兴写照,不用贤则亡,削何可得,子舆氏固不我欺也。

第二十一回

北宫纯力破群盗　太傅越擅杀诸臣

却说江南既平,河北一带,尚是未靖,太傅越虽出镇许昌,朝政一切,仍然由他主持,怀帝统未得专行。越以邺中空虚,特请简尚书右仆射和郁为征北将军,往守邺城,且令王衍为司徒,怀帝自然准议。衍因往说越道:"朝廷危乱,当赖方伯,须得文武兼全的人才,方可任用。"越问何人可使?衍却援举不避亲的古例,即将二弟面荐,一是亲弟王澄,一是族弟王敦。越便允诺,奏请授澄为荆州刺史,敦为青州刺史。有诏令二人任职,二人当然不辞。衍喜语二弟道:"荆州内江外汉,形势雄固,青州面负东海,亦踞险要,二弟在外,我在都中,正好算作三窟了。"老天不由你料奈何?看官记着!荆州自高密王略出镇,亏得刘璠出为内史,才得安堵,见十九回。略未几即死,后任为山涛子山简,因璠得众心,未免加忌,特奏请迁调。不及乃父远识。晋廷徙璠为越骑校尉,荆湘遂从此多事。澄虽有虚名,无非是王夷甫一流人物,衍字夷甫。徒尚空谈,不务实践,要他去镇守荆州,眼见是不能胜任呢。王敦眉目疏朗,神情洒脱,少时即号称奇童,得尚武帝女襄城公主,拜驸马都尉,兼太子舍人,声名尤盛。但素性残忍,不惜人死,从弟王导,曾说他不能令终,太子洗马潘滔,亦尝讥他豺声未振,蜂目已露,人不噬彼,彼将噬人。如此刚暴不仁,衍却替他荐引,恃作护符,这也是知人不明,徒增妄想罢了。为澄敦二人后来伏案。

敦甫经莅镇,即由太傅越征令还朝,授中书监,敦不免失望,但也只好奉召入都。青州刺史一缺,由兖州刺史苟晞调任,晞屡破巨寇,为越所重,常引晞升堂,结为异姓兄弟。此时潘滔为越长史,屏人语越道:"兖州为东方冲要,魏武尝借此创业,现由苟晞居守有年,若晞有大志,便非纯臣,今不若移镇青州,厚加名号,晞必欣然徙去,公乃自牧兖州,经纬诸夏,藩卫本朝,这才叫做防患未然哩。"越颇以为然,自为丞相,领兖州牧,都督兖豫司冀幽并诸州军事,加苟晞为征东大将军,都督青州诸军事，领青州刺史，封东平郡公。晞虽奉调东去，却已是猜透越意，暗暗生嫌。他本来严刑好杀，不肯少宽，在兖州时，迎养从母，颇加敬礼。从母为子求将，晞摇首道："王法无亲，若一犯法，我不能顾及从弟了，不如不做为妙。"从母固请如初，晞乃说道："不要后悔。"因令为督护。后来果然犯法，晞即令处斩。从母叩头吁请，乞贷一死，晞终不从。及斩讫返报，乃素服临哀，且哭且语道："斩卿是兖州刺史，哭弟是苟道将。"晞字道将。部下见他情法兼尽，很是慑服。实是一种权诈手段。至移镇青州，复思以严刑示威，日加杀戮，血流成川，州人号为屠伯。

晞弟名纯，亦颇知兵，由晞遣讨盗目王弥，得获胜仗。弥为掔音坚，县名。令刘伯根长史，伯根尝纠众作乱，为幽州都督王浚讨平，独弥亡命为盗，再集伯根遗众，出没青徐。阳平人刘灵，少时贫贱，力大无穷，能手挽奔牛，足及快马，尝恨无人举引；又见晋室浸衰，不由得抚膺太息道："老天！老天！我一贫至此，莫非令我造反不成？"及闻王弥为乱，也招致盗贼，揭竿起事，乃自称大将军，寇掠赵魏。已而弥为苟晞所败，灵为别将王赞所败，两人俱奉书降汉，敛迹不出。忽顿邱太守魏植，为流民所迫，有众五六万，大掠兖州。太傅越急檄苟晞进援，晞出屯无盐，留弟纯居守青州。纯嗜杀行威，比晞还要厉害，州民生谣道："一苟不如一苟，小苟毒过大苟。"如此凶残，安望有后。未几晞得诛植，乃仍还青州。偏王弥又复蠢动，党羽集至数万人，分掠青徐兖豫四州，所过残戮，郡邑为墟。苟晞再奉诏出征，连战未克，太傅亦下令戒严，移镇鄄城。

会闻前北军中侯吕雍与度支校尉陈颜等，谋立清河王覃为太子，便由越一道矫诏，遣将收覃，幽锢金墉城。过了旬月，索性命人赍鸩，把覃逼死。拥立者，也属无谓；加害者，抑何太毒？但越只能制内，不能制外，那王弥竟从间道突入许昌，且自许昌进逼洛阳，越亟遣司马王斌，率甲士五千人入卫京师。还有凉州刺史张轨，亦遣督护北宫纯等，领兵入援。轨系汉张耳十七世孙，家住安定，才华明敏，姿仪秀雅，与同郡皇甫谧友善，隐居宜阳女儿山。泰始初年叔父锡入京为官，轨亦随侍，得授五品禄秩，嗣复进官太子舍人，累迁散骑常侍征西军司。他见国家多难，谋据河西，筮得《周易》中泰与观卦，投筴大喜道："这是霸兆，得未曾有哩。"遂求为凉州刺史。天下无难事，总教有心人，果然得如所愿，一麾出守，及至凉州，适鲜卑为寇，盗贼纵横，便即调兵出讨，斩首万余级。

第二十一回 北宫纯力破群盗 太傅越擅杀诸臣

嗣是威著西州,化行河右。张轨后嗣建国称凉,号为前凉,故特从详叙。至是闻王弥寇洛,因遣将勤王。晋廷方命司徒王衍,都督征讨诸军事,发兵出御轘辕,被王弥一阵杀败,兵皆溃归,京师大震,宫城昼闭,弥竟进攻津阳门。可巧凉州兵驰至,统将北宫纯,入城见衍,与东海司马王斌会师,相约出战。纯愿为前驱,选得勇士百余人,作为冲锋,疾驰而出,与弥对垒,才经交锋,由纯飐动令旗,便突出一队身长力大的壮士,跨着铁骑,持着利刃,不管那枪林箭雨,只硬着头冲将进去。凉州兵也不肯落后,既有勇士为导,当然拼了性命,一齐跟入,任他王弥党羽,是百战剧盗,都落得心慌意乱,纷纷倒退。北宫纯趁势杀上,王斌亦领兵继进,杀得盗党血流漂杵,尸积成山。王弥大败,抱头东窜。

都中又驱出一支生力军,系是王衍所遣,军官是左卫将军王秉,来应北宫纯王斌两军。两军正追杀数里,稍觉

北宫纯力破群盗

疲乏,因即让过王秉一路人马,听令追去。秉追至七里涧,王弥见来军服饰,与前略殊,还道是强弱不同,复思回身一战,当下勒马横刀,令盗众一律返顾,与秉接仗。盗众勉强应命,但已是胆怯得很,不耐久斗,略略交手,又复溃散。弥始知不能再战,只得与部下盗目王桑,逃出轵关,竟去投汉。汉主刘渊,与弥本有旧交,当即遣使郊迎,且传令语弥道:"孤已亲至客馆,拂席洗爵,敬待将军。"弥闻令大喜,便随入见渊。渊即面授弥为司隶校尉,加官侍中,且命王桑为散骑侍郎。刘灵得王弥归汉消息,也亲往谒渊,受封平北将军。渊收了两个大盗,便用为向导,使

子聪带兵数千,同袭河东。

可巧北宫纯自洛阳旋师,途次与聪兵相值,即杀将过去。聪不意官军掩至,顿时忙乱,且疑此外尚有伏兵,不敢恋战,匆匆的收兵遁回,麾下已死了数百人,纯乃归凉州,禀明张轨,申表奏闻。有诏封轨为西平郡公,轨辞不受命,且屡贡方物,藩臣中推为首忠,也是确评。

惟刘渊闻聪败还,未免失望,且因并州一带,由刘琨据守晋阳,无隙可乘,前遣将军刘景往攻,亦遭一挫,两方面统是败仗,尤觉得忧悔交并。侍中刘殷王育进议道:"殿下起兵以来,年已一周,乃专守偏方,王威未振,甚属可惜。诚使命将四出,决机大举,枭刘琨,定河东,建帝号,鼓行南下,攻克长安,作为都城,再用关中士马,席卷洛阳,易如反掌。从前高皇帝建竖鸿基,荡平强楚,便是这番谋划,殿下何不仿行呢?"渊不禁鼓掌道:"这正是孤的初心呢!"遂号召大众,亲自督领,趁着秋高马肥的时候,祃纛起行。到了平阳,太守宋抽,惊惶的了不得,弃城南奔。渊得拔平阳城,再入河东。太守路述,却是有些烈性,募集兵民数千,出城掷战,怎奈众寡不敌,伤亡多人,没奈何退守城中。渊督众猛攻,相持数日,城垣被毁去数丈,一时抢堵不及,竟为胡马所陷。述还是死战,力竭捐躯。渊连得数郡,遂移居蒲子。上郡四部鲜卑陆逐延,氐酋单征,并向渊请降。渊又遣王弥石勒,分兵寇邺,征北将军和郁,也是贪生怕死,走得飞快,把一座河北险要的邺城,让与强胡。于是渊得逞雄心,公然称帝,大赦境内,改元永凤。命嫡子和为大司马,加封梁王,尚书令刘欢乐为大司徒,加封陈留王,御史大夫呼延翼为大司空,加封雁门郡公;同姓以亲疏为等差,各封郡县王;异姓以勋谋为等差,各封郡县公侯。就把这蒲子城,号为汉都。

看官记着!当时氐酋李雄,与刘渊同时称王,此次渊僭号称尊,比李雄还迟二年。李雄称帝,国号成,改元晏平,且在晋惠帝末年六月中。刘渊称帝,是在晋怀帝二年十月中。小子属辞比事,前文未及西陲,无复插叙,此次为刘渊称帝,不能不补叙李雄。五胡十六国开始,就是李雄刘渊两酋长,最早僭号,看官幸勿责我漏落呢。补笔说得明白,更足令阅者醒目。

渊既僭号,两河大震。晋廷遣豫州刺史裴宪,出屯白马,车骑将军王堪,出屯东燕,平北将军曹武,出屯大阳,无非为防汉起见。偏刘渊得

第二十一回　北宫纯力破群盗　太傅越擅杀诸臣

步进步,不肯少休,复遣石勒刘灵率众三万,进寇魏汲顿邱三郡,百姓望尘降附,多至五十余垒。勒与聪请诸刘渊,各给垒主将军都尉印绶,并挑选壮丁五万为军士,老弱仍令安居。魏郡太守王粹,领兵抵御,一战即败,被勒活捉了去,押至三台,一刀毕命。越年为晋怀帝永嘉三年,正月朔日,荧惑星入犯紫微,汉太史令宣于复姓。修之,入白刘渊道:"陛下虽龙兴凤翔,奄受大命,但遗晋未灭,皇居逼仄,紫宫星变,犹应晋室。不出三年,必克洛阳。蒲子崎岖,不可久安,平阳近有紫气,且是陶唐旧都,愿陛下上迎乾象,下协坤祥。"渊当然大喜,便即迁都平阳。会汾水滨有人得玺篆,文为"有新保之"四字,乃是王莽后投失,他却聪明得很,增刻渊海光三字,献与刘渊。渊表字元海,便称为己瑞,又复改元,即以河瑞二字为年号,封子裕为齐王,子隆为鲁王,聪为楚王,南向窥晋。

　　晋廷专靠太傅越为主脑,越不务防外,专务防内,真正可叹。他本已移镇鄄城,因鄄城无故自坏,心滋疑忌,乃徙屯濮阳。未几,又迁居荥阳,忽自荥阳带兵入朝,都下人士,相率惊疑。中书监王敦语人道:"太傅专执威权,选用僚属,还算依例申请,尚书不察,动以旧制相绳,他必积嫌已久,来此一泄,不识朝臣有几个晦气,要遭他毒手呢。"及越既入都,盛气诣阙,见了怀帝,便忿然道:"老臣出守外藩,尽心报主,不意陛下左右,多指臣为不忠,捏造蜚言,意图作乱,臣所以入清君侧,不敢袖手呢。"怀帝听了,大是惊惶,便问何人谋乱。越并未说明,即向外大呼道:"甲士何在?"声尚未绝,外面已跑入一员大将,乃是平东将军王景,一作王秉,今从《晋书》。领着甲士三千人,鱼贯入宫,形势甚是汹涌,差不多与虎狼相似。越随手指挥,竟命将帝舅散骑常侍王延,尚书何绥,太史令高堂冲,中书令缪播,太仆卿缪胤等,一古脑儿拿至御前,请旨施刑。怀帝不敢不从,又不忍遽从,迟疑了多好时,未发一言。越却暴躁起来,厉声语王景道:"我不惯久伺颜色,汝可取得帝旨,把此等乱臣,交付廷尉便了。"说着,掉头径去。跋扈极了。怀帝不禁长叹道:"奸臣贼子,无代不有,何不自我先,不自我后,真令人可痛呢。"当下起座离案,握住播手,涕泣交下。播前在关中,随惠帝还都,应第十九回。与太弟很是亲善,所以怀帝即位,便令他兄弟入侍,各授内职,委以心膂。偏由越诬为乱党,勒令处死,叫怀帝如何不悲?王景在旁相迫,一再请旨,怀帝

太傅越擅杀诸臣

惨然道:"卿且带去,为朕寄语太傅,可赦即赦,幸勿过虐,否则凭太傅处断罢。"景乃将播等一并牵出,付与廷尉,向越报命。越即嘱廷尉杀死诸人,一个不留。

何绥为前太傅何曾孙,曾尝侍武帝宴,退语诸子道:"主上开创大业,我每宴见,未闻经国远图,但说生平常事,这岂是贻谋大道?后嗣子孙,如何免祸,我已年老,当不及难。汝等尚可无忧。"说到"忧"字,忽然咽住,好一歇才指诸孙道:"此辈可惜,必遭乱亡。"你既知诸孙难免,何不嘱诸子辞官,乃日食万钱,尚云无下箸处,子劭尚日食二万钱,如此奢侈,怎得裕后?及绥被戮,绥兄嵩泣语道:"我祖想是圣人,所以言有奇验哩。"后来洛阳陷没,何氏竟无遗种,这虽是因乱覆宗,但如何曾父子的骄奢无度,多藏厚亡,怎能保全后裔?怪不得一跌赤族了。至理名言。

越自解兖州牧,改领司徒,使东海国将军何伦,与王景值宿宫廷,各带部兵百余人,即以两将为左右卫将军,所有旧封侯爵的宿卫,一律撤罢。散骑侍郎高韬,见越跋扈,略有违言,便被越斥为讪上,逼令自杀。嗣是朝野侧目,上下痛心。越留居都中,监制怀帝,无论大小政令,统须由越认可,才得施行。

那汉大将军石勒,已率众十余万,进攻钜鹿常山,用张宾为谋主,刁膺张敬为股肱,夔安孔苌支雄桃豹逯明为爪牙,除兵营外,另立一个君子营,专纳豪俊,使参军谋。张宾系赵郡中邱人,少好读书,阔达有大志,常自比为张子房。及石勒寇掠山东,宾语亲友道:"我历观诸将,无

第二十一回　北宫纯力破群盗　太傅越擅杀诸臣

如此胡将军,可与共成大业,我当屈志相从便了。"张子房为韩复仇,宾奈何靦颜事胡?乃提剑至勒营门,大呼求见。勒召入后,略与问答,亦不以为奇。嗣由宾屡次献策,无不合宜,因为勒所亲信,置为军功曹,动静必资,格外契合。正拟进略郡县,忽接刘渊命令,使率部众为前锋,移攻壶关,另授王弥为征东大将军,领青州牧,与楚王聪一同出兵,为勒后援,勒当然前往。并州刺史刘琨,急遣将军黄肃韩述赴援。肃至封田,与勒相遇,一战败死。述至西涧,与聪争锋,亦为聪所杀。

警报传达洛阳,太傅越又令淮南内史王旷,将军施融曹超,往御汉兵。旷渡河亟进,融谏阻道:"寇众乘险间出,不可不防。我兵虽有数万,势难分御,不如阻水自固,见可乃进,方无他患。"旷怒道:"汝敢阻挠众心么?"融退语道:"寇善用兵,我等冒险轻进,必死无疑了。"遂长驱北上,逾太行山,次长平坂。正值刘聪王弥,两路杀来,捣入晋军阵内,晋军大乱,旷先战死,融超亦亡。旷是该死,只枉屈了融超。聪乘胜进兵,破屯留,陷长子,斩获至万九千级,上党太守庞淳,举壶关降汉,汉势大炽。刘渊连得捷报,更命聪等进攻洛阳,晋廷命平北将军曹武,集众抵御,连战皆败。聪入寇宜阳,藐视晋军,总道是迎刃立解,不必加防。弘农太守垣延,探得汉兵骄弛,用了一条诈降计,自谒聪营,假意投诚。聪沿路纳降,毫不动疑,哪知到了夜半,营外喊声连天,营内亦呼声动地,外杀进,里杀出,立将聪营踏平。聪慌忙上马,引众宵遁,侥幸得全性命。诸君不必细问,便可知是垣延的兵谋了。垣延上表告捷,廷臣称庆,不料隔了两旬,那刘聪等复到宜阳,前有精骑,后有锐卒,差不多有七八万人,比前次猖獗得多了。小子有诗叹道:

外患都从内讧生,金汤自坏寇横行。

乱华戎首刘元海,典午河山一半倾。

毕竟刘聪能否深入,待至下回表明。

回评　晋初八王之乱,越最后亡,观前文之害死长沙,已太无宗族情,顾犹得曰义不死,都下之战祸,终难弭也。及纠合同盟,迎驾还洛,义闻不亚桓文,几若八王之中,莫贤于越矣。惠帝之殂,谓越进毒,犹为疑案,至清河王之被鸩,而越之罪乃彰焉。王弥攻陷许昌,不闻讨伐,徒遣王斌等五千人入卫,借非北宫纯之自西入援,前驱突陈,其能破百战之剧盗乎?张轨地位疏远,尚遣良将以勤王,越固宗亲,犹未肯亲自讨贼,其居心之险诈,不问可知。至其后带甲入朝,擅杀王延缪播诸人,冤及无辜,气凌天子,设非外寇迭兴,几何而不为赵王伦也。要之有八王而后有五胡,八王犹甘心亡晋,于五胡何尤哉?

第二十二回

乘内乱刘聪据国　借外援猗卢受封

却说刘聪复至宜阳，同行诸将，乃是刘曜刘景王弥呼延翼，骑兵五万，步卒三万，大有气吞河洛的势焰，都中大震。聪率轻骑先进，连败戍兵，直达都下，屯兵西明门，凉州刺史张轨，再遣北宫纯等入援，纯至洛阳，与汉兵对面扎营，待至夜半，方率勇士千余人，直攻汉垒。聪亦预先防着，即令征虏将军呼延颢，开营抵敌。颢甫出营门，正与纯撞个满怀。纯眼明手快，一刀劈下，正中颢首，脑浆迸流，倒毙地上。汉兵见颢被杀死，顿时骇退，纯即踹入营中，左斫右劈，杀死汉兵数十人。聪喝令各军，上前拦阻，还是招架不住，亏得队伍尚齐，且战且行，退至洛水滨下寨。纯因夜色昏皇，也恐有失，便收兵回营。

越日，呼延翼营内自乱，步卒不服翼令，将翼杀死，竟自溃归。刘渊闻败，飞饬聪等还师。聪不肯遽退，表称"晋兵微弱，可以力取，不得以翼颢死亡，自挫锐气，遽尔班师"云云。渊乃听令留攻，聪复分兵进逼，自攻宣阳门，令曜攻上东门，弥攻广阳门，景攻大夏门，四面猛扑，声震山谷。太傅越婴城拒守，且调入北宫纯等，一齐登陴，随方抵御。聪攻了数日，竟不能入，不由得想入非非，要至嵩岳中去祷山神，求他保佑，速下洛城，_{嵩岳有灵，岂容汝躁躏中原？}当下留平晋将军刘厉及冠军将军呼延朗，暂摄军事，自己竟带着千骑，跨马而去。太傅越参军孙询，探得聪不在营中，谓可乘虚出击，越即令询挑选劲卒，得三千人，由将军邱光楼哀等带领，潜开宣阳门，呐一声喊，冲将出去。呼延朗身不及甲，马不及鞍，冒冒失失，前来搦战。邱光楼哀，双械并举，杀得朗手法散乱，一个疏忽，被邱光挑落马下，楼哀再加一槊，结果性命，_{此次汉将死亡，都出呼延氏，想是呼延家运已衰。}刘厉忙麾兵相救，已是不及。且邱楼二将，越加胆壮，领着三千健卒，横冲直撞，辟易万人。厉亦只好却走。聪在半途闻变，忙即折回，方得招架一阵，邱楼亦即收兵入城。刘厉恐为聪所责，竟投水自尽，聪不觉叹息。

王弥趋至聪营，向聪进言道："今既失利，洛阳犹固，殿下不如还师，再图后举，下官当立兖豫二州间，收兵积谷，守候师期。"聪皱眉答道："前曾表请留攻，此时不待命令，便即还师，未免不合。"弥笑道："这有何虑，下官为殿下设法便了。"遂即致书宣于修之，托他解说。修之已料知聪军不利，既得弥书，便入白刘渊道："岁在辛未，当得洛阳，今晋气尚盛，大军不归，必败无疑。"渊乃促聪回军，聪始与刘曜同归。惟王弥南出镮辕，沿途流民，陆续趋附，多至数万人。
　　还有石勒一支人马，自攻破壶关后，仍留扰并州一带，收降山北诸胡，再与刘灵进攻常山。幽州都督王浚，遣部将祁弘，邀同鲜卑部酋务勿尘等，带领十余万骑，来讨石勒。勒从常山退兵数里，至飞龙山前，依险列营，专待祁弘角斗。弘驱众直进，行近山麓，望见勒兵扎住，营伍颇严，便心生一计，使务勿尘领着本部，登山而下，直压勒营，自统部众与勒接仗。勒令刘灵守营，分兵趋出，奋斗祁弘。两边统是朔方劲旅，旗鼓相当，酣战了两三个时辰，未分胜败，不防务勿尘从后面杀下，突破勒营，刘灵保不住营寨，也只得出会勒军，勒军见营垒已破，当然慌乱，就是勒亦万分惊惶，自知立脚不住，不如夺路逃奔，一声呼啸，向南飞逸。刘灵迟走一步，被祁弘追及背后，用槊猛戳，穿通心胸，立即倒毙。大力将军，只好至冥间报效去了。余众约毙万余人。勒垂头丧气，走保黎阳，及闻幽州兵回去，复分兵四出，攻陷三十余堡寨，又进寇信都。适东海司马王斌，出任冀州刺史，引兵拒勒，一战败亡。晋车骑将军王堪，北中郎将兼豫州刺史裴宪，奉诏联兵，合攻石勒。勒引兵还拒，道出黄牛垒，魏郡太守刘矩，举城降勒。勒收得粮械，兵势益振。裴宪胆小如鼷，探得勒众甚盛，即潜奔淮南，连兵马都不遑带去。王堪孤掌难鸣，也退保仓垣。勒便从石桥渡河，攻陷白马，坑死男妇三千余口，复东袭鄄城，杀害兖州刺史袁孚，再攻仓垣。王堪败没，还与王弥合兵，连下广宗清河平原阳平诸县。捷书屡达平阳，刘渊加封勒为镇东大将军，兼汲郡公，又命聪曜等出兵会勒，共攻河内。
　　河内太守裴整，飞表乞援，诏命宋抽为征虏将军，往援河内，被勒邀击中途，把抽杀死。河内人复执整降汉，整得受汉职，拜为尚书左丞。河内督将郭默，收整余众，自为坞主。刘琨表称默为河内太守，时已为怀帝永嘉四年。会值刘渊得病，召还各军，河北山东，暂得少安。渊后

第二十二回　乘内乱刘聪据国　借外援猗卢受封

呼延氏殁,另立氐酋单征女为皇后,这位新皇后的姿色,端的是纤丽无比,美艳无双,自从单征降汉,便将女纳为渊妾,宠号专房。生子名乂,亦得殊宠。可巧渊妻病死,妾媵不下数十,偏被那娇娇滴滴的单氏女,越级超升,得为继后,且封乂为北海王。单氏感恩不已,镇日里振起精神,侍奉刘渊。渊见她靓妆媚骨,处处可人,不由得为色所迷,贪欢无度。怎奈少女多情,老夫已迈,渐渐的精力不支,酿成羸疾。<small>蛾眉原是伐性,老年愈觉可畏。</small>当下为顾托计,命梁王和为太子,齐王裕为大司徒,鲁王隆为尚书令,楚王聪为大司马大单于,特在平阳城西,置单于台,为聪任所。北海王乂为抚军大将军,领司隶校尉。始安王曜为征讨大都督兼单于左辅。廷尉乔智明为冠军大将军兼单于右辅。尚有同姓老臣陈留王刘欢乐,进官太宰,长乐王刘洋,进官太傅,江都王刘延年,进官太保。<small>是时刘宣已死,故不列入。</small>渊恃三人为心膂,所以加位三公,付他重任。到了病不能起,即召入禁中,亲授遗命,叫他拥立太子,同心辅政,三人自然遵嘱。越二日渊竟逝世,共计称王四年,称帝三年。

太子和嗣为汉主,和本渊妻呼延氏所生,前大司空呼延翼,便是后父,被杀洛阳,翼子名攸,官拜宗正。渊因他素无才行,终身不令迁官。侍中刘乘,与聪有隙,西昌王刘锐,未得预顾命,三人共怀不平,乃串同一气,入殿语和道:"先帝不顾重轻,使三王在内总兵,大司马拥劲卒十万,逼居近郊,陛下不过做了一个寄主,将来祸难,恐不可测,不如早为设法,先发制人。"和颇以为然。夜召武卫将军刘盛刘钦及左卫将军马景等,使图裕隆聪乂诸王。盛抗声道:"先帝尚在殡宫,四王未有逆节,今忽生他谋,自相鱼肉,臣恐不能邀福,反且召祸。况四海未定,大业粗成,陛下但应继志述事,开拓鸿基,幸勿误听谗言,疑及兄弟。古诗有言:'岂无他人,不如我同父。'陛下不信诸弟,他人如何轻信呢?"锐与攸正在和侧,闻言大怒道:"今日计议,已由主上裁决,理无反汗,领军怎得妄言?"盛尚欲再言,已被锐拔出佩剑,劈为两段。<small>可怜刘盛。</small>钦与景不禁惶惧,慌忙应命,乃共在东堂设誓,诘旦举发。

转瞬间已是天明,由和派兵四路,分攻四王。锐与马景赴单于台,攻楚王聪,攸与右卫将军刘安国,诣司徒府,攻齐王裕,乘与钦攻鲁王隆,使尚书田密,武卫将军刘璿,攻北海王乂。乂尚年少,不知守备,立被田密刘璿等闯入,只好延颈待戮,不料命未该绝,由璿抢步上前,把乂轻轻掖住，招呼部曲，斩关急走，趋往单于台。密亦随行，共见刘聪，报明内变。聪见义无恙，心下大喜。已寓微意。便命军士服甲持械，静待刘锐等到来。锐至城外，已知田密刘璿举动，料聪必有预备，不敢轻往，当下折回城中，与攸乘等会攻隆裕。复恐安国与钦，尚有异志，因再杀死二人，然后进攻司徒府。裕不能守御，竟为乱军所害。锐等移兵攻隆，隆亦被杀。

是夕，闻西明门外，喊声大震，乃是大司马聪，率领全军，来攻都城。锐攸乘三人，亟趋上城楼，督众拒守，约莫过了一日有余，已被聪军攻入，乱兵四窜。锐等奔入南宫，聪军追入，把锐攸乘陆续擒住。刘和避匿光极殿西室，托词守丧。聪军持械直进，不管他皇叔不皇叔，顺手乱砍，立即毙命。刘渊口舌未干，三子即遭惨死，可见治国以礼，多力无益。聪入居光极殿，命诛锐攸乘三人，枭首通衢，示众三日。马景未闻遭诛，先后均得幸免，是何运气？群臣联笺上聪，请即尊位，聪呼众与语道："我弟乂为单后所生，子以母贵，应该嗣立，我愿退就单于台。"道言甫毕，即有一少年趋至聪前，长跪流涕道："先帝创业未终，全仗兄长继承先志，倘或舍长立幼，如何维持？还乞兄长勉从众言。"聪俯首瞧着，正是北海王乂，忙即离座搀扶。乂不肯起立，百官亦皆跪请，乃慨然答道："乂与群公，既因四海未定，国难尚多，谓孤年较长，迫孤就位，这乃国家大事，不便固辞。今孤当远遵鲁隐，俟乂年长，当复子明辟，表孤素心。"百官交口称颂，乂亦拜谢，阅者至此，总道聪有让德，谁知他另存歹意。乃皆起身出殿，筹备新君即位礼仪。

聪进谒单后，请安道歉，礼节甚恭。单后见他仪容秀伟，冠冕堂皇，不禁由爱生羡，待遇加优。且因聪保全己子，柔声道谢。句中有眼。聪听得一副娇喉，禁不住情迷心荡，再审视单氏花容，毕竟轻盈艳冶，与众不同，可惜耳目众多，不能无端调戏，没奈何按定了神，对答数语，徐徐辞出，转往别宫，去谒生母张夫人。原来聪为渊第四子，母为渊妾张氏，怀妊时梦日入怀，醒后告渊，渊称为吉征。嗣过了十五月，方产一男，形体伟岸，左耳有一白毛，长二尺余，闪闪有光，渊因取名为聪。幼时敏悟过人，年至十四，博通经书百家及孙吴兵法，又工书草隶，善作诗文，十五岁演习骑射，能弯弓三百斤，膂力骁捷，冠绝一时。渊亦谓此儿不可限量，很是钟爱。果然武艺超群，得登大位。称尊以后，改元光兴，尊单

第二十二回　乘内乱刘聪据国　借外援猗卢受封

后为皇太后,张夫人为帝太后,立义为帝太弟,领大单于大司徒。立妻呼延氏为皇后,封子粲为河内王,领抚军大将军,都督中外诸军事。粲弟易为河间王,翼为彭城王,悝为高平王,乃为父渊发丧,移棺奉葬,号渊墓为永光陵,追谥为光文皇帝,庙号高祖。

聪既将国家要事,依次施行,所有王公百官,概仍旧职,毫无异言。他乐得趁闲寻乐,卖笑追欢,不过他心目中

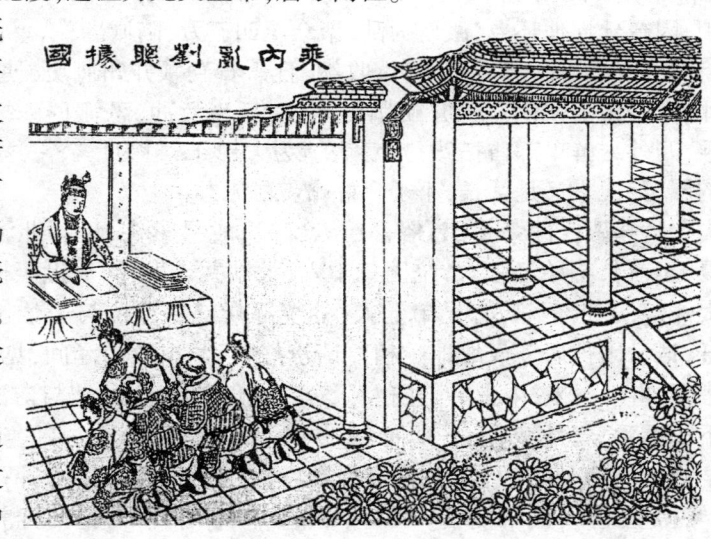

只有一人,要想同她勾搭,只苦不能下手,且有名分相关,似乎未便妄为。可奈意马心猿,不能自制,更且平时入省,时近芳容,越觉得撩乱情思,无从摆脱。嗣是朝朝暮暮,问安视寝,一个是垂涎已久,昏夜乞怜,一个是寂处难安,心神似醉。移花不妨接木,拢篱正可近舵,好风流处便风流,还管什么尊卑上下呢?况名分虽嫌未合,年貌正是相当,意外鸳鸯,倍饶乐趣,从此春生鳌帐,连夕烝淫,望断长门,同悲陌路。俗语说得好:"好事不出门,恶事传千里。"这汉主聪的不法行为,才经数夕,已是喧传内外,统说他母子通奸。别人不过播为笑谈,最难堪的是北海王义,少年好胜,禁不起冷讽热嘲。有时入宫省母,隐约进规,那母亲却也怀惭,但木已成舟,无可挽回。到了黄昏时候,新皇帝复来续欢,不能不再效于飞,与子同梦。两口儿确是情浓,只北海王引为恨事,已气愤得不可名状。恐皇嫂也作此想。

是时,略阳出了一个氐酋,叫做蒲洪,相传为夏初有扈氏苗裔,世作西戎酋长。洪家池中忽生了一枝蒲草,长约五丈,中有五节,略如竹形,

时人号为蒲家,因即以蒲为姓。洪身长力大,权略过人,为群氐所畏服,威震一隅。即苻秦之祖,为后来十六国之一。汉主聪意欲羁縻,特遣使至略阳,拜洪为平远将军。洪不肯受命,却还来使,旋即自称秦州刺史略阳公,聪亦无暇过问。还是与母后调情,较为适意。惟雍州流民王如,寄居南阳,因晋廷逼他还乡,激使为乱,聚众至四五万,陷城邑,杀令长,自称大将军,向汉称藩。汉主聪当然收纳,且命石勒领并州刺史,使他略定河北,方好锐下河南。晋并州刺史刘琨,身当敌冲,恐孤危失援,为虏所乘,乃外结鲜卑部酋拓跋猗卢,表请为大单于,封为代公。这拓跋猗卢的履历,说来又是话长,小子只好略叙颠末。

这拓跋氏即索头部,俗喜用索编发,故号索头,世居北荒,不通中夏,至酋长毛始渐强大,统国三十六,大姓九十九,历五世至推寅,南迁大泽,又七世至邻,有兄弟七人,分统部众。邻传位与子诘汾,再使南迁,诘汾因徙居匈奴故地。相传诘汾好猎,尝出畋山泽间,见空中有一辆辀,冉冉下来,内坐一美妇人,姿容秀丽,自称天女,谓与诘汾有缘,竟下车握手,与他交合,尽欢而去。从古以来,未闻有这等天女。到了次年,诘汾再往原处游畋,天女又复来会,怀抱一男,授与诘汾,谓即去年成孕,得生此子,说毕复去。天女有这般无耻么?诘汾乃抱归抚养,竟得成人,取名力微。后来北魏传为佳话,编成二语道:"诘汾皇帝无妇家,力微皇帝无母家。"便是为了这种原因。无稽之言勿听。诘汾死,力微立,复徙居并州塞外的盛乐城,部落浸盛。晋初,曾两遣嗣子沙漠汗入贡。力微活至一百四岁,方才病殁。沙漠汗已死,弟悉鹿立。悉鹿传与弟绰,绰传与子弗,弗死无嗣。叔父禄官嗣位,分国为三部,使沙漠汗子猗㐌,居代郡附近。猗㐌弟猗卢,居盛乐城,自居上谷的北边。猗卢善用兵,屡破匈奴乌桓各部,降服三十余国。及刘渊起兵入寇,幽州刺史东嬴公腾,尝向猗㐌处乞援。猗㐌与弟猗卢,率众援腾,击散渊兵。腾表猗㐌为大单于,既而猗㐌禄官,先后去世,猗卢遂总摄三部。会刘琨至并州,欲讨匈奴遗裔铁弗氏等,因遣使卑辞厚礼,结交猗卢,请他出兵相助。猗卢乃遣从子郁律,领二万骑助琨,破铁弗氏酋长刘虎。琨遂与猗卢约为兄弟,指水同盟,且遣长子遵往质,嗣因汉寇益盛,乃请以代郡封猗卢。朝议却也依琨,授册转交。惟代郡尚属幽州管辖,幽州都督王浚,不肯照允,发兵击猗卢,致为猗卢所败。自是浚与琨有隙,琨但求得

第二十二回　乘内乱刘聪据国　借外援猗卢受封

猗卢欢心,不暇顾浚。这是刘琨误处。猗卢以封邑暌隔,民不相接,乃率部落万余家,由云中入雁门,向琨求陉北地。琨既引他入境,不能再拒,只得将楼烦马邑阴馆繁畤崞五县人民,徙至陉南,就把陉北地让与猗卢,这便是拓跋据代的源流。小子又考得拓跋二字,也有寓意,鲜卑称土为拓,后为跋,所以叫做拓跋氏。

会汉主刘聪,大举图晋,命河内王粲,始安王曜,与王弥率兵四万,入寇洛阳,又令石勒发四万骑兵,与粲

俗外援猗受封

等会师,共至大阳城。晋监军裴邈,逆战渑池,败绩南奔。汉兵直指洛川,复分两路。粲出轘辕,勒出成皋,沿途四掠,烽火连天。刘琨在并州闻警,即与猗卢同约举兵,往讨刘聪石勒,先遣人至洛阳,向太傅越报明。偏越别怀猜忌,复书谢绝。琨乃遣还猗卢,按兵不发。小子有诗叹道:

国势颠危已可忧,借资外助亦忠谋。
如何权相犹多忌,坐使神京一旦休!

欲知太傅越的隐情,试看下回分解。

回评　刘渊以骁桀之姿,还踞朔方,进略河东,占平阳为根据地,又复遣将四掠,入寇洛阳,推其用意,无非欲为子孙帝王万世业耳。然身死未几,即有骨肉相戕之祸,司马氏因内乱而致危,不意刘汉亦蹈此辙,要之礼义不兴,鲜有不自相鱼肉者也。刘聪因乱得位,首弑母后,大本先亏,徒恃乃父之遗业,南向陵晋,晋之乱

迄未有已,故刘聪得以乘之耳。彼刘琨之导入猗卢,虽未始非引虎自卫,然其时汉已势盛,胡马频乘,得猗卢以牵制之,亦一用夷攻夷之权道也。东海不察,谢绝刘琨,坐待危亡,是真不可救药也夫。

第二十三回

倾国出师权相毕命　覆巢同尽太尉知非

却说太傅越拒绝刘琨，并不是猜忌外夷，实因青州都督苟晞与越有嫌，见二十一回。越恐他乘隙图乱，袭据并州，乃令琨固守本镇，不得妄动。琨只得奉令而行，遣还猗卢。那汉兵却齐逼洛阳，有进无退，洛阳城内，粮食空虚，兵民疲敝，眼见是不能御侮。太傅越乃传檄四方，征兵入援。前日拒绝刘琨，此时何又征兵？怀帝且面谕去使道："为我寄语诸镇，今日尚可援得，再迟即无及了。"可怜可叹！哪知朝使四出，多半不肯应召。惟征南将军山简，差了督护王万，引兵入援，到了涅阳，被流贼王如邀击一阵，兵皆溃散。王如且不能敌，怎能御汉。如反与徒党严嶷侯脱等，大掠汉沔进逼襄阳。荆州刺史王澄，号召各军，拟赴国难。前锋行至宜城，闻襄阳被困，且有失陷消息，不由得胆怯折回。汉将石勒，引众渡河，将趋南阳，王如等不愿迎勒，堵截襄城，顿时触动勒怒，移兵掩击，把贼党万余人，悉数擒住。侯脱被杀，严嶷乞降，王如遁去。勒趁势寇掠襄阳，攻破江西垒壁四十余所，还驻襄城。

晋太傅越，已失众望，心不自安，复闻胡寇益盛，警信屡至，乃戎服入见，自请讨勒。怀帝怆然道："今胡虏侵逼郊畿，王室蠢蠢，莫有固志，朝廷社稷，惟仗公一人维持，公奈何远去，自孤根本？"越答道："臣今率众出征，期在灭贼，贼若得灭，国威可振，四方职贡，自然流通。若株守京畿，坐待困穷，恐贼氛四逼，患且加盛。"看你如何灭贼？怀帝也不愿苦留，听越出征。越乃留妃裴氏，与世子毗及龙骧将军李恽，右卫将军何伦，守卫京师，监察宫省。命长史潘滔为河南尹，总掌留守事宜。于是调集甲士四万人，即日出发，并请以行台随军，即用王衍为军司，朝贤素望，悉为佐吏，名将劲卒，尽入军府，单剩着几个无名朝士，已老将官，局居辇毂，侍从乘舆。府库无财，仓庾无粮，荒饥日甚，盗贼公行。看官！试想这一座空空洞洞的洛阳城，就使天下太平，也不能支持过去，何况是四郊多垒，群盗交侵，哪里还得保全呢？谁为为之？孰令听之？

越东出屯项，自领豫州牧，命豫州刺史冯嵩为左司马，复向各处传檄，略云：

> 皇纲失驭，社稷多难。孤以弱才，备当大任，自顷胡寇内逼，偏裨失利，帝乡便为戎州，冠带奄成殊域。朝廷上下，以为忧惧，皆由诸侯蹉跎，遂及此难。还要归咎他人。投袂忘履，讨之已晚，人情奉本，莫不义奋，当须会合之众，以俟战守之备，宗庙主上，相赖匡救，此正忠臣战士效诚之秋也。檄到之日，便望风奋发，勿再迟疑！

这种檄文，传发出去，并不闻有一州一郡，起兵响应，大约是看作废纸，都付诸败字簏中了。怀帝以越既出征，得离开这眼中钉，总好自由行动，哪知何伦等比越更凶，日夕监察，几视怀帝似罪犯一流，毫不放松。东平王楙，时改封竟陵王，未曾从军，因密白怀帝，谋遣卫士夜袭何伦。偏卫士都是何伦耳目，不从帝命，反先去报伦。伦竟带剑入宫，逼怀帝交出主谋。怀帝急得没法，只好向楙委罪。伦乃出宫捕楙，幸楙已得悉风声，逃匿他处，始得免害。先是汉兵日逼，朝议多欲迁都避难，独王衍一再谏阻，且出卖车牛，示不他移。至是扬州都督周馥，又上书阙廷，请迁都寿春，太傅越得悉馥书，谓馥不先关白，竟敢直接陈衣，禁不住忿火交加，怒气勃发，即下了一道军符，令淮南太守裴硕，与馥一同入都，馥料知触怒，不肯遽行，但令硕率兵先进。硕诈称受越密令，引兵袭馥，反为馥败，乃退保东城，遣人至建业求救。琅琊王睿，总道是周馥逆命，即遣扬威将军甘卓等，往攻寿春。馥众奔溃，馥亦北走。豫州都督新蔡王确，系太傅越从子，即腾子。镇守许昌，当即遣兵邀馥，将他拘住，馥竟气死。谁叫你多去饶舌？已而石勒攻许昌，确出兵抵御，行至南顿，正值勒驱众杀来，矛戟如林，士卒如蚁，吓得确军相顾失色，不待接仗，先已却走。确尚想禁遏溃卒，与决胜负，哪知部下已情急逃生，未肯听令。胡骑却抢前急进，毫不容怜，一阵乱砍，晦气了许多头颅。就是新蔡王确，也做了刀头鬼。可为周馥吐气。勒扫尽确军，遂进陷许昌，杀死平东将军王康，占住城池。

许昌一失，洛阳愈危，怀帝寝馈难安，尚日传手诏，令河北各镇将，星夜入援。青州都督苟晞，接受诏书，便向众扬言道："司马元超，越字元超。为相不道，使天下淆乱，苟道将怎肯以不义使人？汉韩信不忍小惠，致死妇人手中，今道将为国家计，惟有上尊王室，入诛国贼，与诸君

第二十三回　倾国出师权相毕命　覆巢同尽太尉知非

子共建大功,区区小忠,何足挂齿呢?"说着,即令记室代草檄文,遍告诸州,称己功劳,陈越罪状。当有人传报都中,怀帝得信,复手诏敦促,慰勉殷勤。晞乃驰檄各州,约同勤王。适汉将王弥,遣左长史曹嶷,行安东将军事,东略青州。嶷破琅琊,入齐地,连营数十里,进薄临淄。晞登城遥望,颇有惧色。及嶷众附城,才麾兵出战,幸得胜仗。嶷且却且前,晞亦且战且守。过了旬日,晞挑选精锐,开城大战。不意大风陡起,尘沙飞扬,嶷兵正得上风,顺势猛扑,晞不能招架,遂至败溃,弃城遁走。弟苟纯亦随晞出奔,同往高平。嗣是收募众士,复得数千人。会得怀帝密敕,命晞讨越,晞亦闻河南尹潘滔及尚书刘望等,向越构己,因复上表道:

奉被手诏,肝心若裂。东海王越,以宗臣得执朝政,委任邪佞,宠树奸党,至使前长史潘滔,从事中郎毕邈,主簿郭象等操弄大权,刑赏由己。尚书何绥,中书令缪播,太仆缪胤,皆由圣诏亲加拔擢,而滔等妄构,陷以重戮,带甲临宫,诛讨后弟,翦除宿卫,私树党人,招诱逋亡,复丧州郡,王涂圮隔,方贡乖绝,宗庙阙蒸尝之飨,圣上有约食之匮。征东将军周馥,豫州刺史冯嵩,前北中郎将裴宪,并以天朝空旷,权臣专制,事难之兴,虑在旦夕,各率士马,奉迎皇舆,思隆王室,以尽臣礼。而滔邈等劫越出关,矫立行台,逼徙公卿,擅为诏令,纵兵寇抄,茹食居人,交尸塞路,暴骨盈野,遂令方镇失职,城邑萧条。淮豫之氓,陷离涂炭,臣虽愤懑,局守东嵎,自奉明诏,三军奋厉,拟即卷甲长驱,径至项城,使越稽首归政,斩送滔等,然后显扬义举,再清胡虏,谨拜表以闻。

怀帝即得晞表,日望晞出兵到项,削除越权,偏是望眼将穿,晞尚未至。<small>晞亦不是忠臣,何必望他?</small>时已为永嘉五年仲春,怀帝近虑越党,外忧汉寇,镇日里对花垂泪,望树怀人。越党何伦等,倚势作威,形同盗贼,尝纵兵劫掠宦家,甚至广平武安两公主私第,<small>两公主系武帝女。</small>亦遭蹂躏。怀帝忍无可忍,乃复赐诏与晞,一用纸写,一用练书,诏云:

太傅信用奸佞,阻兵专权,内不遵奉皇宪,外不协毗方州,遂令戎狄充斥,所至残暴。留军何伦,抄掠官寺,劫制公主,杀害贤士,悖乱天下,不可忍闻。虽曰亲亲,宜明九伐。诏至之日,其宣告天下,率同大举。桓文之绩,一以委公,其思尽诸宜,善建弘略,道涩

倾国出师 相权毕命

故练写副手笔示意。

睎接诏后,因遣征虏将军王赞为先锋,带同裨将陈午等,戒期赴项,并遣还朝使,附表上陈。略云:

奉诏委臣征讨,喻以桓文,纸练兼备,伏读跪叹,五情惶怛。自顷宰臣专制,委仗佞邪,内擅朝威,外残兆庶,矫诏专征,遂图不轨,纵兵寇掠,陵践官寺。前司隶校尉刘暾,御史中丞温畿,右将军杜育,并见攻劫。广平武安公主,先帝遗体,咸被逼辱,逆节虐乱,莫此之甚。臣只奉前诏,部奉诸军,已遣王赞率陈午等,将兵诣项,恭行天罚,恐劳圣虑,用亟表闻。

朝臣赍表还报,行至成皋,不料被游骑截住,把他押至项城,往见太傅司马越。越令左右搜检,得睎表及诏书,不禁大怒道:"我早疑睎往来通使,必有不轨情事,今果得截获,可恨!可恨!"你可谓守轨么? 遂将朝使拘住,下檄数睎罪恶。即命从事中郎杨瑁为兖州刺史,使与徐州刺史裴盾,合兵讨睎。睎密遣骑士入洛,收捕潘滔。滔夜遁得免。惟尚书刘曾,侍中程延,为骑士所获,讯明是为越私党,一并斩首。

越以为不能逞志,累及故人,且内外交迫,进退两难,不觉忧愤成疾,遂致不起。临死时召入王衍,嘱以后事。衍秘不发丧,但将越尸棺殓,载诸车上,拟即还葬东海。大众推衍为元帅,衍不敢受,让诸襄阳王

第二十三回　倾国出师权相毕命　覆巢同尽太尉知非

范。范系楚王玮子，亦辞不肯就，乃同奉越丧，自项城启行，径向东海进发。大敌当前，还想从容送丧，真是该死。讣音传入洛中，何伦李恽等，自知不满众望，且恐虏骑掩至，不如先期出走，好良心。乃奉裴妃母子，出都东行。城外士民，相率惊骇，多半随去。还有宗室四十八王，也道是强寇即至，愿与何伦李恽，同行避难。都去寻死。于是都中如洗，只有怀帝及宫人，尚然住着，孤危无助，蒿目苍凉，自思乱离至此，咎实在越，因追贬越为县王，诏授苟晞为大将军大都督，督领青徐兖豫荆扬六州诸军事。

汉将石勒，闻越已病死，立率轻骑追袭，倍道前进。行至苦县宁平城，竟得追及越丧。王衍本不知用兵，全然无备，就是襄阳王范等，都未曾经过大敌，彼此面面相觑，不知所为。还是一位将军钱端，稍有主意，麾动士卒，出拒勒众。两下交战，约二三时，勒众煞是厉害，任意蹂躏，无人敢当，端竟战死。勒复指麾铁骑，围住王衍等人。衍众不下数万，没一个是敢死士，更兼统帅无人，号令不专。大都怀着一个遁逃秘诀，你想先奔，我怕落后，自相践踏，积尸如山。最凶横的是个石勒，出了一声号令，叫骑士四面攒射，不使衍等脱逃。可怜王衍以下，只有闭目待死，束手就擒。当下由胡骑突入，东牵西缚，好像捆猪一般，无一遗漏。除衍及襄阳王范外，如任城王济，宣帝司马懿从孙。武陵王澹，琅琊王伷子，见前。西河王喜，济之从子。梁王禧，澹子。齐王超齐王冏子，见前。及吏部尚书刘望，廷尉诸葛铨，前豫州刺史刘乔，太傅长史庾敳等，统被拿住，押入勒营。勒升帐上坐，令衍等坐在幕下，顾问衍道："君为晋太尉，如何使晋乱至此？"衍支吾道："衍少无宦情，不过备位台司，朝中一切政治，统由亲王秉政，就是今日从军，也由太傅越差遣，不得不行。若论到晋室危乱，乃是天意亡晋，授手将军，将军正可应天顺人，建国称尊，取乱侮亡，正在今日。"卖国求荣，全无廉耻。勒掀须狞笑道："君少壮登朝，延至白首，身居重任，名扬四海，尚得谓无宦情么？破坏天下，正是君罪，无从抵赖了。"这一席语，说得衍无词可答，俯首怀惭。求荣反辱，令人称快。勒命左右将衍扶出，更向他人讯问。众皆畏死，作乞怜状，独襄阳王范，神色不变，从旁呵叱道："今日事已至此，何必多言！"勒乃顾语部将孔苌道："我自从戎以来，东驰西骤，足迹半天下，未尝见有此等人物，汝以为可使存活否？"苌答道："彼皆晋室王公，终未必为我用，不如今日处决罢。"勒沉吟半晌，方道："汝言亦是。但不可加他

覆巢同尽太尉知非

锋刃,使得全尸以终。"说至此,即令将被虏诸人,统驱往民舍中,监禁起来。俟至夜半,使兵士推倒墙壁,压入室内。覆巢之下,尚有什么完卵呢?唯王衍临死呼痛,惨然语众道:"我等才力,虽不及古人,但若非祖尚玄虚,能相与戮力,匡扶王室,当不至同遭惨死。"晓得迟了。说到"死"字,顶遇巨石压下,顿时头破血流,奄然长逝。卖国贼其鉴诸。余皆同时毕命,砌成一座乱石堆,也不辨为谁氏尸骸,何人血肉了。譬如做一石椁。勒又命人劈开越棺,焚骨扬灰,且宣言道:"乱晋天下,实由此人,我今为天下泄恨,故焚骨以告天地。"王弥弟璋,在勒军中,更将道旁尸首,一并焚毁,见有肥壮的死人,割肉烹食,咀嚼一饱,方拔营起行。到了洧仓,刚值何伦李恽等,仓皇奔来,冤冤相凑,投入虎口,李恽忙自杀妻子,逃往广宗,何伦亦奔向下邳。晋室四十八王及越世子毗,统被勒众虏去,死多活少。惟越妻裴氏,已经年老,无人注目,当时乘乱走脱,嗣被匪人掠卖,售入吴姓民家,作为佣媪。后来元帝偏安江左,始辗转渡江,得蒙元帝收养,才得令终。八王乱事,至是作一结束。小子恐看官失记,再将八王提出,表明如下:

汝南王亮宣帝懿子,为楚王玮所杀。楚王玮武帝炎子,为贾后所杀。赵王伦宣帝懿子,奉诏赐死。齐王冏齐王攸子,为长沙王乂所杀。长沙王乂武帝炎子,为张方所杀。成都王颖武帝炎子,为范阳长史刘舆所杀。河间王颙安平王孚孙,为南阳部将梁臣所杀。东海王越高密王泰子,病殁项城,尸为石勒所焚。

后人又另有一说,去亮与玮,列入淮南王允及梁王肜。俱见前文。惟《晋书》中八王列传,却是亮玮伦冏乂颖颙越八人,小子依史叙事,当然援照《晋书》。总之,晋室诸王,好的少,坏的多,八王手执兵权,骄横更甚,后来是相继诛戮,没有一个良好结果。越虽是善终,终落得尸骨被焚,妻被掠,子被杀,这也是祖宗诒谋,本非忠孝,子孙相沿成习,不知忠孝为何事,此争彼夺,各不相让。骨肉寻仇,肝脑涂地,五胡乘隙闯入,大闹中原,神州致慨陆沈,衣冠悉沦左衽,岂不可恨?岂不可痛?古人说得好:"告往知来。"如晋朝的往事,确是后来的殷鉴。奈何往者自往,来者自来,兵权到手,便不顾亲族,自相残杀,甘步八王的后尘,情愿将华夏土宇,让与别人窝割呢。借端寄慨,遗恨无穷。小子有诗叹道:

八王死尽晋随亡,滚滚胡尘覆洛阳。

为语后人应鉴古,兵戈莫再构萧墙。

胡焰大张,中原板荡,西晋要从此倾覆了。看官续阅下回,自见分晓。

回评 司马越出兵讨勒,以行台自随,所有王公大臣,多半带去,仅留何伦李恽,监守京师。彼已居心叵测,有帝制自为之想。能胜敌则迫众推戴,还废怀帝,不能胜敌,即去而之他,或仍回东海,据守一方;如洛阳之保存与否,怀帝之安全与否,彼固不遑计及也。无如人已嫉视,天亦恶盈,内见猜于怀帝,外见逼于苟晞,卒至忧死项城,焚尸石勒,究其罪恶,杀不胜辜。然妻离子戮,终至绝后,厥报亦惨然矣。王衍清谈误国,尚欲乞怜强虏,觍颜劝进,山涛谓:"何物老妪,生此宁馨儿?"吾谓实一贼子,何宁馨之足云?襄阳王范,稍存气节,而临变无方,徒自取死。余子皆不足齿数。晋用若辈为臣僚,虽欲不亡,奚可得耶?本回录苟晞二表,所以罪越,述王衍临死之语,所以罪衍,至结尾一段,更提出八王结局,缀以叹词,语重心长,实为当世作一棒喝,固非寻常小说,所得同日语也。

第二十四回

执天子洛中遭巨劫　起义旅关右迓亲王

却说怀帝因越已病死,改任大臣,进太子太傅傅祗为司徒,尚书令荀藩为司空,进幽州都督王浚为大司马,都督幽冀诸军事,南阳王模为太尉,凉州刺史张轨为车骑大将军,琅琊王睿为镇东大将军,兼督扬江湘交广五州诸军事。复颁诏四方,促令勤王。可奈神州鼎沸,世乱益滋,两河南北,胡骑充斥,各镇将自顾不遑,怎能入卫?就是荆湘一带,也闹得一塌糊涂。征南将军山简,驻守襄阳,俄为王如所逼,又俄为石勒所攻,他本是个酒中徒,时在高阳池滨游宴,童儿为简作歌道:"山公出何许,住自高阳池。日夕倒载归,酩酊无所知。"照此看来,前时遣督护王万入援,事虽不成,还算他提醒精神,力图报效。回应前回。后来接连遇寇,安坐不稳,复迁屯夏口,勉强支撑。

外如荆州刺史王澄,误信谣言,折回江陵,亦见前回。适巴蜀流民,散居荆湘,与土人忿争,激成乱衅,戕杀县令,啸聚乐乡。澄遣内史王机,率兵往讨,流民已望风乞降,澄佯为许诺,暗令机乘夜掩袭,杀八千余人,所有流民妻子,悉数充赏。但尚有益梁流民,未曾从乱,免不得兔死狐悲,更兼湘州参军冯素,亦欲尽诛流民,遂致流民大骇,寓居四五万家,同时造反,推醴陵令杜弢为主,奉为湘州刺史,南破零陵,东掠武昌。王机出军堵御,失利奔回。澄亦不加忧惧,且与机日夜纵酒,投壶博戏,消遣光阴。即如乃兄王衍,惨死宁平,他亦没甚悲戚,反抱着达观主义,得过且过罢了。

至若成都为李雄所据,前益州刺史罗尚,始终不能规复,反由李雄出兵东略,屡攻涪城,梓潼太守谯登,固守三年,食尽援穷,终遭陷没。登被擒不屈,致为所害。叙入此事,所以旌忠。长江上下游,如此扰乱,还有何人勤王?惟琅琊王睿镇守江东,尚觉安居无事,但他是已脱虎口,栖身乐国,何苦再投险地,来作孤注?所以宅中驭外的洛阳城,反弄到内无粮草,外无救兵。怀帝终日忧闷,徒唤奈何。会大将军大都督荀

第二十四回　执天子洛中遭巨劫　起义旅关右迓亲王

晞，表请迁都仓垣，并使从事中郎刘会，运船数十艘，宿卫五百人，谷米千斛，来迎乘舆。怀帝意欲从晞，召集公卿，决议行止。公卿已是寥寥，剩了几个糊涂虫，毫无智谋，当断不断。侍从左右，又只管眼前温饱，恋恋家室，未肯远行。究竟怀帝是个主子，不能孑身潜遁，没奈何顺从众意，又蹉跎了好几日。既而洛中饥困，人自相食，百姓流离转徙，十死八九。怀帝实不堪久居，再召公卿集议，决意启行。偏是卫从寥落，车马萧条，怀帝抚手长叹道："如何竟无车舆？"乃使傅祇出诣河阴，整治舟楫，自与朝士数十人，步行出西掖门。到了铜驼街，但见盗贼盈途，随处劫掠，料知不能过去，只好退回。度支校尉魏浚，率领流民数百家，出保河阴的硖石，有时掠得谷麦，献入宫廷。怀帝已饥不择食，未便问及来历，就将这谷麦赡济宫人，并加浚为扬威将军，仍领度支如故。_{居然做了贼皇帝。}

蓦然间传入警报，乃是汉大将军呼延晏，率众二万七千人，杀奔洛阳来了，怀帝当然加忧。嗣是连接败耗，多至一十二次，统共合算死亡人数，直达三万余人。已而又闻汉兵日盛，刘曜王弥石勒三路人马，会同呼延晏，趋集都下，急得怀帝形色仓皇，不知所措。迁延数日，果然汉兵进逼，猛攻平昌门，城内汹汹，无心拒守。才阅一夕，便被汉兵陷入，再攻内城，杀人放火，猖獗得很。东阳门外，烟雾迷离，就是各府寺衙门，多被延烧，骚扰了一昼夜，竟尔退去。怀帝急命苟藩兄弟，具舟洛水，准备东行。藩与弟组奉命往办，船只甚少，东招西呼，才凑集了数十艘。不料汉兵又复转来，放起一把无名火，将各船一律毁尽。藩组两弟兄，不敢回都，竟逃往轘辕去讫。_{第一条好计。}

原来前时攻入都门，只有呼延晏一支兵马，他在都中扰乱一宵，还恐孤军有失，未敢久留，所以引兵暂退。及王弥刘曜，先后继至，晏自然放心大胆，再来攻城，适见洛水中备有船只，料知晋主将遁，乐得乘机毁去，断他走路，遂与王弥再攻宣阳门。都中已经残破，越觉无人守御，晏与弥当即攻入，内城卫士，亦纷纷逃散。汉兵斩关直进，如入无人之境。两汉将驰入南宫，登太极前殿，纵兵大掠，所有宫中妇女，库中珍玩，抢劫一空。怀帝不能不走，带了太子诠吴王晏竟陵王楙等，趋出华林园门，欲奔长安。可巧刘曜自西明门进来，兜头碰着，一声号令，部将齐进，立把怀帝等抓住，拘禁端门，再拨兵收捕朝臣，凡右仆射曹馥，尚书间邱冲袁粲王绲,河南尹刘默及王公以下百余人,悉数拿住,一并屠戮。太子诠与宴楸二王,亦为所害。只留侍中庾珉王俊,陪侍怀帝,不令加刑。都下士民,被难死亡,约二万人。由曜命兵士迁尸,至洛水北滨,筑为京观。复发掘诸陵,焚毁宗庙宫阙,大肆凶威。是年正岁次辛未,适应宣于修之的前言。见二十二回。曜又搜劫后妃,自皇后梁氏以下,分赏诸将,充作妻妾,自己拣了一个惠皇后羊氏,逼与为欢。羊皇后在惠帝时,九死一生,留居弘训宫中,年已三十左右,犹是鬟发红颜,一些儿不见憔悴,此次为曜所逼,仍然怕死,不得已委身强虏,由他淫污。其余后妃嫔嫱,也与羊后一般观念,宁可失节,不可捐生。剥尽司马氏的脸面。独故太子遹妃王氏,在宫被掠,为汉将乔属所得,王氏召还宫中,见十二回。属见她风韵未衰,便欲下手行强,自快肉欲。不料王氏铁面冰心,誓不相从,觑着属腰下佩剑,趁他未及防备,顺手拔来,向属猛刺,偏属将身一扭,竟得闪过。王氏执剑指属道:"我乃太

尉公女,皇太子妃,义不为胡逆所辱,休得妄想!"衍有此女,胜过乃父十倍。乔属至此,禁不住怒气上冲,便向王氏手中夺剑,究竟王氏是个女流,怎能相敌?霎时间剑被夺去,还手乱砍,呜呼告终。一道贞魂,上冲霄汉。看官欲知烈妇遗名,乃是王衍少女王惠风。仿佛画龙点睛。石勒最后入都,见都中已同墟落,掠无可掠,乃仍然引去,往屯许昌。

刘曜既污辱羊后,又杀害太子诸王,尚嫌财帛未足,不免怨及王弥,说他先入洛阳,格外多取。弥尚未知曜意,向曜献议道:"洛阳为天下

第二十四回　执天子洛中遭巨劫　起义旅关右迓亲王

中州,山河四塞,城阙宫室,不劳修理。殿下宜表请主上,自平阳徙都此地,便可坐镇中原,奄有华夏了。"曜借端泄忿道:"汝晓得什么？洛阳四面受敌,不可固守,况已被汝等掠夺净尽,只剩了一座空城,还有何用？"弥亦怒起,且行且骂道:"屠各子,匈奴贱种,叫作屠各。莫非想自做帝王么？"遂亦引兵出洛,东屯项关。曜遣呼延晏押着怀帝及庾珉王俊等赴平阳,复将宫阙焚去,掣了羊后,麾兵北行。汉兵已三路分趋,胡氛少散。司徒傅祗,曾出诣河阴,尚未还都。见上。便在河阴设立行台,传檄四方,劝令会师孟津,共图恢复,无如年垂七十,筋力就衰,偶然感冒风寒,就不能支,竟尔谢世。一路了。

大将军苟晞,屯兵仓垣,适太子诠弟豫章王端,自洛阳微服逃出,奔至晞处,晞始知洛阳已陷,即奉端为皇太子,徙屯蒙城,建设行台,自领太子太傅,都督中外诸军事。别将王赞出戍阳夏,他本出身微贱,超任上将,已不免志骄气盈,此次挟端承制,独揽大权,更觉得意气扬扬,饶有德色。平居侍妾数十,奴婢近千,终日累夜,不出庭户,僚佐等稍稍忤意,不是被杀,即是被笞;私党务为苛敛,毒虐百姓,因此怨声载道,将士离心。辽西太守阎亨,上书极谏,大触晞怒,即诱令入问,把他枭首。从事中郎明预,有疾居家,闻亨受戮,乃力疾乘车,入帐白晞道:"皇晋如此危乱,乘舆播迁,生灵涂炭,明公亲禀庙算,将为国家拨乱反正,除暴安民,阎亨善士,奈何遭诛？预窃不解公意,所以负疾进陈。"此等人实不屑与谈。晞怒叱道:"我自杀阎亨,与汝何涉,乃抱病前来,胆敢骂我！"预从容答道:"明公尝以礼进预,预亦欲以礼报公。今明公怒预,恐天下亦将怒公。从前尧舜兴隆,道由禽受,桀纣败灭,咎在饰非,天子尚且如此,况身为人臣呢？愿明公暂且霁威,熟思预言。"晞见他意诚语挚,倒也不觉自惭,因巽词答复,遣令回家,惟骄惰荒纵,仍不少改。

部将温畿傅宣等,相继叛去,并且疫疠交侵,饥馑荐至,眼见是不能保守,坐待灭亡。果然石勒从许昌杀来,先破阳夏,擒住王赞,复轻骑驰至蒙城。晞尚安坐厅中,与嬖妾等饮酒调情,直至勒兵已入,方惊出征兵,兵尚未集,寇已先临。那时大苟小苟,无处奔避,统被勒兵捉去。豫章王端,也即受擒。勒有意辱晞,锁住晞颈,且署为左司马,一面报告刘聪。聪加勒为幽州牧。王弥欲自王青州,只忌一勒,佯贻勒书,贺勒获晞,书中说道:"公一鼓获晞,用为司马,猛以济宽,令弥拜服。果使晞为公左,弥为公右,天下有何难定呢?"勒览书毕,顾语参谋张宾道:"王弥位重言卑,必非好意。"宾答道:"诚如公言,宾料王公私意,无非欲据有青州,自安故土,弥本青州人。只恐明公踵袭彼后,所以甘言试公,公不图彼,彼且图公了。"勒乃令宾作书答弥,谓愿与弥结欢,使弥主青州,自主并州,当即约期会盟。弥却信为真言,复书如约。欺人者卒被人欺。勒遂移营就弥,请弥至营内宴会。弥长史张嵩,劝弥勿往,弥不肯听,昂然径去。勒殷勤款待,酒至半酣,被勒拔剑出鞘,一挥了命,便即纵兵出营,持了弥首,往抚弥众。弥众不敢与争,只好降勒。于是弥在洛阳时,所掠子女玉帛,尽为勒有,勒始得如愿以偿了。目的物无非为此。

起蒙旅关右迂亲王

汉主聪闻勒擅杀王弥,手书诘责,勒表称王弥谋叛,所以加诛。聪因王弥已死,损一大将,不得不笼络石勒,乃加勒镇东大将军,督并幽二州军事。苟晞王赞,潜谋杀勒,事泄被戮。豫章王端亦遇害,晞弟纯一并毙命。一路复了。勒复引兵南掠豫州诸郡,临江乃还,屯驻葛陂。尚有刘曜一军,进攻蒲阪,守将赵染,乃奉南阳王模军令,统兵留戍,至此竟举城出降。曜即遣染为先锋,使攻长安,自为后应。适河内王刘粲,亦由汉主聪遣发,领兵到来,与曜相会。曜偕粲同行,途次接赵染捷报,在潼关击破模兵,长驱至下邽,曜粲大喜。未几又接染书,报称模已出降,粲志在劫掠,麾兵先进,及抵长安,染已被模拘至,令他见粲,且攘袂瞋目,旁数模罪,粲即令推出斩首。模妃刘氏,与次子范阳王黎,亦送至粲前,粲见刘氏姿貌平常,年亦半老,不禁

第二十四回　执天子洛中遭巨劫　起义旅关右迓亲王

冷笑道："此妇只合配我奴仆，奈何为王妃？"随即叫过胡奴张本，指刘与语道："赏了汝罢！"张本拜谢，竟领刘氏趋入帐后，大约是去效于飞了。_{王妃下配胡奴，可耻孰甚！}范阳王黎，又由粲叱出处斩，惟模长子保，镇守上邽，幸得免难。都尉陈安，率模余众，出走依保，余如长史鲁繇，将军梁汾等俱作俘虏，由粲送入平阳。是时关西饥馑，饿莩盈途，粲无从饱掠，怏怏引去，留刘曜居守长安。曜得晋封中山王，领雍州牧，复遣兵出掠州郡，勒令归汉。

安定太守贾疋，惮汉兵威，方与诸氐羌等，奉书与曜，且送子弟为质。途次遇着冯翊太守索綝，问明情由，截使折回，同行见疋，慨然与语道："公为晋臣，怎得未战先降？况关西亦不乏将士，何不首先倡议，勉图兴复呢？"疋愧谢道："我非无此意，但恨兵力未足，暂图安民，今得君来助，自当受教。"原来綝为模从事中郎，出守冯翊，因模已败死，乃与安夷护军麹允，频阳令梁肃等，共议为模复仇，即由綝往说贾疋，约同起义。疋已依了綝言，綝便召麹允梁肃同至安定，公推疋为平西将军，集众五万，共指长安。雍州刺史麹特，新平太守竺恢，扶风太守梁综，亦望风响应，合兵十万，与疋相会，军势大振。

汉河内王粲，行次新丰，接得关西军警，忙令降将赵染，部将刘雅，往攻新平。索綝急引兵赴援，努力鏖斗，杀退赵刘二将，再与贾疋会合，进攻刘曜。曜领兵至黄邱，一场大战，曜众败却，退还长安。疋移兵袭汉梁州，击毙汉刺史彭荡仲，又遣麹特等往攻丰，也是卷甲衔枚，出其不意，得将刘粲杀败。粲奔还平阳，于是大集各军，合围长安。关西胡晋，翕然归附，大有叱咤风云，光复河山的气象。_{靡不有初，鲜克有终。}

可巧前豫州刺史阎鼎，奉秦王业至蓝田，遣人告疋。疋乃发兵相迎，导入雍城，使梁综引众为卫，俟收复长安后，再定规程。这秦王业为吴王晏子，过继秦王柬为嗣，年甫十二，乃是司空荀藩外甥。藩与弟组同奔密县，业亦往依，适阎鼎招集西州流民，也至密县，藩乃奉业为主，用鼎为佐，前中书令李𣅿，司徒左长史刘畴，镇军长史周顗，司马李述等，陆续趋至，谓鼎才可用，劝藩署鼎冠军将军，仍行豫州刺史事。鼎本天水人氏，意欲还乡，乃与大众商议，拟奉业入关。荀藩等俱籍隶东南，不愿西去，只因山东未靖，总须迁地为良，于是转趋许颍。会河阳令傅畅，_{祗子。}寄书与鼎，谓不如速赴长安，起兵雪耻，鼎遂决意西往。行至中途，荀藩等俱皆奔回，鼎勒兵返追，晅等被杀，唯藩组颙述四人，分路逃脱。鼎力追不及，才西趋蓝田，得疋相迎，转入雍城，这且待后再表。

且说荀藩兄弟及李述奔往荥阳，收集部属，往保开封。独周颛渡江东行，走依琅琊王睿。睿令颛为军谘祭酒，颇加礼遇。当时海内大乱，只江东少安，士大夫为避乱计，陆续东来。王导劝睿延揽俊杰，共得一百六人，皆辟为掾属，号百六掾。最著名的是前颍川太守刁协，东海太守王承，广陵相卞壶，江宁令诸葛恢，历阳参军陈頵，前太傅掾庾亮诸人，就是周颛亦参列在内。既而前骑都尉桓彝，亦奔投建业，见睿微弱，退语周颛道："我因中州多故，来此求全，乃单弱至此，怎能济事？"颛也未免唏嘘。及彝往见王导，与谈时事，导口讲指画，议论风生，顿令彝心悦诚服。又还语周颛道："江左有管夷吾，我不必再忧了。"也恐未必。建业城南有临沧观，在劳劳山上，有亭七间，名曰新亭。导每与群僚往游，设宴共饮。周颛饮了数觥，不由得悲从中来，凄然叹息道："风景不殊，举目有山河之异。"大众听了，具相顾流涕。惟导慷慨激昂，举觞与语道："我辈聚首一方，应共戮力王室，克复神州，奈何颓然不振，徒作楚囚对泣呢？"数语颇有丈夫气。众乃收泪，相与谢过。导又借着酒兴，谈了一番匡复事宜，方才偕归。已而陈頵与王导书，请黜虚崇实，大略说是：

中华所以倾散，四海所以土崩者，正以取才失所，先白望虚名之意。而后实事，浮竞驱驰，互相贡荐。言重者先显，言轻者后叙，遂相波扇，乃至凌迟。加有老庄之俗，倾惑朝廷，养望者为弘雅，政事者为俗人，王职不恤，法物沦丧，夫欲制远，必由近始，故出其言善，千里应之。今宜改张，明赏信罚，拔卓茂于密县，显朱邑于桐乡，然后大业可举，中兴可冀耳。朱邑卓茂皆东汉时人。

看官试阅頵书，应知晋室危亡，正坐此弊，就是隔江人士，过从如鲫，亦不过侈谈文物，雅号风流，若要他戮力从公，实是寥寥无几，导虽有志振兴，但究未能转移风俗，得了頵书，无非是付诸一叹罢了。小子有诗咏道：

不经坚忍不成忠，士节凌夷国本空。
但解清谈终误国，余风尚自染江东。

江东初造，百废待兴，忽闻石勒在葛陂治兵，有进攻建业消息，免不得又要开战了。欲知后事,且阅下回。

回评 观怀帝之坐处危城,粮尽援绝,甚至欲出无车,欲奔无路,可见帝王失势,比庶民犹且不如。司马氏之列祖列宗,死后有知,应悔前时之挟权篡魏,反足贻祸子孙,是何如不为帝王之为愈也。刘曜石勒王弥辈,徒知屠掠,毫无英雄气象,不过因晋室无人,遂至横行海内,否则跳梁小丑,亦何能为?试看索綝贾疋等之倡言起义,一鼓而集十余万人,破刘粲,败刘曜,兵威大震,向使始终如一,则中兴事业,当属诸愍帝,而琅琊王睿无与也。彼刘曜石勒,亦乌能更迭称雄乎?要之得人者昌,失人者亡,两河已矣,江左虽多名士,亦不过互相标榜,无裨实用,此关洛之所以终亡,而江东之仍归积弱也。

第二十五回

贻书归母难化狼心　行酒为奴终遭鸩毒

却说石勒屯兵葛陂，课农造船，将攻建业。琅琊王睿，得知消息，乃大集士卒，使至寿春城会齐，即命镇东长史纪瞻为扬威将军，统兵讨勒。勒整兵抵御，两下相持至三月余，霖雨浸淫，连旬不绝，勒军中遇疫，粮食又尽，死亡过半。勒不免加忧，与将佐共议行止。右长史刁膺，谓不如输款江东，暂且求和，再作计较。勒愀然长啸，声尚未绝，即闪出三十余将，由孔苌为首领，厉声大呼道："刁长史休得胡言！试想我军未尝败衄，如何乞降？若分路进军，夜入寿春，斩吴将头，据城食粟，乘胜下丹阳，定江南，不出一年，可告成功，请刁公看着哩！"勒始有喜色，笑语诸将道："这才不愧为勇将了。"遂各赏镫马一匹。惟谋士张宾，始终无言。别有会心。勒顾问道："君意以为何如？"宾乃答道："将军攻陷京师，囚执天子，杀害王公，妻掠妃主，得罪晋室，擢发难数，奈何尚得改颜事晋呢？去年既杀王弥，不应南来，今天降霖雨，明明示意将军，速宜变计。"天道有知，也不应助勒。勒掀髯道："君意拟将何往？"宾又道："邺城西接平阳，山河四塞，为将军计，亟宜北行据邺，经营河北。河北既定，南下未迟。今可令辎重先发，将军从后徐退，定保无虞。江东军闻我北去，幸得自全，哪里还愿追袭呢？"为勒设想，原是此策最善。勒攘袂鼓髯道："妙计！妙计！决从张君。"又叱责刁膺道："汝既来佐孤，应思共成大业，奈何劝孤降晋？本应处斩，姑念汝素来胆怯，别无歹意，特从宽贷，不来杀汝。"膺慌忙拜谢，赧颜退去。勒即黜膺为裨将，擢宾为左长史，称为右侯。

勒遣从子石虎，领着骑兵二千，抵挡晋军。自引兵出发葛陂，辎重在先，兵队在后，依次北去。石虎往向寿春，适值江南运船数十艘，载米到来，他即麾兵抢夺，不料两岸俱有伏兵，一鼓齐起，围击石虎。虎兵贪劫运米，已无纪律，当然四溃。虎亦拍马急奔，晋将纪瞻追击，直至百里以外，竟及勒军。勒整阵以待，很是严肃。瞻不敢进逼，乃退还寿春。

第二十五回　贻书归母难化狼心　行酒为奴终遭鸩毒

勒复驱军北行,沿途皆坚壁清野,无从掠取,士卒饥甚,人自相食。致东燕渡河,闻汲郡太守向冰,聚众数千,驻扎枋头,勒恐被邀击,因召诸将问计。张宾鼓掌道:"今我军欲渡河北去,正苦乏船,何妨向冰借用。"诸将闻言,俱不禁暗笑,连勒亦诧为奇语。宾又说道:"诸君休笑!冰船尽在对岸,未入枋头,我若遣兵缚筏,从间道袭取冰船,载运大军,军一得济,还怕什么向冰呢?"勒依计而行,令部将孔苌支雄,诣文荥津,缚筏夜渡。果然船中无备,尽被两将夺来。及冰得闻警,率军收船,不但船已被夺,且勒军亦陆续渡河。冰急忙回营,扼堑固守。

勒令主簿鲜于丰挑战,三面埋伏,诱冰出来。冰初意原不欲出战,经丰至垒门前,百般辱骂,惹动冰怒,乃开门来追。丰且战且走,引冰入伏,同时俱起,夹攻冰军。冰欲归无路,欲战无继,只好杀开血路,落荒遁去。勒得入冰营,尽取营中资械,长驱寇邺。守将刘演,将所有守兵,分布三台,为保邺计。曹操在邺中作铜雀台,金虎台,冰井台,号邺中三台。勒将孔苌等,即欲攻扑三台,张宾道:"刘演虽弱,众尚数千,三台险固,未易攻拔,何必在此劳师?方今王浚刘琨,为公大敌,宜先往规取,区区一演,何足深虑!且天下饥乱,明公拥众游行,人无定志,终非善策,不如急据要地,广聚粮储,西禀平阳,北略幽并,方可图王称霸呢。"勒说道:"右侯所言甚是,但究应择居何地?"宾答道:"莫如邯郸襄国,请择一为都。"勒喜道:"我就进据襄国罢。"遂移兵至襄国,城内无备,兵民骇散,勒不费兵力,安据了襄国城。宾又向勒进议道:"今将军据此为都,刘琨王浚,必来相犯,若城堑未固,资粮未广,二寇交至,如何对待?宜亟收野谷,充作军食,一面速报平阳,具陈情形,将来缓急有恃,方可无虞。"勒乃表达刘聪,分命诸将略冀州,收降郡县数处,得粮济勒。刘聪亦复诏褒功,加勒散骑常侍,都督冀幽并营四州军事,领冀州牧,封上党公。先是勒被鬻茌平,与母王氏相失,王氏至此尚存,由并州刺史刘琨,访得王氏踪迹,特遣属吏张儒将王氏迎入府厅,款留数日,乃令儒偕王氏同行,送交石勒。勒得见王氏,母子重逢,且悲且喜,一面厚待张儒,儒取出琨书,交勒启视,书中说道:

　　将军发迹河朔,席卷兖豫,饮马江淮,折冲汉沔,虽自古名将,未足为喻,所以攻城而不有其人,略地而不有其土,翕尔云合,忽复星散,将军岂知其然哉?存亡决在得主,成败要在所附。得主则为义兵,附逆则为贼众,义兵虽败而功业必成,贼众虽克而终归殄灭。昔赤眉黄巾,横逸宇宙,所以一旦败亡者,正以兵出无名,聚而为乱,将军以天挺之姿,威振宇内,择有德而推崇,随时望而归之,勋义堂堂。长享退贵,背聪则祸除,向主则福至,采纳往诲,翻然改图,天下不足定,蚁寇不足扫。今相授侍中持节车骑大将军,领护匈奴中郎将襄城郡公,总内外之任,兼华戎之号,显封大郡,以表殊能,将军其受之,副远近之望也。自古以来,诚无戎人而为帝王者,至于名臣而建功业者,则有之矣。今之望风怀想,盖以天下大乱,亟须雄才,遥闻将军攻城野战,合于机神,虽不视兵书,暗与孙吴同契,所谓生而知之者上,学而知之者次,但得精骑五千,以将军之才,何向不摧?至心实事,皆张儒所具知,合当面述,伫待复音。

贴书睐母难化狼心

勒启书览毕,掀髯一笑,并不多言。惟设宴飨儒,款留一夕,至次日厚送赆仪;并取出名马珍宝,使儒转送刘琨,且给与复书,遣儒归报。儒即回晋阳,呈入勒书及礼仪。琨见书中寥寥数行,除首尾称呼外,只有四语,云:

事功殊念,非腐儒所闻。君当逞节本朝,吾自夷难为效。

琨掷下勒书,自思所谋未遂,禁不住长叹数声,随即趋入后庭,令歌伎数十人,作乐侑饮,排遣愁肠。原来琨素性奢豪,颇好声色,河南人徐润,善长音律,为琨所宠,琨竟擢为晋阳令。润恃势骄恣,干预政权。护军令狐盛,抗直敢言,屡劝琨除润,琨不肯从。已而润至琨处进谗,谓盛将劝公为帝,遂致激动琨怒,加盛死刑。琨母闻琨杀盛,召琨入责道:"汝不能驾驭豪杰,与图远略,乃好佞恶直,害及正人,祸必及我。"琨母颇有远识,可惜终难免祸。琨颇自认过,极思矫正,但始终不肯诛润。到了愁闷无聊的时候,仍然借着声色,聊作欢娱。但部下将吏,总道他是纵逸忘情,互生讥议,再加令狐盛枉遭杀害,尤失人心。可见人不宜有偏嗜。

盛子泥潜踪奔汉,泣拜刘聪,乞师报仇。父仇怨不共戴天,但向虏乞兵,亦属不合。聪问及晋阳内容,泥具言虚实。聪不禁大喜,便令河内王粲,入寇并州,即用令狐泥为向导,一面使中山王曜,率兵继进。看官阅过前回,应知曜在关中,为贾疋等所围,此时曜已失败,弃城遁还,被贬为龙骧将军,留居平阳。及刘粲出攻并州,乃复使他领兵策应,无非叫他立功赎罪的意思。刘琨闻汉兵入寇,亟东出常山,招募兵士,但令部将郝诜张乔,领兵拒粲。偏雁门诸胡,乘隙造反。上党太守龚醇,又复降汉,累得琨不能兼顾,没奈何遣使往代,至猗卢处乞援,自己决先平胡,然后御汉。哪知汉兵步步进逼,所遣郝诜张乔二将,只与汉兵战了一次,便即败亡。刘粲刘曜,竟乘虚进袭晋阳,晋阳虽尚有士卒数千,多系老弱残兵,不足御寇。太原太守高乔及并州别驾郝聿等,由琨委他居守,他急不暇择,竟开门迎纳汉兵。徐润不知何往,史传中未及提叙,大约总是降汉了。粲与曜相继入城,搜杀刘琨家属,琨父母并皆遇害。

汉主聪得晋阳捷报,仍授曜为车骑大将军,命前将军刘丰为并州刺史,同镇晋阳。刘琨正杀退诸胡,暮闻晋阳被围,急率轻骑还援,已是不及,乃复走常山,飞使敦促代公猗卢,速即济师。猗卢令子六修及兄子普根,将军卫雄范班箕澹等,率众数万,作为锋,自率大军为后应,耀武扬威,直指晋阳。刘琨收得散卒数千骑,自常山往会,导至汾东。刘曜出兵搦战,渡汾对垒,曜军已经饱掠,各无斗志,那代兵方如出水蛟龙,飞扬奋迅,一往无前,杀得曜军七颠八倒,东走西奔。曜尚不肯遽退,还想上前招架,偏遇代将突入,攒槊丛刺,曜身中七创,竟致堕落马下。汉讨虏将军傅虎,奋勇救曜,杀退代将,把曜扶起,使乘己马,曜凄然道:"我已不能再战了,宁可死在此地,将军不可无马,且驰还晋阳,请得大兵,为我报仇。"虎流涕道:"虎蒙大王识拔至此,常思效命,今日正应致死了。况汉室初基,宁可无虎,不可无大王。"说着,扶曜上马,自己步行,翼曜至汾水旁,使曜涉汾,复返截追军,竟致战死。

曜奔回晋阳,夜与河内王粲,并州刺史刘丰,掠得晋阳子女,出城逸去。琨引猗卢大军,连夜追蹑,追及蓝谷,大破汉兵,擒住刘丰,斩汉将邢延等三千余级,伏尸数百里,只曜与粲飞马遁去。猗卢回至寿阳山,令部众陈阅尸首,流血盈途,山石皆赤。琨自营门步入拜谢,再乞进兵。猗卢道:"我不早来,致君父母见害,未免抱愧。但君已得复州境,我军远来疲敝,不便再举。刘聪尚未可灭,容俟后图。"究竟是个外族,怎肯为琨尽力?琨亦不能相强,只好举酒饯行。猗卢留马牛羊各千余匹,车百乘,赠给与琨,并使部将箕澹段繁,助戍晋阳,自引大军北归。琨入城后,收瘗父母尸骸,即将刘丰斩讫,取血祭灵,大恸一场。嗣见城中民居,已被掠尽,一时不能规复,又恐寇至难守,乃徙居阳曲,招集亡散,抚慰疮痍,徐图后举罢了。

且说关中郡县,自经贾疋索綝等,兴兵匡复,多半略定,复将刘曜逐出长安,于是奉秦王业为皇太子,由雍城迎入长安,创立行台,祭坛告类。类系祭名。并建宗庙社稷,下令大赦,用阎鼎为太子詹事,总摄百揆,加封贾疋为镇西大将军,遥授南阳王保为大司马,领秦州刺史。保即模子,见前。尚书令司空荀藩,仍守本职,令他督摄远近。藩弟组为司隶校尉,行豫州刺史,仍奉永嘉年号,承制行事。且时距怀帝被掳的时候,已隔一年,中原久无共主,海内尚怀念故君,又无强宗可以推戴,所以海内臣民,除成汉两国外,共沿称永嘉六年。

究竟怀帝掳入平阳,如何处置,应该补笔叙明。怀帝被汉兵拘住,由呼延晏押至平阳,汉主聪升殿受俘,堂皇高坐。呼延晏先行入报,聪当然欣慰,面加晏为镇南大将军。晏拜谢毕,起立一旁,即呼左右押入怀帝及晋臣庾珉王俊等人。怀帝至此,身作俘囚,不得不向聪行礼。珉与俊随序下拜。聪狞笑道:"我父与汝先帝有交,应从宽宥,汝等可在此留居,听我命令便了。"怀帝与珉俊两人,又不得不稽首称谢。国君死社稷,何必至虏庭,况后来仍不得生存呢。聪乃命退居别室,派兵监守,一面称诏行赦,改元嘉平,封晋主为平阿公,晋臣庾珉王俊,为光禄大夫。怀帝也只好忍垢含羞,做了胡虏的臣奴。好容易寄居一年,汉皇后呼延后去世,宫内发丧,汉臣当然吊送,晋君臣亦未能免例,大约亦低首送丧,这却毋庸细表。

先是刘聪上烝单太后,非常亲昵,太弟北海王乂,委实看不过去,屡

第二十五回　贻书归母难化狼心　行酒为奴终遭鸩毒

至宫中进规单后，回应二十二回。单后又恨又惭，竟致成疾，不到一年，便即死别。聪悲悼万分，足足哭了好几日。嗣闻单后病死，由乂规谏所致，免不得与乂有隙。聪后呼延氏，又另存一种思想，时常忌乂，一日，向聪进言道："父死子继，古今常道，如陛下践位，实承高祖遗业，奈何今日立一太弟呢？妾恐陛下百年以后，粲兄弟将无遗种了。"不立太弟，未见粲等果得留种。聪半响方答道："容我徐作计较。"呼延后复道："事缓变生。太弟见粲兄弟渐长，必至不安，万一有他人构衅，祸且立发了。陛下能容太弟，太弟未必肯侍陛下。"聪应声道："我知道了。"单太后有兄名冲，曾仕汉为光禄大夫，平时出入宫禁，已有风闻，乃往东宫见乂，未言先泣。乂惊问何因？冲方与密语道："疏不间亲，主上已属意河内王，请殿下先机退让，免蹈危机！"乂瞿然道："河瑞末年，主上因嫡庶有别，尝让位与乂。乂因主上年长，故相推奉，天下系高祖的天下，兄终弟及，有何不可？就是粲兄弟将来序立，犹如今日。若谓疏不间亲，乂想子弟关系，相去无几，主上亦未必爱子憎弟哩。"尚在梦中。冲见乂未肯相信，因默然退去。惟聪虽听信妇言，有意废乂，但回忆单后生时，如何柔媚，如何亲爱，又不觉耳热面红，未忍将乂废去。蹉跎过了一两年，呼延后得病身亡，想是忧死。少了一个太弟对头，越将前事搁起。

且聪本好色，自单后死后，广选名家女子，充入后宫，及呼延后殁，即命司空王育女为左昭仪，尚书令任颛女为右昭仪，大将军王彰女，中书监范隆女，左仆射马景女，皆为贵人，右仆射朱纪女为贵妃，均佩金印紫绶，轮流进御。后又探悉太保刘殷，家多丽姝，女二人，女孙四人，统是天姿国色，秀丽绝伦，遂欲一并纳入，充作嫔嫱。不问尊卑长幼，好算廓然有容。太弟乂独援同姓不婚的古例，上书切谏。聪乃转问太宰刘延年及太傅刘景，两人专知迎合，便齐声答道："太保自谓出自刘康公，系周朝卿士，见《春秋左传》。与陛下同姓异源，何不可纳？"聪闻言大喜，便即召入刘氏二女及四女孙，拜二女为左右贵嫔，位在昭仪上，四女孙为贵人，位次贵嫔。六个美人儿，同时入宫，引得这位汉主聪，应接不暇，镇日里深居简出，罕闻外事。廷臣陈奏，辄令中黄门收入，归左右两贵嫔裁决。两贵嫔一名英，一名娥，隐寓娥皇女英的意思。尧二女名娥皇女英。刘殷本是晋臣，旧为新兴太守，陷没汉廷，历官侍中太保，并将二女及四孙女，尽献与聪，取荣求媚，这也是无耻已极了。应该斥骂。

既而晋主三封郡公。聪授晋仪同三司，会稽郡公。庾珉王俊，依次加秩。晋君臣入朝拜谢，聪引与共饮，从容语晋主道："卿前为豫章王时，朕在中原，曾与王武子即王济表字。见首文。访卿，卿尝示朕乐府歌，又引朕入射厅，同试技艺，朕得十二筹，卿与武子俱得九筹，卿赠朕柘弓银砚，今可记忆否？"怀帝答道："臣怎敢失记，但恨当时不早识龙颜。"亏他厚脸说出。聪又道："卿家骨肉，何故屡相残害？"怀帝道："这是天意，实非人事。大汉将应天受命，故为陛下自相驱除，若臣家能守武帝遗业，九族敦睦，陛下何从得平河洛呢？"聪不禁大笑，饮至黄昏，竟呼出小贵人刘氏，赏与怀帝，且与语道："这是名公女孙，今赐为卿妻，卿好为待遇，幸勿轻视！"说至此，又转嘱刘氏数语，面封她为会稽国夫人，使怀帝即夕领去。

光阴容易，转瞬冬残，越年元旦，聪御光极殿，大宴群臣，使晋主改着青衣，旁立斟酒。怀帝不堪耻辱，满面生惭。庾珉王俊，时亦在列，禁不住悲恸起来。聪顿时动恼，把他斥出。至怀帝行酒毕，亦令退去。过了旬月，有人告讦庾珉王俊，说他阴谋变乱，将召刘琨入攻平阳，聪即遣人赉着毒酒，鸩死怀帝，并杀庾珉王俊。总计怀帝在位四年余，臣虏一年余，殁时三十岁。小子有诗叹道：

　　青衣行酒作囚奴，天子宁甘拜黠胡？
　　畏死终难逃一死，何如临变早捐躯？

怀帝遇害，耗问四达，欲知晋朝有无嗣主，且至下回说明。

第二十五回　贻书归母难化狼心　行酒为奴终遭鸩毒

回评　由石勒带及刘琨,由刘琨带及刘曜,由刘曜带及猗卢,事迹复杂,全赖作者一支妙笔,随事联属,方不至断断续续,足令阅者一目了然。下半回因秦王入关,串入怀帝,复由怀帝串入刘聪,叙及汉宫诸事,即以怀帝得配刘氏,主青衣行酒,遇害作结。看似随笔铺叙,而笔下煞费经营,阅者试览晋朝各史,有是穿插否?有是明白否?即此一回,已见作者苦心,而得失褒贬,又如见言表,是固兼有三长,与刘知几之言,隐相吻合者也。

第二十六回

诏江东愍帝征兵　援灵武麴允破虏

却说秦王业入居长安,已阅一年,长安新遭丧乱,户不满百,荆棘成林,太子詹事阎鼎与征西将军贾疋,职掌内外,又未免挟权专恣,未协舆情。汉梁州刺史彭荡仲,被疋袭死。见前回。荡仲子天护,纠合群胡,来攻长安。疋出拒天护,竟至败回。天护从后追击,时已日暮,疋误堕涧中,士卒奔散,无人捞救,再经天护等乱投矢石,眼见是一命归阴了。天护既得杀疋,引众自归,长安还得无恙。偏扶风太守梁综,调任京兆尹,与鼎争权,鼎将综杀死,另用王毗代任。综弟梁纬,方守冯翊,梁肃又新任北地太守,闻兄遇害,当然不服。索綝麴允,本来是倡义勤王,应称功首。及秦王入关,反被阎鼎做了首辅,专揽大政,两人亦暗抱不平。綝与梁氏兄弟,又系姻亲,因即共同联络,说鼎擅杀大臣,目无主上,一面上笺秦王,请加严谴,一面号召党与,即行声讨。鼎虑不能敌,出奔雍城,为氐人窦首所杀,传首长安。事功未就便自相残害,怎得不亡?于是麴允索綝,才得逞志。允领雍州刺史,綝领京兆太守,承制黜陟,号令关中。至怀帝凶问,得达长安。秦王业举哀成礼,由麴索两大臣及卫将军梁芬等,奉业即位,是谓愍帝,传旨大赦,改元建兴。命梁芬为司徒,麴允为尚书左仆射,录尚书事,索綝为尚书右仆射,领吏部京兆尹。寻即加綝卫将军,兼官太尉。公私只有车四乘,百官无章服印绶,但用桑版署号,将就了事。嗣复命琅琊王睿为左丞相,都督陕东诸军事,南阳王保为右丞相,都督陕西诸军事,且诏谕二王道:

夫阳九百六之灾,虽在盛世,犹或遘之。朕以幼冲,纂承洪绪,庶凭祖宗之灵,群公义士之力,荡灭凶寇,拯拔幽宫,瞻望未达,肝心分裂。昔周召分陕,姬氏以隆,平王东迁,晋郑为辅,今左右丞相,茂德齐圣,国之昵属,当恃二公。扫除鲸鲵,奉迎梓宫,克复中兴,令幽并二州,勒卒三十万,直造平阳,右

第二十六回　诏江东愍帝征兵　援灵武麴允破虏

丞相宜率秦凉雍武旅三十万，径诣长安，左丞相率所领精兵二十万，径造洛阳，分遣前锋，为幽并后应，同赴大期，克成元勋，是所至望，毋替成命！

是时琅琊王睿，保守江东，无心北上，得新皇诏旨，但遣使表贺，不愿兴师。前中书监王敦，由洛阳陷没以前，已出任扬州刺史，幸不及祸。睿召为军谘祭酒，及扬州都督周馥走死。见二十三回。睿又令敦复任扬州都督征讨诸军事。江州刺史华轶及豫州刺史裴宪，不受睿命，均由敦会师往讨。斩华轶，逐裴宪，威名浸盛。荆州刺史王澄，屡为杜弢所败，走奔沓来。见二十四回。他与敦为同族弟兄，因即致书乞援，敦转达琅琊王睿，睿令军谘祭酒周顗往代，召澄为军谘祭酒，且遣敦接应周顗，同讨杜弢。敦乃进屯豫章，为顗后援，澄既得交卸，回过豫章，与敦相见。敦自然接待，共叙亲情。惟澄素轻敦，敦素惮澄，此次澄遭败衄，尚傲然自若，仍把那旧日骄态，向敦凌侮，敦也是一个杀星，至此怎肯忍受？眉头一皱，计上心来，佯请澄留宿营中，盘桓数日，暗中实欲害澄。澄尚有勇士二十人，执鞭为卫，自己尝手捉玉枕，防备不测。敦不便下手，复想出一策，宴澄左右，俱令灌醉，又伪借玉枕一观，澄不知有诈，出枕付敦。敦奋然起座，指澄叱责道："兄何故与杜弢通书？"澄亦勃然道："哪有此事？

有何凭据？"敦置诸不理，即召力士路戎等，入室杀澄。澄一跃登梁，呶呶骂敦道："汝如此不义，能勿及祸么？"敦指麾力士，上梁执澄。澄虽力大，究竟双手不敌四拳，终被路戎等拿下，把他搤死。澄固有取死之道，但敦之残忍，已可概见。

　　太子洗马卫玠，素为澄所推重，时正寓居豫章，见敦忍心害理，不欲久依，乃致书别敦，奔投建业。未几即殁，年才二十七岁。玠系故太保卫瓘孙，表字叔宝，幼时风神秀异，面如冠玉，当时号为璧人。骠骑将军王济，即王浑子。为玠舅父，亦具丰姿，及与玠相较，尝自叹道："珠玉在侧，使我形秽。"又辄语人道："与玠同游，好似明珠在侧，朗然照人。"至玠年已长，好谈玄理，语辄惊人。王澄雅善清谈，每闻玠言，必叹息绝倒。时人尝谓："卫玠谈道，平子绝倒。"平子即澄表字。玠妻父河南尹乐广，素有清名。广号冰清，玠称玉润，翁婿联镳，延誉一时。怀帝初年，征为太子洗马。玠见天下将乱，奉母南行，到了江夏，玠妻病逝，征南将军山简，待玠甚优，且将爱女嫁为继室。玠纳妇山氏，又复东下，道出豫章，正值王敦镇守。敦长史谢鲲，相见倾心，欢谈竟夕。越日，引玠见敦，敦亦叹为名士。别敦后转趋建业。江东人士，素闻玠有美姿，聚观如堵。琅琊王睿，拟任以要职，偏玠体羸多病，竟致短命。玠被人看杀，语足解颐。谢鲲哭玠甚哀，人问他何故至此？鲲答道："栋梁已断，怎得不哀呢？"玠不过美容善谈，非必真命世才，后人称道不置，传为佳话。故随笔叙入。

　　且说王澄卫玠，相继死亡，琅琊王睿，乃别用华谭为军谘祭酒，谭先为周馥属吏，走依建业，睿尝问谭道："周祖宣馥字祖宣。何故造反？"谭答道："馥见寇贼滋蔓，神京动摇，乃请迁都以纾国难，执政不悦，兴兵讨馥。馥死未几，洛都便覆，如此看来，馥非无先见，必谓他有意造反，实是冤诬。"睿又道："馥身为镇帅，拒召不入，见危不扶，就是不反，也是天下罪人呢。"谭亦接着道："见危不扶，当与天下人共受此责，不能专责一馥呢。"睿默然不答。自问能无愧衾影否？参军陈颙，数持正论，犯颜敢谏，府吏多半相忌，就是睿亦恨他多言，竟出颙为谯郡太守。不信仁贤，故卒致偏安。既而长安忽又有诏命到来，当由睿接读，诏书有云：

第二十六回　诏江东愍帝征兵　援灵武麹允破虏

　　朕以冲昧，纂承洪绪，未能枭夷凶逆，奉迎梓宫，枕戈烦冤，肝心抽裂。前得魏浚表，知公率先三军，已据寿春，传檄诸侯，协齐威势，想今渐进，已达洛阳。凉州刺史张轨，乃心王室，连旃万里，已到汧陇，梁州刺史张光，亦遣巴汉之卒，屯在骆谷。秦川骁勇，其会如林，间遣使探悉寇踪，具知平阳虚实。且幽并隆盛，余胡衰破，顾彼犹恃险不服，须我大举，未知公今所到此处，是以息兵秣马，未便进军。今若已至洛阳，则乘舆亦当出会，共清中原。公宜思弘谋猷，勖济远略，使山陵旋返，四海有赖，故遣殿中都尉刘蜀苏马等，具宣朕意。公茂德昵属，宣隆东夏，恢融六合，非公而谁？但洛都寝庙，不可空旷，公宜镇抚以绥山东。右丞相当入辅弼，追踪周召。以隆中兴也。东西悬隔，跂予望之！

　　睿读罢诏书，踌躇半晌，始接待刘蜀苏马，与他会谈。略说"江东粗定，未暇北伐，只好宽假时日，方可兴师"云云。刘苏二人，亦不便力劝，当即告辞。睿使他赍表还报，便算复命。当时恼动了一位正士，竟从京口谒睿，愿假一偏师，规复中原。这人为谁？乃是军谘祭酒祖逖。江东如逖，寡二少双，故从特笔。逖字士雅，世籍范阳，少年失怙，不修仪检。年十四五犹未知书，惟轻财好侠，慷慨有气节。后乃博览书史，淹贯古今，旋与刘琨俱为司州主簿，意气相投，共被同寝。夜半闻鸡鸣声，蹴琨使醒道："此非恶声，能唤醒世梦，披衣起舞。"有时与琨谈及世事，亦互相策励道："若四海鼎沸，豪杰并起，我与足下，当相避中原呢。"已而，累迁至太子舍人，复出调济阴太守。会丁母忧，去官守丧。及中原大乱，乃挈亲党数百家，避居淮泗。衣服粮食，与众共济，众皆悦服，推为行主。琅琊王睿，颇有所闻，特征为军谘祭酒，使戍京口。逖常怀匡复，纠合骁健，谋为义举。闻睿两得诏书，仍未北伐，乃毅然入谒，向睿进言道："国家丧乱，并非由上昏下叛，实由藩王争权，自相残杀，遂致戎狄乘隙，流毒中原。今遗黎既遭酷虐，人人思奋，欲扫强胡，大王若决发威命，使如逖等志士，作为统率，料想郡国豪杰，必望风归向，百姓亦共庆来苏，中原可复，国耻可雪，愿大王毋失时机！"是英雄语。睿见他义正词严，倒也不好驳斥，乃使为奋威将军，领豫州刺史，给千人粮，布三千匹，惟不发铠仗，使逖自往招募。明明是不愿动兵。逖也不申请，当即辞归，便率部曲百余家，乘舟渡江，驶至中流，击楫宣誓道："祖逖若不能澄清中原，便想渡还，有如大江。"语至此，神采焕发，非常激昂，众皆感叹。及抵江阴，冶铁铸械，募得二千余人，然后北进。并州都督刘琨，闻逖起兵渡江，慨然语人道："尝恐祖生先我着鞭，今祖鞭已进着了。"看官听说，这时候的刘琨，已由愍帝拜为大将军，都督并州诸军事。琨志在同仇，但苦力弱，当时曾奉一谢表，说得感慨淋漓，略云：

陛下略臣大愆，录臣小善，猥蒙天恩，光授殊宠，显以蝉冕之荣，崇以上符之位，伏省诏书，五情飞越。臣闻晋文以郤縠为元帅而定霸功，汉高以韩信为大将而成王业，咸有敦诗说礼之德，戎昭果毅之威，故能振丰功于荆南，拓洪基于河北。况臣凡陋，拟踪前哲，俯惧折鼎，虑在复悚。昔曹沬三败而收功于柯盟，冯异垂翅而奋翼于渑池，皆能因败为成，以功补过。陛下宥过之恩已隆，而臣自新之善不立，臣虽不逮豫闻前训，恭谨之节，臣犹庶几。所以冒承宠命者，实欲没身报国，以死自效。臣闻夷险流行，古今代有，灵厌皇德，曾未悔祸。蚁狄纵毒于神州，夷裔肆虐于上国，七庙阙禋祀之飨，百官丧彝伦之序，梓宫沦辱，山陵未兆，率土永慕，思同考妣。陛下龙姿日茂，睿质弥光，升区宇于既颓，崇社稷于已替。四海之内，肇有上下，九服之萌，复睹典制。但尚蒙尘于外，越在秦郊，烝尝之敬在心，桑梓之思未克。臣备位历年，才质驽下，权假位号，未报涓埃。得奉先朝之班，苟存偏师之职，赦其三败之愆，收其一功之用，使获骋志虏场，快意大逆，虽身膏野草，无恨黄墟。陛下偏恩过隆，曲蒙抽擢，遂授上将，位兼常伯，征讨之务，得从便宜，拜命惊惶，五情战悸，深惧陨越，以为朝羞。昔申胥不殉柏举，而成复楚之勋，伍员不从城父，而济入郢之绩，臣虽顽钝，无觊古人，其于披坚执锐，致身寇仇，当惟力是视，有死无二。受恩图报，谨拜表陈闻！

琨上表后，适值汉石勒从子石虎，为勒所遣，率众攻邺。虎长七尺五寸，勇悍好杀，善战无前。勒尝因他生性凶残，意欲杀虎，还是

第二十六回 诏江东愍帝征兵 援灵武麹允破虏

勒母王氏,从旁戒勒道:"快牛为犊,多能破车,汝且容忍为是。"真是养虎贻患。勒乃罢议,屡使虎领兵为寇。邺中

守将刘演,系刘琨兄子,据守三台,见前回。被虎攻入。演奔廪邱,琨乃令演为兖州刺史,暂借廪邱为汛地。同时有三个兖州刺史,一为司空荀藩所遣,叫作李述,一为琅琊王睿所遣,叫作郗鉴,第三个便是刘演。琨因寇氛日亟,复议出师,即约同代公猗卢,会叙陉北,共谋击汉。猗卢乃遣拓跋普根,进屯北屈。琨亦进据蓝谷,使监军韩据,领兵攻西平。汉主聪使刘粲等拒琨,刘易等拒普根,兰阳等助守西平。琨见汉兵有备,又复退还。汉兵仍未撤回,为战守计。刘聪更命中山王曜,西攻长安。曜遣降将赵染为先锋,驱兵大进。愍帝忙遣麹允为冠军将军,出次黄白城,堵御汉兵。允与染交战数次,均皆失利,再加曜军从后继进,关东大震。愍帝又授索綝为征东大将军,引兵助允。染闻索綝复至军前,即向曜献策道:"麹允索綝,先后继至,长安必定空虚,若往掩袭,一鼓可下了。"曜亦以为奇计,立拨精兵五千,归染统带,使袭长安。染从间道绕出,直趋长安城下。长安果然无备,更兼染兵衔枚夜进,尤不及防。

三更已过,愍帝在秦宫酣寝,忽有卫士入报,说是汉兵已入外城,吓得愍帝梦中惊醒,慌忙披衣起床,走奔射雁楼。幸喜内城各门,还是紧闭,城上有卫卒保守,未曾失手,因此染不能攻入,只在龙首山麓,纵火大噪,焚掠诸营。待至天明,染始退屯逍遥园,晋将

麹鉴，自阿城引兵入援，杀退赵染，乘胜追击，驰至灵武。刚值刘曜统兵前来，染得了援军，自然杀回。麹鉴部下，只五千人，怎能抵敌得住，顿时奔溃，逃还阿城。曜与染就在灵武扎营，拟休息一宵，再攻长安。不料到了夜半，营外突然火起，满寨皆红，曜从睡梦中跃起，仓皇对敌，部众都睡眼蒙眬，穿了军服，不及持械，携了刀枪，不及衣甲，那外兵似潮涌入，如何阻拦？汉冠军将军乔智明，不识好歹，尽管向前堵截，突被来兵裹住，四面攒刺，戳毙帐中。汉兵无从抢救，越加心慌，彼此都逃命要紧，乱窜出营。曜与染亦料不可支，统从帐后遁去。到了晨光熹微，汉垒已都扫光，单剩了一堆尸骸，约莫有三五千名，来兵得胜而返，为首大将，乃是晋尚书左仆射麹允。允料曜恃胜无备，乘夜劫营，果得了一大胜仗，奏凯还师。<small>倒戟而出。</small>曜与染奔还平阳，好几月敛兵不动。

　　惟占据襄国的石勒，锐图幽并，想出许多计策，既欺王浚，复绐刘琨，竟先将幽州夺去，然后规取并州。幽州都督王浚，自洛阳陷没后，设坛祭天，假立太子，自为尚书令，布告天下，托言密受中诏，承制封拜，备置百官，列署征镇。适前豫州刺史裴宪，由南方奔至，浚命宪与女夫枣嵩，并为尚书，大张威令，专行征伐。遣督护王昌，中山太守王豹等，会同鲜卑部长段疾陆眷，<small>系务勿尘子。务勿尘见前十六回。</small>及疾陆眷弟匹䃅文鸯，从弟末柸，率众三万，共攻石勒。勒出战不利，奔还城中。末柸轻入城闉，为勒所获，勒即以末柸为质，遣人至疾陆眷处求和。疾陆眷恐末柸被杀，不得不允从和议，遂用铠马金银，取赎末柸。勒召末柸与饮，格外欢昵，约为父子，复厚赠金帛，送还疾陆眷军前。疾陆眷感勒厚惠，复与石虎订盟，结为兄弟，誓不相侵，引兵自去。王昌等失去厚援，当然退归。

　　看官记着！王浚与段氏，本来是甥舅至亲，相约为助，<small>浚曾嫁女与务勿尘，故称甥舅。</small>此次段氏被石勒诱去，仿佛似断了一臂，全体皆僵。父子且不可恃，遑问甥舅？浚尚不以为意，反与刘琨争冀州。原来代郡上谷广宁三郡人民，尚属冀州管辖，至是因王浚苛暴，趋附刘琨，所以浚愤愤不平，竟把讨勒各军撤回，与琨相距，往略三郡。琨不能与争，只好由他张威，三郡士女，俱被浚兵驱逐出塞，流离颠沛，奄毙道旁。浚且欲自称尊号，戕杀谏官，遂令强虏生心，伺间而

入,这叫作自作孽,不可活呢。小子有诗叹道:

　　无才妄想建雄图,纵虐残民毒已逋。
　　天网恢恢疏不漏,诛凶手迹假强胡。

欲知王浚后事,且看下回详叙。

回评　琅琊王睿,两次受诏,仍按兵不进,彼以江东为乐土,姑息偷安,已为有识者所共见。祖逖志士,击楫渡江,实为当时第一流人物,但大厦将倾,断非一木所能支持。他如江左夷吾,名未副实,余子碌碌,尤不足道。其稍称勇武者,则又如王敦辈之残忍好杀,致治不足,致乱有余耳。若愍帝草创长安,即遭内讧,预兆不祥,称尊以后,曲索二相,智不足以御寇,才不足以保邦,灵武之役,得败刘曜,第一时之幸事耳。彼王浚刘琨,名为健将,又自相龃龉,互构争端。要之晋室之败,在一私字,在一争字,诸王营私则相争,大臣营私则又相争,方镇营私,则更相争,内讧不已,而夷狄已入据堂奥,举国家而尽攫之,可哀也夫。

第二十七回

拘王浚羯胡吞蓟北　毙赵染晋相保关中

却说王浚骄盈不法，意欲称尊，商诸燕相胡矩。矩婉言谏阻，致拂浚意，被徙为魏郡守。燕国霍原，志节清高，浚屡征不就，再使人诱令劝进，原当然不从，浚竟诬原谋变，派吏拘原，枭首以徇。北海太守刘搏，及司空掾高柔，相继切谏，又为浚所杀。女夫枣嵩，最得浚宠，尚有掾属朱硕，表字丘伯，亦专事谀媚，甚惬浚心。两人朋比为奸，贪婪无度，北州有歌谣云："府中赫赫朱丘伯，十囊五囊入枣郎。"又有一谣云："幽州城门似藏户，中有伏尸王彭祖。"彭祖即王浚表字。浚又令枣嵩督率诸军，出屯易水，复召段疾陆眷，与同讨勒。疾陆眷已与勒有盟，哪里还肯应召？浚引为深恨，使人赍着金帛，往赂代公猗卢，令讨段氏，再檄鲜卑部酋慕容廆，发兵助讨。猗卢遣子六修往攻，为疾陆眷所败，退还代郡。独慕容廆所向皆捷，得取徒河。慕容氏已见前文。先是河洛人氏，北向避乱，俱往依王浚，嗣见浚政刑日紊，往往他去，作塞外游。外族以段氏慕容氏为最盛，段氏兄弟，专尚武力，不礼文士，惟廆喜交宾客，雅览英豪，所以士多趋附，远近如归。廆尝自称鲜卑大单于，至王浚承制封拜，授廆散骑常侍，冠军将军，前锋大都督，大单于名号，廆却不受。此次奉檄攻段，并非甘为浚使，不过段氏盛强，亦中廆忌，所以乐得卖情，出兵拓土。他部下却有许多人物，分任庶政，河东人裴嶷，代郡人鲁昌，北平人杨耽，为廆心腹。广平人游邃，北海人逢羡，渤海人封抽，西河人宋奭，河东人裴开，为廆股肱。平原人宋该，安定人皇甫岌、皇甫真，渤海人封弈、封裕，并典机要。会稽人朱左车，泰山人胡母翼，鲁人孔纂，皆为宾友。又平原宿儒刘赞为东庠祭酒，令子皝带着国胄，北面受业，居然习礼讲让，用夏变夷。慕容之兴，实基于此。幽州从事韩咸，监护柳城，入谒王浚，盛称廆下士爱民，无非是借廆讽浚，诱令改过的意思。不料浚竟翻起脸来，叱他私通外族，喝令斩首。

嗣是人心益离，往往叛入鲜卑，再加幽州一带，连岁饥馑，不是旱

第二十七回　拘王浚羯胡吞蓟北　毙赵染晋相保关中

灾,就是蝗灾,百姓非常困苦。浚尚纵令枣嵩诸人,横征暴敛,荼毒生灵。古人有言:"木朽虫生。"为了幽州衰敝,遂至汉将石勒,虎视眈眈。他还未敢遽行动手,拟先遣使往觇,探明虚实。僚佐请用羊祜陆抗故事,见前文。致书王浚,以便通使。勒乃转咨右长史张宾。宾答道:"浚名为晋臣,实图自立,但患四海英雄,不肯依附,所以迁延至今。将军威振天下,若卑辞厚礼,与彼交欢,犹惧未信,况如羊陆抗衡,能使彼相信不疑么?"勒踌躇道:"如右侯言,将用何术?"宾说道:"荀息灭虞,勾践沼吴,俱见《春秋左传》。前策具在,奈何不行?"勒闻言大喜,便令宾草就一表,特遣舍人王子春董肇,赍表诣浚,又使带去许多珍宝,半献王浚,半赠枣嵩。子春与肇,领命至幽州,当由王浚召入,问明来意。子春格外谦恭,拜呈表文,浚即取表展览,但见纸上写着:

勒本小胡,遭世饥乱,流离屯厄,窜命冀州,窃相保聚,以救性命。今晋祚沦夷,中原无主,殿下州乡贵望,四海所宗,为帝王者,非公其谁?勒所以捐躯起兵,诛讨暴乱者,正欲为殿下驱除尔。伏愿殿下应天顺人,早登皇祚。勒奉戴殿下,如天地父母,殿下察勒微忱,亦当视之如子也。谨此表闻!

浚览表毕,禁不住喜笑颜开,再由子春等奉上珍物,都是五光十色,价值连城,好钓饵。便命左右一概全收,使子春等左右旁坐,欢颜与语道:"石公亦当世英雄,据有赵魏。今乃向孤称藩,殊为不解。"我亦不解。子春本是辩士,随口答道:"石将军兵力强盛,诚如圣论,但因殿下中州贵望,威振华夷,石将军自视勿如,所以愿让殿下。况自古到今,胡人为上国名臣,尚有所闻,从未有突然崛起,得为帝王。石将军推功让美,正是明识过人,殿下亦何必多疑呢?"欺弄王浚即此已足。浚顿时大悦,面封子春等为列侯。子春等当然拜谢,退就宾馆。又将礼物一份,赠与枣嵩,托他善为周旋。嵩满口应承,入与王浚商议,遣使报勒,厚赆子春与肇,偕使同行。

既到襄国,勒先将劲卒精甲,藏入帐后,唯用赢卒站立,开府接使,北面拜受来书。浚使亦略有礼物相遗,内有麈尾一柄,勒佯不敢执,高悬壁上,且对浚使道:"我见赐物,如见王公,当朝夕下拜呢。"随即款宴浚使,待如上宾,挽留了好几日,方才送归。复遣董肇奉表与浚,约期入谒,当亲上尊号,并修笺传达枣嵩,求封并州牧兼广平公。浚使返报,具言勒形势寡弱，款诚无二，再经董肇接踵到来，奉表递笺，喜得王浚翁婿二人，如痴如狂，一个是候补皇帝，一个是候补宰相，指日高升，说不尽的快活了。恐怕要请君入瓮。

石勒部署兵马，将赴幽州，唯尚有一种疑虑，迟延未发。张宾入问道："将军果欲袭人，须掩他不备。今兵马已经部署，尚延滞不行，莫非虑及刘琨及鲜卑乌桓等部落，乘虚袭我么？"勒皱眉道："我意原是如此，右侯有无妙策？"宾答道："刘琨及鲜卑乌桓，智勇俱不及将军，将军虽然远出，彼亦未敢遽动。且彼亦未知将军一往，便能速取幽州，将军轻骑往返，不过二旬，就使彼有心图我，出师掩至，将军已可归来，自足抵御。若再恐刘琨路近，变生意外，何妨向琨请和，佯与周旋。琨与浚名为同寅，实是仇敌，万一料我袭浚，亦必不肯往援，兵贵神速，幸勿再延！"料事如神，可惜所事非主。勒跃然起立道："我所未了的事情，右侯能为我代了，还有何说？"遂命军士蓐夜起程，亲自督行，所有与琨求和的书函，统委张宾办理。

宾替勒修笺，遣人达琨，无非说是"去逆效顺，讨汉自赎"等语。与对待王浚不同，便是看人行计。琨得笺大喜，移檄州郡，谓"勒已奉笺乞降，当与代公猗卢，共讨平阳，这是累年积诚所感，得此效果"等语。仿佛做梦。勒在途中接得消息，越发放心前进，行至易水，为王浚督护孙纬所闻，忙驰入白浚，请速拒勒。浚笑语道："石公此来，正践前约，如何拒他？"说至此，旁立许多将佐，齐声进谏道："羯胡贪而无信，必有诡谋，不如出击为是。"浚不禁动怒道："他既有心推戴，正应迎他进来，汝等反谓可击，真正奇怪。"道言未绝，又由范阳镇守游统，奉书至浚，略言"石勒前来，志在劝进，请勿多疑"云云。看官，你道游统何故上书？原来统已阴附石勒，卖主求荣，所以特地报浚，借坚浚信。浚越以为真，便下令道："敢言击勒者，斩！"将佐乃不敢再言。浚且预备盛筵，俟勒入府舍时，替他接风。

过了两天，勒已率兵驰至，天适破晓，叫开城门，尚恐内有埋伏，先驱牛羊数十头进城，假称礼物，实欲堵截街巷，阻碍伏兵，待见城内空虚，乃麾众直进，立即四掠。浚左右亟请抵御，尚未邀允。但浚到此时，也觉惊惶，或坐或起，形神不安。勒率众升厅，召浚出见，浚还望他好意相待，昂然出来，甫至厅前，即被勒众七手八脚，把浚拘住。浚无子嗣，

第二十七回　拘王浚羯胡吞蓟北　毙赵染晋相保关中　·205·

只有妻妾数人,被勒众入内搜劫,牵出见勒。浚妻乃是继室,年齿未暮,尚有姣容。勒拉与并坐,始令兵士推浚入厅。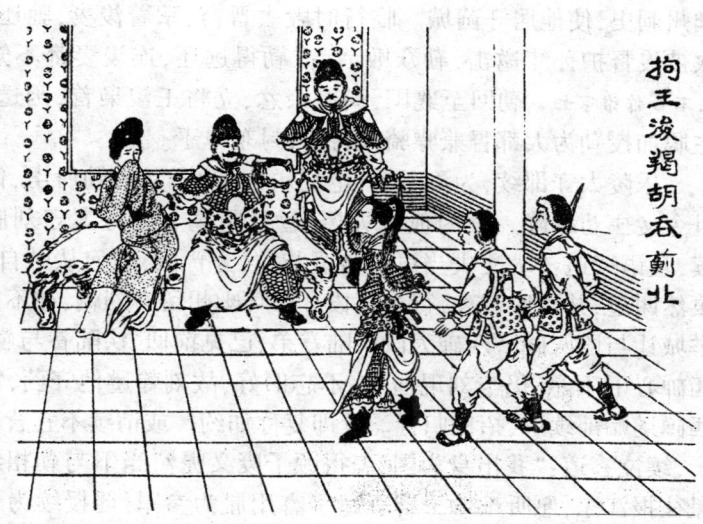楼人妻而见其夫,太属淫恶,但莫非由浚自取。浚且惭且愤,向勒骂道:"胡奴调侃乃公,为何凶逆至此?"勒狞笑道:"公位冠元台,手握强兵,坐睹神州倾覆,不发一援,反欲自为天子,尚得谓非凶逆么?况闻公委任奸贪,残虐百姓,贼害忠良,毒遍燕蓟,这才叫做真正凶逆呢。"说着,即派部将王洛生,率领五百骑兵,先送浚往襄国。浚被押出城,愤投濠中,又被骑兵捞起,上了桎梏,匆匆去讫。勒收捕浚众万余人,一律杀死。

　　浚将佐等均诣勒帐谢罪,馈赂交错,独尚书裴宪,从事中郎荀绰,未见往谢。勒使人召至,面加呵责道:"王浚暴虐,由孤亲来讨伐,首恶已擒,诸人俱来庆谢,二人乃甘与同恶,难道独不怕死吗?"宪接口道:"宪等世仕晋朝,得蒙宠禄,浚虽粗悍,犹是晋室藩臣,所以宪等相从,不敢有贰。明公若不修德义,专尚威刑,宪等自知应死,也不愿求免了。"言毕,即掉头趋出。勒急忙呼还,待以客体,惟拿下枣嵩朱硕,责他纳贿乱政,推出枭斩。游统自范阳进见,满望功成加赏,不料勒叱他不忠,也命斩首。应该处斩,足为卖主求荣者戒。又籍浚将佐亲戚,多半是积资巨万,只裴宪荀绰家内,有书百余箱,盐米十余斛罢了。勒语僚属道:"我不喜得幽州,但喜得二人呢。"遂令宪为从事中郎,绰为参军。甘心事羯,终非好汉。分遣流民,各还乡里。一住二日,便拟旋师。授前尚书刘翰为幽州刺史,使他居守蓟城。临行时毁去晋宫,挈着浚妻,驰还襄国。途次被浚督护孙纬邀击,勒众败溃,惟勒得逃还,连浚妻都不知去向了。又不知作谁家妇。勒回至襄国,尚有余忿,立将王浚枭首,函送平阳。汉主聪加授勒为大都督兼骠骑大将军,封东单于。

乐陵太守邵续,为浚所署,屯居厌次,续子乂为勒所虏,使为督护,且令乂往劝续降。续因孤危失援,暂且附勒。渤海太守刘胤,弃郡依续,且语续道:"大丈夫当思立名全节,君为晋臣,奈何从贼自污呢?"续凄然谢过,并说明苦衷,行当自拔。可巧幽州留守刘翰,亦不欲从勒,特举城让与段匹䃅。匹䃅为段疾陆眷弟,已见前回,疾陆眷与勒联盟。独匹䃅心下不愿,仍与刘琨通书,不忘旧好,故刘翰邀他守蓟,情愿去位。匹䃅遂贻邵续书,招使归晋。续即复称如约。或谓续不宜背勒,自害嗣子,续泣答道:"我出身为国,怎得顾子废义呢?"当下与勒相绝,即遣刘胤往报江东,愿听琅琊王睿驱遣。睿用胤为参军,遥授续为平原太守。石勒闻续负约,竟杀邵乂,发兵攻续。续忙向蓟城乞援,段匹䃅令弟文鸯,引众援续。续被围,幸得文鸯援兵,才能退敌。且与文鸯追至安陵,虏勒所署官吏,并驱回流民三千余家,然后还兵。

刘琨得悉幽州军报,始知为勒所绐,懊悔无及,乃复遣人诣代,与猗卢约同攻汉。猗卢方有内患,不遑赴约,琨亦只好罢休。会有长安使至,传示诏书,并报称关东大捷。琨暂留来使,询明大捷情形。原来汉中山王刘曜,自被麹允击破营寨,与赵染奔回平阳。见前回。他却整缮兵甲,休养了好几月,又复从平阳出发,欲寇长安。曜进屯渭汭,染进屯新丰。晋征东大将军索綝,引兵出拒,行至新丰附近,早有虏谍报入染营,染奋然道:"前次误堕诡计,致与中山王败退,今彼复敢前来,定是到此送死了。"长史鲁徽道:"晋室君臣,亦知强弱难敌,只因我军入境,不得不拼死来争。古语有云:'一夫拼命,万夫莫当。'将军幸勿轻视。"染瞋目道:"强盛如司马模,我一往取,势如摧枯,索綝一小竖子,不足污我马蹄,怕他什么!"时已天晚,即欲出营杀去,又经徽好言拦阻,勉强按住忿火,宿了一宵。次日早起,便率轻骑数百人,前往迎战,且扬言道:"擒住索綝,还食未迟。"一面说,一面麾兵急进。到了新丰城西,正与綝军相遇,两下不及答话,便即厮杀起来。綝见染兵不多,却也生疑,但素知汉兵强悍,未可轻敌,因先麾动前队,与他交锋,约有两个时辰。

第二十七回　拘王浚羯胡吞蓟北　毙赵染晋相保关中

染兵已经枵腹，气力不加，偏綝驱出后队的生力军，一拥齐上，逢人便斫，见马便戳，好像削瓜切菜一般，把染兵斩杀殆尽。染亦受伤，拨马奔回。后面追兵不舍，险些儿被他杀到，还亏鲁徽遣兵援应，方得保染回营。染且悔且叹道："我不用徽言，致有此败。"既而又咬牙自恨道："回去无面目见徽，不如杀死了他，免我生惭。"如此狠毒，禽兽不如。计划已定，方驰入营门，兜头碰着鲁徽，几似仇人相见，格外眼红，一声喝令，竟将鲁徽拿下。徽怅然道："将军不听忠言，愚愎致败，乃复忌贤害士，欲快私忿，天地有知，能令将军安死衽席么？"赵染戎模降虏，心术可知，徽若果有智识，引避不暇，乃甘为属吏，死亦自取。染越加动恼，竟令杀徽。再向曜率众数万，从间道趋向长安。

愍帝因綝报捷，方加綝骠骑大将军承制行事，不防汉兵又进逼都城，连忙使麴允出御。允至冯翊，与曜染交战一场，不幸败绩，当夜收拾败卒，再劫汉营，避实击虚，杀入汉将殷凯营内。凯慌张失措，被允擒斩。及曜染整兵出救，允已退去。曜恐复为所袭，乃移攻河内太守郭默。默婴城固守，被围月余，粮食已尽，乃向曜乞籴，愿送妻子为质。曜得默妻子，总道默已愿降，乃给粮与默。哪知默得了粮米，仍闭城拒曜。曜将默妻子沉死河中，督兵再攻。默亦邵续之流亚，故叙笔不肯从略。默因使人夜缒出城，驰往新郑，向太守李矩乞援，矩令甥郭诵迎默。诵闻汉兵势盛，不敢遽进，会刘琨遣将刘肇带领鲜卑五百余骑，入援长安，道阻不通，乃还过矩营。矩邀肇同击汉兵，汉兵最怕鲜卑骑士，不战自去，河内才得解围。默率众依矩，远避敌冲。曜已退屯蒲坂，独染转攻北地，由麴允移师赴救，再与染对垒争锋。染夜梦鲁徽，弯弓注射，负痛惊醒。翌晨出战，被允诱入伏中，四面突出弓弩手，弦声齐响，箭如飞蝗。染虽然凶悍，哪禁得万镞飞来，霎时间集矢如猬，倒毙马下，余众多死。这一次射毙悍虏，总算是大获胜仗了。刘琨闻报，送还朝使，又向愍帝上表道：

逆胡刘聪，敢率犬羊，凭陵肇毂，神人同愤，遐迩奋怒。伏省诏书，相国南阳王保，太尉凉州刺史张轨，纠合二州，同恤王室。冠军将军麴允，骠骑将军索綝，总齐六军，戮力国难，王旅大捷，俘馘千计。旌旗扬于晋路，金鼓振于河曲。崤函无虞刘之惊，汧陇有安业之庆，斯诚宗庙社稷，陛下神武之所致，含气之伦，莫不引领，况臣之心,能无踊跃?臣前与鲜卑猗卢,约讨平阳,适羯奴石勒,以诡计掩入蓟城,大司马王浚,受其伪和,为勒所虏,勒势转盛,欲来袭臣,城坞骇惧,唯图自守。又猗卢国内,适有变患,卢虽得诛奸臣,已愆成约,臣所以泣血宵吟,扼腕长叹者也。勒据襄国,与臣隔山,寇骑朝发,夕及臣城,同恶相求,其徒实繁。自东北八州,勒灭其七,先朝所授,存者唯臣,是以勒朝夕谋虑,以图臣为计,窥伺间隙,寇抄相寻。戎士不得解甲,百姓不得在野,天网虽张,灵泽未及。唯臣孑然与寇为伍,自守则稽聪之谋,进讨则勒袭其后,进退维谷,首尾狼狈,徒怀愤踊,力不从心。臣与二虏,势不并立,聪勒不枭,臣无归志,比者秋谷既登,胡马已肥,前锋诸军,当有至者。臣愿首启戎行,身先士卒,得凭陛下威灵,使获展微效,然后陨首谢国,殁亦无恨矣!臣琨谨表。申录琨表,以揭其忠。

愍帝得表,复遣大鸿胪赵廉持诏,拜琨为司空,都督并冀幽三州军事。琨辞去司空,拜受都督,且进加封猗卢为王,好教他感激图报,共讨刘聪。小子有诗咏道:

　　一木难为大厦支,枕戈泣血勉扶持。
　　臣躯未死心犹在,敢掬丹忱报主知。

欲知愍帝是否依议,且至下回再详。

第二十七回　拘王浚羯胡吞蓟北　毙赵染晋相保关中

回评　王浚刘琨，俱为石勒所赚，堕入狡谋，但琨尚可原，而浚不可恕。琨之意在于讨汉，故闻石勒之请降，即以为强虏可平，喜出望外，智虽不足，忠实有余。所不能无讥者，坐视幽州之陷没，不能忘私耳。王浚身为晋臣，坐拥强兵，既不能宣劳王室，复不能堵御强胡，信贪夫，戮正士，种种罪恶，史不胜书，其为石勒所侮弄，非不幸也，宜也。见拘堂上，委命强胡，谩骂亦何补乎？赵染本为司马模僚属，乃背模降虏，反恧恧然以杀模为能，新丰之败，不听鲁徽，反杀鲁徽，凶横至此，宁能久存？此其所以终遭射死也。要之梦梦者天，昭昭者亦天。恶报昭彰，近则在身，远则在子孙，人亦何苦逆天行事，自贻伊戚乎哉？

第二十八回

汉刘后进表救忠臣　晋陶侃合军破乱贼

却说愍帝得刘琨申请，加封猗卢为代王，许置官属，食代常山二郡。猗卢向刘琨借材，请拨并州从事莫含，作为参军。含不欲去琨，琨乃语含道："并州单弱，外邻二寇，如我不才，尚得保存境土，实赖代王为援，我倾身竭资，奉事代王，且使长子为质，无非欲为国家雪耻，卿奈何徒顾小诚，转忘大体呢？"含乃往依猗卢。卢优礼相待，常与参商大计。惟卢有少子比延，最为昵爱，意欲立以为嗣，因使长子六修，出居新平城，且将六修母废去。父子兄弟，互生嫌隙，所以祸机暗伏，内外不安。卢亦防有变动，所以不能远出，助琨讨汉。

汉主聪自恃强盛，恣意奢淫。既将晋怀帝鸩死，复把小刘贵人收入后庭，仍为贵人，食品必备具珍馐，居处必穷极奢丽。左都水使者刘摅，失供鱼蟹，将作大匠靳陵，奉命筑造温明徽光二殿，逾限不成，均枭首东市。又尝出外游猎，朝出晚归，观鱼汾水，用烛继昼，中军将军王彰，犯颜直谏，几致断首。还有彰女王氏，入宫为上夫人，见二十五回。代父乞哀，乃贷彰死罪，囚入狱中。再经聪母张氏，恨聪滥刑，三日不食，太弟义与河内王粲，舆榇切谏，还有太宰刘延年，率领百官，伏阙固诤，方将王彰释放。聪欲立左贵嫔刘英为继后，母张氏究嫌同姓，不使继立，因纳弟实二女徽光丽光入宫，先使她们并为贵人，然后命聪择一为后。聪为母命所迫，没奈何指定徽光。会刘英父殷，得病身亡。英悲愤两迫，郁极致病，医药罔效，也即与聪长别，玉殒香消。聪乃立张贵人徽光为后，进后父将军实为光禄大夫。才阅数月，聪母张氏又殁，聪后徽光，哭姑甚哀，累得体瘠血枯，竟化做一场春梦。渺渺芳魂，返入冥途，仍至乃姑前侍奉去了。究竟红颜没福，或由刘英为祟，亦未可知。徽光已逝，丽光本可继立，但前此册立徽光，全由聪母作主，此时聪母已逝，眼见得中宫位置，被那刘家女夺去。刘英女弟刘娥，已由右贵嫔进为左贵嫔，挨次上升，即得为后，聪大加宠爱，特命造一鸳仪楼，鸳与凰同。为藏娇计。廷

第二十八回　汉刘后进表救忠臣　晋陶侃合军破乱贼

尉陈元达,上书谏阻道:

臣闻古之圣王,爱国如家,故皇天亦佑之如子。夫天生烝民而树之君,使司牧之,非以兆民之命,穷一人之欲也。晋民暗虐,视百姓如草芥,故上天剿绝其祚,眷佑皇汉,苍生引领,庶几息肩,怀更苏之望有日矣。我高祖光文皇帝,靖言惟兹,痛心疾首,故身衣大布,居不重茵,先皇后嫔,服无绮彩,重逆群臣之请,乃建南北二宫,今光极殿之前,足以朝群后,享万国숯;昭德温明二殿以后,足以容六宫,列十二尊矣。陛下龙兴以来,外殄二京不世之寇,内兴殿观四十余所,加以军旅数兴,馈运不息。饥馑疾疫,死亡相继,兵疲于外,民怨于内,为民父母,果若是乎?伏闻诏旨,将营鹓仪,中宫新立,诚臣等乐为子来者也。窃以大难未夷,宫宇粗给,今之新营,尤实非宜。况有晋遗类,西据关中,南擅江表,李雄奄有巴蜀,刘琨窥窬肘腋,石勒曹嶷,贡禀渐疏,陛下释此不忧,乃更为中宫作殿,岂目前之所急乎?昔太宗孝文皇帝,承高祖指汉高帝刘邦。之业,惠吕息役之后,四海之富,天下之殷,粟帛流衍,尚惜百金之费,辍露台之役,历代比美,迹垂不朽,故能断狱四百,拟于成康。陛下承荒乱之余,所有之地,不过太宗之二郡,战守之备,非特匈奴南越而已。孝文之广,思费如彼,陛下之狭,欲损如此。愚臣所以敢犯颜切谏,冒不测之祸者也。昧死上闻,幸陛下鉴之!

聪览毕全文,掷诸地上,愤然大怒道:"朕为万乘主,但营一殿,何干汝鼠子事!乃敢妄言阻挠,藐视朕躬,不杀此鼠子,朕殿何由得成?"说至此,喝令左右:"快将元达拿到,斩首市曹,妻子一并骈戮,令他群鼠共穴,方泄朕恨。"言已,自往逍遥园去了。元达闻旨,先自锁腰入园,且用锁扳及堂下李树,朗声大呼道:"如臣所言,关系社稷至计,陛下不信,反命杀臣,臣死有知,当先诉上天,继诉先帝。朱云西汉时人。有言:'臣得与龙逢比干,同游地下,亦可无恨。'但未审陛下为何如主,常得保全身名否?"聪闻益怒,叱左右牵他出斩。偏元达抱住李树,不令人曳,恼得聪拍案狂呼,几欲自拔佩刀,下堂加刃。大司徒任颛,光禄大夫朱纪,左仆射范隆,骠骑大将军刘易等,齐跪堂下,叩头流血道:"元达为先帝所知,开国受命,便已引置门下,彼亦尽忠竭虑,知无不言,臣等窃禄苟安,每对元达,自顾生惭。今元达语虽狂直,还乞陛下包容,开恩特宥。倘为了数语谏诤,即加诛戮,元达死固足惜,陛下亦累盛名,还乞三思!"聪怒尚未息,不肯依议。忽有一内侍踉跄出来,呈上一表,乃是新皇后的手笔,即由聪接阅道:

伏闻敕旨,将为营殿,今宫室已备,无烦更营。且四海未一,祸难犹繁,宜爱民力,廷尉之言,社稷之计也。陛下当加爵赏,而反欲诛之,四海谓陛下何如哉?夫忠臣进谏者,固不顾其身也,而人主拒谏者,亦不顾其身也,陛下为妾营殿,而杀谏臣,使忠良结舌者由妾,公私困敝者由妾,社稷阽危者由妾,天下之罪,皆萃于妾,妾何以当之?妾观自古败国亡家,未始不由妇人,每览古事,忿之不已,何由今日妾自为之,使后人视妾,犹妾之视前人也。妾复何面目仰侍巾栉?请归死此堂,以塞陛下之过!

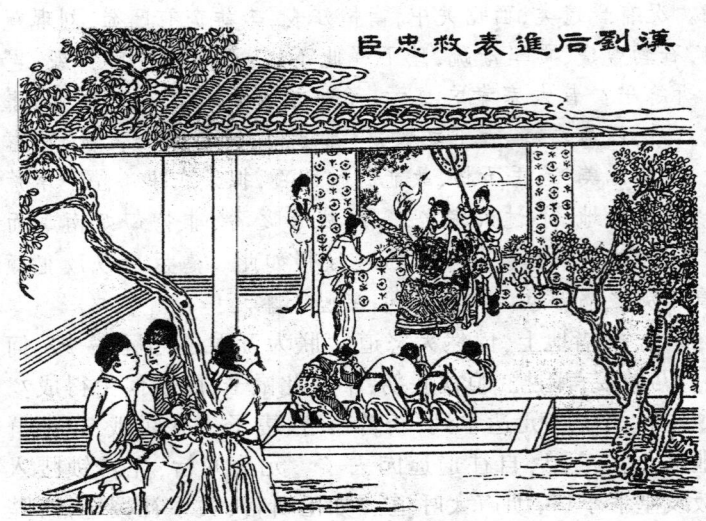
汉刘后进表救忠臣

聪看到"归死"二字,急得面色仓皇,连下文都不及看下,便顾语内侍道:"快……快入报皇后,朕决赦元达了,愿皇后放怀!"应有此状,应有此言,但幸由刘后贤明,得成佳话。内侍奉命复入,聪再览表文,只有结末数语;料想是官样文章。也无心细阅,便召任颛等上堂,赐令旁坐,从容与语道:"朕近来微得狂疾,往往喜怒失常,不能自制。元达原是忠臣,朕未及细察。幸诸卿能规我过失,竭诚效忠,朕且愧对诸卿,怎敢再违忠告呢?"任颛等听了聪言,无非将改过不吝的套话,说了几句,引得聪沾沾自喜,饶有欢容。当下指使左右,将元达开锁,赐给衣冠,亦令旁坐,取后表出示道:"外辅如公等,内辅如皇

第二十八回　汉刘后进表救忠臣　晋陶侃合军破乱贼

后，朕可无后忧了。"遂改称逍遥园为纳贤园，堂为愧贤堂，且笑顾元达道："本意当使卿畏朕，偏今日使朕畏卿了。"非畏元达，实畏刘后。元达等拜谢而出。

小子演述至此，还要补叙数语：当元达抱树时，左右意存观望，不亟曳出，这是经刘后着人暗嘱，教他延挨时刻，好得进表，否则一个元达，怎能抵得住数人？就使力大如虎，也早被牵出斩首了。补添数语，免使阅者指摘，且更见刘后之贤。但刘聪虽似好贤，终不免荒淫败德。刘后聪明机警，可谏乃谏，不可谏亦只好听他做去。至嘉平四年正月，即晋愍帝建兴二年。天象地理，相继告变，有三日出自西方，径向东行，平阳地震，崇明观陷为陂池，水亦如血，有赤龙奋身飞去。最奇怪的是流星起自牵牛，入紫微垣，状如龙形，堕落平阳北十里，化为一肉，长三十步，阔二十七步，臭达平阳。肉旁常有哭声，昼夜不止。究是何物，可惜当时无博学家考究详明。平阳内外，哗称怪事。汉主聪亦不能无疑，乃召公卿等入问休咎。陈元达及博士张师，同声进对道："陛下问及星变，臣等恐吉少凶多，不久将至。若后庭内宠过多，三后并立，必致亡国败家，愿陛下思患预防，毋自取咎！"此不过闻聪私议，固有此谏，若谓流星化肉，应兆三后，恐无此征。聪摇首道："天变无常，难道定关人事么？"说着，拂袖入内，纵乐如故。适刘后有娠，常患腹痛，等到十月满足，势将临盆，非常难产，晕死了好几次，经医官竭力救治，才得分娩。不料生下两种怪物，一是半红半白的怪蛇，一是有角有头的怪兽，蛇兽并出，惊倒左右，霎时间蛇即窜去，兽亦遁走，不知去向。愈出愈奇，令人不可思议。有人蹑迹寻视，到了陨肉处，蛇兽俱在，似死非死，也不敢下手掩捕，惟还报都中，益称奇异。刘后既遭难产，又出重惊，当然酿成危症，挨了数日，气绝而亡。如此贤后，似不应遘此奇疾，这想是为刘聪所累。那陨肉却也失去，哭声亦止。汉主聪最爱此后，丧葬仪制，格外从隆，予谥武宣，并将后姊刘英，亦追谥为武德皇后。

二刘既死，尚有四小刘，统想承恩邀宠，求跻后位。聪已将四小刘挨次序进，最长的进位左贵嫔，次为右贵嫔，不过立后问题，还未解决。一日，至中护军靳准宅中，饮酒为欢。准呼二女出谒，由聪瞧着，好似那仙子下凡，嫦娥出世，不由得拍起案来，连声叫绝。准趁势面启道："臣女月光月华，年将及笄，倘蒙陛下不弃葑菲，谨当献纳。"恐是一条美人计。聪喜出望外,即夕载二女入宫,普施雨露,合抱衾裯,彻夜绸缪,其乐无极。翌日,即封二女为贵嫔。月光尤为妖媚,无体不骚,引得聪魄荡神迷,爱逾珍璧。过了旬月,竟立为继后。又过了数月,复因左右两个刘贵嫔,侍奉有年,不便向隅,特册左贵嫔刘氏为左皇后,右贵嫔刘氏为右皇后,《通鉴》载月华为右皇后,今从《晋书》及《十六国春秋》。加号皇后靳月光为上皇后。真是后来居上。校尉陈元达,上言:"三后并立,适如臣虑,将来必有大患,务乞收回成命。"聪不肯从。且调元达为右光禄大夫,阳示优礼,阴实夺权。已而太尉范隆,大司马刘丹,大司空呼延晏,尚书令王鉴等,情愿让位元达,乃复徙元达为御史大夫,仪同三司。

元达复居谏职,仍常监察宫廷,得间便谏。可巧查得一种秽史,遂援了有犯无隐的故例,确凿陈词,递将进去。聪取览奏牍,乃劾上皇后靳氏,私引美少年入宫,与他苟合等情。看官!试想天下没有一个男儿汉,不恨妻室犯奸。聪虽宠爱月光,听了犯奸二字,也不禁忿火中烧,便趋入上皇后宫内,痛詈月光,并将元达原奏,随手掷示,令她自阅。月光情虚畏罪,只好呜呜咽咽,哀乞求怜。偏聪置诸不理,拂袖竟去。到了次日,竟有内侍报聪,说是上皇后服药自尽。聪又不禁追念前情,急去临视,见她颦眉泪眼,尚带惨容,顿时爱不忍释,又抱尸大哭一场,才令棺殓。从此由悲生愤,深嫉元达,无论什么规谏,都置若罔闻。甚且益肆荒淫,终日不出,但命子粲为丞相,总掌百揆,一切国事,俱委粲裁决便了。

惟聪虽不道,余威未衰,石勒刘曜,进退无常,终为晋患。愍帝孤守关中,势甚岌岌,只望着三路兵马,合力勤王。建兴三年二月,命左丞相睿为丞相,都督中外诸军事,南阳王保为相国,刘琨为司空。诏使分遣,加官进爵,无非是劝勉征镇的意思。无如琨在晋阳,介居胡羯,一步不能远离,保自上邽出据秦州,收抚氐羌,军势稍振,但也无心顾及长安。睿虽奄有江左,比并州秦州两路,较为强盛,怎奈一东一西,相去太远。河洛未靖,荆湘又乱,中途被阻,未便行军,所以诏书日迫,睿总以道梗为辞,须俟两江戡定,方可启行。乐得推诿。小子查阅《晋书》,那时沿江乱首,莫如杜弢,次为胡亢杜曾。杜弢已见前文,见二十四、二十五回。胡亢系前新野王歆牙门将,歆死后将佐四散。歆死张昌之难,见前文。亢至竟陵,纠集散众,自号楚公,用歆司马杜曾为竟陵太守。曾技勇过人,能

第二十八回　汉刘后进表救忠臣　晋陶侃合军破乱贼

被甲入水,不致沉没,所以亢恃为股肱,常使他出掠荆湘。荆湘人民,既苦杜弢,复苦胡亢杜曾,当然不得宁居,流离失所。荆州刺史周顗,甫经莅镇,便为杜弢所迫,退走浔水城。扬州刺史兼征讨都督王敦,屯兵豫章,见二十六回。急檄武昌太守陶侃,寻阳太守周访,历阳内史甘卓等,合兵讨弢。弢正进围浔水城,由陶侃督兵往援,使明威将军朱伺为前驱,奋击弢众。弢还保泠口,侃语朱伺道:"弢必步向武昌,掩我无备,我军亟宜还郡,扼住寇踪,毋中彼计!"说着,仍遣伺带着轻骑,从间道先归,自率步兵继进。伺至江陵,城尚无恙,正在城外安营,遥闻喊声大震,料是弢众前来,不禁大呼道:"陶公真是神算,有我在此,看贼能摇动我城否?"当下按辔待着,不到片时,弢众已至,伺即麾骑杀出,迎头痛击,反使弢意外惊疑,仓猝对敌。两下里正在酣战,不防后面又来了一支步兵,各执短刀,杀入弢阵。弢前后受敌,立即溃散,遁归长沙。伺会同步兵,追至数十里外,擒斩千人,方才回城。这支步兵,不必细问,便可知是陶侃带来。侃使参军王贡,向敦告捷,敦欣然道:"今日若无陶侯,便无荆州了。"遂表侃为荆州刺史,令屯沔左。周顗自浔水城,追至豫章,仍奉琅琊王命令,召还建业,复任军谘祭酒,不消细叙。

惟侃使王贡,由豫章西还,道出竟陵。竟陵城内的杜曾,已因胡亢好猜失众,潜引故都督山简参军王冲,袭杀胡亢,并有亢部,贡想乘机邀功,径入竟陵城。诈传陶侃号令,授曾为前锋大都督,使击王冲,冲本在山简麾下,因简病殁夏口,所以聚众为乱。杜曾闻王贡言,乐得转风使航,将冲击死,即令贡报答陶侃,贡作书寄往沔左,但言曾愿投诚,未及矫命情事。侃乃征召杜曾,曾见来札中,并无前锋大都督字样,未免启疑,不肯应召。贡亦恐矫命事发,或至得罪,索性直告杜曾,且与曾合谋袭侃。侃哪知两人密谋,未及防备,蓦被杜曾潜兵突入,害得全营大乱。还亏命不该绝,侥幸逃生。<small>百密难免一疏,可见行军之难。</small>王敦得报,表夺侃官,以白衣领职,侃复邀同周访等,进破杜骏,敦乃复奏侃官。已而侃又为骏将王真所袭,败奔潊中,得周访援,方将王真击退。杜曾王贡与骏联合,到处劫掠,王敦又令陶侃甘卓等,并力击骏,大小数十战,骏众多死,乃遣使诣建业,向睿乞降。睿不肯许,骏已穷蹙,因再贻南平太守应詹书,托他代为解免,当图功赎罪。詹将原书转呈建业,并称骏有清望,应许他悔恶归善,借息兵锋。睿乃使前南海太守王运,往受骏降,赦免前愆,令为巴东监军。骏已受命,偏征骏诸将,未肯罢兵,仍然攻骏不止。骏不胜愤恨,拘害王运,又复为乱,分遣部将杜弘张彦,掩袭临川豫章。临川内史谢摛被杀,豫章亦几被陷没,幸周访击杀张彦,逐去杜弘,豫章复安。陶侃专攻杜骏,骏使王贡挑战,横足马上,状极嚣张。侃出马遥语道:"杜骏为益州小吏,盗用库钱,父死不奔丧,毫无礼义,卿本善人,奈何背我助逆?难道天下有白头贼么?"<small>谓为贼不得至老。</small>说至此,见贡敛容下足,易倨为恭,便不与交锋,还入原垒。夜间乃遣使慰谕,并截发为信,誓不记仇。贡遂趋降侃营,侃推诚相待,令贡反袭杜骏。骏骤为所乘,不能抵敌,除逃以外无别策。但贡与骏麾下将佐,均已熟识,当时向众大呼,降可免死,并可加官。于是人人解甲,个个投戈,单剩骏一人一骑,狂窜而去。贡收降众报侃,侃不戮一人,择优录用,余皆给资遣归,遂乘胜进复长沙,后来追索杜骏,意无下落,想已是走死荒野了。小子有诗叹道:

  飘摇风雨满神州,日下江河乱未休。
  戡定荆湘非易事,论功应独让陶侯。

  杜骏已死,只有杜曾未除,逃匿石城。丞相琅琊王睿,得了长沙捷报,承制颁给敕书,分赏诸将,欲知底细,容待下回说明。

  回评 陈元达房臣也,刘城房后也,一沦左衽,一偶番主,就是有善可称,亦

第二十八回　汉刘后进表救忠臣　晋陶侃合军破乱贼

似在无足重轻之列。然孔子《春秋》中国用夷礼,则夷之;进于中国,则中国之。无畛域之见存于其间,故《春秋》一书,流传万世。依例而推,则如元达之直刘聪,不得谓非忠臣,刘氏之疏救元达,不得谓非贤后,善善从长,恶恶从短,固史家应有之要旨也。杜弢为逆,胡亢杜曾,又复从乱,乱逆之徒,人人得而诛之。陶侃周访甘卓等,合兵进讨,义在则然,但侃尤为忠勇,故叙侃较详,叙访卓则皆从略,详略之分,均具深意,是又阅者所当体察也。

第二十九回

小儿女突围求救　大皇帝衔璧投降

却说琅琊王睿,因杜弢走死,湘州告平,遂进王敦为镇东大将军,都督江扬荆湘交广六州诸军事,领江州刺史,封汉安侯。外如陶侃以下,无甚超擢,唯奖叙有差。敦既握六州兵权,得自选置官属,权势益隆。当时江东一带,内倚王导,外恃王敦,曾有王马共天下的谣言。实是王牛,并非王马。荆州刺史陶侃,最称有功,反中敦忌。侃却未悉敦情,但知平乱,复引兵往击杜曾。适愍帝派侍中第五猗为安南将军,监领荆梁益宁四州军事。猗自武关南下,由杜曾至襄阳往迎,曲致殷勤,且娶猗女为侄妇,竟与猗分据汉沔,作为犄角。及侃赴石城攻曾,也未免恃胜生骄,视为易取。司马鲁恬谏侃道:"兵法有言,知己知彼,百战百胜,杜曾非可轻视,公当小心将事,毋中彼计。"侃不以为然,径向石城进发。到了城下,麾兵猛攻。曾多骑士,突然开门,纵骑突出,冲过侃垒。侃率众抢城,不遑顾后,哪知前面由曾杀出,后面又有骑兵返击,几至腹背受敌,为曾所乘,还亏侃军素有纪律,临危不乱,才得勉力支持,但兵众已战死了数百人。曾见侃力战不退,也不愿返守石城,因下马别侃。侃亦不欲进逼,由他自去。

时晋廷因山简已殁,见前回。续派襄城太守荀崧,都督荆州江北诸军事,驻节宛城。杜曾自石城出走,引众往攻荀崧,突将宛城围住。崧不意寇至,顿时慌乱,又兼兵少食寡,势难久持,不得已向外乞援,为解围计。当时襄阳太守石览,为崧故吏,崧即缮就书函,拟遣人送达襄阳,求发援兵。偏僚佐不敢出城,得了崧命,都面面相觑,呆立不动。崧急得没法,只得据案唏嘘;暮见一垂髫女子,从屏后出来,振起娇喉,向崧朗禀道:"女儿愿往!"写得突兀。崧惊起俯视,乃是亲女荀灌,年只一十三龄,不由得叹息道:"汝虽愿往投书,但身为弱女,如何突围?"灌奋答道:"城亡家破,同时毕命,果有何益?女儿年虽幼弱,颇具烈志,倘能突出重围,乞得援兵,那时城池可保,身家两全,岂不甚善?万一不幸,为贼所困,也不过一死罢了,同是一死,何若冒险一行。"说至此,竟把两道柳眉,耸上眉棱,现出一种威毅的气象。旁边站立的僚佐,都不禁暗暗喝采,啧啧称奇。自知愧否？灌又向外召集军士,慨然与语道:"我父被困,诸君亦被困,譬如同舟遇难,共虑覆亡,我一弱女子身,不忍同尽,所以自愿乞援,今夜即拟出发,如有与我同志,即请偕行。退贼以后,我父不惜重赏,与诸君共享安乐,愿诸君三思！"言未毕,即有壮士数十名,踊跃上前道:"女公子尚不惜身命,我等怎敢自阻？愿为女公子先驱！"全从义愤激起。灌又顾语僚佐道:"灌冒昧求援,往返必需时日,守城重责,我父以外,还仗诸公。"僚佐听了,也不好再为推诿,便即应声如命。灌乃与勇士立约,准至夜半出城,自己入内筹备。

到了黄昏时候,饱餐一顿,便即束住头巾,缚紧腰肢,身穿铁铠,足着蛮靴,佩了三尺青虹剑,携了两把绣鸾刀,出至堂上,辞别乃父。荀崧瞧着,好似一个女侠模样,不觉又喜又惊,便嘱语道:"汝既愿往,我也不便阻汝,须要小心为上。"灌答道:"女儿此去,必有佳音,愿父亲勿忧！"全无一些儿女态,真好英雌。崧乃递与乞援书,灌接藏怀中,即奋然告别道:"女儿去了。"此四字胜过易水荆卿。一面说,一面出厅,但见壮士数十名,俱已扎束停当,携械待着,经灌一声招呼,都上前听令。灌命大众上马,自己亦跨上征鞍,驰至城边,潜开城门,一声驱出。杜曾营外,只有侦骑巡逻,见城内有人出来,忙即报知杜曾。待曾拨兵出阻,灌等已穿垒过去。曾兵相率来追,被灌指麾壮士,回杀一阵,砍倒曾兵数名。究竟夜深天黑,咫尺不辨,曾兵亦何苦寻死,乐得退还。

灌得驰至襄阳,入谒石览,呈上父书。览见灌是个少女,却能突围求救,自然另眼相看。再经灌词气慷慨,情致纯诚,当即满口应承,即日赴援。灌尚虑览兵未足,再代崧草书,遣人飞报寻阳太守周访,请他为助,自与石览兵众,还救宛城。城中日夕望援,见有救兵到来,欢声四噪,荀崧即督众出迎。灌引览至城下,被杜曾兵阻住,当即跃马冲入,且战且前。览军随进,奋力突阵,荀崧亦已杀出,里应外合,即将杜曾兵击退。崧览并马入城,灌亦随进。未几,又来了一员小将,带兵三千,也来援崧。杜曾见救兵陆续到来,料知宛城难下,见机引去。看官欲问小将为谁？乃是周访子抚。崧迓抚入城,与览并宴,席中谈及乃女突围事情,览与抚同声赞美。从此灌娘芳名,遂得传诵一时,称扬千古了。力为巾帼褒扬。

　　石览周抚，辞归本镇，不在话下，惟杜曾退次顺阳，遣人至荀崧处上笺，有"乞求抚纳，讨贼自效"等语。崧因宛中兵少，恐曾再至，不得不复书允许。陶侃闻报，亟贻崧书道："杜曾凶狡，性如鸱枭，将来必致食母，此人不死，州土不安，足下当记我言，幸勿轻许。"崧不听侃言，果然杜曾复出，进围襄阳，亏得襄阳有备，无隙可击，曾始退去。侃将还江陵，欲至王敦处告别，部将朱伺等，俱向侃谏阻，谓敦方见忌，不宜轻往。侃以为敦不足惧，慨然竟行。见敦以后，果为所留，别用从弟王廙为荆州刺史。侃吏郑攀马俊等，诣敦上书，共请留侃，敦当然不许。攀等相率恨敦，竟率徒党三千人，西迎杜曾，同袭王廙。激使为变，谁实尸之。廙奔至江安，调集各军讨曾，曾既得郑攀等人，复北合第五猗，来攻王廙，廙又为所败。王敦嬖人钱凤，素来嫉侃，遂诬称攀等为乱，实承侃旨。看官！试想敦既与侃有嫌，又经钱凤从旁媒孽，顿时起了杀心，披甲持矛，拟往杀侃。转念一想，不便杀侃，又复回入。再一转念，仍要杀侃，又复趋出。辗转至四五次，为侃所闻，竟

小女儿哭图求救

昂然见敦，正色与语道："使君雄断，当裁制天下，奈何迟疑不决呢？"言毕，趋出如厕。未免太险，但看下文梅陶等之谏，想侃已与接洽，故有此胆。谘议参军梅陶，长史陈颂，并入谏敦道："周访与侃，乃是姻亲，相倚如左右手，岂有左手被断，右手不应么？愿公慎重为是！"敦意乃解，释甲投矛，命设盛筵，召侃同宴，且调侃为广州刺史。侃宴毕即行，惟侃子瞻尚

第二十九回　小儿女突围求救　大皇帝衔璧投降

留敦处，由敦引为参军。

先是广州人民，不服刺史郭讷，另迎前荆州内史王机为刺史，王机见二十四回。机至广州，恐为王敦所讨，因遣使白敦，情愿转徙交州。敦却也允诺，故令侃往刺广州。偏机收纳杜曾将杜弘，杜弘见前回。听了弘言，仍欲还取广州。可巧陶侃驰至，击破王机及杜弘，机走死道中，弘奔投王敦。广州平定，侃得进封柴桑侯，食邑四千户。侃在州无事，辄朝运百甓至斋外，夜运百甓至斋内。左右问为何因？侃答说道："我方欲致力中原，不宜过逸，今得少暇，欲借此习劳，免致筋力废弛呢。"左右乃服。只是郑攀等与廙相拒，尚未了结，俟至下文再表。

且说汉中山王刘曜，奉汉主聪命，复出兵寇掠关中。晋愍帝令麹允为大都督，率兵抵御，索綝为尚书仆射，都督宫城诸军事，保守长安。曜至冯翊，太守梁肃，弃城奔万年。冯翊为曜所得，再移兵攻北地。麹允出至灵武，因兵力单弱，不敢轻进，再上表长安，乞请济师。长安无兵可调，只得向南阳王征兵。南阳王保，与僚佐商议行止，僚佐皆说道："蝮蛇螫手，壮士断腕，今胡寇方盛，不如且断陇道，见可乃进。"从事中郎裴诜道："今蛇已螫头，头可断不可断么？"诘问得妙。保实不愿援长安，但使镇军将军胡崧为前锋都督，待诸军会集，然后进援。恐不耐久待了。麹允待援不至，又表请奉帝就保。索綝从中阻议道："保得天子，必逞私图，不如不去。"就保亦危，不就保益危，看到下文，是又已隐有异志了。乃不从允议，但促允速援北地。允不得已集众赴救，行至中途，遥望北地一隅，烟焰蔽天，仿佛大火燎原，不可向迩，心下已未免惊疑，又见有一班难民，狼狈前来，便饬军停住，问及北地情形。难民答说道："郡城已陷，往救恐不及了。且寇锋甚盛，不可不防。"说毕，即踉跄趋去。允听了此言，进退两难，不料部众竟先骇散，不待允令，便即奔回。允也只好拍马返走。其实，北地尚未陷没，由曜纵火城下，计惑援兵，就是一班难民，也是汉兵假扮，来绐麹允。允不辨真伪，竟堕曜计，回至磻石谷，又被曜众杀到，此时还有何心对敌，连忙奔窜，走入灵武城内。麾下不过数百骑兵，还算带头归来，是一幸事。允颇忠厚，惜无断制，威不足服人，惠不能及众，所以诸将慢法，士卒离心。直揭病根，瑕不掩瑜。安定太守焦嵩，本是由允荐举，嵩却瞧允不起，很是倨傲，至是允遣使告嵩，饬即进援。嵩冷笑道："待他危急，往救未迟。"遂却还来使，但言当会齐人马,然后趋救。允亦无法催逼,只好束手坐视。

那刘曜已攻取北地,进拔泾阳,渭北诸城,相继奔溃。曜长驱直进,势如破竹。晋将鲁充梁纬等,沿途堵御,均为所擒。曜素闻充贤,召令共饮,且劝充道:"司马氏气运已尽,君宜识时变计,能与我同心共事,平定天下不难了。"充怅然道:"身为晋将,不能为国御敌,自致败覆,还有何面目求生?若蒙公惠,速死为幸!"曜连称义士,拔剑付充,充即自刎。梁纬亦不肯降曜,也被杀死。纬妻辛氏,亦在戍所,同时遭掳。辛氏形容秀丽,仪态端庄,曜不禁艳羡起来。便好言慰谕,想把她纳为妾媵。独不怕羊氏吃醋么?辛氏大哭道:"妾夫已死,义不独生。况烈女不事二夫,妾若隳节,试问明公亦何用此妇?"曜亦叹为贞女,听令自杀,命兵士依礼棺殓,与纬合葬。鲁充遗骸,照样办理。忠臣烈妇,并得千秋,死且不朽了。特笔。

曜遂率众逼长安,西都大震,愍帝四面征兵,朝使迭发,并州都督刘琨,拟约同代王猗卢,入援关中。偏猗卢为子所弑,国中大乱。小子于前回起首,曾叙及猗卢宠爱少子,黜徙长子六修,并及修母,嗣因六修入朝,猗卢使下拜比延。六修不愿拜弟,拂袖竟去。猗卢饬将士往追,将士亦不服猗卢,纵还新平城。偏猗卢尚不肯干休,督兵往讨。六修佯为谢罪,夜间竟掩袭父营,猗卢未曾预备,再经将士离叛,一哄散去,单剩猗卢一人,逃避不及,竟为乱军所害。猗卢从子普根,居守代郡。闻得猗卢死耗,仗义兴师,往攻六修。前次为猗卢废长立幼,因致舆情不服,此次闻六修以子弑父,又不禁激起众愤,俱来帮助普根,同讨六修。究竟人心不死。六修连战失利,旋即伏诛。普根嗣立,国中尚未大定,当然不能助琨。琨孤掌难鸣怎能入援长安,琅琊王睿,路途遥远,又一时不能西行,只有凉州刺史张寔,遣将王该,率步骑五千人入援。

寔系凉州牧张轨子,轨镇凉有年,始终事晋,每遇国家危难,辄发兵勤王,晋封为太尉凉州牧西平公。愍帝二年六月,轨寝疾不起,遗令诸子及将佐,务安百姓,上思报国,下思宁家。已而轨没,长史张玺等,表称世子寔继摄父位。愍帝乃诏寔为凉州刺史,袭爵西平公,赐轨谥曰武穆。轨能忠晋,故特表明。凉州军士,得着玉玺一方,篆文为"皇帝行玺"四字,献与张寔。寔承父命,不肯背晋,即将玉玺送入长安,并奉上诸郡方贡。有诏命寔都督陕西军事,寔弟茂拜秦州刺史。及长安被困,寔乃

第二十九回　小儿女突围求救　大皇帝衔璧投降

遣王该入援,但该带兵不多,眼见是不能却虏。安定太守焦嵩,始与新平太守竺恢,弘农太守宋哲等,引兵救长安。散骑常侍华辑,曾监守京兆冯翊弘农上洛四郡,也募众入救,同至霸上,探得曜众甚盛,仍不敢前进,作壁上观。南阳王保,遣胡崧带兵进援,崧尚有胆力,独至灵台袭击曜营,得破数垒。索綝麹允,并未遣人犒赏,崧怀恨退去,移屯渭北,未几竟驰还槐里。曜见晋军各观望不前,乐得麾众大进,攻扑长安。麹索两人,保守不住,即由外城退入内城,外城遂致陷没。曜复攻内城,围得水泄不通。

城中粮食已尽,斗米值金二两,人自相食,或饿死,或逃亡,惟凉州义勇千人,入城助守,誓死不移。太仓有曲数十饼,由麹允先时运入,舂碎为粥,暂供宫廷,寻亦食尽。时已为愍帝三年仲冬,雨雪霏霏,饥寒交迫,外面的钲鼓声,刀箭声,又陆续不绝,日夜惊心。愍帝召入麹允索綝,与商大计。允一言不发,只有垂泪。綝想了多时,但说出了一个"降"字。綝前时为模复仇,约同起义,尚有丈夫气象,胡为此时一变至此?愍帝亦不禁涕泣,顾语麹允道:"今穷厄如此,外无救援,看来只好忍耻出降,借活士民。"允仍然不答。忽有将吏入报道:"外面寇兵,势甚猖獗,恐城池不能保守了。"索綝便抢步出去,允亦徐退。愍帝长叹道:"误我国事,就是麹索二公。"随即召入侍中宗敞,叫他草就降笺,送往曜营。敞持笺出殿,转示索綝。綝留敞暂住,潜使子出城诣曜,向曜乞请道:"今城中粮食,尚足支持一年,急切未易攻下,若许綝为车骑将军,封万户郡公,綝即当举城请降。"曜不禁动怒,叱责綝子道:"帝王行师,所向惟义,孤将兵已十五年,未尝用诡计欺人,你前时何故给允?必待他兵穷势竭,然后进取。今索綝所言如此,明明是晋室罪臣,天下无论何国,不讲忠义,乱臣贼子,人人得诛,果使兵食未尽,尽可勉力固守,否则粮竭兵微,亦宜早知天命,速即来降,何必欺我!"说着,即令左右将綝子推出,枭首徇众,送还城中。綝得了子首,当然悲哀,惟自己总还想保全性命,没奈何遣发宗敞,使诣曜营乞降。

曜收了降笺,令敞返报。愍帝委实没法,自乘羊车,衔璧舆榇,驰出东门。群臣相随号泣,攀车执愍帝手,哭声震地。何益国事?愍帝亦悲不自胜。御史中丞吉朗,掩面泣叹道:"我智不能谋,勇不能死,难道就随主出降,北面事虏么?"说至此,即向愍帝前叩别,且启愍帝道:"愿陛下好自珍重,恕臣不能追随陛下!臣今日死,尚不失为晋臣呢。"索綝其听之!拜毕起身,用头撞门,头破脑裂,倒地而亡。愍帝到了此时,已无主宰,意欲不去,又不好不去,乃径诣曜营。曜接见愍帝,居然行起古礼,焚榇受璧,暂使宗敞奉帝还宫,收拾行装,指日东行。

晋皇帝衔璧出降

越宿,曜入长安城,检点图籍府库,令兵士入迫愍帝及公卿等迁往曜营。又越一日,曜派将押同愍帝等人,送往平阳。愍帝登汉光极殿,汉主聪早已坐着,由愍帝稽首行礼。麹允伏地痛哭,触动聪怒,命将允拘入狱中,允即自杀。还是与吉朗同时殉国,较为清白。聪授愍帝为光禄大夫,封怀安侯,赠麹允车骑将军,旌扬忠节,独责索綝不忠,处斩东市。斩得爽快。一面下令大赦,改元麟嘉,命中山王曜假黄钺大都督,统领陕西军事,进官太宰,改封秦王。于是西晋两都,一并覆灭,西晋遂亡。总计西晋自武帝称尊,传国三世,共历四主,凡五十二年。小子有诗叹道:

洛阳陷没已堪哀,谁料西都又被摧!
怀愍相随同受掳,徒稽史迹话残灰。

西晋虽亡,尚有征镇诸王,能否兴废继绝,且至下回再表。

回评 以十三龄之弱女,独能奋身而出,突围求援,如此奇女子,求诸古今史乘中,得未曾有,本回力为摹写,尤足使女界生色。吾慨夫近世女子,厕身学校,假平等自由四字为口头禅,居然侈言爱国,要求参政,曾亦闻有荀灌之实心实力,得

第二十九回　小儿女突围求救　大皇帝衔璧投降

保君亲否耶？他如梁纬妻辛氏，秉贞抱节，不肯苟全，谁谓中国妇女，素无学识？以视今日之略识之无，眼高于顶，自命为士女班头，而反荡检逾闲，不顾道德，吾正不愿有此奇邪之学识也。麹允索綝，奉愍帝而续晋祚，复降刘曜而亡晋室，出尔反尔，自相矛盾，而索綝尤为不忠。允之死已有愧鲁充吉朗诸人，綝之被杀，并有愧麹允。等是一死，而或则流芳，或反贻臭，奈之何不辨之早辨也？愍帝谓误我事者，麹索二公，其言诚然。或谓愍帝用人不明，未尝无咎，然愍帝年未及冠，又继流离颠沛之余，情有可原，迹更可悯，而索綝之罪，不容于死，试证以苟女梁妻，其相去为何如乎？

第三十回

牧守联盟奉笺劝进　　君臣屈辱蒙难丧生

却说长安陷没，愍帝被掳，荡荡中原，又变了没有正主的国家。霸上屯着的援兵，都已遁还，就是凉州差来了王该，也收回义勇，与黄门郎史淑同去。回应前回，一丝不漏。当愍帝出降前一日，淑曾亲受诏命，赍着愍帝手书，加拜张寔为凉州牧，承制行事。且诏中有云"朕已命琅琊王睿，继摄大位，愿公协赞，共济多难"云。淑得先入王该营中，所以与该同往。行到姑臧，就是凉州治所，当下入见张寔，报明愍帝被掳情形。寔辞官不受，大哭三日。又遣司马韩璞等，率步骑万人，东往击汉，并贻南阳王保书。有云："王室多难，不敢忘死，况朝廷倾覆，天子蒙尘，东向悲愤，死有余责。今遣璞等讨贼，愿公即日会师，同建义举，寔当唯命是从。"这书亦付璞带去。璞至陕西，为寇所阻，自思手下只有万人，怎能敌得过数万汉兵，不如见机引还，尚保万全，乃麾兵径归。就是寄保一书，亦不得达。惟凉州一带，幸由张氏镇守，尚得无恙。先是关中有童谣云："秦州中，血没腕，惟有凉州倚柱观。"及长安失陷，汉兵四掠，氐羌亦乘隙蠢动，骚扰陇右。雍秦两州人民，十死八九，惟凉州得安，果如歌谣相符。弘农太守宋哲，自长安奔至建康，由琅琊王睿接见。哲从怀中取出愍帝诏书，南面宣读。睿下阶跪伏，但听哲读诏道：

> 遭遇迍否，皇纲不振。朕以寡德，奉承洪绪，不能祈天永命，绍隆中兴，至使凶胡敢率犬羊，逼迫京华，朕今幽塞穷城，忧虑万端，恐一旦奔溃，因令平东将军宋哲，诣丞相府，具宣朕意，使摄万几，恢复旧都，修缮陵庙，以雪大耻而报深仇，是所至望，丞相其毋辞！

诏既读毕，睿起身接受，留哲在府。哲复述及长安情状，睿乃入易素服，出次举哀，且移檄四方，拟即北征。西阳王羕，系前汝南王亮第三子，见前文。曾从睿渡江，睿承制拜为抚军大将军，至是邀同僚佐牧守，上笺劝进，睿不肯从。羕等再三固请，睿慨然流涕道："孤乃皇晋罪人，惟有蹈节死义，誓雪国耻，得能济事，尚可自赎，且孤本受封琅琊，若诸

第三十回　牧守联盟奉笺劝进　君臣屈辱蒙难丧生

贤见逼,再四不已,孤只有仍归原国便了。"你亦知罪么? 但恐言不由衷,徒然欺人。说罢,便自呼私奴,命驾归国。羡等不敢再劝,但请依魏晋故事,称为晋王。睿乃允诺,择日即晋王位,设坛西郊。届期受僚属参谒,改元建武,愍帝尚在平阳。睿既不欲称尊,何必急急改元。号建业为建康,颁令大赦。除杀祖父母父母及刘聪石勒等,不从此令外,悉数宥免。遂备置百官,立宗庙社稷。有司请立王太子,睿爱次子宣城公衰,意欲为嗣,因商诸王导道:"立子应该尚德否?"导主张立长,谓世子绍与宣城公,朗俊相同,但长较为顺理,幸勿乱序。睿乃立世子绍为王太子,次子衰为琅琊王,奉恭王后,恭王名觐,见前。使镇广陵。绍与衰同为宫人荀氏所生,颇得睿宠,唯睿妃虞氏,素妒荀宫人。荀氏不免怨望,为睿所闻,遂致见疏。虞妃无子,至睿为晋王时又已去世,所以立绍为嗣,绍虽见立,荀氏仍不得加位,但追尊虞氏为王后,这也无庸细评。西阳王羡,受封太保,外如征南大将军王敦,进为大将军领江州牧,右将军王导,进为骠骑将军,领扬州刺史,都督中外诸军事。左长史刁协为尚书左仆射,右长史周𫖮为吏部尚书,军谘祭酒贺循为中书令,右司马戴渊王邃为尚书,司直刘隗为御史中丞,参军刘超为中书舍人,余亦封拜有差。王敦辞去州牧,王导因敦外握兵权,亦辞去中外都督,贺循亦自称老病,辞去中书令,睿皆准如所请。惟改任循为太常卿,循为江左儒宗,明习礼仪,颇为睿所推重。还有刁协历仕中朝,熟谙旧事,睿亦随事谘询。江东草创,百事待举,一切兴作,多由二人决议,才见推行。

未几,又来了一个名士,姓温名峤,字太真,乃是故司徒温羡从子,本是祁县人氏,父憺为河东太守。峤生性聪颖,博学能文,年十七时,已有盛名,州郡辟召,均皆不就。后为东阁祭酒,补授潞令。平北大将军并州刺史刘琨妻,系峤从母,琨因引为参军,迁擢上党太守,加建威将军,拒击石勒,辄有战功。琨进官司空,复任峤为右司马。小子尝阅《世说新书》,亦称《世说新语》,为刘宋临川王义庆所著。载有峤艳史一则。峤元配王氏,早年病殁,从姑刘氏有一女,秀外慧中,刘氏嘱峤觅婿,峤自有婚意,但佯答道:"佳婿难得,若有人似峤,可能中意否?"刘氏道:"不敢望汝。但教品学少优,便可将就了。"过了两三日,峤即入报道:"已得佳婿了,门地恰也清高,婿现为名宦,与峤相似。"刘氏大喜。峤即取出玉镜台一枚,作为聘物,刘氏当然收下。到了婚期,峤引导彩舆,往迎新嫁娘,刘家还道峤是媒妁,待以常礼,及刘女登舆,峤亦随回,竟令彩舆抬入己家,居然改穿吉服,自作新郎,与女交拜。礼毕入房,女用手自披纱扇,顾峤大笑道:"我原疑是老奴!"峤亦笑道:"如峤可得配卿否?"女本来慕峤,自然乐允。旧中表作为新夫妇,相亲相爱,更逾常人。惟看官不要误作琨女,琨妻是峤的从母,俗例叫姨母,若刘氏是峤的从姑,乃是姑母,与姨母不同。《尔雅》谓父之从父姊妹为从姑,母之姊妹为从母。这事虽无关时势,但古今传为韵事,所以小子也随笔叙入,见得峤风流自喜,确是一个不羁才。

　　至长安陷没的时候,琨为石勒所攻,奔入蓟城,当时也有一段情事,不得不补叙明白。汉主聪使刘曜攻长安,复使石勒攻并州,双方并举,免得琨入援长安。勒进陷廪邱,守将刘演,遁往段氏,演守廪邱见二十六回。勒复进围乐平,太守韩据,向琨求救,适琨子遵,因代有内乱,见前回。引着代将卫雄箕澹等,并及人马牛羊,趋回晋阳。琨得了资助,即拟出兵拒勒,箕澹谓代众新附,不宜轻用。琨急欲平寇,不从澹言,且使澹率代众为前趋,往救乐平,自屯广牧为后援。澹中石勒埋伏计,丧失兵马一大半,走还代郡。韩据亦弃城他窜,并土大震。那石勒确是历害,又从间道袭晋阳,留守长史李弘,竟举城降勒,于是琨进退失据,不得已奔往蓟城,投依段匹䃅。匹䃅已领幽州刺史,见五十二回。见琨来奔,很加器重,与琨约为兄弟,并结姻好,两人遂歃血同盟,期复晋室,一面檄告华夷,邀同太尉豫州牧荀组,镇北将军刘翰,单于广宁公段辰,辽西公段眷,冀州刺史邵续,兖州刺史刘广,东夷校尉崔毖,鲜卑大都督慕容廆等,并推晋王睿为晋主,同心讨汉。就是汉将曹嶷,占据齐鲁间郡县,自守临淄,筑广固城,因与石勒有隙,也去汉附琨,愿戴晋王。琨即令温峤南赴建康,奉书劝进。峤奉令即行,母崔氏不愿峤往,牵住峤裾,峤绝裾径去。未免太忍,但为出行,亦属难辞。兼程至建康,王导周顗等,素闻峤名,迎入客廨,问明来意。峤取笺出示,导等大喜,即引入见睿。睿面加慰劳,且取笺展览道:

　　　　臣闻天生烝民,树之以君,所以对越天地,司牧黎元,圣帝明王,监其若此,知天地不可以乏享,故屈其身以奉之;烝黎不可以无主,故不得已而临之。社稷多难,则咸藩定其倾,郊庙或替,则宗哲纂其祀,是以弘振遐风,式固万世。三五以降,靡不由之。伏惟高

第三十回　牧守联盟奉笺劝进　君臣屈辱蒙难丧生

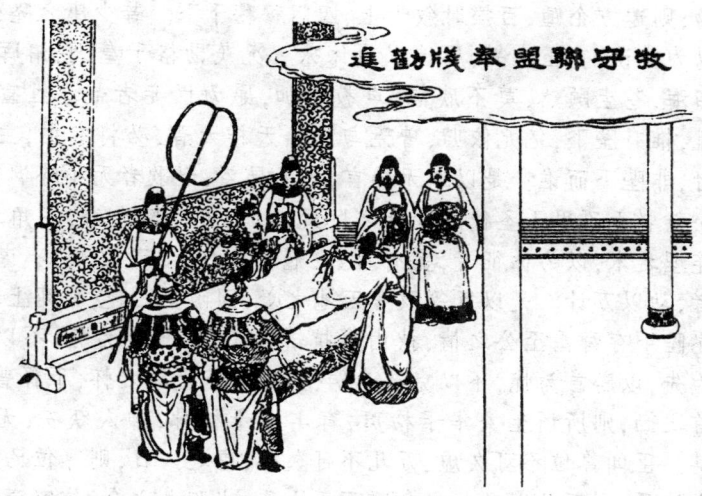

祖宣皇帝,肇基景命,世祖武皇帝,遂造区夏,三叶重光,四圣继轨,惠泽侔于有虞,卜世过于周氏。自元康以来,艰难繁兴,永嘉之际,氛厉弥昏,宸极失御,登遐丑裔,国家之危,有若缀旒,赖先后之德,宗庙之灵,皇帝嗣建,旧物克甄,诞授钦明,服膺聪哲。玉质幼彰,金声凤振。冢宰摄其纲,百辟辅其政,四海想中兴之美,群臣怀来苏之望。不图天不悔祸,大灾荐臻,国未忘难,寇害寻兴,逆胡刘曜,纵逸西都,敢肆犬羊,陵虐天邑。主上幽劫,复沉虏庭,神器流离,再辱荒逆。臣每览史籍,观之前载,厄运之极,古今未有。苟在食土之毛,含血之类,莫不叩心绝气,行号巷哭。况臣等荷宠三世,位厕鼎司,闻问震惶,精爽飞越,且惊且惋,五情无主。臣闻昏明迭用,否泰相济,天命无改,历数有归,或多难以固邦国,或殷忧以启圣明。是以齐有无知之祸,而小白为五霸之长,晋有骊姬之难,而重耳主诸侯之盟。社稷靡安,必将有以扶其危,黔首几绝,必将有以继其绪。伏惟陛下,玄德通于神明,圣姿合于两仪,应命世之期,绍千载之运,符瑞之表,天人有征,中兴之兆,图谶垂典。自京畿陨丧,九服奔离,天下嚣然,无所归怀,虽有夏之遘夷羿,宗姬之罹犬戎,蔑以过之。陛下抚征江左,奄有旧吴,柔服以德,伐叛以刑,抗明威以慑不类,杖大顺以号宇内,纯化既敷,则率土宅心,义风既畅，则遐方企踵，百揆时叙于上，四门穆穆于下。昔少康之隆，夏训以为美谈，宣王中兴，周诗以为休咏。况茂勋格于皇天，清晖光于四海，苍生颙然，莫不欣戴，声教所加，愿为臣妾者哉。且宣皇之胤，惟有陛下，亿兆依归，曾无与二。天祚大晋，必将有主，主晋祀者，非陛下而谁？是以迩无异言，远无异望，讴歌者无不吟讽徽猷，讼狱者无不思于圣德。天地之际既交，华夷之情允洽，一角之兽，连理之木，以为休征者，盖有百数，冠带之伦，要荒之众，不谋同辞者，动以万计。是以臣等敢考天地之心，因函夏之趣，昧死上尊号，愿陛下存舜禹至公之情，拨由巢抗矫之节，以社稷为务，不以小行为先，以黔首为忧，不以克让为嗣，上慰宗庙乃顾之怀，下释普天倾首之勤，则所谓生繁华于枯荑，育丰肌于朽骨，神人获安，无不幸甚。臣闻尊位不可久虚，万几不可久旷，虚之一日，则尊位已殆，旷之浃辰，则万几以乱。方今踵百王之季，当阳九之会，狡寇窥窬，伺国瑕隙，黎元波荡，无所系心，安可废而不恤哉？陛下虽欲逡巡，其若宗庙何？其若百姓何？昔者惠公虏秦，晋国震骇，吕郤之谋，欲立子圉，外以绝敌人之志，内以固阃境之情，故曰丧君有君，群臣辑睦，好我者劝，恶我者惧。前事之不忘，后代之元龟也。陛下明并日月，无幽不烛，深谋远猷，出自胸怀，不胜犬马忧国之情，待睹神人开泰之路。是以陈其乃诚，布之执事。臣等忝于方任，久在遐外，不得陪列阙廷，与睹盛礼，踊跃之怀，南望罔极，敢布腹心，幸乞垂鉴！

睿既览毕，半晌才说道："主上播越，正臣子见危致命的时候，奈何敢妄窃天位呢？"遂留峤在建康，另遣使赍递复书，语云：

> 豺狼肆毒，荐复社稷，亿兆颙颙，延首罔系。是以居于王位，以答天下，庶几迎复圣主，扫荡仇耻，岂可猥当隆极？此孤之至诚，著于遐迩者也。公受奕世之宠，极人臣之位，忠允义诚，精感天地，实赖远谋，共济艰难，南北回邈，同契一致。万里之外，心存咫尺，公其抚宁华戎，致罚丑类，动静以闻！

琨得晋王睿复书，便与段匹䃅商议，先讨石勒，再击平阳。匹䃅推琨为大都督，自为琨副，联名檄州郡牧守，会师襄国，且发兵出屯固安，俟集各军。偏匹䃅从弟末柸，得勒厚赂，多方阻挠，各州郡牧守，亦多徘

第三十回 牧守联盟奉笺劝进 君臣屈辱蒙难丧生

徊观望,未闻出师。琨与匹䃅,只好付诸长叹,同归蓟城。总之晋乱已甚,天怒人怨,大势一去,无可挽回。汉主聪原是不道,但势方强盛,连虏二帝,晋室王公,半多束手,有几个侈谈匡复,或力不从心,或言不由衷,全局似散沙一般,怎能毅然进讨,问罪平阳呢?建武元年十二月,汉主聪复弑愍帝,简直如屠戮犬豕一般,从臣只死了一个辛宾,总算是孤忠耿耿,碧血千秋。

这愍帝遇弑原因,全是聪子粲一人主张,说将起来,又有一番颠末,应该约略叙明。自聪多内宠,不理朝政,凡事皆委粲办理,且加封晋王。粲不但欲代父统,并想奄有中原,做一个华夷大皇帝,惟事有先后,第一着下手,非除太弟乂不可。乂在东宫,亦窃窃自危。一日,天忽雨血,东宫延明殿中,下血尤多,乂且惊且忧,转问太傅崔玮,太保许遐。两人齐声道:"天象已明示殿下,须要流血一次,方可安枕,试想主上立殿下为太弟,无非暂安众心,今已属意晋王,任为相国,权势威重,高出东宫,殿下若再容忍过去,位必难保,且有不测之危祸,故不如先发制人,免为彼算。"乂迟疑不答。两人复并说道:"今东宫卫兵,不下四千,相国轻佻,但教遣一刺客,便足了事,余王并幼,有何能为?若殿下有意,二万精兵,叱嗟可致,一鼓入云龙门,卫士必倒戈相迎,正无烦费力呢。"乂终不从。这却不能答乂。

东宫舍人荀裕,竟入告汉主聪,报称崔许劝太弟谋反,聪立收崔许入狱,寻即诛死,别使冠威将军卜抽,率兵监守东宫,禁乂朝会。乂非常忧惧,上表乞为庶人,请以晋王粲入嗣。抽将表捺住,不使上达。乂虽未被废,已等囚奴,从前乂妾靳氏,为护军靳准从妹,与役吏宣淫,被乂窥透奸情,杀死靳氏,且屡次嘲准。准暗生忿恨,尝至粲处进谗,谓乂将谋变,窃发有期。粲不禁着急,向准问计。准说道:"主上爱信太弟,若猝然相告,未必肯信,不如撤回东宫监守,使太弟仍得交通宾客,太弟素好待士,必不加防,俟探得间隙,下官乃可举发,再将太弟往来宾佐,拘住数人,利诱威逼,不怕大狱不成!"金玉奸谋,大率如此。粲喜从准言,便令卜抽引兵撤回。乂还道是相国有情,得免禁锢,哪知他是请君入瓮的诡谋。

汉主聪更加糊涂,沉湎酒色,好几月不出视朝,后宫佩皇后玺绶,多至七人,以靳月华为正皇后,又拣了一个宫人樊氏,使侍巾栉。樊氏系聪母张氏侍婢,生小入宫,垂髫后妖媚无比,便得偷沾雨露,仰沐皇恩。聪宠爱逾恒,竟令她为上皇后,做了靳月光的替身。采葑采菲,无以下体。想聪必熟读此诗。从来女子小人,往往有连带关系,宫中既有若干宠妾,当然有若干权阉,中常侍王沈宣怀,中宫仆射郭猗等,皆嬖幸用事,车服第舍,僭越诸王,子弟多出为守令,靳准欲设法除乂,不得不联络阉人,表里为奸。东宫少府陈休,左卫将军卜崇,人品清正,素嫉宦官,虽在公座,不与王沈等交言。侍中卜干,尝引窦武陈蕃故事,见《后汉演义》。隐戒休崇。休崇情愿一死,不肯少屈,果然俭人构陷,大祸临头。汉主聪忽御上秋阁,命收陈休卜崇,及特进綦毋达,大中大夫公师彧,尚书王琰田歆,大司农朱诞,一并加诛。綦毋达等,同为宦寺所忌,故亦连坐。侍中卜干,见诏旨猝下,慌忙谏阻,甚至叩头流血。王沈站立聪侧,厉声叱干道:"卜侍中胆敢拒诏么?"聪闻沈言,拂衣竟入。休崇等遂被牵出市曹,一齐处斩。干趋退后,有诏黜为庶人。太宰河间王刘易,大将军渤海王刘敷,粲弟。御史大夫陈元达,光禄大夫西河王刘延等,联名上表,弹劾宦官。汉主聪反将所上表章,取示王沈,且笑语道:"群儿为元达所引,乃致有此痴语呢?"沈即叩头称谢。聪复召粲入问,粲极言沈等忠清,因复封沈等为列侯。刘易闻诏,伏阙上疏,稽首固谏。聪竟大怒,把易疏撕碎,掷还刘易。易乃趋出,恚忿而死。陈元达临丧大恸道:"人之云亡,邦国殄瘁,我从此不能再言,还要活着做什么?"及吊毕归家,亦服毒自杀。何不早去?

既而聪宴会群臣,引见太弟乂,见他面目憔悴,涕泣陈词,也不觉潸然泪下,乃与乂畅宴,待遇如初。那靳准王沈等,却非常惶急,亟谒相国刘粲,授与密计。粲即使私党王平,往语太弟乂道:"顷得密旨,谓京师将有大变,请饬左右衷甲戒严,豫备不虞。"乂信为真言,命宫臣衷甲以待。不意靳准王沈,借此诬乂,聪听信谗言,竟使粲往围东宫,收捕太弟僚佐,屈打成招,自诬与乂谋反。供词入呈。聪反称沈等忠贤,并废乂为北海王。粲又使准进毒鸩乂,乂死得不明不白,无处伸冤。东宫官属,亦枉死了数十人。粲得立为皇太子,仍领相国大单于,总摄朝政如故。

会聪出猎上林,召晋愍帝行车骑将军,使他执戟前导,行三驱礼。平阳父老,聚观道旁,都不觉惨然道:"这便是长安故天子呢!"粲时在

第三十回 牧守联盟奉笺劝进 君臣屈辱蒙难丧生

列,听到是言,触起旧感,俟罢猎回宫,即向聪进言道:"周武王岂愿杀纣,正恐同恶相求,容易生患,不如早除为

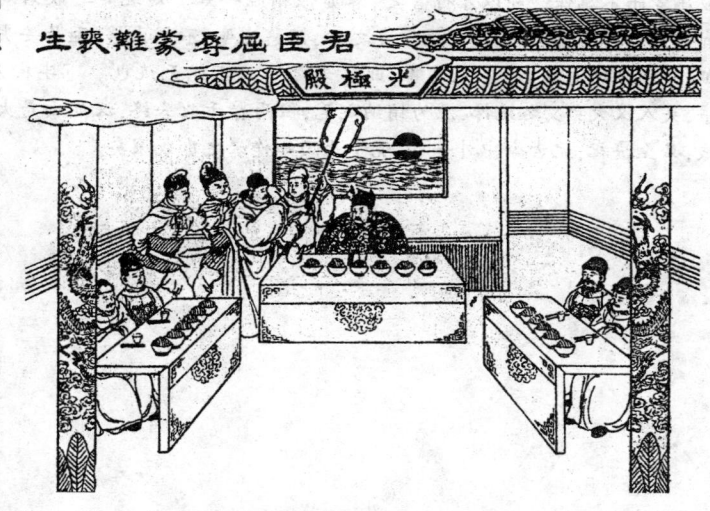

是。"聪踌躇道:"前杀庾珉王俊,尚滋众议,我今不忍再行此事。"粲不肯遽退,又复力请。经聪以他日为约,方才退出。未几又在光极殿会宴。聪使愍帝行酒洗爵,及更衣时,又使执盖。晋尚书郎辛宾,侍从愍帝,不由得目击心伤,起抱帝腰,大哭失声。实属无谓。不过表明一腔愚忠。聪愤愤道:"想汝不望再活,愿随庾珉辈后尘呢。"遂叱左右扯出辛宾,一刀杀死。愍帝吓得乱抖,只因死期未届,尚使退回。会荥阳太守李矩,招降洛阳汉将赵固,使与河内太守郭默,共攻汉境,师次小平津。聪令太子粲出御,固因扬言道:"要当生缚刘粲,赎还天子。"粲即使人奉表道:"今司马睿跨据江东,赵固李矩,同逆相济,皆以故主为口实,须亟杀子业,示绝民望,彼矩固等无词可借,士卒必离,不战自溃了。"聪乃害死愍帝,时年才一十八岁。小子有诗叹道:

　　一君陷死几何年,又听平阳惨报传。
　　执盖洗樽犹遇害,可怜天地两腥膻。

愍帝遇害,赵固郭默等众,又被粲发兵击退。那时晋室统绪,当然要属诸晋王睿了。欲知底细,请看下回便知。

回评 两都陷没,晋室垂尽,所留遗者,惟南阳琅琊二王,同居征镇,欲求继绝,舍二王其谁与归?但南阳王保,局处秦州,琅琊王睿,雄踞江左,两者相较,固

应属睿而不属保。即以才行言之,睿亦似稍胜一筹。刘琨等之联名劝进,谁曰不宜?惜乎睿有继承之势,而无匡复之心,怀愍穷蹙,不闻出援,至长安失守,移檄北征,亦不过徒有虚名,未见实事,此作者之所以不能无讥也。下半回叙愍帝被弑事,夹入汉太弟乂之死谏,原为销纳之笔,但西晋于此告终,汉亦由是大乱,骨肉相残,必至覆祀,无古今中外一也,观于此而知作者之垂戒深矣。

第三十一回

晋王睿称尊嗣统　汉主聪见鬼亡身

却说愍帝凶闻,传至建康,晋王睿斩衰居庐,百官请上尊号,睿尚不许,前会稽内史纪瞻,上书申请,大略说是:

陛下性与天道,犹复役机神于史籍,观古人之成败,今世事举目可知,不为难见。二帝失御,宗庙虚废,神器去晋,于今二载。梓宫未殡,神人无主。陛下膺箓受图,特天所授,使六合革面,遐荒来庭,宗庙既建,神主复安,亿兆向风,殊俗毕至。若列宿之绾北极,百川之归巨海,而犹欲守匹夫之谦,非所以阐七庙,隆中兴也。但国贼宜诛,当以此屈已谢天下耳。而欲逆天时,违人事,失地利,三者一去,虽复倾匡于将来,岂得救祖宗之危急哉?适时之宜万端,其可纲维大业者,惟理与当。晋祚屯否,理尽于今,促之则得,可以隆中兴之祚,纵之则失,所以资奸寇之权,此所谓理也。陛下身当厄运,纂承帝绪,顾望宗室,谁复与让?当承大位,此所谓当也。四祖廓开宇宙,大业如此,今五都燔爇,宗庙无主,刘石窃弄神器于西北,陛下方欲高让于东南,此所谓揖让而救火也。臣等区区,尚所不许,况大人与天地合德,日月并明,而可以失机后时哉?机不可失,时不再来,幸陛下垂察!

瞻一面上书,一面已安排御座,召集百官,力劝晋王睿登位。睿尚徘徊不进,至瞻等拥他升殿,还令殿中将军韩绩,撤去御座。瞻厉声叱绩道:"帝座上应列星,谁敢妄撤?妄撤即斩!"睿也为动容。瞻即请睿下即位令,慰副民望。睿乃允诺,当有草令官缮就文辞,颁发朝堂,令云:

孤以不德,当厄运之极,臣节未立,匡救未举,夙夜所以忘寝食也。今宗庙废绝,亿兆无系,群官庶尹,咸勉以大政,亦何敢辞?谨从众请,即日履新,特此令知!

令文甫下,忽由奉朝请周嵩,递入一笺,乃是谏阻登基,与众不同。

略言:"古时帝王,义全后取,让成后受,故能享世长久,万载重光。今梓宫未返,旧京未清,何不训卒励兵,先雪大耻?待至功德具隆,自然天与人归!"云云。这一张笺文,映入睿目,不由得心下一惊,默忖多时,才把原笺递示百官,又说出几句谦逊的话头。曲折写来,心术已昭然如揭。纪瞻等顿时大哗,统言周嵩无知,应从贬斥。右将军王导进言道:"诸公不必哗噪,殿下亦不必过谦。圣如孔子,犹言从众,一二人异议,何足介怀,请殿下易衣登座,君临万民,然后四海有主,方好壹意讨虏了。"睿闻导言,始决意践阼,复入内改着法服,衮冕出郊,祭告天地,还朝即皇帝位,受百官谒贺。百官依次俯伏,三呼已毕,睿命导并升御床。导固辞道:"若太阳下同万物,苍生何从仰照呢?"睿乃罢议,因即下诏道:

晋王睿称尊嗣统

昔我高祖宣皇帝,诞应期运。廓开王基,景文皇帝。奕世重光,缉熙诸夏,爰暨世祖,应天顺时,受兹明命,功格天地,仁济宇宙。昊天不融,降此鞠凶。怀帝短世,越去王都,天祸荐臻,大行皇帝崩殂,社稷无奉,肆群后三司六事之人,畴谘庶尹,至于华戎,致辑大命于朕躬。予一人畏天之威。用弗敢违,遂登坛南岳,受终文祖。燔柴颁瑞,告类上帝。惟朕寡德,缵我弘绪,若涉大川,罔知攸济,惟尔股肱爪牙之佐,文武熊罴之臣,用能弼宁晋室,辅予一人。思与万国,共同休庆。钦哉惟命!

第三十一回　晋王睿称尊嗣统　汉主聪见鬼亡身

　　看官记着！睿是江东开国的第一个主子，历史上称为东晋，又因他后来庙号，叫作元皇帝，所以沿称元帝。先是江左有童谣云："五马浮渡江，一马化为龙。"时人都莫名其妙。至永嘉年间，睿与西阳王羕，注见前文。汝南王祐，亮长孙。南顿王宗，羕弟。彭城王释，宣帝弟东武城侯馗曾孙。相继渡江，睿独得为帝，童谣始验。但穷究底细，实是牛代马后，小子于前文中，已经叙过，想看官应早接洽呢。话休絮烦。

　　且说元帝睿既已即位，颁诏大赦，复改建武二年为太兴元年，立王太子绍为皇太子。绍幼年聪颖，素得父宠，数岁时，坐置膝下。适长安使至，元帝问绍道："汝谓日与长安，孰近孰远？"绍答道："长安近，不闻人从日边来。"次日，元帝款待来使，并宴及群僚，又召绍出问道："究竟长安近呢，还是日近呢？"绍却答言日近。元帝失色道："汝曾言长安近，为何今日异词？"绍又答道："举目见日，不见长安，所以说是日近。"元帝益觉惊异，群僚当然推为奇童。及长，颇知仁孝，喜属文辞，又善武艺，好贤礼士，虚心纳谏，与庾亮温峤等，为布衣交。亮风格峻整，善谈老庄，仍不脱竹林窠臼。元帝称亮有清才，因纳亮妹为绍妇，绍为太子，庾氏当然为太子妃，亮亦得侍讲东宫。元帝尝以韩非书赐太子，亮进谏道："申韩刻薄伤化，不足取法。"太子绍深纳亮言，故不尚烦苛，专主宽简，中外目为贤储君。

　　绍弟琅琊王裒，曾奉父命，带领锐卒三万，往助豫州刺史祖逖，北讨石勒。逖自击楫渡江，进至谯城，见二十六回。流人张平樊雅，曾聚众谯郡，自称坞主。逖使参军殷义，往招平雅，义意甚轻平，谓平屋只可作厩，又见大镬，谓可置铁器。平夸言是帝王镬，待天下清平，大有用处。义冷笑道："头且不保，尚爱这镬么？"平勃然怒起，拔剑斩义。义真不知世务，徒自取死。遂督众固守。逖往攻不克，以重利啗平将谢浮，使杀张平。浮将平刺死，携首献逖。惟樊雅尚据住谯城，未肯降服，逖更使人说降，谯城乃下。石勒遣从子虎围谯，适南中郎将王含，使参军桓宣往援，虎乃退去，逖表宣为谯国内史。至琅琊王裒驰至，谯城已经解围，裒还建康，数月病殁。裒有弟冲，封东海王，使继故太傅越宗祀，尊越妃裴氏为太妃。见二十三回。冲弟晞，亦封武陵王，加王导骠骑大将军，开府仪同三司，仍进王敦为江州牧，迁刁协为尚书令，荀崧为尚书左仆射，其余内外文武各官，俱增位二等。惟出周嵩为新安太守，阴示薄惩。

忽由河北传到骇闻,乃是前并州都督刘琨,竟被幽州刺史段匹䃅杀死。看官阅过前文,应知匹䃅与琨,约为兄弟,申以婚姻,同盟讨汉,齐心事晋,为什么凶终隙末,反致害琨呢?原来元帝即位,曾命琨为太尉,仍广武侯,匹䃅为渤海公。会匹䃅因兄死奔丧,琨遣嫡子群送往,偏匹䃅从弟末柸,私通石勒,率众袭击匹䃅,末柸得贿事见前回。匹䃅走脱,刘群为末柸所执,厚礼相待,许琨为幽州刺史,诱群同攻匹䃅。群不得已允了末柸,作书遗父,请为内应。偏匹䃅回蓟,防备末柸,屡遣探骑侦察,凑巧末柸使人,被他拘住,搜得群书,献与匹䃅。匹䃅即将原书示琨,琨大为惊异。匹䃅道:"我知公无他意,所以白公。"琨答道:"与王同盟,志匡王室,仰仗威力期雪国耻。若儿书密达,乃是末柸为反间计,离我二人,我终不私爱一子,负公忘义呢。"匹䃅也一笑而罢。琨本别屯故征北府小城,此次由匹䃅召来,彼此证明心迹,情好如初。琨即欲还屯,匹䃅弟叔军白兄道:"我等俱系胡人,向为晋所轻视,今不过畏我兵众,所以甘心俯就,若我骨肉构祸,示以间隙,适使彼得图我,倘有人奉琨发难,我族将从此无遗了。"匹䃅因留琨不遣。琨庶长子遵,留居征北府小城,闻琨被拘,遂与琨左长史杨桥,并州治中如绥,闭门自守。匹䃅使人慰谕,遵等不从。经匹䃅发兵围攻,相持兼旬,小城中粮尽食空,守将龙季猛,暗降匹䃅,斩桥绥,执刘遵,开城纳匹䃅兵。遵与群俱皆失计,徒致害死乃父。琨迭闻变故,自知难免,索性将生死置诸度外,毫不慌忙,惟尚有一腔忠愤,无处可挥,特吟五言诗一首,寄赠别驾卢谌,诗云:

握中有悬璧,本自荆山璆。维彼太公望,昔是渭滨叟。邓生何感激?千里来相求。白登幸曲逆,曲逆侯陈平。鸿门赖留侯。张良。重耳凭五贤,小白相射钩。能通二霸主,安问党与仇?中夜抚枕叹,想与数子游。吾衰久矣夫!何其不梦周?谁云圣达节?知命故无忧。宣尼悲获麟,西狩泣孔丘,功业未及建,夕阳忽西流。时哉不我与,去矣如云浮。朱实陨劲风,繁英落数秋。狭路倾华盖,骇驷摧双辀。何意百炼刚,化作绕指柔?

诗中寓意,无非借鸿门白登故事,激励卢谌。谌无甚奇略,但用常词酬和,且谓琨措词未合,不应作帝王思想。琨见他不知己意,付诸一叹罢了。已而代郡太守辟闾嵩,辟闾系复姓。与雁门太守王据,后将军

第三十一回　晋王睿称尊嗣统　汉主聪见鬼亡身

韩据同谋,欲袭匹䃅,救出刘琨。不料韩据女为匹䃅儿妾,得知三人密计,竟告匹䃅。匹䃅即诱执王据辟闾嵩,并皆杀死。会江州牧王敦,寄书匹䃅,嗾使杀琨。不知他所挟何仇?莫非因忠奸不同,故有此举?匹䃅亦虑众为变,托称建康有诏,处琨死刑。琨闻敦使到来,顾语子侄道:"处仲敦字处仲。使来,不闻见告,这明明是诱杀我呢。死生有命,但恨仇耻未雪,愧与君亲相见地下呢。"因呜咽流涕。俄顷,即有吏趋入,伪传诏命,逼琨自缢。琨子侄四人,亦俱被害。卢谌等率琨遗众,走依末柸,奉琨子群为主,暂依末柸部下。末柸匹䃅,益寻仇不已,晋人尤不服匹䃅,相率离散,匹䃅亦转盛为衰。

元帝闻匹䃅杀琨,尚畏匹䃅势焰,不敢指斥,且未尝为琨举哀。琨右司马温峤,表称琨尽忠帝室,应加褒恤。元帝不报,但除琨为散骑侍郎。峤既悲琨死,又闻母亡,因固辞职位,苦请北归。有诏不许,且责峤道:"今寇逆未枭,诸军奉迎梓宫,尚不得进,峤怎得专顾私难,任官不拜呢?"峤不得已受命。

会凉州刺史西平公张寔,遣牙门将蔡忠,通问建康,书中尚用建兴年号,不称太兴。当时东西悬隔,元帝即位的诏书,尚未颁到,所以犹仍旧号,且遣忠东行,亦非无因。南阳王都尉陈安,举兵叛保,入逼上邽。保向凉州告急,寔发步骑二万人往援,安始退去。凉州兵还镇,谓保欲自称尊号,破羌都尉张诜,因向寔献议道:"南阳王不思国耻,遽欲称尊,将来必不能成功。晋王近亲,且有名德,公当为天下首倡,奉戴江东。"寔依诜言,乃使忠诣建康。及忠自建康西归,寔亦已知元帝即位,并由忠代赍诏书,虽语多慰勉,实含有专制的意义。寔也未免怀嫌,阳若奉晋,阴实离晋,嗣是凉州亦别为一国了。即十六国中之一。

当时尚有南安赤亭水名。羌人姚弋仲,为后汉时西羌校尉迁那子,怀帝末年,因见中国大乱,得由赤亭东徙榆眉,华夷人民,襁负相随,共有数万。弋仲遂自称扶风公。为后秦开国张本。略阳氐酋杨茂搜,见前文。有子难敌,袭踞梁州,刺史张光愤死,光子迈战殁,嗣由州人张咸,纠众逐去难敌,举州附成。成主李雄,得管领梁益二州,难敌回至略阳,适茂搜病死,便嗣立为氐王,这也是一路杂胡。代王普根,戡定国难,不久即死,国人立猗卢从子郁律为主。郁律好武,击走铁弗部酋刘虎,收降虎众,又西取乌孙故地,东并勿吉诸部,士马精强,复得雄长北方。还有慕容廆庶兄吐谷浑，吐谷，读若突欲。与廆分部自治。会二部马斗，廆遣人诮浑，浑即率众西徙，后复度陇而下，据洮水西，拓地至白兰，羌别种。地方数千里。鲜卑谓兄为阿干，廆追怀兄浑，为作阿干歌。浑子甚多，相传有六十人，长子吐延嗣位，未几为羌人所杀，子叶延继立。叶延好学尚礼，谓公侯之子，得用王父字为氏，因把吐谷浑三字作为国号，后来享国最长，在五胡十六国外，好算是一个西徼的雄封哩。连述数国，自成一束。

独汉主聪，骄淫荒虐，不修政事，朝廷内外，无复纲纪，佞人日进，货赂公行，后宫赏赐，动至千万。聪次子大将军敷，屡次泣谏，聪大怒道："尔欲乃公速死么？朝朝暮暮，生来哭人。"敷积忧病死。河东大蝗，犬豕相交，东宫四门，无故自坏，内史女人，化为丈夫，灾异不绝，聪毫不戒惧。已而聪所居鑫斯百则堂，猝遭火灾，焚死聪子孙二十余人，聪自投床下，哀塞气绝，良久乃苏。但事过又忘，淫昏如故。中常侍王沈，有一养女，年方十四，娇小玲珑，为聪所爱，拟立为左皇后。尚书令王鉴，中书监崔懿之，中书令曹恂等，上书谏阻，略云：

> 臣闻皇者之立后也，将以上配乾坤之性，象二仪敷育之义，生承宗庙，母临天下，亡配后土，执馈皇姑，必择世德名宗，幽娴令淑，乃副四海之望，称神称祇之心。是故周文造周，姒氏以兴，关雎之化洽，则百世之祚永。孝成汉成帝。任心纵欲，以婢为后，使皇统亡绝，社稷沦倾。有周之隆，既如彼矣，大汉之祸，又如此矣。从麟嘉以来，乱淫于色，纵沈之女弟，刑余小丑，犹不可侍琼寝，污清庙，况其家婢耶？六宫妃嫔，皆公子公孙，奈何一旦以婢主之。何异象棳玉簪，而对腐木朽槛哉？臣恐无福于国家，反有害于宫寝也。明知冒渎，不敢不陈，谨昧死上闻！

聪览毕大怒，即令中常侍宣怀，传语太子粲道："鉴等小子，慢侮国家，狂言嫚语，无复君臣上下礼节，速即加刑。"粲一奉命，便饬兵吏收捕鉴等，牵往市曹。金紫光禄大夫王延，驰至殿门，意欲入谏，王沈密嘱司阍，不许入内。沈却自赴市曹监刑，用杖叩鉴等道："庸奴！庸奴！尚能逞刁么？乃公养女为后，干汝甚事？"鉴瞋目叱沈道："竖子！以竖子对庸奴，恰是绝对。使皇汉灭亡，即由汝等鼠辈，与靳准一人。我死后，当诣先帝前诉汝，活捉汝等至地下。"懿之亦厉声道："靳准枭声獍形，

第三十一回　晋王睿称尊嗣统　汉主聪见鬼亡身

必为国患，汝等为国蠹贼，党同枭獍，今日食人，他日人亦食汝，看汝能活到几时？"沈且怒且惭，立使刑吏加刃，刀光起处，首皆落地，时人都为呼冤。

中常侍宣怀，也觅得一个丽姝，作为养女，献入汉宫。聪多多益善，一视同仁，复立她为中皇后。这八九个年少娇娃，轮流供御，再加后庭粉黛，不下千百，任令聪随意选召，日夕淫嬲，就使铜头铁骨，也为所熔，何况是血肉身躯呢？聪渐觉不支，奄卧光极殿寝室中，常闻鬼哭，更迁至建始殿中，鬼哭如故。聪少子东平王约，已经夭逝，一日，聪适昼寝，并未睡熟，蓦见帐外有一人影，举目审视，不是别人，正是东平王约，禁不住大声呼异，声浪一传，那人影复杳然不见。这是聪淫欲过度，目光昏乱，并非真正见鬼。聪越加惊疑，便召太子粲入室，握手叮咛道："我寝疾缠绵，见闻多怪，今又见约来此，想是我命该终，此儿特来迎我呢。人死果有神灵，我亦何必怕死。但现今世难未平，汝不必拘守谅暗古制，朝死夕殓，旬日出葬便了。"何劳汝嘱，他已情愿汝速死了。粲含糊答应。聪又命粲颁发诏令，征刘曜为丞相，石勒为大将军，并录尚书事，夹辅朝政，二人皆奉表固辞。粲复入白，聪乃改令刘景为太宰，刘骥为大司马，刘颉为太师，朱纪为太傅，呼延晏为太保，并录尚书事。范隆守尚书令，仪同三司，靳准为大司空，领司隶校尉，皆迭决尚书奏事。过了数日，聪病加剧，满身呼痛，等到气竭声嘶，两目一翻，呜呼死了。共计在位九年，太子粲嗣为汉主，依聪遗命，旬日即葬，追谥聪为昭武皇帝，庙号烈宗。小于有诗叹道：

九载淫荒恶贯盈，到头一死国随倾。

及身幸免儿孙受，莫向苍天怨不平。

粲既嗣位，恣行无道，比乃父还要荒淫，欲知详情，试看下回续叙。

回评 纪瞻周嵩，一劝晋王睿称尊，一阻晋王睿即位，劝睿者以继统为正，阻睿者以雪耻为先，固皆持之有故，言之成理者也。但观睿之无志北征，则知纪瞻之请，实自揣摩迎合而来，不若周嵩之义正词严，较为直谅耳。睿一即位，使王导并坐御床，夫自古无君臣共坐之理，睿喜极忘怀，故有此语，然则睿之情亦大可见矣。若汉主刘聪，荒淫不道，天变人异，不足以儆其心，甚至刑余养女，俱册为后，古人谓并后匹嫡，足为乱本，如聪之所为，正不特并后匹嫡已也。乃在位九年，竟获考终，阅者几疑恶报之未彰，不知报愈迟者祸愈烈，试观下回靳准之乱，掘墓毁庙，尽屠刘氏，乃知聪之恶为最甚，而报之惨亦蔑以加矣。

第三十二回

诛逆登基羊后专宠　乘衅独立石勒称王

却说刘粲为刘聪长子，少时却也聪隽，具文武才。自得为宰相后，威福自专，远忠贤，近奸佞，任情严刻，拒谏饰非；好兴宫室，罗列妾媵，相国府仿佛紫宫。及继承大位，毫无戚容。聪后靳月华，得尊为皇太后，樊氏号弘道皇后，宣氏号弘德皇后，王氏号弘孝皇后，这四后俱在妙年，未满二十，面庞儿均皆齐整，模样儿又皆轻狂，此次刘聪已死，眼见得四位嫠妇，不耐守孀，好在嗣主粲能体心贴意，善代父劳，一身周旋四后，夜以继日，挨次烝淫，妇人家水性杨花，乐得屈尊就卑，共图欢乐。聪只烝一单后，粲能烝及四人，确是跨灶。但粲已有妻孥，未免多嘴，粲乃立妻靳氏为皇后，想又是靳准家儿。子元公为太子，大赦境内，改年汉昌。

司空靳准，阴蓄异志，潜入白粲道："臣闻诸公欲行伊霍故事，将先杀太保，次杀臣身，另推大司马统摄万几。陛下若不先图，臣恐祸机不远，便在旦夕间了。"粲矍然道："恐无此事，休得相疑！"准怏怏退出，恐粲转告诸刘，反致杀身，乃急商诸太后皇后，教她们乘间进谗。二后俱系靳家儿女，当然唯命是从，趁着粲入宫行乐，便说诸刘如何设谋，如何废主，虽是无端捏造，一经莺簧百啭，竟觉得语语似真。靳月华尤善逞刁，对着粲前，呜咽与语道："宗臣等密谋废立，无非为嗣君烝淫而起，嗣君欲脱免此祸，幸勿再至妾宫，妾愿与陛下生别，冀得少安。"看官试想，粲与靳月华，已似胶漆相投，融成一片，哪里还分拆得开？经此一激，遂不管他是真是假，是好是歹，便毅然下令，收逮太宰上洛王刘景，太师昌国公刘颢，大司马济南王刘骥，大司徒齐王刘劢等，一古脑儿斩首。骥弟车骑大将军吴王刘逞，亦连坐被诛，惟太傅朱纪，太保呼延晏，太尉兼尚书令范隆，出奔长安。

粲又大阅上林，谋讨石勒，命丞相刘曜为相国，都督中外诸军事，留镇长安。授靳准为大将军，录尚书事。准暗嘱内侍，令劝粲晏处后宫，凡军国重事，尽付大将军裁决。粲正流连四美，倚翠偎红，巴不得有此良臣,代主国事,好使他安心纵乐。哪知准怀着鬼胎,潜谋不轨,乃大权到手,遂矫托粲旨,用从弟靳明为车骑将军,靳康为卫将军,仿佛王衍三窟。所有宫廷宿卫,概归兄弟三人节制,于是决计作乱,戒兵待发。金紫光禄大夫王延,老成硕德,向负时望,准欲引为臂助,遣人与谋。延怎肯从乱,且拟入宫告粲,途次为靳康所劫,送至准处。准把延拘住,当即勒兵入宫。宫中无人阻拦,一任准等闯进,直登光极殿,使人执粲。粲尚在太后宫中,与靳月华饮酒调情,突见甲士驰入,还道是同宗发难,走匿床下。甲士呼道:"司空有令,请主上升殿!"粲听了司空两字,不待收捕,便放胆出来,随甲士趋入殿中。哪知靳准竟高升御座,瞋目叱粲,说他种种淫虐,罪在不赦,粲才觉着忙,双膝跪下,叩头乞哀。女婿向岳丈磕头,理所应有,可惜这岳丈不肯容情。准置诸不睬,竟喝令左右,将粲刺死,一面拘拿刘氏眷属,无论男女,不问少长,皆屠戮东市,只留着靳太后靳皇后二人。发掘刘渊刘聪陵墓,枭聪死尸,焚毁刘氏宗庙。准与刘氏无仇,乃残毒至此,是必冥冥之中,另有一种公案。嗣是彻夜鬼哭,声闻百里。惟征北将军刘雅,得出奔西平。

准自号大将军汉天王,称制置百官,召语汉臣胡嵩道:"从古无胡人为天子,今将传国玺付汝,汝可送还晋家。"既屠刘氏,却不愿为帝,靳准毋乃太愚。嵩不敢受。准又怒起,立命杀嵩,另派人通使司州。司州尚有晋属地,由河内太守李矩,迁为刺史,闻汉使到来,不知何因。至相见时,来使语矩道:"刘渊屠各注见前文。小丑,因大晋内乱,乘隙称兵,矫称天命,至使二帝幽没北廷,现由靳大将军汉天王,为晋复仇,屠灭刘氏,谨率众扶侍梓宫,请代表上闻!"矩乃飞奏元帝,遣太常韩胤等奉迎梓宫。胤尚未至平阳,那刘曜石勒等,已合兵攻准,眼见是战云扰扰,不便进行。准潜居宫禁,超擢私党,诛锄异己,仍将王延释出,令为左光禄大夫。延怒骂道:"屠各逆奴,我岂肯为逆臣?快快杀我!且剜我左目置西阳门,右目置建春门,好看相国大将军入都,同诛逆贼哩。"准当然大愤,把延杀死。

相国刘曜,自长安发兵讨逆,大将军石勒,亦率精锐五万人,先驱讨准,据住襄陵北原。准屡拨兵挑战,勒坚壁不动,通书刘曜,愿会师同进。曜行抵赤壁,正与呼延晏朱纪范隆相遇,报明平阳惨状,且言曜母及兄,亦俱遭害。曜不禁大恸,誓报亲仇。呼延晏等遂请曜即尊,谓:

"国家不可一日无主,应先加尊号,维系众望。"曜即依议,就在赤壁设坛,行即位礼,大赦境内,惟准一门不在赦例。改元光初,使朱纪领司徒,呼延晏领司空,太尉范隆以下,各仍原职。遣使拜石勒为大司马大将军,加九锡,增封十郡,进爵赵公。勒进攻平阳,收降羌羯人民七万余名,均徙往所部郡县。刘曜亦檄征北将军刘雅,镇北将军刘策,进屯汾阴,作为声援。

靳准闻两路进兵,恐不能敌,乃使侍中卜泰,持了乘舆服御,送往勒营,情愿修和。勒将泰囚送曜营,曜释了泰缚,婉颜与语道:"先帝末年,实乱大伦,司空仿行伊霍故例,使朕得登大位,不特无罪,并且有功;若能早迎大驾,当以政事相委,宁止免死?卿可为朕入城,具宣此意。"泰乃别去,返报靳准。准已害曜母及兄,恐曜未必相容,因沉吟不决。会车骑将军乔泰王腾,卫将军靳康与将军马忠等,刺杀靳准,推靳明为盟主,再使卜泰赍奉传国六玺,献与刘曜。曜欣然语泰道:"使朕得此神玺,建帝王大业,实赖卿力。"因厚待卜泰,嘱令返报,许他归降。

石勒闻卜泰持玺降曜,未尝报勒,遂不禁怒起,增兵攻明。明出战屡败,婴城固守,且遣人向曜求救。曜使刘雅等纳降,靳明率平阳士女万五千人,奔归曜营,不料曜变了面目,俟明入见时,一声呼喝,便把他两手绑住,推出枭斩,且将靳氏全家诛戮,就是靳太后靳皇后等,亦悉数祭刀。惟靳康女,饶有姿容,为曜所羡,拟纳为皇后。女慨然道:"陛下既诛妾父母兄弟,还要留妾何用?况妾家犯了逆案,致受诛夷,古人惩逆锄恶,尚当污宫伐树,难道可容留子女么?"靳家亦有烈女,不得谓部娄之下,必无松柏。说至此,泪容满面,越觉令人生怜。曜怎忍下手,还与她譬喻百端。康女总咬定一个"死"字,始终不肯从曜。曜乃纵令自去,且免康一子,使奉靳氏宗祀。

迎母胡氏丧于平阳,还葬粟邑,谥为宣明皇太后,追尊三代为皇帝,徙都长安,前筑光世殿,后筑紫光殿。立羊氏为皇后,羊氏就是晋惠帝继室,从前五废五复,九死一生,不料尚有这一段外缘,要去做那外国皇帝的正宫。曜尝私问羊氏道:"我比司马家儿优劣何如?"羊氏嫣然一笑,复柔声作昵语道:"陛下乃开国圣主,怎得与亡国庸夫,互相比论?彼贵为帝王,只有一妻一子及本身三人,尚不能保护,使妻子受辱庶人手中,妾当时已愤不欲生,何意复有今日?妾生长高门,误配庸奴,尝怪世间男子,为什么无丈夫气?及得侍陛下,趋奉巾栉,乃知天下自有丈夫,正不能一概并论呢。"亏她老脸,说得出这种话儿。曜闻言大悦,宠爱有加。羊氏也格外逢迎,床笫承欢,情好百倍。接连生下三子,长名熙,次名袭,幼名阐,并得曜宠。曜前妻卜氏,已有子数人,曜竟舍长立幼,以羊氏长男熙为嗣,册为太子,另封诸子为王。缮宗庙,定社稷,用司空呼延晏议,谓:"晋以金德王天下,今宜承晋,取金水相生之义,不必沿汉旧号,可改称为赵。赵出天水,正与水德相符。"于是自称大赵,复以匈奴大单于为太祖,冒顿读若墨特,见《前汉演义》。配天,渊配上帝,牲牡尚黑,旗帜尚玄,颁令大赦。且使侍中郭汜,持节署石勒为太宰,领大将军,进爵赵王。

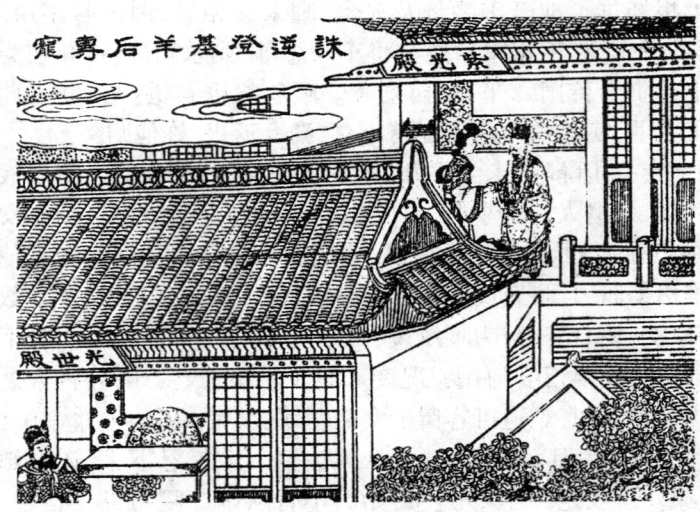

诛逆登基羊后粤宠
紫光殿
光世殿

勒已入平阳,修复渊聪二墓,收瘗刘粲以下百余尸骸,并将浑仪乐器,徙至襄国,一面遣左长史王修,至长安献捷,且贺曜即位。修谒曜称臣,呈上勒表,曜见表文中多恭逊语,很是欣慰,便留修馆宴,待遇甚优。勒有舍人曹平乐,前由勒遣至长安,应对皆如曜意。曜使侍左右,未曾遣归,至是独向曜进言道:"大司马遣修到此,外表输诚,内觇强弱,待修一返,报明虚实,彼必将潜兵西来,轻袭乘舆。羯人无信,不可不防!"曜矍然道:"卿言甚是,朕几为他所算。"遂发轻骑追还郭汜,且将王修牵出斩首。修随吏刘茂逃归,报明修被杀情形,勒遂回襄国,捕诛平乐家人,夷及三族,追赠修为太常,并下令示众道:

第三十二回　诛逆登基羊后专宠　乘衅独立石勒称王

孤兄弟之奉刘家,人臣之道过矣。若微孤兄弟,岂能南面称朕哉?根基既立,便欲相图。天不助恶,使假手靳准,孤惟事君之体,当资舜求瞽瞍之义,故复推崇令主,齐好如初。何图长恶不悛,杀奉诚之使,帝王之起,复何常耶?赵王赵帝,孤自取之,名号大小,岂其所节耶?此后与刘氏绝好,俾众周知!

自勒下此令后,与曜交恶,遂成仇敌,这便是胡羯分离的张本,也就是刘曜灭亡的祸根了。夷狄原无信义,但曜勒交恶,曲在曜,不在勒。秦州刺史陈安,即晋南阳王保都尉,他本是个反复无常的小人,曾叛保附汉,叛保事,见前回。寻复降成。及刘曜即位,又遣人至曜处奉表,为保复仇。原来保闻愍帝凶耗,便欲称尊,好容易过了一年,竟自称晋王,改元建康,分置官属。保体极肥大,相传重量至八百斤。想非十六两秤。平居嗜睡,暗弱无能。部将张春杨次,触怒被责,因忿怼不平,相谋杀保。陈安尝逼攻上邽,偏此次上表刘曜,自称秦州刺史,托名讨贼。曜权词答复,安即引兵攻杀杨次,张春遁去。当下检出保尸,用天子礼安葬,私谥曰元,因即向曜告捷。曜授安为大将军,使镇上邽。嗣是晋又失去秦州。

还有蓬陂坞主陈川,尝自号宁朔将军,兼陈留太守。晋豫州刺史祖逖,遣人招抚,川愿效指挥。逖攻张平樊雅时,川曾拨部将李头往助,力战有功,得逖优待,赠给骏马。头感叹道:"若得此人为主,虽死无恨。"及平诛雅降,均见前回。头仍返蓬陂,不意陈川疑头归逖,将头杀死。头党冯宠,率亲属四百人,投奔逖军。川得报益怒,竟入掠豫州诸郡,大获子女车马,满载而归,行至谷水,突有一彪人马,从斜刺里杀出,截住川众。川众顾命不遑,乱奔乱窜,还管什么辎重。那时子女车马,仍得重归。看官欲问这支人马的来历,便是由祖逖差来,统将叫做卫策。策既截还所掠,还报祖逖。逖命将子女车马,各归原主,一无所私,百姓大悦。独川恐逖进讨,思借外援,自忖长安太远,未便通使,不如就近依附石勒,或得呼应较灵,乃奉书襄国,乞降求救。石勒即遣从子石虎,率兵五万,往援陈川。可巧祖逖亦引兵来攻,彼此相见,免不得一场大战。逖兵寡失利,退驻梁国。既而勒将桃豹,复率精骑至蓬关,遂与石虎陈川,共击祖逖。逖设伏待着,败虎前驱,虎乃退去,与陈川同还襄国,留桃豹守川故城,即蓬陂坞。当下由虎倡议,请勒自称尊号。勒左长史张

敬,右长史张宾,左司马张屈六,右司马程遐,及诸将佐百余人,当然赞成虎议,异口同辞。勒佯不肯允,虎等又复上书道:

臣等闻有非常之度,必有非常之功,有非常之功,必有非常之事。是以三代陵迟,五霸迭兴,静难济时,绩侔睿古。伏维殿下天纵圣哲,诞应符运,鞭挞宇宙,弼成皇业,普天率土,莫不来苏。嘉瑞征祥,日月相继。物望去刘氏,威怀于明公者,十分而九矣。今山川夷静,星辰不孛,夏海重译,天人系仰,诚应升御中坛,即皇帝位,使攀附之徒,蒙尽寸之润,请称大将军大单于领冀州牧赵王,依汉昭烈在蜀,魏王在邺故事,以河内、魏郡、汲郡、顿邱、平原、清河、巨鹿、常山、中山、长乐、乐平十一郡。并前赵国、广平、阳平、章武、渤海、河间、上党、定襄、范阳、渔阳、武邑、燕国、乐陵十三郡,合二十四郡户二十九万为赵国,封内依旧,改为内史。准禹贡冀州之境,南至盟津,西达龙门,东至于河,北至塞垣,以大单于镇抚百蛮,罢并朔司三州,通置部司以监之。伏愿钦若昊天,垂副群望,克日即位,翘首俟命!

王称勒石立独尊乘

勒览书后,尚装出许多做作,西向五让,南向四让。*越演越丑。*僚佐等叩头固请,勒乃允诺,即赵王位,赦境内殊死以下,腾出百姓田租半额,分赐孝悌力田及死义子孙,帛各有差。孤老鳏寡,每人谷二石,大酺七日,依春秋列国及汉初侯王故例,每世称元,号

第三十二回　诛逆登基羊后专宠　乘衅独立石勒称王

为赵王元年。史家称为后赵,示与刘曜有别。勒建社稷,立宗庙,营东西官署,从事中郎裴宪,参军傅畅杜嘏,并领经学祭酒,参军续咸庾景,并领律学祭酒,任播崔浚,并领史学祭酒,中垒将军支雄,游击将军王阳,并领门臣祭酒。禁胡人陵侮华族,遣使循行州郡,劝课农桑,朝会始用天子礼乐。加张宾为大执法,专总朝政,位冠僚首。署石虎为单于元辅,都督禁卫诸军事,加骠骑将军,赐爵中山公。其余群臣,授位进爵有差。又悉召武乡耆旧,均至襄国,与同欢饮,畅叙平生。独旧邻李阳,不敢赴召。阳尝与勒争沤麻池,互致殴伤,所以畏缩不前。勒掀髯道:"我方经营天下,岂与匹夫为仇?阳尽管前来,决无他患。"乃又遣乡人召阳,阳只好硬着头皮,随同见勒,伏地谢罪。勒下座扶阳,引臂令起,且与笑语道:"孤往日惹卿老拳,卿亦饱孤毒手,事成已往,何足介怀?"因特给巨觥,命他畅饮,并赐阳甲第一区,拜为参军都尉。不念旧恶,原是厚道,惟拜官赐第,毋乃太过。嗣复下令道:"武乡是我故里,譬如汉朝的丰沛,百年以后,魂灵仍当归复,应豁除三世赋役,不得苦我乡人。"

　　会闻桃豹自蓬陂败还,颇以为虑,乃致书与逖,愿同和好。看官阅过上文,已知豹居守蓬陂,逖亦使部将韩潜,率兵掩入蓬陂坞,据住东台,从东门出入。豹守西台,从南门出入,与潜相持至四旬。逖用布囊盛土,伪作米状,使千余人运囊与潜,又别使数人挑米继进。豹见他陆续运粮,发兵出劫,挑米各人,弃担遁去。豹众正苦饥疲,夺得粮米,自然喜欢。独豹以逖粮食充足,不免加忧。逖却令部将冯铁,梭巡汴水,适值勒将刘夜堂,运粮馈豹,冯铁即报知韩潜,会兵截击,逐走夜堂,尽夺军粮。豹闻粮被夺去,料知难守,遂夤夜出走,遁往东燕城。

　　逖又使韩潜进次封邱,冯铁据有蓬陂,自至雍邱驻节,规画两河,剿抚兼施。石勒所遣各镇戍,不是散走,就是降逖,累得勒无法可施,只好与逖通好,乞求互市。逖得书不报,但默许商人往来,按货课税,收利十倍。勒因逖籍隶范阳,祖父墓皆在故里,特令范阳守吏代为修墓,并置守冢二家。逖乃遣使报谢,贻赠方物。勒厚赏逖使,报逖礼仪,计马百匹,金五十斤。既而逖将童建,擅杀新蔡内史周密,走降石勒。勒斩建首,函送与逖,且寄逖书道:"叛臣逃吏,是我深仇,建负将军,胆敢叛亡,我国非逋逃薮。亦与将军同恶,故枭恶以闻。"逖答书称谢,自是勒众来降,逖亦不纳,彼此各禁侵暴,两河南北,少得安息。小子有诗咏道：

中流击楫誓澄清，百战河南众丑平。

毕竟祖鞭先一著，虏庭也自慑威名。

石勒与逖修和，另图幽冀并三州，欲知他略地情形，待至下回再详。

回评 靳准屠刘氏，刘曜亦屠靳家，天为刘氏之纵恶，而假手靳准，又为靳氏之肆逆，而假手刘曜，然则世人亦何苦纵恶肆逆，而自取灭门之祸哉？靳康有女，尚知守贞，而羊氏曾为中国皇后，乃委身强虏，献媚贡谀，我为中国愧死矣。篇目特标明羊后，嫉之也。石勒之力攻靳明，固未免营私，但如靳氏之敢为大逆，正应声罪行诛，岂可如曜之挟诈欺人，诱其降而复歼之乎？故略情原迹，勒尚不失为正，而曜则行同鬼蜮，未足服人，至杀靳使，而其理尤曲矣，宜乎勒之背曜独立也。

第三十三回

段匹䃅受擒失河朔　王处仲抗表叛江南

　　却说幽州刺史段匹䃅,害死刘琨,因致舆情不服,多半叛离。见三十一回。末柸复屡攻匹䃅,匹䃅不能支持,拟北奔乐陵,往依冀州刺史邵续,行至盐山,忽被一大队人马截住,统将叫作石越,乃是石勒麾下的前锋。匹䃅不敢恋战,引众急退,已被石越掩杀一阵,零零落落,走保蓟城,已而石勒复遣部将孔苌,攻陷幽州诸郡,势将及蓟。匹䃅大惧,又弃城出奔,拟往上谷。偏偏代王郁律,发兵扼阻,不令前进。匹䃅恐代兵追来,慌忙窜去。途次又被末柸邀击,连妻子都不及顾,但与弟文鸯等,走依邵续。续顾念旧情,留住匹䃅。匹䃅前曾救续,事见二十七回。匹䃅凄然语续道:"我本夷人,因慕义破家,君若不忘旧好,乞与我同讨末柸,感惠无穷。"匹䃅如果知义,何致枉杀刘琨。续慨然许诺,即督领部曲,与匹䃅同击末柸,斩获甚众,末柸仓皇遁去。末柸弟占据蓟城,匹䃅与弟文鸯,复移兵往攻。

　　唯邵续还屯乐陵,石勒从子石虎,与别将孔苌,伺续空虚,竟来攻续,突至城下,大掠居民。续麾兵出救,虎诈败佯输,诱续远追,暗中却令孔苌,带着精骑,绕出续背,前后夹攻。续中箭落马,为虎所擒,缚至城下,胁令招降守兵。续呼兄子𦳊等,慷慨与语道:"我志欲报国,不幸至此,汝等但努力守城,奉匹䃅为主,勿生贰心。"语毕自退。虎将续解往襄国,勒使人责续道:"汝前既归我,后复叛我,国有常刑,汝甘受否?"续答说道:"续为晋臣,宜尽臣节,本无贰心。前次委命纳贽,无非为保全乡宗起见,大王不察愚衷,诛及续子,使续不得早叩天门,是大王负续,非续负大王。大王如欲杀续,续自甘就死,尚有何言?"勒闻续言,顾语张宾道:"续言忠挚,孤且增惭,右侯可为孤招待便了。"宾奉勒命,延续入馆,厚加慰抚。寻复令续为从事中郎。续不愿事勒,亲自灌园鬻菜,作衣食资,勒称为高士,临朝时辄加叹赏,激励百僚。

　　惟续被擒后,匹䃅得报,急与文鸯还救乐陵,中途为石虎所遮,兵皆骇散。亏得文鸯多力，带领数百亲兵，保住匹磾，血战入城，与续子缉，及续从子存笠等，乘陴拒守。石虎孔苌，屡攻不克，苌恃强无备，反为文鸯所袭，大败一阵，退军十里。虎亦却走。既而虎与苌，又复进攻，相持兼旬，城内粮食垂尽，城外亦被掠一空。文鸯请诸匹磾，愿决一死战，匹磾不许。文鸯毅然道："我以勇力著名，故为民所倚望，今不能救民，已失民心，况粮竭无援，守亦死，战亦死，同是一死，何如一战，倒还好杀死几个胡虏。"说毕，径率壮士数十骑出战。石虎见文鸯出来，麾兵围绕，至数十匝。文鸯手执长槊，左挑右拨，十荡九决，戳毙虎兵无数，人尚未困，马却已乏，乃伏鞍少憩。虎高呼道："兄与我俱出夷狄，久欲与兄同为一家，今天不违愿，复得相见，何必苦战，请释仗共叙。"文鸯骂道："汝为寇贼，早该致死，天不祚我，使我骨肉相戕，令汝犹得称雄，我宁斗死，不为汝屈。"说着，下马再战，槊忽折断，拔刀冲突，自辰至申，腹枵力尽，然后被执。城上守兵，当然夺气。文鸯原是勇士，惜乎徒勇无谋。先是邵续被围，报至建康，吏部郎刘胤，曾奏闻元帝道："北方藩镇，只一邵续，倘复为石虎所灭，何以对忠臣义士？请亟发兵往救，免致沉沦。"元帝不能用。至续已陷没，乃令王英持节北行，令续子缉承袭父职。英到了乐陵，坐居围城，不能南归。匹磾欲与英突围，同赴建康，偏邵续弟洎，曾为乐安内史，不许匹磾出城，且欲执英送虎。匹磾正色道："卿不遵兄志，逼我不得归朝，已经无礼，且并欲执天子使，送交寇虏，我虽夷人，却未闻有这般横逆哩。"洎竟迫令缉笠等，舆榇出降。石虎入城见匹磾，尚拱手行礼。匹磾道："我受晋恩，志在灭汝，不幸我国自乱，竟致如此，既不能死，也不能为汝加敬呢。"虎竟拥匹磾出城，令与文鸯等同往襄国。勒授匹磾为冠军将军，文鸯为左中郎将，散诸流民三万余户，各复本业，分置守宰，按地抚治。于是幽冀并三州，俱入后赵。匹磾留居襄国，犹常着晋朝服，持晋旌节，一住年余。旧部又密谋规复，仍推匹磾为主，不幸事泄，为勒所杀。文鸯邵续，亦被鸩死。了过段匹磾等。惟末杯尚存，臣事后赵，奄然不振；后文自有表见，暂且搁下。

且说晋江州牧王敦，扼守长江，权倾中外，但虑杜曾难制，特嘱梁州刺史周访，叫他努力擒曾，且预把荆州刺史一职，作为酬劳。上有元帝，敦怎得私约酬庸？可见敦已目无君上。先是杜曾出没汉沔，纠合郑攀马俊，屡与荆州刺史王廙为难，小子于前文二十九回中，曾已叙明。嗣由武昌

第三十三回　段匹䃅受擒失河朔　王处仲抗表叛江南

段匹䃅受擒失河朔

太守赵彦，襄阳太守朱轨，合兵救廙，杀败郑攀马俊等军，攀等惶恐乞降。杜曾亦请击第五猗以自赎，廙因杜曾服罪，乃自江安赴荆州，留长史刘浚屯戍扬口，竟陵内史朱伺白廙道："曾乃猾贼，佯示屈服，诱公西行，待公启程，他定来袭扬口了。"廙不信伺言，便即就道。途次，接得刘浚急报，曾等果入袭扬口，慌忙遣伺还援，扬口已经被围。伺力战受伤，浮水得免。曾遣人招伺，伺拒绝道："我年逾六十，不能再从君作贼了。"乃还就王廙，病殁甑山。杜曾已陷入扬口，复击退朱轨各军，径趋沔口。轨等再战败死，曾势大振。幸周访屯兵沌阳，出奇制胜，大败曾兵。曾还走武当，汉沔复平。

　　访本为豫章太守，至是始迁南中郎将，领梁州刺史，进屯襄阳。访慨语将佐道："春秋时晋楚交兵，城濮一战，楚已败退，晋文谓得臣未死，尚有忧色。今不斩曾，祸难未已，我当与诸君再接再厉，誓诛此贼。"于是整缮兵马，再拟进击。可巧王敦以荆州相属，乐得公私两济，鼓勇直前。曾在武当，未及豫备，被访领兵突至，踊跃登城，曾众溃散。独曾狼狈出走，距城约数十里，由访部将苏温，引兵追来。曾欲逃无路，欲战无兵，只好束手就擒，牵入访营。访历数曾罪，腰斩以徇，复移军转攻第五猗。猗闻曾败没，已吓得魂胆飞扬，哪里还敢对敌？东逃西窜，结果是仍入罗网，为访所获。适王敦移镇武昌，访即将猗解往，且作书白敦，谓："猗本中朝所署，为曾所逼，应特加宽宥，不可加诛。"敦方欲杀人示威，怎肯听信周访？待猗解至，即升座叱责，置诸重辟。

时王廙已早莅荆州，滥杀陶侃将佐，士民交怨。元帝颇有所闻，征廙为散骑常侍，令访代任荆州刺史。敦以前时曾与访约，至此得朝廷委任，正好践言，倒也没有异议。偏从事郭舒语敦道："荆州虽遇寇难，现状荒敝，但究系用武要区，不可轻易假人，公宜自领为是。访既刺梁州，已足报功，倘再移荆州，恐尾大不掉，转为公忧。"敦听了舒言，竟易初志，便表达元帝，请留访仍任梁州，愿自领荆州刺史。虽由郭舒进谗所致，但主权总在王敦，敦怀私失信，咎将安辞？元帝不好驳议，只得加敦荆州牧，命访留任，但使为安南将军。访平素谦逊，不自矜功，此次也不禁动怒，贻书诋敦，敦裁笺作答，强为慰解，并馈访玉环玉碗，申明厚意。访将环碗掷地，顾叱敦使道："我非贾竖，不爱珍宝，怎得把此物欺我哩？"敦使自去。访务农训卒，秣马厉兵，本意欲宣力中原，规复河洛。自与敦有隙，隐料敦有异志，遂壹意防敦。守宰有缺，即择心腹补任，然后奏闻。敦虽然加忌，但惮访勇略，未敢逞威。无如访已垂老，天不假年，平曾后仅阅一载，竟致病逝。访系南安人氏，与陶侃素相友善，且结为儿女姻亲。庐江人陈训，有相人术，当访与侃卑贱时，尝语二人道："二君皆位至方岳，功名亦大略相同。但陶得上寿，周得下寿，寿有长短，事业不能不少异了。"及访病殁梁州任所，年六十一，尚小侃一岁。两人俱为刺史，适如训言。有诏赠访为征西将军，赐谥曰壮，另调湘州刺史甘卓继任，兼督沔北诸军事，仍镇襄阳。

卓未到时，王敦已遣从事中郎郭舒，监襄阳军。至卓已莅镇，敦乃召还郭舒，元帝征舒为右丞，敦留舒不遣，自是元帝亦未免疑敦，另引刁协刘隗为腹心，裁抑王氏权势。就是佐命元勋王茂弘，即导表字，见前。亦渐被疏远。中书郎孔愉，谓："王导忠贤，且有勋望，仍宜委任如初。"元帝竟出愉为司徒左长史。王导尚随势浮沉，没甚介意，独王敦愤愤不平，上疏陈请道：

　　臣从弟王导，昔蒙殊宠，委以事机，虚己求贤，竭诚奉国，遂借恩私，居辅政之重。帝王体远，事义不同，虽皇极初建，道教方阐，维新之美，犹有所阙。臣每慷慨于退远，愧愤于门宗，是以前后表疏，何尝不寄言及此。陛下未能少垂顾眄，畅臣微怀。顷导见疏外，导诚不能自量，陛下亦未免忘情。天下事大，尽理实难，导虽凡近，未有秽浊之累，既往之勋，畴昔之顾，情好绸缪，足以激励薄俗，

第三十三回　段匹䃅受擒失河朔　王处仲抗表叛江南

明君臣合德之义。昔臣亲受嘉命云："吾与卿及茂弘,当管鲍之交。"臣忝外任,渐冉十载,训诱之诲,日有所忘,至于斯命,铭之于心。窃犹眷眷,谓前恩不得一朝而尽。伏维陛下,圣哲日新,广延俊乂,临之以政,齐之以礼。顷者令导内综机密,出录尚书,杖节京都,并统六军。既为刺史,兼居重号,殊非人臣之礼。流俗好凭,必有讥谤,宜省录尚书杖节及都督。且王佐之器,当得宏达远识,高正明断,道德优备者为之。以臣暗识,未见其才。如导辅翼积年,实尽心力。自来霸王之主,何尝不任贤使能,共相终始。管仲有三归反坫之讥,子犯有临河要君之责,萧何周勃,得罪囹圄,然终为良佐。以导之才,何能无失?当令任不过分,役其所长,以功补过。若圣恩不终,则遐迩失望,天下荒弊,人心易动;物听一移,将致疑惑。臣非敢苟私亲亲,惟欲效忠于社稷耳。事阙补衮,不尽欲言。

这篇奏疏,明明是心怀怨望,挟制朝廷。使人到了建康,先至导第,取疏出示。导摇手道:"此疏不便上闻,烦汝持还便了。"因将原疏封固,交与来使,缴还王敦。敦不甘罢休,仍遣人直接奏陈。元帝览到此疏,也觉介意,夜召谯王承入宫,出疏与阅,且语承道:"朕待敦不为不厚,今敦要求不已,语多忿激,究宜如何处置?"承答道:"陛下不早为抑损,致有今日,若再加姑息,祸患不远了。"元帝亦不免叹悔。越日,复召刘隗入商,隗请速简重臣,出镇方面,以备非常。元帝点首,适王敦表荐宣城内史沈充,代甘卓为湘州刺史,元帝不从,复召语谯王承道:"王敦奸逆已著,视朕如惠皇帝,朕若不图,必蹈覆辙。湘州地居上游,形势冲要,怎得再用王敦私人,同恶相济?看来只好烦劳叔父,为朕一行。"承答说道:"臣仰承诏命,唯力是视,何敢辞劳?但湘州甫遭寇乱,人物凋敝,若奉命莅镇,必及三年,方可从戎。否则时日迫促,教养两难,虽粉身亦恐无益呢。"*却有先见之明。*元帝竟颁下诏书,令承为湘州刺史。

承系谯王逊次子,即宣帝弟城阳亭侯进庶孙,兄随已殁,承得袭父爵,秉性忠厚,为元帝所亲信。此次出刺湘州,陛辞就道,行至武昌。撤去戎备,坦然见敦。敦不得不设宴相待,席间用言讽承道:"大王系雅素佳士,恐未足为将帅才。"承知他有意诮己,便应声道:"铅刀虽钝,或堪一割,公亦休得轻人。"敦付诸一笑。及宴毕散席,敦入语参军钱凤道:"彼不知畏惧,漫学壮语,显见是虚憍无术,有什么能为呢?"遂听令赴镇。

阅年为太兴四年，春季天变，日中有黑子，夏仲地震，终南山忽崩，时人目为不祥。元帝益恐王敦为乱，更命尚书仆射戴渊，为征西将军，出督司兖豫并雍冀六州军事，领司州刺史，镇守合肥。丹阳尹刘隗，为镇北将军，出督青徐幽平四州军事，领青州刺史，镇守淮阴。两人皆假节领兵，名为讨胡，实隐为防敦起见。且迁王导为司空，录尚书事，外尊内疏，一切机事，多不与议，但遥与刘隗密通敕奏，决定施行。隗实一庸才，元帝亦太误信。敦探悉刘隗专政，即寄书与隗，略言：“足下近得圣眷，朝野共知，现今北虏未灭，中原鼎沸，敦欲与足下等，戮力王室，共静海内，事若有成，帝祚永隆，否则从此无望了。”隗复书道："鱼相忘于江湖，人相忘于道术，竭股肱之力，济以忠贞，便是区区素志，愿与公各勉将来。"敦得复书，见他言外寓意，更加忿恨。复表陈："古今忠臣，见疑君上，俱由幸臣交构所致。"这明明是指斥刘隗。元帝益生疑忌，但因筹备未固，暂加敦羽葆鼓吹，借示羁縻。

王廙仲抗表叛江南

敦视刘隗刁协等人，均非己敌，惟豫州刺史祖逖，颇为所惮。逖已肃清河南，荡平群丑，方拟规画河北，逐渐进取，偏朝廷简派戴渊，来统豫州。逖因渊徒有虚名，不足共事，心甚怏怏。且闻王敦与刁刘构隙，将致内乱，眼见是国家多难，势不能恢复中原，于是感愤成疾，日重一日。临危时，尚营缮虎牢，命诸将筑垒，工未告竣，魂已长辞。当时豫州分野，发现妖星，术士戴洋，谓祖豫州九月当

第三十三回 段匹䃅受擒失河朔 王处仲抗表叛江南

死,历阳人陈训,亦谓西北当折一大将,就是逊亦知自应星象,抱病长叹道:"我志平河北,乃天不佑国,偏欲杀我,我死尚有何望呢?"长使英雄泪满襟。已而果殁,享年五十有六。豫州士女,若丧考妣。谯梁百姓,多为立祠,有诏赠逊车骑将军,令逊弟约,代领州事。约无抚驭才,士卒离心。王敦得祖逊死耗,喜出望外,遂以为天下无敌,决计发难。是时为太兴五年正月,元帝方改元永昌,颁诏大赦。那王敦发难的表文,接踵呈入,表云:

刘隗前在门下,邪佞谄媚,谮毁忠良,疑惑圣听,遂居权宠,挠乱天机,威福自由,中外杜口。晋魏以来,未有此比。倾尽帑藏,以自资奉,大起事役,以扰士民。臣前求迎,诸将妻息,圣恩听许,而隗绝之,使三军之士,莫不怨愤。又徐州流人,辛苦经载,家计始立,隗悉驱逼,以实己府。当陛下践阼之始,投刺王官,本以非常之庆,使豫蒙荣分,而隗使更充征役,仍依旧名,百姓哀愤,怨声盈路。臣备位宰辅,与国存亡,诚乏平勃济时之略,然自忘驽骀,志存社稷,岂可坐视成败,以亏圣美?事不获已,乃进军致讨。愿陛下深垂省察,速斩隗首,则众望厌服,皇祚复隆。隗首朝悬,诸军夕退。昔太甲不能遵明汤典,颠覆厥度,幸纳伊尹之勋,殷道复昌。汉武雄略,亦惑江充,至乃父子相屠,流血丹地,终能克悟,不失大纲。今日之事,有逾于此。忆昔陛下坐镇扬州,虚心下士,优贤任能,宽以得众。故君子尽心,小人毕力,如臣暗蔽,预奉徽猷,王业遂隆,维新克建,四海延颈,咸望太平。自从信隗以来,刑罚不中,街谈巷议,皆云如吴之将亡,闻之惶惑,精魂飞散,不觉胸臆摧破,泣血横流。陛下当令祖宗之业,存神器之重,察臣前后所启,奈何弃忽忠言,遂信奸佞,谁不痛心?愿出臣表,谘之朝臣。介石之讥,不俟终日,令诸军早还,不至虚扰,则四海乂安,社稷永固矣。擐甲待命,无任翘企。

表文既上,遂带领水陆各兵,出发武昌。宣城内史沈充,本系王敦爪牙,还至吴兴原籍,招募徒众,起应王敦。敦至芜湖,命充为大都督,督护东吴诸军事,又上表罪状刁协,迫令加诛,建康大震。小子有诗叹道:

　　果然蜂目露豺声,藐视朝廷敢逞兵。

　　　　纵使刁刘难免咎，叛君毕竟是横行。
　　欲知元帝如何对付，下回再行说明。

　　回评　先儒于段匹䃅之死，多以全节许之，独本书叙述匹䃅，贬过于褒，非好为此苛论也。刘琨志匡晋室，而匹䃅杀之，彼固尝与琨结为昆季矣，口血未干，遽下毒手，对琨则不义，对晋即不忠。至杀琨以后，人心不附，迨为羯胡所虏，犹授石氏冠军将军之职，临难不死，徒著晋服，持晋节，自命为晋室忠臣，欺人耶？欺己耶？李陵答苏武书，有虚死不如立节之言，而后人鲜有为陵恕者，何于段匹䃅而独嘉之也？王敦蜂目，潘滔早料其噬人，而元帝反付以重权，令督六州军事。夫当时义勇卓著，如祖逖周访陶侃诸人，皆可分任，乃专用一残忍无亲之王敦，虽欲不乱，得乎？况有刘隗刁协之从中酝酿者哉！

第三十四回

镇湘中谯王举义　失石头元帝惊心

却说元帝连接逆表,已知王敦造反,不由得动起怒来,当下飞召征西大将军戴渊,镇北将军刘隗,还卫京师,一面下诏讨敦。略云:

> 王敦凭恃宠灵,敢肆狂逆,方朕太甲,欲见幽囚,是可忍也,孰不可忍? 今当统率六军,以诛大逆,有杀敦者封五千户侯。朕不食言。

敦闻诏后,毫无惧色,仍决意进兵,且拣选名士,入居幕府:一是故太傅羊祜从孙羊曼;一是前咸亭侯谢鲲;一是著作佐郎敦璞。曼本为黄门侍郎,迁晋陵太守,坐事免官,敦却引为左长史。曼性嗜酒,此时为敦所邀,不便固辞,乐得借酒韬迹,多醉少醒。那谢鲲是个放浪不羁的人物,能琴善歌,家住阳夏,表字幼舆,尝为东海掾吏,因佻达无行,除名回籍。邻家高氏女有姿色,鲲屡往挑引,被该女投梭中唇,击落门齿两枚,时人作韵语讥鲲道:"佻达不已,幼舆折齿。"鲲不以为羞,怡然长啸道:"尚不害我啸歌,折齿亦何妨呢!"究乖名教。既而王敦辟为长史,与讨杜弢,叙功得封咸亭侯,嗣因母忧去职,至敦将作乱,仍使起复,且召入与语道:"刘隗奸邪,将危社稷,我欲入清君侧,卿意以为何如?"鲲答道:"隗诚足为祸首,但城狐社鼠,何足计较。"此语恰还近理。敦愤叹道:"卿乃庸才,不达大体。"造反可谓大体吗? 便令鲲为豫章太守。鲲即日告辞,又留住不遣。及起兵东下,逼鲲同行。鲲随时通变,却也无喜无忧。

惟郭璞家世河东,素长经学,好古文奇字,通阴阳算历,尝拜隐士郭公为师,得青囊中书九卷,日夕研究,并通五行天文卜筮诸学。惠怀时河东先乱,璞筮得凶象,避走东南,抵将军赵固泛地。适固丧良马,璞谓能起死回生,固向璞求术,璞答道:"可用健夫二三十人,俱持长竿东行,约三十里,见有丘林社庙,便用竿打拍,当得一物,可急持归来,医活此马。"固如言施行,果得一物,仿佛似猴。璞令置马旁,便向马鼻嘘吸，马一跃而起，鸣食如常，惟此物循去，不知下落。固大加诧异，厚给资斧。行至庐江，太守吴孟康，由建康召为军谘祭酒，孟康不欲南渡。璞替他卜《易》，谓庐江不宜再居。孟康疑为妄言，不甚礼璞。璞寄居逆旅，见主人有一婢，婉娈可爱，便想出一法，取小豆三斗，分撒主人住宅旁。主人晨出，见赤衣人数千围绕，大骇奔还。璞自言能除此怪，谓宜贱鬻此婢，怪即立除。主人不得已从了璞言，将婢卖去。璞即为画一符，投入井中，数千赤衣人，皆反缚入井，杳无形影。主人大悦，厚赐璞资。其实该婢为璞所买，不过嘱人间接，至赆仪到手，除婢价外，尚有余资，且得了一个如花似玉的美鬟，挈领而去，途中偎玉倚香，不问可知。术士之坏，往往如此。

过了数旬，庐江果被寇蹂躏，村邑成墟。璞既过江，宣城太守殷祐，引为参军，屡占屡验。寻为王导所闻，征璞为掾。尝令卜筮，璞惊说道："公当有灾厄，速命驾四出，至数十里外，有柏树一株，可截取至此，长如公身，置卧寝旁，灾乃可免了。"导亟向西行，果有柏树一株，取置寝室。数日，有大声出寝室，柏树粉碎，导独无恙。恐亦如前次撒豆成人之术，第借此以愚王导。

时元帝尚未登位，璞筮得咸井二卦，便白王导，谓东北有武名郡县，当出铎为受命符瑞，西南有阳名郡县，井当上沸。已而武进县人，果在田中得铜铎五枚，献入建康。历阳县中井沸，经日乃止。及元帝为晋王时，又使璞占易，得豫及睽卦。璞说道："会稽当出瑞钟，上有勒铭，应在人家井泥中。爻辞谓先王作乐崇德，殷荐上帝，便是此兆。"作乐两语，见《周易》豫卦象辞。未几，由会稽剡县，在井中发现一钟，长七寸二分，口径四寸半，上有古文奇书十八字，只有会稽岳命四篆文，尚易辨认，余皆莫识。璞独指为灵符，元帝就此称尊。安知非郭璞隐铸此钟，藏此井内？璞尝著《江赋》，又作《南郊赋》，词皆伟丽，为元帝所叹赏，因命为著作佐郎。后来迭上数疏，无非借灾祥变异，略进箴规。

王敦闻璞能预知，致书与导，召璞一行。导遣璞往武昌，敦即令为记室参军。璞知敦必为乱，恐自己预祸，常以为忧。大将军掾陈述，表字嗣祖，素有重名，为敦所重。敦将起兵，述即病逝。璞临哭甚哀，且向柩连呼道："嗣祖嗣祖，安知非福？"璞知将来遇祸，何不设法他去？难道命已注定，不能自免吗？惟敦见朝廷无人，必能逞志，所以率兵遽发，毫不迟

第三十四回　镇湘中谯王举义　失石头元帝惊心

疑。敦兄王含，曾在建康留仕，官拜光禄勋，闻敦已至芜湖，遂溜出都门，乘舟归敦。敦曾遣使告梁州刺史甘卓，约与同反，卓佯为允诺。敦已出兵，卓竟不赴，但使参军孙双，往阻敦行。敦惊问道："甘侯已与我有约，奈何失信？我并非觊觎社稷，不过入除凶邪，事成以后，当使甘侯作公，烦汝归报，幸勿渝盟。"双回报甘卓，卓叹道："昔陈敏作乱，我先从后违，时人讥我反复无常，我若复作此态，如何自明？越要受人唾骂了。"乃使人转告顺阳太守魏该，该答复道："该但知尽忠王室。今王公举兵内向，显是悖逆，怎得相从呢？"卓得闻该言，益不愿与敦同行。

敦又使参军桓罴至湘州，请谯王承为军司，承长叹道："我将死了！地荒民寡，势孤援绝，不死何为？但得死忠义，亦所甘心。"因拘住桓罴，即檄长沙虞悝为长史。悝适遭母丧，承亲自往吊，向悝问计道："我欲讨王敦，但兵少粮乏，且莅任不久，恩信未孚，卿兄弟系湘中豪杰，当如何教我？"悝答道："大王不以悝兄弟为鄙劣，亲临下问，悝兄弟敢不致死。但本州荒敝，实难进讨，不如收众固守，传檄四方，先分敦势，然后图敦，或尚可望捷哩。"承遂授悝为长史，悝弟望为司马，督护诸军，当即移檄远近，劝令讨逆。零陵太守尹奉，建昌太守王循，衡阳太守刘翼，舂陵令易雄，皆应声如响，举兵讨敦。惟湘东太守郑澹不从。澹系敦姊夫，甘心附恶，承使司马虞望讨澹，澹出拒被诛，传首四境，徇示吏民。

承复遣主簿邓骞，往说甘卓道："刘大连隗字大连。虽然骄蹇，自失民心，但与天下无甚大害，大将军王敦，蓄憾称兵，敢向北阙，忠臣义士，应当共愤。公受任方伯，奉辞伐罪，便是齐桓晋文的盛举了。"卓微笑道："桓文事非我所能，若尽力国难，乃我本心，当徐图良策。"总未免多疑少决。骞再欲进言，旁有参军李梁，为卓献议道："东汉初年，隗嚣跋扈，窦融保守河西，徐归光武，终享令名。今将军控驭上游，还可效法古人，按兵坐待。若大将军事捷，公必得方面，不捷亦可邀朝命，代大将军后任，始终不失富贵，何必出生入死，与决存亡哩？"言未毕，骞即接口驳梁道："古今异势，怎得相比？从前光武创业，中国未平，故窦融可从容观望；今将军已久事晋室，理应为国尽力。襄阳又不若河西，可以固守，假使大将军得克刘隗，还镇武昌，增石城戍卒，绝荆湘粮运，试问将军将归何处？参军将依何人呢？"梁被骞一驳，倒也哑口无言。惟卓尚迟疑不决,留骞小住,再决行止。

骞待了两三日,未见举动,乃复见卓道:"今公既不为义举,又不承大将军檄,莫非坐自待祸么?骞想公数日不决,大约恐强弱不同,未能制胜,实则大将军部曲,不过万余,至留守武昌,只得五千人。将军麾下,势且过倍,本旧日的盛名,率本府的精锐,杖节鸣鼓,效顺讨逆,何忧不克?何患不成?为将军计,当乘虚先攻武昌,武昌一下,据军实,施德惠,镇抚二州,截断大将军归路,大将军当不战自溃,怎能还与公敌?今有此机会,乃束手安坐,自待危亡,岂非不智?岂非不义?"快人快语。卓听了骞语,也觉眉动色扬,跃跃欲动。

镇湘中谯王举义

可巧来了王敦参军乐道融,由卓召入,问明来意。道融答道:"大将军催公东行,公果愿意呢,还不愿意呢?"卓半晌不答一词。道融请屏除左右,然后进白道:"道融此来,实为大将军所遣,促公启程,免得后顾。但道融究是晋臣,不便专事大将军,试想人主亲临万机,自用谯王为湘州,并非专用刘隗,乃王氏擅权构衅,背恩肆恶,举兵犯阙,敢为不韪。公受国重寄,若与他同逆,便是违悖大义,生为逆臣,死作愚鬼,岂不可惜?今不若伪许出兵,却暗地驰袭武昌,逆众闻风生惧,自然溃散,公就得坐建大功了。"慷慨激昂,也是邓骞流亚。卓乃转疑为喜,起座答说道:"君言正合我意,我志决了。"恐怕还是未决。乃使道融与骞同留幕下,参议军事,一面约同巴东监军柳纯,南平太守夏侯承,宜都太守谭该等,檄数敦罪,合军致讨,更遣参军司马赞孙双,

第三十四回　镇湘中谯王举义　失石头元帝惊心

奉表入都，报明起义情形。再使参军罗英，南赴广州，邀同刺史陶侃，会师讨敦。侃便遣参军高宝，引兵北上，作为声援。

元帝加卓为镇南大将军，都督荆梁二州军，领荆州牧，兼梁州刺史。侃为平南将军，都督交广二州军事，兼领江州刺史。王敦闻警，却也心惊，惟令兄含，固守武昌，慎防袭击。另拨南蛮校尉魏义，将军李恒，率兵二万，往攻长沙。长沙为湘州治所，城郭不完，资储又阙，单靠谯王承一腔忠义，乘城守着，到底是不能久持。或劝承南投陶侃，或退保零桂，零陵桂阳。承慨然道："我起兵时，志在死节，岂可贪生苟免，临难即逃？事若不济，我身虽死，我心总可告无愧哩。"遂遣司马虞望，出城交战，互有杀伤，嗣复连战数次，望中箭而亡，全城恟惧。

邓骞闻长沙被围，请诸甘卓，乞即赴援。卓尚欲留骞，骞一再固辞，乃使参军虞冲，偕骞同赴长沙，赍交谯王承书，谓："当出兵沔口，断敦归路，湘围当然可解，请暂从严守"云云。承遣还虞冲，付与复书，略言："江左中兴，方在草创，不图恶逆，启自宠臣，我忝为宗室，猝受重任，不胜艰巨，但竭愚诚。足下能卷甲速来，尚可望救，若再迟疑，唯索我于枯鱼肆中。"这一番书辞，也算是万分迫切，偏甘卓年已垂老，暮气甚深，当驰檄讨敦时，颇似蹈厉发扬，饶有执戈前驱的状态，及过了数日，便即衰靡下去。想亦如今之所谓五分钟热心者。且州郡各军，一时亦未能趋集，他便得过且过，无心去顾及长沙了。

且说戴渊刘隗，奉命入卫，隗先至建康，百官迎接道左。隗首戴岸帻，腰悬佩刀，谈笑尽欢，意气自若。及入见元帝，与刁协同陈御前，请尽诛王氏。元帝不许，隗始有惧色。司空王导，率从弟中领军邃，左卫将军廙，侍中侃彬，及诸宗族二十余人，每日辄诣台待罪。尚书周颛，晨起入朝，行径台省。导呼颛表字道："伯仁！我家百口，今当累卿。"颛并不旁顾，昂然直入，既见元帝，却极言导忠，申救甚力。元帝颇加采纳，且命颛侍饮畅谈。颛素嗜酒，至醉乃出。导尚守候，又连呼伯仁，颛仍不与言，但顾语左右道："今年当杀诸贼奴，好取斗大黄金印，系诸肘后了。"狂态如绘，终终因此送命。一面说，一面趋归宅中，又上表明导无罪，语甚切挚。导未知底细，还疑颛从中媒蘖，暗暗切齿。会有中使出达帝命，还导朝服，导入阙谢恩，叩首陈词道："逆臣贼子，无代不有，可恨今日出自臣族。"元帝跣足下座，亲执导手道："茂弘！朕方欲寄卿重命，何烦多言。"导拜谢而起，自请讨敦，乃诏命导为前锋大都督，加戴渊骠骑将军，同掌军务。进周颛为尚书左仆射，王邃为右仆射，又使王廙往谕王敦，饬令撤兵还镇，敦怎肯从命，留廙不遣。廙为敦从弟，乐得在敦营中，希图荣利。敦即自芜湖进向石头，元帝命征虏将军周札为右将军，都督石头诸军事，另简刘隗屯守金城，复亲自披甲上马，出阅诸军，晓谕顺逆，然后还都。

敦既至石头，欲攻金城，敦将杜弘献计道："刘隗死士颇多，未易攻克，不如专捣石头，周札少恩，兵不为用，必致败覆。我得败札，隗众亦自然骇走了。"敦点首称善，即命弘为前锋，驱兵至石头城下，鼓噪攻城。城内守兵，果无斗志，多半思遁。札料不能战，竟开门纳弘。弘麾众直入，安安稳稳的据住石头。敦亦继进，登城自叹道："我今不能为盛德事了。"谢鲲在旁接入道："大将军何出此言？但使从今以后，日忘前忿，庶几君臣猜嫌，亦可日去，便无伤盛德呢。"敦默然不答。旋闻刁协刘隗戴渊等，率众来攻，便麾兵出战。刁刘等本不知兵，所领军士，没甚纪律，一经对垒，统皆观望不前。那王敦部下，未曾剧战，一些儿没有劳乏，便仗着一股锐气，横冲直撞，驰突无前。自辰至午，刁刘戴三部将士，均已溃走，三帅也拨马奔还，再经王导周颛，及他将郭逸虞潭，分道出御，导与颛已不相容，巴不得颛军战败，哪肯同仇敌忾？而且号令不一，行止不同，徒落得土崩瓦解，四散奔逃。郭逸虞潭，相继败走，颛亦退还，王导并不出兵，也且同声报败，愿受那丧师失律的污名。<small>直揭王导罪状，不为曲讳。</small>

败报连达宫廷，太子绍忍耐不住，拟自督将士出战，决一存亡，当下升车欲行。中庶子温峤，执辔进谏道："殿下乃国家储贰，关系至重，奈何轻冒不测，自弃天下？"绍尚欲前进，被峤抽剑断鞅，然后停留。<small>太子尚有雄心，故后来卒能诛逆。</small>宫廷宿卫，惊慌的了不得，逃的逃，躲的躲，只有安东将军刘超及侍中二人，尚留值殿中。元帝到了此时，一筹莫展，但脱去戎衣，改著朝服，闷坐殿上，顾语刘超道："欲得我座，亦可早言，何必如此害民？"<small>前时不肯北征，总道是可以偏安，谁知复有此日？</small>超亦无词可劝，随声叹息。蓦闻敦纵使士卒，入掠都下，喧嚷声与啼哭声，杂沓不休。元帝乃遣使谕敦道："公若不忘本朝，便可就此息兵，共图安乐。若未肯已，朕当归老琅琊，自避贤路。"简直要拱手让人了。敦置诸不理，

急得元帝没法摆布,越觉慌张。确是庸牛。适刁协刘隗,狼狈入宫,俯伏座前,呜咽不止。元帝握二人手,相对涕洟,好

失石头元帝惊心

一歇,才说出两语道:"事已至此,卿二人速去避祸。"协答道:"臣当守死,不敢有贰。"元帝又道:"卿等在此,徒死无益,不如速行。"说着,便顾令左右,选厩马二匹,赐与隗协,并各给仆从数人,令他速去。二人拜别出殿,协老不堪骑,又素乏恩惠,一出都门,从人尽散,单剩他一人一骑,行至江乘,为人所杀,携首献敦。隗返至第中,挈领妻孥,及亲信数百人,出都北去,竟投后赵,勒用为从事中郎,累迁至太子太傅,竟得寿终。小子有诗叹道:

无端构衅动京尘,一死犹难谢国人。
况复逃生甘事虏,叛君误国罪维钧。

究竟元帝能否免祸,且至下回再详。

回评 谯王承与甘卓,皆不附王敦,传檄讨逆,迹似相同,而心术不同。承甫莅长沙,兵单粮寡,加以乱离之后,城郭不完,自知不能御侮,而桓黑一至,即置狱中,毅然决然,不少迟疑,彼固舍生取义,而置利害于不顾者。卓则多疑少决,临事迟疑,论者谓其年老气衰,以至于此,实则畏死之见,与生俱来。当陈敏为逆时,甘心被胁,甚且冒充太弟,摇惑人心,设非畏死,何至昏愦若此?故谯王承之忠,乃为真忠,甘卓非其伦也。刁协刘隗,智不足以驭人,勇不足以却寇,构衅有余,救乱不

足。王敦一发,即陷石头,仓猝抵御,狼狈败还。刁协尚有守死不贰之言,而隗则不发一语,即挈妻孥而远遁,谁为首祸,乃置天子于不顾,竟藉虏廷以求活耶?元帝不察,尚以为忠,纵使避祸,此江左之所以终慨式微也。

第三十五回

逆贼横行廷臣受戮　皇灵失驭嗣子承宗

却说刁协走死，刘隗奔往后赵。王敦并非不闻，本来君侧已清，理应入朝谢罪，收兵还镇，但敦是个蜂目豺声的忍人，既已起事，怎肯就此罢休？当下据住石头，按兵不朝，明明是胁迫元帝，志在横行。元帝无法抵制，只得令公卿百官，统往石头，劝令罢兵。敦盛气相见，不待百官开口，便先问戴渊道："前日交战，君尚有余力否？"渊听了此语，暗暗吃惊，勉强接口道："怎敢有余，但苦不足。"敦又问道："我今为此事，天下以为何如？"渊答道："但论形迹，未免指公为逆，若体诚心，应该谅公为忠。"模棱语恐不足欺奸。敦冷笑道："卿也好算是能言了。"又顾周𫖮道："伯仁！汝未免负我。"𫖮抗声道："公兴兵犯顺，下官亲率六军，不能尽职，终致王师挫败，这原是有负公心呢。"敦被𫖮讥嘲，倒也无词可答，但召入王导，屏人与语道："老弟不用我言，险些儿灭族了。"导答道："兄亦太觉孟浪，今日侥幸得志，还是祖宗的荫庇，得休便休，幸勿太过。"敦掀髯道："弟为何这般胆小？刁刘余党，尚列朝廷，还须除去数人。且主子由我等推戴，怎得疑忌我家？就使主位不移，也当有一番改革，方免后忧。"导又道："但教朝廷悔祸，不再加忌，我兄弟长得安全，也好趁此罢手了。"可见导当时心术。敦尚是摇首，导乃退出。原来元帝即位时，敦忌帝年长，意欲另立幼君，以便专政，独导不肯依敦，所以敦有此云云。

导出与百官商议一番，还白元帝，百官承导意旨，当然不敢斥敦，但请元帝颁发赦书，并加王敦官爵，饬令退兵。元帝无可如何，只得下诏大赦，进王敦为丞相，都督中外诸军，录尚书事，封武昌郡公，领江州牧，使太常荀崧赍册诣敦，敦语荀崧道："我此来不望升官，唯欲为国家除患，一切封爵，我不愿受，烦卿缴还便了。"实是无君，非特伪让而已。崧申劝数语，敦终不听，乃辞归复命。敦又召集百官，议废太子，呼中庶子温峤至前，厉声诘问道："太子有何德望？卿侍东宫，理应深知。古人有言:'事父母几谏。'主上有过,不闻太子谏阻,难道尚得称孝么?"峤从容答道:"钩深致远,非浅见所能窥,据峤看来,太子实是贤孝,就是公来辇下,亦未闻东宫抗议,贻误国家,怎见他不从中几谏哩?"大众亦随声附和,齐称太子有道,说得敦无可辩驳,不得不自发自收,含糊过去。百官乃复还朝。

元帝召周𫖮入见,蹙然与语道:"近日大事,二宫无恙,诸人平安,大将军果得副民望么?"𫖮答道:"二宫原如明谕,臣等生死,尚未可知。"元帝不禁长叹。𫖮退至朝堂,护军长史郝嘏等,与𫖮相遇,都劝𫖮暂避凶锋。𫖮奋袂道:"我备位大臣,坐睹朝廷丧败,已足增羞,岂尚可草间求活,外投胡越么?"郝嘏等乃不便再劝,各叹息而去。果然不到数天,即致发作,首恶是王敦参军吕猗,从恶是王敦堂弟王导。<small>书法严刻。</small>吕猗尝为台郎,性好谄谀,为周𫖮戴渊所嫉,此时出为敦助,竟乘隙白敦道:"𫖮与渊俱负重名,今日不除,必为公患。"敦本忌二人才望,一闻猗言,遂起杀心。适值王导复入,便顾问道:"周戴望重南北,果应登列三司否?"导默然不答。敦又道:"若不应列三司,止可使为令仆么?"导又不答。敦复张目道:"既不应列三司,又不应为令仆,看来只好杀却了。"导仍然不答。<small>三问三不答,无非不满周戴。</small>敦即遣部将邓岳,率兵往捕周𫖮戴渊。

敦复召谢鲲入问道:"近日都下人士,有无异议?"鲲应声道:"物议悠悠,原不足计,但公尝谓朝臣重望,莫如周戴,诚使大用二人,群情自然帖服了。"敦动怒道:"君真粗疏,不达时事,二人怎可大用?我已遣人收捕了。"鲲不禁骇愕,再欲进言,旁有参军王峤,向敦谏阻道:"济济多士,文王以宁,想公定知此语,奈何捕戮名士?"敦怒上加怒,竟欲杀峤。鲲亟进谏道:"公举大事,不妄戮一人。峤不过纳言忤意,便欲把他衅鼓,也未免过甚了。"敦乃释峤不诛,惟黜峤为领军长史。周𫖮被收,道经太庙,向庙大呼道:"贼臣王敦,倾覆社稷,枉杀忠臣,神祇有灵,应速诛殛,毋使漏网。"说至此,被兵士用戟刺口,血流至踵,仍不改形。道旁行人,俱为流涕。至石头城南门外,正值戴渊亦被绑前来,渊已面无人色,𫖮仍容止自若,引颈就刑。𫖮被害后,渊首亦相随落地。<small>同是一死,勇怯悬殊,泰山鸿毛,所以有别。</small>

元帝又使王彬劳敦,<small>慰劳他做甚?难道他能杀大臣么?</small>彬素与𫖮善,先往哭顗,然后见敦。敦见他面目凄惨,尚有泪痕,便问为何事?彬直说道:"见伯仁尸首,不禁凄惨,所以下泪。"

敦愤然道:"伯仁自寻死路,死何足惜!汝与他有什么情谊,反去哭他?"彬答道:"满朝大臣,如伯仁忠直,实不多得。况朝廷新下赦诏,伯仁本无大罪,无故遭此酷刑,怎得不悲?怎得不哭?"敦又道:"汝莫非病疯么?"彬不禁瞋目道:"如兄抗旌犯顺,杀害忠良,谋为不轨,如此过去,恐祸及全家了。"说着,词气慷慨,声泪俱下。敦攘臂起诟道:"汝这般无礼,狂悖已极,难道我不能杀汝么?"这数语声达帐外。王导闻知,抢步趋入,忙为排解,且劝彬向敦拜谢。彬直答道:"脚痛不能拜。况彬并未尝得罪,何必致谢。"敦狞视道:"脚痛比颈痛,究竟是何种厉害?"彬仍无惧容,仍不肯拜。导恐他再起冲突,即扯彬同出,导有愧彬多矣。敦乃不复追究。后来导入检中书故事,方见顗上表救己,执表流涕道:"我虽不杀伯仁,伯仁由我而杀,幽冥中负此良友了。"死骨已朽,追悔何益?

且说王敦既杀死周顗戴渊,仍未罢兵。敦将沈充,陷入吴郡,吴国内史张茂被杀,此时镇南大将军甘卓,但出屯豬口,逗留不进。卓兄子卬,曾为敦参军,敦先遣卬归卓,嘱令传语道:"君兴师相抗,自守臣节,我也不敢怪君。但我为身家起见,不得不然,事平便当归镇,君亦可返斾襄阳,彼此再结旧好,往事不必重提了。"甘卓本来是没甚主意,见卬得归来,已喜出望外,且闻敦有意修好,乐得观望徘徊,在途观变。既而敦又遣台使赍驺虞幡，晋朝有白虎驺虞二幡。白虎是催军，驺虞是解斗。令卓退兵。卓问明台使，得周戴二人死状，乃流涕叩道："我正恐王敦得志，必害忠良，尚幸圣上元吉，太子无恙，我据敦上流，想敦未必敢遽危社稷，我若进夺武昌，敦无路可归，必劫持天子，越加猖獗，今不如还守襄阳，再作后图罢了。"便下令军中，拔营退回。都尉秦康，邀同乐道融，道融见前回。相偕进谏道："将军奈何还兵？试想将军仗义东行，无非为讨逆起见，逆敦不除，有进无退，今正当分兵，堵截彭泽，使敦上下不得相救，众自离散，敦势既孤，一战可擒。若就此中止，转失人望。况将军麾下，士卒多思除逆立功，博取富贵，乃索然退回，恐反将嫁祸将军，将军尚能安然西么么？"苦口危言，难救膏肓沉痼。卓不肯从。道融复连番泣谏，仍不见听，竟致忧愤而殁。卓竟引兵退入襄阳去了。

王敦闻甘卓还军，当然心慰，令西阳王羕为太宰，王导为尚书令，王廙为荆州刺史，擅易百官及各处镇将，转徙黜免，数以百计。乃拟率兵西还武昌，谢鲲进言道："公入都以来，累日不朝，所以功业虽成，众心未服。今若入朝天子，使君臣两释猜嫌，尚有何人不服呢？"敦沉吟道："我若入朝，能保无他变吗？"鲲答道："鲲近日入觐，主上正侧席待公，宫省穆然，必无他虞。若防有他变，鲲愿侍从。"敦勃然道："君等屡来饶舌，我若杀君等数百人，也没有什么害处。"一味蛮横。鲲见他声色俱厉，料难再谏，因即告退，未几病殁。敦始终不朝，自思布置已妥，便即启行，径还武昌。

南蛮校尉魏乂等，为敦所遣，围攻湘州。见前回。谯王承婴城拒守，已将匝月。宜都内史周级，曾密遣兄子该入长沙，向承投书，约为援应。该留住围城，见承危急，自请出外求援。承乃缒该出城，复命从事周崎，与该俱出。冤家碰着对头，竟被乂军阻住，擒送乂营。乂升座语崎道："汝尚望活否？"崎答道："生死由公，要死就死。"乂又道："汝若肯从我言，不但得活，并且加赏。"崎问为何语？乂说道："今令汝至城下，传语守卒，但言大将军已克建康，甘卓退还襄阳，外援阻绝，不如出降为是。"崎即允诺，径往城下，朗声大呼道："我不幸为贼所获，恐城中未知消息，故来相报。各处援兵，便可到来，请诸君努力坚守便了。"乂闻崎易词传报，不禁大怒，立命军士牵回，把崎杀死。一面严刑讯该，问他何故到此。该诡词作答，甚至掠死，终不肯稍吐真情，乃父周级，才得免

第三十五回　逆贼横行廷臣受戮　皇灵失驭嗣子承宗

祸。是忠臣，是孝子。

乂等奋力攻城，连日不已。嗣又由王敦递到台臣书疏，令乂射入城中，守兵知建康失守，莫不怅惋，但尚誓死守着，各无贰心。有时潜兵出扰，杀获乂军多名。相持至百余日，粮食已尽，士卒多死。衡阳太守刘翼，又复阵亡，于是支持不住，为乂所陷。谯王承尚率领残兵，巷战多时，害得械尽力穷，相继被执。长史虞悝，骂乂助逆不忠，乂先令斩首。悝子弟俱对悝号泣，悝慨然道："人生总有一死，今阖门为忠义鬼。死得留名，尚有何恨？"遂伸颈受刑。子弟亦多被杀害。乂用槛车载承，及舂陵令易雄，解送武昌。佐吏统皆逃散，惟主簿桓雄、西曹书佐韩阶、从事武延，易服改装，扮作家僮模样，随承同行，不离左右。乂见桓容止不凡，料非常人，将他杀毙。阶与延仍无惧容，依然随着。途次遇着荆州刺史王廙，是密承王敦意旨，来杀谯王承。承便即被害，年五十有九。为司马氏中之佼佼者。阶延两人，收尸棺殓，送入都中，安葬乃去。

惟易雄拘入武昌，意气慷慨，绝不少屈。王敦取出湘中原檄，遣人示雄道："小小邑令，檄中乃敢署名？"雄答道："确有此事，可惜雄位卑力弱，不能救国。今日战败被执，死也甘心。"敦因他义正词严，不便明戮，暂令释缚，使就客舍。大众以雄复更生，相率道贺。雄微笑道："我不过暂活数天，怎得再生？"果然不到数日，由敦潜遣心腹，害死易雄。惟长沙主簿邓骞，遁归故里，魏乂屡遣人搜索，里人皆为骞寒心。骞笑道："这有何怕？我料他不欲杀我，反将用我。他新得湘州，多杀忠良，自知不满众口，所以求我出见，畀我一官，聊塞人望呢。"说毕，径赴长沙见乂。乂果称为古时解扬，命为别驾。解扬，春秋时晋人。既而托疾引归。

晋廷调陶侃为湘州刺史，王敦不欲侃赴湘，贻书止侃。侃闻敦势力尚盛，且按兵养晦，并将前时所遣的参军高宝，亦召还广州，徐作计较。独甘卓引还襄阳，竟变易常度，性情粗暴，举动失常，常对镜自照，不见头颅，顾视庭树，仿佛头在树上，越加惊疑。全是怕死的心肠，激动出来。府舍中金柜忽鸣，声重似槌，召巫入卜。巫言金柜将离，所以悲鸣。主簿何无忌，及家人子弟，皆劝卓随时戒备。卓闻谏辄怒，呵叱交加，复遣散兵众，令他务农，毫不加防。襄阳太守周虑，得敦密书，嘱使图卓。虑遂想了一计，诈称湖中多鱼，劝卓遣发左右，向湖捕取。卓为虑所绐，即令帐下亲卒,都往捕鱼。到了夜间,正要就寝,忽听外面有人马声,非常喧嚷,惊出探视。适值周虑带兵进来,正要诘问,已被虑拔出佩刀,兜头劈下。卓将头一闪,刀中肩上,流血倒地;再复一刀,结果性命。卓有四子,俱为所杀。虑即枭卓首级,送与王敦。畏死者亦难免一死么!敦心下大喜,便命从事中郎周抚,往督沔北诸军事,代抚镇守襄阳,抚为故梁州刺史周访长子,得袭父荫,任官武昌太守。他与父志趣不同,甘心助敦,得敦亲信,所以特加委任。虎父生犬子。

敦既得志,骄倨益甚,四方贡献,多入府中。将相岳牧,皆出门下。用沈充钱凤为谋主,诸葛瑶邓岳周抚李恒谢雍为爪牙。充等皆凶险残暴,大起营府,侵人里宅,剽掠市道,百姓互相咒诅,但祝王敦早亡。敦尚作福作威,自领宁益二州都督,好像没有君主一般。会荆州刺史王廙病死,敦并不奏闻,即令卫将军王含,代刺荆州,都督沔南诸军事。又使下邳内史王邃,都督青徐幽平四州军事,镇守淮阴。武昌太守王谅,为交州刺史,且令谅诱杀交州刺史修湛。朝廷毫无主权,长江上下游,全然是王敦的势力圈。余如淮北河南,屡受后赵寇锋。泰山太守徐龛,忽叛忽降,结果为石虎所破,龛被擒斩。兖州刺史郗鉴,退保合肥,徐州刺史卞敦,亦退保盱眙。石虎复进陷青州,别将石瞻,又攻取东莞东海。河南为后赵将石生所攻。司州刺史李矩,颍川太守郭默,屡战屡败,转向赵主刘曜处乞援。曜出击石生,大败奔还。郭默南奔建康,李矩亦率众南归,病殁道中。豫州刺史祖约,自谯城退守寿春,陈留被陷。嗣是司豫青徐兖诸州,均被后赵夺去。总括一句,简而不漏。

元帝内迫叛臣,外逼强寇,名为江左天子,几乎号令不出国门。累日穷愁,无可告语,遂致忧郁成疾,卧床不起,自思内外重臣,只有司徒荀组,尚是老成宿望,因迁官太尉,兼领太子太保,意欲使他主持朝事,遥制王敦。偏组年已六十有五,未曾入拜,便即谢世。元帝很是悲叹,索性将司徒丞相二职,暂从罢撤,不再补官。好容易过了数宵,元帝病势加剧,遂致弥留,不得已召入司空王导,嘱授遗诏,令辅太子绍即位。是夕驾崩。总计元帝在位五年,改元二次,享年四十七岁。元帝生平无甚设施,只有节俭一端,尚传后世。有司尝奏太极殿广室,应施绛帐。有诏令冬施青布,夏施青练。宫中将册封贵人,侍从请购金雀钗,又奉诏不许;所幸郑夫人,衣无文采,但着练裳;从母弟廙,筑屋过制,尝流涕

第三十五回 逆贼横行廷臣受戮 皇灵失驭嗣子承宗

谕禁,终使改作。所以轻赋薄税,民无怨声。可惜自治有余,治人不足,终致魁柄下移,豺狼当道,含羞忍垢,饮恨终身,这也是可怜可叹呢。评论精确。

太子绍受遗即位,是谓明帝,循例大赦,尊生母荀氏为建安郡君,别立第宅,颐养慈颜。是时已为永昌元年腊月,未几即腊尽春来,元日因梓宫在殡,不受朝贺,年号尚沿称永昌。再阅一月,始奉梓宫,葬建平陵,庙号中宗,尊谥元帝。明帝送葬尽哀,徒跣至陵所,亲视封墓,然后还宫。又阅月,方改元太宁,立妃庾氏为皇后,后兄亮为中书监。命特进华恒为骠骑将军,都督石头水陆诸军事。兖州刺史郗鉴,为安西将军,都督扬州江西诸军事。这两处镇将,是由明帝特别简任,明明是防备王敦,阴令扼守。如弈棋然,先下暗着,以此知明帝不凡。敦也知明帝谋略,密谋篡逆,特上表称贺,且讽朝廷征己入朝。明帝将计就计,即下手诏,召敦诣阙,且加敦黄钺班剑,奏事不名,入朝不趋,剑履上殿。敦托辞入觐,引兵至姑孰,屯驻湖县,仍然不进,请迁王导为司徒,自领扬州牧,部署军士,拟将犯阙。侍中王彬,系敦从弟,再四谏阻。敦面色遽变,顾视左右,意欲收彬。彬正色道:"君前时害兄,今又欲杀弟么?"原来彬从兄豫章太守王棱,曾为敦所害,所以彬有是言。敦听了彬语,也觉不忍,乃出彬为豫章太守,复因郗鉴督领扬州江西,诸多牵掣,乃表请授鉴尚书令,使他入辅。明帝也即准议,鉴闻命入都,道过姑孰,与敦相见,自述志趣,语多激昂。敦留鉴不遣,继思鉴为名士,不应加害,乃许

令东行。鉴至建康,遂与明帝谋讨王敦,明帝方得着一个心腹士了。小子有诗咏道:

> 君明还要仗臣忠,一德同心始立功。
> 莫道茂弘堪寄命,赤心到底让郗公。

究竟王敦曾否行逆,明帝能否致讨,一切详情,容至下回表明。

回评 元帝实一庸主,毫无远略,始则纵容王敦,使据长江上下游,继则信任刁协刘隗,疑忌王敦,激之使叛,而外无可恃之将,内无可倚之相,孤注一掷,坐致神京失守,受制贼臣,刁协死,刘隗遁,周颛戴渊,又复被戮,其不为敦所篡弑者,亦几希矣。谯王承之与城俱亡,最称忠节,甘卓误承,周虑绐卓,卓畏死而终死,甚至四子骈戮,且何若用乐道融言,断彭泽,据武昌,或得建功立业,不幸败死,犹不失为忠义鬼。百世而下,以卓视承,其相去为何如耶?元帝忧愤成疾,中年崩殂,犹幸付托得人,不致亡国,此专制之朝,所以不能无赖于君主也。

第三十六回

扶钱凤即席用谋　遣王含出兵犯顺

却说明帝谋讨王敦，虽与郗鉴定有密谋，究竟事关重大，王室孤危，未便仓猝从事。那王敦谋逆的心思，日甚一日。敦有从子允之，年方总角，性甚聪警，为敦所爱。一夕，侍敦夜饮，稍带酒意，便辞醉先寝。敦尚未辍席，与钱凤等商议逆谋，均为允之所闻。允之恐敦多疑，就用指控喉，吐出许多宿食，累得衣面俱污，还是闭眼睡着，伪作鼾声。童子能用诈谋，却也非凡。及敦既散席，果然取烛入炤，见允之寝处污秽，尚自熟睡，不由得呼了数声。允之明明醒着，却假意将身转侧，仍然睡去。敦置不复顾，自去安寝，才不疑及允之。允之自喜得计，睡至天明，方整理被褥，不消细叙。既而允之父王舒，得拜廷尉，允之即求归省父，得敦允许，便赴建康，急将敦凤秘谋，详告乃父。舒与王导入白明帝，阴为戒备。敦还道逆谋未泄，但欲主树宗族，陵弱帝室，因请徙王含为征东将军，都督扬州江西诸军事，王彬为江州刺史。这三人中，只有含为敦兄，同恶相济，舒彬虽为敦从弟，却未甘助逆，所以明帝尽从敦请，一并迁调。

会稽内史周札，前在石头城时，尝开门纳敦军，见三十四回。敦迭加荐擢，迁右将军，会稽内史，封东迁县侯。札兄子懋，为晋陵太守，封清流亭侯，懋弟筵，为征虏将军，兼吴兴内史，筵弟赞，为大将军从事中郎，封武康县侯，赞弟缙，为太子文学，封都乡侯。还有札次兄子勰，亦得为临淮太守，封乌程公。一门五侯，贵盛无比。及筵丁母忧，送葬达千人，因此反为王敦所忌。敦适有疾，钱凤劝敦早除周氏，敦也以为然，迁延未发。周顗弟嵩，由敦引为从事中郎，每忆兄无故遭殃，心常愤愤。敦无子嗣，便养王含子应为继子，并令统兵。嵩为王应嫂父，因私怨王敦，遂谓应难主军事。敦闻嵩言，不免疑嵩。时有道士李脱，妖言惑众，自称八百岁，号为李八百，由中州至建业，挟术疗病，得人信事。有徒李弘，转趋灊山，煽惑更甚，诡言应谶当王。敦遂乘隙设谋，唆使庐江太守李恒，上表建康，谓：“李脱谋反，勾通周札等人，请即捕脱正法”云云。晋廷接到此表，饬吏捕脱，讯得种种妖言，即将脱枭斩都市。敦得脱死信，一面遣人至灊山，收诛李弘，一面就营中杀死周筵，并把周嵩也连坐在内，说他与筵串同一气，潜通周札，故一概就戮。

嵩为故安东将军周浚次子，与兄顗，俱为浚妾所生。浚妾李氏，名叫络秀，系汝南人。浚为安东将军时，尝出猎遇雨，避止李家。李氏父兄，均皆外出，独络秀在室，宰牲备饭，款待浚等。浚左右约数十人，均得饱餐。且闻内室寂静如常，并无忙乱形状，不由得惊诧起来，暗地窥望，只有一女一婢，女容甚是秀美，浚因即生心，既回府舍，便令人赍给金帛，往酬李氏，并求李女为妾。李氏父兄，颇有难色。络秀道：“门户寒微，何惜一女，若得连姻贵族，将来总有益处。否则得罪军门，恐反因此惹祸哩。”此女有识，并非情急求婚。父兄听了，也觉女言有理，不得已遣女归浚。浚当然宠爱，迭生三子，长即顗，次即嵩，又次名谟。顗等年长，浚已去世，络秀顾语诸子道："我屈节为妾，无非为门户起见，汝家仍不与我家相亲，我亦何惜余生，愿随汝父同逝罢。"顗等惶恐受教，乃与李氏相往来。晋代最重门阀，自周李联为姻戚，李氏始得列入望族，免人奚落，及顗等并作显官，母亦得受封。会逢冬至令节，母子团圞聚宴，络秀因举觞相庆道：“我家避难南来，尝恐无处托足。今汝等并贵，列我目前，我从此可无忧了。”嵩起语道：“恐将来难如母意。伯仁志大才短，名高识暗，好乘人敝，未足自全。嵩性抗直，亦为世所难容，惟阿奴碌碌，当得终养我母呢。”阿奴就是谟小字。络秀闻言，未免不欢，哪知后来果如嵩言，只有谟得免戮，送母归灵，官至侍中中护军乃终。络秀入《列女传》，故随笔补叙，惟嵩既有自知之明，仍难免祸，弊在不学耳。

且说王敦既枉杀周嵩周筵，复遣参军贺鸾，往诣沈充，向充拨兵，执杀周札诸兄子，进袭会稽。札未尝预防，仓猝被兵，但率麾下数百人，出城拒战，兵散被杀。札贪财渔色，专务刻啬，库中本储有精仗，及贺鸾兵至，左右请拨仗给兵，札尚靳惜，但将敝械出给，所以士卒离心，终至夷戮。札曾附逆，不死何为？是时已为太宁二年，敦病尚未愈，延至夏季，病且加重，矫诏拜养子应为武卫将军，兄含为骠骑大将军，开府仪同三司。钱凤入省敦疾，乘便问敦道：“倘有不讳，便当将后事付么？”敦唏嘘道：“应尚年少，怎能当此大事？我果不起，只有三计可行。”凤复问及

第三十六回 扶钱凤即席用谋 遣王含出兵犯顺

三计,敦说道:"我死以后,即释兵散众,归事朝廷,保全门户,最为上计。若退还武昌,敛兵自守,贡献不废,便是中计。及我尚存,悉众东下,万一侥幸,得入京都,不幸失败,身死族灭,这就是下计了。"凤应命退出,召语同党道:"如公下计,实为上策,我等就此照行罢。"呜呼罢了。遂致书沈充,约同起兵,再犯建康。

中书令温峤,前遭敦忌,由敦表请为左司马,峤竟诣敦所,佯为勤敬,尝进密谋,从敦所欲,厚结钱凤,誉不绝口。凤字世仪,峤与同僚谈及,必称钱世仪精神满腹,凤得峤赞扬,喜欢的了不得,遂与峤为莫逆交。可巧丹阳尹缺人,尚未补充,峤向敦启闻道:"京尹责任重大,地扼咽喉,公宜急荐良才,免得朝廷用人,致有后悔。"敦答道:"卿言诚是,但何人可补此缺?"峤说道:"莫如钱凤。"敦召凤与语,凤情愿让峤,峤一再推辞,凤推峤愈坚,敦遂表峤为丹阳尹,使觇伺朝廷。有诏召峤莅镇。峤本意是欲得丹阳,可以入依帝阙,设法图敦,所谋既遂,即向敦告辞。敦力疾起床,为峤饯行。凤亦列席。峤恐自己去后,为凤所觉,或致遣人追还,因且饮且思,蓦得一计,便假作醉态,向凤斟酒,迫令速饮。凤略觉迟慢,峤即用手版击堕凤帻,且作色道:"钱凤何人?温太真行酒,乃敢不速饮么?"凤亦觉变色。敦见峤已醉,忙出言劝解,始无争言。至撤饮后,峤与敦话别,涕泗横流,既出复入,如是三次,方上马径去。凤入语敦道:"峤与庾亮有旧交,心在晋室,恐此去未必可恃。"敦冷笑道:"太真饮醉,稍加声色,汝怎得便来相谮?"观此可见温峤用计之妙。凤碰了一鼻子灰,默然退去。

过了数日,接得建康探报,谓峤入建康,即与庾亮日夕密商,共图姑孰。敦勃然道:"我乃为小物所欺,可恨可恨!"随即致书王导,略言:"太真别来几日,胆敢负我,我当募人生致太真,亲拔舌根,方泄我恨。"导此时已不愿附敦,置诸不理。峤与庾亮等定议讨敦,并有郗鉴为助,相偕入奏。明帝已有动机,再问光禄勋应詹,詹亦赞同众议,乃决意兴师。但究竟敦军情形,尚未详察,意欲亲往一窥,验明虚实,遂自乘巴滇骏马,微服出都,随身只带得一二人,直至湖阴,察敦营垒。敦正昼寝,梦见旭日绕城,红光炎炎,顿时惊寤。适帐外有侦骑入报,说有数人窥营,内有一人状甚英武,想非常侣。敦不禁跃起道:"这定是黄须鲜卑奴,来探虚实,快快追去,毋使逃脱。"帐下将士,即有五人应声,控骑出追。看官道黄须鲜卑奴,是何出典?原是明帝生母荀氏,系代郡人,明帝状类外家,须色颇黄,故敦呼为黄须奴。追兵出发,明帝已经驰去,马有遗粪,用水浇沃。道旁有老妪卖饼,由明帝购得数枚,赠以七宝鞭,并语老妪道:"后有骑兵追来,可取鞭出示。"说着即行。俄而追骑至卖饼处,问及老妪,老妪即取示七宝鞭。谓:"客已去远,恐难追及。"追骑互相把玩,遂致稽迟,且见马粪已冷,料不可及,乃拨马还营,明帝始得安然还宫。虽是胆略过人,但亦太觉冒险。越宿临朝,遂加司徒王导为大都督,领扬州刺史,丹阳尹温峤,为中垒将军,与右将军卞敦,共守石头城。光禄勋应詹,为护军将军,都督前锋及朱雀桥南诸军事。尚书令郗鉴,行卫将军,都督从驾诸军事。中书监庾亮,领左卫将军,尚书卞壸,行中军将军。导等俱皆受职,惟郗鉴谓徒加军号,无益事实,固辞不受,但请征召外镇,入卫京师。乃下诏征徐州刺史王邃,豫州刺史祖约,兖州刺史刘遐,临淮太守苏峻,广陵太守陶瞻

扶钱凤即席用谋

等,即日入卫。一面拟传诏罪敦。王导闻敦已病笃,谓:"不如诈称敦死,嫁罪钱凤,方足振作士气,免生畏心。"总不免掩耳盗铃。乃率子弟为敦举哀,并令尚书颁诏讨罪,大略说是:

先帝以圣德应运,创业江东。司徒导首居心膂,以道翼赞,故大将军敦参处股肱,或内或外,夹辅之勋,与有力焉。阶缘际会,遂据上宰,杖节专征,委以五州。刁协刘隗,立朝不允,敦抗义致讨,情希鬻拳。鬻举兵谏,见春秋列国时。兵虽犯顺,犹嘉乃诚。礼秩优

第三十六回　扶钱凤即席用谋　遣王含出兵犯顺

祟,人臣无贰。事解之后,劫掠城邑,放恣兵人,侵及宫省,背违赦诏,诛戮大臣,纵凶极逆,不朝而退。六合阻心,人情同愤。先帝含垢忍耻,容而不责,委任如旧,礼秩有加。朕以不天,寻丁酷罚,茕茕在疚,哀悼靡寄。而敦曾无臣子追远之诚,又无辅孤同奖之操,缮甲聚兵,盛夏来至,辄以天官假授私属,将以威胁朝廷,倾危宗社。朕愍其狂戾,冀其觉悟,故且含隐以观其后。而敦矜其不义之强,仍有侮辱朝廷之志,弃亲用疏,背贤任恶。钱凤竖子,专为谋主,逞其凶慝,诬罔忠良。周嵩亮直,谠言致祸。周札周筵,累世忠义,札尝附逆,安得为忠?听受谗构,残夷其宗。秦人之酷,刑不过五。敦之诛戮,滥及无辜,灭人之族,莫知其罪。天下骇心,道路以目。神怒人怨,笃疾所婴。昏荒悖逆,日以滋甚,乃立兄息以自承代,从古未有宰相继体,而不由王命者也。顽兄相奖,无所顾忌,擅录冶工,私割运漕,志骋凶丑,以窥神器,社稷之危,匪旦则夕。天不长奸,敦以陨毙,凤承凶宄,弥复煽逆,是可忍也,孰不可忍?今遣司徒导,丹阳尹峤等,武旅三万,十道并进,平西将军邃,即王邃。兖州刺史遐,奋武将军峻,即苏峻。奋威将军瞻,即陶瞻。精锐三万,水陆齐势。朕亲御六军,率同左卫将军亮,护军将军詹,中军将军壹,骠骑将军南顿王宗,镇军将军汝南王祐,太宰西阳王羕等,被练三千,组甲三万,总统诸军,讨凤之罪。豺狼当道,安问狐狸?罪止一人,朕不滥刑。有能诛凤送首者,封五千户侯,赏布五千匹。冠军将军邓岳,志气平厚,识明邪正。前将军周抚,质性详简,义诚素著。功臣之胄,情义兼常,往年从敦,情节不展,畏逼首领,不得相违,论其乃心,无贰王室。朕嘉其诚,方欲任之以事。其余文武,为敦所授用者,一无所问。刺史二千石,不得辄离所职,书到奉承,自求多福,无或猜嫌以取诛灭。敦之将士,从敦弥年,怨旷日久,或父母陨殁,或妻子丧亡,不得奔赴,衔哀从役,朕甚愍之,希不凄怆。其单丁在军,皆遣归家,终身不调。其余皆给假三年,休讫还台,当与宿卫同例三番。明承诏书,朕不负信。

这诏传到姑孰,为敦所见,非常懊恼,但当久病以后,忽又惹动一片怒意,转至病上加病,不能支持。惟心中总不肯干休,即欲入犯京师,便召记室郭璞筮易,决一休咎。璞筮易毕,直言无成。敦含怒问道:"卿可更占我寿,可得几何?"璞答道:"不必再卜,即如前卦,已明示吉凶,公若起事,祸在旦夕。惟退往武昌,寿不可测。"敦大怒道:"卿寿尚得几何?"璞又道:"今日午刻,命已当终。"敦即命左右拘璞,牵出处斩。璞既出府,顾语役吏道:"当至何处?"役吏答称南岗头。璞言:"我命当尽双柏树下。"及抵南岗,果有柏树并立。璞又道:"此树应有大鹊巢。"役吏偏索不得。璞再令细觅,枝上果得一大鹊巢;为叶所蔽,故一时不得相见。先是璞经越城间,遇一人,呼璞姓名。璞即赠以裈褶,辞不肯受。璞语道:"尽可受得,不必多谦,将来自有分晓哩。"于是领受而去。及遇害时,便是此人行刑,感念璞惠,替璞棺殓,埋葬岗侧。后璞子骜,为临贺太守,才得改葬。璞撰卜筮书甚多,又注释《尔雅》《山海经》《穆天子传》《三仓方言》,及《楚辞》《子虚上林赋》,约数十万言,均得流传后世,死时四十九岁。及王敦平后,得追赠弘农太守。好艺者多以艺死,郭景纯便是前鉴。

敦既杀璞,即使钱凤邓岳周抚等,率众三万,东指京师。敦兄含语敦道:"这是家事,我当自行。"乃复使含为元帅。钱凤临行,向敦启问道:"事若得克,如何处置天子?"敦瞋目道:"尚未南郊,算什么天子?但教保护东海王及裴妃,此外尽卿兵力,无庸多顾了。"裴妃即东海王越妻,已见前文,但不知王敦何意,乃命保护?凤领命即发,王含亦随后东行。敦又遣人上表,以诛奸臣温峤等为名,明帝当然不睬。孟秋朔日,王含等水陆五万,掩至江宁西岸,人情惶惧。温峤移军水北,烧断朱雀桥,阻住叛兵。含等不得渡,但在桥南列营。明帝欲亲自往击,闻桥梁毁断,不禁动怒,召峤入问。峤答道:"今宿卫单弱,征兵未集,若被贼突入,危及社稷,宗庙尚恐不保,何爱一桥梁呢?"明帝方才无言。王导作书致含,劝令退兵,书云:

近闻大将军困笃,或云已至不讳,惨怛之情,不能自已。寻知钱凤首祸,欲肆奸逆,朝士忿愤,莫不扼腕。窃谓兄备受国恩,当抑制不遑,还镇武昌,尽力藩任,乃猝奉来告,竟与犬羊俱下,兄之此举,谓可得如大将军昔日之事乎?昔年佞臣乱朝,人怀不宁,如导之徒,心思外济。不啻亲口供状。今则不然,大将军来屯于湖,渐失人心,君子危怖,百姓劳敝,将终之日,委重安期。即王应字。安期断乳未几,又乖物望,便可袭宰相之迹耶?自开辟以来,曾有宰相

第三十六回 扶钱凤即席用谋 遣王含出兵犯顺

以孺子为之者乎?诸有耳者,皆知将为禅代,非人臣之事也。先帝中兴遗爱在民,圣主聪明,德洽朝野,兄乃欲妄萌逆节,凡在人臣,谁不愤叹?导门户大小,受国厚恩,今日之事,明目张胆,为六军之首,宁为忠臣而死,不为无赖而生。但恨大将军桓文之勋不遂,而兄一旦为逆节之臣,负先人平素之志,既没之日,何颜见诸父子于黄泉,谒先帝于地下耶?今为兄计,愿速建大计,擒取钱凤一人,使天下获安,家国有福。若再执迷不悟,恐大祸即至,试思以天子之威,文武毕力,压制叛逆,岂可当乎?祸福之机,间不容发,兄其早思之。

王含得书,并不答复。导待了两日,未见回音,因复议及战守事宜。或谓王含钱凤,挟众前来,宜由御驾自出督战,挫他锐气,方可制胜。郗鉴道:"群贼为逆,势不可当,宜用智取,未便力敌。且含等号令不一,但知抄掠,吏民惩前毖后,各自为守,以顺制逆,何忧不克?今贼众专恃蛮突,但求一战,我能坚壁相持,旷日持久,彼竭我盈,一鼓可灭。若急思决战,万一蹉跌,虽有申胥等投袂起义,何补既往,奈何举天子为孤注呢?"申胥即申包胥,春秋时楚人。于是各军皆固垒自守,相戒勿动。王含钱凤,屡次出兵挑战,不得交锋,渐渐的懈弛起来。郗鉴却夜募壮士千人,令将军段秀及中军司马曹浑等,率领过江,掩他不备,突入含营。含仓皇命战,前锋将何康,出遇段秀,战未三合,被秀一刀,劈落马下。含众大骇,俱拥含遁走。段秀等杀到天明,斩首千余级,方渡江归营。王敦养病姑孰,闻含败状,盛气说道:"我兄好似老婢,不堪一战,门户衰败,大事去了。看来只好由我自行。"说至此,便从床上起坐,方欲下床,不料一阵头晕,仍然仆倒,竟致魂灵出窍,不省人事。小子有诗咏道:

　　病亟犹思犯帝京,狼心到死总难更。
　　须知公理留天壤,乱贼千年播恶名。

毕竟王敦性命如何,且看下回续表。

　　回评　王敦三计,惟上计最足图存,既已知此计之善,则中计下计,何必再言。其所以不安缄默者,尚欲行险侥幸,冀图一逞耳。钱凤所言,正希敦旨,故敦未尝谕禁,寻即内犯,要之一利令智昏而已。王允之伪醉绐敦,确是奇童,温峤亦以佯醉戏敦,并及钱凤,敦虽狡猾,不能察峤,并不能察允之,而妄思篡逆,几何而不覆灭乎?元帝之为敦所逼,实为王导所误,导固附敦,至温峤入都,敦犹与导书,将生致太真,其往来之密切可知。及明帝决意讨敦,敦尚未死,而导且诈为敦发丧,嫁罪钱凤,如谓其不为敦助,奚可得乎?厥后与王含一书,情伪益著,惟郭璞精于卜筮,乃居敦侧而罹杀机,岂真命该如此耶?吾为之怀疑不置云。

第三十七回

平大憝群臣进爵 立幼主太后临朝

却说王敦晕倒床上，不省人事，惊动帐下一班党羽，都至床前省视，设法营救，才见王敦苏醒转来。敦长叹数声，张目四顾，见舅羊鉴及养子王应，俱在床侧，便呜咽道："我已不望再活了。我死应便即位，先立朝廷百官，然后办理丧事，方不负我一番经营。"还想做死皇帝么？鉴与应唯唯受命。越宿敦死，应秘不发丧，用席裹尸，外涂以蜡，暂埋厅中，自与诸葛瑶等，任情淫狎，不顾军情。王含自江宁败后，退驻数里，遥促沈充会师，再图进攻。明帝也恐沈充前来，特遣廷臣沈桢，往说沈充，许为司空，劝令投诚。充摇首道："三司重任，我何敢当。古人谓币重言甘，实是诱我，今日正应此语。况丈夫共事，始终不移，若中道变心，便失信义，将来还有何人容我呢？"顺逆不明，自寻死路。遂举兵趋江宁。宗正卿虞潭，因病乞休，辞还会稽故里，至是独起义余姚，传檄讨充。明帝即授潭为会稽内史。前安东将军刘超，宣城内史钟雅，亦皆募兵举义，与充为敌。义兴人周蹇，杀死王敦所署太守刘芳，平西将军祖约，亦逐敦所署淮南太守任台，彼此俱效命朝廷，交口讨逆。沈充尚怙恶不悛，自率万余人，兼程北行，与王含合兵。司马顾扬说充道："今欲举大事，偏被王师先扼咽喉，锋摧气沮，相持日久，必致祸败。今不若决破栅塘，引湖中水，灌入京邑，一面乘着水势，纵舟进攻，这便是不战屈人的上计。此计不行，或借我军初至的锐气，并合东西各军，十道并进，我众彼寡，所向必摧，尚不失为中计。若欲转祸为福。因败为成，诱召钱凤计事，设伏斩凤，携首出降，乃是今日的下计。"我谓下计，却是上计。充迟疑半晌，终不作答。扬料充无成，遁归吴兴。

那兖州刺史刘遐，临淮太守苏峻，已各率精兵万人，同来勤王。明帝连夜召见，慰劳有加，并出库帛分赐将士，众皆踊跃。沈充钱凤，欲因北军初到，迎头进击，乃自竹格渚渡淮，直前攻扑。护军将军应詹，建威将军赵胤等，拒战失利，退至宣阳门。充与凤乘胜进逼，拔栅将战，不意刘遐苏峻，从东塘横击过来，把充凤两军冲断，再加应詹赵胤，也来助战，杀得充凤大败亏输，夺路飞奔，还逾淮水，人不及济，后面追兵大至。叛众纷纷投水，溺毙至三千人。刘遐尾追不舍，行至青溪，又奋击沈充一阵，充狼狈走脱。

寻阳太守周光，系周抚弟，因王敦举兵，也率数千人助敦。既至姑孰，与王应相见，便欲入省敦疾。应嗫嚅道："我父病中，不愿见客，且待异日进见罢！"光退语道："我远道来赴，不得一见王公，想必是已死了。"遂急赴军前，去探乃兄。抚闻光至，当然出见，光开口便语道："王公已死，兄何故与钱凤作贼？"大众闻言，都不胜惊愕，连周抚亦有悔心，即夕遁还。王含势孤失援，也毁营夜遁。

明帝本已出屯南皇堂，闻叛党尽走，乃还宫大赦，惟敦党不在赦例。申命庾亮督同苏峻等军，往追沈充。温峤督同刘遐等，往追王含钱凤。含奔回姑孰，拟挈王应同奔荆州。应谓不如投依江州。含皱眉道："大将军生前，与江州屡有龃龉，奈何往依？"应答道："正为江州平日异趋，所以宜往。彼时大将军兵马强盛，江州尚不肯阿附，识见高出常人，今见我困阨，必然相怜，不致加害。若荆州守文拘谨，怎能意外行事呢？"王应虽少，智过乃父，但天道恶淫，岂容竖子漏网？含不肯依言，竟与应载一扁舟，往奔荆州。荆州刺史王舒，遣兵出迎。俟含父子入城，立命拿下，缚住手足，投诸江中，眼见是葬身鱼腹了。江州刺史王彬，却密具舟楫，静待王含父子，日久不至，料知窜死，却引为己恨。王含为逆，何足深惜，彬亦未知大体。钱凤走至阖庐洲，为周光所杀，函首诣阙，自赎前愆。沈充奔回吴兴，闻故吴内史张茂妻陆氏，招茂旧部，在途中守候充至，将执充剸割，为夫复仇。茂为充所杀，见三十五回。充不敢竟归，绕道奔窜，竟致失路，误入故将周儒家。儒诱充入复壁中，因笑语充道："我今日得三千户侯了。"充始知为儒所赚，乃流涕与语道："汝能顾义活我，我必厚报，若为利杀我，我死必令汝灭族，不要后悔。"儒竟杀充，传首建康。充子劲，例当坐诛，为乡人钱举所匿，幸得免死。后来劲竟灭周氏，如充所言。充为叛贼，能作厉鬼耶？

晋廷因叛党悉平，当然解严。有司发掘王敦尸首，焚去衣冠，扶尸跪着，枭去首级，与沈充首同悬高桥。郗鉴入奏明帝道："前朝诛杨骏等人，皆先加官刑，后听私殡。臣以为逆敦既伏王诛，不妨使全私义，可听敦家收葬，借示皇恩。"明帝准如所请，乃将敦首取下，听令葬埋。敦党周抚邓岳，相偕出亡。抚弟光拟给兄路资，阴图执岳。

平大憨群臣进爵

抚怒道："我与邓伯山同亡，如欲害邓，宁先杀我。"伯山即岳表字，俄而岳至，抚即趋出，遥与岳语道："快去！快去！我弟尚不相容，何论他人。"岳回身返走。抚亦取得资斧，追及邓岳，同窜入西阳蛮中。后来再经大赦，才得东还。

明帝加封王导为始兴公，温峤为建宁公，卞壸为建兴公，庾亮为永昌公，刘遐为泉陵公，苏峻为邵陵公，郗鉴为高平侯，应詹为观阳侯，卞敦为益阳侯，赵胤为湘南侯，下此按功晋秩，不胜殚述。有司奏称王彬等为敦亲族，均应除名，复诏谓："司徒导大义灭亲，应宥及百世，况彬等皆司徒近支，毋庸再问。"大义灭亲四字，恐导不足当此。惟王敦纲纪，悉令除籍，参佐并皆禁锢。温峤又上疏解免道：

王敦刚愎不仁，忍行杀戮，亲任小人，疏远君子，朝廷所不能制，骨肉所不能阻，处其朝者，恒惧危亡，故士人结舌，道路以目，诚贤人君子，道穷数尽，遵养时晦之辰也。且敦为大逆之日，拘录人士，自免无路，原其私心，岂遑宴处？如陆玩、羊曼、刘胤、蔡谟、郭璞，常与臣言，备知之矣。必其赞导凶悖，自当正以典刑，如其枉陷奸党，还宜施之以宽。臣以玩等之诚，闻于圣听，当受同贼之责，苟默而不言，实负其心。陛下仁圣含弘，思求允中，臣阶缘博纳，干非其事，诚在爱才，不忘忠益，谨昧死上闻！

明帝览疏,颇加感动,特下群臣议决。郗鉴谓:"君臣有义,义在死节,不应偷生。王敦佐吏,虽多被胁,但进不能谏止逆谋,退不能脱身远引,有亏臣道,宜加义责。"此外或从峤议,或如鉴言,论久未决。还是明帝有意行仁,终从峤请,于是敦党皆免连坐。张茂妻陆氏,诣阙上书,语多哀痛,表面上是为茂谢罪,说他不能克敌,自致阵亡,实际上是为茂请封,无非说是"略迹原心,应待恩恤"等语。明帝乃赠茂太仆,且拨库帑,忧恤遗孥。陆氏始谢恩归家。也算一个奇妇人。即而再叙前勋,命王导为太保,兼领司徒,西阳王羕领太尉,应詹为江州刺史,刘遐为徐州刺史,苏峻为历阳内史,庾亮加护军将军,温峤加前将军,惟导固辞不受。江州本由王彬镇守,骤遭易任,吏民未安。嗣经詹加意怀柔,才得翕服。

转瞬又是一年,明帝追赠谯王承、甘卓、戴渊、周顗、虞望、郭璞、王澄等官,不及周札。札故吏为札讼冤,尚书卞壸,谓札居守石头,开门延寇,不当追赠。偏王导出来申辩道:"往年札守石头,王敦逆迹未彰,如臣等俱昧先几,无怪一札。要想回护自己,不得不回护周札。后来瞧破逆情,札便举身委国,横被诛夷。札未尝有义举,怎得谓举身许国?臣意宜与周戴同例,一并赠谥。"郗鉴听着,心下很是不服。我亦不服。便从旁参议道:"周戴死节,周札延寇,迹异赏同,何从劝善?如司徒议,谓往年王敦犯顺,不妨延纳,是谯王周戴等,俱当加责,何得赠谥?今三臣既予褒扬,札尚不应加贬么?"是极。导尚强辩道:"札与谯王周戴,虽所见不同,后来均至死节,奈何必吹毛索瘢呢?"鉴又道:"王敦谋逆,好似履霜坚冰,由来已久,必谓敦往年入犯,义等桓文,难道先帝亦如幽厉么?"说到此语,驳得王导俯首无词。明帝终不忍违导,仍赠札官。

会因储君未立,国本有关,乃立长子衍为皇太子。衍为皇后庾氏所出,年甫五龄,受册礼毕,大酺三日,增文武官员各二级,赐鳏寡孤独布帛,每人二匹。调荆州刺史王舒为安南将军,都督广州诸军事,领广州刺史,即迁陶侃为征西大将军,都督荆湘雍梁诸军事,领荆州刺史。侃性极勤谨,终日敛膝危坐,军府诸事,检摄无遗。远近文牍,随到随答,不使积滞。宾佐求见,无不接谈。尝语人道:"大禹圣人,尚惜寸阴,至如众人,当惜分阴,怎得逸游荒醉?生无益于世,死无闻于后耶?"诸参佐或好饮好博,偶至废事,侃随时查察,搜得酒器樗蒱等具,悉令投江,将吏有犯,且加鞭扑,严词儆戒道:"樗蒱系牧猪奴戏,汝等奈何出此?"

第三十七回　平大憝群臣进爵　立幼主太后临朝

樗蒱即博具。是时清谈余风,尚未尽改,侃辄忿恨道:"老庄浮华,并非先王法言,怎可遵行?君子当振衣冠,摄威仪,哪有蓬头跣足,自诩宏达呢?"古今传为格言,故备录之。人民有所奉馈,必问所由来,若系力作所致,虽微必喜,慰赐三倍,否则掷还不受。一日出游,见有一人,手持禾秆,结谷未熟,因问作何用?答称禾遗路旁,所以拾取。侃大怒道:"汝未尝为农,乃戏取人稻,还不知罪么?"竟加鞭数十,方才叱退。荆州士女,闻侃复至,互相庆贺。且因侃注重农桑,便相戒嬉游,各勤工作。因此家给人足,境内大安。侃既不旷时,又无弃物,竹头木屑,并皆收藏,旁人都不解侃意,及元旦宴贺,积雪始晴,厅前余雪尚湿,侃即将木屑铺地,往来交便,人始知侃有先见,号为精明。这且慢表。

且说明帝既调王舒至广州,寻复徙镇湘州,即以湘州刺史刘顗,移督广州,复命尚书令郗鉴,为车骑将军,都督青兖二州军事,暂镇广陵。授领军将军卞壶为尚书令,寻复进尚书仆射,荀崧为光禄大夫,录尚书事,用尚书邓攸为尚书左仆射。此种叙述,看似闲文,实与后文俱有关系。到了闰七月间,明帝忽得暴病,医药罔效,势且垂危,亟召太宰西阳王羕,司徒王导,尚书令卞壶,车骑将军郗鉴,护军将军庾亮,前将军温峤,领军将军陆晔,并受遗诏,使辅太子诏云:

自古有死,贤圣所同。寿夭穷达,归于一概,亦何足深痛哉?朕抱病日剧,常虑忽然,仰惟祖宗洪基,不能克终堂构,大耻未雪,百姓涂炭,所以有慨耳,不幸之日,敛以时服,一遵先度,务从俭约,劳众崇饰,皆勿为也。衍以幼弱,猥当大重,当赖忠贤,训而成之。昔周公匡辅成王,霍氏拥育孝昭,义存前典,功冠二代,岂非宗臣之道乎?凡此公卿,时之望也,敬听顾命,任托付之重,同心断金,以谋王室。诸方岳征镇刺史将守,皆朕捍城推毂于外,虽事有内外,其致一也。故不有行者,谁捍牧圉?譬若唇齿,表里相资,宜戮力一心,若合符契,要以缉事为期。百辟卿士,其总己以听于冢宰,保佑冲幼,弘济艰难,永令祖宗之灵,宁于九天之上,则朕没于地下,无恨黄泉。特此留谕,钦哉惟命!

越日,明帝驾崩,年仅二十七岁,在位只得三年。右卫将军虞胤,左卫将军南顿王宗,本得明帝亲信,使典禁兵,入值殿内,掌守宫门管钥。当明帝寝疾时,庾亮尝夜入奏事,向宗求钥。宗辄不与,且叱亮使道:

朝临后太主幼立

"这难道是汝家门户,好自由出入么?"语亦近理,但不察缓急事宜,一味蛮言,亦属非是。亮从此恨宗。及明帝疾笃,群臣多不得进见。亮疑宗胤有异谋,排闼入见,请黜逐二人,明帝不从。既授遗诏,更命亮为中书令,亮因得专政。太子衍承统嗣位,群臣奉上玺绶,独王导称疾不至。无非忌一庾亮。卞壼入朝正色道:"王公非社稷臣,大行在殡,嗣皇甫立,岂是大臣辞疾时么?"这数语传入导耳,导乃舆疾而至,谒见新主,行即位礼。再由大众会议,谓嗣皇年甫五龄,不能亲政,应请母后临朝。于是尊母后庾氏为皇太后,垂帘训政。命王导录尚书事,与中书令庾亮,夹辅帝室。导遇事退让,推亮主持。亮又是太后亲兄。太后当然倚任,所以军国重事,全归亮一人裁决,导不过列一虚名罢了。亮迁南顿王宗为骠骑将军,改授汝南王祐为卫将军,一面料理丧葬,至十月初旬,奉梓宫出葬武平陵,庙号肃祖,尊谥曰明。明帝在位三年,能奋发有为,亲除大憨,不可谓非英主。谥法称明,却是名实相符。可惜天不永年,未壮即殁。至太子衍立,便是成帝,越年改元咸和。

尚书左仆射邓攸,及徐州刺史刘遐、江州刺史应詹,相继去世。邓攸就是邓伯道,系平阳襄陵人氏,早丧父母,以孝友闻。祖殷尝为中庶子,攸得承祖荫,年逾弱冠,即为太子洗马,嗣出为河东太守。永嘉末年,陷没石勒,勒使为参军,攸不愿事虏,觑隙南奔,途挈妻子及从子绥,不幸遇贼,行装被掠。攸因子侄皆幼,不能并携,拟弃子存侄,与妻贾氏商议道:"我弟早亡,只有一子,理不可绝。但我儿亦幼,势难两全,只

第三十七回　平大憝群臣进爵　立幼主太后临朝

好把我儿弃去。我若得存,天必鉴我苦衷,再当使我生子。"贾氏涕泣从命。不愧攸妻。攸将子缚诸树上,挈绥急遁,辗转至江东。元帝令为中庶子,寻复出守吴郡,载米赴任,不受俸禄,但饮吴水。会吴郡大饥,亟开仓赈民,先行后奏,致挂弹章,还算元帝仁恕,不加攸罪。嗣因遇病辞职,始终不取吴郡一钱。百姓遮道挽留,攸乃小停,待夜潜去。及病愈复起,入拜侍中,复迁吏部尚书。好几年才得超任右仆射。越年即殁,追赠光禄大夫。攸妻贾氏,终不得孕。攸生前纳得一妾,颇加宠爱,旋讯妾家属,乃是北人遭乱,流落江南,述及父母姓名,竟是攸的甥女。攸非常悔恨,乃不复蓄妾,终至无嗣。时人尝叹为天道无知,乃使伯道无儿。从子绥服丧三年,悲号擗踊,不啻亲生,这也好算得恩义两全了。犹子比儿,可为伯道一慰。

刘遐为故冀州刺史邵续女夫,勇健无敌,冀人常拟为关张。关羽张飞。河朔大乱,遐曾遣使至建康,禀承元帝节制,元帝命为龙骧将军。遐妻邵氏,亦勇敢有父风,遐尝为石虎所围,邵氏披甲跨马,督率数骑,陷阵救遐。遐亦奋呼杀出,与妻同归。后来渡江入朝,累任刺史,因功封泉陵公,已见前文。殁后得追赠安北将军。应詹汝南人,弱冠知名,博通文艺。前镇南大将军刘弘,系詹祖舅,引詹为长史,委以军政,措置咸宜。嗣迁南平太守,兼督天门武陵二郡,讨平叛蛮,民皆爱戴。寻且贩杜驳,败杜充钱凤,出刺江州,尤洽民情。病笃时,尚致书陶侃,勖以忠义,少府卿韦泓,得詹厚惠,礼詹终身。江州百姓,闻詹病殁,远近举哀。晋廷追赠詹为镇南大将军,予谥曰烈。小子有诗叹道:

> 贤如伯道竟无儿,邵女能军又守嫠。
> 再看江州悲雾起,茫茫天道果难知?

徐江二州,既亡刺史,免不得着人补授,欲知何人继任,容至下回再详。

回评　王敦既平,余党概免连坐,虽曰行恕,究属过宽。温峤之上疏营解,安知非由王导之嘱托,始有此议乎? 至追赠周札一事,尤属不经。卞壸郗鉴之言,百世不易,而导欲自洗前愆,必使札与周戴同例,明帝竟曲从所请,此苏峻祖约之叛,所以不旋踵而又兴也。且明帝以未壮之年,遽尔溘逝,黄口幼儿,居然嗣位,青年国母,便即临朝,国事委请元舅,老成相继沦亡,天不祚晋,降兹艰隔,江左其何自再振乎?

第三十八回

召外臣庾亮激变　入内廷苏峻纵凶

却说刘遐应詹，相继去世，晋廷特派车骑将军郗鉴，出领徐州刺史，前将军温峤，出领江州刺史，再命征虏将军郭默，为北中郎将，监督淮南诸军事。刘遐妹夫田防，及部将史迭卞咸李龙等，不愿他属，竟拥遐子肇接任，反抗朝命。遐妻邵氏，谕止不从，乃潜自纵火，毁去甲械，免得滋乱。田防等尚不肯罢手，仍部署徒众，准备迎敌。晋廷即遣郭默进兵，往讨乱党。默甫就道，那临淮太守刘矫，已乘便袭击，得斩田防卞咸。史迭李龙，奔往下邳，由矫督兵追及，也即擒诛，传首诣阙。朝议令刘遐遗眷，及参佐将士，悉还建康。且因邵氏与肇，本未从乱，仍令肇袭父爵，留都养母，这也不必细表。

惟郗鉴陛辞出都，朝臣皆为饯别，王导常称病乞假，至是也出送鉴行，为尚书令卞壸所见，即上书劾导，说他亏法从私，失大臣体，应免官示罚。宫廷虽搁起不提，但举朝皆惮鉴风裁，各有戒心。壸平生廉俭，处事勤敏，不肯苟合时趋。丹阳尹阮孚，尝语壸道："君常无闲泰，终日劳神独不嫌辛苦么？"壸正色道："诸君子道德恢弘，侈尚风流，壸不与同性，自甘劳役，宜被人笑为鄙吝了。"是时贵游子弟，多慕王澄谢鲲等人，好为放达。壸在朝指斥道："悖礼伤教，实犯大罪，中朝倾覆，皆由此辈，我恨不一洗恶习哩。"实是正论。随即商诸王导庾亮，拟奏劾当时名士。导与亮皆以文采为高，怎肯依议？壸只得罢休。惟导素尚宽和，能得众心，至亮专国政，任法裁物，不满人意。豫州刺史祖约，自恃重望，不落人后，偏明帝顾命，但及郗卞诸人，于己无与，不由得心下怏怏。及遗诏褒进大臣，又不及约，连陶侃亦不得与列，所以约与侃书，疑亮从中舞弊，故意删除，侃因此亦不能无嫌。侃且如此，遑问他人。

历阳内史苏峻，讨贼有功，威望素著，部下甲仗精锐，遂致轻视朝廷，又尝招纳亡命，仰食县官，稍不如意，即肆忿言。事为庾亮所闻。当然加忌，故令温峤出督江州，居守武昌，复调王舒为会稽内史，阴树声

第三十八回　召外臣庾亮激变　入内廷苏峻纵凶

援。一面修缮石头城,作为预备。丹阳尹阮孚,私语亲属道:"江东创业未久,主幼时艰,庾亮轻躁,德信未孚,恐祸乱又将发作了。"遂求为广州刺史,得请即行。<u>却是趋避的妙法。</u>南顿王宗,被亮调为骠骑将军,失去要职,遂生怨望,常与苏峻往来通书,欲废执政。亮颇有所闻,已有意除宗,可巧中丞钟雅,劾宗谋反,遂不请诏令,即使右卫将军赵胤,率兵捕宗。宗也挈部出拒,战败被杀,贬宗族为马氏。宗三子绰超演,皆废为庶人。西阳王羕,系是宗兄,也降封为弋阳县王。前右卫将军虞胤,已徙职大宗正,至此复左迁桂阳太守。宗是王室近支,羕又是先王保傅,一旦窜黜,罪状不明,势不能慑服舆情,成帝全未闻知。过了多日,始问及亮道:"前日的白头公,许久不见,究往何处?"原来宗多白发,故呼为白头公。亮沉吟半晌,方答称谋反伏诛。成帝流涕道:"舅言人反,便好杀死,倘人言舅反,应该如何处置呢?"<u>幼主能作是语,却也不凡。</u>亮不禁失色。但总以幼主易欺,遇有异己,必加排斥。宗党卞阐,亡奔历阳,亮遣人往索,苏峻匿阐不与,去使只好回报,亮益恨峻。适后赵将军石聪,进攻寿春,豫州刺史祖约,正在寿春驻守,<u>见三十五回。</u>闻后赵兵至,亟向建康乞援。亮前已忌约,竟不发兵。<u>人可弃,地亦可弃么?</u>聪进寇阜陵,建康大震。幸苏峻遣将韩晃,领兵邀截,方得击退聪兵。亮欲作涂塘,以遏胡寇。涂即滁河,在寿春东,若就河筑塘,例将寿春隔开。祖约闻报大恚道:"这明明是欲弃我呢。"遂与苏峻,密谋抗命,互通往来。庾亮以峻约勾连,必为祸乱,拟下诏征峻入朝。司徒王导劝阻道:"峻好猜疑,必不肯奉诏,不若姑示包容,待后再议。"亮不以为然,召集群臣向众扬言道:"苏峻狼子野心,终必作乱,今日颁诏征峻,就使彼不顺命,为祸尚浅,若再经年月,势且益大,不可复制。譬如汉朝七国,削亦反,不削亦反哩。"<u>语非不是,但知彼不知己,如何制胜?</u>大众闻言,莫敢驳议。独卞壶接入道:"峻外拥强兵,逼近京邑,一旦有变,朝发夕至,现在都下空虚,还请审慎为是。"亮不肯从。壶知亮必败,乃与江州刺史温峤书,略云:

　　元规亮表字。召峻意定,怀此于邑。温生足下,奈此事何?壶今所虑,是国之大事,峻已出狂意而召之,是更速其祸也,必纵毒螫以召朝廷。朝廷威力,即桓桓称盛,接锋履刃,尚未知能否擒逆。王公亦同此情。壶与之力争,终不见信,本出足下以为外援,而今

更恨足下在外,不得相与共谏,如何如何?幸足下教之!

峤得书后,即作书谏亮,亮终不听。峻已得消息,遣司马何仍入都,与亮婉商道:"讨贼外任,远近惟命,若欲峻内辅,实不相宜,请俯允通融,幸勿固执!"亮仍然不许,遣回何仍,召北中郎将郭默为后将军,领屯骑校尉,命司徒右长史庾冰,为吴国内史,严兵戒备。于是下诏征峻为大司农,加官散骑常侍,令峻弟逸代领部曲。峻复上表道:"昔明皇帝亲执臣手,使臣北讨胡虏,今中原未靖,臣何敢自安?乞补青州界一荒郡,俾臣得效鹰犬微劳,不胜万幸!"这一篇表文,呈递建康,亮置诸不理,但促峻即日入都。观峻两次请求,尚非决意叛国;何物庾亮,必欲激巨变? 峻整装将发,欲行又止。参军任让入语道:"将军求处荒郡,尚不见许,事势至此,恐无生路,不如勒兵自守,还可求全。"阜陵令匡术,亦阻峻入朝,峻遂不应诏,私自征兵。

温峤闻变,便致书与亮,愿率众入卫京师。亮复峤书道:"我忧西陲,且过历阳,足下幸勿越雷池一步,免我西忧。"峤乃罢议。亮尚遣使谕峻,示无他意。峻语朝使道:"台下说我欲反,我怎得再活哩?我宁山头望廷尉,不能廷尉望山头。从前国家,危如累卵,非我不济。狡兔既死,猎狗应烹,我已自分一死,不过我无端遭枉,死也要死得明白呢。"朝使见话不投机,自然东归。峻即遣参军徐会,驰赴寿春,推祖约

第三十八回　召外臣庾亮激变　入内廷苏峻纵凶

为盟主,共讨庾亮。约不禁大喜,从子智衍,又赞成约旨,便拟发兵助峻。谯国内史桓宣语智道:"本因强胡未灭,将戮力致讨,奈何反还抗帝室呢?使君欲为雄霸,何不助国讨峻,自显威名?今乃与峻同反,怎得久存?"智视为迂谈,鼻作嗤声。宣更求见约,又以闭门羹相待,乃与约断绝,不通往来。约遂遣兄子祖沛、<small>逊之子。</small>内史祖涣、女婿淮南太守许柳,率兵会峻。逊妻许氏,<small>即许柳姊,</small>固谏不从。<small>姊为约嫂,弟为约婿,亦觉名义不合。</small>峻既得约兵,因即发难,当有警报传入建康,有诏命尚书令卞壸,领右卫将军,会稽内史王舒,行扬州刺史事,吴兴太守虞潭,督三吴诸郡军事,整缮行伍,筹备出师。尚书右丞孔坦,司徒司马陶回,<small>司徒属下有司马。</small>共至王导前献议道:"峻已倡乱,必将东来,今请乘峻未至,急断阜陵,守江西当涂诸口,阻住叛兵,以逸待劳,一战可决。若峻迟回不发,我亦可往攻历阳,否则我尚未往,彼已先来,人心一动,便不能与战了。"导极口称善,转告庾亮。亮不知兵法,踌躇未决。才阅两日,果得姑孰紧报,峻将韩晃张健等,掩入姑孰,所有盐米,尽被取去。亮叹悔无及,乃颁诏戒严,自督征讨诸军事,授右卫将军赵胤为冠军将军,兼历阳太守,使与左将军司马流,出守慈湖,另派前射声校尉刘超,为左卫将军,侍中褚翜,典征讨军事,并使弟庾翼,白衣从戎,领数百人戍石头。

宣城内史桓彝,拟起兵赴难,长史裨惠谓:"郡兵寡弱,山民易扰,不如静守待时。"彝厉色道:"汝独不闻古语么?见无礼于君者,若鹰鹯之逐鸟雀。<small>见《春秋左传》。</small>今社稷危迫,君主受困,难道尚坐视不成?"说毕,即调集数千人马,进屯芜湖。峻将韩晃,乘他初至,便掩杀过去。究竟宣城兵弱,敌不过历阳锐卒,战不多时,竟致败退。韩晃就进攻宣城,彝退保广德,晃纵兵四掠,饱载而还。徐州刺史郗鉴,表请入卫,有诏令他备御北寇,不必移兵。时已残冬,雨雪载涂,彼此未便行军,因得相持过年。

未几,为咸和三年正月,江州刺史温峤,出屯寻阳,遣督护王愆期,西阳太守邓岳,<small>即前文之邓岳,遇赦复官。</small>鄱阳太守纪睦为前锋,进次直渎。荆州刺史陶侃,也遣督护龚登,率兵会峤,听峤驱遣。苏峻恐日久兵集,屡促韩晃等进攻慈湖。慈湖守将司马流,素来懦弱,未战先怯但请济师。庾亮再拨侍中钟雅,为骁骑将军,督领水师,前往助流,不防流为韩晃所袭,猝被摧陷,竟至败死。赵胤亦拒战失利,慈湖被夺,单剩钟雅一支舟军,如何济事,没奈何拨棹退回。苏峻径率祖涣许柳等,拥众二万人,自横江东渡,直登牛渚,进至蒋陵复舟山。台军节节败退,警报与雪片相似,庾亮未免惶急。陶回复入献计道:"石头设有重戍,峻必不敢直下,回料他必出间道,当从小丹阳步行前来,若用伏兵邀击,定可擒峻。峻既受擒,祖约等自无能为了。"亮谓峻必直向石头,不从回言。嗣闻峻果出小丹阳,夜迷失道,部伍尽乱,亮又自悔失机,纵峻得入,愚而好自用,灾必及身。都中大惧,吏民相率潜奔,朝臣亦各遣妻孥,东出避难。独左卫将军刘超,挈妻孥入居宫内,冀定众心。

亮又传出诏书,命卞壶都督大桁以东军事,大桁即朱雀桥。所有钟雅赵胤郭默等军,尽归节制。壶尚有继母裴氏,亦奉养京师,至此与母诀别,挈得二子眕盱,慨然赴敌,出战西陵。峻兵凶悍,远过台军,任尔卞将军如何忠愤,不顾死生,怎奈兵不用命,孤掌难鸣,叛军节节向前,台军步步退后,结果是旗靡辙乱,舆尸败归。既而峻又进攻青溪栅,壶再率诸军抵御,两军攻守多时,未分胜负。偏是天不做美,竟起了一阵绝大的东风,峻因风纵火,烟雾迷漫,栅内各军,避火不暇,如何抗拒,霎时间栅尽延烧,一炬成墟。天实为之,谓之何哉?壶知事不济,决计死节,尚率左右力战。时正背疮新愈,创痕未合,一经气愤,流血淋漓,再加用力过度,顿至暴裂,自觉忍痛不住,大叫一声,血从口出,倒地而亡。二子追随父后,见父毕命,亦痛不欲生,索性突入敌阵,格杀叛党数十名,身上各受重创,相继捐生。部下将壶尸抢回,舁入壶家,母裴氏抚尸大恸道:"父为忠臣,子为孝子,谅无遗恨,只恨我年已老,尚见此惨剧哩。"壶字望之,系济阴冤句人,阵亡时,年四十八。还有丹阳尹羊曼,守住云龙门,与黄门侍郎周导,庐江太守陶瞻,统皆战死。庾亮在宣阳门内,麾兵布阵,尚未及列,众皆散走,不得已挈弟三人,及郭默赵胤,俱奔寻阳。临行时,顾侍中钟雅道:"后事一概委公。"雅答道:"栋折榱崩,究是何人所致?"亮愀然道:"事已至此,也不必再言了。"闹得一塌糊涂,竟以一走了之,真好计策。说着,匆匆出城,趋驾小舟。乱兵沿途劫掠,亮执弓射贼,误中舵工,应弦即倒。技艺又如此不精。船上各相惊失色,亮独不动,且徐徐道:"此手何可使著贼?"你手不可著贼,人家的性命,如何视同草菅?众见他形态雍容,方才心定,驶舟而去。

第三十八回　召外臣庾亮激变　入内廷苏峻纵凶

峻兵突入台城，毁去台省及诸营寺署，焚掠一空。司徒王导，驰入宫廷，急语侍中褚翜道："至尊当速御正殿，君可启阁，请御驾出来。"翜即诣阁中，抱掖成帝，出登太极前殿。导及光禄大夫陆晔荀崧，尚书张闿，共登御床，夹卫幼主。左卫将军刘超，及侍中钟雅褚翜，站立两旁。太常孔愉，朝服守宗庙。峻兵呼噪而至，叱令褚翜下殿。翜兀立不动，还声呵斥道："苏冠军来觐至尊，军人怎得侵逼？"峻兵被他一斥，倒也面面相觑，不敢闯入殿门。小立多时，待峻不至，乃转往后宫。宫中统是女侍，如何阻挡。被乱兵东牵西扯，劫去多人。所有珍玩衣饰，亦遭掳掠，甚至庾太后宫中，亦胆敢搜索。左右女侍，稍有姿色，便难幸脱。乱兵夺得子女玉帛，一拥出宫，复去劫掠豪门，任意凌侮，不但夺取财货，还要驱役官僚，令他肩挑背负，送往蒋山，稍一迟延，便加鞭挞。前江州刺史王彬，去职入都，受职光禄勋，素性抗直，与乱兵争论数语，乱兵即鞭捶交下，几至击死。最可悲的是宦家妇女，多被他掳往僻处，褫去衣服，污辱一番，且赤条条的任她们卧着，自往别处抢掠。妇女含羞忍耻，或觅得敝席坏毡，少蔽身体，无毡无席，用土自覆，哀号声震动内外。苏峻并不加禁，纵兵横行。宫中所藏布帛二十万匹，金银五千斤，钱亿万，绢数万匹，谷米数百斛，一古脑儿搬往峻营，只留御厨中食米数石，聊供御膳。

　　或语侍中钟雅道："君性亮直，必不为寇贼所容，何不见几趋避？"

雅答道："国乱不能救,君危不能扶,尚欲趋避求生,朝廷要用什么臣子呢?"还是硬汉。既而峻称诏大赦,惟庾亮兄弟,不在赦例。平素颇推重王导,故仍使为原官,自为骠骑大将军,录尚书事。令祖约为侍中太尉尚书令,许柳为丹阳尹,马雄为左卫将军,祖涣为骁骑将军。弋阳王羕,徒步见峻,称述峻功,峻当然心喜,仍封羕为西阳王,兼官太宰,录尚书事。峻复遣兵攻吴国内史庾冰。冰系亮弟,所以峻不肯干休。冰不能御,弃郡奔会稽,行至浙江,追兵尚不肯舍。幸有吴卒引冰下船,覆以草荐,吟啸鼓棹,溯流而去。每过逻所,辄用棹叩船,口作吴歌道:"苏将军,县赏缉庾冰,庾冰正在此,奈何不问侬?"岸上逻兵,见他舟中无人,还道他是酒醉胡言,由他过去。冰得幸免,往依会稽内史王舒。庾亮奔抵寻阳,宣太后诏,命温峤为骠骑将军,开府仪同三司,又加徐州刺史郗鉴为司空。峤怆然道:"今日当以灭贼为急,若无功加官,何以服天下?"遂辞官不受。一面分兵给亮,涕泣誓师,志在讨峻,且先遣使奉表建康,慰问二宫起居。偏苏峻已经防着,出屯湖阴,不容外使出入,峤使只得返报。其实太后庾氏,已不堪忧郁,得病身亡,年仅三十二岁。太后性本仁惠,兼美容仪,临朝一事,曾推让再三,不得已乃受。咸和元年,有司请追赠后父琛及母邱氏,又由太后固让,终不见从。只是阴教虽娴,难语治国,名为训政,实都归庾亮一人主持,酿成叛乱,终至忧愤而崩。小子有诗叹道:

汹汹乱党入宫城,母后遭凶饱受惊。
三十二年悲短命,九原应自怨亲兄。

欲知建康能否再安,且待下回再表。

回评 王敦甫平,苏峻又乱。敦见忌于元帝,遂蓄异图,峻见忌于庾亮,乃生变志。推原祸始,皆由朝廷驭将无方,酿成巨衅。然庾亮之失,较元帝为尤甚。峻虽有不臣之心,但观其闻召之始,遣使白亮,自愿外迁,乃征命已下,又复乞补荒郡,倘亮许为通融,尚未敢称兵犯阙,大祸潜消,未可知也。乃一再不许,激之为乱,温峤郗鉴,求入卫而俱却之,孔坦陶回,谋截击而复不从,事前无弭变之方,临事无御贼之策,卒至忠臣战死,乱党入都,凭陵宫阙,劫掠府库,辱官吏,污士女,而亮反驾舟远逸,窜匿寻阳,谋人家国者,果可若是之躁妄粗疏、轻狂狡猾耶? 故吾谓苏峻之乱,亮实首祸,而峻犹其次焉者也。

第三十九回

温峤推诚迎陶侃　毛宝负剑救桓宣

却说建康为苏峻所困，内外不通，宫中一切情事，外人无从得闻。江州刺史温峤，原想进兵讨逆，无如京城消息，一无所知，也不好冒昧前进。可巧有都人范汪，从间道奔至寻阳，报称："苏峻政令不壹，贪暴凶横。人情愤怒，共愿诛峻，朝廷亦待援甚急，宜速进讨"云云。峤即使汪转白庾亮，亮即令汪参护军事。峤与亮本相友善，因互推为明主。峤有从兄名充，佐峤戎幕，独向峤进议道："陶征西位重兵强，何不推为领袖？"陶侃为征西大将军，见三十七回。峤颇以为然，遂遣督护王愆期，驰往荆州，邀侃同赴国难。侃与庾亮有隙，且以未预顾命为恨，见前回。便答愆期道："我乃疆场外将，未敢与闻内事。"陶公大误。愆期依言复峤，峤再手书敦勉，终不见从。乃复遣使语侃，但说是仁公且守，仆当先行。使人已发，适参军毛宝，从他处回来，亟入见峤道："欲举大事，当与天下共谋，古人谓师克在和，便是此意。就使情迹可疑，尚留示人不觉，况自为携贰，尚能成事么？公急追使改书，推诚相与，料陶公亦不至固执了。"峤乃追还去使，另草一书，说得诚诚恳恳，愿奉侃为盟主。果然使人往返，得了效果，由侃遣督护龚登，率兵诣峤。峤有众七千，洒泪登舟，一面列数苏峻罪状，移告各镇。文云：

贼臣苏峻祖约，同恶相济，用生邪心，天夺其魄，死期将至，谴负天地，自绝人伦。寇不可纵，宜增军进讨，屯次湓口，即日护军庾亮来营，宣太后诏，寇逼宫城，王旅挠败，出告藩臣，谋宁社稷。后将军郭默，冠军将军赵胤，奋武将军龚保，与峤督护王愆期，西阳太守邓岳，鄱阳内史纪瞻，率其所领，相寻而至。逆贼肆凶，陵轹宗庙，火延宫掖，矢流太极。二宫幽逼，宰相困迫，残虐朝士，劫辱子女。承闻悲惶，精魂飞散。峤暗弱不武，不能殉艰，京恨自咎，五情摧陨，惭负先帝托负之重，义在毕力，死而后已。今躬率所统，为士卒先，催进诸军，一时电击。西阳太守邓岳，寻阳太守褚诞等，连旗相继,宣城内史桓彝,已勒所属,屯滨江之要。江夏相周抚,与邓岳同时还朝,得为江夏相。乃心求征,军已向路。昔包胥楚国之微臣,重趼致诚,义感诸侯。蔺相如赵邦之陪隶,耻君之辱,按剑秦庭。皇汉之季,董卓作乱,劫迁献帝,虐害忠良,关东州郡,相率同盟。广陵功曹臧洪,郡之小吏耳,登坛歃血,涕泪横流,慷慨之节,实属群后。况今居台鼎,据方州,列名邦,受国恩者哉!不期而会,不谋而同,不亦宜乎?二贼合众,不盈五千,且外畏胡寇,城内饥乏。后将军郭默,已于战阵俘杀贼千人,贼今虽残破都邑,其宿卫兵人,即时出散,不为贼用。祖约情性褊窄,忌克不仁,苏峻小子,惟利是视,残酷骄猜,权相假合,江表兴义以抗其前,强胡外寇以蹑其后,运漕隔绝,资食空悬,内乏外孤,势何得久?群公征镇,职在御侮,征西陶公,国之耆德,忠肃义正,勋庸弘著。诸方镇州郡,咸齐断金,同禀规略,以雪国耻。苟利社稷,死生以之。峤虽怯劣,忝据一方,赖忠贤之规,文武之助,君子竭诚,小人尽力。高操之士,被褐而从戎,负薪之徒,匍匐而赴命,率其私仆,致其私仗,人士之诚,竹帛不能载也,岂峤无德而致之哉?士禀义风,人感皇泽耳。且护军庾公,帝之元舅,德望隆重,率郭后军等,与峤戮力,得有资凭,且悲且庆,若朝廷之不泯也,其各明率所统,毋后事机。赏募之信,明如

第三十九回　温峤推诚迎陶侃　毛宝负剑救桓宣

日月,有能斩约峻者,封五等侯,赏布万匹。忠为令德,为仁由己,万里一契,不在多言。

这篇移文,分使四颁,满望各处响应,同时举义。不意陶侃督护龚登,竟至峤舟相见,说是得陶公来书,促令还镇,弄得峤莫名其妙,慌忙将登留住,再遣王愆期致书陶侃,书中有云:

  仆谓军有进而无退,宜增而不可减。近已移檄远近,言于盟府,克日大举。南康建安晋安三郡军,并在路次,同赴此会,惟须仁公督军戾止,使齐进耳。仁公今乃召还督护,疑惑远近,成败之由,将在于此。仆才轻任重,实赖仁公笃爱,远禀成规,至于首启戎行,不敢有辞。仆于仁公,当如常山之蛇,首尾相衔耳。或者不达高旨,将谓仁公缓于讨贼,此声难追,信于仁公并受方岳之任,安危休戚,理既同之。且自倾之顾,绸缪往来,情深义重,著于人士之口,一旦有急,亦望仁公悉众见救。况社稷之难,惟仆偏当一州,州之文武,莫不翘企,假令此州不守,约峻树置官长于此,荆楚西逼强胡,东接逆贼,因之以饥馑,将来之危,必有甚于今日者。以大义言之,则社稷颠覆,主辱臣死。公进当为大晋之忠臣,参桓文之义,开国承家,铭之天府;退当以慈父雪爱子之痛。约峻凶逆无道,囚制人士,裸其五体,近日来者,不可忍见,骨肉生离,痛感天地。人心齐一,咸皆切齿。今之进讨,如以石投卵,无虑不克,若出军既缓,复召兵还,人心乖离,是为败于几成也,愿深察所陈,以副三军之望。

愆期到了荆州,奉书与侃。侃展书详览,至慈父雪爱子之痛句,不禁流涕道:"我儿果死了吗?"看官!你道侃子为谁?原来就是庐江太守陶瞻,小子在前回中,已曾叙及,不过尚未说明侃子。就是当时内外断绝,陶瞻战死,侃虽稍有所闻,尚未确悉,此次得了峤书,已经证实,当然生悲。愆期复接口道:"公子殉难,真实不虚。且苏峻乃是豺狼,如得逞志,四海虽广,肯容明公托足么?"侃将书放下,投袂而起,立即大集将士,戎服登舟,与愆期同赴峤军,倍道急进。将至寻阳,令愆期先行返报。愆期驰抵峤营,峤问明原委,喜出望外,只庾亮捏着一把冷汗,惟恐侃来报复,不得不与峤相谋。谁叫你平日量狭?峤说道:"陶公既来赴难,谅不至再记前嫌,就使尚有芥蒂,总教向彼谢过便了。有峤在此,保无他忧。"遂与亮回舟相迎,两下会叙,由峤引导庾亮,代达殷勤。侃见亮趋入,故意不睬,亮只好硬着头皮,向侃拜谢。急来抱佛脚。侃捻须冷笑道:"庾元规乃拜陶士行么?"亮见他词色不佳,慌忙引咎自责,亏得他生就厚脸,又有三寸妙舌,说得悱恻动人。赖有此尔。侃意乃少解,握住亮手道:"君侯修石头城,防备老子,今日反来相求,才知老子是忠心为国,未尝通叛呢。"峤在旁婉劝,侃益释然,便相偕入寻阳城,大开筵宴,欢谈竟夕。越宿复登舟启行,东指建康,共计戍卒四万,旌旗相蔽,轴舻互连,钲鼓声远达数百里。

徐州刺史郗鉴,在广陵接得亮书,并所传太后诏旨,已流涕誓众,指日勤王。及闻陶温联兵东指,复遣将军夏侯长,间行语峤道:"公既仗义兴师,鉴愿执鞭从事,但闻叛贼欲挟天子,东入会稽,请公先立营垒,屯据要害,防贼逃逸,又断彼粮道,坚壁清野,与贼相持,贼进不得攻,退无所掠,不出旬月,自然溃然了。"峤深服鉴策,遣还夏侯长,麾舟进行。

苏峻闻四方兵起,用参军贾宁计,自姑孰还据石头,分兵拒敌,一面入宫劫迁幼主,出居石城。司徒王导,与峻力争,舌剑谈锋,怎敌真刀真槊?毕竟拗他不过,强胁幼主登车。八龄天子,骤遭迫辱,哪得不掩面哀啼?将军刘超,侍中钟雅,并步行相随。天适大雨,道路泥泞,峻给刘钟二人乘马,二人皆不愿乘坐,且泣且行。到了石头,扶帝下车,入居仓屋,尘秽委积,不堪小住。峻即号为行宫,令亲信许方等人,补充司马督殿中监,外托宿卫为名,内实监制刘超钟雅。超与雅日侍帝侧,还有右光禄大夫荀崧,金紫光禄大夫华恒,尚书荀邃,侍中丁潭等,同处患难,各不相离。成帝在宫,尝读《孝经》《论语》,超仍然禀授,不使少闲。一息尚存,此志不容少懈。峻既忌超,又复敬超,时有馈遗,超皆不受。左光禄大夫陆晔,为峻所迫,令守行台,峻党匡术守台城。

尚书左丞孔坦,奔往陶侃,侃令为长史,与同计议。坦谓:"须联合东军,两面夹攻,方可灭贼。"侃也称良策,只虑道路中梗,不得相通。事有凑巧,那司徒王导,已遣密使得达三吴,托称太后诏谕,勉令东军起义,入救天子。于是会稽内史王舒,使庾冰为奋威将军,领兵万人,西渡浙江。吴兴太守虞潭,吴国内史蔡谟,前义兴太守顾众等,均望风起应,募兵讨贼。潭母孙氏,系吴孙权族孙女,早岁守嫠,教子有方,至是复尽发家僮,随潭助战,且鬻去环佩衣饰,充作军资,复召潭申诫道:"汝当

第三十九回　温峤推诚迎陶侃　毛宝负剑救桓宣

移孝作忠,舍生取义,勿以我老为累呢。"是真贤母。潭益加奋勉,整兵将行。孙氏又闻会稽内史王舒,遣子允之为督护,乃再语潭道:"王府君遣子出征,汝何不相效,反出人下?"潭因令子楚为督护,使为前驱,往会允之。允之与庾冰,同至吴国,冰曾任吴国内史,见前回。蔡谟以冰当还旧任,即去职让冰,彼此同心协力,相继西进。途次与峻将管商张健等相值,两下交锋,互有杀伤,急切不能抵京。东边方兵争未决,西边亦战舰迭乘,陶侃温峤,进军茄子浦。峤因部兵习水,不善陆战,因下令军中,如有擅自登岸,立处死刑。

会峻送米万斛,馈运祖约,约遣司马桓抚率兵接应,为峤前锋将毛宝所闻,便欲上岸劫粮。部将以军令为辞,宝奋然道:"后法有言,将在外,君命有所不受。今贼粮在道,难道可纵令过去,仍不登岸邀击么?"遂不暇白峤,即麾兵上岸,鼓勇直前,杀退桓抚及运粮等人,把粮米一并夺来,始向峤处请罪。峤大喜道:"君能通变达权,立功不小,何罪可言?"遂荐宝为庐江太守。陶侃亦表请王舒监浙东军事,虞潭监浙西军事,郗鉴都督扬州八郡军事,节制舒潭等军。鉴率众渡江,与侃等会合,雍州刺史魏该,亦引兵诣侃,侃乃麾动舟师,直指石头,屯次查浦,峤军另屯沙门浦。苏峻闻西军大至,自登烽火楼,望见长江一带,舟楫如林,不禁失色道:"我原防温峤,能得众心,今果成事实了。"说毕,下楼派兵,分道扼守。庾亮使督护王彰,领兵进击,为峻党张曜所败,乃使司马殷融,送节谢侃。侃答语道:"古人三败,君侯尚止二次,当今事势急迫,不宜自扰,致惑军心。"遂遣还殷融,劝令静守。侃部下都欲决战,侃与语道:"贼众尚盛,未可争锋,不如宽待时日,用计破贼,方保万全。"由是按兵待变,未尝进攻。

苏峻得再遣部将韩晃,往攻宣城,宣城内史桓彝,前次入讨无功,反致败还。见前回。长史裨惠,复劝彝通好苏峻,权与周旋,冀纾兵祸。彝勃然道:"我受国厚恩,义在致死,怎能忍耻与逆臣通问?事或不济,也是命数使然,虽死无恨。"遂遣偏将俞纵,往戍兰石。纵在戍未久,不遑修缮,闻韩晃掩至,只得驱兵出战。晃系百战悍将,部众又都精锐,眼见俞纵不是敌手,纵虽拼死奋斗,可奈部卒力弱,再进再却。左右劝纵退军,纵叹息道:"我受桓侯厚恩,理当死报,我不负桓侯,犹桓侯不负国家。今日是我绝命时期了。"说着,策马突阵,竟至战死。韩晃乘胜进薄宣城，彝困守多日，势孤力屈，终遭陷没，为晃所害。不没两忠。

先是彝与郭璞为友，尝令璞筮定休咎，筮既成卦，璞即用手搅乱，彝惊问何因，璞怅然道："卦与我同。丈夫当此，必无良好结果，奈何奈何？"已而璞语彝道："我与君情好多年，如来访我，尽可入室，但千万不可如厕。倘或误犯，必至客主有殃。"彝记在心中，未敢犯忌。一日过饮至醉，竟闯入璞家，觅璞无着，便往厕所。家人忙来拦阻，已是无及。他见璞对厕兀立，裸身被发，衔刀奠醊，禁不住狂笑起来。却是好笑。璞闻声回顾，见是桓彝，不觉大惊，掷刀与语道："我前嘱君勿来厕所，君竟失约，不但祸我，君亦难免。天数难逃，无可禳解了。"彝似信非信，尚疑璞为捣鬼，大笑而去。谁料后来果如璞言，两人俱不得善终。命也何如。

宣桓败创负寳毛

话休叙烦，且说陶侃温峤，屯兵江上，自夏经秋，已经累月。峤本主张急进，屡次出战，亦皆失利。侃决意坐守，并未与峻党交锋。会因峤军败还，峻兵尚耀威江岸，拟迫侃军，侃军多有惧色。监军李根，请诸陶侃，拟筑白石垒，以蔽舟车。侃依根议，即拨兵贪夜赶筑，至晓即成。忽闻峻军内有号炮声，诸将互相惊愕，总道是峻来攻垒，独长史孔坦驳议道："峻若攻垒，必待东北风起，今天气清静，必不敢来，尽可勿虑。"诸将问何故鸣炮？坦又道："我料他必发兵东出，堵御东来各军。"诸将尚不肯信，及侦骑来报，果由峻出兵东向，击败王舒虞潭等军。孔坦复献议道："峻兵既得败东军，必来攻白石垒

第三十九回　温峤推诚迎陶侃　毛宝负剑救桓宣

了,须亟遣重兵镇守。还有一虑,东军败退,京口随在可危,宜速使郗公还镇,尚可无忧。"侃乃使庾亮率精兵二千,往守白石,又令郗鉴与后将军郭默,同戍京口,立大业曲阿庱亭三垒,分峻兵势。峻果率步骑万余,攻白石垒,幸由庾亮严守,无隙可乘,方才退去。忽闻祖涣桓抚等来袭湓口,侃料是祖约应峻,双方并举,遂拟遣雍州刺史魏该,率兵往御。便有军吏入报道:"魏刺史病故了。"侃惊疑道:"魏刺史病殁,只好由我自行了。"遂往会温峤,拟留峤暂统各军,自率偏师,往援湓口。莫非有去意么?峤尚未答言,旁有一将应声道:"义军恃公为主帅,公奈何轻行?此等小贼,只配末将等往剿呢。"侃见是毛宝发言,便问宝愿往否?宝答称愿往,奉令即行。途次接得谯国警耗,乃是祖涣桓抚,道出谯国,竟将谯城围住,当由宝兼程赴援,才到城下,即被涣抚等一阵冲突,并令弓弩手更番迭射,毙宝前队多人。宝向前力战,也为流矢所中,贯髀彻鞍。宝使人蹋鞍拔箭,流血满靴,他却毫不呼痛,收军暂退。等到箭声中断,复转身杀上,冲将过去。涣与抚已自幸得胜,不加防备,忽见宝跃马冲来,一时未及拦阻,竟被突入。宝军见主将受伤,尚如此奋勇,哪有不相率感奋,一齐随上。你刀我斧,尽力掩杀,立将敌阵捣乱。桓抚料不可敌,拨马先逃。祖涣独力难支,自然随走,谯城因得解围。内史桓宣,得出城迎宝,宝见他憔悴得很,不能再当冲要,乃使他东赴峤营,自率军进捣东关,攻破合肥戍垒。会接峤营来使,召令东还,乃引兵退归。祖约闻宝已退去,又欲派兵进击,不料故尚书令陈光,号召徒党,潜入攻约,好容易把约擒住,及仔细审视,乃是一个假祖约,貌似相类,实出两人,姓名叫做阎秃,系约帐下的从吏,约已从后墙逸出,无从追获了。想还有数月可活。光斩了阎秃,恐约召兵来攻,不能抵敌,乃北奔后赵,请石勒袭取寿春。勒遂令石聪石堪,领兵渡淮,径抵寿春城下。又由光寄发密书,诱动约将,使为内应。内外连结,顿将祖约逐去。约奔往历阳,聪等掳得寿春人民二万余户,渡淮北还。小子有诗咏道:

　　昆季如何大不同,乃兄靖虏弟兴戎。
　　痴心未遂先遭逐,叛贼由来少令终。

祖约败蹙,苏峻当然失势,峻将路永匡术贾宁等,向峻献策,峻却不从。究竟所献何计,容待下回叙明。

回评 陶侃为晋室重臣，拥兵上游，理应为国图存，与同休戚，乃以一时之私忿，置国家于不顾，宁非大误？温峤一再贻书，推为盟主，而侃犹不从，甚至龚登已遣，尚欲召还，何私憾之深，一至于此耶？及闻陶瞻战死，舐犊生哀，乃登舟东指，与峤相会，然犹讥嘲庾亮，情见乎词。亮固有误国之罪，而侃亦不得为保国，若非温峤之推诚相与，则侃必不肯赴难，其去亮果几何也。厥后屯兵江上，旷日持久，虽峻兵尚盛，未易撄锋，然其徘徊瞻顾之状，犹可想见。桓彝之死，安知非侃之敛兵不动，有以致之？以视温峤之志在勤王，毛宝之志在戮力，盖不能无惭德矣。虞母孙氏尚知大义，奈何以堂堂之须眉，反出巾帼下？吾不禁为陶士行叹息云。

第四十回

枭首逆戡乱成功　宥元舅顾亲屈法

却说苏峻部将路永、匡术、贾宁等人，闻祖约败奔历阳，恐势孤援绝，不能成事，特向峻献议，劝峻尽诛司徒王导等，断绝人望，别树腹心。峻素来敬导，不允众议，路永遂生贰心。王导探知消息，即使参军袁眈，诱永归顺。永便即从导，导欲奉帝出奔，恐被峻党拦阻，反致不妙，因挈二子恬恰，与路永俱奔白石，往依义军。舍主自去，亦太取巧。陶侃温峤，与苏峻相持日久，仍然不决。峻却分兵四出，东西攻掠，所向多捷，人情汹惧。就是朝士奔往西军，亦云峻众势盛，锐不可当，侃未免灰心。独峤怒答道："诸君怯懦，不能讨贼，反来誉贼么？"话虽如此，但屡战不胜，也觉胆寒，已而峤军粮尽，向侃告贷。侃愤愤道："使君曾与我言，不患无良将，无兵粮，但欲得老仆为主帅，今数战皆败，良将何在？荆州接近胡蜀二虏，当备不虞，若再无兵食，如何保守？仆便当西归，更思良策，他日再来灭贼，也是未迟。"君可忘，子亦可忘吗？峤闻言大惊，忙答说道："师克在和，古有明训，从前光武济昆阳，曹公拔官渡，兵以义动，故能用寡胜众。今峻约小竖，凶逆滔天，何患不灭？峻骤胜生骄，自谓无敌，若诱令来战，一鼓可擒，奈何自败垂成，反欲却退哩？况天子幽逼，社稷颠危，四海臣子，正当肝脑涂地，奋不顾身，峤与公并受国恩，何能坐视？事若得济，臣主同休，万一无成，亦惟灰身以谢先帝。今日势成骑虎，不能再下，公或违众独返，人心必沮，沮众败事，义旗将回指公身了。"侃默然不答。

峤乃退出，与参军毛宝熟商，宝奋然道："下官能留住陶公。"乃诣侃进言道："公本应镇守芜湖，为南北声援。前既东下，势难再返，军法有进无退，非但整率三军，示众必死，就是一退以后，士心离沮，仓皇失据，必致败亡。前日杜骏为乱，亦尝猖獗，公一举灭骏，始享盛名，今难道不能灭峻么？贼亦畏死，未必统是勇悍，公可先拨给宝兵，上岸截粮，若宝不立功，然后公去，人情也不致生恨了。"侃方答道："君既肯奋力杀贼,我愿依议。"遂加宝为督护,拨兵数千,遣令速往。宝奉令即行。

竟陵太守李阳,又替峤白侃道:"今温军乏食,向公借粮。公若不借,必至温军溃散,大事无成,阳恐各军将集怨公身,公虽有粟,也无从得食了。"侃乃分米五万石,接济峤军。嗣闻毛宝告捷,把句容湖熟诸屯粮,悉数毁去,这屯粮是苏峻的根本,根本既撤,料峻军必至乏食,久将自乱。侃乃留屯江上,不复言归。

峻遣韩晃张健等,往攻大业戍垒,不出孔坦所料。垒为后将军郭默所守,被韩晃等困住,水泄不通,守兵无从汲水,甚至取饮粪汁,聊自解渴。郭默不耐苦守,突围出奔,惟留戍卒守着。郗鉴在京口驻节,驀闻郭默潜遁,不免加忧,参军曹纳进言道:"大业为京口屏蔽,大业失守,京口恐难保全,不如亟还广陵,再图后举。"鉴摇手不答,但命左右召集僚佐。至僚佐已集,方责纳道:"我尝受先帝顾命,不能预救危难,虽捐躯九泉,未足塞责。今强寇在迩,众志未定,君为我腹心,乃倡议退归,摇惑众心,教我如何驭众呢?"说至此,便旁顾左右,拟将纳推出斩首。纳吓得魂不附体,慌忙跪伏哀求,僚佐亦替他解免,方得贷死。鉴即拨兵助守大业,且遣使至侃军乞援。

侃欲亲自赴救,长史殷羡进谏道:"我兵不惯步战,若往救大业,不能得胜,大事反从此去了。今不若急攻石头,石头得克,大业不劳往救,自然解围呢。"侃依羡言,遂与庾亮、温峤、赵胤等会商,使亮等率着步兵,从白石南进,自督水军攻石头城。亮等皆如侃议,乃分率步兵万人,登岸南行。胤为前驱,峤与亮为后应。

苏峻闻步兵来攻,亲率八千人迎战,遣子硕与部将匡孝,分领前军数十骑,先薄胤军。匡孝骁勇异常,当先开路,及与胤军相遇,仗着那一杆铁槊,左挑右拨,运动如飞,胤军纷纷落马,无人敢当。后队兵士,相率倒退。胤亦禁遏不住,只好退走。峻在马上遥望,见胤军退去,不禁惹起野心,顾语左右道:"孝能破贼,难道我不如孝么?"说着,即挈数骑前进,往追赵胤。寻死去了。可巧温峤军至,来助胤军,并力将匡孝杀退。孝已回马他遁,峻却冒冒失失,向前突阵。峤胤两军,已经排齐队伍,准备厮杀,还怕什么苏峻?峻见不可敌,回趋白木陂,忽听得扑蹋一声,马失前蹄,竟至扑倒。峻亦随向前扑,不能安坐,正拟下马易骑,不防背后有物投来,忍不住一阵奇痛,便即跌下。看官道是何物?原来是

第四十回　枭首逆戡乱成功　宥元舅顾亲屈法

一种兵器，叫作钩矛，俗语呼为钩头枪。这钩头枪是何人所掷？乃是彭世李千。彭李两人，为陶侃部将，从峤

枭首逆戡乱成功

助战，见苏峻返奔，便策马力追。峻闻后有追兵，脚忙手乱，马缰一松，因致颠踬。彭李见他马蹶，相距还有数丈，只恐峻得脱逃，所以将矛遥掷，也是苏峻恶贯满盈，命数该绝，巧巧掷中背上，遂至坠地。彭世李千，立刻驰至，下马拔刀，将峻枭首。峻手下尚有数骑，逃命要紧，走得一个不留。温峤赵胤等，一并趋集白木阪，命将峻尸脔割如糜，毁去尸骨。众军齐呼万岁。峻兵八千人，顿时骇散，惟石头城还未溃乱。峻弟逸在城中，由司马任让等，奉为主将，闭城自守。峻将韩晃，得峻死耗，撤大业围，引还石头。他将管商弘徽，尚留攻庱亭垒，为郗鉴部将李闳，及长史滕含所破。管商走降庾亮，弘徽走依张健。温峤进薄石头城，就在城外设立大营，暂作行台，布告远近，凡故吏二千石以下，皆令赴台自效。官吏陆续趋集，各思图功。见危即避，闻利即趋，真是好计。

时光易过，两下相持，又过残年。光禄大夫陆晔，本由峻派守行台，峻将匡术，派守台城，至是晔令弟尚书陆玩，劝术反正。术见大势已去，乐得变计求生，遂举台城归附西军。百官亦乘势出头，推晔督领宫城军事。陶侃又遣毛宝入守南城，邓岳入守西城，建康复定，只有石头未下。右卫将军刘超，侍中钟雅，与建康令管斾等，拟奉成帝出赴西军，不幸密谋被泄，即由任让奉苏逸令，带兵入宫，拘住超雅。成帝下座，将超雅二人抱住，且语且泣道："还我侍中右卫。"让不肯从，扯开成帝，竟把二人

牵出，一刀一个，杀死了事。复大发兵攻台城，韩晃当先，逸与从子硕继进，用了火弓火箭，射入城中，焚去太极东堂，延及秘阁。毛宝伤兵士扑救，自执弓矢，登城守御，弓弦响处，无不倒毙，晃见宝箭法如神，便仰首呼宝道："君号勇果，何不出斗？"宝亦答道："君号健将，何不入斗？"晃不禁大笑，再欲攻城，忽接到石头被攻消息，乃收兵退去。苏逸苏硕，先已引还，那围攻石头的兵马，便是陶侃温峤等军。就是扼守京口的郗鉴，亦遣长史滕含等入助。滕含带着步兵，在石头城下待着，邀击苏逸。逸退还时，被含痛击一阵，伤亡甚多。苏硕后至，与含混战，方得杀开走路，拥逸入城。至韩晃到来，含已退去，硕自恃骁勇，率领壮士数百，渡淮赴战，正值温峤截住，乘硕渡至中流，麾舟急击，把硕兵冲作数段。硕长陆战，不善水斗，弄得进退两难，立被峤军击毙。石头戍兵，闻硕败死，统皆夺气。韩晃开城出走，兵士争先恐后，一齐狂奔，无如门隘难容，互相践踏，死不胜计。滕含正在城外巡弋，趁机掩杀，门不及闭，便得攻进，兜头碰着苏逸，两马相交，刀枪并举，不到数合，被含卖个破绽，刺逸下马。含将李汤，从旁趋至，将逸擒住，任让急来抢救，已是不及，含麾众围让，让欲走无路，也即受擒。成帝尚在行宫，由含将曹据入卫，抱帝赴温峤船。峤率群臣迎谒，顿首请罪。成帝虽然年稚，究竟在位四年，多见多闻，也说了几句慰劳的话儿，均令起身。未几陶侃亦至，见过成帝，奉入京师，随即诛死苏逸，并斩任让。让与侃有旧交，侃请贷一死，成帝流泪道："他杀侍中右卫，怎得赦免呢？"侃多怀私，反不及幼主明白。侃不便再言，让乃伏诛。又捕戮西阳王羕，及羕二子播充。司徒王导，由白石入石头，令取故节，侃嘲语道："苏武节似不如是。"导不禁赧颜，侃一笑而散。于是颁诏大赦。

峻党张健，奔驻曲阿，弘徽韩晃等，先后趋至。健拟东窜吴兴，弘徽谓不如北走，两人争论起来。健拔出佩刀，剁毙弘徽，遂使韩晃等乘车陆行，自己乘舟水行。舟车中满载子女玉帛，由延陵东赴吴兴，东军尚未退去，即由王允之亲督将士，截住水陆两路叛党，大破张健韩晃，夺得男女万余口，并金银布帛等物。健晃收拾余众，改向西奔，又被郗鉴阻住，不能过去，因转走岩山。鉴使参军李闳，领兵追击，健等逃匿山冈，不敢出战。惟韩晃挟箭两囊，至山腰中，自坐胡床，弯弓迭射。闳麾众登山，前驱多中箭倒毙，直至箭已射尽，才得杀上，把晃围住，四面攒击。

第四十回　枭首逆戡乱成功　宥元舅顾亲屈法

任你韩晃如何枭悍，也落得身首异处，一命呜呼。闵众挟刃再登，搜杀健等，健料不能免，惶恐出降。闵责他罪恶滔天，立命枭首。自是峻党尽平。冠军将军赵胤，复遣部将甘苗，往攻历阳。祖约部将牵腾，开城迎苗。约挈领家族，及左右数百人，逃奔后赵去了。

两叛既灭，江左粗安，惟建康宫阙，已成灰烬，一时不及筑造，但借建平园为宫。温峤欲迁都豫章，三吴人士，请迁都会稽。议出两岐，纷纭未决。司徒王导，独主张仍旧，排斥众议道："孙仲谋与刘玄德，俱言建康饶有王气，足为皇都，怎得无端迁徙呢？古时圣帝明王，卑宫菲服，不求华丽，若能务本节用，休养生息，不出数年，元气渐复，自见蕃昌；否则移居乐土，亦且成墟，即如近来北寇，日伺我隙，我再避往蛮越，更属非计，道在镇定如常，安内驭外，才无后忧。"*此语却说得有理。*温峤等听到此言，也以为导有远见，取消前议，不复迁都，即用褚翜为丹阳尹。翜收集散亡，尽心抚恤，京邑复安。朝廷论功行赏，进陶侃为侍中太尉，封长沙公，兼督交广宁州诸军事。郗鉴为侍中司空，封南昌公。温峤为骠骑将军，开府仪同三司，加散骑常侍，封始安公。陆晔进爵江陵公。此外得进封侯伯子男，不可胜计。追赠卞壸、桓彝、刘超、钟雅、羊曼等官爵，并各赐谥。峻党路永匡术贾宁，相继反正，王导欲悉予封阶。温峤道："永等皆苏峻腹心，首为乱阶，负罪甚大，晚虽改悟，未足赎罪。诚使得全首领，已为幸事，岂尚可再给荣封么？"导乃罢议。

陶侃因江陵偏远，请移镇巴陵。有诏依议，侃乃辞去。温峤亦陛辞归镇，朝议欲留峤辅政。峤推让王导，谓系先皇旧臣，仍当照常倚任，不宜参用藩臣，因固辞而出。且以京邑荒残，资用不足，特将私蓄财物，留献宫廷，然后西行。*温太真确是纯臣。*惟庾亮初谒成帝，稽颡谢罪，嗣复上表辞职。欲阖门投窜山海。成帝手诏慰谕，谓系社稷危难，责不在舅云云。*未免左袒。*亮自觉过意不去，又上书引咎道：

> 臣凡鄙小人，才不经世，阶缘戚属，累忝非服，叨窃弥重，谤议弥兴。皇家多难，未敢告退，遂随谋展转，便膺显任。先帝不豫，臣参侍医药，登遘顾命，又豫闻后事，岂云德授，盖以亲也。臣知其不可，而不敢逃命，实以田夫之交，犹有寄托，况君臣之义，道贯自然。哀悲眷恋，不敢违拒。加以陛下初在谅暗，先后亲揽万机，宣通外内，臣当其责，是以激节驱驰，志以死报。顾乃才下位高，知进忘

退,乘宠骄盈,渐不自觉,进不能抚宁内外,退不能推贤宗长,遂使四海谤怨,群议沸腾。祖约苏峻,不堪其愤,纵肆凶逆,事由臣发,社稷倾覆,宗庙虚废,先后以忧逼登遐,陛下旰食逾年,四海哀惶,肝脑涂地,臣之招也,臣之罪也。朝廷寸斩之,屠戮之,不足以谢祖宗七庙之灵。臣灰身灭族,不足以塞四海之责。臣负国家,其罪实大,实天所不覆,地所不载。陛下矜而不诛,有司纵而不戮,自古及今,岂有不忠不孝,如臣之甚?不能伏剑北阙,偷存视息,虽生之日,犹死之年。朝廷复何理齿臣于人次?臣亦何颜自次于人理?臣欲自投草泽,思愆之心也,愿陛下览先朝谬授失,虽垂宽宥,全其首领,犹宜弃之,任其自存自殁,则天下粗知劝戒之纲矣。冒昧渎陈,翘切待命。

这书呈入,复有诏复答道:

苏峻奸逆,人所共闻,今年不反,明年必反。舅勃然而召,正是不忍见无礼于君者也。论情与义,何得谓之不忠乎?若以总率征讨,事至败丧,有司宜绳以国法,诚则然矣。但舅申告方伯,席卷东来,舅躬擐甲胄,卒得殄逆,社稷乂安,宗庙有奉,岂非舅与二三方伯,忘身陈力之勋耶?方当策勋行赏,岂可咎及既往?舅当上奉先帝付托之重,弘济艰难,使衍冲人,永有凭赖,则天下幸甚!

亮既接诏,尚欲逃入山海,准备舟楫,东出暨阳。可不必做主了。诏令有司收截各舟,亮乃改求外镇,效力自赎,因出督江西宣城诸军事,拜平西将军,假节豫州刺史,领宣城内史,镇守芜湖。还有湘州刺史卞敦,前曾闻难不赴,但遣督护带领九百人,随从大军。陶侃劾敦阻军观望,请槛车收付廷尉。敦原宜劾,但出自陶公,扪心果能免疚否?独王导谓丧乱甫平,应从宽宥,惟徙敦为广州刺史。敦适抱病,不愿南行,乃征为光禄大夫。未几病死,尚追赠散骑常侍,赐谥曰敬。宜削去右旁,谥一苟字。

温峤自建康西还武昌,舟过牛渚矶,水深不可测摸,相传下多怪物。峤发出奇想,令毁犀角照水,果见怪物丛集,或乘马,或乘车,多着赤衣,奇形异状,见所未见。是夕,卧宿舟中,梦有一异人来语道:"与君幽明相隔,何故照我?"峤尚欲详问,被异人用物击来,适中门牙,痛极而醒。次日,齿尚觉痛,他本有齿疾,至此因痛不可耐,将牙齿拔落二枚,不意痛仍未痊,反致唇舌艰涩,如中风状,莅镇以后,医治无效,不到旬日,便

第四十回　枭首逆戡乱成功　宥元舅顾亲屈法

即去世，年只四十有二。江州士民，相率下泪。有诏赠峤侍中大将军，赐钱百万，布千匹，予谥忠武。

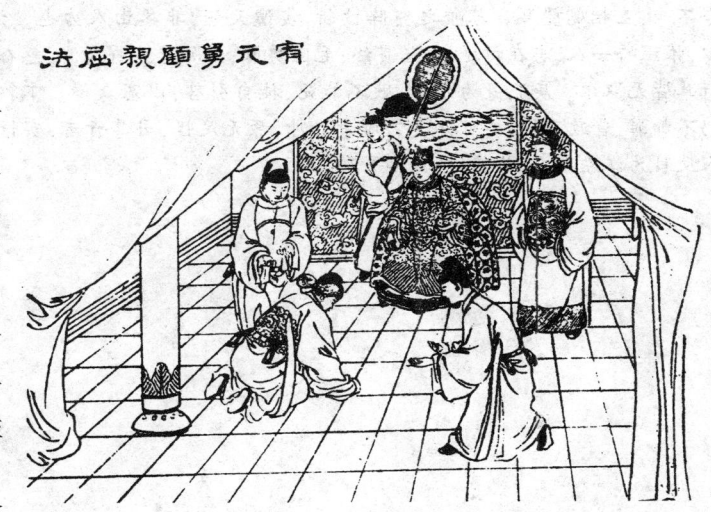

即令峤军司刘胤，嗣为江州刺史。陶侃郗鉴，表称胤不胜任，宜别简良才，王导不从。胤素纵酒渔色，不恤政事。后将军郭默，曾为胤所侮，时常怀恨，此时留屯淮北，竟率兵夜向武昌，候旦开门，突然掩入，诈称有诏收胤，不问他人。胤部下将吏，不知何因，未便拒抗。默突入内寝，胤尚拥妾同卧，被默牵出床下，一刀砍死。妾有姿色，取为己有，又掠得金宝及胤妻女，自称江州刺史，一面将胤首传入建康，诬胤谋逆。王导虑不可制，但令默为豫州刺史，不敢问罪。王导专尚姑息。武昌太守邓岳，驰白陶侃。侃即上表讨默，且致导书道："郭默害方州，就用为方州，倘再害宰相，莫非便使为宰相么？"诘问得妙！导复书谓："遵养时晦，留待足下。"侃览书大笑道："这乃遵养时贼哩。"遂驱兵登舟，直向武昌，四面环攻。默将张丑宋侯等，惧侃威势，缚默出降。侃斩默枭首，解送京师，诏令侃兼督江州，并领刺史。小子有诗叹道：

藐视王章太不伦，况经矫诏害疆臣。

若非当日陶公在，时贼居然得苟新。

侃既平默，威名益震，连后赵都惮他英威，不敢南窥。惟后赵主石勒，时正强盛，并吞前赵，欲知详情，请看下回分解。

回评　合东西各军之力，夹攻苏峻，犹至旷日无功，非将帅之皆无用，弊在号令不专,互相观望耳。苏峻之突阵被斩,实遭天殛,非尽由人力也。试观书中所叙,惟温峤一人,志在讨逆,彻始贯终;毛宝勇敢,未始非为峤所激,感奋而成,陶士行辈皆无取尔。庾亮身为元舅,败不能死,徒自引咎,以塞众谤。卞敦观望不前,仍不加罪,晋政不纲,亦可知矣。成帝幼冲,原无足怪,司其责者,实惟王导,而时人反目为江左夷吾,其然,岂其然乎?

第四十一回

察铃音异僧献技　失军律醉汉遭擒

却说后赵主石勒,乘晋内乱,连夺司豫青徐兖诸州,见三十五回。复遣兵进扰江淮,攻陷寿春。见三十九回。一面令石虎等率众四万,从轵关西行,往攻刘曜,略定河东五十余县,进迫蒲坂。曜大发水陆各军,亲自督领,由卫关北渡黄河,为蒲坂援应。石虎闻曜军大至,不免震惧,乃撤围退兵。曜追至高候,得及虎兵,两下交战,虎兵大败,偏将石瞻战死,余众亦伤亡大半,伏尸二百余里,丧失资械,不可胜计。虎逃奔朝歌,曜乘胜南下,攻金墉城。后赵守将石生,竭力抵御,曜猛扑不克,因决穿千金堨外的流水,灌入城中。城内兵民,险些儿变成鱼鳖,幸亏金墉城素来坚固,不致坍没。石生移民登阜,麾兵乘城,日夜严防,兀自支撑得住。曜见金墉难拔,又分兵转攻汲郡河内,后赵荥阳太守尹矩、野王太守张进等,均迎降曜军,曜势大振,襄国戒严。

是时石勒右长史张宾,已经病殁,勒如失左右手,尝临丧大恸道:"天不欲我成事么?何故夺我右侯?"不令汝死,老天煞是有情。既而令司马程遐,代为右长史,遐智计不及张宾,但因妹为勒妾,得预政权。勒每与遐议及国事,意见不合,辄流涕道:"右侯遽舍我长逝,乃令我与此辈共议,岂非天数?"又要归咎于天,天岂常来顾汝么?及曜围金墉,勒拟亲出为援,程遐等入谏道:"刘曜乘胜南行,一时难与争锋,惟金墉城坚粮足,不致遽陷,待曜师老力疲,自然退去。大王不宜亲动,一或躁率,难保万全,大业反从此失败了。"勒怒叱道:"汝等何知?休来妄言!"遐尚欲再谏,勒竟拔剑置案,几欲动手杀遐,遐乃怯退。

先是参军徐光,醉后忘情,致忤勒意,为勒所幽。至是勒复忆光,释令出狱,召与商议道:"刘曜乘高候胜仗,进围洛阳,看似锋不可当,但孤思曜带甲十万,围攻一城,多日不克,势必懈怠。若率我锐卒,击彼怠兵,无虑不胜。倘迟至洛阳不守,曜必鼓勇前来,席卷河北,直至冀州,我军为彼所慑,不战必溃,大事去了。程遐等不欲我行,卿意以为何如?"光应声道:"大王所料,确是胜算,试想刘曜既战胜高候,不能进临襄国,乃反往攻金墉,显见是无能为呢。诚使大王督兵亲征,彼必望旗奔败,平定天下,在此一举,何必多疑。"勒狞笑道:"如卿才合孤心哩。"遂下令调集人马,克日启行。

勒平时常敬礼西僧佛图澄,因复将出师休咎,令他预决。澄忽作梵语道:"秀支替戾冈,仆谷劬秃当。"勒听了茫然不解,请澄释明意义。澄乃答道:"秀支便是兵,替戾冈是出行的意义,仆谷指刘曜胡位,劬秃当就是捉人意。依此解释,定能出兵拒曜了。"勒又问出自何经?澄答称是相轮寺铃音。铃音可作预谶么?勒将信将疑。澄自言尚有一法,可觇未来,当由勒请令一试,澄谓须展期七日,七日内令一童子持斋,斋期满,方能觇视,于是如法施行。眨眼间已是七日,澄即入见,在勒前行法,令左右取过麻油及胭脂,二物搅合,置诸掌心,又用两手摩擦,好一歇方才启掌,粲然有光。勒等只见他掌中光芒,看不出什么奇异,独持七日的童子,顾视澄掌,不禁大诧道:"内有无数兵马,捉住一须长面白的大人。"澄即语勒道:"这就是刘曜了。"掌中有如此幻影,无怪如来佛能捉孙悟空。勒乃大喜,即令亲将石堪石聪,往会

豫州刺史桃豹等,各率部众趋荥阳,复饬石虎进据石门,自统步骑四万,出发襄国,下令敢谏者斩,程遐等自然不敢再言,一任勒上马登途去了。

但佛图澄究是何人,能有这般秘术?相传澄生长天竺,本姓帛氏,至晋怀帝永嘉四年,始至洛阳,自云百有余岁,能服气摄生,连日不食。

第四十一回　察铃音异僧献技　失军律醉汉遭擒

每持神咒，役使鬼神，腹旁有一孔，用絮塞住，夜间拔絮露孔，光照一室。又尝至流水侧，从孔中取出脏腑，就水洗净，还纳腹中，洛人称为奇僧。至洛中大乱，投依勒将郭黑。黑从勒四出，每预知行兵吉凶，勒当然疑问。黑谓由澄所授，因即召澄相见，试以道法。澄取钵盛水，焚香持咒，立见钵中生出青莲，花光曜日，勒乃惊服。嗣是勒有举动，澄辄先知。勒为赵王至五年，襄国大旱，勒令澄祷雨，澄言祷求无益，别有良法。遂率徒侣往石井岗，掘得死龙一条，长约尺余，取置水盂，半日复苏。澄向龙咒诵，用酒为奠，蓦见龙一跃上升，腾往天空，即见阴霾四塞，大雨倾盆，田野沾足。因改名天井岗为龙岗。过了数年，襄国城壕，水源骤涸，勒又求澄设法。澄笑答道："城壕无水，敕龙往取便了"。勒本字世龙，疑澄有心嘲弄，亦笑语道："正因龙不能取水，所以商诸高僧。"澄乃正色道："这是实语，并非戏言。水泉无论大小，必有神龙居住，今城堑水源，在西北五里团丸祠下，若非敕龙取水，水何从来？"说毕自出，随引弟子法首等数人，径至团丸祠下，自坐绳床，烧安息香，口中念念有词，絮絮不绝。直至三日三夜，方有小水流动，一小龙长五六寸，随水出没，人民相率趋观。澄禁令逼视，不到半日，水势骤涨，汹涌澎湃，流满隍堑，龙亦不知去向了。澄返报石勒，勒益加敬礼，号为大和尚，这且待后再表。事见《十六国春秋》中。

且说赵王刘曜，自据位称尊后，起初还从善纳谏，用游子远为车骑大将军，讨平氐羌。依侍中乔豫和苞等言，罢建宫室。又在长乐宫东隅立太学，未央宫西隅立小学，凡百姓年在十三以上，二十五以下，聪颖可教，俱令入学肄业，共得千五百人。命中书监刘均领国子祭酒，散骑侍郎董景道为崇文祭酒，居然尊经讲道，用夏变夷。曜后羊氏，虽得专宠干政，究意也没有什么权力，曜立羊氏为后，见三十二回。在位四年，境内尚称平安，不过与后赵已成仇隙，屡有兵争。是年五月，终南山忽崩。长安人刘终，从山崩处拾得白玉一方，上有篆文云："皇亡皇亡，败赵昌，井水竭，构五梁。咢西小衰，困嚣丧鸣。呜呼呜呼，赤牛奋靷其尽乎。"终莫名其妙，但赍玉献曜。曜臣都称为石勒将灭，乃有此征，因联翩入贺，曜也以为天锡祯祥，特斋戒七日，到太庙中拜受瑞玉，命终为奉瑞大夫。好像做梦。独中书监刘均上书道：

臣闻国主山川，故山崩川竭，国君为之不举。终南京师之镇，国之所瞻,无故而崩,其凶可知。昔三代之季,其灾也如是,今朝臣皆言祥瑞,臣独言非,诚上忤圣旨,下违众议。然臣不达大理,窃所未同。何则,玉之于山石也,犹君之于臣下。山崩石坏,象国倾人乱,皇亡皇亡。败赵昌者,此言王室将为赵所败,赵因之而昌大。今大赵都于秦雍,而勒跨全赵之地,赵昌之应,当在石勒,不在我也。井水竭,构五梁者,井谓东井,秦之分也,五谓五车,梁谓大梁,五车大梁,赵之分也,此方秦将绝灭以构成赵也。咢者岁之次,名作咢也,言岁驭作咢酉之年,当有败军杀将之事。困谓困敦,岁在子之年名,玄嚣亦在子之次,言岁驭于子,国当丧亡。赤牛奋靷,谓赤奋若,在丑之岁名也。牛谓牵牛,东北维之宿,丑之分也,言岁在于丑,当灭之殆尽,无复遗也。太岁在酉曰作咢,在子曰困敦,在丑曰赤奋,若语见《尔雅》。此其诚悟蒸蒸,欲陛下勤修德化以禳之耳。纵为嘉祥,尚愿陛下夕惕以答之。《书》曰:"虽休勿休。"愿陛下追踪周旦盟津之美,捐鄘虢公梦庙之凶,谨归沐浴以待妖言之诛,则国家幸甚!

曜览毕均书,倒也怃然动容。廷臣劾均狂言瞽说,诬妄妖瑞,应作大不敬论。曜却谓不问灾祥,均当深戒,怎得加罪刘均。越年,又从并州献入玉玺一枚,文为赵盛二字。曜乃不复称瑞,但收贮库中罢了,既而征服仇池王杨难敌,又因秦州刺史陈安叛乱,亲往讨平。赤亭羌酋姚弋仲,亦称臣受封。姚弋仲见前文。凉州牧张寔,为帐下将阎涉所戕,张寔见第三回。寔弟张茂,平定内乱,嗣为凉州刺史。曜复率领戎卒二十八万,进攻凉州。茂惮曜兵威,奏表称藩,曜乃退兵。自是渐即骄盈,沉湎酒色。羊后病死,更立侍中刘昶侄女刘氏为后。才阅一年,刘氏又病不能起,留有遗言,请纳从妹刘芳。芳女姿色,比姊秀美,年甫十三,已长七尺八寸,垂手过膝,发与身齐。曜当然纳入,即册为继后,时已为光初十一年。光初为刘曜年号,见三十二回。曜命骠骑将军刘述为大司徒,侍中刘昶为太保,召公卿以下子弟,入阙亲选,见有材武出众,便使为亲御郎,被甲乘马,随同出入。尚书郝述,都水使者支当等,谓人主不宜日近武人,致触曜怒,勒令服毒自尽。是夕,曜梦见空中降下三神,统是金面丹唇,东向逡巡,不言即退。当下恍惚前迫,屈身下拜,俯履三人足迹。俄而惊寤,细思梦兆,辨不出什么吉凶。翌晨,召入公卿,令他详

第四十一回　察铃音异僧献技　失军律醉汉遭擒

梦。一班谐臣媚子，无非曲意献谀，交口称贺，惟太史令任义，谓梦兆不祥，列陈见解，大略说是：

三者历运统之极也，东为震位，王者之始次也。金为兑位，物衰落也。丹唇不言，事之毕也。逡巡揖让，退舍之道也。为之拜者，屈服于人也。履迹而行，慎勿出疆也。东井，秦之分也，五车，赵之分也，秦兵必大起，亡主丧师，留败赵地，远至三年，近七百日，其应不远，幸熟思而慎防之！

曜闻言大惧，即亲祀二郊，修缮神祠，遍祷名山大川，大赦死罪以下，减免百姓半租。徒务表面，有何益处？越年，春令大旱，好几月不见甘霖，曜偏分兵袭仇池，攻凉州，略河南，一些儿不加轸恤，但令出掠境外，夺得子女玉帛，还充府实。国人遇有旱灾，令他四出纵掠，不可谓非理财妙诀。又越年出败石虎，便是围攻金墉城一役。补叙刘曜数年间事，使知覆亡之由来。后赵主石勒，自救金墉。至大堨渡河，时当仲冬，寒风似刀，河滨更甚。及勒军将渡，忽天气转为晴和，风静冰泮，安然得济。济毕又狂风大起，沉阴如故。勒大喜道："这是天神祐我哩。"此番才喜有天了。遂改名大堨为灵昌津。参军徐光，亦随勒南行，勒顾语光道："刘曜闻我出兵，若移兵成皋，据关拒我，方为上策；依洛为营，负水自固，乃是下策；坐守洛阳，束手待擒，便成无策了。"既而勒至成皋，会集诸军，得步兵六万，骑兵二万七千，鼓行而进，一路无阻，并不见有曜军。勒举手上指，又自指额，连声呼天，天何言哉。复令兵士卷甲衔枚，从间道出巩訾间，昼夜不休，直至洛水，遥见曜兵俱退驻对岸，连营十余里，差不多有十多万人，更不禁大喜道："曜真庸奴，为我所料，诸将士已好贺我了。"大众闻言，统向勒道贺。勒扬鞭得意，督步骑入宣阳门，由守将石生出接，迎入故太极前殿，升座劳众，休息一宵。越宿，乃部署兵马，整顿器械，准期明日出战。命石虎率步卒三万人，自城北趋西，攻曜中军，石堪石聪各领骑兵八千人，自城西趋北，击曜前锋。三人领命归营。勒又预戒亲卒，五更造饭，黎明饱餐，开城助战。

这一边已安排就绪，那一边尚杂乱无章。刘曜围攻金墉，已过了三月有余，他见坚城难下，索性置诸度外，镇日与群臣饮博，酣醉无度，不恤士卒。左右或进言相规，曜斥为妄语，连杀数人。及闻勒渡河亲至，方拟遣兵增戍，堵截勒兵。议尚未定，勒兵已抵洛水，前驱谍使，被曜候骑获得一人,献入营中。曜亲问道:"大胡自来么?率众几何?"谍使答道:"大王自来,兵势甚盛。"曜闻言不禁失色,便下令撤围,退营洛水西岸。叙出曜军情形,方与上文接笋。到了勒兵入城,曜尚无布置,仍然拼命饮酒。临战的早晨,已闻石虎石堪等两路杀来,还要饮酒数斗,喝得醉意醺醺,方披甲上马。马无故悲鸣,立住不动,经曜挥了数鞭,反见马倒退下去,一前一却,几乎把曜掀落,亏得左右将曜扶住,仓猝下马,改乘他骑。已兆不祥。曜疑是酒力未足,致马作怪,再命左右进酒一斗,一气喝干,乃策马出营,径诣西阳门。说时迟,那时快,石虎从左杀到,石堪石聪从右杀来。曜兵抵挡不住,纷纷溃乱。曜已烂醉如泥,不知进退,但向西阳门驰去,不防石勒带着亲兵,由闾阖门绕至西阳门,迎头击曜。曜醉眼蒙眬,望不出什么石勒,惟听得一声大喝道:"刘曜快来受死!"这一语传入耳鼓,才把十分酒意,吓退三分。又见前面兵士,好几个滚下头颅,乃拍马返奔,忙不择路,只管沿洛水边乱跑。又听背后有人叫道:"刘曜休走!"曜也不敢回头,飞马奔逃。那后面的箭镞,接连射来,可恨背上不生眼睛,无从闪避,徒受了三处箭伤。马亦中了数箭,负痛乱跃,高低不辨,竟致陷入石渠。曜慌忙提缰,马足虽得拔出,马力已竭,坠倒水滨,曜亦当然同坠。可巧水结成冰,将人马一同搁住,不致沉溺。还是溺死的好。奈左右俱已逃散,无人相救。俄而追兵驰到,用着挠钩等件,将曜钩起。曜身上又受创十余,卧在地上,由他捆缚,勉强开眼一瞧,面前立着一马,马上坐着一员大将,正是后赵都尉石堪。堪见曜西奔,率马追来,用箭射倒刘曜,遂得擒曜报功。

曜兵一半逃去,一半被杀。勒乃下令道:"我只欲擒获一人,今已得擒住,将士等可抑锋止锐,毋得再加杀戮,有伤天仁。"于是收军入城,牵曜至河南丞廨,把他拘住。一面宰牛设飨,犒劳将士。一连三日,方班师北还襄国,使征东将军石邃,押曜同行。曜创痕未瘥,不能行动,因用马车载曜,令金创医李永,与曜同载,沿途疗治。既至北苑市,三老孙机,请诣勒前,愿一见曜,勒即允诺。机持酒一大觥,进白刘曜道:"仆谷王,关右称帝王,当持重,保土疆;轻用兵,败洛阳,祚运穷,天所亡;开大量,进一觞。"曜见机庞眉皓首,须发似银,乃接觥答语道:"老翁年当近百,尚这般康健么?我当为公满饮此觞。"说着,一吸立尽。适配胃口。孙机乃退。勒闻机言,也为怅然道:"亡国奴,应该使老叟数罪

第四十一回　察铃音异僧献技　失军律醉汉遭擒

哩。"及驰入襄国,勒令曜居永丰小城,遣还伎妾,与曜为伴,惟派兵监守,不准曜出入自由。先是两赵连岁

交兵,互有擒获,勒将石佗,为曜军所擒,便即杀死。曜将刘岳刘震,为勒军所擒,尚未被杀,至此岳震等,得奉勒命,许令见曜。曜瞿然道:"我道卿等久为灰土,不意石王仁厚,全宥至今,我骤杀石佗,有愧石王,无怪今日遭祸呢。"乃留岳震等同宴,终日始别。此时已近死期,乐得痛饮数杯。勒使人语曜,令致彼太子熙书,嘱使速降。曜不从勒意,但饬熙与群臣维持社稷,不必为我易虑云云。勒因此嫉曜,寻即将曜害死。曜僭位十三年,岁次戊子,兵败被擒,正与刘均言相符。小子有诗叹道:

谶纬遗文宁足凭?荒耽才是国亡征。

古今多少沧桑感,无道保邦得未曾。

曜子熙居守长安,能否保全宗祀,且看下回自知。

回评　佛图澄之种种秘术,俱载前史,相传至今,是否确凿,亦无从证实。即果有其事,亦不过如张陆于吉之流耳。律以治国平天下之大道,澄固未足语此也。刘曜少时,以聪慧闻,刘渊尝称为千里驹;及长尤多奇略,自比乐毅萧曹,刘聪又以世祖魏武拟之;及靳准篡汉,仗义讨贼,再兴刘氏,似乎刘渊父子之言,不为无见,乃观其金墉一役,醉态昏迷,毫无军谋,仓猝一战,便为所擒,岂其天夺之魄,使泪性灵?抑亦由沉湎酒色,乃有此昏庸之结果也!世间自有大丈夫,特淫妇人之媒词耳。曜顾信之不疑,酿成骄态,其曷能免灭亡之祸哉?

第四十二回

并前赵石勒称尊　防中山徐遐泣谏

却说刘熙居守长安,接得乃父被擒消息,当然大骇,急与南阳王刘胤等,商量方法。胤本是刘曜嫡子,为元配卜氏所生,从前勒准作乱,胤逃匿邻近郁鞠部。及刘曜即位,郁鞠部送胤归国,曜见他身长多力,意欲废熙立胤。胤舅左光禄大夫卜泰,及太子太保韩广等,均谓不宜废立,胤亦涕泣固辞。曜也追忆羊后,不忍废熙,乃封胤为王,号为皇子,追谥元配卜氏为元悼皇后,进卜泰为太子太傅,仪同三司。其实太子熙,原是懦弱,就是胤亦徒有外表,未足称能。曜率兵南下时,胤且进署大司马,辅熙居守。一切政事,归胤裁决,所以曜陷没后赵,熙即召胤计议。胤谓长安难守,不如退保秦州。尚书胡勋进言道:"今主子虽已丧亡,国家尚未残缺,兵士不下数十万人,正可并力扼险,堵御石氏,万一力不能拒,再走未迟。"胤怒叱道:"汝敢挠沮众心么?"遂喝令左右,把胡勋牵出斩首。胤不但无能,且是个糊涂虫,怎能保国?勋既冤死,还有何人再敢多嘴,遂相率奔往上邽。首都一动,各镇皆摇,汝阴王刘厚,安定王刘策,各弃镇西走,关中大乱。

将军蒋英辛恕,拥众数万,入据长安,遣人奉表后赵,情愿投降。石勒览表,即敕洛阳守将石生,乘便西略。生即带领部曲,径入长安。那时刘胤却率兵数万,从上邽出发,来与石生争长安城。前时已愿弃去,此时复欲夺还,奇极怪极。陇东武都安定新平北地扶风始平诸郡胡人,亦奋起应胤。胤军次仲桥,石生婴城自守,飞使向襄国乞援。勒即遣石虎往救,拨给骑兵二万,由虎带去。虎行至义渠,与各郡胡人相值,好似虎入羊群,不值一扫,夷人四面遁去,虎即进捣胤营。胤闻胡人败遁,已是心怯,没奈何出营迎战。两阵对圆,锋刃相交,虎麾动铁骑,冲入胤阵,纵横驰骋,十荡十决。胤慌忙奔还,经虎从后追击,杀得尸横遍野,血流成渠,遂进薄上邽城下。上邽城内的将吏,见胤逃还,都吓得魂魄飞扬,哪里还敢抵御?不到数日,便即溃散。虎挥众登城,擒住赵太子熙,南阳

第四十二回 并前赵石勒称尊 防中山徐邈泣谏

王胤,及王公卿校以上三千余人,一律杀死,所有后宫妃妾,俱分给将士。惟曜有女安定公主,年甫十二,却生得身材窈窕,眉目轻盈。虎取为己有,也不管她年龄长幼,到了夜间,便将她抱入寝处,恣情行乐,亏得胡人体质,本来强壮,还勉强容受得住,但已是蕊破花慵,不堪狼籍了。身入虎口,不死亦伤。欢娱数夕,方挈女东行,并徙赵台省文武,关东流民,及秦雍大族九千余人,俱至襄国,又坑死王公等及五郡胡人,共五千余名,比虎狼还要凶暴。前赵遂亡。总计自刘渊僭号,共历三传,前称汉,继称赵,凡三十五年。刘曜受擒,岁次戊子,刘熙被屠,岁次己丑。困嚣丧鸣,赤牛其尽,白玉篆文,至此毕验了。

石虎还至襄国,赍献前赵传国玺,并拟上勒尊号,奉为赵帝。勒未肯遽许,再经内外百僚,全体申请,无

并前赵石勒称尊

非说是"功德并隆,祥符俱萃,应亟崇徽号,下副人望"等语。勒又迁延过年,始自称为赵天王,行皇帝事。名称亦奇。立妻刘氏为王后,世子弘为太子,余子宏为骠骑大将军,都督中外诸军事,兼大单于,封秦王,斌为右卫将军,封太原王恢,为辅国将军,封南阳王,进中山公虎为太尉,兼尚书令,易公为王。虎子邃为冀州刺史,封齐王,石生为河东王,堪为彭城王,署左长史郭敖为尚书左仆射,右长史程遐为右仆射,徐光为中书令,领秘书监。此外,文武百官,各封拜有差。侍中任播等参议,谓赵承金为水德,旗帜尚玄,牲牡尚白,子社丑腊,方符天命。勒依议而行。右仆射程遐进言道:"天下初定,应明罚敕法,显示顺逆。从前汉高斩

丁公,赦季布,便是此意。大王自起兵以来,褒忠诛逆,中外归心,惟江左叛臣祖约,犹存我国,窃为不解。且约大引宾客,又占夺先人田里,地主多衔怨切骨,大王何尚事姑容,不申天罚呢?"勒本谓约不忠,有心鄙薄,虽然前次收纳,却未尝召见,约降后赵,见四十回。至此听了遐言,便使人给约道:"祖侯远来,未暇欢叙,今幸西寇告平,国家无事,可率子弟来会,借表积诚。"言外又与订会期。

约得了此信,当然欣慰,届期这一日,约挈子弟登殿,求见赵天王石勒。勒佯称疾,但令程遐接待。遐邀入别室,引与共饮,暗中着人诈托约言,召约亲属,一并到来。约见全族俱至,不禁动疑,且室外甲士趋集,料知凶多吉少,自思无法脱身,索性拼命乱喝,得能从此醉死,也省得眼见惨刑。偏程遐瞧透约意,待约半醉,便起座大言道:"天王有令,祖约叛国不忠,罪应诛夷。"这语说出,甲士俱从外突入,立将祖约拿下,所有约亲信数十人,均被驱出,牵往市曹。蓦见有一群罪犯,由兵役押令前来,仔细一瞧,乃是一班蓬头少妇,垢面童儿,没一个不是家眷。此时心如刀割,险些儿晕了过去。忽有一数龄稚子,趋至约旁,手牵衣襟,哭呼外祖。约手未被缚,便将稚子抱起,且泣且语道:"外孙外孙,汝外祖不该背国,连害汝曹。"悔也迟了。旁边走过似虎似狼的甲士,把他外孙夺去,掷诸地上,已是跌个半死。一声炮响,刀光四闪,可怜祖约以下的男子,不论老少长幼,都做了无头鬼。就中只有祖逖庶子道重,由后赵左卫将军王安,买嘱兵士,将他留下,为安携去。余如妇女妓妾,也算赦免,但已皆没为官奴,分充羯人的婢妾去了。叛国贼听着!

看官道王安何人,肯救逖子?原来安本羯奴,为逖所得,留侍左右,很加宠爱。及逖镇雍邱,安亦浸长,逖与语道:"石勒与汝同种,汝可往依,免汝久羁他乡,汝可愿否?"安尚不忍别,逖复说道:"我亦不在尔一人,尔尽管前去便了。"遂厚给路资,遣令北去。安得见勒,累擢至左卫将军,及闻约族骈诛,不禁长叹道:"怎可使祖士稚无后呢?"乃设法取出道重,匿居僧舍,令为沙门。时道重尚只十岁,及石氏灭后,始得南归。这未始非忠臣之报。逖有兄祖纳,与约异母,憎纳如仇,尝闲散家居,览书自乐。约为逆时,纳得不坐。及约奔降后赵,纳仍在江东,由温峤荐引,辟为光禄大夫,卒获考终。祖氏一脉,赖此不亡。道重归宗,便与纳子孙同居,不在话下。

第四十二回　并前赵石勒称尊　防中山徐邈泣谏

且说石勒既自称天王，群臣尚申表固请，统说是名位未正，应加帝号。勒乃加号称帝，改元建平，由襄国迁都临漳，追尊三代。妻称皇后，王子弘为皇子，封进百官，毋庸再叙。惟史家因前赵已亡，此后但称勒为赵主，不称后赵，小子亦依史叙述，止称为赵，看官不要疑我脱漏一字呢。叙法绵密。勒并吞关陇，复窥江淮，特遣荆州监军郭敬，与南蛮校尉董幼，寇晋襄阳。晋南中郎将周抚，不能固守，退保武昌，襄阳遂陷。中州流民，悉数降赵，就是前平北将军魏该弟遐，亦率领部曲，自石城降敬。敬遂毁襄阳城，徙百姓至沔北，就樊城旁增筑城堡，居民屯兵，作为城镇。赵主石勒，即署敬为荆州刺史，领秦州牧。陇右氐羌，不受赵命，兴众为乱，勒遣河东王石生往讨，一鼓荡平，赵威大震。东方的高句骊肃慎诸国，贡入楛矢，宇文部并献名马。凉州牧张骏，本承叔父张茂遗命，嘱令服事晋室，仍守祖制，所以茂死骏继，自称晋大将军凉州牧，与前赵屡起战争。前赵亡，后赵主勒，遣使至凉州，拜骏征西大将军，兼凉州牧，加九锡殊礼，骏抗拒不受。及氐羌为石生所败，多奔凉州，骏恐生乘胜进击，乃遣官诣赵，奉贡称臣。还有西域诸部落，如高昌于阗鄯善大宛等，亦皆向赵奉贡，不惮远行。

赵主勒喜出望外，遂欲大营邺宫，自壮观瞻。廷尉续咸上书切谏，勒大怒道："不斩此老，朕宫如何得成？"说着，即饬御史收咸下狱。中书令徐光进规道："陛下天资聪睿，臣以为将超越唐虞，今乃厌闻直言，是将变作桀纣了。咸言可用即用，不可用亦当大度包容，奈何反欲加诛呢？"勒乃叹道："人主不得自专，一至于此。朕岂不知咸言为忠，但偶与为戏呢。匹夫略积家资，尚想购一别室，况富有天下，难道不能营缮一宫？将来终当筑造，现且暂停工作，不负忠言。"乃释咸引见，面加慰谕，赐绢百匹，稻百斛。随命公卿百僚，荐举贤良方正，直言秀异，孝义清廉各一人。一面就襄国西偏，创造明堂辟雍灵台，俨然有上法姬周的痴想。

既而霖雨经旬，中山西北，水忽暴涨，漂集巨木百余万根，共至堂阳。勒闻报大喜道："天意欲我营邺宫哩。"遂大兴工作，亲授规模。自建平二年孟秋营造，历久未成。越年正月，勒仍在旧殿朝见群臣，遍赐盛宴，酒至半酣，顾语中书令道："朕可比古时何等君主？"光答道："陛下神武谋略，越过汉高，雄材卓荦，超绝魏武，自古以来，罕可比伦，大约为轩辕黄帝的流亚哩。"勒掀髯道："人生岂不自知？卿言未免太过。朕若遇汉高祖,当北面臣事,与韩彭毗肩,若遇光武,当并驱中原,未知鹿死谁手？大丈夫行事,须磊磊落落,皎如日月,怎可似曹孟德司马仲达辈,曹操字孟德，司马懿字仲达。欺人孤儿寡妇,窃取天下？如朕品诣,应在二刘上下。轩辕乃上古圣人,朕何敢比拟哩？"群臣闻言,皆下座叩首,齐呼万岁。

　　勒本不识文字,但好令诸生讲读古书,静坐听诵,或出己意评论得失,类皆中肯,人多佩服。一日听读《汉书》,至郦食其劝立六国后,不禁惊诧道："此法大误,何故能得天下？"及闻为留侯张良所阻,乃恍然道："赖有此呢。"聪明原是过人，可惜不学。勒视当世人物,都不足取,惟晋豫州刺史祖逖,与荆州牧陶侃,先后推重,目为将才。侃方镇守巴陵,闻襄阳被陷,武昌垂危,倒也吃一大惊,接连是苏峻旧将冯铁,暗杀侃子,奔依石勒,得为戍将,害得侃又惊又悲,乃缮就一书,遣人赍往临漳,责勒纳用叛臣。勒有心干誉,便召入冯铁对着侃使,把他斩首。侃使才告谢南归。侃再遣长史王敷,赍送江南珍宝,与勒修好,并表谢忱。勒当即收受,厚待王敷,并赠赆仪。敷乃返报。

　　看官你道侃果真愿与勒和么？他因襄阳失守,意欲设法规复,所以计上加计,令他自弛兵备,好乘虚夺回襄阳,既得王敷归报,便从巴陵移镇武昌,命子斌率领锐卒,会同南中郎将桓宣,往袭樊城。赵将郭敬,果然无备,且督兵南掠江西,桓宣等掩入城中,将所有居守兵民,悉数俘获,又料敬必还援,使斌留镇樊城,自往涅水埋伏,截敬来路。敬得樊城警报,挟怒前来,到了涅水,听得一声号炮,伏兵猝发,他却毫不惊慌,分头抵敌。桓宣也督众力战,自午至暮,方将赵兵杀败,陆续退去。这一次鏖斗,赵卒原死了多人,宣兵亦伤亡过半。宣因飞使报侃,再请济师,侃令兄子南阳太守臻,竟陵太守李阳,率兵万人,共攻新野,遥应樊城。郭敬往救新野,又吃了一回败仗,方才北遁。襄阳城前已被毁,无人守着,当由侃军唾手取回,侃即命桓宣镇守。宣重修城寨,招集流亡,简刑罚,课农桑,复成重镇,赵一再进攻,终不能克。宣镇襄阳十余年,远近畏怀,时人比诸祖逖周访,可见得捍边固圉,全靠着有良将呢。总断一笔。

　　惟赵主石勒,中了侃计,叹息累日,暗想陶侃用伪和计,夺去襄阳,

第四十二回 并前赵石勒称尊 防中山徐邈泣谏

自己亦好如法炮制,与晋言和。计策已定,待至建平四年正月,借着贺年的名目,遣使至晋,奉帛修好。偏晋廷拒绝来使,且将所献各帛,焚毁都下。赵使撞了一鼻子灰,匆匆北归。勒顿时怒起,又欲动兵侵晋,偏偏天变迭兴,内忧隐伏,转令一个足智多谋的石季龙,有所顾忌,未敢妄行。

建平三年的夏天,已是疾风骤雨,雷震建德殿端门,及襄国市西门,殛死五人。既而雹降西河介山,大如鸡卵,平地水深三尺。太原乐平武乡赵郡广平钜鹿千余里,树木摧折,禾稼荡然。勒避殿禳灾,且问中书令徐光,主何凶兆?光言:"介山为介之推所依,之推焚死,阴灵未泯,宜普复寒食故制,立祠奉祀。"原来勒曾禁止寒食,故光疑之推为祟,因致此灾。黄门郎韦谀,驳去光议,独援《春秋左氏传》言,谓:"藏冰失道,阴气发泄为雹,与之推无关。若以之推为贤臣,但令绵介间人民奉祀,便足申敬,何必普及全国呢。"此说较光语为长,但《左氏传》亦非真足据。勒从谀议,只命并州复行寒食,更迁冰室至极寒处所,期顺天时。到了建平四年的夏天,红日当空,寂静无风,塔上一铃,无故自鸣。佛图澄素识铃音,说是国有大丧,不出今年。过了数日,有流星大如象尾,足似蛇形,自北极西南流动,约五十余丈,光芒烛地,坠入河中,声闻九百余里,勒亦自觉非祥。忽爱子斌暴亡,遂疑为流星所应,将备棺殓。忽佛图澄趋入道:"小殿下尚未致死,何故骤令入棺?"勒惊叹道:"朕闻虢太子死,扁鹊能起死回生,难道大和尚亦能救死

么?"澄答一"能"字,遂取杨枝沾水,且洒且咒,果见尸身少动,手足渐能屈伸。澄即向前握手道:"可起来了。"言已,斌即坐起,饮食如常。勒因命诸少子居澄寺中,托他照管。惟太子弘年已弱冠,留居东宫,襄办军国大事,凡尚书奏请,多归太子参决。次为骠骑大将军大单于秦王宏,亦得预政,权侔主相。石虎守邺有年,前时宏为大单于。虎甚不平,私语于石邃道:"我身当矢石二十余年,得成大赵基业,大单于位置,应该属我,奈何反轻授黄口婢儿? 俟主上晏驾后,当尽杀无遗,方泄我恨。"勒自号英明,奈何养虎贻患? 及弘宏兄弟,得专国政,虎益怏怏。

弘素好文士,尝引与交游,石勒谓:"世未承平,不宜右文轻武。"乃使刘彻任播等教弘兵书,王阳教弘击刺,但弘已性格生成,终不脱文人气象。勒尝语徐光道:"大雅弘字大雅。愔愔,可惜不类将种。"光答道:"汉高祖以马上取天下,孝文帝治以玄默,守文令主,原与创业不同,何必过忧。"勒始有喜色。光因进言道:"皇太子仁孝温恭,中山王雄暴多诈,陛下万岁以后,臣恐社稷必危,宜渐夺中山威柄,休使上逼储君。"勒虽然点首,但因虎累立大功,也未便遽夺虎权。既而右仆射程遐,复入白道:"中山王勇武权智,群臣莫及,看他志意,除陛下一人外,统皆蔑视。今专征日久,威振内外,性又不仁,残暴好杀,诸子又并长大,似虎添翼,共预兵权,陛下在日,谅无他变,将来必致跋扈,非少主臣,还请陛下绸缪,早除此患。"勒变色道:"今天下未平,兵难未已,大雅年少,宜资辅弼,中山系佐命功臣,亲同鲁卫,朕方欲委以重任,何至如卿所言。卿莫非因中山在侧,虽然身为帝舅,将来不得专政,故有此虑? 朕已早为卿计,如或不讳,先当使卿参预顾命,卿尽可安心哩。"遐不禁流泪道:"臣实公言,并非私计,陛下奈何疑臣有私? 中山虽为皇太后所养,究竟非陛下骨肉,难ս恩义,近不过托陛下神规,稍建功绩,陛下报以重爵,并及嗣子,也可谓恩至义尽了。魏任司马懿父子,终被篡国,前鉴未远,怎得不防? 臣累沐宠荣,又与东宫托附瓜葛,若不尽言,尚望何人? 陛下今不除中山,恐社稷不复血食了。"以疏间亲,亦非良策。勒终不肯从。遐只好叩头告退,小子有诗叹道:

养虎原为心腹忧,如何先事未绸缪。

毁巢取子犹难料,漫向廷臣诩智谋。

遐退出后,适与徐光相遇,免不得有一番叙谈。欲知后事,且至下

第四十二回　并前赵石勒称尊　防中山徐遐泣谏

回表明。

回评　枭桀如石勒，不可谓非一世雄，观其智料刘曜，算无遗策，卒能举前赵而尽有之。及称尊以后，诛祖约，戮冯铁，虽曰权谋，不戾正道，天下之恶一也。约为晋臣，敢行悖逆，不诛何待？铁系逆党，又杀侃子，召而诛之，谁曰不宜？示人以彰瘅之公，与世无爱憎之异，勒之自矜磊落者，其以此夫。然明于远而忽于近，知其著未见其微，以凶残暴戾之石虎，不善驾驭，致贻后患，徐光谏之而不用，程遐言之而反致疑，此其所以身死未几，而子嗣沦亡也。

第四十三回

背顾命鸮子毁室　凛梦兆狐首归邱

却说程遐出遇徐光,便与光叙谈,述及进谏不从情形。光答道:"中山王对我两人,时常切齿,不但与国有害,且必累及家祸,我等总当预先设法,保国安家,怎可坐待危祸哩?"遐皱眉道:"君有什么良策?"光想了多时,方答说道:"中山手拥强兵,威势甚盛,我等无拳无勇,如何抵制?看来只好再三进谏,得能感悟主心,方得转祸为福呢。"但靠此策,何能制虎?遐摇首道:"只恐主上未必肯从。"光说道:"待我再去一试罢。"说毕乃散。过了数日,光入内白事,见勒面有愁容,便乘间讽勒道:"陛下廓平八州,驾驭海内,为何神色未怡?当有隐患。"勒怅然道:"今吴蜀未平,书轨不一,司马家儿,未绝丹阳,后世将疑我未应符箓,难为真主,我一想着,便不觉有忧色了。"光应声道:"臣以为陛下忧及心腹,哪知陛下徒忧及四肢,四肢尚不足忧,腹心乃是大患呢。从前魏承汉祚,为正朔帝王,刘备虽绍兴巴蜀,总不能谓汉尚未亡,吴尝跨据江东,与魏无损。今陛下包括二都,平荡八州,适与魏王相符,彼司马家僻居江左,无异刘备。李氏据蜀,尚逊孙权,帝王大统,不属陛下,将属何人?这不过是四肢的微患,无庸深忧。惟中山王托陛下威灵,所向无敌,中外共目为英武,有类陛下,可惜他残暴多奸,见利忘义,迹同管蔡,情异伊霍,且父子并据权位,势倾王室,臣见他尚未满意,阴蓄异图。近在东宫侍宴,傲慢不恭,轻视太子,陛下想亦察觉,不过曲示宽容,臣恐陛下传及太子,宗社必生荆棘,这才是腹心重病,足为大患,奈何陛下顾小忘大呢?"勒默然不答。光当然说不下去,没奈何趋回私第。

已而安定府间,报称蛇鼠相斗,越宿蛇死,临泾亦报称马忽生角,长安城内,又报称鸡有怪声,勒不以为意,西巡沣水宫,途次感冒风寒,竟致成疾,便即还都。那病势日加沉重,因召太子弘,中常侍严震,与中山王虎,并侍禁中。虎立即入宫,矫托勒命,阻住弘震,不准入侍,就是王公大臣等问疾,也一概拒绝。内外隔断,不通音问,连勒病势的增减,都

第四十三回　背顾命鸮子毁室　凛梦兆狐首归邱

无人知晓。虎又召还秦王宏及彭城王堪，可巧勒病少痊，起床散步，忽见宏进来请安，便向虎惊问道："秦王何故来此？我使王等出处藩镇，正为今日的预备，究竟是何人召入，还是不召自来呢？如或有人矫制召王，便当处斩。"虎慌忙答语道："秦王想念陛下，暂时归省，今即遣令还镇便了。"宏闻虎言，才知是由虎擅召，只因虎势力逼人，未敢与辩，不得已含忍而退，待了数日，并无遣还命令，又只好留住都下。勒问虎曾否遣宏？虎诈言奉谕即遣，所以勒不复再言。

是时荧惑入昴，星陨邺中，又有赤黑黄云，绵亘如幕，声如雷震，坠地后气热如火，尘起连天。勒是番王，未必果应天象，且据新学家言，天象与人事无关，惟史家罗列灾象，故略述一二。勒病势复剧，势难再起，乃遗令三日即葬，概从俭朴。牧守等不必奔丧，仍令照常镇守。内外百僚，既葬除服，毋禁婚嫁祭祀，饮酒食肉。又复申嘱数语道："大雅文弱，恐未能绍承我志，中山以下，宜各司所典，勿违朕命。大雅与斌宜好自维持，司马氏即汝等殷鉴，务须互相和好，勿蹈彼辙。中山王亦当三思周霍，勉力匡辅，我死方得瞑目了。"恐不能如汝所愿。言讫即逝，年正六十，僭位十五年。虎主持勒丧，棺殓既毕，即舁棺夜瘗山谷，人不能测。这是何意？想亦如魏武疑冢，恐被人发掘，或即由勒私嘱石虎，亦未可知。别使大臣子弟六十人，为挽歌郎，引锦一匹，备具文物仪卫，虚葬城外，号高平陵，尊为高祖明皇帝。当下劫出太子弘，使他升殿，胁令手书，收捕程遐徐光下狱，并召齐王邃入宫宿卫，监制太子。文武百官，统皆骇散。弘亦大惧，情愿让位与虎。虎冷笑道："君薨，世子当立，这是古今通义，臣怎敢背越礼法？"弘料虎不怀好意，复泣陈："才力庸弱，不堪重寄，还是让位为是。"虎变色道："如果不堪重任，天下自有公论，也不能私相授受呢。"岂亦想磊磊落落么？遂逼弘登位，改元延熙。文武百官，各进位一等，惟将程遐徐光牵斩市曹。虎自为丞相，魏王大单于，加九锡礼，据魏郡等十三邑，总摄百揆。虎妻郑氏为魏王后，长子邃为王太子，加官侍中大将军，都督中外诸军，并录尚书事，次子宣为车骑大将军，领冀州刺史，封河间王，三子韬，为前锋将军，司隶校尉，封乐安王，四子遵为齐王，五子鉴为代王，六子苞为乐平王，徙太原王斌为章武王，所有虎旧时僚属，悉署台省要职，改称太子宫为崇训宫，勒后刘氏以下，俱迁居崇训宫中。凡故宫侍女，具有姿色，及车马珍宝服饰玩好等类，尽被载入丞相府署。

令镇军将军夔安为左仆射，尚书郭殷为右仆射。安与殷均虎党羽，所有举措，俱禀虎后行。虎虽未篡位，简直与君主无二。

勒后刘氏，不堪胁迫，密召彭城王石堪入见，流涕与语道："皇祚恐将覆灭了。王与先帝，义同父子，应该顾全一脉，毋致凌夷。"堪唏嘘道："先帝旧臣，均已被斥，宫廷僚属，统是中山心腹，无可与谋。臣惟有出奔兖州，据住廪邱，挟南阳王为盟主，勒子恢为南阳王，见前回。宣太后诏，号召诸镇牧守，令各起义兵，入讨桀逆，方能济事。"刘氏道："事已万急，便应速发，毋使日久变生。"堪应命而出，微服轻骑，往袭兖州。不料兖州有备，未能掩入，部下不过百余骑，如何持久？只好南奔谯城。石虎得知消息，亟遣部将郭太等追击，行至城父，与堪相值。堪兵单力寡，被太围住，一阵乱箭，把堪射倒，活捉了去。虎见了石堪，怒冲牛斗，即命左右取出鼎镬，将他炙死，复召石恢还都。嗣探得刘氏与谋，竟带兵入崇训宫，逼令自杀，别尊弘母程氏为皇太后。

关中镇将石生，洛阳镇将石朗，闻虎敢杀太后，很是不平，遂连兵讨虎。虎留子邃居襄国，自率步骑七万人，倍道攻金墉城，朗不意虎兵骤至，仓猝守御，偏守兵各无斗志，相率骇走，城即被陷，朗被擒住。虎命先刖朗足，继砍朗首，然后移兵转攻长安，用将军石挺为前锋大都督，引兵急进。石生遣部将郭权，与鲜卑涉璝部落，共二万人为前驱，自统大军为后应。权等到了潼关，正值石挺领兵前来，两下争锋，鲜卑兵骁悍异常，横冲直撞，立将挺阵捣破。挺竟战死，众多覆没。虎亦退走渑池，暗中差人赍着重赂，买嘱鲜卑，令他反攻石生。鲜卑贪赂忘信，背了郭权，还击生军。生猝不及防，单骑奔长安，又恐虎兵追至，潜逃至鸡头山。前此俱为骁将，何此时统皆没用？郭权尚有余众三千，退保渭汭，虎令裨将石广，与权相持，自率轻骑入关，竟至长安城下。长安守将蒋英，倒还凭城抵拒，好容易过了十多日，为虎所破，蒋英阵亡。再分兵四觅石生，且悬赏购募。生部下又贪厚赏，斩生出降。郭权孤军在外，当然不能支持，即逃往陇右。虎又遣将军麻秋进讨氐酋略阳公蒲洪，见前文。洪率部落二万户降虎，虎授洪为龙骧将军，使居枋头。羌帅姚弋仲，亦率众迎接虎军，虎又拜弋仲为奋武将军，兼西羌大都督，令徙居清河滠头，乃引兵东还襄国，颁令大赦，且讽弘命建魏台，一如魏武辅汉故事。寻闻郭权据住上邽，向晋投诚，晋授权为镇西将军，领秦州刺史。石广

第四十三回　背顾命鸮子毁室　凛梦兆狐首归邱

进攻失利,乃再遣将军郭敖,及章武王斌等,率步骑四万人攻权,行次华阴,那上邽人闻风惶骇,竟将权刺死,函首迎降。

虎因乱党悉平,踌躇满志,便欲篡移赵祚。适秦王隐有违言,即将他拘入别室,幽禁起来。弘更大惧,亲往魏宫,奉玺与虎。父如龙而儿如豚,奈何？虎摇首道:"帝王大业,当由天下人公论,怎得屡来扰我？"遂却玺不受。弘流涕还宫,入白太后程氏道:"先帝种果不得再遗了。"让位求生,还做不到,真正苦极。未几,即由尚书省出名,向虎上书,请依唐虞禅让故事。虎勃然道:"弘性愚惛,居丧无礼,不能君临天下,直可废去,说什么禅让呢？"倒还爽快,免得许多做作。便令右仆射郭殷持节入宫,废弘为海阳王,迫令徙居。弘徐步就车,顾语左右道:"愚昧不堪承统,自惭群后。但也由天命已去,致遭此祸,尚复何言？"左右统皆流涕,宫人亦恸哭失声,于是群臣俱诣魏台劝进。虎下书道:"王室多难,海阳自弃,四海任重,勉从推戴。但朕闻道合乾坤,方可称皇,德协神人,方可称帝。皇帝尊号,朕不敢当,今暂称为居摄赵天王,聊副众望。"既自称朕,又不愿称皇帝,此次未免近迂。群臣不好违议,虎即号居摄赵天王,升殿视朝,改元建武,立子邃为太子,进夔安为太尉,郭殷为司空,韩晞为尚书左仆射,魏概、冯莫、张崇、曹显为尚书,申钟为侍中,王波为中书令,此外文武百官,俱进秩有差。当下放出毒手,命将故主弘及太后程氏,并秦王宏南阳王恢等,一古脑儿锁禁崇训宫,派兵监守。暗中却嘱使党羽,乘夜突入,凡自程太后以下,悉数被戕。弘在位才得逾年,只二十二岁而终。

是时各郡镇将,俱奉表贺虎。独西羌大都督姚弋仲,称疾不贺。虎疑他有异志,屡次发使驰召。弋仲始至,正色语虎道:"弋仲尝谓大王命世英雄,奈何把臂受托,乃遽行篡夺呢？"虎答道:"我岂乐为此谋,但海阳年少,恐不能了家事,所以代为主治,卿亦太不谅我哩。"弋仲听不入耳,奋衣趋出。虎见弋仲诚实,也不加罪。实是自愧。惟因谶文中云:"天子当从东北来。"乃特备法驾,东往信都,再向北方环巡一周,然后还都,这算是自己应谶的意思。全是痴想。

徐州从事朱纵,不服赵政,杀毙刺史郭祥,举城降晋。虎遣将军王朗击纵,纵奔淮南。虎率众南下,行近历阳,但欲张皇声威,恫吓晋廷,实无深入用兵的意思。历阳太守袁耽,吓得心胆俱裂,飞使报达建康,

背顾命骄子毁室

混称石虎入寇。江南已有好几年不闻兵革,骤得此信,都是错愕失措,相顾彷徨,再加太尉荆州牧陶侃,已经病亡,朝廷失去一座长城,更觉得守边乏材,不寒而栗。小子叙到此处,又不得不将侃死情形,略为表明。侃自克复襄阳后,见前回。晋廷因功加赏,拜侃为大司马大将军,剑履上殿,入朝不趋,赞拜不名。侃上表固辞,不肯受赏。相传侃少时往渔雷泽,网得一织布梭,取回家中,悬挂壁上。俄而天大雷雨,梭化为龙,破壁飞去,侃视为祥征,有志自负。寻复在夜间得了一梦,乃是身生八翼,奋飞上天,得登天门八重,惟一重不得闯入。内有阍人,携杖出击,触身坠地,致折左翼,痛极而寤。次日左腋尚痛,数宿乃愈。又尝诣厕所,见一人朱衣介帻,敛版前谒道:"君有长者风,故特来报,君将来当得公封,位至八州都督。"言讫不见。嗣复有相士师圭,握视侃手,随即指示道:"君左手中指有直纹,理当封公。若向上贯彻,便贵不可言了。"侃闻圭言,就用针戳中指上纹,欲使纹路上达。忽有指血漂入壁上,流为公字,再用纸揩指中恶血,也现出一个公字,愈拭愈明。及都督八州,受封长沙公,自思前事俱验,不敢再有他望,且每念及折翼梦兆,更恐盈满致祸,屡与僚佐言及,将上书乞休。僚佐再三苦留,方才中止。至成帝咸和七年,侃已七十六岁,一病垂危,即上表辞职,略云:

臣少长孤寒,始愿有限,过蒙圣朝历世殊恩,陛下睿鉴,宠灵弥

第四十三回　背顾命鹞子毁室　凛梦兆狐首归邱

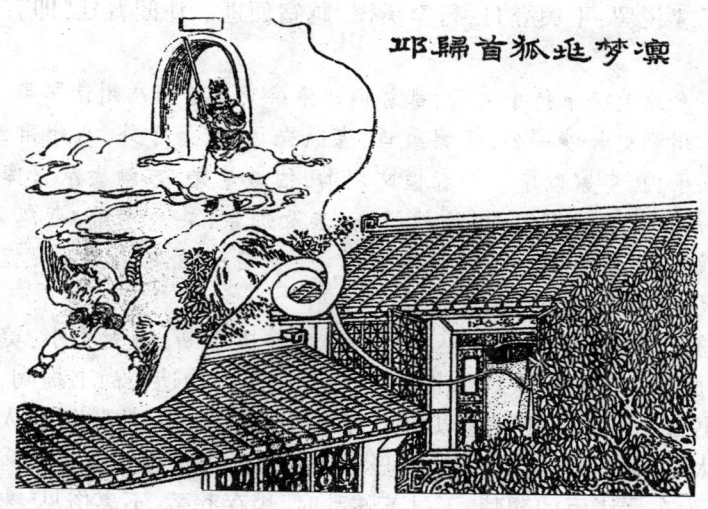

凛梦兆狐首归邱

泰,有始必终,自古而然。臣年垂八十,位极人臣,启手启足,当复何恨,但以陛下春秋尚富,余寇不诛,山陵未反,所以愤忾兼怀,不能已已。臣虽不知命,年时已迈,国恩殊特,赐封长沙,陨越之日,当归骨故土。臣父母旧葬,尚在寻阳,拟以来秋奉迎窀穸,待葬事讫,乃告老下藩。不图所患,遂尔绵笃,伏枕感结,情不自胜。臣间者犹谓犬马之齿,尚可小延,欲为陛下西平李雄,北吞石虎,是以遣毋丘奥于巴东,授桓宣于襄阳,良图未叙,于此长乖。此方之任,内外之要,愿陛下速选臣代,使必得良才,奉宣王猷。遵成臣志,则臣死之日,犹生之年。陛下虽圣姿天纵,英奇日新,方事之殷,当赖群俊。司徒导鉴识经远,光辅三世,司空鉴简素贞正,内外惟允,平西将军亮雅量详明,器用周时,即陛下之周召也。献替畴咨,敷融政道,地平天成,四海幸赖。谨遣左长史殷羡,奉送所假节麾幢曲盖,侍中貂蝉太尉章,荆江州刺史印传棨戟,仰恋天恩,悲酸感结。以后事付右司马王愆期,加督护统领文武职衔,俾臣得归死首邱,虽在泉壤,亦拜赐无穷矣。谨待死上闻!"

表文已发,即将军谘器仗,牛马舟车,照簿移交。仓库自加管钥,付与王愆期掌管,自己一无所私,乃力疾登舆,出府自去。愆期等送至江口,洒泪告别。侃顾语道:"老子婆婆,徘徊未去之意。正为君辈,今恐当

长别了。"说罢,下舆登舟,行至樊溪,越宿便逝。讣闻晋廷,即有诏颁发道:

> 故使持节侍中太尉,都督荆江雍梁交广益宁八州诸军事,荆江二州刺史长沙郡公,经德蕴哲,谋猷弘远,作藩于外,八州肃清,勤王于内,皇家以宁。乃者桓文之勋,伯舅是凭,方赖大猷。俾屏予一人,前进位大司马,礼秩册命,未及加崇,昊天不吊,奄忽薨殂。朕用震悼于厥心,今特追赠大司马,予谥曰桓,祀以太牢,魂而有灵,嘉兹宠荣。

总计侃在军中四十一年,雄毅有权,临机善断,事无大小,莫不明察,因此兵民不敢相欺。自南陵至白帝城,道不拾遗。尚书梅陶,尝与友人书云:"陶公机神明鉴似魏武,忠顺勤劳似孔明,非陆抗诸人所能及。"太常卿谢褒子安,亦谓:"陶公用法,常得法外意。"可见得陶侃才名,实为东晋诸臣之翘楚,不过苏峻乱时,稍存芥蒂,不离俗见,未免有些阙憾哩。评论公允。晋廷以侃既寿终,特调平西将军豫州刺史庾亮,代镇武昌。亮名不副实,又辟殷浩为记室参军,专谈《老》《易》,徒尚风流,怎能与陶侃时相比?一闻石虎南来,正是自顾不暇。晋廷选不出将才,只好仍请出这位年高望重的王茂弘,抵御羯寇,当下加官大司马,假黄钺,都督征讨诸军事。成帝时已十有四岁,也观兵广漠门,分遣诸将,命将军刘仕救历阳,赵胤屯慈湖,路永戍牛渚,王允之戍芜湖。司空郗鉴,亦使广陵相陈光率众卫京师中外戒严,非常紧急。小子有诗叹道:

> 到底江南暮气深,一闻寇至便惊心。
>
> 纷纷遣将徒滋扰,虎子怀安不尔侵。

欲知后来有无战事,且待下回再表。

回评 石勒之有从子虎,犹刘渊之有族子曜。曜助渊而建汉祚,虎佐勒而成赵业,当时之为主立功,情固相同。厥后曜得嗣聪,虎得继勒,迹亦相类。但曜之得国,取诸靳准之手,尚有中兴之名,虎则直攫勒子而有之,其罪大,其恶极,曜尚不若是也。夫刘氏之亡,主之者勒,辅之者虎,而勒之妻孥,亦终为虎所残灭,养虎噬人,即还而自噬,何报应若是之速耶?若东晋将才,足以畏赵者,惟祖逖陶侃二人,而侃之功为尤大,史称其都督八州,据上流,握强兵,潜有窥窬之志,每思折翼

第四十三回　背顾命鸦子毁室　凛梦兆狐首归邱

之祥而止,是说未足尽信。侃生平并无逆迹,第当苏峻之乱,不遽入援,必待温峤之敦促而始发,时人乃疑其有贰耳。然袁氏了凡,犹谓其诬,是则侃固东晋之名臣欤。本回又于侃之没世,特加详叙,正善善从长之遗意也。

第四十四回

尽愚孝适贻蜀乱　保遗孤终立代王

却说晋廷防备石虎,遣将调兵,慌张的了不得。忽有探马来报,赵兵退向东阳去了,建康城中,方稍稍安定。嗣闻石虎已回临漳,乃下诏解严,但授南中郎将桓宣为平北将军,都督江沔前锋征讨诸军事,领司州刺史,仍镇襄阳。石虎还都后,复遣征虏将军石遇,率同骑兵七千人,渡过沔水,进攻桓宣。宣督兵守城,更遣人至荆州乞援。荆州都督庾亮,亟使辅国将军毛宝、南中郎将王国、征西司马王愆期等,往救襄阳。石遇掘地攻城,三面掘通三窟,欲从地道,入达城中。宣早已防着,招募壮士,先在地道中守候。俟外兵潜入,用了火器,向地道外烧将出去,外兵连忙倒退,已死伤了好几百人,遇策全然失败。宣又纵兵杀出,获得铠马甚多,弄得遇无法可施。又闻援兵将至,自己军粮垂尽,乃撤围夜遁。宣收回南阳诸郡难民,共八千余人,诏令宣督南阳、襄阳、新野、南乡诸军事兼梁州刺史。毛宝为征虏将军,镇守邾城。边境少安。

是年,已为成帝第十年,应加元服,改元咸康。增文武位秩各一等,大酺三日。成帝甚推重王导,幼时相见,每向导下拜,即位后手书与导,犹必加"惶恐言"三字,下诏亦云"敬问"。导年垂六十,常有羸疾,不能赴朝。成帝亲幸导第,纵酒作乐,尽欢乃归。世未平治,亦不应在大臣第饮酒作乐。遇有要政召询,必令乘舆入殿,赐座案侧。导性和缓,与人无忤,所以两遇内乱,终得保全禄位,安享天年。独导妻曹氏,性甚妒忌,为导所惮,导密营别馆,居住姬妾,老头儿尚欲藏娇么?不料为曹氏所闻,即欲往视。导恐众妾被辱,忙令备车,自去保护。车夫驾马稍迟,竟至迫不及待,即改乘牛车,自执麈尾柄驱牛,驰至别馆,使众妾避匿他处。及曹氏到来,已变了一间空屋,但向导诟詈不休。导如痴聋一般,置诸不理,曹氏亦急得没法,只好悻悻归去。不能齐家,安能治国?但以柔道制悍妻,不可谓非良诀。太常蔡谟,闻知此事,向导戏语道:"朝廷将加公九锡了。"导自言无功无德,决不敢受。谟笑语道:"可惜未曾备物,但有

第四十四回　尽愚孝适贻蜀乱　保遗孤终立代王

短辕犊车,长柄麈尾罢了。"导不禁色变,谟大笑而去。导引为耻事,尝语僚属道:"我昔与诸贤共游洛中,并未闻有蔡克儿,今反来侮弄老夫,也太不循礼了。"原来谟父名克,曾为河北从事中郎,新蔡王腾,为汲桑等所害,克亦殉难。_{腾死时,见前文。}谟少有令名,累任至太常,素好诙谐,故与导为戏。导当时颇觉不平,后来事过情忘,却也不忍报复,这便是他的大度。_{想是为冤杀伯仁,所以改过。}

　　且说成帝即位以后,西北两方的僭国,除前后赵兴亡,并见前文外,尚有成代二国,先后代嬗,也经过许多沿革,应该大略表明。成主李雄,据有巴蜀,却安享了二三十年,彼时中原大乱,晋代播荡,势不能顾及西隅,就是前后两赵,也只管寇扰两河,无暇西略。雄既将巴蜀占据,已是心满意足,兴学校,薄赋敛,与民休息,无志动兵,所以四海鼎沸,蜀独安全。_{未始非蜀民之幸。}惟朝无威仪,官无禄秩,君子小人,服章无别,免不得品流猥杂,贤否混淆,又因舍子立侄,致启后来的争端,当时说他贻谋不臧,酿成祸患,其实也是国运使然,不能专责李雄。雄尝立妻任氏为后,任氏无子,惟有妾子十余人,他因长兄荡,战死成都,_{见前文。}荡子班性颇仁孝,且尝好学,遂命立为太子。雄叔父太傅骧,与司徒王达进谏道:"先王传子立嫡,无非为防备篡夺起见,吴王舍子立弟,终致专诸刺僚,_{指春秋吴王余祭事。}宋宣不立与夷,独立穆公,终致华督弑主。_{亦见《春秋左传》。}事贵守经,不宜自紊,请三思后行!"雄叹道:"我从前起兵据蜀,不过举手扞头,本无帝王思想,适值天下丧乱,得安西土,诸君谬相推戴,忝窃大位,自思目前基业,皆为先考所贻,吾兄嫡长,不幸捐躯,有子成材,应使主器,怎得私子忘侄呢?我志已定,毋庸多言。"_{语亦近理。}骧知难再谏,退朝流涕道:"乱从此起了。"

　　会凉州牧张骏,遣使诣蜀,劝雄自去帝号,向晋称藩。雄复称:"晋室陵夷,德声不振,所以称长西方,盖欲远尊楚汉,推崇义帝,_{见汉史。雄借以比晋。}却是《春秋》大义。假使晋出明主,我亦相从,引领东望,非自今始了。"_{一派滑头话。}骏还道雄语出真诚,很加敬服,自是聘问不绝。既而骏为赵兵所逼,不得已向赵称臣。_{见前回。}及赵有内乱,复欲通表建康,因遣使向成借道,雄不肯许。骏又使治中从事张淳,再向成称藩,卑辞假道。雄佯为允诺,暗使心腹扮作盗状,将俟淳出东峡,把他颠覆江中。可巧有蜀人桥赞,侦知消息,潜往告淳。淳乃使人白雄道:"寡

君使臣假道上国,通诚建康,实因陛下嘉赏忠义,乐成人美,故有此举。今闻欲使盗杀臣江中,威刑不显,何以示人?"雄不意密谋被泄,只答称:"并无此事。"司隶校尉景骞,谓:"淳系壮士,不如留为我用。"雄答道:"壮士怎肯为我留?卿且先探彼意。"骞遂往见淳道:"卿体丰肥,天热未便行道,不如小住我国,待至天凉,再行未迟。"淳答道:"寡君以皇舆播越,梓宫未返,生民涂炭,故遣淳通诚上都,会议北伐,就使汤山火海,亦所不辞,寒暑何足惮呢?"雄乃引淳入见,并问淳道:"贵主英名盖世,地险兵强,何不亦乘时称帝,自娱一方?"淳应声道:"寡君自祖考以来,世笃忠贞,近因仇恨未雪,方且枕戈待旦,何暇自娱?"雄不禁怀惭,赧颜与语道:"我乃祖乃父,也是晋臣,前与六郡流民,避难此地,为众所推,乃有今日。果使晋室中兴,自当率众归附,卿至建康,可为我达意。"说着,即厚礼馈淳,遣淳就道。淳谢别而出,自往建康去了。可谓不辱使命。

会太傅李骧病死,雄令骧子寿为大将军,西夷校尉,都督中外诸军事,如骧故例,此亦一祸本。又命太子班为抚军将军,班弟玝为征北将军,兼梁州牧。嗣遣寿督同征南将军费黑,征东将军任邵,陷晋巴郡。太守杨谦,退保建平,费黑乘胜进逼,建平监军毌丘奥,退屯宜都。寿引兵西归,但使任邵,屯巴东。已而又调费黑攻朱提。朱提与宁州相近,刺史尹奉,发兵往援。黑屡攻不下,寿亲督兵往攻,包围数月,城中食尽。朱提太守董炳,及宁州援将霍彪等,开城出降。寿复移兵攻宁州,

第四十四回　尽愚孝适贻蜀乱　保遗孤终立代王

尹奉闻风惶惧,亦举州降寿。寿迁奉至蜀,自领宁州刺史。雄因寿有功,加封建宁王,召令还朝。寿乃分宁州地,别置交州,使降将霍彪,为宁州刺史,爨琛为交州刺史,自引兵还成都。时雄在位,已三十年,寿逾六十,忽头上生痈,脓血淋漓。雄子车骑将军越等,统憎嫌的了不得,不愿近前。独班亲为吮痈,毫无难色,每当尝药,辄至流涕,昼夜不脱冠带,侍奉寝宫。可奈雄痈大溃,不可收拾,加以前时百战,伤痕甚多,至此相继溃决,遂至丧命。大将军建宁王寿,受遗诏辅政,拥班嗣位,尊谥雄为武帝,庙号太宗。班依谅暗古礼,苫次守丧,政事皆委寿办理。雄子越,曾出镇江阳,前虽入省,未几即还,此次闻讣奔丧,自思大位传班,很觉不平,遂与弟期密谋为乱。班弟玝,却瞧透三分,劝班遣越还镇,并出期为梁州刺史,戍葭萌关。班言梓宫未葬,怎可遽遣?不如推诚相待,使释猜嫌。想是多读古书,执而不化。玝再加苦谏,班非但不从,反调玝出戍涪城。适天空有白气六道,流动不休,太史令韩豹入奏,谓:"宫中有阴谋起兵,兆主宗亲。"班尚未悟,但在殡宫居哭,日夕闻声。越与期黉夜突入,班尚对棺恸哭,不防刀光一闪,头已落地,两目间还带泪痕,年终四十有七,在位不满一年。迂愚亦足致死。

越又杀班仲兄领军将军都,诈传太后任氏命令,诬班罪状,废为戾太子。期欲奉越嗣位,越却让与弟期,这却令人不解。期遂僭就大位,徙封建宁王寿为汉王,进任大都督。又封兄越为建宁王,位兼相国,加大司马大将军,与寿并录尚书事。仲兄霸为镇南中领军,弟保为镇西中领军,从兄始为征东将军,代越镇江阳。一面移雄遗柩,出葬安都陵。始因期弑主篡位,隐怀不服,乃与寿密商,意图讨逆。寿惮不敢发,始不禁怒起,竟向期告变,反说寿欲为逆。前后如出两人,可见人禽之界,只判几希。期本拟诛寿,适值涪城守将李玝抗命起兵,将为兄复仇。期欲借寿敌玝,因改变前意,令寿出攻涪城。寿先遣人告玝,为言去就利害,示明去路。玝料不能敌,便与部将进会罗凯等,弃城东奔,向晋乞降。寿据实报期,期即使寿为梁州刺史,居守涪城。越年期改元玉恒,立妻阎氏为皇后,仍尊任氏为皇太后。期为雄第四子,生母冉氏,本为贱妾。任氏见期面目清秀,移养为儿,故期事任氏,不啻己母。仆射罗演,为班母舅,表面上虽为期臣,心中恨期甚深,常欲杀期泄忿。汉王相上官淡,与演友善,遂同谋杀期,改立班子幽为主。事尚未行,计已先泄。期即收杀演、淡，并害班母罗氏。嗣是期放斥旧臣，专任亲幸，外倚尚书令景骞及尚书姚华田褒，内恃中常侍许涪等人，庆赏刑威，但令数人裁决，纪纲废弛，法度荡然，国势渐见衰颓了。_{暂作一束。}

且说代王郁律，为猗㐌猗卢从子，自猗㐌子普根殁后，入嗣王爵，_{已见前文。}姿质雄壮，饶有威略。击走匈奴支部刘虎，收降刘虎从弟路孤，复西取乌孙故地，东并勿吉西境，士马精强，雄长朔方。赵主石勒，遣使通问，愿与郁律结为兄弟。郁律不许，斩使示威。东晋授册加封，亦拒绝不纳。好容易过了五年，普根母惟氏，欲立己子贺傉，想把郁律摔去。郁律向来疏阔，毫不加防，那惟氏却阴结诸将，乘间逞谋，得将郁律害死，并戮部酋数十人。郁律有子什翼犍，幼在襁褓，母王氏，匿居袴中，向天遥祝道："天若有意存孤，切切勿啼。"果然什翼犍并不发声，好似睡熟一般。王氏藏儿出帐，惟氏令诸将监视，但见她孑身外徙，总道妇女没有能力，乐得放走，哪知她已挈儿出去。还有什翼犍兄翳槐，年已长成，向居外部，故亦得避难逃奔，往依贺兰部酋蔼头。蔼头系翳槐舅家，就是王氏带出什翼犍，亦借贺兰为藏身地。蔼头当然收纳，概令羁居。惟氏遂得立贺傉，自己出来训政，总握朝纲。她恐赵主记念前仇，或致加兵，因特着人赍书往赵，说是："翳槐已受天诛，今另立新君，力反旧政，情愿修好邻邦。"赵主勒问明情形，含糊答应，惟索交宗子为质。代使答须回禀太后，方可定夺，勒乃遣归。赵人因他权归惟氏，特号他为女国使。

过了四年，惟氏病死，贺傉始得亲政，但贺傉素来懦弱，未足服人。_{不似乃母。}各部酋多半生贰，阴有违言，累得贺傉胆怯心虚，徙居东木根山，倚险筑城，作为都邑。他尚恐各部进逼，时怀忧惧，愁里光阴，不堪消受，结果是心神劳悴，终丧天年。_{得毋安知非祸。}贺傉死后，弟纥那嗣。纥那较为刚猛，制服诸部，又向贺兰部酋蔼头，索交翳槐。蔼头顾全亲谊，不肯从命，纥那即约同宇文部，共击蔼头。蔼头向赵求救，赵拨兵助蔼头，破宇文部，并逐纥那，纥那退保大宁，于是蔼头号召诸部，拥立翳槐为代王，再向大宁进兵。纥那复奔宇文部，收合余烬，徐图恢复。翳槐当然加防，因使季弟什翼犍，至赵为质，与敦和好，隐树外援。纥那却也生畏，不敢动兵，偏是蔼头恃拥立功，骄恣不臣，非但不修职贡，还要今岁索金，明岁索币，屡与翳槐为难。翳槐初尚容受，积忿至六七年，

第四十四回　尽愚孝适贻蜀乱　保遗孤终立代王

实是忍耐不住,因诱蔼头入帐,暗伏甲士,刺杀蔼头。蔼头一死,各部酋俱咎翳槐负德,相继离叛。两造俱属非是。纥那得乘隙而入,再还大宁,与诸部共攻翳槐。翳槐奔邺依赵,赵王石虎,遣将军李稷等,帮助翳槐,往攻纥那。纥那拒守数月,部落复叛,自知不能久持,弃城奔燕。翳槐复得为代王,就盛乐筑城,安然居住。

先后在位九年,得病不起,召庶弟屈孤与语道:"我命在旦夕,想难再生,两弟皆非治国才,看来只有迎立什翼犍,方可主持社稷,长治久安。"未几遂殁。孤欲奉兄遗命,往迎什翼犍,独屈有心自立,故意迁延,各部酋互相私议,谓:"国家不可无君,什翼犍在赵为质,来否尚未可定,就使得来恐为屈所拒,未必得位。屈刚暴多诈,难为人主,不如杀屈立孤,较为妥当。"议定后,当即举行,共入盛乐,把屈杀死,请孤即日正位。孤流涕道:"孤实不才,未堪承统,诸公如不忘先王,应各守遗言,迎立什翼犍。否则孤宁饮刃,尚可对我父兄。"不亚曹子臧吴季札。各部酋见他名正言顺,倒也未便抗议,但虑赵未肯放还质子。孤复道:"由我自往,不患什翼犍不来。"遂跨马出都,星夜驰至赵都,入见赵主石虎,说明来意。石虎果然迟疑,孤慨语道:"孤奉先君遗命,来迎什翼犍,若大王见疑,孤情愿留身为质,但求放还什翼犍便了。"石虎听了,不禁赞许道:"孝友兼全,情义两尽,我怎得不曲成人美哩。"残戾如虎,犹知仁义。因遣令俱归。孤拜谢而出,即与什翼犍同还。

什翼犍年方十九,身长八尺,仪表过人,隆准龙颜,立时发长委地,卧时乳垂至席。翳槐尝目为英器,所以留有遗嘱,使立什翼犍。既归故帐,就在繁峙北设坛登位,创立正朔,纪元建国。革弊制,订新仪,仿华夏立国规程,设立百官,分掌众务。用代人燕凤为长史,许谦为郎中令,特定叛逆杀人奸盗诸刑律,号令严明,政事清简,人民悦服,相率趋附。在位甫及三年,已得众数十万人,东自涉貊,西至破落那,南距阴山,北及沙漠,统翕然向慕,无复异言。果非凡品。什翼犍又大会诸部,议定都灅源川,彼此持论未决,什翼犍母王氏道:"我先世以来,居无定所,无非为防患起见。今国家多难,尚未奠平,若必筑城定都,恐一旦寇至,无从避难,不如仍守旧制罢!"什翼犍依了母命,不复营都,但将境内分作二大部,北境命孤监守,南境命实君监守。孤即什翼犍弟兄,实君系什翼犍子,年甫数龄,另遣大臣为辅。什翼犍虽然有室,不过系出卑微,并非望族。此次拟立皇后,意欲求婚他国,较示优崇。当时北方强国,除赵以外,要算燕王慕容皝。什翼犍乃遣使诣燕,乞与和亲,小子有诗咏道:

奉币远来乞许婚,欲加象服待邦媛。
休言齐大非吾耦,得匹豪宗即外援。

究竟慕容氏曾否许婚,待至下回续叙。

回评 李雄舍子嗣而立班,李班尽子道以事雄,雄能传贤,班能全孝,不可谓非盛德事,然卒酿成篡夺之祸者,何哉?盖非有盛德者,不能为盛德事,有尧之盛德,而后能开禅让之局,有舜之盛德,而后能化顽傲之心,否则如吴宣公,如吴王余祭,皆以授受之不经,酿成隐祸,何惑于李雄?即宋殇吴僚之遭弑,亦皆与李班相同,何惑于李班?顾或者谓班性仁孝,乃罹惨祸,几疑天道之无知,实则班似仁而实迂,似孝而实愚,对盗跖而谈礼义,入裸国而被衣冠,几何不为所戕害也?什翼犍以患难余生,终得嗣统,惟氏不能杀,石虎不能拘,冥漠中似隐有护之者。然郁律无过而被戕,贺傉无才而攘国,其不能不辗转推迁,属诸什翼犍之身,亦理数之所必然者也。况有翳槐之知人,与拓跋孤之守义乎哉?

第四十五回

杀妻孥赵主寡恩　协君臣燕都却敌

却说燕王慕容皝，就是慕容廆第三子。_{慕容廆见前文。}廆为鲜卑大单于，建牙辽西大棘城，礼贤下士，声望日隆。平州刺史崔毖，密结高句丽段氏宇文氏，合谋灭廆，三分廆地，廆遗子皝，与长史裴嶷，击破宇文部。段氏高句丽皆惧，遣使乞和。崔毖遁往高句丽。廆乃使裴嶷献捷建康，晋封廆为辽东公，都督幽平二州诸军事，领平州牧，仍为鲜卑大单于。廆因置官司守宰，立子皝世子，命庶长子翰为建威将军，少子仁为征虏将军，分守要塞。赵遣使通和，因廆拒命，嗾使宇文部酋乞得归，再引兵攻廆。廆仍命皝等出御，连败乞得归，直入宇文部帐，虏得人民牲畜，奏凯班师。乞得归穷蹙失势，为别部逸豆归所逐，窜死荒郊。逸豆归继为宇文部长，收复故土。复经慕容皝率兵往讨。逸豆归惶恐乞盟，方才引还，皝威名大振。_{补叙慕容廆，兼及慕容皝，文法不漏。}已而廆得病身亡，寿终六十五岁。廆自晋武帝十年时，受晋封为鲜卑都督，直至封公去世，共阅四十九年。

皝承袭父位，忌翰及仁，翰奔依段氏。仁据住平郭，与皝为仇，尽取辽东地。皝督兵攻克辽东，轻骑趋平郭，掩仁不备，擒仁而归，杀死了事。又遣将军封奕等，击败段氏宇文氏，遂自称燕王，立妻段氏为王后，子俊为王太子，拜封奕为国相，韩寿为司马，裴开、阳鹜、王宇、李洪等为列卿，历史上称为前燕。_{即十六国中之一。}至代王什翼犍，遣使求婚，皝闻什翼犍才名，自为两雄相遇，愿与和亲，乃将妹兴平公主嫁与什翼犍。什翼犍大喜，迎为王后，就在盛乐城筑起宫室，暗寓金屋藏娇的意思。看官记着！这时候除东晋外，共为五国，赵为最大，次为成，次为燕，次为代，次为凉。_{提要钩玄，点醒眉目。}凉州牧张骏，虽未曾僭号，但境内统称他为凉王，不过他尚守先命，仍然称藩晋室，自遣张淳赴建康，_{见前回。}晋廷格外嘉尚，特拜骏为大将军，都督陕西雍秦凉州诸军事。骏乃岁修朝贡，通使不绝。至成帝咸康元年冬季，骏复遣参军麹护，奉表晋都，请即北伐。表文有云：

东西隔塞，逾历年载，凤承圣德，心系本朝，而江湖寂静，余波莫及，虽肆力修涂，同盟靡恤，及至奉诏，悲喜交并。天恩光被，褒崇辉渥，即以臣为大将军，都督陕西雍秦凉州诸军事。休宠震赫，万里怀戴，嘉命显至，衔感屏营。伏维陛下天挺岐嶷，堂构晋室，遭家不造，播幸吴楚，宗庙有黍离之哀，园陵有殄废之痛，普天咨嗟，含气悲伤。臣专命一方，职在斧钺，逷域僻陋，势极秦陇，人怀反正，谓石虎李期之命，曾不崇朝，而皆篡继凶逆，鸱目有年，东西辽旷，声援不接，遂使桃虫鼓翼，四夷喧哗，向义之徒，更思背诞。铅刀有干将之志，萤烛希日月之光，是以臣前章恳切，欲并力声讨，而陛下雍容江表，坐视祸败，怀目前之安，替四祖之业，驰檄布告，徒设空文，臣所以宵吟荒漠、痛心长路者也。且兆庶离主，渐冉经世，先老销落，后生靡识，忠良受枭悬之罚，群凶贪纵横之利，怀君恋故，日月告流，虽时有尚义之士，畏逼首领，哀叹穷庐。臣闻少康中兴，由于一旅，光武嗣汉，众不盈百，祀夏配天，不失旧物。况以荆扬剽悍，尽州突骑，吞噬遗羯，在于掌握哉！愿陛下敷弘臣虑，永念先绩，敕司空鉴征西亮等，泛舟江沔，首尾齐举，臣愿执橐鞬以从，廓清河朔不难矣。拜表神驰，无任引企！

这篇表文，到了建康，正值成帝筹备大婚，有什么工夫，去讨北虏？但不过礼遣麴护，期诸他日罢了。越年二月，册立杜氏为皇后，后系故镇南将军杜预曾孙女，父乂曾为丹阳丞，姿容秀美，擅有盛名。前宣城内史桓彝，尝谓卫玠神清，杜乂形清。王导从子秘书郎羲之，亦称乂肤若凝脂，目如点漆，可谓神仙中人。怎奈天不假年，早岁去世，所遗仅一女子。妻裴氏嫠居养女，谨守礼教，甚有德音。女少擅容仪，姿采发越，有是父应有是女。惟年至二七，尚未生齿，因此人来求婚，往往中止。及成帝选为中宫，纳采这一夕，齿忽尽生，当时传为奇闻，至备礼入宫时，成帝亲御太极前殿，受群臣庆贺，盛赐筵宴，直至昼漏已尽，宫门悬籥，百官始散席告归。后与成帝同年，乾坤合德，龙凤呈样，当然恩爱缠绵，不消细说。当张骏申请北伐时，插入立后一段，虽是按时叙事，未免寓有讽意。惟张骏因未遂所请，再遣使申陈前意，适值赵主石虎，迁都邺城，闻张骏常与晋往来，料有他故，特命侦骑四布，遇有凉州使人，由西赴东，往往

第四十五回　杀妻孥赵主寡恩　协君臣燕都却敌

把他截住，拘回邺中，所以骏使东行，多不得达。石虎自恃富强，浸成骄侈，命在旧都筑太武殿，新都造东西宫。太武殿基高二丈八尺，纵六十五步，阔七十五步，砌以文石，下置窟室，设卫士五百人，用漆灌瓦，金珰银楹，珠帘玉壁，穷工极巧，不计价值。殿上施白玉床，流苏帐，特制金莲花，盖住帐顶。广采良家美女，充作宫妾，服珠玉，被绮縠，长黛轻裾，多至万余人。又教宫女占星气，习骑射，用女骑千人为卤簿，皆着紫纶巾，衣熟锦裤，金银镂带，五色成文，每一出游，必令她们随行，执羽仪，鸣鼓吹，仿佛天女散花，令人眩目。是时，境内大旱，粟二斗，值金一斤，百姓嗷嗷待哺。虎却徭役并兴，日夜不休，又使牙门将张弥，至洛阳宫中，迁徙钟虡、九龙、翁仲、飞廉等物，搬入邺城。一钟沉入河流，募得泗水壮士三百人，捞取此钟，岸上系着竹絚，驱牛百头，仿辘轳法，引钟出水，才得捞起，用大舟载归。石虎大悦，赦二岁刑，赉百官粟帛，赐民爵一级。又依尚方令鲜飞计议，就邺南投石河中，欲造飞桥，工费数千万亿，桥竟不成。既而赵太保夔安等，上虎尊号，甫入殿庭，庭燎油沸，猝然倒下，散及百官身上，炮得头青面肿，有几个火气攻心，异回家中，竟致暴毙。虎引为深恨，拿下值殿侍臣成公段，责他疏忽，腰斩阊阖门。

先是虎已欲称尊，戴服衮冕，将祀南郊，尝揽镜自照，不见已首，乃大加惶惧，不敢称帝。至此因群臣劝上尊号，但自称赵天王，再就南郊筑坛，即位受朝。天王与皇帝何殊？岂即可保全首领么？立后郑氏为天王后，太子邃为天王太子，惟诸子反降王为公，宗室且降王为侯。这是何意？大约即民无二王之意。郑后小字樱桃，本为晋尤从仆射郑世达家歌妓，没入襄国。虎见她妖冶绝伦，即纳为己妾。虎元配郭氏，系征北将军郭荣女弟，虎本与她相敬如宾，未尝反目。不过郭氏无子，常为虎忧。及樱桃入室，生成一种淫妒性质，先用柔媚手段，把虎迷住，然后掩袖工谗，媒孽正室。郭氏不堪忍受，免不得反唇相讥，哪知虎袒护樱桃，不令郭氏插嘴。郭氏如何肯依，竟致与虎争执。虎性似烈火，口舌不足，继以武力。拳打足踢，立将郭氏殴毙，再娶清河崔氏女为继室。相处年余，适值樱桃生男，崔氏欲养为己子，樱桃不许。俄而婴儿夭殇，樱桃又对虎哭诉，捏称崔氏挟嫌诅咒，致子夭亡；且多取胡儿为养子，未识何心。虎闻言大怒，急取弓箭，召崔入问。崔徒跣出庭，且泣且语道："勿妄杀妾，乞听妾言！"虎狞笑道："汝若不生歹意，何必着忙。且还入座中,随汝分剖。"崔氏转身入座,不防背后弓弦声响,急欲闪避,已是不及,刚刚穿入胸中,倒地毕命。虎善咥人,遑问爱妻。

自是樱桃得为虎继妻,生有二男,长子就是太子邃,小名阿铁,次子名遵,受封郡公。邃秉性阴鸷,膂力过人。确是有遗传性。虎既立邃为天王太子,复命他参决尚书奏事,且常顾左右道:"司马氏父子兄弟,自相残灭,故使朕得至此,试想阿铁是我大儿,我肯忍心杀他么?"慢着!左右齐声道:"陛下父慈子孝,怎出此言?"已而太子邃恃宠生骄,因骄成暴,酗酒渔色,纵欲无度,或终日游畋,入夜乃归,或夜出宫臣家,见有姿色妇女,即迫与交欢,有时且妆饰宫人,斩首洗血,置诸盘上,传示四座。又采纳美貌女尼,白日宣淫,狎媟

既毕,便视作猪羊一般,洗剥宰割,与猪羊肉合贮一器,煮熟取食,有余遍赐左右,令他分尝一脔。肉味何如?河间公石宣,乐安公石韬,皆邃庶弟,得虎宠爱,邃独视如仇雠,虎毫不加察,也变做一个糊涂虫,左抱娇妾,右执大觥,镇日里昏醉沉迷,不问朝事。邃尝有事呈报,虎嫌他琐碎,即呵斥道:"这等小事,呈报什么?"后来邃未报闻,被虎察觉,又召邃入骂道:"为什么指匿不报?"邃未免记述前言,益触虎怒,往往鞭笞交下,不少宽贷。邃屡遭鞭责,当然不平,私语中庶子李颜等道:"官家指主言。很难服侍,我欲行冒顿故事,卿等肯从我否?"冒顿弑父自立,见前汉事。颜等不敢置词,都与傀儡相似。邃即托词有疾,不出莅事,暗中却带领宫僚,共计五百余骑,往饮李颜家。酒至半酣,顾颜与语道:

第四十五回　杀妻孥赵主寡恩　协君臣燕都却敌

"我欲往杀河间公。"颜答言："今日饮酒，且从缓图。"邃又狂饮数觥，因酒使气，勃然起座，即上马饬众道："快随我杀河间公，如或不从，便当斩首。"大家骇走。颜叩头苦谏，邃亦醉不能支，踉跄趋归。

虎闻邃有疾，拟往探视，命人驾车，蓦见一人趋入，叩马谏阻道："陛下不宜屡往东宫。"虎瞧将过去，乃是大和尚佛图澄，遂延他入座，且命停车不赴。原来佛图澄言多奇验，很为虎所敬信。及与澄谈了数语，澄即别去，虎又不禁怀疑，瞋目大言道："我为天下主，难道亲如父子，反不相信么？"随即遣女官觇邃。邃佯呼与语，背地里拔出佩剑，殴击女官。幸亏女官身材伶俐，只被他击了一下，便转身逃出，奔回报虎。虎乃大怒，收逮中庶子李颜等三十余人，当面诘问。颜知无可讳，具白邃状。虎仍责他辅导无方，都令推出斩首，全是强暴行为。因将邃幽锢东宫。甫经半日，便令释出，传他入见。邃照常朝谒，并未叩谢，拜毕便退。虎令左右传谕道："太子当入朝中宫，奈何便去？"邃似无所闻，昂头径出。于是虎怒不可遏，立废邃为庶人，仍把他拘禁起来。到了夜间，索性遣人杀邃，并邃妻张氏，及男女二十六人，一律诛死，同瘗一棺。又杀东宫僚属二百余人，就是邃母王后郑樱桃，也连坐得罪，被废为东海太妃，另立河间公宣为太子，宣母杜昭仪为后。

适燕主慕容皝，遣使至赵，具表称藩，愿乞师会讨段氏。虎最喜用兵，又见皝表文恭顺，当然大悦，便与来使约定师期，遣他归报，当即招募壮士三万人，赐官龙腾中郎。旋命横海将军桃豹，渡辽将军王华，统领舟师十万，出漂渝津。虎骧将军支雄，冠军将军姚弋仲，统领步骑十万，充作前锋，往伐段氏。虎也督率亲兵，出次金台。段氏酋长名辽，闻赵将入犯，先遣从弟段屈云，进袭幽州，刺史李孟，退保易州。及支雄兵到，击退屈云，复长驱直进，连拔四十余城。燕王慕容皝，亦出兵遥应，攻掠令支北面。令支即段氏建牙处，段辽使弟兰御皝，为皝所诱，引入伏中，大破兰兵，驱五千户而返。辽南北皆败。又闻赵兵已入安次，杀毙部酋那楼奇，不由得心惊意骇，急率母妻子姓等，夤夜出奔，逃往密云山。辽左长史刘群，右长史卢谌，司马崔悦等，封好府库，遣使至虎军乞降。虎再遣将军郭泰麻秋，带着轻骑二万，倍道追辽。行至密云，与辽相遇，辽众无心恋战，怎能敌得过赵兵？眼见是仓皇四溃，如鸟兽散。辽亦单骑窜去，连母妻都不及顾，尽被赵兵挈住，又乘势追杀，斩首三千级。虎直入令支,据住辽宫,正值辽子乞特真,赍献表文,情愿投诚;并贡名马百匹。虎许令降附,收受名马,徙民户二万余人,入居司雍兖豫四州。

是时,燕王慕容皝,已早还师,不复来会。虎恨他无礼,拟移军攻燕。佛图澄随虎偕行,从旁谏阻道:"燕势方盛,福德正隆,现在未可加兵,不若班师为是。"虎作色道:"我率大众进攻,战必胜,攻必取,区区小竖,唾手可擒,能逃到哪里去呢?"太史令赵揽亦入谏道:"燕地岁星所守,行师无功,且恐受祸。"虎大怒道:"你也敢来阻我么?"命左右鞭揽百下,把他逐出,谪为肥如长。当下引众出令支城,攻入燕境,并遣使招诱民夷。燕地各郡县,却也闻风惶骇,相继请降。虎得燕城三十六,乘锐东进,直捣棘城,有众数十万,四面猛扑,呐喊声震彻辽东。燕王皝日夕担忧,竟欲出走。帐下将士慕舆根进言道:"赵强我弱,不宜轻动,大王若一举足,全局瓦解,适张赵威。若赵人掠我国民,夺我府实,兵多粮足,如何可敌?且赵人四面环迫,正欲大王畏惧出亡,奈何堕他诡计?今不若固守坚城,镇定士心,观形察变,出奇制胜,就使不能济事,走亦未晚,怎可望风委去,自速灭亡哩?"言之

协君臣燕都却敌

有理。皝乃决计守城,但面上总难免惧色。玄菟太守刘佩献议道:"今强寇在外,众志惊惶,国事安危,系诸一人。大王今日,无从推诿,当振作精神,率厉将士,不宜再示疲弱。事已万急,臣愿拼死出击,就使不能大捷,亦可小挫敌锋,借定众心呢。"皝乃许诺。佩即率敢死士数百骑,

第四十五回　杀妻孥赵主寡恩　协君臣燕都却敌

乘夜出城,掩击赵兵。赵兵虽然防备,究竟夜深月黑,不知有多少来军,仓猝抵敌,虚张声势。那佩众却人自为战,不按纪律,但用短兵突阵,乱砍乱斫,俘斩赵兵数百名,便收军入城。为了这一番踹营,赵兵稍稍气沮,守卒才有生机。

皝再向封奕问计,奕答道:"石虎凶残已甚,人神共嫉,祸败将至,计日可待。今倾国远来,攻守势异,彼虽强横,无能为患。若顿兵多日,必将自乱,大王但坚守不怠,俟彼退去,遣锐追击,必得大胜。"皝意乃安。石虎射书招降。守兵拾书呈皝,皝扯碎来书,慨然说道:"孤方欲规取天下,肯降这凶竖么?"既而虎督兵猛攻,四面蚁附,缘城而上。守将慕舆根等,力战不退,所有缘城的赵兵,尽被击仆,相持至十余日,赵兵死了无数,终不能克。虎无法可施,只好引退。行了数里,忽见后面尘头大起,燕兵努力追来。为首一员少年将官,横槊跃马,当先趋至,大呼:"石虎快来受死。"虎闻声怒起,饬令大众回马接战,偏各军都有归志,不服号令,随你石虎如何督饬,只是掉头不顾,落荒窜去。小子有诗叹道:

　　自古佳兵定不祥,况兼暴戾等豺狼。
　　劳师已久军心溃,失律贻凶即否臧。

欲知石虎能否退敌,下回再当表明。

回评　晋元东渡,两河为墟,胡羯鲜卑诸部落,乘势入据,互相吞并,其目无典午也久矣。独凉州张氏,本为汉族,世奉晋室,如张骏之申请北伐,尤为东晋史上仅见之文字。本回录入原表,所以旌张氏之忠也。惜乎!江左诸君,志在偏安,无暇北讨,而残虐凶暴之石虎,反得横行河洛,称霸一方,天地晦盲,膻腥四煸,岂非一极大厄运欤?夫石虎宠妾杀妻,性本残忍,及子邃谋逆,连坐妻孥。邃有罪当诛,邃之妻子,何为俱诛?东宫僚属,宁无臧否?一并屠戮,其草菅人命也甚矣!至若攻燕一役,顿兵城下,日久无功,虽由燕臣之善谋,坚守不挠,要亦由石虎之暮气已深,天不容其再逞耳。否则如慕容皝之戕贼骨肉,背盟败约,亦石虎之流亚也,虎何至遽为所败哉!

第四十六回

议北伐蔡谟抗谏　篡西蜀李寿改元

却说石虎还至中途，遇着燕兵追来。燕将叫作慕容恪，乃是慕容皝的第四子。恪为皝妾高氏所生，高氏无宠，恪亦失爱。及恪年十五，容貌雄毅，谋虑精详，皝始目为奇童，授以孙吴兵法，至是统兵追虎，部下不过二千骑，却击败赵兵十余万人。赵兵原是劳敝，不堪再战，但亦由恪勇往直前，才得大破虎众，斩获至三万余级，夺还三十六城，奏凯而回。虎狼狈还邺，检点各军，统皆残缺，独游击将军石闵，一军独全。闵本姓冉，世居魏郡，石勒破魏，掳得闵父冉瞻，少年有力，为勒所爱，乃命侍虎左右，使为虎养子，瞻遂易姓为石，历任左积射将军，封西华侯，后竟战死。虎悯瞻殉难，因抚闵如孙，使承父荫。闵既长成，也饶勇略，得为北中郎将游击将军。至是从虎出师，还军时队伍整齐，不缺一人。虎极口赞赏，奖叙有加。<u>养虎贻患，好一个冥中报应。</u>复召赵揽为太史令，一面造船积谷，再图攻燕。

时段辽尚在密云山，遣使诣赵，乞赵发兵相迎，嗣复中悔，又遣使至燕，谢罪投诚。燕王皝亲率诸军迎辽，辽与皝相见，自述前时使赵情形，现当助燕拒赵，计歼赵军。皝大喜过望，便遣慕容恪带领精骑，埋伏密云山，专待赵军到来。赵主石虎，怎知段辽中变，竟遣征东将军麻秋，领众三万，往迎段辽。临行时却面嘱麻秋道："受降如受敌，不可轻忽哩。"<u>毕竟有些智略，可惜已中人计。</u>又命尚书左丞阳裕为军司马，令作向导。裕本段氏旧臣，前次赵军入蓟，战败降赵。虎因他驾轻就熟，所以命助麻秋，也是格外谨慎的意思。麻秋领兵前进，还道是石虎过虑，尽管纵马急行。将到三藏口，乃是密云山入谷要道，远远探望，只有深林丛箐，并无兵马往来，他遂麾兵入谷。才经一半，猛听得胡哨声起，深谷震响，始觉得毛发森竖，胆战心惊。正顾虑间，那慕容恪已挥动伏兵，两面杀来，秋慌忙退兵，怎奈山路崎岖，易进难退，一时情急失措，竟致自相蹴踏，伤毙甚多。再经燕兵大刀阔斧，当头乱劈，就使铜头铁骨，也被

第四十六回　议北伐蔡谟抗谏　篡西蜀李寿改元

斫伤。何况是血肉身躯，怎禁得这番横暴？当下赵兵三万人，约死了二万有余。单剩得几千残兵，保秋还奔。秋马已受伤，下马急跑，才得幸免。

阳裕已被燕兵擒去。赵将单于亮失马被围，冲突不出，索性倚石危坐。燕兵叱令起来，亮厉声道："我是大赵上将，怎肯受屈小人？汝等若能杀我，尽可下手，否则让开走路，听我自归。"燕兵见他状貌伟岸，声气雄壮，倒也不敢进逼，但遣人走报慕容皝。皝用马迎亮，召与叙谈，大加器重，遂授为左常侍。亮见皝厚礼相待，也即受命。从前平州刺史崔毖东遁，妻女没入燕庭。崔毖事见前回。皝命将毖女妻亮，且释出阳裕，使为郎中令，遂载辽俱归，待若上宾。越年，辽复谋叛，乃把辽杀死，并辽党数十人。又遣长史刘翔，参军鞠运，至晋报捷，并乞册封，晋廷未许，惟闻赵为燕败，也不禁跃跃思逞，倡出北伐的议论来了。也想出些风头，其实可以不必。

看官道何人首倡此议？原来是征西将军庾亮。出诸彼口，尤属不符。咸康四年，成帝命司徒王导为太傅，郗鉴为太尉，庾亮

议北伐蔡谟抗谏

为司空。导性宽厚，委任诸将赵胤贾宁等，多不奉法，朝臣多引以为忧。亮不服王导，挟嫌尤深，尝与太尉郗鉴书道："人主春秋既盛，尚不稽首归政，究竟怀着何意？况身为师傅，豢养无赖，更属非宜。公与下官，并受顾命，朝廷有此大奸，不能扫除，他日到了地下，如何对得住先帝？现

拟与公同日起事，廓清君侧，公作内应，亮为外援，不患无成，愿公勿疑！"鉴览书后，付诸一笑，并不答复。有人探悉此事，报知王导，劝导密为防备。导叹息道："我与元规谊同休戚，当无异心，果如君言，我便角巾还第，有什么畏惧呢？"话虽如此，但因亮在外藩，却要来干预内政，心下总未免不平。尝遇西风尘起，举扇自蔽，慢慢地说道："元规尘污人。"晋臣多半矫情。晋廷诸臣，统因导老成宿望，为帝师傅，格外推重，且拟降礼相见。太常冯怀，商诸光禄勋颜含，含正色道："王公虽为傅相，究竟是个人臣，礼无偏敬，诸君如要降礼，可请自便。鄙人年老，未识时务，但知遵守古礼呢。"及冯怀别去，转告亲友道："我闻伐国不问仁人，冯祖思怀字祖思。意欲谄人，偏来问我，莫非我有邪德不成？"随即上表辞官，退归琅琊故里；再历二十余年，安殁家中。表明高尚。

惟庾亮既反对王导，又欲窃名邀誉，借着北伐的虚声，张皇中外。因特援举不避亲的古义，把两弟登诸荐牍，一是临川太守庾怿，谓可监督梁雍二州军事，使领梁州刺史，镇守魏兴；一是西阳太守庾翼，谓可充任南蛮校尉，使领南郡太守，镇守江陵。再请授征虏将军毛宝，监督扬州及江西诸军事，与豫州刺史樊峻，同率精骑万人，出戍邾城。然后调集大兵十万，分布江沔，由自己移镇石城，此非江南之石头城，乃在沔水左近。规复中原，乘机伐赵。表文上面，说得天花乱坠，俨然有运筹帷幄，决胜疆场的状态。这叫做画饼充饥。成帝览到亮表，也不禁怦然心动，便将表文颁示廷臣，令他议复。太傅王导，是朝中领袖，且又得成帝诏命，升任丞相。这番军国大事，当然要他首先裁决，导看了表文，掀髯微笑道："庾元规能行此事，还有何说，不妨请旨施行。"言下有不满意，实是请君入瓮。太尉郗鉴接口道："我看是行不得的，现在军粮未备，兵械尚虚，如何大举？"忠厚人口吻。此外百官，亦多赞成鉴议。太常蔡谟，更发出一篇大议论，作为议案，由小子录述如下：

  盖闻时有否泰，道有屈伸。暴逆之寇，虽终灭亡，然当其强盛，皆屈而避之，是以高祖受屈于巴汉，忍辱于平城也。若争强于鸿门，则亡不终日，故萧何曰："百战百败，不死何待也。"原始要终，归于大济而已，岂与当亡之寇，争迟速之间哉？夫惟鸿门之不争，故垓下莫能与之争。文王身厄于羑里，故道泰于牧野，勾践见屈于会稽，故威申于强吴。今日之事，亦犹是耳。贼假息之命垂尽，而

第四十六回　议北伐蔡谟抗谏　篡西蜀李寿改元

豺狼之力尚强,为吾国计,莫若养威以待时。时之可否,系于胡之强弱,胡之强弱,系于石虎之能否。自石勒举事,虎常为爪牙,百战百胜,遂定中原,所据之地,同于魏世,及勒死之日,将相欲诛虎,虎独起于众异之中,杀嗣主,诛宠臣,内难既定,千里远出,一举而拔金墉,再举而擒石生,诛石聪,如拾遗,取郭权,如振槁,还据根本,内外平定,四方镇守,不失尺土。以是观之,虎为能乎,抑不能也?假令不能者为之,其将济乎,抑不济也?贼前攻襄阳而不能拔,诚有之矣,但不信百战之效,而徒执一攻之验,譬诸射者百发而一不中,即可谓之拙乎?且不拔襄阳者,非虎自至,乃石遇之边师也。桓平北桓宣为平北将军,见前。守边之将耳,遇攻襄阳,所争者疆场之土,利则进,否取退,非所急也。今征西指庾亮。以重镇名贤,自将大军,欲席卷河南,虎必自率一国之众,来决胜负,岂得以襄阳为比哉?今征西欲与之战,何如石生?若欲守城,何如金墉?欲阻沔水,何如大江?欲拒石虎,何如苏峻?凡此数者,宜详较之。石生猛将关中精兵,征西之战,殆不能胜也。金墉险固,刘曜十万众所不能拔,今征西之守,殆不能胜也。又当是时洛阳关中,皆举兵击虎,今此三镇,反为其用,方之于前,倍半之势也。石生不能敌其半,而征西欲当其倍,愚所疑也。苏峻之强,不及石虎,沔水之险,不及大江,大江不能御苏峻,而欲以沔水御石虎,又愚所疑也。昔祖士稚在谯,田于城北,虑贼来攻,预置军屯以御其外。谷将熟,贼果至,丁夫战于外,老弱获于内,多持炬火,急则烧谷而走,如此数年,竟不得其利。是时贼惟据沔北,方之于今,四分之一耳。士稚不能捍其一,而征西欲御其四,又愚所疑也。或云贼若多来,则必无粮。然致粮之难,莫过崤函,而石虎首涉此险,深入敌国,平关中而后还。今至襄阳,路既无险。又行其国内,自相供给,方之于前,难易百倍,前已经至难,而谓今不能济其易,又愚所疑也。然此所论,但说征西既至之后耳,尚未论道路之虞也。自沔以西,水急岸高,鱼贯泝流,首尾百里,若贼无宋襄之义,及我未阵而击之,将如之何?今王师与贼,水陆异势,便习不同,寇若送死,虽开江延敌,以一当千,犹吞之有余,宜诱而致之,以保万全。若弃江远进,以我所短,击彼所长,惧非庙胜之算也。鄙议如此,伏乞明鉴?

这篇大文,表示大众,没一人敢与他批驳,就是呈入御览,成帝亦一目了然,料知北伐是一种难事,乃诏亮停止北伐,不必移镇。会太尉郗鉴得疾,上疏逊位,疏中有云:

> 臣疾弥留,遂至沉笃,自忖气力,不能再起,有生有死,自然之分。但忝位过才,曾无以报,上惭先帝,下愧日月,伏枕哀叹,抱恨黄泉。臣今虚乏,危在旦夕,因以府事付长史刘遐,乞骸骨归丘园,惟愿陛下崇山海之量,弘济大猷,任贤使能,事从简易,使康哉之歌,复兴于今,则臣虽死,犹生之日耳。臣所统错杂,率多北人,或逼迁徙,或是新附,百姓怀土,皆有归本之心。臣宣国恩,示以好恶,处以田宅,渐得少安。闻臣疾笃,众情骇动,若当北渡,必启寇心。太常臣谟,平简贞正,素望所归,可为都督徐州刺史,臣亡兄子晋陵内史迈,谦爱养士,甚为流亡所宗,又是臣门户子弟,堪任兖州刺史,公家之事,知无不为,是以敢希祁奚之举。_{祁奚春秋时晋人。}迫切上闻。

这疏上后,不到数日,便即谢世,年已七十有一。鉴系高平金乡人,忠亮清正,能识大体,殁后予谥文成,所有朝廷赠恤,一如温峤故事。且依鉴遗疏,迁蔡谟为徐州刺史,都督徐兖二州军事,即授郗迈为兖州刺史。可巧丞相王导,与鉴同时起病,先鉴告终,成帝特别哀悼,特遣大鸿胪监护丧事,赠祭典礼,仿诸汉博陆侯霍光,及晋安平献王司马孚,予谥文献。导卒年六十有四,当时号为中兴第一名臣。看官阅过前文,应知导毕生事实,究竟优劣何如,请看官自下断语,小子恕不琐叙了。_{意在言中。且随郗鉴带叙,明示导不如鉴,有瑜不掩瑕之意。}

成帝征庾亮为丞相,亮复表固辞,乃进丹阳尹何充为护军将军,亮弟会稽内史庾冰为中书监,领扬州刺史,充并参录尚书事。冰办理政务,不舍昼夜,礼遇朝贤,引擢后进,朝野翕然归心,号为贤相。_{胜过乃兄。}独庾亮尚欲北伐,又想申表固请,适接邾城失守警信,方不敢再提北伐二字。邾城虚悬江北,内无所倚,外接群夷,真是孤危得很。从前陶侃在日,镇守武昌,僚属屡劝侃分戍邾城,侃乃引集将佐,渡水指示道:"此城为江北要冲,差不多是虎口中物,我国家现在势力,只能保守江南,倚江为堑,阻住戎马,若出守此城,必致引虏入寇,非但无益,反且有损。我闻孙吴御魏,尝用三万兵扼守此城,今我兵不过数万,怎能分

第四十六回　议北伐蔡谟抗谏　篡西蜀李寿改元

顾？不若弃为空地，省得夷人生心，我却好安守江南，尚不失为中策呢。"将佐因侃说得有理，当然无言，随侃渡江回镇。侃既去世，由亮代任，亮视邾城为要地，谓可借此进兵，乃使毛宝樊峻，往守邾城，见本回上文。果被石虎闻知，立遣大都督夔安，带领石鉴、石闵、李农、张貉、李菟等五将，分率五万人，进攻邾城。毛宝忙向亮求救，亮反视若无事，不急往援，终致邾城陷没。宝与峻突围出走，为赵兵所追，俱投江溺死。夔安又转陷沔南，连拔江夏义阳等郡，进围石城。还亏竟陵太守李阳，发兵掩击，得破赵兵，斩首五千余级，才将赵兵杀退。亮始终不敢渡江，但上表谢过，自愿贬降三等，权领安西将军。有志北伐者，果如是乎？有诏免议，惟庾怿为辅国将军，领豫州刺史，监督宣城庐江历阳安丰四郡军事，镇守芜湖。亮自邾城陷没，忧慨成疾，旋即殁世，年五十二，追赠太尉，谥曰文康，进护军将军何充为中书令，命南郡太守庾翼为安西将军，领荆州刺史，都督江荆司雍梁益六州诸军事，代亮镇武昌。

翼年仅及壮，超居大任，时人恐他不能称职，他却竭尽志虑，劳谦不懈，戎政严明，经略深远，自是公私充实，舆论帖然。惟翼志大言大，好谈兵事，既欲灭赵，又思平蜀，仍不脱阿兄气习。因通使燕凉，拟与和好，倚为外援。那赵主石虎，却也雄心思逞，贻书西蜀，志在并吞江南，愿与蜀主平分。蜀本称成，此时已改号为汉，就是主子李期，也已遭弑，为大将军李寿所篡了。李期见四十四回。期据位后，骄虐日甚，滥杀无辜，籍没资财妇女，充入后官，内外汹汹，道路侧目。镇南大将军李霸，镇北大将军李保，俱系雄子，相继暴亡，朝臣都说是为期所鸩。期从子尚书仆射李戴，素有才名，期又诬他谋反，迫令自尽。大将军汉王李寿，本为期所忌，幸得不死，外镇涪城。亦见前文。每当入朝，辄诈造边书，辞以警急。会有巴西处士龚壮，谒见李寿，为寿划策，劝他入袭成都。看官道是何因？原来龚壮父叔，前为李特所杀，壮早欲报仇，苦不得间，历年悲恸，服阕未除，远近称为孝子。寿亦闻壮名，礼征不起，及寿与期有嫌，为壮所知。乃拟借寿泄恨，密加游说。寿竟信壮言，遂与掾吏罗恒解思明谋攻成都。期亦防寿为变，屡遣中常侍许涪窥寿，侦察动静。又鸩杀寿养弟安北将军李攸。一面与建宁王越，及尚书令景骞，尚书田褒姚华等，共议袭寿，将要发兵，不料寿已先发，自率步骑万人，由涪城径趋成都，用部将李奕为先锋，长驱直达。寿子势为翊军校尉，留居成都，正是

篡西蜀李寿改元

一个好内应。马上开城迎接,李奕先入,李寿继进,便围住宫门,鼓噪不休。期不及防备,急得没法,只得遣人出慰寿军。寿奏称建宁王越,与景骞田褒姚华,以及李逌李西,统皆怀奸乱政,宜加重辟。期尚未复报,已由寿指挥兵士,收捕越等,随到随诛。兵士乘间四掠,数日乃定。寿即矫称任太后令,废期为邛都县公,幽居别室,追谥戾太子李班为哀皇帝。于是大会将佐,熟商后事。

罗恒解思明李奕,劝寿称镇西将军益州牧成都王,向晋称藩,执邛都公,送往建康。独寿妹夫任调,与侍中李艳,司马蔡兴等,请寿称帝,不宜屈膝江东。寿乃令卜人占验吉凶,卜人视得卦兆,谓可作数年天子。任调跃起道:"一日为帝,已足称威。况多至数年呢。"怪不得古今盗贼,都想自做皇帝。解思明驳说道:"数年天子,何如百世诸侯?"寿微笑道:"朝闻道,夕死尚可。任卿语原是上策哩。"所望在此。遂僭即帝位,改国号汉,纪元汉兴,追尊父骧为献皇帝,母昝氏为皇太后,立妻阎氏为皇后,世子势为皇太子,命旧吏董皎为相国,罗恒为尚书令,解思明为广汉太守,任调为征北将军,领梁州刺史,李奕为西夷校尉,从子权为宁州刺史,所有公卿守令,一律参换,旧臣近亲,悉皆摈斥,特用安车乘马,征龚壮为太师,壮独不受,乃听令缟巾素带,待若宾师。庸中佼佼。邛都公李期,被幽兼旬,慨然叹道:"天下主降为小县公,生不如死。"说着,即解带自缢,年仅二十五,在位三年,寿谥为幽公。期妻子徙死穷边。小子有诗叹道：

敢戕孝子乱天常，叛贼何能不速亡？

容易得来容易失，投环尚幸免刑章。

寿既僭位，便得赵主石虎来书，约他连兵寇晋，究竟寿如何复赵，待至下回说明。

回评 亡西晋，掳怀愍者，非他，一为刘曜，一即石勒也。曜为勒所灭，已受冥诛，勒虽死而虎尚存，雄暴且过于勒。为典午复仇计，原宜北伐，为河朔救民计，亦宜北伐，庾亮之奏请伐赵，似也。所惜者，亮有其志而无其才耳。蔡谟之驳议，非谓赵不可伐，正以亮之不能伐赵，不得不为此激切之辞也。若夫李期篡国，刑政无章，此而能久，谁不可为天下主？李寿直入成都，一举而即废之，彼尚以小县公为怏怏，自言生不如死，遂致投环毕命，曾亦思李班何罪，乃擅加弑逆乎？我杀人，人亦杀我，推刃之报，固其宜也，于李寿乎何尤？

第四十七回

饯刘翔晋臣受责　逐高钊燕主逞威

却说汉主李寿,得了赵主来书,竟喜出望外,即遣散骑常侍王嘏,中常侍王广,驰赴邺中,与赵定约。龚壮曾上陈封事,劝寿附晋,寿不肯从;至是又谏阻联赵,仍然不听;且大修军舰,储粮缮甲,准备东下。一面命尚书令马当为六军大都督,调集军士七万余人,齐至东场,由寿亲往校阅,并下书誓众,略言"吴会遗烬,久逭天诛,今将大兴百万,躬行天讨"云云。小人得志,往往大言不惭。及军舰告成,便分载水师,舣集成都城下。寿登城俯瞩,但见帆樯蔽日,轴舻横江,不由得露出骄容,扬扬得意。偏群臣多与寿异心,相率谏阻道:"我国地小兵单,只可自守,不应进取。且吴会险远,更未易图,一动不如一静,幸勿为赵所误,自蹈危机。"寿怒叱道:"天与不取,反受其咎,今赵欲与我平分江南,正是天授我朝的机会,奈何勿往?"广汉太守解思明,再向寿反复陈词,极言利害,寿终不信。至龚壮申疏切谏,谓通胡宁可通晋,并援假虞灭虢事以戒寿,寿尚以为非。又经群臣叩头固争,方才罢议。大众齐称万岁。

寿有旧将李闳,前为东晋所获,得间奔赵。寿向赵致书,请遣还李闳。书中称虎为赵王石君,虎未免不悦,付诸廷议。中书监王波进言道:"李闳尝志在故国,以死自誓,诚使陛下遣还蜀汉,使彼感恩,理当纠率宗族,归向王化,就使不如臣料,我国将多士众,何必留这一人?今寿既自称尊号,僭据一方,若我用制诏,彼必不受,不如赠以国书,示彼大度,免有违言,这也未始非怀柔之计。"虎意乃释然,遣闳使归。适挹娄国献入楛矢,波谓可转赠巴蜀,使寿知我国威服远人,虎亦依议,因派使臣偕闳赴蜀,往送楛矢。及使臣返国,报称李寿并未称谢,且下令国中道:"羯使来庭,献楛矢。"于是石虎大怒,黜免王波,令以白衣领职。既而凉州牧张骏,遣别驾马诜至赵,贡献方物,虎颇有喜色,览及来文,语多謇傲。虎转喜为怒,即欲斩诜。全是喜怒无常。侍中石璞道:"今日为陛下大患,莫若江东,区区河右,何关轻重?今若斩马诜,必征张骏,

第四十七回　钱刘翔晋臣受责　逐高钊燕主逞威

出师西略,无暇南讨,建业君臣,反得苟延过去,岂非失策?况凉州一隅,就使胜彼,也不足为武,不胜反贻笑四邻,倒不如格外厚抚,使彼改图谢罪,彼若执迷不悟,往讨未迟。璞与王波却同是一流人物。虎乃礼待马诜,便即遣归。

忽闻燕兵有入侵消息,乃大加防备,集兵五十万,具船万艘,自河通海,运谷千一百万至乐安城,且由幽州东迄白狼山,广兴屯田,括取民马,得四万余匹,大阅宛阳,为攻燕计。哪知燕王皝已探悉虎谋,密与诸将商议道:"石虎专顾乐安城,总道是防守重复,固若金汤,若蓟城南北,必不设备,我今从间道出发,掩他不备,破彼积聚,才不致他轻觑哩。"说着即整率各军,从蠮螉塞攻入赵境,连破各戍,直抵蓟城。幽州刺史石光,拥兵数万,不敢出战,但闭城拒守。燕兵转渡武遂津,驰诣高阳,沿途焚毁积聚,掠徙幽冀三万余户而还。虎闻燕兵入境,急拟整军对敌,一时未及召齐,只好迁延数日。到了兵马会集,燕兵已饱载远扬,虎始知皝有智略,倒也不敢轻自出兵了。皝引兵归国,因前使刘翔等,尚留江东,未见北返,乃再贻晋中书监庾冰书,责他忘仇误国,大略说是:

> 君以椒房之亲,舅氏之昵,总据枢机,出纳王命,兼拥列将州司之位,昆弟网罗,显布畿甸,自秦汉以来,隆赫之极,岂有若此者乎?以吾观之,若功就事举,必享申伯之名,如或不立,不免梁窦之迹矣。每观史传,未尝不宠恣母族,使执权乱朝,先有殊世之勋,寻有负乘之累,所谓爱之适足以为害。吾尝恣历代之王,不尽防萌终宠之术,何不以一土之封,令藩国相承,如周之齐陈?如此则永保南面之尊,宁复有黜辱之忧乎?窦武何进,虚己好善,天下归心,虽为阉竖所危,天下嗟痛,犹有能履以不骄,图国亡身故也。方今天下有倒悬之急,中夏浦僭逆之寇,家有溅血之怨,人有复仇之憾,宁得安枕逍遥,雅谈卒岁?吾虽寡德,过蒙先帝列将之授,以数郡之人,尚欲并吞强虏,是以自顷及今,交锋接刃,一时务农,三时用武,而犹师徒不顿,仓有余粟,敌人日畏,我境日广。况乃王者之威,堂堂之势,岂可同年而语?若之何不自振作,反为胡人笑也?《传》曰:"畏首畏尾,身其余几。"幸执事图之!

是时江左君臣,为了燕使乞封问题,议论经年,尚未决定。燕使刘

刘翔使晋受责

翔,争论数次,晋廷总借口成制,谓大将军不处边,异姓不封王,翔不得所请,所以淹留不去。至燕王皝贻书责冰,冰颇加惭惧,乃与中书令何充商议,不如封皝为王。充尝与刘翔会叙,翔直言语充道:"四海板荡,忽已三纪,宗社为墟,生灵涂炭,这正庙堂宵旰忧劳,卧薪尝胆的时候。翔羁居年余,每见诸公宴安江左,以奢靡为荣,以放诞为贤,试问如此过去,怎能尊主济民呢?"应被揶揄。充闻翔言,也觉抱愧。因与冰联名奏请,乞封慕容皝为大将军、幽州牧、大单于、燕王。成帝下诏依议,翔既得奉诏,乃入朝辞行。朝旨又授翔为代郡太守,翔固辞不受,叩头趋出,当下与晋臣等告别,整装启行。公卿等饯送都门,宴饮尽欢,翔慨然道:"古时少康兴夏,一成一旅,尚灭有穷;勾践霸越,甲楯三千,终沼强吴。蔓草尚宜早除,况国仇呢?今石虎李寿,志在吞噬,王师即未能澄清北方,亦当从事巴蜀,一旦石虎先人举事,西并李寿,据形胜地以临东南,虽有智士,恐也不能善后了。"是有心人吐属。中护军谢广,时亦在座,奋衣起应道:"刘君高论,实获我心,应该大家努力呢。"已而饮毕撤席,翔等自去,晋臣等当然散归。

才过数日,忽宫中传出大丧,乃是皇后杜氏,得病而亡,百官相率入临,毋庸絮述。杜后在位六年,未得子嗣,享年只二十有一。当时三吴女子,并簪白花,好似素柰一般。相传为天亡织女,因着素服,哪知适应在杜后身上。成帝下诏治丧,概从节俭,应筑陵墓,但求洁扫,不得滥用

第四十七回　饯刘翔晋臣受责　逐高钊燕主逞威

涂车刍灵。又禁远近遣使吊赙，俟至葬讫，概令臣民释服。追谥杜后为恭皇后。杜后殁后，宫中要算周贵人最邀宠眷，生有二男，长名丕，次名奕。后文自有表见。

好容易过了一年，元旦正值日食，都人目为不祥。又越半载，成帝不豫，竟至辍朝。王公大臣，统至宫门请安，不意有中书符敕，颁发出来，谓不得擅纳宰相，大众不禁失色。中书监庾冰，独不改容，徐徐说道："敕从何来？我备位中书，毫不接洽，可见得是虚伪了。"当下入宫拷问，果无是敕。冰但戒饬僚吏，此后务从审慎，不必追究既往，所以群疑俱释，镇定如常。冰颇能持大体。及入谒成帝，见帝病已垂危，拟请以琅琊王岳为嗣。岳系成帝母弟，比成帝仅少一岁，冰因成帝二子，皆在襁褓，即丕奕。故欲立长君。中书何充在侧，私语庾冰道："父子相传，先王旧典，若嗣立皇弟，如何处置孺子？"冰答道："强寇逼伺，国家未靖，倘再立幼主，如何支持社稷呢？"未几，由成帝传召大臣，并授顾命，除冰充二人外，尚有武陵王晞，元帝子。会稽王昱，元帝少子。尚书令诸葛恢，均至榻前受旨。冰即请立琅琊王岳。成帝颔首，便令冰代草遗诏，诏云：

　　朕以眇年获嗣洪绪，托于王公之上，于兹十有八年，未能阐融政道，剪除逋祲，夙夜战兢，不遑宁处。今忽遘疾，竟致不起，是用震悼于厥心。千龄奕宇千龄。眇眇，未堪艰难，司徒琅琊王岳，亲则母弟，体则仁长，君人之风，允塞时望。肆尔王公卿士其辅之，以祇奉祖宗明祀，协和内外，允执其中。呜呼！敬之哉！无坠祖宗之顾命！

遗诏既已草就，冰等乃退。越三日，成帝驾崩，年只二十二。帝冲龄嗣统，受制舅家，苏峻叛乱，实由庾亮一人激成，及乱事告平，迁亮出镇，成帝方得亲理万几。但亮尚思干预朝纲，引子弟为要援，庾冰居内，庾翼居外，还算有些才干，足当大任。惟豫州刺史庾怿，素性褊狭，尝与江州刺史王允之有嫌，特遣人赍送毒酒，谋害允之。允之却也小心，先把酒令犬试饮，犬一饮即毙，因将情状表闻。成帝不禁动怒道："大舅已乱天下，小舅复敢出此么？"这语传到芜湖，怿悔惧交并，又当庾亮殁后，失一护符，自恐得罪被谴，遂致仰药自杀。本欲害人，反致害己，可为阴险者鉴。王公大臣，始畏成帝英明，且成帝崇俭恶奢，力求简约，尝欲就后园增设射堂,估计需四十金,便即罢议。可惜年方逾冠,便即去世,这也是气运使然,无可挽回呢。

皇弟琅琊王岳,受遗入嗣,即皇帝位,是谓康帝。封成帝子丕为琅琊王,丕弟奕为东海王,追尊成帝为显宗,奉葬兴平陵,进中书令何充为骠骑将军,中书监庾冰,为车骑将军,令他同心辅政,匡奕王室。此外文武百官,各增二等。立王妃褚氏为皇后,后为豫章太守褚裒女,裒字季野,为京兆人氏,慎重寡言,夙负盛名。桓彝尝谓季野有皮里春秋,说他外无臧否,内寓褒贬。谢安亦极加推重,尝语人云:"裒虽不言,却具四时正气。"郗鉴辟裒为参军,嗣迁司徒从事中郎,转任给事黄门侍郎。成帝闻裒女端淑,因聘为母弟琅琊王妃,至是夫尊妻贵,遂得正位中宫。裒方出为豫章太守,特旨征召,迁官侍中。他却不愿内任,有志避嫌,坚求外调。适江州刺史卫允之病殁,乃令裒代刺江州,出镇半洲。

越年元旦,改正朔为建元元年。建元二字,由庾冰议定。冰拥立康帝,原以长君利国为名,但未尝不怀着一种鬼胎。康帝为成帝母弟,当然是庾氏次甥,冰仍居舅氏地位,不致疏远,所以年号亦议定建元,取再兴中朝的意义。有人入语冰道:"从前郭璞遗下谶文,曾云立始之际丘山颓,今年号建元,建训为立,元训为始,丘山即嗣皇本名,据此看来,这年号应即改易,不宜自应谶语。"冰也觉失惊,渐复自叹道:"吉凶早定,但改年号,恐未必就能禳灾呢。"遂仍用建元二字。果然康帝不能永年,事见后文。冰谓吉凶早定,我亦云然,但冰不应自存私意。

且说燕王皝既受晋册封,特授刘翔为东夷校尉,领大将军长史。使内史阳裕为左司马,令至龙山西麓,督工筑城。建立宗庙宫阙,取名龙城,率众徙居,作为新都。皝见慕容翰,曾出奔段氏,见四十五回。段氏败亡,又北走宇文部,部酋逸豆归忌翰才名,阴欲加害。翰乃佯狂酗饮,或被发歌呼,或拜跪乞食,逸豆归以为真疯,不复监察,听令自由。翰得随地往返,默览山川形势,一一记忆。皝追忆翰才,且因他挟嫌出奔,并非叛乱,特令商人王车,至宇文部觇翰,劝令归国,并密遗弓矢。翰遂窃逸豆归名马,自挈二子,携弓矢逃归。逸豆归闻翰脱走,忙使骁骑百余名追翰将,要追及,翰回身顾语道:"我久客思归,既得上马,断无还理。我前此佯作愚狂,实是诳汝,我艺犹在,幸勿相逼,自取死亡哩。"追骑见他手下寥寥,不肯退回,仍然趋进。翰复朗声道:"我久居汝国,不愿

第四十七回　钱刘翔晋臣受责　逐高钊燕主逞威

杀汝,汝今可距我百步,握刀立住,我若得射中汝刀,汝即可回去,非我敌手,如或我射不中,汝等尽可追来。"前追骑乃解刀立住,由翰射箭。翰发箭射去,叮当一响,正中刀环,追骑便即骇走。翰得揽辔徐归。

皝闻翰至,大喜出迎,握手道故,殷勤款待,仍署翰为建威将军。翰乃为皝设策道:"宇文部强盛日久,屡为我患。今逸豆归性情庸暗,将帅非才,国无防卫,军无部伍,臣久在他国,熟悉地形,彼虽远附强羯,声势不接,缓急难恃,我若发兵往击,可保必胜。惟高句丽接近我国,常相窥伺,我果破灭宇文,免不得使彼生惧,俟我一出,必且掩我不备,乘虚深入。我少留兵卒,不足自守,多留兵卒,不足远行,这却是心腹大患,应该早除。宇文部只知负固,料不能远来争利,我既得取高句丽,再还取宇文部,势如反手,立见成功。至两国既平,利尽东海,国富兵强,无返顾忧,然后好徐图中原了。"独不闻鸟尽弓藏兔死狗烹之语,乃必设策毒人,真是何苦?皝连声称善,即召集将士,出攻高句丽。高句丽古称朝鲜,系周时箕子旧封,汉初为燕人卫满所篡,两传即亡,地为汉有。见《前汉演义》。至汉元帝时,汉威已衰,不能及远,高朱蒙纠众自立,创建高句丽国,后来日渐强大,屡寇辽东。慕容氏据有辽土,尚与高句丽时有战争,朱蒙十世孙钊,号称故国原王,正与慕容皝同时。皝既决意东略,遂与诸将会议军情。诸将谓高句丽有二道,北道坦平,南道险狭,今不如从北道进兵,较为无虞。独慕容翰献议道:"不入虎穴,焉得虎子?臣谓宜南北并进,使他应接不暇,方可得志。且钊情必谓我从北道,当重北轻南,我正可避实击虚,以南道为正兵,北道为偏师;大王宜自率锐骑,掩入南道,出其不意,直捣彼都,别遣他将出北道,就使北道无功,我已取彼腹心,四肢亦何能为呢?"皝依翰议,即命翰为前锋,由南道进兵,自督劲卒四万为后应。另派长史王寓等,率兵万五千人,从北道徐入。

高句丽王钊,果然如翰所料,注重北面,所有国中精锐,悉令出诸北道,即命弟武为统帅,自挈老弱残兵,防备南道。不意慕容翰从南道杀来,部下都是锐卒,搅入高句丽阵中,好似虎入羊众,所向披靡。钊尚勉强抵敌,东拦西阻,至慕容皝进,势如潮涌,无坚不摧,高句丽兵统是羸弱,哪里还能招架?不是被杀,就是四溃,单剩钊子身逃走,不敢还都。燕兵乘胜长驱,攻入高句丽都城。钊母及妻子统被燕兵拘住,钊父利墓,亦为所掘,所有库中珍宝,及男女五万余口,悉遭掳掠。高句丽都

咸逞主燕剑高逐

城,叫作丸都,简直是搬徙一空,变做墟落。就还拟穷兵追钊,闻北道兵已经败没,乃变计言归,载钊父尸,及钊母钊妻钊子,并子女玉帛等,一并驱回。临行时,复将丸都城毁去。钊穷无所归,不得已遣使至燕,奉款称臣,乞还父尸及母妻等。皝将钊父尸发还,留母为质。钊亦没法,只好收拾残众,徙都国内城。小子有诗叹道:

慈母娇妻悉受擒,丸都王气尽销沉。
须知御侮需才智,庸弱何能免敌侵?

皝既战胜高句丽,乃规取宇文部,究竟宇文部是否被灭,且看下回分解。

回评 有国耻而不能雪,有国仇而不能报,偷安旦夕,故步自封,宜其见笑外人,为慕容皝所揶揄,与燕使刘翔之讥议也。庾冰身为大臣,但知久揽政权,拥立次甥,听其言,未始非计,问其心,不免近私,其与亮怿之相去,有几何哉?慕容皝贻书而即惧,至若何充抗议,乃以长君为借口,固执不从,对外何怯,对内何勇也?皝用慕容翰言,欲图宇文部,先攻高句丽,并且避实击虚,皆如所料。高钊败走,丸都陷没,子女玉帛,悉数掳归。翰之为皝计固得矣,而其自为计则未也。敌国破而谋臣亡,翰其能免此祸乎?

第四十八回

斩敌将进灭宇文部 违朝议徙镇襄阳城

却说慕容皝既破高句丽，即谋取宇文部。宇文部酋逸豆归，却先遣国相莫浅浑，引兵击燕。皝反下令诸将，不准出战，但须严守堡寨。无处非计。莫浅浑数次挑战，无人对敌，还道是燕兵怯弱，不足为虑，遂报知逸豆归，述及燕兵畏懦情形。逸豆归信以为真，遂酣饮纵猎，不复设备。哪知过了一月，燕兵奋击莫浅浑，莫浅浑大败而逃，仅以身免，余众都被燕兵俘去。逸豆归方才着急，忙遣骁将涉奕干等，调集精兵，防堵燕军。果然慕容皝乘胜大举，令建威将军慕容翰为先锋，刘佩为副，率着骑士二万，作为正兵，再分遣广威将军慕容军、渡辽将军慕容恪、平狄将军慕容霸，及折冲将军慕舆根，三道并进，自引亲兵为后应。左司马高诩道："我军今伐宇文部，无虑不胜，惟恐将帅未免罹殃。"说着，也不愿回家，但使人传语妻孥，嘱及家事，便即从军前行。

宇文将涉奕干，自恃骁勇，麾众逆战。慕容翰刘佩高诩等，与他厮杀，两下鏖斗，足足战了半日有余，未分胜负。时将天暮，翰等拟鸣金收军，不防对面阵内，一声梆响，箭如雨发，燕兵多被射倒。翰不禁大忿，自与刘佩高诩断后，麾军退还。那来箭尚未中断，竟向翰等射来。翰佩诩三将，各中流矢，忍痛支持，且战且回。既归本营，检点兵马，伤亡不少。翰令受伤军士，皆至后帐休养，自与佩诩拔去箭镞，幸尚未中要害，不过各负创痛，彼此敷上箭疮药，方觉少瘥，一面遣人报达燕王皝。皝使人复语道："奕干雄悍，勇冠三军，未可轻敌，不如暂避凶锋，待虏势骄怠，然后进战，自足制胜。"翰奋然道："逸豆归尽出锐卒，付与涉奕干，正为奕干素有勇名，威倾全部，我能杀败涉奕干，部众闻风畏惧，不战自溃了。惟我在宇文部有年，素知奕干有勇无谋，徒播虚声，未识韬略，但教用一小计，便可擒戮渠魁，奈何避锋示弱，挫我兵气呢？"遂佯为高卧，累日不起，暗中却约同平狄将军慕容霸，为夹攻计。霸年方二九，善用双槊，有万夫不当之勇，他本与翰等分道异趋，及得翰书，方与翰约期会兵,同攻涉奕干。涉奕干屡逼翰营,再四搦战,见翰兵固垒不动,他便令兵士指名辱骂,啰啰苏苏,无非说翰背德负义,应速受死等语。翰置若罔闻,但戒军士妄动,违令者斩。约莫过了三五天,已知慕容霸将到,便自起整军,披甲上马,开营跃出。涉奕干正来挑战,还道慕容翰照常闭垒,仍无战事,因此饬众散坐,信口喧呶。不意翰一马当先,厉声大呼道:"涉奕干休得啰唣,今日是汝死期,特来取汝首级。"写得突兀。涉奕干虽然骁勇,见翰突至,声若洪钟,也不禁慌乱起来,忙令部众上马,倒退里许,才与接战。部众不知就里,疑是涉奕干怯退,相率骇走,无复行列。翰引兵杀上,好似摧枯拉朽一般,刺倒敌兵好几百名。涉奕干大吼一声,舞着大刀,挺身接战,翰略与交锋,一来一往,约有数合,刘佩驰马冲至,代翰战住涉奕干,翰即退下,俟佩续战数合,又命高诩替佩。是用车轮战计。涉奕干连战三将,并不退缩,刀法盘旋,一无渗漏。诩负疮未愈,反敌不住涉奕干,涉奕

斩敌将进灭宇文部

干刀法一紧,没头没脑的劈来,害得诩眼花缭乱,几乎不能招架。忽斜刺里驰到一将,双槊并举,左槊格住涉奕干刀锋,右槊刺入涉奕干心窝,涉奕干不及闪避,仓猝被刺,鲜血直喷,一声狂叫,倒毙马下。写涉奕干死状,益见其有勇无谋。

看官道来将为谁?原来就是慕容霸。霸既挑死涉奕干,便趁势乱戮虏兵,虏兵已失了主将,当然乱窜,逃得慢的,都做了刀头鬼。于是慕容霸在先,慕容翰在后,直入宇文部,沿途无人阻挡,一任他杀到虏庭。

第四十八回　斩敌将进灭宇文部　违朝议徙镇襄阳城

逸豆归素无恩惠，部下离心，都一哄儿遁去，仅剩逸豆归家属，如何固守？急忙相挈遁逃，窜往漠北，宇文氏从此散亡。燕王皝接得捷报，也驰入宇文氏都城，尽收畜产资货，辟地千余里，徙宇文部众五万余至昌黎。先是涉奕干居南罗城，为宇文部各城领袖，皝命改为威德城，使弟左将军彪居守，自引诸军还都。赵主石虎，因宇文部本为藩属，累岁朝贡不绝，至此闻逸豆归被兵，特派右将军白胜，并州刺史王霸，出兵相救。及行至宇文部，已成墟落，只得进攻威德城。连日未克，撤兵退去，反被慕容彪追击一阵，丧失许多辎重，连兵士亦死了千人。虎闻白胜等败还，也只有付诸一叹，再探逸豆归消息，已在漠北病死，无从援助了。_{了过宇文氏。}

高诩刘佩，箭疮迸发，相继毙命。诩善占天文，皝尝与语道："卿有佳书，独不肯给我，未免不忠。"诩答道："臣闻人君执要，人臣执职，执要乃逸，执职乃劳。所以后稷播种，尧不预闻。今欲占候天文，必须深夜不寐，未晨即兴，备极劳苦，非至尊所宜亲为，殿下何用出此哩。"_{观此知高诩前言，当是从占候而知。}皝乃罢议。惟慕容翰还军后，亦因箭疮未愈，卧病多日，嗣得渐痊，在家试骑乘马，有人与翰有嫌，向皝进谗，诬翰诈病不朝，私习骑乘，恐将为变。皝虽借翰勇略，但心下常自忌翰，竟不察真伪，遽赐翰死。翰闻命自叹道："我负罪出奔，幸得重还，直至今日方死，已是迟了。但羯贼跨据中原，我不自量，意欲为国家荡壹区夏，此志不遂，遗恨无穷，这想是命数使然，尚有何言呢。"说毕，即仰药而死。_{弑庶兄，害功臣，皝之残忍可见。}

会代王什翼犍，因皝妹兴平公主病亡，复向燕求婚，皝使纳马千匹作为聘礼。什翼犍不允，复书多倨慢语。_{什翼犍娶燕王皝妹，见四十五回。}皝遣世子俊等往讨，什翼犍遁去，俊乃退还。既而犍复遣部酋长孙秩，至燕谢罪，皝乃遣女适代，嫁与什翼犍为继室，一面请代女为己妃。什翼犍乃将翳槐遗女，遣嫁慕容皝。_{什翼犍本为慕容皝妹夫，乃娶皝女为继室，是变做皝婿了。又复将翳槐女嫁皝，翳槐为犍兄，兄女为皝妻，皝又变为犍之侄婿，未知彼时将如何相呼？}燕代仍旧和好，待后再表。

且说晋安西将军庾翼，代兄亮镇守武昌，府舍中屡有妖怪，乃欲移镇乐乡，上书朝廷，乞如所请。朝议纷纭未决，征虏长史王述，独向车骑将军庾冰上笺，谓不宜徙镇，略云：

乐乡去武昌千有余里,数万之众,一旦移徙,新立城壁,公私劳扰。又江州当沂流数千里,供给军府,力役增倍。且武昌实江东镇戍之中,非但捍御上流而已,缓急赴告,呼应不难。若移乐乡,远在西陲,一旦江渚有虞,不相接救,宁不可虑?方岳重将,固当居要害之地,为内外形势,使窥窬之心,不知所向。昔秦忌亡胡之谶,卒为刘项之资,周恶𪎮弧之谣,适启褒姒之乱。是以达人君子,直道而行,禳避之道,皆所不敢。但当凭人事之胜理,思社稷之长计耳。安西之请,似不可行,乞公鉴之!

冰得笺后,颇以为然,乃撤销翼议,仍令镇守武昌。骠骑将军何充,本与冰同受遗诏,夹辅晋室。嗣见冰自恃贵戚,事多专断,乃不欲在朝尸位,乞请外调。朝旨乃令充出镇京口,都督扬徐二州军事,兼领徐州刺史。自是冰主内政,翼主外务,兄弟相应,又把那东晋国家,变做庾氏的产业了。

时琅琊内史桓温,为宣城内史桓彝子,彝殉难后,晋廷特加优恤,使温得尚南康公主。温性情豪爽,议论崇闳,尝与庾翼友善。翼甚相器重,当成帝未崩时,曾上疏推荐道:"温系当世英雄,愿陛下勿以常人相待,常婿相畜,诚使委以重任,必能弘济艰难,方叔召虎不难复见哩。"但知其一,未知其二。成帝乃令温为琅琊内史。温与翼彼此通问,互相标榜,即互相期许。翼常欲灭赵取蜀,及得温忐恿,更跃跃欲动,遂遣使东约燕王皝,西约凉王骏,克期并举,当即上表道:

羯贼石虎,年垂六十,奢淫理尽,丑类怨叛,又欲决死辽东,皝虽骁果,未必能固。若北无掣肘之虏,则江南将不异辽左矣。臣所以辄激天良,不顾愆咎,然东西形援,未必尽举,且议北进,移镇安陆,入沔五百里,通道涢水,先率南郡太守王愆期、江夏相谢尚、寻阳太守袁真、西阳太守曹据等,精锐三万,风驰上道,并勒平北将军桓宣,往取丹水,摇荡秦雍,御以长辔,用逸待劳。比及数年,兴复可冀。臣既临许洛,窃谓桓温可渡戍广陵,何充可移据淮泗,路永可进屯合肥。伏愿表上之日,便决圣听,不可广询同异,以乖事会。兵闻拙速,不闻工之久也。谨此吁闻。

这表既上,遂调发所统六州兵马,昼夜催迫。百姓不堪需索,怨声盈路。康帝遣使谕止,朝士亦多贻书劝阻。还有车骑参军孙绰,又上笺力谏。翼皆不从，径引众出发夏口，复上表请徙镇襄阳，略云：

臣近以胡寇有敝亡之势，暂率所统，致讨山北，略复江夏数城。臣以九月十九日发武昌，以二十四日达夏口，简卒搜乘，停当上道，而所调供牛马，来处皆远，百姓所畜，谷草不充，并多羸瘠，难以涉路。加以向冬野草渐枯，往返二千里，或容踬顿，辄便随事筹量，权停此举。又山南诸城，每至秋冬，水多燥涸，运漕用功，实为艰阻。窃思襄阳为荆楚之旧，西接益梁，与关陇咫尺，北去洛河，不盈千里，土沃田良，方城险峻，水路流通，转运无滞，进可以扫荡秦赵，退可以保据上流。臣虽不武，意略浅短，荷国厚恩，志存立效，是以受任四年，惟以习戎为务，实欲上凭圣朝威灵之被，下借士民义愤之诚，因寇衰敝，渐临逼之。去年春，曾上表请据乐乡，广农蓄谷，以伺二寇之衅，乃值天高听邈，未垂察照。朝议纷纭，遂令微诚不畅。自尔以来，上参天人之徵，下采降俘之言，胡寇衰灭，为日不远。臣虽未获长驱中原，馘截凶丑，亦不可不进据要害，徐思攻取之宜。是以量宜入沔，徙镇襄阳，其谢尚王愆期等，悉令还据本戍，须到所在，驰遣启闻。

康帝迭览翼表，与己意实不相同，就是中外臣僚，也多有异议，只庾冰桓温，与前谯王承子无忌，极口赞成。两庾统是元舅，虽康帝亦拗他不过，只得听他施行。冰因翼移镇襄阳，亦欲外出为继，作翼声援。康帝乃使冰都督江荆宁益梁交广七州，及豫州四郡军事，领江州刺史，出镇武昌，为翼援应，且加翼都督征讨诸军事。征徐州刺史何充入朝辅政，录尚书事，调琅琊内史桓温，都督青兖徐三州军事，领徐州刺史，召还江州刺史褚裒，入为卫将军，领中书令。转眼间已是一年，翼有众四万，驻节襄阳，大会僚佐，具陈旌甲，亲授各将弓矢，分给后尚余三箭，遂奋身起座道："我今日引众北行，有如此矢。左右可取正鹄至百步外，由我迭射，试看我能命中否？"说着，已有军吏摆好箭靶。翼三射三中，顿时大众喝采，喧声如雷。当下檄令梁州刺史桓宣，往击丹水。宣奉檄出兵，行至丹水附近，正与赵将李黑相值。黑骁勇过人，部下亦多精锐，竟将宣军杀败。宣失利奔回，翼奏贬宣为建威将军。宣惭愤成疾，竟致谢世。翼令长子方之为义城太守，代领宣众，又授司马应诞为襄阳太守，参军司马勋为梁州刺史，并戍西城。

遣朝谋从镇襄阳城

时赵王石虎,方大兴土木,连筑台观四十余所,又营洛阳长安二宫,工役多至四十余万人,并欲自邺城起造阁道,直达襄国,一面饬河南四州,整备舟械,为南侵计;并朔秦雍,筹集兵马,为西略计;青冀幽州,储积刍粟,为东攻计。诸州军赶造甲胄,共集五十余万人,还有舟夫篙工,又多至十七万名。再加公侯牧宰,竞营私利,暴敛横征,民不堪命。贝邱人李弘,乘势为乱,自言姓名应谶,号召党羽,署置百僚。经石虎派兵剿捕,始得诛灭,连坐至数千家。虎以为乱党立平,无人敢侮,索性日日畋游,纵情淫乐。又尝微服出行,觇察工役。侍中韦謏,婉言规谏,虎厚赐谷帛,似重善言,其实是并不少悛,荒诞如故。秦公韬为虎庶子,常得虎宠,独太子宣隐加猜忌,与韬有嫌。右仆射张离,向宣献媚,谓宜减削诸公府吏,免致侵逼东宫,宣闻言大悦,即令张离上书奏请,得虎允许,遂饬秦燕义阳乐平四公府,只准置吏百九十七人,兵二百人。四公以下,三成减二,为这一番裁减,得腾出兵士四万,悉配东宫。诸公相率含怨,遂生暗衅。石虎尚似睡在梦中,一些儿没有察觉。

会青州守吏报称济南平陵城北,有一石头雕制的老虎,忽然活动,走至城东南,后有狼狐千余头跟着,所过脚迹,统皆成蹊。石虎大喜道:"石虎便是朕名。自西北徙至东南,大约天意欲使朕荡平东南呢。天意不可违,应敕诸州兵悉集,明年当由朕亲率六军,奉天南讨便了。"全是妄想。于是群臣皆贺。就中有一百七人,上皇德颂,说得石虎功德巍

第四十八回　斩敌将进灭宇文部　违朝议徙镇襄阳城

巍,尽情谀媚。虎益加欢忭,遂制令民家五户,出车一乘,牛二头,米十五斛,绢十匹,违令者斩,不足亦斩。可怜百姓无从筹给,甚至卖男鬻女,上供军需,尚不满数,没奈何自缢道旁。乡村林麓,遗骸累累,一方怨气,酿成变异。泰山上面,有石自燃,八日乃灭。东海有大石自立,旁有血流。邺西山石间出血,流十余步,延袤二尺余。太武殿初成,壁上多绘古圣先贤,忠臣孝子,贞夫烈妇,忽皆变做异状,狰狞可怖,过了旬日,头皆缩入肩中,仅余冠巾露出。虎也觉惊异,秘不使宣。惟佛图澄为虎所信,呼令入视。澄但唏嘘流涕,不发一言。澄为奇僧,何不借端规谏? 乃徒以流涕了事! 已而虎御太武前殿,宴飨群臣,见有白雁数百翔集,虎命群臣起射,无一得中,复由自己射雁,亦无所得,不由得惊诧起来,乃召问太史令赵揽。揽密白道:"白雁集庭,是宫室将空的预兆。陛下但静镇宫城,不可南行,便足隐弭此变了。"还是揽能善谏。虎因往至宣武观,大阅军士,各军已会集百余万,候南下,当由虎校阅一番,饬令散归,全体解严。嗣是虎无意南下,但饬各戍将严守本汛,不得擅离,所以晋朝的庾翼庾冰,主张北伐,调兵遣将,瞎闹了一年有余,虽然不见成功,还算是未经大敌,不至大败。至康帝建元二年九月,帝忽寝疾,日甚一日,险些儿要归天了。小子有诗叹道:

　　国丧才了又遭丧,两载君王一旦亡。
　　毕竟丘山容易倒,谶文未必尽荒唐。谶文见前回。

欲知康帝曾否崩逝,且看下回再表。

回评　慕容翰之智,足以料涉奕干,并足以料逸豆归,独于慕容皝之雄猜好忌,反不能逆料,卒至自杀其身,岂明能烛远,而昧于察近耶? 盖喜功之心一深,往往忽近图远,能料敌人于千里之外,而于萧墙之间,转轻心掉之。文种见诛于勾践,韩信被杀于吕后,皆类是耳。彼晋之庾翼庾冰,亦未始非喜功之士,才不逮慕容翰,而权且过于慕容翰。幸而赵虎荒虐,将士离心,晋康庸弱,主权旁落。两庾得张皇其词,违众自行,丹水一战而桓宣败还,先机已挫,假令石氏之百万雄师,长驱南牧,试问两庾将如何对待乎? 谋之未臧,乃欲以侥幸图功,虽曰名正言顺,其如才力之未逮何也?

第四十九回

擢桓温移督荆梁　降李势荡平巴蜀

却说康帝寝疾，日甚一日，内外诸臣，免不得有些惶急。最紧要的第一着，是储嗣未定，将来康帝不起，应由何人承统？大众遂开紧急会议，一面且遥问二庾。庾冰庾翼，仍欲推立长君，拟立会稽王昱为嗣。见四十七回。惟何充在内建议，愿立康帝长子聃为太子，领司徒蔡谟等亦皆赞成。此时两庾在外，鞭长莫及，内事统由何充作主，一经议定，便即册定东宫。两庾亦无可奈何，只有暗恨何充罢了。悔不该出外图功。未几，康帝告崩，年仅二十有二，在位只阅两年，何充等奉太子聃即位，是为穆帝。聃甫及二龄，镇日里需人保抱，怎能亲揽万几？当下由何充蔡谟，想出一策，尊康帝后褚氏为皇太后，即请太后临朝摄政，当下推蔡谟领衔，上奏太后道：

嗣皇诞哲歧嶷，继承天统，率土宅心，兆庶蒙赖，陛下体兹坤道，训隆文母，昔涂山光夏，简狄熙殷，实由宣哲以隆休祚。伏惟陛下德侔二妫，淑美关雎，临朝摄政，以宁天下。今社稷危急，兆庶悬命，臣等章惶，一日万几，事运之期，天禄所钟，非复冲虚高让之日。汉和熹顺烈，并亦临朝，近明穆指明帝后庾氏。故事，以为先制。臣等不胜悲怖，谨伏地上请，乞陛下上顺祖宗，下念臣吏，推公弘道，以协天人，则万邦协庆，群黎更生，天下幸甚！臣等幸甚！

褚太后览奏后，亦下了一道诏旨，无非说是"嗣主幼冲，宜赖群公同心夹辅，今既众谋金同，恳切上词，当勉从所请，暂遵先后故事"云云。于是遂临朝称制。何充希太后旨，独表荐后父褚裒，宜总朝政。太后乃命裒为侍中，兼卫将军，录尚书事。偏裒以近戚避嫌，固辞内职，坚请外调，乃改授裒都督徐兖青三州，并扬州二郡军事，兼徐兖二州刺史，仍官卫将军，出镇京口，另征江州刺史庾冰入朝。冰适有疾，不便就征，已而病笃，临终时，语长史江虨道："我将死了，报国初心，不能终展，岂非天命？我死以后，殓用常服，毋得妄用官物呢！"言讫而逝。冰清廉

第四十九回　擢桓温移督荆梁　降李势荡平巴蜀

自矢,临财不苟,殁后无绢为衾,又室无妾媵,家无私积,时人传为美谈。一节之长,亦必备录。讣闻朝廷,追赠侍中司空,予谥忠成。庾翼得报,留子方之戍襄阳,自还夏口,兼辖冰所遗部兵。有诏令翼仍督江州,并领豫州刺史。翼表辞豫州,又请移镇乐乡,廷议不许。翼乃缮修军器,大修积谷,勉图后举。但尚遣益州刺史周抚、西阳太守曹据,侵入蜀境,与蜀将李桓接战,得破蜀兵,夺得辎重牲畜,随即还师。

越年元旦,晋廷改元永和,皇太后御太极殿,悬设白纱帷,抱帝临轩,颁诏大赦。进武陵王晞为镇军大将军,开府仪同三司,镇军将军顾众,为尚书右仆射,且复召褚裒入辅。吏部尚书刘遐,及长史王胡之,向裒进言道:"会稽王令德雅望,可作周公,理宜授以大政,公何弗推德让美,避重就轻呢?"裒乃辞不就征,即表称会稽王昱,可当大任。有诏令昱为抚军大将军,录尚书六条事。吏部、殿中、五兵、田曹、度支、五民,号为六条。昱清虚寡欲,好为玄辞,尝引刘惔、王濛、韩伯为谈客,郄超为抚军掾,谢万为从事中郎,清谈遗俗,至此复盛,这也是司马家的气运了。

会由江州都督庾翼上表,报称患病甚剧,特荐次子爰之为荆州刺史,委以后任。朝旨尚未答复,接连是讣状上

擢桓温移督荆梁

闻,乃追赠翼为车骑将军,予谥曰肃。当时廷臣会议,谓:"诸庾世在西藩,人心向附,不如从翼所请,即令爰之继任。"独何充驳斥道:"荆楚为我国西门,户口百万,北控强胡,西邻劲蜀,难道可用一白面少年,当此重任么?我看现在牧守,只有徐州刺史桓温,才略过人,足守西藩,外此

恐皆未及呢。"会稽王昱,亦以为然。独丹阳尹刘惔,私白昱道:"温原有大才,可惜心术未纯,此人得志,适为国忧。荆州地控上游,夙号形胜,怎可令他往镇,酿成后患?为大王计,不如自请出守。惔虽不敏,粗具智识,若以军司马见委,效劳麾下,谅亦不至偾事呢。"言人所未言,不为无智。昱未信惔言,竟遣使传诏,命温代翼,都督荆梁诸州军事。

　　惔字真长,世居沛国,祖宏,曾为光禄勋,表字终嘏。宏兄粹,字纯嘏,官至侍中。宏弟潢,字仲嘏,官至吏部尚书。兄弟并有时名,都人尝谓洛中雅雅,唯有三嘏。惔父耽亦尝为晋陵太守,中年去世,家无遗财。惔与母任氏,寓居京口,织履为业,人莫能识。独王导留意延揽,推为清才。后来入登仕籍,声望鹊起,得尚明帝女庐陵公主。会稽王昱,待如上宾,每一列座,语辄惊人,无敢与辩。就是桓温,亦服他伟论。温尝问惔道:"近日会稽王谈玄,有进境否?"惔答道:"大有进境,不过未列上乘,只好排在第三流哩。"温惊问道:"第一流当属何人?"惔答道:"当在我辈。"温一笑而散。

　　小子前时叙及桓温,但云为宣城内史桓彝子,就中尚有许多故事,尚未详载,应该撮要申明。温生未及期,为故将军温峤所见,便谓温有奇骨,又试温使啼,声甚洪壮,峤极叹为英物。彝因婴儿为峤所赏,遂取名为温,表字元子。峤笑语道:"移姓为名,此后我将易姓呢。"及彝为苏峻部将韩晃所害,泾令江播,亦曾助晃。桓彝殉难,见前文。温年方十五,枕戈泣血,誓复父仇。播已反正,随时戒备,无隙可乘。越三年,播病死发丧,温佯为吊客,挟刃踵门,突入丧次,斫死播子彪等三人,随即自首。朝廷嘉温孝义,不复论罪,温以此得名。及温年逾冠,姿貌甚伟,面有七星。刘惔尝语人道:"温眼如紫石棱,须作猬毛磔,是孙仲谋司马宣王之流亚呢。"语有分寸,与对会稽王昱语相符。

　　既而温得尚公主,见前。累任至荆梁都督,他本是个豪爽不羁、睥睨一切的人物。既得蟠踞上游,手握重兵,当然想做些事业,显些威风。到了永和二年,何充又复病殁,晋廷予谥文穆,特进前国子祭酒顾和为尚书令,前司徒长史殷浩为扬州刺史。这两人为褚裒所荐。和以孝著名,正直有余,干济不足。浩父名羡,尝为豫章太守,就是不肯寄书、掷诸流水的殷洪乔,羡字洪乔。浩素尚风流,谈吐不俗,前为庾亮参军,得亮信任。亮殁后,屏居墓侧,屡征不起。时人目为管葛,王濛谢尚,且相

第四十九回　擢桓温移督荆梁　降李势荡平巴蜀

偕劝驾，不得邀允，归途互语道："深源不起，如苍生何?"深源即浩小字。浩越不肯出，越负令名。独庾翼谓："丧乱时代，此辈只应束诸高阁，俟天下太平，再议任使。"嗣翼为江荆都督，拟辟浩为司马，致书与浩，有"毋为王夷甫，即王衍，见前。当出图济世"等语，浩当然不就。桓温亦尝轻浩，谓少时尝与浩游戏，共骑竹马，我将竹马弃去，浩辄取归，可见浩出我下。至是命浩为扬州刺史，浩尚固辞。会稽王昱，贻书劝勉，至有"足下去就，关系兴废"二语，于是浩乃授命就职。何必摆这般架子？桓温隐加鄙薄，每叹朝廷用人失宜，惟因情急建功，尚无暇顾及内事，但与僚佐等议伐胡蜀，准备出师。江夏相袁乔白温道："胡蜀二寇，俱为我患，但蜀虽险固，比胡为弱，再加李势无道，臣民不附，若用精卒万人，轻赍疾进，直趋蜀境，待彼警觉，我已得入据险要，就使李氏君臣，出来抵御，也可一战成擒了。"温大喜道："诚如卿言。"将佐等尚多异议，谓："我军入蜀，赵必乘虚袭我，不可不防。"袁乔又申驳道："羯赵久据河朔，内讧不已，势亦浸衰。且闻我万里出征，总道我有内备，未敢轻举，就使逾河南来，沿江诸军，亦足自守，可无他忧。惟蜀土富实，号称天府，从前诸葛武侯恃蜀为固，抗衡中夏，今即不能为害，究竟他据住上游，易为寇盗，我若乘机袭取，得蜀财，抚蜀众，岂非国家的大利么？"温奋起道："我志决了，卿可为我先驱，我为卿后应，灭蜀就在此举了。"乔应声道："愿效微劳。"温遂令乔率水军二千人，充作前锋，自与益州刺史周抚，南郡太守谯王无忌等，领军继进，即日拜表入都，不待复报，便即启行。晋廷接到温表，虑温兵少无继，骤入险地，恐难成功。独丹阳尹刘惔，料温必克，或问惔如何先知，惔笑道："温素好博，今日伐蜀，与博相似，若自知不胜，如何肯行？但恐温既胜蜀，未免专恣，倒是朝廷的隐忧了。"始终是看透温志。这且不必絮叙。

且说蜀已称汉，汉主李势，就是李寿的太子。见四十六回。寿篡位后，尝欲与赵连横图晋，经龚壮再三谏阻，方才中止。壮劝寿向晋称藩，寿终不从，因此壮辞疾归里，终身不复入成都。寿初尚宽俭，旋由使臣往返邺中，屡述石虎威强，宫殿美丽，刑禁苛严，寿不禁生慕，乃改从侈汰，也居然大修宫室，广凿陂池，募工兴役，多多益善。臣下偶有谏议，即指为诽谤，置诸极刑。左仆射蔡兴，入宫极谏，竟被叱出处斩。右仆射李嶷，也因直言忤旨，诬以他罪，下狱论死。并把李雄诸子，一律骈戮。好容易过了五年，忽得了一种重病，镇日里狂言谵语，闹个不休，不是说李嶷索命，就是说蔡兴伸冤，喧噪了好几天，终落得一命呜呼，伏惟尚飨。太子势嗣称汉帝，改元太和，尊嫡母阎氏为皇太后，生母李氏为太后。阎氏无子，势为寿妾李氏所出。李父名凤，前为李骧所杀，凤女没入掖庭，身长貌美，姿态动人，寿遂纳为妾媵，生子名势。杀人父而纳其女，怪不得生亡国儿。势亦脑满肠肥，腰带十四围，犹善附仰，蜀人称为奇姿。所娶妻室，也是姓李，父作子述。即位后，册为皇后。李后也连生数女，不得一男。

势弟汉王广，求为太弟，势不肯允。旧臣马当解思明，相偕入谏道："陛下兄弟不多，若复加废黜，恐益孤危，不如从汉王议，可固国基。"势默然不答。两人又复力请，惹动势怒，将他们叱出。嗣复疑马当等与广有谋，竟使相国董皎，收诛马当、解思明，夷及三族。思明素有智谋，抗直敢谏，临刑长叹道："国家不亡，赖有我等数人，今我等无罪遭诛，国亡不远了。"说着，伸首就刑，毫无惧态。马当亦素得民心，及两人死后，士卒无不动哀。势且令太保李奕，袭执汉王广，贬广为临邛侯。广服毒自尽，奕得受命为镇东大将军，镇守晋寿。越年，奕竟谋反，攻陷巴东，蜀人相率从奕，聚至数万，遂进迫成都。势登城拒战，奕单骑突门，守兵觑奕不防，暗放冷箭，得中奕脑，倒毙马下，叛众骇散。势引兵屠抄奕家，独见奕女有色，贷她死罪，带回宫中。是夕即令她侍寝，一夜欢娱，曲尽恩爱，诘旦即封女为妃，并大赦境内，改元嘉宁。自是日益淫纵，渔财好色，每令内侍访求美妇，不问她有夫无夫，但教面貌韶秀，尽令强取入宫，该夫或稍争执，当即杀死。后庭妇女，多至千百，势遂日夜宣淫，不问国事，坐此众叛亲离，夷獠四起。群下谏诤，无一听从，反且横起夷戮，冤气盈衢。宫人张氏，妖淫善媚，大得势宠。一夕，忽化大斑理蛇，长约丈余，由势逐出宫门，窜入苑中。到了夜半，蛇复入宫，卧势床下，势益惊惧，呼令武士，将蛇杀死。张氏想是蛇妖，故终化为蛇，但妇人心性，多半是蛇蝎，幻影何足深怪？还有一个郑美人，也是势所宠爱，忽然化为雌虎，噬食宫人。宫人大哗，各持械驱逐，虎竟自毙。此外怪异，不可胜举。势尚不少改，依然荒淫。

蓦得边戍急报，晋桓温引军入境，前锋已到青衣江，势乃出调将士，遣叔父右卫将军李福，从弟镇南将军李权，与前将军昝坚等，带领数千

第四十九回　擢桓温移督荆梁　降李势荡平巴蜀

人,自山阳趋往合水,堵截晋军。诸将谓宜设伏江南,以逸待劳,昝坚不从,引兵渡江,竟向犍为进发。那时晋军已进次彭模,与汉兵相距不远。桓温拟分作两军,异道并进,袁乔道:"今悬军深入,不遑返顾,事若得济,大功可成,否则将无遗类。为我军计,惟有同心并力,一战扬威,若分作两路,反致军心不壹,一或偏败,大事去了。故不如合军亟进,弃去釜甑,但赍三日干粮,示无还志,方得将士死力,战胜可豫决了。"温依乔议,留参军孙盛周楚,在彭模守住辎重,自率步兵,径趋成都。蜀将李福,进攻彭模,被孙盛一鼓击退。桓温进遇李权,三战三捷,蜀兵尽败还成都。昝坚到了犍为,方知与温异道,急忙返渡沙头津,还救成都,行至十里陌,但见晋军已排好阵势,旌旗甲仗,甚是精严,不由得魂驰魄散,相率窜去。

势闻各军俱溃,不得已乃悉众出战,到了笮桥,正与温军相遇,两下交战,蜀兵却也厉害,迎头痛击。晋参军龚护阵亡,温未肯遽却,尚自麾军前搏,不防前面突来一箭,险些儿射中脑前,亏得温眼明手快,纵辔一跃,那箭向马头落下,得免受伤。温遭此一吓,也觉胆寒,便勒马不进。大众俱不敢向前,即欲退还,令鼓吏击鼓退兵。偏鼓吏误作进鼓,又蓬蓬勃勃的擂将起来,袁乔拔剑当先,督众力战。于是人人拚死,争突敌阵。势不能抵御,败回成都,各军皆溃。温遂进薄成都城,四面纵火,焚毁城门,守兵大骇,一日数惊。汉中书监王嘏,散骑常侍常璩,劝势出降。势转问侍中冯孚,孚答道:"东汉时吴汉征蜀,尽诛公孙氏,今晋下书不赦,若诸李出降,恐亦未必能保全呢。"势乃夜开城门,与昝坚等突围出走,奔至葭萌城。逃亦无益。温得入成都,拟即遣兵追势,可巧势遣散骑常侍王幼,来送降书,由温展开,只见纸上写着道:

伪嘉宁二年,略阳李势,叩头死罪,伏维大将军节下:先人播流,恃险因衅,窃有汉蜀,势以暗弱,复统末储,偷安荏苒,未能改图。猥烦朱轩,践冒险阻,将士狂愚,干犯天威,仰惭俯愧,精魂飞散,甘受斧锧,以衅军鼓。伏惟大晋,天网恢宏,泽及四海,恩过阳日,逼迫仓卒,自投草野。即日到白水城,谨遣私署散骑常侍王幼,奉笺以闻,并敕州郡投戈释仗,穷池之鱼,待命漏刻,诸乞矜鉴!

温既得降书,便令王幼还报,准他投诚,不加罪责。幼奉令去后,果

降李势荡平巴蜀

见李势面缚舆榇,趋至军门。还有李福李权等十余人,也随同前来。温开营纳降,令势入见,当即释缚焚榇,以礼相待。随将李势等送往建康,所有汉司空谯献之等,仍用为参佐,举贤旌善,蜀人大悦。惟汉尚书仆射王誓、镇东将军邓定、平南将军王润、将军隗文等,复纠众拒温。温与袁乔周抚等,分头扑灭,阵斩王誓王润,惟邓定隗文遁去。温留成都三十日,振旅还江陵,留益州刺史周抚,镇守彭模。既而邓定隗文,复入据成都,迎立故国师范长生子范贲为帝,捏造妖言,煽动蜀境。蜀人多半趋附,也猖獗了一两年。嗣经益州刺史周抚,引兵往剿,围攻多日,方得破入成都,擒斩范贲等人,蜀土复平。李势到了建康,受封为归义侯。总计李氏据蜀,自特为始,至势被灭,共得六世,凡四十六年。势居建康十二年乃死,小子有诗叹道:

笮桥一败蜀中休,面缚迎降也足羞。

试问十年天子贵,何如百世作诸侯?

温既平蜀,晋廷论功行赏,拟封温为豫章郡公。忽有一人出来谏阻,欲知他姓甚名谁,容待下回再表。

回评 本回叙桓温之发迹,以及桓温之建功,当其时头角不凡,英才卓荦,固俨然一忠臣子也。杀江彪而报父仇,无惭孝义;轻殷浩而加鄙薄,不愧灵明。至引兵伐蜀,一鼓荡平,举四十六年之蜀土,重还晋室,此固庾冰庾翼之所不能逮,何充司马昱之所未及料也。假令功高不伐,全节终身,即起祖逖陶侃而问之,亦且自叹

第四十九回　擢桓温移督荆梁　降李势荡平巴蜀

弗如。乃中外方称为英器,而刘惔独料其不臣,天未祚晋,惔不幸多言而中。盖古来之奸雄初起,如曹操司马懿辈,未有不先自立功,而继成专恣者,温亦犹是也,而惔之所见远矣。

第五十回

选将得人凉州破敌　筑宫渔色石氏宣淫

却说晋廷议加封桓温,将给豫章大郡。有一人出来梗议道:"温若复平河洛,试问将赏他何地?"朝臣相率注视,乃是尚书左丞荀蕤,一时瞠目结舌,不知所对。于是改封温为临贺郡公,兼征西大将军,开府仪同三司。加谯王无忌为前将军,袁乔为龙骧将军,封湘西伯。自从温平蜀后,威名大盛,震动朝廷。会稽王昱,也不禁畏忌起来,乃引殷浩为心膂,阴欲抗温。浩方因父忧去职,扬州刺史一缺,由领司徒蔡谟摄任。至浩已服阕,复起为扬州刺史,兼建武将军,参预政权。秘书丞荀羡,即尚书左丞蕤弟,少有令名,浩特荐为征北将军,兼义兴太守。未几,又迁任吴国内史。所有桓温奏请,浩与羡尝互相抗议,酌量驳斥。看官试想,这时候的桓元子,温字元子,见前回。威势方隆,怎肯受制浩羡?不过因国无他衅,勉强容忍,心下实已是衔恨了。暗伏下文。

故丞相王导从子羲之,识见旷达,素有清名,表字叫作逸少,与导子王悦、湛子王承,皆以年少见称,时号为王氏三少。太尉郗鉴,尝使门生至王导府中,选择女夫,导令往就东厢,遍览子弟。门生览毕自归,向鉴复报道:"王氏诸少并佳,但听到择婿二字,各自矜持,反至拘谨,独一人在东床坦腹,饮食自如,恍若不闻,此子应算是王氏翘楚了。"鉴惊喜道:"佳婿佳婿,我当访明确实,即与联姻。"后来探知坦腹王郎,便是羲之,当即将女许嫁。羲之生平,最工书法,尤长隶书。相传羲之笔势,飘若浮云,矫若惊龙。先是魏太傅钟繇,以善书闻,繇曾孙女琰,颇得祖传,能文工书,嗣嫁与晋司徒王浑为妻,礼仪法度,为中表则,又与浑弟湛妻郝氏,和好无间。琰为世家,未尝挟贵陵郝。郝出卑族,未尝因贱谄琰,当时称为钟有礼、郝有法。古人最重妇德,所以钟夫人的文字,反搁起不提。钟女往适卫家,为故太子洗马卫玠母。玠祖卫瓘,善草书,父卫恒,善草隶书,因此卫氏子女,俱工书法。恒有从妹名铄,曾适太守李矩,笔法高妙,冠绝一时,时号为卫夫人。羲之家世琅琊,与王浑系出

第五十回　选将得人凉州破敌　筑宫渔色石氏宣淫

晋阳，虽是同姓不宗，但因伯叔通籍，当然与王卫二家，互相往来。羲之少时，素慕钟繇书法，后得卫夫人笔迹，仿佛钟繇，才知她辗转传授，学有渊源，因即师事卫夫人，亲承指示，遂臻绝技。<u>插入此段，叙明魏晋字学真传，且将钟郝礼法，及卫夫人墨技，亦就此补叙，借古以讽今也。</u>初出为秘书郎，旋为征西长史，累迁宁远将军。殷浩雅重羲之，复引为护军将军。羲之固辞不允，复求外调，乃命为右军将军，会稽内史。羲之既至会稽，闻浩与桓温不协，贻书劝浩，略称内外和衷，然后国家可安。浩私心未化，怎肯遽纳嘉言？因此内外嫌隙，越积越深。惟温素轻浩，虽然挟嫌，却瞧浩不起，以为容易摔去，倒不如再行图功；等到河洛平定，那时威震四海，就是皇帝老子，也在掌中，还怕什么殷浩呢？

是时，凉州牧张骏病殁，由世子重华嗣位。骏本誓守臣节，不愿称王，惟境内都以凉王相呼。到了晚年，分境地为二十三郡，始自称大都督大将军，假摄凉王，置百官，建旌旗，私拟王制，越年即殁。永和元年。重华自称凉州牧，假凉王，尊嫡母严氏为太王太后，生母马氏为王太后，轻赋敛，除关税，省园囿，赈贫穷，居然有宽仁气象。惟因赵主石虎，比晋为强，恐不免乘丧入犯，所以遣使报丧，先赵后晋。偏石虎不讲道理，一味蛮横，既闻张骏去世，嗣子重华，年未及冠，便道是机不可失，乐得兴兵图凉，略定河西。当下令将军王擢，引兵袭武街，擒去守将曹权胡宣，再遣将军麻秋，为凉州刺史，进攻金城，胁降太守张冲，凉州大震。

重华亟使征南将军裴恒，统率境内全军，出御赵兵。恒行次广武，逗留不进。凉州司马张耽，进白重华道："臣闻国以兵为强，兵以将为主，将有优劣，关系存亡，所以燕任乐毅，几下全齐，及骑劫代将，立失七十余城，可见是将难轻任呢。今朝士举将，多推宿旧，臣独谓未尽合宜。试想，汉举韩信，齐用穰苴，吴用吕蒙，何尝是任用旧将？但教才足专阃，便可委任。今强寇在郊，诸将不进，人情骚动，国势岌岌，若再不另擢良将，主持军务，如何能却敌安民？臣见主簿谢艾，文武兼长，晓明兵略，若授彼斧钺，使彼专征，必能折冲御侮，歼除丑类，请殿下勿疑。"<u>张耽不愧荐贤。</u>重华听了，即召艾入询方略。艾答道："汉耿弇不欲以贼遗君父，蜀黄权愿以万人当寇，今殿下委心用臣，臣愿假兵七千人，自足扫贼。王擢麻秋，怕他什么？"重华大喜，即授艾为中坚将军，使统步骑五千人，出击麻秋。

选将得入凉州破敌

艾拜命即行,道出振武,正值天暮,乃择地安营。到了夜半,有二枭飞止营帐,鸣声聒噪。艾闻声遽起道:"六博得枭,便是胜兆。今枭鸣帐上,胜敌无疑。"这是借枭鸣以作士气,并非真寓胜兆。说着,即令部众齐起,埋锅造饭,饱餐一顿。不待天明,便拔寨前进,衔枚疾走,直逼赵营。赵将麻秋,因连日不得一战,懈怠无备,尚是高枕卧着,哪知营外鼓角乱鸣,一彪军奋勇杀到。待至麻秋惊起,垒门已被捣破,赵兵身不及甲,马不及鞍,又兼腹中饥饿,如何支持?眼见是弃营四散了。麻秋也跨马遁去,幸全性命。凉州兵乘势追杀,斩首五千级,天已大明,才收军退回。重华闻捷,大喜过望,即封艾为福禄伯,待遇甚隆。偏贵戚豪门,互嫉艾功,交相潛毁,乃出艾为酒泉太守。功臣之难处如此。石虎闻谢艾被斥,又遣麻秋进攻大夏,大夏护军梁式,执住太守宋晏,举城降秋。秋胁晏作书招降宛戍都尉宋距,距扯毁来书,逐出来使。秋得报大怒,麾众往攻。宋距自知不敌,向秋遥语道:"辞父事君,当立功义,功义不立,当守名节。距宁为主死,不敢偷生。"说毕,即先杀妻子,然后自刎,戍卒皆散。秋遂移兵进攻枹罕,晋阳太守郎坦,谓枹罕城大难守,拟弃去外城。武城太守张悛道:"不可不可。外城一弃,众心摇动,内城亦不能守了。"宁戍校尉张瑾,赞成悛议,固守大城。秋屡攻不下,调集兵士八万人,把枹罕城四面围住,上架云梯,下穿地道,仰攻俯凿,日夕不休。张瑾随方守御,用炬毁梯,用土塞穴,击毙赵兵甚多。赵复遣刘浑率兵二万,来助麻秋。张瑾仍婴城死守,独郎

第五十回　选将得人凉州破敌　筑宫渔色石氏宣淫

坦恨己言不用，密嘱弁目李嘉，潜引赵兵千余人，乘夜登城。亏得璩防备甚严，立率诸将力战，杀退赵兵，斩获三百余人，且查出李嘉奸谋，诛嘉徇众。一面佯为嘉使，出诱赵兵，乘隙纵火，毁去赵兵攻具。麻秋刘浑，没奈何退回大夏。<small>张璩功绩，不亚谢艾，可惜郎坦未闻加诛。</small>

石虎闻秋等败回，再遣中书监石宁，为征西将军，率领并司二州兵二万余人，会同秋等，再攻凉州。重华使部将宋秦，统兵堵御。秦畏赵势盛，反驱民二万户降赵，赵兵长驱直进，警报飞达重华，几与雪片相似。重华惶急非常，只好再召酒泉太守谢艾，使为军师将军，率骑兵三万人，往堵临河。艾乘轺车，戴白帢，鸣鼓进行，到了临河前面，遇着赵将麻秋，带着大队，截住途中，他便叫过裨将张瑁，密嘱秘计，瑁奉命自去。艾乃乘车径出，直呼麻秋答话。秋见艾冠服雍容，神情闲暇，不由得大怒道：“艾一年少书生，身临大敌，乃敢这般闲雅，这明明是轻我呢。我与他有什么攀谈，但杀将过去，擒住了他，便好进捣凉州了。”遂督黑稍龙骧军三千人，鼓勇突阵。艾将李伟，见赵兵踊跃过来，忙请艾退回阵内，易车乘马。就是艾众，亦俱有惧容，惟艾不慌不忙，容色自若，反令左右移出胡床，索性下车坐着，指挥军士，站立两旁，不准妄动。秋率赵兵驰至，距艾坐处，不过丈许，便令军士呐喊起来，响声震彻山谷，艾似不见不闻一般，仍然端坐。<small>镇定如此，才足为将。</small>秋不禁动疑，戒兵轻进，但呆呆的瞧艾举动。艾令左右大呼道："麻秋何不进兵？"呼声愈急，秋愈不敢进，猛听得赵兵阵后，喊声大振，秋回头一顾，见凉州兵绕出后面，慌忙还救。艾见秋退去，却上马麾军，并力追击，并下令军前，能擒斩麻秋，立加重赏。部众已经放胆追杀，更兼望赏心切，统不管死活，向秋进蹑；再加凉州将张瑁，在赵军后队杀入，两下夹攻，大败赵兵。秋从斜刺里逃去，凉州兵将，怎肯舍秋，只管前追。秋将杜勋汲鱼，返身拦阻，被凉州将围裹拢来，一阵乱砍，杀死两人。秋得了两个替死鬼，一溜风的奔往大夏去了。

艾得此大捷，检点俘馘，约得一万三千名，当然返报。重华进艾为左长史，封邑五千户，赏帛八千匹。才阅两旬，麻秋又与石宁王擢等，集兵十二万，分道进攻。重华以寇众大至，拟亲出拒敌，艾极力谏阻，从事索遐，亦进谏道："一国主君，不应轻动，左长史谢艾，屡建奇功，足当大任，殿下但居中作镇，委艾御贼，已破贼有余了。"重华乃使艾持节，都督征讨诸军事,行卫将军,遐为正军将军,率二万人出拒赵兵。艾建牙誓众,适有西北风吹至,飘动旌旗,尽指东南。遐喜语艾道:"风为号令,今使旗帜俱指东南,正天令我破贼哩。"也是鼓动士气之言。艾亦大悦,进次神乌,正值赵将王擢前锋,便驱众痛击,擢等败遁。艾又进击麻秋,斩首千余级,俘二千八百人,获牛羊十余万头,秋遁还金城。石虎屡接败报,不禁长叹道:"我帅偏师定九州,所向无敌,今用九州兵力,出攻枹罕,反为所困,可见凉州有人,未可轻图呢。"遂无心西略,专事游畋。

太子宣亦日兴土木,使人四伐大树,充作宫材,役夫数万,吁嗟满道。领军王朗,据实白虎,请下禁令,为宣所恨。会星象告变,荧惑守房,宣使太史令赵揽进言道:"房为天王,今为荧惑所守,必主祸殃,请陛下移祸贵臣,方可禳灾。"虎问何人可当此祸?揽答道:"无如王领军。"虎踌躇道:"此外尚有何人?"揽想了多时,便将中书监王波,对答出去。<small>想是与波积有仇恨。</small>虎乃下诏收波,追论波前议楛矢罪,<small>楛矢事,见四十七回。</small>把他腰斩,并杀波四子,投尸漳水,嗣复闵波无辜,追赠司空,封波孙为侯。虎第五子鉴,封义阳公,出镇长安,旋复令鉴弟乐平公苞,代鉴出镇,修治长安未央宫,又发诸州工役二十六万人,往缮洛阳宫阙,再使各州民出牛二万余头,配朔州牧场,增置女官二十四等,诸公侯七十余国,皆令置女官九等。凡民女二十以下,十三以上,概令应选,充作女官。郡县有司,仰承意旨,务求美色,往往夺人妻女,多至三万余名。太子及诸公,又私自采访,强取至万余人。这四万妇女,驱至邺中,虎临轩简选。多是妙年韶秀,袅袅婷婷,不由得心花怒开,盛称采择得人,赏功封爵,计得十有二侯。当下按第分派,与众同乐,自己仗着一种虎力,糟蹋民妇,日夜不休。哪知义夫妇女,不肯应命,或被杀,或自尽,已是不可胜计。河南人民流叛略尽,虎又坐罪守令,说他不善抚绥,下狱论死,共五十余人。金紫光禄大夫逯明,当面切谏,虎叱武士,将明拉死。自是朝臣杜口,莫敢发言。尚书朱轨,与中黄门严生未协,生屡思构陷,会值霪雨连绵,道路汙陷,生遂潛轨不修道途,讪谤朝政。虎当然动怒,收轨系狱。冠军将军蒲洪,上书直谏道:

  臣闻圣王之御天下也,土阶三尺,茅茨不剪,食不累味,刑措而不用。亡君之驭海内也,倾宫琼台,象箸玉杯,截胫剖心,脯贤刳孕,故其亡也忽焉。今陛下既有襄国邺宫,足康帝宇,又修长安洛阳宫殿,将何以用之?盘于畋游,耽于女色,三代之亡,恒必由此;而忍为猎车千乘,环数千里,以养禽兽,夺人妻女数万口,以充后宫,圣帝明王之所为,固若是乎?尚书朱轨,纳言大臣,今以道路不修,将加酷法,此自陛下德政失和,阴阳灾沴,天降霪雨,七日乃霁,霁方二日,虽有鬼兵百万,亦未能去道路之涂潦,而况人乎?刑政如此,其如史笔何?其如四海何?愿止作徒,罢苑囿,出宫女,赦朱轨,以副众望,则天下安而国祚自永矣。伏乞明鉴施行!

筑宫渔色石氏宣淫

虎览书不悦,惟畏洪强直,却也不敢加罪,为罢洛阳长安诸工役,但仍不肯赦轨,竟处死刑。一面聚敛金帛,贪多无厌,悉发前代陵墓,掘取宝货。沙门吴进白虎道:"国运将衰,晋当复兴,宜苦役晋人,镇压戾气。"虎乃使尚书张群,发近郡男女十六万人,车十万乘,运土至邺城北隅,筑华林苑。沿苑遍筑长墙,广袤数十里。是年八月,天大雨雪,积地三尺,役夫冻毙至数千人。赵揽申钟石璞等,上言:"天文错乱,百姓雕敝,宜停止工役。"虎大怒道:"我筑苑墙,干天甚事?就使阴至天谴,但得苑墙朝成,我虽夕死,也无遗恨。"遂促张群连夜赶造,四围燃烛,光同白昼,筑三观,辟四门。三门通漳水,皆用铁屏为障,忽遇暴风大雨,涨水丈余,漂没至数万人。扬州献黄鹄五雏,颈长一丈,声闻十余里,虎令游泳池中,俄化为龟,因号池为玄武池。此外,郡国牧守,先后献入苍麟十七头,白鹿七头,虎命司虞张昌柱,管驭麟鹿,驾以芝盖,每遇朝会,即将麟鹿站立殿庭,侈然有百兽率舞的意思。已而令太子宣出祀山川,为祈福计。虎不畏天,何需祈福?宣驾着大辂,羽葆华盖,建天子旌旗,前呼后拥,戎卒至十八万,出金明门,虎在后宫登凌霄观,遥见宣仪容烜赫,甲仗如林,便掀髯笑语道:"我家父子,如此威武,若非天崩地塌,尚有何忧?我但当抱子弄孙,自求乐趣便了。"仿佛梦呓。

宣借祷祀为名,沿途驻足,辄列长围,驱逐禽兽,至暮皆集行幄,文武官吏,或跪或立,环绕幄外,烽炬连宵,照彻百里。夜间犹令劲骑驰射,自与姬妾乘辇临观,欢娱忘返,必至兽尽乃止。所过三州十五郡,有司供张,穷极珍奇,历年积储,皆无孑遗。及还邺复命,虎复命秦公韬继出,自并州至秦雍,亦与宣行径相似,宣本已忌韬,又闻韬与己匹敌,格外生嫌。宦官赵生,得宣宠幸,遂劝宣谋韬。宣性暴戾,往往与虎面谈,亦有傲色,虎尝谓悔不立韬,韬闻言益骄,宣恨韬及虎,隐起杀心。可巧韬在府第中筑起一堂,取名宣光殿,梁长九丈,宣当然闻知,引众往视,斥他逾制,斩匠截梁,悻悻而去。韬亦怒甚,重加修筑,增至十丈。宣乃与力士杨柸,及幸臣赵生牟成道:"凶竖傲愎,敢违我命,汝等如能杀却,我当将韬所有国邑,分给汝等。且韬既杀死,主上必亲临韬丧,我乘此得行大事,当无虑不济了。"柸等应声道:"殿下所委,敢不敬从。"宣因此大喜,便令柸等伺隙行事,要做出一种逆天害理的行为来了。小子有诗叹道:

到底豺狼种祸苗,一波才了一波摇。
东宫兴甲成常事,险衅都缘乃父招。

欲知宣如何逞谋,试看下回便知。

回评 石虎以九州兵力,不能制一凉州,虽敌有谢艾,智力过人,而石赵之势,已衅浸衰,所谓强弩之末,势不能穿鲁缟者也。虎尚不少悛,反且大筑宫室,妄戮谏臣,甚至夺民妇数万人,驱入邺中,自淫不足,反导子弟尽为淫人,是亦安望有贤子弟耶?虎子邃阴谋弑父,为虎所杀,别立邃弟宣为太子。宣建天子旌旗,出祀山川,是其心目中已无君父。虎不加禁止,反有喜色,是明明纵子为恶,与人何尤?至悔不立韬,盖已晚矣!虽然,如虎之淫暴,而使其有令子,是善不足劝,而恶不必惧也,虽曰乱世,岂真无天道哉?

第五十一回

诛逆子纵火焚尸　责病主抗颜极谏

却说赵太子石宣谋害弟韬，并欲弑父，因恐计不得逞，往访高僧佛图澄，及与澄相见，并坐寺中，又不便直达私衷，但听塔上一铃独鸣，宣乃问澄道："大和尚素识铃音，究竟主何预兆？"澄答道："铃音所云，乃是'胡子洛度'四字。"宣不禁变色道："什么叫做胡子洛度？"究竟心虚。澄不好直答，诡词相对道："老胡为道，不能山居无言，乃在此重茵美服，这便叫做洛度呢。"说着，正值秦公韬徐步进来，澄起座相迎，待韬坐定，只管注目视韬。韬且惊且问，澄答道："公身上何故血臭？老僧因此疑视。"隐语。韬周视衣襟，毫无血迹，免不得又要诘问。澄只微笑不答。宣虑澄察泄秘谋，遂邀韬同行，辞澄出寺去了。

越宿由石虎遣人召澄，澄即入见，虎语澄道："我昨夜梦见一龙，飞向西南，忽然坠地，不知吉凶何如？"澄应声道："眼前有贼，不出十日，殿东恐要流血，陛下慎勿东行。"虎素来信澄，倒也默然无言。忽见屏后有一妇人趋出，娇声语澄道："和尚莫非昏耄么？宫禁森严，怎得有贼？"澄见是虎后杜氏，便微笑道："六情所感，无一非贼，年既老耄，还属无妨，但教少年不昏，方才是好哩。"已经说出后事，可惜愚妇无知。已而遇秋社日，天空有黄黑云，由东南展至西方，直贯日中，及日向西下，云分七道，相去约数十丈，幻成白色，如鱼鳞相似，历时乃灭。韬颇解天文，顾语左右道："天变不小，恐有刺客起自京师，未知由何人当灾哩。"是夕，韬与僚属会宴东明观，召令乐工歌伎，弹唱侑酒。宴至半酣，不觉长叹道："人生无常，别易会难，诸君试畅饮一觥，各宜使醉，须知后会有期，应该乘时尽兴哩。"说至此，竟泫然涕下。死兆已见！大众听了，都不禁骇异，惟见韬涕泗横流，也不禁触动悲怀，相率唏嘘，都非佳象。到了夜半，众皆别去，韬趁便留宿佛寺中。

哪知事出非常，变生不测，仅越半夜，好好一个石家主子，竟变做血肉模糊的死尸。天已大明，寝门尚闭，韬有侍役，怪韬高卧不起，撬户入视，已是腹破肠流，手断足折，倒毙在寝榻前。旁有刀箭摆着，也不辨是何人所置，何人所杀，当下慌乱无措，不得已着人飞报。偏宫中已经得知，赵主石虎，正闻变惊恸，晕倒床上。宫人七手八脚，环集施救，好容易才得救醒，尚是悲号不止。究竟由何人先去报闻？查将起来，乃是赵太子石宣。应该由他先知。虎号哭多时，便拟亲往视丧。时百官已俱入请安，闻虎命驾将出，各欲扈从前去。独司空李农进谏道："害死秦公，未知何人，臣料是衅起萧墙，危生肘腋，陛下不宜轻出，当速缉凶手，毋使幸脱。"虎得农言，猛然记起佛图澄语，不由得顿足叹息道："是了是了。究竟和尚通灵，朕到此才能觉悟呢。"遂停止不行。一面饬卫士戒严，一面派官吏治丧。太子宣驾坐素车，引东宫兵千人，往视韬殓，使左右举衾观尸，仔细一瞧，反呵呵大笑，掉头自去。实是一个莽汉，若使韬知预防，何至被杀。还至东宫，将委罪韬吏，命收大将军记室参军郑靖尹武等人。韬曾为车骑大将军。

偏是恶报昭彰，难逃冥谴，有一东宫役吏史科，向石虎处讦发阴谋，虎始知祸由太子，气得两目咆哮，无名火高起三丈，亟命左右往召太子宣。宣不敢径往，中使诈称奉杜后命，叫他进去。宣还道是另有密商，因即入省，甫进宫门，便有人传着虎谕，把宣驱入别室，软禁起来。那时杨杯牟成赵生等，已闻风出走，生稍迟一步，致被卫士拘住，交与刑官拷讯。生无可抵赖，始供称杀韬情迹，实由杨杯等隐受宣嘱，伺韬留宿寺舍，夜用猕猴梯架墙，逾垣入室，因得逞凶。这供词呈将进去，虎不瞧犹可，既已瞧着，大呼："了不得，了不得。"便命将宣移禁席库，更用铁环穿通宣额，锁诸柱上，且作数斗可容的木槽，中贮尘粪土饭，迫使宣食，仿佛似猪狗一般。一面取入杀韬刀箭，见上面尚有血痕，便伸舌吮舐，且舐且泣，哀声震彻内外。徒哭何益？百官俱入内劝解，哪里禁遏得住？大众无法可想，只好往请佛图澄，前来解免。澄当然驰至，见了石虎，说出一番前因后果，稍得令虎止哀。惟虎即欲加宣极刑，澄复谏道："宣与韬皆陛下子，今宣杀韬，陛下又为韬杀宣，是反变成两重祸祟了。陛下今日，诚使息怒加慈，福祚尚保灵长，可延六十余年，若必欲诛宣，恐宣魂当化为彗星，将来要下扫邺宫呢。"这是何因何果？可惜尚未说明。虎执意不从，待澄趋退，便令左右至邺城北隅，堆积薪柴，就柴堆上竖一标竿，竿上架着辘轳，两端穿绳，悬垂上面，当下把宣牵就柴上，用绳系住。

第五十一回 诛逆子纵火焚尸 责病主抗颜极谏

并使韬平时宠幸二阉,一叫郝稚,一叫刘霸,拔宣发,抽宣舌,斫宣目,刳宣肠,断宣手足,然后将宣尸用辘轳绞上,挂诸天空,下面纵火焚薪,薪燃火盛,烟焰冲天,不到半时,已将宣尸烂焦,如燔如炙,好一个烧烤。及绳被毁断,尸复下坠,立成灰烬。这是何刑?最可怪的是暴主石虎,挈领宫妾数千人,共登高台,了望火所,看他燔灼。莫非是看放焰火么?至火已垂灭,再令检出尸灰,分置诸门交道中,并收宣妻子二十九人,一并杀死。究竟是虎狼性格,名不虚传。宣有幼儿,年才数岁,伶俐可爱,虎不忍加诛,抱置膝上,向他垂涕。儿亦啼哭

诛逆子纵火焚尸

道:"这非儿罪。"虎欲赦儿不诛,偏秦府属吏,定请并诛此儿,看虎恋恋不舍,竟向虎膝上牵夺。儿揽住虎衣,狂叫痛号,甚至带绝手脱,始被猛掷出去,踢跶一声,登时断命。虎掩面入宫,赦废宣母杜氏为庶人,诛东宫僚属三百人,阉寺五十人,统皆车裂支解,弃尸漳水,洿东宫以养猪牛。还有东宫卫卒十余万人,全体谪戍凉州。太史令赵揽,已迁任散骑常侍,前曾入白道:"宫中将有变乱,宜豫备不虞。"及虎既杀宣,疑揽预知宣谋,独不实告,亦勒令处死。可为王波泄恨。贵嫔柳氏,系尚书柳耆长女,才色俱优,耆有二子尝侍直东宫,为宣所宠,此时已共诛死。虎复令柳女连坐,逼使自尽。既而追念柳氏姿容,未免生悔,幸柳氏尚有一妹,在家待字,便饬左右驱车接人,就在芳林园引见。细瞧芳容,不亚乃姊,就下座掖入寝床,令做乃姊替身,恣情淫狎,不消细说。姊妹花并堕虎口,死者固已矣,生者亦去死无几。

过了匝月,虎复议册立太子,太尉张举道:"燕公斌有武略,彭城公遵有文德,惟在陛下自择。"虎答道:"卿言正合我意。"语尚未终,偏有一人闪出道:"燕公母贱,又尝有过,彭城公与前太子邃同母,母郑氏已经坐废,怎得再立他次子?还请陛下三思!"虎闻言瞧着,发言的系戎昭将军,就是前掳刘曜幼女的张豺。曜女安定公主,掳入赵宫,得虎宠爱,小子在前文中,已曾叙过,至此生有一子,取名为世,已有十龄,豺因虎年长多疾,意欲立世为嗣,俟虎死后,世母刘氏为太后,必感豺德,令他辅政,所以特地进言,阴图逞志。果然虎为所动,沉吟多时,不答一言。豺乘机说虎道:"陛下再立储宫,母皆倡贱,不足服众,所以祸乱相寻,今宜自惩前辙,必须母贵子孝,方可册立,免再生患。"虎爽然道:"卿且勿言,朕已悟卿意了。"豺乃趋出。越宿由虎召集群臣,面加晓谕道:"朕欲取纯灰三斛,自涤心肠,何故专生恶子?年过二十,便欲弑父,今少子世年方十岁,待他及冠,我已老了,就使世再不肖,也不至为我所见哩。"但期保全首领,也是无聊之思。道言未绝,即由太尉张举,司空李农,同时应声道:"臣等愿奉诏立齐公。"原来齐公是世封爵,臣下不便直呼世名,因以齐公二字相代。农既倡议,大众便附和一辞,独大司农曹莫无言。张李二人,又谓应完备手续,先由公卿联名上疏,请立世为太子,及疏已草就,莫复不肯署名。虎使张豺问明莫意,莫答道:"天下重器,不应立少,故不敢署名。"虎闻言叹道:"莫为忠臣,可惜未达朕旨。惟张举李农,能体朕心,可转示委曲,免得误会。"举与农应命谕莫,相偕退去。虎遂立世为太子,进世母刘氏为皇后,命太常条攸为太子太傅,光禄勋杜嘏为太子少傅,并嘱使朝夕箴规,毋令太子再蹈前愆。何济于事?

又阅两月,虎在太武前殿,大飨百僚,佛图澄亦至。酒阑席散,澄起座告辞,褰衣行吟道:"殿乎殿乎?棘子成林,将坏人衣。"吟毕自去。虎料澄语必有因,即令左右发殿下石,果有棘子丛生,立命拔去。哪知佛图澄所说的棘子,并不是真棘子,乃是一个棘奴。棘奴究是何物?看官不必急问,待至下文,自当说明。是作者用笔狡狯处。惟佛图澄还至佛寺,环视佛像,唏嘘太息道:"可怅可恨,不得长此庄严。"嗣复自作问答,先发问道:"可得三年否?"答言:"不得。"又问:"可得二年么?一年么?百日么?一月么?"答言:"不得,不得。"随即默然。返入禅房,弟

第五十一回　诛逆子纵火焚尸　责病主抗颜极谏

子法祚等，见澄自说白话，多不可解，便随澄入问玄妙。澄乃明语道："今年岁次戊申，祸机已萌，明年己酉，石氏当灭，我尚在此干什么事，不如去罢。"法祚又问道："当去何地？"澄仍作隐语道："去！去！自有去处。"法祚等不敢再问，方才趋退。仅隔一夕，便遣徒侣往辞石虎道："物理必迁，身命难保，贫僧化期已及，不能再延，素荷恩遇，用敢上闻。"虎怆然道："昨尚无疾，今乃使人告终，岂不可怪？"便命驾自往省视，见澄形态如故，益加惊疑。澄微哂道："出生入死，乃是常理。人命短长，定数难逃。但道重行全，德贵勿怠，道德无亏，虽死犹生，否则生不如死。贫僧死期已至，自思生平尚无大过，死亦何妨。不过国家心存佛理，建寺度僧，本宜仰蒙天祐，奈何政事猛烈，淫刑酷滥，显违圣典，隐悖法戒，如此过去，怎能得福？若亟降心易虑，惠以下民，那时国祚永长，道俗庆赖，僧虽就尽，可无遗恨了。"见道之意，非常僧所能道。虎似信非信，支吾半晌，便即退回。

先是虎为澄先造生墓，至是因澄言将死，又为凿圹营坟。约阅旬余，澄竟圆寂，坐化禅林。百官并往视殓，即将澄平时所用锡杖银钵，纳置棺中，移葬圹所，更由虎命为澄立祠，适天久不雨，陇土尽裂，虎诣澄祠虔祷，便有二白龙降下，引沛甘霖，泽遍千里。嗣有沙门从雍州来，曾见澄西入关中，及行至邺下，与僧侣晤谈，两不相符，彼此诧为奇事。又有郭门守吏，听得沙门传语，也猛忆前事，谓："澄曾携一履出城，当时疑为目眩，今又由沙门相见，莫非真在人间，确是未死。"为此两人语言，遂至传遍邺中，连石虎亦有所闻，暗生惊异，遂命石工掘墓启视，说也奇怪，棺中只有一履，并无澄尸，惟多了一石。工人当即飞报，石虎且惊且恨道："朕姓石，便是朕埋石棺中，莫非朕将死了么？"嗣是闷闷不乐，坐卧彷徨。尝见已死诸子孙，环立坐隅，不由得毛发森竖，悲悔交并，因此饮食无味，形体渐羸。蹉跎过了残冬，便是赵天王建武十五年的元旦，晋永和五年。虎疾少瘳，自恐余生有限，不如僭称帝号，借以自娱，乃命在南郊筑坛，即位称帝，改元太宁。诸子进爵为王，百官各增位一等，颁制大赦。惟前东宫卫卒等万余人，谪戍凉州，不在赦例。见上文。

卫卒中有一队长，呼做高力督，姓梁名犊，本来有些膂力，此时遇赦不赦，当然生怨；就是一班卫卒，也共抱不平。犊得乘隙煽动，聚众为乱，自称晋征东大将军，攻陷下辩，胁雍州刺史张茂为大都督，连拔秦雍间城戍，戍卒多半依附。进至长安，有众十万人。乐平王石苞，为长安镇帅，尽锐出战，反为所败，不得已回城固守。犊遂率众出潼关，趋洛阳。赵主石虎，忙命李农为大都督，行大将军事，统率卫军将军张贺度，征西将军张良，征虏将军石闵等，麾兵十万，出拒新安。犊众都挟着一种怨气，拼死前来，虽然兵甲不整，却是一可当十，十可当百。李农麾下，人数与犊众相等，只是气势不敌，一战败绩，再战又败，没奈何退保成皋。犊又东掠荥阳陈留诸郡，声焰大张。石虎惧甚，旧疾复发，再令燕王斌为大都督，与冠军大将军姚弋仲，车骑将军蒲洪，合兵讨犊。

　　弋仲入朝求见，虎适卧床养疴，传令免谒，但引弋仲至领军省，赐给御食。弋仲怒说道："国家有贼，令我出击，主上理应面授方略，才可破贼，今乃徒赐我御食，难道我来乞食么？"说至此，即欲趋归。当有人报知石虎，虎乃力疾传见，弋仲抢步进去，怒尚未息，既见虎面，便大声诋虎道："为儿生愁么？何故致病！有儿不教，纵使为逆，因逆加诛，还愁什么？我想汝病已久，反立幼儿为储，万一不测，天下必乱，汝先当忧及此事，贼尚不足忧哩。犊等穷困思归，相聚为盗，所过残虐，已失民心，我老羌当为汝出力，一举平贼。"看他口吻，仿佛《水浒传》中的李逵。虎听他出言不逊，也觉生忿，但因乱事日亟，要靠他出兵平乱，只好含忍三分。且弋仲素性戆直，到了气急时候，往往不顾尊卑，但呼汝我，事成惯例，更不足责。所以虎耐着性子，嘱令旁坐，面授弋仲为征西大将军，特赐铠马。弋仲并不称谢，惟起座申语道："汝看我老羌能破贼否？"说着，即取铠披身，跨鞍上马，就中庭驰骋数周，乃扬鞭一挥，跃马自去。却是爽快。虎又气又笑，静待报命。

　　约过旬日，便得弋仲捷报，在荥阳大破犊众，已而捷音复至，将犊擒斩，扫平余党。虚写以省笔墨。虎传旨褒功，封弋仲为平西郡公，履剑上殿，入朝不趋。蒲洪为侍中车骑大将军，都督秦雍诸州军事，领雍州刺史，封略阳郡公。弋仲等尚未回邺，虎病已日深一日，因授彭城王遵为大将军，使镇关右。燕王斌为丞相，录尚书事。张豺为镇卫大将军，并受遗诏辅政。独刘后心下不悦，密召张豺入商，意图害斌，免为后患。豺即为定谋，遣使给斌道："主上疾已渐愈，王若留猎，尽可自便。"斌本好猎嗜酒，得了此谕，乐得朝畋暮饮，流连数日。刘后遂与张豺发出矫

第五十一回　诛逆子纵火焚尸　责病主抗颜极谏

诏,谓斌藐视父疾,不忠不孝,勒令免官归第;且使豹弟雄领龙腾军五百人,逼斌入室,严加管束。彭城王遵,时在幽州,奉诏至邺,刘后不令入省,但饬在朝堂受拜,即发给禁兵三万,遣往关右。遵涕泣而去。石虎全未预闻,因病得污瘥,勉强起床,出问遵已到否?左右答言去已两日,虎愠道:"奈何不使见我?"说罢,复亲临西阁,见有龙腾中郎两军将士,环拜前面,约有二百余人。虎问他有何乞请?大众哗声道:"圣体不安,宜令燕王入值宿卫,监制兵马,还有几个随后续陈,请改立燕王为太子。"虎惊疑道:"燕王尚未到京么?"左右诈言燕王病酒,不能入朝。虎又道:"可持辇迎入,当付玺绶。"左右虽然答应,却是阳奉阴违,并未往迎。虎无力支撑,竟至头晕心摇,使左右掖还寝宫。张豹竟令雄矫诏杀斌,入报刘后。刘后大喜,擅命豹为太保,都督中外诸军,录尚书事。侍中徐统,自语亲属道:"大乱将作,我若再生,恐反遭夷灭了,不如早死为佳。"遂仰药自杀。邺宫内外,方无故自扰,那穷凶极恶的赵石虎,已不省人事,晕绝数次,结果是两眼一翻,两足一伸,呜呼毕命了。小子有诗咏道:

　　如此凶人得善终,上苍降鉴似非聪。
　　待看国乱家屠日,才识天心本大公。

虎既毙命,应由太子世入嗣,究竟有无乱端?容至下回续表。

回评　石邃既诛,又有石宣,遣人杀弟,密谋弑父,其恶视邃为尤甚,杀之宜也。但此为石虎淫恶之报,虎不知反省,乃徒以毒刑加宣,令人惨不忍闻。况前诛邃妻子二十六人,至是又诛宣妻子二十九人,骨肉相关,全不体恤。有罪则固诛之,无罪亦并戮之,待子孙尚且如此,何怪他人之灭其子孙乎？厥后信张豺言,舍长立幼,幼子世为刘女所生,刘曜一门,为虎所残,留女以祸石氏,亦一显然之报应也。姚弋仲快人快语,读之可浮一大白。虎尝滥杀群臣,独于出言不逊之姚弋仲,能优容之,并加厚赐。姚氏有昌后之机,固非石虎所能杀,抑亦由虎之隐有疚心,闻姚言而不能无愧欤？石虎祸刘,张豺祸石,一虎一豺,两两相对,大造之巧为播弄,尤足使人称异云。

第五十二回

乘羯乱进攻反失利 弑赵主易位又遭囚

却说赵太子石世,年甫十一,由张豺等拥他即位,尊世母刘氏为太后。刘氏临朝称制,进张豺为丞相,豺面辞不受,情愿让与彭城王遵,义阳王鉴。他恐二王不服,所以有此推荐。刘氏乃命遵为左丞相,鉴为右丞相。豺又与太尉张举,谋杀司空李农,举素与农善,遣人密告,农出奔广宗。豺使举统领宿卫精兵,往围李农,一面授张离为镇军大将军,监中外诸军事,兼司隶校尉,作为己副。邺中群盗四起,迭相劫掠,豺与离不能禁遏,只好紧守宫门,得过且过。

彭城王遵,往诣关右,途次闻丧,乃屯次河内。可巧冠军大将军姚弋仲,车骑大将军蒲洪,安西将军刘宁,征虏将军石闵等,平乱班师,_{即前回梁犊之乱。}与遵相遇,当下同声说遵道:"殿下年长且贤,先帝尝欲立殿下为嗣,至晚年昏耄,乃为张豺所误,今女主临朝,奸臣用事,众心未服,京内空虚,殿下若声讨张豺,鼓行东进,哪有不倒戈开门,欢迎殿下哩。"遵欣然相从,即从河内举兵,还指邺都。洛州刺史刘国等,并引兵往会,传檄至邺。张豺大惧,飞召张举还军。举未及归,遵已将到,急得豺形色仓皇,不能不调兵出御。偏都中耆旧羯士,互相告语道:"天子儿来奔丧,我辈正当出迎,奈何反随张豺拒守哩?"于是相率逾城,陆续迎遵。豺虽严令禁止,滥加杀戮,终不能止。继闻镇军大将军张离,亦率龙腾军二千,斩关出迎,越吓得手足无措。适宫中有旨传召,只好应命趋入。刘太后向豺泣语道:"先帝梓宫未殡,便遇外祸,今上幼冲,国事尽托将军,将军将如何弭乱?现欲加遵重官,未知能撤兵免祸否?"这叫做一厢情愿。豺支吾半响,说不出一句话儿,唯有唯唯听命。

刘太后乃遣使谕遵,命为丞相,领大司马大都督,统辖中外诸军,录尚书事,并加黄钺九锡,增封十郡。遵不受命,谢绝来使,且进至安阳亭,邺中恟惧。张豺一筹莫展,没奈何硬着头皮,引众往迎。遵面加叱责,令左右将豺拘住,当即贯甲耀兵,自太武门驰入,直登太武前殿,擗踊尽哀，退至东阁，命兵士牵出张豺，至平乐市中枭首，并夷三族。且假传太后令云："嗣子幼冲，为先帝私恩所授，但皇业至重，非幼子所能承受，今当令彭城王遵，入嗣大位，勉绍洪基"云云。遵伪让至三，朝臣依次劝进，乃御殿称尊，照例大赦。废石世为谯王，食邑万户，降刘太后为太妃。未几将刘氏母子，一并鸩死。可怜十一岁的小皇帝，在位只三十三日，冤冤枉枉的送了性命，就是如花似玉的刘太后，享受了数载尊荣，也落得香消玉殒，一命呜呼。富贵原似春梦。遵遂立生母郑氏为太后，妻张氏为皇后，故燕王斌子衍为皇太子，义阳王鉴为侍中太傅，沛王冲为太保，乐平王苞为大司马，汝阴王琨为大将军，武兴公闵都督中外诸军事，兼辅国大将军，录尚书事，下诏罢广宗围，召还张举。李农亦入都谢罪，仍复原官。

遵嗣位仅及七日，邺中暴风拔树，雷雨大作，下雹如盂，水火俱下，毁去太武晖华殿，及宫中府库，所有闱阖诸门观阁，亦尽成灰烬。乘舆服饰，大半被焚，火焰烛天，兼旬乃灭。已而，天复雨血，遍及邺城，时沛王石冲镇蓟，闻遵杀世自立，召语僚佐道："世受先帝遗命，嗣立为君，遵敢擅加废弑，罪大恶极，孤当亲自往讨，可饬内外戒严，克日启行。"于是留宁北将军沐坚，居守幽州，率众五万，由蓟南下，一面传檄燕赵，所至云集。及抵常山，有众十余万，进次苑乡，遇有中使自邺都到来，传示赦书。冲忽变初志，顾语左右道："遵亦我弟，既得定位，我何必再加残害？况死不可追，生宜相顾，得休便休，不如归去罢了。"道言甫毕，部将陈暹闪出道："彭城篡弑自尊，实负大罪，王欲北旆，臣愿南辕，俟平定京师，擒住罪首，然后奉迎大驾，入靖皇宫。"说着，即率部下兵自去。这是石冲的催命鬼。冲见暹前进，倒也不敢中止，只好麾兵随行。途中复接遵使王擢，赍到遵书，劝令罢兵。冲摇首不答，擢乃归报。遵假石闵黄钺金钲，令与司空李农等，统率精兵十万，出拒石冲。两军共至平棘，便即交锋，也是冲命数该绝，不幸碰着逆风，被石闵等顺风痛击，杀得七颠八倒，大败奔逃。冲策马还走，至元氏县，马蹄忽蹶，致为闵军追及，生生擒住。余众一半溃散，一半乞降。闵向遵报捷。遵下诏赐冲自尽，冲当然毕命。闵恐降兵变乱，掘坑诱入，全数活埋，共死三万余名，如此暴虐，怎得善终？乃班师还邺。

遵因石冲已平，不复加虑，独闵入内白遵道："蒲洪是现今人杰，今

第五十二回 乘羯乱进攻反失利 弑赵主易位又遭囚

领雍州刺史，镇守关中，恐将来秦雍二州，非国家所得复有，还请早图为是！"遵信罔言，遂撤去蒲洪官职，洪因此挟嫌；自领部曲，径归枋头，且遣使降晋。晋征西大将军桓温，已探得赵乱消息，出屯安陆，经营北方。赵扬州刺史王浃，举寿春城归晋。晋命西中郎将陈逵，往戍寿春。还有征北大将军褚裒，也想借此扬威，上表晋廷，请即伐赵，当日戒严，直指泗口。朝议谓："裒任重责大，不应深入，但宜先遣偏师，为渐进计。"这议案传到京口，裒不以为然，申表固请。略谓："前遣先锋督护王颐之等，径诣彭城，遍示威信，继遣督护糜嶷，进军下邳，守贼不战自溃，已由嶷安据城池，今宜速发大兵，助成声势。"晋廷乃加裒为征讨大都督，使率众三万人，向彭城进发。河朔士民，闻裒出兵，日来降附。朝野人士，各怀奢望，都说是规复中原，就在此举。惟光禄大夫领司徒蔡谟，引以为忧，尝语亲友道："此举未足灭胡，就使胡人得灭，反为国家贻患，故我谓不如勿行。"亲友听了，不免疑问，谟复说道："古来顺天乘时，弘济苍生，拨乱世，大一统，类皆由大圣英雄，方能出此。此外只有度德量力，不可妄动。我看今日时局，欲要平胡，非常材所能办到，必且经营分表，劳民求逞，至才略疏短，终难如愿，那时财已尽了，力已穷了，智勇两困，尚能不忧及朝廷么？"果然事机不顺，竟如所料。

褚裒发兵北进，适有鲁郡民五百余家，起兵来附。裒遣部将王龛李迈，率兵三千，往迎鲁民，行至代陂，正

值赵都督李农，带兵二万，南下防戍，龛等无路可避，不得不上前交战。

究竟寡不敌众,一场鏖斗,全军覆没。李农进逼寿春,晋将陈逵,恐为所乘,遂焚寿春积聚,毁城遁还。褚裒也不禁胆怯,退屯广陵,表请自贬。何前勇而后怯?有诏不许,但命他还镇京口,免去征讨都督职衔。会河北大乱,遗民二十余万渡河,欲来归附,偏值褚裒退还,无人抚纳,大众流离荡析,死亡殆尽。裒还至京口,沿途只闻哭声,顾问左右,究为何因?左右答道:"代陂覆师,家属犹存,怎得不哭?"裒未免惭愤。还镇未几,即至病终。讣闻晋廷,诏赠侍中太傅,予谥文穆。另迁吴国内史荀羡,持节监徐兖二州,及扬州属郡晋陵诸军事,领徐州刺史。羡年方二十有八,东渡以后诸方伯,羡为最少,这真叫做人无大小,达者为先哩。

且说赵乐平王石苞,得着石冲败死的消息,也动了兔死狐悲的观感,拟就长安镇所起兵,进攻邺都。左长史石光,及司马曹曜等,固谏不从,反被杀死,因此将吏离心。雍州豪酋,料知苞难成事,统驰使告晋。晋梁州刺史司马勋,率众往会,又有仇池公杨初,也遥应晋兵,袭赵西城。仇池自杨茂搜死后,传子难敌,难敌本降附刘曜,受封武都王,既而病死,子毅嗣立,因刘曜已亡,遣使朝晋,愿为藩属。偏族兄初阴图篡夺,袭杀杨毅,据有世祚,称臣石赵,嗣闻石氏内乱,复向晋通好。晋廷但务羁縻,管什么篡位不篡位,即册初为征南将军,雍州刺史。仇池公初乃与晋兵约为犄角,共攻赵境。补叙前文所未及,且说明联晋情由。司马勋领兵出骆谷,破长城赵戍,进次悬钩,距长安约二百余里,遂遣治中刘焕,进逼长安,阵斩赵京兆太守刘秀离,得拔贺城。三辅豪杰旧称京兆左冯翊右扶风为三辅。多杀守令应勋,共得三十余营,数约五万人。

赵乐平王石苞,只好把攻邺计谋,暂且搁起,专务防晋。当下派遣部将麻秋姚回,引兵拒勋。赵主石遵,已闻苞有异图,遂借击勋为名,使车骑将军王朗,带着铁骑二万,西趋长安,暗中却嘱使伺苞,俟击退晋兵,迫苞赴邺。晋司马勋闻赵兵大至,却也自虑兵少,不敢轻进。那赵将石遇,复奉赵主遵命令,攻陷宛城,擒去晋南阳太守郭启。勋亟移师往援,杀败石遇,克复宛城,斩赵新署南阳太守袁景,引还梁州。

是时,燕主慕容皝,已经病殁,由世子俊嗣位,平狄将军慕容霸,也欲乘石氏乱衅,兴兵攻赵,因上书白俊道:"石虎穷凶极恶,为天所弃,余烬仅存,自相鱼肉。今中原涂炭,群望仁施,若我军一出,势必投戈,

第五十二回　乘羯乱进攻反失利　弑赵主易位又遭囚

此机不宜坐失哩。"北平太守孙兴,亦表言:"石氏大乱,宜乘时进取中原。"俊独以为新遭大丧,谢绝勿许。霸又驰诣龙城,当面语俊道:"时机难得易失,倘石氏衰后复兴,或有英雄凭借遗业,奋然跃起,不但我失此大利,且恐更为后患。"俊踌躇道:"邺中虽乱,尚有虏将邓恒,据住乐安,兵精粮足,我若伐赵,乐安当我东路,恐难进取,势不能不绕道卢龙。卢龙山径险窄,若被虏乘高据要,夹击我军,岂不是首尾受困,何从制胜?"霸又道:"邓恒虽为石氏拒守,部下将士,已不免闻乱思家,各怀归志,若大军一至,当然瓦解。臣愿为殿下前驱,东出徒河,西越令支,出彼不意,两路并进,彼必惶骇,上不过闭城自守,下不免弃城溃去,还有何心御我呢?殿下尽可安步前行,毋劳多虑。"为后来灭魏伏线。俊尚狐疑未决,转问五材将军封弈。弈答道:"敌强用智,敌弱用势,这是用兵要诀,所以大吞小如狼食豚,治易乱如日沃雪。大王自上世以来,积德累仁,兵强士练,石虎穷极凶暴,死未瞑目,子孙争国,上下乘乱,民苦倒悬,日望救拔。大王若扬兵南下,先取蓟城,继指邺都,宣耀威德,怀抚遗民,哪有不扶老携幼,恭迎大王?凶党将望旗胆落,逃死不暇,岂尚能为我害么?"从事中郎黄泓,与折冲将军慕容恪,亦先后进言。俊乃勉从众议,即命慕容恪为辅国将军,慕容评为辅弼将军,左长史阳骛为辅义将军,叫做三辅,分统军事。再令慕容霸为前锋都督,建锋将军,调集大兵二十余万,讲武戒严,定期攻赵。

弑赵王易位又遭囚

赵尚未接燕军警信,已是内乱相寻,几闹得不可收拾。原来赵主遵入邺以前，曾许石闵为太子，嘱使努力。及入都篡位，自背前言，竟立燕王子衍为太子，遂致闵隐生怨望。闵素骁勇，屡立战功，为宿将所畏服，又复都督各军，得总内外兵权，声威益盛，平时抚循殿中将士，各奏署员外将军，爵关内侯，并各赐给宫女，隐树私恩。遵未悉闵意，但将闵所奏署的将士，注明善恶，使知劝戒。众将士未免介意，怨遵日甚，感闵日深。中书令孟准，左卫将军王鸾，私下劝遵裁抑闵权，遵因此疏闵，闵益恨遵不置。可巧乐平王苞，自长安至邺，遵不暇除苞，但欲除闵，当下召苞入宫，并及义阳王鉴，汝阴王琨，淮南王昭等，一并入议。郑太后亦出御内殿，由遵先晓示道："闵目无君上，逆迹已萌，今欲设法加诛，是否可行？"鉴等皆随声道："闵既谋逆，应该就诛。"附和同辞，实是一班好乱人物。独郑太后摇首道："河内旋师，若无棘奴，哪有今日？就使棘奴稍稍骄纵，也当格外宽容，怎得骤然处死哩！"看官听说，这棘奴就是石闵小字，前回中叙及棘子，乃是佛图澄的隐语，庸耳俗目，怎能预解？此番祸已临头，小子也应该说明了。回应前回。

遵闻母言，默然不应。鉴与苞等随即退出，遵送母入室，自往后庭寻乐，与妃妾等弈棋为欢。才毕数局，忽听得一片噪声，由外传入，不由得惊惧交并，便出琨华殿探视，正值将军周成苏彦，带着许多甲士，持刀执械，蜂拥进来。看他形色狰狞，定非吉兆，一时无从趋避，只好勉强喝问道："汝等来做什么？敢是造反不成！"大众哗声道："来诛篡弑的逆贼！"遵又颤声道："反……反！究是何人造反？"成厉声答道："义阳王鉴，应该继立。"遵复道："似我尚有今日，汝等立鉴，能……能有几时？"说到"时"字，已被成挥众上前，乱刀砍死。成等遂闯入内庭，索性将郑太后张皇后太子衍等，随手斫去，杀得精光。复捕戮孟准王鸾，及上光禄大夫张斐。遵僭位仅一百八十三日，至此一门毕命。比石世多百余日，地下亦好自夸。

看官欲问起乱原因，乃是石鉴出宫，密遣宦官杨环，报知石闵。闵即劫住司空李农，与右卫将军王基，同谋废立，当下遣苏周二将，入行大事。迅雷不及掩耳，竟得侥幸成功。于是拥鉴即位，改元青龙，进武兴公闵为大将军，封武德王，李农为大司马，录尚书事，张举为太尉，郎闿为司空，刘群为尚书左仆射，卢谌为中书监。鉴恃闵得立，心中却很是忌闵，夜召乐平王苞，中书令李松，殿中将军张才，使攻石闵李农。三人

第五十二回　乘羯乱进攻反失利　弑赵主易位又遭囚

应命行事，总道是闵等无备，唾手可成，哪知闵却预防一着，自与农入宿琨华殿，分派殿中将士守卫。将士多系闵腹心，都抖擞精神，目不交睫，通宵守着。石苞等冒昧闯入，立被卫士杀退，霎时间禁中大扰。鉴知事无成，反诿罪石苞，及李松张才，待他还报，竟喝令左右，斫毙三人，然后把三人首级，出示石闵李农，诈言罪人已得，不必惊惶。闵亦料鉴预谋，但既有词可借，不如将错便错，俟后再图。乃下令将士，各归部伍，毋得再哗，总算安静了事。只平白地冤杀三人。新兴王石祗，也是石鉴兄弟，久镇襄国，因闻闵农为乱，遂与姚弋仲蒲洪通和，合兵连谋，起攻闵农。闵请诸石鉴，遣汝阴王琨为大都督，与太尉张举，侍中呼延盛等，率步骑七万人，往击石祗。中领军石成，侍中石启，前河东太守石晖，谋诛闵农，反为闵农所杀。龙骧将军孙伏都刘铢，号召羯士三千人，拟挟鉴讨闵农，适鉴在御龙观中，登台见伏都等，鱼贯而入，惊问何因？伏都答道："石闵李农谋反，已至东掖门，臣欲严兵往讨，谨来启问。"鉴抚慰道："卿是功臣，好为官家出力，朕在台上观卿，事平以后，不吝重赏。"伏都等应声趋出，径攻闵农，连战不利，退屯凤阳门。闵农却率众数千，向金明门突入，来寻石鉴。鉴见闵农等进来，料知伏都等战败，忙从台上传令道："孙伏都谋反，卿等何不速讨，来此做甚？"又用老法儿来做挡牌。闵农等得了此令，便晓谕卫士，同击伏都，伏都虽有勇力，毕竟众寡不敌，眼见是败绩丧身。刘铢亦同时毕命，部下三千羯人，多被杀毙。自凤阳门至琨华殿，积尸累累，流血盈途。闵传令内外兵民，毋得执械，违令立斩。羯人或夺门窜去，或逾城出走，先后不可胜计。闵遂使尚书王简，少府王郁，领众数千，监守御龙观，不准鉴自由进出。就是鉴一饮一食，亦只由观门悬入，勿许他人进餐。好好一个赵主鉴，反变做瓮中鳖，釜中鱼了。小子有诗叹道：

　　腹中有剑笑中刀，入阱如何不获逃？
　　我欲害人人害我，才知作伪总徒劳。

闵既幽鉴，又想出一条计策，歼尽羯人，欲知他如何行计，且看下回表明。

回评　石遵废世，石鉴又杀遵，石闵又幽鉴，数月之间，迭遭篡逆，石氏之乱，可云甚矣！夫如石虎之穷凶极恶，应该有此巨谴，不于其身，必于其子孙，固然无足怪也。惟石氏内乱如此，正予晋以可乘之隙，桓温之出屯安陆，犹不过徒示虚威，褚裒则一再上表，分兵北进，宜其规复中原，扫清宿耻。乃王龛等一败而即惧，便退屯广陵，自请贬职，嗒然若丧，是比诸庾亮庾翼，且逊一筹矣。要之东晋诸臣，专尚空谈，虚骄之气盛，实行之略疏，《左氏传》所云"张脉偾兴，外强中干"者，正此类也，而蔡谟之意料远已。

第五十三回

养子复宗冉闵复姓　屠主授首石氏垂亡

却说石闵幽主擅权，复下令城中，略言："孙刘构逆，已得伏辜，支党并诛，不及良善。此后与官同心，尽可留住，否则任令他去，不复相禁。"遂大开城门，纵使出入。于是羯人相率出城，填门塞道，独赵人陆续趋入，远近争集，闵知羯人不为己用，因颁令内外赵人，斩一羯首送凤阳门，文官进位三级，武官立拜牙门。看官！试想人生无不欲富贵，得了这种机会，哪有不欢跃奉命的道理？才阅一日，携首来献，多至数万。闵且亲率赵人，再行搜诛羯种，羯人共毙二十余万，弃尸城外，馁饲豺狼狐犬。就是一班外戍羯士，也由闵分投书札，令身为将帅的赵人，诛戮殆尽。太宰赵庶，太尉张举，中军将军张春，光禄大夫石岳，抚军将军石宁，武卫将军张季，及诸公侯卿校龙腾军等万余人，至此都恐连累，出奔襄国。汝阴王琨，亦奔据冀州，抚军张沉据滏口，张贺度据石渎，建义将军段勤据黎阳，宁南将军杨群据桑壁，刘国据阳城，段龛据陈留，姚弋仲据溵头，蒲洪据枋头，众各数万，皆不附闵。王朗麻秋，也自长安奔洛阳。闵遣人召秋，令图王朗，秋袭杀朗部羯人千余名，朗幸逃免，转奔襄国。秋忽生悔意，亦走依蒲洪。

汝阴王琨及张举王朗，纠众七万，向邺讨闵。闵自率骑兵出拒，列阵城北，遥见敌军如墙而来，便跃马出阵，手持两矛，直奔敌军。敌军前队，远来疲乏，不防闵轻骑杀到，一时不及招架，便致倒退。琨等尚在后面，见前军纷纷退后，还道闵军甚盛，抵敌不住，自己顾命要紧，也即拍马返奔。为这一走，遂致全军奔溃，仿佛天崩地塌一般。闵得任情追杀，斩首至三千级，待至琨等逃远，方收兵还邺，琨等仍奔还冀州去了。并非石闵善战，实是琨等无用。闵既大获胜仗，复与李农率三万骑兵，往攻石渎。石鉴被锢御龙观中，因闵农外出，监守少懈，乃得写就一书，密令近侍赍送滏口，嘱令抚军张沉等，乘虚袭邺。哪知近侍不去报沉，反将鉴书持达闵农。石苞李松孙伏都等，都为石鉴所卖，怪不得近侍使刁。闵农当

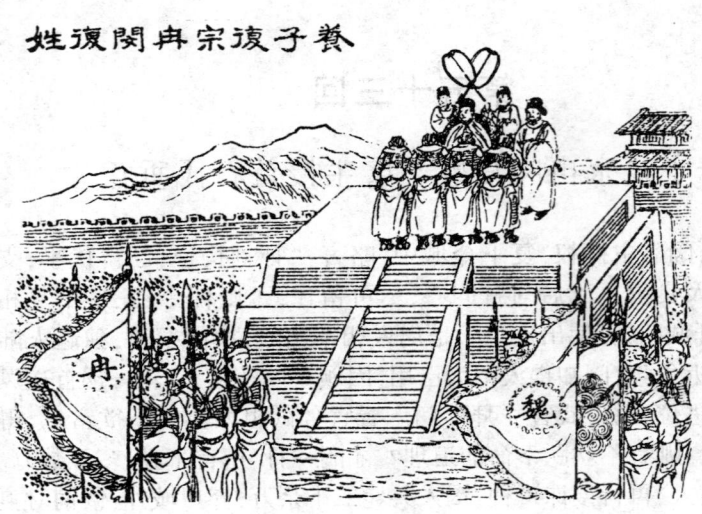

赘子复宗冉闵复姓

即驰还,突入御龙观,责鉴反复,褫去赵主的名目,又复赠他一刀,结果性命。鉴在位只一百零三日。闵索性大诛石氏,捕得石虎孙二十八人,骈戮无遗。惟尚有虎子数人,如石琨石祗等,统居外境,尚未遭难。

邺中已无石氏遗种,闵即欲僭号称尊,司徒申钟,司空郎闿,密承闵旨,联络朝臣四十八人,同声劝进。闵佯为退逊,让与李农。农不敢受,誓死固辞。辞与不辞相等,始终难逃一死。闵乃语众道:"我等本是晋人,今晋室犹存,愿与诸君分割州郡,各称牧守公侯,奉表迎晋天子还都洛阳,诸君以为何如?"诚能如是,倒也完名全节,可惜言不由衷。尚书胡睦进言道:"陛下圣德应天,宜登大位,晋氏衰微,远窜江表,岂尚能总驭英雄,混一四海么?"看汝能长为闵臣否?闵欣然道:"胡尚书可谓识机知命,我当勉从。"遂至南郊即位,公然称帝,易赵号魏,复姓冉氏。纪元永兴,追尊祖隆为元皇帝,父曜为高皇帝,奉母王氏为皇太后,妻董氏为皇后,子智为皇太子,余子亦皆封王。命李农为太宰,领太尉,录尚书事,加封齐王,农诸子皆为县公。文武各进位三等,封爵有差。并遣使持节,尉谕各处军戍,一律免罪。

诸军屯皆不受命,赵新兴王石祗,闻鉴被弑,也在襄国称帝,改元永宁。用汝阴王琨为相国,并授姚弋仲为右丞相,待以殊礼。弋仲子襄为骠骑大将军,时弋仲据滠头,蒲洪据枋头,各思称雄关右,互生疑忌。秦雍流民,相率归洪,洪有众至十余万。弋仲恐洪过盛难制,遣子襄引兵

第五十三回　养子复宗冉闵复姓　弑主授首石氏垂亡

击洪,为洪所破。洪遂自称大都督大将军大单于,兼三秦王。即前秦之创始。且因谶文有草付应王一语,乃改姓苻氏。洪第三子健,少娴弓马,勇武有力,尝为石氏父子所亲爱,洪因立为世子。赵将麻秋,既往依洪,洪命秋为军师将军。秋劝洪先收关中,然后东争天下,洪深服秋言。哪知人心不测,暗杀难防,洪引秋为知己,秋偏视洪若仇家,一无心,一有心,两人终夕昵谈,继以宴饮,秋竟置毒入酒,劝洪痛饮数杯。及秋辞宴退出,洪腹中忽然绞痛,不可忍耐,自知遭秋暗算,急召世子健入语道:"我拥众十万,据住险要,冉闵慕容儁等,本可指日荡平,就是姚襄父子,亦在我掌握,所以迟迟入关,实欲先清中原,再行西略;不意为竖子所欺,致我中毒。我死后,看汝兄弟未能肖我,休得再想中原,不如鼓行西进,得踞关中,也好独霸一方呢。"一麻秋尚不能防,还说能平定中原,也是痴想。言讫竟死。健秘不举哀,即率亲兵往捕麻秋。秋正安排兵甲,将乘丧为乱,不防苻健已先到来,急切不能抵御,立被健麾众拿下,一刀两段,报了父仇,然后为父发丧,承袭遗业。且遣使向晋报讣,自削王号,用晋封爵。原来洪先降晋,见前回。曾受封征北大将军,都督河北诸军事,冀州刺史,广川郡公。此时健即自称征北将军,向晋请命。赵石祇甫经称帝,也欲笼络苻健,命为镇南大将军,健佯为受命,在枋头修缮宫室,督兵种麦,示不复出;暗中却部署兵马,谋取关中。

关中本为赵属土,由将军王朗居守。朗自长安奔洛阳,复自洛阳奔襄国,见上文。当时但留司马杜洪,居守长安。洪常恐苻氏入关,阴加戒备。及苻氏父死子继,已放心了一大半,嗣闻健课农筑舍,更觉不以为意,谁知苻健竟自称晋征西大将军,都督关中诸军事,领雍州刺史,尽众西行,在盟津架起浮桥,渡河直进。至大众毕济,将桥毁断,仿佛破釜沉舟,在进无退。健弟雄先驱至潼关,洪始得报,乃遣部将张先出拒,与雄交战,倒还不分胜负。及健继至,张先势孤难敌,败回关中。健虽得战胜,犹修笺致洪,并送名马珍宝,谓将自至长安,奉洪尊号。洪也虑苻健怀诈,顾语属吏道:"这所谓币重言甘,明明是诱我呢。"乃尽召关中兵士,东出拒健。健已进次赤水,遣雄略地渭北,又追击张先至阴槃,把他擒住;再派兄子菁旁徇诸城,所至辄陷。洪出长安才数十里,迭接各处败报。又闻健乘胜杀来,急得面色仓皇。部众见主帅失色,越发惊心,你奔我逃,如鸟兽散。洪只剩得数百骑,眼见得不能对敌,并不敢再回长安，索性奔往司竹去了。

健竟入长安，据为都城，遣使至晋廷告捷，且向桓温修好。健有长史贾玄硕等，请依刘备称汉中王故事，表健为关中大都督大单于秦王。健佯怒道："我岂就好做秦王么？况晋使未返，我所应有的官爵，难道汝等所能预知么？"众始无言。越年为晋穆帝永和七年，晋使已归，不闻加封，他复密使心腹，讽玄硕等表上尊号。玄硕等不敢不从，遂请健为天王大单于。健尚假惺惺的谦让一番，至玄硕等两次劝进，便自号秦天王大单于，建元皇始。史家称为前秦。为十六国中之一。当下缮宗庙，置社稷，立妻强氏为天王后，子苌为天王太子，弟雄为丞相，都督中外诸军事，兼车骑大将军，领雍州刺史。自余封拜百官，位秩有差。又遣使四出，问民疾苦，旁求俊乂，除去赵时苛政。关中人民，赖是少安。

赵主祇方与冉闵相持，无暇西顾，因此健得从容布置，据有西秦。冉闵欲北向攻赵，赵主祇已遣汝阴王琨，及张举王朗等，统兵十万，南行攻闵。闵遣人临江传语晋使道："羯贼扰乱中原，已数十年，今我已诛去羯首，只有余党未平，江东若能共讨，可即发兵前来。"晋使转报晋廷，廷议以闵亦乱贼，置诸不睬。闵欲自出拒敌，恐李农居中为变，竟将农诱入杀死，并戮农三子。与人共事，人得利而己先受害，如李农辈，最不值得。还有尚书令王谟，侍中王衍，中常侍严震赵升等，俱连坐农党，尽被骈诛，乃遣卫将军王泰为前锋，出击赵兵，自为后应。

会赵汝阴王琨，南入邯郸，与镇南将军刘国，会师并进。途次遇着王泰，一战败绩，死伤万余人。琨退归邯郸，国亦还屯繁阳。既而国与段勤张贺度靳豚等，复会兵攻邺，闵遣刘群为行台都督，率同诸将王泰崔通周成等，共十二万众，出堵黄城。闵自统精卒八万继进，与刘国大战苍亭，刘国等虽然连兵，却是将令不齐，众心未壹，反不如魏兵一致，鼓动一股锐气，东冲西撞，斫毙刘国连合军，共二万八千人。国等败遁，靳豚稍迟一步，中槊被杀，残众尽溃。闵振旅归邺，旌旗钲鼓，绵亘百余里，仿佛如石氏全盛时。既入邺城，行饮至礼，群下欢舞。闵且欲笼络人心，求才兴学，特备玄纁束帛，礼征陇西辛谧。谧字处道，少有志操，博学能文，精草隶书，为时楷法，及长，尝杜门晦迹，谢绝交游。刘聪石勒，再三征召，终不肯起，及得闵征书，依然不就，但复书答闵道：

昔许由辞尧，以天下让之，全其清高之节。伯夷去国，之推逃

第五十三回　养子复宗冉闵复姓　孱主授首石氏垂亡

赏,皆显史牒,传之无穷,此往而不返者也。然贤人君子,虽居庙堂之上,无异山林之中,斯穷理尽性之妙,岂有识之者耶?是故不婴于祸难者,非为避之,但冥心至趣,而与吉会尔。谥闻物极则变,冬夏是也,致高则危,累棋是也。君王功已成矣,而久处之,非所以顾万全,远危亡之祸也。宜因兹大捷,归身本朝,指晋。必有许由伯夷之廉,享乔松之寿,永为世辅,岂不美哉?

复书既去,尚恐闵不肯放过,竟自甘绝粒,不食而死。不没高人。闵怎肯听从谥言,又起步骑十万人,往攻襄国。封次子胤为太原王,进号大单于,署骠骑大将军,配以降胡千人,令他居守。光禄大夫韦謏谏言:"降胡难恃,且不宜仿称单于。"哪知闵闻言大怒,反责謏离间戎夷,把他处斩,并杀謏子伯阳,直抵襄国城下,四面围攻。上筑土山,下穿地道,仰登俯凿,誓破坚城。赵主祇督兵固守,支持至百余日,幸还无恙。闵令军士筑室返耕,为久持计,于是祇相顾惶急,自去帝号,改称赵王。使张举诣燕乞师,许送传国玺,遣张春赴灊头,向姚弋仲处求援。弋仲即命子襄率骑兵三万八千,往援襄国,就是燕王慕容俊,也令将军悦绾,率骑兵三万人,救赵拒魏。再加赵汝阴王石琨,又从冀州赴急,三方会合,共得劲卒十余万,直逼闵垒。闵使将军胡睦御襄,孙威御琨,并皆战败,孑身遁还。闵自拟出击,卫将军王泰谏阻道:"今襄国未平,外援云集,若我军出战,必至腹背受敌,岂非危道?不若固垒相持,伺隙而动,方保万全。况陛下亲临行阵,万目共瞻,一或挫失,大事去了,请持重勿出,臣愿率诸将为陛下破敌。"闵点首称是。忽由道士法饶进言道:"陛下围攻襄国,旷日逾年,尚无尺寸功效,今群寇趋至,又避难不击,试问将如何使众哩?且太白入昴,当应赵分,百战百克,何待踌躇。"闵被他一说,不由得眉飞色舞,攘袂大言道:"我计决了,敢言不战者斩!"乃倾垒出发,与姚襄对阵交锋。可巧石琨从东面驰来,悦绾从西面趋至,尘头大起,惊动闵军。赵主石祇,又由城中冲出,前后左右,四集攻闵。闵军在外日久,已经疲敝,哪里当得住四面兵马,顿时大溃,先走的得逃性命,后走的都做鬼奴。

闵与十余骑拼命飞跑,走还邺城,哪知次子冉胤,已被降胡执住,往降襄国。邺中大乱,所有司空石璞,尚书令徐机,车骑将军胡睦,侍中李琳,中书监卢谌以下,尽被杀死,人物歼尽,盗贼蜂起,司冀大饥,人自相食。冉闵已潜入邺中，邺人尚未闻知，内外恟恟。讹言闵已败没，射声校尉张艾，劝闵亲出抚慰，安定众心。闵乃至南郊收劳军士，讹言少息。遂诛道士法饶父子，支解以徇，追尊韦谀为大司徒，已经迟了。一面搜卒补乘，再图御敌。姚襄已还军滠头，姚弋仲责他不擒冉闵，杖襄百下，惟不复用兵。燕将悦绾，也即退去，独赵主祗更遣部将刘显，率众七万，再攻冉闵，进次明光宫，去邺止二十三里。闵急召卫将军王泰，商议拒敌方法。泰恨前言不用，托病不入。至闵亲往访问，泰仍固称病笃，不能参议。闵不禁大怒，还宫语左右道："可恨巴奴，乃公岂定要靠他，才得保命吗？我当先灭群孽，再斩王泰。"说着，便悉众尽出，拼死杀去，得破显军，追至阳平，乘势斩杀，得首级三万余颗，杀得显穷蹙失措，几乎无路可奔，不得已遣使乞降，情愿杀祗自效。闵乃纵显使去，自还邺中。左右密承闵旨，诬言王泰将叛奔入秦。闵正要杀泰，听得此语，好似火上添油，立命将泰处斩，并夷三族。

过了匝月，果得刘显来文，报称杀赵主祗，及丞相乐安王炳，太保张举，太宰赵庶等十余人，据定襄国，纳质请命。闵喜如所望，尚未答复，那赵主祗的头颅，已自襄国献入邺中。闵令悬示三日，焚诸通衢，乃封显为大单于，领冀州牧。看官听着！赵主祗称帝襄国，只越一年，便即遭弑，后赵至是乃亡，总计后赵自石勒建国，至祗已易六人，共得七主，只合成二十三年。了结后赵。刘显降闵，才阅百日，又欲自上尊号，谋袭冉闵，偏被闵预先探知，发兵邀击，杀退显兵，显狼狈走还。但闵虽得胜，所辖各土，已皆瓦解。徐州刺史刘启，兖州刺史魏统，豫州刺史张遇，荆州刺史乐弘，俱举州降晋。还有魏平南将军高崧，征虏将军吕护，执住洛州刺史郑系，也向晋请降。又如故赵将周成屯廪邱，高昌屯野王，乐立屯许昌，李历屯卫国，亦陆续归晋，就是刘显据住襄国，虽经屡败，也居然僭号称尊，且率众攻魏常山。常山太守苏彦，飞使至邺城乞援。闵使太子智留守邺城，以大将军蒋干为辅，自率锐骑八千人，往救常山，一战却敌。显前军大司马石宁，举枣强城降闵，闵势益盛，更进兵追显。显奔还襄国，大将军曹伏驹，知显无成，竟为闵内应，开门纳入追军。显无处奔避，眼见为闵军所困，乱刃分尸，所有家眷及伪署公卿，一古脑儿屠杀净尽。又放起一把无名火来，毁去襄国宫室；凡襄国遗民，尽被闵驱至邺中。可怜石氏遗种，单剩了一个汝阴王琨，系是石虎幼

第五十三回　养子复宗冉闵复姓　弑主授首石氏垂亡　·409·

子,他已弄得无兵无饷,没奈何挈领妻妾,南走建康,向晋乞怜,保他一脉。晋廷追念宿仇,怎肯相容,立将琨绑缚起来,驱出市曹,一刀两段。琨妻妾亦同时骈首,于是石氏遂绝。小子有诗叹道:

　　莫道贻谋可不臧,祖宗积恶播余殃。
　　羯胡一败无遗类,到底凶人是速亡。

晋既杀死石琨,又想趁这机会,规复中原。欲知成功与否,待小子下回再详。

回评　冉闵乘石氏之敝,起灭石氏,扫尽羯胡,僭帝号,复原姓,说者谓其志不忘晋,临江呼助,设晋果招而用之,亦一段匹磾之流亚。吾意不然。段匹磾之害刘琨,吾犹恨其昧公徇私,不能以厌次数言,遂为之恕。彼闵蒙乃父之余荫,受石氏之豢养,予以高官,给以厚禄,犬马犹知报主,闵犹人耳,何竟不顾私恩,对宠我荣我者而反噬之?况羯虽异族,远系从同,必欲尽歼无遗,设心何毒?是可忍孰不可忍?而谓其能顾祖国,必无是理。其所以临江相呼者,惧赵主祗之扼其背,与秦王健之掣其肘,不得已而为伯之求耳。晋廷之置诸不理,吾犹幸晋吏之不为李农也。若赵主祗之终归陨灭,与汝阴王琨之被杀建康,覆巢之下,致无完卵,此乃石勒父子之孽报,不如是不足以暴其恶也,于他人乎何尤?

第五十四回

却桓温晋相贻书　灭冉魏燕王僭号

却说晋征西大将军桓温，因石氏乱亡，已屡请经略中原，辄不见报。晋穆帝年尚幼冲，褚太后女流寡断，一切国政，均归会稽王昱主持，领司徒光禄大夫蔡谟，本已实授司徒，诏书屡下，终不就职。褚太后遣使敦劝，谟仍固辞，且自语亲属道："我若实任司徒，必为后人所笑，义不敢受，只好违命罢了。"虽是谦让，但谓必贻笑后人，毋乃过虑。永和六年，复上疏陈疾，乞请骸骨，缴上光禄大夫领司徒印绶。有诏不许。会穆帝临朝会议，使侍中纪璩，与黄门郎丁纂，召谟入商。谟自称病笃，不能入朝。会稽王昱，谓谟为中兴老臣，定须邀他与议，从旦至申，使人往返，几十数次，谟终不至。殊太偃蹇。时穆帝尚只八岁，不耐久持，顾问左右道："蔡司徒尚不见来，究怀何意？临朝已将一日，为他一人，遂致早晚不顾，岂不可恨？难道他不到来，今夕不能退朝么？"左右转禀太后，太后亦自觉疲倦，乃诏令罢朝。

会稽王昱，不禁懊恨起来，顾语朝臣道："蔡公傲违上命，无人臣礼，若我辈都似蔡公一般，试问由何人议政呢？"群臣齐声应道："司徒谟但染常疾，久逋王命，今皇帝临轩，百僚齐立，候谟终日，若谟愿止退，亦宜诣阙自辞，今乃悖慢如此，自应明正国法，请即拘付廷尉，依律拟刑。"这番议案，尚未定夺，已有人传达谟第。谟方才惶惧，率子弟诣阙待罪。当有一人趋入朝堂，厉声大言道："蔡谟今日，果无疾来阙么？欺君罔上，应当何罪？宜置诸大辟，为中外戒。"朝臣听他语言激烈，也觉一惊，连忙注视，乃是中军将军殷浩。当下互相讨论，议久未决，浩尚与固争，还是徐州刺史荀羡，私语殷浩道："蔡公望倾内外，今日被诛，明日必有人借口，欲为齐桓晋文的举动了，公何苦激成乱衅呢？"暗指桓温。浩乃无言。大众遂请由太后裁决，太后谓："谟系先帝师傅，宜从末减，不忍骤加重辟。"乃诏免谟为庶人。

那桓温闻浩擅权，很是动忿，一时无词劾浩，只把北伐为名，呈入一

篇表文，略称："朝廷养寇，统为庸臣所误。"这句话明明是指斥殷浩。浩在内住温表，不使批答，谁知温竟率众数万，

却桓温晋相贻书

顺流东下，屯兵武昌，隐然有入清君侧的寓意。廷臣闻报，相率骇愕。浩亦急得没法，至欲去位避温。实是没用。吏部尚书王彪之，进白会稽王昱道："浩若去职，人情必更张皇，殿下首秉国钧，倘有变乱，何从诿责呢？"又顾语殷浩道："温若抗表问罪，必举卿为首恶，卿虽欲自作匹夫，恐亦未能保全，不如静镇勿动，且由相王指会稽王。先与手书，为陈祸福，彼若不从，更遣中诏，再若不从，当用正义相裁，奈何无故匆匆，先自滋扰呢？"浩与昱依彪之议，即命抚军司马高崧，代昱草表，遣使致温。略云：

寇难宜平，时会宜接，此实为国远图，经略大算，能弘新会，非足下而谁？然异常之举，众情所骇，游声噂沓，想足下应亦闻之。苟或望风震扰，一时奔散，则望实并丧，社稷之事去矣。吾与足下，虽职有内外，安社稷，保国家，其致一也。天下安危，系诸明德，当先宁国而后图其外，使王基克隆，大义弘著，此吾之所深望于足下者也。区区诚怀，岂可复顾嫌而不尽哉？幸足下察之！

果然一缄书札，足抵十万雄师，才阅数日，即得温谢罪表文，自愿收军还镇去了。晋廷上下，才得放心。

已而姚弋仲遣使来降，有诏授弋仲为车骑大将军，六夷大都督，子襄为平北将军，兼督并州。弋仲年逾七十，有子四十二人，尝召集与语

道："我因晋室大乱，起据西偏，嗣石氏待我甚厚，我欲替他讨贼，借报私情，今石氏已灭，中原无主，从古以来，未有戎狄可作天子，我死后，汝等便当归晋，竭尽臣节，毋得多行不义，自取咎戾呢。"越年为永和八年，弋仲老病缠身，竟致不起，卒年七十三。子襄秘不发丧，竟率众攻秦。

秦王苻健，自僭称天王后，安据关中，嗣闻晋梁州刺史司马勋，与故赵将杜洪相应，侵入秦川，当即出堵五丈原，击退勋兵，再移兵往攻杜洪。洪正由司竹出屯宜秋，洪奔司竹见前回。欲应晋军，不料司马张琚，忽生变志，诱众杀洪。琚自立为秦王，分置官属，部署未定，健军已经掩至。他却冒冒失失的出来拒敌，一战败死，身首两分。健奏凯入关，即僭称秦帝。进封诸公为王，命子苌为大单于，又遣弟雄及兄子菁分略关东，招纳晋降将豫州刺史张遇，仍命镇守许昌。姚襄与苻氏挟有宿嫌，所以父丧不发，便即与秦为难。但苻氏气势方盛，将勇兵精，凭你姚襄如何骁悍，也一时攻不进去。

襄转向洛阳，行次麻田，与故赵将李历相遇，两下酣斗，襄马首忽中流矢，将襄掀下，部众相顾骇愕。李历乘隙闯入，飞马取襄，幸亏襄弟苌先到一步，把襄扶起，自将乘骑让兄，冀他出险，但经此一跌，部众已经奔散，丧亡无数。襄走回㵎头，草草治丧，自悔前事冒昧，乃承父遗命，单骑南下，向晋款关，走依晋豫州刺史谢尚。尚自去仗卫，幅巾出见，推诚相待，欢若平生。襄为尚画策，令遣建武将军戴施，进据枋头。施奉令前往，果然得手，兵不血刃，即将枋头据住。可巧魏主冉闵，与燕鏖兵，战败被擒。闵子智尚守邺城，由将军蒋干为辅，派人至谢尚处乞援。尚即调戴施援邺，助守三台。

究竟冉闵如何战败，应该由小子表明大略。闵既克襄国，游食常山中山诸郡。故赵立义将军段勤，聚胡羯至万余人，保据绎幕，自称赵帝。燕王慕容俊，已遣辅国将军慕容恪略地中山，收降魏太守侯龛及赵郡太守李邽。还有辅弼将军慕容评，亦奉俊命，往攻鲁口，击斩魏戍将郑生。至是俊又命建锋将军慕容霸，出击段勤，更调慕容恪专攻冉闵。闵率兵御恪，行至魏昌城，与恪相遇，即欲交战。大将军董闰，车骑将军张温，俱向闵进谏道："鲜卑兵乘胜前来，锐不可当，且彼众我寡，不如暂避敌锋，待他骄惰，然后添兵进击，不患不胜。"闵瞋目道："我引军至此，方欲扫平幽州，擒慕容俊，今但遇一慕容恪，便这般胆小，将来如何用兵呢？"说毕，便将董张二人叱出。狃于襄国一胜，故有此骄态。司徒刘茂，及特进郎闿，私相告语道："我君刚愎寡谋，此行必不返了，我等怎好自取戮辱，不如速死为宜。"遂皆服药自尽。

闵素有勇名，部兵虽不过万人，却是个个强壮，善战冲锋，当下与燕兵接仗，十荡十决，燕兵统被击退。闵兵俱系步卒，因燕皆骑士，恐被意外冲突，乃引趋林中。慕容恪巡劳军士，遍加晓谕道："冉闵有勇无谋，不过一夫敌呢。且士卒饥疲，不堪久用，俟他怠弛，再击未迟。我军可分为三队，互相掎角，可战可守，怕他什么？"参军高开献议道："我骑兵利用平地，不宜林麓，今闵引兵入林，倚箐自固，不可复制。为目前计，应速遣轻骑挑战，只许败，不许胜，得能诱他转身，仍至平地，然后纵兵挟击了。"恪依开计，便拨兵诱敌，且行且詈。冉闵听了，哪里忍受得住，当即麾兵杀回。燕骑并不与战，拍马便走，惟口中辱骂如故。闵追了一程，停住不赶。燕骑复笑骂道："冉贼！冉贼！我料你只能避匿林中，怎敢再至平地，与我等大战一场？"这数语传入闵耳，闵越觉动怒，索性还就平地，列阵待战。确是有勇无谋。

恪已分军为三队，部署妥当，见闵复来就平原，喜他中计，因诫令诸将道："闵性轻躁，又自知兵寡，不便久持。今复来迎战，必拚死来突我军，我但严阵以待，守住中坚，诸君亦在旁静候，但看中军与闵合战，便好前来夹击，左右环攻，定可破贼。"诸将应命而去。恪复选得鲜卑箭手，共五千人，各使乘马，连环锁住，成一方阵，令充前队，自率劲兵后列，竖起一面大纛旗，作为全军耳目，徐徐前进。那冉闵跨一骏马，号为朱龙，每日能行千里，此时拍马来争，当先突出，左操一杆双刃矛，右持一柄连钩戟，直至燕军阵前，连挑连拨，无人敢当。燕兵慌忙射箭，有几个脚忙手乱，连箭都发不出来。闵毫不畏怯，左手用矛飞舞，所来各箭，尽被拨开。右手用戟乱钩，燕兵稍不及避，便被钩落马下。闵众挟刃齐上，随手下刃，所有落马的燕兵，头颅都不知去向。闵杀得性起，怎肯罢休，又望见前面有一大旗竖着，料是燕军中坚，索性趁势冲入，直攻慕容恪。恪正勒马观战，专待闵亲来送死，可巧闵引兵杀到，便令勇士摇动大旗，指挥各军，于是骑士大集，合力击闵。中军原一齐奋勇，抵敌闵军，就是左右两路，也从旁杀到，包围冉闵，环至数匝。究竟闵兵有限，单靠着自己勇力，总敌不住数万人马，他尚舍命冲突，形似猘犬，好容易杀透重围，向东奔去。狂走二十余里，距敌已远，方敢下马少息。旁顾左右，不满百人，只有仆射刘群，与将军董闰张温等，还算随着。闵形色惨沮，如丧魂魄，身上亦血迹淋漓，创痕累累，勉强按定了神，想与刘群等商议行止。

　　不防鼓声四震，燕兵从后面追来，闵自知不能再战，仓皇上马，挥鞭急驰。刘群等也即随行。哪知燕兵来得真快，才经里许，便被追及，群回马与战，未及数合，即被杀死。董闰张温，无路可逃，双双就擒。闵所骑的朱龙马，本来是瞬息百里，迅速异常，偏偏跑了一程，无缘无故的停住不行，闵用鞭乱击，直至鞭折手痛，马仍然不动，反颓然向地倒下；仔细一瞧，已是死了。总由临敌受伤之故，史称朱龙忽毙，关系闵命，亦未尽然。闵失了坐骑，好像失去性命，就使脚长力大，也是逃走不脱，眨眼间燕将攒集，七手八脚，把闵活捉了去，解送燕都。燕王慕容俊，面加呵责道："汝乃奴仆下才，怎得妄自称帝？"闵仍不少屈，抗声答道："天下大乱，汝等凶横，人面兽心，还想篡逆，我乃中土英雄，为什么不得称帝呢？"却是个硬汉，可惜仁智不足。俊当然动怒，命左右鞭闵三百，拘禁狱中。

　　会接慕容霸军报，伪赵帝段勤，已与弟思聪举城出降。寻又得慕容恪捷书，谓已阵斩魏将金光，进据常山。俊即令恪为常山留守，召霸还军，另派慕容评等攻邺，邺中大震。闵子智与将军蒋干，闭城拒守，城外一带，俱被燕军陷没。智与干当然惶急，不得已遣使降晋，向谢尚处乞师。尚将戴施，率壮士百余人，往邺助守。蒋干见来兵甚寡，大失所望。施得间绐干道："汝主既降顺我朝，应该将传国玺出献。现今燕寇在外，道路不通，就使汝果献玺，也未便赍送江南，不如暂付与我，我当专使驰告天子，天子闻玺在我所，信汝至诚，必遣重兵，发厚饷，来救邺城。燕寇见我军大至，自然退去，保汝无恙。"好似一个大骗子。干尚怀疑未决，不肯出玺。适邺中大饥，人自相食，守兵无从觅粮，就将故赵宫人，烹食充饥。滋美如何？干弄得没法，只好将玺取出，交与戴施。施佯令参军何融，往枋头运粮，暗将传国玺付给融手，使至枋头转报谢尚。尚得融报，亟遣振武将军胡彬，率骑兵三百，至枋头迎玺，送入建康。晋廷交相庆贺，不消细叙。

　　且说邺城被困，已经月余，城中孤危得很，还亏枋头运到粮米数百

第五十四回　却桓温晋相贻书　灭冉魏燕王僭号

斛，暂救眉急，守兵暂免枵腹，勉力支撑。燕将慕容评，屡攻不克，燕王俊又遣广威将军慕容军，殿中将军慕容根，右司马皇甫真等，统率步骑二万人，至邺助评。邺城守将蒋干，闻燕兵继至，焦急万分，意欲乘夜出袭，期得一胜，当下挑选锐卒五千人，俟至夜半，开城杀出，直捣燕营。不防慕容评早已预备，四面设伏，等到蒋干驰至，一声号令，伏兵齐起，把干军尽行围住，逞情杀戮。干弃去盔甲，扮做小兵模样，才得混出围中，奔还邺城，五千人尽致覆没，守卒益惧。慕容评等围攻益急，魏长水校尉马愿等，开城迎降。蒋干戴施，缒城出走，逃往仓垣。魏后董氏，太子冉智，及太尉申钟，司空条攸等，一古脑儿做了俘虏，送往燕都。惟魏尚书令王简，左仆射张乾，右仆射郎萧，并皆自杀。冉氏篡赵建国，阅三年即亡。

是时，燕王俊方出巡常山，遣将分徇魏地，及邺城传到捷报，乃返至蓟郡，命将冉闵牵送龙城，祭告先祖考庞觥庙中，然后推闵往遏陉山，枭首徇众。不料闵一杀死，山中草木，亦皆枯凋，并且连月不雨，蝗虫四起。自从闵被执至蓟，直至闵死后三月有余，尚是亢旱。俊疑闵暗中作祟，乃使用王礼葬闵，遣官致祭，谥为悼武天王。是日，遂得大雪三寸。崔鸿《十六国春秋》内，载冉闵被擒，系在四月，燕王杀闵，乃在八月，案八月深秋，草木应枯，且连月不雨，系是偏灾。闵何能为祟？俊之所为，不值一噱。旱灾未靖，符瑞盛传，是年燕都正阳殿，有燕来巢，生下三雏，项上统有直毛。各城又竞献五色异鸟，于是群僚附会穿凿，共上美词，或说燕首有直毛，便是大燕龙兴，应戴通天冠的征验，燕生三子，数应三统。或说神鸟五色，便是国家将继五行帝箓，统御四海。彼献颂，此贡谀，说得天花乱坠，斐然成章。燕相封弈，遂联络一百二十人，劝燕王俊即称尊号。俊尚作逊词道："我世居幽漠，但知射猎，俗尚被发，未识衣冠，帝箓非我所有，何敢妄想？卿等无端推美，如孤寡德，不愿闻此"云云。

既而冉闵妻子等，由慕容评解送至蓟，凡赵魏相传的乘舆法物，一并献入。俊诈称闵妻董氏，实献传国玺，特别传见，好言慰谕，封董氏为奉玺君，赐冉智爵为海滨侯，用申钟为大将军右长史，并授慕容评为司州刺史，使镇邺中。故赵将王擢等，前时拥兵，据有州郡，至此俱闻燕声威，遣使请降。俊任王擢为益州刺史，爨逸为秦州刺史，张平为并州刺史，李历为兖州刺史，高昌为安西将军，刘宁为车骑将军。惟故赵幽州刺史王午,尚据住鲁口,自称安国王。俊命慕容恪往讨,恪出次安平,储粮整械,为讨午计。适中山人苏林,起兵无极,伪称天子,恪乃先往讨林,又值慕舆根前来会攻,马到成功,将林击死,再攻王午。午已为部将秦兴所杀。恪乃奉表劝进,燕臣一致同词,共上尊号。俊始置百官,进相国封弈为太尉,恪为侍中,左长史阳鹜为尚书令,右司马皇甫真为左仆射,典书令张悕为右仆射,其余文武均拜授有差。然后在蓟城即燕帝位,大赦境内,自谓得传国玺,改年元玺,追尊祖廆为高祖武宣皇帝,父皝为太祖文明皇帝,立妻可足浑氏为皇后,子晔为皇太子。晋廷方遣使

诣燕,与燕修和,俊语晋使道:"汝归白汝天子,我承人乏,为中原所推,已得做燕帝了。此后如欲修好,不宜再赍诏书。"晋使怏怏自归。相传石虎僭位时,曾使人探策华山,得玉版文,内有四语云:"岁在申酉,不绝如线,岁在壬子,真人乃见。"燕主俊僭号称帝,正当晋穆帝永和八年,岁次壬子,燕人即援作瑞应,史家号为前燕。即十六国中三燕之一。小子有诗咏道:

　　符谶遗文宁足凭,但逢战胜即龙兴。
　　须知乱世无真主,戎狄称尊问孰膺。

燕既称帝,与秦东西分峙,各称强盛,偏晋臣不自量力,又想规复中原。欲知底细,且看下回续表。

回评　桓温之出屯武昌,胁迫朝廷,已启不臣之渐,然实由殷浩参权而起。

浩一虚声纯盗者流,而会稽王昱,乃引为心膂,欲以抗温,是举卵敌石,安有不败? 高崧代昱草书,而温即退兵还镇,此非温之畏昱服昱,特尚惮儒生之清议,未勇骤逞私谋耳。北伐北伐,固不过援为口实已也。彼冉闵之尽灭石氏,乃石虎作恶之报。闵一莽夫,宁能雄踞一方? 燕王俊乘乱伐闵,得慕容恪之善算,即擒闵而归,诛死龙城,闵妻董氏,及嗣子冉智,尚得滥叨封爵,未受骈诛,此犹为冉氏之幸事耳。闵恶未稔而即毙,故妻子犹得幸存,彼慕容俊以草枯天旱,疑闵为祟,反追谥而礼祭之,毋乃慎欤!

第五十五回

拒忠言殷浩丧师　射敌帅桓温得胜

却说晋中军将军殷浩，累蒙迁擢，都督扬豫徐兖青五州军事。他本来大言不惭，至此因桓温屡请北伐，便想自担重任，得能侥幸一胜，方好压倒桓温，免受奚落。当下拟定草表，自请北出许洛，相机恢复。尚书左丞孔严，向浩进规道："近来众情摇惑，很是寒心，不识使君当如何善后哩？愚意以为材分文武，职区内外，韩彭应专征伐，萧曹宜守管钥，各有所司，方免误事。且廉蔺屈身，始能全赵，平勃交欢，方得安刘，使君材识过人，亦当先弭内衅，穆然无间，然后好保大定功呢。"浩不能从，竟将表文呈入。有诏依议，浩遂使安西将军谢尚，北中郎将荀羡为督统，进屯寿春。右军将军王羲之，贻书谏浩，并不见报。谢尚既奉浩令，即约姚襄同攻许昌，襄方寓居谯城，招集部众，便出兵会浩，相偕北行。姚襄奔晋见前回。

许昌为秦降将张遇居守，闻晋军将至，即向关中乞援。秦主苻健，使弟雄领兵往救，与谢尚等交战颍上，尚等大败，死亡至万五千人。尚奔还淮南，襄送尚至芍陂。尚尽将后事付襄，使屯历阳。苻雄击退晋军，驰入许昌，索性将张遇家属，及民户五万余家，迁到关中，另用右卫将军杨群为豫州刺史，留守许昌。张遇无法，只好随雄入关。遇有后母韩氏，年逾三十，华色未衰，丰姿依旧，入关以后，为健所闻，特别召见。韩氏应召入谒，由健仔细端详，果然是绝世芳容，不同凡艳。健妻强氏，曾册为皇后，姿貌不过中人，就是后宫姿媵，也没有与韩氏相似，惹得健目迷心眩，不肯放还。韩氏嫠居有年，伤心别鹄，每遇春花秋月，未免增愁，此时身入秦宫，撩起一番情绪，也不觉心神失主，如醉如痴。况苻健春秋鼎盛，面貌魁梧，端的是个乱世枭雄，番廷狼主，彼此互相慕悦，当然凑成了一对佳偶，颠倒鸳鸯，交欢数夕，居然由苻健下旨，册韩氏为昭仪，授张遇为司空。遇不免怀惭，但寄人篱下，如何反抗？只好含垢忍耻，模糊过

第五十五回 拒忠言殷浩丧师 射敌帅桓温得胜

去。只恐对不住乃父。嗣闻江东又要出兵,当即令人探听虚实,想乘此袭杀苻健,报复私仇。究竟晋军再举,是由何人主张?说来说去,仍是那有名无实的殷深源。浩字深源,已见前文。殷浩自谢尚败还,未免扼腕,但雄心究还未死,仍拟整兵再举。王羲之因前谏不听,已遭败衄,一误不堪再误,乃更剀切陈书,重谏殷浩道:

近闻安西败丧,公私愧怛,不能须臾去怀。以区区江左,所营如此,天下寒心,固已久矣,而加之败丧,益令气沮。往事岂复可追?愿思弘济将来,令天下寄命有所,自隆中兴之业;正以道胜,宽和为本,力争武功,非所宜也。自寇乱以来,处内外之任者,未有深谋远虑,括囊至计,而疲竭根本,竟无一功可论,一事可记。忠言嘉谟,弃而莫用,遂令天下将有土崩之势。任其事者,岂得辞四海之责哉?今军破于外,资竭于内,保淮之志,非所复及,莫若还保长江,令督将各复旧镇。自长江以外,羁縻而已,秉国钧者,引咎责躬,深自贬降,以谢百姓,更与朝贤,思布平心,除其烦苛,省其贱役,与百姓更始,庶可允塞群望,救倒悬之急。使君起于布衣,任天下之重,尚德之事,未能事事允称,当重统之任,而丧败至此,恐阖朝群贤,未自与人分其谤者。今亟修德补阙,广延群贤,与之分任,尚未知获济所期。若犹以前事为未工,复求之于分外,宇宙虽广,自容何所?明知言不必用,或反取怨执政,然当情慨所在,正自不能不尽怀极言,惟使君谅之!

这书去后,又上会稽王昱一笺,无非是谏阻北伐,大致说是:

古人耻其君不为尧舜,北面之道,岂不愿尊其所事,比隆往代?况遇千载一时之运,何可自沮?顾智力有所不及,岂得不权轻重而处之也?今虽有可欣之会,内求诸己,而所忧乃重于所欣。《传》曰:"自非圣人,外宁必有内忧。"今外不宁,内忧以深。古之弘大业者,或不谋于众,倾国以济一时功者,亦往往而有之。诚独运之明,足以迈众,暂劳之弊,终获永逸者可也。求之于今,可得拟议乎?夫庙算决胜,必宜审量彼我,万全而后动。功就之日,便当因其众而即其实;今功未可期,而遗黎歼尽,劳役无已,征求日重,以区区吴越,经纬天下十分之九,不亡何待？而不度德，不量力，不敝不已，此封内所痛心叹悼，而莫敢吐诚者也。往者不可谏，来者犹可追，愿殿下更垂三思，解而更张，令殷浩荀羡，还据合肥。广陵许昌谯郡梁彭城诸军，皆还保淮南，为不可胜之基，俟根立势举，谋之未晚，此实当今策之上者。若不行此，社稷之忧，可计日待也。殿下德冠宇内，以公室辅朝，最可直道行之，致隆当年，而未允物望，受殊遇者所以瘖痦长叹，实为殿下惜。国家之虑深矣，常恐伍员之忧，不独在昔，麋鹿之游，将不止林薮而已。愿殿下暂废虚远之怀，以救倒悬之急，可谓以亡为存，转祸为福，则宗庙之庆，四海有赖矣。

一书一笺，统是直言谠论，痛切不浮，无如殷浩是情急贪功，不顾利害。会稽王昱，又是深信殷浩，总道他有作有为，一败不至再败，所以羲之书笺，都付高阁，并不见行。浩复出屯泗口，遣河南太守戴施据石门，荥阳太守刘遁戍仓垣，甚至饷源无着，停办太学，遣归生徒，把经费拨充军需。不啻因噎废食。谢尚留屯芍陂，亦遣冠军将军王侠，攻克武昌，秦豫州刺史杨群，退守弘农。那晋廷却征尚为给事中，尚乃还戍石头。最可怪的殷深源，未出兵时，不能听信良言，但好刚愎；既已出兵，又不能推诚任人，但务疑猜。他闻姚襄安次历阳，广兴屯田，训厉将士，未尝表请北伐，总道他别有异图，意欲先加除灭，免滋后患，乃屡遣刺客刺襄。襄雅善抚循，颇得士心，刺客阳奉浩命，到了历阳，反将实情转告。襄因此加防，日夕巡逻。浩复遣心腹将魏憬，率众五千，潜往袭襄，偏被襄预先探知，出城邀击，杀死魏憬，并有憬众。浩恨计不成，索性明下军书，迁襄至梁国蠡台，表授梁国内史。襄益加疑惧，因使参军权翼，诣浩陈情。浩问翼道："我与姚平北共为王臣，休戚相关，为何平北尝举动自由，与我异趣呢？"晋封姚襄为平北将军，见前回。翼答道："姚平北英姿绝世，拥兵数万，乃不惮路远，来归晋室，无非因朝廷有道，宰辅明哲，想做一个盛世良臣。今将军轻信谗言，与彼有隙，愚谓咎在将军，不在平北。"浩忿然道："平北擅加生杀，又纵小人掠夺我马，这岂还好算得王臣么？"翼又道："平北归命圣朝，怎敢妄杀无辜？惟内奸外宄，有违王法，理宜为国行刑，怎得不杀？"浩又问何故掠马？翼正

第五十五回　拒忠言殷浩丧师　射敌帅桓温得胜

色道："闻将军猜忌平北，屡欲加讨，平北为自卫计，或至使人取马，诚使将军坦怀相待，平北也有天良，何至出此？"浩不禁笑语道："我也何尝欲加害平北，尽请放怀！"试问你何故屡遣刺客？遂遣翼归报，翼拜辞而去。

浩又阴使人招诱秦将雷弱儿等，令杀秦主苻健，许以关中世爵。王师宜堂堂正正，乃专为鬼祟，如何成事？弱儿等复称如约，且

拒忠言殷浩丧师

请师接应。浩遂调兵七万，自寿春出发，进向洛阳。哪知弱儿等将计就计，伪称内应，并非真心从浩。惟一个降将张遇，为了苻健奸占后母，且居然呼他为子，心有不甘，因贿通中黄门刘晃，拟夜入袭健，偏偏事机不密，为健所闻，立将遇捕入处死。惟察得韩昭仪未曾与谋，不使连坐，仍然宠爱如常。想韩氏正交桃花运，所以有此侥幸。浩接得苻秦内变消息，未悉确状，还道是弱儿等已经发难，即调姚襄为先锋，自督大军急进。吏部尚书王彪之，奉笺与昱，谓秦人多诈，浩不应率军轻行。昱似信非信，延宕多日，始拟着人往询军情，偏败报已经到来，姚襄叛命，返袭浩军，山桑一战，浩军大溃，辎重尽失，浩已走还谯城了。昱乃语王彪之道："果如君言，张良陈平，亦不过如是哩。"有了张陈，惜无刘季。原来姚襄已经仇浩，佯作前驱，诱浩至山桑，返兵袭败浩军，俘斩万余人，尽得浩军资仗，乃使兄益守山桑，自己仍往淮南。浩遭襄暗算，且惭且愤，复遣刘启王彬之，往攻

山桑。襄从淮南还援，内外夹攻，刘王以下，并皆败亡。前已死伤万余人，尚嫌不足，乃复以二将部曲加之，浩之不仁极矣！襄遂进屯盱眙，招掠流民，有众七万，分置守宰，劝课农桑。复遣使至建康，陈浩罪状，并自陈谢。诏乃命谢尚都督江西淮南诸军事，往镇历阳。嗣是殷浩大名，一落千丈，投井下石的疏文，陆续进呈。就中有一疏最为利害，署名非别，便是那殷浩的仇家桓温。疏云：

按中军将军殷浩，过蒙朝恩，叨窃非据。宠灵超早，再司京辇，不能恭慎所任，恪居职次，而侵官离局，高下在心。前司徒臣蔡谟，执义履素，位居台辅，师傅先帝，朝之元老，年登七十，以礼请退，虽临轩固辞，不顺恩旨，适足以明逊让之风，弘优贤之礼，而浩虚生狡说，疑误朝听，狱之有司，几致大辟。自羯胡天亡，群凶殄灭，而百姓涂炭，企迟拯接，浩受专征之重，无雪耻之志，坐自封殖，妄生风尘，遂致寇仇稽诛，奸逆并起，华夏鼎沸，黎元殄悴。浩惧罪将及，不容于朝，外声进讨，内求苟免，出次寿阳，即春春。顿甲弥年，倾天府之资，竭五州之力，收合亡赖以自卫，爵命无章，猜害罔顾。羌帅姚襄，率命归化，浩不能抚而用之，阴图杀害，再遣刺客，为襄所觉，襄遂惶惧，用致逆命。生长乱阶，自浩始也。复不能以时扫灭，纵放小竖，鼓行毒害，身狼狈于山桑，军破碎于梁国，舟车焚烧，辎重覆没，三军积实，反以资寇，精甲利器，更为贼用。神怒人怨，众之所弃，倾危之忧，将及社稷，臣所以忘寝屏营，启处无地。夫率正显义，所以致训，明罚敕法，所以齐众。伏愿陛下上追唐尧放命之刑，下鉴春秋无君之典，即不忍诛殛，且宜遐弃，摈之荒裔，虽未足以塞山海之责，亦粗可以宣诫于将来矣。谨此表闻。

晋廷接到温疏，因惮温威势，不得已废浩为庶人，徙浩至信安郡东阳县，浩抵徙所，口无怨言，夷神委命，谈咏不辍。惟有时忧从中来，辄用笔书空，作"咄咄怪事"四字。浩甥韩伯，为浩所爱，随浩至东阳，经岁还都。浩送至渚侧，口吟古诗云："富贵他人合，贫贱亲戚离。"本曹颜远诗。吟毕泣下。未免有情。后来桓温权倾内外，语掾属郗超道："浩有德有言，使作令仆，亦足仪型百揆，前时朝廷用为外藩，原非所长，今拟起浩为尚书令，卿可为我致他一书，看他

第五十五回　拒忠言殷浩丧师　射敌帅桓温得胜

如何复我?"超当即缮就一书,寄与殷浩。浩览书大喜,便即裁答,写了许多套话,无非是感激愿效的意思。当下

射敌帅桓温得胜

折就方胜,用函封固,又恐语中尚有错误,开闭至十数次,弄得精神恍惚,反将信笺遗落案下,竟把那一个空函,复达桓温。温展函检阅,并无一字,疑浩故意使刁,大为忿恨,遂不复起召。越二年,浩竟病死。强作镇定,实是热中,患得患失,不死何为?

且说桓温既劾去殷浩,料知朝廷不敢反对,遂于永和十年二月,抗表伐秦。统率步骑四万,出发江陵,且命水师并进,自襄阳入均口,直达南乡,步兵由淅川趋武关,命梁州刺史司马勋出子午谷,直捣长安,别军攻上洛,擒住秦荆州刺史郭敬,进击青泥,连破秦兵。秦王苻健,遣太子苌、丞相雄、淮南王生、平昌王菁、北平王硕等,率兵五万,出屯蓝田。雄与菁已见前文,生、硕皆苻健子。生幼即无赖,一目盲瞽,祖洪在日,甚不悦生,尝对生语左右道:"我闻瞽儿一泪,未知信否?"左右答声称是。生竟拔佩刀,从瞽目中自刺出血,指示洪道:"这岂不是一泪么?"洪不禁惊骇,寻又用鞭挞生。生不觉痛苦,反大喜道:"性耐刀槊,不宜鞭捶。"洪叱道:"汝乃贱骨,只配为奴。"生复道:"难道如石勒不成?"洪正任石氏,恐因生妄言招灾,急起掩生口,且召健与语道:"此儿狂悖,将来必破人家,应早除灭为是。"健虽然应诺,究竟情关父子,不忍下手,因转与弟雄熟商。雄劝阻道:"待儿长成,自当改过,何必无故加诛。"

说着，又向洪前替生缓颊，生得不死。既而年已成丁，力举千钧，雄悍好杀，能手格猛兽，走及奔马，击刺骑射，冠绝一时。至桓温入关，与太子苌等相偕出拒，生单骑前驱，一遇温军，便恃勇突入。温将应诞，上前拦阻，才经交手，便被生大喝一声，劈落马下。他将刘泓，又挺枪接战，才经数合，复被杀死。温军前队大乱，由生执刀旋舞，出入自如，再加太子苌等，随生杀入，几乎把晋军前队，枭斩略尽。善战者颇多暴虐，叙此事以明苻生之发迹，为后文伏案。

忽听得晋军阵后，发出一声鼓号，声尚未绝，那箭杆似飞蝗一般，攒射过来。生用刀拨箭，毫不慌忙，偏背后有人狂叫，音带悲酸，急忙回首顾视，已见一人落马，那时不能不救，下马扶起，并非别人，乃是行军统帅太子苌。苌身中两矢，因此坠下，气息仅属，生只好掖他上马，保护回营。不防晋军纷纷杀来，势似暴风疾雨，不可遮拦，秦兵顿时披靡。苻生虽勇，只好保住太子苌，奔回要紧，不能再逞威风，眼见得全军溃散，一败涂地。看官阅此，应益知晋帅桓温，确是有些能耐呢。温弟桓冲，进军白鹿原，再与秦丞相雄交锋，又得胜仗。温亦转战直前，进至灞上。秦太子苌等退屯城南，秦主健领老弱兵六千，保守长安小城，尽发精兵三万，使雷弱儿为大司马，统率出城，会同苌军，并力御温。温抚谕居民，概令复业，禁兵侵犯。秦民多牵牛担酒，迎犒军前，男女多夹道聚观，耆老相顾泪下道："不图今日复睹官军。"于是三辅郡县，亦多遣使请降。三辅注见前。忽有一介儒生，从容前来，身上穿着一件褐衣，不衫不履，进谒桓温。温志在延揽人才，不拒贫士，当下传入相见。他但对温长揖，昂然就坐，扪虱而谈，旁若无人。顿使一军皆惊，目为怪物。小子有诗咏道：

　　　　何来狂客谒军门？绝肖当年辩士髡。
　　　　岂是读书遵孟训，巍巍勿视大人尊。

　　究竟来人为谁，待下回表明姓名。

回评　王羲之之谏殷浩，与桓温之劾殷浩，皆深中浩之过失，谏之者为爱浩起见，而其言固关痛切；劾之者为排浩起见，而其言亦非虚诬。浩不能从谏于先，安能免劾于后乎？浩一鄙夫，既忌姚襄而复用之，不败何待？且与桓温

第五十五回　拒忠言殷浩丧师　射敌帅桓温得胜

龉龁已久，而晚得温书，即欣喜过望，以致神情颠倒，误达空函，多疑寡断，嗜利无耻，彼尝咄咄书空，叹为怪事，吾谓如彼之行止，乃真可怪耳。桓温出师伐秦，蓝田一战，力挫苻氏，关中父老，牛酒欢迎，不可谓非一时杰；但进锐退速，外强中干，能败秦而不能灭秦，此贪功者之所以难成功也。

第五十六回

逞刑戮苻生纵虐　恣淫威张祚杀身

却说桓温方进逼长安，屯兵灞上，蓦来了一个狂士，被褐扪虱，畅谈当世时务，不但温军惊异，就是温亦怪诧起来。当下问他姓名，才知是北海人王猛。猛为苻秦智士，故特笔书名。猛字景略，幼时贫贱，尝鬻畚为业，贩至洛阳，有一人向猛购畚，愿出重价，但自云无钱，令猛随同取值，猛乃随往，不知不觉的行入深山，见一白发父老，踞坐胡床，由买畚人引猛进见。猛当时即下拜，父老笑语道："王公何故拜我哩？"说着，即命左右取偿畚值，并送他白镪十两，即使买畚人送出山口。猛回顾竟无一人，只有峨峨的大山。走询土人，乃是中州的嵩岳。当下怀资归家，得购兵书，且阅且读，深得秘奥。嗣是往来邺都，无人顾问。及入华阴山中，得异人为师，隐居学道，养晦待时。至是闻温入关，方出山相见。温既问明姓氏，料非庸流，乃复询猛道："我奉天子诏命，率锐兵十万西来，为百姓扫除残贼，乃三秦豪杰，未见趋附，究是何因？"猛答道："公不远数千里，深入秦境，距长安不过咫尺，尚逗留灞上，未渡灞水，百姓未识公心，所以不至。"温沉吟多时，复注目视猛道："江东虽多名士，如卿却甚少哩。"遂署猛为军谋祭酒。

秦丞相苻雄等，收集败卒，再来攻温。温与战不利，伤亡至万余人。温初入关中，因粮运艰难，意欲借资秦麦，偏秦人窥透温计，先期将麦刈去，坚壁清野，与温相持。温无粮可食，不得已下令旋师，招徙关中三千余户，一同南归。临行时赐猛车马，拜为高官督护，邀与同还。猛言须还山辞师，温准猛返辞，与约会期。及届期不至，温乃率众自行。原来猛还入山中，向师问及行止，师慨然道："汝与桓温岂可并世？不若留居此地，自得富贵，何必随温远行呢。"猛乃不复见温，但寄书报谢罢了。温循途南返，为秦兵所追，丧失不资，就是司马勋出子午谷，孤军失援，也被秦兵掩击，败还汉中。温驰出潼关，径抵襄阳，由晋廷派使慰劳，毋庸琐叙。惟温尝自命不凡，私拟司马懿刘琨，有人说他形同王敦，

第五十六回　逞刑戮苻生纵虐　恣淫威张祚杀身

大拂彼意。及往返西南，得一巧作老婢，旧为刘琨妓女，与温初见，便潸然泪下。温惊问何因？老婢答道："公甚似刘司空。"温闻言甚喜，出外整理衣冠，又呼老婢细问，谓与刘司空究相似否？老婢徐徐答道："面甚似，恨薄；眼甚似，恨小；须甚似，恨赤；形甚似，恨短；声甚似，恨雌。"温不禁色沮，自往寝处，褫冠解带，昏睡了一昼夜。至睡醒起床，尚有好几日不见欢容。不及刘琨，也非真是恨事。这且待后再表。

且说秦主苻健，既击退晋军，正拟论功行赏。那丞相东海王苻雄，得病身亡，健闻讣大哭，甚至呕血，且呕且语道："天不欲我定四海么？奈何遽夺我元才呢？"仿佛石勒之哭张宾。元才就是雄表字，雄位兼将相，权侔人主，独能谦恭奉法，下士礼贤，所以望重一时，交相推重。次子名坚，承袭雄爵，相传坚母苟氏，尝游漳水，至西门豹祠中祈子，豹系战国时魏臣。是夜梦与神交，遂致有娠。豹尝禁为河伯妇，岂此时反崇苟氏么？越十二月生坚，有神光从天下降，照彻庭中。坚生时背有赤文，隐起成字，仔细辨认，乃是"草付臣又土王咸阳"八字。祖洪很是奇异，因即将臣又土三字，拼做一字，取名为坚。坚幼即聪颖，状貌过人，臂垂过膝，目有紫光，及长，颇具孝思，博学有才艺。苻健尝梦见天使降临，命拜坚为龙骧将军，及醒寤后，诧为异事，因在曲沃设坛，即将龙骧将军印绶，亲自授坚，且嘱语道："汝祖曾受此号，今汝为神明所命，当思上承祖武，毋贻神羞。"坚顿首受命。嗣是厚自激厉，遍揽英豪，如略阳名士吕婆楼、强汪、梁平老等，皆与交游，为坚羽翼。坚因此驰誉关中，不让乃父。也隐为下文写照。坚既蒙父荫，得袭王爵，此外如淮南王生，因功进中军大将军，平昌王菁，升授司空，大司马雷弱儿，代雄为相，太尉毛贵，晋官太傅，太子太师鱼遵，得为太尉，惟太子苌箭疮复发，竟至逝世。

健因谶文有三羊五眼，疑为生当应谶，乃立生为太子。命司空平昌王菁为太尉，尚书令王堕为司空，司隶校尉梁楞为尚书令。未几，健忽罹疾，不能视事。平昌王菁，阴谋自立，独勒兵入东宫，欲杀太子。偏太子生入宫侍疾，无从搜寻，空费了一番举动。自思一不做，二不休，索性移攻东掖门，讹称主上已殂，太子暴虐，不堪为君，借此煽惑军心。不意秦主健力疾出宫，自登端门，陈兵自卫，并下令军士，速诛祸首，余皆不问。菁众见健尚活着，当然骇愕，统弃仗逃生。菁亦拍马欲遁，经健指挥亲军，出门追捕，把菁拘住，面数罪状，枭斩了事。此外一概赦免，便即还宫。越数日，健病加剧，授叔父武都王安为大将军，都督中外诸军事，一面召入丞相雷弱儿，太傅毛贵，太尉鱼遵，司空王堕，尚书令梁楞，左仆射梁安，右仆射段纯，吏部尚书辛牢等，嘱咐后事，受遗辅政；并语太子生道："六夷酋帅，及贵戚大臣，如有不从汝命，宜设法早除，毋自贻患！"教猱升木，能无速乱？生欣然受教。又越三日，健乃病殁，年三十有九。如何处置韩氏？

太子生当日即位，大赦境内，改元寿光。群臣俱进谏道："先帝甫经晏驾，不应即日改元。"生勃然大怒，叱退群臣。嗣令嬖臣穷究议主，乃是右仆射段纯所倡，因即责他违诏，立处死刑。总算恪遵先命。已而追谥苻健为明皇帝，庙号世宗，尊母强氏为皇太后，立妻梁氏为皇后，命太子门大夫赵韶为右仆射，太子舍人赵诲为中护军著作郎，董荣为尚书。这三人素以谄佞见幸，故同时登庸。又封卫大将军苻黄眉为广平王，前将军苻飞为新兴王。两苻原系宗室，但也是与生莫逆，因得受封。命大将军武都王苻安领太尉，弟晋王柳为征东大将军并州牧，出镇蒲坂。魏王庾为镇东大将军豫州牧，出镇陕城。二王受命辞行，由生亲出钱送，乘便闲游，蓦见一缟素妇人，跪伏道旁，自称为强怀妻樊氏，愿为子延请封。实来寻死。生便问道："汝子有何功绩，敢邀封典？"妇人答道："妾夫强怀，前与晋军战殁，未蒙抚恤。今陛下新登大位，赦罪铭功，妾子尚在向隅，所以特来求恩，冀沾皇泽。"生复叱道："封典须由我酌颁，岂汝所得妄求？"那妇人尚未识进退，还是俯伏地上，泣诉故夫忠烈，喃喃不休。当下匿动生怒，取弓搭箭，飕的一声，洞穿妇项，辗转毕命。生亦怏怏回宫。

越宿视朝，中书监胡文，中书令王鱼入奏道："近日有客星孛大角，荧惑入东井，大角为帝座，东井乃秦地分野，恐不出三年，国有大丧，大臣戮死，愿陛下修德禳灾。"生默然不答。及退朝后，饮酒解闷，自言自语道："星象告变，难道定及朕身？朕思皇后与朕，对临天下，若皇后死了，便是应着大丧，毛太傅呢，梁车骑呢，梁仆射呢，统是受遗辅政的大臣，莫非应该戮死么？"想入非非。近侍听了，还道他是醉语呶呶，莫名其妙，谁知过了数日，他竟持着利刃，趋入中宫。梁后见御驾到来，当然起身相迎，语未开口，刃已及颈，霎时间倒毙地上，玉殒香消。这难道是乃父教他。生既杀死梁后，立即传谕幸臣，往拘太傅录尚书事毛贵，车骑

第五十六回　逞刑戮苻生纵虐　恣淫威张祚杀身

将军尚书令梁楞，左仆射梁安，不必审问，即饬推出法场，一同斩首。贵系梁皇后母舅，安且是皇后生父，楞亦与后同

族，朝臣俱疑椒房贵戚，有什么谋逆情事。哪知他们并无罪过，但为了胡文王鱼数言，平白地断送性命，这真是可悲可痛呢！

　　生遂迁吏部尚书辛牢为尚书令，右仆射赵韶为左仆射，尚书董荣为右仆射，中护军赵诲为司隶校尉。两赵有从兄名俱，曾为洛州刺史。生本欲召俱为尚书令，俱托疾固辞，且语韶诲道："汝等不顾祖宗，竟敢做此灭门事么？试想毛梁何罪，乃竟诛死？我有何功，乃得升相？我情愿速死，不忍看汝等夷灭呢。"未几，果以忧愤告终。丞相雷弱儿，刚直敢言，见赵韶董荣等用事，导主为恶，往往面加指斥，不肯少容。荣等遂暗地进谗，诬他构逆，生因杀死弱儿，并及他九子二十二孙。弱儿系南安羌酋，素得羌人信服，至无辜受诛，羌人当然怨生。生不以为意，名为居丧，仍然游饮自若，弯弓露刃，出见朝臣，锤钳锯凿，备置左右。即位未几，凡后妃公卿，下至仆隶，已被杀毙五百余人。司空王堕，又为董荣所谮，说是天变相关，把他处斩。堕甥洛州刺史杜郁，亦连坐受诛。

　　一日，生在太极殿召宴群臣，命尚书辛牢为酒监，概令极醉方休。群臣饮至尽醉，牢恐他失仪，不便相强。生大怒道："汝何不使人饮酒，乃坐视无睹么？"说至此，手中已取过雕弓，搭矢射去，适贯牢项，便即倒毙。吓得群臣魂魄飞扬，不敢不满觥强饮，甚至醉卧地上，失冠散发，吐食污衣，弄得一塌糊涂。生反拍手欢呼，引为大乐，又连喝了数大觥，

也自觉支持不住,方返身入寝去了。群臣如蒙恩赦,乃踉跄散归。

越年二月,生谕征东将军晋王柳,命参军阎负梁殊,出使凉州,招谕归附。凉州牧张重华,自击退赵兵后,重任谢艾,事必与商。应五十回。偏庶长兄长宁侯祚,与内侍赵长等,表里为奸,交潜谢艾,惹得重华也起疑心,复出艾为酒泉太守。嗣是重华不免骄怠,希见宾佐。晋廷尝遣御史俞归,册授重华为侍中,都督陇右关中诸军事,封西平公,重华方谋为凉王,不愿受诏,经归再三劝导,方才无言。嗣因燕降将王擢,为秦所逼,率众奔凉,即命擢为秦州刺史,使与部将张弘宋修,会兵攻秦,被秦将苻硕杀败,掳去弘修,惟擢得脱身逃还。重华不加擢罪,再拨众二万,使复秦州。擢感激思奋,拼死报恩,果得大败苻硕,仍将秦州夺还。重华乃拜表晋廷,请会师代秦。晋但遣使慰谕,实授重华为凉州牧。重华因晋未出师,也不敢冒昧用兵。

天下不如意事,十常八九,最难堪的是中冓贻丑,敝笱含羞,防不胜防,说无可说,遂令一位年富力强的藩帅,酿成心疾,郁郁而亡。史未详言重华病因,作者读书得间,故有此论。重华嫡母严氏,奉居永训宫,生母马氏,奉居永寿宫。马氏本有姿色,为重华父骏所宠,骏殁时年将四十,还是丰容盛鬋,蠎首蛾眉。就中有一个登徒子,暗暗垂涎,靠着那宗室懿亲,脂韦媚骨,出入宫禁,侍奉寝帷,费尽了许多心思,竟得将马氏勾搭上手,演成一回鹑鹊缘。那马氏美等宣姜,淫同夏姬,倒也不惜屈尊降贵,甘献禁脔,两口儿朝栖暮宿,非常狎昵,只瞒过了一个张重华。后来年深月久,不免暴露,竟被重华闻知,懊恼得不可名状。看官道淫夫为谁?就是重华庶长兄长宁侯祚。祚虽非马氏所生,名分上也称母子,此时以子烝母,怎得不使重华恨煞?重华意欲诛祚,计尚未定,忽有厩卒入报,厩马四十匹,一夜都自断后尾,转令重华惊愕得很,只恐诛祚生变,未敢径行。既而十月闻雷,日中现三足乌,变异迭出,益使重华寒心,且忧且愤,竟致成病,渐渐的沉重起来。乃命子耀灵为世子,且手诏征谢艾入侍。艾尚未至,重华已殁,年才二十有四。《晋书》作二十七。在位只八年。

耀灵甫及十龄,承袭父位,内事由祖母马氏主张,外政当然被伯父张祚,把持了去。名为伯父,实可呼为祖父了。右长史赵长尉缉等,向与祚秘密往来,结为异姓兄弟。至是矫托遗命,授祚为抚军大将军,都督中

第五十六回　逞刑戮苻生纵虐　恣淫威张祚杀身

外诸军事。祚意尚未足,再嗾长等建议,说是时难未平,应立长君,一面自求马氏,乞从长意,立己为主。马氏身且委祚,哪有不从之理？这是枕席效劳的好处。当下废耀灵为宁凉侯,由祚自立,称大都督大将军凉州牧凉公。祚既得志,索性大肆淫虐,重华妃裴氏,年方花信,也生得妩媚可人,他竟召令入室,逼使伴寝；就是重华妾媵,俱胁与宣淫,甚至未嫁诸妹,也公然纳入,轮流奸污。专喜奸淫本家妇女,也是奇癖。重华有女,才阅十龄,玲珑娇小,未解风情,偏又被祚引诱入内,强褫下衣,任情摆布。幼女怎堪承受,徒落得床褥呻吟,无从诉苦。三代被淫,不知是何果报。凉州人士,争赋墙茨三章,作为讽刺,祚还管什么清议,但教自快肉欲,彻夜寻欢罢了。

越年正月,赵长尉缉等,复上书劝进,祚竟就谦光殿中,僭登王位,《晋书》作帝位,但观他尊三代为王,当是称王无疑。立宗庙,置百官,郊祀天地,用天子礼乐,下书谓:"中原丧乱,华夷无主,因勉徇众请,摄行大统,俟得扫秽二京,再当迎帝旧都,谢罪天阙"云云。先是凉州遵晋正朔,未尝改元,惟沿用愍帝建兴年号,直至祚篡位时,尚称建兴四十一年,及是乃改建兴四十二年为和平元年,赦殊死,赐鳏寡粟帛,加文武爵各一级,追尊曾祖轨为武王,祖寔为昭王,从祖茂为成王,父骏为文王,弟重华为明王。立妻辛氏,次妻叱干氏,俱为王后。何不立马裴二氏？长子泰和为王太子,次子庭坚为建康王,弟天锡为长宁王,耀灵弟玄靓为凉武侯。是夕,天空有光,状如车盖,声若雷霆,震动城邑。翌日,大风拔木,日中如晦。祚反诱诛谢艾,大肆淫威。尚书马岌,直谏免官；郎中丁琪,再谏被杀。适晋征西大将军桓温入关,见前回。秦州刺史王擢,时镇陇西,遣使白祚,谓:"温善用兵,如得克秦,必将及凉。"祚不禁惶惧,又恐擢乘急反噬,仍召马岌复位,与谋刺擢。密遣心腹将往陇西,不得下手,反被擢查出杀死。祚得报益骇,号召士卒,托词东征,实欲西保敦煌。嗣闻温已南归,更遣平东将军牛霸等攻擢。擢拒战失利,奔降苻秦。

河州刺史张瓘,为祚宗室,外镇枹罕,士马盛强,祚常加猜忌,容忍了一年有余,不能再止,乃遣部将易揣张玲,带领步骑万余人,往击张瓘,并发兵三十余道,分剿南山诸夷。张掖人王鸾,素通术数,入殿白祚道:"军不可行,出必不还。凉州将有大变,不可不防。"祚叱为妖言,鸾即直陈祚恶,说他无道三大事,恼得祚气冲牛斗,立命推出斩首。鸾至法场大呼道:"我死后不出二十日,兵败王死,定难幸免了。"*想鸾亦自知该死,故自来徼祸。* 祚不但杀鸾,又夷鸾族,然后发兵,再遣张掖太守索孚,往代张瓘。瓘不肯依令,斩孚誓众,出击易揣张玲。玲正前驱渡河,瓘军掩至,猝不及防,被打得落花流水,尽入洪波。只易揣尚在岸上,单骑奔回。瓘遂济河追蹑,直逼凉州,且传檄州郡,拟将祚废去,仍立耀灵。骁骑将军宋混,与弟澄聚众应瓘,引瓘并进。祚情急仓皇,想出一个釜底抽薪的计策,潜令亲将杨秋胡,趋入东苑,拉死耀灵,埋尸沙坑。他还道是斩草除根,免得外兵借口,哪知宋混等越觉有词,即为耀灵缟素举哀,一片白旗白甲,直捣姑臧。姑臧就是凉州的治所,祚愈急愈愤,命收瓘弟琚及瓘子嵩,先拟加诛。琚与嵩召集市人数百名,随处传呼道:"张祚淫虐无道,我父兄纠合义旅,已到城东,若再敢与祚同恶,无故拿人,罪及三族。"兵民等相率袖手,不敢干预。琚嵩等便杀死门吏四百余人,斩关招纳外军。祚避入神雀观,祚将赵长等惧罪,急忙入阁,呼马太后出谦光殿,改立耀灵弟玄靓为主,一面大开宫门,迎宋混等趋入殿中,顿时齐声欢呼,统称万岁。祚在神雀观中,听得一片欢呼声,错疑长等已经平乱,便出观慰劳,谁知殿外列着,统是宋混等军,此时已无从躲避,只好拔剑大呼,饬令左右死战。左右无一答应,纷纷避去。从

淫威张祚殒身

第五十六回　逞刑戮苻生纵虐　恣淫威张祚杀身

前极力逢迎的赵长,反手持长槊,向祚乱刺。祚仗剑招架,短剑不及长槊的厉害,竟被刺中面颊,鲜血直喷,自知不能再战,还是逃命要紧,乃转身就跑,驰入万秋阁。兜头来了一个厨子,执刀劈来,正中祚首,立即晕毙阁下。小子有诗咏道:

残贼由来号独夫,况兼烝报效雄狐。

刀光一闪头颅落,如此淫凶应受诛。

欲知厨子姓名,容至下回续详。

回评　苻生张祚,同时肆恶,一在关中,一在陇右。吾不知两人具何肺肠,而顾若此之稔恶为也。生之好杀过于祚,而祚之好淫,亦甚于生。自古未有好淫好杀,而可以长享国祚者。况无故杀妻,灭绝人伦,公然烝母,遍污亲族,古称桀纣为无道,以苻生张祚较之,吾犹谓其彼善于此矣。宇宙之下,竟有此人面兽心,至于斯极者,虽曰速亡,其亦戾气之独钟乎?

第五十七回

具使才说下凉州　满恶贯变生秦阙

却说张祚被杀，下手的厨子，叫做徐黑。名足副实。黑既劈倒张祚，便出报外兵，宋混等入阁枭祚，取首悬竿，宣示中外，并暴尸道旁。凉州士民，同称万岁。祚二子泰和庭坚，均遭骈戮。总计祚篡国僭位，仅阅三年，已是恶贯满盈，身死子灭。将军易揣等，也已与宋混联络，引兵入殿，拿下赵长，并所有张祚幸臣，一一声罪伏诛。张瓘亦驰入姑臧，推立玄靓为大将军大都督凉王，尊马氏为太王太后。淫妇何堪再尊？怪不得凉乱未已。玄靓年才七岁，由瓘秉持政柄，自为尚书令凉州牧，行大将军事，都督内外兵马。授宋混为尚书仆射，改易百官，废去和平年号，复称建兴四十三年。陇西人李俨，据郡抗命，擅杀大姓彭姚，自立为王，遥奉东晋正朔，旬月间有众万人。瓘遣将军牛霸往讨，霸至中途，忽闻西平太守卫缄，亦据郡为乱，与俨相应，霸众顿时大溃，单剩霸一人奔还。瓘更遣弟琚击缄，得破缄兵。西平人田旋，密劝酒泉太守马基，起兵应缄，谓："缄攻东面，我攻西面，不出六旬，可定凉州。"基信为奇谋，也即发难。哪知瓘司马张姚王国，已奉瓘命，兼程到来，突入酒泉。基部署兵马，尚未办齐，怎能与他对敌，眼见得束手就擒。就是主谋人田旋，亦被拿下，两人杀死一双，好头颅送入姑臧。缄闻酒泉失败，当然不敢再出，就是李俨亦负嵎自守，不敢出兵。

瓘兄弟自恃有功，浸成骄侈，也不免跋扈起来。适秦使阎负梁殊，到了姑臧，与瓘相见。回应前回。瓘启问道："我凉州世为晋臣，不敢擅交外使，二君来此做甚？"阎负答道："我秦王现镇雍州，与贵国同为邻藩，所以遣使修好，何为见怪？"瓘又道："我君臣尽忠事晋，迄今六世，今若与苻征东通使，便是上违先训，下堕臣节，故不愿闻命。"负殊齐声道："晋室衰微，久失天命，所以令先王尝幡然变计，称臣二赵，知机顺时，应该如此。今大秦威德方盛，凉王欲自帝河右，必非秦敌，诚使以小事大，亦何如舍晋事秦，得长保福禄呢？"瓘微笑道："中州无信，好食誓

第五十七回　具使才说下凉州　满恶贯变生秦阙

言,从前我国与石氏通好,使车方返,戎骑即来,如此欺诈,怎得令人信服?我国已不愿再闻和议了。"负殊又道:"三王异政,五帝殊风,岂可相提并论?况赵多奸诈,秦尚信义,本来是政教不同,风俗互异。今上更道合二仪,仁施四海,信义交孚,不分中外,奈何以二赵相比呢?"语多虚诈,但外交之道,应作别论。瑾复说道:"果如君言,秦已威德无敌,何不先取江南,使天下尽为秦有?乃徒劳君等跋涉,来做说客,苻征东亦未免失计哩。"梁殊道:"我先帝大圣神武,开构鸿基,强燕纳款,八州效顺。是二语更属虚言。今主上缵承遗绪,威爱兼施。以为吴会倔强,必须力征,凉州柔顺,可以义服,故遣行人等先申大好,免动兵戈。如凉人未达天命,我国当缓图吴会,先讨凉州,恐河右便非君有了。"瑾勃然道:"我地跨三州,带甲十万,西包葱岭,东阻大河,伐人尚且有余,何况自守,难道便怕秦不成?"阎负道:"贵州山河虽固,未若崤函,五郡虽众,未若秦雍,试想杜洪张琚,因赵成资,据天险,策锐卒,内陆外海,劲士风集,骁骑如云,兵强财富,自谓关中可据,天下可平。我先帝戎旗西指,冰消云散,才经旬月,便致易主。见五十四回。燕虽虎视关东,尚且震慑天威,俯首帖服。余如单于屈膝,名王内附,不可胜计。若我主上因贵州不服,赫然震怒,控弦百万,鼓行西来,未识凉州将如何对待哩?"好一副广长舌。瑾复道:"秦果威德普及天下,江南何不入朝?"问及此语,瑾已未免退怯了。梁殊道:"江南为文身旧俗,负阻江山,从古以来,道污必先叛,化盛且后宾,所以古诗有云:'蠢尔蛮荆,大邦为仇。'这正说他顽梗无知,不应与语德义,只好兵甲示威,才能制服,岂凉州也复如是么?"瑾又问及秦相如何?秦将如何?越问越馁。负殊两人,把苻氏王亲国戚,以及内外文武,都一一陈报出来,不是誉他经世奇才,便是称他折冲健将,你一唱,我一和,端的把关中人士,一古脑儿抬高声价,恍似伊吕重出,周召复生。这一席舌战词锋,说得瑾无言可驳,只能诿诸凉王玄靓,谓当禀命后行。负殊再逼进一步道:"凉王虽英睿夙成,但年尚幼冲,究难明决,君居伊霍重任,关系安危,见机而作,责无旁贷,何必互相推诿呢?"瑾自思国乱初平,河西又所在兵起,倘或秦兵再至,势不可敌,不若暂与修和,再作计较。乃用玄靓命令,特派行人,与负殊偕行入秦,愿为藩属。秦王生即将来表所署官爵,授册赐封,毋庸细叙。

会姚襄遣使降燕,燕主慕容俊,命襄夹攻苻秦,襄复报如约,俊乃遣将军慕舆长卿等,率兵七千人,自轵关攻幽州,襄亦引众攻平阳,晋将军王度,也乘隙攻青州。秦主苻生闻报,命建节将军邓羌拒燕,新兴王飞御晋,遥饬晋王柳救平阳。羌至裴氏堡南,与燕兵交战,大破燕兵,擒住长卿,枭得甲首二千七百余级。晋将王度,接得燕兵败没消息,不战自退。独姚襄转战无前,击退苻柳援军,陷入平阳城外的匈奴堡,杀毙守将苻产,且将产众悉数坑死。既而襄却向秦假道,愿回陇西,秦主生欲从襄请,东海王坚谏阻道:"襄乃当今人杰,若纵还陇西,还当了得!不如诱以厚利,伺彼无备,击死了他,方绝后患。"生乃依坚议,遣使拜襄官爵。襄不愿受,杀死秦使,扯碎来册,又进兵侵掠河南。生当然大怒,适并州刺史张平,弃燕降秦,由生授为大将军,令率部众数万人击襄。襄自恐寡不敌众,乃卑辞厚币,与平结欢,面订盟约,结为兄弟,始各撤兵退回。

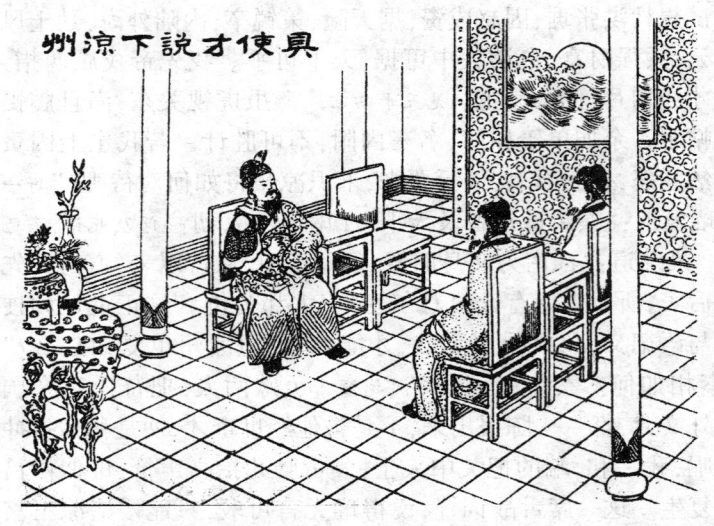

异使才说下凉州

生因战事已平,乐得经营土木,遂发三辅民修治渭桥。金紫光禄大夫程肱谓:"有害农时,不应劳民。"反被生驱出斩首。未几,大风拔木,行人颠仆,秦宫中讹传贼至,自相惊扰,宫门昼闭,五日方息。生查得造谣数人,刳心剖胃,惨加极刑。光禄大夫强平,为生母舅,实在看不过去,便入殿切谏,劝生爱民事神,缓刑崇德,才能上弭灾浸,下息奸回。语尚未完,已惹动生怒,命左右取凿过来,凿穿平顶,不得少延。卫将军广平王黄眉,前将军新兴王飞,建节将军邓羌,时正在侧,急忙叩头固谏,谓:"平系强太后弟,应从薄谴。"生哪里肯

第五十七回　具使才说下凉州　满恶贯变生秦阙

听,但促左右凿平。可怜平脑破浆流,死于非命。生且黜黄眉为左冯翊,飞为右扶风,羌为咸阳太守。这三人素有勇名,所以生尚不忍加诛,但示薄惩。那强太后却哭弟过哀,恨子不道,竟致忧郁成疾,绝食而亡。生毫无戚容,反自书手诏,颁示中外,略云:

> 朕受皇天之命,君临万邦,嗣统以来,有何不善?而谤讟之声,扇满天下,杀不过千,而谓之残虐,行者毗肩,未足为希,方当强刑极罚,复如朕何?

是时,潼关以西,长安以东,虎狼为害,日中阻道,夜间发屋,不食六畜,专务食人,百姓不敢耕桑,都徙居城邑。百官奏请禳灾,生狞笑道:"野兽腹饥,自然食人,饱即不食,何必过虑。天道本来好生,正因民多犯罪,特降虎狼替朕助威,为什么要去祈禳呢?"可笑可恨。一日,出游阿房,见有男女二人,行过道旁,容貌都尚秀丽,便令左右拉住二人,当面问道:"汝二人却是佳偶,已结婚否?"二人答道:"小民乃是兄妹,不是夫妻。"生笑道:"朕赐汝为夫妇,汝即可就此交欢,毋庸推辞。"奇语。二人固执不从,生即拔剑出鞘,把他砍死。旋与继妻登楼眺望,继妻指问楼下一人,是何官职姓名?生望将下去,乃是尚书仆射贾玄石,仪容秀伟,素有美名,禁不住惹起醋意,便顾语道:"汝莫非艳羡此人么?"亏你聪明,能知妻意。说着,即召过卫士,交与佩剑,嘱使取玄石首来。卫士携剑下楼,才阅片时,已取玄石首复命。生掷与继妻道:"赠汝何如?"继妻又惭又悔,弄得局踏不安,匍匐待罪。生却怜妻有色,扶使起身,携手回宫去了。只枉死了玄石。

生平时最喜食枣,尝患齿痛,令太医令程延诊视。延诊毕语生道:"陛下并无他疾,不过食枣太多,因致损齿。"说至此,忽听得一声狂吼道:"咦!汝非圣人,怎知我多食枣?"延心胆俱落,急拟下跪谢过,不料剑锋已到,首即坠地。嗣又使别医合安胎药,加入人参,嫌太细小。医谓:"参质虽细,未具人形,但已可合用。"生怒道:"汝敢讥笑我吗?"遂使左右剜出医目,然后枭首。医官到死,尚未知所犯何罪,及他人察及剜目情由,才料到苻生误会,还道是借参寓讥,与自己瞽目有关,所以冤冤枉枉的杀死该医。

越年,为秦主生寿光三年,就是晋穆帝升平元年。穆帝年阅十五,预行冠礼,褚太后撤帘归政,故改永和十三年为升平元年。秦与晋东西

满怼贯盈秦生阙

分峙，年号原是不同，惟史家推晋为正统，因此随笔叙明，聊醒眉目，看官不要嗤我夹七夹八呢。是年二月，太白犯东井，秦太史令康权上言道："东井系秦地分野，太白罚星，恐主暴兵犯京师。"生狂笑道："太白入井，想是因渴求饮，与人事有何关系呢？"不但生自己好笑，就是我亦闻言笑倒了。

又越两月，接得边地急报，乃是姚襄入据黄落，将逼长安。生不得不遣将调兵，出击姚襄。襄前时出没淮北，飈突河南，自称大将军大单于，据住许昌，并窥洛阳。洛阳本由魏将周成驻守，及冉魏败亡，成举城降晋，仍得晋廷委任。晋大将军桓温，尝请迁都洛阳，修复园陵，穆帝未许，但命温为征讨大都督，使讨姚襄。适周成复叛，襄亦引兵回洛，彼此相持，未分胜负。温乃自江陵发兵，遣督护高武据鲁阳，辅国将军戴施屯河上，自率大军继进。温登船楼北望中原，慨然叹道："使神州陆沉，百年邱墟，王夷甫诸人，实难逭责呢。"当下进次伊水。襄撤洛阳围，移兵拒温，先使部下精锐，避匿林中，乃遣人语温道："公率大军远来，襄愿奉身归命，与公相见，但请公敕兵少退，即当拜谒路旁。"温知襄有诈，掀须微哂道："我自来恢复中原，敬谒山陵，干君甚事？君既归顺，便当来见，何必烦劳使人，多费纠缠呢。"襄使返报，襄知所谋不遂，乃与温夹水对垒。温亲被甲胄，督众过击，襄众大败，死伤数千人，奔往北山。温追襄不及，进略洛阳，周成率众出降。温执成送建康，自徙屯金

第五十七回　具使才说下凉州　满恶贯变生秦阙

墉城,修复诸陵,分置陵令,表请调镇西将军谢尚,都督司州诸军事,镇守洛阳。尚有疾不行,未几去世。温乃留戴施为河南太守,使与冠军将军陈祐,居洛卫陵,自率大军还镇。

襄西奔平阳,收降秦并州刺史尹赤,乃改图关中,进屯杏城。羌胡及秦民,陆续趋附,得五万余户,遂据黄落。黄落在长安南境,相距不过二三百里,秦即遣广平王黄眉,东海王坚,及将军邓羌,率步骑万五千人,直抵黄落。襄深沟高垒,固守不战。羌向黄眉献策道:"襄被桓温杀败,锐气已尽,今固垒不战,明明是惊弓伤鸟,未肯轻发,但我若长此顿兵,亦非良计。襄性刚狠,可以刚克,今宜鼓噪扬旗,直压襄垒,使他怒不可遏,勃然前来,我用埋伏计诱他入阱,必擒无疑。"黄眉依计施行,便令羌率骑兵二千,前往诱襄,自与坚埋伏三原,专待襄至。羌引兵至襄垒门,大声诟骂,襄果忍耐不住,尽锐出战。羌且战且却,退至三原,始回马力战。襄恃兵众,麾兵围羌,喊杀声震动山谷。俄而黄眉与坚,左右杀到,反将襄军裹入里面,羌从内杀出,黄眉等从外杀入,把襄兵冲得七零八落。襄所乘骏马,叫做黧眉䯄,雄骏非常。此时襄思急遁,慌忙挥鞭,不防马忽自倒,将襄倾落马下,即被秦兵擒住,牵至坚前。坚见襄年少面悍,料不可制,不如乘此剪除,乃叱令斩首,余众尽降。襄尝载父柩从军,亦为秦虏,坚因此招襄弟姚苌,谓苌若不降,当枭乃父尸。苌乃率诸弟投诚。坚能料襄,不能料苌,也是苻坚气运。秦兵奏凯班师,秦主生命葬襄父弋仲柩于孤磐,许用王礼,并用公礼葬襄,授苌为扬武将军。独黄眉等未得重赏,反加叱辱,黄眉忿甚,潜谋杀生,事发被诛。王公亲戚,亦多连坐,骈戮至数百人。

生尝梦大鱼食蒲,以为不祥,又闻长安有歌谣云:"东海有鱼化为龙,男便为王女为公,问在何所洛门东。"这三语是阴寓苻坚。坚为东海王,兼龙骧将军,住宅正在洛门东。生不明玄旨,反疑及广宁公鱼遵,平白地把他杀死,并诛及七子十孙。谁叫你姓鱼? 长安市民,复起一种歌谣道:"百里望空城,郁郁何青青?瞎儿不知法,仰不见天星。"生听悉是歌,命将境内空城,悉数毁去。其实谣言预兆,乃是指清河王法。法为坚兄,后来起兵发难,便属此人,生怎能预知,一味儿轻举妄动罢了。

金紫光禄大夫牛夷,虑不免祸,乞请外调。偏生命为中军将军,召入与谑道:"牛性迟重,善持辕轭,虽无骥足,能负百石。"夷答道:"虽服大事,未经峻壁,愿试重载,乃知勋绩。"生笑道:"爽快得很,公尚嫌所载过轻么?朕将把鱼公爵位处公。"夷叩谢而出。转思生言,寓有别意,恐不免为鱼遵第二,遂服毒自杀。

生荒暴益甚,日夜狂饮,连月不出视事,或至日入时御朝,每醉必妄加杀戮,妻妾臣仆,误言残缺偏只字样,常以为讥他眇目,置诸死刑。暇时辄问左右道:"我自临天下以来,外人以我为何如主?想汝等应有所闻。"或答言:"圣明治世,举国讴歌。"生怒叱道:"汝为何媚我?"立即杀毙。他日又问,左右不敢再谀,只答言陛下稍觉滥刑。生又叱他何故谤我?亦令处斩。真是别有肺肠。所以臣下得保一日,如度十年。他尚有一种奇嗜,专喜观男女淫亵事,往往上坐饮酒,呼令宫人与近臣,裸体交欢,如有不从,立杀无赦。或生剥牛羊驴马,活焰鸡豚鹅鸭,纵诸殿前,看他惨死。又尝剥死囚面皮,迫令歌舞,种种怪剧,不胜枚举。

寿光三年六月,太史令康权入奏,谓:"昨夜三月并出,孛星入太微,光连东井,且自去月上旬,沉阴不雨,直至今日,恐有下人谋上的隐祸。"生拍案道:"汝又敢来造妖言么?"立命扑死。御史中丞梁平老等,与东海王坚友善,便私语坚道:"主上失德,人怀贰心,燕晋二方,伺隙欲动。一旦祸发,家国俱亡,殿下何不早图呢?"坚颇以为然,但畏生趫勇,未敢遽动。会有宫婢报坚道:"主上昨夜饮酒,曾言'阿法兄弟,亦不可信,便当除灭'"云云。坚令转告兄法,法亟与梁平老强汪等密商。梁汪俱主张先发,法便遣人告坚,自与梁汪两人,号召壮士数百,潜入云龙门。坚亦与侍中尚书吕婆楼,带领麾下三百余人,鼓噪继进。宿卫将士,皆释仗相从。生尚醉卧床中,至坚兵杀入,方起问左右道:"这等人何故擅入?"左右答言:"是贼。"生醉眼蒙眬,尚满口胡言道:"既说是贼,何不拜他?"左右相将窃笑,连坚兵亦且笑且哗。生又催言何不速拜,不拜就斩。坚应声道:"不要汝拜,但教汝徙居别室。"说着,即指麾众士,至卧榻前,把生拖下,牵拉出去。生醉后无力,一任他拥入别室去了。小子有诗叹道:

　　不防天变不忧人,似此凶狂正绝伦。
　　待到萧墙生变祸,暴君毒已遍西秦。

欲知苻生性命如何,待至下回续叙。

第五十七回　具使才说下凉州　满恶贯变生秦阙

回评　阎负梁殊，受秦主苻生之命，往说张瓘。掉三寸舌以服凉州，大有战国策士遗风。本回特从详叙，寓有微意。为世道计，则以尚诈少之，为使才计，则以专对多之。抑扬并见，固非浪费笔墨也。姚襄往来侵掠，卒死黄落，善战必亡，可以概见。苻生之恶，古今罕有，依史叙入，穷极凶顽，此殆真丧心病狂者。二年乃亡，吾犹恨其不速诛也。

第五十八回

围广固慕容恪善谋　战东阿诸葛攸败绩

却说苻生被徙入别室,醉尚未醒,当即有人传入,废生为越王,生亦不知为何人所授。及醒后已失权威,虽然懊恼异常,但已似鸟入笼中,无从跳跃,只好再向酒中寻乐,终日沉酗。那苻法苻坚,已废去暴主,无人反抗,遂议另立嗣君。法与坚互相推让,法谓:"坚系嫡嗣,且有贤名。"坚谓:"法年较长,应该序立。"兄弟谦说多时,迄无定议。惟群臣多主张立坚,坚母苟氏趋入道:"社稷重事,我儿既自知不能,不如让人。若谬膺大位,他日有悔,当由诸君任咎哩。"看到后文,才知苟氏所言,寓有深意。群臣一齐顿首,盛称坚贤,必能安邦定国。苟氏乃喜。遂由坚升殿即位,自立帝号,称大秦天王。诛董荣赵韶等二十余人,复遣使逼生自尽。生临死时,尚饮酒数斗,醉倒地上,不省人事,当被坚使拉毙,年只二十三,在位二年有余,坚谥生为厉王。生子靬尚值幼冲,许袭越王封爵,总算是秦王坚的仁恩。句中有刺。当下大赦改元,年号永兴,追谥父雄为文桓皇帝,尊母苟氏为皇太后,妻苟氏为天王后,子宏为太子,兄法为丞相,都督中外诸军事。诸王皆降封为公。从祖永安公侯为太尉,晋公柳为车骑大将军尚书令,封弟融为阳平公,双为河南公,子丕为长乐公,晖为平原公,熙为广平公,睿为钜鹿公,命李威为左仆射,梁平老为右仆射,强汪为领军将军,吕婆楼为司隶校尉,王猛为中书侍郎。

猛自还居华阴后,隐遁如故。应五十六回。坚欲图生,令吕婆楼延访人才,婆楼与猛有旧交,因即举荐。坚遂使婆楼往召,猛应召而至,与坚谈及时事,口若悬河,滔滔不绝,说得坚倾心悦服,自谓如刘玄德遇孔明,竭诚相待。及斩关废立,猛亦与谋。李威为苟太后姑子,坚事威如父,威亦知猛贤,劝坚委猛国事。坚尝语猛道:"李公知君,不啻管鲍。"所以猛事威如兄。坚又任薛赞为中书侍郎,权翼为给事黄门侍郎,令与猛并掌机密。赞与翼皆姚襄参军,降秦事坚,坚任为心膂,事辄与商,这且不在话下。

第五十八回　围广固慕容恪善谋　战东阿诸葛攸败绩

惟坚母苟氏，尊为太后，尝恐众心未附，嗣主不安，又因法为庶长，得揽大权，将来未免生变，特别加防。一日出游宣明台，路过法第，留心注视，正值车马盈门，非常热闹，她遂忧上加忧，返与李威密谋，即夕发出内旨，收法赐死。坚仓猝闻报，趋往东堂，与法诀别，流涕悲号，甚至呕血。法虽由内旨赐死，坚岂真不可挽回？乃佯为恸哭，欺人可知。及法死后，谥曰献哀，封法子阳为东海公，敷为清河公，于是举异才，修废职，课农桑，恤困穷，礼神祇，立学校，旌节义，如前时鱼遵、雷弱儿、王堕、毛贵、梁楞、梁安、段纯、辛牢等后嗣，俱量能授用，且追复本身官爵，依礼改葬，吏民大悦。无非噢咻小惠。尚书左丞程卓，案多不治，勒令免官，代以王猛。既而并州镇将张平，据州叛命，坚遣建节将军邓羌往讨，杀败平军，擒平养子蚝，送入长安。平乃悔罪投诚，坚特旨赦免，仍署平为右将军，并命蚝为武贲中郎将，但徙平部曲三千户入关。是年秋季天旱，坚减膳撤悬，发出金帛锦绣，充作赈资。后宫后妃，悉去罗纨，开垦山泽，与民共利，因此旱不为灾。看官！试想从前苻生在位时，如何暴虐，如何昏狂，此次得了这位英主，与苻生判若天渊，真是倒悬立解，事半功倍，还有何人不歌功颂德，想望太平呢？其实是牢笼手段。

且说燕主慕容俊，僭号称帝，雄长朔方，接应五十四回。大封宗室诸臣，多授王爵。慕容军得封襄阳王，慕容恪得封太原王，慕容评得封上庸王，慕容霸得封吴王，慕容疆得封洛阳王。军为抚军将军，恪为大司马侍中大都督，录尚书事，皆留居蓟城。惟遣评为征南将军，都督秦雍益梁江扬荆徐兖豫十州诸军事，使镇洛水。疆为前锋，都督荆徐二州诸军事，进屯河南。霸为安东将军，领冀州刺史，留守旧都龙城。霸有勇略，前曾得乃父皝欢心，特名为霸，恩遇比世子为优。俊颇怀嫉忌，不过因霸常立功，未便加罪。霸少好畋游，堕马折齿，俊既僭位，令霸改名为䎞，霸不愿受命，至是乃令减去右旁，但留垂字。霸始易名为垂。垂既镇龙城，抚众课民，得收东北大利。俊又恐他势盛，仍复召还。俊母段氏，系出徒河，与段辽从子龛，有中表谊。龛父名兰，兰死后，龛收遗众，东屯广固，自号齐王，向晋称藩，袭燕郎山，击走俊将荣国，乃贻书与俊，抗称中表，斥俊僭号。俊得书甚怒，即遣太原王恪为征讨大都督，尚书令阳骛为副，同讨段龛。

先是俊父皝临终时，曾有遗言嘱俊云："恪智勇兼济，才堪任重，骛志行高洁,忠干贞固,可托大事。"俊谨记勿忘,凡军国重要,统与二人商决。此次因龛众方盛,特遣二人出师。龛弟黑骁勇过人,且有智谋,闻燕军将至,即向龛献议道:"慕容恪素善用兵,更有阳骛为助,率众前来,恐不可当,若听彼渡河,顿兵城下,虽欲乞降,亦不可得。王但固守城中,由黑带领精锐,往拒河上;幸得战胜,王可合兵力追,乘胜歼虏,使他匹马不返,万一不胜,即可请降,尚不失为万户侯哩。"龛不肯从。已而黑闻燕军近河,重申前议,龛仍不许,黑情急语戆,竟触龛怒,拔剑杀黑。未曾遇敌,先将亲弟杀死,安得不亡。那慕容恪方屯兵河上,安排舟楫,好几日不敢渡河,也恐龛遣兵掩击,格外持重。至探得杀黑消息,才知龛无能为,麾兵急渡,陆续东进,行至淄水南岸,方见龛自来拒战。恪与骛分军为二,包抄龛兵,龛左右遇敌,招架不住,遂至败退。龛弟钦被擒,右长史袁范等,统皆战死。

　　恪追龛至广固城下,龛闭门固守,恪但令军士筑栅,四面兜围,另分兵招抚旁郡。龛所有诸城,依次附燕。恪或仍令故吏居守,或请派新官往署,从容布置,进退咸宜;独未尝督攻围城,镇日里按兵不动。诸将莫名其妙,群请速攻。恪乃与语道:"用兵不宜执一,或宜缓行,或宜急取,若彼我势均,外有强援,一或顿兵,腹背受敌,自应急攻为是,冀速大利;倘我强彼弱,又无外援,不如羁住守兵,静待彼毙,兵法所谓十围五攻,便是此意。龛恩结贼党,众未离心,前此淄南一战,彼非不锐,不过用兵未善,为我所败;今我得凭阻天险,上下戮力,攻守势倍,行军常法,必欲急攻,谅亦数旬可克,但恐困兽犹斗,必须恶战,伤我士众,定在意中。我国家连年用兵,未得休息,我每念士卒疮痍,几忘寝食,奈何再轻残民命哩?故我意持久以取,勿贪近功。"诸将始皆下拜,自称未及。我亦佩服。就是军士闻言,亦皆悦服。于是严固围垒,屯田课耕。齐民亦争运粮刍,馈给燕军。

　　好容易过了半年,城中粮储已尽,樵采路绝,甚至人自相食,龛不得已悉众出战。恪早防到此着,开垒接仗,潜令骑兵抄到龛兵背后,截他归路。龛兵统皆枵腹,怎能杀得过燕军?一经交锋,便即败却,龛只好退回。不意到了城边,又被燕骑截住,弄得进退两难,没奈何拼死杀入,才得冲开走路,跟跄入城。燕骑也不去追逼,唯驱杀龛众,斩馘殆尽,守兵从此夺气,莫有固志。龛穷蹙万分,因使部将段蕴,缒城夜出,诣晋乞

第五十八回　围广固慕容恪善谋　战东阿诸葛攸败绩

援。晋遣北中郎将荀羡，率兵往救，进次琅琊，探得燕军强盛，不敢轻进。阳郡守将王腾，方背龛降燕，他想讨好

围广固慕容恪善谋图

恪前，立些功绩，遂不待恪命，欲乘虚袭晋鄄城。将士方调发出去，谁知晋军已掩到城下，原来晋将荀羡，自恐逗留得罪，正思进攻阳郡，求功补过，凑巧阳郡出兵，城内空虚，遂引军扑城，日夜不休。老天有意做人美，连宵下雨，冲坍城墙，羡即乘隙攻入，把腾擒住，杀死了事。欲侮人者反为人侮，可见贪足杀身。腾所遣赴鄄将士，中途闻耗，当然骇散，不消细叙。惟段龛待援不至，无法支持，且经恪许他不死，乃面缚出降。恪入城安民，禁止侵掠，人民大悦，遂定齐地。命龛为伏顺将军，同返蓟城。留镇南将军慕容尘居守广固。龛后为俊所杀。

晋将荀羡，闻广固失陷，退还下邳，留泰山太守诸葛攸，及高平太守刘庄，率兵三千守琅琊。参军戴逯，率兵二千守泰山。燕将慕容兰屯汴城。羡顺道进击，斩兰而去。越年燕太子晔病逝，谥曰献怀。俊立第三子㬜为太子，改元光寿。是年即晋穆帝升平元年。晋泰山太守诸葛攸，攻燕东郡，进兵武阳。俊复遣慕容恪阳骛，及乐安王臧，俊之子。引兵拒攸。攸才略有限，哪里是慕容恪的对手，一战即败，逃回泰山，恪遂进兵渡河，连陷汝颍谯沛诸郡县，分置守宰，振旅北归，还据上党，收降河内太守冯鸯，略定河北全境。燕主俊遂自蓟城徙都邺中，缮修宫殿，复作铜雀台。注见前。命昌黎辽东二郡，建庙祀廆。范阳燕郡，建庙祀皝，即派护军平熙，领将作大匠，监造二庙。独吴王垂素遭俊忌，垂妃段氏，

为故鲜卑单于段末柸女，才高性烈，自恃贵姓，又不肯尊事俊后。后可足浑氏引为深恨，遂与中常侍涅浩密谋，诬称段氏为巫蛊事，收付廷尉讯验。亏得段氏抵死不认，垂始得免连坐。段氏不堪棰楚，竟死狱中。俊颇加悔悯，乃授垂为东夷校尉，领平州刺史，出镇辽东。幸有此妇，应该终身顶礼。

秦右将军张平，复叛秦降燕，据有并州壁垒三百余所，得胡晋遗民十余万众。会燕调降将冯鸯为京兆太守，改令别将吕护代任。鸯与护阴相联络，通款晋廷，就是张平亦模棱两可，意欲联晋。俊遣上庸王慕容评讨鸯，鸯固守不下，再由燕领军将军慕舆根，奉命助评，合兵急攻。鸯乃开城夜遁，奔投吕护。评又移兵往攻张平，平正与兖州刺史李历，安西将军高昌，通使连盟，阳事燕主，暗通秦晋。张平历见前文，李历高昌见五十四回中。评侦实报闻，燕主俊使阳骛讨昌，乐安王臧讨历。历从濮阳奔荥阳，昌从东燕奔乐陵，平势日孤，所署征西将军诸葛骧，镇东将军苏象，宁东将军乔庶，镇南将军石贤等，又举并州壁垒百余所，降顺燕军。那时平支撑不住，也率众三千奔平阳，竟遣使向晋乞降。

俊因晋屡纳叛将，遂思大举南下，并拟经略关西，当下命州郡校阅现丁，详核隐漏，每户只准留一丁，余悉充当兵役，定额一百五十万，约期来春大集，进临洛阳。武邑人刘贵上书，极陈民力雕敝，不应过事征调，并陈时政失宜十三事。俊乃宽限征发，改来春为来冬，但中使仍然四出，募兵征饷，络绎道旁。郡县不堪供亿，相率咨嗟。太尉封弈，谓："调发事宜，尽可责成州郡，不必另行遣使，所有从前使臣，概请召还，以省烦扰。"俊总算依议。已而晋北中郎将荀羡，攻入山茌，擒住燕泰山太守贾坚。坚祖父本皆晋臣，羡因劝坚降顺，且与语道："君世代事晋，不应忘本归虏。"坚答说道："晋自弃中原，并非坚甘心忘本。今既身为燕臣，怎得再思改节呢？"遂绝粒而死。愚忠亦不足道。

忽由燕将慕容尘，遣司马悦明来救泰山。羡与战失利，只好退走，山茌复被燕军夺去，羡愤恚成病，上书求代。晋廷乃遣吴兴太守谢万为西中郎将，监督司豫冀并四州军事，领豫州刺史。再命散骑常侍郗昙为北中郎将，都督徐兖青冀幽五州军事，领徐兖二州刺史。二人才具，均不及羡，惟昙为故太尉郗鉴次子，万为故镇西将军谢尚从弟，皆以门阀邀荣，得列方镇。右将军王羲之曾贻万书，说他用非所长，既已受职建

第五十八回 围广固慕容恪善谋 战东阿诸葛攸败绩

牙,应与士卒共同甘苦。万不能用。万兄谢安,亦诫万道:"汝为元帅,须常接待诸将,联络欢心,不宜自命风流,矜才傲物。"万亦不少悛。临行时,由安亲托诸将,一一慰勉。万还道阿兄多事,怏怏而去。_{为后文败归伏线。}荀羡解职还都,旋即去世。穆帝很加悲悼,叹为折一股肱,因追赠骠骑将军。_{羡尚有令名,故叙及病殁。}

未几为升平三年,晋泰山太守诸葛攸,大起水陆兵士,共得二万余人,再往伐燕,自石门进次河渚,分遣部将匡超据碻磝,萧馆屯新栅,督护徐冏,带领水军三千,游弋河中,泛舟上下,作为东西声援。燕主俊即命上庸王评,率同长乐太守傅颜等,领兵五万,往拒攸军。评屡经战阵,纪律颇严,部下又统皆精锐,踊跃争先,行至东阿相近,正与攸军遇着,不待列营休息,便即麾兵上前,步骑相间,纵横驰骤。攸虽有志平虏,怎奈才力不济,徒靠着一时血气,究竟敌不过百战雄师,两下交战多时,攸军多半受伤,眼见是旗靡辙乱,不能再奋,没奈何败退下去。评趋兵追击,大杀一阵,俘斩不可胜计,遂乘胜围攻东阿,且分兵进窥河洛。

晋廷诏令西中郎将谢万,出驻下蔡,北中郎将郗昙,出驻高平。万在军中,仍然啸咏自如,未尝拊循士卒,每经升帐,不发一言,但手执如意,指麾四座。将士统不服万,万尚不以为意,引众出涡颍间,拟援洛阳。途次闻郗昙退屯彭城,不禁惶骇,也即拍马逃归。部将见他傲慢无能,相率鄙视,恨不得将他刃毙,只因受安嘱托,未敢妄言,但各走各路,分道引归罢了。究竟昙为何事退兵?后来传下诏书,才知昙因病自归。朝廷格外原谅,仅降昙为建武将军,惟谢万无故溃退,罪难轻恕,着即免为庶人。_{还是失刑。}

燕上庸王慕容评,正想略定河洛,会接燕主俊寝疾消息,乃收兵还邺。俊自太子晔逝世,不免追悼,尝对群臣流涕,谓此儿若在,我可无忧。又因嗣子㬙年轻质弱,未及乃兄,深以为虑,因此寝馈不安,酿成心疾。一夕,梦见石虎闯入,牵臂乱啮,不由得猛呼一声,才将梦魔驱出,醒后尚觉臂痛,乃命发掘虎墓,有棺无尸。寻复悬赏百金,购人告发。适有故赵宫女李菟,得知石虎葬处,在邺宫东明观下,因即应募报闻。俊遂令李女引示,发掘至数丈以下,果得一棺,剖棺出尸,僵卧不腐。俊亲往验视,用足蹴踏,对尸怒叱道:"死羯奴敢梦扰活天子么?"说着,又命御史中丞杨约,数他罪恶,计数百件,遂加鞭挞,打得筋断骨折,乃投诸漳水中。死尚被罚,人何苦生前作恶?尸尚倚着桥柱,终未漂没。及苻秦灭燕,王猛始收尸埋葬,并杀女子李菀,这是后话。王猛亦未免好事。

战东阿谐笃攸败绩

惟俊既弃去虎尸,病仍未瘥,因召大司马太原王恪,入室与语道:"我病恐不起,将与卿等长别。人生寿数,本有定限,死亦何恨,但秦晋未平,景茂尚幼,晔字景茂。怎能遽当大位?我欲效宋宣公故事,即以社稷付汝,汝意以为何如?"恪答道:"太子虽幼,秉性宽仁,必能胜残去杀,为守成令主。臣实何人,怎敢上干正统?"俊变色道:"兄弟间还要虚饰么?"恪从容道:"陛下既称臣能主社稷,难道不能辅少主吗?"俊乃转怒为喜道:"汝果能为周公,我复何忧?"恪便趋退。俊复召吴王垂还邺,寻因病体少瘥,复欲遣兵寇晋。越年正月,且出郊阅兵,派定大司马恪,及司空阳骛为正副元帅,定期出兵。是夕还宫,自觉劳倦。翌日,旧疾复发,遂至危笃,即召恪与阳骛,暨司徒评,领军将军慕舆根等,受遗辅政,言毕遂殂,年五十三,在位十有二年。燕人称俊为令主,小子有诗叹道:

六朝衰运慨泯棼,遍地胡腥不忍闻。
但得一方中主出,民间已是号贤君。

俊既病逝,百官复议立恪,究竟恪是否从众,容至下回叙明。

回评　慕容俊僭号称尊,国势日盛,所恃者莫如慕容恪,次为慕容垂,而慕容评尚不足道也。观恪之往围广固,不欲急攻,非特深谙兵法,并且体恤全军。追段

第五十八回 围广固慕容恪善谋 战东阿诸葛攸败绩

龛出降,禁止侵掠,不嗜杀而齐地自定,虽古之良将,无以过之。俊能承父遗命,倚恪为重,并及阳骛,其致强也宜哉。且平时虽尝忌垂,而不忍加罪。垂妻被诬,仍免垂连坐,使镇辽东,俊其固有知人之明乎?慕容评粗具战略,视恪与垂,相去实远,而晋将诸葛攸等,尚为所败,晋实无人,此燕之所以横行河朔,而益得称雄也。

第五十九回

谢安石应征变节　张天锡乘乱弑君

却说慕容恪受遗辅政，当然拥立太子暐。百官多倾心事恪，意图推戴，恪哪里肯从，但言国有储君，不容乱统，乃由暐升殿嗣位。暐年方十一，恪率百官入朝，谨守臣节，当下循例大赦，改元建熙，追谥俊为景昭皇帝，庙号烈祖。尊俊后可足浑氏为太后，进太原王恪为太宰，专掌百揆。上庸王评为太傅，司空阳骛为太保，领军将军慕舆根为太师，夹辅朝政。根自恃勋旧，举动倨傲，且有异图，适太后可足浑氏，干预外事，根欲从中播弄，煽乱徽功，乃先向恪进言道："今主上幼冲，母后干政，殿下宜预防不测，亟思自全，且安定国家，全是殿下一人的功劳，兄终弟及，古有常制，应俟山陵事毕，废去幼主，由殿下自践尊位，永保国基，方为长策。"恪惊诧道："公莫非酒醉么，奈何敢出此言？我与公同受先帝遗诏，口血未干，怎得异议？"根不禁怀惭，赧颜退去。

恪转告吴王垂，垂劝恪速即诛根，恪摇首道："今国家新遭大丧，二邻方在旁观衅，若宰辅自相诛夷，就使内乱不生，亦招外侮，不如暂忍为是。"秘书监皇甫真，又谓："根已谋乱，不可不除。"恪仍然不听。无非慎重。哪知根竟入宫进谗，密白太后道："太宰太傅，将谋不轨，臣愿率禁兵捕诛二人。"太后可足浑氏，素好猜忌，一闻根言，便欲依议。还是嗣主暐从旁进言道："二公系国家亲贤，先帝特加选任，托孤寄命，想彼必不愿出此，莫非太师自欲为乱，因有此言？"小时了了，大未必佳。可足浑氏乃拒绝根议。根又思归东土，入白太后及暐道："今天下萧条，外寇不一，国大忧深，不如仍还旧都。"太后与暐亦未从所请。

恪得闻根言，知根必将为乱，乃与太傅评联名，密陈根罪，即使右卫将军傅颜，引兵至内省诛根，并拘根妻子党与下狱，酌处死刑。中外未悉详情，还疑燕廷骤诛大臣，不免惊愕。恪独镇定逾恒，绝不张皇，每有出入，只令一人步从，或劝恪宜自戒备，恪答说道："人情方怀疑贰，非静镇不足安众，怎得自相惊扰呢？"果然不到数日，人心复定。惟各郡

第五十九回　谢安石应征变节　张天锡乘乱弑君

县所征兵士,乍闻大丧,并有内乱谣传,往往乘间散归,自邺以南,路人拥挤,几至断塞。恪授垂为镇南将军,都督河南诸军事,领兖州牧,兼荆州刺史,出镇蠡台。又令孙希为并州刺史,傅颜为护军将军,带领骑士二万,观兵河南,临淮而还。于是全国兵民,各知朝内无事,相率安堵,不复生疑了。如恪才为社稷臣。

且说晋穆帝自亲政后,立散骑常侍何准女为皇后,准兄充尝为骠骑将军,后以名门应选,受册后正位中宫,柔顺有仪,毋庸细叙。司徒会稽王昱,奉表归政,穆帝不许,内政仍付昱参决,外政多为桓温把持。前领司徒蔡谟,虽由褚太后特诏起复,仍使为光禄大夫。谟称疾固辞,不复朝见,寻即病殁。诏赠侍中司空,赐谥文穆。谟不失为良臣,故录及终身。自升平纪元,荏苒五年,江淮一带,尚无大变,不过与燕兵争战数次,均皆失利。西中郎将谢万,不战即溃,尤损国威。且王谢素号世家,当时风俗人心,统重门阀阶级,谢万得罪被黜,不但国家感受影响,就是谢氏门第,亦为一落。万兄谢安,幼即风神秀彻,长益智识深沉,善行书,工诗文,朝中权贵,互相钦慕,累征不起。祖籍本为阳夏人氏,随晋东渡建康。安独寓居会稽,与王羲之等为友,游山眺水,歌咏自娱。有司奏安屡不就征,性情乖僻,应禁锢终身。安不以为意,索性栖迟东土,放情丘壑,每出必挟妓从游,不拘小节。会稽王昱素闻安名,尝语僚属道:"安石与人同乐,必肯与人同忧。"安石就是安小字。安妻刘氏,为丹阳尹刘惔妹,见伯叔多半富贵,独安隐居不仕,常语安道:"大丈夫当不若是呢。"妇人终难免势利。安掩鼻道:"卿所见未能免俗,岂丈夫定要富贵么?"及万已褫职,门第减色。安年已四十余,免不得顾虑家门,转思仕进。君亦未能免俗了。可巧征西大将军桓温,表请辟安为征西司马,朝旨立即召安。安便至都中。自新亭启行,朝士多往饯送,中丞高崧戏语道:"卿累违朝旨,高卧东山,诸人互相私议,谓安石不出,如苍生何?苍生今亦将如卿何?"说毕大笑。安被他一嘲,也不禁惭愧起来,勉强支吾,终席即去。

既到江陵,与温相见,谈笑竟日,甚惬温意。及安趋出,温问左右道:"汝等曾见有如此佳客否?"嗣温有事访安,至安居室,安适早起理发,久不出见。温在外坐待,始闻室内有人传呼,令人取帻。温即朗声道:"不必,不必,请司马即戴便帽,就好相见了。"安依言见温,坦然与语，取决如流。温满意乃去。晋廷复起谢万为散骑常侍，万受职未久，便即病死。安本不欲随温，无非借温干进，暂作过渡思想。及万已去世，遂假弟丧为名，投笺求归。温准令返家治丧，安此后不复诣温。寻由朝廷授为吴兴太守，便一麾赴郡去了。

升平五年五月，穆帝有疾，数日即逝，年仅十有九岁，在位十七年，帝尚无子，当由会稽王昱等，入白褚太后，请迎成帝长子琅琊王丕嗣位，褚太后依议施行，因即下令道：

<blockquote>帝奄不救疾，胤嗣未建，琅琊王丕，中兴正统，明德懋亲，昔在咸康，属当储贰，以年在幼冲，未堪国难，故显宗高让。今义望情地，莫与为比，其以王奉大统，毋坠厥命！</blockquote>

谢安石庐概要节

这令下后，当由百官备齐法驾，至琅琊王第迎丕入宫，升殿即位，是为哀帝。丕时年二十有二，曾纳司徒左长史王濛女为妃，至是册为皇后。封弟奕为琅琊王，奉葬穆帝于永平陵，庙号孝宗。尊所生母周氏为皇太妃，穆帝后何氏为穆皇后，又诏谕中外道：

<blockquote>显宗成皇帝顾命，以时事多艰，弘高世之风，树德博重，以隆社稷，而国故不已，康穆早世，祚胤不融。朕以寡德，复承先绪，感惟永慕，悲痛兼摧，夫昭穆之义，固宜本之天属，继体承基，古今常道，宜上嗣显宗以修本统。特此诏告中外，俾使周知。</blockquote>

越年，改元隆和。会闻北方降将吕护，又背晋归燕，将攻洛阳。乃命吴国内史庾希为北中郎将，领徐兖二州刺史，镇守下邳；前锋监军袁

第五十九回　谢安石应征变节　张天锡乘乱弑君

真为西中郎将,监督司豫并冀四州军事,领豫州刺史,镇守汝南。两将方才莅镇,那燕吕护已驱动燕军,进逼洛阳。守将河南太守戴施,闻风奔宛,只冠军将军陈祐,飞使至桓温处告急。_{温留戴施陈祐守洛阳事,见五十七回。}温急檄北中郎将庾希,及竟陵太守邓遐,同率水师援洛阳。遐为建武将军广州刺史邓岳子。_{岳见前文。}岳镇交广二州,垂十余年,岭南颇仰岳声威,相率畏服。岳又得击破夜郎,加督宁州,进征虏将军,迁平南将军。当时伏波将军葛洪,迁官避地,居罗浮山炼丹,岳素重洪,极力劝挽,表请任洪为东官太守。洪固辞不就,只留兄子望在广州,为岳记室参军。洪自号抱朴子,著书一百十六篇,类言长生要诀,分作内篇外篇,即以《抱朴子》名书。此外著作,不一而足,大约以方技杂事为最多,如《金匮药方》百卷,《肘后要急方》四卷,阐究医药,流传后世,医家奉为金针。洪至八十一岁时,寄书与岳,自言将远行寻师。岳即往送别,及抵罗浮山石室中,见洪兀坐不动,抚视已无气息,不过颜色如生。岳乃为棺殓,瘗葬山间。役夫举棺甚轻,因皆疑为尸解成仙。未几岳亦谢世。_{因邓遐事,补叙及岳,复因岳补叙葛洪,俱是文中销纳法。}子遐勇力绝人,时人比诸樊哙,桓温辟为参军,从战有功。晋任冠军将军,累充各郡太守。襄阳城北沔水中,有蛟蛰伏,屡为人害。遐拔剑入水,与蛟角斗。蛟绕住遐足,遐挥剑斩蛟,截为数段,携蛟首而出,自是遂无蛟患。_{可与周处齐名。}及为竟陵太守,受温檄使,便引兵进屯新城。庾希遣部将何谦为先驱,驾舟援洛,与燕将刘则交战檀邱,得获胜仗。刘则败去。西中郎将袁真,又从汝南运米五万斛,接济洛阳。洛城既得外援,复足粮食,当然支撑得住。

桓温复表情迁都洛阳,谓:"自永嘉以后,东迁诸族,须一切北徙,仍返故土,再由御驾朝服济江,仪表两河,宅中驭外。臣虽庸劣,愿宣力先锋,廓清中原"云云。看官,试想河洛一带,迭经戎马,已闹得乱七八糟,不可收拾,此时虽经桓温规复,终究是劫灰满目,景物萧条。况燕人又屡次窥伺,烽火不绝,怎好仓猝迁都,举乘舆为孤注哩?只是满廷大臣,多半畏温,明知温言难从,却又不敢驳斥。独散骑常侍兼著作郎孙绰上疏道:

昔中宗龙飞,非惟信顺协于天人,实赖万里长江,画而守之耳。今自丧乱以来,六十余年,洛河丘墟,函夏萧条,士民播流江表,已经数世。存者老子长孙,亡者丘陇成行,虽北风之思,感其素心,而目前之哀,实为交切。温今此举,试欲大览终始,为国远图,而百姓震骇,同怀危惧,岂不以反旧之乐赊,而趋死之忧促哉! 何者? 值根江外数十年矣。一朝顿欲拔之,驱踧于穷荒之地,提挈万里,逾险浮深,离坟墓,弃生业,田宅不可复售,舟师无从得依,舍安乐之国,适习乱之乡,将顿仆道涂,漂溺江川,仅有达者,此仁者所宜哀矜,国家所宜深虑也。臣之愚见,以为且宜遣将帅有威名资实者,先镇洛阳,扫平梁许。清一河南,运漕之路既通,开垦之积已丰,豺狼远窜,中夏小康,然后可徐图迁徙耳。奈何舍百胜之长理,举天下而一掷哉? 谨此疏闻,伏希睿鉴!

绰系晋初冯翊太守孙楚孙,表字兴公,少慕高尚,尝著《遂初赋》以见志。自此表为温所闻,温甚是不乐,特遣人传语道:"致意兴公,何不寻君《遂初赋》,乃来预人家国事呢。"时朝廷忧惧,将遣使止温。扬州刺史王述道:"温但欲虚声威人,并非实事,朝廷亦何妨允许哩。"乃有诏复温道:

在昔丧乱,忽涉五纪,戎狄肆暴,继袭凶迹,眷言西顾,慨叹盈怀。如欲躬率三军,荡涤氛秽,廓清中畿,光复旧京,非忘身殉国,孰能若此? 诸所处分,委之高算,但河洛丘墟,所营者广,经始之勤,致劳怀也。

温得诏后,果然不行,何必虚张声势! 寻且议迁洛阳钟虞。晋廷因述智足料温,复命述答辞道:"永嘉不靖,暂都江左,方期荡平区宇,旋轸旧京,万一不克如期,亦当改迁园陵,不应先徙钟虞。"这数语理直气壮,又使温无可置喙,只好罢议。全是无谓。

会燕将吕护攻洛,中箭受伤,退守小平津,疮裂而死。他将段崇收兵北去,晋得解严。庾希自下邳还屯山阳,袁真自汝南还屯寿阳,这且待后再表。

且说凉州大将军张瓘,恃功骄恣,阴蓄异图。仆射宋混,素性忠直,为瓘所惮,瓘谋杀混及混弟澄,即废主自立,乃征兵数万,会集姑臧。混诇悉瓘谋,遂与澄率壮士数十人,奋入南城,宣告诸营道:"张瓘谋逆,我兄弟奉太后令,速诛此贼。汝等助顺有赏,从逆立诛。"各营兵听到此言,立即趋附,得众二千,随混攻瓘。瓘出战败却,混策马追瓘,忽刺

第五十九回　谢安石应征变节　张天锡乘乱弑君

斜里有一槊刺来,几中腰下,亏得身穿坚甲,槊不能入。混将槊夺住,与他坚持,宋澄等复引兵拥上,那人料不可敌,弃槊返奔。混乘他转身,用槊横击,那人站立不住,倒地成擒,讯明姓氏,叫做玄胪。胪系张瓘部下的勇士,既被擒住,余众皆投械乞降。瓘势孤力尽,即与弟琚同时刎死。混夷瓘家族,声罪安民。凉王玄靓,乃进混为骠骑大将军,代瓘辅政。混劝玄靓去凉王号,复称凉州牧。又召玄胪与语道:"卿前刺我,幸得不伤,今我辅政,卿可知惧否?"胪答道:"胪受瓘恩,彼时但知有瓘,不知有公,尚恨刺公未深,有何足惧?"混称为义士,亲为释缚,优加待遇,胪始拜谢。

　　既而混罹重疾,不能起床。玄靓及祖母马氏,同往探视,且与语道:"将军倘有不测,寡妇孤儿,将托谁人?可否以林宗继任?"混答说道:"臣儿林宗,年尚幼弱,不堪重任,殿下若不弃臣家,臣弟澄尚可参政,但恐他材质迂缓,未足达权,还望殿下随时策励,才免误事。"既知澄之迂缓,不宜推荐,且玄靓幼弱,能知策励乃弟么?及玄靓随马氏同归,混复召诫子弟道:"我家受国厚恩,当以死报,慎勿挟势骄人。"嗣见朝臣俱来问疾,又惟举忠君爱国四字,一再劝勉,余无他言,寻即殁世。路人闻丧,统皆挥涕。

　　玄靓即命澄为领军将军,使代兄任。才阅半年,偏有一右司马张邕,恶澄专政,竟胁众杀澄,并灭澄族。<small>未始非夷瓘宗族之报。</small>澄虽不及乃兄的贤明,惟骄恣却不若张瓘,邕敢擅杀大臣,罪应立诛,乃玄靓反授邕为中护军,使与叔父中领军天锡,同掌国政,说来也有一种原因。玄靓祖母马氏,本来是个淫妇班头,前次曾与张祚私通,祚死后复伤岑寂,见邕身材雄伟,不亚张祚,复不禁暗暗动心。邕知情识意,乐得乘间凑奉,居然两相情愿,合成好事。此番擅杀宋澄,马氏非不预闻,所以并未加罪,反令他代执政权。玄靓冲幼无知,一由马氏作主,从此淫人得志,生杀自专,复为国患。

　　天锡年未及壮,所结党羽,亦多属少年。有郭增刘肃二人,年皆止十八九,尝为天锡腹心,因密白天锡道:"国家恐将复乱了。"天锡惊问何因。二人齐声道:"今护军出入,仿佛长宁,<small>张祚封长宁侯见前。</small>怎得不乱?"天锡道:"我亦早疑此人,未敢出口,今当如何处置?"肃答道:"何勿早除了他。"天锡道:"何人可使?"肃便自请效力。天锡道:"汝年太少,须更求臂助。"肃又道:"同僚赵白驹,颇有胆力,得他为助,便足诛邕。"天锡大喜,便召集壮士四百人,诘旦入朝。肃与白驹,当然随入,正值邕在门下省,肃即拔刀斫邕,被邕闪过。白驹继进,持刀乱斫。邕颇有勇力,跳跃盘旋,巧为趋避。嗣见壮士齐集,乃翻身逸去。天锡急与肃等驰入禁中,闭住禁门。才过须臾,即闻门外有呼噪声,由天锡登屋俯望,见邕领着甲士数百,前来攻门,便凭高大呼道:"张邕凶逆,横行不道,既灭宋氏,又欲倾覆我家,汝将

士世为凉臣,何忍兵戈相向?我不怕死,实恐先人废祀,不得不为除逆计。今我但欲取邕,他无所问,天地有灵,我不食言。"汝心亦未必可质天地。邕众闻言,陆续散去。天锡即下屋开门,引众出击。邕只剩孤身,自知不能脱逃,遂引刃自杀。天锡悉诛邕党,入见玄靓,备陈邕罪。玄靓便令天锡为冠军大将军,都督中外诸军事,执掌朝政。天锡乃奉东晋正朔,改去建兴年号,并遣使通好建康。晋授玄靓为大都督,领凉州刺史,护羌校尉,封西平公。

　　已而玄靓祖母马氏,得病而死,该死久矣。因尊生母郭氏为太妃。郭氏以天锡权盛,与疏宗张钦等密谋,拟诛天锡,偏为天锡所闻,搜杀张钦,并引兵入宫,质问玄靓母子。玄靓大惧,情愿让位。天锡不应,悻悻趋出。刘肃已升任右将军,便向天锡进言,劝他自立。天锡遂使肃等入弑玄靓,诈称暴卒,年才十四,谥曰冲公;自称大都督,大将军,护羌校尉,凉州牧,西平公。他系张骏少子,为刘美人所出,所以天锡篡位,仍

尊嫡母严氏为太王太后，生母刘美人为太妃，且遣司马纶骞奉表建康，请命乞封。小子有诗咏道：

> 世变纷纷太不平，乱臣贼子敢胡行。
> 江东气运衰微久，谁奉天威仗钺征？

欲知晋廷曾否给封，待至下回再表。

回评 谢安放情山水，无心仕进，及弟万被黜，即应温召，可见当时之屡征不起，无非矫情，而益叹富贵误人，非真高尚者，固不能摆脱名缰也。高崧戏言，可抵《北山移文》一篇，幸谢安聪敏过人，借温干进，旋即辞温告归，不致连污逆名耳。彼桓温之屡请迁洛，但骛虚声，王述且能逆料之，固无待谢安也。凉州之乱，始之者张祚，终之者天锡，而实皆成于马氏，不有马氏之通祚，则祚不得废耀灵，而张瓘之祸可免矣。不有马氏之通邕，则邕不得杀宋澄，而天锡之乱可免矣。张氏世笃忠贞，而误于一妇人之手，此尤物之所以万不可近也。

第六十回

失洛阳沈劲死义　阻石门桓温退师

却说凉州使臣,奉表至晋,晋廷徒务羁縻,管什么篡逆情事,但教他奉表称臣,已是喜出望外,当下厚待来使,即将前封玄靓的官爵,转授天锡,来使拜谢自去。天锡又使人向秦报丧,并陈即位情形。秦王苻坚,亦遣大鸿胪至凉州,拜天锡为大将军凉州牧,兼西平公。天锡受两国封册,安然在位,遂以为太平无事,乐得纵情酒色,坐享欢娱。越年元日,专与嬖幸褒饮,既不受群僚朝贺,又不往谒太后太妃。从事中郎张虑,舆榇切谏,并不见从。少府长史纪锡,上疏直言,又复不答。那太王太后严氏,本来是静居深宫,不预外事,及内变迭起,已不免忧惧交乘,天锡嗣位,名为尊奉,仍然不见礼事,越觉惹起懊恨,抑郁以终。天锡亦没甚悲戚,但循例丧葬罢了。话分两头。

且说晋哀帝丕嗣位逾年,又改元兴宁。太妃周氏,在琅琊第中寿终,帝出宫奔丧,命会稽王昱,总掌内外诸务。嗣因燕兵入寇荥阳,太守刘远弃城东走,乃加征西大将军桓温为侍中大司马,都督中外诸军事,并假黄钺。且命西中郎将袁真,都督司冀并三州军事。北中郎将庾希,都督青州诸军事。桓温令王坦之为长史,郗超为参军,王珣为主簿。超多须,时人号为髯参军;珣身矮,时人号为短主簿。尝有歌谣云:"髯参军,短主簿,能令桓公喜,能令桓公怒。"温尝睥睨一切,予智自雄,惟谓超才不可测,待遇甚厚。超亦深自结纳,为温效忠。又有谢安兄子玄,亦为温掾属,温辄语左右道:"谢掾年至四十,拥旄仗节,王掾当作黑头公,二人皆非凡才,前途正不可限量呢。"

越年,哀帝寝疾,复请褚太后临朝摄政,拜温为扬州牧,使侍中颜旄,宣温入朝参政。温上表固辞,朝旨不许,再发使征温。温乃启行至赭圻,不料来了尚书车灌,止温入都,无非说是"秦燕内侵,仍须赖公外镇"云云。想是虑他权重难制,故使中止。温不肯即还,便在赭圻筑城,暂时驻节,遥领扬州牧。那哀帝因迷信方士,好饵金石,以致毒性沉痼,生就一种慢性症,一时不至遽死,亦不能复愈。迁延过了一年,已是兴宁三年了,皇后王氏,却得了暴病,骤致不起,因即棺殓治丧,追谥曰靖。上元令节,变作哀期。适燕太宰慕容恪,复拟取晋洛阳,先遣镇南将军慕容尘,攻陷许昌汝南诸郡,然后使司马悦希驻盟津,豫州刺史孙兴驻成皋,渐渐的进逼洛水。洛阳守将陈祐,检阅部兵,不过二千,粮饷又不过数月,自知不能固守,不如引众先走,遂借援许为名,出城径去,但留长史沈劲守洛阳。劲系王敦参军沈充子,充受诛后,劲逃匿乡里,年三十余,不得入仕。吴兴太守王胡之,受调为司州刺史,特请免劲禁锢,起为参军。有诏依议。偏胡之忽婴疾病,未得莅镇。劲独上书自请,愿至洛阳效力。晋廷乃命劲为冠军长史,使自募兵士,赴洛从军。劲募得壮士千人,入洛助祐,前此得却燕围,劲力居多,至祐出城自行,将士多由祐带去,只剩下五百人,随劲留守。劲明知孤危,却反欣然道:"我志在致命,今可偿我初志了。"遂率五百人誓死守城。

那陈祐自洛阳出发,并未往许,竟奔趋新城。晋廷得报,即由会稽王昱,亲赴赭圻,与大司马桓温议御燕事。温乃移镇姑孰,表荐右将军桓豁监督荆州扬州的义城,及雍州的京兆诸军事。振威将军桓冲,监督江州荆州的江夏的随郡,及豫州的汝南西阳新蔡颍川诸郡军事。豁与冲俱系温弟,温虽是举不避亲,究竟有阴布羽翼,广拓声威的意思。直诛其心。会闻哀帝大渐,会稽王昱匆匆返都,及抵建康,哀帝已经升遐了。昱入见太后,与议嗣位事宜。哀帝无子,只好令哀帝弟奕,入承大统,当由太后褚氏下令道:

  帝遂不救厥疾,艰祸仍臻,遗绪泯然,哀恸切心。琅琊王奕,明
德茂亲,属当储嗣,宜奉祖宗,纂承大统,俾速正大礼以宁人神,特
此令知。

昱奉令出宫,颁示百官,当即迎奕入殿,缵承帝祚,颁诏大赦,奉葬哀帝于安平陵。哀帝崩时才二十五岁,在位只阅四年。晋廷丧君立君,方忙碌的了不得,那燕兵竟乘隙进攻洛阳,遂使壮士丧躯,园陵再陷,河洛一带,复为强虏所有了。言之慨然。

燕太宰慕容恪,探知洛阳兵寡,遂与吴王垂,率兵数万,共攻洛阳。恪语诸将道:"卿等尝患我不肯力攻,今洛阳城虽高大,守卒孤单,容易攻下,此番可努力进取,不必疑畏。倘或顿兵日久,敌得外援,恐反不能

成功了。"缓攻广固,急攻洛阳,慕容恪却是知兵。诸将得了恪令,个个是摩拳擦掌,踊跃直前。一到洛阳城下,便四面猛扑,奋勇争登。城中只有五百兵士,怎能挡得住数万雄师?守将沈劲,见危授命,明知城孤兵寡,当不可支,但一息尚存,不容少懈,因此登陴守御,力拒燕军。起初是备有矢石,掷射如注,就使燕军志在拔帜,前仆后继,究竟是血肉身躯,不能与矢石争胜,所以攻了数日,那一座孤危万状的围城,兀自保持得住。后来矢尽石空,守城无具,尚仗着一腔热血,赤手空拳,与敌鏖斗,待至粮食已尽,兵士饥疲,五百人丧亡一大半,眼见得势穷力尽,不能再持。燕兵并力登城,城上不过一二百人,如

失洛阳沈劲死义

何拦阻?遂遭陷没。劲尚引着残卒,拼死巷斗,皆竟双拳不敌四手,被燕兵左右攒集,把他活捉了去,牵往见恪。恪劝劲降燕,劲神色自若,连说不降。恪暗暗称奇,欲加宽宥。中军将军慕容虔道:"劲虽奇士,看他志趣,终不肯为我用,今若加宥,必为后患。"恪乃将劲杀死,令左中郎将慕容筑为洛州刺史,镇守金墉,留卫洛阳;自与吴王垂略定河南,直至崤渑,关中大震。秦王坚亲率将士,出屯陕城,备御燕军。恪见秦有备,方收兵还邺,惟使垂为征南大将军,领荆州牧,都督荆扬洛徐兖豫雍益凉秦十州军事,配兵一万,驻守鲁阳。晋廷始终不发一兵,往复河洛,但追赠沈劲为东阳太守,聊旌忠节罢了。劲若有知,尚留余恨。

　　是年七月,帝奕立妃庾氏为皇后,后为前荆江都督庾冰女,亲上加亲,当然乾坤合德,中外胪欢。只是帝奕后来被废,殁无尊谥,历史上但

第六十回　失洛阳沈劲死义　阻石门桓温退师

称帝奕,小子不得不沿例相呼。**特别提明**。庾氏得列正宫,好像是预知废立,不愿久存。才阅十月,便安然归天,予谥曰孝,当即奉葬。进会稽王昱为丞相,录尚书事,入朝不趋,赞拜不名,履剑上殿。是年,改元太和,算是帝奕嗣位的第一年。益州刺史周抚病殁,诏令抚子楚继任。抚镇益州三十余年,甚有威惠,远近詟服。梁州刺史司马勋,久思据蜀,只因抚有威名,惮不敢发,及抚死楚继,遂举兵造反,自称成都王,攻入剑阁,围住成都。周楚遣使至下流告急,桓温遣江夏相朱序往援,会同楚兵,内外夹攻,得将司马勋击毙,蜀地复平。序收兵东归。

惟燕兵复屡寇晋境,燕抚军将军慕容厉寇兖州,连陷鲁高平数郡。晋南阳督护赵亿,举宛城降燕。燕令南中郎将赵盘戍宛。越年初夏,燕镇南将军慕容尘,又寇晋竟陵,亏得晋太守罗崇,应变有方,出兵击退燕军,又与荆州刺史桓豁,合兵攻宛,走赵亿,逐赵盘,夺还宛城,崇还戍竟陵。豁追赵盘至雉城,复杀败盘兵,且将盘活擒归来,燕人始稍稍夺气,敛兵自固。并且燕室长城慕容恪,得病垂危,不能视事,所以境外军务,暂从搁置,不复进兵。

恪尝虑燕主庸弱,太傅评又好猜忌,将来军国重任,无人承乏,因此时记在心。适乐安王臧前来探疾,恪即握手与语道:"今南有遗晋,西有强秦,二寇都想伺机进取,只因我未有隙,不敢来侵。从来国家废兴,全靠将相,大司马总统六军,更宜量能授职,若果推才任忠,和衷协恭,就使混一四海,亦非难事,怕什么秦晋二寇呢?我本庸才,猥受先帝顾托,每欲扫平关陇,荡一瓯吴,续成先帝遗志,乃忽罹重疾,势且不起,岂非天命?我死后以亲疏论,大司马一职,若非授汝,应该轮着中山王冲。汝两人未始无才,但少不更事,难免疏忽。惟吴王垂天资英敏,才略过人,汝等能交相推让,使握军权,自足安内攘外,幸勿贪利徇私,不顾国计哩。"臧唯唯而出。已而慕容评至,恪又申述大意,及病至弥留,由燕主暐亲往省视,恪复将垂面荐,再三叮咛,未几即殁,追谥曰桓。**临死荐贤,不得谓其非忠**。

暐偏不从恪言,竟令中山王冲为大司马。冲为暐弟,才不及垂。暐总道是懿亲可恃,所以舍垂任冲,但进垂为车骑大将军。会秦将苻庾举陕降燕,请兵接应,暐欲发兵救庾,因图关右。太傅评素无经略,谓不宜远出劳师。魏尹范阳王慕容德,表请乘机出兵,又为评所阻。时太尉阳鹜，又相继谢世，继任的乃是司空皇甫真。真与垂统主张西略，并得苻庾来笺，极力怂恿，当由垂私下语真道："今我所患，莫若苻坚王猛。主上年少，未能留心政事，太傅才识，远不及苻坚王猛，现在秦方有衅，可取不取，恐正如苻庾来笺，将有甬东后悔哩。"《春秋左传》越灭吴，置吴王于甬东，苻庾笺中，曾引此为喻。真答道："我亦与殿下同意，但言不见用，奈何奈何！"说着，与垂相对唏嘘，挥涕而别。

旋闻陕城失守，苻庾被杀，还有庾党苻双苻柳苻武等，俱由秦王猛等讨平，一场好机会，坐致失去，垂与真更太息不已，徒恨蹉跎。俄而警报大至，晋兵大举西犯，前锋攻陷湖陆，宁东将军慕容忠，已经败没了。垂即自请出拒。燕主㬢尚未肯任垂，但饬下邳王慕容厉为征讨大都督，给兵二万，使他前往。厉受命即行，究竟晋兵由何人率领，原来是晋大司马桓温。先是燕主慕容俊病殁，晋廷将相，统说是中原可图，独温谓慕容恪尚存，未可轻视。及闻恪死耗，温乃疏请伐燕，拟即大举。适平北将军徐兖二州刺史郗愔，因病辞职，朝旨授温兼代愔任，准令出师。温遂率弟南中郎将桓冲，及西中郎将袁真等，引兵五万，大举西进。参军郗超，谓漕运未便，不如缓行。温不肯依议，遣建威将军檀玄为先锋，进攻湖陆，一鼓即下，擒住守将慕容忠。温闻捷甚喜，即率大军进次金乡。

时为太和四年六月，天气亢旱，水道不通。温使冠军将军毛虎生，凿通钜野三百里，引汶水会入清水，乃从清水挽舟入河，舳舻达数百里。郗超又入谏道："清水入河，仍难通运，若寇坚持不战，运道必绝，再思因寇为资，复无所得，岂非危道？计不若率众趋邺，彼惮公威，或即望风奔溃，北归辽碣，我即唾手可得邺城，若彼能出战，便与交锋，一战可决。倘恐胜负难必，务欲持重，何如顿兵河济，控引漕运，待粮储充足，来夏乃进，舍此两策，徒连兵北上，进不速决，退更为难。寇得迁延岁月，设法困我，渐及秋冬，水更滞涸，北方早寒，三军未带裘褐，必叹无衣，不但无食可忧哩。"温仍然不从。超为温所信任，何此时两不见从？岂胜败果有数么？已而慕容厉领兵来战，温与厉对垒黄墟，麾兵猛斗，大败厉众，厉匹马奔还。燕高平太守徐翻，望风降晋。温复分遣前锋将邓遐朱序，往攻林渚，击败燕将傅颜，温节节进兵。适燕乐安王臧，奉燕王命，再统各军堵截晋师，被温迎头痛击，又大败亏输，逃之夭夭了。晋军随温进驻武

第六十回　失洛阳沈劲死义　阻石门桓温退师

阳,燕故兖州刺史孙元,挈领族党,起应温军,温直至枋头。

是时,燕主㻐及太傅评,连接败报,吓得魂魄飞扬,一面遣散骑常侍李凤,向秦求救,一面召集大臣,谋奔和龙。吴王垂奋然道:"臣愿统兵击敌,如再不胜,走亦未迟。"㻐乃命垂为南讨大都督,使与征南将军范阳王德等,调集步骑五万,出御晋军。垂请令司空左长史申胤,黄门侍郎封孚,尚书郎悉罗腾,皆为参军。㻐当然允准,惟尚恐垂难却敌,再遣散骑侍郎乐嵩,驰赴关中,催促援兵,情愿将虎牢西境,作为赠品。秦王坚与群臣集议东堂,群臣俱进言道:"从前桓温侵我,屯兵灞上,燕未尝发兵相援,今温自攻燕,与我无涉,我何必往救。且燕从未向我称藩,我更不宜往救呢。"温至灞上,见五十五回。大众异口同声,并作一词,只王猛在旁默坐,不发片言。胸有成竹。秦王坚退入后庭,召猛入问。猛答说道:"燕虽强大,慕容评实非温敌,若温举山东,进屯洛邑,收幽冀兵士,得并豫食粟,观兵崤渑,恐陛下大事去了。今不若与燕合兵,并力退温,温退燕亦疲,我可承他劳敝,一举取燕,岂不是良策么?"计固甚是,可惜太毒。坚抚掌称善。因遣将军苟池,洛州刺史邓羌,率步骑二万人救燕,出自洛阳,进至颍川。更遣散骑常侍姜抚,至燕报使,名为赴援,实是借此观衅,要想并吞燕土哩。

且说燕大都督慕容垂,带领将士,行近枋头,择地驻营,按兵不动。参军封孚,密向申胤道:"温众强士整,乘流直进。今我军徒逡巡南岸,兵不接刃,如何能击退强敌哩?"胤答道:"如温今日声势,似足有为,但我料他决难成功。现在晋室衰弱,温跋扈专制,想晋臣未必尽肯服温,所以温得逞志,众必不愿,势且多方阻挠,使温无成。且温恃众生骄,应变反怯,率众深入,应该急进,今反逍遥中流,坐误事机,彼欲持久取胜,岂不思粮道悬绝,转运为难么?我料他师劳粮匮,情见势绌,必且不战自溃了。"孚喜道:"诚如君言,我可坐待胜仗哩。"

翌日,慕容垂升帐,但命参军悉罗腾,与虎贲中郎将染干津等,引兵五千,授他密计,出营拒温。腾行至中途,遥见一敌将跃马前来,背后引着晋兵千余人。仔细辨认,乃是燕人段思,叛燕降晋,便语染干津道:"可恨此贼,定是来作向导,卿可诱他过来,我当设法擒他。"染干津听着,便率五百人前进,遇着段思,便与交锋。才经数合,便虚晃一枪,拍马就走。思不知是计,纵马追去,不料悉罗腾纵兵杀出,染干津亦回马

师退温桓门石阻

夹攻。段思能有偌大本事，禁得起两路兵马？一场厮杀，被腾生擒活捉去了。腾将思解送大营，自与染干津共往魏郡。可巧兜头碰着李述，乃是故赵部将，归属晋军，当下告染干津道："我都督曾料晋兵旁掠，特遣我等到此。今果与敌相遇，须力斩来将，方好挫他锐气。"借腾口中，叙明密计。染干津便跃马摇枪，往战李述。述非染干津敌手，战了片时，力怯欲遁。悉罗腾纵辔出阵，向述一刀，砍去左肩，返身坠地。染干津下马枭首，述众皆遁，被腾杀死大半，回营报功。垂已令范阳王德，与兰台侍御史刘当，分率骑士万五千人，往屯石门，截温运漕。更使豫州刺史李邽，带领州兵五千，截温陆运。温方命袁真攻克谯梁，拟通道石门，以便运粮。偏燕将慕容德等，已在石门扼住，不能前进。德复令将军慕容寅，前往挑战，引诱晋军追来，用埋伏计，杀毙晋军多人。温闻粮道梗塞，战又失利，当然不能久留，且探得秦兵又至，没奈何焚舟弃仗，遵陆退归。小子有诗叹道：

　　行军第一是粮需，饷道艰难即险途。
　　锐进由来防速退，事前何不用良谟。

欲知温退兵情形，本回不及再表，须看下回自知。

回评　洛阳可救而不救，徒致沈劲之死节，晋廷可谓无人。然尸其咎者非他，桓温也。哀帝崩，帝奕立，当交替之际，晋廷之不能援洛，犹为可原，温自赭圻移镇姑孰，何不即日出师，往援洛阳乎？彼沈劲能盖父之愆，为晋殉节，变凶逆之

第六十回　失洛阳沈劲死义　阻石门桓温退师

族,为忠义之门,此本回之所以特从详叙也。桓温利恪之死,乃大举伐燕,不知恪虽死而垂尚存。垂之才不亚于恪,宁必为温所败？况郗超二策,上则悉众趋邺,次则顿兵河济,诚为当日不易之良谟,温两不见听,徒迂道兖州,被阻石门,师已老而屡战无功,粮将竭而欲输无道,卒致焚舟却走,仓猝退师。人谓温智,温亦自谓予智,智果安在哉？故洛阳之陷,有识者已为温咎,至枋头之败,温之咎更无可辞云。

第六十一回

慕容垂避祸奔秦　王景略统兵入洛

却说桓温自枋头奔归,焚舟弃仗,丧失不赀,但命毛虎生督东燕等四郡军事,领东燕太守。温从东燕出仓垣,凿井而饮,沿途饥渴交乘,很觉困顿。那燕大都督慕容垂,却未曾急追。诸将急请追击,垂与语道:"我并非不欲往追,但行军须知缓急,不应轻动。今温方引兵退去,必严兵断后,我若骤然追击,恐难得志,不如展缓一两日,他见追兵未至,定当昼夜疾趋,速离我境,至离我已远,力尽气衰,然后我倍道往追,无虑不胜了。"如垂智谋仿佛似恪,故恪之推荐,确有特识。说着,乃亲督精骑八千人,徐徐进行。温果兼程疾驰,力行至七百里,总道是去敌已遥,可以无忧,乃安营休息。早有燕骑探知消息,向垂返报。垂遣范阳王德,率劲骑四千名,从间道抄至襄邑,埋伏东涧中,截温去路,自引四千骑急进,直逼温营。温麾下尚有数万人,只因连日奔波,不堪再战,忽遇燕兵追到,顿时人人失色,个个惊心。温也捏了一把冷汗,没奈何出营厮杀。本来是我众彼寡,尽可支持,无如众无斗志,见敌即怯,温禁遏不住,只好且战且走。行至东涧相近,蓦听得一声胡哨,旷野中遍竖旗帜,引着许多铁骑,截杀过来。晋军统吓得胆落,不暇辨视来兵多寡,只恨身上少生两翅,无术腾空,不得已觅路四窜,你也走,我也逃,越想逃走,越是送死。燕兵前拦后逼,煞是厉害,见一个,杀一个,好似斫瓜切菜一般。好容易逃脱一半,已是二三万人,断送性命了。温垂头丧气,还至谯郡,谁知又有一彪军杀出,截住温军。温慌忙挈着轻骑,拼命冲过,后队被来兵拦杀,死伤又近万人。好似曹操之战赤壁。究竟来兵从何处杀到?原来是援燕的秦军,统将叫作苟池。接应六十回。池得胜归去,晋军七零八落,回至姑孰,五万人只剩得六七千了。

温经此挫,自觉脸上无光,不得不设法分谤。适袁真自石门奔归,温遂说他拥兵观望,贻误饷源,以致粮尽丧师。当下拜表劾真,并把邓遐亦牵连在内。晋廷惮温如故,即免真为庶人,并夺遐官,遐得休便休,

第六十一回　慕容垂避祸奔秦　王景略统兵入洛

只袁真心下不服,也上表劾温罪状。好几日不见复诏,真竟据住寿春,叛晋降燕,遣人诣邺中求救。无罪遭诬,原是难受,但背主降虏,究属不合。燕遣大鸿胪温统,持册拜真为征南大将军,领扬州刺史,封宣城公。统在道病殁,免不得稽延使事,真望眼将穿,不得邺中消息,又通使关中,向秦乞降去了。这真叫做朝摩燕阙,暮谒秦关。惟燕故兖州刺史孙元,前次起应温军。及温军败还,元据武阳拒燕,燕使左卫将军孟高,率兵讨元。元战败遭擒,当然毕命。晋东燕太守毛虎生,在淮北站足不住,逾淮南归,温使虎生为淮南太守,镇守历阳,晋廷反遣侍中罗含,赍牛酒犒温军。又由会稽王昱,诣温会议,再图后举。昱返都后,诏授温世子熙为征虏将军,领豫州刺史,败不加诛,反给封赏,可怪不可怪呢!明是教猱升木。

且说燕将吴王垂,自襄邑还邺,威名益振。太傅评向来忌垂,至此益甚,垂表列将士功赏,统被评抑置,无一照行。垂不免忿怼,入阙面请,与评争论廷前。燕主暐不能裁决,燕臣又惮评威势,不敢助垂,可怜垂舌敝唇焦,终无效果,反与评多结怨恨罢了,就中尚有一段情由,关系垂事。垂妃段氏,为燕太后可足浑氏所谮,冤死狱中。事见五十八回。垂格外悲悼,因娶段妃女弟为继室。偏可足浑氏胁令出妻,硬把亲妹长安君嫁垂。垂虽勉强遵命,心中很是不乐,名目上配合长安君,其实是心怀故剑,不及新欢,所以伉俪无情,看同陌路。这长安君遭夫白眼,怎能不上诉椒房?因此可足浑太后,时常恨垂。再加燕主暐新立一后,就是可足浑太后的侄女,姑侄变成婆媳,亲上加亲,联同一气,太后与垂有嫌,皇后自应表同情,宫帏里面,交口毁谤,任你燕主暐如何英明,也未免听信谗言,况暐原是个糊涂虫,怎能不为所迷,太后可足浑氏,见暐亦嫉垂,遂召太傅评入议,将加垂罪,置诸死刑。独不怕阿妹守寡么?故太宰格子楷,及垂舅兰建,诇得秘谋,即往告垂道:"先发制人,后发为人制,今但除太傅评及乐安王臧,余众自无能为了。"垂慨然道:"骨肉相残,自为乱首,我虽死,不忍出此!"二人乃退。越宿,又来告垂道:"内意已决,不如先发。"垂复答道:"如果不可弥缝,我宁可出奔他方,此外不敢与闻!"心术可取。二人复进说道:"就使出亡,也宜早行,等到祸机一发,欲行亦无及了。"说毕自去。

垂踌躇未决,在家闷坐,世子令尚未得知,但见垂有忧色,乃就前禀问道:"我父面带愁容,莫非因主上庸弱,太傅猜疑,功高身危,因劳忧虑么?"垂说道:"汝既能知吾心,可有良策否?"令答道:"主上方委政太傅,一旦祸发,必似迅雷,今欲保族全身,不失大义,莫若逃往龙城,逊辞谢罪,如古时周公居东,静待主悟,再得还邺,方为大幸;否则内抚燕代,外睦群夷,守险自固,亦不失为中策哩!"垂起语道:"汝言甚是,我计决了!"翌晨,即托词游猎,挈领诸子,微服出邺,径向龙城进发。行次邯郸,不意少子麟背地逃还。垂素不爱麟,料知麟必走归邺中,告发隐情,乃亟令世子令断后,自率左右前进。果然不到半日,西平公慕容疆率骑追来,幸亏追兵不多,由世子令在后截住,倒也不敢进逼。延至日暮,追骑渐退,令走与垂语道:"本欲保守东都,为自全计,今事机已泄,谋不及行,现闻秦王方延揽英豪,不如暂时往

秦奔祸避垂容慕

投,再作计较!"垂不甚愿意,摇头道:"我自有计,何必投秦!"当下散骑晦迹,仍向南山绕道还邺,暂憩城外显原陵。适有猎人数百骑,四面环集,垂进退两难,仓皇失措,可巧猎鹰飞逸,众骑追鹰四散,才得无虞。垂乃杀马祭天,誓告从者。世子令又语垂道:"太傅评忌贤嫉能,不惬众情,邺中人士,莫不瞻望我父,若掩入城中,攻其无备,都人必欣然相应,定能唾手成功。事定以后,除害简能,匡辅主上,既能安国,更足保家,这乃今日上计,决不可失,但教给儿数骑,便可措办了。"策固甚佳。垂半晌才道:"似汝谋图,事成原是大福,倘或不成,追悔何及。汝前劝我西入关中,今日事等燃眉,不如依汝前言,就此西奔罢!"遂潜召段夫

第六十一回　慕容垂避祸奔秦　王景略统兵入洛

人,与兄子楷、舅兰建等,一同奔秦,只继妃可足浑氏,即长安君。听她居邺,不与偕行。到了河阳,为津吏所阻,垂拔刀杀毙津吏,挈众渡河,奔入关中。

秦王苻坚,方思图燕,只惮慕容垂。蓦有关吏入报,垂弃燕来奔,不禁大喜,急率吏郊迎。握手与语道:"天生俊杰,必相与共处,共成大功。今卿果前来依我,我当与卿共定天下,告成岱宗,然后还卿本邦,世封幽州,卿去国仍不失为孝,归我亦不失为忠,岂非一举两善么?"垂拜谢道:"远方羁臣,得蒙收录,已为万幸,怎能有他望呢!"坚又接见慕容令慕容楷等,都称为后起英雄,延入都城,优礼相待。关中士民,素慕垂名,交相倾慕,独王猛入谏道:"慕容垂父子,譬如龙虎,若借彼风云,必不可制,不如早除为是!"坚愕然道:"我方欲收揽英雄,肃清四海,奈何反杀降臣?况我已推诚相与,视同心腹,匹夫尚不食言,难道万乘主反好欺人么?"坚不肯杀垂,原是驾驭群雄之道,不得以后来叛去遽咎当时。坚遂令垂为冠军将军,封宾都侯。垂兄子楷,为积弩将军,赏赐巨万,待遇甚隆。

是时,秦与燕方敦和好,使节往来。燕散骑常侍郝晷,及给事黄门郎梁琛,相继赴秦。晷与王猛有旧,彼此叙谈,免不得将燕廷情事,约略告知。独琛自尊国体,不肯轻泄一语。琛从兄弈,仕秦为尚书郎,秦特使他为招待员,延琛往寓私舍。无非欲探刺隐情。琛说道:"从前诸葛瑾为吴聘蜀,与诸葛亮本为兄弟,亮惟公朝相见,退不私面,我与兄迹等古人,应该效法前贤,怎敢擅留兄室呢?"弈乃如言返报,秦主坚又命弈过问燕事。琛答道:"今秦燕分据东西,兄弟并蒙荣宠,食禄忠君,各尽本职。琛欲言东国美政,恐非西国所乐闻,此外又非使臣所得妄言,兄来问我做甚!"好一个使臣。弈又复报闻。王猛劝坚留琛,坚留琛月余,至慕容垂入秦,乃遣琛归燕。

琛兼程回国,一入邺城,便往见太傅慕容评,坐定即说道:"秦人日阅军旅,聚粮陕东,无非意图东略,必不能与我久和,今吴王又去归秦,多一虎伥,太傅宜赶早筹备,勿堕敌谋!"评沉着脸道:"秦岂肯信我叛臣,自败和好么?"呆话。琛答道:"今二国分据中原,常思吞并,近来桓温入寇,彼发兵来援,并非真心爱我,实借援我为名,探我虚实,我若有衅,彼岂遽忘本志么?"评问秦王为何如人?琛说是英明善断。评又问王猛如何？琛说是名不虚传。评始终不信，冷笑作罢。琛再入告燕主暐，暐亦不以为然，琛复退告皇甫真，真疏请拨兵防边，毋恃和议。暐乃召评入商，评嚣然道："秦国小力弱，当恃我为援，苻坚名为贤主，亦未必肯纳叛臣，我何必无故自扰，反启寇心！"暐随口称善。

已而秦遣黄门郎石越报聘，评反盛设供张，夸示富丽。尚书郎高泰，及太傅参军刘靖，相偕语评道："秦使言动目肆，居心可知，公宜示以兵威，或可折服彼意，今反示以奢侈，恐益使轻视了！"评仍然不从，泰遂谢病归家。尚书左丞申绍，见燕政日紊，内由可足浑太后专政，外有太傅评等擅权，贪冒无厌，引用非才，不由得忧愤交并，因上书言事，极陈时弊。大略说是：

臣闻汉宣有言："与朕共治天下者，其惟良二千石乎！"是以特重此选，必揽英才。今之守宰，率非其人，或武臣出自行伍，或贵戚生长绮纨，既不闻选举之方，复不得黜陟之法，贪惰者无刑戮之惧，清修者无旌赏之劝，百姓困敝，侵牟无已，兵士逋逃，寇盗充斥，纲颓纪紊，莫相纠摄。且吏多政烦，由来常患。今之现户，不过汉之一大郡，而备置百官，加之新立军号，虚假名位，公私驱扰，人不聊生。是非并官省职，何由饬政安民？彼秦吴二虏，僭据一方，尚能任道捐情，肃谐伪郡，况大燕累圣重光，君临四海，而可政治失修，取陵奸寇哉！邻之有善，众之所望，我之不修，众之愿也。秦吴狡猾，地居形胜，非惟守境而已，乃有吞噬之心。中州丰实，户兼二寇，弓马之劲，秦吴莫及，比者赴敌后机，兵不速济何也？皆由赋法靡恒，役之非道，郡县守宰，每于差调之际，无不舍置殷强，首先贫弱，行留俱窘，资赡无所，人怀嗟怨，遂致奔亡，进阙供国之饶，退离蚕桑之要。兵岂在多，贵于用命，宜严制军务，精择守宰，复习兵教战，使偏伍有常，从戎之外，足营私业。父兄有陟岵之观，子弟怀孔迩之顾，虽赴水火，何所不从？夫节俭省费，先王格言，去华敦实，哲后恒宪，故周公戒成王，以丰财为本，汉文以皂帷变俗，孝景宫人，弗过千余，魏武宠赐，不盈十万，薄葬不坟，俭以率下，所以割肌肤之惠，全百姓之力也。今后宫之女，四千有余，僮仆厮役，过兼十倍，一日之费，价盈万金，绮縠罗纨，岁增常额，戎器弗营，奢玩是务，帑藏空虚，军士无赖，宰相王侯，迭尚侈丽，风靡之化，积习成

第六十一回　慕容垂避祸奔秦　王景略统兵入洛

俗,卧薪之谕,未足甚焉。宜罢浮华非要之役,峻定婚姻丧葬之条,禁绝奢靡浮烦之事,出倾宫之女,均农商之额,公卿以下,以四海为家,赏必当功,罚必当罪,如此则纲纪肃举,公私两遂。温猛之首,可悬之白旗,秦吴二主,可礼之归命,岂特保境安民而已哉! 陛下若不远追汉宗弋绨之风,近崇先帝补衣之美,臣恐颓风弊俗,亦且改变靡途,中兴之歌,无以轸诸弦咏矣! 更有请者,索虏什翼犍,疲病昏悖,虽乏贡御,无能为患,而劳兵远戍,有损无益,不若移置并豫,控制两河,重晋阳之戍,增南藩之兵,严战守之备,炫千金之饵,蓄力待时,庶乎一举而灭二寇,如其虔刘送死,俟入境而断之,可使匹马不返,非惟绝二国之窥窬,抑亦戡乱殄寇之要图也。惟陛下览焉!

这篇书牍,正是救燕的良策,偏燕主玮,毫不加省,反令他出守常山。且秦使来索前约,请割虎牢西境,_{见六十回。}燕太傅评反语秦使道:"行人失辞,救患分灾,系邻国常理,奈何来索重赂呢?"看官试想! 这秦王坚早思西略,只恨无隙可乘,一时不便兴兵,此次燕人负约,正是师出有名,怎肯坐失机会! 当下用王猛为辅国将军,使率建威将军梁成,洛州刺史邓羌,率领步兵三万,直压洛阳。洛阳守将乃是燕洛州刺史武威王慕容筑。_{见前回。}他闻秦兵入境,当然集众守城,只苦部兵寥寥,挡不住西来雄师,因急遣使至邺,速请援兵。

时值燕主玮建熙十年冬季,燕廷方准备过年,竟把洛阳事搁起。越年元旦,且援例庆贺,喜气盈廷,哪知洛阳已是万急,警报日至,才遣乐安王臧,出兵援洛。_{是年燕亡,故特提叙燕历,以醒眉目。}慕容筑苦守孤城,待援不至,已是焦急异常,适有敌书从城外射入,由军吏拾起呈览,因即展阅,内云:

　　我国家已塞成皋之险,杜盟津之路,大驾虎旅百万,自轵关取邺都。金墉穷戍,外无救援,城下之师,将军所监,岂三千敝卒所能支乎? 语云:识时务者为俊杰。吴王已导于前,将军何不随踵其后,否则孤城一破,玉石俱焚,愿将军图之。

筑阅书后,自思吴王垂尚且降秦,燕必危亡,不如依了敌书,出降秦军,随即复书请降。王猛陈兵城下,待筑开城,筑率众出迎,由猛欢颜接见,麾兵入城,抚众安民,不劳而定。当命偏将杨猛,往探路踪,以便进取。杨猛行至右门,适值燕乐安王臧,引兵前来,急切无从趋避,手下又不过数百骑,如何抵敌?当被燕军困住,活擒了去。臧遂筑新乐,进屯荥阳,王猛得知消息,便遣梁成邓羌,统众往击,大破臧军,俘斩万余人。臧退保石门,梁邓二将,乘胜进逼,相持经旬。因得王猛军书,召他还洛,于是徐徐引退,羌在前,成在后。那乐安王臧,不知好歹,还道秦兵引退,乐得追赶。先锋杨璩,又是个冒失鬼,策马轻进,刚值梁成返军待着,兜头拦住,两下交战,才经数合,被成舒开猿臂,将杨璩一把抓来,掷诸地上,眼见由秦兵绑去。成复驱兵转杀,斩首至三千余级,吓得慕容臧伏鞍急逃,奔回石门,成始收兵还洛。王猛

王景略统兵入洛

——记功,留邓羌居守金墉,自与梁成等退入关中。

先是王猛出发时,引慕容令为参军,使作向导,且至慕容垂处叙别。垂设宴饯行,猛且饮且语道:"今当远别,君将何物赠我,使我睹物怀人?"垂莫名其妙,便解佩刀相赠。猛宴毕即行,慕容令当然随去。及抵洛阳,猛却召入帐下走卒,叫作金熙,密赠金帛,叫他诈充垂使,即将垂所赠佩刀,使他赍去给令,且嘱使传语,伪为垂词道:"我父子奔入关中,无非为逃死起见。今王猛嫉人如仇,谗毁交至,秦王虽阳示厚善,隐情究不可知,若我父子仍不免一死,何如归死首邱。近闻东朝已渐悔悟,主后相尤,我所以决计东归,已经就道,汝亦速行为要!汝若不信,可视佩刀。"令未识猛计,且前时赠刀一事,亦未得闻,总道是来使可信,况金熙曾在垂处,充过役使,佩刀又非赝鼎,尚有何疑?当下遣还金

第六十一回　慕容垂避祸奔秦　王景略统兵入洛

熙，悄悄的奔出军营，往投乐安王臧，猛即表令叛状，垂闻报即走。到了蓝田，被追骑赶着，不得已再回关中。秦王坚召垂入见，垂惶恐谢罪。坚怛然道："卿家国失和，委身投朕，贤郎心不忘本，仍然返国，倒也不足深咎，不过燕已将亡，非贤郎所能使存，徒入虎口，有损无益。朕非暴主，也知父子兄弟，罪不相及，卿何必畏罪骇走呢？"垂拜谢而出。小子有诗讥王猛道：

　　楚材晋用亦何妨，但免忮求罔不臧。
　　尽说英雄王景略，如何作幻惯诳张！

慕容垂幸得免罪，慕容令能否脱祸，容至下回表明。

回评　微子奔周而商亡，由余奔秦而戎灭，伍胥奔吴而楚覆。自来豪杰出亡，甘为敌用，必致祖国沦胥，如慕容垂之奔秦，亦犹是也。燕之存亡，关系于垂之去留，垂去而燕尚能久存乎？本回特别叙明，志燕之所由亡也。况如梁琛皇甫真申绍等之进谏，而无一见用，内有妒后，外有贪相，虽欲不亡，不可得已。王猛以燕之背约，统兵入洛，理直气壮，无虑不胜，但必以慕容垂父子，未可轻信，即劝秦王坚杀之，劝之不听，又设种种诈谋以陷害之，是何褊窄若此！厥后垂兴坚败，乃坚骄盈之咎耳，岂不杀垂之咎哉！

第六十二回

略燕地连摧敌将　拔邺城追掳孱王

却说慕容令奔至石门,见了乐安王臧。臧恐他来做奸细,面上佯表欢迎,心中很怀疑窦,当下报知燕廷,表明己意。燕主㬒立即复谕,饬将慕容令谪徙沙城。沙城在龙城东北六百里,令被他徙往该处,正是满目荒凉,不堪郁闷,自思终不免祸,不如冒险图功,于是联络沙城戍卒,谋袭龙城,偏有人告知龙城守将,预先防备,往攻不克,恼丧而返。戍卒恐为令所累,竟将令刺死,函首送燕。东西跋涉,空落得身首分离,父子长别,这也是命数使然,可悲可叹呢。实是王猛害他。

且说晋桓温自枋头败还,尚拟再举,闻得秦人取洛,正好乘隙图燕,乃亟发徐兖州民,增筑广陵城,自率麾下兵士,由姑孰移镇广陵。当时征役繁重,疫疠又兴,十死四五,民不堪命。秘书监孙盛,是一个文章妙手,与散骑常侍干宝齐名,干宝尝作《搜神记》二十卷,刘惔号为鬼董狐,嗣复著《晋纪》二十卷,自宣帝起,宣帝即司马懿。至愍帝止,词旨婉直,世称良史。从孙盛带叙干宝,不没文名。盛亦继作《魏晋春秋》直书时事,如桓温败绩枋头,他却据实纪载,毫不讳言。温得见盛文,怒不可遏,便召盛子潜与语道:"枋头虽然失利,何至如尊君所言,若此史得传,君家门户,亦休想保全呢!"说至此,张目如铃,奋须似戟,吓得孙潜魂不附体,慌忙下拜,情愿还家告父,即为修改。温乃将潜叱退。潜知盛家法素严,到老更辣,此时为身家计,不得不回家禀白,备述情形。盛愤愤道:"桓元子丧师辱国,还想我替他掩饰么?我若下一曲笔,算什么史家书法!"潜跪请道:"现在桓氏权盛,朝廷尚且怕他,还请我父三思!"盛益怒道:"我不怕死!"潜再叩头泣请,就是一门家口,无论长幼,统环跪盛前,固请删改,保全家门。盛奋袖入室,仍然不许,且另钞别本,寄往北方。潜急得没法,只好瞒过乃父,私下修改,持示桓温,伪称是乃父手笔。温见原文已改去大半,并为极力回护,方才转怒为喜,令潜持还,一面部署兵马,先讨袁真。

第六十二回　略燕地连摧敌将　拔邺城追掳孱王

真据住寿春，受燕封为扬州刺史，逾年病毙。陈郡太守朱辅，与真友善，也随真降燕，因立真子瑾为建武将军，领豫州刺史，保住寿春，遣子乾之及司马彝亮，赴邺请命。燕授瑾为扬州刺史，辅为荆州刺史，且遣兵助瑾，进至武邱。晋将竺瑶，已奉桓温军令，往击袁瑾，正值燕兵到来，便移军与战，得破燕兵。南顿太守桓石虔，为温从子，又由温遣攻寿春，突入南城。温连得捷报，亲率二万人继进，至寿春城下，筑起长围，内遏敌冲，外截援道。燕复遣左卫将军孟高，引兵救瑾，途中接得邺中急诏，乃是秦兵大举，攻克壶关，促高返御秦寇。高只好匆匆还军，不暇顾及寿春了。<small>接入秦燕交兵，时序不紊。</small>

先是王猛旋师，正因粮道不继，所以急归，秦王坚进猛为司徒，录尚书事，封平阳郡侯。猛固辞不许，乃整兵储粟，再拟伐燕。筹备至半年有余，俱已安排妥当，乃由坚下令，仍使猛为统帅，督同镇南将军杨安等十将，步骑六万人，祃纛出关。坚亲送猛至灞上，执卮与语道："今委卿经略关东，当先破壶关，继平上党，长驱取邺，如迅雷不及掩耳，方可成功。我当亲率万众，继卿星发，舟车粮运，水陆并进，卿尽管前行，可勿劳后顾呢。"说着，便将酒卮给猛，使猛取饮。猛拜受饮毕，慨然答说道："臣得仗威灵，奉成算，往平残胡，如风扫叶，不烦銮舆亲犯尘雾，但愿预敕有司，处置俘虏便了！"<small>踌躇满志。</small>坚闻言大悦，再赐猛尚方宝剑，准令便宜行事。猛拜领而去，坚当然还都。

猛麾军直逼壶关，遣杨安等往攻晋阳。燕主㬢闻秦兵入境，亟令太傅慕容评，调集中外兵马三十万，出拒秦军。会邺中屡有妖异，㬢颇以为忧，乃召散骑侍郎李凤，黄门侍郎梁琛，中书侍郎乐嵩入见，问及军事道："秦兵多少如何？今我军大出，王猛能与我战否？"<small>好似呓语。</small>李凤答道："秦国小兵弱，怎能敌我王师？王景略乃是常才，又非我太傅敌手，何劳忧虑！"<small>简直是梦话了。</small>琛与嵩却接入道："将在谋不在勇，兵贵精不贵多。秦兵远来为寇，怎肯不战？我当用谋求胜，奈何反望他不战呢！"㬢初闻凤言，颇有喜色，及听得二人言论，又变作怒容。正愤闷间，外面已传入警报，乃是壶关失守，上党太守南安王越，被敌擒去，郡县相继降秦，急得㬢面目又改，变做了一片土色；但使李凤出外催评，速即进兵。凤受命趋出，琛与嵩亦相继告退。

慕容评领兵出发，行至潞川，探得秦兵甚锐，不敢前进，便在潞川逗留。朝命虽然敦促，他总是顾命要紧，仍然不动。那王猛已攻入壶关，留屯骑校尉苟苌守着，自引兵往助杨安。安攻晋阳，连日未下。及猛至城下，见城池高深，不易力取，乃使虎牙将军张蚝，督领壮士数百人，夜凿地道。至地道已成，即由蚝与壮士，从地道偷入城中。燕兵但防秦军登城，不料蚝等从地下突出，大呼斩关，招纳秦军。燕并州刺史东海王庄，为晋阳守将，蓦闻急警，忙率兵拦阻。秦军如潮涌入，就使庄三头六臂，也是不及抵挡。当下拍马返奔，被张蚝持矛追及，刺落马下，捆绑了去。余众多降，晋阳遂破。两个燕室懿亲做了俘囚先导。猛又使将军毛当戍晋阳，自引大军趋入潞川，与评对垒。

评素贪鄙，在潞川逗留多日，私据郤固山泉，令军人入绢一匹，方得给水二石。军人无可如何，只得向他购水，纳入钱帛，高等邱陵。这叫做死要铜钱。至闻猛悬军深入，仍然闭住营门，不准将士出战，但言当持重制敌，毋得妄动。猛侦知情形，不禁冷笑道：“慕容评真是奴才，虽有众百万，也不足惧，何况止二三十万呢！我此行定能灭燕了。”遂召游击将军郭庆入帐，使率骑兵五千，夜袭燕兵辎重，不得有误。庆领命而去，当夜出发，从间道绕出燕营后面。正值三更时候，遥望燕辎重营，扎住山上，一些儿没有影响，料知辎重兵都已睡着，便令部众各燃火炬，跃马登山，呼噪直上。燕兵守住辎重，不过数千，仓猝惊醒，睡眼蒙眬，向下一望，差不多有几万火炬，大家惊惶得很，还是趁先逃走，较为见机。一动百动，纷纷乱窜，霎时间逃得精光。郭庆驰至辎重旁，已无一人，便集五千火炬，焚毁辎重。火盛风炽，山高焰飞，连邺城里面，都得了见，邺中大震。黄门侍郎封孚，私问司徒长史申胤道：“此城可得保存否？”胤答道：“此城必亡，我辈亦必为秦虏；但目前福德在燕，秦虽得志，不出一纪，燕可重兴了。”燕主㬱遣侍中兰伊，驰赴潞川，传敕责评道："王系高祖嗣子，当以社稷宗庙为忧，奈何不抚战士，反榷卖泉水，自谋货殖呢？试想国家府库，朕与王应同享受，何虑贫穷？若寇得直进，家国破亡，王持钱帛，存置何处？皮且不存，毛将怎附？可急将钱帛散给三军，振作士气，得能平寇凯旋，立功报国，朕与王才得安荣了！"

评接到此敕，惊惧交并，没奈何致书秦营，向猛请战。猛批回战期。届期这一日，猛陈师渭源，向众宣誓道："王景略受国厚恩，任兼内外，今与诸君深入战地，应该竭力致死，有进无退，誓报国家，待功成归国，

受爵君廷,称觞亲室,岂不是一大喜事么?"大众齐声应命,于是破釜弃粮,大呼竞进。猛在后督军,望见燕兵大

至,趋集如蚁,也恐众寡不敌,私自踌躇。旁顾邓羌在侧,乃手抚羌背道:"今日大敌当前,非将军不能破灭,成败利钝,在此一举,愿将军努力!"羌应声道:"若能给我司隶一职,公可无忧!"羌亦太贪富贵。猛答道:"这非我所能及,将军如得立功,我当表请为安定太守,万户侯。"羌默然不答,反向后退去。猛不禁着急,驰呼羌还,准如所请。羌即与张蚝徐成等,跨马运矛,突入燕阵。秦军一齐随上,横厉无前。燕兵虽数倍秦军,可奈人无斗志,各思趋避,你推我诿,任凭秦军,出入自由。战至日中,燕兵大溃,秦军乐得追杀,俘斩至五万余人,逃去约十余万,乞降又六七万,评单骑走还邺城。

　　猛长驱围邺,一面遣使告捷。秦王坚返报道:"将军役不逾时,便即大捷,直抵寇都,功无与比。朕当亲率六军星夜前来,将军可休养将士,静待朕至。"猛乃屯兵城下,严申军律,法简政宽,远近帖然。燕民各安生业,喜相告语道:"不图今日复见太原王。"猛闻知舆论,不禁叹息道:"慕容玄恭,确是奇士,可称为古时遗爱了!"遂特具太牢,亲往祭墓。看官听着!这慕容玄恭,就是太原王恪的表字。

　　过了七日,秦王坚已自率精锐十万,到了安阳。猛潜往谒坚,坚戏语道:"昔周亚夫不迎汉文帝,今将军独临敌弃兵,究是何意?"猛答道:"亚夫不纳汉文,太觉好名,臣尝未敢赞同;且臣奉陛下威灵,东讨残

虏,釜底游魂,立可荡平,何劳陛下远临?"坚又道:"朕留太子监国,李威为辅,内顾无忧,所以率甲远来,看卿灭贼。"猛太息道:"监国冲幼,未能守国,倘有不测,追悔何及! 陛下独不记臣灞上语么?"坚但说无妨,俟平邺后,即当西归,猛乃辞别回营,督兵急攻。

先是燕宜都王桓,率众万余,屯居沙亭,为评后援。及闻评败,移驻内黄。坚使邓羌攻信都,信都与内黄相近,桓闻风惶惧,奔往龙城,邺中益震。燕散骑常侍余蔚等,率同扶余高句丽及上党质子五百余人,夜开邺城北门,纳入秦军。

燕主暐与太傅评,乐安王臧,定襄王渊,左卫将军孟高,殿中将军艾朗等,溃围北去。秦王坚得入邺城,即使游击将军郭庆,麾骑追暐。暐出邺城时,卫士尚有千余骑,既而沿途四散,惟十余人随暐北行,道旁又是荆棘,群盗又四起如毛。孟高扶侍燕主,护持二王,非常劳瘁,且所在遇盗,转斗而前。好几日行至福禄,依冢暂憩,不意有剧盗数十人,张弓挟矢,吃喝前来。高即持刀与战,杀伤数盗。及刀折力穷,自知不免,乃直前抱住一贼,同仆地上,凄声大呼道:"男儿今日死了!"言未已,身上已中数箭,呕血而亡。艾朗见高独战,也上前奋斗,与高俱死。暐乘马中箭,乃下鞍步行,踉跄急走。偏有大队人马,从后追到。回头一望,并非暴客,乃是秦将郭庆部下的先驱,叫作巨武。既至暐前,便指挥兵士,

王屏掳追城邺拔

上前缚暐。暐叱道:"汝是何人,敢缚天子?"还要自称天子,总算大胆。武厉声答道:"我奉诏缚贼,何物小丑,尚敢自称

第六十二回　略燕地连摧敌将　拔邺城追掳孱王

天子呢!"㬪无法撑拒,只好束手受擒,被武牵回邺中。独慕容评北奔龙城,外此数人,统作俘虏,一并解入邺中。秦王坚见㬪后,问他何故不降。㬪答道:"狐死尚正首邱,但欲归死先人墓侧呢。"坚也觉动怜,敕令还宫,使率文武出降。总计前燕自慕容廆据大棘城,至俊僭号,传㬪亡国,共八十五年。_{前燕了。}

坚又使郭庆进攻龙城,慕容评东奔高句丽,慕容桓也逃往辽东。辽东太守韩稠,已通款降秦,闭城拒桓。桓攻城不下,复因郭庆追至,弃众潜奔。庆遣部将朱嶷追捕,嶷率轻骑急驰,行至数十里,便得见桓,击杀了事。慕容评被高句丽人拘住,械送邺中,秦王坚也加赦宥。封降王㬪为新兴侯,命评为给事中,所有燕宫子女玉帛,俱分赐将士,且下诏大赦道:

朕以寡薄,猥承休命,不能怀远以德,柔服四维,至使戎车屡驾,有害斯民,虽百姓之过,然亦朕之罪也。其大赦天下,与之更始,特此诏闻!

先是燕黄门侍郎梁琛使秦,曾用侍辇苟纯为副,一切应对事宜,琛未尝与纯商议,纯因此挟嫌。及与琛返邺,当即进谗道:"琛在长安,与王猛很是亲善,莫非有异谋不成!"㬪尚未深信,琛屡言坚猛多才,不可不防,果然不到期年,秦即攻燕。燕兵屡败,㬪乃疑琛知秦谋,收琛系狱。_{琛若与秦通谋,岂肯劝㬪豫防?㬪如此不明,怎得不亡?}至是,秦王坚将琛释出,授中书著作郎。又闻孟高艾朗,随主殉难,称为忠臣,俱命厚加殓葬,且引高朗子入见,拜为郎中。于是,授王猛为关东六州都督,领冀州牧,进爵清河郡侯,镇守邺中。守令有阙,得便宜补授。封杨安为博平侯,邓羌为真定侯,郭庆为襄城侯。此外与战将士,封赏有差。州县守令,悉仍旧贯,惟进燕常山太守申绍为散骑侍郎,使与散骑侍郎韦儒,并为绣衣使者,循行关东州郡,观省风俗,劝课农桑,赈恤穷困,收葬死亡,旌扬节行,改革敝政。关东大悦,就是六夷渠帅,无不望风输诚。

秦王坚乃启驾西还,所有慕容㬪以下,如后妃王公百官,暨鲜卑四万余户,一古脑儿徙入长安。复拜㬪为尚书,皇甫真为奉车都尉,李洪为驸马都尉,李邽为尚书,封衡为尚书郎,慕容德为张掖太守,平睿为宣威将军,悉罗腾为三署郎。凡故燕稍有才望的官僚,各得署秩。独慕容垂见燕故僚,常有愠色。前郎中令高弼,私语垂道:"大王具命世才,遭无妄运,流寓外邦,备极困苦。今虽国家倾覆,怎知不剥极再复,更得龙兴?他日重造江山,舍大王尚有何人?愚谓宜恢弘度量,延纳旧臣,为山九仞,始自一篑,若徒记前嫌,反失众望,窃谓大王不取哩!"却是良谋。垂欣然受教,从此待遇旧僚,仍归和好,惟不肯放过慕容评。独入白秦王道:"臣叔父评,为亡燕首恶,不宜再污圣朝,愿陛下声罪加诛,以谢燕人。"坚不愿戮评,惟出为范阳太守。余如故燕诸王亦徙补边郡。燕故太史黄泓叹道:"燕必中兴,将来定属吴王,可惜我年已老,恐不及见呢!"还有汲郡人赵秋,亦私语亲友道:"天道在燕,偏为秦灭,不出十五年,秦必复为燕有了。"

是时,晋桓温已攻破寿春,擒住袁瑾朱辅,送往建康。秦将王鉴张蚝,曾由秦王坚差遣,带领步骑二万人,往援寿春,为温击败,引兵退归。袁瑾朱辅到建康后,当然处斩,无庸细叙。惟秦王坚因南援无功,改图西略,特命博平侯杨安等,带领步骑七万人,往伐仇池。仇池自杨初嗣位后,尝遣使至建康,向晋称藩。晋命初为雍州刺史,封仇池公。初为族弟宋奴所杀。初子国,又杀宋奴。国从父俊,复杀国,俊传子世,世传子纂。世臣事秦晋,纂独与秦绝好,所以秦兴兵往讨。众至鹫峡,纂集众得五万人,出拒秦军。晋扬州刺史杨亮,也遣督护郭宝卜靖,领千余骑助纂,与秦军交战峡中。秦军久经百战,个个是骁悍绝伦,仇池兵怎能与敌?一经交手,勇怯悬殊,只落得步步倒退。秦军直前乱斫,杀死仇池兵一二万人,连郭宝等亦俱战殁。纂拼命遁还。武都太守杨统,系纂叔父,素与纂相仇杀,至此遂举城降秦。秦军进攻仇池,纂保守不住,没奈何面缚出降。当由杨安送纂入关,秦王坚接得捷报,即加安都督南秦州诸军事,留镇仇池,使杨统为南秦州刺史。小子有诗叹道:

外侮都缘内乱兴,仇池虽小亦堪惩。
从知骨肉相争日,瓦解无非兆土崩。

仇池被灭,梁州孤危,晋廷也无暇西顾,那大司马扬州牧桓温,平空起浪,闯出一场绝大的事情。看官欲问为何事,请即续阅下回。

回评 燕有致亡之事四:忌慕容垂而逼之出奔,一也;任慕容评而令其专国,二也;轻许秦地,旋即背约,三也;不听谏臣,自弛边防,四也。王猛一入,三十万大众,不堪一战。潞川败绩,邺城遽陷,燕主旰仓皇北遁,终为所擒,其不致遽死也,尚为幸事!秦王坚灭燕以后,观其所为,几若汤武之流亚,诚使持盈保泰,始终不渝,则混一天下不难矣,燕亦何能再复乎?惜乎其有初而鲜终也!

第六十三回

海西公遭诬被废　昆仑婢产子承基

却说桓温得专晋政,威权无比。他本来是目无君相,窥觎非分,尝卧对亲僚道:"为尔寂寂,恐将为文景所笑!"文景指司马师兄弟。嗣又推枕起座道:"不能流芳百世,亦当遗臭万年!"为此一念,贻误不少。又尝经过王敦墓,慨望太息道:"可人!可人!"先是有人以王敦相比,温甚不平,至此反慨慕王敦,意图叛逆。会有远方女尼,前来见温,温见她道骨珊珊,料非常人,乃留居别室。尼在室中洗澡,温从门隙窥视,见尼裸身入水,先自用刀破腹,继断两足,温大加惊异。既而尼开门出来,完好如常,且已知温偷视己浴,竟问温道:"公可窥见否?"温料不可讳,便问主何吉凶?尼答云:"公若作天子,亦将如是!"温不禁色变,尼即别去。术士杜炅,能知人贵贱;温令言自己禄秩,炅微笑道:"明公勋格宇宙,位极人臣。"温默然不答。若非此二人相诫,温已早为桓玄了。

他本欲立功河朔,收集时望,然后还受九锡。自枋头败归,声名一挫,及既克寿春,因语参军郗超道:"此次战胜,能雪前耻否?"超答言尚未。既而超就温宿,夜半语温道:"明公当天下重任,年垂六十,尚未建立大功,如何镇惬民望!"温乃向超求计,超说道:"明公不为伊霍盛举,恐终不能宣威四海,压服兆民。"温皱眉道:"此事将从何说起?"超附耳道:"这般这般,便不患无词了。"此贼可恶。温点首称善,方才安寝。越日,便造出一种谣言,流播民间,但说帝奕素有痿疾,不能御女,嬖人朱灵宝等,参侍内寝,二美人田氏孟氏,私生三男,将建立太子,潜移皇基云云。看官试想!这种暧昧的情词,从何证实?明明是无过可指,就把那床笫虚谈,架诬帝奕,这真所谓欲加之罪,何患无词呢?

温既将此语传出,遂自广陵诣建康,奏白太后褚氏,请将帝奕废去,改立丞相会稽王昱,并将废立命令,拟就草稿,一并呈入。适褚太后在佛屋烧香,由内侍入启云:"外有急奏。"太后出至门前,已有人持入奏章,捧呈太后。太后倚户展阅,看了数行,便怅然道:"我原疑有此事。"

疑奕耶？疑温耶？说着，又另阅令草，才经一半，即索笔写入道："未亡人不幸罹此百忧，感念存殁，心焉如割。"写毕，便交

与内侍，饬令送还。废立何事，乃草草批答，褚太后亦未免冒失。温在外面待着，但恐太后不允，颇有忧容。及内侍颁还令草，无甚驳议，始改忧为喜。越日，温至朝堂，召集百官，取示令草，决议废立。百官都震栗失色，莫敢抗议；只是两晋相传，并没有废立故事，此次忽倡此议，欲要援证典章，苦无成制，百官都面面相觑，无从悬定。就是温亦仓皇失措，不知所为。仓猝废立，典礼都未筹备，乃百官莫敢抗议，晋廷可谓无人。独尚书仆射王彪之，毅然语温道："公阿衡皇家，当参酌古今，何不追法先代？"温喜语道："王仆射确是多能，就烦裁定便了。"彪之即命取汉《霍光传》援古定制，须臾即成，乃朝服立阶，神采自若。逢迎权恶，装出什么仪态。然后将太后命令，宣示朝堂道：

王室艰难，穆哀短祚，国嗣不育，储宫靡立。琅琊王奕，亲则母弟，故以入纂大位。不图德之不建，乃至于斯！昏浊溃乱，动违礼度。有此三孽，莫知谁予。人伦道丧，丑声遐布。既不可以奉守社稷，敬承宗庙，且昏孽并大，便欲建树储藩，诬罔祖宗，倾移皇基，是而可忍，孰不可怀！今废奕为东海王，以王还第，供卫之仪，皆如汉朝昌邑故事。指昌邑王贺。但未亡人不幸罹此百忧，感念存殁，心焉如割。社稷大计，义不获已。丞相录尚书事会稽王昱，体自中

宗，明德劭令，英秀玄虚，神契事外，以具瞻允塞，故阿衡三世，道化宣流，人望攸归，为日已久，宜从天人之心，以统皇极。饬有司明依旧典，以时施行。此令。

总计帝奕在位六年，无甚失德，不过奕虽在位，好似傀儡一般，内有会稽王昱，外有大司马温，把持国政。他尝自虑失位，召术士扈谦筮易，卦象既成，谦据实答道："晋室方如磐石，陛下未免出宫。"至是竟如谦言。温使散骑侍郎刘享，收帝玺绶，逼奕出宫。时值仲秋，天气尚暖，奕但着白帢单衣，步下西堂，乘犊车出神兽门，群臣相率拜辞，莫不唏嘘。有何益处？侍御史殿中监，领兵百人，送奕至东海第中。一面具备法驾，由温率同百官，至会稽邸第，迎会稽王昱入殿。昱戴平巾帻，单衣东向，拜受玺绶，呜咽流涕。何必做作？当即入宫改着帝服，升殿受朝，即改太和六年为咸安元年，史家称他为简文帝。温出次中堂，分兵屯卫，有诏因温有足疾，特命乘舆入朝。温欲陈述废立本意，及引见时，但见简文帝泣下数行，倒也无词可说，只好默然告退。

太宰武陵王晞，与简文帝系出同胞。简文即位，顾念本支，当然优礼相待。惟晞素好武事，又与殷浩子涓，常相往来。浩殁时，温遣人赍书往吊，涓并不答谢，为温所恨，因并及晞。新蔡王晃，系从前新蔡王腾后裔，亦与温有隙。还有广州刺史庾蕴，太宰长史庾倩，散骑常侍庾柔，皆为前车骑将军庾冰子，就是废帝奕皇后庾氏的弟兄。庾后既连带被废，降为东海王妃，温恐庾家族大宠多，阴图报复，于是想出一法，先扳倒武陵王晞，诬他父子为恶，曾与袁真同谋叛逆，因即免官归藩。简文帝不得不从，出晞就第，罢晞子综璩等官。温又迫令新蔡王晃，诬罪自首，连及武陵王晞父子，并殷涓庾倩庾柔等，一同谋逆，且将太宰掾曹秀，舍人刘强，凭空加入，一古脑儿收付廷尉。御史中丞谯王恬，即谯王承孙。阴承温旨，请依律诛武陵王晞。简文帝复诏道："悲惋惶怛，非所忍闻，应更详议。"温复自上一表，固请诛晞，语近要挟，简文帝手书给温，内有晋祚未移，愿公奉行前诏；若大运已去，请避贤路云云。温览到此诏，也不觉汗流色变，始奏废晞及三子家属，皆徙新安郡，免新蔡王晃为庶人，徙锢荥阳。殷涓庾倩庾柔曹秀刘强，一律族诛。简文帝不便再驳，勉依温议，可怜殷庾两大族，冤冤枉枉死了若干人。炎炎者灭，隆隆者绝。庾蕴在广州任内，闻难自尽，蕴长兄前北中郎将庾希，季弟会稽王

第六十三回　海西公遭诬被废　昆仑婢产子承基

参军庾邈,及希子攸之,并逃往海陵陂泽中。独东阳太守庾友,也是蕰兄,因子妇为温从女,特邀赦免。温自是气焰益盛,擅杀东海王奕三子,及田氏孟氏二美人。旋复奏称东海废黜,不可再临黎元,应依昌邑故事,筑第吴都。简文帝商诸褚太后,请太后下令,谓不忍废为庶人,可妥议徙封。温复奏可封海西县侯,有诏徙封奕为海西县公。废后庾氏,积忧病殁,尚追贬为海西公夫人。会吴兴太守谢安,入为侍中,遥见温面,便即下拜。温惊呼道:"安石谢安表字见前。何故如此?"安答道:"君且拜前,臣难道敢揖后吗?"温明知安有意嘲讽,但素重安名,不便发作,且默记前时女尼微言,也有戒心,因即上书鸣谦,求归姑孰。诏进温为丞相,令居京师辅政。温仍然固辞,乃许他还镇。

秦王坚闻温废立,顾语群臣道:"温前败灞上,后败枋头,不知思愆自贬,遍谢百姓,反且废君逞恶,六十老人,作此举动,怎能为四海所容?古谚有云'怒其室,作色于父'便是桓温的注脚呢。"

温虽然还镇,揽权如故。且留郗超为中书侍郎,名为入值宫廷,实是隐探朝事。简文帝格外拱默,尚恐温再有异图,会荧惑星逆行入太微,简文帝越觉惊惶,原来帝奕被废以前,荧惑尝守太微端门,仅逾一月,即有废立大事。此番又经星文告变,哪得不危悚异常。当下召语郗超道:"命数修短,也不遑计,但观察天文,得勿复有前日事么?"超答道:"大司马温,方思内固社稷,外恢经略,非常事只可一为,何至再作?臣愿百口相保,幸陛下勿忧!"简文帝道:"但得如此,尚有何言!"超即告退。侍中谢安,尝与左卫将军王坦之,诣超白事,超门多车马,络绎不休,待至日旰,尚未得间。坦之欲去,安密语道:"君独不能为身家性命,忍耐须臾么?"坦之乃忍气待着,直至薄暮,才得与超清谈,语毕乃别。超父愔卸职家居,偶有不适,由超请假归省,简文帝与语道:"致意尊翁,家国事乃竟如此,自愧不德,负疚良深,非一二语所能尽意。"说至此,因咏昔人诗云:"志士痛朝危,忠臣哀主辱。"二语本庾阐诗。咏罢泣下,超无言可对,拜别而去。

好容易过了残年,复遣王坦之征温入辅,温复固辞,惟与坦之言及,请将海西公外徙。坦之返报,乃徙海西公至吴县西柴里。敕吴国内史刁彝,就近防卫,并遣御史顾允,监督起居,免有他变。暮闻庾希庾邈,联结故青州刺史武子沈邈,聚众海滨,掠得鱼船,贪夜突入京口城。晋陵太守卞眈，猝不及防，逾城奔曲阿，于是建康震惊，内外戒严。嗣又得庾希等檄文，托称受海西公密旨，起诛首恶桓温，累得京畿一带，讹言蜂起，益相惊扰。平北参军刘奭，高平太守郗逸之，游军督护郭龙等，引兵往击。就是卞眈，亦调发县兵，并讨庾希等人。希众统是乌合，一战即败，闭城自守，再由桓温遣到东海太守周少孙，也有锐骑数千，合力攻城，攀堞杀入。庾希兄弟子侄，以及沈遵等人，没处逃奔，遂致陆续被擒，送到建康市中，伏诛了案。一番乱事，数日即平，晋廷诸臣，入朝庆贺，又像是化日光天。冷隽语。

　　哪知吉凶并至，悲喜相寻，简文帝忽然得病，医治罔效，差不多将要归天。当时皇后太子，俱尚未立，说将起来，又须溯述源流，表明颠末。简文帝为元帝少子，生母郑氏，受封建平国夫人，咸和元年病殁。简文帝受封王爵，追号郑氏为会稽太妃，嗣位后时日尚浅，故未及追尊。惟简文帝先娶王氏，生子道生为世子，后来母子并失帝意，俱被幽废，王氏忧郁成疾，亦即去世。此外妾媵颇多，生有三男，又皆夭逝。未几道生又亡，简文帝年垂四十，迭丧诸子，未免悲悼，况膝下竟致无男，诸姬偏皆绝孕，不由得寸心焦灼，百感彷徨。会闻术士扈谦，善能卜易，因召令入筮。谦筮毕作答道："后房中已有一女，当生二贵男，长男尤贵，当兴晋室。"简文帝乃转忧为喜，但麒麟佳种，究未识属诸谁人，适徐贵人生下一女，眉目韶秀，酷肖生母。徐氏本以秀慧见幸，既得破胎，总望她接连有娠，得产麟儿。谁料一索再索，音响

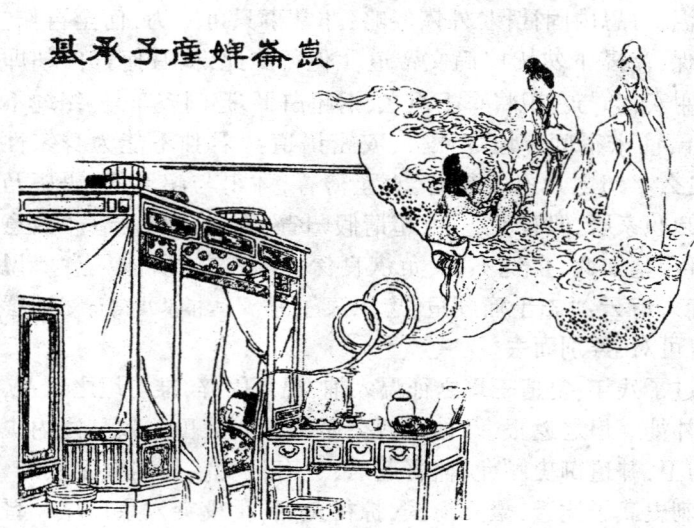

基听子产婢篙崑

第六十三回　海西公遭诬被废　昆仑婢产子承基

寂然。简文帝却年齿日增，望子愈切，不得已访求相士，得一叔服后人，<small>叔服系周时内史，具相人术。</small>令他入视诸姬，能否生男？偏他接连摇首，无一许可。乃再将婢媵等一齐出示，仍未称善。最后看到一个织婢，身长色黑，仿佛似乡僻女子一般，不禁惊诧道："这才算是贵相，必生贵男。"<small>别具只眼。</small>宫人听了，都葫芦大笑道："昆仑婢要发迹了！日前的好梦，才得实验了！"简文帝叱道："何故罗唣？"大众始不敢再言，嗣经简文帝问明底细，始知此婢姓李，名叫陵容，家世寒微，入充织坊女工。旁人因她形体壮硕，替她取一绰号，叫做昆仑婢。她尝梦见两龙枕膝，日月入怀，便欣然称为吉兆，屡与同侪说及。同侪相率揶揄，不是说她要做皇后，就是说她要做皇娘。偏偏弄假成真，变虚为实，简文帝竟令她侍寝，一度春风，遽结珠胎，十月分娩，居然一雄。临盆以前，李氏复梦一神人，送给一儿，且嘱咐道："此儿畀汝，可取名昌明。"李氏向神接受，忽觉一阵腹痛，遂致惊醒，当下起床坐蓐，立即产出一儿，呱呱坠地。时值黎明，李氏记受神嘱，使侍媪转启简文帝，呼婴儿为昌明。简文帝闻报，谓既得诸神授，当然不宜更换，惟以昌明为字，即将昌明二字的寓意，取名为曜，后来简文帝猛记前事，曾见一谶文云："晋祚尽昌明！"不觉流涕道："天数天数，只好听天由命罢！"看到后文，又觉似是而非。既而李氏又生一男一女，男名道子，后得封王专政，女长成后，至昌明嗣位，封为鄱阳长公主，这且再表。

且说简文帝寝疾经旬，渐至弥留，乃立皇子昌明为太子，并封道子为琅琊王，领会稽内史，使奉帝母郑太妃祀，又召大司马温入辅，一日一夜，连发四诏，未见温至。<small>此番架子却摆错了！</small>乃命草遗诏，使大司马温依周公居摄故事，且谓少子可辅最佳，如不可辅，卿可自取。这草诏颁将出去，被王坦之接着。坦之已迁官侍中，看了草诏，便即趋入，直抵简文帝榻前，把草诏撕作数片。简文帝瞧着，已知坦之用意，便顾语道："天下系傥来物，卿有何嫌！"坦之道："天下乃宣帝元帝的天下，陛下怎得私相授受呢！"帝乃使坦之改诏道："家国事一禀大司马，如诸葛武侯王丞相<small>指王导。</small>故事。"坦之改就，乃持诏而出。是夕，简文帝崩，年五十有三，在位实不满一年。只因过一元旦，两个半年，算做两年。

群臣会集朝堂，未敢立嗣，互相私议，或谓须归大司马处分。尚书仆射王彪之正色道："天子崩，太子代立，这乃古今通例，大司马何致异言？若先面咨，恐反为所责了。"朝议乃定，遂奉太子昌明嗣即帝位，颁诏大赦，是为孝武帝，帝年尚只十龄，褚太后以冲人践阼，并居谅暗，不如使温依周公居摄故事，令照前议施行。王彪之又进言道："这乃异常大事，大司马必当固让，恐转使万机倍滞，稽废山陵，臣等未敢奉令，谨即封还！"于是议遂不行。桓温颇望简文临终，召己禅位，否则或使居摄，不意遗诏颁到，大失所望，乃贻弟冲书道："遗诏但使我依武侯王公故事呢。"一语已写尽怨望。

是年十月，彭城妖人卢悚，自称大道祭酒，煽惑愚民八百余家，因遣徒许龙如吴，驰入海西公门，诈传太后密诏，奉迎兴复。海西公奕，几为所惑，幸保母在旁谏阻，始却龙请。龙愤然道："大事垂成，奈何听信儿女子言！"奕答道："我得罪居此，幸蒙宽宥，怎敢妄动？且太后有诏，应使官属来迎，汝系何人，乃敢妄来传旨呢？"一经说明，其假立见，然非保母提醒，几去送死。龙尚不肯行，当由奕叱令左右，上前缚龙，龙始仓皇遁去。

是时，宫廷方料理丧葬，奉安简文皇帝于高平陵，庙号太宗。葬事才毕，忽有乱徒，突入云龙门，详称海西公还都，直达殿廷，略取武库甲仗。卫士骇愕，不知所为，亏得游击将军毛安之，闻变入云龙门，引着部曲，奋击乱党。又有左卫将军殷康，中领军桓秘，从止车门驰入，也有部众数百人，与安之并力夹击，乱党不过三四百名，哪里敌得过猛将三员，虎旅千余，顿时死的死，逃的逃，那头目也情急欲遁，被毛安之截住厮杀，不到十合，已将他打倒地上，用绳捆住。讯明姓名，便是妖贼卢悚，当即按律拟罪，伏法市曹。海西公曾拒绝乱徒，得免连坐，但经此一吓，越觉小心，索性杜聪塞明，无思无虑，有时借酒消遣，有时对色陶情，时人怜他无辜遭废，为作哀歌。奕却屏去一切，得过且过，直至太元十一年冬，安然病逝，享年四十有五。小子有诗叹道：

　　废主由来少善终，居吴幸免海西公。
　　天心似为冤诬惜，不使屏王剑血红！

越年，改元宁康。大司马温，竟自姑孰入朝，都中复大起讹言，恂惧的了不得。究竟有无祸事，俟至下回说明。

回评　桓温败绩枋头，仅得寿春之捷，何足盖愆，乃反欲仿行伊霍，入朝废主,真咄咄怪事!从前如操懿辈,皆当功名震主之时,内遭主忌,因敢有此废立之举,不意世变愈奇,人心益险,竟有如晋之桓温者也。况帝奕在位五年,未闻失德,乃诬以暧昧,迫使出宫,温不足责,郗超之罪,可胜数乎?会稽王昱,不思讨贼,居然受迎称帝,徒作涕泣之容,反长凶残之焰,朝危主辱,嗟何及乎?昆仑女入御以后,虽得生二男,然昌明道子,后来皆不获善终,且致斩丧晋祚。有子无子,同归于尽,徒庆宜男,亦何益哉?

第六十四回

谒崇陵桓温见鬼　重正朔王猛留言

却说孝武帝宁康元年,国乱粗定,大司马桓温,竟从姑孰入朝。朝臣重望,要算谢安王坦之,安已迁任吏部尚书,坦之仍任侍中。都下人士,相率猜疑,群谓温无故入朝,不是来废幼主,就是来诛王谢。谢安却不以为忧,独坦之未免焦灼,偏宫廷又发出诏命,竟使安与坦之,赴新亭迎温,坦之接诏,惊得面色如土,安仍谈笑自若。且语僚属道:"晋祚存亡,在此一行。"安而行之,可谓名不虚传。当下启行出都,径往新亭,百官相随甚众。及与温遇,温大陈兵卫,延见朝士,凡位望稍崇的官员,但恐得罪,都向温遥拜,战栗失容,坦之更捏着一把冷汗,趋诣温前,几似魂灵出窍,连手版都致倒持。人生总有一死,何必这般股栗?惟谢安从容步入,一些儿不拘形迹。温见他态度异人,自然加敬,便即起身延坐,两下坐定。安眼光如炬,已有所见,乃即语温道:"安闻诸侯有道,守在四邻,明公亦何须壁后置人?"温笑答道:"恐有猝变,不得不然。"说着,即顾令左右,撤去后帐,帐后本列甲士,亦一

鬼见温桓陵崇谒

齐麾退。安与温笑语移时,方才请温动身,同入建康。坦之呆若木鸡,

一语不发，只背上的冷汗，已经湿透里衣，幸温无一语相责，始得将魂魄收回，偕行还都。他平时本与安齐名，经此一举，优劣乃分。

温入朝谒见孝武帝，讯及卢悚犯阙事，由尚书陆始，检察不严，以致贼入禁门，乃将陆始收付廷尉，按律治罪；此外没甚举动，朝臣才得少安。温寓居建康数日，安与坦之，屡往议事。忽觉凉风入室，吹开后帐，内有一榻，榻上卧着一人，安略略瞧着，便识是中书侍郎郗超，当即微笑道："郗生可谓入幕宾了。"超本受温密嘱，留卧帐后，窃听客谈，既被安瞧破机关，不得已起身出帐，与安相见，安谑而不虐，转使温超两人，愧赧交并。及安等去后，温心下亦很觉忌安，但因安素孚物望，一时未便下手，只好暂从容忍，观衅后动。于是拟谒高平陵，诘旦登车，左右见他凭轼起敬，统暗暗称奇。途次复顾语道："先帝究属有灵，汝等可得见否？"左右听着，亦不知他说何鬼话。到了陵前，温下车叩拜，且拜且语道："臣不敢！臣不敢！"及拜毕后，还说臣不敢三字，左右俱莫名其妙。温仍驾车还寓，复问左右道："殷涓如何形状？"左右答称涓身肥矮，温不觉失色道："不错不错，他亦曾在先帝左侧呢。"疑心生暗鬼。是夕，即寒热交作，谵语不休，经医诊治，好几日才得少瘥，乃辞行还镇。

既抵姑孰，病又转剧，他还想荣膺九锡，特遣人入都请求。谢安王坦之未敢峻拒，不过逐日延挨，至温使再三催促，乃令吏部郎袁宏具草。宏有文才，援笔即就，偏谢安吹毛索瘢，屡嘱修改，遂至匝月未成。宏密问仆射王彪之，究应如何著笔，彪之道："如卿大才，何烦修饰，这是谢尚书故意如此，彼知桓公病势日增，料必不久，所以借此迁延呢。"宏始释然。

温未得如愿，当然恚恨。适温弟江州刺史冲，过问温疾，见温病垂危，便问及王谢二人，温喟然道："渠等非汝所能处分，我死后熙等庸弱，所有部曲，归汝统率便了。"冲应命而出。看官听说，温有六子，长名熙，次名济，又次为祎袆伟玄。熙闻冲面受温命，将统遗众，心中很是不服。遂与弟济谋诸叔秘，意欲杀冲。冲洞悉阴谋，不敢复入，嗣由熙等报温死耗，召冲临丧，冲即遣力士直入丧次，拘住熙济，且逐秘出外，然后举哀。已而奏徙熙济至长沙，罢黜秘官，且称温遗命，以少子玄为嗣。晋廷追赠丞相，赐赙衮冕，予谥宣武，此外丧葬礼仪，一依汉大将军霍光及晋太宰安平献王孚故事，即命玄袭封南郡公。玄年才五岁，冲总道他幼弱易制,可无后忧,哪知他长成后,比乃父还要凶险呢？暗伏下文。相传玄为温庶子,生母马氏,夜坐月下,见流星坠盆水中,用瓢掬吞,因得有娠。及生玄时,有光照室,家人诧为神奇,乃取一小名,叫作灵宝。乳媪每抱玄省温,经过重门,必身乃至,说是沉重异常,故温甚加宠爱。冲立玄为嗣,或果承温遗命,亦未可知,这且待后慢表。

且说桓温既死,有诏进冲为中军将军,都督扬雍江三州军事,兼扬豫二州刺史,使镇姑孰。加右将军荆州刺史桓豁,为征西将军,都督荆扬广三州军事。豁子竟陵太守石秀,为宁远将军,兼江州刺史,使镇寻阳。或劝冲入诛王谢,专执朝权,冲将他叱退。冲力反温政,一切生杀予夺,皆先时奏闻,然后施行,晋廷上下,始得解忧。

谢安尚恐桓冲干政,拟请褚太后临朝。褚太后为康帝后,康帝系元帝孙,与孝武帝本为叔嫂,从前简文入嗣,比褚太后辈分较长,但因她既为太后,不得以家人礼相待,故仍称为太后,且因她居住崇德宫,特尊为崇德太后。至是由谢安倡议,再请训政,群僚皆无异词,独尚书仆射王彪之抗议道:"前代人主,幼在襁褓,母子一体,故可请太后临朝,但太后亦未能专断,仍须顾问大臣。今主上年逾十岁,将及冠婚,反令从嫂临朝,表示人君幼弱,这难道好光扬圣德么？"议固甚是。安不肯从,竟率百官奏白太后,大略说是:

> 王室多故,祸难仍臻,国忧始周,复丧元辅,天下惘然,若无攸济,主上虽圣明天亶,而春秋尚富,兼在谅暗,蒸蒸之思,未遑庶事。伏惟太后陛下,德应坤厚,宣慈圣善,遭家多艰,临朝亲览,光大之美,化洽在昔,讴歌流咏,播益无外,虽有莘熙殷,任姒隆周,未足以喻。是以五谋克从,人鬼同心,仰望来苏,悬心日月。夫随时之义,《周易》所尚,宁固社稷,大人之任,伏愿陛下,抚综万几,厘和政道,以慰祖宗,以安兆庶,不胜喁喁待命之至！

褚太后俯从众议,便即复诏道:

> 王室不幸,仍有艰屯,览省启事,感增悲叹,内外诸君,并以主上春秋冲富,加以蒸蒸之慕,未能亲览,号令宜有所由。苟可安社稷,利天下,亦未便有所固执。当敬从所启,但暗昧之阙,自知难免,望尽弼谐之道,献可替否,则国家有攸赖焉。

这诏既下,次日便即临朝。进王坦之为尚书令,谢安为仆射,两人

第六十四回　谒崇陵桓温见鬼　重正朔王猛留言

同心辅政,终安晋室。越年令坦之出督徐兖等州军事,但命谢安总掌中书。安好声律,虽遇期功丧服,不废丝竹,士大夫相率仿效,浸成风俗。坦之尝贻书苦谏,安不能用。这是谢安短处。安又尝与王羲之登冶城,慨然遐想,有出世志,羲之独规诫道:"夏禹勤王,手足胼胝,文王旰食,日不暇给。今四郊多垒,宜思自效,若虚谈废务,浮文妨要,恐非当世所宜为呢。"安笑答道:"秦用商鞅,二世即亡,岂必是清谈贻祸么?"未几,坦之病殁,留有遗书,分贻谢安桓冲,语不及私,但以国家为忧。晋廷追赠安北将军,赐谥曰献。坦之为故尚书令王述子,父子俱有重名,殁后不衰。只倒持手版一事,未免贻笑大方。

　　中军将军桓冲,因谢安素洽时望,愿将扬州刺史兼职,转让与安,自求外出。桓氏族党,莫不苦谏,冲竟出奏。有诏调冲为徐州刺史,令安领扬州刺史。宁康三年,孝武帝年已十三,册立前司徒长史王濛孙女为皇后,后即哀帝后侄女,以贵戚入选中宫。又越年正月朔日,帝行冠礼。褚太后归政,仍居崇德宫,下诏改元,号为太元元年。进谢安为中书监,录尚书事,征郗愔为镇军大将军,加桓豁为征西大将军,迁桓冲为车骑将军,兼尚书仆射。此外,文武百官,各进位一等,毋庸絮述。

　　惟苻秦雄踞北方,尝出兵寇晋,连陷梁益二州。梓潼太守周虓,固守涪城,遣兵送母妻东下,拟由汉水趋江陵,使她避难,偏途中为秦将朱肜所获,牵至城下,迫令招虓,虓不得已出降。秦王坚素闻虓名,欲拜为尚书令,虓愀然道:"虓蒙晋室厚恩,理宜效死,只因老母见获,没奈何屈节偷生,今得母子两全,已出望外,怎敢再邀富贵呢?"遂辞不受官,坚更加器重,时常引见。虓有时箕踞坐着,谩骂不逊,甚至呼坚为氐贼,既已降敌,何必再作此态。秦人无不动怒,坚独不以为意,反加优待,这也是大度包荒,非人所及。一面召冀州牧王猛入关,使为丞相,另调阳平公苻融为冀州牧。猛至长安,复加都督中外诸军事。猛辞章屡上,终不见许,乃受命就职。嗣是放黜贪庸,擢拔幽滞,督课农桑,练习军旅,官必当才,刑必当罪,国家大治,驯致富强。

　　会有彗星出尾箕间,长十余丈,经太微,历夏秋冬三季,光尚未灭,秦太史令张亚上言道:"尾箕二星,当燕分野,东井乃秦分野,今彗起尾箕,直扫东井,明是燕兴秦亡的预兆。十年后燕当灭秦,二十年后,代当灭燕。臣想慕容㬂父子兄弟,是我仇敌,今乃布列朝廷,贵盛无比,将来必为秦患。天变已著,不可不防。"果有天道,亦非人力所能挽回。坚不肯听。嗣又接到阳平公融谏书,略称燕据六州,南面称帝,经陛下劳师累年,然后得灭,彼本非慕义前来,不过穷蹙乃降。陛下格外亲信,令他父子兄弟,森然满朝,狼虎心肠,终未可养,况天象已经告变,务须留意为是。坚仍然未信,且报书道:"朕方混六合为一家,视夷狄如赤子,不劳汝等多忧,且修德方可禳灾,岂多杀反能免祸?诚使内求诸己,无亏德行,还怕什么外患呢!"果如汝言,自可不亡,可惜心口未符。已而,又有人入明光殿,厉声呼道:"甲申乙酉,鱼羊食人,悲哉无复遗!"坚听到此语,叱左右立即搜捕,人忽不见,于是秘书监朱肜,秘书侍郎赵整,同请诛诸鲜卑,以为鱼羊二字,便是鲜字左右两旁,坚又复不睬。

慕容垂寓居关中,常恐遭祸,特遣夫人段氏,屡入秦宫,侦探举动。段氏小字元妃,幼即敏慧,具有志操,尝语妹季妃道:"我终不作凡人妻。"季妃亦答道:"妹亦不作庸夫妇。"元妃姊曾嫁慕容垂,遭谗致死。见前文。元妃得为垂继室。季妃亦适慕容德,果然得配英雄。及元妃随垂入秦,为夫所遣,常入谒坚,凭着那玉貌冰肌,锦心绣口,惹得秦王坚目迷耳软,惟言是从。一日,坚竟引元妃同辇,游玩后庭。这岂是道德行为?赵整随辇同行,信口作歌道:"不见雀来入燕室,但见浮云蔽白日。"坚听得歌声,回首返顾,见是赵整,也不觉内省怀惭,乃命元妃下辇,且改容谢整。整本来是个宦官,博闻强记,善属文,好讽谏,颇得坚宠,故语多见从。

至秦王坚建元十一年,就是晋孝武帝宁康三年,秦丞相王猛有疾,秦王坚亲祈宗庙社稷,又分遣近臣,遍祷河岳,冀疗猛病,果得少痊,当复为猛赦死录囚,猛乃上疏称谢,且进规道:

> 臣累蒙宠遇,得总百揆,报称无方,忽罹重疾。不图陛下以臣之命,而亏天地之德,开辟以来,未之有也。臣闻报德莫如尽言,谨以垂没之命,窃献遗款。伏惟陛下威烈振乎八荒,声教光乎六合,九州百郡,十居其七,平燕定蜀,有如拾芥。夫善作者,不必善成,善始者,不必善终,是以古先哲王,知功业之不易,战战兢兢,如临深谷,伏惟陛下追踪前圣,天下幸甚!

坚览到此疏,不禁泪下。过了旬余,猛病复转剧,势且垂危。坚亲往省视,问及后事,猛喘着道:"晋虽僻处江南,究竟正朔相承,上下安

第六十四回 谒崇陵桓温见鬼 重正朔王猛留言

和,臣闻亲仁善邻,足为国宝,臣死后,愿陛下勿再图晋,惟鲜卑西羌,是我仇敌,终为大患,宜逐渐剪除,免误社稷!"说到稷字,语不成声,两目一翻,呜呼毕命,年五十有一。

坚大哭一场,因即还宫,拨给帛三千匹,谷万石,使充丧费,又遣谒者仆射,监护丧事,追赠侍中尚书,余官如故。安排就绪,复诣猛第哭灵,且挈太子宏同往。至棺殓时,往返已历三次,且语太子宏道:"天不欲使我平六合么?奈何夺我景略,有这般迅速呢?"随命葬礼如汉霍光故事,谥为武侯。朝野巷哭三日,方才罢休。猛之死,关系前秦存亡,故叙笔从详。先是王猛在日,因凉州牧张天锡,遣使诣秦,骤告绝交,猛奉坚命,特作书贻天锡道:

> 昔贵先公称藩刘石者,惟审于强弱也。今论凉土之力,则损于往时,语大秦之德,则非二赵之匹,而将军幡然自绝,无乃非宗庙之福也欤?以秦之威,旁振无外,可以回弱水使东流,返江河使西注。关东既平,将移兵河右,恐非六郡士民所能抗也。刘表谓汉南可保,将军谓西河可全,吉凶在身,元龟不远,宜深算妙虑,自求多福,毋使六世之业,一旦而坠地也!

天锡得书,却也知惧,因复通使修好,谢罪称藩。秦王坚不复苛求,待遇如初。惟天锡沉湎酒色,不恤国事,敦煌处士郭瑀,虽屡经天锡征聘,终因他不足有为,屏居绝迹。凉使孟公明,拘瑀门人,强胁瑀至,瑀叹道:"我乃逃禄,并非逃罪,如何害及门人!"乃出诣姑臧。适值天锡母刘氏病殁,瑀即括发入吊,三踊遂出,仍返南山隐居去了。天锡也不再强留,由他自去。将军刘肃染景,曾助天锡诛死张邕,因功得宠,赐姓张氏,并使预政。又使肃景诸子,入侍左右,作为义儿,肃景得横行无忌,弄法舞文。

天锡长子大怀,已立为世子,偏天锡得了一个焦氏女,宠冠后庭。生子大豫,尚在襁褓,焦氏因宠生骄,屡在天锡面前,求立己子为世子。天锡为色所迷,竟遣大怀为征西将军,封高昌郡公,改立大豫为世子,号焦氏为左夫人。另有美人阎薛二姬,也为天锡所宠。天锡尝患重疾,顾语二姬道:"汝二人将如何报我?我若不测,难道汝等愿为他人妻么?"二姬齐声道:"尊驾倘若不讳,妾当死随地下,供给洒扫,决不敢再生异心!"既而天锡疾笃,二姬果皆自杀。二女入《烈女传》故并表明。哪知二姬死后,天锡反得渐瘳,因特加悲悼,丧葬用夫人礼。只天锡怙过不悛,荒耽如故,二姬亡后,仍然别选丽姝,入充下陈。

忽闻秦遣河州刺史李辩,据守枹罕,储粟募兵。枹罕系凉州要塞,为秦所踞,整顿戎务,当然不怀好意。那天锡也未免寒心,因就姑臧立坛,宰杀三牲,率领官属,遥与晋三公为盟,即遣从事中郎韩博,赍送盟文,直达江南,约为声援。偏偏弄巧成拙,得罪秦廷。至晋太元元年仲夏,秦王坚拟并吞凉州,下令国中道:

  张天锡虽称藩受任,然臣道未纯,可遣使持节武卫将军苟苌,左将军毛盛,中书令梁熙,步兵校尉姚苌等,将兵临西河。尚书郎阎负梁殊,奉诏征天锡入朝,若有违王命,即进师扑讨,毋得稽延!

这令下后,就调集步骑十三万,归各将分领。再命秦州刺史苟池,河州刺史李辩,凉州刺史王统,率三州部众,作为继应,阎负梁殊,先期出发,直赴姑臧。小子有诗叹道:

  十三万众下西凉,九世华宗一旦亡。
  莫怨符秦专黩武,败家覆国是淫荒。

究竟张天锡如何对付,且看下回再详。

回评 桓温入朝,都下恟惧,而一无拳无勇之谢安,犹能以谈笑折强臣之焰,此由温犹知好名,阴自戒惧,故未敢倒行逆施,非真为安所屈也。且当其谒陵时,满口谵言,虽天夺其魄,与鬼为邻,而未始不由疚心所致。及还镇以后,复求九锡,

第六十四回　谒崇陵桓温见鬼　重正朔王猛留言

理欲交战于胸中,不死不止,幸有弟如冲,能修温阙,桓氏宗族,不致遽覆。揆厥由来,犹食桓彝忠贞之报,至桓玄而祖泽乃斩矣。彼王猛之不愿随温,未尝无识,迨为苻秦将相,立功致治,而临殁遗言,唯以图晋为戒,后人谓其不忘祖国,相率称之。然何如终隐华山,不受房职之为愈也。秦王坚以诸葛孔明比猛,坚固不得为刘先主,猛其亦自愧孔明乎!

第六十五回

失姑臧凉主作降虏　守襄阳朱母筑斜城

却说秦使阎负梁殊，行至姑臧，赍传秦命，征天锡入朝。天锡召集官属，与商行止道："今若朝秦，恐必不返；如或不从，秦兵必至，如何是好？"禁中录事席仂道："先公原有故事，遣质爱子，赂遗重宝，今且照旧施行，缓兵退敌，徐作计较，这也是孙仲谋 即吴孙权。屈伸的良法呢！"语才说毕，即由群僚指驳道："我世事晋朝，忠节著闻海内，今一旦委身贼廷，辱及祖宗，岂不可耻？且河西天险，百年无虞，若悉众出拒，右招西域，北引匈奴，与秦一战，难道定不能胜敌么？"天锡听了，即攘袂大言道："我计决了，言降即斩！"乃引负殊入语道："汝两人欲生还呢？还是死返呢？"负殊仍不少屈，朗声辩论。天锡大怒，叱左右拿下负殊，牵缚军门，即命军吏射死二人，且出令道："射若不中，是不肯与我同心，就当坐罪。"军吏齐声得令，弯弓竞射。忽有天锡母严氏出来，且泣且语道："秦王起自关中，横制天下，东平鲜卑，南取巴蜀，兵不留行，汝若出降，尚可苟延性命。今欲将蕞尔一隅，抗衡大国，又命射死秦使，激怒敌人，国必亡了！家必灭了！"莫谓妇人无识。天锡不听，仍促军吏急射，两人是血肉身子，怎能禁得起许多箭镞，当然为国捐躯。

那张天锡即使龙骧将军马建，率兵二万，出拒秦兵。秦将梁熙姚苌王统李辩等，已至清石津，攻凉河会城。凉守将骁烈将军梁济，举城降秦。秦苟池又自石城津济师，与梁熙等会攻缠缩城，又得陷入。凉将马建，途次闻两城失守，不禁惊惶，反令前队变作后队，退屯清塞，且飞报姑臧，再请添兵。天锡复遣征东将军常据，率众三万，戍洪池，自领余众五万，驻金昌。安西将军宋皓，入白天锡道："臣昼察人事，夜观天文，秦兵不可轻敌，不如请降。"天锡怒道："汝欲令我为囚奴么？"遂将皓叱出，贬为宣威护军。广武太守辛章，保城固守，与晋兴相彭知正、西平相赵疑商议道："马建出自行阵，必不肯为国家效死，若秦兵深入，彼若不走，定即迎降，我等须自为定计，且合三郡精卒，断他粮道，与争死命，方

第六十五回　失姑臧凉主作降虏　守襄阳朱母筑斜城

可保全陇西。"彭赵二人，恰也赞成，惟欲先通报常据，约为声援，当下由辛章遣报常据，据请诸天锡，天锡搁置不理，于是一条好计，徒付空谈！

秦兵却连日进行，姚苌为先驱，苟苌等陆续继进。行近清塞，马建只好出兵迎战，一边是奋勇直前，有进无退；一边是未战先怯，有退无进，彼此成了一个反比例，自然秦胜凉败。马建见不可敌，便即弃甲下马，匍匐乞降，余众多半逃散。苟苌既收纳马建，复移兵攻洪池。常据率兵奋斗，与马建却不相同，无如凉兵都不耐战，一经交锋，统是彷徨却顾，不敢直前。秦兵着着进逼，东斫西劈煞是厉害，单靠常据一腔忠忱，究竟不能支住，终落得旗靡辙乱，一败涂地。据马被秦兵刺死，偏将董儒另授他马，劝据奔避，据慨然道："我三督诸军，再秉节钺，八统禁旅，十总外兵，受国宠荣，无人可比，今在此受困，应该致死，还要走到何处呢？"说着，步行回营，免胄西向，稽首再拜，自刎而死。军司席仞，见据已死节，也慷慨赴敌，格杀秦兵多名，伤重身亡。张轨四世忠贞，总算得此两人。

秦兵遂入清塞，天锡闻耗，亟遣司兵赵充哲，中卫将军史荣等，领兵五万，往拒苟苌。不意赤岸一战，全军覆没。秦兵长驱至金昌城，天锡不得已，出城自战。兵刃初交，狂风大起，天昏地黑，白日无光，凉兵本无斗志，经此一变，立即骇散。天锡也欲回城，偏是城门紧闭，不纳天锡，眼见得城中已叛，只好带着骑兵数千，奔还姑臧。金昌城内的守吏，即开城迎纳，秦军苟苌等，休息一宵，便向姑臧进发。

先是张骏为凉州刺史时，已有童谣云："刘新妇簸米，石新妇炊羖羝，荡涤簸张儿，张儿食之口正披。"这种不伦不类的歌谣，大众视为胡诌，不值研索。谁知一传十，十传百，百传千万，到了秦兵攻凉的时候，姑臧城内的童儿，无一不歌此曲。后来有人解释，谓刘曜石虎，先后伐凉，均不得克，及秦兵一至，方才迎降。解释亦不甚确当。

还有天锡所居西昌门，及平章殿，无故自崩。天锡又尝梦见一绿色狗，形甚长大，从城东南跃入，欲噬天锡，天锡避匿床上，狗尚未舍，惊极乃寤。自知此梦不祥，阴有戒心。及败回姑臧，婴城固守，才阅数日，秦兵已到城下。天锡登城巡阅，俯见敌军统帅，身着绿地锦袍，手执令旗，跨马指挥，督兵攻城，当下顾问军士，秦帅姓甚名谁？军士有几个认识苟苌，便即报告。天锡猛悟道："绿色狗，绿袍苟，梦兆果不虚了！"遂下城太息，闷坐厅中。

接连警报数至，或说东门紧急，或说南门孤危，累得天锡心似辘轳，惊惶不定。可巧左长史马芮驰入，喘声说道："东南门要被攻陷了！"天锡顿足道："奈何！奈何！"马芮道："现在已无他法，只有屈节出降，保全一城生灵。"天锡道："能保我一门生全否？"芮答道："待芮出投降书，凭着三寸不烂舌，为王请命。"天锡允诺，遂令芮草就降表，遣他出去。未几即得芮返报，许令不死，且保富贵。天锡大喜，因即素车白马，舆榇出城，走降秦营。秦帅苟苌，释缚焚榇，送天锡诣长安，于是凉州郡县，相继降秦。

失姑臧凉主作降虏

秦王坚命梁熙为凉州刺史，留镇姑臧。天水太守史稷，前曾暴殁，五旬复苏，谓见凉州谦光殿中，尽生白瓜，至此梁熙镇凉，小名正是白瓜二字，岂非奇验。熙奉秦王坚命，徙凉州豪右千余户入关，余皆安堵如故。天锡入秦，亦得受封为归义侯，任北部尚书，迁右仆射。凉自张轨牧守凉州，至天锡降秦，共历九主，计七十六年。天锡后事，下文慢表。

且说秦既灭凉，复拟攻代。凑巧匈奴部酋刘卫辰，为代所逼，向秦乞援。秦正好借此兴兵，即令幽州刺史行唐公洛，会同镇军将军邓羌、尚书赵迁、李柔、前将军朱肜、前禁将军张蚝、右禁将军郭禁等，共出步

第六十五回　失姑臧凉主作降虏　守襄阳朱母筑斜城

骑三十万,东向击代。代王什翼犍,本来是有些能力,尝与燕彼此和亲,燕为秦灭,又向秦入贡,不相侵犯。就是刘卫辰亦曾娶什翼犍女为妻,有翁婿谊,惟刘卫辰系刘虎孙,绰有祖风,素好反复,俄而附代,俄而叛代。什翼犍恨他无礼,发兵往讨,卫辰西走降秦。秦王坚送还朔方,遣兵助守。什翼犍拟部署兵马,再击卫辰,适部将长孙斤密图内乱,引兵入帐,将弑什翼犍,亏得什翼犍子寔,侍直帐中,奋身格斗,得将长孙斤截住。斤持槊刺入寔胁,寔尚忍痛与战,帐外卫士,也来助寔,遂把斤擒住,乱刀砍死。寔受伤已重,越月竟殁,寔尝娶东部大人贺野干女,生一遗腹子,取名涉圭,后改名珪。即拓跋珪,为后魏之祖。什翼犍喜得生孙,令赦境内死罪。一面因兵马整齐,复讨卫辰,卫辰南走,仍然向秦乞救。秦遂大发兵众,令卫辰为向导,侵入代境。叙事简净,且得回应前文。

代王什翼犍,忙使白部独孤部南御秦兵。两部出战数次,统遭败衄,乃改遣南部大人刘库仁抵敌秦军。库仁与卫辰同族,不过库仁为什翼犍甥,所以特遣,婿不可恃,甥可恃耶?且调发十万骑兵,归库仁统带。库仁行至石子岭,正与秦军相值,战了一场,又复败绩,四面逃散。什翼犍又适患病,不能出拒,只得北奔阴山。已而秦兵渐退,乃还次云中。犍弟孤,尝分据部落,比犍先殁。孤子斤,失职怨望,时思构乱。犍子寔,本居嫡长,由犍立为世子。寔死后,尚未立嗣。犍继妃慕容氏,生有数子,俱尚稚弱,独有贱妾子寔君,年龄最长,秉性悍戾。斤正好乘间煽祸,密语寔君道:"王将立慕容妃子,恐汝不服,先拟杀汝,汝肯束手就毙么?"寔君听了,无名火高起三丈,便浼斤为助,私集兵甲,突攻犍帐杀死诸弟。犍闻寔君为乱,正思出帐弹压,偏乱众已经杀入,不管尊卑上下,竟持刀乱劈,把犍杀死。慕容妃已早亡故,尚有寔妻贺氏,挈子珪走依贺讷。讷就是野干嗣子,与珪有甥舅谊,当然容纳。此外如后庭男妇,都仓皇奔散,有几个反往投秦军,向敌乞援。秦兵虽然渐退,尚在君子津驻扎,既闻代乱,乐得乘机急进,直趋云中,家必自毁,然后人毁之,国必自伐,然后人伐之。寔君方拟据位,猝遇秦兵到来,如何抵敌?况部众俱已倒戈,益觉无力支撑,只好迎降秦军。

秦将露布告捷。秦王坚召代长史燕凤,问明情状,也勃然怒道:"天下有这等乱贼么?身为臣子,敢弑君父,我当代为问罪,诛除大逆。"你自己思想果能无愧么?当下飞敕尚书李柔等,拘送寔君及斤,到了长安，用五马分尸法，车裂以徇。又引问燕凤，谓什翼犍有无遗嗣，凤以珪对，坚欲遣使征珪母子，凤申请道："代王新亡，群下叛散，遗孙幼弱，不能统摄，别部刘库仁，骁勇有智，刘卫辰狡猾善变，各难独任，今宜将代众分属两部，就令他两人分辖。两人素有深仇，莫敢先发，俟珪年已长，方为册立。陛下果俯纳臣言，兴灭继绝，再存代祀，人非木石，能不感恩？他时子子孙孙，不侵不叛，永作秦藩，岂不是安边长策么？"坚喜从凤言，乃分代众为二部，河东属库仁，河西属卫辰，划境分管。

库仁迎珪母子，居养帐中，恩礼备至，未尝以废兴易意，且语诸子道："此儿志趣不凡，将来必能恢隆祖业，汝等须善加待遇，慎勿忘怀！"<small>为拓跋珪兴魏张本。</small>随即招抚离散，厚意怀柔，凡代郡流亡人民，多半趋附，恩信聿著。秦王坚加库仁为广武将军，赏给幢麾鼓盖，隐示劝功的意思。卫辰无从得赏，向隅抱怨，攻杀秦五原守吏。秦令库仁往讨，库仁遂率众往击卫辰。卫辰屡战屡败，北奔阴山，经库仁追逐至千余里外，虏得卫辰妻子，方才还兵。卫辰自知穷蹙，不得已向秦谢罪，秦乃命卫辰为西单于，督辖河西杂胡，屯代来城。但从此僻处偏隅，无复从前威焰了。

秦王坚荡平西北，威声大振，凡东夷西羌诸国，联翩入贡，外使盈廷。坚大喜过望，免不得骄侈起来。<small>是前秦兴亡之枢纽。</small>故赵将作功曹熊邈，屡次白坚，谓石氏宫室器玩，多用金银，非常华丽。坚乃命邈为将作长史，领尚方丞，大修舟舰兵器，就将石氏金银移用，作为饰品，备极精巧。慕容垂从子绍，为秦阳平国常侍，私与兄楷相语道："秦王自恃强大，转战不休，北戍云中，南守蜀汉，转运万里，民不堪命，今复筑舟铸兵，穷极奢侈，眼见是盛极必衰了！冠军叔父，智识英伟，必能恢复燕祚，我但当爱身待时，不患无成。"还有垂子慕容农，亦密语垂道："自从王猛死后，秦法日颓，今乃加以汰侈，祸必不远，父王宜结纳豪杰，仰承天意，兴复燕宗，机不可失了！"垂笑道："天下事非尔等所及知，我自有区处呢！"<small>意在言中。</small>

会秦王坚欲图统一，经略江南，当有细作报知建康。晋廷诏敕内外诸臣，整顿防务。荆州刺史桓豁，表请调兖州刺史朱序，为梁州刺史，驻守襄阳，孝武帝自然依议。已而桓豁病殁，有诏令桓冲代任，都督江荆梁益宁交广七州军事。冲以秦人强盛，欲移扼江南，乃奏自江陵徙镇上

第六十五回　失姑臧凉主作降虏　守襄阳朱母筑斜城

明,使冠军将军刘波,守江陵,谘议参军杨亮守江夏。孝武帝除准奏外,复诏求文武良将,捍御北方。尚书仆射谢安,即以兄子玄应诏。孝武帝加安侍中,令都督扬豫徐兖青五州军事,即授玄领兖州刺史,监辖江北。又授五兵尚书王蕴,都督江南诸军事,领徐州刺史,蕴上表固辞,安劝阻道:"卿为后父,与国家同休戚,不应妄自菲薄,致失上意。"蕴乃受命。

中书郎郗超,尝以父愔资望,出谢安右,偏安握重权,愔居散地,未免心下不平,屡生讥议。及闻安举兄子玄,却很是赞成,谓安能违众举亲,不失为明,如玄材具,将来必不负所举。或疑超如何变议,超答道:"我尝与玄共在桓公府,早知玄有使才,足任方面,若无端加毁,岂非太诬蔑时贤么?"果然玄出镇广陵,练兵募材,连日不懈。得彭城人刘牢之,使为参军。牢之智勇兼全,常领精锐为前锋,所向披靡,时人号为北府兵。自有北府兵成立,方得与强秦抗衡,保全江左。暗伏下文。郗超且惭且愤,先父病殁,超本擅时誉,交游皆一时俊秀,惟党同桓温,遂为遗玷。父愔虽无甚功业,但心却忠晋,与子异趋。超平生与桓温计议,多不使愔知,临殁时,自出一箧,付与门生道:"我死以后,倘我父为我悲悼,致损眠食,汝等可将此箧呈父,否则焚毁为要。"后来愔果悲超,寝食俱废,门生依超遗言,呈入一箧,经愔启阅,统与温往返密计,不禁大怒道:"小子死已迟了!"遂不复记忆,病亦渐瘳。及太元九年乃殁,追谥文穆。叙此以别郗超父子之忠奸。这且无庸絮叙。

且说太元三年二月,秦王坚大举侵晋,遣征南大将军长乐公丕,都督征讨诸军事,率同武卫将军苟苌,尚书慕容暐,共步骑七万人,南寇襄阳。又命秦荆州刺史杨安,率樊邓二州兵马为先锋,与征虏将军石越,步骑万人,出鲁阳关,冠军将军京兆尹慕容垂,扬武将军姚苌,率众五万,出南乡。领军将军苟池,右将军毛当,强弩将军王显,率众四万,出武当,统在襄阳城下会齐,限期攻克。襄阳守将朱序,闻秦兵大至,不以为虞。看官道是何因?他恃汉水为阻,且探得秦兵,不具舟楫,总道他无术飞渡,可以放心;不料秦将石越,竟驱骑兵五千,浮渡汉水,直逼襄阳。序仓皇得报,才不觉脚忙手乱,立即调兵守城,中城已布置妥当,外城尚不及严防,竟被石越攻入,且夺去战船百艘,往渡余军。秦长乐公苻丕等,次第得渡,同来攻城,城中大震。

序有老母韩氏,颇通兵略,自挈婢仆等登城,亲行察视。至西北隅,便蹙眉道："此处很不坚固，怎能保守得住呢？"说着，即督同婢仆，在城内增筑斜城，婢仆不足，另募城中妇女为助，即将库中布帛，及室内饰玩，作为犒赏，一日一夜，即将斜城筑就。工役方竣，那西北隅果被攻陷，坍坏数丈，秦兵一齐拥进，亏得城内尚有一道斜城，兀然竖着，仍将秦兵阻住，秦兵但得了一埭濠沟，仍无用处，襄阳人至此，始知序母确有识见，齐呼新城为夫人城。小子有诗咏道：

  寇兵十万下襄阳，守备孤单未易防。
  幸有夫人城不坏，彤编留得姓名香。

究竟襄阳城能否固守，且至下回续叙。

守襄阳朱母筑斜城

回评 降敌，非良策也。承先人数世之遗业，不能自振，乃伈伈俔俔，屈膝虏廷，宁不可耻？但如张天锡之沉湎酒色，毫无备御，乃欲以一战屈人，谈何容易，况以十三万之秦军，猝然压境，就使凉兵素号精练，亦未必果能却敌，盖强弱之势，固不相同，客主之形，又甚悬绝故也。席仵一谏而不听，严母再诫而又不从，卒致忠臣毕命，陇右为墟，与其舆榇出降，亦何若先机谢罪之为愈乎？秦王坚乘天锡之愚而灭凉，复因奣君之乱而灭代，狃胜而骄，遽忘王景略遗言，下令侵晋，劳师近二十万，不能遽破襄阳；徒顿兵于夫人城下。城传而夫人益传，巾帼中有英雄，固宜特别阐扬也。

第六十六回

救孤城谢玄却秦军　违众议苻坚窥晋室

却说襄阳被围，西北隅坍陷数丈，幸有朱母预筑斜城，才得敛众拒守。但秦兵未肯退去，单靠这埭夫人城，仍是孤危得很。晋江荆都督桓冲，屯兵上明，有众七万，也怕秦兵强盛，未敢径进。秦长乐公苻丕，欲急攻襄阳，武卫将军苟苌道："我军十倍敌人，糗粮山积，但稍得汉沔人民，移往许洛，塞彼运道，断彼兵援，彼似网中鱼，笼中鸟，无虑不获，何必多杀将士，急求成功呢？"丕乃依议，暂从缓攻，惟饬兵围着，杜绝内外。

既而秦冠军将军慕容垂，攻克南阳，执住太守郑裔，亦至襄阳会师，秦复遣兖州刺史彭超，都督东讨诸军事，使与后将军俱难，右禁将军毛盛，洛州刺史邵保，统领步骑七万，寇晋淮阳盱眙，进攻彭城。晋命右将军毛虎生，率众五万，出镇姑孰。彼此相持多日，已阅暮冬。秦御史中丞李柔，劾奏长乐公丕，师老无功，请收下廷尉治罪。秦王坚因使黄门侍郎韦华，持节责丕，且赐丕剑道："来春不捷，汝可自裁，不必再来见我了！"丕接到此谕，当然惶急，时已残腊，在城下过了新年，乃誓众急攻。朱序督兵固守，有时见秦兵少懈，出奇猛击，杀伤秦兵多人，丕引退数里。序见秦兵退去，防守少疏，且因士卒多苦，略命休息。不料过了数日，秦兵又蜂拥攻城。序仓皇抵御，正在危急的时候，忽然北门洞开，纳入秦军，事出意外，令人不测，序只好拚命搏战。可巧督护李伯护前来，由序呼同效死，伯护佯为应诺，及趋近序旁，竟拔剑击伤序马，马负痛倒地，序亦坠下。伯护即麾动左右，缚序送秦军。看官不必细问，便可知这李伯护卖主求荣，私通外国了。<small>罪不容于死。</small>序母韩氏，却挈着健婢，及兵役数百人，从西门出走，绕道东归，幸得脱祸。<small>智妇总不至枉死。</small>

序被执送长安，秦王坚闻序能守节，拜为度支尚书，独责李伯护不忠，将他斩首。令中垒将军梁成，为荆州刺史，配兵一万，使镇襄阳。秦将军慕容越,复将顺阳夺去,擒送太守丁穆,坚欲授穆官爵,穆固辞不受,还有晋魏兴太守吉挹,也为秦将韦钟所攻,粮尽被陷,挹拔刀在手,意欲自刎,偏左右夺去挹刀,挹求死不得,为秦所执。挹自草遗疏,密授参军史颖,令他逃归建康,自在秦营数日,绝不一言,并不一食,竟尔饿死。秦王坚叹为忠臣。晋得史颖归报,亦追赠挹为益州刺史,不没忠忱。

惟彭城被围已久,由晋兖州刺史谢玄,率众万余,往救彭城。行次泗口,拟遣使往报彭城太守戴逯,大众都互相推诿,不敢轻往。唯部将田泓,慨然愿行,玄当然遣去。是时彭城外面,统是秦营扎住,端的是水泄不通,无路可入。泓泅水潜行,到了城下,探头出望,正与秦巡兵打个照面。巡兵大声呼捉,泓知不可逃,索性登岸,趋入秦营,秦将彭超,啖以重利,使他传语城中,只言南军已败,泓佯为允许。及趋至城下,却扬言道:"戴太守以下诸将士听着!我是兖州部将田泓,单行来报,南军将至,望诸军努力待援,我不幸为贼所得,已不望生还了!"说至此,被秦将喝令斩首,刀光起处,碧血千秋。好与吉挹并传不朽。

秦兵急攻彭城,旦夕将陷,亏得晋后军将军何谦,奉谢玄命,来劫秦兵辎重。秦将彭超,方引兵还御,彭城太守戴逯,遂乘隙出奔,兵民始不致全没,但何谦一退,彭城便被秦兵占去。超留治中徐褒守城,自督兵南攻盱眙,掳去高密内史毛璪之,得将盱眙陷入。秦将俱难,亦攻克淮阴。再加秦将毛当王显,又从襄阳出发,来会彭超、俱难两路人马,进攻三阿。三阿距广陵百里,晋廷大震,临江列戍,一面遣征虏将军谢石,谢安弟。率舟师出屯涂中,右卫将军毛安之,率步兵出屯堂邑。秦将毛当毛盛,夜袭毛安之军,安之惊溃,一毛不及二毛。独谢玄自广陵往救三阿,至白马塘,击斩秦将都颜,直至三阿城下,彭超、俱难并马来战,被谢玄麾军杀去,纵横驰骤,锐不可当。超与难虽经百战,未曾见过这般锐卒,顿时惊退,部兵折伤甚多,余兵随着两将,走保盱眙。谢玄入三阿城,与刺史田洛,招集邻境士卒,得五万人,进攻盱眙。难超出战,又复败绩,奔往淮阴。玄复遣后军将军何谦,带领舟师,乘潮直上,夤夜纵火,焚毁淮桥。秦淮阴留守邵保,出兵拦截,怎禁得火焰直冲,敌势又猛,徒落得焦头烂额,一命呜呼!难超欲上前救应,只见淮桥左右,笼着一片火光,不由得逡巡畏缩,再奔淮北。玄与何谦戴逯田洛等,并力追

第六十六回　救孤城谢玄却秦军　违众议苻坚窥晋室

击,又大破难超等军。难超仓皇北遁,仅以身免。秦王坚闻报大怒,征超下狱,超惧罪自杀,难削爵为民。用毛当为徐州刺史,使镇彭城,毛盛为兖州刺史,使屯湖陆,王显为扬州刺史,使戍下邳。

晋谢玄凯旋广陵,详报捷状。孝武帝进玄为冠军将军,加领徐州刺史。并进谢安为司徒,领卫将军,开府仪同三司。桓冲亦并授开府,如谢安例。他将亦赏功有差。

越年为孝武帝太元五年,即秦王坚建元十六年,坚徙行唐公苻洛为散骑常侍,都督宁益西南夷诸军事,兼征南大将军,领益州牧,使镇成都。洛雄武有力,为坚所忌,故但使外任,不令预政。此次在幽州奉命,又要他由东至西,心甚不平,乃商诸将佐,意欲谋变。幽州治中平规,促令起事,洛遂自称大都督秦王,用平规为谋主,就在幽州发难,集众七万,西指长安,关中震动,盗贼四起。坚遣使责洛道:"天下尚未统一,全仗兄弟戮力同心,廓清区宇,奈何无故谋反?请即还和龙,当仍以幽州为世封。"洛不受命,且语来使道:"汝可还白东海

王,幽州偏僻,不足容万乘,须还王咸阳,上承高祖遗业;若能在潼关迎驾,当位为上公,爵归本国。"这数语由使人返报,坚当然大愤,立遣左将军窦冲,及步兵校尉吕光,统率步骑兵四万,东出拒洛。又命右将军都贵,驰传诣邺,发冀州兵三万为前锋,授阳平公融为征讨大都督,率兵援应;再使屯骑校尉石越,率骑一万,从东莱出石迳,浮海四百余里,往

袭和龙。

　　洛领众至中山，适北海公重，亦率众来会，共计得十万人。未几，由窦冲等驰至，与洛交战数次，洛皆失利。校尉吕光，素有勇略，料知洛将奔回，急从间道驰出洛后，截洛归路，果然洛引众退走，被光截住厮杀，洛将兰殊，拍马与战，才及数合，只听得踢蹋一声，殊已坠地，即为光手下捉去。洛众大溃，洛夺路欲逃，马蹄忽蹶，也致掀倒，为光所擒，独重没命乱跑，行至幽州附近，被光追及，一刀断命。和龙尚未接败报，但由平规居守，未曾加防，突来了一支秦军，掩入城门，劈死平规，及叛党百余人，这支人马，便是石越的骑兵，一鼓驰入，立下幽州，吕光械洛入关，并将兰殊随解。秦王坚特加赦宥，仍署兰殊为将军，惟流洛至凉州西海郡，屏诸远方，终身示罚。<small>洛虽立平，然已是衰乱之兆。</small>

　　当下征阳平公融为中书监，都督诸军，录尚书事。长乐公丕，为冀州牧；平原公晖，为豫州牧。且因诸氏族类繁滋，不便聚处，特将三原九嵕武都汧雍氏十五万户，使诸宗亲分道率领，散居方镇，如古诸侯世封成制。长乐公丕分得氏众三千户，辞阙启行。坚亲送至灞上，一嘱属别，父子俱有戚容，就是三千户子弟，拜别父兄，亦皆恸哭失声，哀感行路。秘书侍郎赵整，援琴作歌道："阿得脂，阿得脂，伯劳舅父是仇绥，尾长翼短不能飞，远徙种人留鲜卑，一旦缓急当语谁？"坚知他有意嘲讽，但微笑不答。他为了苻洛一乱，格外加防，所以分遣氏众，免得他变生肘腋，哪知同族不可恃。他族更不可恃，坚徒防同族，不防他族，这真是顾及眉睫，不防肩臂呢！<small>为慕容氏叛秦张本。</small>已而坚调左将军都贵为荆州刺史，屯驻彭城，特置东豫州，令毛当为刺史，屯守许昌，都贵遣司马阎振，及中兵参军吴仲，领兵二万，入寇竟陵。晋江荆都督桓冲，飞饬从子南平太守石虔，与虔弟参军石民，出兵截击，大破秦军。振与仲退保管城，石虔乘胜攻入，擒住振仲，斩首七千级，俘虏万人，飞章告捷。有诏授石虔为河东太守，特封桓冲子谦为宜阳侯，仍令江淮戒严，防备秦寇。

　　秦王坚好大喜功，日思统一，尝就渭城作教武堂，命旁通兵法的太学生，教授将士。秘书监朱彤谏阻道："陛下南征北讨，已得海内十分之八，此时宜偃武修文，与民休息，乃反立学教战，徒乱人意，何足致治！况将士多经过战阵，莫不知兵，今更使受教书生，亦不足激厉志气，与实

第六十六回　救孤城谢玄却秦军　违众议苻坚窥晋室

无益,与名有损,不如不设为是。"坚乃罢议。

太常韦逞,素受母训,劬学成名,坚平时尝留心儒术,故命逞典礼。一日由坚亲临太学,问及博士经典,博士卢壶答道:"废学已久,书传零落,近年多方搜辑,粗集正经。惟《周官》礼注,尚乏师资,窃见太常韦逞母宋氏,世学《周官》,夙承父业,今年垂八十,耳目犹聪,非此母不能讲解《周官》音义,传授后生。"坚不待说毕,便欣然道:"既有韦母,何妨令诸生就学哩。"随即召逞与议,使他禀白老母,即就逞家设立讲堂,特遣生员百二十人,偕往受业。宋氏当然依命,隔幔授经,连日不辍。坚复赐给侍婢十人,号宋氏为宣文君,自是《周官》学复得发明,时称为韦氏宋母,传名后世。不没贤母。还有才女苏蕙,表字若兰,系陈留令苏道贤第三女,幼通文史,雅善诗歌,智识精明,仪容妙丽,年十六为窦滔妇,滔很是敬爱。嗣滔为秦州刺史,复纳一妾,叫做赵阳台,妖冶善媚,未免夺宠。苏蕙虽号多才,究不脱儿女性质,由妒生恨,渐与窦滔反目,滔因此疏蕙。旋滔坐罪被遣,徙往流沙,但挈阳台西去,留蕙家居。蕙独处岑寂,不免思夫,乃为回文诗数首,织诸锦上,宛转循环,寓意悱恻,共得八百四十字,寄与窦滔。滔接阅回文旋锦图,反复吟哦,也为泣下。可惜回文诗未曾录入。可巧秦王坚亦赦令回家,马上启行,东归探妇,伉俪重逢,和好如初。这也是一段情天佳话,后人播为美谈,看官幸勿笑我夹杂哩。不没才妇。

且说秦王坚阳若好文,阴仍尚武,始终不忘南略。勉强捱延了两年,正拟大举南侵,偏东海公苻阳,及侍郎王皮,尚书郎周虓,通同谋叛,定期举事。阳系法子,皮系猛子,虓系晋故益州刺史周抚孙,降秦受官,三人纠众作乱,倒也是一场大难。偏偏逆谋预泄,被坚饬人收捕,面加讯鞫。阳抗声道:"臣父哀公,苻法死谥哀公,事见前文。死不当罪,臣欲为父复仇呢!"坚不禁流涕道:"哀公致死,事不在朕,如何错怪?"虽由苟太后主张,坚亦不能尽谅。说至此,复问皮何故谋逆。皮答道:"臣父丞相猛,有佐命大功,臣乃不免贫贱,为富贵计,不得不然。"遁辞。坚叱道:"丞相临终,只贻汝十具牛,嘱汝治田,未尝为汝求官,朕念汝先父有功,擢汝为侍郎,汝反忘恩肆逆,这真叫做知子莫若父哩!"说着,又顾虓问状。虓答道:"世受晋恩,生为晋臣,死为晋鬼,何劳再问?"虓果忠晋,不宜受秦官爵,既受秦封,如何谋叛?坚喝令系狱,叹息入宫。旋即颁发命令，曲贷三人死罪，惟徙阳至高昌，皮虓至朔方塞外，算作了案。未免失刑。

会西域车师鄯善二国，遣使入朝，愿为向导，引秦兵经略西域，秦王坚即遣将军吕光为都督，统兵十万，往定西域。阳平公融入谏道："西域荒远，得民未必可使，得地未必可食，从前汉武西征，得不偿失，臣愿陛下毋循覆辙呢！"坚不肯从，竟令吕光西行。光出陇西，越流沙，收服焉耆诸国，惟龟兹王白纯一作帛纯。拒命，为光所逐，光遂居龟兹，威爱兼施，远近悦服，秦威大震。

适前高密内史毛璪之等，由秦逃亡，仍归晋室。璪之被获，事见上文。秦王坚乃亲御太极殿，大会群臣，当面宣谕道："今四方略定，只有东南一隅，未沾王化，现计我国兵士，可得九十余万，朕欲大举亲征，卿等以为可否？"尚书左仆射权翼道："昔商纣不道，三仁在朝，武王犹且旋师。今晋虽微弱，未有大恶；谢安桓冲，并皆江表伟人，君臣辑睦，内外同心，依臣愚见，晋却未可速图呢。"坚沉吟半响，又左右旁顾道："诸卿可各言所见。"太子左卫率石越应声道："今岁镇二星，适守南斗，福德在吴，未可轻讨。且彼有长江天险，民尚乐用，臣以为不宜加兵。"权翼是畏晋人和，石越并说及天时地利。坚说道："从前武王伐纣，逆岁违卜，天道幽远，未易可知。夫差孙皓，皆保据江湖，终归覆灭。今凭我百万兵马，投鞭江中，已足断流，怕什么天险呢？"越又答道："三国君主，统淫虐无道，所以敌国往取，易如拾芥。今晋虽寡德，究无大愆，愿陛下且按兵积谷，坐待敌衅，果使有隙可乘，发兵未迟。"此外群臣各言利害，纷纭莫决。坚懊怅道："这便是筑室道旁，无时可成，看来惟我独断罢！"群臣见坚有愠色，自然不敢再言，相率退出。独阳平公融尚在座侧，坚顾语道："人主欲定大事，不过一二臣可以与谋，今众议纷纭，徒乱人意，我当与卿专决此事。"融答道："今欲伐晋，却有三难，天道不顺，就是一难；晋国无衅，就是二难；我国屡经征讨，兵力已疲，势转怯斗，就是三难。群臣谓不宜伐晋，确是忠谋，愿陛下依从众议！"坚忿然道："汝也来作此说么？我尚何望？试想我有强兵百万，资械如山，我虽未为令主，究非暗劣，乘我累胜，击彼垂危，何患不克？怎可复留此残寇，长为国忧呢？"融泣语道："晋未可灭，昭然易知，今欲劳师大举，实非万全计策。且如臣所忧，更不止此，陛下宠养鲜卑，羌羯布满畿甸，这统是萧墙

第六十六回　救孤城谢玄却秦军　违众议苻坚窥晋室

大患,如陛下督师南征,太子独与弱卒留守京师,一旦变生肘腋,悔何可追?臣本顽愚,言不足采。王景略乃一时俊杰,陛下尝比为诸葛武侯,他临殁时,曾有遗诫,难道陛下忘记么?"比权石二人还要说得明白,这真是苦口忠言。坚愈加不乐,退入内庭,融当然趋出。

适太子宏入内问安,坚与语道:"我欲伐晋,以强临弱,可保必胜,朝臣皆言未可,我实不解!"宏婉答道:"今岁在吴分,晋君又无大过,若南征不捷,外损国威,内殚民力,所伤实多,无怪群下疑沮呢。"坚摇首道:"前我出兵灭燕,亦犯岁星,天道原不可尽凭。况古时秦灭六国,六国君主,岂必皆暴虐么?"说罢,便顾令左右,宣召冠军将军慕容垂入议,垂应召即至,坚问及伐晋事宜,垂抵掌道:"弱肉强食,乃是古今通例。如陛下神武应运,威加海内,虎旅百万,韩信白起

違衆議苻堅窺晉室

满朝,乃蕞尔江南,独违王命,不伐何为?古诗有云:'谋夫孔多,是用不集。'愿陛下断自圣衷,不必多虑!陛下可记得晋武平吴,只有张杜二三臣,与他同意,若必从众议,如何能统一中原呢?"美疢不如恶石。坚不禁起舞道:"与朕共定天下,独卿一人。余子碌碌,何足与谋!"遂命赐帛五百匹,垂拜谢而出。坚即命阳平公融为司徒,领征南大将军,并调谏议大夫裴元略为巴西梓潼二郡太守,嘱令速具舟师,指日南下。阳平公融,辞不受职,且再入谏道:"知足不辱,知止不殆,自来穷兵黩武,鲜有不亡,况国家本系戎狄,正朔未归,江东虽然微弱,尚存中华正统,

天意亦必不遽绝哩？"坚作色道："帝王历数，有何定例？刘禅非汉室苗裔么？何故为魏所灭，汝所以不能及我，就在此拘执的弊病呢！"融无言而退。坚仍授融为征南大将军，不过取消司徒职衔。融无奈受命。

坚素信沙门道安，群臣托他乘机进谏，道安允诺。一日得与坚同辇，出游东苑，坚笑语道："朕将与公南游吴越，泛长江，临沧海，公以为可乐否？"安接口道："陛下应天御宇，居中宅外，自足比隆尧舜，何必栉风沐雨，亲往遐方哩？况东南卑湿，容易染疫，舜禹俱巡游不返，陛下幸勿亲行！"坚驳说道："天下必统属一尊，方可太平，朕经略四海，已得八九，难道使东南一隅，独不被泽么？必如公言，是古时圣帝明王，何为不惮劳苦，巡狩四方呢？"道安见不可谏，乃更易一说道："陛下如必欲南征，也只可驻跸洛阳，但遣一使赍书江南，怵以兵威，彼亦必稽首称臣，无烦圣驾跋涉了。"坚终不从，小子有诗叹道：

　　帝典王谟戒面从，刬经群议已知凶。
　　如何骄主矜张甚，但务穷兵未敛锋。

既而后宫又有一人，上书谏坚，请勿伐晋！究竟书中如何措词，待至下回再表。

回评　秦兵横行江淮，连破名城，迭擒晋将，至三阿一役，彭超俱难，屡战屡败，仅以身免，此可见师劳力疲，不堪久用。秦之转盛为衰，已见一斑，非谢玄之果能无敌也。况苻洛发难，内讧已起，而鲜卑羯羌，杂伏关中，尤为苻秦之隐患，此时惟急谋镇定，与民休息，尚足制治保邦，奈何好大喜功，尚思大举侵晋耶？权翼一谏而不从，石越再谏而又不从，至苻融详陈利害，尚不见听，利令智昏，不败何待？彼慕容垂之赞成坚议，固将觇坚之胜负，以定从违耳。坚但知面从为忠，适中垂计，天下事失之毫厘，谬以千里，坚其殆犹是乎！

第六十七回

山墅赌弈寇来不惊　淝水交锋兵多易败

却说秦王坚有一宠姜张氏，明敏有识，素得坚宠，号为张夫人。她闻坚欲侵晋，亦以为兵凶战危，不宜常动，乃上书规谏道：

妾闻天下之生万物，圣王之驭天下，皆因其自然而顺之，故功无不成。是以黄帝服牛乘马，因其性也；禹浚九川，障九泽，因其势也；后稷播殖百谷，因其时也；汤武率天下而攻桀纣，因其心也。自来有因则成，无因则败，今朝野之人，皆言晋不可伐，陛下独决意行之，妾不知陛下何所因也？《书》曰："天聪明，自我民聪明。"天犹因民，而况人主乎？妾又闻王者出师，必上观乾象，下采众祥，天道崇远，非妾所知，以人事言之，未见其可。谚云：鸡夜鸣者，不利行军；犬群嗥者，宫室将空；兵动马惊，军败不归。自秋冬以来，众鸡夜鸣，群犬哀嗥，厩马多惊，武库兵器，自动有声。此皆非出师之祥也，愿陛下详而思之。

坚得书览毕，搁过一边，且自语道："妇人有何见识，来管什么军旅大事？"正懊恨间，幼子中山公诜，亦驰入面谏道："臣闻国家兴亡，系诸贤才，用贤必兴，不用贤即亡。今阳平公为一国谋主，陛下奈何不用？晋有谢安桓冲，皆号贤才，陛下乃欲往伐，臣不胜滋疑，故敢直陈无隐！"坚又叱道："天下大事，孺子何知，也敢来饶舌吗？"儿女犹知危殆，坚奈何不知？说得诜满怀惭愤，低头退出。

好容易又阅一年，晋桓冲率众十万，攻秦襄阳，使前将军刘波等，攻沔北诸城，辅国将军杨亮，攻蜀涪城，鹰扬将军郭铨，攻武当。冲攻襄阳未下，分兵拔筑阳，当有警报飞达长安，秦王坚亟遣征南将军钜鹿公睿，冠军将军慕容垂等，率步骑五万救襄阳，兖州刺史张崇救武当，后将军张蚝，步兵校尉姚苌救涪城。桓冲闻秦兵大至，退屯沔南，惟郭铨击败张崇，掠得二千户东还。慕容垂为秦军前驱，进临沔水，与桓冲夹岸对垒。他却想出一法，夜命军士，各持十炬，燃系树枝，光彻数十里。冲果被吓退,自沔南还保上明。张蚝出斜谷,杨亮亦引兵东归,桓冲表荐从子石民为襄阳太守,使戍夏口,自求领江州刺史,有诏依议,乃各莅镇辖守。

秦王坚以晋敢先发,倍加震怒,遂下令全国,集众侵晋。约计民间十丁,抽一为兵,良家子年在二十以下,如有材勇,皆入选为羽林郎,共得三万余骑。拜秦州主簿赵盛之为少年都统,且预先下令道:"平晋以后,可令司马昌明为尚书左仆射,谢安为吏部尚书,桓冲为侍中。"朝臣闻令,俱嗤为太早。我亦要笑。独慕容垂姚苌,及良家子等,怂恿苻坚,即速发兵。阳平公融又进谏道:"鲜卑羌虏,实我仇雠,所陈计划,无非利我疲敝,彼得乘间逞志,如何可从?良家少年,类皆富饶子弟,不娴军旅,但知逢迎上意,希宠求荣,陛下误信彼言,轻举大事!臣恐功既不成,且有后患,后悔将无及了。"坚始终不听,反饬融督同张蚝慕容垂等,率步骑二十五万为前锋,自率大军为后应,又命兖州刺史姚苌,为龙骧将军,监督益梁二州军事,并面语苌道:"朕尝为龙骧将军,得建王业,今特将此职授卿,愿卿勉力!"左将军窦冲,在旁进言道:"王者无戏言,这乃是不祥征验呢!"坚默然不答。亦自知失言么?苌即辞去。

慕容楷慕容绍私语慕容垂道:"主上骄矜日甚,亡象已见,叔父此行,正好规复旧业哩。"垂点首道:"这须由汝等合力,方可成功;今且勿言,俟南下观衅便了。"乃随坚出发长安,戎卒共六十余万,骑士约二十七万,旗鼓相望,前后千里。是时为晋孝武帝太元八年仲秋,凉风拂地,玉露横天。正好行军。秦王坚左杖黄钺,右秉白旄,安坐云母辇,徐徐启行,留太子宏居守。宠妃张夫人自请从征,当由坚敕备副车,令她随着,端的是须眉巾帼,八面威风。力为后文反照。

到了九月初旬,行抵项城,凉州兵始达咸阳,蜀汉兵方顺流东下,幽冀兵已到彭城,东西万里,水陆并进。苻融等前驱兵二十五万,先至颍口。江淮各戍,飞报建康,孝武帝急命尚书仆射谢石,为征虏将军,兼征讨大都督,并授徐兖二州刺史,谢玄为前锋都督,与辅国将军谢琰,谢安子。西中郎将桓尹等,督众八万,出御秦军。又使龙骧将军胡彬,带领水军五千,往援寿阳。谢玄既奉朝命,也恐众寡不敌,未免加忧,因向谢安问计。安夷然答道:"已别有旨。"玄待了多时,并不闻有什么计议,自己不便渎陈,因令僚属张玄重请。安从容道:"且俟明日再谈。"到了

第六十七回　山墅赌弈寇来不惊　淝水交锋兵多易败

翌晨,玄再往请教,安却召集亲朋,同游山墅,命玄亦相偕出游。玄只好随去,及抵山墅中,安绝口不谈军务,反令玄对坐弈棋。玄棋本胜安一筹,此时怀着鬼胎,无心下子,所以应接多疏,反致见输。约下数局,少胜多负,玄殊不耐烦。偏安强令续弈,直至傍晚,方才撤枰。安又与亲朋登山览水,入夜乃还,终不道及军情。<small>矫情镇物</small>越日得桓冲来书,拟遣精锐三千人,入援京师,安对来使道:"朝廷处分已定,兵甲无阙,不劳桓公遣兵;且西藩关系重大,幸勿疏防!"来使受命返报,桓冲顾语僚佐道:"谢安石有庙堂雅量,可惜不谙军略。今大敌将至,尚务游谈,但遣诸不经事的少年,督师拒敌,兵又单弱,天下事已可知了,恐我辈不免左衽呢!"谁知后来偏出所料。

又越一月,秦苻融攻克寿阳,擒去守将徐元喜。晋龙骧将军胡彬,闻寿阳被陷,退保硖石,融复引兵进攻。秦卫

将军梁成等,又率众五万,进屯洛涧,沿淮列栅,阻遏东兵。谢石谢玄等,至洛涧南岸,距梁成军二十五里,惮不敢进。胡彬因粮食将尽,潜遣人告石等道:"今贼势甚盛,硖石乏粮,倘或不测,恐不能再见大军。"这使人行至中途,为秦逻骑所获,送入融营。融讯悉情形,便驰使白秦王坚道:"贼少易擒,但恐逃去,宜急击勿失!"坚乃留大军在项城,自引轻骑八千名,倍道就融,且遣朱序至谢石营,劝令速降。序本晋臣,志在保晋,因私语谢石谢玄道:"秦兵不下百万,若同时并至,诚不可敌,今乘诸军未集,宜速与战,若得败秦前锋,余众夺气,将不战自溃了!"亏有此

人。石尚踌躇未决，玄赞成序议，并嘱序俟机归晋，序唯唯而去。玄既送序出营，便促石进兵。石仍有难色，谓秦王坚已到寿阳，未可轻敌，不如固垒勿动，待彼师老，然后进兵。辅国将军谢琰道："机不可失，敌不可纵，朱序此来，正天授我机宜，奈何勿从！"石乃依议，遂与玄商定进行。

玄遣广陵相刘牢之，率精骑五千，直趋洛涧。秦将梁成，阻涧列阵，静待厮杀。牢之麾兵渡水，奋击成军，成开阵与战，不防牢之持槊突入，左挑右拨，杀退秦兵，竟至成前，成措手不及，被牢之一槊刺来，正中腰胁，痛极坠马，死于非命。秦弋阳太守王咏，忙来救成，两下交手，才及数合，由牢之用槊格住咏刀，右手拔出宝剑，用力砍去，把咏劈作两段。秦兵既失梁成，又丧王咏，吓得心胆俱裂，各自逃生。再加谢玄谢琰，又来接应，大杀一阵，俘斩数千。牢之更往截秦兵归津，秦兵尽弃甲抛戈，越淮奔窜，有数千人不善泅水，并皆溺死。秦扬州刺史王显等，一并受擒，共计秦兵死伤万五千人，所有器械军资，都被晋军载归。于是晋军水陆继进，连谢石亦放大了胆，策马前行。

秦苻融得洛涧败报，趋回寿阳，与秦王坚登城遥望，见晋军踊跃到来，步伐井井，很是严整，已不禁暗暗生惊。再向东北隅的八公山，眺将过去，差不多有千军万马，布满山上。坚愕然语融道："这也好算得劲敌哩！怎得说他弱国？"融也觉寒心，乃下城部署，更谋一战。看官听说，八公山上并无兵马，不过草木蕃衍，经冬未衰，苻坚由惊生疑，还道是草木皆兵呢。有幸心者，易生惧心。坚既疑惧交并，累得寝食不安，但骑虎难下，只好督同苻融等人，再与晋军一决雌雄。当下驱动各军，出寿阳城，径至淝水沿岸列阵。谢玄见对岸尽是秦军，苦不得渡，乃遣使语苻融道："君悬军深入，志在求战，乃逼水为阵，使我军不得急渡，究竟是欲速战呢，还欲久持呢？若移阵稍退，使我军得济，与决胜负，也省得彼此久劳了。"融即转白苻坚，坚欲依晋议，诸将皆谏阻道："我众彼寡，不如遏住岸上，使不得渡，才保万全。"坚驳说道："我军远来，利在速战，若夹岸相持，何时可决？今但麾兵小却，乘他半渡，我即用铁骑围蹙，可使他片甲不回，岂不是良策么？"计非不是，乃天人不肯相从奈何？融也以为然，遂麾兵使退。

秦军正如墙列着，一闻退军的命令，便即掉头驰去，不可复止。那

第六十七回　山墅赌弈寇来不惊　淝水交锋兵多易败

晋军已控骑飞渡,齐集岸上,一面用着强弓硬箭,争向秦兵射来。秦兵越觉着忙,竟思奔避,忽又有一人大呼道:"秦兵败了。"于是秦兵益骇,顿时大溃。苻融拍马略阵,还想禁遏部军,偏部众不肯回头,晋军却已杀到,急得融无法可施,拟加鞭西奔,哪知马足才展,忽然倒地,自己不知不觉,随马坠下。说时迟,那时快,晋军并力杀上,刀枪并举,乱砍乱戳,将融渣成肉泥。苻坚见融落马,惊惶的了不得,便即返奔,连云母辇都弃去。晋军乘胜追击,直达青冈,秦兵大败,自相践踏,死亡不可胜计。或侥幸逃脱性命,听得道旁风声鹤唳,都疑是晋军将至,昼夜不敢息足,草行露宿,冻饿交并,可怜百万大兵,十死七八,仿佛是曹操赤壁,王寻昆阳。

当时秦兵仓皇四散,究不知由何人呼败,惊动全军,后来朱序与徐元喜乘势奔晋,始由序自述前因,伴呼兵败,吓退秦

淝水交锋兵多易败

兵。照此看来,朱序实是破秦的第一功臣。还有前凉主张天锡,也随序归晋。谢石谢玄等,统表欢迎。复引兵夺还寿阳,拘住秦淮南太守郭褒。唯苻坚宠妃张夫人,得由亲兵保护,从寿阳城出走,奔依苻坚。坚身上亦中流矢,单骑狂奔。到了淮北,闻后面已无声响,料知距敌已远,方敢下马少憩,可奈饥肠乱鸣,辘轳不息,一时无食可觅,只得彷徨四顾,做了一个墙间乞食的齐人。百姓前来问讯,方识是秦王坚。乃进壶飨,奉豚髀,坚方得一饱。正虑无物可酬,凑巧张夫人驰至,带有绵帛等

物,坚且悲且喜,即命取下绵帛若干,分赏百姓。百姓辞谢道:"陛下厌苦安乐,自取危困,臣民为陛下子,陛下为臣民父,怎有子奉父食,乃思求报么?"遂不顾而去。坚深为叹息,旁顾张夫人,见她花容憔悴,云鬟蓬松,不由得怜悯起来。转念自己狼狈至此,灭尽前日威风,便且泣且语道:"我今还有何面目再治天下?"何不当时依张妃言?张夫人不便答坚,也惟有相对下泪。未几,有散骑陆续趋集,报称冠军将军慕容垂,独得全师,部众三万人,不折一名。坚乃率骑往依,垂迎坚入营,谨执臣习。

垂子宝密白垂道:"祖国倾覆,天命人心,皆归至尊,不过因时运未至,晦迹埋名。今秦王兵败,委身属我,是天意亡秦,使我兴燕,此时不图,尚待何时?幸勿徒顾微恩,自忘社稷!"垂徐徐道:"汝言也自有理,但彼既诚心投我,如何加害?天若弃秦,何患不亡?不如暂为保护,聊报旧德!待至有衅可乘,然后举事,方不致有负宿心,且可仗义执言,取服天下。"宝乃无言。奋威将军慕容德入白道:"秦强时并吞我燕,今秦已弱,正可报仇雪耻,并非有负宿心,兄奈何得而不取,坐失机会呢?"垂说道:"我前为太傅所不容,置身无地,乃逃死关中,秦王以国士待我,恩礼备至,嗣复为王猛所卖,不能自明,赖秦王明我心迹,毫不加谴,此恩此德,何可遽忘?若氐运必穷,我当怀集关东,规复旧业,关西却非我所愿有了。"冠军行参军赵秋道:"明公当绍复燕祚,图谶甚明,今天时已至,尚复何待?若杀秦王,据邺都,鼓行西进,三秦可唾手而定,何必迟疑?"垂终不从,因举兵授坚。坚收集离散,偕垂同归。行至洛阳,溃兵次第趋还,尚不下十余万。百官仪物,才得少备。垂子农复启垂道:"尊不迫人于险,义声足感动天地,但尝闻秘记云:'燕若复兴,当在河阳。'譬如取果,或在未熟,或待自落,先后相去,原不过旬日间,但难易美恶,未免悬殊,还请尊见裁择!"垂点首道:"我自有区处。"心已动了。

嗣又自洛阳抵渑池,将入潼关,垂向坚面请道:"北鄙人民,闻王师不利,互相煽动,臣愿得一诏书,驰往抚慰,且乘便过谒陵庙,请陛下准议!"想出法子来了。坚即许诺,垂欣然告退。

左仆射权翼亟进谏道:"国家新败,四方皆有贰心,应即召集名将,置诸京师,自固根本。垂勇略过人,世长东夏,前次西来,不过为避祸起见,岂得一冠军职衔,便已足望?陛下独不见养鹰么?饥乃附人,一遇风起,便思凌霄,只可谨备绦笼,系住不放,若一经宽纵,任彼所欲,难道还重来不成?"坚爽然道:"卿言亦是,但朕已许他前去,匹夫尚不食言,况为万乘主呢?天命果有废兴,亦非智力所能挽回,只好听诸天命罢了!"语近迂腐。翼又说道:"陛下重小信,轻社稷,终嫌失算,臣料垂一去不返,关东祸乱,从此开始了!"坚不肯听,即遣将军李蛮闵亮尹固等,率众三千送垂,又令骁骑将军石越,率精卒三千戍邺,骠骑将军张蚝,率羽林五千戍并州,镇军将军毛当,率部曲四千戍洛阳,俟各军分头出发,乃西入关中。

权翼密遣壮士百人,潜伏河桥,谋刺慕容垂。垂预防不测,使典军程同,扮作自己模样,衣冠马匹,悉数给同,自己却微服轻装,从凉马台编结草筏,悄悄渡河。那程同却挈着僮仆,夜逾河桥,黄昏遇伏,同急驰获免。权翼闻垂得脱去,自恨计策不成,垂头丧气,随坚入关。坚抵长安,在郊外辟坛祭融,大哭一场,追谥曰哀。方才入城,下令大赦,抚恤阵亡家属,这且不必细表。

且说谢石谢玄,既得破秦,便驰书告捷,司徒谢安,方对客围棋,接到捷书,草草一阅,便搁置案上,弈棋如故。客问为何事。安徐答道:"小儿辈已经破贼了!"客起身道贺,安仍无喜色,邀客终局。及弈毕,客去,返入内室,急跨门限,屐齿为折。看官阅此,应知谢安是未尝忘情,不过对客时,故示镇定,好似忧怒不形,具有绝大度量。至客已辞去,遂不觉趾高气扬,流露喜色了!小子有诗咏道:

  一生忧乐本常情,露布传来喜气生。
  怪底当年谢太傅,欺人只是一棋枰。

既而谢石班师,奏凯还朝,晋廷当有一番封赏,且至下回说明。

回评 秦苻坚大举伐晋,而谢安围棋别墅,一若行所无事,誉安者称其镇定,毁安者讥其轻弛,此皆属一偏之见,未足垂为定评。典午东迁,积弱已久,欲以八万士卒,敌秦兵百万之众,虽有孙吴,亦难为谋,安非全无心肝,宁不知军情重大,成败难料。不过因万全无策,只可委心气运,与其张皇自扰,益乱人意,不若勉示镇静,稍定众心,此乃为安之苦衷,不足与外人道也。幸而朱序通谋,苻融失利,谢石谢玄等得一战而胜,奏功淝水,天不亡晋,幸有此捷,何怪安之喜出望外,屐齿为折乎？故誉安者非，毁安者更非。诸葛空城，得退司马，乃其生平之第一幸事，安亦犹是耳。彼慕容垂之不忍杀坚，犹有知己之感，余尝以此多之。盖垂固不欲灭秦，第欲复燕，设秦王坚不遇姚苌，则燕秦并存可也，欲复燕为承祖计，不灭秦为报德计，垂其尚知有义乎？

第六十八回

结丁零再兴燕祚　索邺城申表秦庭

却说谢石班师，还至建康，孝武帝按功加赏，进谢石为尚书令，谢玄为前将军，谢安为太保，他将亦各从优叙。惟玄固辞不受，有诏嘉奖，赐钱百万，彩锦千段。并封张天锡为散骑常侍，兼西平公，朱序为琅琊内史，行赦境内，中外解严。嗣由谢安上疏，请乘苻坚丧败，经略淮北，乃复命前锋都督谢玄，率同冠军将军桓石虔，再趋涡颍，往定兖青冀各州。这三州俱为秦有，守吏当然报达长安。无如天下事，不堪一败，为了淝水战事，秦兵大挫，遂致土崩瓦解，乱端四起，累得秦王坚不遑抚近，哪里还能顾及远方！小子且先将苻秦乱事，依次叙来。

陇西有乞伏氏，系出鲜卑，从前有一部酋纥干，雄悍过人，得统附近部落，号乞伏可汗，传至祐邻，部众浸盛，据住高平川。祐邻四传至司繁，复迁居度坚山，为秦将王统所破，因向秦请降。秦王坚赐号南单于，征居长安，寻遣令西讨叛胡，留镇勇士川，甚有威惠。司繁死后，子国仁嗣，坚征为前将军，使从大军侵晋，但留国仁叔父步颓居勇士川。及淝水败还，步颓首先叛秦，坚使国仁往抚。步颓迎国仁入寨，愿推国仁为主，背秦独立，国仁乃置酒高会，攘袂大言道："苻氏因石赵乱衅，妄窃名号，穷兵黩武，跨僭八州，疆宇既宁，应该修德行仁，与民休息，彼乃广骛虚威，专谋远略，骚动苍生，疲敝中国，天怒人怨，致有此败，自来物穷必亏，祸盈必覆，天道如此，苻氏怎能违天？看来是终要覆亡了。我当与诸君据守千方，勉成霸业哩。"大众齐声应命，乃召集诸部，自张一帜，遇有未肯归附的胡人，即用兵力胁服，有众十余万。为西秦立国基础。

秦王坚正拟加讨，哪知铜山西崩，洛钟东应，丁零翟斌又起兵为乱，谋攻洛阳。丁零系西番种落，世居康居，辗转徙入河洛，服属苻秦；秦命翟斌为卫军从事中郎，至是因秦败挫，遂有贰心。再加燕族慕容凤，燕臣王腾，辽西段延等，各率部曲依斌，斌乐得拥众自主，兴兵图洛。

豫州牧平原公苻晖，飞书报坚，坚亟遣使至邺，嘱使冀州牧长乐公丕，传谕慕容垂，令率部兵讨斌。垂自离长安后，行至安阳，即遣参军田山，奉笺启丕，作问候状。丕也恐垂有异图，密谋袭击，侍郎姜壤进谏道："垂未露反形，明公擅加诛杀，似未合臣子大义，不如以礼接待，严加管束，密表情状，待敕后行。"丕乃依议，乃出郊迎垂，馆诸邺西。可巧长安使至，令转饬垂讨丁零，丕乃召垂与语道："翟斌兄弟，因王师小失，便敢肆逆。今得长安来敕，欲烦冠军一行。冠军英略盖世，定能灭贼。"垂答道："下官乃大秦鹰犬，敢不唯命是听！"垂亦自比为鹰，将乘此扬去了。丕乃厚给金帛，垂皆不受，惟请赐还旧田园，丕当然应允。独拨给羸兵二千，归垂统领，又遣部将苻飞龙，率领氐骑千人，作为垂副。临行时密嘱飞龙道："卿系王室肺腑，官秩虽卑，义同统帅，此去用兵制胜，防微杜贰，一委诸卿，愿卿毋忽！"飞龙受命，遂偕垂同行。镇将石越，驰入白丕道："王师新败，人心未定，丁零一倡，旬日间即得众数千，公奈何复遣垂出发，垂系故燕宿将，常思规复，今复畀彼兵甲，这真似为虎添翼了。"丕说道："垂在邺中，好似伏虎寝蛟，常恐为患，今遣令外出，可纾内忧。且翟斌凶悖，必不肯为垂下，使他两虎相斗，我得乘彼敝，用兵制伏，这就是卞庄子的遗策哩。"偏偏不从汝料奈何？

正议论间，有一外吏入禀道："慕容垂私谒燕庙，擅戕亭吏，且将亭毁去了。"丕尚未答言，石越在旁问吏道："垂已去否？"外吏道："已出城了。"越复顾丕道："垂敢轻侮方镇，杀吏烧亭，反形已露，望殿下速除此人！"丕说道："垂曾向我前面请，欲入城拜谒故庙，我尚未许，今敢烧亭杀吏，咎固难辞，但淮南一役，王师败衂，垂独侍卫乘舆，此功亦不可遽忘呢。"越应声道："垂为燕臣，事燕尚且不忠，怎肯尽忠事我？失今不取，必为后患！"丕终不信。越出告僚佐道："长乐公父子，好为小仁，不顾大计，终当为人所擒呢！"

垂挈家属出行，只留慕容农慕容楷慕容绍在邺，使丕勿疑。及达汤池，适有私党从邺来报，述及丕与飞龙密语，垂不禁怒起，便宣告部属道："我事苻氏，不为不忠，彼乃专图我父子，我岂可束手就毙吗？"乃托言兵寡，暂停河内募兵，约阅旬日，得众八千。秦豫州牧苻晖，促使进兵，垂语飞龙道："今距寇不远，当昼止夜行，出彼不意，方可制胜。"飞龙亦以为然，谁知中了垂的诡计。垂少子麟，前曾告讦乃父，为垂所嫉。见六十一回。燕为秦灭，麟与母仍然归垂。垂杀死麟母，尚不忍杀麟，惟

第六十八回　结丁零再兴燕祚　索邺城申表秦庭

尝置外舍,罕得侍见。此次往来河洛,麟得随从军中,为垂画策,谋杀飞龙。飞龙不能诇破,还道昼止夜行,却是好计。时当岁暮,寒夜无光,垂遣世子宝率兵居前,季子隆勒兵居后,令飞龙约束氐骑,五人为伍,居中急走,行至夜半,一声鼓号,宝与隆前后合兵,围杀飞龙。飞龙寡不敌众,又因昏夜,不辨南北,徒落得一刀两段,连氐兵都杀得精光,不留一人。未免残忍。垂自是以麟为能,宠爱如初。一面使田山赴邺,潜告慕容农等,令起兵相应。慕容绍因先出蒲池,盗丕骏马数百匹,守候农楷。到了除夕,农楷微服出邺,与绍相会,同奔往列人去了。翌晨为晋太元九年元旦,秦长乐公丕,大宴宾客,使人往邀慕容农,不见下落,才知农等已经遁去。再令左右四出侦察,遍求至三日有余,方闻他已往列人,追悔无及,徒唤奈何!

那秦苻晖待垂不至,只好另檄他将毛当,往剿翟斌。斌与慕容凤等商议对敌方法,凤奋然道:"凤今将为先王雪耻,愿代将军斩此氐奴!"说毕,即披甲上马,当先出寨。丁零部众,随凤驰出,劲气直达,所向无前,秦兵相率披靡。凤闯入秦阵,突至毛当面前,手起刀落,竟将毛当砍倒,再加一刀,结果性命。当仓猝被杀,连魂灵儿都莫名其妙,只模模糊糊的走诣枉死城。

秦兵大溃,凤乘胜攻入凌云台戍,获得甲仗马匹,不计其数。会闻慕容垂济河焚桥,有众三万,将抵洛阳,凤乃劝翟斌迎垂,推为盟主。斌从凤议,遣使白垂,垂尚虑有诈,乃拒绝斌使道:"我来救豫州,不来赴君,君既欲建大事,成败祸福,由君自择,我不愿与闻!"斌使乃去,及垂抵洛阳,苻晖闭门不纳,且责他擅杀飞龙。垂正在彷徨,适翟斌又遣长史郭通,来申前议。垂尚有疑色,通进言道:"将军屡拒和议,莫非因翟斌兄弟,山野异类,无甚远略,所以不愿与谋,独不思将军今日,与斌合兵,可济大业,否则将军进为秦阻,退为斌扼,恐反致进退两难了!"垂乃允议,遣通返报翟斌。斌率众来与垂会,因劝垂即称尊号,垂谦言道:"新兴侯指慕容晖,见前。乃是我主,当迎归反正,我怎好背主自尊呢!"恐非由衷之言。遂向众宣谋道:"洛阳四面受敌,北阻大河,若欲控驭燕赵,实非易事,计不如北取邺都,较得形便。"众齐声称善,垂因复东还。故扶余王余蔚,正为荥阳太守,邀同昌黎鲜卑卫驹等,迎垂入荥阳,垂又得万余人。群下再请上尊号,垂乃依晋中宗故事,称大将军大都督燕王,

承制行事,号为统府,群下称臣,文表奏报,封拜官爵,皆如王制。命弟德为车骑大将军,封范阳王,兄子楷为征西大将军,封太原王,翟斌为建义大将军,封河南王,余蔚为征东将军,封扶余王,卫驹为鹰扬将军,慕容凤为建策将军。部署已定,即从石门筑起浮桥,渡河向邺。

慕容农奔列人时,借宿乌桓人鲁利家,利置馔饷农,农但笑不食。利入内语妻道:"慕容郎乃是贵人,今到我家,自恨贫微,不能备具盛馔,为之奈何?"妻答道:"郎有雄才大志,今无故到此,岂徒为饮食起见?妾料他必有隐图,君宜亟出与议,不必多疑。"此妇颇有特识。利因复出见,农语利道:"我欲在此募兵,锐图兴复,卿可从我否?"利便答应道:"死生唯命!"谨遵阃教!农大喜进食,醉饱尽欢。嗣又往约乌桓部豪张驤。驤亦愿为效死,于是农驱居民为士卒,斩木为兵,裂裳为旗,并使赵秋说下屠各东夷乌桓等众,约同举事。远近趋集,众至数万。农号令整肃,随才署职,上下帖然,兵民共悦。

长乐公丕,使部将石越,率着步骑万人,往击农军。农众请治列人城以便战守,农笑道:"今纠众起义,惟敌是求,若得战胜,当以山河为城池,区区列人,何足整治呢!"旋闻越军将至,便命赵秋及参军綦毋滕击越前锋,斩俘数百人,得胜回营。参军赵谦白农道:"越甲仗虽精,人心危骇,容易破灭,请急击勿延!"农答道:"彼甲在外,我甲在心,若与彼昼战,我军见他外貌,未免怯惧,不如待暮出击,可保必胜!"遂令军

第六十八回　结丁零再兴燕祚　索邺城申表秦庭

士严装待命,毋得妄动。会见越立栅自固,复笑语诸将道:"越兵精士众,不知乘锐来攻,反立栅为防,我知他无能为呢!"应为所笑。待至日暮,乃鸣锣动众,出阵城西,牙将刘木,请先攻越栅,农即使为先锋,令率壮士数百,前往拔栅,自率大众继进。刘木奋勇直前,毁栅直入,秦兵抵挡不住,向后退却。石越素号骁勇,不肯遽退,便持枪跃马,来与刘木决斗。月光隐约,火具模糊,彼此一来一往,战了数十回合,不分胜负。偏慕容农麾众入栅,喊声震地,刀光闪处,血肉横飞,秦兵多半骇散,越亦无心恋战,虚晃一枪,回马便走。木眼明手快,就从越背后直刺一刀,越不及顾避,大叫一声,撞落马下,木即下马割了越首,复上马追杀秦兵,血流数里,方才收军回城。越与毛当,皆秦骁将,秦王坚特使帮助二子,镇守冀豫,及相继败亡,秦人夺气。叙毛石二人战殁,笔法不同。

慕容农即使刘木,函送越首,驰报垂军,自引兵随后赴邺。垂至邺下,先接刘木捷报,继与农等相会。农本由大众推戴,权称骠骑大将军,都督河北诸军事。垂即令实授官阶,立世子宝为太子,改秦建元二十年为燕元年,史家称为后燕。亦十六国中之一。服色朝仪,概如旧章,大封宗室功臣,计王公侯伯子男百余人。

秦长乐公丕,使属吏姜让至垂营,责他负德。垂答道:"孤受秦王厚恩,未尝背负,故欲保全长乐公,使他率众往赴长安,然后修我旧业,与秦永为邻好,若长乐公执迷不悟,未肯举邺城归还,孤只可悉众与争,一经决裂,恐长乐公匹马求生,也不可得了。"让厉声道:"将军不容本国,奔命我朝,岂尚得有故燕尺土么?主上与将军风殊类别,一见倾心,亲如宗族,宠逾勋旧,从来君臣际遇,有如此隆厚么?今因王师小败,遂有异图,长乐公乃主上元子,受命镇邺,岂肯低首下心,便将全邺相让,将军欲裂冠毁冕,自可穷极兵势,何劳多言!不过将军年垂七十,叛道致败,悬首白旗,高世忠臣,反为逆鬼,实未免令人可惜哩!"垂听了让言,倒也无言可驳。惟左右都恨让不逊,俱请杀让,垂摇首道:"彼此各为其主,让有何罪?"仍依礼遣归。因即麾众攻邺,且遣使上表长安,愿送丕入关,乞还邺城。表文有云:

臣才非古人,致祸起萧墙,身婴时难,归命圣朝。陛下恩深周汉,猥叨微顾之遇,位为列将,爵忝通侯,誓在戮力输诚,尝惧不及。去夏桓冲送死,一出云消,回讨郯城,俘馘万计,斯诚陛下神算之奇，抑亦愚臣忘死之效，方将饮马桂州，悬旗闽会，不图天助乱德，大驾班师，陛下单马奔臣，臣奉卫匪贰，岂惟陛下圣明，鉴臣丹心，皇天后土，实亦知之。臣奉诏北巡，受制长乐，丕外失众心，内多猜忌，令臣野次外庭，不听谒庙。丁零逆竖，寇逼豫州，丕迫臣单赴，限以师程，惟给散卒二千，尽无兵仗，复令飞龙潜为刺客。及至洛阳，平原公晖，复不信纳。臣窃维进无淮阴功高之虑，退无李广失利之愆，但惧青蝇，交乱黑白，颠倒是非。丁零夷夏，以臣忠而见疑，乃推臣为盟主，臣受托善始，不遂令终，泣望西京，挥涕即迈。军次石门，所在云赴，虽周武之会于孟津，汉祖之集于垓下，不期之众，实有甚焉。**语太自豪。**臣欲令长乐公尽众西还，以礼发遣，而丕固守匹夫之志，不达变通之理。臣息农，收集故营，以备不虞，而石越倾邺城之众，轻相掩袭，兵阵未交，越已陨首。臣既单车悬轸，归者如云，斯实天符，非臣之力。且邺系臣国旧都，应即惠及，然后西向受命，永守东藩，上成陛下遇臣之意，下全愚臣感报之诚。今进兵至邺，并喻丕以天时人事，而丕不察机运，杜门自守，时出挑战。兵刃相交，恒恐兵矢误中，以伤陛下天性之念。臣之此诚，未简天听，辄遏兵止锐，不敢穷攻。夫运有推移，来去常事，惟陛下鉴之！

秦王坚得表，当然愤恨，也有一书报垂道：

　　朕以不德，忝承灵命，君临万邦，二十余年矣。遐方幽裔，莫不来庭，惟东南一隅，敢违王命。朕爰奋六师，恭行天罚，而玄机不吊，王师败绩，赖卿忠诚之至，辅翼朕躬，社稷之不陨，卿之力也。中心藏之，何日忘之！方拟任卿以元相，爵卿以郡侯，庶弘济艰难，敬酬勋烈，何意伯夷忽毁冰操，柳惠倏为淫夫，览表愦然，有惭朝士。卿既不容于本国，匹马而投命，朕则宠卿以将位，礼卿以上宾，任同旧臣，爵齐勋辅，歃血断金，披心相付，谓卿食椹怀音，保之偕老，岂意畜水覆舟，养兽反害，悔之噬脐，将何所及！诞言骇众，夸拟非常，周武之事，岂卿庸人所可并论哉！失笼之鸟，非罗所羁；脱网之鲸，岂罟所制，翱陆任怀，何烦闻也。念卿垂老，老而为贼，生为叛臣，死为逆鬼，侏张幽显，布毒存亡，中原士女，何痛如之！朕之历运兴丧，岂复由卿，但长乐平原，以未立之年，遇卿于两都，虑其经略，未称朕心，所恨者此焉而已，余复何言！

第六十八回 结丁零再兴燕祚 索邺城申表秦庭

垂览书不顾,但督兵围住邺城,攻入外郭。秦苻丕退守中城,与垂相持,经旬未下。垂遣老弱至魏郡肥乡,筑造新兴城,置守辎重,复令弟范阳王德,及从子太原王楷等,攻据枋头馆陶,置戍而还。自是关东六州郡县,依次降燕。

秦北地长史慕容泓,系前燕主慕容暐弟,闻垂已起兵恢复,遂亡奔关东,收集鲜卑遗众,得数千人,还屯华阴,自称都督

陕西诸军事,大将军,雍州牧,济北王。秦王坚急命钜鹿公睿为大将军,都督中外诸军事,并授左将军窦冲为长史,龙骧将军姚苌为司马,拨兵五万,使往讨泓。兵队方发,忽报平阳太守慕容冲,亦起兵河东,攻秦蒲坂。冲系泓弟,从前秦灭燕时,冲年尚只十有二岁,与乃姊清河公主同为秦俘,充入掖庭。清河公主,年方二七,具有绝色,正是芬含豆蔻,艳若芙蕖,坚怎肯放过,逼令侍寝。亡国女儿,不能自主,只好由他摆布,充做玩物。冲亦面若冠玉,与乃姊不相上下,坚又视若娈童,晨夕与共,扑朔雌雄,迷离莫辨。当时长安有歌谣云:"一雌复一雄,双飞入紫宫。"王猛在日,极言切谏,坚不得已遣冲出宫。俟冲稍长,便令为平阳太守,哪知他得了尺符,也乘势发难,竟与兄起兵响应,小子有诗咏道:

到底男戎胜女戎,龙阳崛起亦称雄。
可知伊训由来旧,误昵顽童长乱风。

冲复叛秦,秦王坚不得不防,又只好调兵往御。欲知何人为将,且

待下回再表。

回评 秦王坚父子之纵垂,同一失策。垂可取坚而不取,至赴邺以后,杀吏烧亭,始露异谋。嗣且借征讨之名,袭杀苻飞龙,联合翟斌,公然叛秦,自号燕王。何其舍易而就难,先顺而后逆也,推垂之意,以为英雄举事,不迫人险,纵坚所以报私恩,联斌所以复旧业,晋文公退避三舍,卒败楚于城濮,后世不讥其负德,垂亦犹是耳。且观其上表秦庭,犹以臣道自处,虽仿之周武汉高,不无过夸,然其不欲以叛人自处,已在言表。坚之报书责垂,有悔恨语。不知坚之致亡,咎由自取,违众寇晋,一败涂地,即无慕容氏之发难,而姚苌等伺隙而动,宁不足以乱秦!秦固无久安之理也,于慕容垂乎何尤?

第六十九回

据渭北后秦独立　入阿房西燕称尊

却说慕容冲起兵平阳,进攻蒲坂,秦王坚欲调兵抵御,一时苦无统将,只好将钜鹿长史窦冲,拨使讨冲。钜鹿公苻睿,少了一个帮手,未免势孤,但睿是少年使气,粗猛任性,不管什么利害,即倍道往攻华阴。慕容泓接得探报,说他来势凶猛,却也寒心,当下引众东走,将奔关东。睿便欲率兵邀击,司马姚苌进谏道:"鲜卑各众,并皆思归,所以群起为乱,今彼既东行,正好驱令出关,由彼自去,不宜阻遏。试想鼷鼠甚微,被人执尾,尚能反噬;况乱党甚多,凶猛可知,倘或进退无路,必将向我致死,我一失利,悔将何及!故不若鸣鼓相随,但教张皇声势,彼已是奔避不遑了。"睿悍然道:"今日驱出关外,他日待我旋师,彼又入关,终为后患,俗语有云:斩草除根,能乘此斩尽根株,岂不较善!况我兵比寇倍蓰,怕他什么?"匹夫之勇,徒自取死。遂不从苌议,自为前驱,往截慕容泓。泓正防秦军掩击,却故意逗留华泽,分兵四伏,专待苻睿到来。睿未曾探明路径,但知向前乱闯,纵辔急进,行至华泽附近,见有一簇人马,停驻泽旁,便麾兵杀去。泓略略接战,当即退走,睿不肯舍泓,从后追赶。到了泽畔,正值春草繁茂,一碧连天,看不出什么高低,辨不出什么燥湿,睿尚自恃兵众,不以为意。猛听得胡哨声起,草泽里面,钻出许多伏兵,各执长槊,前来厮杀,睿忙督众抵敌,不防一面伏发,四面俱起,一齐围裹拢来,累得睿前后左右,统是敌兵。睿自知不佳,只好退兵,为了一退,顿致行伍错乱,没路乱窜。华泽中多是泥淖,一不经心,立即滑倒,断送性命,睿亦急不暇择,误蹈淖中,马足越陷越深,一时无从自拔,那敌兵即乘势攒集,你一槊,我一槊,戳得苻睿身上有几十百个窟窿,就使铜头铁脚,也是活不成了。余众亦大半陷没,只剩得残卒数千,还亏姚苌驰来援应,方得救回。

苌返至华阴,检查兵士,十失七八,几难成军。乃遣龙骧长史赵都,速诣长安,报明败状,一面谢罪,一面请示。哪知赵都去后,杳无复音,

立獨秦後水渭據

派人探听,才知都被杀,且有敕命来拿姚苌。苌当然惶急,潜奔渭北,转至马牧。西州豪族尹详、赵曜、王钦、狄广等,共挈五万余家,愿推苌为盟主,苌未肯照允。天水人尹纬进言道:"百六数周,秦亡已兆,如将军威灵命世,必能匡济时艰,所以豪杰驱驰,共乐推戴,将军宜降心从议,曲慰众望,不可坐观沉溺,同就沦胥。"苌踌躇半晌,自思秦已与绝,无路可归,不如就此独立,较为得计。全是苻坚激成。遂依了纬议,据万年为根本地,自称大将军大单于秦王,大赦境内,改元白雀。即用尹详庞演为左右长史,姚晃尹纬为左右司马,狄伯支焦虔等为从事中郎,王钦赵曜狄广等为将帅。历史上称苻氏为前秦,姚氏为后秦。为十六国中三秦之一。

时慕容冲为秦将窦冲所破,奔依兄泓。泓仍屯华阴,集众至十余万,因贻书秦王坚道:"吴王指慕容垂。已定关东,可速资备大驾,奉送家兄皇帝,指慕容暐。泓当率关中燕人,翼卫皇帝还主邺都,与秦以武牢为界,分王天下,永为邻好。钜鹿公轻騕锐进,为乱兵所害,非泓本意,还幸俯原!"若讥若讽,比唾骂还要厉害。坚得书大怒,即召慕容暐入责道:"卿兄弟干纪僭乱,乖逆人神,朕应天行罚,拘卿入关,卿未必改迷归善,乃朕不忍多诛,宥卿兄弟,各赐爵秩,虽云破灭,不异保全,奈何因王师小败,便猖獗至此?垂叛关东,泓冲复称兵内侮,岂不可恨!今泓书如此,付卿自阅,卿如欲去,朕当相资助,如卿宗族,可谓人面兽心,不能以国士相待呢。”说着，将来书掷示慕容暐，暐连忙叩头，流血泣谢。坚怒意少解，乃徐徐说道：“古人云父子兄弟，罪不相及，今三竖构兵，咎不在卿，朕非不晓，许卿无罪，仍守原官。但卿宜分书招谕，令三叛速即罢兵，各还长安，须知朕不为已甚，所有前愆，概从恩宥便了。”全是呆气。暐唯唯而出，名为奉命致书，暗中却遣密使嘱泓道：“秦数已终，燕可重兴，惟我似笼中禽鸟，断无还理，且我不能保守宗庙，自知罪大，不足复顾。汝可勉建大业，用吴王为相国，中山王暐曾封冲为中山王。为太宰，领大司马，汝可为大将军，领司徒，承制封拜，听我死耗，汝便即尊位，休得自误！”亡国主自知死罪，死期亦不远了。泓得暐使传言，乃进向长安，改元燕兴，且致书与垂，互结声援。

垂围攻邺城，日久未下，因向右司马封卫问计，卫请决漳水灌城。垂依议施行，水入城中，固守如故。垂未免焦烦，特自往游猎，聊作消遣，顺便过饮华林园，不意为内城所闻，出兵掩袭，将园围住，飞矢如注，垂几不得脱，幸冠军将军慕容隆，麾骑往援，冲破秦兵，才得翼垂出围。

垂既得回营，太子宝入白道：“翟斌恃功骄恣，潜有贰心，不可不除！”垂说道：“河南盟约，不应遽负，况罪状未露，便欲下手，人必谓我嫉功负义。我方欲收揽豪杰，恢弘大业，奈何示人褊狭，自失人望呢！果使彼有异谋，我当豫先防备，彼亦无能为了。”宝趋退后，范阳王德，陈留王绍，骠骑大将军农，俱进见道：“翟斌兄弟，贪骄无厌，必为国患。”垂又驳道：“贪必亡，骄必败，怎能为患？彼有大功，当听他自毙罢。”既而斌嘱使党与，代请为尚书令，垂复语道：“翟王功高，应居上辅；但现在台尚未建，此官不便遽设，且俟邺城平定，自当相授。”斌以所求不遂，竟致怀怒，潜与城中勾通，使人泄去漳水。当有人向垂报闻，垂不动声色，佯召斌等议事，斌与弟檀敏入帐，由垂叱令左右，将他弟兄拿下，面数斌罪，按律斩首。檀敏亦被杀，余皆不问。

斌从子真，却夜率部众，北走邯郸。嗣又还向邺下，欲与苻丕，内外相应。垂太子宝，与冠军大将军隆，凑巧碰着，迎头痛击，得将真众击退，向垂报功。垂双遣农楷二人，带着骑兵数千，北往追真。驰至下邑，见真众驻扎前面，多是老弱残兵。楷即欲进战，农谏阻道：“我兵远来，已经饥疲，且贼营内外，未见丁壮，定有诈谋，不如安营自固，免堕彼计！”楷不听农言，径击真营，真弃营佯退，诱楷往追。楷恃勇追去，果为伏兵所围,冲突不出,势将覆没。还是农急往相救,杀开血路,方将楷拔出围中,狼狈驰还,兵士已伤毙不少了。垂见楷等败归,乃宣告大众道:"苻丕穷寇,必且死守,丁零叛扰,乃我心腹大患,我且迁往新城,纵丕西还,既可谢秦王宿惠,复可防翟真来侵,这也未始非目前至计呢。"众无一异议,垂遂引兵去邺,北屯新城,再遣慕容农往攻翟真。真转趋中山,据住承营,复遣从兄辽,往扼鲁口,作为犄角。农乃先攻翟辽,辽屡战屡败,仍奔依翟真去了。垂借翟起兵,旋为翟累,他人之不可恃也如此。

后秦王姚苌,进屯北地,秦王坚调集步骑二万人,亲出讨苌。行次赵氏坞,使护军杨璧,带领游骑三千,堵苌去路。又令右军徐成,左军窦冲,镇军毛盛等,三面攻苌,连破苌兵,并将苌营水道,扼住上源,不使通入。时当盛夏,苌军无从得水,当然患渴。苌令弟尹买出营,领着劲卒二万,往击上流守堰的秦兵,期通水道。不防秦将窦冲,埋伏鹳雀渠,待至尹买到来,一鼓齐出,竟将尹买击死,斩首至一万三千级,只余数千人逃回。苌众大惧,向地掘坎,不得涓流,去路又被塞断,好似竹管煨鳅,危险万状。约莫过了三五日,苌营内渴死多人,急得苌仰天长叹,焦灼异常。忽然间,黑云四布,雷电交乘,大雨倾盆而下,滂沛周流,苌众得饮甘霖,不由得欢跃逾恒,精神陡振。更可怪的是苌营里面,水深至三尺许,距营百步外,水仅寸余。秦王坚方在营用膳,得着雨信,甚至投箸起座,出指空中道:"老天,老天!难道汝亦佑贼么?"汝何尝非贼?秦军见天意归苌,并皆气馁,苌军转衰为盛,又通使慕容泓,约为奥援。

会燕谋臣高盖等,因泓持法严峻,德望不及乃弟冲,竟引众杀泓,推立冲为皇太弟,承制行事,署置百官,即用高盖为尚书令。杀兄者反举为首辅,可见冲实与谋。姚苌闻冲得众心,特致书相贺,且遣子崇往质冲营,令冲速赴长安,牵制苻坚。一面集众七万,径攻秦军。秦将杨璧,挡住去路,被苌冲杀过去,立即荡破,且将杨璧擒住。再分头掩击徐成毛盛各营,无不摧陷。连徐毛二将,一并擒来,只窦冲得脱。苌却厚待杨璧徐成毛盛三人,与他宴饮,好言抚慰,以礼遣归。乐得客气。

秦王坚很是懊丧,又接长安警报,慕容冲兵马日逼,不得已舍了姚苌,奔回长安。适平原公苻晖,率领洛阳陕城兵众七万人,还援根本,坚遂命晖都督中外诸军事,配兵五万,出拒慕容冲。行至郑西,与冲接战,秦兵已成弩末,所向皆靡,晖只得退走。坚又遣前将军姜宇,与少子河

第六十九回 据渭北后秦独立 入阿房西燕称尊

间公琳,率众三万,御冲坝上,又复败绩。琳与宇相继战死,冲遂入据阿房城。冲小字凤皇,当时长安有歌谣道:"凤凰凤凰止阿房。"秦王坚还道阿房城内,将有真凤凰到来,意谓凤凰非梧桐不栖,非竹实不食,特植桐竹数十万株,专待凤凰。哪知来的是人中凤凰,不是鸟中凤凰,反使秦王坚一番奢望,变作深愁。这岂非变生不测么?

俗语说得好,喜无双至,祸不单行。秦既为慕容氏姚氏所困,已闹得一塌糊涂,偏江左的桓谢各军也乘势进略淮北,连下各城。荆江都督桓冲,已自愧前时失言,悔不该轻视谢氏,遂至恚愤成疾,病殁任所。回应六十七回中桓冲语,且因冲尚为贤臣,故随笔叙及冲之病殁。晋廷追赠冲为太尉,予谥宣穆。只从子桓石虔,方随谢玄逾淮北行,拔鲁阳,下彭城,逐去秦徐州刺史赵迁。玄表石虔为河东太守,使守鲁阳,自为彭城镇帅,使内史刘牢之,攻秦兖州,击走秦守吏张崇。崇奔依燕王慕容垂,牢之得进据鄄城,晋军大振。河南城堡,陆续归晋,晋授太保谢安为大都督,统辖扬江荆司豫徐兖青冀幽并梁益雍凉十五州军事,并加黄钺,余官如故。安表辞太保职衔,情愿统兵北征,恢复中原全境,有诏不许。适谢玄进图青州,特遣淮阳太守高素,率兵三千,往攻广固。秦青州刺史苻朗,系秦王坚从子,放达有余,韬略不足,急得手足无措,只好奉书乞降。玄当即收纳,送朗入都,再分檄各将,北攻冀州,刘牢之进据确磝,济阳太守郭满,又进据滑台,将军颜肱刘袭等,复进逼黎阳。秦冀州牧苻丕,闻报大惊,急遣将军桑据,至黎阳抵御晋军。不料黎阳又被陷没,更闻燕军复来围邺,正是愁不胜愁,拒不胜拒,没奈何遣参军焦逵,向晋乞和,宁让邺城与晋,但请假途求粮,西赴国难。

逵奉命后,密语司马杨膺道:"今丧败至此,长安阻绝,存亡且不可知,就使屈节竭诚,径乞粮援,尚恐不得见许,乃长乐公豪气未除,语设两端,事必无成,奈何奈何?"杨膺道:"这也何难,但教改书为表,自称降晋,许以王师一至,便当致身南归,我想晋军方锐图冀州,定必前来援邺了。"焦逵犹有难色,膺附耳与语道:"君虑彼未肯相从吗?如果晋军到来,我等可逼令出降,否则生缚与晋,看他何法拒我?"好一个参谋。说罢,便将丕书私下改窜,令逵赍送晋军。

晋将接着,送逵往见谢玄,玄欲征丕子入质,然后出援。逵固陈丕无他志,且将杨膺所嘱,亦约略表露,玄始有允意,遣使转白谢安。安正与琅琊王道子有隙,乐得借此为名,出外督军,遂许玄收邺,自请往镇广陵,经略中原。孝武帝当即批准,亲饯西池,由安献觞赋诗,从容尽欢,然后别主出都,尽室偕行,径赴广陵去了。

且说慕容垂屯兵新城,遣子麟攻入常山,收降秦将苻定苻绍苻亮苻评,进拔中山,执住守将苻鉴,遂得入中山城。慕容农引兵会麟,与麟共攻翟真,驰至承营,两人并辔先驱,观察形势,随从只数千骑兵,真却驱众齐出,竟来角斗。燕兵俱逡巡欲退,慕容农语麟道:"丁零非不勇悍,翟真却是懦弱,我若简率精锐,专攻翟真,真必却走,众亦自散,可蘷使尽歼了。"说着,便回头返顾,见骁骑将军慕容国,方在背后,就使他率领锐骑百余,径冲翟真,真果返奔,众亦驰还。农与麟从后追逐,迫压营门,真众争门奔入,自相践踏,死伤甚众。燕军得夹杂进门,遂拔承营外郭。真慌忙逃入内城,闭门守住,有一半未及奔入,统弃械降燕。慕容农收了降众,再攻内城。相持多日,真粮将尽,潜开门遁往行唐,真司马鲜于乞叛真,将真刺死,自称赵王。真众不服,又共杀乞,拟推立翟辽为主。偏辽已奔往黎阳,只有从弟翟成,尚在军中,大众就奉为主帅,据住行唐,苟延残喘罢了。

慕容垂拟北都中山,将自新城启行,闻苻丕在邺,引晋援师,不由得怒气上冲,便语范阳王德道:"苻丕可去不去,与我争邺,且向晋乞援助守,情实可恨,我且去赶走了他,再作计较。"德也即赞成,因复引兵围邺,但留出西门一路,纵丕出奔。丕仍不肯去,居守如初。

垂在城下数日,接得慕容冲来书,乃是故主慕容㬙被杀,在秦诸宗族,一律就歼,只垂幼子柔,与垂孙盛,脱奔冲营,幸得无恙,请垂放心。且说自己承㬙遗命,已在阿房城称尊即位,勉承燕祚,云云。垂不禁悲叹,将佐统向垂劝进,垂谓冲已称号关中,不应遽自加号,且从缓议为是,<u>垂非不愿称尊,实恐柔盛为冲所害,故置诸缓图</u>。将佐方才无言。究竟慕容㬙如何被杀,应该约略叙明。

㬙在长安,尚有宗族千余人,他本思奔往关东,苦无间隙。慕容绍兄肃,与㬙密谋,将乘㬙子婚期,请坚入室,为刺坚计,坚全未得知。既而婚期已届,㬙入见坚,稽首称谢道:"臣弟冲不识义方,辜负国恩,臣罪该万死,蒙陛下恩同天地,许臣更生,臣次子适当结婚,愚意欲暂屈銮驾,幸臣私第,臣得奉觞上寿,不胜万幸!"坚当即许诺,会遇大雨,坚不

第六十九回　据渭北后秦独立　入阿房西燕称尊

果出,昍计遂败。乃决意出奔,密令部酋悉罗腾、屈突铁侯等,潜告鲜卑遗众,诈言自己将受命出镇,旧部俱可随去,应预先会集,在城外伺候。部众信以为真,内有一人名叫突贤,往

与妹别,妹为秦将窦冲妾,不忍乃兄远离,请诸窦冲,乞留突贤。冲即入白秦王,秦王坚惊诧道:"朕并未有遣昍情事,为何设此谎言?"冲答道:"陛下既未有此意,定是慕容昍有异谋了。请速传召悉罗腾,讯明虚实。"坚即召腾入讯,备悉昍谋,因复传召昍肃。肃语昍道:"无故猝召,事必泄了,入即俱死,不如杀死来使,斩关出奔,或可得一生路。"昍尚谓秦王未必知谋,当有别事相商,遂与肃并入见坚。坚果盛气相向,叱昍负恩谋叛。昍尚思抵赖,肃直答道:"家国事重,顾不得小恩小惠,我等不幸事泄,外面二王即至,秦祚总不久了。"坚竟大怒,喝斩昍肃。并令卫兵搜捕鲜卑各众,无论男女老幼,尽加诛戮。惟慕容柔寄养阉人宋牙家,幸得免死,且与慕容盛乘隙逃出,奔依慕容冲。

冲为昍发丧,托称受遗即位,称帝阿房,改元更始,因即贻书与垂,如上所述。史称慕容冲为西燕,但因他历年短促,不列入十六国中。_{特别提醒。}小子有诗叹道:

　　桐竹纷披引凤凰,矫雏一举入阿房;
　　当年僭国俱垂史,独略西燕为速亡。

冲既称帝,复西逼长安。欲知秦王坚如何拒冲,请看官续阅下回。

回评 本回事实，最为拉杂，总之为苻秦衰亡之兆。慕容垂慕容泓慕容冲，皆燕臣而降入于秦者也。姚苌为姚弋仲第二十四子，亦因兄襄之败没，率诸弟而降入于秦者也。垂之叛，秦纵之；苌之叛，秦实激之，纵之已为失策，激之尤属非计，故秦王坚之败亡，皆其自取耳。慕容泓慕容冲，因垂之发难而并起，紫宫之谶，凤凰之谣，何莫非坚之自召，乐极悲生，理有固然，无足怪者。晋与秦本为仇敌，其乘秦乱而出兵，尤势所必至者也。翟斌辈特其导线耳。故本回虽头绪纷繁，而实可一言以蔽曰：苻秦之乱亡。

第七十回

堕虏谋晋将逾绝涧　应童谣秦主缮新城

却说慕容冲进逼长安，众至数万。秦王坚登城俯视，见冲在马上耀武扬威，不禁失声道："此虏从何处出来，乃敢猖獗至此！"当还问自己。说着，复大声呼冲道："奴辈止可牧牛羊，何苦自来送死！"前时何亦引入紫宫？冲答道："正因不愿为奴，所以欲取尔位！"坚令将士登陴守御，自下城踌躇多时，乃遣使赍取锦袍一袭，出城送入冲营，且令传谕道："古人交兵，不绝使人，朕想卿远来草创，岂不惮劳，特命使臣赐汝一袍，聊明本怀，朕与卿何等恩情，卿为什么变志？"冲亦遣詹事复答，自称皇太弟，谓现今心在天下，岂顾一袍小惠，如果知命，便可君臣束手，早送出皇帝梓宫，孤当宽贷苻氏，借报前惠，省得汝口口声声，自矜旧谊。龙阳之宠，原不足道。这一席话，气得苻坚两目圆睁，且怒且悔道："我不用王景略阳平公言，使白虏胆敢至此，岂不可叹！"秦人向呼鲜卑为白虏。遂调兵出战，互有杀伤。两下里相持兼旬，已战过了好几次，未决胜负。秦王坚不觉愤发，亲督将士，与冲交战仇班渠，得破冲军，进至雀桑再战又捷，复进至白渠，陷入伏中，为冲所围。又是骄兵之过。殿中上将军邓迈，左中郎将邓绥，尚书郎邓琼，自相告语道："我家世受秦恩，怎可不死君难！"当下各执长矛，拼死突围，三将在前，诸军随后，一齐奋勇，立将冲兵冲散。坚得着走路，始克驰归。

冲收兵不进，到了夜间，却遣尚书令高盖，引众疾走，潜袭长安。城中未曾戒备，晨启南门，突被冲军掩入，门不及闭，幸左将军窦冲，前禁将军李辩等，从内城杀出，猛厉无前，得把高盖杀退，斩首八百，裒尸分食。盖败退后，复移兵往攻渭北诸垒，与秦太子宏相值，战复失利，奔回冲营。秦王坚又自出击冲，大获胜仗，逐冲至阿房城，城尚未阑。秦将请乘胜杀入，偏坚惩着前败，只恐城内有伏，不敢径进，竟鸣金收军，退回长安。前次轻进，此次轻退，总之气数将尽，无一合宜。

后秦王苌，闻冲入关，与僚佐共议进止，齐声道："大王宜亟西行，得能先取长安,方可立定根本,再图四方。"苌笑说道:"诸君所论,皆非明见。今日燕人起兵,意在规复故土,就使得志,也必不愿久留关中,我当移屯岭北,广收资实,坐待秦亡,俟燕人既去,然后引众入关,长安可唾手而取了。是即鹬蚌相争,渔翁得利之策。僚佐方才拜服,苌乃留长子兴居守北地,自率部众趋新平。从前石虎季年,清河人崔悦为新平相,被郡人杀死,悦子液奔入长安,至苻坚僭位,得官尚书郎,自表父仇不共戴天,欲与新平人拼命,坚代为调停,削去新平城角,作为纪念。新平土豪,引为已耻,常思自立忠义,得补前恨。及苌至新平,太实苟辅,因兵单难守,即欲降苌,郡人冯杰等人谏道:"天下丧乱,忠臣乃见,昔田单仅守一城,尚得存齐,今秦犹连城数百,难道便灭亡不成? 况既为臣子,服事君父,要当尽心竭力,除死方休,奈何甘作叛臣,遗臭万年呢?"辅乃誓众固守,多方抵御。苌筑土山,辅亦筑土山,苌凿地道,辅亦凿地道,内外相制,屡挫苌众。辅又为诈降计,诱苌入城,伏兵邀击,几得擒苌。苌幸得逃脱,部众丧亡万余人。嗣是苌不与辅战,但在城外,筑起长围,堵截粮汲,辅坚守数月,粮尽矢竭,连水道尚且不通,眼见是无力再支。苌探得消息,即遣吏语辅道:"我方以义取天下,岂忍仇害忠臣? 君可率众男女还长安,请勿他虑,我但求此城设镇罢了。"辅信为真言,遂率男女万五千口,开城西走,哪知苌已预设陷坑,坑旁置伏,一俟辅众出来,即发伏四麾,迫使入阱,可怜万五千口兵民,都堕落陷坑中,尽被坑死,无一孑遗。如此暴虐,哪得久长? 苌得入据新平,专探听长安消息,再议进行。

那邺城为燕王垂所困,再遣使至晋促援。晋前锋都督谢玄,乃遣刘牢之率兵二万,北援邺城,并馈秦兵粮米二万斛。燕王垂督众逆战,挡不住牢之锐气,纷纷溃退,垂不得已撤围北走。牢之不愿入城,便即长驱追击。秦长乐公丕,正出城迎接牢之,偏牢之已经过去,乃亦督兵继进。牢之恃勇轻追,昼夜疾驰二百里,至董唐渊,将及垂兵。垂语将佐道:"秦晋瓦合,各自争强,胜不相让,败不相救,实非同心。今两军相继追来,势尚未合,我宜用计,先破晋军,晋军败去,苻丕亦何能为呢?"遂在五桥泽旁,散置辎重,作为晋饵,使慕容德慕容隆两将,分兵伏住五丈桥,静候晋军。牢之引众越五桥泽,见沿路尽是辎重,不禁欣羡起来,晋军又个个好利,统望前争取,遂致不顾行列,哪知慕容德慕容隆两军,

第七十回　堕虏谋晋将逾绝涧　应童谣秦主缮新城

左右杀出，急切里如何抵挡？再加慕容垂统着大众，又复杀回，三面受敌，料难招架，不得不拍马返奔，回至桥畔，禁不住叫一声苦，原来桥板已被燕兵拆去，只有涧水潺潺，络绎不绝。牢之逃命要紧，索性退后数步，将马缰一提，幸亏是匹骏马，腾空跃起，得将五丈涧跳过。也是牢之命尚未绝。部众无此马匹，相率投入涧中，好许多卷入漩涡，随水漂没，惟素能泅水的，还得幸逃性命。偏燕兵尚不肯舍，架起桥板，仍逾桥追来。牢之倍觉着急，适值苻丕踵至，才得保救牢之，击退燕兵。牢之随丕回邺，邺中大饥，前时由晋给与二万斛，经旬散尽。丕不得已引众至枋头，就食晋谷，令刘牢之入守邺城。谢玄以牢之兵败，征还原镇。丕亦仍然回邺，察知杨膺前谋，将他诛戮，自是仍不服晋。

慕容垂亦无从觅粮，趋回中山，沿途但取桑椹代食，饥疲异常。关东前时，曾有谣言道："幽出

堕虏谋晋将逾绝涧

䧗，生当灭，若不灭，百姓绝。"䧗系慕容垂原名。曾见前文。垂与丕相持经年，害得百姓不安耕稼，遂致野无青草，人自相食，应了前日谣言；这也未始非劫运侵寻，所以有此兵争呢。实是争城者之罪。

且说慕容冲败回阿房，收集败军，再加整缮，复四出寇掠。秦平原公苻晖，屡次为冲所败，秦王坚使人责晖道："汝为我子，拥众数万，不能制一白虏小儿，还想活着做甚？"晖闻言恚慨，竟至自杀。前禁将军李辩，都水使者彭和正，恐长安不守，召集西州人，出屯韭园，坚征召不至。高阳公苻方，与尚书韦钟父子，驻守骊山。方与冲战殁，钟父子并

皆擒住。冲命钟子谦为冯翊太守，使招降三辅士民。冯翊垒主邵安民等，责谦道："君系雍州望族，今乃从贼自失忠义，有何面目对人！乃尚敢来饶舌吗？"谦羞惭满面，返白父钟，钟不胜悔叹，仰药以殉，谦南下奔晋。秦左将军苟池，右将军俱石子，率骑五千，与冲争麦，冲族人征西将军慕容永，击杀苟池，石子奔邺。秦复遣骁将杨定，引兵击冲。定系故仇池公杨纂族人，仇池陷没，降入苻秦，_{秦灭仇池，见六十二回。}坚爱定骁勇，招为女婿，拜领军将军，至是率左右精骑二千五百人，前击冲军，十荡九决，无人敢当。冲众大败，被定掳得万余人，还城报功。坚命将俘虏一并坑毙，再令定出徇坝上，又破慕容永，永退语慕容冲，谓定难力敌，宜用智取。冲乃设堑自固，俟养足锐气，再行进攻。嗣闻长安城上有群鸟数万翔鸣，俱作悲声，关中术士，多言长安将破，冲乃悉众攻长安，秦王坚亲出督战，飞矢集身，流血满体，不得已走还城中。

冲纵兵暴掠，民皆流散，道路断绝，千里无人烟。惟冯翊堡壁三十余所，推平远将军赵敖为统主，共结盟誓，辄遣人负粮助坚，途中多为燕兵所杀，不过二三人得入长安。坚使人传语道："闻来使多不得达，忠义可嘉，死亡可悯。当今寇氛日恶，非数人可能拒灭，但望明灵照护，祸绝灾退，方有转机，卿等当善保诚顺，为国自爱，裹粮坐甲，静听师期，不可徒劳役夫，轻糜虎口。为此谕令周知"等语。既而三辅豪民，又遣人告坚，请拨兵攻冲，愿放火为内应。坚又与语道："诸卿忠诚，可敬可哀，但时运剥丧，恐无益国家，空使诸卿夷灭，益足伤心！试想我猛士如虎，利刃若霜，乃反为小丑所困，岂非天意，愿卿等善思为是！"_{天道恶盈，坚其果知此义否？}偏豪民又复固请，情愿效死，坚乃遣骑士八百，往劫冲营。三辅人却也纵火，无奈风势不顺，焰反倒冲，竟致自焚，十有九死。

坚闻报益哀，就在长安设祭招魂，且亲制诔文道："有忠有灵，来就此庭，归汝先父，勿为妖形。"一面遣护军仇腾为冯翊太守，往抚郡县，大众都感激涕零，誓无贰志。无如人心尚固，天意难回，长安城中，但闻有人夜呼道："杨定健儿应属我，宫殿台观应坐我，父子同出不共汝。"到了诘旦，遍索此人，查无踪迹。长安又有遗书，叫做《古苻传贾录》，内有"帝出五将久长得"一语。又秦人亦有谣传云："坚入五将久长得。"坚知长安东北有五将山，还道是往至五将，便可久长得国。乃嘱太子宏留守长安，且与语道："谶文谣言，统谓我宜出五将。大约天意

第七十回　堕虏谋晋将逾绝涧　应童谣秦主缢新城

欲导我出外,集兵剿寇。今留汝兼总兵政,善守城池,不必与贼争利,我当出陇收兵,输粮给汝便了。"计议已定,先使将军杨定,出西门击冲,截住冲军,自与宠妃张夫人,及幼子中山公诜,幼女宝锦,率骑数百,东出五将。正要启行,即有败卒入报道:"杨将军为贼所算,追贼不慎,堕入陷坑,竟被贼捉去了!"杨定被擒,事从虚写。坚不禁大骇,匆匆嘱别,出城自去。

长安城中的战将,首推杨定,定既被擒,阖城惊惧。燕兵又猛攻不息,秦太子宏,料不能守,奉母挈妻及宗室男女等,西奔下辨。百僚逃散,司隶校尉权翼等数百人,奔投后秦。慕容冲入据长安,纵兵大掠,死亡不可胜计。那秦王坚出长安城,行过韭园,麾骑袭击,前禁将军李辩奔燕,都水使者彭和正走死,坚乃径往五将山。

后秦主姚苌,探得苻坚出奔,正拟往袭,适值权翼奔来,益知苻氏虚实,遂遣骁骑将军吴忠,带领骑兵,往围五将山。忠星夜前进,行抵五将,一声鼓噪,把山围住。秦兵当即骇走,只侍御十余人,随着苻坚。坚神色自若,尚召宰人进膳,从容下箸。俄而后秦兵至,把坚拘往新平。所有坚妾张夫人以下,一并被掳,幽禁新平佛寺中。姚苌不见苻坚,但使人向坚求玺道:"苌次应历数,可将传国玺见惠。"坚瞋目怒叱道:"小羌敢干逼天子,太无天理,图纬符命,有何依据?五胡次序,无汝羌名,玺已送晋,岂授汝小羌么?"苌尚不肯已,再遣右司马尹纬,迫坚禅位。坚见纬状貌魁梧,志气英挺,身长八尺,腰带十围,不由得惊问道:"卿在朕朝,曾否得官?"纬答道:"曾做过几年吏部令史。"坚叹息道:"卿仪容不亚王景略,也是一宰相才,朕无耳目,独不知卿,怪不得今朝败亡哩?"纬乃援尧舜禅让故事,从容讽坚。坚变色道:"禅让故事,惟圣贤可为,姚苌叛贼,怎得上拟古人!"汝也不配为圣贤。说着,复大骂姚苌背恩负义,唠叨不休。纬知不可说,返报姚苌,苌竟遣使逼坚自尽。坚临死时,顾语张夫人道:"不可使羌奴辱我女儿。"遂拔出佩剑,先杀宝锦,然后投缳毕命,计年四十八岁。张夫人向尸再拜,大哭一场,就把坚佩剑拾起,向颈一横,碧血飞溅,红颜委逝。中山公诜,也取剑自刎,随那父母灵魂,同往鬼门关去了。难得有此烈妇孝子!

后秦将士,得知此变,也为哀恸。姚苌至此,亦不欲自播恶名,只言坚父子自尽,许为殓葬,追谥坚为壮烈天王。先是关中,尝有童谣云:

应童谣秦主缢新城

"河水清复清,苻坚死新城。"坚闻谣知戒,每出征伐,遇有地方名新,便即避去,但到头终缢死新平。又有童谣云:"阿坚连牵三十年,后若欲败时,当在江淮间。"又云:"鱼羊田升当灭秦。"前谣是应在淝水一役,后谣是应在鲜卑亡秦;鱼羊便是鲜字,田升乃是卑字,总计坚在位二十七年,为晋所败,后二年,燕入长安,走死五将,俱如谣言,这且不必细表。

且说秦太子宏,奔至下辨,为南秦州刺史杨璧所拒。璧妻本是坚女,叫作顺阳公主,为太子宏女兄,他却欲自保身家,不认郎舅,竟致拒绝。世态炎凉,可见一斑!宏乃转奔武都,顺阳公主也恨夫薄情,弃璧投宏。尚恐璧发兵来追,索性南下归晋。晋廷令处江州,寻给辅国将军职衔。惟秦长乐公苻丕,趋还邺城,尚有部众三万人,会王猛子幽州刺史王永,与平州刺史苻冲,屯兵壶关,遣使迎丕。丕恐燕军复来攻邺,不如先机出走,乃率男女六万余口,西往潞州。秦骠骑将军张蚝,并州刺史王腾,趋候途中,迓丕入晋阳。王永闻信,留苻冲守壶关,自率万骑见丕,述及长安失守,及故主凶终等情。乃就晋阳举哀,三军缟素,追谥坚为宣昭皇帝。

丕即日嗣位,为坚立庙,号称世祖,改建元二十一年为太安元年。命张蚝为侍中司空,王永为侍中,都督中外诸军事,兼车骑大将军尚书令,王腾为中军大将军,司隶校尉,苻冲为尚书左仆射,封西乎王,余官亦进职有差。立妃杨氏为皇后,子宁为皇太子,颁告远近,大赦境内。

第七十回　堕房谋晋将逾绝涧　应童谣秦主缢新城

适前尚书令魏昌公苻纂，自长安奔晋阳，丕拜纂太尉，封东海王。就是苻定苻绍苻谟苻亮等，亦皆闻风反正，自河北遣使谢罪。四苻降燕见前回。还有中山太守王兖，固守博陵，为秦拒燕，上表沥陈。丕授兖为平州刺史，兼平东将军，且拜苻定为冀州牧，苻绍为冀州都督，苻谟为幽州牧，苻亮为幽平二州都督，并进爵郡公。秦左将军窦冲，秦州刺史王统，河州刺史毛绎，益州刺史王广，俱奔集陇右，合图规复。领军将军杨定，亦从燕营脱走，趋至陇上，即如南秦州刺史杨璧，也居然为秦效节，一古脑儿奉表晋阳，请讨姚苌。杨璧拒宏奉丕，可谓狡变。丕大喜过望，封杨定等俱为州牧，即令王永传檄州郡，声讨慕容氏及姚苌。小子有诗叹道：

存亡继绝亦当然，一脉留贻得再延。
可惜苻丕非令主，晋阳兴替仅逾年。

欲知檄文中如何命词，请看下回便知。

回评　苻氏衰微，兵端四起，正予东晋以规复之机会。谢安请命北征，正其时也。顾苻丕请援，即授意谢玄，遣将援邺。苻坚寇晋，仅越年余，淝水之战，侥幸一捷，此仇此恨，何可遽忘？声其罪而讨之，谁曰不宜？乃贪一邺城，反为寇援，已足见讥于外族。且刘牢之有勇鲜谋，冒险轻进，卒为慕容垂所算，弃师遁还。河洛以北，仍为左衽，是何莫非谢氏之失策耶？彼秦苻坚固骄致败，困守长安；假使招集三辅，背城借一，犹可图存，乃徒示口惠，复惩谶书，猝奔五将，受房姚氏新平之幽，靳玺不予，亦何益哉？惟如张夫人之殉节，中山公诜之殉孝，虽曰戎狄，犹秉纲常，坚死有知，其尚足自豪乎？

第七十一回

用僧言吕光还兵　依逆谋段随弑主

却说苻丕嗣位以后,令侍中王永,都督诸军,拟讨慕容氏及姚苌,因先传檄州郡,号召吏民,檄文有云:

大行皇帝弃背万国,四海无主。征东大将军长乐公,先帝元子,圣武自天,受命荆南,威振衡海,分陕东都,道被夷夏,仁泽光于宇宙,德声侔于下武。永与司空蚝等,谨顺天人之望,以季秋吉辰,奉公绍承大统,衔哀即事,栖谷总戎,枕戈待旦,志雪大耻。慕容垂为封豕于关东,泓冲继凶于京邑,致乘舆播越,宗社沦倾。羌贼姚苌,我之牧士,乘衅滔天,亲行大逆,有生之巨贼也。永累叶受恩,世荷将相,不与骊山之戎,荥泽之狄,共戴皇天,同履厚土。诸牧伯公侯,或宛沛宗臣,或四七勋旧,岂忍舍破国之丑竖,纵杀君之逆贼乎?主上飞龙九五,实协天心,灵祥休瑞,史不辍书,投戈效义之士,三十余万,少康光武之功,可旬朔而成。今以卫将军俱石子为前军师,司空张蚝为中军都督,武将猛士,风烈雷震,志殄元凶,义无他顾。永谨奉乘舆,恭行天罚,君臣始终之义在三,忘躯之诚,戮力同之,以建晋郑之美,因申羿禀之诛,宁非善乎?特具檄以闻。

这篇檄文,传递出去,却亦说得有条有理。无如苻氏已衰,不能复振,徒凭那纸上空谈,唤不起什么义举!还有秦将吕光,自略定西域后,得受封西安将军西域校尉,光定西域,见六十六回中。他闻关中大乱,拟留居龟兹,不愿东归。惟当时有西僧鸠摩罗什,为光所得,颇加信用,独劝光亟还陇右。光乃用橐驼二万余头,载运外国珍宝,及奇技异戏,殊禽怪兽千百余品,并骏马万余匹,启程而还。

小子叙到此处,记得那鸠摩罗什的履历,也与后赵时的佛图澄,同一怪异,说将起来,又有一番特别源流。鸠摩罗什世居天竺,祖宗尝为国相,父鸠摩罗炎,秉性聪懿,将嗣相位,独辞避出家,东度葱岭,行至龟兹。龟兹王闻他重名,出郊迎入,尊为国师。王有妹年已二十,才慧过人,邻国交来乞婚,俱不见许,惟见了鸠摩罗炎,却是芳心相契,愿订丝萝。才女亦喜配和尚么?炎不甚乐从,偏国王硬为要求,只好勉从王命,谐成一番欢喜缘。未几炎妻有孕,慧解逾恒,十月满足,产生罗什。过了七年,见罗什已有知识,乃挈与出家,命罗什从师受经。罗什过目成诵,日读千偈,无不记忆,且尽通晓。既而鸠摩罗炎,不知所适,罗什母也挈子远游,行至沙勒,颇得国王优待,乃暂寓沙勒国中。罗什更博览五明密论,及阴阳星算,莫不阐幽尽妙,所以吉凶休咎,都能豫知。年至二十,声名大噪,国人多奉以为师。龟兹国王,遣使迎归,罗什广说诸经,四远学徒,无人能及。罗什母亦悟彻禅机,欲往天竺求佛,但留罗什传教东土,孑身西去,后来得成正觉,进登第三果,坐化了事。惟罗什留居龟兹,专以大乘教课徒,远近景仰。秦王苻坚,亦有所闻,拟密迎罗什至国。可巧太史奏称西域分野,出现明星,当有大智入辅中国,坚憬然道:"莫非就是鸠摩罗什么?"及将军吕光,受命西征,坚特与语道:"若得罗什,即当驰驿送来,休得迟慢!"光唯唯而去。罗什闻光军将至,便语龟兹王白纯道:"国运已衰,将有勍敌从中国来,宜尽礼迎纳,勿抗敌锋。"白纯不从,果被光陷入国都,将纯逐走,掳住纯家属多人。一面搜访罗什,竟得相见。光因罗什年齿尚少,未有妻室,当将龟兹王女,强使为妻。罗什坚辞不受,光笑道:"道士贞操,岂过乃父,何必固辞?"罗什尚不肯依,光乃佯言罢议,但使罗什酣饮醇醪,待他沉醉,扶卧密室,又迫龟兹王女与他同寝。至罗什酒醒,始知中计,不得不将错便错,同效于飞。可谓作述重光。会光引军出巡,使罗什从行,道经山麓,下令安营,将士已皆休息,罗什白光道:"将军在此,必致狼狈,宜徙军陇上。"光以为妄言,笑而不纳。到了夜半,天果大雨,洪潦暴起,水深数丈,溺死至数千人,光始服罗什先见。及光欲久居龟兹,罗什又进谏道:"此处乃凶亡故土,不宜淹留,关陇自有福地可居,请即东还!"光因前次不从罗什,致遭水患,此番怎好再违忠告,自蹈凶机?乃决计引归。

　　行至玉门,为凉州梁熙所拒,责光擅命还师,特遣子胤与部将姚皓,别驾卫翰,引众五万,出击光军。一战即败,再战又败,胤率轻骑数百人东奔,被光将杜进追着,活擒而去。于是武威太守彭济,诱执梁熙,向光乞降。光杀熙父子,遂入姑臧,自领凉州刺史,护羌校尉,表杜进为抚国将军武威太守,封武始侯,自余封拜各有差。陇西郡县,陆续归附,惟酒

用僧言吕光遁兵

泉太守宋皓，南郡太守索泮，不服光命。光发兵往攻，依次陷入，执住宋皓索泮，责他违令不臣，泮朗声道："将军受诏平西域，未闻受诏略凉州，梁公何罪，乃为将军所杀，泮不能为国报仇，深加惭恨，主灭臣死，何必多言！"却是个硬头子。光竟令斩泮，并及宋皓。

先是张天锡南奔，见六十七回。世子大豫，不及随从，走依长水校尉王穆家，穆与大豫同走河西。魏安人焦松齐肃张济等，纠众数千，迎大豫为主帅，占据一方。光入凉州，令部将杜进招讨，大豫麾众杀退杜进，追逼姑臧。王穆谏阻道："吕光粮多城固，甲兵精锐，未可轻攻，不如席卷岭西，厉兵秣粟，然后东向与争，不出期年，便可得志了。"大豫不从，遣穆至岭西乞师。建康太守李隰，祁连都尉严纯阎袭等，统起兵相应。又有鲜卑旧部秃发思复鞬，即晋初叛酋树机能侄曾孙，避居河西，渐复旧业，树机能事见前文。此时也愿助大豫，遣子奚于等至姑臧。大豫屯兵城西，王穆与奚于屯兵城南，光猝发兵出南门，袭击奚于兵营，奚于不及防御，骤为所乘，竟至败殁。王穆亦被牵动，全军俱溃，就是大豫所率的兵士，也闻风骇退。于是大豫奔广武，王穆奔酒泉。广武人执住大豫，送至姑臧，被斩市曹。

会光得接长安音信，才知秦王坚为姚苌所害，乃令部曲丧服举哀，设祭城南，谥坚为文昭皇帝，大临三日。乃大赦境内，建元太安，自称中外大都督大将军，领护匈奴中郎将凉州牧酒泉公。

第七十一回 用僧言吕光还兵 依逆谋段随弑主

看官欲知吕光的身世，原来就是秦太尉吕婆楼的长儿，源出氐族，素居略阳。婆楼为秦王坚佐命功臣，故得享尊荣，垂及子嗣。相传光生时曾有光绕室，因名为光。年十岁，与村童嬉戏，喜为战阵，自作统领，部署精详，侪类莫不悦服。惟不乐读书，专好驰马，及成年后，身长八尺四寸，目有重瞳，左肘有肉印，沉毅凝重。王猛尝目为异人，白诸苻坚，举为美阳令，颇有政声。嗣迁鹰扬将军，调任步兵校尉，累著战绩。及往略西域，左臂肉印中现出赤文，有巨霸二字，夜间安营，尝有黑物护住营外，头角崭然，目光如电，诘旦即云雾四周，不得复见。光疑为黑龙，杜进谓即龙飞九五的预兆，光以此自喜，遂有大志。返据凉州，乘机自立，这便是后凉建国的权舆。亦列入十六国中，故特从详叙。

同时乞伏国仁，亦在勇士川筑城为都，国仁见六十八回。自称大都督大将军大单于，领秦河二州牧，改元建义，何义之有？设置将相，分属境为十二郡，是为西秦。彼分此裂，不相统属，可见得苻秦一败，逐鹿已多，单靠着晋阳苻丕，孤危一线，欲系千钧，谈何容易！惟故尚书令魏昌公苻纂，为丕宗亲，自关中奔至晋阳，与丕相见，丕拜纂为太尉，进封东海王，遇事必咨，共图恢复。兵尚未发，那邺城已早被燕将慕容和据去。且博陵守将王兖，本是苻氏第一忠臣，偏被那燕王垂子慕容麟，引兵围住，害得粮尽援穷。功曹张猗，逾城出降，并为慕容麟招募丁壮，编成队伍，号为义兵。引至城下，呼兖答话，劝令降燕，兖登城叱责道："卿为秦人，我为卿主，卿乃纠众应贼，反称义旅，何名实不符，竟至如此？古人有言，求忠臣于孝子之门，卿有老母在城，甘心弃去，还说出什么忠义！我不料中州文物，偏出一卿，不孝不忠，试问卿有何面目长居人世呢？"说着，弯弓欲射。猗急忙驰退，才免箭伤。阅数日，城被陷没，兖被擒不屈，便即遇害。还有秦固安侯苻鉴，也为麟所杀。能为宗邦殉节，不论夷夏，俱属忠臣。

麟向慕容垂报功，垂已至中山，见城郭缮固，宫室构新，所有府库仓廪，统皆充溢，便顾语诸将道："这是乐浪王的大功，就使汉代萧何，想亦不过如是了。"看官，你道乐浪王为谁？乃是前燕主慕容俊第四子温。垂起兵攻邺时，温亦引众往会，由垂命为征东将军，封乐浪王，使与慕容农等同定中山，即留温居守。温劝课农桑，怀远招携，外拒丁零，内抚郡县，吏民争馈粮糒，遂得富足，缮城筑室，措置裕如。垂既得此安乐乡,当然不愿他去,将佐复联笺劝进,乃以中山为国都,就南郊燔柴祭天,自称燕帝,改元建兴。署置公卿百官,缮修宗庙社稷,立世子宝为太子,余子农为辽西王,麟为赵王,隆为高阳王,范阳王德为尚书令,太原王楷为左仆射,乐浪王温为司隶校尉,领冀州刺史。追尊生母兰氏为文昭皇后,徙觊后段氏神主至别室,改奉兰氏配飨。博士刘详董谧,谓尧母位列第三,并未尝因尧为天子,上陵姜源,王道贵示大公,不宜自存私见。垂不肯依议,又废觊后可足浑氏,说她倾覆社稷,不足祔庙。实是报复前怨,事见六十一回。尊俊昭仪为景德皇后,配飨龙陵。龙陵为慕容俊墓。追谥先妃段氏为成昭皇后,册立继室段氏为皇后。可记秦王见幸时否?太子宝为先段后所出,后来宝多失德,后段后劝垂易储,议不果行,反惹出许多祸乱,事见下文。

且说西燕主慕容冲,逐去秦王坚父子,遂入据长安,怡然自得,渐即淫荒,赏罚不均,号令不明。慕容柔与慕容盛,尚在冲麾下。柔与盛奔依慕容冲,见六十九回。盛年方十三,密语叔父柔道:"从来为十人长,亦须才过九人,然后得安,今中山王指冲,见前文。智未迈众,才不逮人,功尚未成,先自骄侈。据盛看来,恐必不能持久哩!"这也所谓小时了了,大未必佳。冲遣尚书令高盖,率众五万,往伐后秦。行至新平南境,与姚苌兵马相遇,两下交战,盖兵大败,十亡七八,盖恐还军得罪,索性与残众数千人,降附姚苌,苌令为散骑常侍。这音耗传到长安,冲好似失一左臂,乃惟与左仆射慕容恒,右仆射慕容永,协图政事,但也不甚信用,遂致群怨交集,众叛亲离。将军韩延等,因众心未悦,即与前将军段随商议道:"今主上骄侈日甚,臣民不安,如何而可?我与将军百战疆场,才得关中,怎堪令庸主败坏呢!"段随道:"据君意见,应该如何处置?"韩延附耳说了两语,随只是摇头。延变色道:"将军如不见信,恐难免灭族了!"随不觉失惊,延说道:"韩信彭越,功高天下,尚且被诛,试问将军能如韩彭么?"随听此一语,也觉动心,因即依延计,乘夜行事。

到了黄昏,便密召兵士,攻入宫中。冲尚在酣饮,猛见乱兵入室,始起坐惊问,一语未完,刀锋及项,立即颈血模糊,倒毙地上,左右皆已骇散。延即率兵登殿,召集文武,高声宣令道:"慕容冲饮酒淫荒,不堪为主,我等已为众除暴,另议立君,今段将军威德日闻,可为燕主,愿诸公同心辅戴,不得有违!"文武百官,皆错愕失容,不知所对。延竟顾视左

第七十一回　用僧言吕光还兵　依逆谋段随弑主

右，令拥段随御座，且厉声道："如不服新主，便当处斩！"大众闻一"斩"字，一时不敢违慢，只好勉强谒贺，再作后图。段随居然受谒，改元昌平。草草毕礼，才命殡葬慕容冲。

当时冲将王嘉，曾劝冲东还邺城。冲见长安宫阙崇宏，后庭充牣，便乐得久居，无志东归。嘉作歌讽冲道："凤凰凤凰，何不高飞还故乡？何故在此取灭亡？"冲亦知凤皇二字，是自己的小字，六十八回中亦曾叙过。只因志在苟安，始终不从，遂遭此祸。

依逆谋段随弑主

慕容永与慕容恒，与冲同族，怎肯坐观成败，竟令外人霸据成业，安然称王？当下两人密谋，号召旧部，袭杀段随，并诛韩延等人，推立宜都王慕容恒子颢为主。恒系慕容俊弟，尝留镇辽东，燕亡时为秦将朱嶷所杀。长子便是慕容凤，曾劝丁零翟斌迎慕容垂，遂归垂麾下。见六十八回。垂为燕王，令凤承袭父爵。凤弟即慕容颢，随冲入关，永与恒乃奉为燕王，改元建明。且率鲜卑男女四十万，出关东行。才至临晋，不意恒弟慕容韬，阴怀异志，竟将颢刺死。永与武卫将军刁云攻韬，韬战败遁去。恒再立冲子瑶为主，改元建平，谥冲为威皇帝。大众不服恒所为，情愿依永，当即奉永攻恒，恒亦败走，瑶不及脱身，竟死乱军中，于是众情一致，戴永为主。永系慕容廆从孙，祖名运。自言序不当立，决计让去，另立慕容泓子忠。忠既嗣立，改元建武，即授永为丞相，封河东公。再东行至闻喜，始知慕容垂已称尊号，惮不敢进，即在闻喜县中筑造燕熙城，为自固计。偏刁云等又复杀忠，定要推永为主,永乃自称大将军大单于,领雍秦梁凉四州牧,录尚书事,兼河东王。置君如弈棋。总之,晦气几个鲜卑小鬼。一面遣使至中山,向慕容垂处称藩,一面遣使至晋阳,向秦主苻丕处假道。看官试想!这秦主丕与慕容永,具有不共戴天的大仇,难道就肯假道么?小子有诗叹道:

   大仇未复慢投戈,假道何堪谬许和;
   可惜苻秦王气尽,遗灰总莫障颓波!

欲知苻丕当日情形,容至下回续叙。

回评 佛图澄与鸠摩罗什,先后相继,留传史乘,此皆由世道衰微,圣王不作,乱臣贼子盈天下,故羽客缁流,得挟异技以干宠耳。佛图澄之于石勒,鸠摩罗什之于吕光,当其佐命之初,几若一指南之圭臬,然卒之徒炫小智,无关大体,此其所以忽兴忽衰,难与言治也。慕容冲以龙阳之姿,一跃而称燕帝,自宋朝弥子瑕以来,从未闻有此奇遇者,彼狡童者,何能为国?观其僭号以后,仅逾年而即死人手,不亦宜乎?惟段随既为冲臣,甘从韩延之逆谋,躬与篡弑,罪不容诛,虽延为主动,随为被动,然据位称尊,随实尸之。晋赵穿之弑灵公,《春秋》犹书赵盾,况段随乎?故本回以段随为首恶,遵《春秋》之大义也。

第七十二回

谋刺未成秦后死节　失营被获毛氏捐躯

却说秦自博陵失守,燕兵四至,冀州牧苻定,镇东将军苻绍,幽州牧苻谟,镇北将军苻亮,自知不能御燕,复向燕请降,受封列侯,就是王统王广毛兴等,亦互相攻夺。广败奔秦州,为鲜卑人匹兰所执,解送后秦,兴亦为枹罕诸氐刺死,改推卫平为河州刺史。平年已老,不能驭众。坚有族孙苻登,素有勇略,得受封为南安王,拜殿中将军,迁长安令,寻坐事黜为狄道长。关中陷没,登走依毛兴,充河州长史,兴颇重登才,妻以爱女,擢为司马。至兴被戕时,登孤掌难鸣,只好含忍过去。后来枹罕诸氐,悔立卫平,再议废置,连日未决。会七夕大宴,氐将啖青,拔剑大言道:"今天下大乱,豺狼塞路,我等义同休戚,不堪再事庸帅,前狄道长苻登,虽系王室疏属,志略却很是英强,今愿与诸君废昏立明,共图大事;如有不从,便申异议,休得一误再误呢!"说至此,仗剑离座,怒目四视,咄咄逼人。大众莫敢仰视,俱俯首应诺;乃拥登为抚军大将军,都督陇右诸军事,领雍河二州牧,称略阳公。与众东行,攻拔南安,因遣使至晋阳请命。登为九年秦主,故不得不详所由来。秦主丕不能不从,准如所请,且授登为征西大将军,仍封南安王,命他同讨姚苌。

是时,王永进为左丞相,已二次传檄,预戒师期。丕乃留将军王腾守晋阳,右仆射杨辅戍壶关,自率众四万进屯平阳。适值慕容永驰使假道,自愿东归,丕当然不许,且下令云:

　　鲜卑慕容永,乃我之骑将,首乱京师,祸倾社稷,豕凶继逆,方请逃归,是而可忍,孰不可忍?其遣左丞相王永,及东海王纂,率禁卫虎旅,夹而攻之,即以卫大将军俱石子为前锋都督,誓歼乱贼,以复国仇,其各努力毋违!

令甲既申,诸军并出,总道是旗开得胜,马到成功,哪知天下不如意事,十常八九。丕在平阳静待数日,起初尚接得平安军报,只说是军至襄陵,与贼相遇,未决胜负,后来即得败报,前锋都督俱石子战死了,最后复得绝大凶信,乃是左丞相王永,亦至阵亡,全军俱败溃了。虚写战事,又另是一种笔墨。丕不禁大惊,忙问东海王纂下落,侦吏报称纂亦败走,惟兵士死伤,尚属不多。这语说出,急得丕失声大呼,连说不佳。看官道是何因?原来纂从长安奔晋阳,麾下壮士,本有三千余人,丕恐纂为乱,胁令解散,此次又惧纂报复,所以越觉惊惶。匆匆不及细想,便率骑士数千,狼狈南奔,径赴东垣。探得洛阳兵备空虚,意欲率众掩袭。洛阳时已归晋,当由晋西中郎将桓石民,探知消息,即遣扬威将军冯该,自陕城邀击苻丕。丕不意中道遇敌,仓猝接仗,部骑惊溃,丕跃马返奔,马蹶坠地,可巧冯该追至,顺手一槊,了结性命。不度德,不量力,怎能不死?总计丕僭称帝号,不过二年。尚有秦太子宁,长乐王寿,及左仆射王孚,吏部尚书苟操等,俱被晋军擒住,连丕首共送建康。还算蒙晋廷厚恩,命将丕首埋葬,所有太子宁以下,一体赦免,饬往江州,归苻坚子宏管束。宏降晋见七十回。

东海王纂,与弟尚书永平侯师奴,招集余众数万,奔据杏城。此外后妃公卿,多被慕容永军掳去。永遂入长子,由将佐劝称帝号,便即被服衮冕,居然御殿受朝,改元中兴。他见丕后杨氏,华色未衰,即召入后庭,迫令侍寝。杨氏貌若芙蕖,心同松柏,怎肯失节事仇,含羞受辱?当下拒绝不从。永复与语道:"汝若从我,当令汝为上夫人;否则徒死无益!"杨氏听了"徒死无益"四字,不由得被他提醒,便伪为进言道:"妾曾为秦后,不宜复事大王,但既蒙大王见怜,妾亦何惜一身,上报恩遇!但必须受了册封,方得入侍巾栉,免致他人轻视呢。"永闻言狞笑道:"这亦不妨依卿,俟明日授册,与卿欢叙便了。"说罢,即使杨氏出宿别宫。翌日,下令册封杨氏为上夫人,令内官赍册入奉,杨氏接得册宝,勉为装束,专待夜间下手。夜餐已过,永即至杨氏寝室,来与调情。杨氏起身相迎,假意拜谢,永见杨氏浓妆如画,秀色可餐,比昨日更鲜艳三分,禁不住欲火上炎,便欲与她共上阳台,同谐好梦。偏杨氏从容进言道:"今夕得侍奉大王,须待妾敬奉三觞,聊表敬意。"永不忍推辞,乃令侍女取出酒肴,自己坐在上面,由杨氏侧坐相陪。杨氏先斟奉一觞,永一吸而尽,第二觞亦照样的喝干了。到了第三觞上奉,杨氏左手执觞,递至永口,右手却从怀中拔出短刀,向永猛刺。也是永命不该绝,先已瞧着,急将身子一闪,避过刀锋。杨氏扑了一个空,又因用力过猛,将刀

第七十二回 谋刺未成秦后死节 失营被获毛氏捐躯

戳入座椅,一时反不能拔出,更被永左手一挥,把杨氏推开数步,跌倒尘埃。杨氏自知无成,才竖起黛眉,振起娇喉,向永诟詈道:"汝系我国逆贼,夺我都,逐我主,反思凌辱我身,我岂受汝凌辱么?我死罢了!恨不能堪汝逆贼!"说着,已被永抽刀一掷,正中杨氏柔颈,血花飞溅,玉碎香消。完名全节,一死千秋!永怒尚未息,喝令左右入室,拖出尸身,自向别室寻乐去了。

慕容盛叔侄,随永至长子,见永所为不合,恐自己不免遭殃,因密白叔父柔道:"闻我祖父已中兴幽冀,东西未壹,我等寄身此地,自居嫌疑地位,好似燕在幕上,非常危险,何不乘此机会,便即高飞,一举万里,免得坐待罗网哩!"柔也以为然,遂与盛等悄悄出奔,从间道趋往中山。途次遇着群盗,拦住去路,盛慨然与语道:"我是六尺男儿,入水不溺,在火不焦,还问汝敢当我锋否?汝若不信,试离我百步,高举汝手中箭镞,我若射中,汝可小心仔细,防着丧命,倘射不能中,便当束手待毙,由汝处置罢!"盗见他年少语夸,必有奇技,乃退至百步以外,举箭待着。脚才立定,已听得飕的一声,有箭射到,不偏不倚,插入箭镞。盗不禁咋舌,掷箭拱手道:"郎君乃贵人子,具有家传绝技,我等但欲相试,岂敢相侵!"说罢,反从囊中取出白镪,作为贽仪,让路送行。盛也不多辞,受赠作别,径往中山去了。

永闻盛等私奔中山,勃然大愤,竟收捕慕容俊子孙,无论男女少长,骈戮无遗。如此淫虐,能活几时?这且待后再表。

且说后秦主姚苌，探得慕容永等出关，料知长安空虚，遂自新平西进，驰入长安，御殿称帝，改元建初，国号大秦，改名长安为常安。立妻蛇氏为皇后，子兴为太子，分置百官，服色尚赤。追谥父弋仲为景元皇帝，兄襄为魏武王。命弟绪为征虏将军，领司隶校尉，留守长安，自率众往安定，击破平凉胡金熙，及鲜卑支酋没柔干，乘势转趋秦州。秦州刺史王统尚为苻氏旧将，出兵相拒，连战失利，不得已举城降苌。苌授弟硕德为征西将军秦州刺史，都督陇右诸军事，领护东羌校尉，镇守上邽。适秦南安王苻登，招集夷夏三万余户，兵马浸盛，进攻秦州。姚苌正自上邽启行，欲还长安，途中闻秦州被攻，亟引兵返援，与硕德同出胡奴阪，截击苻登。不料苻登部下，勇健善斗，个个是冲锋上选，苌众无一敢当，竟被他蹂躏一场，伤亡至二万余人。苌连忙返奔，背上已着了一箭，为登将啖青所射，深入骨髓，犹幸未中要害，还得忍痛逃归。硕德亦走还上邽，婴城拒守。

时岁旱众饥，饿莩载道，登每战杀敌，即取尸肉蒸啖，号为熟食，且语军士道："汝等旦日出战，暮即得饱食人肉，还愁什么饥馁呢？"以人食人，真是禽兽世界。军士闻令，争取死人为粮，每食必饱，故壮健如飞。姚苌察悉情形，急召硕德同归，并传语道："汝若不来，恐麾下兵士，定被苻登食尽了！"硕德遂弃去秦州，亦东奔长安。

登既得胜仗，再图进取，适值丕尚书寇遗，奉丕子渤海王懿，济北王昶，自杏城奔至登军，述及丕败死等情，于是登为丕发丧，三军缟素。拟即立懿为嗣主，部众都趋进道："渤海王虽先帝嗣子，但年尚幼冲，未堪继立。国家多难，须立长君，这是《春秋》遗义。今三虏跨僭，寇贼盛强，豺狼枭獍，举目皆是，大王挺剑一起，便败姚苌，可谓威振华夷，光极天地，宜即正大位，龙骧武奋，光复旧京，再安社稷宗庙，怎可徒顾曹臧吴札小节，自失中兴盛业呢！"这一席话，恐是由苻登嘱使出来。曹臧吴札并见《春秋》。登乃命在陇东设坛，嗣为秦帝，改太安二年为太初元年，仿置文武官属。且就军中设立苻坚神主，仍依苻丕旧谥，称坚为世祖宣昭皇帝，见七十回。载以辒辌，卫以龙贲，凡所欲为，必启主后行。当下集众五万，将讨后秦，便在坚神主前，拜祷读祝道：

> 维曾孙皇帝臣登，以太皇帝之灵，恭践宝位。昔五将之难，贼羌肆害于圣躬，实登之罪也。今收合义旅，众逾五万，精甲劲兵，足

第七十二回　谋刺未成秦后死节　失营被获毛氏捐躯

以立功,年谷富穰,足以资赡。即日星驰电迈,直造贼庭,奋不顾命,陨越为期,庶上报皇帝酷怨,下雪人民大耻。维帝之灵,降监厥诚!

读祝既毕,唏嘘泣下。将士莫不悲恸,志在必死,各刻鍪铠中,为死休字样,每战辄用长槊钩刃,列为方圆大阵,遇有厚薄,从中分配,所以人自为战,所向无前。前中垒将军徐嵩,屯骑校尉胡空,各聚众五千,结垒自固。既而受姚苌官爵,借避兵锋。及苻坚遇害,嵩等请领坚尸,以王礼营葬。苻登称帝,嵩与空复率众请降。登拜嵩为镇军将军,领雍州刺史,空为辅国将军,兼京兆尹,改葬坚柩,用天子礼。

越年正月,登立妃毛氏为后,渤海王懿为皇太弟,遣使拜东海王纂为太师,领大司马,都督中外诸军事,进封鲁王,纂弟师奴为抚军大将军,领并州牧,封朔方公。纂不欲受命,怒叱来使道:"渤海王系世祖孙,为先帝遗体,南安王何不拥立,乃妄自称尊呢?"来使以国难未平,须立长君为词,纂意终未释。独长史王旅进谏道:"南安已立,理难中改,今国雠未平,不宜先仇宗室,自相鱼肉,容俟二雠平定,再作后图。"说得有理。纂乃对使受职,遣令归报。登复调梁州牧窦冲为南秦州牧,雍州牧杨定为益州牧,南秦州刺史杨璧为梁州牧,并授乞伏国仁为大将军大单于,封苑川王。

杨定与东海王纂,会攻后秦,进至泾阳,正值姚硕德奉行兄令,率众来战。被定纂两路夹攻,顿致大败。姚苌自督兵往救,纂乃退守敷陆,檄令他镇济师。窦冲进拔后秦汧雍二城,苌移兵击冲,冲战败退还。秦冯翊太守兰犊,引众二万,自频阳入和宁,贻书苻纂,共图长安。纂正喜得一帮手,偏乃弟师奴,谓不如背了苻登,自进尊号,纂不肯从,竟为师奴所杀。师奴遂自称秦公,欲袭长安,途次遇着苌军,逆战大败,奔亡鲜卑。杀兄贼怎能济事!兰犊闻报,亦即退去,苌更遣将军梁方成引兵攻秦雍州刺史徐嵩军垒,嵩兵单力弱,不能支持,竟被陷入,且为所擒。方成责嵩反复不忠,徒自取死。嵩怒骂道:"汝姚苌已坐死罪,乃蒙先帝恩赦,授任内外,备极荣宠,今乃负恩忘义,身为大逆,连犬马尚且不如。汝附逆为虐,不知责己,反来责我,我不幸被执,情愿速死,早见先帝,收汝逆苌生魂,治罪地下。"说至此,怒眦尽裂,噀血横喷,惹得方成大愤,拔剑杀嵩,连斫三剑,嵩始陨命,遗众数千,俱被方成坑死。嵩虽曾降苌,仍为苻秦殉节,不失为忠。姚苌亦引兵来会,发掘秦王坚墓,劈棺鞭尸,剥去殓服,裹以荆棘,埋入坎中。伍胥鞭尸,且贻讥后世,何况姚苌!

苻登闻姚苌猖獗,出屯胡空堡,招集戎夏兵民十余万众,循陇西下,径入朝那。苻懿得病而死,予谥献哀。登乃立子崇为太子,弁为南安王,尚为北海王。姚苌亦移据武都,与登相持,大小经数十战,苌多败少胜,退营安定。登粮亦垂尽,令大军就食胡空堡,自率精骑万余,进围苌营。四面大哭,哀声动人,苌亦命三军皆哭,与外相应,登乃引还。苌见登军中,载着苻坚神主,遂疑是坚有神验,故登战辄胜。当下想入非非,亦在军中立坚神主,作文致祝。文词似涉诙谐,颇堪一噱,由小子录述如下:

往年新平之祸,非苌之罪。臣兄襄从陕北渡,假路求西,狐死首邱,欲暂见乡里,陛下与苻眉要路距击,不遂而殁。襄敕臣行杀,非臣之罪。苻登陛下末族,尚欲复仇,臣为兄报耻,于情理何负?昔陛下假臣龙骧之号,尝谓臣曰:"朕以龙骧建业,卿其勉之!"明诏昭然,言犹在耳,陛下虽没世为神,岂假手于苻登而图臣,竟忘前征时言耶?今为陛下立神像,可归休于此,勿记臣过,鉴臣至诚,永言保之!杀其身,鞭其尸,还欲向之求庇,苌之愚暴,一何可笑。

既而苻登复进兵攻苌,望见苌军亦立坚神主,便登车楼语苌道:"从古到今,难道有身为弑逆,反立神像求福,还想得益么?"苌闻言不答,登又大呼道:"弑君贼姚苌出来,我与汝决一死战,看汝果能胜我否?"苌仍然不应。登乃下楼,督军攻苌。苌遣将出战,败回营中,再战又败,军中每夕数惊。苌乃伐鼓斩像,将像首掷入登营,自引兵退入安定城内,潜遣中军将军姚崇,袭大界营。大界营是苻登安顿辎重的地方,所有登后毛氏,及登子弁尚等,俱在营中居住,留作后应。崇从间道绕至大界,偏为登所闻知,还军邀击,大破崇军,俘斩至二万五千人,崇狼狈遁还。

登因此次得胜,总道苌不敢再来掩袭,便进拔平凉,留尚书苻愿居守,再进拔苟头原,逼攻安定。哪知姚苌复自率铁骑三万,夜袭大界营,营中不及预防,竟被攻入。登后毛氏,顾盼多力,且善骑射,仓猝上马,带领壮士力战,左手张弓,右手发箭,弦声所至,无不倒地,苌众被射死七百余人。待至箭已放尽,寇仍未退,反一重一重的围裹拢来,毛氏弃弓用刀,尚拼死格斗,终因寡不敌众,马蹶被擒。就是登子弁尚,亦俱被拘去。

第七十二回　谋刺未成秦后死节　失营被获毛氏捐躯

苌军将毛氏推至苌前，苌见她皎皎芳容，亭亭玉立，刚健婀娜，宜武宜文，另有一番态度。不觉惹动情魔，便令军士替她释缚，且涎脸与语道："卿能依我，仍不失为国母。"毛氏当面唾骂道："呸！我为天子后，怎肯为贼羌所辱！"苌老羞成怒道："汝不怕死么？"毛氏又道："羌奴！羌贼！可速杀我。"苌尚未忍加刑，毛氏仰天大哭道："姚苌！汝既弑天子，又欲辱皇后，皇天后土，岂肯容汝长活么？"苌听她越说越凶，遂命左右推出斩首，一道贞魂，上升天国去了。与杨氏并传不朽。登子弁尚，亦相继受戮。小子有诗赞毛氏道：

失营被获
毛氏捐躯

贞心亮节凛冰霜，一死留为青史光；
写到苻秦三烈妇，笔头也觉绕余香。

苌既杀毛氏母子，诸将请往击登军。究竟苌是否允议，且看下回便知。

回评　本回叙述二苻兴亡，实为杨毛二后作传。苻丕嗣坚称帝，不二年而即亡，其材之庸劣可知。苻登虽稍胜苻丕，然徒知黩武，害及妻孥，是亦未足与语中兴耳。惟坚之时有张夫人，后又有杨氏毛氏二后，义不受辱，并皆殉节。苻氏之家法不足传，独此三妇得并传不朽，名播千秋，是亦苻氏之光也。《晋书·列女传》但载坚妾张氏，登妻毛氏，而于丕妻杨氏独略之，殊为不解。《十六国春秋》中，虽经备述，但徒厕入秦后妃中，亦未足表扬贞节。得此书以阐发之，而幽光乃毕显云。

第七十三回

拓跋珪创兴后魏　慕容垂讨灭丁零

却说姚苌既破大界营，诸将欲乘胜击登，苌摇首道："登众尚盛，未可轻视，不如回军为是。"乃驱掠男女五万余口，仍归安定。登闻大界营失陷，妻子覆没，悲悔的了不得，经将佐从旁劝慰，乃退回胡空堡，收合余众，暂图休养，两秦始罢战半年。是时，中华大陆除江东司马氏外，列国分峙，大小不一。秦分为三：若秦，若后秦，若西秦。燕别为二：若燕，若西燕。尚有凉州的吕光，史称后凉，共计六国。此外又有一国突起，乃是死灰复燃，勃然兴隆，渐渐的扫清河朔，雄长北方，传世凡九，历年至百有五十，好算是当时最盛的强胡。这人为谁？就是前文六十五回中所叙的拓跋珪。特笔。

珪为代王什翼犍孙，与母贺氏同依刘库仁，库仁待遇甚优，母子乃得安居。已而，库仁为燕将慕舆文等所杀，库仁弟头眷代统部众。头眷破贺藻，败柔然，兵势颇盛，偏库仁子显，刺杀头眷，自立为主，并欲杀拓跋珪。显弟亢埿妻，为珪姑母，得知显意，走告珪母贺氏。又有显谋主梁六眷，系代王什翼犍甥，亦使人告珪。珪年已十有六，生得聪颖过人，亟与母贺氏商定秘谋，安排出走。贺氏夜备筵宴，召显入饮，装出一番殷勤状态，再三劝酒，显不好推辞，又因贺氏虽然半老，丰韵犹存，免不得目眩神迷，尽情一喝，接连饮了数巨觥，醉得蒙眬欲睡，方才归寝。珪已与旧臣长孙犍元他等，轻骑遁去。到了翌晨，贺氏又潜至厩中，鞭挞群马，马当然长嘶，显从睡梦中惊醒，急至厩中探视，但见贺氏作搜寻状，当下问为何因？贺氏竟向显大哭道："我子适在此处，今忽不见，莫非被汝等杀死么？"显忙答道："哪有此事！"贺氏佯不肯信，仍然号啕不休。显极力劝慰，但言珪必不远出，定可放心，贺氏方返入后帐。显也不加疑，总道珪未识己谋，不致他去，所以劝出贺氏，仍未尝遣人追寻。

珪已奔入贺兰部，依舅贺讷，诉明详情，讷惊喜道："贤甥智识不凡，必能再兴家国，他日光复故物，毋忘老臣！"珪答道："果如舅言，定

第七十三回　拓跋珪创兴后魏　慕容垂讨灭丁零

不相忘!"已而贺氏从弟贺悦,为刘显部下外朝大人,亦率部亡去,潜往事珪。显待珪不归,正在怀疑,及闻贺悦复遁,料知阴谋已泄,由贺氏居中设法,纵使他去,遂持刀往杀贺氏。贺氏走匿神车中,接连三日,幸得亢埿夫妇,向显力请,始得幸免。嗣南部大人长孙嵩,亦率所部七百余家,叛归珪。显追嵩不及,怅怅而还。哪知中部大人庾和辰,乘显他去,竟入迎贺氏,投奔贺兰部。及显回帐,贺氏早已远扬,气得显须眉直竖,徒呼恨恨罢了。

珪居贺兰部数月,远近趋附,深得众心,偏为贺讷弟染干所忌,使党人侯引七,觑隙刺珪。代人尉古真,又向珪告知染干诡谋,珪严加防备。侯引七无隙可乘,只好复报染干。染干疑古真泄计,将他执讯,用两车轴夹古真头,伤及一目,古真始终不认,才命释去。惟引众围住珪帐,珪母贺氏出语道:"染干!汝为我弟,我与汝何仇,乃欲杀死我子呢?"染干亦惭不能答,麾众引退。又阅数旬,珪从曾祖纥罗兄弟,及诸部大人,共请诸贺讷,愿推珪为主,贺讷自然赞成,遂于次年正月,奉珪至牛川,大会诸部,即代王位,纪元登国。即晋孝武帝太元十一年。使长孙嵩为南部大人,叔孙普洛为北部大人,分统部众。命张衮为左长史,许谦为右司马,王建、和跋、叔孙建、庾岳等为外朝大人,奚牧为治民长,皆掌宿卫。嵩弟长孙道生等,侍从左右,出纳教命,于是十余年灭亡的故代,又得重兴。珪嫌牛川地僻,不足有为,因徙居盛乐,作为都城,务农息民,众情大悦。北人谓土为拓,后为跋,因以拓跋为姓,且改代为魏,自称魏王。

先是前秦灭代,徙代王什翼犍少子窟咄至长安,从慕容永东徙,永令窟咄为新兴太守。刘显为逼珪计,特使弟亢埿引兵数千,往迎窟咄,使压魏境,并代为传告诸部,说是窟咄当为代王,诸部因此骚动。魏王珪左右于桓等,与部人同谋执珪,往应窟咄,幢将代人莫题等,亦潜与窟咄勾通。幸桓舅穆崇,与珪莫逆,预向珪处报明。<small>崇亦知大义灭亲耶?</small>珪捕诛于桓等五人,莫题等赦免不问。为了这番乱萌,珪不免日夕戒严,尚恐内难未绝,暗算难防,不得已再逾阴山,往依贺兰部。更遣外朝大人安同,向燕求救。燕主慕容垂,因遣赵王麟援珪。麟尚未至魏,窟咄又与贺染干联结,侵魏北部。北部大人叔孙普洛,未战先遁,亡奔刘卫辰,魏都大震。麟在途中闻报,急遣安同归报魏人。魏人知援军将至,众心少安。窟咄进屯高柳,珪与燕军同攻窟咄,杀得窟咄大败亏输,奔投刘卫辰。卫辰把他杀死,余众四散,由珪招令投诚,不问前罪,散卒当然归魏。乃改令代人库狄干为北部大人,犒赏燕军,送令归国。燕主垂封珪为西单于,兼上谷王,珪不愿受封,但托言年少材庸,不堪为王,即将燕诏却还。已见大志。

刘卫辰久居河西,招军买马,日见强盛。后秦主姚苌,封卫辰为河西王,领幽州牧。西燕主慕容永,亦令卫辰为朔州牧。卫辰因遣使诣燕,贡献名马,行至中途,被刘显部兵夺去,使人逃往燕都,只剩了一双空手,不得不向燕泣诉。燕主垂勃然大愤,便拟兴兵讨显。可巧魏主珪虑显进逼,再遣安同至燕乞师,燕主垂一举两得,立遣赵王麟与太原王楷,率兵击显。显地广兵强,浸成骄很,士众无论亲疏,均有贰心,至是倾寨出拒,略略交锋,便即溃散。显知不可敌,奔往马邑西山。魏王珪复引兵会同燕军,再往击显,大破显众。显走入西燕,所有辎重牛马,都为燕魏两军所得。彼此分肥,欢然别归。

拓跋珪创兴后魏

自是魏势日盛,连破库莫奚、高车、叱突邻诸部落,雄长朔方,甚且密谋图燕,特遣太原公仪,以聘问为名,至燕都窥探虚实。夷狄无信,即此可见。燕主垂诘问道:"魏王何不自来?"仪答道:"先王与燕尝并事晋室,约为兄弟,臣今奉使来聘,未为失礼。"垂作色道:"朕今威加四海,怎得比拟前日!"仪从容道:"燕若不修德礼,但知夸耀兵威,这乃将帅所司,非使臣所得与闻呢。"语有锋芒,但

第七十三回　拓跋珪创兴后魏　慕容垂讨灭丁零

如垂所言,亦有令人可讥处。垂见他语言顶撞,虽然怒气填胸,却也无词可驳。留仪数日,遣令北还。仪返魏告珪道:"燕主衰老,太子暗弱。范阳自负材气,非少主臣,若燕主一殁,内难必作,乃可抵隙蹈瑕,掩他不备,今尚未可速图呢!"珪点首称善,因与燕仍然往来,不伤和气。

彼此敷衍了一两年,珪复与慕容麟会集意辛山,同攻贺兰附近纥突邻、纥奚诸部,所过披靡,相率请降。会刘卫辰收合余烬,又来出头,令子直力䭿攻贺兰部,贺讷忙向魏乞援。魏王珪引兵援讷,直力䭿望风退走。珪乃徙讷部众,居魏东境。既而讷弟染干,与讷相攻,构兵不已。珪欲并吞贺兰部,想出一条借刀杀人的计策,使吏告燕,请讨贺讷兄弟,情愿自为向导。报舅之道,如是如是!燕主垂即遣麟督兵,出击贺讷,讷本没有什么能力,更兼兄弟阋墙,闹得一塌糊涂,怎能再敌燕军?至燕军已经逼寨,向魏请救,杳无复音,没奈何硬着头皮,自出抵敌,打了一仗,兵败力竭,被麟军擒了过去。贺染干不敢进战,便诣燕营乞降。麟驰书告捷,燕主垂还算有恩,命麟归讷部落,但徙染干入燕都,且召麟班师。麟还都告垂道:"臣看拓跋珪举动,必为我患,不如征令来朝,使该弟监国,较可无虞。"垂未以为然,经麟一再请求,方遣使至魏,征使朝贡。珪令弟觚,至燕修好,慕容麟等劝垂留觚,更求良马。珪不肯照给,使张衮至西燕求和,燕遂不肯释觚。觚伺隙潜逃,又被燕太子宝追还,燕与魏就从此失好了。为燕魏交战张本。

且说西燕主慕容永,称帝逾年,屡出兵侵晋河南,旋复率众寇晋洛阳。时晋太保谢安,曾在广陵遇疾,卸职还都,竟至病逝。晋廷赠官太傅,追谥文靖。不略谢安之殁,意在重才。另命琅琊王道子领扬州刺史,录尚书事,都督中外诸军,加前锋都督谢玄,统辖徐兖青司冀幽并七州军事,寻又录淝水战功,赠谢安为庐陵公,封谢石为南康公,谢玄为康乐公,安子琰为望蔡公。会泰山太守张愿叛晋,北方不靖,谢玄上疏请罪,自乞罢职。孝武帝不从所请,只令玄还镇淮阴,调豫州刺史朱序代镇彭城。玄又称病谢职,有诏令为会稽内史。未几,玄殁,年止四十六,比乃叔谢安寿数,短少二十年。特叙此笔,补出谢安年纪。晋廷追赠车骑将军,予谥献武。乃命朱序都督司雍诸州军事,移戍洛阳,谯王恬无忌子。都督兖冀诸州军事,就镇淮阴。会值慕容永侵洛,序即带领兵马,从河阴渡河,击走永军。永走还上党,序追至白水,尚未收军。忽由洛阳守吏,递到急报,乃是丁零翟辽,谋袭洛阳,序始引军亟归。中道与翟辽相遇,一阵猛击,辽众俱仓皇遁去。

看官阅过前文,应知辽奔就黎阳,丁零遗众,奉翟成为主帅,驻守行唐;见六十九回。后来成为燕灭。惟辽尚存,晋黎阳太守滕恬之,为辽所欺,非常爱信,辽竟起歹心,乘恬之出外时,闭城峻拒,恬之无路可归,东奔鄄城,又被辽引众追及,擒还恬之,据住黎阳。朱序曾遣将军秦膺等讨辽,辽且先发制人,遣子钊南寇陈颍,正与秦膺等相值,被膺击退。嗣高平人翟畅,执住太守徐含远,举郡降辽。高平已为燕属,燕主垂怎肯干休,即亲自出讨,命太原王楷为前锋都督,杀往黎阳。辽众皆燕赵遗旅,俱云太原王子,犹我父母,不可不降,遂相率投诚。辽闻风惊惧,亦输款燕营,垂乃授辽为徐州牧,封河南公,受降而还。不到数月,辽又叛燕,出掠燕境,寻又遣司马眭琼,诣燕谢罪。燕主垂恨他反复,斩琼绝辽。辽竟自称魏天王,也居然建设百僚,改元建光,引众徙屯滑台,南图晋,北窥燕,阴使人赴冀州,诈降燕刺史乐浪王慕容温。见七十一回。温留置帐下,竟被刺死。燕辽西王慕容农,往捕刺客,得诛数人。辽自幸得计,又欲袭晋洛阳,幸为朱序击败,方才退还。序留将军朱党守石门,自引兵还镇。辽却雄心未死,又命子钊寇晋鄄城。晋将刘牢之领兵邀击,钊始败去。前泰山太守张愿叛晋,为燕所破,复投翟辽,辽令愿来敌牢之。愿知辽不可恃,致书牢之,自陈悔过,牢之乃许愿归降,并进逼滑台,再破辽众。辽入城固守,牢之猛攻不下,自恐饷运难继,才撤兵退回。

已而辽竟病死,由钊继立,改元定鼎。复欲承父遗志,攻燕鄄城,失利而还。再遣部将翟都,侵燕馆陶,屯苏康垒。好兵不戢,必致自焚。于是燕主垂不能再忍,下令亲征,自率步骑十万,径压苏康垒前。翟都弃垒夜走,奔还滑台。翟钊闻燕兵大至,也不禁惶急起来,连忙缮就哀书,借兵西燕。西燕主慕容永,召集群臣商议行止,尚书郎鲍遵道:"两寇相争,势必俱敝,我随后出兵,乘敝制寇,便是卞庄刺虎的遗策了。"中书侍郎张腾道:"强弱异势,何至遽敝,不如率兵往救,使成鼎足,方可牵制强燕,一面分兵直趋中山。昼设疑兵,夜设火炬,使彼自相疑惧,引兵自退,然后我冲彼前,钊蹑彼后,必可蹙燕,这乃天授机会,万不可失呢!"永不肯依腾,却回翟使,使人返报翟钊。钊只好调集部众,出拒

第七十三回 拓跋珪创兴后魏 慕容垂讨灭丁零

黎阳。

燕主垂至黎阳北岸,临河欲济,钊列兵河南堵截。燕军见钊众气盛,颇有惧色,俱劝垂留兵缓渡。垂掀

髯笑道:"竖子有何能为?卿等可随朕杀贼哩!"诸将始不敢多言,但静待军令,严装候着。到了次日,垂忽下令拔营,迁往西津,去黎阳西四十里,具备牛皮船百余艘,载着兵仗,将溯流东上,进逼黎阳。钊见垂引兵西向,不得不随向西趋,防垂渡河。哪知垂是诱他过去,到了夜半,却暗遣中垒将军桂阳王镇,率骁骑将军国等,仍到黎阳津偷渡。平风息浪,竟达河南,当即乘夜筑栅,及旦告成。钊得知燕军东渡,急忙麾众赶回,来夺燕寨。偏燕军依栅自固,坚壁勿动,钊一再挑战,统被燕军射退。待至午后,钊士卒往来饥渴,只好引还,不意燕营内一声鼓角,驱兵杀出,竟来追钊。钊亟回军抵敌,两下里正在酣战,突有一彪人马到来,为首大将,乃是燕辽西王慕容农。他因钊众东回,得从西津渡河,前来助镇,左右夹攻钊众。钊如何抵挡得住,慌忙引众返走,已被燕军杀得七零八落,只带得残骑数百,奔归滑台。燕军陷入黎阳,再乘胜进逼,钊力不能支,没奈何挈着妻子,率数百骑北走,渡河登白鹿山,凭险自守。

燕军追至山下,望见山路险仄,林箐朦胧,急切不敢进去,便在山下安营。一住数日,并无一人出山,慕容农语将士道:"钊仓猝入山,粮必不多,断不能久居山中,惟我军常围山下,彼且惮死不出,不如佯为退兵,诱他下山,方可一鼓歼灭了。"父子兵略,俱属可观。将士当然赞成,便即引退,钊果下山西走,行未数里,燕军已两面突至,掩杀钊众。亏得钊

乘着骏马，飞奔而去，所有妻子部曲，悉数被擒。钊所统七郡将吏，均向燕请降。垂从子章武王宙为兖豫二州刺史，居守滑台，徙徐州七千余户至黎阳，亦留从子彭城王脱居守，领徐州刺史，自引军还中山，命辽西王农都督兖豫荆徐雍五州军事，屯兵邺城。独翟钊单骑奔入西燕，西燕主慕容永好意延纳，授钊车骑大将军，领兖州牧，封东郡王，偏钊住了年余，又生异志，复思叛永。永察出阴谋，方将钊杀死了事，翟氏乃绝。小子有诗叹道：

　　居心反复太无诚，不信如何得幸生！
　　试看丁零衰且尽，益知作伪总难成。

欲知后事如何，且看下回分解。

回评 拓跋珪母子，屡濒死地，而卒得不死，是得毋天将兴魏，王者不死耶！然观诸珪之心术，实无足取，彼赖舅贺讷而得存，及未几而导燕灭贺矣。彼恃慕容氏之援而得兴，乃未几而遣仪窥燕矣，无信无义，何以立国？顾竟得雄长朔方，历祚至百五十年，天道茫茫，殊不可问！岂其时方丁闰运，固凭力不凭理欤？丁零翟氏，燕之所借以规复者也，翟斌忽迎垂，忽又欲叛垂，事泄被诛，咎由自取。然翟真翟成翟辽翟钊等，辗转构难，虽相继败死，卒归于尽，而慕容氏之兵力，盖亦已半敝矣。夷狄无亲，难与共事，慕容垂固尝负秦，亦曷怪翟氏之反复哉！

第七十四回

智姚苌旋师惊噩梦　勇翟瑥斩将扫屠宗

却说秦主苻登，自退屯胡空堡后，按兵不出。接应前回。后秦主姚苌，使弟硕德镇守安定，分置秦州守宰，派从弟常戍陇城，邢奴戍冀城，姚详戍略阳。秦益州牧杨定，出攻陇冀，阵斩姚常，并擒邢奴。姚详大惧，即将略阳城弃去，奔往阴密。定遂自称秦州牧，晋爵陇西王。秦主登方借定拒苌，不便斥责，只好许称王号，且加定为左丞相上大将军，都督中外诸军事，领秦梁二州牧。一面进窦冲为大司马，兼骠骑大将军，都督陇东诸军事，领雍州牧，杨璧为大将军，领南秦益二州牧，约与共攻后秦。三人才略心术，俱难重任，登所用非人，宜其致败。又敕并州刺史杨政，冀州刺史杨楷，各率部曲相会，再图大举。

姚苌遣将军王破虏，略地秦州，为杨定所破，狼狈奔还。秦主登出攻莺泉堡，由姚苌亲自驰救，登亦引退。苌嘱使东门将军任瓫等，致书与登，诈为内应，登得书后，即欲轻骑践约。征东将军雷恶地，在外将兵，得知此事，即驰入白登道："姚苌多诈，怎可轻信？请三思后行！"登乃中止。嗣探得任瓫诈降，悬门以待，乃惊语左右道："雷征东料敌如神，若非彼言，我几为竖子所欺了。"恶地因谏苌有功，亦未免语带矜夸，偏登又阴怀猜忌，只恐他另生恶念，逐渐见疏。莫非因他以恶为名故致生忌，但好猜如此，何由御人？恶地果然疑惧，竟往降后秦，姚苌命恶地为镇军将军。

既而秦镇东将军魏揭飞，自称冲天王，号召氐胡部落，围攻杏城。杏城为后秦安北将军姚当成所守，便驰使报告姚苌，请速济师。苌自引精兵千六百人，往援杏城。哪知降将恶地，又与揭飞相应，反攻李润。镇名在冯翊西。两人会合拢来，众至数万，氐胡又相继奔赴，络绎不绝。苌固垒不战，佯示怯弱，揭飞见苌兵弱少，意存轻藐，毫不加防，不意后面有苌兵掩入，立致惊溃。苌既分兵绕击揭飞，自己在营中眺着，望见揭飞后营，尘头扰乱，料知揭飞中计，便即驱兵杀出，直击揭飞前营。揭飞前后受敌，吓得手足无措，只好没路的乱撞。偏偏冤家路狭，正与姚苌相值，再欲回头返奔，已是不及，那好头颅即被人取去了。揭飞有众三万人，死了一万，降了一万，逃去一万，霎时间成为平地。杏城守将姚当成，出迎姚苌，苌命就营址间，每一栅孔，改植一树，作为战胜纪念。当成嫌营地太小，苌笑道："我自结发以来，与人交战，从没有这般奇捷。试想我军不过千余，能骤破三万贼众，可见营地以小为奇，如贼大营，有什么用处哩！"说着，复命移兵往击恶地。兵方启行，恶地已前来谢罪，俯伏投诚。苌传命宥免，令他随归长安，待遇如初。<small>恶地首鼠两端，实可杀却。</small>

过了一年，冯翊人郭质，忽起兵应秦，移檄三辅，数苌过恶。三辅多贻书归附，独郑县人苟曜不从，聚众数千，与质为敌。秦授质为冯翊太守，后秦授曜为豫州刺史。曜与质互相战争，质屡次失利，败奔洛阳，后来苟曜为秦所诱，密约秦主登出兵，愿为内应。<small>胡人真多反复。</small>登督兵赴约，竟至马头原，姚苌引众逆战，为登所败，右将军吴忠阵亡。姚硕德等拼命拦截，才得勉强收军，不致大挫。苌令军士饱食干粮，再行进战，硕德旁问道："陛下每战不胜，即有奇谋，今战既失利，又欲进攻，果有何策？"苌答道："登用兵迟缓，不识虚实，今轻兵直进，竟据我东首，这定是苟曜竖子，与他通谋，所以冒险前来；若再不与战，日久势增，祸更难测，故不如更与交锋，使苟曜未得连合，登尚疑信参半，当可转败为胜，解散贼谋哩。"说毕，上马督兵，进攻登营。登不防姚苌再至，仓皇接仗，士无斗志，纷纷溃退，苌驱众追杀一阵，斩获无算，直至登奔往郡城，始命凯旋。诸将益佩服苌谋。

嗣闻登复移攻安定，苌命太子兴居守长安，自往拒登。临行时嘱兴道："苟曜好为奸变，他闻我北行，必来见汝，汝宜将他捕戮，免贻后患。"兴唯唯受教。果然苌就道后，曜即入关见兴，当被兴喝令拿下，推出枭首，然后报达姚苌。苌闻苟曜已死，安心前行。至安定城东，见登引众来前，立即麾众与斗，把登击退。苌入城犒军，宴集将佐，诸将进言道："今日魏武王尚存，<small>苌谥兄襄为魏武王，见七十二回。</small>必不令此贼久盛，陛下但务拒守，不愿进击，所以养寇到今，尚未荡

第七十四回　智姚苌旋师惊噩梦　勇翟瑶斩将扫屠宗

平呢。"苌微哂道:"我原是不及亡兄,约算起来,共有四种。我兄身长八尺五寸,臂垂过膝,人一望见,便觉生畏,这是我第一种不及处;我兄与天下争衡,虽遇十万雄师,毫不畏缩,当先直进,横厉无前,这是我第二种不及处;我兄谈古知今,讲论道艺,善遇英雄,广罗俊异,这是我第三种不及处;我兄董率大众,履险如夷,上下咸服,人人愿尽死力,这是我第四种不及处。我事事不及亡兄,尚得建立功业,策任群贤,无非靠了一些智略,稍得过人一筹。苻登穷寇,将来总要覆亡,何必急速求功,反致败事哩!"于是群下咸称万岁。越日苌复下书,令诸镇各置学官,不得偶废,考试优劣,量才擢叙。会秦骠骑将军没奕于,率户六千,来降姚苌,苌授没奕于为车骑将军,封高平公。

既而苌遇重疾,因遣弟硕德镇李润,仆射尹纬守长安,亟召太子兴驰诣行营。那秦主苻登,方立昭仪李氏为继后,连日庆宴,闻得姚苌有病,不禁大喜,便欲乘机往攻,厉兵秣马,特向苻坚神主前祷告道:

> 曾孙登自受任执戈,几将一纪,未尝不上天锡佑,皇鉴垂矜,所在必克,贼旅冰摧。今由太皇帝之灵,降灾疢于逆苌,以形类推之,丑虏必将不振。登当因其陨毙,顺行天诛,拯复梓宫,谢罪清庙。神祖有灵,实式凭之!

祷毕,复大赦境内,加百僚位秩各二等,遂督兵出行,进逼安定。去城只九十余里,忽由侦骑入报道:"姚苌已引兵出城,想是前来迎战了。"登惊诧道:"敢是苌已病愈了么?"随即带领轻骑,自往觇苌。行至中途,又有探马来报道:"姚苌已遣将姚熙隆,从间道绕出,攻我大营去了。"登又恐大营有失,勒马回营,望见距营数里,果有敌军扎住,因天色已晚,不欲往攻,但命部众戒严,枕戈夜宿,好容易过了一宵,差幸夜间无事,黎明即起,正在营中早餐,忽有逻骑入告道:"贼营都空空洞洞,不知所向了!"登大惊道:"这是何人?去令我不知,来令我不觉,人人说他将死,他偏又来出现,我与此羌同时,真是不幸极了!"遂引兵徐退,途次亦严勒部伍,井井不紊,才得安然还雍。究竟姚苌用何计策,得退登军。原来登出兵时,苌病小愈,他不欲与登剧战,所以想出了一条疑兵计,诡去诡来,使登无从测摸。等到登退兵还雍,他本已绕出登前,伏兵待着。及见登行列整齐,料不可犯,也乐得让他过去,自还安定罢了。确是狡猾。

秦雍州牧窦冲,已进任右丞相,冲徙屯华阴,被晋河南太守杨佺期击走。他尚矜才使气,上书登前,自请加封天水王。是由杨定为王引使出来。登偏不许,冲竟僭称秦王,改年元光。登闻报大怒,即引兵攻冲。厚杨定而薄窦冲,登实不公。冲情急生变,遂向后秦乞降,请发援师。姚苌欲力疾赴救,尹纬进言道:"太子纯厚有声,惟将略未曾著闻,可遣令代征,使示威武,也是固本的要着哩。"苌乃召兴入嘱道:"闻冲兵现屯野人堡,汝若趋救,必有一场恶战,胜负未可逆料,不若径攻胡空堡,使苻登撤围还援,那时冲围自解,汝亦可全军引还了。"兴受计而去,行抵胡空堡,登果还救,兴遵着父命,不与交战,便即退归。

梦魇惊师旋其姚智

苌因久病未痊,命兴先还长安,自引从臣继发。到了新支堡,夜宿驿中,蒙眬中见一金甲皇帝,领着数多将士毁门进来,仔细一瞧,那皇帝不是别人,正是秦王苻坚。当下骇惧欲奔,回头急望,恍惚见有宫门开着,便跟跄跑入。可巧有宫人出来,便向他们呼救,宫人手中,各有长矛持着,应声拒敌,争把手中矛掷去,不意敌兵未曾击倒,自己的肾囊上,反被掷中一矛,顿致痛彻肺腑。更可恨的是敌兵哗笑,拍掌欢语道:"正中死处,正中死处!"那时又痛又愤,咬着牙根,将矛拔去。矛才拔出,血即狂流,

第七十四回　智姚苌旋师惊噩梦　勇翟瑥斩将扫屠宗

越觉痛不可耐，一声号呼，竟致惊悟，才知是一魇梦。心虚易致鬼揶揄。挑灯审视，既没有什么皇帝，又没有什么将士，不过肾囊上却是有些暴痛，卸裳俯视，略略红肿，也不知是何病症。挨至天明，肿势又添了一半，便召医官入视，医官就病论病，无非说是疝气等类，外敷内治，全不见效，只觉得囊胀难忍，令医用针刺治。医官不得已如言施针，竟致血出不止，仿佛似梦，苌痛极致晕，不省人事。好容易灌救得活，仍是神志不清，狂言谵语，或云臣苌该死；或云杀死陛下，实为兄襄，并非臣罪，幸勿枉臣！半真半假，死且欺人。从官见苌病亟，不便逗留，只得将苌舁置车中，使他卧着，匆匆还入长安。苌偶觉清醒，便召太尉姚旻，尚书左仆射尹纬，右仆射姚旻，尚书狄伯支等，受遗辅政，且嘱太子兴道："受遗诸公，统是我患难至交，如有人无端诬毁，慎勿轻信！汝能抚骨肉以仁，接大臣以礼，待物以信，字民以恩，四德具备，自可永年，我虽死无忧！"言毕即逝，时年六十有四，在位八年。

兴恐内外有变，秘不发丧，急调叔父绪镇安定，硕德镇阴密，召弟崇还镇长安。硕德部下诸将佐，各进白硕德道："公威名素振，部曲最强，今闻故主已终，新君甫继，恐不免与公相猜，公不若径赴秦州，观望时势，自作良图，免贻后戚。"硕德怫然道："太子志度宽明，必无疑阻。今苻登未灭，即自寻干戈，是蹈三国时二袁覆辙，袁谭袁尚。徒取灭亡，我宁死不愿出此呢！"随即启行至长安，与兴相见，兴优待如常，遣令赴镇。一面自称大将军，授尹纬为长史，狄伯支为司马，部署将士，严备苻登。

登屡使侦骑觇视，探得姚苌死耗，当即还报，登欣然道："姚兴小儿，怎能敌我，但折杖以笞，便足使他屈服了。"夜郎自大。遂驱众尽出，但留弟安成王广守南安，太子崇守胡空堡，自督兵径向关中。复遣使拜金城王乞伏乾归为河南王，领秦梁益凉沙五州牧，并加九锡。这乞伏乾归，就是乞伏国仁弟。国仁尝受苻登封爵，称苑川王，见七十二回。逾年即殁，子公府尚在幼年，部众谓宜立长君，因推乾归为大将军大单于，改元太初，徙居金城，且向秦报闻。秦遣使册封乾归为金城王。乾归雄武英杰，不亚乃兄，征服附近部落，威振边陲。立妻边氏为王后，用出连乞都为丞相，悌眷为御史大夫，也是一个小朝廷制度。苻登欲规取长安,所以加封乾归,联为声援,自引兵急进,从六陌趋废桥。后秦始平太守姚详,据住马嵬堡,堵截登军。姚兴恐详不能御,特遣长史尹纬,率兵助详。纬径至废桥拒登,登争水不得,兵多渴死,遂麾众攻纬。纬正欲与战,忽见狄伯支驰至,传达兴命,教他持重,不可轻战。纬勃然道:"先帝升遐,人情震惧,今不思奋力歼寇,乃使逆竖压境,日久变生,大事去了!纬情愿死争,不敢闻命!"说罢,便麾众出战,一当十,十当百,竟将登众杀败,追奔数里,斩馘甚多。

是夜,登竟溃归,纬乃旋师奏功。兴始为父发丧,举哀成服,命在槐里筑坛,嗣即帝位,大赦境内,改元皇初。寻由长安至安定,调集人马,再击苻登。登败回南安,不料弟广与子崇,都因闻败心惊,弃戍远窜,转令登穷无所归,没奈何奔至平凉,收集溃卒,走入马毛山。蓦闻姚兴又率众来攻,自思众心携散,不能再战,乃亟遣子崇驰诣金城,向乞伏乾归处求援,并进封乾归为梁王,愿将妹东平长公主嫁与乾归。乾归乃遣前将军乞伏益州,冠军翟瑥,分领骑兵二万,往救苻登。登闻援兵将至,出山探望,遥见山南有大兵驰到,正道是援兵前来,便即踊跃欢迎。待至两下遇着,才觉叫苦不迭,原来不是援兵,乃是姚兴进袭的潜师。那时退避不遑,只好与他交战,不到半时,部众一半伤毙,一半逃去,单剩登一人一马,返身乱跑,被兴兵快马追及,你矛我槊,戳死马下。总计登在位九年,大限五十二岁。

登子崇窜至湟中,得悉乃父死耗,还想据位称尊,草草登极,改元延初,再遣人至乾归处乞师。时乞伏益州等不及援登,中道折回,报明苻登战死情状,乾归即变易初心,逐回崇使。崇孤立无助,自知艰危,乃走依陇西王杨定。定闻乾归不肯发兵,投袂而起,召集步骑二万人,与崇共攻乾归。乾归得报,顾语诸将道:"杨定勇虐聚众,穷兵逞欲,我看他此次前来,乃是恶贯已盈,徒自取死。天方授我,此机正不可错过呢!"乃遣凉州牧乞伏轲殚、秦州牧乞伏益州、立义将军诘归等,出拒杨定。

益州为乾归弟,素称骁勇,先驱急进,驰至平川,正值杨定麾兵进来。益州兵少,杨定兵多,毕竟双拳不敌四手,被定杀败,夺路奔回。轲殚诘归,亦引众退还,独冠军翟瑥,趋入轲殚营中,仗剑进言

第七十四回　智姚苌旋师惊噩梦　勇翟瑥斩将扫屠宗

道:"我王具神武英姿,开基陇右,东征西讨,无不席卷,所以威振秦梁,声光巴汉,将军身膺重寄,位重维城,理

应宣力致命,保安家国,秦州虽败,二军犹全,奈何不思赴救,便即返奔,将军自思,尚有什么面目,敢见我王呢?瑥虽不才,愿为国效死!"可谓壮士。轲弹听了,不禁怀惭,便向瑥谢过道:"我所以未赴秦州,正恐众心摇动,未肯向前,今如将军所言,已知众愤,且败不相救,当坐军罚,我难道敢自偷生,徒取罪戾么!"说着,即命瑥为先锋,自率骑兵继进;且遣人分报益州诘归。益州诘归,也勒众再进,夹攻杨定。定恃胜无备,陡遇三路杀来,竟至无法抵挡。主将慌忙,众愈骇散,那翟瑥舞着大刀,左斩右劈,如入无人之境。定尚思拦阻,不防瑥已至马前,砉的一声,头竟落地。就是秦嗣主崇,亦不及奔逃,致为敌军所杀。秦自苻健僭号,传至苻崇,合计六主,共四十四年而亡。小子有诗叹道:

　　善败不亡善战亡,苻秦一代费评章。
　　寿春六陌重寻辙,祸始佳兵终不祥。

苻氏已亡,乾归并有陇西巴蜀诸地,遂增置官属,张示声威,欲知他一切详情,待至下回再叙。

回评　五胡十六国中,苻秦最盛,而衰败亦最速。苻坚以淝水之败,便至不振,卒死姚秦之手。苻登以废桥之败,即无所归,仍为姚氏所杀,而苻崇更

不足道焉。即是以观，可见姚苌之梦见苻坚，并非坚之真能为祟，不过苌私心负疚，恐遭冥谴，迨至病危神散，乃有此梦魂之可怖耳。不然，坚能祸苌，宁独不能自保子孙耶？惟坚之得国，由于篡弑，故其后卒不得令终；苌虽叛坚，而为兄复仇，犹有可说，其得保首领以殁，盖于侥幸之中，有理数存焉。谁谓乱世之必无天理哉！

第七十五回

失都城西燕被灭　压山寨北魏争雄

却说乞伏乾归,增置官属,令长子炽磐领尚书令,左长史、边芮为尚书左仆射,右长史、秘宜为右仆射,翟瑥为吏部尚书,翟勍为主客尚书,杜宣为兵部尚书,王松寿为民部尚书,樊谦为三公尚书,方弘、麹景为侍中。此外拜授,一如魏武晋文故事,犹自称大将军大单于。惟杨定死后,天水人姜乳,袭据上邽,因遣乞伏益州往讨。边芮王松寿入谏乾归道:"益州贵为介弟,屡立战功,因胜致骄,常有德色,古人谓骄兵必败,若令他专阃,恐非所宜。"乾归道:"益州骁勇,非诸将所能及,我但恐他刚愎自用,或致偾事,今当另简重佐,便可无忧!"说着,遂派韦乾为行军长史,务和为司马,令与益州偕行。至大寒岭,益州果不加部勒,反纵军士解甲游畋,日夕酣饮;且下令道:"敢言军事者斩!"韦乾看不过去,只好邀同务和,违令进谏道:"将军为王室懿亲,受命专征,期殄凶丑,今贼已逼近,奈何解甲自宽,宴安鸩毒,古有明戒,望将军三思!"益州大言道:"乳众乌合,闻我到来,理应远窜,若欲与我决战,便是自来送死,我自有擒贼方法,卿等勿忧!"全是骄态,惟不杀韦乾,还算气宽。韦乾等只好退出,自加戒备。果然姜乳引众劫营,益州未曾预防,竟被陷入,仓皇惊溃。还亏韦乾等救护益州,且战且行,才得逃脱性命。乾归闻益州败还,也仿秦穆公悔过语云:"孤违蹇叔,致有此败,将士何罪,罪实在孤呢!"乃概令复职,悉置勿问。并令兵士休养,暂息干戈。

杨定无子,从弟盛先守仇池,特为定发丧,追谥武王,自称秦州刺史仇池公。仇池前为秦灭,曾由杨安镇守,见六十二回。后来杨安他徙,辗转为杨定所据,定死盛继,仍算未绝,并遣使称藩东晋,晋廷但务羁縻,封盛为仇池公。盛与定原属氐族,因分氐羌为二十部护车,各自镇戍,不设郡县。乞伏乾归也不愿过问,仇池始得少安。

事且慢表,且说燕主慕容垂,扫灭丁零,还至中山,闻翟钊奔入西燕,乃议兴兵西略,往攻慕容永。诸将俱说道:"永未有大衅,不宜轻伐,且近来连岁战争,士卒久劳,居民亦不暇耕织,疮痍满目,哭泣盈途,宜乘此安抚兵民,待时而动,区区长子,无庸深忧呢!"独司徒范阳王德驳议道:"昔三祖积德,遗训在耳,所以陛下龙兴,人皆思燕,不谋而合。永与陛下系出同宗,乃独僭称尊号,煽动华夷,惑民视听,致令群竖纵横,逐鹿不息,今若不先加除灭,恐民心不壹,后患方长,怎得谓不足深忧!就使士卒疲劳,此举亦不能再缓了!"垂掀须语诸将道:"司徒所议,与我同意,古称:'二人同心,其利断金。'我计决了!且我年虽老,扣囊底智,尚足歼除此贼,不宜再留遗患,累我子孙呢!"除去慕容永,亦未必子孙久长。乃发步骑七万人,遣镇西将军丹阳王瓒,及龙骧将军张崇,往攻晋阳,征东将军平视,往攻沙亭,自率大军赴邺。晋阳守将,为西燕主永弟武乡公友,沙亭守将,为西燕镇东将军段平。西燕主永,尚恐两处有失,因再遣尚书令刁云,与车骑将军慕容钟,率众五万,出屯潞川,使为援应。垂复使太原王楷出滏口,辽西王农出壶关,自出沙亭击永。

　　永急令从子征东将军小逸豆归,镇东将军王次多,右将军勒马驹等,率兵万余,往戍台壁。又派遣诸将,分道拒守。偏燕军沿途逗留,月余不进。永莫名其妙,但恐垂声东击西,佯从邺城进兵,暗中却分兵潜入太行,山名。绕击背后,所以预防一着,特调诸军还扼太行,严守轵关;惟留台壁军不遣。垂正要他调开各军,好使部众前进,既闻慕容永中计,立即趋就慕容楷,同进滏口,入天水关,直抵台壁。小逸豆归飞报慕容永,永遣太尉大逸豆归,至台壁助战,适垂将平视引兵驰至,垂即使与大逸豆归交锋,一阵痛击,大逸豆归败去。小逸豆归不得已与王次多勒马驹等,开壁出战。平视再与奋斗,正杀得难解难分的时候,忽由慕容楷慕容农杀到,两支统是生力军,纵横驰骤,锐不可当。小逸豆归自知不敌,急忙收兵入壁,偏敌军两面围裹,一时不能杀出,等到死命冲突,才得一条血路,奔入垒中。部兵万余名,伤亡了六七千。就是王次多勒马驹,也相继战死,连骸骨都无从夺回。更可怕的是台壁外面,统是敌军,围得铁桶相似,除非插翅腾空,不敢出去。小逸豆归坐守孤城,只眼巴巴的向西望着,专待援军到来。

　　时大逸豆归已奔还报永,永乃自率精兵五万,驰救台壁,屯兵河曲,贻垂战书。垂批回战期,列阵台壁南面,分农楷二军为左右翼,又使慕

第七十五回　失都城西燕被灭　压山寨北魏争雄

容国率兵千人，伏深涧下。越日交兵，由垂亲往挑战，两下里不及答话，便将对将，兵对兵，角斗起来。才及片时，垂竟拍马返奔，将士亦佯作败状，曳械遁走。永不管好歹，挥兵急追，人驰马骤，争向深涧中跃过，似乎有灭此朝食的气象。不料驰至半途，那慕容楷慕容农两军，出来截住，夹攻永军，垂又翻身转来，迎头痛击。永三面受敌，如何支持？只得回马奔还。追兵变做逃兵，逃兵反变做追兵，胜负变幻，真不可测。永驰还涧旁，不防慕容国又复杀出，截住去路。垂与农楷等在后紧迫，累得永进退两难，顿致全军大乱，或被杀，或被溺，死了无数士卒。永还须迟死数月，所以幸得逃脱，奔还长子。永已用兵数年，连诱敌计都未预防，实是个没用家伙。

晋阳沙亭潞川各守将，统闻风逃散，慕容钟且奔降垂营。永闻钟叛去，竟将钟妻子拘住，悉数骈戮。死在目前，还要如此暴虐。又恐长子受围，拟留太子亮居守，自奔后秦。侍中兰英道："昔石虎攻我龙城，我太祖坚守不去，终得创业垂基，造成大燕。今垂七十老翁，厌苦兵革，难道能连年不返，长此围攻么？为今日计，但当缮修守备，坚壁勿战，待他师老粮尽，自然退去了。"永乃依议，婴城拒守。那燕兵即陆续趋至，环集城下，四面筑栅，把一座长子城，团团围住。一攻一守，约莫有四五十日，城中虽未被陷，却已孤危得很。乃遣子常山公泓，赍取玉玺一方，缒城夜出，向晋雍州刺史郗恢处求救，恢即请命晋廷。晋虽有诏许援，但征发需时，一时如何应急？永恐晋兵不至，又遣太子亮诣魏乞师。亮出城时，被燕将平视探知，引兵追及，把亮擒回。只有随骑逃脱，得至盛乐，见魏王拓跋珪，涕泣求援。珪本与西燕通好，见七十三回。乃命陈留公虔，将军庾岳，率骑五万，出屯秀谷，相机进行。怎奈长子城日危一日，晋魏兵又皆未至，急得守城将士，朝不保暮。大逸豆归与部将窦韬等，起了歹心，竟潜通外兵，开城延敌。慕容永惊悉内变，忙挈着眷属，奔往北门。冤冤相凑，兜头碰着燕军前队，一声呐喊，把永围住。永无从逃脱，只好束手受擒，所领家属，无一幸免，统被缚至慕容垂前。垂责他僭据位号，滥杀宗族，罪无可恕，叱出斩首，妻子等当亦受戮。慕容俊子孙前时被永所杀，至此始得瞑目。又执住刁云等四十余人，一体加诛。大逸豆归昂首进谒，还道是开城有功，得邀重赏，偏被垂叱他不忠，赏他一刀两段。该死！总计西燕自慕容泓改元，至永亡国，已易六主，合计只十有一年。

垂既灭西燕,得永所统八郡七万余户。令宜都王慕容凤为雍州刺史,镇守长子,丹阳王慕容缵为平州刺史,镇守晋阳,自率军驰还邺城,复东巡阳平平原,因闻晋有救永意,特使慕容农渡河,与镇南将军尹国,攻晋廪邱阳城,先后陷入,晋平东太守韦简,引兵截击,败死平陆。晋高平太守徐含远,遣使至刘牢之处乞援,牢之不能赴援,遂致高平泰山琅琊诸郡,陆续奔溃。慕容农进兵临海,分置守宰,方才引还。垂北往龙城,告捷太庙。

会接得北方军报,谓魏王珪已出师秀谷,侵逼附塞诸郡。垂本拟亲出伐魏,因年已衰迈,疲病难行,乃遣太子宝为统帅,使与辽西王农赵王麟等,率步骑八万人,自五原伐魏。是时慕容柔慕容楷诸人,相继病殁,惟慕容德慕容绍掌兵如故。垂令绍统步骑一万

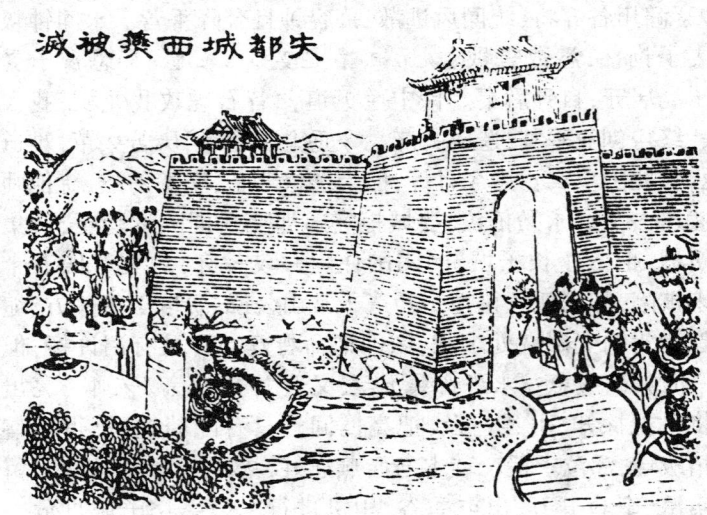

失都城西燓被灭

八千,为宝后应,散骑常侍高湖,上书谏垂道:"魏与燕世为姻婚,结好已久,今因求马不得,拘留彼弟,彼直我曲,不宜用兵。且拓跋珪沉鸷善谋,幼历艰难,饱尝世故,兵精士盛,更难轻敌。太子年少气壮,必且藐视珪众,诸多玩忽,万一挫失,大损国威,愿陛下慎重将事"云云。语皆合理。垂非但不从,反褫湖官爵,竟令宝等北进。老昏颠倒。

魏王拓跋珪,方讨平刘卫辰,斩获卫辰父子,并诛他宗党五千余人。只卫辰少子勃勃,逃往薛干部,不及追获。当下掠得战马三十余万匹,牛羊四百余万头,载归盛乐,充做国用。嗣又向薛干部索交勃勃,薛干

第七十五回　失都城西燕被灭　压山寨北魏争雄

部酋太悉伏,拒绝魏使,竟将勃勃一人,送往后秦高平公没奕于。魏王珪又恨他抗命,袭破薛干部帐,逐去太悉伏,入帐屠掠,尽把财物取归,因此国帑充足,士饱马腾。补叙数行文字,上结刘卫辰,下引赫连勃勃。此次燕军入境,长史张衮语珪:"燕灭丁零,杀慕容永,一入滑台,再陷长子,今复倾众前来,总道我亦无能为,一战可取,我不如暂避凶锋,佯示羸弱,使他骄怠无备,然后发兵邀击,定可得胜!这就是兵志所谓'居如处女,出如狡兔'呢。"珪喜从衮议,遂徙部落畜产,西行渡河,直至千余里外,方才休息。

燕军进至五原,收降魏别部三万余家,割取稼田百余万斛,稼读祭,形似麦而性不粘,为朔方特产。移置黑城。复进军临河,采木造船,作为济具,约历旬余,才得制成千余艘。魏王珪闻燕兵将济,始发兵出拒,并遣右司马许谦,至后秦借兵,遥乞声援。燕太子宝,正备齐船只,督兵下船,忽河中刮起一阵狂风,吹动船只,有数十艘牵勒不住,竟顺风漂往对岸。适魏兵前队,濒河游弋,即将燕舟缆住,搜获甲士三百余人,魏王珪与语道:"燕主已死,燕太子何不早归,反要渡河前来呢?"说毕,即令一一释缚,纵使归营。燕兵得命,即将珪言还报,太子宝不免惊疑。原来宝引兵至五原,与中山使命往来,屡不见答,还道垂果有不测情事。其实中山非无复使,统被魏暗地遣兵,绕出燕营后面,把他截住,牵缚了去,所以出兵多日,不得闻垂起居。魏王珪既将燕兵纵归,使他传言,复令所执燕使人,隔河传语燕营,伪证燕主死状,益令宝等惊惶,士卒骇动,因此不敢径渡。珪遂使陈留公虔率五万骑屯河东,东平公仪,率十万骑屯河北,略阳公遵,率七万骑绕出河南,堵截燕军归路。再加后秦亦遣将杨佛嵩,引兵救魏,魏势益盛。

先是燕太子宝,行至幽州,所乘车轴,无故自断,术士靳安极言不祥,劝宝还军,宝不肯从。至是安复白宝道:"天时不利,咎征已集,急速还军,尚可幸免!"宝仍然不听。安退出告人道:"我辈并将委尸草野,不得生还了!"赵王麟部将慕舆嵩,疑垂真死,密谋作乱,将就军中奉麟为主,事泄被诛。宝因此忌麟,自思顿兵非计,遂焚船夜遁。时值初冬,天不甚寒,河冰未结,宝料魏兵必不能渡,未设斥堠。偏偏隔了一宵,河上朔风暴吼,天气骤冷,河冰四合。魏王珪竟引兵渡河,挑选锐骑二万余名,亟追燕军。

燕军还屯参合陂,突有大风裹着黑气,状若堤防,或高或下,从后过来,覆压军上。沙门支昙猛,知为凶象,急向宝进言道:"风气暴迅,魏兵将至,请遣兵抵御为要!"宝以为去敌已远,尽可无虑,但从鼻中嗤了一声,余不复言。昙猛固请不已,慕容麟在旁发怒道:"如殿下神武过人,拥兵甚众,自足威行沙漠,索虏怎敢远来?今昙猛无端絮聒,摇惑众心,按律当斩!"昙猛泣语道:"秦王苻坚驱动百万雄师,南下侵晋,一败涂地,正由恃众轻敌,不信天道所致。今天象已经告警,还斥昙猛多言,昙猛死亦何恨,只可惜许多将士哩!"宝虽不欲杀昙猛,但总未肯尽信。还是范阳王德谓:"宁可预防,毋贻后悔。"宝乃遣麟率众三万,作为殿军,借防不测。既从德言,何不即使德断后,乃仍委麟充任,总之,麟宝各有忮心。麟之誉宝实欲败宝,宝之遣麟即欲害麟,营私如此,怎得不败!麟虽依令断后,总道魏兵不至来追,但纵骑游猎,不肯设备。

俄而黄雾四塞,日月无光,宝遣侦骑还诇魏兵,侦骑只行了十余里,即解鞍卧着。魏兵昼夜兼行,到了参合陂西偏,燕军尚未察觉。靳安又白宝道:"今日西北风甚劲,定是追兵将至的应兆,宜饬兵士倍道速归;否则定难免祸了!"宝尚以诘旦为期,是夜还安宿营中。至次日天明,晨曦已上,方拟饬军启行,哪知山上已鼓角乱鸣,震动天地。开营仰望,见魏兵正从山腰下来,好似泰山压卵一般。这一惊非同小可,吓得燕军个个股栗,各思逃生。再加宝平日在营,不善拊循,毫无纪律,仓猝遇敌,哪个肯为宝效死,一声哗噪,都弃营飞

压山寨北魏争雄

第七十五回　失都城西燕被灭　压山寨北魏争雄

奔。魏兵从上临下，正如风扫残叶，所过皆靡。燕军急不择路，统向涧中乱走。涧中虽有坚冰，到了人马腾踔的时候，或被滑倒，或致踏碎，不是压死，就是溺死，迟一步的，即被魏兵杀死。及逾涧后，死伤已达万人；再经魏拓跋遵率兵冲出，截住去路，燕军四五万人，都恨宝不用良言，致陷绝地，索性投戈抛甲，敛手就擒。只有数千将佐，保住太子宝等，杀开一条血路，跟跄走脱。陈留王慕容绍被杀，鲁阳王倭奴，桂阴王道成，济阴公尹国等，及文武将吏数百人被擒，还有太子宝宠妻，及东宫侍女，出兵打仗，何必挈此妻小？宝之淫昏，可见一斑！以及兵甲辎重，军粮资财，一古脑儿被魏掠去。

魏王珪但欲拣留数人，余皆赦还。偏有一人出阻道："不可，不可！"珪看将过去，乃是中部大人王建。便问他有何评议，建抵掌高谈，强说出一番大道理来，遂令被擒的燕军，都做了异域的鬼奴。小子有诗叹道：

　　　　大德由来是好生，如何入帐敢相争。
　　　　片言断送多人命，惨比长平赵卒坑。

欲知王建如何说法，待至下回声明。

　　回评　本回叙后燕战事，一胜一负，恍若有特别之报应，寓乎其间。慕容垂之顿兵不进，拓跋珪之避敌远徙也。慕容垂之分道攻永，拓跋珪之分军鏖宝也。慕容垂善于诱敌，而拓跋珪适似之。垂能灭人国，覆人师，方自诩为囊底智术，运用无穷，而不意其子之不能肖父，竟为拓跋珪所赚，参合之败，全军覆没，父若虎而子若豚犬，何相反之若是其甚也！意者由父不修德，但务骋智，天道恶盈，乃有此极端之报复欤？靳安支昙猛辈，虽极口苦谏，宁能挽天道于无形哉？

第七十六回

子逼母燕太后自尽　弟陵兄晋道子专权

却说王建入帐,请魏王珪尽杀燕军,略谓燕恃强盛,来侵我国,今幸得大捷,俘获甚众,理应悉数诛戮,免留后患,奈何反纵使还国,仍增寇焰云云。珪尚以为疑,顾语诸将道:"我若果从建言,恐南人从此仇视,不愿向化,我方欲吊民伐罪,怎可行得?"吊民伐罪一语,不免过夸,但珪之本心,却还可取。偏诸将赞同建议,共请行诛。建又向珪固争,珪乃命将数万俘虏,尽数坑死,才引还盛乐去了。燕太子宝,弃师遁还,不满人口,宝亦自觉怀惭,请再调兵击魏。范阳王德,亦向垂进言道:"参合一败,有损国威,索虏凶狡,免不得轻视太子,宜及陛下圣略,亲往征讨,摧彼锐气,方可免虑,否则后患恐不浅了!"即能摧魏,亦未必果无后患! 垂乃命清河公会领幽州刺史,代高阳王隆镇守龙城,又使阳城王兰汗为北中郎将,代长乐公盛镇守蓟郡。会为太子宝第二儿,与盛为异母兄弟,盛妻兰氏,即兰汗女,且与垂生母兰太后,系出同宗,所以亦得封王。垂使两人代镇,是要调还隆盛部曲,同攻北魏,定期来春大举。太史令人谏道:"太白星夕没西方,数日后复见东方,不利主帅,且此举乃是躁兵。躁兵必败!"垂以为天道幽远,不宜过信,仍然部署兵马,准备出师。惟自参合陂败后,精锐多半伤亡,急切招募,未尽合用。尚幸高阳王隆,带得龙城部曲,驰入中山,军容很是精整,士气方为一振。垂复遣征东将军平视,发兵冀州,不料平视居然叛垂。视弟海阳令平翰,又起兵应视,镇东将军余嵩,奉令击视,反至败死。垂不得已亲出讨逆,视始怯遁。翰自辽西取龙城,亦由清河公会,遣将击走,奔往山南。于是垂留范阳王德守中山,自率大众密发,逾青岭,登天门,凿山开道,出指云中。魏陈留公拓跋虔,正率部落三万余家,居守平城。垂至猎岭,用辽西王农,高阳王隆,为前锋驱兵袭虔。虔自恃初胜,未曾设防,待至农隆两军掩至城下,方才知悉。他尚轻视燕军,即冒冒失失的率兵出战。龙城兵甚是勇锐,呐一声喊,争向虔军队内杀人。虔拦阻不住,方识燕军厉害,急欲

第七十六回 子逼母燕太后自尽 弟陵兄晋道子专权

收兵回城,那慕容隆已抄出背后,堵住门口。待虔跃马奔回,当头一槊,正中虔胸,倒毙马下。内外魏兵,见虔被杀,统吓得目瞪口呆,无路奔逃,只好弃械乞降。隆等引众入城,收降魏兵三万余人,当即向垂报捷。垂进至参合陂,见去年太子宝战处,积尸如山,不禁悲叹,因命设席祭奠。军士感念存亡,统皆哀号,声震山谷。垂由悲生惭,由惭生愤,霎时间胸前暴痛,竟致呕血数升,几乎晕倒。左右忙将垂舁登马车,拟即退还,垂尚不许,仍命驱军前行;进屯平城西北三十里。太子宝等本已赴云中,接得垂呕血消息,便即引归。魏王珪闻燕军深入,却也惊心,意欲北走诸部,嗣又有人传报,讹言垂已病死阵中,复放大了胆,率众南追。途次得平城败耗,更退屯阴山。垂驻营中十日,病且益剧,乃逾山结营,筑燕昌城,为防魏计,既而还至上谷,竟至殁世。遗命谓祸难方启,丧礼务从简易,朝终与殡,三日释服,惟强寇在迩,应加戒备,途中须秘不发丧,待至中山,方可举哀治葬等语。太子宝一律遵行,密载垂尸,亟还中山,然后发丧。垂在位十三年,殁年已七十有一。由太子宝嗣即帝位,谥垂为神武皇帝,庙号世祖。尊母段氏为太后,改建兴十一年为永康元年。垂称王二年,虽易秦为燕,未定年号,至称帝以后,方改年建兴。事见前文。命范阳王德,都督冀兖青徐荆豫六州军事,领冀州牧,镇守邺城,辽西王农,都督并雍益梁秦凉六州军事,领并州牧,镇守晋阳,赵王麟为尚书左仆射,高阳王隆为右仆射,长乐公盛为司隶校尉,宜都王凤为冀州刺史。余如异姓官吏,亦晋秩有差。宝为慕容垂第四子,少时轻狡,也无志操,弱冠后冀为太子,乃砥砺自修,崇尚儒学,工谈论,善属文,曲事乃父左右,购得美名。垂因立为储贰,格外宠爱。其实宝是假名窃位,既得逞志,复露故态,中外因此失望。垂继后段氏,尝乘间语垂道:"太子姿质雍容,轻柔寡断,若遇承平时候,尚足为守成令主;今国步艰难,恐非济世英雄,陛下乃托以大业,妾实未敢赞成!辽西高阳二王,本为陛下贤子,何不择一为嗣,使保国祚!赵王麟奸诈强愎,他日必为国患,这乃陛下家事,还乞陛下图谋,毋贻后悔!"垂不禁瞋目道:"尔欲使我为晋献公么?"段氏见话不投机,只好暗暗下泪,默然退出。原来宝为先段后所出。麟农隆柔熙,出自诸姬,均与继后段氏,不属毛里。段氏生子朗鉴,俱尚幼弱,所以垂疑段后怀妒,从中进谗,不得不将她叱退。段氏既怏怏退出,适胞妹季妃入见,季妃为慕容德妻,见六十四回。因即流涕与语

子逼母燕太后自盡

道："太子不才，内外共知，惟主上尚为所蒙，我为社稷至计，密白主上，主上乃比我为骊姬，真是冤苦！我料主上百年以后，太子必丧社稷！赵王又必生乱，宗室中多半庸碌，惟范阳王器度非常，天若存燕，舍王无第二人呢！"段元妃未尝无识，惟为此杀身亦是失计。季妃亦不便多言，但唯唯受教罢了。古人说得好，属垣防有耳，窗外岂无人？段后告垂及妹，虽亦秘密相商，但已被人窃听，传出外面，为太子宝及赵王麟所闻。两人当然怀恨，徐图报复。到了宝已嗣位，故旧大臣，总援着旧例，尊皇后为皇太后，宝说不出从前嫌隙，只好暂时依议。过了半月，即使麟入胁段太后道："太后前日，尝谓嗣主不能继承大业，今果能否？请亟自裁，还可保全段宗！"段太后听了，且怒且泣道："汝兄弟不思尽孝，胆敢逼杀母后，如此悖逆，还想保守先业么？我岂怕死，但恐国家将亡，先祖先宗，无从血食呢！"说毕，便饮鸩自杀。虽不做凡人妻，但结果亦属欠佳。麟出宫语宝，宝与麟又复倡议，谓段氏曾谋嫡储，未合母道，不宜成丧。群臣也不敢进谏。惟中书令眭邃抗议道："子无废母的道理，汉时阎后亲废顺帝，尚得配享太庙，况先后语出传闻，虚实且未可知，怎得不认为母？今宜依阎后故事，遵礼发丧。"宝乃为太后成服祔葬，追谥为成哀皇后。这且慢表。

且说晋孝武帝亲政以后，权由己出，颇知尽心国事，委任贤臣。淝水一战，击退强秦，收复青兖河南诸郡，晋威少振。事俱散见前文。太元九年，崇德太后褚氏崩，朝议以帝与太后，系是从嫂，服制上不易规定。

第七十六回　子逼母燕太后自尽　弟陵兄晋道子专权

褚氏为康帝后，康帝为元帝孙，而孝武为元帝少子，简文帝三男，故对于褚后实为从嫂。独太学博士徐藻，援《礼经》夫属父道，妻皆母道的成训，推衍出来，说是夫属君道，妻即后道，主上曾事康帝为君，应事褚后为后，服后应用齐衰，不得减轻云云。孝武帝遂服齐衰期年，中外称为公允。惟孝武后王氏，嗜酒骄妒，有失阃仪，孝武帝特召后父王蕴，入见东堂，具说后过，令加训导。蕴免冠称谢，入宫白后，后稍知改过，不逾大节。过了五年，未产一男，竟至病逝。褚太后与王皇后，并见六十四回中。当时后宫有一陈氏女，本出教坊，独长色艺，能歌能弹，应选入宫。孝武帝方值华年，哪有不好色的道理，花朝拥，月夜偎，尝尽温柔滋味，竟得产下二男，长名德宗，次名德文。本拟立为继后，因她出身微贱，未便册为正宫，不得已封为淑媛，但将中宫虚位，隐然以皇后相待。偏偏红颜不寿，翠袖生寒，到了太元十五年，又致一病告终。孝武帝悲悼异常。幸复得一张氏娇娃，聪明伶俐，不亚陈淑媛，面庞儿闭月羞花，更与陈淑媛不相上下，桃僵李代，一枯一荣，孝武帝册为贵人，得续欢情，才把陈淑媛的形影，渐渐忘怀，又复易悲为喜了。为下文被弑伏线。

惟自张贵人得宠，日伴天颜，竟把孝武帝迷住深宫，连日不亲政务。所有军国大事，尽委琅琊王道子办理。道子系孝武帝同母弟，俱为李昆仑所生。见六十三回。孝武即位，曾尊李氏为淑妃，嗣又进为皇太妃，仪服得与太后相同。道子既受封琅琊王，进位骠骑将军，权势日隆。太保谢安在位时，已因道子恃宠弄权，与他不和。见六十九回。安婿王国宝，系故左卫将军王坦之子，素性奸谀，为安所嫉，不肯荐引。国宝阴怀怨望，会国宝从妹，入选为道子妃，遂与道子相昵，常毁妇翁，道子亦入宫行谗。孝武帝素来重安，安又避居外镇，故幸得考终。但自安殁后，道子即首握大权，录尚书事，都督中外诸军，领扬州刺史。道子嗜酒渔色，日夕酣歌，有时入宫侍宴，亦与孝武为长夜饮，纵乐寻欢。又崇尚浮屠，僧尼日集门庭，一班贪官污吏，往往托僧尼为先容，无求不应。也是结欢喜缘。甚至年轻乳母，貌俊家僮，俱得道子宠幸，表里为奸。道子又擢王国宝为侍中，事辄与商，国宝亦得肆行无忌，妄作威福，政刑浊乱，贿赂公行。

尚书令陆讷，望宫阙叹道："这座好家居，难道被纤儿撞坏不成？"会稽处士戴逵，志操高洁，屡征不起。郡县逼迫不已，他见朝政日非，越加谢绝,逃往吴郡。吴国内史王珣,在武邱山筑有别馆,逵潜踪往就,与珣游处兼旬,托珣向朝廷善辞,免得再召。珣与他设法成全,逵乃复返入会稽,隐居剡溪。不略逸士。会稽人许荣,适任右卫领营将军,上疏指陈时弊,略云:

今台府局吏,直卫武官,及仆隶婢儿,取母之姓者,本臧获之徒,无乡邑品第,皆得命议,用为郡守县守,并带职在内,委事于小吏手中。僧尼乳母,竞进亲党,又受货赂,辄临官领众,无卫霍之才,而妄比古人,为患一也。佛者清虚之神,以五诫为教,绝酒不淫,而今之奉者,秽慢阿尼,酒色是耽,其违二矣。夫致人于死,未必手刃害之,若政教不均,暴滥无罪,必夭天命,其违三矣。盗者未必躬窃人财,讥察不严,罪由牧守,今禁令不明,劫盗公行,其违四矣。在上化下,必信为本,昔年下书,敕使尽规,而众议毕集,无所采用,其违五矣。僧尼成群,依傍法服,五诫粗法,尚不能遵,况精妙乎?而流惑之徒,竞加敬事,又侵逼百姓,取财为害,亦未合布施之道也。

疏入不报。会孝武帝册立储贰,命子德宗为皇太子。德宗愚蠢异常,口吃不能言语,甚至寒暑饥饱,均不能辨,饮食卧起,随在需人,所以名为储嗣,未尝出临东宫。似此蠢儿,怎堪立为储君!许荣又疏言太子既立,应就东宫毓德,不宜留养后宫,孝武帝亦置诸不理。

惟道子势倾内外,门庭如市,远近奔集,孝武帝颇有所闻,不免怀疑。王国宝谄事道子,隐讽百官。奏推道子为丞相,领扬州牧,假黄钺,加殊礼。护军将军车胤道:"这是成王尊崇周公的礼仪,今主上当阳,非成王比,相王在位,难道可上拟周公么?"乃托词有疾,不肯署疏,及奏牍上陈,果触主怒,竟把原奏批驳下来,且因奏疏中无车胤名,嘉他有守。

中书侍郎范宁徐邈,守正不阿,指斥奸党,不稍宽假。范宁尤抗直敢言,无论亲贵,遇有坏法乱纪,必抨击无遗。尝谓王弼何晏二人,浮词惑众,罪过桀纣,所以待遇同僚,必以礼法相绳。王国宝为宁外甥,宁恨他卑鄙,屡戒不悛,乃表请黜逐国宝。国宝仗道子为护符,反构隙潜宁。不顾妇翁,宁顾母舅!宁且恨且惧,遂乞请外调,愿为豫章太守。豫章一缺,向称不利,他人就任,辄不永年,朝臣视为畏途。孝武帝览表亦惊疑

第七十六回　子逼母燕太后自尽　弟陵兄晋道子专权

道:"豫章太守不可为,宁奈何以身试死哩!"宁一再固请,方邀允准。宁临行时尚申陈一疏,大略说是:

> 臣闻道尚虚简,政贵平静,坦公亮于幽显,流子爱于百姓,子读若慈,见《礼记》。然后可以轻夷险而不忧,乘休否而常夷,否上声,读如痞。先王所以致太平,如此而已。今四境晏如,烽燧不举,而仓庾虚耗,帑藏空匮。古者使民,岁不过三日,今之劳扰,殆无三日休息,至有残形剪发,要求复除,生儿不复举养,鳏寡不敢妻娶,岂不怨结人鬼,感伤和气!臣恐社稷之忧,积薪不足以为喻。臣久欲粗启所怀,日延一日,今当永离左右,不欲令心有余恨,请出臣启事,付外详择,不胜幸甚!

孝武帝得了宁疏,却也颁诏中外,令公卿牧守,各陈时政得失。无如道子国宝,蟠踞宫廷,虽有良言,统被他两人抹煞,不得施行。就是范宁赴任后,也有一篇兴利除害的表章,大要在省刑减徭,戒奢惩佚数事,结果是石沉海底,毫无音响。惟王国宝前被纠弹,尝使陈郡人袁悦之,因尼妙音,致书后宫,具言国宝忠谨,宜见亲信。这书为孝武帝所见,怒不可遏,即饬有司加罪悦之,处以斩罪。国宝越加惶惧,仍托道子入白李太妃,代为调停,方得无恙。

道子贪恣日甚,卖官鬻爵,无所不为。嬖人赵牙出自倡家,贡金献妓,得官魏郡太守。钱塘捕贼小吏茹千秋,纳贿巨万,亦得任为谘议参军。牙且为道子监筑东第,迭山穿沼,植

树栽花，工费以亿万计。道子且就河沼旁开设酒肆，使宫人居肆沽酒。自与亲昵乘船往饮，谑浪笑敖，备极丑态。孝武帝闻他筑宅，特亲往游览，道子不敢拒驾，只好导帝入游。帝眺览一周，使语道子道："府内有山，足供游眺，未始不佳；但修饰太过，恐伤俭德，不足以示天下！"道子无词可答，只好随口应命。及帝既还宫，道子召语赵牙道："皇上若知山由版筑，汝必坐罪致死了！"赵牙笑道："王在，牙何敢死！"倡家子也读过《鲁论》么？道子也一笑相答。牙退后并不少戒，营造益奢。茹千秋倚势敛财，骤致巨富，子寿龄得为乐安令，赃私狼藉，得罪不诛，安然回家。博平令闻人奭据实弹劾，孝武帝虽怀怒意，终因道子袒护，不复查究。道子又为李太妃所爱，出入宫禁，如家人礼，或且使酒谩骂，全无礼仪。

孝武帝愈觉不平，意欲选用名流，任为藩镇，使得潜制道子。当时中书令王恭，黄门郎殷仲堪，世代簪缨，颇负时望，孝武帝因召入太子左卫率王雅，屏人密问道："我欲外用王恭殷仲堪，卿意以为何如？"雅答道："恭风神简贵，志气方严，仲堪谨修细行，博学能文，但皆器量褊窄，无干济才。若委以方面，天下无事，尚足称职，一或变起，必为乱阶。愿陛下另简贤良，勿轻用此二人！"雅颇知人。孝武帝不以为然，竟命恭为平北将军，都督青兖幽并冀五州军事，领青兖二州刺史，出镇京口，仲堪为振威将军，都督荆益宁三州军事，领荆州刺史，出镇江陵。又进尚书右仆射王珣为左仆射，王雅为太子少傅，内外分置心膂，无非欲监制道子。哪知内患未去，反惹出一场外患来了。小子因有诗叹道：

  恶习都由骄纵成，家无贤弟咎由兄。
  尊亲尚且难施法，假手群臣乱益生！

欲知晋廷致乱情形，且至下回再表。

回评 家无贤子弟，家必败，国无贤子弟，国必亡。慕容垂才略过人，卒能恢复燕祚，不可谓非一世雄，其独择子不明，失之于太子宝，反以段后所言为营私。垂死而段后遇弑，子敢弑母，尚有人道乎？即无北魏之侵扰，其必至亡国，可无疑也。所惜者，段元妃自诩智妇，乃竟不免于祸耳。彼晋孝武帝之纵容道子，弊亦相同。道子固同母弟也，然爱弟则可，纵弟则不可。道子不法，皆孝武帝酿成之，委以大权，与之酣饮，迨至道子贪婪骄恣，宠昵群小，乃始欲分置大臣以监制之，何其谬耶！而王国宝辈更不值评论也。

第七十七回

殷仲堪倒柄授桓玄　张贵人逞凶弑孝武

却说孝武帝防备道子，特分任王恭殷仲堪王珣王雅等，使居内外要津，分道子权。道子也窥透孝武帝心思，用王国宝为心腹，并引国宝从弟琅琊内史王绪，作为爪牙，彼此各分党派，视同仇雠。就是孝武帝待遇道子，也与从前大不相同，还亏李太妃居间和解，才算神离貌合，勉强维持。道子又想推尊母妃，阴竖内援，便据母以子贵的古例，启闻孝武帝，请尊李太妃为太后。孝武帝不好驳议，因准如所请，即改太妃名号，尊为太后，奉居崇训宫。道子虽为琅琊王，曾领会稽封国，为会稽太妃继嗣。会稽太妃，就是简文帝生母郑氏，见六十三回。郑氏为元帝妾媵，未列为后。故归道子承祀，至是亦追尊为简文太后，上谥曰宣。群臣希承意旨，谓宣太后应配飨元帝，独徐邈谓太后生前，未曾伉俪先帝，子孙怎得为祖考立配？惟尊崇尽礼，乃臣子所可为，所建陵庙，宜从别设。有诏依议，乃在太庙西偏，另立宣太后庙，特称宣太后墓为嘉平陵。

又徙封道子为会稽王，循名责实，改立皇子德文为琅琊王。德文比太子聪慧，孝武帝常使陪侍太子，凡太子言动，悉由德文主持，因此青宫里面，尚没有什么笑话，传播人间。何不直截了当立德文为储嗣！惟道子内恃太后，外恃近臣，骄纵贪婪，终不少改。

太子洗马南郡公桓玄，就是前大司马桓温少子，见六十四回。五龄袭爵，及长颇通文艺，意气自豪，朝廷因父疑子，不给官阶，到了二十三岁，始得充太子洗马。玄以为材大官小，很是怏怏，乃往谒道子，为夤缘计。凑巧道子置酒高会，盛宴宾朋，玄得投刺入见，称名下拜。道子已饮得酣醉，任他拜伏，并不使起，且张目四顾道："桓温晚年，想做反贼，尔等曾闻知否？"玄听到此言，不觉汗流浃背，匍伏地上，未敢起来。还是长史谢重，在旁起答道："故宣武公温谥宣武，亦见六十四回中。黜昏登圣，功超伊霍，外间浮议纷纭，未免混淆黑白，还乞钧裁！"道子方点首作吴语道："侬知！侬知！"因令玄起身，使他下座列饮。玄拜谢而起，饮了一杯，便即辞出。自是仇恨道子，日夕不安。未几得出补义兴太守，仍郁郁不得志，尝登高望震泽湖，即鄱阳湖。唏嘘太息道："父做九州伯，儿做五湖长，岂不可耻！"因即弃官归国，上书自讼道：

　　臣闻周公大圣而四国流言，乐毅王佐而被谤骑劫，巷伯有豺虎之慨，苏公兴飘风之刺，恶直丑正，何代无之！先臣蒙国殊遇，姻娅皇极，常欲以身报德，投袂乘机，西平巴蜀，北清伊洛，使窃号之寇，系颈北阙，园陵修复，大耻载雪，饮马灞沪，悬旌赵魏，勤王之师，功非一捷。太和之末，太和系帝奕年号，见前文。皇基有潜移之惧，遂乃奉顺天人，翼登圣朝，明离既朗，四凶兼澄，向使此功不建，此事不成，宗庙之事，岂堪设想！昔太甲虽迷，商祚无忧，昌邑虽昏，弊无三孽。因兹而言，晋室之机，危于殷汉，先臣之功，高于伊霍矣。而负重既往，蒙谤清时，圣帝明王黜陟之道，不闻废忽显明之功，探射冥冥之心，启嫌谤之途，开邪枉之路者也。先臣勤王艰难之劳，匡平克复之勋，朝廷若其遣之，臣亦不复计也。至于先帝龙飞九五，陛下之所以继明南面，请问谈者，谁之由耶？谁之德耶？岂惟晋室永安，祖宗血食，于陛下一门，实奇功也。自顷权门日盛，丑政实繁，咸称述时旨，互相煽附，以臣之兄弟，皆晋之罪人，臣等复何理可以苟存身世，何颜可以尸飨封禄？若陛下忘先臣大造之功，信贝锦萋菲之说，臣等自当奉还三封，受戮市朝，然后下从先臣，归先帝于玄宫耳。若陛下述遵先旨，追录旧勋，窃望少垂恺悌覆盖之恩，臣虽不肖，亦知图报。犬马微诚，伏维亮鉴！

　　看官阅读此疏，应知玄满怀郁勃，已露言中，后来潜谋不轨，逞势行凶，便可概见。那孝武帝怎能预料，惟将来疏置诸不理，便算是包荒大度。就是道子瞧着，也因玄无权无势，不值一顾，但视为少年妄言罢了。及殷仲堪出镇江陵，玄在南郡，与江陵相近，免不得随时往来。桓氏世临荆州，为士民所畏服，仲堪欲牢笼物望，不能不与玄联结，并因玄风神秀朗，词辩雄豪，便推为后起隽杰，格外优待，渐渐的大权旁落，反为玄所把持。孝武方倚为屏藩，乃不能制一桓玄，无能可知。玄尝在仲堪厅前，戏马舞槊，仲堪从旁站立，玄竟举槊向仲堪，作欲刺状。中兵参军刘迈，在仲堪侧，忍不住说出二语，谓玄马槊有余，精理不足。玄听到迈言，并不知过，反怒目视迈，仲堪也不禁失容。及玄既趋出，仲堪语迈道："卿系

第七十七回　殷仲堪倒柄授桓玄　张贵人逞凶弑孝武

殷仲堪倒柄授桓玄

狂人，乃出狂言，试想桓玄久居南郡，手下岂无党羽？若潜遣刺客，乘夜杀卿，我岂尚能相救么？况见他悻悻出去，必思报复，卿不如赶紧出避，尚可自全。"倘玄欲刺汝，汝将奈何？迈乃微服出奔，果然玄使人追赶，幸迈早走一时，不为所及，才得幸免。征虏参军胡藩，行过江陵，进谒仲堪，乘便进言道："桓玄志趣不常，每怀怨望，节下崇待太过，恐非久计。"仲堪默不一言，藩乃辞出。时藩内弟罗企生，为仲堪功曹，藩即与语道："殷侯倒戈授人，必难免祸，君不早去，恐将累及，后悔不可追了！"企生亦似信非信，不欲遽辞，藩嗟叹而去。良言不听，宜乎扼腕。

看官听说，殷仲堪不能驾驭桓玄，哪里能监制道子？道子权威如故，孝武帝越不自安。中书侍郎徐邈，从容入讽道："昔汉文明主，尚悔淮南，指厉王长事，见《汉史》。世祖聪达，负悔齐王，见前文。兄弟至亲，相处宜慎，会稽王虽稍有失德，总宜曲加宽贷，借释群疑，外顾大局，内慰太后，庶不致有他变呢！"孝武帝经此一言，气乃少平，委任道子，仍然如初。爱弟之道，岂必定要委任！

惟王国宝有兄弟数人，皆登显籍。长兄恺尝袭父爵，入官侍中，领右卫将军，多所献替，颇能尽职，次兄愉为骠骑司马，进辅国将军，名逊乃兄，弟忱少即著名，历官内外，文酒风流，睥睨一切。王恭王珣，才望且出忱下。恭出镇江陵以前，荆州刺史一职，系忱所为，别人总道他少不更事，不能胜任，谁知他一经莅镇，风裁肃然，就是待遇桓玄，亦尝谈笑自如，令玄屈服。只是素性嗜酒，一醉至数日不醒，因此酿成酒膈，因病去官，未几即殁。国宝欲奔丧回里，表请解职，有诏止给假期。偏国宝又生悔意，徘徊不行，事为中丞褚粲所劾。国宝惧罪，只得再求道子挽回，都下不敢露迹，竟扮作女装，坐入舆中伪称为王家女婢，混入道子第中，跪请缓颊。道子且笑且怜，即替他设法进言，终得免议。权相有灵，国宝当自恨不作女身为他作妾。

已而假满复官，更加骄蹇，不遵法度，后房妓妾，不下百数，天下珍玩，充满室中。孝武帝闻他僭侈，召入加责，经国宝泣陈数语，转使孝武帝一腔怒气，自然消融。他素来是个逢迎妙手，探得孝武帝隐憎道子，遂竭力迎合，隐有闲言，并厚赂后宫张贵人，代为吹嘘，竟至相府爪牙，一跃为皇宫心腹。媚骨却是有用！道子察出情形，很觉不平，尝在内省遇见国宝，斥他背恩负义，拔剑相加，吓得国宝魂胆飞扬，连忙奔避。道子举剑掷击，又复不中，被他逃脱。嗣经僚吏百方解说，才将道子劝回。孝武帝得悉争端，益信国宝不附道子，视作忠臣，常令国宝侍宴。酒酣兴至，与国宝谈及儿女事情，国宝自陈有女秀慧。孝武帝愿与结婚，许纳国宝女为琅琊王妃，国宝喜出望外，叩头拜谢。至宴毕出宫后，待了旬余，未见有旨，转浼张贵人代请，才得复音，乃是缓日结婚四字，国宝只好静心候着，少安毋躁罢了。恐阎王要来催你性命奈何？当时有人戏作云中诗，讥讽时事云：

相王沉醉，轻出教命，捕贼千秋，干预朝政。王恺守常，国宝驰竞，荆州大度，散诞难名。盛德之流，法护王宁，仲堪仙民，特有言咏。东山安道，执操高抗，何不征之，以为朝匠？

诗中所云千秋王恺国宝，实叙本名，想看官阅过上文，当然了解。荆州系指王忱，不指殷仲堪，法护系王珣小字，宁即王恭，仙民即徐邈字，安道即戴逵字。这诗句传入都中，王珣欲孚民望，表请征戴逵为国子祭酒，加散骑常侍，逵仍不至。太元二十年，皇太子德宗，始出东宫。会稽王道子兼任太子太傅，王珣兼任太子詹事，与太子少傅王雅，又上疏道：

会稽处士戴逵，执操贞厉，含味独游，年在耆老，清风弥劭。东宫虚德，式延正士，宜加旌命，以参僚侍。逵既重幽居之操，必以难进为美，宜下诏所在有司，备礼发遣，进弼元良，毋任翘企！

第七十七回　殷仲堪倒柄授桓玄　张贵人逞凶弑孝武

孝武帝依议，复下诏征遹，遹仍称疾不起，已而果殁。那孝武帝溺情酒色，日益荒耽，镇日里留恋宫中，徒为了一句戏言，酿出内弑的骇闻，竟令春秋鼎盛的江东天子，忽尔丧躯，岂不是可悲可愤么！当孝武帝在位时，太白星昼现，连年不已，中外几视为常事，没甚惊异。太元二十年七月，有长星出现南方，自须女星至哭星，光芒数丈。孝武帝夜宴华林园，望见长星光焰，不免惊惶，因取手中酒卮，向空祝语道："长星劝汝一杯酒，从古以来，没有万年天子，何劳汝长星出现呢？"真是酒后呓语。既而水旱相继，更兼地震，孝武帝仍不知警，依然酒色昏迷。仆射王珣，系故相王导孙，虽然风流典雅，为帝所昵，但不过是个旅进旅退的人员，从未闻抗颜谏诤，敢言人所未言。颇有祖风。太子少傅王雅，门第非不清贵，祖隆父景，也尝通籍，究竟不及王珣位望。珣且未敢抗辩，雅更乐得圆融，所以识见颇高，语言从慎。时人见他态度模棱，或且目为佞臣，雅为保全身家起见，只好随俗浮沉，不暇顾及讥议了。孝武帝恃二王为耳目，二王都做了好好先生，还有何人振聋发聩？再经张贵人终日旁侍，蛊惑主聪，酒不醉人人自醉，色不迷人人自迷，越害得这位孝武帝，俾昼作夜，颠倒糊涂。

太元二十一年秋月，新凉初至，余暑未消，孝武帝尚在清暑殿中，与张贵人饮酒作乐，彻夜流连，不但外人罕得进见，就是六宫嫔御，也好似咫尺天涯，无从望幸。不过请安故例，总须照行，有时孝武帝醉卧不起，连日在床，后宫妾媵，不免生疑，还道孝武帝有什么疾病，格外要去问省，献示殷勤。张贵人恃宠生骄，因骄成妒，看那同列娇娃，简直是眼中钉一般，恨不得一一驱逐，单剩自己一人，陪着君王，终身享福。描摹得透。有几个伶牙利齿的妃嫔，窥透醋意，免不得冷嘲热讽，语语可憎。张贵人愤无可泄，已是满怀不平。

时光易过，转瞬秋残，清暑殿内，銮驾尚留，一夕与张贵人共饮，张贵人心中不快，勉强伺候，虚与绸缪。孝武帝饮了数大觥，睁着一双醉眼，注视花容，似觉与前少异，默忖多时，猜不出她何故惹恼，问及安否，她又说是无恙。孝武帝所爱惟酒，以为酒入欢肠，百感俱消，因此顾令侍女，使与张贵人接连斟酒，劝她多饮数杯。张贵人酒量平常，更因怀恨在心，越不愿饮，第一二杯还是耐着性子，勉强告干，到了第三四杯，实是饮不下了。孝武帝还要苦劝。张贵人只说从缓。孝武帝恐她不饮，先自狂喝，接连数大觥下咽，又使斟了一大觥，举酒示张贵人道："卿应陪我一杯！"说着，又是一口吸尽。死在眼前，乐得痛快。张贵人拗他不过，只得饮了少许。孝武帝不禁生忿，迫令尽饮，再嘱侍女与她斟满，说她故意违命，须罚饮三杯。本想替她解愁，谁知适令增恨！张贵人到此，竟忍耐不住，先将侍女出气，责她斟得太满，继且

张贵人逼凶弑孝武

顾语孝武帝道："陛下亦应节饮，若常醉不醒，又要令妾加罪了！"孝武帝听了加罪二字，误会微意，便瞋目道："朕不罪卿，谁敢罪卿，惟卿今日违令不饮，朕却要将卿议罪！"张贵人蓦然起座道："妾偏不饮，看陛下如何罪妾？"孝武帝亦起身冷笑道："汝不必多嘴，计汝年已将三十，亦当废黜了！朕目中尽多佳丽，比汝年轻貌美，难道定靠汝一人么？"说到末句，那头目忽然眩晕，喉间容不住酒肴，竟对张贵人喷将过去，把张贵人玉貌云裳，吐得满身肮脏。侍女等看不过去，急走至御前，将孝武帝扶入御榻，服侍睡下。孝武帝头一倚枕，便昏昏的睡着了。

惟张贵人得宠以来，从没有经过这般责罚，此次忽遭斥辱，哪里禁受得起，凤目中坠了无数泪珠儿。转念一想，柳眉双竖，索性将泪珠收起，杀心动了。使侍女撤去残肴，自己洗过了脸，换过了衣，收拾得干干净净。又踌躇了半响，竟打定主意，召入心腹侍婢，附耳密嘱数语。侍婢却有难色，张贵人大怒道："汝若不肯依我，便叫你一刀两段！"侍婢无奈，只好依着闺令，趋就御榻，用被蒙住孝武帝面目，更将重物移压孝

第七十七回　殷仲堪倒柄授桓玄　张贵人逞凶弑孝武

武帝身上，使他不得动弹。可怜孝武帝无从吐气，活活闷死！过了一时，揭被启视，已是目瞪舌伸，毫无气息了。看官记着！这孝武帝笑责张贵人，明明是酒后一句戏言，张贵人伴驾有年，难道不知孝武帝心性？不过因华色将衰，正虑被人夺宠，听了孝武帝戏语，不由得触动心骨，竟与孝武帝势不两立，遂恶狠狠的下了毒手，结果了孝武帝的性命。总计孝武帝在位二十四年，改元两次，享年只三十有五。小子有诗叹道：

恩深忽尔变仇深，放胆行凶不自禁。
莫怪古今留俚语，世间最毒妇人心！

张贵人弑了孝武帝，更想出一法，瞒骗别人。究竟如何用谋，待看下回分晓。

回评　桓玄一粗鄙小人耳，智识远不逮荠懿，即乃父桓温，犹未克肖，微才如王忱，且能以谈笑折服之，固不待谢安石也。殷仲堪懦弱无能，纵之出柙，至玄执梁相向，益复畏之如虎，莫展一筹。孝武帝欲借之以制道子，庸讵知其更纵一患耶？王雅谓其必为乱阶，何见之明而词之悚也。但孝武不能测一张贵人，安能知一殷仲堪，床闼之间，危机伏焉，环珮之侧，死象寓焉。经作者演写出来，尤觉得酒食之祸，甚于戈矛。褒妲之亡殷周，犹为间接，而张贵人竟直接弑君，甚矣！女色之不可近也！

第七十八回

迫诛奸称戈犯北阙　僭称尊遣将伐西秦

却说张贵人弑主以后，自知身犯大罪，不能不设法弥缝，遂取出金帛，重赂左右，且令出报宫廷，只说孝武帝因魇暴崩。太子德宗，比西晋的惠帝衷，还要暗弱，怎能摘伏发奸？会稽王道子，向与孝武帝有嫌，巴不得他早日归天，接了凶讣，暗暗喜欢，怎肯再来推究？外如太后李氏，以及琅琊王德文，总道张贵人不敢弑主，也便模糊过去。王珣王雅等，统是仗马寒蝉，来管什么隐情，遂致一种弥天大案，千古沉冤。后来《晋书》中未曾提及张贵人，不知她如何结局，应待详考。

王国宝得知讣音，上马急驰，乘夜往叩禁门，欲入殿代草遗诏，好令自己辅政。偏侍中王爽，当门立着，厉声呵叱道："大行皇帝晏驾，太子未至，无论何人，不得擅入，违禁立斩！"国宝不得进去，只好怅然回来。越日，太子德宗即位，循例大赦，是谓安帝。有司奏请会稽王道子，谊兼勋戚，应进位太傅，领扬州牧，假黄钺，备殊礼，无非讨好道子。有诏依议，道子但受太傅职衔，余皆表辞。诏又褒美让德，仍令他在朝摄政，无论大小政事，一律咨询，方得施行。道子权位益尊，声威益盛，所有内外官僚，大半趋炎附势，奔走权门。最可怪的是王国宝，本已与道子失欢，不知他用何手段，又得接交道子，仍使道子不念前嫌，复照前例优待，引为心腹，且擢任领军将军。无非喜谀。从弟王绪，随兄进退，不消多说。阿兄既转风使舵，阿弟自然随风敲锣。

平北将军王恭，入都临丧，顺便送葬。见了道子辄正色直言，道子当然加忌。惟甫经摄政，也想辑和内外，所以耐心忍气，勉与周旋。偏恭不肯通融，语及时政，几若无一惬意，尽情批驳，声色俱厉。退朝时且语人道："榱栋虽新，恐不久便慨黍离了！"过刚必折。道子知恭意难回，更加衔恨。王绪谄附道子，因与兄国宝密商，谓不如乘恭入朝，劝相王伏兵杀恭。国宝以恭系时望，未便下手，所以不从绪言。恭亦深恨国宝。有人为恭画策，请召入外兵，除去国宝，恭因冀州刺史庾楷，与国宝

第七十八回　迫诛奸称戈犯北阙　僭称尊遣将伐西秦

同党,士马强盛,颇以为忧,乃与王珣密谈,商决可否。珣答说道:"国宝虽终为祸乱,但目前逆迹未彰,猝然加讨,必启群疑。况公拥兵入京,迹同专擅,先应坐罪,彼得借口,公受恶名,岂非失算?不如宽假时日,待国宝恶贯满盈,然后为众除逆,名正言顺,何患不成!"恭点首称善。已而复与珣相见,握手与语道:"君近来颇似胡广。"汉人以拘谨闻!珣应声道:"王陵廷争,陈平慎默,但看结果如何,不得徒论目前呢。"两人一笑而散。

过了一月,奉葬先帝于隆平陵,尊谥为孝武皇帝。返袝以后,恭乃辞行还镇,与道子等告别。即面语道子道:"主上方在谅暗,冢宰重任,伊周犹且难为,愿相王亲万机,纳直言,远郑声,放佞人,保邦致治,才不愧为良相呢!"说着,睁眼注视道子。旁顾国宝在侧,更生愠色,把眼珠愣了数愣。国宝不禁俯首,道子亦愤愤不平,但不好骤然发作,只得敷衍数语,送恭出朝罢了。

到了次年元旦,安帝加元服,改元隆安。太傅会稽王道子稽首归政,特进左仆射王珣为尚书令,领军将军王国宝为左仆射,兼后将军丹阳尹。尊太后李氏为太皇太后,立妃王氏为皇后。后系故右军将军王羲之女孙,父名献之,亦以书法著名,累官至中书令,曾尚简文帝女新安公主,有女无子。及女得立后,献之已殁,至是始追赠光禄大夫,与乃父羲之殁时,赠官相同。史称羲之有七子,惟徽之献之,以旷达称,两人亦最和睦。献之病逝,徽之奔丧不哭,但直上灵床,取献之琴,抚弹许久,终不成调,乃悲叹道:"呜呼子敬,人琴俱亡!"说毕,竟致晕倒,经家人舁至床上,良久方苏。他平时素有背疾,坐此溃裂,才阅月余,也即去世。叙此以见兄弟之友爱。徽之字子猷,献之字子敬,还有徽之兄凝之,亦工草隶,性情迂僻,尝为才妇谢道韫所嫌。事见后文。

且说王国宝进宫仆射,得握政权。会稽王道子,复使东宫兵甲,归他统领,气焰益盛。从弟绪亦得为建威将军,与国宝朋比为奸,朝野侧目。国宝所忌,第一个就是王恭,次为殷仲堪,尝向道子密请,黜夺二人兵权。道子虽未照行,谣传已遍布内外,恭镇戍京口,距都甚近,都中情事,当然早闻,因即致书促堪,谋讨国宝。仲堪在镇,尝与桓玄谈论国事,玄正思利用仲堪,摇动朝廷,便乘隙进言道:"国宝专权怙势,唯虑君等控驭上流,与他反抗,若一旦传诏出来,征君入朝,试问君将如何对付哩？"仲堪皱眉道："我亦常防此着，敢问何计可以免忧？"玄答道："王孝伯即王恭表字。嫉恶如仇，正好与他密约，兴晋阳甲，入清君侧，援引《春秋》晋赵鞅故事。东西并举，事无不成！玄虽不肖，愿率荆楚豪杰，荷戈先驱，这也是桓文义举呢。"仲堪听着，投袂而起，深服玄言。遂外招雍州刺史郗恢，内与从兄南蛮校尉殷顗，南郡相江绩，商议起兵。顗不肯从，当面拒绝道："人臣当各守职分，朝廷是非，与藩臣无涉，我不敢与闻！"绩亦与顗同意，极言不可，惹得仲堪动怒，勃然作色。顗恐绩及祸，从旁和解。绩抗声道："大丈夫各行己志，何至以死相迫呢？况江仲元绩自称表字。年垂六十，但恨未得死所，死亦何妨！"说着，竟大踏步趋出。仲堪怒尚未平，将绩免职，令司马杨佺期代任，顗亦托疾辞职。仲堪亲往探视，见顗卧着，似甚困顿。乃顾问道："兄病至此，实属可忧。"顗张目道："我病不过身死，汝病恐将灭门。宜求自爱，勿劳念我！"仲堪怀闷而出。嗣得郗恢复书，亦不见允，因复踌躇起来。适值王恭书至，乃想出一条圆滑的法儿，令恭即日先驱，自为后应。恭得了复书，喜如所愿，便即遣使抗表道：

　　后将军国宝，得以姻戚频登显列，道子妃为国宝妹，故称姻戚，事见七十六回。不能感恩效力，以报时施，而专宠肆威，以危社稷。先帝登遐，夜乃犯阙叩扉，欲矫遗诏，赖皇太后明聪，相王神武，故逆谋不果。又夺东宫现兵，以为己用，逸嫉二昆，甚于仇敌。与其从弟绪同党凶狡，共相煽连，此不忠不义之明证也。以臣忠诚，必亡身殉国，是以谮臣非一，赖先帝明鉴，浸润不行。昔赵鞅兴甲，诛君侧之恶，臣虽驽劣，敢忘斯义！已与荆州督臣殷仲堪，约同大举，不辞专擅，入除逆党，然后释甲归罪，谨受铁钺之诛，死且不朽！先此表闻。

　　为了王恭这篇表文，遂令晋廷大臣，个个心惊。当下传宣诏命，内外戒严，道子日夕不安，即召王珣入商大计。珣本为孝武帝所信任，孝武暴崩，珣不得预受顾命，名虽加秩，实是失权。及应召进见，道子便问道："二藩作逆，卿可知否？"珣随口答辩道："朝政得失，珣勿敢预；王殷发难，何从得知？"道子无词可驳，只好转语王国宝，且有怨言。国宝实是无能，急得不知所措。此时用不着媚骨了。没奈何派遣数百人，往戍竹里，夜遇风雨，竟致散归。国宝越加惶惧，王绪进语国宝道："王珣阴通

第七十八回　迫诛奸称戈犯北阙　僭称尊遣将伐西秦

二藩,首当除灭,车胤现为吏部尚书,实与珣同党。为今日计,急矫托相王命,诱诛二人,拔去内患,然后挟持君相,出讨二藩,人心一致,怕什么逆焰呢?"计颇凶狡。国宝迟疑不答,被绪厉声催逼,方遣人召入珣胤。至珣胤到来,国宝又不敢加害,反向珣商量方法。珣说道:"王殿与君,本没有什么深怨,不过为权利起见,因生异图。"国宝不待说毕,便愕然道:"莫非视我作曹爽不成!"曹爽事见《三国志》。珣微哂道:"这也说得过甚,君无爽罪,王孝伯亦怎得比宣帝呢?"宣帝即司马懿。国宝又转顾车胤道:"车公以为何如?"胤答道:"昔桓公围攻寿春,日久方克。即桓温攻袁真事,见六十二回。今朝廷发兵讨恭,恭必婴城固守,若京口未拔,荆州军又复到来,君将如何对待呢?"国宝闻言失声道:"奈何奈何?看来只好辞职罢!"珣与胤窃笑而去。胤字武子,系南平人,少时好学,家贫不常得油,夏月取萤贮囊,代火照书,囊萤照读故事,便是车胤古典。一长可录,总不轻略。成人后得膺仕籍,累迁至护军将军。前时王国宝讽示百官,拟推道子为丞相,胤不肯署名,独与国宝反对,所以绪将他牵入,欲加毒手。至计不得遂,因长叹道:"今日死了!"国宝置诸不睬,即上疏解职,诣阙待罪。嗣闻朝廷不加慰谕,又起悔心,乃矫诏自复本官。不料道子与他翻脸,竟因他诈传诏命,立遣谯王尚之,收捕国宝及绪,付诸廷尉,越宿赐国宝死,命牵绪至市曹枭首。一面贻书王恭,自陈过失,且言国宝兄弟,已经伏诛,请即罢兵。恭乃引兵还屯京口。殷仲堪闻国宝已死,才遣杨佺期出屯巴陵,接应王恭。旋亦接到道子来书,并知恭已退归,因亦召还佺期,一番风潮,总算暂平。

国宝兄侍中王恺,骠骑司马王愉,与国宝本是异母,又素来不相和协,故得免坐,悉置不问。惟会稽世子元显,年方十六,才敏过人,居然得官侍中,他却禀白乃父,谓王殿二人,终必为患,不可不防。道子乃即奏拜元显为征虏将军,所有卫府及徐州文武,悉归部下,使防王殿。于是除了两个佞臣,又出一个宠子来了。道子门下,无非厉阶。

这且待后再表。且说凉州牧吕光,背秦独立,据有河西。回应七十一回。武威太守杜进,是吕光麾下第一个功臣,权重一时,出入羽仪,与光相亚。适光甥石聪自关中来,光问聪道:"中州人曾闻我政化否?"聪答道:"止知杜进,不知有舅。"光不禁愕然,遂将杜进诱入,把他杀死。好良心。既而光宴会群僚,谈及政事,参军段业进言道:"明公乘势崛起,大有可为,但刑法过峻,尚属非宜。"光笑道:"商鞅立法至峻,终强秦室,吴起用术无亲,反霸荆蛮,这是何故?卿可道来。"业答道:"公受天眷命,方当君临四海,效法尧舜,奈何欲将商鞅吴起的敝法,压制神州?难道本州士女,归附明公,反自来求死么?"光乃改容谢过,下令自责,改革烦苛,力崇宽简。会酒泉被王穆袭入,也自称大将军凉州牧,见七十一回。诱结吕光部将徐炅,及张掖太守彭晃。光遣兵讨炅,炅奔往张掖,光亟自引步骑三万,倍道兼行,直抵张掖城下。晃不意光军骤至,仓猝守城,并向王穆处乞援。穆军尚未赴急,城中已经内溃,晃将寇颛开城纳光。晃不及脱身,被光众擒斩。光复移兵掩入酒泉,王穆正出援张掖,途中闻酒泉失守,慌忙驰还,偏部将相

迫奸称戈犯北阙

率骇散,单剩穆一人一骑,窜至驿马。驿马令郭文,顺手杀穆,函首献光。光乃从酒泉还军,适金泽县令报称麒麟出现,百兽相随,恐未必是真麒麟。光目为符瑞,遂自称三河王,改年麟嘉。立妻石氏为王妃,子绍为世子,追尊三代为王,设置官属。中书侍郎杨颖上书,请依三代故事,追尊吕望为始祖,立庙缋祀,世世不迁。吕望并非氏族,如何自认为祖?光欣如所请,因自命为吕望后人。

会张掖督邮傅曜,考核属县,为邱池令尹兴所杀,投尸入井,急图灭迹。偏是冤魂未泯,竟向吕光托梦,自陈履历,且言尹兴赃私狼藉,惧为所发,是以将臣杀害,弃尸南亭枯井中,臣衣服形状,请即视明,乞为伸冤云云。光闻言惊寤,揭帐启视,灯光下犹有鬼形,良久乃灭。次日即

第七十八回　迫诛奸称戈犯北阙　僭称尊遣将伐西秦

遣使案视，果得尸首，因即诛兴抵罪。时段业已任著作郎，犹谓光平日用人，未能扬清激浊，以致贤奸混淆，乃托词疗疾，径至天梯山中，拨冗著作，得表志诗九首，叹七条，讽十六篇，携归呈光。光却也褒美，但究竟未能听从，不过空言嘉许罢了。业在此时也想做个直臣，奈何始终不符？

南羌部酋彭奚念，入攻白土。守将孙峙，退保兴城，一面飞使报光。光遣武贲中郎将庶长子纂，与强弩将军窦苟，带领步骑五千，往讨奚念，大败而还。奚念进据枹罕，光乃大发诸军，亲自往击。奚念才觉惊慌，命在白土津旁，迭石为堤，环水自固，并遣精兵万名，守住河津。光遣将军王宝，潜趋河水上游，绕越石堤，夜压奚念营垒，光从石堤直进，隔岸夹攻，守兵俱溃，遂并力攻奚念营，奚念亦遁。光驱众急迫，乘势突入枹罕，逼得奚念无巢可归，没奈何逃往甘松，光留将士戍枹罕城，振旅班师。

先是光徙西海郡民，散居诸郡。侨民系念土著，不乐迁居，乃编成歌谣道："朔马心何悲，念旧中心劳；燕雀何徘徊，意欲还故巢！"光恐他互相煽乱，因复徙还。并因西海外接胡虏，不可不防，乃复使子复为镇西将军，都督玉门以西诸军事，兼西域大都护，镇守高昌。

光又自号天王，称大凉国，改年龙飞。立世子绍为太子，诸子弟多封公侯。进中书令王详为尚书左仆射，著作郎段业等五人为尚书，此外各官，不胜殚述。时为晋孝武帝太元二十一年。史家称他为后凉。西秦王乞伏乾归，见七十四回。尝向吕光称藩，未几即与光绝好。光曾遣弟吕宝等，出攻乾归，交战失利，宝竟败死。光屡思报怨，只因彭奚念入扰，不暇顾及乾归，坐此迁延。奚念本依附乾归，曾受封为北河州刺史。至奚念败窜后，光还称尊号，更欲仗着天王威势，凌压西秦。可巧乾归从弟乞伏轲殚，与乞伏益州有隙，奔投吕光，光不禁大悦，即日下令道：

乞伏乾归，狼子野心，前后反复，朕方东清秦赵，勒铭会稽，岂令竖子鸱峙洮南，且其兄弟内相离间，可乘之机，勿过今也。其敕中外戒严，朕当亲征！

这令下后，即引兵出次长最，使扬威将军杨轨，强弩将军窦苟，偕子纂同攻金城，作为中路。又遣部将梁恭金石生等，出阳武下峡，会同秦州刺史没奕于，从东路进兵。再命天水公吕延，征发枹罕守卒，出攻临洮武始河关，向西杀入。延为光弟，最号骁悍，接了光命，首先发兵，奋勇前驱，所向无敌。

当有警报传达乾归，乾归已徙都西城，便召集将佐，商议拒敌。众谓光军大至，不易抵敌，且东往成纪，权避寇锋。乾归怫然道："昔曹孟德击败袁本初，陆伯言摧毁刘玄德，皆三国时事。统是谋定后战，以少胜多。今光兵虽众，俱无远略，光弟延有勇无谋，何足深虑！我能用谋制延，延一败走，各路皆退，乘胜追奔，当可尽歼了！"颇有小智。

僧称尊遣将伐西秦

正议论间，帐外驰入金城来使，报称万急。乾归只好亟援金城，自率部兵二万，行至中途，又接着急报。乃是金城陷没，太守卫鞬被擒。接连复得数处警耗，临洮失守了，武始失守了，河关又失守了，乾归至此，也不觉大惊。小子有诗咏道：

　　扰扰群雄战未休，雄师三路发凉州。
　　须知兵众仍难恃，用力何如用智谋！

欲知乾归如何拒敌，待至下回表明。

回评　会稽王道子，贪利嗜酒，实是一个糊涂虫。假使朝右有人，自足制驭道子遑论王国宝。乃王珣王雅辈，徒事模棱，毫无建白，而又奉一寒暑不辨之司马德宗，以为之主，安得不乱！王恭之兴师京口，以讨王国宝兄弟为名，旧史已称之曰反。吾谓此时之王恭，志在诛佞，犹可说也。不然，国宝兄弟，窃位擅权，靡所纪极，将待何时伏诛耶！后凉主吕光，无甚才略，不过乘乱窃地，独据一方，观其所为，俱不足取。至倾师而出，往攻西秦，竭三路之兵力，不足以制乾归，毋怪为乾归所评笑也。

第七十九回

吕氏肆虐凉土分崩　燕祚浸衰魏兵深入

　　却说乞伏乾归连接警耗,不禁惶急起来。沉思多时,乃泣语将士道:"今事势穷蹙,无从逃命,死中求生,正在今日。凉军虽四面到来,究竟相去尚远,不能立集,我果能败他一军,不怕凉军不退。"将士听了,统踊跃应声道:"如大王命,愿效死力!"乾归道:"我意总在杀退吕延。延甚骁勇,不可力敌,我当用计取他便了。"遂分派将士,散伏要隘,人卷甲,马衔枚,静候不动。一面令敢死士数人,佯探延兵,故意被擒,伪说本军退走。果然延拘讯死士,信为真言,即释令不诛,使为前导。此引彼随,直入陷阱,那死士不知去向。但听得数声胡哨,伏兵四面杀出,把延兵冲成数段。延情急失措,正要寻路返奔,又被万弩竞射,就使力大无穷,也禁不住许多硬箭,眼见是一命呜呼了。无谋者终不可行军。延有司马耿稚,本戒延轻进,延不用忠言,因致败死。稚尚在后队,急与将军姜显,结阵自固,收集逃卒,徐徐引退,才得还屯枹罕。光闻延败殁,神色沮丧,遂命各军退回,自己匆匆返入姑臧。乾归复进据枹罕,使定州刺史翟瑥居守,召入彭奚念为镇卫将军,命镇西将军屋弘破光为河州牧,因即还师。

　　惟吕光遭此一挫,声威顿减,遂令部将离心,又生出南北二凉来了。南凉为秃发乌孤所建,乌孤就是思复鞬次子。思复鞬尝使长子奚于,助张大豫拒光,为光所杀,事见前文。见七十一回。未几,思复鞬亦死,乌孤嗣立,欲报兄仇,因与大将纷陁,谋取凉州。纷陁道:"凉州方盛,未可急取,请先务农讲武,招俊杰,修政刑,巩固根本,然后观衅而动,可报前仇。"乌孤依议施行,才越数年,已易旧观,振作一新。吕光欲羁縻乌孤,特遣使封乌孤为冠军大将军,领河西鲜卑大都统。乌孤问诸将道:"吕氏远来授官,可接受否?"诸将多应语道:"吕氏与我有仇,怎可与和?况近来士强兵盛,难道还受人制么?"乌孤道:"我意亦是如此。"独有一人抗声道:"欲拒吕光,今尚未可。"乌孤瞧着,乃是卫弁石真若留。

便诘问道："卿怕吕光么？"石真若留道："今根本未固，邻近未服，还宜随时遵养，未可轻动。况吕光势尚未衰，地大兵众，若向我致死，恐不可敌，不如暂时受屈，使他不防，彼骄我奋，一举成功了。"胡人亦多智士。乌孤道："卿言亦是，我且依卿。"乃对使受封。及凉使去后，乌孤即整顿兵马，出破乙弗折掘二部落，又遣将石亦干筑廉川堡，作为都城。乌孤遂徙居廉川。

已而登廉川大山，但泣不言。石亦干在旁进言道："臣闻主忧臣辱，主辱臣死，大王今日不乐，想是为了吕光一人。光年已老，师徒屡败。今我得保据大川，养足锐气，将来一可当百，岂尚怕吕光不成！"乌孤道："吕光衰老，我非不知，但我祖宗德威及远，异俗倾心。今我承祖业，未能制服诸部，近且未怀，怎思及远！悲从中来，不能不泣呢。"旁又闪出大将苻浑道："大王何不振旅誓众，讨服邻近部落？"乌孤道："卿等肯同心协力，我便当出师。"苻浑等齐声应命。可见乌孤一泣，实是一激将法。随即出兵四略，迭破诸部。吕光闻乌孤日盛，进封乌孤为广武郡公。广武人赵振，少好奇略，弃家依乌孤。乌孤素慕振才，立即引见，与言国政，无不称意。遂大喜道："我得赵生，大事成了！"适凉州又有使人到来，进乌孤征南大将军益州牧左贤王，并给鼓吹羽仪等物。乌孤语来使道："吕王擅命专征，得有此州，今不能怀柔远人，惠安黎庶，诸子贪淫，群甥肆暴，郡县土崩，远近愁怨，我岂尚可违反人心，助桀为虐么？帝王崛起，本无常种，有德即兴，无道即亡，我将应天顺人，为天下主，不愿再事吕王了！"遂将鼓吹羽仪，一并留住，但拒绝封册，仍交原使赍回。于是自称大都督大将军大单于西平王，纪元太初，是年为晋安帝隆安元年。治兵广武，攻凉金城。凉王吕光，遣将军窦苟往援，到了街亭，被乌孤率兵邀击，苟兵大败，狼狈奔还。金城遂被乌孤夺去。复取凉乐都湟河浇河三郡，收纳岭南羌胡数万家，就是凉将杨轨王乞基，亦率户数千降乌孤。乌孤复改称武威王。史家因他占据各地，在凉州南面，所以号为南凉，免与前后凉相混，这也是史笔的界划呢。

南凉既兴，北凉又起，首先发难的，叫作沮渠蒙逊。蒙逊系张掖郡卢水胡人，先世尝为匈奴左沮渠王，因以沮渠为氏。蒙逊有伯父二人，一名罗仇，一名麹粥，均在吕光麾下，从光往伐西秦。吕延败死，光众退还，麹粥语兄罗仇道："主上荒耄，骄纵诸子，朋党相倾，谗人侧目。今

第七十九回 吕氏肆虐凉土分崩 燕祚浸衰魏兵深入

兵败将亡,必多猜忌,我兄弟素为所惮,必不见容,倘或徒死无名,何若勒兵径向西平,道出苕藿,奋臂一呼,凉州可立下了。"罗仇道:"汝言亦自有理,但我家世代忠良,为西土所归仰,宁人负我,我却不忍负人哩。"既而光果听信谗言,竟将败军的罪名,诿诸罗仇麴粥身上,将他骈戮。死若有知,麴粥亦不免与兄相阋了。蒙逊素有谋略,博涉经史,并晓天文,突遭此变,当然悲愤交并,不得已殓葬两尸。诸部多为沮渠氏姻戚,多来送葬,数达万人,蒙逊向众哭语道:"吕王昏耄,滥杀无辜,我先世尝统辖河西,保安诸部,今乃受人戮辱,岂不可耻!我欲与诸公并力,为我二伯父复仇雪恨,不使他埋怨泉下,未知诸公肯助我否?"大众听了,都齐称万岁。当下结盟起兵,攻凉临松郡,阵斩凉护军马邃。临松令井祥,屯据金山。凉主吕光,遣子纂率兵往攻,蒙逊抵敌不住,逃入山中。

适蒙逊从兄男成,由晋昌纠众数千,起应蒙逊。酒泉太守垒澄,引兵出击,临阵败死,男成遂进攻建康。_{此与东晋之都城异地同名。}建康太守段业,正为仆射王详所排,出就外任,男成遣人说业道:"吕氏政衰,权臣擅命,刑杀无常,人皆生贰,百姓嗷然,无所依附,近已瓦解,将必土崩,府君奈何以盖世英才,效忠危地!男成等今倡大义,欲屈府君抚临鄙州,造福百姓,尽使来苏,岂不甚善!"业不肯从,登陴拒守,且向姑臧乞师,相持至二旬余,援兵不至,郡人高逵史惠等,劝业不如俯从男成,业恐王详等居中反对,阻住援军,乃决与男成联络,开城纳入。男成即推业为大都督龙骧大将军,领凉州牧,号建康公,改

吕氏龙飞二年为神玺元年。男成派人往召蒙逊,蒙逊遂出山投业。业授男成为辅国将军,委任国事,蒙逊为镇西将军,兼张掖太守。

蒙逊请速攻西郡,将佐互有异言。蒙逊道:"西郡为岭南要隘,不可不取。"业乃令蒙逊为将,引兵往攻。蒙逊到了城下,相视地势,见城西有河相通,遂佯为攻扑,暗堵河流。西郡太守吕纯,为吕光从子,专在城上守着,不防河水灌入城中,汹涌澎湃,势如奔潮,兵民相率惊徙,不暇拒战。蒙逊得乘际杀入,城即被陷,吕纯无从奔避,被蒙逊督众擒归。于是晋昌太守王德,敦煌太守孟敏,俱举郡降业。业封蒙逊为临池侯,命德为酒泉太守,敏为沙州刺史,再使男成及王德,进攻张掖。张掖为光次子常山公弘所守,未战即溃,弃城东走。男成等得入城中,向业告捷。业即驰至张掖,誓众追弘。蒙逊谏阻道:"归师勿遏,穷寇勿追,这乃兵法要言,不可不戒。"业不以为然,竟率众往追。适值纂奉了父命,领兵迎弘,望见业众追来,便分部兵为二队,使弘率右翼,自率左翼,夹道以待。至业已驱至,一声号令,两队夹击,杀得业左支右绌,慌忙返奔。吕纂等哪里肯舍,当然追赶。业落荒急走,手下不过百余人,幸得蒙逊前来救应,方得保业退还。吕纂见有援兵,也收兵自去。段业叹道:"孤不能用子房言,致有此败!"以张子房视蒙逊,可惜汝不似沛公!懊怅了好几日,又命兵役往筑西安城,用部将臧莫孩为太守,蒙逊又谏道:"莫孩有勇无谋,知进忘退,今乃令彼往守,是无异与彼筑坟,怎得称为筑城呢?"业复不从。奈何又不信子房。俄而吕纂兵至,莫孩战死,西安城果然失守,枉费了许多财力,蒙逊自此轻业。为后文弑业伏笔。业尚傲然自大,自号凉王,又复改元天玺,进蒙逊为尚书左丞,梁中庸为右丞,即以张掖为国都。张掖在凉州北面,所以史家号为北凉,南北相对,都从后凉分出,后凉吕氏,就此浸衰了。十六国中有五凉,上文叙过共计四凉。话分两头。

且说后燕主慕容宝,嗣位以后,即弑太后段氏,已失众心。回应七十六回。嗣又违背父命,溺爱少子,立储非人,益致内乱。宝有数子,最长为长乐公盛,次为清河公会,又次为濮阳公策,皆非嫡出。惟策母本出将门,最得宝宠;盛母较贱,会母尤贱。盛与会颇有智略,会更为祖垂所爱,每遣宝北伐,必令会代摄东宫诸事,已寓微意。嗣又以龙城旧都,宗庙所在,特使会往镇幽州,委以东北重任,国官府佐,俱采选一时名俊,

第七十九回　吕氏肆虐凉土分崩　燕祚浸衰魏兵深入

使崇威望。及垂临死嘱宝，须立会为宝嗣，宝虽承遗嘱，心下却爱怜少子，未肯立会。会生年本与盛同，不过因月日较先，号为长男。盛因自己不得立储，也不愿会得嗣立，索性让与季弟，因向宝陈词，请立弟策。宝正合意旨，尚恐族议未同，特与赵王麟等商及，麟极口赞成。乃即立策为太子，并立策母段氏为皇后。策年才十二，外若秀美，内实蠢愚。盛为排会起见，劝宝立策。麟更怀着私意，利立愚稚，将来容易摔去，好行僭逆。宝怎知两人隐衷，无非是溺爱不明，背父遗言，暂图快意。还有会快快失望，很觉不平。暗中伏着如许祸崇，试想这后燕还能平静么？语足儆世。宝虽进封盛会为王，终难释怨。再加那北方新盛的后魏，常来惊扰，因此内乱外患，相继迭乘。

　　魏王拓跋珪，养兵蓄马，日见盛强。群臣劝称尊号，珪始建天子旌旗，出警入跸，改登国十一年为皇始元年。魏王珪纪元登国，见七十三回。魏人所惮，惟一慕容垂，垂既去世，拓跋珪以下，无不心喜。参军张恂，遂劝珪进取中原，珪乃大举攻燕，率步骑四十余万，南出马邑，逾句注山，旌旗达二千余里，鼓行前进，直逼晋阳，又分兵东袭幽州，燕并州牧慕容农，与骠骑将军李晨，督兵出战，挡不住魏兵锐气，并因寡不敌众，竟至大败，奔还晋阳。不料司马慕舆嵩在城居守，忽起歹心，意将慕容农妻子，驱出城外，把城门紧紧关住。不杀慕容农妻子，还算好人。

农跑至城下，遇着妻孥诉苦，气得不可名状，但退无所归，进不能战，只好挈了妻子，向东急走。偏部众统皆

燕祚浸衰魏兵深入

惊骇,沿途四散,单剩数十骑随农。到了潞川,后面尘头大起,乃是魏将长孙肥,引兵追来。农逃命要紧,连妻子都不及顾了,挥鞭疾驰。距敌少远,背上尚着了一箭,忍痛逃脱,还至中山,随从只有三骑,那爱妻娇儿,久不见归,想总被魏兵拘去,悲亦无益,只好入见燕主。燕主宝不好斥责,略略慰谕数语,令他归第休息。越日,即得警报,晋阳降魏,并州陷没了。

又过了两三天,复有急报传到,乃是魏将奚牧,攻入汾州,擒去丹阳王买德,及离石护军高秀和。燕主宝也觉着忙,亟召群臣会集东堂,咨问拒敌方法。中山尹苻谟道:"今魏兵强盛,转战千里,乘胜前来,勇气百倍,若纵入平原,更不可敌,亟宜遣兵扼险,遏住寇锋,方可无虑。"中书令眭邃道:"据臣意见,不如令郡县人民,聚众为堡,坚壁清野,但守勿战。彼寇骑往来剽锐,马上赍粮,不过旬日可以支持;若进无所掠,粮何从出,数日食尽,自然退去了。"尚书封懿道:"眭中书所言,亦属未善;今魏兵数十万,蜂拥前来,百姓虽欲营聚,势难自固,且屯粮积食,转为寇资,计不如阻关拒战,还不失为上策哩。"宝听了众议,无从解决。_{胸无主宰,总难济事}。因旁顾及赵王麟,麟答道:"魏兵大至,锐不可当,宜完守设备,与他相持。待他粮尽力敝,然后出击,当无虑不胜了。"_{主意与封懿略同}。于是修城积粟,为持久计,且命辽西王农,出屯安喜,作为外援。所有军事调度,悉归赵王麟主持。

魏主拓跋珪,已使部将于栗䃅公孙兰等,带领步骑二万,从晋阳出井陉路,拔木通道,俾便往来,复自率大军驰出井陉,进拔常山,擒住太守苟延。常山以东诸守宰,统皆惶惧,或望风输款,或弃城逃生。只有邺与信都二城,尚固守不下。魏主珪即命征东大将军东平公拓跋仪,率五万骑攻邺,冠军将军王建,左将军李栗等攻信都,自进兵直攻中山,掩至城下。城中已有预备,当然不致陷入。珪督兵围攻数日,毫不见效,乃顾语诸将道:"我料宝不能出战,定当凭城固守,急攻必伤我士卒,缓攻又费我粮糒,不如先平邺与信都,然后还取中山,我众彼寡,自然易克了。"诸将齐声称善。珪尚为示威计,再麾众猛扑一场,南城墙不甚固,几为魏兵所毁。燕高阳王慕容隆,镇守南郭,一面派兵修缮,一面率锐力战。自旦至暮,杀伤至数千人,魏兵乃退,乘夜南行。

先是燕章武王慕容宙,奉垂及段后灵车,往葬龙城,并由燕主宝命,

第七十九回　吕氏肆虐凉土分崩　燕祚浸衰魏兵深入

叫他毕葬回来，顺便将前镇军慕容隆家属部曲，带还中山。清河王会，方代镇龙城，见七十六回。阴蓄异志，把他部曲，多半截留，不肯遽遣。宙拗他不过，只得挈隆家眷，及隆参佐等，趋还中山。途次闻有魏寇，驰入蓟州，与镇北将军慕容兰登城守御。兰系慕容垂从弟。魏将石河头，往攻不克，退屯渔阳。应上文东袭幽州句。魏主珪南抵鲁口，博陵太守申永，弃城奔河南，又有高阳太守崔宏，也出奔海渚。珪素闻宏名，遣骑追及，把宏擒归。急命释缚，用为黄门侍郎，使与给事黄门侍郎张衮，并掌机要，创立礼制。博陵令屈遵降魏，也即命为中书令，出纳号令，兼总文诰。后来拓跋氏各种制度，及所有谕旨，多出二人手裁。小子有诗咏道：

楚材入晋再弹冠，用夏变夷易旧观。
只是华人甘事虏，史家终作贰臣看！

欲知魏兵南下情形，且至下回再表。

回评　秃发乌孤之背吕光，乘光之衰也，沮渠蒙逊之叛吕光，因光之暴也。乌孤与光，本有杀兄之宿嫌，不得已敛尾戢翼，受光之封。至毛羽已丰，不飞何待？蒙逊本为光臣，与光无怨，待诸父罗仇麹粥无辜被杀，挟愤而起。一则蓄之于平素，一则迫之于崇朝，要之皆有词可援，非无因而至也。然使吕光能修明政刑无恣厥治，则乌孤不能崛兴，蒙逊何至猝变？分崩之祸，不戢自消，乃知瓦解土崩之患，莫非自召耳。后燕主慕容宝，背父弑母，舍长立幼，拂诸天理，必亡无疑，魏之大举深入，尚不足以亡燕，故当时之主战主守，不足深评，必至内乱纷起，然后外侮一乘，而国即亡矣。要之立国之道，惟仁与义，夷狄举仁义而尽废之，其速亡也宜哉！

第八十回

拓跋珪转败为胜　慕容宝因怯出奔

却说邺中镇守的燕将,乃是范阳王慕容德。见七十六回。他闻魏将拓跋虔来攻,便使安南王慕容青,系慕容皝曾孙。率领将士,黉夜出城,袭击魏营。拓跋虔未及防备,竟被捣破,伤了许多兵马,踉跄返奔,退入新城,青回城报功。到了次日,还要引兵追击,别驾韩谅劝阻道:"古人先谋后战,昨夜掩他无备,才得胜仗,今不可轻击魏军,共有四端:悬军远客,利在野战,一不可击;深入近畿,向我致死,二不可击;前锋既败,后阵必固,三不可击;彼众我寡,四不可击。并且官军不宜轻动,亦有三要:本地争战,胜且扰民,一不宜动;倘或不胜,众心难固,二不宜动;城隍未修,敌来无备,三不宜动。为今日计,不如深沟高垒,持重勿战,彼师远来,无粮可因,难道能久留不去么?"慕容德依了谅言,止青勿出。

魏辽西公贺赖卢为魏主珪母舅,奉了珪命,来会拓跋仪攻邺。适魏别部大人没根,为珪所忌,投奔中山,燕主宝命为镇东大将军,封雁门公。没根素有胆勇,请还袭魏营,宝尚未深信,只给百余骑随去。行近魏主珪大营,适当日暮,没根走入僻处,令群骑吃了干粮,悄悄伏着,待到夜半,方趱至魏营门外,仿着魏兵口号,叩营径入。魏兵还道他是巡卒,并未拦阻,至没根直入中帐,始被珪卫兵截住,两下里动起手来,喊声震动。魏主珪才从帐中惊醒,跣足趋入后帐,急命将士拒战。没根等东斫西劈,已得了首级百余,及见魏兵陆续趋集,方大喝一声,夺路走脱。魏兵因月黑天昏,不敢追赶,一听没根驰回。这次魏营被劫,虽然不致大损,但魏主珪常有戒心,倒也有三分胆怯了。无人不怕死。只拓跋虔围邺逾年,终未退去。燕范阳王德,也守得力倦神疲,不得已遣使入关,至后秦姚兴处乞救。后秦太后蛇氏,正患寝疾,兴颇有孝思,日夕侍奉,不愿出兵。兴尊母蛇氏为太后,见七十四回。邺使只好返报,守兵闻秦援不至,颇加悯惧。忽城外有书射入,经守兵拾呈慕容德,德展览后,颇有喜色。原来魏辽西公贺赖卢,自恃国戚,不愿受拓跋仪节制,互相

第八十回　拓跋珪转败为胜　慕容宝因怯出奔

猜疑。仪司马丁建阴与德通，因射书入城，报明魏营情形，令德放怀。德知魏军必有变动，当然易忧为喜。又越数日，大风暴起，白日如昏，赖卢营中爇炬代光，丁建伪报拓跋仪道："贺营已纵火烧营了，必乱无疑。"仪不禁着忙，急引兵趋退。贺赖卢莫名其妙，但见仪众退去，也只好撤还。丁建竟入邺降德，且言仪师老可击，德乃遣慕容青等带着精骑七千，追击魏兵；果然大得胜仗，夺了许多军械，搬回邺城。燕主宝得邺城捷报，也使左卫将军慕舆腾，收复博陵高阳，杀魏所置守令诸官，堵塞魏军粮道。

魏主珪因邺城难下，信都又复未克，乃亲督军赴信都，往助冠军将军王建。建攻信都与仪攻邺，俱见前回。燕冀州刺史宜都王慕容凤，已守了七十余日，粮食将尽，又闻魏主珪亲来围攻，自知不支，竟逾城夜走，奔归中山。信都失了主帅，所有将军张骧徐超等，不能再拒，便即开城出降。

燕失去信都，却得拔杨城，杀毙守兵三百余人。慕容宝拟大举击魏，尽取出府库金帛，购募壮士，不论良莠，悉数录用，甚至金帛不足，把宫中闲散侍女，也作为赏赐。还是活口赏人，可省口粮，似为得计，一笑。于是盗贼无赖，统皆应募，数日间得数万人。乌合之徒，宁足成事！会没根兄子丑提，为并州监军，闻叔降燕，恐连坐被诛，因即还国作乱。魏主珪防国都有失，意欲北归，乃遣国相涉延，诣燕求和。燕主宝不肯照允，使冗从仆射兰真，责珪负恩，悉发部众出拒，统计步卒十二万，骑兵三万六千，行至钜鹿郡内的柏肆坞，临滹沱河沿岸为营。可休勿休，岂靠着一班无赖，便足徼功么？魏主珪不得所请，当然怒起，叱还燕仆射兰真，即引兵至滹沱河南，与燕军夹岸列寨。

燕主宝见魏兵势盛，又有惧容，还是高阳王隆，想出一计，自请潜师夜渡，往劫魏营。宝依了隆计，自在营中戒严，作为后援。隆从募兵中挑出勇士万人，各执火具，待到夜静更深，悄然渡河。一经登岸，便乘风纵火，且烧且进，突向魏营杀入。魏营中虽有夜巡，未及入报，魏兵从睡梦中惊醒，顿致大乱，自相践踏。魏主珪仓猝起视，见外面尽是火光，也不由惊心动魄，连衣冠都不及穿戴，匆匆逃脱。燕将乞特真，捣入魏主寝帐，那魏主已经走远，只剩得衣靴等件，劫取而回。魏主珪前曾被劫，至此又复弃营，也算善循覆辙。此外粮械，由燕兵悉数搬运，你抢我夺，竟至互相争论,私斗起来。可见兵宜训练,临时召募之徒,虽胜亦不中用。魏主珪惊走数里,觉后面并无追兵,乃敢少息。溃兵亦次第趋集,仍然择地安营。复登高遥望,见燕军抢夺各物,自相斫射,不禁欣喜道:"今夜尚可转败为胜哩!"随即回营伐鼓,号召散卒,在营外遍布火炬,然后纵骑冲击燕兵。

拓跋珪转败为胜

燕兵方才罢斗,由慕容隆弹压平静,捆载各物,正要渡河还营,不防魏兵来打还复阵,好似怒虎咆哮,逢人便噬。燕军已无行列,又无斗志,逃的逃,死的死。将军高长,略略对敌,便被魏兵攒绕拢来,把他打翻,捆绑了去。慕容隆到此,也只好自管性命,奔回宝营。宝忙出兵援应,才得救回一二千人,此外不是被杀,就是被擒。越宿,魏兵又整队临河,对营相持,军容很是严肃,燕人大惧,上下夺气。慕容麟与慕容农,劝宝还师,宝乃拔营急归。魏兵越河追蹑,屡败燕军,并因春寒未解,风雪交乘,士多冻死,枕藉道旁。宝驱马急驰,不遑顾及全军,只带旧兵二万骑,匆匆北走,尚恐被魏兵追及,令士卒抛仗弃甲,赶紧行路,所有兵器数十万,一齐丧失,寸刃无遗。

燕尚书闵亮,秘书监崔逞,太常孙沂,殿中侍御史孟辅等,不及奔还,俱为魏兵所虏,悉数降魏。崔逞素有才名,魏张衮常为称扬,至是魏主珪得逞甚喜,即授官尚书,使录三十六曹,委以政事。一面麾众再进,竟抵中山城外,屯芳林园。

燕主宝奔入中山,喘息未休,尚书郎慕舆皓,竟阴谋杀宝,推立赵王

第八十回　拓跋珪转败为胜　慕容宝因怯出奔

麟。幸有人预先讦发，宝即派兵严查，皓自知谋泄，斩关奔魏。宝本欲罪麟，又闻魏兵进逼，不敢遽发，只好飞使往达龙城，召清河王会入援。会犹怀私怨，未肯遽赴。事见前回。但使征南将军库傉官伟，建威将军余崇，率兵五千，先驱进行。伟等到了卢龙，静待后应，约莫至三阅月，未见会至，所带粮饷，早已食尽，甚至宰牛杀马，烹食充饥，亦且无余。时中山已被困多日，燕主宝累诏催会，会尚托词练兵，迁延不发，目无君父。伟在卢龙，也觉焦急，意欲使轻骑先进，侦敌强弱，且为中山遥接声援，诸将皆互相推诿，不敢奉令，独余崇奋然道："今巨寇滔天，都城危迫，匹夫尚思致命，往救君父，诸君受国重任，乃如此贪生怕死么？若社稷倾覆，臣节不立，死有余辜。诸君尽管居此，崇愿自往一行，虽死无恨！"可惜会不闻此言！伟极口褒许，便选给精骑数百人，随崇出发。行至渔阳，遇魏游骑千余人，众皆彷徨，且前且却，崇又励众道："彼众我寡，不战必死，与战或尚可求生。"遂当先进击，众亦随上，格杀数十人，活捉十余人，魏骑骇退，崇亦引还。当下讯明俘虏，得知魏主亦有归志，乃驰使报会，会方引兵就道，沿途还是逗留，好几日才至蓟城。

燕都被困日久，将士统欲出战，高阳王隆，向宝献议道："魏主虽得小利，但顿兵经年，锐气已挫，士马亦大半死伤，人心思归，诸部离散，正是可击的机会，且城中将士，已尽思奋，彼衰我盛，战无不克，若持重不决，将士气丧，日益困逼，事久变生，恐无能为力了。"宝颇以为然，令隆整兵出战，偏赵王麟多方阻挠，竟致隆孤掌难鸣，欲出又止。

宝急得没法，因使人至魏营请和，愿送还魏主弟觚，并割让常山西境，即以常山为燕魏分界。魏主珪因母后贺氏，念觚致疾，竟至谢世，未免怀着余哀。回应前文，并了结贺氏。此次由燕许归觚，并得常山西境，乐得乘机罢兵，便不复多求，愿如所约。燕使请即撤围，然后照约履行，珪亦许诺，遣还燕使，自引兵退屯卢奴。谁知宝又复翻悔，不肯照行和约，自食前言。好似儿戏。魏主珪待了数日，杳无音信，复督诸将进攻中山，燕将士数千人，俱入殿自请道："今坐守孤城，终致困敝，臣等早愿出战，陛下一再禁止，难道待死不成？且受围多日，无他奇策，徒欲延时积日，待寇自退。臣等见内外形势，强弱悬殊，彼必不肯无故舍去，请从众决战，背城借一，彼见我尚能奋力，自然知难即退了！"宝当面允许，又命隆率众出击。隆被甲上马，勒兵诣门，将要出城，偏慕容麟驰马急至,不准开门。隆亦未便与争,涕泣还第,大众从此灰心,各悻悻散去。

到了夜间,麟竟带领部众,迫左卫将军慕容精,入宫弑宝,精抗议不从,惹动麟怒,拔刀杀精,自率妻子出城,奔往西山,于是人情骇震。

燕主宝闻报大惊,只恐麟出夺会军,拟遣将迎会追麟,可巧麟麾下属吏段平子,背麟奔还,报称麟赴西山,招集丁零余众,谋袭会军,东据龙城。宝顿足道:"果不出我所料,奈何!奈何!"说着,即召农隆二王入议,欲弃去中山,走保龙城。呆极。隆应声道:"先帝栉风沐雨,成此基业,今崩未逾年,大局遽坏,岂非孤负先帝,但外寇方盛,内乱又起,骨肉乖离,百姓疑惧,原是不足拒敌,北迁旧都,未始非权宜计策。但龙城地狭民贫,若移众至彼,要想足食足兵,断非旦夕可成。陛下诚能节用爱民,务农训士,待至公私充实,可守可战,将来赵魏遗民,厌苦寇暴,追怀燕德,当不难返旆南来,克复故业。否则不如凭险自固,静镇不动,或尚足优游养锐哩。"语意亦太模棱。宝答道:"卿言确有至理,朕当一从卿意,今日是不能不迁了。"隆默然退出,农亦随退。辽东人高抚,素善卜筮,为隆所信。隆返第后,抚即入见,附耳与语道:"殿下北行,恐难及远,太妃亦未必相见,若使主上独往,殿下留守都城,不但无祸,并得大功。"隆家属留居蓟城,事见前回,故云太妃未必相见。隆摇首道:"国有大难,主上蒙尘,老母又在北方,我若得归死首邱,亦无所恨,怎得另生异志呢?"乃遍召僚佐,预嘱行期。僚佐多不愿从行,惟司马鲁恭,参军成岌,尚无异言。隆喟然道:"愿从者听,不愿

奔出怙因冢容慕

第八十回　拓跋珪转败为胜　慕容宝因怯出奔

从者亦听！"僚佐闻言，便各散归，隆遂部署行装，准备出走。慕容农与隆同意，亦即日整装，部将谷会归进谏道："城中兵士，俱因参合一战，家属多亡，恨不得与敌拼命，只因赵王禁遏，不能伸志。今闻主上北徙，大众互相私议，俱谓得慕容氏一人，奉为主帅，与魏力战，虽死无怨。大王尽可留此，俯从众望，击退魏军，抚宁畿甸，奉迎大驾，重整河山，岂不是忠勇兼全么？"比高抚言更为豪爽。农怫然不悦，意欲拔刀杀归。转思归有才勇，不忍下手，但作色与语道："必如汝言，才可望生，我终不愿，宁可就死！"农从垂起兵时，颇有才识，此时何亦无生气耶？归只得告退。是夜燕主宝开城北走，除农隆二人随行外，尚有太子策、长乐王盛等，带着万骑，衔枚急奔。河间王熙、渤海王朗、博陵王鉴，皆垂子，见七十六回。年尚幼弱，不能出城，隆复入城迎接，护令同行，方得走脱。燕将王沈等降魏，乐浪王惠、中书侍郎韩范、员外郎段宏、太使令刘起等，挈工役三百余人，奔往邺城。

燕都无主，百姓惊惶，东门连夜不闭。事为魏主珪所闻，即欲引兵入城，偏冠军将军王建，志在掳掠，至魏主面前，谓夜间昏黑，恐士卒入盗库物，无从彻查，不如待至天明，魏主乃止。及晨鸡报晓，旭日已升，魏主始引兵至东门，哪知门已紧闭，城上守兵俱列，反比前日整齐，不由得惊诧起来。遂饬众并力猛攻，偏是矢石齐下，无隙可乘，自朝至暮，一些儿没有见功，反伤害了数百人。次日，又复攻扑，仍然无效，乃使人上登巢车，招谕守兵道："慕容宝出城奔走，已弃汝等北去，汝等百姓，复替何人把守？难道汝等俱不识天命，徒自取死么？"守兵齐声答道："从前参合一役，降且不免，今日守亦死，降亦死，所以不愿出降，情愿死守！况城中并非无主，去一君，立一君，难道汝魏人能杀尽我么？"魏主珪听了，顾视王建，直唾建面。当下遣中领将军长孙肥、左将军李栗，率三千骑追慕容宝。行至范阳，尚不见宝踪迹，但新城戍兵，约有千人，索性攻将进去，俘得数百名，还报大营。魏主珪懊悔无及，尚拟攻克中山，未肯撤围。究竟中山由何人主持？原来是燕开封公慕容详。详系慕容青弟。详未曾出城，即由守兵奉为主帅，闭城拒守，因此宝虽北去，城尚保存。小子有诗叹道：

国都未破主先逃，遗族留屯差自豪；
假使岩垣长不坏，维城宗子也名高。

欲知慕容宝在途情状，待至下回再详。

回评 慕容宝一鄙夫耳，喜怒靡常，进退无主，观其所为，即安内尚且不足，遑问拒外！魏人一至，可和不和，可战不战，可守不守，虽欲不败，乌得而不败？虽欲不亡，乌得而不亡？不然，魏主拓跋珪，智术亦疏，没根二击而惊走，慕容隆再击而猝奔，当两军对垒之时，无备若此。向令宝父尚存，珪亦安能逞志乎？慕容农与慕容隆，名为燕室忠臣，乃父中兴，两人亦尝佐命，乃小胜即喜，小败即怯，既不能监制慕容麟，又不能匡正慕容宝，都城可弃，何一不可弃耶？观此回可知后燕败亡之由来云。

第八十一回

攻旧都逆子忘天理　陷中山娇女作人奴

却说慕容宝弃都出走，行至邺城，适与赵王麟相遇。麟不意宝至，还道他亲自出讨，顿致惊溃，奔往蒲阴。宝不遑追击，但驱众北趋，到了蓟城。随从卫士，散亡略尽。惟慕容隆部下四百骑，留卫行幄。慕容会率骑兵二万人，方至蓟南，闻宝已入蓟，乃进城相见。父子叙谈，会语多讽刺，面上亦很觉不平。宝俟会退出，即召农隆二人，入语会不平情形。二人均说道："会尚年少，专任方面，习成骄盈，所以有此情状。臣等执礼相绳，料彼也不致生异了。"除非立会为太子，或可释嫌。宝虽然许可，心中总未免疑会，遂欲夺会兵权，归隆统辖。隆恐会有变，当面固辞。宝犹分拨会众，给与农隆。又遣西河公库傉官骥，率兵三千，助守中山，一面尽徙蓟中库藏，北趋龙城。

魏将石河头引兵追宝，驰至夏谦泽，得及宝军。宝不欲与战，会抗声道："臣抚练士卒，正为今日，今大驾蒙尘，人思效命，乃狡虏敢来送死，太违情理。兵法有言：'归师勿遏。'又云：'置之死地而后生。'彼犯二忌，我得二利，若再不战，益启寇心，龙城亦岂可长保么？"宝乃从会言，列阵拒敌。会出当敌冲，使农隆二军，分攻魏兵左右，三路夹击，大败魏兵，追奔百余里，斩首数千级。隆尚未肯罢休，再追至数十里外，夺得许多甲仗，方才回军，归途语故吏阳璆道："中山城积兵数万，不得伸展我意，今日虽得一胜，尚令我遗恨无穷。"说着，慷慨太息，泪下数行。独会经此一捷，骄夸愈甚，隆不得不从旁训勉。会非但不听，反加忿恨，又因农隆俱常镇龙城，名望素出己右，恐宝至龙城后，大权必在农隆掌握，自己越致失势，乃潜谋作乱。幽平二州士卒，统已受会牢笼，不愿归二王节制，遂向宝陈请道："清河王勇略过人，臣等愿与同生死，今请陛下与太子诸王，留住蓟宫，臣等从清河王南征，解京师围，还迎大驾便了。"宝似信非信，默然不答。大众退后，宝左右进言道："清河王不得为太子，神色已很是不平；且材武过人，善收人心，陛下若从众请，臣恐解围以后,必有卫辄故事,不可不防。"卫辄拒父事,见《东周列国》。宝点首示意。侍御史仇尼归,系会私党,探悉宝情,便私下告会道:"大王所恃惟父,父已异图,所仗在兵,兵已去手,试问将如何自全呢?不如诛二王,废太子,由大王自处东宫,兼任将相,匡复社稷,方为上策。"双方谗间,怎得不乱? 会尚犹豫未决。

宝语农隆道:"我看会已有反志,今若不除,难免大祸。"农隆齐声道:"今寇敌内侮,中土纷纭,社稷危如累卵,会镇抚旧都,来赴国难,威名远震。逆迹未彰,若一旦加诛,不但父子伤恩,人心亦必将不服呢。"宝慨然道:"逆子已不顾君亲,卿等兹恕,尚不忍诛,一旦变起,必先害诸父,然后及我,后悔恐无及了。"农隆为妇人之仁,不知弭乱,宝既知子恶,仍不加防,是亦妇人之见而已。话虽如此,但也不肯急切下手,仍向龙城进行。

到了广都黄榆谷,时已天晚,因即驻宿。农与隆二人为卫,卧至夜半,忽有一片哗噪声,从外而入。隆急忙视起,见有十数人持刀进来,料知有变,便欲返身入报,不防背上已中了一刀,痛彻心窝,立致晕倒,接连又被一刀剁下,自然断命。时农已拔甲出来,跨马欲遁,偏被那强人阻住,用刀乱斫,农急忙闪避,左臂已着了刀伤,忍痛走脱。背后却有数健卒相随,代抱不平,俱奋力留拒强人,格翻几个,赶去几个,独擒得一个头目,仔细辨认,正是侍御史仇尼归。当下将他捆住,牵送慕容农。农已窜入山谷,健卒亦跟了进去,待至追及,

攻旧都逆子忿天理

由农讯问仇尼归,供称为会所遣。农乃裹创待晓,然后出山,返报慕容宝。

宝夜间闻变,正在惊惶,突见会踉跄趋入道:"农隆谋逆,臣已将他二人除去了。"宝知会有诈,一时不便叱责,乃佯为慰谕道:"我素疑二王,果然谋变,今得除去,甚好!甚好!"此时倒还有急智。会喜跃而出。翌晨,由会排齐兵仗,严防他变,始拥宝就道。建威将军余崇,请收殓隆尸,载往龙城,会尚未许,经崇涕泣固请,方得邀允。即由崇殓隆入棺,用车载行。适慕容农自来谒宝,并押献仇尼归。宝不令农诉明情迹,但伪叱道:"汝何故负我?"遂令左右将农拿下。仇尼归乐得狡赖,只说农等为逆,拒战被擒,宝即令释缚,仍复原官。约行十余里,正要午餐,宝召群臣同食,且议加农罪。会方就坐,宝目顾卫军将军慕舆腾,暗嘱杀会。腾拔剑出鞘,向会行刺。会把头一低,冠被劈去,略受微伤,身子向外一掠,竟得逃走。腾不及追杀,慌忙奉宝急奔,飞驰二百余里,得抵龙城。时已夕阳下山了。会号召徒党,追宝至石城,终不得及,乃使仇尼归为前驱,径攻龙城。宝令壮士黉夜出击,得破仇尼归。会且上书要求,请诛左右佞臣,并求立为太子。宝当然不许,惟乘舆器物及后宫妾御,不及随宝进城,尽被会掠去,分赏将吏,擅置官属,自称皇太子,录尚书事,引众再攻龙城,以讨慕舆腾为名。宝登城责会,会跨马扬鞭,意气自如,且令军士鼓噪扬威。城中将士,见会如此无礼,统皆愤怒,开城迎战。天下事全仗理直,理直自然气壮,一鼓作气,锐不可当,便将会众杀退。毕竟人心未死。会走还营中,到了夜半,侍御史高云,又从城中潜出,带着敢死士百余人,袭击会营。会众大乱,相率逃散。会不能成军,只带十余骑奔往中山。开封公慕容详,怎能容会,立将会拘住斩首,并派人传报龙城。宝乃颁令大赦,凡从前与会同谋,悉置不问,使复旧职。免罪尚可说得,复官未免太宽。又论功行赏,封侯拜将,共数百人。命慕容农为左仆射,兼职司空,领尚书令,进高云为建威将军,封夕阳公,养为义儿,追赠高阳王隆为司徒,予谥曰康。龙城一隅,暂得少安。

惟邺城尚被围住,积久未退,慕容详尚有能耐,坚持到底。魏主珪因军食不继,命东平公仪撤去邺围,徙屯钜鹿,筹运粟米。慕容详又暗遣步卒,出袭魏营,虽然魏主有备,杀败守兵,但终因粮道未通,解围自去,就食河间。详还道是威足却魏,竟僭称皇帝,改元建始,用新平公可足浑谭为车骑大将军,领尚书令。此外设官分职,居然备置百官。且闻慕容麟出屯望都,即遣兵掩击,逐麟入山,擒麟妻子还都。燕西河公库傉官骥,本奉燕主宝命,助守中山,见上文。及详既僭位,便思逐骥。骥与他反抗,遂致互阅,结果是众寡不敌,为详所杀。详尽灭库傉官氏,又杀中山尹苻谟,诛及家族。惟谟有二女娥娥训英,娇小玲珑,幸得走脱,后文自有表见。天生尤物,不肯令其遽死。详既得逞志,便即淫荒,嗜酒无度,横加杀戮。所授尚书令可足浑谭直言进谏,适值详酒醉糊涂,竟不分皂白,喝令左右,把谭推出斩首。官吏等当然不服,均有异言,详更使人监谤,遇有私议政事的人员,不论贵贱,一体处斩。自详僭号以后,但阅一月,所诛王公以下,已五百余人,内外屏息,莫敢发言。

城中又复饥迫,百姓欲出外觅粮,偏详下令严禁,不准出入,因此人多饿死,举城皆恨详无道,欲就近往迎赵王麟。麟与详相去几何?百姓亦但管目前,未遑顾后。详尚未察悉,但因城中乏食,遣辅国将军张骥,率五千余人赴常山,督办粮糈。慕容麟伺隙复出,招集丁零余众,潜袭骥军。骥正在灵寿县,严加督责,戕害吏民,众心浮动,一闻麟至,都去欢迎,连骥部下各兵士,亦弃骥就麟,骥仓皇窜去。麟即引众掩至中山,城门不闭,得一拥直入,城中兵民,见麟到来,无不喜慰,从前被杀诸大臣家属,乐得乘机报怨,各引麟趋入伪宫,往捉慕容详。详醉后酣寝,未及逃避,即被大众七手八脚,把他捆住,牵出见麟。详尚睡眼模糊,不知为何人所执,但听得一片杀声,才开眼一睁,那刀光已到颈上,未及开言,头颅已落。得做醉鬼,详亦甘心。又搜杀详亲党三百余人。麟复僭称尊号,听民四出觅食,大众才得一饱。

魏主珪闻中山变乱,即遣中领军将军长孙肥,带领轻骑七千人,潜袭中山,得入外郭。麟忙集众出拒,肥始退去。麟复率步骑四千,追至派水,由肥麾众返击,彼此各有杀伤。麟丧失铠骑二百,肥亦身中流矢,两造统收军引还。魏主珪移驻常山九门,军中大疫,人马多死,将士多半思归。珪觇知众意,便语众将道:"前闻丑提作乱,本即北返,嗣因燕主悔约,丑提乱亦得平。从珪口中了过丑提。我意决拔中山,再作归计,今全军遇疫,岂天意不欲我取中山么?但四海以内,人民众多,无处不可立国,诚使我抚驭有方,谁不悦服?目前病死多人,也不足顾恤呢。"语不足法。诸将始不敢再言。珪即令抚军大将军略阳公拓跋遵,引兵再

第八十一回　攻旧都逆子忘天理　陷中山娇女作人奴

袭中山，割取禾稻，捆载而还。中山失禾，饥荒益甚。慕容麟不能安居，因率众三万余人，出据新市。

魏主珪已进兵攻麟，太史令晁崇进谏道："今日进军，恐防不吉。"珪问为何因？崇答道："纣以甲子亡，故后世称甲子日为疾日，今日适当甲子，不宜出兵。"珪笑道："纣以甲子亡，周武不以甲子兴么？"崇无言可对。珪即启行至新市，与麟对垒。麟不免心怯，退屯泒水，依渐洳泽立营，意图自固。彼此相持数日，魏兵进压麟营，麟不得已开营出战，一场交手，哪里敌得过魏兵？二万人死了九千余，逃去一万余，单剩得数十骑，随麟奔还。麟妻子前为详所拘，未曾处死，见上文。麟入中山，当然放出，此次复挈了妻子，遁入西山，从间道赴邺。魏主珪驰入中山，凡麟所署公卿将吏，及守城士卒，统皆迎降，共约二万余人。又得燕所传皇帝玺绶，并图书府库珍宝，以巨万计，还有后宫妇女，数亦盈千。并得慕容详遗女一人，年青貌美，秀色可餐，珪即纳为妾媵，晚令侍宿。详女亦只好随缘作合，供他淫污。越日，又发慕容详塚，锉尸焚骨，并查得拓跋觚死时，由燕人高霸程同下手，便将两人磔死，并夷五族。霸固为详所使，本不应置重辟，况又夷及五族，珪之淫虐如此，无怪其不得令终。于是班赏将士，多寡有差。

慕容麟奔至邺城，与范阳王慕容德相见，便向德献议道："魏兵既克中山，必来攻邺，邺中虽有蓄积，但城大难固，且人心怔惧，恐难坚守，不如南赴滑台，较为万全。"德闻言心动，遂拟南迁。时滑台守将，为燕鲁阳王慕容和，亦遣人迎德，德因决计徙屯。好容易又是残冬，越年为燕主宝永康三年，即晋安帝隆安二年。正月上旬，德率户四万，南徙滑台，将吏当然随行。无故弃邺，也是失策。魏东平公拓跋仪，已进封卫王，引众入邺，追德至河，不及乃还。慕容麟等向德劝进，德依兄慕容垂故事，自称燕王元年，摄行帝制，备设官属，用慕容麟为司空，领尚书令，慕容法为中军将军，慕舆拔为尚书左仆射，丁通为右仆射，这便是南燕的始基。是为四燕之殿。看官听说！慕容麟劝德南徙，仍然为自己起见，他因河间常有麟现，自谓与己名相应，必得君临燕土。中山僭号，不满三月，匆匆奔邺，欲用德为傀儡，迁往河南，仍好废德自立。哪知天不助逆，竟至谋泄，被德赐死，狡猾半生，终归不得善终。可作晨钟之警。

那慕容宝尚未知滑台情形，还遣鸿胪卿鲁遽，册拜慕容德为丞相，

领冀州牧,封南夏公,一面大阅兵马,仍欲规复中原。会魏主北归,慕容德亦命侍郎李延,向宝报闻,谓"魏军已返,中原空虚,正好及时收复"等语。宝心下大喜,即拟南行。辽西王农,长乐王盛进谏道:"今方北迁,兵疲力弱,魏新得志,未可与争,不如养兵观隙,更俟他年。"宝颇欲依议,偏抚军将军慕舆腾抗言道:"寇虏已返,我师大集,正宜乘机进取,百姓可与乐成,难与图始,惟当独决圣虑,不应广采异同,阻挠大计。"宝闻言奋袂道:"我计决了,敢谏者斩!"遂留慕容盛居守龙城,命慕舆腾为前军大司马,慕容农为中军,自为后军,统率步骑三万,自龙城依次出发,南屯乙连。

燕制称卫兵为长上,素随乘舆出入,不令迁调,此次宝统众南行,当然随着,但众情俱不愿征役,各有怨言。卫弁段速骨宋赤眉等,本为高阳王隆旧部,入充宿卫,此次因众心蠢动,遂纠众作乱,逼立隆子崇为主帅,立即发难,杀毙司空乐浪王慕容宙,中牟公段谊诸人。惟河间王熙,素与崇善,崇代为庇护,始得免难。燕主宝突然遇变,急率十余骑奔往农营。农急忙出迎,左右抱住农腰,谓营卒亦恐应乱,不宜轻出。农抽刀吓退左右,才得出营见宝,接入营中。一面遣人追还前军慕舆腾,一面拔营回讨段速骨等。谁知军心都变,俱弃仗散走,就是慕舆腾部下,亦皆溃散。宝与农只好奔还龙城,乱兵尚在后追赶,亏得龙城留守长乐王盛,引兵出接,才得迎入宝与农。小子有诗叹道:

　　不从众议妄行师,祸起军中悔已迟。

第八十一回　攻旧都逆子忘天理　陷中山娇女作人奴

纵使一时能幸脱,窜身便是杀身时。

宝与农既入龙城,乱兵亦进逼城下,欲知乱事如何结果,容待下回表明。

回评　君君臣臣,父父子子,此为修齐治平之要素,先圣固尝言之矣。慕容宝之不君不父,乌足为国? 观其立太子时,已启内乱之渐,以立长言,则宜立长乐公盛,以受遗言,则宜立清河王会,策为少子,又非嫡嗣,徒以溺爱之故,越次册立,无惑乎会之谋乱也。会固不子,宝实不父,而又当断不断,徒受其乱,亲为父子,反成仇敌,家且不齐,国尚能治乎? 幸而会乱已平,正宜与民更始,休养生息,徐图规复,乃不察民生之困苦,不问将士之罢劳,冒昧径行,侈言南讨,是君不君也。君不君,臣即不臣,段速骨等之作乱,亦意中事,无足怪也。彼慕容农与慕容隆,心固无他,才实不足。慕容麟好行不义,终至自毙,燕事如此,即无拓跋氏之外侮,亦终必亡而已矣。

第八十二回

通叛党兰汗弑君　诛贼臣燕宗复国

却说段速骨等引着乱兵，进逼龙城。城中守兵甚少，由慕容盛募民为役，始得万人，登陴奋力拒守。速骨等人数虽多，但同谋不过百人，余皆胁从为乱，并无斗志。惟尚书顿邱王兰汗，本为慕容垂季舅，又是慕容盛妇翁，他偏起了歹心，与速骨等通谋，所以速骨等有恃无恐，日夕鼓噪，威吓城中；且诱慕容农出城招抚，愿与讲和。农恐城不能守，潜自夜出，往抚乱兵。乱兵未曾被衄，怎肯投诚？农潜往招抚，不啻送死。速骨怎肯依农，反把农拘住不放。翌晨，复引众攻城，城上守兵，拒战甚力，伤毙乱卒百余人。守兵正在得势，忽见速骨牵出慕容农，指示城上，呶呶乱语。农亦有口，奈何畏死不言？守兵本恃农为重，忽见农在城下，也不暇问明情由，骤然夺气，一哄而散。速骨等得缘梯登城，纵兵杀掠，死亡相枕。燕主宝与慕舆腾余崇张真李旱等，轻骑南奔。

速骨尚不敢杀农，但将他幽住殿内。另有同党阿交罗，为速骨谋主，意欲废崇立农，偏被崇左右闻知，就中有翳让出力鞬两人，为崇效力，骤入杀农，并及阿交罗。农故吏左卫将军宇文拔，亡奔辽西，速骨恐人心忆农，必且生变，因归罪翳让出力鞬，把他诛死。哪知与他反对的，不是别人，就是前时通谋的兰汗。汗阳与勾通，暗中仍然嫉忌，速骨未曾防着，突被汗纠众袭击，见一个，杀一个，才阅半日，已将速骨等亲党百余人，一古脑儿送他归阴。当下废去慕容崇，奉太子策监国，承制大赦，且遣使迎宝北归。

时长乐王盛等，已逾城从宝，同至蓟城，接见兰汗来使，宝即欲北还。盛等俱进谏道："兰汗忠诈，尚未可知，今若单骑往赴，倘汗有异志，悔不可追，不如南就范阳王，合众取冀州，就使不捷，亦可收集南方余众，徐归龙城，这却是万全计策呢。"宝乃依议，从间道趋邺。邺人颇愿留宝，宝独不许。南至黎阳，暂驻河西，命中黄门令赵思，召北地王慕容钟，使他迎驾。钟为慕容德从弟，曾劝德称尊，至是执思下狱，并即报

第八十二回　通叛党兰汗弑君　诛贼臣燕宗复国

德。德召僚属与语道："卿等为社稷大计，劝我摄政，我亦因嗣主播越，民神乏主，暂从群议，聊系众心。今天方悔祸，嗣主南来，我将具驾奉迎，谢罪行辕，然后角巾还第，不问国事，卿等以为何如？"全是假话。黄门侍郎张华应声道："陛下所言，未免失计，试想天下大乱，断非庸材所能济事，嗣主暗弱，不足绍承先绪，陛下若蹈匹夫小节，舍天授大业，恐威权一去，身首不保，社稷宗庙，岂尚得血食么？"将军慕容护亦接入道："嗣主不达时宜，委弃国都，自取败亡，尚何足恤？从前蒯瞆出奔，卫辄不纳，《春秋》尚不以为非，孔圣亦未尝赞成。彼为子拒父，尚属可行，况陛下为嗣主叔父，难道不可拒犹子吗？"正要你二人说出此话。德半晌才道："古人逆取顺守，终欠合理，所以我中道徘徊，怅然未决呢。"护又道："赵思南来，虚实未明，臣愿为陛下驰往讯察，再作计较。"德乃遣护前往，佯为流涕。多此做作。护率壮士数百人，偕思北往。适宝得樵夫言，谓德已僭号，料知不为所容，仍转身北去，护追宝不及，复执思南还。

德闻思练习掌故，召他入见，欲为己用。思慨然道："犬马尚知恋主，思虽刑臣，颇识大义，乞加惠赐归。"德作色道："汝在此受职，与在彼何异？"思亦发怒道："周室东迁，晋郑是依，陛下亲为叔父，位居上公，不能倡率群臣，匡扶帝室，乃反幸灾乐祸，欲效晋赵王伦故事！思虽不能效申包胥，乞援存楚，尚想如王莽时的龚胜，不屑偷生，归既不得，死亦何妨！"阉人中有此义士，恰也难得。德被他揶揄，容忍不住，便命将思推出斩首，真情毕露。嗣是遂与宝绝。

宝遣盛与慕舆腾，收兵冀州，盛因腾请兵启衅，激成祸乱，且素来暴横不法，为民所怨，因即将他杀死。总嫌专擅。行至钜鹿，遍谕豪杰，俱欲起兵奉宝，约期会集。偏宝闻兰汗祀燕宗庙，举动近理，便欲北还龙城，不肯再留冀州，于是召盛速还，即日启行。到了建安，留宿土豪张曹家。曹素武健，自请纠众效劳，盛又劝宝缓归，俟确觇兰汗情状，再定行止。宝乃遣冗从仆射李旱，往见兰汗，自在石城候信。

会兰汗遣左将军苏超，至石城迎宝，极陈兰汗忠诚。宝信为真言，不待李旱返报，遂自石城出发。盛涕泣固谏，宝仍不从，但留盛在后徐行。盛与将军张真等下道避匿，不肯遽赴。盛为宝子，知父有难，不肯随往，亦太忍心。宝匆匆急返，抵索莫汗陉，去龙城只四十里，城中皆喜。

兰汗惶惧，欲自出谢罪，兄弟同声谏阻。汗因遣弟加难率五百骑出迎，又令兄提闭门止仗，禁人出入。城中皆知汗有变志，但亦无法挽回。加难驰至陉北，与宝相见，拜谒甚恭。宝即令他护驾，昂然进行。颍阴公余崇，密白宝道："加难形色不定，必有异谋，陛下宜留待三思，奈何径往？"宝尚说无妨。

又行了十余里，加难忽喝令骑士向前执崇，崇徒手格斗，毕竟寡不敌众，终为所缚。崇大骂道："汝家幸为国戚，迭沐宠荣，今乃敢为篡逆，天地岂肯容汝？不过稍迟旦暮，便当屠灭，但恨我不得手脍汝曹呢！"加难听了，竟拔刀杀崇。宝至此悔已无及，只好随了加难，同入龙城。加难不令入殿，但使寓居外邸，用兵监守。到了夜间，便遣壮士潜入邸中，将宝拉死。莫非自取。兰汗闻报，命为棺殓，追谥曰灵。又杀太子策及王公卿士以下百余人。汗自称大都督大单于大将军，昌黎王，改元青龙，令兄提为太尉，弟加难为车骑将军，封河间王熙为辽东公。使如周时杞宋故例，备位屏藩。居然想作周天子了。

慕容盛在外闻变，即拟奔丧入城，将军张真，极力劝阻。盛说道："我今拼死往告，自述哀穷，汗性愚浅，必顾念婚姻，不忍害我。约过旬月，我得安排妥当，便足伸志，这也是枉尺直寻的办法呢。"遂不从真言，径入城赴丧，先使妻兰氏进求汗妻，为盛乞免。汗妻乙氏，究是女流，见女涕泣哀请，自然代为缓颊。汗本意颇欲害盛，但见了一妻一女，宛转哀鸣，免不得心肠软活，化刚为柔。惟兄提及弟加难，谓斩草留根，

第八十二回　通叛党兰汗弑君　诛贼臣燕宗复国

终足滋患，不如一并杀盛。盛妻又向伯叔叩头，哀吁不已，提与加难尚有难色，汗独恻然道："我就赦汝夫婿，但汝当为我传言，须怀我德，毋记我嫌。"盛妻当然应命。汗即遣子迎盛，引入宫中。盛见汗匍伏，且泣且谢。亏他忍耐。汗还道他是诚心归附，一再劝慰，且伪言宝实自尽，并非加害。当即为宝治丧，令盛及宗族亲党，一律送葬，复授盛为侍中，兼左光禄大夫。还有太原王奇，系前冀州牧慕容楷子，为汗外孙，汗亦将奇宥免，命为征南将军。奇既得受职，遂与盛同列，两人俱怀报复，且系从曾祖兄弟，当然患难相亲，于是盛得了一个帮手，尝与密谋。

兰提等随时防着，屡次劝汗杀盛，汗终不从，兄弟间遂有违言。提又骄狠荒淫，动逾礼法，就是与汗相见，亦往往恶语相侵。汗情不能忍，益生嫌隙。盛得乘间媒孽，如火添薪，又潜使奇出外招兵，为恢复计。奇密往建安，募集丁壮，得数千人，使据城自固。提闻变报汗，汗即遣提往讨，偏盛入白汗道："善驹即奇表字。小儿，怎敢起事？莫非有假托彼名，谋为内应不成？"汗瞿然道："这是由太尉入报，当不相欺。"盛屏人语汗道："太尉骄诈，不宜轻信，若使发兵出讨，一或为变，祸不胜言了。"汗闻盛言，即饬罢提兵，汗实愚夫，若使有一隙之明，定必不信。另遣抚军将军仇尼慕，率众讨奇。时龙城数月不雨，自夏及秋，异常亢旱。汗疑得罪燕祖，致遭此谴，乃每日至燕太庙中，顿首拜祷，又向故主宝神主前，叩陈前过，实由兄弟二人起意，应当坐罪云云。提与加难，得悉汗言，统怒不可遏，竟擅领部曲将士，出袭仇尼慕军，杀毙无算。

仇尼慕幸得不死，奔回告汗。汗不禁惊骇，立遣长子穆出讨。穆临行时，密语汗道："慕容盛与我为仇，今奇起兵，盛必与闻，这是心腹大患，急宜除去，再平内乱未迟。"汗半疑半信，欲召盛入见，觇察情实，然后加诛。盛妻兰氏，稍有所闻，忙即告盛。盛伪称有疾，杜门不出。汗亦搁着不提。燕臣李旱卫双刘忠张豪张真等，本与盛有旧交，因见兰穆势盛，虚与周旋，穆遂引为腹心，使旱等往来盛室，为监察计。哪知旱等反向盛输情，为盛谋主，伺隙起事。会穆击破兰提等军，回城献捷，汗遂大飨将士，欢宴终日，父子统饮得酩酊大醉，分归就寝。当有人诣盛通报，盛夜起如厕，逾墙趋出，直往东宫。李旱等已先待着，即拥盛斩关，入室寻穆。穆高卧未醒，被旱等手起刀落，立即毙命。盛得穆首级，携带出门，徇示大众。众未解严，尚扎住东宫外面，一闻盛起兵杀穆，大都踊跃赞成,便听盛指挥,往攻兰汗。汗醉寝宫中,至大众突入,才得惊醒,起视门外,遥见一片火光,滚滚前来,火光中露出许多白刃,料知不是好事,亟呼卫卒保护,偏卫卒已逃散,不知去向,任他喊破喉咙,并无一人答应。他想返身避匿,奈两脚如痿躄一般,急切不能逃走。那外兵已趋近身边,不由分说,便即劈头一刀,但觉脑袋上非常痛苦,站立不住,就致晕倒,一道灵魂,与长子穆先后归阴,同登森罗殿上,同燕主宝对簿去了。恐怕是同去喝黄汤哩!

汗尚有子和与扬,分成令支白狼,盛连夜使李旱张真,驰往诱袭,相继诛死。兰提加难,也由盛遣将掩捕,同时受戮。人民大悦,内外帖然,盛因妻为汗女,当坐死罪,因拟遣她出宫,迫令自尽,盛之复兴,半由妻兰氏营救之功,奈何遽欲杀妻,男儿薄幸,可为一叹!亏得献庄太子妃丁氏,从旁力争,始得免死。看官道献庄太子为谁?就是慕容垂长子令。令前时走死,事见上文。在六十三回。垂称帝时,曾追谥令为献庄太子,令妻丁氏,尚得生存,宝尝迎养宫中,以礼相待。盛妻兰氏,奉侍维谨,所以丁氏壹力保护,极言兰氏相夫有功,如何用怨报德?说得盛无词可驳,不得不曲予通融。但后来盛称尊号,仍不立兰氏为后,终未免心存芥蒂,这且无庸絮言。

且说慕容盛得复父仇,便告成太庙,大赦境内,一时不称尊号,暂以长乐王摄行统制,降诸王爵为公,文武各复旧官,并召太原公奇还都。奇听信谗言,竟抗不受命,勒兵叛盛,回屯

第八十二回　通叛党兰汗弑君　诛贼臣燕宗复国

横沟，去龙城只十里。盛亲督将士，出城击奇，奇手下虽有三万余人，究竟是临时召募，没有纪律，乘兴便至，见敌即逃。奇不能禁遏，如何拒盛？盛驱兵追杀，又令军士接连射箭，射倒奇马，奇坠地受擒，牵入龙城，立即处死。奇党严生王龙等，一并捕诛。遂命河间公熙为侍中，都督中外诸军事，改谥先主宝为惠闵皇帝，庙号烈宗。宝尚有庶子元，受封阳城公，兼卫将军，东阳公根，为尚书令，张通为左仆射，卫伦为右仆射，李旱为辅国将军，卫双为前将军，张真为右将军，皆封郡公。又进刘忠为左将军，张豪为后将军，并赐姓慕容氏。既而步兵校尉马勒等谋反，事泄伏诛，案连高阳公崇，即段速骨等所立之慕容崇。因即将崇赐死。这是盛有心杀崇。

是夕，大风暴起，拔去阙前七大树，宫廷震悚。可见天道有知，隐隐为崇鸣冤。偏群臣一味迎合，还要向盛劝进。盛初尚不许，嗣复屡接奏牍，请上尊号，盛乃即燕帝位，改元建平，追尊伯考献庄太子为皇帝，宝后段氏为皇太后，献庄太子妃丁氏为献庄皇后，谥太子策为献庄太子。后来张豪张真张通及尚书段成，昌黎尹留忠等，相继谋叛，依次发觉，一并伏诛。就是东阳公慕容根，亦株连被戮。即用阳城公元为尚书令，改封平原公。才阅一年，复改元长乐。每有罪犯，盛必自矜明察，亲加鞫讯；且因宝宽弛失国，务从严刻，无论宗族勋旧，稍有过失，便置重刑。辽西太守李朗，在郡十年，威行境内，盛屡征不至，且阴召魏兵，阳吓燕廷。盛察知有诈，便将他留居龙城的家属，尽加屠戮，并遣辅国将军李旱，率骑讨朗。旱奉命出次建安，忽又接到朝使，召他还都。旱只得驰还。及抵阙下，谒盛问故。盛但云："恐卿过劳，所以召归休息。"旱乃退出。越宿，又遣旱从速出兵，群臣都莫名其妙，就是旱亦无从索解，只好依令奉行。

朗初闻旱兵出击，当然防守，及旱中途却还，总道是龙城有变，不复设备，留子养守住令支，即辽西治所。自往北平迎候魏兵。旱兼程前进，掩入令支，擒斩李养，复遣广威将军孟广平，引骑追朗。朗尚未抵北平，已被孟广平追及，纵骑奋击，攻他无备。朗慌忙抵敌，与广平战了数合，因见从骑溃散，未免胆怯，手下一松，即由广平觑隙猛刺，中朗左胁，坠落马下。广平再加一槊，断送朗命，当下枭了首级，取回报旱。旱即传首龙城，盛得捷报，方明谕群臣道："朗甫谋叛，必忌官威，或纠合同类，与我力敌,或亡窜山泽,据险自固,一时如何荡平?我所以前召旱还,使他无备,再令旱出,猝加掩击,这是避实击虚的妙计。今果一鼓平逆,得歼渠魁,总算是计不虚行了。"徒矜小智,无当大体。群臣自然贡谀,群称神圣。盛即将朗首悬示三日,一面召旱班师。旱应召西归,途次得卫双被诛消息,不禁惶骇,弃军潜奔,走匿板陉。盛知旱无他意,不过畏罪逃亡,乃遣使往谕,说是:"卫双有罪,不得不诛,与旱无涉,可即日还朝。"旱乃入都谢罪,盛仍令复职,惟讨平辽西的功劳,已付诸汪洋大海,搁起不提了。小子有诗咏道:

用宽用猛贵相兼,但尚刑威总太严。

罚不当辜功不赏,君臣怎得免猜嫌!

盛虽得平辽西,魏兵却已出境,欲知燕魏交战情形,且至下回详叙。

回评 观本回兰汗之弑慕容宝,与慕容盛之杀兰汗,芒刃起于萧墙,亲戚成为仇敌,皆权利思想之为害也。兰汗身为国舅,其女又为长乐妃,亲上加亲,应同休戚,乃潜通外叛,诱杀国君,宝不负汗,汗实负宝,盖比莽操之恶,为尤过矣。盛阳归兰汗,阴纵反间,冒险忍辱,卒举汗父子兄弟而尽戮之,甚且欲连坐贤妇,忘德报怨,阴鸷若此,可惊可畏,论者不以为暴,无非因盛之手刃父仇,大义灭亲故耳。然卒之好猜嗜杀,安忍无亲,宗戚勋旧,多罹刑网,诩诩然自矜明察,而以为杜渐防微,人莫余毒,庸讵知治国之道,固在仁不在暴耳,而盛之遇祸亦不远矣。

第八十三回

再发难王恭受戮　好惑人孙泰伏诛

却说魏主拓跋珪,自中山还军以后,复徙都平城。营宫室,建宗庙,立社稷,正封畿,制郊甸,遣使循行郡国,考核守宰,明正黜陟。又命尚书吏部郎刘渊,立官制,协音律;仪曹郎董谧制礼仪;三公郎王德定律令;太史令晁崇考天象。进黄门侍郎崔宏为吏部尚书,总司典要,纂定各制,垂为永式。就于魏皇始三年十二月,即晋安帝隆安二年。即皇帝位,改元天兴,命朝野皆束发加帽,追崇远祖毛以下二十七人,皆称皇帝。尊六世祖力微为神元皇帝,庙号始祖,祖什翼犍为昭成皇帝,庙号高祖,父寔为献明皇帝,仿行古制,定郊庙朝飨礼乐。又用崔宏条议,自谓黄帝后裔,以土德王,徙六州二十二郡守宰,及土豪二千家至代郡。凡自代郡以西,善无以东,阴馆以北,参合以南,俱为畿内。此外四方四维,分置八部帅监守,居然有体国经野的遗规。魏自拓跋珪称帝,为北方强国,故叙述从详。平城附近有秀容川,旧有酋长尔朱羽健服属魏主,且随攻晋阳中山,立有战功。魏主珪特别加赏,即就秀容川四围三百里,给为封土,于是尔朱氏亦蕃盛起来。独志祸本事,见《南北史演义》。

会因燕李朗遣使借兵,乃命材官将军和拔,入袭幽州。幽州刺史卢溥,旧为魏民,戕吏据州,叛魏降燕,至是被和拔突入,擒溥及子涣,押送平城,车裂以徇。燕主盛闻幽州被兵,亟遣广威将军孟广平往救,已是不及,但斩魏戍吏数人,引师退还。盛复去皇帝号,贬称庶人天王,封弟渊为章武公,虔为博陵公,子定为辽西公。适太后段氏病殁,谥为惠德皇后。襄平令段登,与段太后同宗,忽然谋变,由盛遣将捕诛。前将军段玑,系段太后兄子,迹涉嫌疑,恐致连坐,即逃往辽西,嗣复还都归罪,得邀赦免,赐号思悔侯,使尚公主,入直殿庭。养虎贻患。一面尊献庄皇后丁氏为皇太后,立子辽西公定为皇太子,颁制大赦,命百僚会集东堂,亲考器艺,超拔十有二人。并在新昌殿遍宴群臣,令各言志趣。七兵尚书丁信,年方十五,因为丁太后兄子,擢居显要,他独起座面陈道:"在上不骄,居高不危,这是小臣的志愿呢。"这数语是因盛好杀,暗加讽谏,盛亦知他言中寓意,便微笑相答道:"丁尚书年少,怎得此老成论调呢?"话虽如此,但盛终不肯反省,仍然苛刻寡恩,免不得激成众怒,终罹大祸。事且慢表。

且说晋青兖刺史王恭,及荆州刺史殷仲堪,分镇长江,势倾朝右。会稽王道子,惧他侵逼,既令世子元显为征虏将军,配给重兵,使为内备,事见七十八回。复因谯王尚之,及尚之弟休之,素有才略,引为谋士。尚之休之系谯王承子,无忌孙。尚之向道子进议道:"今方镇强盛,宰相权轻,大王何不外树腹心,自增藩位?"道子听着,即令司马王愉为江州刺史,都督江州及豫州四郡军事。偏豫州刺史庾楷,不愿分权,抗疏辩驳,略言:"江州系是内地,与豫州四郡,素不相连,不应使王愉分督。"疏入不报。楷因遣子鸿往说王恭道:"尚之兄弟,为会稽羽翼,权过国宝,欲借朝威,削弱方镇,王愉又是国宝兄弟,前来督豫,公等若不早图,恐必来报复前嫌,祸且不测了。"王国宝事,亦见七十八回。王恭本虑道子报怨,一闻此言,当然着急,忙遣人报告殷仲堪。仲堪即与桓玄商议,玄本是个闯祸的头目,哪有不劝令为乱,况当时又有一种刺激,更增玄忿,尤觉得跃跃欲动,乘隙寻仇。原来玄在荆州,料为道子所忌,特故意上书,求为广州刺史,果得朝廷允准,且敕令兼督交广二州。当下佯为受命,暗中实无意启行。凑巧遇着王恭来使,阴约仲堪,此时不恿恿起事,更待何时?乃与仲堪拟就复书,愿推恭为盟主,约期同趋建康。恭得书后,便欲发兵,司马刘牢之进谏道:"将军为国家元舅,义同休戚,恭为孝武后王氏之兄。会稽王乃天子叔父,又当国秉政,前因将军责备,诛及王国宝王绪,自割所爱,为将军谢过,将军亦已可谓得志了。现在王愉出镇江州,虽未惬人意,亦不为大失,就是豫州四郡,割配王愉,与将军何损?晋阳兵甲,可一不可再呢。"牢之谏恭之言,不为不忠,可惜后来变卦。恭不肯从,即上表请讨王愉,及尚之兄弟。

道子闻庾楷从恭,即使人说楷道:"孤前与卿恩如骨肉,帐中共饮,结带与言,也好算是亲密了。卿今弃旧交,结新援,难道竟忘王恭前日的欺侮么?若欲委身事恭,使恭得志,恭也必疑卿反复小人,怎肯诚心亲信?身首且不可保,还望什么富贵呢!"楷本为王国宝私党,事见前文,故道子又有此言。楷闻言大怒,即令使人还报道:"王恭前赴山陵,相王忧惧无计,我知事急,发兵入卫,恭乃不敢猝发。去年恭勒众内向,我亦橐鞬待命,我事相王,未尝有负,相王不能拒恭,反杀国宝兄弟,国宝且死,何人再为相王尽力?庾楷身家百口,怎能再不见几,自取屠灭呢?相王今且责己,毋徒责人。"这一篇话报知道子,道子素来胆小,急得不知所为。独世子元显奋然道:"前不讨恭,致有今日,今若再姑息,难道还有朝廷么?我虽年少,愿出当逆贼。"道子听了,稍稍放怀,乃将兵马大权,悉付元显,自在府第中日饮醇酒,作为排遣罢了。

　　殷仲堪闻恭已举兵,也即勒兵出发,但平时素无将略,所有军事,尽委南郡相杨佺期兄弟,使佺期率舟师五千,充作前锋。桓玄继进,自督兵二万为后应。佺期到了湓口,王愉尚全然无备,惶遽奔临川。桓玄遣偏将追愉,愉不及逃避,竟被擒去。建康闻报,很是震动,内外戒严,当即加会稽王道子黄钺,命元显为征讨都督,遣卫将军王珣,右将军谢琰,率兵讨王恭。谯王尚之率兵讨庾楷。楷方出兵至牛渚,突遇尚之统众杀来,一时惊惶失措,立致溃散,楷单骑奔投桓玄。会稽王道子,遂授尚之为豫州刺史。尚之有弟三人,除上文所叙的休之外,尚有恢之允之,此时均授要职。休之为襄城太守,恢之为骠骑司马丹阳尹,允之为吴国内史,各拥兵马,为道子声援。不意桓玄乘锐杀入,所向无前,连破江东各戍,由白石直进横江。尚之驱军与战,竟为所败,仓皇遁走。恢之所领各舟军,又被玄捣破,悉数覆没,于是都城大震。道子自屯中堂,令王珣守北郊,谢琰屯宣阳门,严兵守备。元显独出守石头城,英气直达,毫不畏缩。当时会稽府中,多半谀媚元显,说他聪明英毅,有明帝风。他亦自命不凡,居然以安危为己任,因见敌势甚锐,遂多方探刺敌情,果被察出破绽,想就一条反间计来。

　　自王恭不用刘牢之言,贸然出兵,牢之虽尚随着,却不愿为恭效死。恭又淡漠相待,越使牢之灰心。正在懊怅的时候,忽有庐江太守高素,借入报军机为名,得与牢之密语,啖以厚利,大略劝牢之背恭,事成后即将恭位转授。牢之自然心动,踌躇不答。素见牢之情状,乐得和盘托出,便从怀中取出一书,交与牢之,作为凭信。牢之启视,乃是会稽王道子署名,书中所说,也与素言相符,这封书是元显手笔,托名乃父,牢之未尝不知,但已闻元显握有全权,足为道子代表,便深信不疑,因即遣素返报,愿如所约。一面语子敬宣道:"王恭曾受先帝大恩,今为帝舅,不能翼戴王室,反屡发兵寇逼京师,我想恭蓄志不轨,事果得捷,尚肯为天子相王所制么?我今欲奉国威灵,助顺讨逆,汝以为可行否?"敬宣答道:"朝廷近政,虽不能媲美成康,究竟没有幽厉的残暴,恭乃自恃兵威,陵蔑王室,大人与恭,亲非骨肉,义非君臣,不过共事有年,略联情好,但彼既营私负国,大人原不宜党逆叛君,今欲助顺讨逆,理应如此,何必多疑。"敬宣此言,原是正论。牢之乃与敬宣密谋,将乘间图恭。

恭参军何澹之,素与牢之不协,至是侦知机密,急入白恭。恭尚疑澹之挟嫌进谗,不肯遽信,且特置盛宴,邀请牢之,就在席间拜他为兄,所有精兵坚甲,悉归牢之统领,使率帐下督颜延为先锋,进攻建康。一误再误,且送死一个颜延。牢之谢过了宴,立即登程。行至竹里,即将颜延一刀两段,送首入石头城。并遣子敬宣,及女婿东莞太守高雅之,还军袭恭。恭方出城阅兵,拟为牢之后继,不防敬宣麾骑突至,纵横驰骤,乱杀乱剁,霎时间将恭兵驱散。恭匹马回城,城门已闭,城上立着一员大将,便是东莞太守高雅之。他已混入城中,据城拒恭。恭知不可入,忙纵马奔往曲阿。他平时本不善骑,急跑了数十里,髀肉溃裂,流血涔涔,不得已下马觅舟。适有曲阿人殷确,为恭故吏,乃用舟载恭,送往桓玄军营;行至长塘湖,偏被逻吏截住,将恭擒送建康。恭至此还有什么希望,眼见是引首就刑,惟临死时,尚自理发鬓,颜色自若,顾语刑吏道:"我误信匪人,致遭此祸,但原我本心,岂真不忠?使百世以下,知有王恭,我死已值得了。"以此为忠,何人不忠?恭既受诛,所有子弟党与,当然骈戮无遗。晋廷遂命刘牢之为辅国将军,都督兖青冀幽并徐扬各州军事,代恭镇守京口。

俄而杨佺期桓玄至石头,殷仲堪至芜湖,俱上表为恭伸冤,请诛刘牢之。元显见他势盛,却也生畏,遂悄悄的驰还京师,令丹阳尹王恺等发京邑士民数万人,共往石头。佺期与玄,方在石头城下,耀武扬威,猖獗得很。忽见建康兵士,如蜂拥,如蚁攒,漫山遍野,踊跃前来。两人不禁失色,当即麾军倒退,回屯蔡州。惟仲堪尚在芜湖,拥众数万,气焰未消。晋廷不知虚实,尚以为忧。左卫将军桓修,入白道子道:"西军情实,修已了如指掌了,彼纠众为逆,殷桓以下,单靠王恭,恭既破灭,西军气沮,今若以重利啖玄,并及佺期,二人必然必喜,桓玄已足制仲堪,再加一佺期,便可使倒戈取仲堪了。"道子乃令玄为江州刺史,召还雍州

第八十三回　再发难王恭受戮　好惑人孙泰伏诛

刺史郗恢,使为中书,即命佺期代刺雍州,并都督梁雍秦三州军事。任修为荆州刺史,权领左卫文武,即日赴镇。遣

刘牢之带领千人,护修前行。黜仲堪为广州刺史,使仲堪叔父太常殷茂,赍诏敕仲堪回军。

仲堪接诏,愤怒的了不得,便一再遣使,催促桓玄佺期进军。玄等得着朝命,颇为所动,犹豫未决。仲堪防他生贰,急从芜湖南归,又着人传谕蔡州军士道:"汝辈若不早散归,我至江陵,当尽诛汝等家属了。"蔡州军士,听到此言,当然恟惧。佺期部将刘系,潜率二千人先归,一军已去,余众皆动。玄与佺期,不能禁遏,也只好随众西还。众惧家属被诛,倍道还趋,行至寻阳,得与仲堪相值。仲堪已经失职,不能不倚玄等为援,玄等见仲堪众盛,一时也不便相离,虽是两下猜嫌,表面上只好联络,所以彼此叙面,各无异言,且比前日较为亲昵,你指天,我誓日,俨然有沥肝披胆的情形,甚至各出子弟,互相抵质,就在寻阳筑台,歃血为盟,仍皆不受朝命,并连名上疏,提出三大条件:一是请申理王恭;二是求诛刘牢之,及谯王尚之;三是诉仲堪无罪,不应独被降黜。明明兴兵犯阙,如何说得无罪?不过玄与佺期同罪异罚,仲堪应也呼冤。这篇奏牍呈将进去,又令道子以下,无法抗辩,莫展一筹,统是酒囊饭袋。结果是召还桓修,仍将荆州给与仲堪,还要优诏慰谕,明示和解。成何体统!御史中丞江绩,且劾桓修专为身计,贻误朝廷,于是修被褫官爵,放归田里。冤哉枉也!

仲堪等得了诏谕,虽尚未尽如愿,但名位各得保全,已足令人意快,不如得休便休,受了诏命。偏佺期又来作怪,密语仲堪,谓:"将来玄必为患,索性乘早袭击,杀死了他,方免后忧。"仲堪非不忌玄,但寻阳联盟,还是仗玄声望,得吓朝廷;且佺期素有勇略,兄广及弟思平,又皆粗悍强暴,不易驾驭,若杀玄以后,必更嚣张,势益难制,所以不从佺期,且加禁止。佺期孤掌难鸣,只得罢手,辞别赴镇。仲堪亦与玄相别,各就镇所去了。

三镇暂息战云,东南忽生妖雾,遂致建康都内,又复恐慌,正是祸端日出,防不胜防,这也是典午将亡,所以有此剧变呢。先是钱塘人杜子恭,挟有秘术,为众所推,尝就人借一瓜刀,数日不还。刀主向他索取,子恭道:"当即相还,但不必由我亲交呢。"刀主似信非信,不过因刀为微物,未便强索,乃辞即去。会刀主有事赴吴,舟行至嘉兴,忽有大鱼一条,跃入舟中,当下将鱼获住,剖腹待烹,腹中有刀一柄,仔细审视,就是前日借与子恭的瓜刀。刀主很是惊异,免不得传示他人,一传十,十传百,顿时哄动远近,大都称子恭为神,多往就学,负笈盈门。<small>国家将亡,必有妖孽。</small>当时有琅琊人孙泰,系是西晋时孙秀的后裔,世奉五斗米道,<small>汉张陵有异术,往学者必先奉五斗米,故称五斗米道。</small>闻子恭有异术,特南访子恭,愿为弟子。子恭即收泰为徒,便将生平秘技一一传授。已而,子恭病死,泰为子恭高弟,就将那师家秘传,试演一二,便得愚民信仰,奉若神明。泰性狡猾,青出于蓝,往往借端敛

第八十三回　再发难王恭受戮　好惑人孙泰伏诛

钱,自供挥霍,甚且为人禳灾祈福,见有年轻女子,便乘机引诱,据为婢妾。愚民有何知识,但教有福可求,有灾可避,就使倾资竭产,也是甘心。至若女生外向,本要嫁给人家,何妨进奉仙师,可徼全家福利。于是泰既得财帛,又得子女,食必粱肉,衣必文绣,最快乐的是左拥娇娃,右抱丽姝,日夜演那彭祖采战的秘戏,生下六个红孩儿。左仆射王珣,闻他妖言惑众,即请诸会稽王道子,把泰流戍广州。偏广州刺史王怀之,为泰所惑,竟使为郁林太守。他复借术欺人,名驰南越。太子少傅王雅,本与泰交游,竟向孝武帝前推荐,说他养性有方,因复召还都城,使为徐州主簿,寻迁辅国将军,兼新安太守。王恭发难,泰私集徒众,得数千人,号为义兵,为国讨恭。黄门郎孔道、鄱阳太守桓放之、骠骑谘议周虨等,都替泰揶扬,声誉日盛。就是会稽世子元显,也时常诣泰,求习秘术。泰见天下起兵,以为晋祚将终,乃聚资巨亿,号召三吴子弟,意图作乱。朝士多知泰异谋,只因元显与泰相契,惮不敢发。独会稽内史谢史辀,密白道子,揭发泰隐。道子乃使元显诱泰入都,泰昂然进见,不防道子厅前,伏着甲士,见泰进来,一齐突出,立将泰拿下,推出斩首,并发兵捕泰六子,尽加诛戮。只泰兄子孙恩,逃奔入海,愚民尚说泰蝉蜕成仙,纠资送往海岛中,接济孙恩。恩得聚合亡命百余人,潜谋复仇。小子有诗叹道:

人道反常妖自兴,瓜刀幻术有何凭?

渠魁虽戮余支在,东海鲸波又沸腾。

究竟孙恩能否起事,待至下回再表。

回评　王恭初次发难,以讨王国宝兄弟为名。国宝兄弟,骄纵不法,讨之尚属有名,至罪人已诛,收军还镇,已可谓遂志矣!谚有之:"得意不宜再往。"况庾楷本国宝余党,王愉之兼镇豫州,所损惟楷,于恭无与,恭奈何偏信楷言,竟为楷所利用乎?引兵犯顺,一再不已,其卒至身首异处者,非不幸也,宜也。殷仲堪桓玄杨佺期,约恭进击,罪与恭同,幸得无恙。晋固威柄下移,而仲堪等蔑视朝廷,自相猜忌,有不至杀身不止者。无操懿之功,而思为操懿之行,未有不身诛族灭者也。孙泰妖言惑众,妄思借讨恭之名,号召徒党,乘机作乱,不旋踵而父子骈戮,同归于尽。《书》曰:"惠迪吉,从逆凶。"亶其然乎?

第八十四回

戕内史独全谢妇　杀太守复陷会稽

却说孙恩逃往海岛,还想纠众作乱,只因亡命诸徒,陆续趋附,尚不过百余人,所以未敢猝发。适会稽王道子有疾,不能视事。世子元显,竟暗讽朝廷,解去道子扬州刺史兼职,授与元显,朝廷竟允所请。及道子疾得少痊,始知此事,未免懊恼,但事成既往,无可奈何,徒落得一番空恨罢了。**谁教你溺爱不明。**元显既得领扬州,引庐江太守张法顺为谋主,招集亲朋,生杀任意,并发东土诸郡,凡免奴为客诸人民,尽令移置京师,充作兵士。**免奴为客,是得免奴籍,侨居东土诸客户,故有是称。**东土嚣然苦役,各有怨言。孙恩因民心骚动,遂得乘势号召,集众至千余人,从海岛中出发,登岸入上虞境,戕官据城,沿途劫掠,复引众进攻会稽。

会稽内史谢辅,已经去职,换了一个王凝之。凝之就是前右军羲之的次子,由江州刺史调任,素性迂僻,工书以外,没甚才能,但奉五斗米道,讲习符箓祷诸事。他妻便是谢道韫,乃安西将军谢奕女,素有才名,**略见前文。**少时已善属诗文,叔父安尝问道韫,谓《毛诗》中何句最佳?道韫答云:"全诗三百篇,莫若《大雅·嵩高篇》云,吉甫作颂,穆如清风。仲山甫永怀,以慰其心。"安一再点首,谓道韫有雅人深致。又尝当冬日家宴,天适下雪,安问雪何所似?兄子谢朗道:"撒盐空中差可拟。"道韫微哂道:"未若柳絮因风起。"安不禁大悦,极称道韫敏慧。已而适王凝之,归宁时谒见伯叔,很是怏怏。安问道:"王郎乃逸少子,**羲之字逸少见前。**并不恶劣,汝有何事未快呢?"道韫怅然道:"一门叔父,有阿大中郎。群从兄弟,有封胡羯末,不意天壤中乃有王郎。"**以凤随鸦,无怪不乐。**安也为叹息不置。阿大疑即指安,中郎系指谢万。万曾为西中郎将。万长子韶,小字为封,曾任车骑司马。胡系朗小字,父据早卒,朗官至东阳太守,乃终。羯即玄小字,乃是道韫胞兄,位望最隆,详见上文。还有谢川小字,就叫作末,也是道韫从兄,青年早逝。这四人俱有才名,为谢氏一门彦秀,所以道韫提及,作为凝之的反比例。看官阅此,

第八十四回 戕内史独全谢妇 杀太守复陷会稽

便可知凝之的本来面目了。

凝之弟献之,雅擅风流,为谢安所器重,辟为长史。他本来善谈玄理,有时与辩客叙议,或至词屈,道韫在内室闻知,即遣婢白献之道:"欲为小郎解围。"宾客闻言,一座皆惊。少顷用青绫步障,施设屏前,即由道韫出坐帷内,再申献之前议,与客辩难,客亦词穷而去。才女遗闻,应该补叙。及凝之赴任会稽,挈家同行,才越半年,即由孙恩乱起,将逼会稽城下。凝之并不调兵,亦不设备,厅室中向设天师神位,每日焚香讽经,至是闻寇氛日逼,但在天师座下,日夕稽颡,且叩且诵,几把那道教中无上宝咒,全体念遍,又复起立东向,仗剑焚符,好像疯子一般,令人可笑。张天师以捉妖著名,恩虽为妖人余裔,奈部众统是强盗,并非妖怪,天师其如恩何? 官吏入见凝之,请速发兵讨贼。凝之大言道:"我已请诸道祖,借得神兵数千,分守要隘,就使有十万贼众,也无能为了。"哪知凝之虽这般痴想,神兵终未见借到,反致贼势日逼日近,距城不过数里。属吏连番告急,凝之方许出兵,兵来调集,贼已麕至,城中人民,夺门避难,凝之尚在道室叩祷,忽有隶役入报道:"贼已入城了。"凝之方才惊起,急挈诸子出走,连妻谢道韫都不暇带去。才行至十里左右,已被贼众追及,仆从骇散,天尊无灵,只剩下父子数人,无从逃避,徒落强人手中,牵缚至孙恩面前,由恩责讯数语,但说他殃民误国,叱令枭首。凝之尚念念有词,不知诵什么避刀咒,无奈咒语仍然没效,但听得几声刀响,那父子数人的头颅,统已砍去了。好去见天

戕内史独全谢妇

师了。

　　谢道韫尚在内室，举动自如，及得凝之父子凶闻，始失声恸哭，下了数行痛泪。百忙中还有主宰，命婢仆等昇入小舆，自己挈着外孙刘涛，乘舆出走，弃去细软物件，但使各携刀械，防卫身体。甫出署门，即有数贼拦住，道韫使婢仆与斗，杀贼二人，余贼返奔，复去纠贼百余，前来抢掳。道韫见不可敌，索性下舆持刃，凭着那生平气力，也与贼奋斗起来。贼猝不及防，竟被砍倒数人，后来一拥齐上，才为所执。外孙刘涛，尚止数龄，自然一并掳去。道韫毫无惧色，但请往见孙恩。既至恩前，从容与语，说得有条有理，反令恩暗暗称奇，不敢加害；惟见了幼儿刘涛，却欲把他杀毙，道韫又抗声道："这是刘氏后人，今日事在王门，何关他族？必欲杀儿，宁先杀我！"恩也为动容，乃不杀涛，各令释缚，使她自去。

　　道韫自是嫠居会稽，矢志守节，律身有法。后来孙恩被逐，会稽粗安，太守刘柳闻道韫名，特往求见。道韫素知柳才，亦坦然出来，素髻素褥，自坐帏中，与柳问答。柳整冠束带，侧坐与谈。道韫风韵高迈，叙谈清雅，先述家事，慷慨流涟，徐酬问意，词理圆到。柳谈了片时，乃告退自叹道："巾帼中罕见此人，但瞻察言气，已令人心形俱服了。"强盗且不敢加害，何况刘柳？道韫亦云："亲从阔亡，始遇此士，听他问语，亦足开人心胸。"这也是惺惺惜惺惺的意思。先是同郡张玄，亦有慧妹，为顾家妇。玄每向众自夸，足敌道韫。有济尼往游二家，或问及谢张两女优劣，济尼道："王夫人神情散朗，自有林下风，顾家妇清心玉映，也不愧为闺房翘秀哩。"道韫所著诗赋诔颂，辑成卷帙，至寿终后，遗集流传，脍炙人口。但古来才女，总不免有些命薄，曹大家读若姑，见《汉书》。中年丧夫，谢道韫自伤不偶，且致守孀，难道天意忌才，果不使有美满姻缘么？感慨中寓郑重之意。话休叙烦。

　　且说孙恩既陷入会稽，遂高张巨帜，号召远近。吴国内史桓谦，临海太守王崇，义兴太守魏隐，皆弃郡窜去。凡会稽吴郡吴兴义兴临海永嘉东阳新安八郡，土豪蜂起，戕吏附贼。吴兴太守谢邈，永嘉太守司马逸，嘉兴公顾胤，南康公谢明慧，黄门侍郎谢冲张琨，中书郎孔道等，相继被杀。冲邈皆谢安从子，明慧又是冲子，过继南康公谢石，故得袭封。邈兄弟且至灭门，罹祸尤惨。邈先纳妾郗氏，颇加宠爱，嗣娶继室郗氏，

第八十四回　戕内史独全谢妇　杀太守复陷会稽

貌美心妒,为邈所惮。妾郜氏竟致见疏,阴怀忿怼,遂作书与邈,凄词诀绝。邈知文非妾出,疑为门下士仇玄达所作,因黜玄达。玄达竟投依孙恩,引贼执邈,逼令北面下跪。邈厉声道:"我未尝得罪天子,何用北面?"<u>此时颇有丈夫气,奈何前惮一妇。</u>说毕被害。玄达复搜邈家族,屠戮无遗。

时三吴承平日久,兵不习战,但知望风奔溃,或且降附孙恩。恩住会稽旬余,得众至数十万,遂自称征东将军,胁士人为官属,号为长生党。士民或不肯相从,立屠家属,戮及婴孩。每拘邑令,辄醢为肉酱,令他妻子取食,一不从令,即支解徇众。所过诸境,掠财物,毁庐舍,焚仓廪,无论男女,悉驱往会稽充役。妇人顾恋婴儿,未肯即行,便把她母子尽投水中,且笑祝道:"贺汝先登仙堂,我当随后就汝。"<u>想是恩自知结果,故有此谶语。</u>百姓横遭酷虐,不可胜数。恩恐师出无名,未足动众,乃上表罪会稽王父子,请即加诛。晋廷当然不许,遂内外戒严,复加会稽王道子黄钺,进元显为领军将军,命徐州刺史谢琰,兼督吴兴义兴诸军事,征兵讨恩。青兖七州都督刘牢之,自请击贼,拜表即行。谢琰为谢安次子,颇负重望,既奉诏督军,即调集兵士,长驱直进。行至义兴,与贼党许允之,一场大战,便将允之首级取来,义兴城唾手夺还。召回前太守魏隐,仍令照前办事。再移兵进攻吴兴,又破贼邱尪,可巧刘牢之亦麾军到来,遂与他分头征剿,转斗而前,所向皆克。琰留屯乌程,遣司马高素助牢之,南临浙江。有诏命牢之都督吴郡诸军事,牢之引彭城人刘裕为参军。看官听说,这刘裕系乱世枭雄,就是将来的宋武帝。此时正当发轫,自然英武特出,比众不同。相传裕为汉楚王交二十一世孙,交尝受封彭城,后裔就在彭城居住。嗣随司马氏东迁,方移居丹徒县京口里。裕字德舆,小名寄奴,幼时贫贱,粗识文字,好骑射,善樗蒲,无计谋生,没奈何织屦为业。尝至荻州伐荻作薪,忽遇着大蛇一条,长约数丈,他急拔箭射去,适中蛇两目间,蛇负痛自去。次日复往,见有群儿捣药,便问作何用?一儿答道:"我王为刘寄奴所伤,故遣我等采药,捣敷伤痕。"裕又问:"汝王为谁?"儿答为山神。裕惊诧道:"山神岂不能杀一寄奴?"儿又谓:"寄奴王者不死。"裕听了儿言,胆气益壮,便叱退群儿,把臼中药取归,每遇伤痕,一敷即愈。自此襟期远大,有出仕意,遂往投冠军将军孙无终麾下,充入行伍,未几,即擢为司马。<u>裕为一朝主子,故叙</u>

明履历。

　　牢之尝闻裕智勇过人，因即引参军事，与商计议，多出意表。牢之使裕率数十人，往探贼势。裕毅然径行，途次遇贼数千名，即挺身与斗，从人多死，裕亦逼坠岸下。贼欲下岸刺裕，裕手中执着长刀，仰斫数人，复一跃登岸，大呼杀贼，贼竟骇走。适牢之子敬宣，见裕久出不归，恐他遇险，因引兵往寻，及见裕子身驱贼，不禁惊叹，遂助裕进击，斩获贼党千余人，然后回营。

　　孙恩前据会稽，闻八郡响应，喜出望外，便笑语党羽道："取天下如反掌了，我当与诸君朝服至建康。"嗣因贼党屡败，又闻牢之兵已临江，复对众叹息道："我割浙江以东，尚不失为越勾践哩。"至牢之引兵渡江，防贼相继溃归，恩扼腕道："孤不羞走，将来再出未迟。"遂驱男女二十余万口，向东急奔，沿途抛散宝物子女，赚弄官军。果然官军从后追蹑，见了珍奇的宝物，鬓秀的子女，无不争取，遂至趑路迟滞，不得及恩，恩复逃入海岛中去了。高素亦连破贼党，斩恩所署吴郡太守陆瑰，吴兴太守邱尪，余姚令孙穆夫。东土人民，稍稍还复旧居。惟官军亦不免纵掠，以暴易暴，殊失民望。

　　朝廷虑恩复至，用谢琰为会稽太守，都督五郡军事，率领徐州文武，镇守海浦。琰以资望守越，时论总道他驾驭有方，可无后患，那知他莅任以后，荒废职务，既不抚民，又不训兵，镇日里闲居厅舍，饮酒自遣。将佐多入请道："强贼在海，伺人形便，宜广扬仁风，宽以济猛，俾彼自新。"琰傲然道："苻坚拥兵百万，尚自送死淮南，况孙恩败奔海岛，怎能复出？如或出来，乃是天歼贼党，令他速死了。"遂不从所请。

　　既而孙恩果复寇浃口，入余姚，破上虞，进逼邢浦，距山阴北只三十五里。琰乃遣参军刘宣之引兵往击，得破贼众，恩又退还海中。宣之还军报琰，琰益以为贼不足虑，高枕无忧。偏孙恩探得官军已返，复领众登岸，再攻上虞。太守张虔硕驱兵出战，为恩所破，败走邢浦。恩乘胜进击，戍兵多望风骇退，于是贼势复张，人情大骇。警报纷至琰所，琰尚不以为意，将吏又请诸琰前，谓："宜严加防堵，挫遏贼锋。"琰还摇首道："彼来送死，待我一出，便可立歼了。"谈何容易。或谓："贼颇猖獗，未可轻视，最好是预遣水军，埋伏南湖，俟他到来，发伏邀击，不患不胜。"此计最妙。琰付诸一笑，总道是贼党乌合，容易破灭，不必多设

第八十四回　戕内史独全谢妇　杀太守复陷会稽

机谋。

迁延了一两日，贼已大至，琰尚未朝食，闻报即出，招集将士，便命击贼。帐下督张猛，请食毕后行。琰瞋目道："么么小丑，一鼓可平，我当先灭此寇，再来会食未迟。"猛又道："众皆枵腹，如何从戎？"琰不待说毕，便厉声喝道："汝敢违我军令么？左右快与我拿下，斩讫报来！"他将见琰动怒，乃环跪帐前，为猛乞免。琰尚执着"死罪可免，活罪难饶"二语，令把猛笞杖数十，然后发放。一面出厅上马，命广武将军桓宝为先锋，匆匆出战。行至江塘，与贼相遇，宝颇有胆力，前驱陷阵，杀贼甚多。琰见先锋得胜，麾兵急进，怎奈塘路迫狭，不能四面直上，只好鱼贯而前。琰尚恨迟慢，从后催趱，不防江外有贼舰驱至，舰中贼弯弓迭射，竟向官军射来。官军无法避免，多被

杀太守复陷会稽

射倒，贼复从舰中登岸，上塘冲击，把官军截做两段，官军前后不能相顾，前面的贼党，顿时起劲，围住桓宝。宝虽称骁悍，究竟不能久持，手下所领的兵士，又是饥敝得很，无力再战，宝自知必死，索性下马格斗，杀贼数十人，刀缺力竭，自刎而亡。余众尽做了刀下鬼兵。

那谢琰领着后队，不得前进，自然倒退，到了千秋亭，贼众不肯相舍，还是恶狠狠的赶来。琰正在着忙，忽背后有一骑驰至，用刀斫琰马尾，马负痛倒地，琰亦坠下，顶上又着了一刀，便即归阴。究竟是为何人所杀？原来就是帐下督张猛。猛既杀琰泄恨，逼官军降贼，官军或逃或降，贼得与猛同入会稽。一不做，二不休，可恨逆猛忍心，还要屠琰家

眷。琰有二子肇峻，俱为所害，只有少子混曾尚晋陵公主，孝武帝女。就职都中，幸得免难。后来刘裕破贼左里，活擒张猛，押送与混。混刳出猛肝，生食泄忿。有诏谓："琰父子陨于君亲，忠孝萃于一门，应并加旌典。"乃追赠琰为侍中司空，予谥忠肃。琰子肇得赠散骑常侍，峻得赠散骑侍郎。小子有诗叹道：

谢家琪草本多栽，况复东山受训来。
谁料骄兵遭败劫，捐躯徒使后人哀！

孙恩再入会稽，转寇临海，晋廷当然遣将抵御，欲知后事，请看官续阅下回。

回评 孙恩能杀王凝之，而不能杀谢道韫，非有幸有不幸也。凝之迷信道教，不知战守，其死也固宜；道韫以一妇人，能从容抗贼，不为所屈，恩虽剧盗，亦诧为未有，纵之使去。林下高风，令人倾倒，是固《列女传》中独占一席者也。造物忌才而故陷之，又若怜才而特佑之，道韫有知，其亦可无遗恨欤？谢琰为安次子，资望并崇，当其奉诏讨贼，累战皆克，亦非真庸劣无能者比。厥后镇守会稽，乃不听将佐之谋，仓猝战败，致为您将所戕，斯皆由骄之一字误之耳。曹操苻坚，拥兵百万，犹以骄盈复众，况谢琰乎！

第八十五回

失荆州参军殉主　弃苑川乾归逃生

却说晋廷闻谢琰战殁，亟遣将军孙无终、桓不才、高雅之等，分讨孙恩。恩转寇临海，为雅之所击，退走余姚。雅之进兵再战，竟至败绩，退保山阴，部众十死七八，诏令刘牢之都督会稽五郡，率众击恩。恩颇惮牢之兵威，复走入海。牢之乃东屯上虞，使刘裕戍勾章，吴国内史袁崧，筑垒沪渎，作为后备，才得少安。惟荆州刺史殷仲堪，前次虽不听佺期，未袭桓玄，但心中也恐玄跋扈，足为己患，所以与佺期仍相联络，互结姻缘。玄也颇闻佺期密谋，先事豫防，督兵屯戍夏口，用始安太守卞范之为长史，充作谋主；且引庾楷为武昌太守。楷尝挟嫌寻衅，见嫉朝廷，故仲堪等免罪，楷独不得遇赦。玄引罪人为心腹，已隐与朝廷反抗，偏又上告执政，谓："殷杨必再滋事，请先给特权，以便控制"云云。会稽王道子等，亦欲三人自相构隙，使他乖离，乃加玄都督荆州四郡军事。又以玄兄桓伟，代佺期兄广为南蛮校尉，佺期原是不平，广更忿恨的了不得，定要兴兵拒伟。惟佺期尚未敢遽发，禁广暴动，且出广为宜都建平二郡太守。会后秦主姚兴，寇晋洛阳，擒去河南太守辛恭靖，河洛一带，相继陷没。佺期想出一条声西击东的计策，部署兵马，阳言援洛，暗中实欲袭玄；自思兵力未足，仍遣使商诸仲堪。何苦寻衅？仲堪又恐佺期得势，也非己利，因复书苦劝，并遣从弟遹屯北境，防遏佺期。佺期不能独举，且未测仲堪命意，因此敛兵不动。仲堪多疑少决，谘议参军罗企生，密语弟遵生道："殷公优柔寡断，终必及祸，我既蒙知遇，义不可去，将来必与彼同死了。"遵生也为太息。但见兄已决死，不好劝他引退，只好听天由命罢了。前时胡藩曾劝罗早去，罗终未决，虽士为知己者死，但仲堪非忠义臣，何必以同死生！是时，荆州水溢，洪流遍地，仲堪偏发仓廪，赈济饥民。桓玄欲乘他空虚，先攻仲堪，继及佺期，表面上也以救洛为名，筹备军事，先遣人致书仲堪道：

佺期受国恩而弃山陵，宜共罪之。今当入沔，讨除佺期，已屯兵江口,若公与同心,可速收杨广杀之。如其不尔,便当率兵入江,公其毋悔!

仲堪得书,不答一词。玄遂遣兵袭入巴陵,夺取积谷,作为军粮。适梁州刺史郭铨,奉命赴官,道经夏口,玄把铨留住,诈称朝廷遣铨助己,使为前锋,拨给江夏部曲,督同诸军并进,且密报兄伟,使为内应。伟毫不预备,急切不知所为。仲堪亦稍有所闻,便迫伟入见,诘问桓玄消息。伟恐为所杀,只好和盘说出,谓与自己无干。仲堪将伟拘住,使与玄书,说得情词迫切,吁乞退军。玄览书微笑道:"仲堪为人,素少决断,必不敢加害我兄,我可无忧,尽管准备进兵便了。"遂使部将郭铨苻宏,掩至江口,与殷遹军相值。遹仓猝接战,败还江陵。仲堪再遣杨广,及从子道护等往拒,又为玄军所败,江陵震骇;且因城中乏食,用胡麻代粮,权时充饥,偏桓玄乘胜进逼,前锋距江陵城,仅二十里,仲堪大惧,急召杨佺期过援。佺期道:"江陵无粮,如何待敌?可请来相就,共守襄阳。"仲堪得报,不欲弃州他往,乃复遣人给佺期道:"现已收储粮米,不虞无食了。"此事岂可骗得?佺期信以为真,即率步骑八千,直趋江陵,仲堪无粮可给,但使人挑出数担胡麻饭,饷佺期军。莫非使他尽去登仙?佺期始知被绐,勃然大怒道:"这遭又败没了!"遂不暇入见仲堪,忙与兄广一同击玄。玄闻佺期挟锐前来,暂避凶锋,退屯马头,但令郭铨留戍江口。佺期杀将过去,铨兵少势孤,怎能抵敌?险些儿被他擒住,幸亏逃走得快,才保性命。佺期等既得胜仗,休息一宵,锐气已减,谁知桓玄领着大兵,突然杀到,闯入佺期营内。佺期兵立时哗散,单剩佺期兄弟二人,如何退敌?没奈何拼命逃生,奔往襄阳。途次被玄将冯该,引兵追到,佺期及广,无处可奔,束手受死。冯该怎肯容情,便将他兄弟缚去献玄。玄立命枭斩,传首建康。佺期弟思平,与从弟尚保孜敬,逃入蛮中。

仲堪闻佺期败走,即出奔酂城,旋接佺期死耗,又率数百人西奔。将赴长安,行至冠军城,为玄军追及,数百人逃避一空,只有从子道护随着,四顾无路,两叔侄被捉去一双,还至柞城,逼令仲堪自杀。道护抚尸恸哭,也为所害。仲堪尝信奉释道,不吝财赂,惟专务小惠,未识大体;及桓玄来攻,尚求仙祷佛,毫无战守方略,终致败死。后由仲堪子简之,觅得遗骸,移葬丹徒,庐居墓侧,有复仇志,事且慢表。

第八十五回　失荆州参军殉主　弃苑川乾归逃生

先是仲堪出走时，文武官属，无一人送行，独罗企生随与同往。路经家门，适弟遵生待着，便语企生道："今日作这般分离，何可不握手言别？"企生乃停辔授手，遵生素有膂力，竟将企生牵腕下马，且与语道："家有老母，去将何往？"企生挥泪道："我决与殷公同死，不宜失信，但教汝等奉养老母，不失子道，便是罗氏一门忠孝两全，我死亦无遗恨了。"遵生仍然牵住，不令脱身。仲堪回头遥望，见企生被弟掖住，料无脱理，因即策马自去，故企生尚得不死。及桓玄已杀仲堪，唾手得了荆州，自然急诣江陵。江陵人士，统去迎谒，惟企生不往，专为仲堪办理家事。有友人驰语企生道："君为何不识时务？恐大祸就在目前了。"企生道："殷公以国士待我，我何忍相负？前为我弟所制，不得随行，共除丑逆，今有何面目去见桓玄，屈志求生呢？"这数语为玄所闻，当然忿恨，但颇怜惜企生材具，乃使人传语道："企生若肯来谢我，必不加罪。"企生慨然道："我为殷荆州属吏，殷荆州已死，我还去谢何人？"玄因企生不屈，遂将他收系狱中，复遣人问企生，尚有何言？企生道："前文帝尝杀嵇康，康子绍仍为晋忠臣，今我不求生，只乞活一弟，终养老母。"玄乃引企生至前，自与语道："我待汝素厚，何故见负？难道真不怕死么？"企生道："使君兴晋阳甲，出次寻阳，与殷荆州并奉王命，各还本镇，当时升坛盟誓，言犹在耳。今口血未干，乃遽生奸计，食言害友。企生自恨庸劣，不能剿灭凶逆，死已嫌迟，还怕什么！"玄被他诘责，益觉恼羞成怒，因令左右将企生斩讫，总算释免遵生，不使连坐。企生母胡氏，尝由玄赠一羔裘，及企生遇害，胡母即日焚裘。玄虽然闻知，也置诸不理，企生尝列《晋书·忠义传》中，非不足以风世，但企生出处，亦欠斟酌。惟上表归罪殷杨，自求兼领荆州。晋廷但务羁縻，并不责玄专杀，只调玄都督荆司雍秦梁益宁七州军事，领荆州刺史，另起前将军桓修为江州刺史。玄得了荆州，失去江州，心仍不甘，再上疏固求江州。于是加督八州，兼领江荆二州刺史。玄兄伟未曾被害，由玄擅授为雍州刺史，且令从子振为淮南太守。朝廷不敢违忤，遂致玄肆无忌惮，越要恃势横行了。为下文谋逆伏案。

是时，河北诸国，后秦最强。秦主姚兴，礼耆硕，登贤俊，讲求农政，整饬军容，尝遣弟姚崇寇晋洛阳。晋河南太守辛恭靖，固守百余日，援绝粮尽，城乃被陷。恭靖被执至长安，得见姚兴。兴与语道："卿若肯

降我,我将委卿以东南重任,可好么?"恭靖厉色道:"我宁为国家鬼,不愿为羌贼臣。"再叙辛恭靖事,无非称美忠臣。

兴虽不免动怒,将他幽锢别室,但也未尝加刑。后来恭靖逾垣逃归,兴也不欲追赶,由他自返江东。惟自洛阳陷没,淮汉以北诸城,多半降秦,姚兴并不矜夸;且因日月薄蚀,灾眚屡见,自削帝号,降称秦王。凡群公卿士,将帅牧守,俱令降级一等,存问孤寡,简省法令,清察狱讼,严定赏罚,远近肃然,推为美政。

西秦主乞伏乾归,自杀退凉主吕光后,与南凉主秃发乌孤和亲,互结声援;又讨服吐谷军,攻克支阳鹯武允吾三城,威焰日盛。接应七十九回。只因所居西城南景门,无故忽崩,虑及不祥,乃复自西城迁都苑川。后秦主姚兴,恐乾归逼处西陲,势大难制,乃拟先发制人,特遣征西大将军陇西公姚硕德,统兵五万攻西秦,趋南安峡。乾归出次陇西,督率将士,抵御硕德。俄闻兴潜军将至,因召语诸将道:"我自建国以来,屡摧劲敌,乘机拓土,算无遗策,今姚兴倾众前来,兵势甚盛,山川阻狭,未便纵骑与敌,计惟诱入平川,待他懈怠,然后纵击,国家存亡,在此一举,愿卿等努力杀贼,毋少退缩。若能枭灭姚兴,关中地便为我有了。"于是遣卫军慕容允,率中军二万屯柏阳。镇军将军罗敦,率外军四万屯侯辰谷。乾归自引轻骑数千,前候秦军。

会大风骤起,阴雾四霾,军士无故自骇,东奔西散,致与中军相失。姚兴却驱军追来,乾归忙驰入外军。诘旦,天雾少晴,开营出战,敌不过

第八十五回　失荆州参军殉主　弃苑川乾归逃生

秦军锐气，前队多半伤亡，后队便即奔溃。乾归见势不佳，弃军急走，逃归苑川，余众三万六千，尽降姚兴。兴遂进军枹罕，乾归不能再战，复自苑川奔金城，泣语诸豪帅道："我本庸才，谬膺诸军推戴，叨窃名号，已逾一纪。今败溃至此，不能拒寇，只好西趋允吾，暂避寇焰，但欲举众前往，势难速行，倘被寇众追及，必致俱亡。卿等且留居此城，万一不能保全，尽可降秦，免屠家族，此后可不必念我

秦苑川乾归逃生

了。"何前倨而后恭？诸豪帅齐答道："从前古公杖策，豳人归怀，玄德南奔，荆楚襁负，临歧泣别，古人所悲，况臣等义深父子，怎忍相离？情愿随着陛下，誓同生死！"乾归道："从古无不亡的国家，如果天未亡我，再得兴复，卿等复可来归，何必今朝俱死呢？况我将向人寄食，亦不便携带多人。"诸豪帅见乾归志决，乃送别乾归，恸哭而返。乾归遂率着家属，数百骑西走允吾，一面遣人至南凉，奉书乞降。

南凉主秃发乌孤，因酒醉坠马，伤胁亡身，僭位仅及三年。遗命宜立长君，乃立弟凉州牧利鹿孤为嗣主，改元建和，追谥乌孤为武王。才阅半年，即得乾归降书，乃令弟广武公傉檀，往迎乾归，使居晋兴，待若上宾。镇北将军秃发俱延，入白利鹿孤道："乾归本我属国，妄自尊大，今势穷来归，实非本心，他若东奔姚氏，必且引兵西侵，为我国患，故不如徙置西陲，使他不得东往，才可无忧。"利鹿孤道："我方以信义待人，奈何疑及降王，徙置穷边？卿且勿言！"俱延乃退，已而乾归得南羌梁弋等书，谓："秦兵已撤回长安，请乾归还收故土。"乾归即欲东行，偏为

晋兴太守阴畅所闻，驰白利鹿孤。利鹿孤遣弟吐雷，率骑三千，屯扎天岭，监察乾归。乾归恐为利鹿孤所杀，因嘱子炽磐道："我因利鹿孤谊兼姻好，情急相投，今乃忘义背亲，谋我父子，我若再留，必为所害。今姚兴方盛，我将往附，若尽室俱行，必被追获，现惟有送汝兄弟为质，使彼不疑，我得至长安，料彼也不敢害汝呢。"炽磐当然从命。乾归即送炽磐兄弟至西平，作为质信。果然利鹿孤不复加防，乾归得潜身东去。去了二日，利鹿孤始得闻知，急遣俱延往追，已是不及。

那乾归径诣长安，往降姚兴。兴喜得乾归，即命他都督河南军事，领河州刺史，封归义侯。寻复迁还苑川，使收原有部众，仍然留镇。乞伏炽磐质押西平，常思乘间窃逃，奔依乃父。一日已得脱行，偏被利鹿孤探知，遣骑追还。利鹿孤欲杀炽磐，还是广武公傉檀，替他解免，说是："为子从父，乃是常情，不足深责，宜加恩宽宥，表示大度。"利鹿孤乃赦免炽磐，不复加诛。炽磐心终未死，过了年余，竟得逃还苑川。乾归大喜，使他入朝姚兴。兴命为振忠将军，领兴晋太守。炽磐父子，总算共事姚氏，暂作秦臣。<small>虎凶终难免出柙。</small>

惟南凉秃发氏，与后凉吕氏，常有战争，小子宜就此补叙，表明后凉衰乱情形。吕光晚年，政刑无度，土宇分崩，除北凉段业，另行建国，已见前文外，<small>见七十九回。</small>尚有散骑常侍太史令郭䴡，连结西平司马杨统，叛光为乱，借兵南凉，于是两凉构兵，差不多有一年余。䴡颇识天文，素善占候，为凉人所信重。会荧惑星守东井，䴡语仆射王详道："凉地将有大兵，主上老病，太子暗弱，太原公<small>指吕光庶长子纂。</small>又甚凶悍，我等为彼所忌，倘或乱起，必为所诛。现田胡王乞基两部最强，东西二苑卫兵，素服二人，我欲与公共举大事，推乞基为主帅，俟得据都城，再作计较。"详颇以为然，与䴡约期起事。不料事尚未发，谋已先泄，王详在内，首被捕诛。䴡即据东苑，集众作乱。凉主吕光，急召太原公纂讨䴡，纂司马杨统，为䴡所诱，密告从兄桓道："郭䴡举事，必不虚发，我欲杀纂应䴡，推兄为主，西袭吕弘，据住张掖，号令诸郡，这却是千载一时的机会哩。"桓勃然道："臣子事君，有死无贰，怎得称兵从乱？吕氏若亡，我为弘演，尚是甘心哩。"<small>弘演系春秋时卫人，见《列国志》。</small>统见兄不从，恐为所讦，遂潜身奔䴡。太原公纂，初击䴡众，为䴡所破。嗣由西安太守石元良来援，方得杀败䴡兵。䴡先入东苑，拘住光孙八人，及兵败生愤，

第八十五回　失荆州参军殉主　弃苑川乾归逃生

把光孙一并杀死,肢分节解,饮血盟众。众皆掩目,惨不忍睹。识天文者果如是耶?

适凉人张捷宋生等,纠众三千,起据休屠城,与魔勾通,共推凉后军杨轨为盟主。轨遂自称大将军凉州牧西平公,令司马郭伟为西平相,率步骑二万人,往助郭魔。魔已打了好几个败仗,遣人至南凉乞援。南凉利鹿孤傉檀,先后发兵赴救,两路兵共逼姑臧,凉州大震,亏得吕纂已驱魔出城,严兵把守。魔兵十死五六,余众因魔性残忍,尽已离心。魔不禁气夺。至杨轨进营城北,欲与纂决一雌雄,反被魔从旁阻住,屡引天道星象,作为证据,只说是不宜急动,急动必败。此时想又换过一天,故前后言行不符。看官试想!行兵全仗一股锐气,若久顿城下,不战自疲;还有南凉兵远道前来,携粮不多,利在速战,但因杨轨等未尝动手,也只好作壁上观,不但兵粮日少一日,军心也日懈一日,相持至数阅月,已有归志。会凉常山公吕弘,为北凉沮渠男成所攻,拟自张掖还趋姑臧。凉主吕光,令吕纂发兵往迎,杨轨闻报,语将士道:"吕弘有精兵万人,若得入姑臧,势且益强,凉州万不可取了。"乃与南凉兵邀击纂军。纂正防此着。驱军大杀一阵,南凉兵先退,轨亦败退,于是纷纷溃散。郭魔先东奔魏安,轨与王乞基等南走廉川。南凉兵当然归国,姑臧解严,纂与宏安然入都。惟吕光受了一番虚惊,老病益甚,要从此归天了。小子有诗叹道:

　　重瞳肉印并奇闻,谁料耄昏治日梦。
　　十载光阴徒一瞥,五胡毕竟少贤君。

欲知吕光临死情形,且至下回说明。

回评　殷仲堪与杨佺期,皆非桓玄敌手,仲堪之失在畏玄,佺期之失在忌玄。畏玄者终为所制,忌玄者不能制玄,终必失败,其结果同归一死而已。罗企生不从胡藩之言,甘心殉主,徒死无益,殊不足取。惟当世道陵夷之日,犹得一视死如归之烈士,不可谓非名教中人,《晋书》之列入《忠义传》,良有以也。乞伏乾归,承兄遗业,斩杨定,杀吕延,拓地西陲,几若一鲜卑霸王,然姚兴兵至,一败即奔,又何其怯也?姚兴能屈服乾归,而吕光反为所屈,此后凉之所以一蹶不振也夫。

第八十六回

受逆报吕纂被戕　　据偏隅李暠独立

　　却说后凉主吕光,老病已剧,自知不起,乃立太子绍为天王,自称太上皇,命庶长子纂为太尉,纂弟弘为司徒,且力疾嘱绍道:"我之病势日增,恐将不济,三寇窥窬,指南凉北凉西秦。迭伺我隙,我死以后,汝宜使纂统六军,掌朝政。委重二兄,尚可保国,倘自相猜贰,起衅萧墙,恐国祚从此殄灭了。"说毕,又召纂弘入嘱道:"永业绍字永业。非拨乱才,但因正嫡有常,使为元首,今外有强寇,人心未宁,汝兄弟能互相辑睦,自可久安,否则内自相图,祸不旋踵,我死亦难瞑目呢。"乘乱窃国,怎得久存?纂与弘受命而退。未几光死,享年六十三,在位十年。已算久长。绍恐有内变,秘不发丧。已忘父训。纂已闻知,排闼入哭,尽哀乃出。绍所忌惟纂,恐为所害,乃呼纂与语道:"兄功高年长,宜承大统,我愿举国让兄。"纂答道:"臣虽年长,但陛下系国家冢嫡,不能专顾私爱,致乱大伦。"绍尚欲让纂,纂终不从,绍乃嗣位,为父发丧,追谥光为懿武皇帝,庙号太祖。

　　光有从子二人,长名隆,次名超,皆为军将。此次送葬已毕,超即乘间白绍道:"纂连年统兵,威震内外,临丧不哀,步高视远,看他举止,必成大变,宜设法早除,方安社稷。"绍摇首道:"先帝顾命,音犹在耳,况我年尚少,骤当大任,方赖二兄安定家国,怎得相图?就使彼若图我,我亦视死如归,终不忍自戕骨肉,愿卿勿言!"超又道:"纂威名素盛,安忍无亲,今不早图,后必噬脐。"劝人杀兄,难道非安忍无亲么?绍半晌答道:"我每念袁尚兄弟,未尝不痛心忘食,宁可待死,不愿相戕。"恐非由衷之言。超叹息道:"圣人尝言,知几其神,陛下临几不断,臣恐大事去了。"既而绍在湛露堂,适纂进来白事。超持刀侍侧,屡次顾绍,用目示意,欲绍下令收纂。绍终不为动,纂得从容退去。

　　弘前得光宠,望为世子,及绍得嗣立,弘常怀不平,至是遣尚书姜纪,私下语纂道:"先帝登遐,主上暗弱,兄尝总摄内外,威震远迩,弟欲追踪霍子孟，即汉霍光。废暗立明，即推兄为中宗，兄以为如何？"又是一个乱首。纂尚觉踌躇，再经姜纪怂恿数语，动以利害，不由纂不从弘议，遂夜率壮士数百人，潜逾北城，攻广夏门。弘亦率东苑卫士，斫洪范门，与纂相应。左卫将军齐从，方守融明观，闻禁门外有哗噪声，即子身出视，问为何人？纂手下兵士齐声道："太原公有事入宫。"从抗声道："国有大故，主上新立，太原公行不由道，夜入禁门，莫非谋乱不成？"说着，即抽剑直前，向纂剁去。纂连忙闪过，额已被伤，左右争来救纂，与从对敌。从双手不敌四拳，终为所擒。纂称为义士，宥从勿杀。绍在宫中闻变，乃遣武贲中郎将吕开，率禁兵出战端门。吕超亦引众助战，偏兵士都惮纂声威，相率溃散。纂得入青光门，升谦光殿，绍知不可为，趋登紫阁，自刎而亡，超独出奔广武去了。

弘入殿见纂，纂见弘部众强盛，也不得不佯为推让，劝弘即位。弘微笑道："绍为季弟，入嗣大统，所以人心未顺，因有此变。我违先帝遗训，愧负黄泉，若复越兄僭号，有何面目偷息人间？大兄年长才高，威名远振，宜速就大位，安定人心。"纂遂僭称天王，改元咸宁，谥绍为隐王，命弘为侍中大都督大司马车骑大将军，录尚书事，封番禾郡公。此外封拜百官，不胜具述。惟前左卫将军齐从，仍令复职。纂引从入见，且与语道："卿前次砍我，未免太甚。"从泣答道："隐王为先帝所立，臣当时惟知有隐王，尚恐陛下不死，怎得说是太甚呢？"纂仍嘉从忠，优礼相待，且遣人慰谕吕超，说他迹不足取，心实可原。超乃上疏陈谢，得复原官。

惟弘因功名太盛，恐不为纂所容，时有戒心，纂亦不免加忌。两下里猜嫌已久，弘竟从东苑起兵，围攻禁门。纂遣部将焦辨，率众出击，弘战败出奔，逃往广武。纂纵兵大掠，所有东苑将士的妇女，悉充军赏。弘妻女不及出走，也被纂兵掠去，任意淫污。纂自鸣得意，笑语群臣道："今日战事，卿等以为何如？"侍中房晷应声道："天祸凉室，衅起萧墙，先帝甫崩，隐王幽逼，山陵甫讫，大司马惊疑肆逆，京邑交兵，骨肉相戕，虽由弘自取夷灭，究竟陛下亦未善调和。今宜省己责躬，慨谢百姓，乃反纵兵大掠，污辱士女，衅止一弘，百姓何罪？况弘妻为陛下弟妇，弘女为陛下侄女，奈何使无赖小人，横加凌侮？天地鬼神，岂忍见此？"说直可风。说罢，唏嘘泣下。纂亦不禁改容，乃禁止骚扰，召还弘妻及男女至东宫,妥为抚养。已被人污辱得够了。寻由征东将军吕方,执弘系狱,飞使告纂。纂使力士康龙,驰往杀弘。康龙将弘拉死,还归复命。身为戎首,宜其先亡。纂妻杨氏,为弘农人杨桓女,美艳绝伦,纂即立为皇后,授后父桓为散骑常侍,尚书左仆射,封金城侯。且因内乱已平,侈图远略,遂拟兴兵往攻南凉。中书令杨颖进谏道:"秃发利鹿孤,上下用命,国未有衅,不宜遽伐。今且缮备兵马,劝课农桑,待至有机可乘,然后往伐,乃可一举荡平。今日国家多事,公私两困,若非先固根本,内患恐将复起,愿陛下计出万全,毋轻用兵。"纂不肯从,竟引兵渡浩亹河,侵入南凉境内,果为利鹿孤弟傉檀所败。纂尚未肯罢休,复移兵西袭张掖。尚书姜纪又谏道:"今当盛夏,农事方殷,若废农用兵,利少害多,且逾岭攻虏,虏亦必乘虚来袭都下,不可不防,还请回军为是。"纂尚不以为然,侈然说道:"利鹿孤有什么大志,若闻朕军大至,自守尚且不暇,还敢来攻我都么?"已经一败,还要自夸。遂进围张掖。偏傉檀不即赴援,竟引兵入逼姑臧,当由姑臧守将,飞报纂军。纂慌忙驰还,傉檀乃收兵退去。

　　先是纂弑绍据国,姑臧城内,有母猪生一小猪,一身三头;又有黑龙出东箱井中,蟠卧殿前,良久方去。纂目为祥瑞,改殿名为龙翔殿。俄而黑龙又升悬九宫门,纂复改名九宫门为龙兴门。大约是条黑蛇,纂强名为黑龙。时西僧鸠摩罗什,尚在姑臧,因吕光父子,不甚听从,所以闲居寺中,无所表白,至是闻纂用兵不已,才入殿告纂道:"前时潜龙屡出,豕且为妖,恐有下人谋上的隐祸,宜亟增修德政,上挽天心。"纂虽当面应诺,下令罢兵;但性好游畋,又耽酒色,越是酣醉,越是喜游。杨颖一再谏阻,终不少改;再经殿中侍御史王回,中书侍郎王儒,叩马极谏,仍然不从。好容易过了一年,吕超调任番禾太守,擅发兵击鲜卑思盘。思盘遣弟乞珍,至姑臧诉纂谓超无故加兵。纂乃征超与思盘,一同入朝。超至姑臧,当然惧罪,先密结殿中监杜尚,求为内援,然后进见。纂怒目视超道:"汝仗着兄弟威势,敢来欺我,我必须诛汝,然后天下可定。"超叩首求免,纂乃将超叱退。欲斩即斩,何必虚张声势,况超固有可诛之罪耶!

　　超趋出殿门,心下尚跳个不住,乃急往兄第。兄隆为北部护军,此时正返姑臧,便与超密商多时,决定异谋,伺机待发。也是纂命已该绝,不能久待,越日即引入思盘,与群臣会宴内殿,又召隆超两人,一同预

第八十六回　受逆报吕纂被戕　据偏隅李暠独立

席，意欲为超与思盘，双方和解。当下和颜与语，谈饮甚欢。超佯向思盘谢过，思盘亦不敢多求，宴至日旰，大家都已

尽兴，谢宴辞出，思盘亦随着退去。惟隆超两人，怀着异图，尚留住劝酒。纂是个酒中饿鬼，越醉越是贪饮，到了神志昏迷，才乘车入内。隆与超托词保护，跟入内庭，车至琨华堂东阁，不得前进。纂亲将窦川骆腾，置剑倚壁，帮同推车，方得过阁。超顺便取剑，上前击纂，因为车轼所隔，急切不得刺着。偏纂恃着勇力，一跃下车，徒手与搏，怎奈醉后晕眩，一阵眼花，被超刺入胸间，鲜血直喷，急返身奔入宣德堂。川腾与超格斗，超持剑乱斫，劈死二人。纂后杨氏，闻变趋出，忙命禁兵讨超，哪知殿中监杜尚，不奉后命，反引兵助超，导入宣德堂，把纂杀死，且枭首徇众道："纂背先帝遗命，杀害太子，荒耽酒猎，昵近小人，轻害忠良。番禾太守超，属在懿亲，不敢坐视，所以入除僭逆，上安宗庙，下为太子复仇。凡我臣庶，同兹休庆。"这令一下，众皆默然，不敢反抗。

惟巴西公吕他，陇西公吕纬，居守北城，拟约同讨贼。他妻梁氏，阻他不赴，纬又为超所诱，佯与结盟，伪言将奉纬为主。纬欣然入城，立被拿下，结果性命。超径入宫中，搜取珍宝。纂后杨氏，厉声责超道："尔兄弟不能和睦，乃致手刃相屠，我系旦夕死人，尚要金宝何用？现皆留储库中，一无所取，但不知尔兄弟能久享否？"*倒是个巾帼须眉。*超不禁怀惭；又见她华色未衰，起了歹心，因暂退出。少顷，又着人索交玉玺。杨氏谓已毁去，不肯交付，自与侍婢十余人，收殓纂尸，移殡城西。超召

后父杨桓入语道:"后若自杀,祸及卿宗。"桓唯唯而退,出语杨后。杨氏知超不怀好意,便毅然语桓道:"大人本卖女与氐,冀图富贵,一次已甚,岂可至再么?"遂向殡宫前大哭一场,扼吭自尽。烈妇可敬。

还有吕绍妻张氏,前因绍被弑,出宫为尼,姿色与杨氏相伯仲,并且年才二八,正是娇艳及时,前为吕隆所见,久已垂涎,此次已经得志,即自造寺中,逼她为妾。张氏登楼与语道:"我已受佛戒,誓不受辱。"隆怎肯罢手,竟上楼胁迫,强欲行淫。张氏即从窗外跳出,跌得头青额肿,手足俱断,尚宛转诵了几声佛号,瞑然而逝。足与杨氏并传不朽。

隆扫兴乃返,超遂请隆嗣位。隆有难色,超忙说道:"今譬如乘龙上天,怎好中途坠下呢?"隆遂僭即天王位,拟改年号。超在番禾时,曾得小鼎一枚,遂以为神瑞,劝隆改元神鼎。隆当然依议,追尊父宝吕光之弟。为皇帝,母卫氏为皇太后,妻杨氏为皇后,命弟超为辅国大将军,都督中外诸军事,封安定公。一面为纂发丧,追谥为灵皇帝,与杨后合墓同葬。总计纂在位不过年余,惟自晋安帝隆安三年冬季僭号,至五年仲春被弑,先后总算三年。纂平时与鸠摩罗什弈棋,得杀罗什棋子,辄戏言斫胡奴头。罗什从容答道:"不斫胡奴头,胡奴斫人头。"纂听了不以为意,谁料吕超小字胡奴,竟将纂斫死,后人才知罗什所言,寓着暗谜。真是玄语精深,未易推测呢。话分两头。

据偏隅李暠独立

且说北凉主段业,虽得乘时建国,却是庸弱无才,威及不远,当时出了一个敦煌太守李暠,起初是臣事北凉,

第八十六回　受逆报吕纂被戕　据偏隅李暠独立

后来也居然自主，另建年号，变成一个独立国，史家叫做西凉。不过他本是汉族华裔，与五胡种类不同。十六国中有三汉族，前凉居首，西凉次之，其三为北燕见下文。相传暠为汉李广十六世孙，系陇西成纪人。高祖雍，曾祖柔，皆仕晋为郡守。祖弇仕前凉为武卫将军，受封安世亭侯。父旭少有令名，早年逝世，遗腹生暠。暠字玄盛，幼年好学，长习武略，尝与后凉太史令郭黁，及同母弟宋繇同宿。想是母已改嫁宋氏。黁起谓繇道："君当位极人臣，李君且将得国，有骊马生白额驹，便是时运到来了。"黁明于料人，暗于料己。已而段业自称凉州牧，调敦煌太守孟敏为沙州刺史。敏署暠为效谷令，宋繇独入任中散常侍。及孟敏病殁，敦煌护军郭谦，沙州治中索仙等，因暠温惠服人，推为敦煌太守。暠尚不肯受，适宋繇自张掖告归，即语暠道："段王本无远略，终必无成，兄尚记郭黁遗言么？白额驹今已生了。"暠乃依议，遣使向业请命。业竟授暠为敦煌太守，兼右卫将军。至业僭称凉王，右卫将军索嗣，向业谮暠道："李暠难恃，不可使居敦煌。"业乃遣嗣为敦煌太守，令骑兵五百人从行。将到敦煌，移文至暠，使他出迎。暠颇欲迎嗣，宋繇及效谷令张邈，同声劝阻道："段王暗弱，正是豪杰有为的机会，将军已据有成业，奈何拱手让人？"暠问道："若不迎嗣，当用何策？"宋繇遂与暠密谈数语，暠点首许可，乃即遣繇往见索嗣。繇与嗣晤谈，满口献谀，说得嗣手舞足蹈，得意扬扬。繇辞归语暠道："嗣志骄兵弱，容易成擒，请即发兵击嗣便了。"暠遂使二子歆让，及宋繇张邈等引兵出击，出嗣不意，杀将过去。嗣不知所措，急忙拍马返奔，逃回张掖，五百人死了一大半，歆让等得胜回军。暠与嗣本来友善，此次反被谗间，当然痛恨，遂上书段业，请即诛嗣。业迟疑未决，适辅国将军沮渠男成，亦与嗣有嫌，从旁下石借端复仇，于是业竟杀嗣；且遣使谢暠，进暠都督凉兴巴西诸军事，领镇西将军。即此可知业之庸弱。

时有赤气绕暠后园，龙迹出现小城，众以为瑞应在暠，交相传闻。疑是暠捏造出来。晋昌太守唐瑶，首先佐命，移檄六郡，推暠为大都督大将军凉公，领秦凉二州牧。暠既得推戴，便颁令大赦。是年，岁次庚子，系晋安帝隆安四年。即以庚子纪元。追尊祖弇为凉景公，父旭为凉简公，命唐瑶为征东将军，郭谦为军谘祭酒，索仙为左长史，张邈为右长史，尹建兴为左司马，张体顺为右司马，宋繇为从事中郎，兼折冲将军。即遣邈东略凉兴,并拔玉门以西诸城,屯田积谷,保境图强,是为西凉。北凉主段业,闻暠独立,也欲发兵出讨,无如庸柔不振,力未从心,再加沮渠蒙逊等从中作梗,连自己位且不保,怎能顾及敦煌,所以李暠背业自主,安稳连年,那段业非但不能往讨,甚至大好头颅,也被人取去。看官欲问业为何人所杀?便是那尚书左丞相沮蒙逊。小子有诗叹道:

> 文弱终非命世才,因人成事反招灾。
> 须知祸福无常理,大祸都从幸福来。

究竟蒙逊如何弑业,非一二语所能详尽,欲知底细,请至下回看明。

回评 观本回后凉之乱,全由兄弟互阋而成,实则自吕光启之。光既知永业之非才,则舍嫡立长,未始非权宜之举;况纂有却敌之功,岂肯受制乃弟乎?光以为临危留嘱,可无后患,讵知口血未干,内衅即起,绍忌纂,纂亦忌绍,又有超与弘之隐相构煽,虽欲不乱,乌得而不乱?然纂之弑绍,弘实首谋,首祸者必先罹祸,故弘即被诛;纂不能逃弑主之罪,卒授手于超以杀之。胡奴斫头,何莫非因果之报应耶?惟绍妻张氏,纂妻杨氏,宁死不辱,并足千秋,吕宗之差强人意者,只此巾帼二人,余皆不足道也。西凉李暠,乘势自主,犹之吕光段业诸人。吕光氐也,段业籍隶京兆,虽非胡裔,而不得令终。暠为汉族,能崛起于河朔腥膻之日,亦未始非志在有为,庸中佼佼之称,暠犹足当此也夫。

第八十七回

扫残孽南燕定都　立奸叔东宫失位

却说北凉主段业,用沮渠蒙逊为尚书左丞,貌似信用,暗实猜嫌,蒙逊窥业意,深自晦匿。业授门下侍郎马权为张掖太守,甚见亲重。权自恃豪略,蔑视蒙逊,蒙逊遂伺隙谮权,业信以为真,将权杀死。蒙逊既除去一患,还想设法除业,因复语从兄男成道:"段业愚暗,非济乱才,信谗爱佞,鉴断不明,前有索嗣马权,为业心腹,未可急图,今已皆诛死,我正可下手,除业奉兄,兄以为何如?"男成道:"业本孤客,为我家所拥立,彼得我兄弟,情同鱼水,人既亲我,我不应背人,背人不祥。"蒙逊即默然趋出。越宿,即向业面陈,愿出为西安太守。业正虑蒙逊内逼,巴不得他离开眼前,既得此请,当即乐从。蒙逊佯赴外任,致书男成,约与同祭兰门山,暗中却先使司马许成,入告段业道:"男成将乞假为乱,若求祭兰门山,便见臣言不虚了。"业疑信参半,到了次日,果由男成请假,谓须出祭兰门山。业遂信许成言,把他拿下,勒令自杀。耳软若此,不死何为?男成道:"蒙逊先与臣谋反,臣因兄弟至亲,但加斥责,不忍遽发。今与臣共约祭山,反诬臣为逆,臣若朝死,彼必夕发,为大王计,不若诈言臣死,暴臣罪恶,待蒙逊倡乱,然后出臣往讨,名正言顺,无忧不克了。"业竟不肯听,迫使速死。愚愦之至。

蒙逊闻男成死状,便泣告部众道:"我兄男成,忠事段王,反被枉杀,岂不可恨?况我等拥段为主,本欲安土息民,今段王如此无道,戮害忠良,试想我等还能安枕么?诸君如肯为我兄复仇,请速从我来。"杀兄求逞,心术之险,自古罕闻。部众未悉阴谋,并怀男成旧恩,便即泣涕应命,踊跃从行,霎时间已得万人。便由蒙逊引逼氐地,镇军臧莫孩,率众请降,羌胡亦多响应。蒙逊又进屯侯坞。业至此悔杀男成,亟授梁中庸为武卫将军,饬使专征。右将军田昂,得罪被囚,业复将他释放,令与中庸共讨蒙逊。别将王丰孙入谏道:"昂貌恭心险,不宜重用。且羁囚有日,定必怀仇,奈何反使他讨逆呢?"业蹙然道:"我亦未尝无疑,但事至今日，非昂不能讨蒙逊，卿且勿言！"疑人勿用，业乃反是，真是该死！昂奉命出发，一至侯坞，即率骑五百，归降蒙逊。中庸麾下各将士，不战先溃，害得中庸无法可施，也只好向蒙逊请降。

蒙逊毫不费力，长驱直进，竟到张掖。昂兄子承爱，愿为内应，就斩关纳蒙逊军。业惶急万状，号召左右，已皆奔散，顿时抖做一团，没法摆布。俄而蒙逊率兵进来，业越加惊慌，不得已流涕语蒙逊道："孤子然一身，为君家所推，勉居此位，今愿推位让国，但乞全我一命，使得东还，与妻子相见，便是再造宏恩了。"还想求生，徒形其丑。蒙逊回顾部众道："彼杀人时，并未加怜，今死在目前，倒想人怜惜，汝等以为可恕么？"部众听了，都说是可杀可杀，杀声一起，便由蒙逊顺手一挥，众刃齐进，就使段业铜头铁额，到此也裂成数段了。蒙逊既得斩业，便召集梁中庸等，拟立嗣主。全是诈伪。中庸等当然推立蒙逊，蒙逊尚谦让三分，但自称大都督大将军凉州牧张掖公，改元永安，署从兄伏奴为镇军领张掖太守，封和平侯，弟挈为建忠将军，封都谷侯，田昂为镇南将军，领西郡太守，臧莫孩为辅国将军，梁中庸房晷为左右长史，张隰谢正礼为左右司马，布赦安民，臣庶大悦。看官！你道蒙逊窃位的方法，善不善呢？刁不刁呢？

小子一支秃笔，演述这边，又不得不演述那边。当时南燕王慕容德，已自滑台徙都广固，竟由王称帝了，回应八十二回。说来又有一段表白，请看官浏览下去。五胡十六国时，实是头绪纷繁，不能不特笔表明。先是秦主苻登，为姚兴所灭，事见前文。登弟广收拾残众，奔依南燕。慕容德令为冠军将军，使居乞活堡，会荧惑守东井，有人谓秦当复兴，广遂自称秦王，击败南燕北地王慕容钟。德乃留鲁王慕容和守滑台，自率精骑讨广，竟得荡平，斩广了事。不意滑台留守慕容和，竟为长史李辩所杀，举城降魏。德闻报大怒，即欲引兵还攻。前邺令韩范谏阻道："前时魏为客，我为主，今日我为客，魏为主，客主情形，大不相同，人心危惧，不可再战。今宜先据一方，自立根本，然后养足兵力，取还滑台，方为上计。"正议论间，帐外报称右卫将军慕容云到来。此慕容云与高云不同。德即传入。云献上李辩首级，并言已救出将士家属二万余口，一并带来。德军正系念家眷，得了此信，统去分别认领，聚首言欢。

德又集将佐商议道："苻广虽平，滑台复失，进有强敌，退无所依，

第八十七回　扫残孽南燕定都　立奸叔东宫失位

将用何策？"给事中书令张华进言道："彭城为楚旧都，依山带川，地广民饶，可取作基本，急往勿延。"德不甚赞

扫残孽南燕定都

成，犹豫未答。慕容钟慕舆护封逞韩诞等，谓不如仍攻滑台。独尚书潘聪献议道："滑台四通八达，不易安居，且北通大魏，西接强秦，两国环伺，防不胜防。彭城土广人稀，坦平无险，又距晋甚近，晋必与我相争，我长陆战，彼长水战，就使我幸得彭城，到了秋夏霖潦的时候，江淮水涨，千里为湖，晋人鼓棹前来，如何抵御？故欲取彭城，亦非久计。惟青齐沃壤，向号东秦，地方二千里，户口十余万，右控山河，左负大海，可谓用武胜地；况广固为曹嶷所营，<small>曹嶷事见前</small>。山形险峻，足为皇都，今被辟闾浑据住，浑本燕臣，辜负国恩，今宜遣辩士先往招谕，再用大兵在后继进，彼若不从，一战可下。既得广固，然后闭关养锐，伺衅乃动，这也好似西汉的关中，东汉的河内呢。"德尚以为疑，特遣牙门苏抚，往询齐州沙门僧朗。朗素善占候，与抚相见，抚即自陈来意，并述群臣各议。朗答道："三策中莫如潘议。按诸天道，亦无不合。今岁彗星起自奎娄，遂扫虚危，奎娄二星，当鲁分野，虚危二星，当齐分野，彗星适现，正是除旧布新的天象。今请先定兖州，巡抚琅琊，待至秋风戒令，乃可北转临齐，应天顺队，正在此举。"抚又密问道："将来历年几何？"朗微笑不言。抚再三固问，朗乃布蓍占易，详审卦兆，才密告道："燕衰庚戌，年适一纪，传世及子。"<small>为后文南燕败亡张本。</small>抚惊起道："有这般短促么？"朗说道："卦兆如是，无关人事，但留证后来便了。"人果不能胜天吗？

抚当即告别，还报慕容德，但说当进取广固，所有年数长短，不敢遽述。

德遂决意东行，引兵入薛城。兖州北鄙诸郡县，望风迎降。德另置守宰，禁兵侵掠，百姓安堵，统赉牛酒犒军。德又遣谕齐郡太守辟闾浑，辟闾浑抗命不从，乃命慕容钟率步骑二万，即日进攻，自率兵进据琅琊。徐兖人民，陆续归附，数达十余万户。兖州守将任安，弃城遁去。渤海太守封孚，就是后燕的吏部尚书，前次兰汗作乱，孚南奔辟闾浑，浑令他署守渤海。<small>兰汗乱事，见八十二回。</small>及德至莒城，孚乃出降。德大喜道："我得平青州，尚不足喜，所喜者在得卿呢。"遂委任机密，事辄与商。再拟进军广固，为钟后援。辟闾浑闻德将至，徙八千余家守广固，遣司马崔诞守薄荀，平原太守张豁守柳泉，诞豁俱遣子奉书，向德投诚。浑孤立无助，当然惊骇，急挈妻子奔魏。行至莒城，被德将刘刚追及，擒住斩首。浑有少子道秀，自诣德营，愿与父俱死。德叹息道："父虽不忠，子独能孝，我何忍加诛呢？"遂赦免道秀，只杀浑参军张瑛，随即入据广固，作为都城，并为僧朗建神通寺，酬绢百匹。越年，德自称皇帝，即位南郊，改元建平。因人民不易避讳，特在德字上加一备字，叫做备德，即援二名不偏讳故例，诏示境内。<small>名果能副实么？</small>复在宫南建筑祖庙，遣使致祭，奉策告成，追谥前燕主慕容㒞为幽皇帝，用慕容钟为司徒，慕舆拔为司空，封孚为左仆射，慕舆护为右仆射，立妻段氏为皇后。后即段仪次女季妃，自誓不作庸夫妇，<small>见六十四回。</small>至此果得为南燕后，也可谓如愿以偿了。

惟备德为前燕主慕容㒞少子，母公孙氏尝梦日入脐，因致怀孕。生备德时，尚昼寝未醒，及侍女惊呼，方醒寤起床。㒞谓此儿寤生，颇似郑庄公，将来必有大德，乃以德为名。<small>郑庄亦未见有德。</small>及为范阳王，由后秦太史令高鲁，遗赠玉玺一纽，上有篆文镌着，系"天命燕"三字。又图谶秘文，载有四语云："有德者昌，无德者亡，德受天命，柔而复刚。"此外尚有童谣云："大风蓬勃扬尘埃，八井三刀卒起来，四海鼎沸中山颓，惟有德人据三台。"为了种种征验，所以备德入广固，终称尊号。独母公孙氏及兄慕容纳，陷落长安。备德前时别母，曾留金刀与诀，及从慕容垂起兵背秦，秦苻昌收捕备德家属，杀纳及备德诸子，公孙氏因老免死。纳妻段氏方娠，下狱待刑，狱掾呼延平，为备德故吏，私释二人，同奔羌中。纳妻段氏，生下一男，就是慕容超。超年十岁，祖母公孙氏方

第八十七回　扫残孽南燕定都　立奸叔东宫失位

殁,临危时取出金刀,付超垂嘱道:"这是汝叔留下的纪念。若天下太平,汝可东往寻叔,赍刀送还便了。"超自然受教。呼延平代为理丧,复恐秦人掩捕,转挈超母子往投后凉。备德屡遣使入关,访问母兄,杳无下落,后由故吏赵融从长安东来,具述前情,才知母兄凶闻,备德连番恸哭,甚至呕血,寝疾数日,经良医调治,始得渐愈。但兄纳妻子,逃入后凉,不但备德无从探悉,就是赵融亦未尝闻知。后来超得东归,容至下文表明,<small>叙入此段,为立超嗣位伏案。</small>小子却要叙入后燕了。

后燕主慕容盛,苛刻少恩,前文中已经叙过,<small>见八十三回。</small>勉强过了二年,宗族亲旧,多半携贰。盛尚不知恩抚,单靠着暗地钩考的思想,寻隙索瘢,不遗余力,独有一种暧昧的事情,发自太后宫中,盛虽自矜明察,反被她始终瞒着,毫无所闻。丁太后为盛伯母,看官应早阅悉,<small>见八十二回。</small>她本是个燕中的尤物。到了中年,还是丰容盛鬋,雪貌花肤,就中有个河间公慕容熙,素性渔色,又仗着皇叔懿亲,骠骑重任,时常出入宫廷,谒问太后。丁氏见他年甫逾冠,绰有丰仪,好一个翩翩公子,免不得另眼相看。熙就此勾引,朝挑暮拨,惹动丁氏情肠,你有情,我有意,彼此不顾嫂叔名义,竟凑成一番露水缘。宫中大小妇寺,就使得知,总教利诱势驱,自然不敢多口,只碍着主子慕容盛,不好明目张胆,夜夜交欢。盛又尝调熙远征,东伐高句骊,北讨奚契丹,情郎行役,闺妇怀愁,个中况味,唯有两人亲尝,不能与外人诉说,所以两人视盛,已似眼中钉一般,恨不得置盛死地,好让他日夜欢娱。<small>谋夫杀子,多由纵奸所致。</small>可巧燕主盛长乐三年,盛往伐库莫奚,大获而还,饮至行赏,宫廷交庆。左将军慕容国,与秦舆段赞等,谋率禁兵袭盛,熙与丁氏,稍有所闻,但望他一举成功,偏偏机事未密,被盛察觉,竟将慕容国等先行拿斩,连坐至五百余人,惟舆子兴赞子泰等,幸得逃脱。

过了数日,兴与泰串同思悔侯段玑,<small>见八十三回。</small>夜入禁中,鼓噪大呼,响震屋瓦。盛闻变起床,亟率左右出战,击退乱党,玑亦被创,走匿厢屋内。忽有一贼潜跟盛后,用刀斫盛。盛闻声跃起,身虽闪免,足已受伤,回顾那贼,却一闪儿不见了。<small>此贼恐系丁氏所遣。</small>盛忍不住痛苦,忙乘辇出升前殿,申约禁卫,宣召叔父河间公熙,拟嘱后事。熙尚未至,盛已晕倒座上,经左右昇入内廷,便即断气。中垒将军慕容拔,冗从仆射郭仲,急入白太后丁氏。丁氏装出一副泪容,颦眉与语道:"嗣主不测,为贼所伤,现惟有亟立新君,捕诛贼党,方足安慰先灵。"慕容拔道:"太子在外,请即迎立。"丁氏道:"国家多难,宜立长君,太子年幼,恐不堪承祚呢。"郭仲从旁插入道:"太子即不可立,不如迎立平原公。"丁氏又复摇首。再由慕容拔等请示,丁氏乃推出那心上人儿,说他名望夙隆,足靖国难。又温言笼络拔等,即令他乘夜往迎,休得漏泄。拔等奉命而出,适值慕容熙进来,遂导令入宫,准备即位。又好与丁氏续欢了。

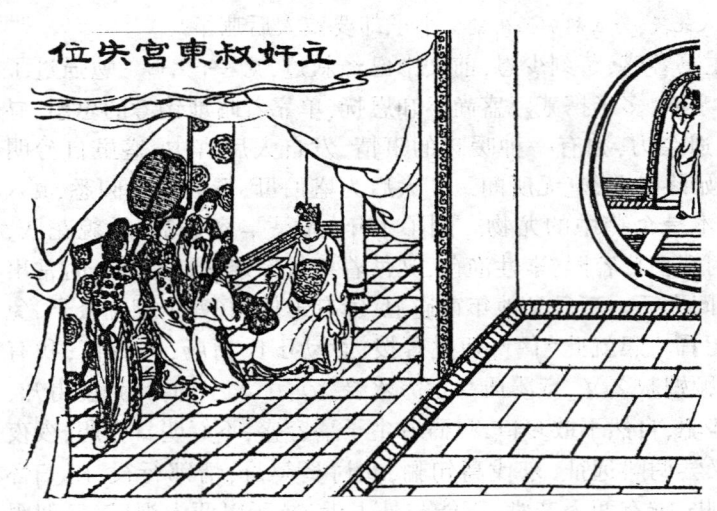

立奸叔东宫夺位

转眼间,便是天明,群臣联翩入朝,才知盛已暴殁。内廷有择立长君的消息,当时平原公慕容元,系盛季弟,曾任司徒尚书令,群望相属,总道是不立太子,必立太弟,就是郭仲所说,也属此人。偏待了半晌,由内侍传出太后手诏,乃是继立河间公熙,竟使叔承侄统,大众未免惊愕。但因熙职掌兵权,不好反抗,只得联名上书,向熙劝进。熙尚谓元宜嗣位,故意推让。元当然固辞,熙遂僭即尊位,捕诛叛臣段玑,及秦兴段赞等人,并夷三族。且将平原公元,亦牵入案内,只说是与玑同谋,迫令自尽。真是辣手。乃下令大赦,为盛营葬。盛在位三年,殁时只二十九岁,追谥昭武皇帝,庙号中宗,出葬兴平陵。丁氏亦出都送葬,尚未还宫,中领军慕容提,及步军校尉张佛等,谋立故太子定,乘间发难。偏有人报知慕容熙,熙忙发兵捕获慕容提张佛,立即斩首,并将定一并赐死。又下了一次毒手。及丁氏回来,宫廷已安静如常了。熙再颁赦令,改元光始,把北燕台改称大单于台,置在右辅,位次尚书,每日除视朝外,惟与太后丁氏调情取乐,俨然与伉俪相

第八十七回　扫残孽南燕定都　立奸叔东宫失位

似。丁氏亦华装盛饰,日夜陪着,还道天长地久,生死不离,哪知男子心肠,本多薄幸;再加丁氏华年,要比熙加长十余龄,熙未免嫌她年老,暗嘱左右幸臣,采选美人儿入宫。凑巧有一对姊妹花,流寓龙城,得被选入。经熙仔细端详,端的是面似桃花,眉似柳叶,目如点漆,发如堆云,齿若瓠犀,领若蝤蛴,再加一副轻盈体态,画笔难描,真令熙喜极欲狂,真把魂灵儿交付两美,惹得颠倒迷离,慢慢地按定了神,讯明姓氏,方知是前中山尹苻谟女儿,长名娀娥,次名训英。见八十一回。熙也不暇再问来历,便命左右摆起盛宴,令两美左右侍饮。红灯绿酒,翠鬓朱颜,真个是春色撩人,无情不醉。况熙系登徒子一流人物,怎得不馋涎欲滴?才饮数觥,已按不住欲火,便搂住两美,同入欢帏,去做那阳台梦了。小子有诗叹道:

　　冶容本是诲淫媒,况复娇雏并翼来。
　　一箭双雕原快事,谁知极乐即生哀。

熙既得了大小苻女,左拥右抱,欢爱的了不得,当然将丁氏冷淡下去,欲知后事,且看下回便知。

回评　典午之季,五胡云扰,无礼无义,其淆乱也甚矣!沮渠蒙逊欲废主而窃国,虽卖兄亦所不恤,兄可卖,主亦何不可弑乎?慕容德之下青齐,入广固,定都称帝,似夺之于乱臣之手。于后燕绝不相关,然德既为后燕臣,后燕未亡,德乌能称帝?是德固无君也。若慕容熙更不足责矣。太后可烝,太子可杀,淫凶暴戾,凌侮孤寡,此而畀之以国,天道果真无知乎?但稔恶必亡,近报在身,远报在儿孙,觉于慕容熙之结果,不及慕容德,又不及沮渠蒙逊,乃知恶愈甚者亡愈速,天道固非尽无凭也。

第八十八回

吕隆累败降秦室　刘裕屡胜走孙恩

却说大小苻女，并邀宠幸，与慕容熙欢爱数宵，大苻女娀娥，受封贵人，小苻女训英，受封贵嫔，两姊妹轮流伴寝，说不尽的凤倒鸾颠。但小苻女年既娇小，态愈鲜妍，更足令人生爱，所以得熙专宠，比阿姊还突过一筹。看官试想，两苻女貌本相同，只为了年龄上长幼，略有区别，便觉大不如小，何况这太后丁氏，已过中年，任她如何美艳，究竟残花败叶，不及嫩柳娇枝，自从两苻女入宫，熙遂与丁氏断绝关系，好几月不去续欢。丁氏忍耐不住，尝遣侍女请熙，熙哪里肯往，有时还要谩骂侍女，侵及丁氏。痴心女子负心汉，教丁氏如何不恼？如何不怨？七兵尚书丁信，为丁氏兄子，当由丁氏召他入议，密谋废熙。天道祸淫，不使丁氏再得快意，竟至密谋发泄，信被执下狱，所有丁氏定策功劳，一笔勾销，反说她是谋逆首犯，活活的胁使自尽，还算保全太后脸面。丁氏至此，悔也无及，只有一死罢了。是淫妇结局，后之妇女其鉴诸。熙命用后礼殓葬，谥曰献幽皇后，想还念旧日恩情。惟将丁信处斩了事。高而不危之言，奈何忘却？越年，进大苻女为昭仪，嗣复立小苻女为皇后，阿妹竟高出阿姊么？大苻女好微行游宴，熙为凿曲光海，清凉池，盛暑兴工，役夫多半渴死。小苻女好骑马游畋，熙尝与她并辔出猎，北登白鹿山，东过青岭，南临沧海，沿途征索供亿，不堪骚扰。士卒多为豺狼所害，并因路上遇寒，冻死至五千余人。熙全不顾恤，但教得两美人的欢心，还管什么兵民，眼见是要好色亡国了。好色未必亡国，好色不爱兵民，国必亡。

且说后凉主吕隆，僭称天王，壹意逞威，收捕内外叛党，不遗余力。杨轨王乞基等，早自廉川奔降南凉，郭黁亦自魏安奔依西秦。应八十五回。南凉主利鹿孤，本收纳杨轨等人，既而杨轨阴有异谋，为利鹿孤所杀。了却杨轨。西秦主乞伏乾归，服属后秦，势力方衰，郭黁虽然投奔，不过苟延残喘，未能唆使乾归，进图后凉。吕隆本可少安，偏他尚疑忌群臣，只恐为吕纂复仇，稍涉嫌疑，即加诛戮，因此内外骚然，各有戒心。

第八十八回　吕隆累败降秦室　刘裕屡胜走孙恩

魏安人焦朗，遣人至后秦，怂恿陇西公姚硕德道："吕氏自武皇弃世，后凉谥吕光为懿武皇帝，见前文。诸子相攻，政治不修，但务威虐，百姓饥馑，死亡过半。明公位尊分陕，威振遐方，何不弃吕氏衰残，吊民伐罪，救此一方涂炭呢？"也是一个虎伥。硕德遂转告秦主姚兴，兴令率步骑六万人，进攻后凉。乞伏乾归亦领七千骑从军。硕德自金城渡河，直逼姑臧，部将姚国方献策道："今悬军深入，后无援应，乃是危道，宜乘我锐气，与他速战，他总道我远来疲乏，可以力拒，我若得将他杀败，他自然生畏，无虑不克了。"硕德遂严申军律，准备厮杀。吕隆遣弟吕超，及龙骧将军吕邈等，出城迎战。兵刃甫交，秦军如潮涌进，十荡十决，杀毙凉兵无数，超慌忙遁回，邈迟走一步，已被秦军打倒马下，活捉去了。姑臧大震，巴西公吕他，率东苑兵二万五千，出降秦营。隆惊惶得很，急忙收集离散，婴城拒守。西凉主李暠，北凉主沮渠蒙逊，南凉主秃发利鹿孤，俱遣使贡秦，且贺秦胜凉。

凉尚书姜纪，前因隆超僭夺，惧奔南凉。南凉广武公傉檀，与谈兵略，甚相契合，坐必同席，出必同车。利鹿孤常语傉檀道："姜纪原有美才，但我看他自动言肆，必不肯在此久留。倘若入秦，必为我患，不如趁早除去。"傉檀闻言大惊，忙接口道："臣以布衣交待纪，料纪必不负我，请勿他疑。"未免过信。利鹿孤乃止。不意秦凉战起，纪竟潜奔秦军，往说硕德道："吕隆孤城乏援，明公率大军围攻，城中危急，势必乞降，但乞降乃是虚文，非真心服，公若班师，彼又抗命，现请给纪步骑三千，与焦朗等互为犄角，箝制吕隆，隆必无能为了。否则秃发在南，兵强国富，若乘公退兵，入据姑臧，威势益振，李暠沮渠蒙逊等，必且折入秃发，岂非公将来大患么？"硕德大喜，遂表为武威太守，给兵三千，使屯晏然，再督兵进攻姑臧。城中多谋外叛，将军魏益多，且煽惑兵士，谋杀隆超，事泄被诛，连坐至三百余家。于是群臣多向隆上书，请与秦军通和。隆尚不许，再经超一再进劝，略说"强寇外逼，兵粮内竭，上下嗷嗷，势难自固，不如遣使乞和，卑辞退敌。敌果退去，完境息民，若卜世未终，自可复旧，万一天命已去，亦得保全宗族"等语。隆乃依议，派使出城，乞降秦营，愿遣子弟为质。硕德不欲苛求，允如所约，一面转报长安。秦主兴即使鸿胪卿桓敦，册拜隆为镇西大将军，都督河西军事，领凉州刺史，封建康公。隆对使受命，乃遣母弟爱子，及文武旧臣慕容筑杨颖等五十余家,入质长安。硕德振旅而还,往返皆严肃部伍,秋毫无犯,西土皆称为义师。

过了两日,吕超又引兵攻姜纪,因纪严守不下,转攻焦朗。朗向南凉求救,南凉广武公傉檀,率兵赴援,到了魏安,见城下并无一人,只城门还是紧闭,一些儿没有影响。傉檀大是惊疑,即在城下大呼,促朗出迎,但听城上有人应声道:"寇已退走,无劳援军费心,也请退还,恕不送迎。"好似一种调侃语。傉檀勃然怒起,便欲麾兵攻城,部将俱延谏阻道:"朗但靠孤城,总难久持,今岁不降,明年自服,何必多劳士卒,同他拼命?且为丛驱雀,转非良策,不如退兵数里,发使晓谕,令他自知无礼,定然出来谢罪了。"傉檀依议而行,果由朗复使谢过,乃仍与朗连和,顺道进军姑臧,就胡坑立营。夜间防凉兵掩袭,蓄火戒严,兵不解甲。到了夜半,营外突然火起,凉将王集,果来劫垒,傉檀徐起,纵兵出击,内外火炬齐明,光同白昼。集部下不过千人,敌不住傉檀大营,便欲返奔。偏傉檀驱兵杀上,集措手不及,竟被砍死。败兵逃回姑臧,吕隆惊骇,与超密谋,想出一条诈计,致书傉檀,伪与修好,且请傉檀入盟。傉檀也恐有诈,因使将军俱延往代。俱延入城,由超引至东苑,发伏出攻。俱延不及上马,徒步急奔,还亏城阖两旁,有南凉将军郭祖,引兵待着,让过俱延,截住超兵,且战且走,才得退归营中。傉檀大愤,遂攻显美城。昌松太守孟祎,固守待援,吕隆遣将荀安国石可等,领兵往救,中道却还。孟祎守了数旬,授军不至,竟被傉檀陷入,祎巷战被擒。傉檀问他何不早降?祎抗声道:"祎受吕氏厚恩,分符守土,若明公大军甫至,便即归附,如何对得住吕氏?想明公亦必斥为不忠呢。"傉檀改容礼祎,命即释缚,面授为左司马。祎固辞道:"吕氏将亡,圣朝必取河右,可无疑义。但祎为人守,城不能全,若再忝居显任,益增愧赧。果使明公加惠,令祎就戮姑臧,祎死且知感了。"词婉意诚,不失为忠。傉檀称为义士,纵使归去。且恐师劳粮绝,收兵自归。

会姑臧大饥,斗米值钱五千,人自相食,饿殍盈途。吕隆恐有变祸,饬闭城门,日夜不开,樵采路绝。百姓乞出城觅食,愿为胡虏奴婢,日有数百。隆恨他煽动众心,索性把他拘住,尽行坑死,尸积如山。北凉主沮渠蒙逊,乘隙攻姑臧,隆不得已卑辞厚币,向南凉乞援。南凉再使傉檀赴急。蒙逊闻傉檀将至,勒兵挑战,为隆所败,乃与隆讲和结好,留谷

第八十八回　吕隆累败降秦室　刘裕屡胜走孙恩

万余斛,赈济凉民,然后退还。傉檀到了昌松,得知蒙逊回兵消息,因亦引军折回,途次接到利鹿孤命令,嘱他移讨魏安,乃改辙北行,再攻魏安守将焦朗。朗无力守城,不得已面缚出降。傉檀送朗赴西平,徙魏安人民至乐都。嗣是复屡寇姑臧,再加沮渠蒙逊,与吕隆背了前盟,也去侵扰。傉檀在南,蒙逊在北,恰好似喝着同心酒,共图后凉,累得隆南防北守,奔走不遑。偏后秦又来作祟,遣使征吕超入侍,隆急得没法,只好令超赍着珍宝,奉献秦廷,情愿将姑臧归秦,请兵相迎。秦主兴遂遣左仆射齐难等,率步骑四万人迎隆。军至姑臧,隆素车白马,出候道旁。难令司马王尚署凉州刺史,给兵三千,权守姑臧,分置守宰,镇守仓松番禾二城。隆使吕胤告辞光庙道:"陛下前抒远略,开建西夏,德被苍生,威震遐裔,后嗣不肖,迭相篡弑,二虏交

迫,将归东京,谨与陛下诀别,从此长离。"*早知今日,何必当初?* 胤告毕复命,隆即率宗族僚属,及民万户至长安。秦主兴授隆为散骑常侍,超为安定太守,其余文武三十余人,量才录用,不使向隅。但后凉自吕光开基,至隆亡国,共历四主,合十九年。

先是太史令郭䴕,占得术数,谓代吕者王,故叛凉起兵,先推王详,后推王乞基。及吕隆东迁,代以王尚,恰如䴕言,可惜䴕徒算得一半,知姓不知名,所以终归失败。且奔投西秦后,从乞伏乾归降秦,又暗中推算,以为灭秦者晋! *却是算着,但不能自算存亡,终归差了半着。* 乃复潜身东奔,偏被秦人追获,割去头颅,这叫做人有千算,天教一算,算到尽头,徒

落得身首两分,追悔无及了。了过郭黁。那吕隆仕秦数年,亦连坐乱党,终至伏诛,待后再表。此处却要补述晋事了。

自孙恩被逐入海后,余灰复燃,又纠众进寇勾章,转攻海盐。接应八十五回。勾章守将刘裕,随地抵御,且就海盐添筑城堡。恩屡来攻城,由裕麾兵出击,得破孙恩,阵斩恩党姚盛,然后收兵还城。惟恩虽败挫,余焰未衰,城中兵少势孤,恐难久持;裕乃想出一法,待至夜半,把城上旗帜,一齐拔去,密遣精兵伏住城闉。到了天明,竟把城门大开,只遣几个老弱残兵,嘱咐数语,登城立着。恩探得城内空虚,驱兵复进,将到城下,遥见城门开着,便厉声喝问道:"刘裕何在?"城上羸卒答应道:"昨夜已引兵出走了。"贼众信为真言,拥众入城,陡听得一声鼓响,城门左右,突出两路伏兵,大刀阔斧,向贼乱斫。贼挤住城闉,进退无路,除被裕军杀死外,多半由自相蹴踏,倒毙无数。恩尚在城外,掉头急奔,幸逃性命,余众死了一半,一半随恩北走,径趋沪渎。

裕复弃城追击,海盐令鲍陋,遣子嗣之率吴军一千,从裕讨贼。嗣之年少,自恃骁勇,请为前驱。裕与语道:"贼众善战,非吴军所能与敌,卿为前驱,倘或失利,必至牵动我军,不如随着我后,可作声援。"嗣之勃然道:"将军亦未免小觑后生了。嗣之决意前行,效力杀贼,虽死无怨。"确是前去送死。说着,引兵即去。裕明知不佳,没奈何从后继进,但使两旁多伏旗鼓,作为疑兵,等到前驱遇贼,两下交锋,裕令伏兵扬旗呐喊,擂鼓助威,贼果疑他四面有军,仓皇引退。偏嗣之不肯少停,策马急追,竟致裕军落后,无人相助,冒冒失失的闯将进去,被贼众翻身杀转,围住嗣之。嗣之独力难支,竟至战殁。贼众既得胜仗,便乘势来击裕军。裕见来势凶猛,也只得且战且走,走了数里,贼尚未肯舍去,麾下兵却死伤多人。裕索性下马,令左右脱去死人衣,故示闲暇。贼众见了,倒不禁生疑,勒马停住。裕反上马大呼,麾兵杀贼,贼始骇退,裕得从容引归。刘裕用兵仿佛曹阿瞒。孙恩知裕不易敌,竟北赴沪渎,攻入守将袁山松营垒,将山松杀死,山松部下伤毙四千人。恩劫掠三吴丁壮,胁使为贼,遂航海直往丹徒。党羽十余万,楼船千余艘,烽火夜逼建康,都城大骇,内外戒严。

百官入命省内,使冠军将军高素等守石头,辅国将军刘袭堵淮口,丹阳尹司马恢之戍南岸,冠军将军桓谦等备白石,左卫将军王嘏等屯中堂,征豫州刺史谯王尚之入卫京师。会稽都督刘牢之,自山阴发兵邀击孙恩,已是不及,乃使刘裕从海盐入援。裕闻命即行,部兵不满千人,偏兼程前进。恩甫至丹徒,裕亦踵至,丹徒守军,本无斗志,百姓多荷担欲逃。恩率众登岸,鼓噪登蒜山,声震江流,兵民益骇。独裕晓谕兵民,叫他勿惧,自率步兵上山奋击,一当十,十当百,竟把恩众击退,复乘胜杀下,大破恩众。恩狼狈遁回船中,贼党

刘裕屡胜走孙恩

投崖溺水,不下万人。惟恩尚有余众八九万,势还猖獗,他想丹徒有刘裕守住,未可轻进,不如直趋建康,遂驶舰西上,步步进逼。会稽世子后将军元显,发兵拒战,并皆失利。会稽王道子,无他谋略,但向蒋侯庙中焚香祷襫,日日不休。蒋侯名叫子文,系东汉时广陵人,嗜酒好色,尝自谓骨具青色,死当为神。及汉末为秣陵尉,逐贼至钟山下,受创而死。吴据江东,有故吏见子文出现,乘白马,执白扇,遮道与语道:"我当为此间土神。"言讫不见。后来土地祠中,果常见灵异,吴主乃封为都中侯,加印绶,立庙堂,改钟山为蒋山,表示神灵。说明蒋侯来历,亦不可少。道子很是敬信,所以镇日祈祷,只望他暗中显灵,驱除贼寇,哪知寇氛甚恶,日逼日紧,宫廷内外,恂惧的了不得。幸亏谯王尚之,率锐驰至,入屯积弩堂。恩楼船高大,又遇逆风,不得疾行,莫非就是蒋侯显灵了。好几日才到白石,探得尚之已至建康,都城有备,倒也不敢径进。又恐刘牢之截住后路,或至腹背受敌,因浮海北走郁洲,另遣党羽攻陷广陵,杀毙守兵三千人。朝旨调刘裕为下邳太守,集兵讨恩。裕仗着谋力,与恩

大小数十战,无一不胜。恩逃至沪渎,再走海盐,俱由裕督兵尾追,好似飚迅电扫一般,杀得恩抱头狂奔,仍然窜入海中。到了安帝六年,改年元兴,恩还想出来骚扰,入寇临海,被太守辛景一场痛击,几乎杀尽贼党,恩投海自溺,方才毕命。亲党及妻妾等,从死百人,残众还称他为水仙。小子有诗叹道:

　　　　黄巾左道尽虚诬,篝火狐鸣吓腐愚。
　　　　若果水仙通妙术,海滨何事伏兵诛。

恩既溺死,尚有残众数千,未曾解散,又由众推出一个头目来了。欲知头目为谁,容至下回报明。

回评 吕隆吕超,篡逆得国,兄为君,弟为相,踌躇满志,谓可安享天年,孰知焦朗姜纪,为秦作伥,竟导姚硕德之进攻乎？超战败请降,秦军即返,咸虽尽杀,国尚幸存,孰知北有沮渠,南有秃发,相逼而来,竟欲分割后凉而后快乎？隆超两人,无术保全,不得已弃国降秦,此非邻国之不肯容隆,实天意之不肯恕隆也。孙恩以海岛余孽,招集亡命,骚扰东南,得良将以扑灭之,原非难事,乃一误于王凝之,再误于谢琰,遂致匪党日盛。当时尚疑其妖术胜人,未可力敌,然观于刘寄奴之累战累胜,乃知恩固无术,徒为胁从之计而已。寄奴非能破法者,胡为足使水仙之返劫乎？

第八十九回

覆全军元显受诛　夺大位桓玄行逆

却说孙恩溺死，尚有妹夫卢循，未曾从死，为众所推，奉为头目。循系晋从事中郎卢谌从孙，双眸炯彻，眉宇清扬，少时工草隶书，并善弈棋。沙门惠远，有相人术，尝语循道："君可谓风雅士，可惜志存不轨，终乏善果，奈何奈何！"卢循听了此言，倒也不以为意。及长，娶孙恩妹为妻。恩纠众作乱，与循通谋。循常劝恩抚绥士卒，故人乐为循用。恩死后即奉循为主，仍然蟠踞海岛，不服晋命。晋廷还想命刘牢之等，出兵剿循，偏长江上游，突起了一场大乱，几乎把东晋江山，席卷了去，于是不暇顾循，但期扫清长江乱事，好几年才得就绪。

看官欲问乱首为谁？就是都督八州，兼领荆江二州刺史的桓玄。应八十五回。玄先令兄伟为雍州刺史，晋廷不敢驳议，他遂得步进步，表移伟为江州刺史，镇守夏口。司马刁畅为辅国将军，监督八郡军事，镇守襄阳。且遣部将桓振皇甫敷冯该等，关戍溢口。移沮漳蛮二千户至江南，为立武宁郡，更招集流民万人，为立绥安郡。两郡俱增设郡丞。晋廷征广州刺史刁逵，及豫章太守郭昶之入都，俱被玄留住不遣。玄自谓地广兵强，势压朝廷，遂欲篡夺晋祚，屡上书报告祯祥，隐讽执政。更向会稽王道子上笺，再为王恭讼冤。会稽王父子，见了玄笺，当然惶惧。庐江太守张法顺，进白元显道："玄始得荆州，人心未附，若使刘牢之为先锋，再用大军继进，取玄不难了。"激成乱萌，斯为厉阶。元显本倚法顺为谋主，听了此言，自然心动。适武昌太守庾楷，密使人自结元显，请为内应，反复小人，最为可恶。元显大喜，即遣法顺至京口，转告牢之，牢之颇有难色。法顺还报元显道："牢之无意效命，看他词色，将来必且叛我，不如召他入京，先斩此人，否则反多一敌，难免误事。"元显听了，不以为然，竟不从法顺所请。此议偏独不从，也是该死。一面大治水军，准备讨玄。

元兴元年元旦，竟由晋廷颁诏，数玄罪状。即授元显为骠骑大将军,征讨大都督,加黄钺,节制十八郡军马。小船怎可重载。使刘牢之为前锋,谯王尚之为后应,克日出发,前往讨玄。加会稽王道子为太傅,居中秉政。元显欲尽诛诸桓,骠骑长史王诞,为中护军桓修舅,力向元显解免,谓修等与玄,志趣不同,元显乃止。法顺又入请道:"桓谦兄弟,谦即修兄。每为上流耳目,应速即加诛,借杜奸谋,况兵事成败,系诸前军,牢之居前,一或有变,祸败立至,最好令刘牢之杀谦兄弟,示无贰心,彼若不肯受命,隐情已露,我也好预先防备了。"元显怫然道:"今非牢之不能敌玄,且三军甫出,先诛大将,人情亦必不安,这事怎可行得?"法顺再三固请,元显只是不从,且因谦父桓冲,遗惠及荆,特授谦荆州刺史,都督荆益宁凉四州军事,冀抚荆人。不杀反赏,真是颠倒。

桓玄坐踞江陵,自思东土未靖,朝廷不暇西顾,可以蓄力观衅。及闻元显已统军出讨,也不禁意外惊心,因欲完城聚甲,为自固计。长史卞范之道:"明公声威,传闻远近,元显口尚乳臭,刘牢之大失物情,若进逼近畿,示以祸福,势必瓦解。明公自可得志,怎可延敌入境,自取穷蹙呢?"玄依范之言,遂抗表传檄,罪责元显。留兄伟守江陵,自举大兵东下。途次尚未免却顾,及行过寻阳,并不见有官军,才放大了胆,驱军急进,部众亦勇气加倍。又探悉庾楷诡谋,分兵诱袭,把他拘住,于是江东大震。元显甫出都门,接得桓玄来檄,已经心慌,再得庾楷被囚消息,免不得惊上加惊,勉强下船,终不敢发。晋廷上下,也不免着忙,特遣齐王柔之,系故南顿王宗之子,过继齐王冏,承祀袭封。执着驺虞幡,出告荆江二州,谕令罢兵。途中遇着桓玄前锋,不服朝命,竟将柔之杀死。玄顺流直至姑孰,使部将冯该等,往攻历阳。襄城太守司马休之,即谯王尚之弟。婴城固守,玄军堵截洞浦,纵火焚豫州军舰。豫州刺史谯王尚之,率步卒九千,列阵浦上,又遣武都太守杨秋,屯兵横江。秋竟降玄军,反引玄军攻尚之,尚之众溃,自奔涂中,避匿数日,终被玄军擒去。休之出战败绩,弃城遁走。

刘牢之本来观望,不附元显,他想利用桓玄,除去元显父子,再伺玄隙,把玄剪除,然后好职掌大权,唯所欲为,算盘太精明了。所以牢之虽为前驱,始终未肯效力;下邳太守刘裕,此时也奉调从军,为牢之参谋,请牢之亟往击玄。牢之摇首不答。可巧牢之之族舅何穆,阴受玄嘱,进说牢之道:"从古以来,功高必危,试看越文种,秦白起,汉韩信,俱身事

第八十九回　覆全军元显受诛　夺大位桓玄行逆

明主,尽忠戮力,功成以后,且不免诛夷,何况为暗主所任使呢?君如今日战胜,亦必倾宗,战败当然夷族。胜败俱不能自全,何若幡然改图,尚得长保富贵。古人射钩斩袪,还不害为辅佐,今君与桓玄,素无嫌隙,难道不好相亲么?"牢之正有此意,便令何穆报玄,阴与相通。刘裕再谏不从,牢之甥何无忌,为东海中尉,也极谏牢之,终不见听。裕又使牢之子敬宣入谏,以汉董卓比玄,请牢之急击勿失。牢之反怒叱道:"我也知桓玄易取,但平玄以后,试问骠骑能容我否?"敬宣不好违父,只得唯唯听受。牢之遂遣敬宣潜诣玄营,奉上降书。玄佯为优待,授任谘议参军,乘势进迫建康。

元显将要出发,忽有急报传到,谓玄已至新亭,吓得魂不附体,弃船返奔,退屯国子学。越日,出阵宣阳门外,军中自相惊扰,俄而玄军前队,鼓噪前来,大呼放仗。元显拍马急奔,还入东府,元显讨王恭时,曾以果锐见称,此时竟如此颓靡,倒已死得半截了。将佐统皆逃散,惟张法顺一骑随归。元显前曾录尚书事,与乃父东西对居,道子所居称东录,元显所居称西录,西府车骑辐辏,东府门可张罗,后来星孛天津,元显解职,仍加尚书令。吏部尚书车胤,密白道子,请抑元显。元显闻悉,谓胤离间父子,意欲害胤,胤竟惶急自杀。自是公卿以下,无人敢与元显抗礼。至元显败还,大都袖手旁观,无人顾恤,只有道子是情关骨肉,狼狈相依,虽平时亦隐恨元显,到此丢去前嫌,想替儿子设法。怎奈想了多时,不得一筹,惟有相对泣下。俄而从事中郎毛泰,导引玄军,闯将进来,七手八脚,把元显抓了出去,送往新亭,缚诸舫前,由玄历数元显罪恶。元显也不多言,但自称为王诞张法顺所误,懊悔不休。玄复命将王诞张法顺拿住,与元显同付廷尉,置诸狱中,一面整仗入京,矫诏解严,自为丞相,总掌百揆,都督中外诸军,录尚书事,领扬州牧。令桓伟为荆州刺史,桓谦为尚书左仆射,桓修为徐兖二州刺史,桓石生为江州刺史,卞范之为丹阳尹,王谧为中书令。新安太守殷仲文,系玄姊夫,弃郡投玄,星夜入都,玄即授为谘议参军。晋安帝本同木偶,未晓国事,内政一切,统由琅琊王德文代理,德文又无兵无权,如何能制服桓玄?玄得独断独行,不过借着天子的名目,号令四方,当下将元显等牵出狱外,先将元显开了头刀,次及谯王尚之,又次及庾楷张法顺。惟王诞本应同斩,桓修为舅乞怜,才得免死,流戍岭南。再收捕元显家属,得元显子六人,一并

诛元显覆军受戮

处死。只因道子为安帝叔父,不得不欺人耳目,先行奏闻,然后处置。奏中有"道子酗纵不孝,罪应弃市"等语。复诏援议亲故例,贷道子死,徙居安成郡,使御史杜竹林,偕往管束。竹林密承玄旨,鸩死道子,父子代握政权,威吓已极,至此相继遇害,这叫做自作孽,不可活呢。*法语之言。*

刘牢之留次溧州,静待好音,好几日才见朝命,但授为会稽内史。牢之惊叹道:"今日便夺我兵权,祸在目前了。"已而敬宣自建康驰至,乃是讨差出来,佯称替玄慰谕,暗中却为父设谋,进袭桓玄。牢之迟疑未决,私召刘裕入商道:"我悔不用卿言,致为桓玄所卖。今欲北趋广陵,联结高雅之等,起兵讨逆,卿可从我去否?"裕答道:"将军率劲卒数万,望风降玄,今玄已得志,威震天下,朝野人士,已失望将军,将军岂尚能再振么?裕只有弃官归里,不敢再从将军。"言毕即退,出外遇着何无忌。无忌密问道:"汝将何往?"裕与语道:"我观刘公必不能免,卿不若随我至京口。桓玄若守臣节,我与卿不妨事玄,否则与卿图玄便了。"无忌依议,也不向牢之告辞,竟偕裕同往京口去了。牢之大集僚佐,拟据住江北,纠众讨玄。参军刘袭进言道:"天下惟一反字,最悖情理,将军前反王兖州,*指王恭。*近日反司马郎君,*指元显。*今又欲反桓玄,一人三反,如何自立?"这数句话说得牢之瞠目结舌,无言可答。袭亦退出,飘然自去。佐吏亦多半散走。牢之惊惧,使敬宣至京口迎家眷。敬宣愆期不还,牢之还道是机谋已泄,为玄所杀,乃率部曲北走。

第八十九回　覆全军元显受诛　夺大位桓玄行逆

到了新洲，部众散尽，牢之悔恨已极，且恐玄军追来，竟解带悬林，自缢而死。真是死得不值。尚有左右数人，代为棺殓，草草了事。及敬宣奔至，惊悉牢之早死，无暇举哀，匆匆渡江，逃往广陵。桓玄闻报，命将牢之斫棺枭首，曝尸市中。牢之骁勇过人，当时推为健将，惟故太傅谢安在日，尝说牢之器小，不可独任，独任必败，至是果如安言。

桓玄又伪示谦恭，让去丞相，改官太尉，兼领豫州刺史，余官如故。国家大事，俱就谘询，小事乃决诸尚书令桓谦，及丹阳尹卞范之。自从安帝嗣位以来，会稽父子，秉权乱政，闹得一蹋糊涂。玄初入建康，黜奸佞，揽贤豪，都下人民，欣然望治。过了月余，玄即奢侈无度，政令失常，朋党互起，凌侮朝廷，甚至宫中供奉，亦隐加克扣。安帝以下，不免饥寒；再加三吴大饥，民多饿死。临海永嘉，又遭孙恩卢循等侵掠，十室九空，百姓流离死亡，苦不胜言。桓玄出屯姑孰意欲抚安东土，乃遣人招致卢循，使为永嘉太守。循虽然受命，仍是暗中劫夺，骚扰不休。玄却自诩有功，隐讽朝廷，录取前后勋绩，加封豫章桂阳诸郡公。又复表辞不受，暗嘱有司为子侄请封。晋廷怎敢不依，因封玄子昇为豫章公，玄兄子濬为桂阳公。*乐得炫赫。*一面钩求异党，再杀吴兴太守高素，将军竺谦之刘袭等人。数子皆牢之旧将，故一并遇害。袭兄冀州刺史刘轨，邀同司马休之刘敬宣高雅之等，共据山阳，欲起兵攻玄，被玄先期察觉，发兵控御。轨等自知无成，走投南燕去了。

越年二月，玄上表申请，愿率诸军讨平关洛，有诏授玄为

夺大位桓玄行逆

大将军。玄命整缮舟师,先制轻舸数艘,装载服玩书画。有人问为何因?玄答道:"兵凶战危,倘有意外,当使轻便易运,免为敌人所掠呢。"这语一传,大众始知他饰辞北伐,其实为求封大将军起见。果然不到数日,朝旨复下,饬玄缓进。玄借朝命宣示将士,不复出兵。一味诈伪。已而荆州刺史桓伟病死,玄令桓修继任。从事中郎曹靖之说玄道:"谦修兄弟,专据内外,权势太重,不可不防。"玄乃令南郡相桓石康为荆州刺史,石康为玄从弟,仍系桓氏亲属,曹靖之徒费唇舌,反多为桓氏增一羽翼罢了。侍中殷仲文,散骑常侍卞范之,为玄心腹,密劝玄早日受禅,且由仲文起草,代撰九锡文及册命,玄当然心喜。朝右大臣,统是玄党,便即迫安帝下诏,册命玄为相国,总百揆,晋封楚王,领南郡南平宜都天门零陵营阳桂阳衡阳义平十郡,加九锡典礼,得置丞相以下官属。桓谦进任卫将军,录尚书事。王谧为中书监,领司徒,桓胤为中书令,桓修为抚军大将军。

时刘裕为彭城内史,修因召裕密问道:"楚王勋德崇隆,中外属望,闻朝廷将俯顺人情,仿行揖让故事,卿意以为何如?"裕应声道:"楚王为宣武令嗣,温谥宣武,见前文。勋德盖世,宜膺大宝。况晋室衰弱,民望久移,乘运禅代,有何不可?"看到后文,实是请君入瓮。修欣然道:"卿以为可,还有何人敢云不可呢?"裕暗笑而退。

新野人庾仄,为殷仲堪旧党,闻玄谋篡逆,即纠众袭击襄阳,逐走刺史冯该。当下辟地为坛,祭晋七庙祖灵,祃师誓众,传檄讨玄,也是汉翟义流亚,故特叙入。江陵震动。适值桓石康莅镇,引兵攻襄阳,仄出战败绩,奔投后秦。玄伪欲避嫌,自请归藩。桓修等入白安帝,请帝手诏慰留,安帝不得不从。玄又诈言钱塘临平湖忽开,江州有甘露下降,使百僚集贺庙堂,矫诏谓:"相国至德,感格神祇,所以有此嘉瑞"云云。玄复自思前代受命,多得隐士,乃特征前朝高隐皇甫谧六世孙希之,为著作郎,又使希之固辞不就,然后下诏旌礼,号为高士,时人讥为充隐。都人士有法书好画,及佳园美宅,必为玄所垂涎,尝诱令赌博,使作孤注,得胜便取为已有。生平尤爱珠玉,玩不释手,至逆谋已成,遂假传内旨,加玄冕十有二旒,建天子旌旗,出警入跸,车驾六马,乐舞八佾,妃得称王后,世子得称太子。卞范之便代草禅诏,迫令临川王司马宝,持入宫中,胁安帝照文誊录,盖用御印,当即发出。越宿,逼帝临轩,交出玺绶,

第八十九回　覆全军元显受诛　夺大位桓玄行逆

遣令司徒王谧赍给楚王，复徙帝出居永安宫。又越宿，迁太庙神主至琅琊庙，逼何皇后系穆帝后，尝居永安宫。及琅琊王德文，出居司徒府。何皇后行过太庙，停舆恸哭，哀感路人；后来为玄所闻，勃然怒道："天下禅代，不自我始，与何氏妇女何涉，乃无端妄哭呢？"你既要笑，何后怎得不哭？

王谧既将玺绶献玄，百官又统至姑孰，联名劝进。玄命在九井山北，筑起受禅台来，便于元兴二年十二月朔旦，僭即帝位，改国号楚，纪元永始，废安帝为平固王，王皇后为平固王妃，降何后为零陵县君。琅琊王德文为石阳公，武陵王遵为彭泽县侯，追尊父温为宣武皇帝，母南康公主为宣皇后，封子昇为豫章王。余如桓氏子弟族党，一律封赏，大为王，次为公，又次为侯。过了数日，玄乘法驾，设卤簿，驰入建康宫。途中适遇逆风，旌旗皆偃，及登殿升座，猛听得豁喇一声，御座陷落，好似有人在后推玄，险些儿跌将下来。小子走笔至此，因随书一诗道：

　　唐虞禅位传文德，汉魏开基本武功。
　　功德两亏谋盗国，任他狡猾总成空。

究竟玄曾否跌下，待至下回续表。

回评　会稽父子，相继为恶，实为东晋厉阶。桓玄之起兵作乱，祸实启于元显一人，而道子之不能制子，亦宁得谓其无咎？故元显之枭首，与道子之鸩死，理有应得，无足怪也。惟刘牢之欲收鹬蚌之利，卒死于桓玄之手，党恶亡身，欲巧反拙，天下之专图利己者，其亦可自返乎？桓玄才智，不及乃父，徒乘晋室之衰，遍树族党，窃人家国，彼方以为人可欺，天亦可欺，篡逆诈夺，任所欲为，庸讵知冥漠之中，固自有主宰在耶？盖观于逆风之阻，御座之倾，而已知天意之诛玄矣。

第九十回

贤孟妇助夫举义　勇刘军败贼入都

　　却说桓玄上登御座,忽致陷落,几乎跌下。左右慌忙扶住,才得站住。群下统皆失色,独殷仲文向前道:"这是圣德深厚,地不能载,所以致此。"亏他善谀。玄乃易惊为喜,出殿还宫,徙安帝出居寻阳,纳桓温神主于太庙中,立妻刘氏为皇后。散骑常侍徐广,请依据晋典,建立七庙。玄自以为祖祢以上,名位未显,不欲追尊,但诡词辩驳道:"礼云三昭三穆,与太祖为七,是太祖应为庙主,昭穆皆在太祖以下。近如晋室太庙,宣帝反列在昭穆中,次序错乱,怎得奉为定法呢?"广乃默然退出,适遇秘书监卞承之,述及前言。承之喟然道:"宗庙祭祀,上不及祖,眼见是楚德不长了。"桓彝忠晋,桓玄篡晋,祖孙志趣不同,无怪玄之不愿追尊。承之谓楚德不长,岂尊祖便能长久么?

　　玄性苛细,好自矜伐,朝令暮更,群下无所适从,遂致奏案停积,纪纲不治;惟素好游畋,日必数出。兄伟葬日,旦哭晚游。且出入未尝预告,一经命驾,传呼严促,侍从奔走不暇,稍或迟慢,即遭斥责,所以众情咸贰,怨气盈廷。玄心中也不自安,时常戒备。一夕,有涛水涌至石头城下,奔腾澎湃,突如其来,岸上人不及奔避,多被狂涛卷去,顿时天昏地黯,鬼哭神号。玄在建康宫中,也有声浪传到,矍然惊起道:"敢是奴辈发作么,如何是好?"说着,即命左右出外探听。及接得还报,方知巨涛为祟,才得放心。

　　寻遣使至益州,加封刺史毛璩为散骑常侍,兼左将军。璩不肯服玄,竟将来使拘住,扯碎玄书。因授桓希为梁州刺史,令他分派诸将,调戍三巴,严防毛璩。璩索性传檄远近,列玄罪状,慷慨誓师,克日东讨。仿佛似雷声一震。当下遣巴东太守柳约之,建平太守罗述,征虏司马甄季之,会攻桓希,大得胜仗,遂引兵进屯白帝城。玄又命桓弘为青州刺史,镇守广陵,刁逵为豫州刺史,镇守历阳。弘令青州主簿孟昶,入都报政,玄见他词态雍容,很加器重,便语侍臣刘迈道:"素士中得一尚书郎,与

第九十回 贤孟妇助夫举义 勇刘军败贼入都

卿同一州里,卿可相识否?"迈与昶皆下邳人,素不相悦,至是即应声道:"臣在京口,不闻昶有异能,但闻他父子纷纷,互相赠诗哩。"玄付诸一笑,乃遣昶仍返青州。昶行至京口,正与刘裕相遇,彼此叙谈,颇觉投机。裕笑语道:"草泽间当有英雄崛起,卿可闻知否?"昶接口道:"今日英雄为谁,想便应属卿了。"看官听说,昶因刘迈从中媒孽,隐怀愤恨,所以见了刘裕,乐得乘间挑衅,要他去做个冲锋,推倒桓玄。

裕乃与昶共议匡复方法,当时有好几处机会,可以联络,一是弘农太守王元德,与弟仲德皆有大志,不服桓玄,此时卸职入都,正好使他内应。还有前河内太守辛扈兴,振威将军童厚之,亦寓居建康,与裕素有往来,亦可密令起应元德,做个帮手;二是裕弟道规,方为青州中兵参军,正好使他暗袭桓弘,当令孟昶还白道规,佐以沛人刘毅合同举事;三是豫州参军诸葛长民,也是裕一个密友,正好使他同时举发,袭取豫州刺史刁逵,据住历阳。安排已定,便分头通知。

孟昶立即辞行,返至青州,即向妻周氏说道:"刘迈在都中毁我,使我一生沦落,我决当发难,与卿离绝,倘然得遇富贵,迎汝未迟。"周氏接口道:"君有父母在堂,理应奉养,今君欲建立奇功,亦非妇人所能谏阻,万一不成,当由妾谨事舅姑,死生与共,义无归志,请君不必多心。"好妇人。昶沉吟多时,欲言不言,因抽身起座,意欲外出。周氏已瞧破情形,抱儿呼昶,复令返座道:"看君举措,并非欲谋及妇人,不过欲得我财物呢。"说着,又指怀中儿示昶道:"此儿如可质钱,亦所不惜。"昶乃起谢。原来周氏多财,积蓄颇饶,至此遂倾资给昶,昶得与刘道规等联同一气,相机下手,一面预报刘裕。裕与何无忌同居京口,无忌尝思为舅复仇,当然与裕同志,事必预谋。裕既决计起兵,令无忌夜草檄文,无忌母为刘牢之姊,从旁瞧着,不禁流涕道:"我不及东海吕母,王莽时人,见《汉书》。汝能行此,还有何恨?"随即问同谋为谁?无忌答称刘裕。母大喜道:"得裕为主,桓玄必灭了。"孟昶有妻,何无忌有母,却是无独有偶。

过了两日,无忌偕裕出行,托词游猎,号召义徒,共得百余名,就中选得志士十人,使充前队,自己冒作敕使,一骑当先,扬鞭入丹徒城。徐兖二州刺史桓修,闻有敕使到来,便出署相迎。兜头遇着无忌,正要启问,偏被无忌顺手一刀,头随刀落,当下大呼讨逆,众皆骇散。刘裕得无忌捷报,即驰入府舍,揭榜安民,片时已定。当将桓修棺殓,埋葬城外。召东莞人刘穆之为府主簿，穆之直任不辞。徐州司马刁弘，得知丹徒有变，方率文武佐吏，来探虚实。裕登城与语道："郭江州指前刺史郭昶之。已奉乘舆，反正寻阳，我等并奉密诏，诛除逆党，今日贼玄首级，已当枭示大众，诸君皆大晋臣子，来此何干？"弘等闻言，信以为真，当即退去。适值孟昶刘毅刘道规，诱杀桓弘，收众渡江，来会刘裕。裕令刘毅追袭刁弘，杀死了事。

青徐兖三州已经略定，只有建康及豫州二路，尚未发作。裕令毅作书报告乃兄，乃兄就是刘迈，得了毅书，踌躇未决。致书人周安穆，见迈怀疑，恐谋泄罹祸，匆匆告归。迈正受玄命为竟陵太守，意欲夤夜出行，冀得避难，忽由桓玄与书，谓："北府人情云何？卿近见刘裕，彼作何词？"迈阅书后，还道玄已察裕谋，竟默然待旦，自行出首。玄顿觉大惊，面封迈为重安侯，立饬卫兵出宫，收捕王元德辛扈兴童厚之等，骈戮市曹。已而有人向玄谮迈，谓迈纵归周安穆，不免同谋。玄遂收迈下狱，亦处死刑。迈亦该死。

那刘裕已为众所推，作为盟主，总督徐州军事，用孟昶为长史，檀凭之为司马，当下号召徐兖二州众士，得一千七百人，出次竹里，传檄远近，声讨桓玄。玄因命扬州刺史桓谦为征讨都督，并令侍中殷仲文，代桓修为徐兖二州刺史，会同拒裕。谦请发兵急击，玄皱眉道："彼众甚锐，向我致死，我若一挫，大事去了，不若屯兵覆舟山下，以逸待劳，彼空行至二百里，无从一战，锐气必挫。忽见我大军屯守，势必却顾，我再按

第九十回　贤孟妇助夫举义　勇刘军败贼入都

兵坚垒,勿与交锋,使彼求战不得,自然散去,这乃是今日的上计哩。"谦尚执定前议,仍然固请。玄乃请顿邱太守吴甫之,右卫将军皇甫敷,北击裕军。各军陆续出发,玄心下还带着惊慌,绕行宫中,彷徨不定。左右从旁劝慰道:"裕等不过乌合,势必无成,至尊何必多虑?"玄摇首道:"裕乃当世英雄,刘毅家无担石,樗蒲且一掷百万,何无忌酷似彼舅,共举大事,何谓无成?"说至此,又忆从前不听妻言,懊怅不置。原来裕为彭城内史,曾在桓修麾下,兼充中书参军。修尝入都谒玄,裕亦从行。玄见裕风骨不凡,称为奇杰,待遇甚优,每值宴会,必召裕入座。玄妻刘氏,从屏后窥见裕貌,谓裕龙行虎步,瞻顾非凡,将来必不可制,因劝玄趁早除裕。玄欲倚裕为助,故终不见从,谁知裕还京口,果然纠众发难,做了桓玄的对头,玄怎得不悔?怎得不恨?但已是无及了。<small>刘寄奴王者不死,蛇神且无如之何,玄夫妇怎能死裕。</small>

　　刘裕率军径进,攻克京口,用朱龄石为建武参军。龄石父绰,曾为桓冲属吏,至是龄石虽受裕命,自言受桓氏厚恩,不欲推刃。裕叹为义士,但令随着后队,不使前驱。行至江乘,正值玄将吴甫之,引兵杀来。甫之向称骁勇,全不把刘裕放在眼中,拍马直前,挺槊急进。裕军前队,却被拨落数人,正在杀得兴起,蓦有一将驰至,厉声大呼道:"吴甫之敢来送死吗?"甫之未曾细瞧,已被来将大刀一劈,剁落马下。看官道是何人?原来就是刘裕。裕乘甫之不备,把他劈死,便即杀散余众,进军罗落桥。对面有敌阵列着,乃是玄将皇甫敷。裕又欲亲出接战,独司马檀凭之,纵马先出,与敷交锋,战了数十回合,凭之力怯,一个失手,为敷刺死。裕不禁大怒,自出接仗,敷素闻裕名,不敢轻与交手,惟麾众围裕,绕裕数重。裕毫不畏缩,倚着大树,与敷力战。敷呼裕道:"汝欲作何死?"说着,即拔戟刺裕。裕大喝一声,吓得敷倒退数步,不敢近前。可巧裕党共来救应,击破敷众,敷解围欲走,裕令军士一齐放箭,射中敷额,敷遇创仆地,裕持刀直前,将要杀敷,但听敷凄声语道:"君得天命,敷应受死,惟愿以子孙为托。"裕一面允诺,一面下手斩敷,随令军吏厚恤敷家,安抚孤寡,示不食言。且因檀凭之战死军中,特令他从子檀祗,代领遗众,仍然进薄建康。

　　桓玄闻二将战死,越觉惊心,忙召诸术士推算吉凶,并为厌胜诅咒诸术,并问及群臣道:"朕难道就此败亡么?"群臣皆不敢发言。独吏部郎曹靖之抗声道："民怨神怒，臣实寒心。"玄瞿然道："民或生怨，神有何怒？"靖之道："晋氏宗庙，飘泊江滨，大楚祭不及祖，怎得不怒？"玄又道："卿何不先谏？"靖之道："辇下君子，统说是时逢尧舜，臣何敢多言。"玄无词可答，只长叹了好几声。威风扫尽。寻使桓谦出屯东陵，卞范之出屯覆舟山西，共合二万人。裕至覆舟山东，使军士饱餐，弃去余粮，期在必死，先令老弱残兵，登高张旗，作为疑兵，然后与刘毅等分作数队，突进谦阵。毅与裕俱身先士卒，拼死直前，将士亦踊跃随上，喊声动地。适有大风从东北吹来，裕军正在上风，便放起一把火来，火随风势，风助火威，烧得桓谦部下，都变了焦头烂额的活鬼，哪里还敢恋战，纷纷大溃。谦与范之，也一溜烟似的跑去，苟延生命。

　　玄因两军交战，时遣侦骑探报，侦骑见了疑兵，即返报裕军四塞，不知多少。玄亟遣武卫将军庚赜之，带领精兵，往援谦军，暗中却使领军将军殷仲文，至石头城预备船只，以便逃走。忽有探马踉跄入报，说是桓谦卞范之两军，俱已败溃。玄忙集亲信数千人，仓皇出奔，口中还声言赴战，挈同子昇及兄子浚，出南掖门。适遇前相国参军胡藩，叩马谏阻道："今羽林射手，尚有八百，非亲即故，彼受陛下累世厚恩，应肯效力，乃不驱令一战，偏舍此他去，究竟何处可以安身？"玄不暇对答，但用鞭向天一指，便即策马西走。驰至石头，见仲文已备齐船只，即下船驶行。船中未曾备粮，经日不食。及驶至百里外，方从岸上觅得粗粝，刈苇为炊，大众才得一饱。玄勉强取食，咽不

勇刘军败贼入都

第九十回　贤孟妇助夫举义　勇刘军败贼入都

能下,由子昇代为抚胸,惹得玄涕泣俱下,复恐追兵到来,径往寻阳去了。

惟建康城内,已无主子,司徒王谧等,当然背玄,迎裕入都。王仲德抱元德子方回,出城候裕。裕接见后,便将方回抱入怀中,与仲德对哭一场,面授仲德为中兵参军,追赠元德为给事中,然后将方回缴还仲德,引兵驰入都中。越日,移屯石头城,设立留台,令百官照常办事,取出桓温神主,至宣阳门外毁去,另造晋室新主,奉入太庙。又派刘毅等追玄,所有桓氏族党,留居建康,尽行捕诛。再使部将臧熹入宫检收图书器物,封闭府库,熹一一敛贮,毫无所私。裕乃倡言迎驾,使尚书王嘏,率百官往寻阳,迎还安帝。嘏与百官奉令去讫,惟王谧居守留台,推裕领扬州军事。裕一再固辞,让谧为扬州刺史,仍领司徒,兼官侍中,录尚书事。谧复推裕都督扬徐兖豫青冀幽并八州,领徐州刺史,裕即受任不辞。辞扬州而不辞八州,其意可知。当下令毅为青州刺史,何无忌为琅琊内史,孟昶为丹阳尹,刘道规为义昌太守。凡军国处置,俱委任刘穆之,仓猝办定,无不就绪,朝野翕然。只诸葛长民前与裕约,谋据历阳,事尚未发,为刺史刁逵所闻,将他拘住,槛送建康。行至当利,闻得桓玄出走,建康已属刘裕,解差乐得用情,破槛放出长民,还趋历阳。历阳兵民,乘机反正,逐去刺史刁逵,逵弃城出走,正与长民相值,再经城中兵士追来,无从逃避,只好下马受缚,由他解送石头,一刀处死。子侄等亦皆骈戮,惟季弟给事中刁聘,幸得赦免。裕令魏咏之为豫州刺史,镇守历阳,诸葛长民为宣城内史。先是裕少年微贱,轻狡无行,名流多不与往来,惟王谧素来重裕,尝语裕道:"卿当为一代英雄。"裕亦因此自负。会与刁逵赌博,输资不偿,逵缚诸树上,责令还值,嗣由谧代为偿还,方得释裕。裕感谧愈深,恨逵亦愈甚,至是酬恩报怨,才得伸志。惟桓玄篡位时,谧实助玄为虐,手解安帝玺绶,献与桓玄。见前回。时论皆不直王谧,谓宜声罪伏诛,独裕力为保全,谧才得无恙。因私废公,终属非是。

桓玄奔至寻阳,将要息肩,闻得刘毅等又复追来,他急胁迫安帝兄弟,及何王二后,乘舟西行。安帝被徙寻阳,事见上文。留龙骧将军何澹之,与前将军郭铨,刺史郭昶之等,堵住湓口。刘毅等不能前进,尚书王嘏等,无从迎驾,只好还报刘裕。裕乃托称受帝密诏,迎武陵王司马遵为大将军,暂居东宫,承制行事。遵父名晞,就是元帝第四子,受封武陵,由遵袭爵,留官建康,任中领军。桓玄篡位,降遵为彭泽侯,勒令就镇。遵甫出石头,裕军已至,乃退还就第,此时总摄百揆,称制大赦,惟桓玄一族,不在赦例。可巧刘敬宣司马休之,自南燕奔归,遂令休之领荆州刺史,监督荆益梁宁秦雍六州军事,敬宣为晋陵太守。他两人奔往南燕时,曾与刘轨高雅之同行,见前回。后欲密图南燕王慕容备德,事泄南奔,轨与雅之被南燕兵追斩,独休之敬宣得脱,还为晋臣。休之奉命赴镇,但此时的荆州,尚为桓石康所据,怎肯让与休之,再加桓玄自寻阳奔赴,当然迎纳桓玄,与晋反抗。玄仍称楚帝,即以江陵为楚都,眼见得桓玄虽败,还有一片尾声。小子有诗咏道:

　　石头城内庆安全,半壁江山得少延。
　　只有荆襄还未靖,尚劳兵甲扫残烟。

欲知江陵如何攻克,待至下回再表。

回评 刘裕起兵讨玄,主谋者实为孟昶,昶之怂恿刘裕,为私怨而发,非真知有公义也。观其对妻之言,全为刘迈一人,而周氏独能倾囊相助,且谓义无归志,彼知从夫之义,宁不能知报国之忠,其所由慨然给资者,正欲昶之乘间除逆耳。周氏诚贤矣哉!本回特举以标目。所以扬巾帼,愧须眉也。何无忌母,为弟复仇,犹其次焉者耳。刘裕一举,桓氏瓦解,师直为壮,曲为老,复得裕以统率之,何患不成?玄之惧裕,譬诸贼胆心虚,不寒自栗耳。然裕诛刁逵而不诛王谧,裕已窃知有私,不知有晋矣,宁待篡位而始见裕之心哉?

第九十一回

截江洲冯迁诛逆首　陷成都谯纵害疆臣

却说桓玄退居江陵,仍称楚帝,署置百官,用卞范之为尚书仆射,倚作心腹,自恐奔败以后,威令不行,乃更加严刑罚,好杀示威。殷仲文劝玄从宽,玄发怒道:"今因诸将失律,天文不利,故还都旧楚。今群小纷纷,妄兴异议,方当严刑惩治,奈何反说从宽呢?"仲文不便再劝,只好退出。玄兄子歆,贿结氐帅杨秋,进寇历阳,为魏咏之诸葛长民刘敬宣等击败,追至练固,将秋杀毙。玄再使武卫将军庚雅祖、江夏太守桓道恭,率数千人助何澹之,共守湓口。见前回。晋将何无忌刘道规,引兵至桑落洲,与澹之等乘舟交战。澹之平时的坐船,羽仪旗帜,很是辉煌,无忌语众将道:"澹之必不居此,无非虚张声势,摇惑我军,我当先夺此船。"众将道:"澹之既不在此船,就使夺得,也属无益。"无忌道:"彼众我寡,胜负难料,澹之既不居此船,战士必弱,我用劲兵往攻,定可夺取,夺取以后,彼衰我盛,乘势追击,破贼无疑了。"以实攻虚,也是一策。道规也以为然,遂遣精兵往攻。船中果无健将,立被晋兵夺来。无忌即令军士传呼道:"我军已擒得何澹之了。"是谓以虚欺实。澹之军中,闻声大惊,自相哗扰。就是晋军也道是已得澹之,勇气百倍,当由无忌道规,麾军进攻澹之等。澹之各军,已经气夺,怎禁得晋军猛扑,奋勇杀来,顿时逃的逃,死的死,澹之等一齐遁去。无忌道规,得驶入湓口,进屯寻阳,取得晋宗庙主祐,奉还京师。

桓玄接得澹之等败报,复大集荆州士卒,得众二万人,楼船数百艘,再挟安帝东下,亲来督战。使散骑常侍徐放先行,入说刘裕等道:"若能旋军散甲,当共同更始,各授爵位,令不失职。"裕等当然不从,更拨青州刺史刘毅,及下邳太守孟怀玉,会师寻阳,与何无忌刘道规两军,西出拒玄。两军相遇峥嵘洲,毅军尚不满万人,见玄军军容甚盛,各有惧色,意欲退还寻阳。独刘道规挺身道:"行军全在气势,不在多寡,今欲畏怯不进,必为所乘,就使得返寻阳,亦岂遂能固守?玄虽外示声威,内实悝怯,并且前次已经奔败,众无固志,临机决胜,在此一举,怕他什么!"说着,即麾众前进,毅等乃鼓棹随行。两下方才交锋,忽江面刮起一阵大风,吹向玄舟,道规大喜,即令军士纵火,顺风烧贼。毅等亦助薪扬威,烟焰迷蒙,统望玄舟扑去。玄众本无斗志,再加大火冲来,船多被焚,哪里还敢对敌,当下散舟大溃。玄坐舫边备有小舸,慌忙挟帝换船,飞桨西走。时何王二后,亦被玄胁令从军,避火乱奔,行至巴陵,殷仲文收集散卒,背叛桓玄,奉二后奔往夏口,旋即东入建康。惟桓玄挟住安帝,再返江陵,玄将冯该,请再整兵拒战,无如人情离沮,号令不行。玄不得已乘夜出走,欲奔汉中,往依梁州刺史桓希。甫至城闉,忽暗中有数人闪出,持刀斫玄。玄手下尚有心腹百余人,慌忙代玄格住,玄才得免伤。彼此互相刺击,天又昏黑,不能细辨,但乱杀了一回,徒落得肝脑涂地,尸首塞途。玄单骑逃出,幸得下船,待了片刻,唯卞范之跟踉奔来,尚有嬖人丁仙期万盖等,也随后趋至,偕玄西行。好算是桓玄患难朋友。安帝才免挟去,由荆州别驾王康产,奉帝入南郡府舍。南郡太守王腾之,率领文武,为帝侍卫。琅琊王德文,始终随着安帝,不离左右。安帝至此,才觉惊魂粗定,稍安寝食了。慢着。

益州刺史毛璩,前曾移檄讨玄,因为桓希所阻,未曾东下。事见前回。有侄修之,为汉中屯骑校尉,与璩交通,他闻玄战败西奔,正好设法除奸,便亲诣玄舟,诈言蜀地无恙,不妨前往。玄已如漏网鱼,脱笼鸟,但教有路可奔,无不愿行,再加子侄辈陆续奔集,船中也有数十人,乐得一同西往,权寻一个安身窠。日暮途穷,还想择地安身么?适宁州刺史毛璠,在任病殁,璠系璩弟,由璩遣从孙毛祐之,及参军费恬,督护冯迁等,护丧归江陵,道出枚回洲,正与桓玄遇着。两边俱系舟行,祐之眼快,看见玄坐在舟中,便遥问道:"逆贼何往?"一声喝着,舟中竞起,统弯弓放箭,射向玄舟。玄惊慌得很,嬖人丁仙期万盖,挺身蔽玄,俱被射死。益州督护冯迁,索性督同壮士,跃过玄舟,持刀径入。玄战声道:"汝,汝何人?敢杀天子?"迁应声道:"我来杀天子的贼臣。"道声未绝,刀光一闪,已将玄首劈下。玄子昇忙来救护,已是不及,反被冯迁等打倒,捆绑起来。毛祐之费恬等,一齐到玄舟中,劈死桓石康桓濬,惟卞范之凫水逃去。毛修之持了玄首,毛祐之锁住桓濬,同赴江陵,即遣人迎入安帝,暂借江陵为行宫,下诏大赦。惟桓氏不赦,命将桓昇牵出市曹,一刀斩

第九十一回　截江洲冯迁诛逆首　陷成都谯纵害疆臣

讫。进毛修之为骁骑将军,余亦封赏有差,一面传送玄首,悬示大桁。

刘毅等闻乘舆反正,总道江陵已平,不必速进,且连日为逆风所阻,未便行舟,所以沿途逗留。哪知死灰复燃,余孽再炽。玄从子桓振,自华容浦纠众出来,掩袭江陵城。桓谦本避匿沮中,也聚党应振,众又逾千。江陵空虚,只有王康产王腾之守着,蓦被桓振等陷入,慌忙抵敌,已是不及,两人相继战死。桓振跃马操戈,直入行宫,向安帝追索桓昇,张目奋须道:"臣门户何负国家,乃屠灭至此?"安帝面如土色,连一句话都说不出来。还是琅琊王德文,从旁代答道:"这岂我兄弟本意么!"语亦可怜。振尚不肯敛手,奋戈指帝。可巧桓谦驰入,斥振无礼,苦加禁阻。振乃敛容下马,再拜而出。越宿为玄发丧,伪谥武悼皇帝。又过一宵,桓谦等率领群臣,奉还玺绶,且上言道:"主上法尧禅舜,德媲唐虞,今楚祚不终,民心仍还向晋室,谨将玺绶奉缴,借副众望。"琅琊王德文,接了玺绶,交与安帝,又不得不婉言羁縻,令他退候诏旨,谦等奉命退出。未几,即有诏命颁发,授德

截江洲冯迁诛逆首

文为徐州刺史,桓振为荆州刺史,都督八郡军事,桓谦复为侍中卫将军,加江豫二州刺史。于是桓氏又得专政,侍御左右,皆振爪牙。振少时无赖,为玄所嫉,至是振叹息道:"我叔父不早用我,遂致败亡;若使叔父尚在,我为前锋,天下已早定了。今局居此地,果将何归?看来是不能久持呢。"颇有自知之明。谦劝振引兵东下,自守江陵。振方纵情酒色,肆行杀戮,欲安享几日的威福,怎肯再行赴敌?谦只得招募徒众,出堵

马头，使桓蔚往戍龙泉。

　　刘毅何无忌刘道规等，接得江陵警耗，方鼓行西进，击破桓谦，又分兵再破桓蔚，兵势大振。无忌欲乘胜直趋江陵，道规谏阻道："兵法屈伸有时，不可轻进。诸桓世居西楚，群小皆为竭力，振又勇冠三军，难与交锋，今且息兵养锐，佯为示弱，待他骄怠，不患不胜。"无忌不从，引军直进。桓振果倾众出战。冯该卞范之等，又先后趋集，与无忌交战灵溪。无忌抵挡不住，前队多死，没奈何退保寻阳，与刘毅等上笺请罪。刘裕仍命毅节度诸军，惟夺去青州刺史官职。毅整署兵甲，修缮船械，再图西进。刘敬宣豫储粮食，拨给各军，所以无忌等虽然败退，不致大挫。休养数日，复从寻阳出发，前往夏口。桓振遣冯该守东岸，孟山图据鲁山城，桓仙客守偃月垒。共计万人，水陆互援。刘毅攻孟山图，道规攻偃月垒，无忌遏住中流，抵御冯该，自辰至午，晋军大胜，擒住山图仙客，独冯该走往石城。毅等进拔巴陵，军令严整，不准侵掠，百姓安堵如常。

　　刘裕复命毅为兖州刺史，规复江陵。时益州刺史毛璩，从白帝城引兵出发，袭破汉中，得诛桓希。桓氏势力日蹙，惟荆襄尚为所据。桓振令桓蔚驻守襄阳，勉强过了残年。一交正月，南阳太守鲁宗之，起兵讨逆，掩入襄阳城。桓蔚走还江陵，刘毅并集各军，再攻马头。桓振挟安帝出屯江津，遣使求割江荆二州，然后送还天子。刘毅不许。振正欲拒战，不防鲁宗之杀入柞溪，击破振将桓楷，进驻纪南。振不得不还防宗之，留桓谦冯该卞范之守住江陵，监视安帝兄弟。谦令冯该堵截豫章口，为刘毅等所击败，再奔石城。毅等直至江陵城下，纵火焚门，谦等弃城西遁。惟卞范之迟走一步，被晋军拦住，拿下处斩。随即扑灭余火，麾军入城。卞范之到此才死，总算桓氏的异姓忠臣。桓振到了纪南，杀退鲁宗之军，返救江陵，途中望见火起，料知城已被陷，部众溃散，振无路可归，逃往涢川。安帝再得正位，改元义熙，复下赦诏，惟桓氏仍不得赦。前丰城公桓冲，有功王室，特赦免冲孙胤一人，徙居新安。进刘毅为冠军将军，所有行宫政令，悉归毅主持。授鲁宗之为雍州刺史，毛璩为征西将军，都督益梁秦凉宁五州军事。璩弟瑾为梁秦二州刺史，瑗为宁州刺史，遣建威将军刘怀肃，追剿桓氏余党，阵斩冯该。桓谦桓蔚桓楷何澹之等，都西奔后秦。

第九十一回 截江洲冯迁诛逆首 陷成都谯纵害疆臣

会建康留台,备齐法驾,来迎安帝。何无忌奉帝东还,留刘毅刘道规居守夏口,江陵归荆州刺史司马休之入守,不意桓振再收遗众,又从涢川进袭江陵。司马休之未曾豫备,仓皇出敌,吃了一个败仗,奔往襄阳。振再入江陵,自称荆州刺史。建威将军刘怀肃,急引军救江陵城,刘毅又遣广武将军唐兴为助,夹攻桓振。振出战沙桥,还靠着一把大刀,盘旋飞舞,乱劈晋军。怀肃素知桓振厉害,早备着强弓硬箭,与他对敌,兵刃初交,便令军士弯弓迭射,箭如骤雨一般。振众死了一半,逃去一半,那时振亦没法支持,拍马欲逃,偏偏马已中箭,掀倒地上,振亦坠马。怀肃急抢前一步,手起刀落,把振剁作两段。桓氏后起悍将,至此才尽。江陵城当然夺还。

惟益州刺史征西将军毛璩,得了江陵再陷消息,集众三万,东出讨振。使弟瑗出外水,参军谯纵出涪江,偏蜀人不乐远征,多有怨言,纵将侯晖,与巴西人阳昧联谋,逼纵为主。纵不敢承受,自投水中,又为晖等捞起,再三固请,胁纵登车,往攻秦梁二州刺史毛瑾。瑾在涪城,闻变调兵,一时无从召集,即被侯晖等陷入,把瑾杀死,遂推纵为梁秦二州刺史。毛璩行至略城,才知纵等为乱,慌忙赶还成都。亟使参军王琼,率三千人讨纵,又令弟瑗领兵四千,作为后应。琼至广汉,适值侯晖引众拦阻,当由琼麾兵杀去,击毙晖众数十名,晖即引退。琼乘胜急追,瑗亦从后趋进,驰至绵竹,不意谯纵弟明子,奉了兄命,暗设两重伏兵,悄悄待着。琼陷入第一重伏中,尚然未觉,及

陷东都谯纵害疆臣

深入第二重，前后胡哨大作，伏兵齐起，把琼困在垓心，琼拼命冲突，竟不得出。至毛瑷兵到，杀开血路，救琼出围，琼众已十死八九，就是毛瑷麾下，也战死了一半。瑷与琼奔还成都，侯晖谯明子等追至成都城下，日夕攻扑。益州营户李腾，潜开城门，引入外寇，毛璩及瑷，不及逃避，均为所戕。侯晖谯明子，遂据住成都，迎纵为主。纵令从弟洪为益州刺史，明子为征东将军，领巴州刺史，使率部众五千，出屯白帝城，于是全蜀大乱，汉中空虚。氐帅仇池公杨盛，得遣兄子扬抚，乘虚袭据汉中，余地多归入谯氏。晋廷方搜捕桓氏余孽，不遑西顾，谯纵得安然为成都王，霸占一隅了。谯纵据蜀，不在十六国之列。且说晋安帝东还建康，留台诸官，诣阙待罪，有诏令一律复职，命琅琊王德文为大司马，武陵王遵为太保，刘裕为侍中，兼车骑将军，都督中外诸军事，领青徐二州刺史。刘毅为左将军，何无忌为右将军，分督扬州豫州诸军事。刘道规为辅国将军，督淮北诸军事。魏咏之为征虏将军，兼吴国内史。余官亦进职有差。惟刘裕固让不受，安帝还道他未足偿愿，优诏慰勉，再加裕录尚书事。裕又表辞，且恳请归藩。安帝复遣百僚敦劝，并亲幸裕第，面加劝谕，裕仍不受命，始终请调任外镇。居心可知。乃改授裕都督荆司梁益宁秦雍凉诸州军事，并前时扬徐等八州，合成十六州都督，驻守京口，裕始拜命而去。已将东晋江山，一大半归诸掌握了。

先是，刘毅尝为刘敬宣宁朔参军，时人或称毅为雄杰，独敬宣说他"内宽外忌，夸己轻人，将来得志，必致陵上取祸"云云。毅得闻此言，衔恨甚深。及敬宣因功加赏，擢任江州刺史，毅使人白裕道："敬宣未预义谋，授为郡守，已属过优，今超任至江州刺史，岂不令人骇愕么？"是即夸己轻人之一斑。裕却未依毅议。敬宣已稍有所闻，自请解职，乃召还为宣城内史。毅复与何无忌等，分讨桓氏余党，所有桓亮桓玄等遗孽，一概荡平。荆湘江豫四州，从此肃清。有诏命毅都督淮南五郡，无忌都督江东五郡，晋室粗安。惟永安何皇后自巴陵还都后，年已六十有六，累经跋涉，饱受虚惊，便即一病去世，追谥为章皇后。了结何后，笔不渗漏。当时，宫廷虽经丧乱，但大憝已除，人心自然思治，共望升平。惟有一个彭泽令陶潜，系是故大司马陶侃曾孙，表字元亮，一字渊明，独因郡中遣到督邮，县吏谓应束带出迎。潜慨然太息，谓不能为五斗米折腰，遂于义熙二年，解印去县，归隐栗里，自作《归去来辞》表明高志。后来诗酒自娱,屡征不起;到了刘宋开国,还去征召,仍然不就,竟得寿终,这也是危邦不居,无道则隐的意思。不没高士。小子有诗赞道:

摆脱尘缨且挂冠,何如归隐尚堪安。
北窗醉卧东皋啸,能效陶公始达观。

陶潜归隐,寓有深衷,实在是江左乱端,未曾平定,试看下回卢循等事,便可分晓。

回评 桓玄无赫赫之功,足以名世,但乘会稽父子之乱政,闯入建康,窃取大位,其为舆情之不服也可知。刘裕刘毅何无忌等,奋臂一呼,玄即败溃,始则犹挟安帝为奇货,及一失所挟,即被诛于枚回洲。计其僭位之期,不过半年,其亡也忽,谁曰不宜?论者谓玄挟主而不敢弑主,至桓振再起,欲弑主矣,而卒为桓谦所阻,是桓氏犹有敬主之心,虽曰为逆,尚可少原。不知彼欲借主以逃死,并非活主以鸣恭,假使玄得在位一二年,安帝宁尚得再生乎?惟毛璩首先倡义,不愧为忠,至闻桓振复陷江陵,又率众东下,报主之心,可谓挚矣。乃其后卒为叛徒所戕,祸及灭门,忠而构难,是亦当与刘越石同一叹惜也。然观于谯纵之速亡,璩亦可无遗恨也乎?

第九十二回

贪女色吞针欺僧侣　戕妇翁拥众号天王

却说卢循侵掠海滨，连年未已，虽前应桓玄招抚，受职永嘉太守，仍然未肯敛锋。见八十九回。当时为刘裕堵击，一再败循，循弃去永嘉，浮海南走。及裕起义讨玄，循复转寇南海，攻陷番禺，执住广州刺史吴隐之，自称平南将军，摄广州事，使姊夫徐道复往袭始兴，掩入城中，把始兴相阮腆之拘住，于是，循据广州，道复据始兴。及安帝反正，得平逆党，循亦未免畏忌，乃使人入贡晋廷，窥探虚实。晋廷方欲休兵息民，无暇南讨，因令循为广州刺史，道复为始兴相。实属不当。循复贻刘裕益智粽，裕报以续命汤。前琅琊内史王诞，时在广州，为循所迫，令为平南长史。诞因说循道："诞未习戎旅，留此无用，不若遣诞北上。诞与刘镇军素来友善，前去必蒙委任，倘与将军交际，定当从中相助，仰答厚恩。"循颇以为然，正要使诞启行，忽接刘裕来书，令循释还吴隐之。循尚不肯从，诞复语循道："将军今留吴公，实非良策。孙伯符即孙策。岂不欲留华子鱼？即华歆。但一境不容二主，所以纵还，将军独未闻此义么？"好口才。循乃释出隐之，使与诞同还建康。裕因隐之既归，得休便休，奈何忘却阮腆之。且暂时羁縻卢徐，容后再图。小子亦暂搁循事，到后再表。

且说后秦主姚兴，自收纳吕隆后，应八十八回。闻西僧鸠摩罗什，道行甚高，也即遣人迎入，尊为国师，鸠摩罗什散见前文。令居西明阁及逍遥园，翻译佛经。罗什博通经典，所有西域梵音，无不熟诵，及见关中通行诸佛书，多半错谬，乃召集沙门僧睿僧肇等八百余人，传授奥旨，笔述经纶三百余卷。沙门慧睿，才识高明，尝随罗什传写，罗什每与慧睿详论西方辞体，商榷异同，且云："天竺国俗，甚重文制，大约以宫商声韵，可入管弦，最为美善，所以臣民觐见国王，必有赞德经中偈颂等，语皆叶调，无不谐音。惟因中土流传，多非大乘教旨。"因特撰实相论二卷，呈诸姚兴。兴奉若神明，亲率朝臣及沙门千余人，肃容静听。罗什登座谈经,从容演讲。一日讲了多时,忽下座白兴道:"有二小儿登我肩上,致生欲障,不得不求御妇人。"兴欣然道:"大师聪明超悟,海内无双,若一旦入定,怎可使法种无嗣呢?"因即罢讲还宫,拨遣宫女一人,使伴罗什住宿。罗什一与交媾,果生二子,嗣是不住僧房,别立廨舍。兴敬礼不衰,优加供给,更拨女使十名,为充服役。罗什得了众女,索性肉身说法,与结大欢喜缘。高僧亦如是耶。僧徒等从旁艳羡,免不得互相效尤,作狭邪游。罗什乃持出一钵,召语僧徒道:"汝等能将钵内贮物,取食净尽,方可蓄养妻妾,否则不得效我。"僧徒听了,都向钵中瞧着,不禁咋舌。原来钵中并非他物,乃是七大八小的绣花针,当下无人敢食,面面相觑。罗什却举匕箸针,一一进食,好似食韭一般,到口便软,自然熔化。恐怕是遮眼术。僧徒等不禁叹服,方才敛迹,相

戒淫游。佛子佛孙,想已有许多传出了。后来,罗什居秦九年,年已七十有四,自觉不适,因口出三番神咒,令外国弟子传诵,意图自救。偏是大命该绝,诵祷无灵,到了病危时候,与众僧诀别,但言"传译诸经,俱系真旨,当使焚身以后,舌不燋烂"云云。西俗向用火葬,故罗什留有此语。罗什既死,姚兴令在逍遥园中,依西域法,用火焚尸,薪灭形碎,惟舌尚存。僧肇为作诔文,说得罗什非常神悟,共计有数千言。小子不忍割爱,特节录诔词如下:

先觉登遐,灵风缅邈,通仙潜凝,应真冲漠。丛丛九流,是非竞

作，悠悠盲子，神根沉溺。时无指南，谁识冥度？大人远觉，幽怀独悟。冲恬静默，抱此玄素，应期乘运，翔翼天路。既曰应运，宜当时望，受生乘利，形标奇相。禔祓俊远，翩龆逸量，思不再经，悟不待匠。投足八道，游神三向，玄根挺秀，宏音远唱。又以抗节，忽弃荣俗，从容道门，尊尚素朴。有典斯寻，有妙斯录，弘无自替，宗无拟族。霜结如冰，神安如岳，外迹弥高，内朗弥足。恢恢高韵，可模可因，恬恬冲怀，惟妙惟真。静以通玄，动以应人，言为世宝，默为时珍。华风既立，二教亦宾，谁谓道消？玄化玄新。自公之觉，道无不弘，灵风遐扇，逸响高腾。廓兹大力，燃斯慧镫，道音始唱，俗网以崩。痴根弥拔，上善弥增，人之寓俗，其徒无方。统斯群有，纽兹颓网，顺以四恩，降以慧霜。如彼维摩，迹参城坊，形虽圆应，神冲帝乡。来教虽妙，何足以臧？伟哉大人，振隆圆德。标此名相，显彼冲默，通以众妙，约以玄则。方隆般若，以应天北，如何运遭，幽里冥克。天路谁通？三途谁塞？呜呼哀哉！至人无为，而无不为，拥网遐笼，长途远羁。纯恩下钓，客旅上摛，恂恂善诱，肃肃风驰。道能易俗，化能移时，奈何昊天，摧此灵规？至真既往，一道莫施，天人哀泣，悲恸灵祇。呜呼哀哉！公之云亡，时维百六，道匠韬斤，梵轮摧轴。朝阳颓景，琼岳颠覆，宇宙昼昏，时丧道目。哀哀苍生，谁抚谁育？普天悲感，我增摧衄。呜呼哀哉！昔吾一时，曾游仁川，遵其余波，纂承虚玄。用之无穷，钻之弥坚，跃日绝尘，思加数年。微情未叙，已随化迁，如何赎兮？贸之以千。时无可待，命无可延，惟身惟人，靡凭靡缘，驰怀罔极，情悲昊天。呜呼哀哉！

自从鸠摩罗什讲经以后，尚有道恒道标道融昙无成等，具为罗什高徒广传佛法。西僧佛陀耶舍，弗若多罗，及觉贤法明，亦开关入秦，与罗什辩疑析难，多所发明。秦人沿为风气，佞佛啈经，十居八九。姚兴迷信释氏，煦煦为仁。关中臣民，颇免刑虐。但小信未孚，大体已失，姚氏国运，已启衰机。佛教是一种哲学，究非治平之道。晋十六州都督刘裕，因桓氏余孽，奔入关中，恐他引秦入寇，特遣参军衡凯之，诣秦通好。秦亦遣吉默报聘，由是使节往来，东西不绝。裕复求南乡诸郡，兴慨然许诺。廷臣多半谏阻，兴遍谕道："天下善恶，彼此从同。刘裕拔萃起微，匡辅晋室，乃能讨平逆党，修明政治，这正是当世英雄，我何惜数郡土地，不成彼美呢?"这也是信佛所致。遂将南乡顺阳新野舞阴等十二郡,割与东晋。惟仇池公杨盛,附魏抗秦,兴乃遣陇西公姚硕德,及冠军将军徐洛生等,往伐仇池,连得胜仗。盛穷蹙乞降,遣子难当及僚佐等数十人,入质长安。兴因署盛为征南大将军益州牧,都督益宁二州军事,召硕德等还师。硕德为姚氏勋戚,独具忠忱,兴亦特别待遇,每见硕德,必具家人礼,语必称字,车马服御,赏给甚丰。至此硕德凯旋,顺道入觐,兴盛筵相待,欢宴数日。待硕德辞行返镇,兴亲送至雍,然后与别,这也是兴优礼勋戚的好处。一节之长,不忍略过。

是时,南凉王秃发利鹿孤,已早去世,由弟广武公傉檀嗣立,傉檀少时机警,颇有才略,乃父思复鞬,尝语诸子道:"傉檀器识,非汝等所及。"因此乌孤传位利鹿孤,利鹿孤传位傉檀,兄终弟及,有吴子诸樊兄弟遗意。谁知傉檀竟至亡国,可见小时了了,大未必佳。傉檀既嗣兄位,自号凉王,迁居乐都,改元弘昌。他见姚秦势盛,不能不与为联络,因此上表秦廷,报称嗣立。秦主兴遣使册拜傉檀为车骑将军,封广武公。已而,傉檀欲得姑臧,特向秦格外输诚,自去年号,罢尚书丞郎官,乃遣参军关尚诣秦入贡。秦主兴与语道:"车骑投诚献款,为国屏藩,今闻他擅兴兵众,自造大城,究属何意?"尚答道:"王公设险守国,系是古来成制,预备不虞,试想车骑僻处遐藩,密迩勍寇,南方逆羌未宾,西方蒙逊跋扈,一或有失,不但危及车骑,并且有害大秦,陛下奈何反启猜嫌呢?"兴闻言始笑道:"卿言甚是,朕不免错怪了。"尚归报傉檀,傉檀乘机用兵,使弟文支出破南羌,向秦告捷,并求凉州。姚兴不许,但加傉檀散骑常侍,增邑二千户。傉檀再发兵攻北凉,沮渠蒙逊登陴固守,傉檀芟割禾苗,掠得牲畜数千头,引兵退还。于是再遣使至秦,献马三千匹,羊二万口,复乞给凉州城。秦王兴以傉檀为忠,始命都督河右诸军事,进车骑大将军,领凉州刺史,镇守姑臧。召凉州留守王尚还长安。王尚守姑臧,见八十八回。

凉州人申屠英等,遣主簿胡威赴长安,请留王尚仍守凉州,兴不肯从,威流涕白兴道:"臣州奉戴王化,迄今五年,仰恃陛下威德,良牧仁政,士民戮力固守,才得保全,陛下何故贱人贵畜,以臣等易马羊呢?若军国须马,但烦尚书一符,令臣州三千余户,各输一马,朝下夕办,并非难事。昔汉武倾天下财力,开拓河西,截断匈奴右臂,今陛下无故弃五郡士民,俾资暴虏,窃恐虏情狡诈,不但虐我百姓,且劳圣朝旰食呢。"说得有理。兴始有悔意,使人止住王尚,并谕令傉檀缓进。哪知傉檀已率众三万,倍道行至五涧,逼尚出城。尚不得已让去姑臧,自还长安,傉檀遂入姑臧城,就宣德堂宴集群僚,酒至半酣,仰视建筑,很觉崇闳,便感叹道:"古人谓作者不居,居者不作,今果然了。"凉州故吏孟祎进言道:"从前张文王<small>指前凉张骏,张祚尝尊骏为文王</small>,筑造城苑,缮治宫庙,无非欲传诸子孙,永垂久远,乃秦兵渡河,全州瓦解;梁熙据有此州,拥兵十万,丧师酒泉,亡身彭济,吕氏掩入,势可排山,称王西夏,再传以后,率土崩离,衔璧秦雍。<small>事并见前。</small>昔人有言,富贵无常,忽乱易人,此堂建设,已将百年,共历十有二主,大约信顺乃可久安,仁义才能永固,愿大王慎图远久,无间始终。"傉檀改容称谢,推为谠言。先令弟文支镇守姑臧,自还乐都,旋即迁居姑臧城,车服礼仪,统如王制,不过向秦称藩罢了。

先是魏主拓跋珪称帝,暂不立后,<small>前文八十三回,叙述魏事未及立后,至此补足数语。</small>珪本来好色,所得妃妾,不下十百,大都恃娇倚宠,想做一个正宫娘娘,无如旧不敌新,后来居上,那慕容宝的季女,被虏入魏,竟因年轻貌美,得宠专房。<small>见八十一回。</small>魏俗欲立皇后,必先范铜为像,像成乃得册立。慕容氏铸像适成,遂得立为魏后。约莫过了三五年,珪又想另选娇娃,特遣北部大人贺狄干,向秦求婚。秦王兴闻魏已立后,当然不从,且将贺狄干拘留,不令归魏。珪闻报大怒,便亲自督兵,出攻秦属没奕于诸部。当时,北狄有柔然国,为东胡苗裔,姓郁久闾氏,始祖名木骨闾,本为代王猗卢骑卒,遁匿广漠。子车鹿会勇武过人,始纠众立国,号为柔然。后裔社仑,正与拓跋珪同时,连结后秦,屡侵魏境,至是复援秦拒魏,为珪所破,远徙漠北,夺高车为根据地,自号豆代可汗,不劳琐叙。惟秦主兴也遣弟姚平,率兵攻魏平阳,陷入乾壁。珪移众击平,将平围住。平向兴乞援,兴自统兵往救,被珪邀击蒙坑,杀退兴军。姚平乃不得出围,粮竭矢尽,投水殉难。余将狄伯支等,尽被擒去。兴力不能救,举军恸哭,因遣使向魏请和。珪尚不许,且进攻蒲坂。守将姚绪,用了坚壁清野的计策,固垒扼守,珪无从抄掠,方才引还。嗣因柔然复盛,又为魏患,魏乃与秦通好,放还秦俘。秦亦遣归贺狄干,释怨罢兵,谁知反恼了一个降臣,恨秦通魏,居然叛秦自立,独霸一方。看官道

第九十二回　贪女色吞针欺僧侣　戕妇翁拥众号天王

是何人?原来是刘卫辰子勃勃。

卫辰为魏所灭,勃勃辗转入秦,奔依秦高平公没奕于。事见前文。没奕于妻以爱女,使谒姚兴。兴见他身高八尺,腰带十围,仪容伟岸,应对详明,禁不住暗暗称奇,便面授骁骑将军兼奉车都尉,所有军国大议,常使参谋。兴弟邕入谏道:"勃勃天性不仁,未可轻近,愿陛下留意。"兴怫然道:"勃勃有济世才,我方欲与平天下,何为见疏?"这叫做养虎自卫。寻命勃勃为安远将军,封阳川侯,使助没奕于镇高平。且令朔方杂夷,及卫辰遗众三万人,拨归勃勃节制,使他伺魏间隙,报复宿仇。姚邕复与兴固争,力言不可。兴又道:"卿如何知他性气?"邕答道:"勃勃奉上慢,御众残,贪暴无亲,轻为去就,如欲过宠,必为边害。"兴乃罢议。未几,复拜勃勃为安北将军,封五原公,配以三交五部鲜卑,及杂虏三万余落,使镇朔方。勃勃既得专方面,号令一隅,免不得暗蓄雄心,跃跃思逞。会闻秦魏通知,遂与秦有嫌,起了叛意。适值柔然部酋社仑,遣使贡秦,有马八千匹,路过大城,竟被勃勃截住,夺为已有。又复召集部众三万余人,伪猎高平川,诱令没奕于出会。没奕于以女夫入境,定无歹心,便即坦然相迎。不料勃勃生成戾性,不顾妇翁,竟暗嘱部众,刺死没奕于,并有高平部曲,众至数万。晋安帝义熙二年,便僭称天王大单于,建元龙升,署置百官,自谓系出匈奴,乃夏后氏苗裔,因以夏为国号。也列入十六国中。命长兄右地代为丞相,封代公,次兄力俟提为大将军,封魏公,弟阿利罗引为征南将军,兼司隶校尉。

戕妇翁拥众号天王

异姓依次授任,尊卑有差。当下出击鲜卑薛干等三部,收降万余人,复进攻三城以北诸戍垒。

三城为秦要塞,由秦将杨丕姚石生等守着,既闻勃勃来攻,当然督兵堵击。偏勃勃兵锋甚锐,势不可当,杨姚二将,连战失利,相继败亡。勃勃尚随地侵掠,不肯少休。部将请定都高平,自固根本,勃勃道:"我新创大业,士众未多,姚兴亦一时英雄,诸将用命,未可骤图,我若专恃一城,彼必并力攻我,亡可立待,不如东西飚突,攻他无备,彼顾后必失前,顾前必失后,劳碌奔波,不战亦敝,我得游食自如,不出十年,岭北河东,可尽为我有。待兴既死,然后进攻长安,兴子泓庸弱小儿,怎能敌我?我自有擒他的计策。古时轩辕氏亦迁居无常,至二十多年,始定国都,何必以我为怪呢?"确是狡谋。部将相率拜服。勃勃遂攻秦岭北诸城,忽来忽去,害得诸城门终日关闭,白昼不开。种种警报,传入长安,秦主兴方自叹道:"我不用黄儿言,致生此患,今已无及了。"小子有诗咏道:

狼性难驯本易知,献箴况复有黄儿。
如何不纳忠良语,坐昧先几后悔迟。

欲知黄儿为谁,且看下回便知。

回评 观鸠摩罗什之所为,实是一种邪术,不足厕入高僧之列,否则六根已净,何致再生欲障,纳女生男。食针之举,特借此以欺人耳。吾尝谓佛图澄之入后赵,无救石氏之亡,鸠摩罗什之入后秦,反致姚氏之敝,释氏子之无益人国,已可概见。而鸠摩罗什之道行,且出佛图澄下,修己未能,遑问济人乎?姚兴自佞佛后,割南乡十二州以畀晋,弃凉州五郡以给南凉,皆误会佛氏舍身救人之义。而轻撒国防,至命赫连勃勃之镇朔方,尤为大误。勃勃胡种,与秦异族,狼子野心,岂宜重任?就使秦不和魏,亦必有反噬之忧,及僭号叛秦,侵轶岭北,而姚兴始有不用良言之悔,晚矣。

第九十三回

葬爱妻遇变丧身　立犹子临终传位

　　却说后秦主姚兴,连接岭北警报,始悔从前不听黄儿,黄儿就是姚邕小字,但此时已经无及,只好严饬边城防备。勃勃已杀死妇翁没奕于,不欲立妻为后,乃更遣使至南凉,向秃发傉檀乞婚。傉檀不许,勃勃遂率骑兵二万,进攻南凉。傉檀方与沮渠蒙逊互起战争,少胜多败,又遇勃勃来攻,慌忙移军阳武,与他对敌。勃勃气势方盛,所向无前,南凉兵已经战乏,怎能招架得住?一场角逐,傉檀大败,将佐死了十余人,兵士伤毙万余,自与散骑逃入南山,才得幸免。勃勃裒尸成邱,号为髑髅台;又大掠人民牲畜,满载而归。

　　时西秦主乞伏乾归,自苑川入朝后秦。姚兴闻他兵势浸强,恐将来不易制服,因留乾归为主客尚书,惟令他长子炽磐,署西夷校尉,监抚部众。傉檀阴欲背秦,曾遣使邀同炽磐,共图姚氏。炽磐杀死来使,传首长安。兴得炽磐报闻,方知傉檀已有贰心,非但不肯往援,且欲声罪致讨。傉檀大惧,急还姑臧,并将三百里内民居,悉数徙入,国中骇怨。屠各部内的成七儿,劫众谋叛,幸亏殿中都尉张猛,设法解散,骑将白路等追斩七儿,才得无事。寻又由军谘祭酒梁裒,辅国司马边宪等,潜图不轨,事泄被诛,这是南凉气运未终,所以还有此侥幸呢。暂作一结。

　　小子因后燕构乱,正在此时,不得不插叙慕容熙事,成一片段文章。回应八十八回。慕容熙纳二苻女,姊为昭仪,妹为皇后,宠爱的了不得。大兴土木,筑造宫室,最大的叫做龙腾苑,广袤十余里,役徒二万人,苑内架迭景云山,台广五百步,峰高十七丈;又建逍遥宫甘露殿,连房数百,观阁相交。熙与苻氏两姊妹,朝游暮乐,快活异常,两女所言,无不依从,甚至刑赏大政,亦尝关白帷房,使她裁断,所以两女权力,几出熙上。会熙游城南,暂憩大柳树下,忽听树中有声发出,好似有人呼道:"大王且止!大王且止!"熙甚觉骇异,即命卫士用斧伐树。树方劈开,忽有一大蛇蜿蜒出来,长约丈余,闪闪有光,当由卫士各用长槊,竞相攒刺，好多时才得刺死。维虺维蛇,女子之祥。大苻女正随熙同行，见了这般大蛇，也觉惊心，迨还宫中，遂至精神恍惚，体态慵惚，过了数日，便一病不起，奄卧床中。龙城人王荣，自言能疗昭仪疾病，愿为诊治。熙忙使入视，开方进药，连服了两三剂，竟把这如花似玉的苻昭仪，医得两眼翻白，一命呜呼。好一个医生。熙不胜悲愤，命将王荣拿下，责他妄言诞语，反使宠妾速亡，当下推出公车门，处以磔刑，支解四体，焚骨扬灰。庸医杀人,未尝无过,但何至犯此大罪？一面用后礼殓葬，追谥为愍皇后。熙经此悼亡，连日不欢，亏得宫中还有个小苻女，本来是宠过乃姊，以小加大，此次从旁解劝，格外绸缪，方把那慕容熙的悲伤，渐渐的淡了下去。娥眉善妒,不问姊妹。熙固悼亡,安知小苻女不暗地生欢？

光始四年冬季，光始系慕容熙年号,见前。东方的高句骊国，入寇燕郡，杀掠百余人。越年孟春，熙督兵东征，令苻后从行。到了辽东，攻高句骊城，仰用冲车，俯凿地道，高下并进，守兵不遑抵御，几被陷入。熙遍号令军中道："待铲平寇城，朕当与后乘辇共入，休得着忙！"将士等得了此令，只好缓进，城内得严加堵塞，反致难下。会春寒加剧，雨雪霏霏，兵士多致冻僵，熙与苻后披裘围炉，尚觉不温，只好引兵退还。辽西太守邵颜，供应不周，遂至黜责，并欲将颜处死。颜亡命为盗，侵掠人民。熙遣中常侍郭仲往讨，用了无数的兵力，才得斩颜。转瞬间又是暮冬，苻后欲北往围猎，熙不得不依。出猎已毕，苻后尚不肯还宫，劝熙北袭契丹，熙乃在塞外过年。元旦已过，即与苻后进趋陉北，探得契丹兵戍，很是严密，料难进取，因拟收兵南归。偏苻后不欲空行，定欲出些风头，得着战胜的荣誉，方肯回南，熙不忍违抗后旨，又未敢轻迫契丹，只好想出别法，改向东行，再袭高句骊。途中不便载重，索性将辎重弃去，但率轻骑东趋。军行三千余里，士马俱疲，又适遇着大雪，冻死累累，勉强行至木底城，攻打了一二旬，全然无效，夕阳公慕容云，身中流矢，因伤辞归，士卒亦无斗志，苻后兴亦垂尽，乃一并引还。妇人之误国也如此。

慕容宝子博陵公虔，上党公昭，皆为熙所忌，诬他谋反，相继赐死。又为苻后砌承华殿，高出承光殿一倍，负土培基，土与谷几至同价。宿卫典军杜静，载棺诣阙，上书极谏。熙怒令斩首，弃尸野中。苻后尝在季夏时，思食冻鱼脍，至仲冬时，思食生地黄。熙令有司采办，有司无从觅取，竟责他不奉诏命，辄置死刑。到了光始七年的元旦，复改元建始，

第九十三回　葬爱妻遇变丧身　立犹子临终传位

大赦境内。太史丞梁延年，梦见月光散采，化为五白龙，就在梦寐中占验吉凶，谓："月为臣象，龙为君象，将来臣化为君的预兆。"说着，竟被鸡声唤醒，想了片刻，觉得梦象不虚，乃起语家人道："国运恐要垂尽了。"

已而由春历夏，苻后忽然遘疾，急得慕容熙眠食不安，遍求内外名医，多方疗治。偏偏昙花易散，好梦难圆，苓苜无灵，芙蕖竟萎。熙悲号擗踊，如丧考妣，且在尸旁陪着，终日不离，自朝至暮，抚尸大哭道："体已冷了，难道果就此绝命么？"道言未绝，竟至晕倒地上。好一个义夫。左右慌忙救护，过了多时，才得苏醒，不如就此死去，省得后来饮刀。还是哭泣不休，嘱令缓殓。时当孟夏，天气温和，尸身不致骤坏，停搁两日，左右屡请殓尸，方才允准。大殓已毕，盖棺移殿。熙不许移棺，还望她起死回生，再命左右启棺审视。说也奇怪，那尸体原是未朽，并且面色如生，仍然杏脸桃腮，红白相衬。熙亲为摩抚，看一回，哭一回，嗣复想入非非，俯下了首，与死后接一个吻。两口相交，禁不住欲火上炎，竟遣开左右，扒入棺内，俯压尸身，把她卸去下衣，演出一番独角戏。闻所未闻。好一歇才平欲火，仍复出棺，见尸身忽然变色，蓬蓬勃勃的臭气，熏将出来。熙方始避开，召入侍从，把棺盖下，自己斩衰食粥，就宫内设立灵位，令百僚依次哭灵；且暗令有司监视，凡哭后有泪，方为忠孝，若无泪即当加罪。于是群臣震惧，莫不含辛取泪，免受罪名。前高阳王慕容隆妻张氏，本为熙嫂，素美姿容，兼有巧思，熙将令为苻氏殉葬，特吹毛索瘢，把她禚靴拆毁，见有敝毡，即诬她厌胜，勒令自尽。三女叩头求免，熙终不许。可怜这位张嫠妇，平白地丧了性命。毕竟美人薄命。熙又传出命令，凡公卿以下，及兵民各户，统须前往营墓。墓制非常弘敞，周轮数里，内备藻绘，下及三泉，所费金银，不可胜计。熙语监吏道："汝等须妥为办理，朕将随后入此陵了。"右仆射韦璆等，并恐殉葬，沐浴待死，还算命未该绝，不见令下。至墓已营就，号为徽平陵。启殡时全体送葬，惟留慕容云居守。熙披发跣足，步随柩后。丧车高大，不能出城，因即拆毁北门，才得异出。长老私相叹息道："慕容氏自毁国门，怎得久享呢？"

既至南苑，忽由中黄门赵洛生，踉跄奔至，报称祸事。看官道是何因？原来中卫将军冯跋，左卫将军张兴，曾坐事出奔，至是得混入城中，与跋从兄万泥等二十二人，密结盟约，即推慕容云为主，发尚方徒五千余人，分屯四门。跋兄子乳陈等鼓噪入宫，禁卫皆散，遂由跋等闭门拒熙。熙得赵洛生警报，却投袂奋起道："鼠子有何能为？待朕还剿，便可荡平。"说着，即收发贯甲，驰还赴难。夜至龙城，门已紧闭，命卫士攻扑多时，无从得胜，乃退入龙腾苑中。越日，由尚方兵褚头，逾城从熙，自称营兵将至，愿来助顺。熙未曾听明，便即趋出。前勇复怯，不死已饶。左右不及随行，待了半日，未见熙还，方向各处找寻，并无下落，只有衣冠留在沟旁。中领军慕容拔，语中常侍郭仲道："大事垂捷，主上却无故出走，令人可怪，但城内已经悬望，不应久延，我当先往城中，留卿待着，卿如寻得主上，便应速来。若主上一时未归，

我亦好安抚兵民，再出迎驾，也不为迟哩。"郭仲允诺。拔即率壮士二十余人，趋登北城。城中将士，还道是熙已前来，俱投械请降，已而熙久不至，拔无后继，众心疑惧，复下城赴苑，遂皆溃散，拔竟为城中人所杀。

慕容云既据龙城，令冯跋等搜捕慕容熙。熙自龙腾苑出走，错疑城中兵来攻，避匿沟下，累得拖泥带水，狼狈不堪。良久不见变动，方从沟中潜出，脱去衣冠，辗转逃入林中，为人所执，送至云处。云亲数熙罪，把他处斩，好与大小符女，再去交欢，也不枉一死了。并杀熙诸子，同殡城北。总计熙在位七年，还只二十三岁，当时先有童谣云："一束藁，两头燃，秃头小儿来灭燕。"燕人初不解所谓，及熙死云手，才应谣言，藁字

第九十三回　葬爱妻遇变丧身　立犹子临终传位

上有草,下有木,两头燃着,乃是草木俱尽,成一高字。云本姓高,系高句骊支庶,从前慕容皝破高句骊,被徙青山,遂世为燕臣。云父名拔,小字秃头,拔有三子,云列第三,所以称为秃头小儿,起初入事慕容宝,拜为侍御郎,旋因袭败慕容会军,宝乃养为义儿,封夕阳公。见八十一回。冯跋向与交好,所以推他为主,篡了燕祚,当下僭称天王,复姓高氏,大赦境内,改元正始,国仍号燕。命冯跋为侍中,都督中外诸军事,领征北大将军,开府仪同三司,录尚书事,封武兴公。冯万泥为尚书令,冯乳陈为中军将军,冯素弗为昌黎尹,兼抚军大将军,张兴为辅国大将军。此外,封伯子男及乡亭侯,共五十余人。所有慕容熙故臣,仍令复官。谥熙为昭文皇帝,与苻后同葬徽平陵。自慕容垂僭号称帝,至熙共历四世,凡二十四年。高云为慕容宝养子,或仍附入后燕谱录,其实是已经易姓,不能再沿旧称了。《通鉴》列高云于北燕,不为无见,惟《晋书》及《十六国春秋》,仍附云于后燕之末。

是时,南燕主慕容备德,据住广固,势尚未衰,蹉跎过了五年,已是六十九岁,苦无后嗣,探闻兄子超流寓长安,乃遣使购求。超母子尝随呼延平奔入后凉,前文中已曾叙过,见八十七回。后因凉主吕隆,失国降秦,呼延平又挈超母子徙入长安。未几平殁,超号恸经旬,母段氏语超道:"我母子死中逃生,全亏呼延氏保护,若受恩不报,必受天殃。平今虽死,我欲为汝纳呼延女,聊报前恩,汝以为何如?"超当然从命,遂娶平女为妻。平女嫁超,想有两三年称后的福气。惟因诸父在东,恐为秦人所捕,乃佯狂乞食,敝服游市中,秦人都目为贱丐。独东平公姚绍,看破隐情,即入白姚兴道:"慕容超姿干魁伟,必非真狂,愿微加爵禄,略示羁縻。"兴便召超入见,详加研诘。超故为谬语,答非所问,兴顾语绍道:"谚云'妍皮裹痴骨',今始知是妄语哩。"乃叱超令退,不复加意。超得自由往来,无拘无束,途中遇着一个相士,叫做宗正谦,看超面目,便与语道:"汝当大贵,奈何混居市中?"超不禁着忙,亟引正谦入僻静处,详告履历,嘱使讳言。正谦系济阴人,即替超设法,使人密报南燕。备德才有所闻,因遣济阴人吴辩,往探虚实。辩至长安,先访宗正谦,当由正谦告超。超不敢转白母妻,竟与吴宗两人,变易姓名,潜行至梁父,投入镇南长史悦寿廨舍,方吐真名。寿报诸兖州刺史南海王法,法说道:"昔汉有卜人,诈称卫太子,今怎知非此类呢?"遂不肯迎超。为下文伏案。悦寿即送超入广固,备德闻超到来,大喜过望,即遣三百骑往迎。超进谒备德,呈上金刀,具述祖母临终遗语。备德抚超大恸,泣下数行,当下封超为北海王,授官侍中,拜骠骑大将军,领司隶校尉。超仪表雄壮,颇肖备德,备德很加宠爱,意欲立超为嗣,乃为超筑第万春门内,规制崇闳,每日有暇,必亲自临幸,与超谈论国事。超曲意承欢,侍奉弥谨;又复开府置吏,屈己下人,内外誉望,翕然相从。

立猶子临终传位

约莫过了一年,暮秋天凉,汝水忽竭,备德未免失惊,越两月,竟至寝疾。超请往祷汝水神,备德道:"人主命数,本由天定,难道汝水神所能专主么?"遂不从所请。是夜,备德梦见父慕容皝,临榻与语道:"汝既无男,何不立超为太子?否则恶人将从此生心了。"这恐是因想成梦。备德欲问恶人何名,偏有人从旁唤醒,开目一瞧,乃是皇后段氏,不由得唏嘘道:"先帝有命,令我立储,看来是我将死了。"翌日,力疾起床,勉御东阳殿,引见群臣,议立超为太子。事尚未决,忽觉地面震动,坐立不安。百僚都窜越失位,备德也支持不住,乘辇还宫,延至夜分,病已大增,口不能言。段氏在旁大呼道:"今召中书草诏,立超为嗣,可好么?"备德张目四顾,见超已侍侧,便即颔首。段后因宣入中书,草定遗诏,立超为皇太子,备德遂瞑目而逝。年正七十,在位六年。

诘朝由超登殿,嗣为南燕皇帝,循例大赦,改元太上。尊备德后段氏为太后,命北地王慕容钟都督中外诸军,录尚书事。南海王慕容法为

第九十三回　葬爱妻遇变丧身　立犹子临终传位

征南大将军，都督徐兖扬南兖四州诸军事。桂阳王慕容镇为开府仪同三司，尚书令封孚为太尉，麴冲为司空，潘聪为左光禄大夫，段弘为右光禄大夫，封嵩为尚书左仆射。此外封拜各官，不必备述。追谥备德为献武皇帝，庙号世宗。惟奉灵出葬时，却先有十余柩，夜出西门，潜葬山谷，至正式告窆的东阳陵，实是一口空棺，谅想由备德生前的预嘱呢。小子有诗叹道：

　　奸诈几同曹阿瞒，不为疑冢即虚棺。
　　生前若肯留余地，朽骨何容虑未安！

欲知慕容超嗣位后事，且看下回再表。

回评　苻秦之灭，慕容氏为之，慕容氏之灭，苻氏实为之，天道好还，因果不爽。且俱斫丧于妇人女子之手，何其事迹之相似也？慕容垂妻段氏，苻坚尝与之同辇出游，慕容冲姊弟专宠，长安有雌雄凤凰之谣，至慕容熙纳苻谟二女，宠爱绝伦，大苻早殁，熙杀王荣，小苻继逝，熙如丧考妣，衰服送葬，以嫂为殉，而叛徒即乘间发难。说者谓衅起冯跋，成于高云，于苻氏何与？不知兴土木，倾府库，惟妇言是用，皆亡国之媒介也。岂尽得归咎于冯高二子哉？若慕容备德之立慕容超，犹子比儿，不违古义。且超内能尽孝，外能下士，贤名凤表，誉重一时，此而不立，将立何人？况有慕容觥之感及梦象哉！然其后终不免亡国，此非德立超之过，乃德叛宝之过也。德不知有主，安能传及后嗣？十余柩之潜发，德亦自知负疚矣乎？

第九十四回

得使才接眷还都　失兵机纵敌入险

却说慕容超既得嗣位,引亲臣公孙五楼为武卫将军,领司隶校尉,内参政事。五楼欲离间宗亲,多方媒孽。超因出慕容钟为青州牧,段弘为徐州刺史。太尉封孚语超道:"臣闻亲不处外,羁不处内,钟系国家宗臣,社稷所赖,弘亦外戚懿望,百姓具瞻,正应参翼百揆,不宜远镇外方。今钟等出藩,五楼内辅,臣等实觉未安。"超终信五楼,不听孚言。钟与弘俱不能平,互相告语道:"黄犬皮恐终补狐裘呢。"嗣为五楼所闻,嫌隙益深。超因前时归国,为慕容法所不容,因亦怀恨在心。备德殁时,法恐为超所忌,不入奔丧,至是超遣使责法。法遂与慕容钟段弘等,合谋图超。不意被超察悉,立召令入都,法与钟皆称疾不赴,超先搜查内党,捕得侍中慕容统,右卫将军慕容根,散骑常侍段封等,一体枭斩;复将仆射封嵩,镮裂以殉。然后遣慕容镇攻钟,慕容昱攻弘,慕容凝韩范攻法,封嵩弟融,出奔魏境,号召群盗,袭石塞城,击杀镇西大将军余郁。青土震恐,人怀异议。慕容凝也有异心,谋杀韩范,袭击广固。范侦得凝谋,勒兵攻凝,凝出奔后秦。慕容法亦保守不住,弃城奔魏。钟在青州,亦被镇引兵攻入,钟自杀妻孥,凿隧逃出,也奔往后秦去了。枝叶已尽,根本何存?

超既平叛党,遂以为人莫敢侮,肆意畋游。仆射韩谅切谏不从。百姓屡受征调,不堪供役,多有怨言。会超忆念母妻,特使御史中丞封恺,前往长安请求。秦主姚兴,本已将超母妻拘住,至此闻恺到来,乃召入与语道:"汝主欲乞还母妻,朕亦不便加阻,但从前苻氏败亡,太乐诸伎,悉数归燕;今燕当前来归藩,并将诸伎送还,否则或送吴口千人,方可得请呢。"恺如言还报,超使群臣详议。左仆射段晖,谓:"不宜顾全私亲,自降尊号。且太乐诸伎,为先代遗音,怎可畀秦?万不得已,不如掠吴口千人,付彼罢了。"是乃忍人之言。尚书张华,力驳晖议,说是:"侵掠吴边,必成邻怨,我往彼来,贻祸无穷。今陛下慈亲,在人掌握,怎可靳惜虚名，不顾孝养？今果降号修和，定能如愿，古人谓'枉尺直寻'，便是此意。"超大喜道："张尚书深得我心，我也不惜暂屈了。"遂遣中书令韩范，奉表入秦。

秦主兴取阅表文，见他称藩如仪，便欣然语范道："封恺前来，致燕王书，曾与朕抗礼，今卿赍表来附，莫非为母受屈么？还是以小事大，已识《春秋》古义呢？"范从容答道："昔周爵五等，公侯异品，小大礼节，缘是发生；今陛下命世龙兴，光宅西秦，我朝主上，上承祖烈，定鼎东齐，南面并帝；通聘结好，若来使矜诞，未识谦冲，几似吴晋争盟，滕薛竞长，恐伤大秦堂堂国威，并损皇燕巍巍美德，彼此俱失，义所未安。"兴不待说毕，便作色道："若如卿言，是并非以小事大了。"范又道："大小且不必论，今由寡君纯孝，来迎慈母，想陛下以孝治人，定必推恩锡类，沛然垂悯呢。"不亢不卑，是专对才。兴方转怒为喜道："我久不见贾生，自谓过彼，今始知不及了。"乃厚礼相待，欢颜与叙道："燕王在此，朕亦亲见；风表有余，可惜机辩不足。"范答道："'大辩若讷'，古有名言。若使锋芒太露，便不能继承先业了。"兴笑道："使乎使乎！朕今当为卿延誉了。"范复乘间骋词，说得兴非常惬意，面赐千金，许还超母妻。时慕容凝已早至长安，入白姚兴道："燕王称藩，实非本心，若许还彼母，怎肯再来称臣呢？"兴意乃中变，又不好自食前言，但称天时尚热，当俟秋凉送还，因即遣范归燕，且使散骑常侍韦宗报聘。

超北面受秦诏敕，赠宗千金，再遣左仆射张华，给事中宗正元赴秦，送入乐伎一百二十人。兴喜如所望，延华入宴，酒酣乐作，雅韵铿锵。黄门侍郎尹雅语华道："昔殷祚将亡，乐师归周；今皇秦道盛，燕乐来庭，废兴机关，就此可见了。"华不肯受嘲，忙即接口道："从古帝王，为道不同，欲伸先屈，欲取姑与，今总章西入，必由余东归，由余戎人，入关事秦，见《列国演义》。祸福相倚，待看后来方晓哩。"兴听着华言，不禁勃然道："古时齐楚竞辩，二国兴师，卿乃小国使臣，怎得抗衡朝士？"华乃逊辞道："臣奉使西来，实愿交欢上国，上国不谅，辱及寡君社稷，臣何敢守默，不为仰酬？"也是一个辩才。兴始改容道："不意燕人都是使才。"乃留华数日，许奉超母妻东还。宗正元先驰归报命，超乃亲率六宫，出迎母妻。彼此聚首，自有一种悲喜交并的情形，无庸细表。

越年，为太上四年，正月上旬，追尊父纳为穆皇帝，立母段氏为皇太后,妻呼延氏为皇后。超亲祀南郊,柴燎无烟。灵台令张光,私语僚友道:"今火盛烟灭,国将亡了。"及超将登坛,忽有一怪兽至圜丘旁,大如马,状类鼠,毛色俱赤,少顷即不知所在,但见暴风骤起,天地昼昏,行宫羽仪帷幔,统皆毁裂。超当然惶恐,密问太史令成公绥。绥答道:"陛下信用奸佞,诛戮贤良,赋税烦苛,徭役杂沓,所以有此变象哩。"超因还宫大赦,谴责公孙五楼等,疏远了好几日,旋复引用如前;再遇地震水溢诸变,毫不知儆,又荒耽了一年。

都遣眷接才使得

太上五年元旦,超御东阳殿朝会群臣,闻乐未备音,自悔前时送使入秦,乃拟南掠吴人,补充乐伎。领军将军韩
诔进谏道:"先帝因旧京倾覆,戢翼三齐,遵时养晦,今陛下嗣守成规,正当闭关养锐,静伺贼隙,恢复先业,奈何反结怨南邻,自寻仇敌呢?"超怫然道:"我意已决。卿勿多言!"祸在此了。当下遣将军慕容兴宗斛谷提公孙归等,率骑兵寇晋宿豫,掳去阳平太守刘千载,济阴太守徐阮,及男女二千五百人,载归广固。超令乐官分教男女,充作乐伎。并论功行赏,特进公孙归为冠军将军,封常山公;归为公孙五楼兄,故赏赉独隆;五楼且加官侍中尚书令,兼左卫将军,专总朝政;就是他叔父公孙颓,也得授武卫将军,封兴乐公。桂阳王慕容镇入谏道:"臣闻悬赏待勋,非功不侯,今公孙归结祸构兵,残贼百姓,陛下乃封爵酬庸,岂非太过?从来忠言逆耳,非亲不发,臣虽庸朽,忝居国戚,用敢竭尽愚款,上渎片言。"超默然不答,面有怒容,镇只好趋退。群臣从旁瞧着,料知超

第九十四回　得使才接眷还都　失兵机纵敌入险

喜佞恶直,遂相戒不敢多言。尚书都令史王俨,谄事五楼,连年迁官,超拜左丞,时人相传语云:"欲得侯,事五楼。"超又使公孙归等率骑五千,入寇南阳,执住太守赵光,俘掠男女千余人而还。

晋刘裕欲发兵进讨,先令并州刺史刘道怜,出屯华阴,一面部署兵马,请命乃行。时刘裕已晋封豫章郡公,刘毅何无忌,也分封南平安成二郡公。三公当道,裕权最盛。无忌素慕殷仲文才名,因仲文出任东阳太守,请他过谈。仲文自负才能,欲秉内政,偏被调出外任,悒悒不乐,因此误约不赴。无忌疑仲文薄己,遂向裕进谗道:"公欲北讨慕容超么?其实超不足忧,惟殷仲文桓胤,是心腹大病,不可不除。"裕也以为然。适部将骆球谋变,事泄被诛,裕遂谓仲文及胤,与球通谋,即将他二人捕戮,屠及全家。<u>二人罪不至死,惟为桓氏余孽,死亦当然。</u>

已而,司徒兼扬州刺史王谧病殁,资望应由裕继任。刘毅等不欲裕入辅政,拟令中领军谢混为扬州刺史。或恐裕有异言,谓不如令裕兼领扬州,以内事付孟昶。朝议纷纭莫决,乃遣尚书右丞皮沈,驰往询裕。<u>大权已旁落了。</u>沈先见裕记室刘穆之,具述朝议。穆之伪起如厕,潜入白裕道:"晋政多阙,天命已移,公勋高望重,岂可长作藩臣?况刘孟诸人,与公同起布衣,共立大义,得取富贵,不过因事有先后,权时推公,并非诚心敬服,素存主仆的名义。他日势均力敌,终相吞噬,不可不防。扬州根本所系,不可假人,前授王谧,事出权道;今若再授他人,恐公终为人制,一失权柄,无从再得,不如答言事关重大,未便悬论,今当入朝面议,共决可否。俟公到京,彼必不敢越公,更授他人了。"<u>裕之篡晋,实由穆之一人导成。</u>裕极口称善;见了皮沈,便依言照答,遣他复命。果然沈去数日,便有诏征裕为侍中,扬州刺史,录尚书事。裕当然受命,惟表解兖州军事,令诸葛长民镇守丹徒,刘道怜屯戍石头。

会闻谯纵据蜀,有窥伺下流消息,乃亟遣龙骧将军毛修之,会同益州刺史司马荣期,共讨谯纵。荣期先至白帝城,击败纵弟明子,再请修之为后应,自引兵进略巴州。不料参军杨承祖,忽然心变,刺死荣期,擅称巴州刺史,回拒修之。修之到了宕渠,接得警耗,退还白帝城,邀同汉嘉太守冯迁,<u>即九十一回中之益州督护。</u>同击承祖,幸得胜仗,把他枭首。再欲进讨谯纵,偏来了一个新益州刺史鲍陋,从旁阻挠,牵制修之。修之据实奏闻,刘裕乃表举刘敬宣为襄城太守,令率兵五千讨蜀,又命并州刺史刘道规,为征蜀都督,节制军事。谯纵闻晋师大至,忙遣使至后秦称臣,奉表乞师;且致书桓谦,招令共击刘裕。谦将来书呈入秦主,自请一行。秦主兴语谦道:"小水不容巨鱼,若纵有才力,自足办事,何必假卿为鳞翼?卿既欲往,宜自求多福,毋堕人谋。"谦志在报怨,竟拜辞而去。到了成都,与纵晤谈,起初却还似投契,后来谦虚怀引士,交接蜀人,反被纵起了疑心,竟把他锢置龙格,派人监守。谦流涕道:"姚主果有先见,求福反致得祸了。"已而谯纵出兵拒敌,与刘敬宣接战数次,均至失利,再遣人至秦求救。秦遣平西将军姚赏,梁州刺史王敏,率兵援纵。纵亦令将军谯道福,悉众出发,据险固守。敬宣转战入峡,直抵黄虎,去成都约五百里。前面山路崎岖,又为谯道福所阻,不能进军。相持至六十余日,军中食尽,且遭疫疠,伤毙过半,没奈何收兵退回。敬宣坐是落职,道规亦降号建威将军。裕因荐举失人,自请罢职,有诏降裕为中军将军,余官如故。

裕本欲自往讨蜀,因南燕为患太近,不得不后蜀先燕,于是抗表北伐,指日出师。朝臣多说是西南未平,不宜图北,独左仆射孟昶,车骑司马谢裕,参军臧熹,赞同裕议。安帝不能不从,便命裕整军启行。时为义熙五年五月,夏日正长,大江方涨,裕率舟师发建康,由淮入泗,直抵下邳,留住船舰辎重,麾兵登岸。步至琅琊,所过皆筑城置守。或谓裕不宜深入,裕笑道:"鲜卑贪婪,何知远计?诸君不必多虑,看我此行破虏呢。"乃督兵急进,连日不休。

失兵机纵敌入险

南燕

第九十四回　得使才接眷还都　失兵机纵敌入险

主超闻有晋师，方引群臣会议，侍中公孙五楼道："晋兵轻锐，利在速战，不宜急与争锋。今宜据住大岘山，使不得入，旷日延时，挫他锐气，然后徐简精骑二千，循海南行，截彼粮道，别敕段晖发兖州兵士，沿山东下，腹背夹攻，这乃是今日的上计。若依险分戍，筹足军粮，芟刈禾苗，焚荡田野，使彼无从侵掠，彼求战不得，求食无着，不出旬月，自然坐困，这也不失为中策。二策不行，但纵敌入岘，出城逆战，便成为下策了。"莫谓五楼无才，超本深信五楼，何为此时不用？超作色道："今岁星在齐，天道可知，不战自克。就是证诸人事，彼远来疲乏，必不能久，我据有五州，拥民万亿，铁骑成群，麦禾布野，奈何芟苗徙民，先自蹙弱哩？不若纵使入岘，奋骑逆击，以逸待劳，何忧不胜？"辅国将军贺赖卢道："大岘为我国要塞，天限南北，万不可弃，一失此界，国且难保了。"超摇首不答。太尉桂林王慕容镇又谏道："陛下既欲主战，何不出岘逆击？就使不胜，尚可退守，不宜纵敌入岘，自弃岩疆。"超终不从，拂袖竟入。镇出语韩诨道："既不能逆战却敌，又不肯徙民清野，延敌入腹，坐待围攻，是变做刘璋第二了。刘璋即汉后主。今年国灭，我必致死，卿系中华人士，恐仍不免文身了。"诨无言自去，径往白超。超怒镇妄言，收镇下狱，乃集莒与梁父二处守兵，修城隍，简车徒，静待晋兵到来。

刘裕得安然过岘，指天大喜道："兵已过险，因粮灭虏，就在此举了。"慕容超方命五楼为征虏将军，使与辅国将军贺赖卢，左将军段晖等，率步骑五万人，出屯临朐。自督步骑四万，作为后应。临朐南有巨蔑水，距城四十里，公孙五楼领兵往据，方达水滨，已由晋将孟龙符杀来，兵势甚锐，不容五楼不走。晋军有车四千辆，分作左右两翼，方轨徐进。将至临朐城下，与慕容超大兵相遇，杀了半日有余，不分胜负。刘裕用胡藩为参军，至是向裕献策，请出奇兵径袭临朐城。裕即遣藩及谘议将军檀韶，建威将军向弥，引兵绕出燕兵后面，直攻临朐，且大呼道："我军从海道来此，不下十万人，汝等守城兵吏，能战即来，否则速降。"城内只有老弱残兵，为数甚少，惟城南有燕将段晖营，不及乞援，已被向弥擐甲登城，立即陷入。段晖闻变，料难攻复，只得遣人飞报慕容超。超闻报大惊，单骑奔还，投入段晖营中。南燕兵失了主子，统皆骇散，当被刘裕纵兵奋击，追到城下，乘胜踹入晖营。晖出营拦阻，一个失手，要害处中了一槊，倒毙马下。还有燕将十余人，相继战死。超策马急奔，不及乘辇,所有玉玺豹尾等件,一古脑儿抛去。晋军一面搬运器械,一面长驱追超。超逃入广固,仓皇无备,那晋军已随后拥入,竟将外城占据了去。小子有诗咏道:
　　设险方能制敌强,如何纵使入萧墙?
　　良谋不用嗟何及,坐致岩疆一旦亡。
欲知慕容超如何拒守,容至下回说明。

　　回评　慕容超之迎还母妻,不可谓非孝义之一端。超母跋涉奔波,备尝艰苦,超既得承燕祀,宁有身为人主,乃忍其母之常居虎口乎?呼延女之为超妇,超母以报德为言,夫欲报之德,反使之流落长安,朝不保暮,义乎何在?所屈者小,所全者大,此正超之不昧天良也。惜乎!有使才而无将才,顾私德而忘公德,无端寇晋,启衅南邻,迨至晋军入境,又不听公孙五楼之上中二策,纵使入岘,自撤藩篱,愚昧如此,几何而不为刘璋乎?史称超身长八尺,腰带九围,雄伟如此,乃不能保一广固城,外观果曷恃哉!

第九十五回

覆孤城慕容超亡国　诛逆贼冯文起开基

却说晋军入广固外城，急得慕容超奔避不遑，慌忙闭内城门，集众固守。刘裕督兵围攻，四面筑栅，栅高三丈，穿堑三重，抚纳降附，采拔贤俊，华夷大悦。超闷坐围城，无计可施，乃遣尚书郎张纲，诣秦乞援，并敕桂林王慕容镇，令督中外诸军，兼录尚书事。当即召入与语，自悔前误，殷勤问计。迟了，迟了！镇慨答道："百姓怨望，系诸一人，今陛下亲董六师，战败奔还，群臣离心，士民短气，今欲乞秦援兵，闻秦人亦有外患，恐不暇分兵救人。惟我散卒还集，尚有数万，宜尽出金帛，充作犒赏，更决一战。若天意助我，定能破敌，万一不捷，死亦殉国，比诸闭门待尽，恰是好得多了。"语尚未毕，旁有司徒乐浪王慕容惠接口道："晋兵乘胜，气势百倍，今徒令羸兵与战，不败何待？秦虽与勃勃相持，未足为患，且与我分据中原，势如唇齿，怎得不前来相援？但不令大臣西向，恐彼未必遽出重兵，尚书令韩范，望重燕秦，宜遣令乞师为是！"超依了惠言，再令韩范前去。

是时，秦主兴因南凉生贰，秃发傉檀内外多难，意欲乘此进讨，收还姑臧。应九十三回。先使尚书郎韦宗往觇虚实，宗与傉檀相见，傉檀纵横辩论，洞悉古今。宗大为叹服，归报秦主兴道："凉州虽敝，傉檀权谲过人，未可骤图。"兴疑问道："刘勃勃兵皆乌合，尚能击破傉檀，况我军曾经百战，攻无不克，难道还不及勃勃么？"宗答道："傉檀为勃勃所欺，敝在轻视勃勃，不先留意，今我用大兵往讨，彼必戒惧求全，兵法有言：'两军相见，哀者必胜。'臣所以为不宜轻攻哩。"兴不信宗言，竟令子广平公弼，及后军将军敛成，镇远将军乞伏乾归等，率领步骑三万，袭击傉檀。又使左仆射齐难，率领骑兵二万，往攻勃勃。吏部尚书尹昭入谏道："傉檀自恃险远，故敢违慢，不若诏令沮渠蒙逊，及李皓往讨，使他自相残杀，互致困敝，不必烦我兵力哩。"是即下庄刺虎之计。兴仍然不从，惟使人致书傉檀，伪称："我国发兵，实是往讨勃勃，请勿多虑！"兴自以为得计，谁知弄巧反拙。傉檀信为真言，遂不设备。谁知秦军已乘虚直进，攻克昌松，杀毙太守苏霸，直达姑臧城下。傉檀方知为秦所赚，急忙调兵登陴，日夕督守，伺敌少懈，密遣精骑夜出，劫破秦垒。秦统将姚弼退据西苑，暗使人嗾动城中，买嘱凉州人王钟宋钟王娥等，使为内应。偏被傉檀察悉，把他叛党坑死，再命各郡县散牛羊，作为敌饵。果然秦将敛成，纵兵抄掠，自紊军律。傉檀即遣将军俱延敬归等，开城纵击，大败秦兵，斩首七十余级。

姚弼收集败兵，固垒自守，且驰报长安，请速济师。秦主兴复遣常山公显，率骑二万，倍道赴援。显至姑臧，令射手孟钦等五人，至凉风门前挑战，不意城外已伏着凉将宋益，觑得孟钦走近，引兵突出。孟钦弦不及发，已被劈倒，余四人不值一扫，尽皆毙命。显始知傉檀有备，不易攻克，乃遣人与傉檀修好，委罪敛成，引众退归。还有齐难一军，驰入夏境，沿途四掠。勃勃却退兵河曲，佯示虚弱，乘难无备，潜师掩袭，俘斩至七千人。难慌忙退走，奔至木城，被勃勃引兵追到，四面兜围，把难擒去，余众皆为所掳，数共万三千人，于是岭北一带，俱降勃勃。勃勃遍置守宰，分疆拒秦，秦已将亡，故两路俱败。秦主兴未免懊悔，尚欲再讨勃勃，适值南燕求援，自觉不遑东顾，但权允发兵，令张纲先行返报。

纲经过泰山，为太守申宣所执，送入晋营。刘裕素闻纲有巧思，善制攻具，便引纲入见，亲为解缚，好言抚慰，使登楼车巡城，呼语守吏道："刘勃勃大破秦军，秦主无暇来救，只好由汝等自寻生路罢。"守吏听了此言，无不失色。慕容超惶急异常，乃遣使至裕营请和，愿割大岘山南地归晋，世为藩臣。裕拒绝不许，未几来一秦使，传语刘裕道："慕容氏与秦毗邻，素来和好，今晋军无端加攻，秦已遣铁骑十万，行次洛阳，若晋军不还，便当长驱直进了。"裕怒答道："汝可归白姚兴，我平燕后，便当来取关洛，若姚兴自愿送死，尽管速来。"秦使自去。参军刘穆之入白道："公奈何挑动敌怒？今广固未下，再来羌寇，敢问公将如何抵御？"裕笑道："这是兵机，非卿所解。试想姚兴果肯救燕，方且潜师前来，何至先遣使命，令我预防，这明明是虚声吓人，不足为虑。"一口道破。穆之乃退。

秦主兴本遣卫将军姚强，带着步骑万人，偕燕使韩范至洛阳，令与洛城守将姚绍合兵，往救广固。嗣闻勃勃杀败秦军，窥伺关中，乃追还

第九十五回　覆孤城慕容超亡国　诛逆贼冯文起开基

姚强,但用了一个虚张声势的计策,去吓刘裕。裕不为所动,秦谋自沮。只韩范怏怏自归,且悲且叹道:"天意已要亡燕了。"

覆孤城慕容超亡国

燕臣张华封恺,出兵击裕,均被裕军擒住。封融张俊,相继乞降。俊语刘裕道:"燕人所恃,惟一韩范,今范甫归,还道他能致秦师,若得范来降,燕城自下了。"裕乃表范为散骑常侍,致书招范。长水校尉王蒲,劝范奔秦,范慨然道:"刘裕起自布衣,灭桓玄,复晋室,今兴师伐燕,所向崩溃,这乃天授,未必全由人力呢。燕若灭亡,秦亦难保,我不可再辱,不如降晋罢了。"遂潜投裕营。裕得范大喜,即使范至城下,招降守将,城中愈觉夺气。或劝燕主超诛范家族,超因范弟谆尽忠无贰,因赦范家。嗣见晋军建设飞楼,悬梯木,幔板屋,覆以牛皮,上御矢石,料知此种攻具,定是张纲所为,遂将纲母捕到,悬缚城上,支解以徇。死在目前,何必行此惨虐。

既而太白星入犯虚危,灵台令张光,谓天象亡燕,劝超降晋。超并不答言,便把佩剑拔出,刹落光首。好容易过了残腊,翌日为晋义熙六年元旦,超登天门,在城楼朝见群臣,杀马犒飨将士,并迁授文武百官。越宿,与宠姬魏夫人登城,见晋兵势甚强盛,不禁唏嘘泪下,与魏氏握手对泣。韩谆从旁进言道:"陛下遭际厄运,正当努力自强,鼓励士气,奈何反与女子对泣呢?"超乃拭泪谢过。尚书令董锐又劝超出降,超复系锐下狱。贺赖卢公孙五楼暗凿地道,通兵出战。晋军不及防备,几被掩入,幸亏裕军律素严,前仆后继,仍把燕军杀退。城门久闭不开,居民无论男女，俱生了一种脚气病，不能行走，就是超亦染了此症，乘辇登城。尚书悦寿语超道："今天助寇为虐，战士凋敝，城孤援绝，天时人事，已可知了。从来历数既终，尧舜尚且避位，陛下亦应达权通变，庶得上存宗庙，下保人民。"超怃然道："兴废原有天命，我宁奋剑致死，不愿衔璧求生。"颇有血性，可惜不知守国。

刘裕见城中困乏，乃下令破城，悉众猛扑。或谓："今日往亡，不利行师。"裕掀须道："我往彼亡，有何不利？"遂亲自督攻，不克不止。悦寿在城上望着，料知不能支持，因开门迎纳晋军。超与左右数十骑，逾城出走，才行里许，即被晋军追到，捉得一个不留。当下押至裕前，由裕叱责数语，大略是说他抗命不降，殃及兵民。超神色自若，但将母托刘敬宣，余无一言。裕乃命将超置入槛车，解送建康。且因广固围久乃下，恨及燕人，意欲把男子一并坑死，妇女尽赏将士。韩范入谏道："晋室南迁，中原鼎沸，士民失主，不得不归附外族。既为君臣，自当替他尽力，其实统是衣冠旧族，先帝遗民，今王师吊民伐罪，若不问首从，一概加诛，窃恐西北人民，将从此绝望了。"裕虽改容称谢，尚斩燕王公以下三千人，没入家口万余，毁城平壕，变成白地，然后班师。慕容超解入晋都，枭首市曹，年才二十有六。总计超僭位六年，与慕容德合并计算，共得十有一年，南燕遂亡，慕容氏从此垂尽。慕容宝养子高云，已经篡位，

诛逆贼冯文起开基

仍复原姓。见九十三回。但使慕容归为辽东公，使主燕祀，是前燕后燕南燕三国，至此俱已沦亡。就是史家把高

第九十五回　覆孤城慕容超亡国　诛逆贼冯文起开基

云僭位，列入后燕，也不过一年有余，便即告终。

云本由冯跋等推立，僭号天王，立妻李氏为后，子彭城王为太子，名目上算做一国主子，实际上统是冯跋专权。云亦恐跋等为变，心不自安，特养壮士为爪牙，令他宿卫。当时卫弁头目，一名离班，一名桃仁，日夕随侍，屡蒙厚赐，甚至高云的饮食起居，也慷慨推解，毫不少吝，居然有甘苦同尝的意思。哪知小人好利，贪婪无厌，任你高云如何宠遇，总有一二事未惬他意，遂致以怨报德，暗起杀心。迁延到一年有余，突然生变，班仁两人，怀剑直入，向内启事。高云毫无所觉，出临东堂。桃仁递上一纸，交云展阅。云接纸在手，不防离班抽剑斫来，吓得云不知所措，还算忙中有智，把几提起，当住离班的剑锋，无如一剑未中，一剑又至，这剑乃是桃仁所刺，急切无从招架，竟被穿入腰胁，大叫一声，晕倒地下；再经离班一剑，当然结果性命。小人之难养也，如此。

冯跋在外闻报，忙升洪光门观变。帐下督张泰李桑语跋道："二贼得志，将无所不为，愿为公力斩此贼。"跋点首应诺，泰与桑仗剑下城，招呼徒众，扑入东堂。途中遇着离班，大呼杀贼，班迫不及避，也恶狠狠的持剑来斗，桑接住厮杀，徒众齐上，并力击班。独泰恐桃仁遁走，亟向东堂驰入，冤冤相凑，正值桃仁出来，由泰劈头一剑，好头颅左右分离，立致倒毙。可巧桑已枭了班首，进来助泰，见泰诛死桃仁，自然大喜，当下迎跋入殿，推他为主。跋情愿让弟素弗，素弗道："从古以来，父兄得了天下，方传子弟，未闻子弟可突过父兄。今鸿基未建，危甚赘疣，臣民俱属望大兄，何必再辞。"张泰李桑等，亦同声推戴。跋乃允议，遂在昌黎城即天王位，改元太平，国仍号燕，是为北燕。为十六国之殿军。

跋字文起，世为汉族，系长乐郡信都人。祖父和曾避晋乱，迁居上党，父安雄武有力，尝为西燕将军。西燕灭亡，跋复东徙和龙，住居长谷。屋上每有云气护住，状若楼阁，时人诧为奇观。及慕容宝即位，署跋为中卫将军。跋弟素弗，素性豪侠，不务正业，尝与从兄万泥，及诸少年同游水滨，见一金龙出溪水中，问诸万泥等人，皆云未见。素弗捞得金龙，取示大众，无不惊异。后来被慕容熙闻知，暗加疑忌。熙既篡立，欲诛冯跋兄弟，增设禁令。跋适犯禁，惧祸潜奔，与子弟同匿山泽，每夜独行，猛兽尝为避路。跋乃奋然起事，与兄弟潜入龙城，弑熙立云。补九十三回中所未详。云既被戕，跋得称尊，总算不忘旧谊，为云举哀发丧，依礼奉葬。云妻子亦已遇害,统皆代埋,设立云庙,置园邑二十家,四时致祭。追谥云为惠懿皇帝。一节可取。一面追尊祖考,称祖和为元皇帝,父安为宣皇帝,奉母张氏为太后,立妻孙氏为王后,子永为太子,弟范阳公素弗为车骑大将军,录尚书事。次弟汲郡公弘为侍中,兼尚书仆射。从兄广川公万泥,领幽平二州牧,从兄子乳陈为征西大将军,领并青二州牧。余如张兴冯护等,佐命功臣,亦皆封赏有差。

素弗当弱冠时,曾向尚书左丞韩业处求婚,业因素弗行谊不修,毅然谢绝。素弗再求尚书郎高邵女,邵亦弗许。至是得为宰辅,并不记嫌,待遇韩业等,反且加厚。又能拔寒畯,举贤能,谦恭俭约,以身率下,端的是休休有容,不愧相度,这也好算是难得呢。惟万泥乳陈,自命勋亲,欲为公辅,偏跋令居外镇,作为二藩。乳陈性尤粗悍,不顾利害,因密遣人告万泥道:"乳陈有至谋,愿与叔父共议。"万泥遂往与定约,兴兵作乱。跋遣弟弘与将军张兴,率步骑二万人往讨,弘先传书招谕道:"我等兄弟数人,遭际风云,鼓翼齐起。今主上得群下推戴,光践宝位,裂土分爵,与兄弟共同富贵,并享荣华,奈何无端起衅,自寻干戈呢?人非圣人,不能无过;过贵能改,方不终误。属在至亲,所以极诚相告,还望释嫌反正,同奖王室,勿再沉迷。"万泥得书,便欲罢兵谢罪,独乳陈按剑怒吼道:"大丈夫死生有命,怎得中道生变,不战即降呢?"遂答书不逊,约同一战。张兴语弘道:"贼与我约,明日争锋,恐今夜就来劫营,应命三军格外戒备,方保无虞。"弘乃密下军令,每人各携草十束,备着火种,分头埋伏,自与张兴出伏要路,静待乱兵到来。

黄昏已过,万籁无声,尚不闻有什么动静,到了夜半,果见尘头纷起,约莫有千余人,疾趋而来。弘不禁暗叹道:"张将军确有先见,贼众前来送死了。"再阅半时,那乱兵已经过去,才发了一声胡哨,号召各处伏兵,霎时间为炬齐明,呼声四集,吓得乱兵东逃西窜,拼命乱跑。怎奈四面八方,统已有人拦着,不是被杀,就是被擒,扰乱了小半夜,千余人全体覆没,无一得还。弘等得胜回营,天色已大明了。乳陈得了败耗,方才惊惧,与万泥诣营乞降。只有这般胆量,何必前此发威!弘召他入营,诘责罪状,即命左右推出斩首。余众赦免,然后班师。跋进弘为骠骑大将军,改封中山公,且署素弗为大司马,改封辽西公。嗣是除苛政,惩贪贼,省徭赋,课农桑,燕人大悦,恰享了好几年的太平。同时,南凉的秃

第九十五回　覆孤城慕容超亡国　诛逆贼冯文起开基

发傉檀复称凉王，改元嘉平。西秦的乞伏乾归，也逃归苑川，复称秦王，改元更始，这都因后秦浸衰，所以不甘受制，仍然独立。惟有那雄长朔方的拓跋珪，立国已二十四年，尚只三十九岁，被那逆子清河王绍，入宫弑死，这也是北魏史上的骇闻。小子有诗叹道：

　　父子相离已灭伦，况经手刃及君亲。
　　莫言胡俗无天性，祸报由来有夙因。

毕竟拓跋珪何故遇弑，且至下回再详。

回评　慕容超之亡国，非刘裕得亡之，超实自亡之也。超之致亡，已见前评，及城不能保，尚未肯出降，自决一死，卒至为裕所虏，送斩建康，彼得毋援国君死社稷之义，诩诩然自谓正命耶。但王公以下，被杀之三千人，家口没入至万余，虽由裕之残虐不仁，亦何莫非由超之倔强不服，激成裕愤，区区一死，亦何足谢国人也。彼慕容云之愚昧，且出超下，其得立也出诸意外，其被戕也亦出乎意外。冯跋不必防而防之，离班桃仁，不宜亲而亲之，然欲不死得乎？跋之称尊，不得谓其非僭，然较诸沮渠蒙逊辈，相去远矣，况有冯素弗之良宰辅乎。

第九十六回

何无忌战死豫章口　刘寄奴固守石头城

　　却说拓跋珪素来好色，称帝时曾纳刘库仁从女，宠冠后宫，生子名嗣，后因慕容氏貌更鲜妍，特立为后，已见前文。见九十二回。珪母贺氏，已早殁世，追谥为献明太后。太后有一幼妹，入宫奔丧，生得一貌如花，纤浓合度，珪瞧入眼中，暗暗垂涎，便想同她狎昵，无如这位贺姨母，已经嫁人，不肯再与苟合，惹得珪心痒难熬，竟动了杀心，密嘱刺客，把贺姨夫杀毙。贺姨母做了寡妇，无从诉冤，只好草草发丧，丧葬已毕，即由宫中差来干役，逼令入宫。贺氏明知故犯，不能不随他同去，一经见珪，还有什么好事，眼见得衾裯别抱，露水同栖。冤家有孽，生下了一个婴儿，取名为绍，蜂目豺声，与乃母大不相同，想是贺姨夫转世。渐渐的长大起来，凶狠无赖，不服教训，珪尝把他两手反缚，倒悬井中，待他奄奄垂毙，然后释出。他经此苦厄，稍稍敛迹，但心中愈加含恨。珪哪里知晓，还道他惧罪知改，特拜为清河王。后来珪势益盛，纳妾愈多，一人怎能御众，免不得求服丹药，取补精神。哪知这药性统是燥烈，愈服愈躁，愈躁愈厉，遂至喜怒乖常，动辄杀人。长子嗣本受封齐王，至是立为太子，嗣母刘贵人，反被赐死。珪召嗣与语道："昔汉武将立太子，必先杀母，实预恐妇人与政，所以加防。今汝当继统，我不得不远法汉武了。"汉武杀钩弋夫人，宁足为训？况珪曾赖母得立，奈何不思？嗣闻言泣下，悲不自胜。珪反动怒，把他叱退。待嗣还居东宫，还闻他朝夕恸哭，又遣人召嗣入见。东宫侍臣，劝嗣不应遽入，因托疾不赴。卫王拓跋仪前镇中山，为珪所忌，召还闲居，阴有怨言。珪适有所闻，便说他蓄谋不轨，勒令自杀。贺夫人偶然忤珪，亦欲如刃，吓得贺氏奔避冷宫，立遣侍女报绍，令他入救。绍本怀宿愤，又听得生母将死，气得双目直竖，五内如焚，当下招致心腹，贿通宫女宦官，使为内应，趁着天昏夜静，逾垣入宫，宫中已有人前导，引至内寝，破户直

第九十六回　何无忌战死豫章口　刘寄奴固守石头城

入。珪才从梦中惊醒,揭帐启视,刀已飞入,不偏不倚,正中项下,颈血模糊,便即毙命。_{莫非孽报。}

绍既弑父,便去觅母。贺氏见绍夜至,问明情状,却也一惊,忙去视珪,果被杀死,不由得泪下两行。_{曾忆念前夫么?}绍却欲号召卫士,往攻东宫,意图自立。卫士多不愿助绍,相率观望。适东宫太子拓跋嗣,使人报告将军安同,促令诛逆。安同慷慨誓众,无不乐从,遂一拥入宫,搜捕逆绍。卫士争先应命,七手八脚,把绍抓出,送交安同。安同迎嗣登殿,声明绍罪,立命枭斩。绍母贺氏,一并坐罪赐死。_{死后却难见二夫。}于是嗣即尊位,为珪发丧,追谥为宣武皇帝,庙号太祖。后来改谥道武,这且慢表。

且说晋刘裕既平南燕,还屯下邳,意欲经营司雍二州,忽由晋廷飞诏召裕,促令还援。看官道是何因?原来卢循陷长沙,徐道复陷南康庐陵豫章,顺流东下,居然想逼夺晋都了。先是卢徐二人,虽受晋官职,仍然阳奉阴违,伺机思逞。徐道复闻刘裕北伐,致书卢循,劝他入袭建康,循复称从缓。道复自往语循道:"我等长住岭外,岂真欲传及子孙?不过因刘裕多智,未易与敌,所以郁郁居此。今裕方顿兵北方,未有还期,我正好乘虚掩击,直入晋都,何无忌、齐毅,等皆不及裕,无能为力。若我得攻克建康,裕虽南还,也不足畏了。"_{却是个好机会。}循尚狐疑未决。道复奋起道:"君若不肯同行,我当自往。始兴兵甲虽少,也可一举,难道不能直指寻阳么?"循见他词气甚厉,不得已屈志相从。道复即还至始兴,整顿舟舰。他本预蓄异谋,尝在南康山伐取材木,至始兴出售,鬻价甚贱,居民争往购取,不以为疑,其实是留贮甚多,至尽取做船材,旬日告成,遂与卢循北出长江,分陷石城,舣舟东指。

晋廷单靠刘裕,自然驰使飞召,裕即令南燕降臣韩范,都督八郡军事,封融为渤海太守,引兵南行。到了山阳,又接得豫章警报,江荆都督何无忌,为徐道复所败,竟至阵亡。无忌系江左名将,突然败死,令裕也惊心。究竟无忌如何致败?说将起来,也是冒险轻进,有勇寡谋,遂落得丧师失律,毕命战场。当无忌出师时,自寻阳驶舟西进,长史邓潜之进谏道:"国家安危,在此一举,卢徐二贼,兵舰甚盛,势居上流,不可轻敌,今宜暂决南塘,守城自固,料彼必不敢舍我东去,我得蓄力养锐,待他疲老,然后进击,这乃是万全计策呢。"无忌不从。参军殷阐复谏道:"循众皆三吴旧贼,百战余生,始兴贼亦骁捷善斗,统难轻视,将军宜留屯豫章,征兵属城,兵至合战,也不为迟。若徒率部众轻进,万一失利,悔将何及?"无忌是个急性鬼,仗着一时锐气,径至豫章西隅,徐道复已据住西岸小山,带了数百弓弩手,迭射晋军。晋军前队,多受箭伤,不敢急驶过去,惹得无忌性起,改乘小舰,向前直闯。偏偏西风暴起,将他小舰吹回东岸,余舰亦为浪所冲,东飘西荡。道复乘着风势,驶出大舰,来击无忌,无忌舟师已散,如何抵当,顿致尽溃。独无忌不肯倒退,厉声语左右道:"取我苏武节来。"左右取节呈上,无忌执节督战,风狂舟破,贼众四集,可怜无忌身受重伤,握节而死。虽曰忠臣,实是无益有害。

何无忌战死豫章口

刘裕得知无忌死耗,恐京畿就此失守,便即卷甲急趋,与数十骑驰至淮上。可巧遇着朝廷来使,急忙问讯,朝使谓贼尚未至,专待公援,裕才放心前进,行至江滨,适值风急波腾,众不敢济。裕慨然道:"天若佑晋,风将自息,否则总是一死,覆溺何害!"此时尚是一大忠臣。说着,便挺身下舟,众亦随下。说也奇怪,舟行风止,竟安安稳稳的驶至京口。百姓见裕到来,齐声相庆,倚若长城。越二日,裕即入都,因江州覆没,表送章绶,有诏不许。时青州刺史诸葛长民,兖州刺史刘藩,并州刺史刘道怜,各将兵入卫。藩

第九十六回　何无忌战死豫章口　刘寄奴固守石头城

系豫州刺史刘毅从弟，与裕相见，报称毅已起兵拒贼，有表入京。裕谓兵宜缓进，不可求速，遂展纸作书云：

> 吾往日习击妖贼，晓其态，贼新获利，锋不可当。今方整修船械，限日毕工，当与老弟同举。平贼以后，上流事自当尽委，愿弟勿疑！

书毕加封，令藩赍书诣毅，并嘱他传语乃兄，切勿躁进。藩趋往姑孰，投书与毅，且述裕言。毅展阅未毕，便瞋目顾藩道："前日举义平逆，权时推裕，汝道我真不及他吗？"休说大话！说着，将书掷地，立集水师二万，出发姑孰。到了桑落州，正值卢循徐道复合兵前来，船头很是高锐，毅舰低脆，一与相触，便致碎损。客主情形，既不相符，毅众当然惊避。卢徐乘势冲突，连毅舟都被撞碎。毅慌忙弃舟登岸，徒步奔还，随行只有数百人，余众都被贼虏去。果能及刘裕否？卢循审讯俘虏，得知刘裕已还建康，颇有戒心，意欲退还寻阳，攻取江陵，据住江荆二州，对抗晋廷。独道复谓宜乘胜急进。彼此争论数日，毕竟道复气盛，循不得不从，便即连樯东下。

警报传达建康，裕因都城空虚，亟募民为兵，修治石头城。或谓宜分守津要，裕摇首道："贼众我寡，再若分散，一处失利，全局俱动，今不如聚众石头，随宜应赴，待至徒众四集，方可再图。"诸葛长民孟昶等，探得贼势猖獗，舳舻蔽江，有众十数万，都不禁魂驰魄散，想出了一条趋避的计策，欲奉乘舆过江，独裕不许。昶料事颇明，曾谓何无忌刘毅出师，必遭败衄，后皆果如昶言。此时因北师甫还，战士已经疲乏，亦恐裕不能抗循，所以主张北徙，朝议亦大半赞成。惟龙骧将军虞邱面折昶议，还有中兵参军王仲德，也不服昶论，独向裕进言道："明公具命世才，新建大功，威震六合，妖贼乘虚入寇，闻公凯旋，自当惊溃，若先自逃去，威名俱丧，何以图存？公若误从众议，仆不忍同尽，请从此辞。"裕大喜道："我意正与卿相同。南山可改，此志不移呢。"正问答间，见孟昶跟跄进来，又申前议。裕勃然道："今重镇外倾，强寇内逼，人情惶骇，莫有固志。若一旦迁动，必致瓦解，江北岂果可得至么？就使得至，也不能久延。今兵士虽少，尚足一战，我能胜贼，臣主同休，万一不胜，我当横尸庙门，以身殉国，难道好窜伏草间，偷生苟活么？我计已决，卿勿再言!"昶还要泣陈,自请先死。裕忿然道:"汝且看我一战,再死未迟。"昶怏怏退出,归书遗表,略言"臣裕北讨,臣实赞同,今强贼乘虚进逼,自愧失策,愿一死谢过"云云。表既封毕,便仰药而死。愚不可及。

俄闻卢循已至淮口,不得不内外戒严,琅琊王德文督守宫城,刘裕出屯石头,使谘议参军刘粹,辅着四龄少子义隆,往镇京口。余将亦由裕调度,各有职守。裕登城遥望,见居民多临水眺贼,不禁动疑,顾问参军张劭。劭答道:"今若节钺未临,百姓将奔散不暇,尚敢临水观望吗?照此看来,定是有恃无恐,所以得此安详。"裕又凝望片刻,召语将佐道:"贼若由新亭直进,锐不可当,只好暂时回避,徐决胜负。若回泊西岸,贼势必懈,便容易成擒了。"将佐等听了裕言,便专探贼舰消息。徐道复原欲进兵新亭,焚舟直上,偏卢循不肯冒险,逡巡未行,且语道复道:"我军未向建康,闻孟昶已惧祸自裁,看来晋都空虚,必且自乱,何必急求一战,多伤士卒呢?"道复终不得请,退自叹息道:"我必为卢公所误,事终无成。若使我独力驰驱,得为英雄,取天下如反手哩。"也是过夸,试看后来豫章之战。

既而刘裕登石头城,望见敌船,引向新亭,也觉失色。嗣看他退驻蔡洲,方有喜容。龙骧将军虞邱,请伐木为栅,保护石头淮口,又修治越城,增筑查浦药园廷尉宫寺所居之处。三垒,杜贼侵轶。裕皆依计施行,人心渐固。刘毅奔还建康,诣阙待罪。有诏降毅为后将军,裕却亲加慰勉,使知中外留守事宜。再派冠军将军刘敬宣屯北郊,辅国将军孟怀玉屯丹阳郡西,建武将军王仲德屯越城,广武将军刘默屯建阳门外。又令宁朔将军索邈,用突骑千匹,外蒙虎皮,分扎淮北。部署既定,壁垒皆新。卢循探悉情形,才悔因循误事,急遣战舰十余艘,进攻石头城的防栅。栅中守卒,并不出战,但用神臂弓竞射,一发数矢,无不摧陷,循只好退去。寻又伏兵南岸,伪使老弱东行,扬言将进攻白石。刘裕留参军沈林子徐赤特防备南岸,截堵查浦,嘱令坚守勿动,自与刘毅诸葛长民等,往戍白石,拒遏贼军。卢循闻裕北去,自喜得计,遂引众进毁查浦,直攻张侯桥。徐赤特即欲出击,林子道:"贼众声往白石,乃反来此挑战,情诈可知。我众寡不敌,不如据垒自固,静待大军。况刘公曾一再面嘱,怎好有违?"

第九十六回　何无忌战死豫章口　刘寄奴固守石头城

赤特不听，自引部曲出战，遇伏败走，循往淮北。贼众趁势攻栅，喊杀连天，亏得林子据栅力御，又经别将刘钟朱龄石等，

相率来援，方将贼众击退，循引锐卒趋往丹阳。

　　裕抵白石，未见贼至，料知贼有诈谋，急率诸军驰还石头，捕斩赤特，然后出阵南塘，令参军诸葛叔度，及朱龄石等渡淮追贼。贼众转掠各郡，郡守统坚壁待着，毫无所得。循乃语道复道："我兵老了，不如退据寻阳，并力取荆州，徐图建康便了。"乃留徒党范崇民，率众五千，居守南陵，自向寻阳退去。晋廷进刘裕为太尉，领中书监，并加黄钺。裕表举王仲德为辅国将军，刘钟为广州太守，蒯恩为河间太守，令与谘议参军孟怀玉等，引兵追循，自还东府整治水军，增筑楼船；特遣建威将军孙处，振武将军沈田子，领兵三千，自海道径袭番禺，捣循巢穴。将佐谓海道迂远，不宜出发，裕微笑不答，但嘱孙处道："大军至十二月间，必破妖贼，卿可先倾贼巢，截彼归路，不怕不为我所歼哩。"却是釜底抽薪的妙计。孙处等奉令自去。

　　那卢循退至寻阳，遣人从间道入蜀，联结谯纵，约他夹攻荆州。纵复称如约，并向后秦乞师。秦主姚兴，册封纵为大都督，相国蜀王，加九锡礼，得承制封拜，并使前将军苟林，率兵会纵。纵乃释出桓谦，令为荆州刺史，应九十四回。又使谯道福为梁州刺史，兴兵二万，与秦将苟林共寇荆州。荆州为贼寇所阻，与建康音问不通，刺史刘道规，曾遣司马王镇之，率同天门太守檀道济，广武将军刘彦之，

入援建康。镇之行至寻阳,适值秦苟林抄出前面,击败镇之,镇之退走。卢循欢迎苟林,使为南蛮校尉,拨兵相助,会攻荆州。桓谦又沿途募兵,得众二万,进据枝江。苟林入屯江津,二寇交逼江陵,荆州大震,士民多思避去。刘道规会集将士,对众晓谕道:"诸君欲去,尽请自便。我东来文武,已足拒寇,可不烦此处士民了。"说着,令大开城门,彻夜不闭,任令自由出入,暗中却日夕增防,士民不禁悚服,反无一人出走。会雍州刺史鲁宗之,自襄阳率军与援,或谓宗之情不可测,道规独单骑迎入,推诚相待,引为腹心。虽是一番权术,却不愧为济变才。当下留宗之居守,自引各军士击桓谦,水陆齐进,直达枝江。天门太守檀道济,奋呼陷阵,大破谦众。谦单舸奔逃,被道规追击过去,一阵乱箭,把谦射死。再移军进攻苟林。

林闻谦败死,未战先逃,道规令参军刘遵,从后追赶,驰至巴陵,得将苟林击毙。道规回军江陵,检得士民通敌各书,一律焚去,不复追究,人情大安。鲁宗之当即辞去。忽闻徐道复率贼三万,奄至破冢,将抵江陵,城中又复惊哗,一时谣言蜂起,且云:"卢循已陷京邑,特使道复来镇荆州。"道规也觉怀疑,自思追召宗之,已是不及,眼前惟有镇定一法,募众守城。好在江陵士民,统感道规焚书德惠,不再生贰,誓同生死,因此秩序复定。可巧刘遵亦得胜回来,道规即使为游军,自督兵出豫章口,逆击道复。道复来势甚锐,突破道规前军,节节进逼。不防斜刺里来了战舰数艘,横冲而入,把道复兵舰截作两段,道复前后不能相顾,顿致慌乱。道规得乘隙奋击,俘斩无算。再经来舰中的大将,帮同拦截,杀得道复走投无路,拼死的杀出危路,走往溢口去了。小子有诗赞刘道规道:

江陵重地镇元戎,战守随宜终立功。
尽有良谋能破贼,强徒漫自诩英雄。

究竟何人来助道规,得此胜仗,待至下回报明。

回评 叙何无忌刘毅之败衄,益以显刘裕之智能。无忌猛将也,而失之轻,刘毅亦悍将也,而失之愎,轻与愎皆非良将才,徐道复谓其无能为,诚哉其无能为也。然观于毅之苟免,犹不如无忌之舍生,虽曰徒死无益,究之一死足以谢国人,况观于后来之刘毅,死于刘裕之手,亦何若当时殉难,尚得流芳

第九十六回 何无忌战死豫章口 刘寄奴固守石头城

千古乎？刘裕临敌不挠，见机独断，诚不愧为一代枭雄，曹阿瞒后，固当推为巨擘，卢循徐道覆诸贼，何足当之？宜其终归败灭也。刘道规为裕弟，智力不亚乃兄，刘氏有此二雄，其亦可谓世间之英乎？

第九十七回

审南交卢循毙命　平西蜀谯纵伏辜

却说刘道规至豫章口,击破徐道复,全亏游军从旁冲入,始得奏功,游军统领,便是参军刘遵。当时道规将佐,统说是强寇在前,方虑兵少难敌,不宜另设游军。及刘遵夹攻道复,大获胜仗,才知道规胜算,非众所及,嗣是益加敬服,各无异言。刘裕闻江陵无恙,当然心喜,便拟亲出讨贼。刘毅却自请效劳,长史王诞密白刘裕道:"毅既丧败,不宜再使立功。"裕乃留毅监管太尉留府,自率刘藩檀韶刘敬宣等,出发建康。王仲德刘钟各军,前奉裕令追贼,行至南陵,与贼党范崇民相持,至此闻裕军且至,遂猛攻崇民,崇民败走,由晋军夺还南陵。凑巧裕军到来,便合兵再进,到了雷池,好几日不见贼踪,乃进次大雷。越宿,见贼众大至,舳舻衔接,蔽江而下,几不知有多少贼船,裕不慌不忙,但令轻舸尽出,并力拒贼,又拨步骑往屯西岸,预备火具,嘱令贼至乃发,自在舟中亲提桴鼓,督众奋斗。右军参军庚乐生,逗留不进,立命斩首徇众。众情知畏,不敢落后,便各腾跃向前。裕又命前驱执着强弓硬箭,乘风射贼,风逐浪摇,把贼船逼往西岸。岸上晋军,正在待着,便将火具抛入贼船,船中不及扑救,多被延烧,烈焰齐红,满江俱赤,贼众纷纷骇乱,四散狂奔。卢循徐道复,也是逃命要紧,走还寻阳。卢徐二贼,从此休了。

裕得此大捷,依次记功,复麾军进迫左里。左里已遍竖贼栅,无路可通,裕但摇动麾竿,督众猛扑,恭然一声,麾竿折断,幡沉水中,大众统皆失色。裕笑语道:"往年起义讨逆,进军覆舟山,幡竿亦折,今又如此,定然破贼了。"覆舟山之战,系讨桓玄时事,见九十回。大众听了,气势益奋,当下破栅直进,俘斩万余。卢徐二贼,分途遁去。裕遣刘藩孟怀玉等,轻骑追剿,自率余军凯旋建康,时已为义熙六年冬季,转眼间便是义熙七年了。徐道复走还始兴,部下寥寥,只剩了一二千人,并且劳敝得很,不堪再用。偏晋将军孟怀玉,与刘藩分兵,独追道复,直抵始兴城下。道复硬着头皮,拼死守城。一边是累胜军威,精神愈振,一边是垂

第九十七回　窜南交卢循毙命　平西蜀谯纵伏辜

亡丑虏,喘息仅存,彼此相持数日,究竟贼势孤危,禁不住官军骁勇,一着失手,即被攻入。道复欲逃无路,被晋军团团围住,四面攒击,当然刺死。

独卢循收集散卒,尚有数千,垂头丧气,南归番禺。途次接得警报,乃是番禺城内,早被晋将孙处沈田子从海道掩入,占踞多日了。_{回应前回}原来卢循出扰长江,只留老弱残兵,与亲党数百人,居守番禺,孙处沈田子引兵奄至城下,天适大雾,迷蒙莫辨,当即乘雾登城,一齐趋入。守贼不知所为,或被杀,或乞降。孙处下令安民,但将卢循亲党,捕诛不赦外,余皆宥免,全城大定。又由沈田子等分徇岭表诸郡,亦皆收复。只卢循得此音耗,累得无家可归,不由得惊愤交并,慌忙集众南行。倍道到了番禺,誓众围攻,孙处独力拒守,约已二十余日,晋将刘藩,方驰入粤境,沈田子亦从岭表回军,与藩相遇,当下向藩进言道:"番禺城虽险固,乃是贼众巢穴,今闻循集众围攻,恐有内变,且孙季高_{系处表字}兵力单弱,未能久持,若再使贼得据广州,凶势且复振了,不可不从速往援。"藩乃分兵与田子,令救番禺。田子兼程急进,到了番禺城下,便扑循营,喊杀声递入城中。孙处登城俯望,见沈田子与贼相搏,喜出望外,当即麾兵出城,与田子夹击卢循,斩馘至万余人。循狼狈南遁。处与田子合兵至苍梧郁林宁浦境内,三战皆捷。适处途中遇病,不能行军,田子亦未免势孤,稍稍迟缓,遂被卢循窜去,转入交州。

先是九真太守李逊作乱,为交州刺史杜瑗讨平,未几瑗殁,子慧度讣达晋廷,有诏令慧度袭职。慧度尚未接诏,那卢循已袭破合浦,径向交州捣入。慧度号召中州文武,同出拒循,交战石碕,得败循众。循党尚剩三千人,再加李逊余党李脱等,纠集蛮獠五千余人,与循会合,循又至龙编南津,窥伺交州。慧度将所有私财,悉数取出,犒赏将士。将士感激思奋,复随慧度攻循。循党从水中舟行,慧度所率,都是步兵,水陆不便交锋,经慧度想出一法,列兵两岸,用雉尾炬烧着,掷入循船。雉尾炬系束草一头,外用铁皮缚住,下尾散开,状如雉尾,所以叫做雉尾炬。循船多被燃着,俄而循坐船亦致延烧,连忙扑救,还不济事,余舰亦溃。循自知不免,先将妻子鸩死,后召妓妾遍问道:"汝等肯从死否?"或云:"雀鼠尚且贪生,不愿就死。"或云:"官尚当死,妾等自无生理。"循将不愿从死的妓妾,一概杀毙,投尸水中,自己亦一跃入江,溺死了事。又多了一个水仙。慧度命军士捞起循尸,枭取首级,复击毙李脱父子,共得七首,函送建康。南方十多年海寇,至此始荡涤一空,不留遗种了。也是一番浩劫。晋廷赏功恤死,不在话下。

寇南父虑循殒命

且说荆州刺史刘道规,莅镇数年,安民却寇,惠及全州,嗣因积劳成疾,上表求代。晋廷令刘毅代镇荆州,调道规为豫州刺史。道规转赴豫州,旋即病殁。荆人闻讣,无不含哀。独刘毅素性贪愎,自谓功与裕埒,偏致外调,尝郁郁不欢。裕素不学,毅却能文,因此朝右词臣,多喜附毅。仆射谢混,丹阳尹郗僧施,更与毅相投契。毅奉命西行,至京口辞墓。谢郗等俱往送行,裕亦赴会。将军胡藩密白裕道:"公谓刘荆州终为公下么?"裕徐徐答道:"卿意云何?"藩答道:"战必胜,攻必取,毅亦知不如公。若涉猎传记,一谈一咏,毅却自诩雄豪。近见文臣学士,多半归毅,恐未必肯为公下,不如即就会所,除灭了他。"裕之擅杀,藩实开之。裕半晌方道:"我与毅共同匡复,毅罪未著,不宜相图,且待将来再说。"杀机已动。随即欢然会毅,彼此作别。裕复表除刘藩为兖州刺史,出据广陵。毅因兄弟并据方镇,阴欲图裕,特密布私人,作为羽翼。乃调僧施为南蛮校尉,毛修之为南郡太守,裕皆如所请,准他调去。是亦一郑庄待弟之策。毅又常变置守宰,擅调豫江二州文武将吏,分充僚佐;嗣又请从弟兖州刺史刘藩为副。于是刘裕疑上加疑,不肯放松,表面上似从毅请,召藩入朝,将使他转赴江陵。藩不知是计,卸任入都,便被裕饬人拿下,并将仆射谢混,一并褫职,与藩同系

第九十七回　殪南交卢循毙命　平西蜀谯纵伏辜

狱中。越日,即传出诏旨,略言"刘藩兄弟与谢琨同谋不轨,当即赐死。毅为首逆,应速发兵声讨"云云。一面令前会稽内史司马休之为荆州刺史,随军同行。裕弟徐州刺史刘道怜为兖青二州刺史,留镇京口。使豫州刺史诸葛长民监管太尉府事,副以刘穆之。

裕亲督师出发建康,命参军王镇恶为振武将军,与龙骧将军蒯恩,率领百舰,充作前驱,并授密计。镇恶昼夜西往,至豫章口,去江陵城二十里,舍船步上,扬言刘兖州赴镇。荆州城内,尚未知刘藩死耗,还道传言是实,一些儿不加预防。至镇恶将到城下,毅始接得侦报,并非刘藩到来,实是镇恶进攻,当即传出急令,四闭城门,哪知门未及闭,镇恶已经驰入,驱散城中兵吏。毅只率左右百余人,奔突出城,夜投佛寺,寺僧不肯容留,急得刘毅势穷力蹙,没奈何投缳自尽。究竟逊裕一筹,致堕诡计。镇恶搜得毅尸,枭首报裕。裕喜已遂计,即西行至江陵,杀郄僧施,赦毛修之。宽租省调,节役缓刑,荆民大悦。裕留司马休之镇守江陵,自率将士东归。有诏加裕太傅,领扬州牧,裕表辞不受,惟奏征刘镇之为散骑常侍。镇之系刘毅从父,隐居京口,不求仕进,尝语毅及藩道:"汝辈才器,或足匡时,但恐不能长久呢。我不就汝求财位,当不为汝受罪累,尚可保全刘氏一脉,免致灭门。"毅与藩哪里肯信,还疑乃叔为疯狂,有时过门候谒,仪从甚多,辄被镇之斥去。果然不到数年,毅藩遭祸,亲族多致连坐,惟镇之得脱身事外。裕且闻他高尚,召令出仕,镇之当然不赴,唯守志终身罢了。不没高士。

豫州刺史诸葛长民,本由裕留监太尉府事,闻得刘毅被诛,惹动兔死狐悲的观念,便私语亲属道:"昔日醢彭越,今日杀韩信,祸将及我了。"长民弟黎民进言道:"刘氏覆亡,便是诸葛氏的前鉴,何勿乘刘裕未还,先发制人?"长民怀疑未决,私问刘穆之道:"人言太尉与我不平,究为何故?"穆之道:"刘公溯流西征,以老母稚子委足下,若使与公有嫌,难道有这般放心么?愿公勿误信浮言!"穆之为刘裕心腹,长民尚且不知,奈何想图刘裕?长民意终未释。再贻冀州刺史刘敬宣书道:"盘龙刘毅小字。专擅,自取夷灭,异端将尽,世路方夷,富贵事当与君共图,幸君勿辞!"敬宣知他言中寓意,便答书道:"下官常恐福过灾生,时思避盈居损,富贵事不敢妄图,谨此复命!"这书发出,复将长民原书,寄吴刘裕。裕掀髯自喜道:"阿寿原不负我呢。"阿寿就是敬宣小字。说毕,即悬拟入都期日,先遣人报达阙廷。

长民闻报,不敢动手,惟与公卿等届期出候,自朝至暮,并不见刘裕到来,只好偕返。次日,又出候裕,仍然不至,接连往返了三日,始终不闻足迹,免不得疑论纷纭。裕又作怪。谁知是夕黄昏,裕竟轻舟径进,潜入东府,大众都未知悉,只有刘穆之在东府中,得与裕密议多时。到了诘旦,裕升堂视事,始为长民所闻,慌忙趋府问候。裕下堂相迎,握手殷勤,引入内厅,屏人与语,非常款洽。长民很是惬意,不防座后突入两手,把他拉住,一声怪响,骨断血流,立时毙命,遂舁尸出付廷尉,并收捕长民弟黎民幼民,及从弟秀之。黎民素来骁勇,格斗而死;幼民秀之被杀。当时都下人传语道:"勿跋扈,付丁旿。"旿系裕麾下壮士,拉长民,毙黎民,统出旿手,这正好算得一个大功狗了。意在言中。

裕又命西阳太守朱龄石,进任益州刺史,使率宁朔将军臧熹,河间太守蒯恩,下邳太守刘钟等,率众二万,西往伐蜀。时人统疑龄石望轻,难当重任,独裕说他文武优长,破格擢用。臧熹系裕妻弟,位本出龄石上,此时独属归龄石节制,不得有违。临行时,先与龄石密商道:"往年刘敬宣进兵黄虎,无功而还,今不宜再循覆辙了。"遂与龄石附耳数语,并取出一锦函,交与龄石,外面写着六字云:"至白帝城乃开。"龄石受函徐行,在途约历数月,方至白帝城。军中统未知意向,互相推测,忽由龄石召集将士,取示锦函,对众展阅,内有裕亲笔一纸云:"众军悉从外水取成都,臧熹从中水取广汉,老弱乘高舰

平西蜀谯纵伏诛

第九十七回　窜南交卢循毙命　平西蜀谯纵伏辜

十余,从内水向黄虎,至要勿违。"大众看了密令,各无异言,便即倍道西进。<u>前缓后急,统是刘裕所授。</u>

蜀王谯纵,早已接得警报,总道晋军仍由内水进兵,所以倾众出守涪城,令谯道福为统帅,扼住内水。黄虎系是内水要口,此次但令老弱进行,明明是虚张声势,作为疑兵。外水一路,乃是主军,由龄石亲自统率。趋至平模,距成都只二百里,谯纵才得闻知,亟遣秦州刺史侯晖,尚书仆射谯诜,率众万余,出守平模夹岸,筑城固守。时方盛暑,赤日当空,龄石未敢轻进,因与刘钟商议道:"今贼众严兵守险,急切未易攻下,且天时炎热,未便劳军,我欲休兵养锐,伺隙再进,君意以为可否?"钟连答道:"不可不可。我军以内水为疑兵,故谯道福未敢轻去涪城,今大众从外水来此,侯晖等虽然拒守,未免惊心,彼阻兵固险,明明是不敢来争,我乘他惊疑未定,尽锐进攻,无患不克。即克平模,成都也易取了。若迟疑不定,彼将知我虚实,涪军亦必前来,并力拒我,我求战不得,军食无资,二万人且尽为彼虏了。"龄石矍然起座,便誓众进攻。<u>能从良策,便是良将。</u>

蜀军筑有南北二城,北城地险兵多,南城较为平坦,诸将欲先攻南城,龄石道:"今但屠南城,未足制北,若得拔北城,南城不麾自散了。"当下督诸军猛攻北城,前仆后继,竟得陷入,斩了侯晖谯诜,再移兵攻南城。南城已无守将,兵皆骇遁,一任晋军据住。可巧臧熹亦从中水杀进,阵斩牛脾守将谯抚之,击走打鼻守将谯小狗,留兵据守广陵,自引轻兵来会龄石。两军直向成都,各屯戍望风奔溃,如入无人之境,成都大震。谯纵魂飞天外,慌忙挈了爱女,弃城出走,先至祖墓前告辞。女欲就此殉难,便流泪白纵道:"走必不免,徒自取辱,不若死在此处,尚好依附先人。"纵不肯从,女竟咬着银牙,用头撞碣,砰的一声,脑浆迸裂,一道贞魂,去寻那谯氏先祖先宗了。<u>烈女可敬!</u>纵心虽痛女,但也未敢久留,即纵马往投涪城。途次正遇着道福,道福勃然怒道:"我正因平模失守,引兵还援,奈何主子匹马逃来?大丈夫有如此基业,骤然弃去,还想何往?人生总有一死,难道怕到这般么?"说着,即拔剑投纵。纵连忙闪过,剑中马鞍,马尚能行,由纵挥鞭返奔,跑了数里,马竟停住,横卧地上。纵下马小憩,自思无路求生,不如一死了事,遂解带悬林,自缢而亡。<u>不出乃女所料。</u>巴西人王志,斩纵首级,赍送龄石。龄石已入成都。蜀尚书令马耽,封好府库,迎献图籍。当下搜诛谯氏亲属,余皆不问。谯道福尚拟再战,把家财尽犒兵士,且号令军中道:"蜀地存亡,系诸我身,不在谯王。今我在,尚足一战,还望大家努力!"众虽应声称诺,待至金帛到手,都背了道福,私下逃去。都是好良心。剩得道福孤身远窜,为巴民杜瑾所执,解送晋营,结果是头颅一颗,枭示军门。总计谯氏僭称王号,共历九年而亡。小子有诗叹道:

　　　　九载称王一旦亡,覆巢碎卵亦堪伤。
　　　　撞碑宁死先人墓,免辱何如一女郎。

朱龄石既下成都,尚有一切善后事情,待至下回续叙。

回评　卢循智过孙恩,徐道复智过卢循,要之皆不及一刘裕,裕固一世之雄也。道复死而循乌得生?穷窜交州,不过苟延一时之残喘而已。前则举何无忌刘毅之全军,而不能制,后则仅杜慧度之临时召合,即足以毙元恶,势有不同故耳。然刘毅不能敌卢循,乌能敌刘裕?种种诈谋,徒自取死。诸葛长民,犹之毅也。谯纵据蜀九年,负险自固,偏为朱龄石所掩入,而龄石之谋,又出自刘裕,智者能料人于千里之外,裕足以当矣。然江左诸臣,无一逮裕,司马氏岂尚有幸乎?魏崔浩论当世将相,尝目裕为司马氏之曹操,信然。

第九十八回

南凉王愎谏致亡　西秦后败谋殉难

却说朱龄石入成都后，上书告捷，晋廷叙功加赏，命龄石监督梁秦二州军事，赐爵丰城县侯。龄石恐降臣马耽，在蜀生事，特将他徙往越巂。耽至徙所，私语亲属道："朱侯不送我入凉，无非欲杀我灭口，看来我必不免了。"乃盥洗而卧，引绳扼死，既而龄石使至，果来杀耽。见耽已死，即戮尸归报，龄石乃安。可见龄石不免营私。后来龄石遣使诣北凉，宣谕晋廷威德，北凉王沮渠蒙逊，却也有些畏惧，因上表晋廷。略云：

上天降祸，四海分崩，灵耀拥于南裔，苍生没于丑虏，陛下累圣重光，道迈周汉，纯风所被，八表宅心。臣虽被发旁徼，才非时俊，谬经河右遗黎，推为盟主，臣之先人，世荷恩宠，虽历夷险，执义不回，倾首朝阳，乃心王室。近由益州刺史朱龄石，遣使诣臣，始具朝廷休问。承车骑将军刘裕，秣马挥戈，以中原为事，可谓天赞大晋，笃生英辅。彼亦惟知一裕。臣闻少康之兴大夏，光武之复汉业，皆奋剑而起，众无一旅，犹能成配天之功，著《车攻》之咏。陛下据全楚之地，拥荆扬之锐，宁可垂拱晏然，弃二京以资戎虏乎？若六军北轸，克复有期，臣愿率河西诸戎，为晋右翼，效力前驱，纂辔待命！

看官听说！这时候的沮渠蒙逊已夺了南凉的姑臧城，从张掖徙都姑臧，自称河西王，改元玄始，差不多与吕光一律了。原来南北二凉，互相仇敌，争战不休。逆见前文。南凉王秃发傉檀，背秦僭位，称妻折掘氏为王后，子虎台为太子，也设置臣僚，封拜百官。应九十五回。且遣左将军枯木，与附马都尉胡康等，往侵北凉，掠去临松人民千余家。北凉怎肯干休？由蒙逊亲率骑士，称戈报怨，突入南凉的显美境内，大掠而去。南凉太尉俱延，引兵追蹑，被蒙逊回军奋击，大败遁还。于是傉檀也征兵五万，往攻蒙逊。左仆射赵晁，及太史令景保谏阻道："近年天文错乱，风雨不时，陛下惟修德责躬，方可晋吉，不宜再动干戈。"傉檀勃然道:"蒙逊不道,入我封畿,掠我边疆,残我禾稼,我若不再征,如何保国?今大军已集,卿等反出言沮众,究出何意?"谁叫你先去害人?景保道:"陛下令臣主察天文,臣若见事不言,便负陛下。今天象显然动必失利。"傉檀道:"我挟轻骑五万,亲征蒙逊,可战可守,有什么不利呢?"景保还要强谏,惹得傉檀性起,锁保随军,且与语道:"有功当斩汝徇众,无功当封汝百户侯。"当下亲自出马,引众直趋穷泉。

南凉王愎谏致凶

蒙逊当然出拒,两下相见,北凉兵非常厉害,杀得南凉人仰马翻,纷纷逃溃。傉檀亦单骑奔还,只有景保锁着,不能自由行走,致被北凉兵擒去,推至蒙逊面前。蒙逊面责道:"卿既识天文,为何违天犯顺,自取羁辱?"保答道:"臣非不谏,谏不肯从,亦属无益。"蒙逊道:"昔汉高祖免厄平城,赏及娄敬;袁绍败溃官渡,戮及田丰。卿谋同二子,可惜遇主不同,卿若有娄敬的功赏,我当放卿回去,但恐不免为田丰呢?"保又道:"寡君虽才非汉祖,却与袁本初不同,臣本不望封侯,亦不至虑祸呢。释还与否,悉听明断便了。"蒙逊乃放归景保。保还至姑臧,傉檀引谢道:"卿为孤蓍龟,孤不能从,咎实在孤,孤今当从卿了。"乃封保为安亭侯。已经迟了。

蒙逊进围姑臧,城内大骇,民多惊散。傉檀亦非常着急,只得遣使请和,遣子他及司录校尉敬归,入质蒙逊。蒙逊乃引兵退去。归至胡坑,乘间逃还,他亦走了里许,仍被追兵拘住,将他械归。傉檀恐蒙逊复至,不敢安居,竟率亲党徙居乐都,但留大司农成公绪守姑臧。甫出城

第九十八回　南凉王愎谏致亡　西秦后败谋殉难

门,魏安人焦谌王侯等闭门作乱,收合三千余家,占据南城,推焦朗为大都督,自称凉州刺史,通款蒙逊。蒙逊复进兵姑臧,焦朗未悉谌谋,纠众守城,偏偏谌为内应,潜开城门,迎纳蒙逊。朗不及出奔,束手受擒。还算蒙逊大开恩典,把朗赦免,再移兵往取北城。成公绪早已遁去,姑臧城遂全属蒙逊了。<small>傉檀轻弃姑臧,原是失策,但易得易失,亦理所固然。</small>蒙逊令弟挈为秦州刺史,居守姑臧,自率兵进攻乐都。

傉檀迁居未久,闻得蒙逊兵至,慌忙勒兵登陴,日夕守御。蒙逊相持匝月,尚幸全城无恙,惟守卒已死了多人,总觉岌岌可危,不得已再与讲和。蒙逊索傉檀宠子为质,傉檀不肯遽许,旋经群臣固请,才令爱子安周出质,蒙逊乃去。过了数月,傉檀复欲往攻蒙逊,邯川护军孟恺进谏道:"蒙逊方并姑臧,凶势方盛,不宜速攻,且保守境土为是。"傉檀急欲复仇,不听恺言,<small>忽惧忽忿,好似小儿模样。</small>遂分兵五路,同时俱进。到了番禾苕藿等地方,掠得人民五千余户,乃议班师。部将屈右入白道:"陛下转战千里,已属过劳,今既得利,亟宜倍道还师,速度险阨。蒙逊素善用兵,士众习战,若轻军猝至,出我意外,强敌外逼,徙户内叛,岂不危甚?"道言方绝,卫将伊力延接口道:"彼步我骑,势不相及,若倍道急归,必致捐弃资财,示人以弱,这难道是良策么?"屈右出语诸弟道:"我言不用,岂非天命?恐我兄弟将不能生还了。"傉檀徐徐退还,途次忽遇风雨,阴雾四塞。那蒙逊兵果然大至,喊声四震,吓得南凉兵魂不附体,没路飞跑。傉檀亦即返奔,弃去辎重,狼狈走还。蒙逊追至乐都,四面围攻,傉檀又送出一个质子染干,方得令蒙逊回军。<small>亏得多男。</small>

是时,西秦王乞伏乾归,叛秦独立。<small>见九十五回。</small>乃号妻边氏为王后,子炽磐为太子,兼督中外诸军,录尚书事。屡寇秦境,陷入金城略阳南安陇西诸郡。秦主姚兴,不遑西讨,只好遣吏招抚,曲为周旋。乾归方欲图南凉,乃与秦修和,送还所掠守宰,答书谢罪。兴更册拜乾归为征西大将军,河州牧,大单于,河南王,都督陇西岭北匈奴杂胡诸军事。炽磐为镇西将军左贤王平昌公。乾归父子受了秦命,送遣炽磐及次子审虔,带领步骑万人,往攻南凉,击败南凉太子虎台,掠得牛马十余万匹而还。未几,复与秦背约,寇掠略阳南平,徙民数千户至谭郊,令子审虔率众二万,赴谭郊筑城;筑就后又复迁都,但命炽磐留镇苑川。

从子乞伏公府,系国仁子,年已长成,自恨前时不得嗣立,深怨乾归。公府事见前文。会乾归出畋五溪,有枭鸟飞集手上,忙即拂去,心中不能无嫌,惟未曾料及隐患。是夕,宿居猎苑,被公府招引徒党,突入寝处,刺死乾归。因恐炽磐往讨,走保大夏。炽磐闻变,立命弟智达木奕于等,引兵讨逆,留骁骑将军娄机镇苑川,自帅将佐至枹罕城。已而智达击败大夏,追公府至巉崴山,把他擒住,并获公府四子,解至谭郊,车裂以徇。炽磐遂自称大将军河南王,改元永康,迎回乾归遗柩,安葬枹罕,追谥为武元王,号称高祖。署翟勍为相国,麴景为御史大夫,段晖为中尉;当即兴兵四出,攻讨吐谷浑诸胡,先后俘得男女二万八千人。越二年余,有五色云出现南山,炽磐目为符瑞,喜语群臣道:"我今年应得大庆,王业告成了。"嗣是缮甲整兵,专待四方衅隙。适南凉王傉檀,西讨乙弗,炽磐拔剑奋起道:"平定南凉,在此一行了。"当下征兵二万,克日起行。

那傉檀连年被兵,损失不资,国威顿挫。唾契汗乙弗,向居吐谷浑西北,臣事南凉,至是亦叛。因此傉檀定议西征。邯川护军孟恺,又进谏道:"连年饥馑,百姓未安,炽磐蒙逊,屡来侵扰,就使远征得克,后患必深,计不如与炽磐结盟,通籴济难,足食缮兵,相时乃动,方保万全。"傉檀不从,使太子虎台居守,预约一月必还,倍道西去,大破乙弗,掳得马牛羊四十余万头,饱载归来。哪知乐极悲生,福兮祸倚,中途遇着安西将军樊尼,报称:"乐都失守,王后太子,俱已陷没了。"傉檀听到此耗,险些儿晕了过去,勉强按定了神,问明情形,才知为炽磐所掩袭。乐都城内的兵民,仓猝奔溃,虎台不及出奔,遂致被掳,妻妾等统是怯弱,当然不能脱身了。傉檀踌躇多时,复号众与语道:"今乐都为炽磐所陷,男夫多死,妇女赏军,我等退无所归,只好再行西掠,尽取乙弗资财,还赎妻子罢。"说着,又麾众西进。偏将士俱思东归,多半逃还。傉檀遣镇北将军段苟往追,苟亦不返。俄而将佐皆散,惟安西将军樊尼,中军将军纥勃,后军将军洛肱,散骑常侍阴利鹿,尚是随着。傉檀泣叹道:"蒙逊炽磐,从前俱向我称藩,今我若穷蹙往降,岂不可耻?但四海虽广,无可容身,与其聚而同死,不若分而或生。樊尼系我兄子,宗祧所寄,我众在北,尚不下二万户,可以往依。蒙逊方招怀远迩,不致寻仇,纥勃洛肱,俱可同去。我已老了,无地自容,宁与妻子同死罢。"言若甚悲,实由自取。樊尼与纥勃洛肱,依言别去。傉檀掉头东行,随从只阴利鹿一人，因凄然顾语道："我亲属皆散，卿何故独留？"利鹿道："臣家有老母，非不思归，但忠孝不能两全，臣既不能为陛下保国，难道尚敢相离么？"傉檀感叹道："知人原是不易，大臣亲戚，统弃我自去，惟有卿终始不渝，卿非负我，我实愧卿。"说毕，泪下如雨。利鹿亦泣慰数语，乃再相偕同行。

途次探得炽磐已归，留部将谦屯都督河右，镇守乐都，又任秃发赴单为西平太守，镇守西平，赴单系乌孤子，为傉檀侄。傉檀得此援系，当即往投。赴单已臣事西秦，自然报达炽磐。炽磐从前入质南凉，利鹿孤尝给宗女为妻，后来炽磐奔还，傉檀曾将炽磐女送归。及炽磐攻入乐都，掳得傉檀季女，见她艳丽动人，遂逼令侍寝。为此两道姻谊，所以遣使往迎傉檀，待若上宾，令为骠骑大将军，封左南公。就是虎台被他带归，亦优礼相待。傉檀乃遣阴利鹿归省，利鹿方去。

自从乐都失陷，南凉各城，尽归炽磐，惟浩亹守将尉贤政，固守不下。炽磐遣人招谕道："乐都已溃，卿妻子都在我处，何不早降？"贤政答道："主上存亡，尚未探悉，所以不敢归命。若顾恋妻子，便忘故主，试问大王亦何用此臣？"去使还报炽磐。炽磐再使虎台赍去手书，往招贤政。贤政见了虎台，便正色道："汝为储副，不能尽节，弃父忘君，自堕基业，贤政义士，岂肯效汝么？"虎台怀惭而去。及傉檀受爵左南，才举城归附后秦。与阴利鹿志趣相同，犹为彼善于此。炽磐既并吞南凉，遂自称秦王，立傉檀女秃发氏为王后，前妻秃发氏为左夫人。重后轻前，亦属非是。旋恐傉檀尚存，终为后患，竟遣人赍了鸩毒，往毒傉檀。傉檀一饮而尽，俄而毒发，痛不可当，左右请巫服解药，傉檀瞋目道："我病岂尚宜疗治么？"言讫即毙。年终五十一，在位十三年。南凉自秃发乌孤立国，兄弟相传，共历三主，凡十有九年而亡。

傉檀子保周破羌，利鹿孤孙副周，乌孤孙承钵，皆奔往北凉，转入北魏。魏并授公爵，且赐破羌姓名，叫作源贺，后来为北魏功臣。就是傉檀兄子樊尼，亦入魏授官，不遑细叙。惟虎台仍在西秦，北凉王沮渠蒙逊，遣人引诱虎台，许给番禾西安二郡，且愿借兵士，使报父仇。虎台恰也承认，阴与定约。偏被炽磐闻知，召入宫廷，不令外出，但表面上还不露声色，待遇如初。炽磐后秃发氏，与虎台为兄妹，起初是无法解脱，只好勉侍炽磐，佯作欢笑，及得立为后，历承恩宠，心中总不忘君父，自恨身为女流,无从报复。可巧乃兄召入,尝得相见,遂觑隙与语道:"秦与我有大仇,不过因婚媾相关,虚与应酬,试想先王死于非命,遗言不愿疗治,无非为保全子女起见,我与兄既为人子,怎可长事仇雠,不思报复呢?"虽含有烈性,究竟自己被污,也不免迟了一着。虎台点首退出,密与前时部将越质洛城等设谋,阴图炽磐。不料宫中却有一个奸细,本是秃发氏遗胄,偏他甘心事房,反噬虎台兄妹,这叫丧尽天良,可叹可恨呢!

西秦后败谋殉难

看官道是何人?便是炽磐左夫人秃发氏。她自僻檀女入宫得宠,已怀妒意,又平白地失去后位,反使后来居上,越觉愤愤不平,但面上却毫不流露,佯与王后相亲,很是投机。秃发后仍以姊妹相呼,误信她为同宗一派,当无异心,所以有时晤谈,免不得将报仇意计,漏说数语。她便假意赞成,盘问底细,得悉她兄妹隐情,竟去报知炽磐。炽磐不听犹可,听了密报,自然怒起,立把王后兄妹,及越质洛城等人,一并处死。自是左夫人秃发氏,得快私愤,复沐专宠了。惟炽磐元妃早殁,遗下数男,次子叫做慕末,由炽磐立为太子。慕末弟轲殊罗,亦为前妻所出,后来炽磐身死,慕末继立,秃发左夫人做了寡妇,不耐嫠居,竟与轲殊罗私通,谋杀慕末。慕末闻知,鞭责轲殊罗,赦他一死,独勒令秃发氏自尽,事在刘宋元嘉六年,乃是东晋后事。小子因她妒悍淫昏,终遭恶报,所以特别提出,留作榜样。奉劝后世妇女,切莫效此丑恶事呢。是有心人吐属。因随笔凑成一诗道:

第九十八回 南凉王愎谏致亡 西秦后败谋殉难

一门姊妹不相侔,谗杀同宗甘事仇。
待到后来仍自尽,何如死义足千秋。
西秦方盛,后秦却已垂亡,欲知详情,试看下回分解。

回评 秃发傉檀,北见侵于蒙逊,东受迫于炽磐,其危亡也必矣。然使听孟恺之言,和东拒北,尚不至于遽亡,乃人方眈伺,彼尚逞兵,乙弗不必讨而讨之,乐都不可忽而忽之,卒至众叛亲离,束手降房,举先人之基业,让诸他人,寻且服鸩自毙,嗟何及哉!傉檀女为西秦后,冀复父仇,谋泄而死。一介妇人,独有亢宗之想,计虽不成,志足悲也。彼左夫人亦秃发氏女,何忘仇无耻若是?同一巾帼,判若径庭,然则秃发后其可不传乎?特笔以表明之,所以补《晋书》之阙云。

第九十九回

入荆州驱除异党　夺长安翦灭后秦

却说秦主姚兴嗣位后，曾立昭仪张氏为后，长子泓为太子，余子懿弼洸宣谌愔璞质逵裕国儿等，皆封公爵。弼受封广平公，素性阴狡，潜谋夺嫡，外面却装作孝谨，深得父宠，出为雍州刺史，权镇安定。降臣姜纪，曾叛凉归秦，依弼麾下，劝弼结兴左右，自求入朝。弼如言施行，果得兴诏，征为尚书侍中大将军，得参朝政。嗣是引纳朝士，勾结党羽，势倾东宫，为国人所侧目。左将军姚文宗，与东宫常相往来，很是亲昵。弼因之加忌，诬称文宗怨望，嘱使侍御史廉桃生为证人。兴不察虚实，竟将文宗赐死，群臣益复畏弼，不敢多言。溺爱不明，适足致乱。弼令私人尹冲为给事黄门郎，唐盛为治书侍御史，伺察机密，监制朝廷。右仆射梁喜，侍中任谦，京兆尹尹昭，不忍坐视，乘间白兴道："家庭父子，人所难言，但君臣恩义，与父子相同，臣等理不容默，故敢直陈。广平公弼势倾朝野，意在夺嫡，陛下反假他威权，任所欲为，时论皆言陛下有废立意，果有此事，臣等宁死不敢奉诏。"兴愕然道："哪有此事？"喜等复道："陛下既无此事，爱弼反致祸弼，应亟加裁制，方免他忧。"兴默然不答，喜等只好趋退。大司农窦温，司徒左长史王弼，为弼说情，劝兴改立弼为太子。兴虽然不允，亦未尝驳责，益令朝右生疑，但不过腹诽心议罢了。

未几，兴遇重疾，太子泓入侍，弼谋作乱，潜集党羽数千人，披甲为备，拟俟兴死后，杀泓自立。兴子裕侦悉弼谋，遣使四出，飞告诸兄。于是上庸公懿，治兵蒲坂，陈留公洸治兵洛阳，平原公谌治兵雍州，俱欲入赴长安，会师讨弼。尚幸兴病渐愈，弼谋不得遂。征虏将军刘羌，乘兴升殿，泣告前情。兴慨然道："朕过庭无训，使诸子不睦，负惭四海，今愿卿等各陈所见，俾安社稷。"京兆尹尹昭复请诛弼，右仆射梁喜，亦如昭议，惟兴始终不忍，但免弼尚书令，使以将军公就第。懿洸谌闻兴已瘳，各罢兵还镇。已而懿洸谌及长乐公宣，联翩入朝，使弟裕先入报兴，

第九十九回　入荆州驱除异党　夺长安翦灭后秦

求陈时事。兴怫然道："汝等无非论弼得失,我已尽知,不烦进言了。"裕答道："弼果有过,陛下亦宜垂听,若懿等妄言,尽可加罪,奈何不令入见呢?"兴乃就谘议堂引见诸子。宣流涕极陈弼罪,兴徐嘱道："我自当处弼,何必汝等加忧?"宣始趋出。抚军东曹属姜虬疏请黜弼,兴将虬疏取示梁喜,喜复请早决,兴仍然不从,蹉跎过去,又越年余。

　　晋荆州刺史司马休之,据住江陵,雍州刺史鲁宗之,据住襄阳,与太尉刘裕相争,因驰书入关,乞发援兵。秦主兴遣将姚成王司马国璠等,率八千骑赴援,指日出发。究竟休之宗之,何故与裕失和？说来又是一番原因。休之出镇江陵,颇得民心,子文思过继谯王,留居建康,豪暴粗疏,为太尉裕所嫉视。有司希旨,阴伺文思过失,适文思搥杀小吏,正好据事纠弹。有诏诛文思党羽,本身贷死。裕将文思送给休之,令自训厉,意欲休之将子处死。休之但表废文思,并寄裕书,陈谢中寓讥讽意。裕因之不悦,特使江州刺史孟怀玉,兼督豫州六郡,监制休之。翌年,又收休之次子文质,从子文祖,并皆赐死,一面声讨休之,即加裕黄钺,领荆州刺史,起兵西行。裕令弟中军将军刘道怜监留府事,进刘穆之兼左仆射,佐助道怜,自己好放心前去。休之闻报,忙邀雍州刺史鲁宗之。及宗之子竟陵太守鲁轨,合拒裕军。裕使参军檀道济朱超石,率步骑出襄阳。江夏太守刘虔之,聚粮以待,偏被鲁轨暗袭虔之,把他击死。裕婿徐逵之,与别将蒯恩沈渊子等,出江夏口,又堕入鲁轨的埋伏计。逵之沈渊子阵亡,惟蒯恩得免。

　　裕连接败报,不由得怒气勃勃,麾军渡江,亲决胜负。休之也恐不能敌裕,因向后秦乞援。秦虽遣将为助,究因道途相隔,未能遽至。回应上文。休之子司马文思,与宗之子鲁轨,合兵四万,夹江扼守,列阵峭岸,高约数丈。裕舟近岸,将士见了峭壁,不敢上登。裕披甲出船,自欲跃上,诸将苦谏不从。主簿谢晦,把裕掖住,气得裕瞋目扬须,拔剑指晦道："我当斩汝!"晦答道："天下可无晦,不可无公。"有何用处？不过留他篡晋呢。将军胡藩,忙趋出裕前,用刀头挖穿岸上,可容足趾,便蹑迹登岸。将士亦陆续随上,向前力战。文思与轨,稍稍却退。转瞬间,裕亦上岸,麾军大进,顿将文思等击退,直指江陵。休之宗之,闻裕军锐甚,无心固守,亦弃城北遁。惟轨退保石城,裕令阃中侯赵伦之,参军沈林子攻轨,另遣武陵内史王镇恶,领着舟师,追蹑休之宗之。休之在途中收集败军,拟援石城,不意石城已被攻破。轨独狼狈奔来,乃相偕奔往襄阳。襄阳参军李应之,闭门不纳,休之等只好奔往后秦。行至南阳,正遇秦将姚成王等前来,彼此谈及,知荆雍已被裕军夺去,不如同入长安,再作后图,乃相引入关去了。

休之有亲属司马道赐,为青冀二州刺史刘敬宣参军,密拟起应休之,与裨将王猛子等合谋,竟将敬宣刺毙。敬宣府吏,当即召众戡乱,捕斩道赐猛子,青冀二州,仍然平定。裕饬诸军还营,奏凯入朝。廷旨加裕太傅扬州牧,剑履上殿,入朝不趋,赞拜不名。裕表辞太傅州牧,其余受命。是年,又命裕都督二十二州军事。越年,再任裕为中外大都督。裕闻后秦乱起,骨肉相残,已有亡征,乃说他援纳叛党,决计西讨;当下敕令戒严,准备启行。

入荆州驱除异党

自从秦主兴收纳休之,命为镇军将军,领扬州刺史,使他侵扰荆襄,且欲调兵接应。无如诸子相争,国内不安,天灾地变,复随时告警,忽而大旱,忽而水竭,忽而白虹贯日,忽而荧惑出东井,童谣讹言,哗传不息。兴亦未免怀忧,乃不遑出师。再越一年,已是秦主兴的末年了。正月元旦,兴御太极前殿,朝会群臣,礼毕退朝,群臣忽闻有哭泣声,仔细一查,乃是沙门贺僧。贺僧能言未来吉凶,为兴所敬礼,所以宴会时尝得列席。此次退朝哭泣,大众不免疑问,他且默然自去。尽在不言中。兴哪里知晓,北与拓跋魏和亲,特遣女西平公主,嫁与拓跋嗣为夫人,南使鲁宗之父子,寇晋襄阳。宗之道死,由

第九十九回　入荆州驱除异党　夺长安翦灭后秦

鲁轨引兵独行,为晋雍州刺史赵伦之击退。兴自出华阴,调兵南下,不意旧疾复发,没奈何趋还长安。太子泓留守西宫意欲出迎,宫臣进谏道:"主上有疾,奸臣在侧,殿下今出,进不得见主上,退且有不测奇祸,不如勿迎。"泓蹙然道:"臣子闻君父疾笃,尚可不急往迎谒么?"宫臣答道:"保身保国,方为大孝,怎可徒拘小节呢?"泓乃不敢出郊,但在黄龙门下,迎兴入宫。时黄门侍郎尹冲,果欲因泓出迎,刺泓立弼,偏偏计不得遂,只好罢议。

尚书姚沙弥,为冲画策,拟迎兴入弼第。冲因兴生死未卜,欲随兴入宫作乱,故不用沙弥言。兴既入宫,命太子泓录尚书事,且召入东平公姚绍,使与右卫将军胡翼度,典兵禁中,防制内外。且遣殿中上将军敛曼嵬,往收弼第中甲仗,纳诸武库。未几,兴疾益剧,有妹南安长公主,入内问疾,兴不能答,于是阖宫仓皇,群谓兴死在目前。兴少子耕儿,出告兄南阳公愔道:"主上已崩,请速决计!"愔闻言即出,号召党羽尹冲姚武伯等,率甲士攻端门。敛曼嵬勒兵拒战,胡翼度率禁兵闭守四门,愔等不得突入,索性在端门外面,放起火来,那时宫内臣妾,见外面火光烛天,当然骇噪。秦主兴耳目尚聪,力疾起问,才得乱报,便令侍臣扶掖出殿,传旨收弼,立即赐死。何若先事预防,或可免此惨剧。禁兵见兴出临,无不喜跃,争往击愔。愔败奔骊山。愔党建康公吕隆即后凉亡国主。奔雍,尹冲及弟泓奔晋,秦宫少定。兴已弥留,亟召姚绍姚赞梁喜尹昭敛曼嵬等,并入内寝,受遗诏辅政,越日兴殂。泓秘不发丧,便遣将捕诛南阳公愔及吕隆等人,然后发丧。追谥兴为文桓皇帝,总计兴在位二十二年,寿终五十一岁。

泓乃嗣位,改元永和。北地太守毛雍,起兵叛泓,泓命东平公绍往讨,将雍擒斩。长乐公宣,未知雍败,遣将姚佛生等,入卫长安。佛生既行,宣参军韦宗好乱,劝宣乘势自立,宣竟为所误,也即发难。再由东平公绍移军往击,大破宣兵。宣诣绍归罪,为绍所杀。既而西秦王炽磐,仇池公杨盛,夏主勃勃,先后交侵,秦土日蹙。再经晋刘裕引着大军,得步进步,姚氏宗祚,从此要灭亡了。

刘裕既兴兵讨秦,加领征西将军,兼司豫二州刺史。世子义符为中军将军,留监府事。左仆射刘穆之,领监军中军二府军司,入居东府,总摄内外。司马徐羡之为副,左将军朱龄石守卫殿省,徐州刺史刘怀慎守卫京师。部署既定,然后西讨军出都,分作数路。龙骧将军王镇恶,冠军将军檀道济,自淮泗向许洛,新野太守朱超石,宁朔将军胡藩趋阳城,振武将军沈田子,建威将军傅弘之入武关,建武将军沈林子,彭城内史刘遵考,率水军出石门,自汴达河,又命冀州刺史王仲德为征虏将军,督领前锋,开钜野入河。刘穆之语镇恶道:"刘公委卿伐秦,卿宜努力!"镇恶道:"我若不克关中,誓不复渡江。"当下各路出发,陆续西进。裕亦徐出彭城,连接前军捷报。王镇恶收服漆邱,檀道济降项城,拔新蔡,下许昌,沈林子克仓垣,王仲德亦入滑台,好算是势如破竹,先声夺人了。

惟滑台系是魏地,守将尉建,骤见晋军到来,不明虚实,便即遁去。魏主拓跋嗣闻报,即遣部将叔孙建公孙表等,引兵渡河。途遇尉建返奔,就将他缚住,押往滑台城下,一刀斩首,投尸河中。随即问城上晋兵,责他何故入犯?仲德使司马竺和之答语道:"刘太尉遣王征虏将军,自河入洛,清扫山陵,并未敢侵掠魏境,不过魏将弃城自去,王征虏暂借空城,休息兵士,缓日即当西去,便将原城奉还。"不假道而入城,究属牵强。叔孙建不便启衅,使人飞报魏主。魏主嗣又令建致书刘裕,裕婉词答复道:"洛阳系我朝旧都,山陵俱在,今为西羌所掠,几至陵寝成墟,且我朝叛犯,均由羌人收纳,使为我患,我朝因此西讨,假道贵国,想贵国好恶从同,定无违言。滑台一军,便当令彼西引,断不久留。"这一席话,答将过去,魏人倒也无词可驳,只好按兵待着,俟仲德他去,收复滑台。

那晋将檀道济,进拔秦阳荥阳二城,直抵成皋。秦征南将军姚洸,屯戍洛阳,急向关中乞援。秦主泓遣武卫将军姚益男,越骑校尉阎生,合兵万三千人,往救洛阳。又令并州牧姚懿,南屯陕津,作为声援。姚益男等尚未到洛,晋军已降服成皋,进攻柏谷。秦宁朔将军赵玄,劝洸据险固守,静待援师,怎知司马姚禹,已暗通晋军,但请洸发兵出战。洸即令赵玄,领兵千余,出堵柏谷坞,广武将军石无讳,出守巩城。玄临行时,泣语洸道:"玄受三帝重恩,理当效死。但公误信奸人,必贻后悔。"说毕,即与司马骞鉴,驰往柏谷,正值晋军攻入,便与交锋。晋军越来越多,玄兵只有千余,又无后继,如何拦截得住?玄拼命冲入,身中十余创,力不能支,据地大呼。司马骞鉴,抱玄泣下。玄凄声道:"我死此

第九十九回 入荆州驱除异党 夺长安篡灭后秦

地,君宜速去。"鉴泣答道:"将军不济,鉴将何往?"遂相偕战死。<small>不愧为姚氏忠臣。</small>无讳至石阙奔还,姚禹逾城降晋。晋军直逼洛阳,四面围攻。姚洸待援不至,只好出降。檀道济俘得秦兵四千余名,或劝他悉加诛戮,封作京观。道济道:"伐罪吊民,正在今日,怎得多杀哩?"<small>是极。</small>因皆释缚遣归,入城安民,秦人大悦。

姚益男等闻洛阳失陷,不敢再进,折回关中。刘裕使冠军将军毛修之往镇洛阳,再饬道济等前进。适西秦王炽磐,遣使诣裕,愿击秦自效。裕即表封炽磐为平西将军河南公,自引水军发彭城,接应前军。秦主泓方惶急得很,不防并州牧姚懿,到了陕津,误听司马孙畅计议,意图篡立,反倒戈还攻长安。秦主急遣东平公姚绍等,引兵击懿。懿败被擒,孙畅伏诛。接连是征北将军齐公姚恢,复自称大都督,托言入清君侧,自北雍州还趋长安,再由姚绍移军攻恢,恢方败死。<small>懿为泓弟,恢为泓叔,不思共救国危,反相继谋逆,真是姚氏气数。</small>姚绍得进封鲁公,升官太宰,都督中外诸军事,率同武卫将军姚鸾等,拥兵五万,东援潼关。别遣副将姚驴守蒲坂。晋将王镇恶入渑池,进薄潼关,檀道济沈林子,自陕北渡河,进攻蒲坂。蒲坂城坚难下,林子谓不若会同镇恶,合攻潼关。道济依议,便与林子回军,共至潼关下寨。姚绍开关搦战,被道济等纵兵奋击,丧亡千人,不得已退保定城,据险固守,再令姚鸾出击晋军粮道,偏为晋将沈林子所料,乘夜袭鸾,把鸾击毙。绍又使东平公姚赞,截晋水军,亦被沈林子击败,奔回定城。

秦主泓连接败报,仓皇失措,只好向魏乞援。晋刘裕溯河西上,亦使人向魏借道。魏主拓跋嗣集众会议,多说秦魏方通婚媾,理应拒晋援秦。<small>秦女西平公主为魏夫人事,见上文。</small>独博士祭酒崔浩,谓:"秦已垂亡,往救无益,不如假裕水道,听他西上,然后发兵堵塞东路。裕若胜秦,必感我惠,否则我亦有救秦的美名,这乃是一举两得的上计。"拓跋嗣不能无疑,再经宫内的拓跋夫人,劝嗣拒晋,嗣乃遣司徒长孙嵩等屯兵河北,遏住裕军。裕引军入河,魏兵随裕西行。裕遣亲兵队长丁旿,率勇士七百人,坚车百乘,登岸列阵。再命朱超石领着弓弩手二千,登车环射魏兵,且射且进。再用大锤短槊,左右猛击,连毙魏兵无数。魏兵大溃,魏将阿薄干阵亡,裕军遂安然向西去了。

魏主嗣始悔不听崔浩,再与浩商议军情,欲截裕军归路。浩答道:

"裕能得秦,不能守秦,将来关中终为我有,何必目前劳兵?臣尝私论近世将相,王猛佐秦,乃是苻坚的管仲,慕容恪辅燕,乃是慕容皝的霍光,刘裕相晋,乃是司马德宗的曹操,彼欲立功震世,篡代晋室,岂肯长留关中么?"料事如神。嗣乃大喜,不再出兵。晋将王镇恶,久驻潼关,粮食将尽,意欲弃去辎重,还赴大军。沈林子拔剑击案道:"今许洛已定,关右将平,前锋为全军耳目,奈何自沮锐气,功败垂成呢?"镇恶乃自至弘农,晓谕百姓,劝送义租,百姓应命输粮,军食复振。林子复击破河北秦军,斩秦将姚洽姚墨蠡唐小方。姚绍

秦後滅翦安長奪

愧愤成疾,呕血而亡。秦兵失了姚绍,越加惊心,无心战守。晋将沈田子傅弘之等,领着偏师千余骑,袭破武关,进屯青泥。秦主泓率众数万,前来抵御,弘之欲退,田子独慷慨誓众,鼓噪奋进。姚泓素未经大战,蓦见晋军各执短刀,冒死冲来,好似虎狼一般,不由得惊心动魄,急忙返奔,余众当然披靡,统皆溃散,所有乘舆麾盖,抛弃殆尽。沈林子恐田子有失,亟往驰救,见秦主已经败去,便相偕追入,再加刘裕到了潼关,令王镇恶自河入渭,亟捣长安。裕军继进,斩姚强,走姚难,直达渭桥。姚丕扼守渭桥,由镇恶舍舟登岸,身先士卒,大破丕军。姚泓引兵援丕,反被丕败卒还冲,自相践踏,不战即溃。泓匹马奔还,镇恶追入平朔门,长安已破,急得泓不知所为,挈妻子奔往石桥。姚赞还救姚泓,众皆散去,胡翼度走降晋军。泓无法可施,只得输款乞降。后秦自姚苌僭号,共历三世,凡三十二年而亡。小子有诗叹道:

第九十九回　入荆州驱除异党　夺长安翦灭后秦

霸踞关中卅二年,如何豆釜竟相煎!
内忧外侮侵寻日,莫怪姚宗不再延。

姚泓出降,独有一幼子涕泣谏阻,坠城殉国。欲知详情,下文还有一回,请看官仔细看明。

回评　司马休之,晋宗室之强者也。刘裕既杀刘毅与诸葛长民,宁能再容休之?其所由使镇荆州者,亦一调虎离山之秘计耳。文思有罪,废之可也,乃必送交休之,令其处死,是明知休之之不忍杀子,可声罪以讨之。休之不能敌裕,卒致兵败西走,而鲁宗之父子,亦随与同行,裕之驱除异己,从此垂尽矣。后秦主姚兴父子,其恶皆不若姚苌,兴得幸免,泓竟速亡,祸实由苌贻之。内有诸子之相争,外有强邻之相遇,虽曰人事,亦由天道。如姚苌之狡鸷,犹得传祚三世,不可谓非幸事。姚泓以仁孝闻,卒致失国陨身,乃知凶人之必归无后也。

第一百回

招寇乱秦关再失　迫禅位晋祚永终

却说姚泓幼子佛念，年才十二，他料乃父出降，未足自全，因涕泣语泓道："陛下今虽降晋，亦必不免，还不如自裁为是。"泓怃然不应。佛念竟自登宫墙，跃坠下地，脑破身亡。倒是一个国殇。泓率妻子及群臣诣镇恶营前乞降，镇恶命属吏收管，待刘裕入城处置，一面出示抚慰，严申军令，阖城粗安。既而闻裕到来，出迎灞上，裕面加慰劳道："成我霸业，卿为首功。"镇恶再拜道："威出明公，力出诸将，镇恶何功足录呢？"裕笑道："卿亦欲学汉冯异么？"说着，即偕镇恶入城，收秦仪器法物，送往建康，外如金帛珍宝，分赏将士。秦平原公姚璞，及并州刺史尹昭，以蒲坂降。东平公姚赞，亦率宗族百余人投降。裕尽令处斩，且解送姚泓入都，枭首市曹，年才三十。司马休之父子及鲁轨，已见机先遁，逃入北魏，裕无法追捕，只好罢休。

晋廷遣琅琊王德文，暨司空王恢之，并至洛阳，修谒五陵。裕欲表请迁洛，谘议将军王仲德，谓："劳师日久，士卒思归，迁都事未可骤行。"裕乃罢议，惟暗嘱行营长史王弘，入朝讽请，加九锡礼。有诏进裕为相国，总掌百揆，封十郡为宋公，兼加九锡。裕反佯辞不受。请之而复辞之，全是狡诈。寻又封裕为王，裕仍表辞。时夏主勃勃雄踞朔方，就黑水南面筑一大城，作为夏都，自谓将统一天下，君临万邦，故名都城为统万城。又言祖宗误从母姓，实属不合，特改刘氏为赫连氏，取徽赫连天的意思。远族以铁伐为氏，谓刚锐如铁，并足伐人。无非杜撰。嗣是屡寇秦边，掠民突境。至闻刘裕伐秦，因笑语群臣道："姚泓本非裕敌，且兄弟内叛，怎能拒人？眼见是要灭亡了。但裕不能久留，必将南归，但使子弟及诸将居守，我正好进取关中呢。"遂秣马厉兵，进据安定。秦岭北郡县镇戍，皆降勃勃。

裕得此消息，亦知勃勃必进图关中，乃遣使贻勃勃书，约为兄弟。勃勃使侍郎皇甫徽，预草答书，一诵即熟，乃对着裕使，口授舍人，令他

第一百回　招寇乱秦关再失　迫禅位晋祚永终

书就，即交裕使赍归。裕问悉情形，并展读复书，不禁愧叹，自谓勿如，<u>也被勃勃所给么？</u>因欲经略西北，为弭患计。偏由建康递到急报，乃是左仆射刘穆之，得病身亡。裕恃穆之为腹心，府事统归他主裁，忽然病死，顿令裕内顾怀忧，当即决意东归，留次子义真为安西将军，都督雍梁秦州军事，镇守关中。义真年仅十三，特使谘议将军王修为长史，王镇恶为司马，沈田子毛德祖傅弘之为参军从事，留辅义真，自率诸军启行。<u>既知勃勃为患，乃使幼子守秦，裕亦有此失策，令人不解！</u>三秦父老，各诣军门泣阻道："残民不沾王化，已阅百年，今复得睹汉仪，人人相贺，长安十陵，是公祖墓，咸阳宫阙，是公旧宅，去此将何往呢？"<u>裕祖乃汉高帝弟交，曾见前文，故秦民所言如此。</u>裕只以受命朝廷，不得擅留为辞。且言："有次子义真及诸文武共守此土，可保无虞。"<u>吾谁欺？欺天乎？</u>秦民只好退去。王镇恶恃功贪恣，盗取库财，不可胜记。又与沈田子等不和，田子屡次白裕，谓："镇恶贪婪不法，且家住关中，不可保信。"裕终不问。至裕启程时，又与傅弘之同申前议。裕答道："猛兽不如群狐，卿等十余人，难道怕一王镇恶么？"<u>此语益错。</u>语毕即行，自洛入河，开汴渠以归。

夏主勃勃，闻裕已东归，便召王买德问计，欲夺关中。买德道："关中为形胜地。裕乃令幼子居守，匆匆东返，无非欲急去篡晋，不暇顾及中原，<u>一语窥破。</u>我若不再取关中，尚待何时？青泥上洛，是南北险要，可先遣游军截住，再发兵东塞潼关，断他水陆要道，然后传檄三辅，兼施威德，区区义真，如网罟中物，自然手到擒来了。"勃勃大喜，遂命子赫连瑰率兵二万，南向长安。前将军赫连昌，往屯潼关，使买德为抚军长史，出据青泥，自率大军继进。瑰至渭阳，秦民多降。关中守将沈田子傅弘之等，督兵出御，因闻夏兵势盛，不敢前进，但退守刘回堡，遣使还报刘义真。王镇恶语王修道："刘公以十岁儿付我侪，理当竭力匡辅，今大敌当前，拥兵不进，试问虏何时得平？"说着，即遣还来使，自率部曲往援。田子得使人返报，益恨镇恶，随即造出一种讹言，谓："镇恶将自王关中，送归义真，杀尽南人。"军士闻言，当然惊惶。及镇恶到来，由田子邀入傅弘之营，诈称有密计相商，请屏左右。镇恶贸然径入，突被田子宗党沈敬仁，一刀刺死，复矫称"刘太尉密令，谓镇恶系前秦王猛孙，反复难恃，所以加诛"云云。弘之本未与田子同谋，骤遭此变，急忙奔还长安，告知王修。修拥义真披甲登城，潜令军士埋伏城外，等到田子返报,即发伏拿下田子,责他擅杀大将,斩首徇众。当下命冠军将军毛修之,代为司马,与傅弘之同出拒战,连破夏兵,夏兵乃退。

王修遣人报知刘裕,裕表赠镇恶为左将军青州刺史,别遣彭城内史刘遵考为并州刺史,领河东太守,出镇蒲坂。征荆州刺史刘道怜为徐兖二州刺史,调徐州刺史刘义隆出镇荆州。义隆系裕第三子,年尚幼弱,辅以刘彦之张邵王昙首王华等人。四方重镇,统用刘氏子弟扼守,刘裕心术,不问可知了。已而相国宋公的荣封,及九锡殊礼,联翩下诏,裕居然受封。正要将篡立事下手进行,偏得关中警耗,乃是长安大乱,夏兵四逼。非但秦地难守,连爱子义真都命在须臾。裕不禁着忙,急遣辅国将军蒯恩,率兵西往,召还义真,再派右司马朱龄石为雍州刺史,代镇关中。龄石临行,裕与语道:"卿到长安,速与义真轻装出关,待至关外,方可徐行,若关右必不可守,即与义真俱归便了。"既知爱子,何必令守关中?龄石领命而去。裕又遣龄石弟超石,宣慰河洛,随后继进,才稍稍放下忧心。

哪知关中变乱,统是义真一人酿成。所谓成事不足,败事有余。义真年少好狎,赏赐无节,王修每加裁抑,为众小所嫉视,遂日进谗言,诬修谋反。义真不明曲直,便使嬖人刘乞等,刺杀王修,于是人情疑骇,无复固志。义真悉召外兵入卫,闭门拒守,这消息传入夏境,赫连勃勃,即发兵南下,占据关中郡县,复自率亲军入踞咸阳,截断长安樵汲,长安大震。义真自然向裕乞援,到了蒯恩入关,促

拾冠乱秦关再失

第一百回 招寇乱秦关再失 迫禅位晋祚永终

义真即日东归。偏义真左右，志在子女玉帛，一时未肯动身；及龄石踵至，再三敦促，义真乃出发长安。部下趁势大掠，满载妇女珍宝，方轨徐行，傅弘之蒯恩随着，一日只行十里。忽闻夏世子赫连璝，轻骑追来，弘之急白义真，劝他弃了辎重，赶紧出关。义真还不肯从。俄而夏兵大至，尘雾蔽天，弘之即令义真先行，自与蒯恩断后，且战且走。夏兵不肯舍去，尽管追蹑，累得傅蒯两人，力战了好几日，杀得人困马乏，才到青泥。不料夏长史王买德，引兵截住，傅弘之蒯恩，虽然死斗，究竟敌不住夏兵，结果是同被擒去。司马毛修之，也为买德所擒，单逃出一个义真。还是死的干净。义真见左右尽亡，避匿草中，幸遇中兵参军段宏，窃负而逃，又当夜色迷蒙，无人能辨，才得脱归。

夏主勃勃入攻长安，长安只有朱龄石居守，百姓不服龄石，把他撵逐。龄石焚去前朝宫殿，奔往潼关。弟超石奉令西行，亦入关探兄，兄弟方才相会，同入戍将王敬垒中。偏夏将赫连昌，引众来攻，先截水道，后扑戍垒，垒中兵渴不能战，竟被陷入。龄石使超石速去，超石泣道："人谁不死？宁忍今日别兄，自寻生路呢？"遂与敬等出斗，力竭负伤，统为所擒。勃勃遂入长安，据有关中。龄石兄弟，及王敬傅弘之等，并皆不屈，均遭杀害。勃勃且积人头为京观，号为髑髅台，然后命在灞上筑坛，自称皇帝，改元昌武。寻复还居统万城，留世子赫连璝为雍州牧，镇守关中，号为南台，这且搁下不提。

且说刘裕闻长安失守，未知义真存亡，顿时怒不可遏，即欲兴兵北伐。侍中谢晦等固谏，尚未肯从，嗣得段宏启闻，知已救出义真，乃不复发兵，但登城北望，慨然流涕罢了。是岁为晋义熙十四年，即安帝二十二年。西凉公李歆，遣使至建康，报称父丧，且告嗣位。歆父就是李暠，自与北凉脱离关系，据有秦凉二州郡县，初称凉公，嗣称秦凉二州牧。应八十六回。改年建初，由敦煌迁都酒泉，一再奉表建康，词极恭顺。就是境内自治，亦注重文教，志在息民。惟北凉主沮渠蒙逊，屡往侵扰。暠每出防堵，互有胜负。在位十九年，年已六十七岁，得疾而亡。临殁时，遗命长史宋繇道："我死后，我子与卿相同，望卿善为训导，勿负我心。"繇当然受命，嗣奉暠子歆为西凉公，领凉州牧，改元嘉兴，追谥暠为武昭王，尊暠继妻尹氏为太后。暠元配辛氏，贞顺有仪，中年去世，暠尝亲为作诔，并撰悼亡诗数十首。续配尹氏，本是扶风人马元正妻，元正早卒，尹乃改嫁,自恨再醮失节,三年不言,抚前妻子,恩过所生;及暠创业时,多所赞助,故当时有李尹王敦煌的谣传。尹氏排入《晋书·列女传》,故文不从略。歆既嗣位,进宋繇为武卫将军,录三府事。繇劝歆仍事晋室,尹太后语亦从同,所以歆遣使报晋。晋授歆为镇西大将军,封酒泉公。北凉王蒙逊,闻歆得邀封,也遣使向晋称藩。有诏授蒙逊为凉州刺史,惟此时颁发诏旨,已为琅琊王德文所出,那晋安帝已被刘裕弑死了。

裕年逾六十,急欲篡晋,自娱晚年,尝查阅谶文云:"昌明后尚有二帝。"昌明即晋孝武帝表字,见前文。乃决拟弑主应谶,密嘱中书侍郎王韶之,贿通安帝左右,乘间弑帝。安帝原是傀儡,一切辅导,全仗弟琅琊王德文。德文自往洛阳谒陵后,便即还都,仍然日侍帝侧,不敢少离。韶之等无隙可乘,如何下手?会德文有疾,不得不回第调养。韶之趁势入宫,指挥内侍,竟用散衣作结,套住安帝颈中,生生勒毙。阅至此,令人发指。年止三十七岁,在位二十二年。韶之既已得手,便去报知刘裕,裕因托称安帝暴崩,且诈传遗诏,奉琅琊王德文嗣位,是为恭帝。越年正朔,改元元熙,立妃褚氏为皇后。后系义兴太守褚爽女,颇有贤名。可惜已成末代。恭帝因先兄未葬,一切典仪,概从节省。过了元宵,方将梓宫奉葬,追谥为安皇帝,一面加封百官,进刘裕为宋王。裕老实受封,移镇寿阳。嗣复讽令朝臣,再加殊礼,得用天子服驾,出警入跸,进母萧氏为王后,世子义符为太子。

迫禅位晋祚永终
甲子冬东台赵所生
蓝天甫绘於沪上

好容易过了一年,裕在寿阳宴集群僚,伪言将奉还爵位,归老京师。僚属莫名其妙,只有一中书令傅亮,

第一百回　招寇乱秦关再失　迫禅位晋祚永终

悉心揣摩，居然窥透裕意，到了席散出厅，复叩扉请见道："臣暂应还都。"裕掀髯一笑，并无他言。贼心相照。亮便即辞去，仰见天空中现出长星，光芒四射，不禁抚髀长叹道："我尝不信天文，今始知天道有凭了。"越宿，即驰赴都中。未几，即有诏命传出，征裕入辅。裕留四子义康镇寿阳，参军刘湛为辅，自率亲军匆匆启行。到了建康，傅亮已安排妥当，迫帝禅位，自具诏草，进呈恭帝，令他照稿誊录。恭帝顾语左右道："桓玄时晋已失国，亏得刘公恢复，又复重延，到今将二十年。今日禅位，也是甘心。"说着，即强作欢颜，操笔书就，付与傅亮。眼中想已包含无数泪珠。复取出玺绶，交给光禄大夫谢澹，尚书刘宣范，赍送宋王刘裕；自挈皇后褚氏等，凄然出宫去了。当时，司马氏中，稍有才望的人物，或逐或死，已经垂尽，只司马楚之有万余人，屯据长社，司马文荣引乞活千余人，屯据金塘城南，乞活见前。司马道恭自东垣率三千人，屯据城西，司马顺明集五千人屯陵云台，彼此统是晋室遗胄，志在规复，但没有一定统领，好似散沙一般，如何成事？结果是被各处戍将，驱逐出境，同奔北魏去了。强弩之末，势不能穿鲁缟。宋王刘裕得了禅诏，表面上还三揖三让，佯作谦恭，那一班攀鳞附翼的臣僚，连番劝进，遂在南郊筑坛，祭告天地，即皇帝位，国号宋，颁诏大赦，改晋元熙二年为宋永初元年。废晋恭帝为零陵王，晋后褚氏为零陵王妃，徙居故秣陵县城。使冠军将军刘遵考率兵管束，东晋遂亡。更可恨的是狠心辣手的刘裕，暗想废主尚存，终是祸根，不如一律铲除，好免后患。自晋元熙二年六月受禅，到九月中，竟用毒酒一罂，命鸩零陵王司马德文，起初是遣琅琊郎中令张伟往鸩，伟竟取来自饮，毒发即亡。尚是一个晋氏忠臣，故特表出。后竟令兵士逾垣，再鸩德文。德文不肯饮鸩，竟被兵士用被掩死。可怜德文在位才及年余，便遭惨毙，年终三十六岁。宋主裕佯为举哀，辍朝三日，追谥曰恭。总计东晋自元帝至恭帝，共十一主，得一百零四年，若与西晋并合计算，共十五主，得一百五十六年。

至若刘宋开国，一切史实，俱详《南北史演义》中，此书名为《两晋演义》，便应就此收场。惟东晋亡时，西凉亦亡。西凉主李歆，好兴土木，又尚严刑，累得人民不安，变异迭出。歆尚不知儆，从事中郎张显，切谏不从。北凉主蒙逊，乘隙图歆，佯引兵攻西秦，暗中却屯川岩，专待歆军，果然歆为彼所诱，拟乘虚往袭北凉。武卫将军宋繇等，苦口谏阻，终不见听,再经尹太后危词劝戒,仍然不从;遂将步骑三万人东行。中途被蒙逊邀击,一败涂地。或劝歆还保酒泉,歆慨然道:"我违母训,自取败辱,不杀此胡,有何面目再见我母呢?"当下收拾残兵,再战再败,竟为所杀。蒙逊遂进据酒泉,灭掉西凉。西凉自李暠独立,一传而亡,凡二主,共二十二年。只西凉母后尹氏,见了蒙逊,蒙逊却好言劝慰,尹氏正色道:"李氏为胡所灭,尚复何言?"蒙逊默然,仍令退去。或语尹氏道:"母子命悬人手,奈何倨傲若此?"尹氏道:"兴灭死生,乃是定数,但我一妇人,不能死国,难道尚怕加斧钺,求为他人臣妾么?若果杀我,我愿毕了。"蒙逊闻言,反加敬礼,娶尹氏女为子妇。后来尹氏自往伊吾,与诸孙同居,竟得寿终。特叙西凉之亡,全为尹氏一人。惟北燕沮渠蒙逊,传子牧犍,为魏所灭,西秦乞伏炽磐,传子慕末,为夏所灭。夏历二传,赫连冒赫连定。北凉只一传,冯跋弟弘。先后入魏。就是仇池杨氏,亦被魏吞并,这都属刘宋时事,详载《南北史演义》,请看官另行取阅便了。交代清楚。不过五胡十六国的兴亡,却有略表数行,录述如下:

(一)汉刘渊。(前赵)刘曜。	匈奴汉历三主,分为二赵,前赵刘曜,为后赵所灭。
(二)北凉沮渠蒙逊。	同上凡二主,为北魏所灭。
(三)夏赫连勃勃。	同上凡三主,为北魏所灭。
(四)前燕慕容皝。	鲜卑凡三主,为前秦所灭。
(五)后燕慕容垂。	同上凡五主,为北燕所篡。
(六)南燕慕容德。	同上凡二主,为晋所灭。
(七)西秦乞伏国仁。	同上凡四主,为夏所灭。
(八)南凉秃发乌孤。	同上凡三主,为西秦所灭。
(九)后赵石勒。	羯凡七主,为冉闵所篡,闵复为前燕所灭。
(十)成(汉)李雄。	氐凡三主,雄弟寿,改国号汉,寿子势为晋所灭。
(十一)前秦苻洪。	同上凡七主,为后秦所灭。
(十二)后凉吕光。	同上凡四主,为后秦所灭。
(十三)后秦姚苌。	同上凡二主,为晋所灭。
(十四)前凉张重华。	汉族凡五主,为前秦所灭。
(十五)西凉李暠。	同上凡二主,为北凉所灭。

第一百回　招寇乱秦关再失　迫禅位晋祚永终

（十六）北燕冯跋。　　　　同上凡二主，为北魏所灭。

小子叙述既毕，尚有煞尾诗二首，作为本编的余声，看官毋遽掩卷，且再阅后面两行。诗云：

百年遗祚竟沦亡，大好江东让宋王。
我篡他人人篡我，祖宗作法子孙偿。

彝夏如何溃大防，五胡迭入竟猖狂。
可怜中土无宁宇，话到沧桑也黯伤。

刘裕既得关中，乃令次子义真居守，彼岂不知义真尚幼，无守土才，况王沈诸将，嫌隙已萌，既无赫连勃勃之窥伺，亦未必常能保全。其所由遽尔东归者，篡晋之心已急，利令智昏，不暇为关中妥计耳。至裕一归而秦地即乱，诸将多死，惟义真幸得脱归，失于彼必偿于此，而裕之篡晋益急矣。弑安帝复弑恭帝，何其残忍至此！意者其亦司马氏篡魏之果报欤？然司马昭弑高贵乡公，其子炎犹不杀陈留王，故尚能传祚至百余年；裕以一身弑两主，欲子孙之得长世，难矣！本回叙东晋之亡，简而不略，诛刘裕之心也。（详见《南北史演义》中）末段复将五胡十六国始末，作一总结，以便收束全书，阅者得此，则回忆前文，更自了然，而作者之苦心，益可见矣。

图书在版编目（CIP）数据

两晋演义/蔡东藩著． --北京：华夏出版社，2018.5
（蔡东藩中国历代通俗演义）
ISBN 978-7-5080-9401-4

Ⅰ.①两… Ⅱ.①蔡… Ⅲ.①章回小说-中国-清代
Ⅳ.①I246.4

中国版本图书馆CIP数据核字（2017）第317123号

两晋演义

著　　者	蔡东藩	
责任编辑	杜潇伟	
责任印制	顾瑞清	
出版发行	华夏出版社	
经　　销	新华书店	
印　　刷	北京建筑工业印刷厂分厂	
装　　订	北京建筑工业印刷厂分厂	
版　　次	2018年5月北京第1版 2018年5月北京第1次印刷	
开　　本	880×1230　1/32	
印　　张	24.375	
字　　数	760千字	
定　　价	62.00元	

华夏出版社　地址:北京市东直门外香河园北里4号　邮编:100028
　　　　　　　网址:http://www.hxph.com.cn　电话:(010)64663331(转)
若发现本版图书有印装质量问题，请与我社营销中心联系调换。